Nuova Narrativa Newton

318

James Ellroy, Jeffery Deaver, James Lee Burke,
Joyce Carol Oates, Dennis Lehane, Elmore Leonard
e molti altri

Millennium Thriller

a cura di
James Ellroy e Otto Penzler

Newton Compton editori

Titolo originale: *The Best American Noir of the Century*

Traduzione dall'inglese di Annalisa Crea (*Prefazione*; *Introduzione*; *Speroni*; *Pastorale*; *Non vi dimenticherete di me*; *Pazzo per le armi*; *Niente di cui preoccuparsi*; *Ritorno a casa*; *L'uomo nel buio*; *La ragazza della casa di fronte*; *Il professionista*; *L'isola*; *L'ultimo giro*; *Per sempre insieme*; *Per il resto della vita*; *Lo sgocciolio*), Silvia Montis (*Iris*; *Un biglietto per partire*; *Perché non ho te*; *Texas City, 1947*; *Mefisto in onice*), Pierluigi Cau (*Fuori, nel buio*; *Sorgenti termali*; *L'ostaggio*; *Il tappezziere*; *Eiaculazioni notturne*; *Incendio controllato*; *Quello che lei aveva da offrire*; *Il pugnale*; *Il collezionista*; *L'errore*) e Federico Sabatini (*L'infedele*; *Un rospo in gola*; *La fessura*; *A corto di cani*; *Quando le donne ballano*; *Signore e padrone*)
Seconda edizione: dicembre 2011

Roma, Casella postale 6214

ISBN 978-88-541-3204-7

www.newtoncompton.com

Realizzazione a cura di Corpotre, Roma
Stampato nel dicembre 2011 da Puntoweb s.r.l., Ariccia (Roma)
su carta prodotta con cellulose senza cloro gas provenienti da foreste
controllate e certificate, nel rispetto delle normative ecologiche vigenti

INDICE

PREFAZIONE

Il termine francese "noir" ("nero") è stato associato per la prima volta alla parola "film" da un critico francese nel 1946, e in seguito è stato usato fin troppo per descrivere un particolare tipo di pellicola o di opera letteraria. In un certo senso, il termine "noir" non differisce molto da "pornografia", nel senso che, sebbene sia impossibile formularne una definizione, nessuno dubita di sapere di cosa si tratta. Come molte altre certezze, anche questa è totalmente errata.

In questo volume sono raccolti alcuni brevi racconti noir del secolo scorso, ma è impossibile separare nettamente questo genere letterario dal suo corrispettivo cinematografico. Certo, la parola "noir" ci riporta quasi sempre alla mente i film polizieschi degli anni Quaranta e Cinquanta, girati in bianco e nero con uno stile profondamente influenzato dall'espressionismo tedesco dei primi del Novecento: dettagli precisi (veneziane, finestre, binari del treno) e forti contrasti di luci e ombre. La maggior parte di noi associa ai film noir una serie di caratteristiche essenziali: una *femme fatale*, criminali incalliti, un poliziotto o un investigatore privato altrettanto determinato, un'ambientazione metropolitana e una notte che sembra non finire mai. E poi bar, nightclub, vicoli pericolosi, squallide stanze d'albergo. Sebbene possa sembrare rassicurante riconoscere in questi elementi l'essenza stessa del film noir, è un punto di vista altrettanto semplicistico quello che confina il giallo al genere poliziesco, trascurando le altre componenti di quella letteratura così ricca, ad esempio il thriller e tutte le storie di suspense.

Ovviamente il periodo d'oro del film noir è coinciso con quei due decenni, gli anni Quaranta e Cinquanta, ma ve ne sono stati esempi significativi anche durante gli anni Trenta, come *M – Il mostro di Düsseldorf* (1931), con Peter Lorre nel suo primo ruolo da protagonista, e *Freaks* (1932), l'indimenticabile pellicola di Tod Browning, in cui i personaggi principali erano autentici fenomeni da baraccone. E non si può certo negare che il cinema noir continuò a prosperare anche negli anni

Sessanta e oltre, come testimoniano classici quali *Va' e uccidi* (1962), *Taxi Driver* (1976), *Brivido caldo* (1981) e *L.A. Confidential* (1997).

Ovviamente, non in tutti i film noir sono presenti gli stereotipi visuali del genere, e inoltre gli elementi peculiari che hanno reso celebri quelle pellicole sono meno evidenti nella letteratura, che si basa più sulla trama, sui toni e sul soggetto che sugli effetti di chiaroscuro adoperati da registi e direttori della fotografia.

Tenendo conto delle differenze tra i due mezzi, credo che la maggior parte dei critici cinematografici e letterari abbia sbagliato a definire il noir, ovvero un genere che, secondo una convinzione comune ma errata, affonda le radici nel romanzo *hard-boiled* americano. In realtà, i due sottogeneri del giallo, vale a dire il poliziesco e il noir, sono diametralmente opposti, con premesse filosofiche che si escludono a vicenda.

I noir – film, romanzi o racconti – sono rappresentazioni esistenziali e pessimistiche di persone fortemente disturbate e con una morale discutibile. Il tono è in genere cupo e nichilista, e i personaggi vengono trascinati in un gorgo dalla loro avidità, lussuria, gelosia e alienazione, mentre tutti i loro piani e le loro macchinazioni inevitabilmente falliscono. Che la loro motivazione sia evidente – come una rapina in banca – o sottile – come la disponibilità a compromettere la propria integrità per un tornaconto personale – i protagonisti di queste storie non hanno mai una via di scampo. Possono essere mossi (in apparenza) dalla brama di denaro o dall'amore (o, più spesso, da una pulsione fisica) per la persona sbagliata. Sempre più intrappolati in una rete inestricabile, sono spinti da una sfrenata cupidigia a mentire, rubare, ingannare e persino uccidere. E, nel tentativo di riuscire nel loro scopo disperato, vengono a loro volta traditi e infine condotti alla rovina. La probabilità di un lieto fine in una storia noir è alquanto remota, anche quando il criterio per definire il concetto di "lieto" sia solo quello di una soluzione soddisfacente secondo i soggettivi parametri del protagonista. Ma poi finirà comunque male, perché i personaggi sono profondamente corrotti ed è quello il destino che li attende.

Per il genere poliziesco la questione è del tutto diversa. Raymond Chandler paragonò l'investigatore privato a un cavaliere che percorre strade squallide senza lasciarsi corrompere, e ciò vale per la stragrande maggioranza di queste figure eroiche. L'investigatore privato americano può venire coinvolto in situazioni losche e imbattersi in personaggi subdoli, violenti, paranoici e immorali, ma mantiene sempre il proprio senso dell'onore davanti alle avversità e agli inganni che si trova ad affrontare. Sam Spade vendica l'omicidio del suo socio perché "sapeva di doverlo fare". Mike Hammer uccide senza battere ciglio la donna con cui ha una relazione quando scopre che ha assassinato un suo amico. Lew Archer, Spenser, Elvis Cole e altri celebri detective, o poliziotti come Harry Bosch e Dave Robicheaux, che agiscono spesso come fossero svincolati dal loro ruolo ufficiale, possono adattare a loro favore (o persino infrangere) la legge, ma è il loro senso morale a guidarli nella ricerca di giustizia. Sebbene non tutti i loro casi abbiano un lieto fine, l'eroe ne viene sempre fuori con la coscienza pulita.

Nel cinema noir la distinzione fra il poliziesco hard-boiled e i noir veri e propri appare offuscata dal ricorso a trame e tecniche di ripresa simili per entrambi i generi, sebbene lo spettatore accorto sappia riconoscere facilmente le opposte visioni della vita di un investigatore integerrimo, persino eroico, spesso romantico, e dei personaggi perduti del noir, rinchiusi in prigioni da loro stessi costruite, vittime dell'alienazione della propria anima, oltre che della società e dei vincoli morali che la rendono civile.

Questa ricca antologia non deroga quasi mai ai princìpi fondamentali del racconto noir. Si tratta di storie cupe e spesso angosciose che non concedono scampo né redenzione ai personaggi che popolano il loro mondo triste, violento e amorale. I piani scrupolosamente architettati falliscono, gli amanti tradiscono, la normalità si trasforma in decadenza e la correttezza è rara e non viene mai premiata. Ciò nonostante, gli ideatori di questo mondo spietato hanno creato storie dotate di un fascino talmente forte da essere annoverati tra i massimi esponenti della letteratura mondiale. Alcuni, come Cornell Woolrich, David Goodis e Jim Thompson, sono stati scrittori prolifici, ma – riflesso fedele delle loro vite tragiche e tormentate – solo pochi dei loro lavori non rientrano nel noir. Altri, come Elmore Leonard, Evan Hunter e Lawrence Block, hanno sperimentato generi diversi all'interno del thriller, dai racconti cupi a quelli più solari, da quelli morbosi a quelli comici. Ma essi non figurano in questo volume. Se tra queste pagine troverete un po' di allegria o di umorismo, vi consiglio caldamente di rivolgervi a un analista.

maggio 2009

OTTO PENZLER

INTRODUZIONE

L'abbiamo inventato noi, ma è più amato in Francia che in America. Il noir è il sottogenere più studiato all'interno della grande scuola del romanzo hard-boiled. È una camminata sul filo del rasoio, è l'incontro-scontro fra l'uomo sbagliato e la donna sbagliata. È un incubo fatto di anime perse senza più sogni di gloria, è la dettagliata descrizione di come e perché tutto vada a rotoli. Il noir rappresenta l'opportunità come fatalità, la giustizia sociale come truffa legalizzata e la passione amorosa come biglietto di sola andata per l'inferno. Il noir fa impallidire tutti gli altri sottogeneri dell'hard-boiled e canonizza l'impulso umano verso l'autodistruzione.

Il noir nacque prima della Grande Guerra e brillò come un sole accecante fino agli anni Sessanta. Film e romanzi squallidi su gente squallida correvano paralleli all'ottimismo e all'entusiasmo yankee, fornendo un punto di vista alternativo sulle cose. Descrivevano un pezzo d'America e proponevano a spettatori e lettori la demografia di una "repubblica segreta della depravazione", talmente sopra le righe da essere liquidata come inverosimile e abbastanza patetica da risultare profondamente umana. Il mondo parallelo del noir diceva: «C'è qualcosa che non va». Il sottotesto era: «Il fato crudele ha un potere enorme e imprevedibile e nessuno di noi è al sicuro».

L'attrattiva che questo genere esercita sta tutta nel fallimento della morale e nel cedimento alla tentazione. La sua importanza sociale sta nell'essere sostanziato dai grandi temi di razza, classe, sesso e corruzione del sistema. Il suo fascino duraturo nella capacità di rendere divertente la rovina.

I cittadini della "repubblica segreta della depravazione" sono uno spasso. La loro intransigenza e la loro psicopatia sono meravigliose. Perseguono implacabilmente il loro scopo – grande o piccolo che sia – e lo raggiungono a un prezzo spaventoso, che rende tutto vano. Sono maniacali e possiedono il dono dell'eloquenza. Il loro lavoro si può riassumere in poche parole: vivere alla grande nei bassifondi. Parlano una lingua tutta loro. Gli scassinatori sono quelli con i "ferri" che preparano le "miscele" esplosive. I truffatori conoscono ogni trucco in grado di spillare soldi ai malcapitati di turno. Le agenzie di scommesse clandestine sfruttano squadre di informatori che piazzano puntate all'ultimo minuto e riportano le notizie agli allibratori. Tutti i livelli della "repubblica segreta della depravazione" sono caratterizzati da una professionalità deviata. In questa società le donne godono del potere diabolico di sedurre e distruggere. Spesso nel noir dal primo bacio alla camera a gas passano solo sei settimane.

Ufficialmente, questo sottogenere letterario si estinse negli anni Sessanta. Nuove generazioni di scrittori lo hanno resuscitato e ridefinito, creando un sotto-sottogenere e adattandolo alle proprie esigenze narrative. «La rovina è divertente». Gli abitanti della vecchia repubblica dilapidavano patrimoni in pellicce di visone per le *femmes fatales* e la camera a gas era preceduta da torridi amplessi. Quelli della nuova repubblica si rovinano per la cocaina, e la camera a gas è stata sostituita dall'iniezione letale. Il noir non morirà mai: è troppo perversamente divertente per non prosperare nella testa degli scrittori moderni che vorrebbero poter tornare al 1948 e vivere il disagio e le psicosi postbellici. I giovani e gli incoscienti popoleranno la "repubblica segreta della depravazione" e la reinventeranno, per poi mandarla in malora e reinventarla da capo.

I racconti contenuti in questo volume sono davvero avvincenti. Date spazio alla vostra morbosa curiosità e leggeteli tutti. Ne rimarrete affascinati e nauseati. Passerete attraverso la fine della morale. «La rovina è divertente». Il solo fatto di aver letto quest'introduzione vi bolla come pervertiti. Finite tutto il libro, e morirete su una barella con un ago infilato nel braccio.

luglio 2009

JAMES ELLROY

MILLENNIUM THRILLER

Tod Robbins
SPERONI
1923

Clarence Aaron "Tod" Robbins (1888-1949) si laureò alla Washington and Lee University (Virginia), per poi trasferirsi in Costa Azzurra. Quando scoppiò la seconda guerra mondiale e i nazisti occuparono la Francia, si rifiutò di andarsene e venne rinchiuso in un campo di concentramento per tutta la durata del conflitto.

Scrisse per lo più storie fantasy, horror e dark per riviste pulp, pubblicando due raccolte di racconti: *Silent, White, and Beautiful Other Stories* (1920) e *Who Wants a Green Bottle? and Other Uneasy Tales* (1926). Fra i suoi romanzi, quello che ebbe maggior successo fu *The Unholy Three* (1917), che venne portato due volte sul grande schermo con lo stesso titolo: un film muto diretto da Tod Browning nel 1925 e una versione sonora diretta da Jack Conway nel 1930, entrambi interpretati da Lon Chaney. Il primo romanzo di Robbins, *Mysterious Martin* (1912), ha per protagonista un uomo che crea opere d'arte fatali; in seguito, Robbins riscrisse questa storia enigmatica e la pubblicò con il titolo di *The Master of Murder* (1933). Scrisse anche *In the Shadow* (1929) e *Close Their Eyes Tenderly* (1947), un romanzo anticomunista, in cui l'omicidio assumeva i contorni della commedia e della farsa, pubblicato in edizione minore solo nel Principato di Monaco.

Il racconto *Speroni* ispirò il celebre film *Freaks*, realizzato dalla MGM nel 1932. Il regista era Tod Browning, amico di Robbins, che l'anno precedente aveva avuto un enorme successo grazie a *Dracula*, con Bela Lugosi come protagonista. Quasi tutti i personaggi di *Freaks* furono interpretati da autentici fenomeni da baraccone. Gli spettatori, tuttavia, ne rimasero talmente sconvolti che il film venne messo al bando in Inghilterra e la casa di produzione portò la pellicola da novantanove minuti a sessantaquattro. L'indignazione dell'opinione pubblica provocò anche la fine della carriera di regista di Tod Browning. Nel film compariva il nano Harry Earles, che aveva partecipato anche a *Il trio infernale*.

La versione cinematografica non aveva molti punti di contatto con il racconto da cui era stata tratta, a parte l'atmosfera cupa. È la storia di alcuni personaggi da circo e di un nano, Jacques Courbé (Hans nel film), che si innamora della cavallerizza Jeanne Marie (Cleopatra in *Freaks*), una donna bellissima, alta e bionda.

Speroni (*Spurs*) comparve per la prima volta sulla celebre rivista pulp «Munsey's» (febbraio 1923) e in seguito nella raccolta *Who Wants a Green Bottle? and Other Uneasy Tales* (Philip Allan, Londra 1926).

I

Jacques Courbé era un romantico. Dalle piante dei minuscoli piedi alla testa misurava solo settanta centimetri, ma a volte, quando entrava nell'arena in sella al suo impavido destriero, St Eustache, si sentiva un prode cavaliere d'altri tempi pronto ad affrontare il nemico per la sua dama.

Cosa importava se St Eustache era un impavido destriero solo nell'immaginazione del suo padrone (non era nemmeno un pony, a dire il vero, ma un grosso cane di razza indefinita, con il muso lungo e l'aria fiera di un lupo)? Cosa importava se l'entrata del signor Courbé veniva sistematicamente accolta da risate di scherno e dal lancio di bucce d'arancia e banane? Cosa importava se lui non aveva una dama e se le sue eroiche gesta erano solo una pallida imitazione di quelle dei cavalieri che lo avevano preceduto? Cosa importava a quell'ometto, che viveva nel mondo dei sogni e chiudeva testardamente gli occhi grandi come capocchie di spillo di fronte allo squallore della realtà?

Il nano non aveva nessun amico tra gli altri fenomeni da baraccone del circo Copo. Lo consideravano tutti egocentrico e irascibile, e lui li odiava per la loro passiva accettazione di come erano le cose. La sua immaginazione era l'armatura che lo proteggeva dagli sguardi curiosi di un mondo crudele, dalla sferza del ridicolo, dal lancio di bucce d'arancia e banane. Senza, sarebbe sicuramente morto. Ma gli altri? Non avevano alcuna armatura, se non la loro pelle dura! La porta che si apriva sul regno dell'immaginazione per quelli era chiusa a doppia mandata; e, sebbene non desiderassero aprirla, sebbene non sentissero la mancanza di ciò che si trovava al di là, provavano rancore e diffidenza verso chiunque ne possedesse la chiave.

Un giorno, dopo tanti umilianti spettacoli resi sopportabili solo grazie ai suoi sogni, l'amore irruppe nel tendone del circo e fece un cenno imperioso al signor Jacques Courbé, che venne improvvisamente travolto da una passione violenta e tumultuosa.

La signorina Jeanne Marie era un'intrepida cavallerizza. Quando lui la vide per la prima volta mentre faceva il suo brillante numero in groppa alla vecchia ma imponente giumenta Sappho, ebbe un tuffo al cuore. Un'amazzone alta e bionda dagli occhi blu, che non lasciavano trapelare nulla del suo animo avido da bifolca, labbra e gote rosse, denti di un bianco splendente che illuminavano i suoi continui sorrisi, e mani che, una volta chiuse a pugno, erano grandi quasi quanto la testa del nano.

L'accompagnava nello spettacolo Simon Lafleur, il Romeo del circo, un giovanotto bruno e muscoloso, con occhi neri e sfrontati, e capelli lucidi di brillantina come la schiena di Solon, la foca ammaestrata.

Jacques Courbé si innamorò della signorina Jeanne Marie sin dal primo spettacolo. Il suo corpicino era infiammato dal desiderio di lei. Le sue forme generose, abbondantemente svelate dalla calzamaglia ricoperta di lustrini, lo facevano avvampare, costringendolo ad abbassare gli occhi. La confidenza che la ragazza accordava a Simon Lafleur e il contatto fisico che aveva con lui durante le acrobazie gli facevano ribollire il sangue nelle vene. Mentre attendeva il suo turno in sella a St Eustache, Courbé, impotente, digrignava i denti per la rabbia, vedendo Simon che girava fieramente in tondo, in piedi sulla groppa di Sappho, e cingeva con slancio la signorina Jeanne Marie in una stretta mentre lei slanciava la gamba ben tornita e luccicante di paillettes verso il cielo.

«Ah, maledetto!», borbottava il signor Jacques Courbé. «Un giorno insegnerò a quello zoticone a stare al suo posto! *Ma foi*[1], gli taglierò le orecchie!».

St Eustache non condivideva l'ammirazione del padrone per la signorina Jeanne Marie, ed espresse sin dall'inizio la sua profonda ostilità ringhiando e scoprendo ferocemente le lunghe zanne affilate. Per il nano era una magra consolazione il fatto che il cane mostrasse un'avversione sempre maggiore ogni volta Simon Lafleur gli si avvicinava. Jacques Courbé era addolorato dal fatto che il suo intrepido destriero, il suo unico amico e compagno, non provasse il suo stesso amore e la sua stessa ammirazione per la splendida gigantessa che ogni sera

[1] "Ma certo!", in francese nel testo (*n.d.t.*).

rischiava l'osso del collo sotto lo sguardo rapito del pubblico. Ogni tanto, quando rimanevano da soli, lo rimproverava per la sua villania.

«Diavolo d'un cane!», esclamava. «Perché devi sempre ringhiare e mostrare i denti quando l'incantevole Jeanne Marie ti degna della sua attenzione? Non provi sentimenti sotto quella pellaccia dura? Brutto cagnaccio, lei è un angelo, e tu la tratti così! Ti sei già dimenticato che, quando ti ho trovato, eri un cucciolo affamato di una fogna di Parigi? E ora minacci di mordere la mano della mia principessa! È questa la tua gratitudine, razza di maiale peloso?».

Il signor Jacques Courbé aveva un solo parente ancora in vita: non un nano come lui, ma un uomo di bell'aspetto. Era anche un facoltoso proprietario terriero che viveva poco fuori Roubaix. Non si era mai sposato, per cui un giorno, quando fu trovato morto in seguito a un infarto, il minuscolo nipote – per il quale, in verità, lo zio aveva sempre provato un'istintiva repulsione – ereditò una bella proprietà. Quando gli giunse la notizia, il nano gettò le braccia al collo ispido di St Eustache ed esclamò:

«Ora finalmente possiamo smettere di lavorare, possiamo sposarci e sistemarci, amico mio! Valgo tanto oro quanto peso!».

La sera stessa, mentre la signorina Jeanne Marie si toglieva lo sgargiante costume dopo lo spettacolo, qualcuno bussò lievemente alla sua porta.

«Avanti!», esclamò lei, pensando che si trattasse di Simon Lafleur, che quella sera aveva promesso di portarla alla locanda Wild Boar a bere un bicchiere di vino per levarsi di bocca il sapore di terra della pista. «Entrate, *mon chéri*!».

La porta si aprì lentamente e sulla soglia comparve il signor Jacques Courbé, tutto fiero e impettito, vestito di seta e merletti come un cortigiano, con una minuscola spada dall'elsa dorata alla cintura. Venne avanti, gli occhi grandi come capocchie di spillo che scintillavano di fronte alle grazie generosamente messe in mostra dalla prosperosa signora. Si fermò a circa un metro di distanza dal punto in cui stava seduta Jeanne Marie, si inginocchiò e poggiò le labbra sulla sua scarpetta rossa.

«Oh mia bella e audace signora», esordì con una voce stridula come unghie su una lavagna, «abbiate pietà dello sfortunato Jacques Courbé! Brama i vostri sorrisi, arde per le vostre labbra! La notte si rigira nel letto sognando solo voi!».

«Che sceneggiata è questa, spavaldo ometto?», domandò la ragazza, chinandosi su di lui con un sorriso da orchessa. «È stato Simon Lafleur a chiedervi di venire qui a provocarmi?»

«Che la peste lo colga!», gridò il nano, gli occhi che emanavano scintille. «Non è una sceneggiata. È sin troppo vero che vi amo, signorina, e che desidero fare di voi la mia sposa. E ora che possiedo una fortuna, non che...», e si interruppe improvvisamente, con una smorfia di dolore. «Cosa fate, signorina?», riprese poi con il tono grave di un calabrone pronto a pungere. «Ridete del mio amore? Vi consiglio di non ridere di Jacques Courbé!».

Il viso tondo di Jeanne Marie era paonazzo per l'ilarità repressa e le sue labbra cercavano di trattenere un sorriso. Ci mancò poco che non scoppiasse in una fragorosa risata.

Quindi quel ridicolo omuncolo diceva sul serio! Quella versione tascabile di un cortigiano le stava chiedendo la mano! Quella mezza tacca voleva fare di lei sua moglie, lei che avrebbe potuto portarlo su una spalla come una scimmietta ammaestrata!

Che storia esilarante, da morir dal ridere. Non vedeva l'ora di raccontarla a Simon Lafleur. Le sembrava già di vederlo reclinare il capo all'indietro e sghignazzare a bocca aperta, senza fare troppo rumore. Lei, però, non doveva ridere, non ora. Prima doveva ascoltare tutto ciò che aveva da dire il nano e gustare fino in fondo il sapore dolce di quel bonbon di comicità, per poi schiacciarlo sotto il tacco dello scherno.

«Non sto ridendo», riuscì a dire. «Mi avete colta di sorpresa. Non immaginavo che...».

«Molto bene, signorina», l'interruppe il nano. «Non sopporto chi si prende gioco di me. Nell'arena sono pagato per far ridere, e gli spettatori pagano per sbeffeggiarmi. Ma mi assicuro sempre che prima abbiano pagato!».

«Ma ho capito bene quello che volete dirmi, signor Courbé? Mi state proponendo un matrimonio rispettabile?».

Il nano si mise la mano sul cuore e si inginocchiò. «Sì, signorina, un matrimonio rispettabile e tutto il necessario per vivere dignitosamente. Una settimana fa mio zio è morto e mi ha lasciato una grossa proprietà. Avremo un domestico che soddisferà ogni nostra richiesta, un cavallo e una carrozza, cibo e vino della migliore qualità e ogni tipo di svago.

E voi? Be', voi sarete una gran signora! Ricoprirò il vostro bel corpo di sete e merletti! Sarete felice come una Pasqua!».

Il rossore svanì lentamente dalle gote paffute della signorina Jeanne Marie, come pure il sorriso che era balenato sulle sue labbra, mentre gli occhi si socchiusero. Faceva la cavallerizza da anni, e si era stancata. La vita del circo aveva perso il suo fascino. Amava il focoso Simon Lafleur, ma sapeva bene che quel Romeo in calzamaglia non avrebbe mai sposato una ragazza senza dote.

Le parole del nano si stavano annidando nella sua mente. Si immaginò come una signora rispettabile, padrona di una magione di campagna, che avrebbe accolto Simon Lafleur con tutti i lussi a cui lui teneva così tanto. Simon sarebbe stato entusiasta all'idea di sposare una proprietaria terriera. Quei nanetti erano cagionevoli di salute e morivano presto. Non avrebbe fatto nulla per accelerare la fine di Jacques Courbé. No, sarebbe stata adorabile con quel povero ometto, ma certamente non si sarebbe strappata i capelli sulla sua tomba.

«Se mi amerete, nulla di ciò che desiderate vi sarà negato, signorina», continuò il nano. «Qual è la vostra risposta?».

Jeanne si chinò e lo prese fra le sue forti braccia, facendolo sedere sulle sue ginocchia come fosse una bambola, con la sua minuscola spada sul fianco. Poi, rallegrandosi della sua fortuna, gli diede un bacio sulla guancia, coprendogli il viso intero.

«Sono vostra!», mormorò, stringendoselo al seno prosperoso. «Vi ho amato sin dall'inizio, signor Jacques Courbé!».

II

Il matrimonio di Jeanne Marie fu celebrato nella città di Roubaix, dove si era fermato il circo Copo. Dopo la cerimonia, in una delle tende ebbe luogo un banchetto a cui partecipò una serie di personaggi famosi.

Lo sposo, con le guance arrossate per la felicità e il vino, era seduto a capotavola. Il mento gli arrivava appena sopra la tovaglia, per cui la sua testa sembrava una grossa arancia caduta dalla fruttiera. Sotto i suoi piedi penzolanti era accoccolato St Eustache: durante la cerimonia, l'animale aveva più volte espresso la sua disapprovazione ringhiando, ma ora era intento a spolpare un osso, e lanciava di tanto in tanto un'occhiata furtiva alle gambe tornite della sua nuova padrona. Il vecchio Copo sedeva alla destra del nano, il viso rosso e tondo come una luna settembrina. Accanto a lui c'era Griffo, il ragazzo-giraffa, che era coperto di nei e aveva il collo talmente lungo che guardava tutti dall'alto, compreso il signor Hercule Hippo, il gigante. Il resto della brigata comprendeva la signorina Lupa, che aveva denti bianchi incredibilmente lunghi e appuntiti e, quando provava a parlare, ringhiava; l'irritante signor Jegongle, che insisté per fare dei numeri con frutta, piatti e posate, sebbene l'intera compagnia non ne potesse più dei suoi spettacoli di giocoleria; la signora Samson, con i boa constrictor attorcigliati intorno al collo, che facevano timidamente capolino da dietro la sua testa, uno per ogni orecchio; Simon Lafleur e molti altri.

L'acrobata non aveva smesso di ridere sommessamente, com'era sua abitudine, da quando Jeanne Marie gli aveva detto del fidanzamento. Ora le sedeva accanto con indosso una calzamaglia cremisi. I capelli neri pettinati all'indietro erano talmente pieni di brillantina che riflettevano le luci come un elmo tirato a lucido. Di tanto in tanto, beveva tutto d'un fiato un bicchiere colmo di Borgogna, dava di gomito alla sposa e reclinava il capo all'indietro in uno dei suoi silenziosi scoppi di risa.

«Siete sicuro che non vi dimenticherete di me, Simon?», gli sussurrò lei. «Potrebbe passare del tempo prima che riesca a mettere le mani sui soldi di quel nanerottolo».

«Dimenticarvi, Jeanne?», ribatté lui. «Per tutte le dannate bollicine di questo champagne, mai! Vi aspetterò con la pazienza di Giobbe finché non vi deciderete a dargli un po' di formaggio avvelenato. Ma nel frattempo, cosa farete con lui, Jeanne? Dovrete pur concedergli qualche libertà. Al solo pensiero, divento matto!».

La sposa sorrise e scrutò attentamente il marito. Era davvero minuscolo! Eppure la vita avrebbe potuto rimanere a lungo attaccata alle sue ossa. Il signor Jacques Courbé si era concesso solo un bicchiere di vino, ma era già ubriaco. Aveva le guance infuocate e fissava Simon Lafleur con aria bellicosa. Sospettava forse la verità?

«Vostro marito è paonazzo», sussurrò quest'ultimo a Jeanne Marie. «*Ma foi*, signora, non vorrei che dopo vi picchiasse! Potrebbe diventare pericoloso quando beve. Se dovesse mai maltrattarvi, ricordatevi che potete contare sulla protezione di Simon Lafleur».

«Non fatemi ridere!», esclamò lei alzando i grandi occhi al cielo con aria maliziosa e appoggiando per un attimo la mano sul ginocchio di Simon. «Potrei schiacciargli la testa fra il pollice e l'indice, come una nocciola!», aggiunse poi, mimando il gesto. «E forse lo farò, se prova a prendersi delle libertà. Che schifo! Se solo ci penso, mi viene il voltastomaco».

Ormai gli ospiti stavano cominciando a tradire gli effetti delle abbondanti libagioni, soprattutto i fenomeni da baraccone che, come M. Jacques Courbé, si esibivano nei numeri minori.

Griffo, il ragazzo-giraffa, aveva chiuso i grandi occhi marroni e dondolava languidamente la testa sopra i convitati, con un'espressione un po' sdegnosa e le labbra all'in giù. Il signor Hercule Hippo, ancora più imponente dopo il lauto pasto, non faceva che ripetere: «Vi dico che non sono come gli altri uomini. Quando cammino io, la terra trema!». La signorina Lupa, con il labbro superiore ricoperto da una folta peluria e sollevato a scoprire i lunghi denti bianchi, rosicchiava un osso, borbottando fra sé e sé frasi incomprensibili e lanciando occhiate ostili e sospettose al resto della compagnia. Le mani di Jejongle avevano perso la loro destrezza e, poiché insisteva a giocare con i piatti e i coltelli di ogni nuova portata, il pavimento era disseminato di cocci di stoviglie. La signora Samson si tolse la sua collana di boa e diede loro delle zollette di zucchero imbevute di rum. Jacques Courbé aveva finito il secondo bicchiere di vino e scrutava Simon Lafleur attraverso gli occhi socchiusi.

Non può esserci cordialità né amicizia tra grandi egocentrici che hanno alzato il gomito. Ciascuno di quei fenomeni da baraccone credeva che la folla che ogni giorno si radunava al circo Copo venisse solo per lui; quindi in quel momento, infuocati dall'ottimo Borgogna, erano più presuntuosi che mai. I loro ego cozzavano l'uno con l'altro come biglie in un sacchetto. Erano come polvere da sparo in attesa di una scintilla.

«Io sono... un colosso!», esclamò il gigante con voce assonnata. «Le donne mi adorano. Lasciano i loro mariti nani per venire a vedere Hercule Hippo del circo Copo. Ah, e quando tornano a casa, ridono di loro! "Prima di baciarmi di nuovo, devi crescere", dicono ai loro amati».

«Razza di manzo che non sei altro, ecco una donna che non ti adora affatto», saltò su la signorina Lupa, guardandolo di traverso da sopra l'osso. «Quella grossa carcassa che ti porti dietro non è altro che cibo andato a male. Hai fregato il macellaio, caro mio. Le donne non vengono a vedere te! Tanto varrebbe guardare il bestiame per strada. Eh no, vengono da vicino e da lontano solo per ammirare una del loro sesso che certo non è una gattina!».

«Esatto», intervenne il vecchio Copo in tono conciliante, sorridendo e sfregandosi le mani. «Non una gattina, signorina, ma una lupa. Avete un gran senso dell'umorismo! Siete proprio divertente!».

«Certo che ce l'ho», convenne lei, tornando al suo osso, «e anche dei denti aguzzi, quindi vi consiglio di starmi lontano!».

«Avete torto tutti e due, signorina Lupa e signor Hippo», disse una voce che sembrava provenire dal tetto. «La gente in realtà viene a vedere me!».

Tutti alzarono gli occhi sull'altezzoso Griffo, il ragazzo-giraffa, che ondeggiava lentamente il collo lungo e stretto come una canna. Era stato lui a parlare, sebbene avesse gli occhi ancora chiusi.

«Sentite che impudenza!», esclamò la signora Samson. «Come se i miei piccolini non avessero voce in capitolo!». E così dicendo, sollevò i due boa, anch'essi ubriachi, che le dormivano in grembo, e li agitò come frustini davanti agli ospiti. «Il vecchio Copo sa fin troppo bene che è grazie a Marcantonio e Cleopatra che i numeri minori sono sempre pieni di gente!».

Il proprietario del circo, interpellato in prima persona, aggrottò la fronte, perplesso. Si sentiva in imbarazzo: quei fenomeni da baraccone erano difficili da gestire. Perché era stato così stupido da prendere parte alla festa di matrimonio di Jacques Courbé? Qualunque cosa avesse detto, sarebbe stata usata contro di lui.

Mentre il vecchio Copo esitava, con un sorriso accattivante stampato sul viso tondo e rubizzo, la scintilla prevista diede finalmente fuoco alle polveri. La causa scatenante fu la goffaggine del signor Jejongle, che aveva preso parte alla conversazione e voleva dire la sua. Giocando distrattamente con un cucchiaio e due pesanti piatti, disse in tono risentito:

«Sembra che vi siate dimenticati di me!».

Fece appena in tempo a finire la frase, quando uno dei piatti cadde malamente sulla grossa testa di Hippo, che si ricordò all'istante del collega. Anzi, non si limitò a ricordarselo, perché, già irritato oltremisura dalle offese della signorina Lupa, a questo nuovo affronto andò verso di lui e gli diede un pugno mandandolo a gambe all'aria sotto il tavolo.

La signorina Lupa, ,irascibile, tanto più quando la sua attenzione era concentrata su un succoso osso di pollo, dovette ritenere indecorosa la condotta del suo commensale, perché affondò prontamente i denti nella mano che aveva inferto il colpo. Hippo lanciò un grido di rabbia e di dolore come un elefante ferito e balzò in piedi, rovesciando il tavolo.

Scoppiò il putiferio. I fenomeni da baraccone si saltarono alla gola. Sopra le urla, gli strilli, i ringhi e i sibili, si udì la voce del vecchio Copo che intimava loro di calmarsi.

«Figli miei, figli miei! Non ci si comporta così! Smettetela, vi prego! Lupa, ricordatevi che siete una signora, oltre che una bestia!».

Di sicuro Jacques Courbé avrebbe avuto la peggio in quella violenta rissa, non fosse stato per St Eustache, che gli si parò davanti allontanando i potenziali aggressori. Così fu Griffo, il più indifeso, ad andarci di mezzo. La sua testolina tonda ondeggiava sotto i colpi come un sacco da pugile. Venne morso dalla signorina Lupa, schiaffeggiato da Hippo, preso a calci da Jejongle, graffiato dalla signora Samson e quasi strangolato dai due piccoli boa che gli si erano attorcigliati intorno al collo come cappi da forca. Sicuramente sarebbe rimasto vittima delle circostanze, non fosse stato per Simon Lafleur, la sposa e una mezza dozzina dei suoi amici acrobati, che il vecchio Copo aveva interpellato, supplicandoli di ristabilire la calma; quelli riuscirono a separare i contendenti, mentre ridevano a crepapelle.

Jacques Courbé se ne stava seduto con aria cupa sotto una piega della tovaglia, con in mano una bottiglia rotta. Era molto ubriaco, e fuori di sé. Quando Simon Lafleur gli si avvicinò con una delle sue risate silenziose, lui gli tirò contro la bottiglia.

«Toh, un calabrone!», urlò l'acrobata, sollevandolo per la vita. «Ecco il tuo maritino, Jeanne! Portalo via, prima che mi faccia del male. *Parbleu*, quando è sbronzo diventa una belva assetata di sangue!».

La sposa si avvicinò, il viso arrossato dalle risa e dal vino. Ora che era ufficialmente una proprietaria terriera, non si curava più di nascondere i suoi veri sentimenti.

«*Oh là là*», esclamò, afferrando il nano che si divincolava e mettendoselo sulla spalla. «Che caratterino ha questa scimmietta! Se continua così, dovremo sculacciarla!».

«Mettetemi giù!», urlò Jacques Courbé, furibondo. «Ve ne pentirete, signora! Mettetemi giù, vi dico!».

Ma la robusta sposa scosse la testa. «Eh no, piccolino!», ribatté ridendo. «Non vi libererete così facilmente di vostra moglie! Cos'è, volete fuggire dalle mie braccia prima della luna di miele?»

«Mettetemi giù!», ripeté lui. «Non vedete che stanno ridendo di me?»

«E perché non dovrebbero, scimmietta? Lasciateli pure ridere, ma io non vi metterò giù. No, vi porterò in spalla alla fattoria. Stabiliremo un precedente che le future spose potrebbero trovare difficile da seguire!».

«Ma è lontana da qui, Jeanne», intervenne Simon Lafleur. «So che siete forte come un toro e lui è solo un nanerottolo, ma scommetto una bottiglia di Borgogna che, una volta in strada, lo metterete giù».

«Affare fatto, Simon!», esclamò lei con un sorriso che scoprì i denti bianchi e forti. «Ma perderete la scommessa, perché giuro che potrei portare la mia scimmietta da un capo all'altro della Francia!».

Jacques Courbé smise di divincolarsi e si appollaiò sull'ampia spalla della sposa, dritto come un fuso. Dalle vette fiammeggianti della cieca passione, era precipitato in un abisso di furia gelida. Il suo amore era morto, ma un'emozione sconosciuta e maligna stava nascendo dalle sue ceneri.

«Venite!», ordinò la sposa. «Io mi metto in marcia. Simon, voi e gli altri seguitemi per vedere se vincerò la scommessa».

Uscirono tutti dalla tenda. La luna piena illuminava la strada che tagliava i campi, bianca e dritta come la scriminatura dei capelli neri e unti di Simon Lafleur. La sposa, sempre con il nano in spalla, si incamminò e cominciò a cantare. Gli ospiti la seguirono. Alcuni faticavano a stare dritti. Griffo barcollava penosamente sulle lunghe gambe magre. Solo il vecchio Copo rimase indietro.

«Che strano mondo!», mormorò fra sé, in piedi sulla soglia della tenda, seguendoli con gli occhi azzurri. «I miei figli a volte sono difficili... molto difficili!».

III

Era passato un anno dal matrimonio della signorina Jeanne Marie con Jacques Courbé. Il circo Copo si era di nuovo insediato nella città di Roubaix. Per più di una settimana, i contadini dei dintorni avevano affollato i numeri minori per dare un'occhiata a Griffo, il ragazzo-giraffa; a Hercule Hippo, il gigante; alla signorina Lupa, la donna lupo;

alla signora Samson, con i suoi boa constrictor; e a Jejongle, il celebre giocoliere. Ciascuno di loro era ancora fermamente convinto di essere l'unico responsabile della popolarità del circo.

Simon Lafleur se ne stava seduto nella sua camera alla locanda Wild Boar. Indossava solo la sua calzamaglia rossa, e il torso nudo e possente era lucido d'olio. Si stava spalmando accuratamente sui bicipiti un unguento dall'odore pungente.

A un tratto si udirono dei passi lenti e pesanti sulle scale. Simon Lafleur alzò gli occhi. La sua espressione cupa cedette il posto al sorriso radioso che aveva rubato il cuore di tante acrobate.

"Dev'essere Marcelle!", pensò. "O forse Rose, la ragazza inglese; o magari Francesca, anche se ha il passo più leggero. Be', non importa: chiunque sia, la accoglierò a braccia aperte!".

I passi erano giunti sul pianerottolo e, un attimo dopo, si fermarono fuori della porta. Poi una mano bussò timidamente.

Il sorriso di Simon Lafleur si allargò. "Forse è una nuova ammiratrice che ha bisogno di un po' di incoraggiamento", rifletté. E, ad alta voce, disse: «Avanti, signorina!».

La porta si aprì lentamente svelando la misteriosa visitatrice. Era una donna alta e magra vestita come una contadina. Aveva i capelli davanti agli occhi per via del vento. Sollevò una mano grande e rovinata dalla fatica per scostarli dal viso e scrutò a lungo il cavallerizzo.

«Non vi ricordate di me?», disse infine.

Simon Lafleur aggrottò la fronte perplesso, poi scosse lentamente la testa. Aveva conosciuto così tante donne. Era una domanda da fare a un uomo non più giovanissimo che aveva avuto una vita movimentata? Le donne cambiano così rapidamente! Forse quel mucchio di ossa poteva essergli parso desiderabile in passato.

Parbleu! Il fato era un mago: agitava la bacchetta e trasformava donne bellissime in megere, gemme in sassi, sete e merletti in corde. Chi stasera danzava al ballo del principe domani sarebbe potuto finire sul patibolo. L'unica cosa che contava era vivere e morire con la pancia piena. Arraffare il più possibile: ecco cos'era la vita!

«Non vi ricordate di me?», ripeté la sconosciuta.

Simon Lafleur scosse di nuovo la testa nera e lucida. «Ho una pessima memoria per i visi, signora», disse poi gentilmente. «È una sfortuna, di fronte a volti così belli».

«Ah, ma dovreste ricordarvi di me, Simon!», esclamò la donna con voce rotta. «Eravamo intimi, noi due. Non vi ricordate di Jeanne Marie?»

«Jeanne Marie!», ripeté lui. «Jeanne Marie che sposò una scimmietta e ottenne una casa in campagna? Non ditemi, signora, che...».

Si interruppe e la fissò a bocca spalancata. I suoi occhi neri e penetranti si posarono sui capelli radi e bagnati, per poi scendere lungo la sua figura emaciata e fermarsi sui pesanti stivali di cuoio coperti da uno spesso strato di fango.

«Non è possibile!», esclamò infine.

«Sono davvero Jeanne Marie», insisté lei, «o almeno ciò che ne resta. «Ah, Simon, che vita ho dovuto fare! Mi ha trattato come una bestia da soma! Mi ha sottoposto a ogni genere di umiliazione!».

«A chi vi riferite?», chiese Simon Lafleur. «Non certo al vostro marito in miniatura, a quel nano, Jacques Courbé!».

«E invece sì! Mi ha spezzata, ahimè!».

«Lui? Quell'omuncolo?», affermò Simon Lafleur con una delle sue risate silenziose. «Non è possibile! Come avete detto voi stessa una volta, potevate schiacciargli la testa fra il pollice e l'indice come una nocciola!».

«Così pensavo. Ma allora non lo conoscevo, Simon! Siccome era basso, credevo di poter fare di lui ciò che volevo. Pensavo di aver sposato un pupazzo. Mi dicevo: "Sarà un burattino fra le mie mani". Potete immaginare la mia sorpresa quando è accaduto il contrario!».

«Ma non capisco, Jeanne. Avreste potuto ridurlo all'obbedienza».

«Forse sì», annuì lei stancamente, «se non fosse stato per St Eustache. Quell'incrocio tra un cane e un lupo mi ha odiata sin dall'inizio. Se solo rispondevo a tono al suo padrone, mi mostrava i denti. Una volta, all'inizio, quando ho alzato la mano per dargli un ceffone, mi è saltato alla gola e mi avrebbe sicuramente ucciso, se il nano non lo avesse chiamato. Ero una donna forte, ma neanche allora potevo competere con un lupo!».

«Non avreste potuto usare del veleno?», chiese Simon Lafleur.

«Certo, ci ho pensato, ma era impossibile. St Eustache non mangiava dalla mia mano, e il nano mi costringeva ad assaggiare tutto ciò che preparavo per lui e il cane. Quindi non c'era modo di avvelenarli, a meno di non morire insieme a loro».

«Poverina!», esclamò l'acrobata in tono compassionevole. «Adesso capisco, ma sedetevi e raccontatemi tutto. Mi cogliete di sorpresa: l'ultima volta che vi ho vista vi dirigevate verso la vostra nuova casa con aria trionfante e il novello sposo in spalla. Cominciate dall'inizio».

«È stato proprio perché l'ho portato in spalla che ho dovuto soffrire le pene dell'inferno», disse lei, accomodandosi sull'unica altra sedia presente nella stanza spoglia. «Non mi ha mai perdonato di averlo umiliato davanti a tutti. Ricordate quanto mi vantai del fatto che avrei potuto portarlo da un capo all'altro della Francia?»

«Sì, e allora?»

«Ebbene, quel piccolo demonio ha calcolato la distanza esatta in leghe. Ogni mattina, con il sole o con la pioggia, mi costringe a uscire di casa, con lui in spalla e il cane alle calcagna, e ad arrancare lungo le strade polverose finché non mi tremano le ginocchia dalla fatica. Se solo rallento il passo, o se inciampo, mi sprona con dei piccoli speroni d'oro, mentre St Eustache mi mordicchia le caviglie. Quando torniamo a casa, sottrae le leghe percorse al totale che separa un capo e l'altro della Francia. Non ho ancora percorso nemmeno la metà della distanza, e non sono più forte come un tempo. Guardate le mie scarpe!».

E, così dicendo, sollevò un piede per mostrargliele. La suola dello stivale era consumata e Simon Lafleur scorse un lembo di pelle livida coperta dal fango della strada.

«È il terzo paio», continuò lei con voce roca. «E ora il nano dice che il cuoio per le scarpe costa troppo e che dovrò portare a termine il mio pellegrinaggio a piedi nudi».

«Ma perché sopportate tutto questo, Jeanne?», le chiese rabbiosamente Simon Lafleur. «Voi, che avete una carrozza e un domestico, non dovreste camminare affatto!».

«All'inizio c'erano una carrozza e un domestico», rispose lei, asciugandosi le lacrime con il dorso della mano. «Ma sono durati meno di una settimana. Il nano lo ha licenziato e ha venduto la carrozza a una fiera dei dintorni. Ora ci sono solo io a occuparmi di lui e del cane».

«Ma i vicini?», insisté Simon. «Perché non vi siete rivolta a loro?»

«Non abbiamo vicini: la fattoria è isolata. Sarei fuggita molti mesi fa, se avessi potuto, ma non mi perdono d'occhio un solo istante. Una volta ci ho provato, ma poco dopo mi sono ritrovata il cane alle calcagna. Mi ha costretta a tornare alla fattoria e il giorno seguente ho dovuto portare il nano in spalla finché non sono caduta a terra, esausta».

«Stasera, però, siete riuscita a fuggire?»

«Sì», rispose lei lanciando un'occhiata timorosa alla porta. «Stasera sono sgattaiolata fuori mentre dormivano e sono venuta da voi. Sapevo che mi avreste difesa in nome di ciò che siamo stati l'uno per l'altra. Convincete il vecchio Copo a riprendermi nel circo e vi assicuro che lavorerò come una schiava! Salvatemi, Simon!».

Jeanne Marie non riuscì più a trattenere i singhiozzi. Le salirono in gola, impedendole di aggiungere altro.

«Calmatevi, Jeanne», disse Simon Lafleur in tono rassicurante. «Farò tutto ciò che potrò per voi. Domani parlerò con il vecchio Copo. Certo, non siete più la donna che eravate un anno fa. Siete invecchiata, da allora, ma forse quel buonuomo vi troverà qualcosa da fare».

Poi si interruppe e la guardò attentamente. Jeanne si era drizzata sulla sedia e il suo viso, anche sotto lo strato di sporcizia, era pallido come la morte.

«Cosa vi turba, Jeanne?», chiese con un filo di voce.

«Ssshh!», ribatté lei, portandosi un dito alle labbra. «Ascoltate!».

Simon Lafleur tese l'orecchio, ma non udì nulla, a parte il ticchettio della pioggia sul tetto e il soffio del vento tra gli alberi. Un insolito silenzio sembrava regnare sulla locanda del Wild Boar.

«Non sentite?», esclamò lei con voce strozzata. «Simon, è qui sulle scale!».

Finalmente l'acrobata udì il suono che Jeanne aveva percepito con largo anticipo. Era un costante *pit-pat, pit-pat* sulle scale, difficile da distinguere dal rumore della pioggia; ma a ogni istante che passava si faceva sempre più chiaro e più vicino.

«Oh, salvatemi, Simon, salvatemi!», disse Jeanne Marie, gettandosi ai suoi piedi e stringendogli le ginocchia. «Salvatemi! È St Eustache!».

«Non dite sciocchezze», ribatté rabbiosamente lui. Ciò nonostante si alzò in piedi. «Non è l'unico cane a questo mondo. Al secondo piano vive un cieco che ne ha uno. Forse si tratta di quello».

«No, no! Lo riconosco, è St Eustache! Se ci aveste vissuto insieme un anno, lo riconoscereste subito anche voi! Chiudete a chiave la porta!».

«Nemmeno per sogno», replicò sdegnosamente lui. «Credete che mi lasci spaventare così? Se è davvero il cane mezzo lupo, peggio per lui. Non è certo il primo bastardo che strangolo con queste mani!».

Pit-pat, pit-pat: era al secondo piano. *Pit-pat, pit-pat*: ora era nel corridoio, e si avvicinava rapidamente. *Pit-pat*: a un tratto il rumore cessò.

Ci fu un attimo di silenzio, poi St Eustache trotterellò nella stanza. Jacques era seduto a cavalcioni sull'ampia schiena del cane, come faceva spesso durante gli spettacoli del circo. Impugnava una minuscola spada e i suoi occhi grandi come capocchie di spillo sembravano riflettere lo scintillio dell'acciaio.

Il nano ordinò al cane di fermarsi al centro della stanza e lanciò un'occhiata alla sfinita Jeanne Marie. Anche St Eustache sembrò scrutarla in silenzio e fissò su di lei gli occhi, due carboni ardenti, rizzando il pelo ispido e scoprendo le lunghe zanne bianche e voraci.

«Eccovi qui, signora!», disse infine Jacques Courbé. Sono fortunato ad avere un segugio che fiuta l'odore dei miei nemici e dà loro la caccia. Senza di lui avrei potuto avere qualche difficoltà a scovarvi. Bene, la festa è finita. Vi ho sorpreso in compagnia del vostro amante!».

«Non è il mio amante!», singhiozzò lei. «Non lo vedevo dal giorno in cui vi ho sposato! Ve lo giuro!».

«Una volta è più che sufficiente», ribatté il nano. «Questo incauto zoticone va punito!».

«Vi prego, risparmiatelo!», lo supplicò Jeanne Marie. «Non fategli del male! Non è colpa sua se sono venuta qui...», ma fu interrotta dallo scoppio di risa di Simon Lafleur.

«Ahahah!», esclamò rumorosamente, le mani sui fianchi. «Così volete punirmi, eh? *Nom d'un chien!*[2] I vostri numeri da circo non funzionano con me! E adesso, Pollicino a cavallo d'un cane grande come una pulce, levatevi di torno prima che vi schiacci. Aria, sparite, disintegratevi!». E, così dicendo, fece un profondo respiro aprendo il petto possente e soffiò forte sul nano. «Fuori di qui, insetto», sbraitò, «se non volete assaggiare il tacco della mia scarpa!».

Il signor Jacques Courbé rimase impassibile di fronte a quella raffica di insulti. Se ne stava tutto impettito in groppa a St Eustache, la minuscola spada appoggiata sulla spalla.

«Avete finito?», disse poi, quando l'acrobata smise di inveire. «Molto bene, *monsieur*! Preparatevi all'assalto della cavalleria». Fece una breve pausa, poi aggiunse, con voce forte e chiara: «Prendilo, St Eustache!».

[2] "Accidenti!", in francese nel testo (*n.d.t.*).

Il cane si accucciò e, un attimo dopo, saltò addosso a Simon Lafleur, che non ebbe il tempo di schivarlo. Seguì una mischia sanguinosa e fatale.

Simon Lafleur, malgrado la sua prestanza fisica, fu colto alla sprovvista dal balzo del cane, che lo gettò a terra e gli azzannò il braccio destro fino all'osso. Un attimo dopo, sempre saldamente in groppa a St Eustache, il nano trafisse con il suo spadino l'acrobata prostrato.

L'uomo lottò valorosamente, ma invano. A un tratto, sentì l'alito fetido del cane sul collo e il dolore provocato dalla lama del nano, che stavolta inferse un colpo mortale. Fu scosso da un fremito e si accasciò sulla schiena. Il Romeo del circo era morto.

Il signor Jacques Courbé ripulì la spada con un fazzoletto ricamato, smontò da St Eustache e si avvicinò a Jeanne Marie. Lei era ancora rannicchiata sul pavimento, gli occhi chiusi e la testa fra le mani. Il nano le toccò imperiosamente la spalla che tante volte lo aveva trasportato.

«Signora», le disse, «possiamo fare ritorno a casa. Però dovrete fare più attenzione d'ora in poi. *Ma foi*, sgozzare gli zoticoni è molto poco signorile!».

Lei si alzò in piedi, come una bestia abituata agli ordini del padrone.

«Desiderate che vi porti in spalla?», gli chiese, con le labbra livide.

«Ah, già», mormorò lui. «Dimenticavo la nostra piccola scommessa. Sì. A questo proposito, i miei complimenti, signora: avete coperto quasi metà della distanza».

«Quasi metà della distanza», ripeté lei con voce monocorde.

«Esatto, signora», confermò Jacques Courbé. «Sono certo che, quando avrete finito, sarete una moglie molto docile». Tacque un istante, poi aggiunse con aria pensierosa: «È sorprendente con quanta rapidità sia possibile domare una donna... con l'ausilio di un paio di speroni!».

Il vecchio Copo aveva trascorso un'allegra serata alla locanda del Wild Boar. Quando uscì in strada, vide davanti a sé tre sagome familiari: una donna alta, un nano e un grosso cane con le orecchie dritte. Lei portava in spalla l'uomo e la bestia le trotterellava dietro.

Il proprietario del circo si fermò e li fissò. I suoi occhi tondi erano pieni di uno stupore infantile.

«Possibile?», mormorò. «Ma sì! Tre vecchi amici! E Jeanne che lo porta in spalla! Certo, non deve prendersi gioco del signor Courbé! È così sensibile! Purtroppo, però, è uno di quegli uomini succubi delle mogli!».

James M. Cain
PASTORALE
1928

James M(allahan) Cain (1892-1977) nacque ad Annapolis e crebbe nel Maryland, dove si stabilì definitivamente (dopo diciassette anni trascorsi in California a lavorare come sceneggiatore) nel 1947. A diciott'anni si laureò presso il Washington College e per altri quattro insegnò matematica e inglese prima di completare il suo percorso di studi. In seguito divenne giornalista e, prima di aver compiuto trent'anni, aveva già inviato numerosi racconti e articoli a riviste. Il suo primo romanzo, *Il postino suona sempre due volte* (*The Postman Always Rings Twice*, 1934), fu uno straordinario bestseller, tanto che la MGM ne trasse ben due film: il primo (con sceneggiatura di Raymond Chandler) nel 1946, con Lana Turner e John Garfield, e il secondo nel 1981, con Jessica Lange e Jack Nicholson. Cain non scrisse mai racconti polizieschi, ma viene associato ad altri scrittori hard-boiled per le sue storie cupe, fatte di crimine, sesso e violenza, la maggior parte delle quali presenta il *leit-motiv* di un uomo che si innamora di una donna e per lei tesse una rete criminale, fino a essere tradito. Ritroviamo questa formula, oltre che ne *Il postino*, anche ne *La morte paga doppio* (*Double Indemnity*, 1943), da cui Billy Wilder trasse, nel 1944, un film con Barbara Stanwyck, Fred MacMurray e Edward G. Robinson, intolato *La fiamma del peccato*. L'altro classico film noir ispirato a una sua opera, *Il romanzo di Mildred* (*Mildred Pierce*, 1941), era cupo come i precedenti, ma la protagonista, la Mildred del titolo, veniva tradita da un'altra donna: la figlia.

Pastorale è il primo racconto pubblicato da Cain e contiene i temi principali che caratterizzeranno le sue opere successive. La storia di un uomo e una donna che hanno una relazione extraconiugale e tramano per uccidere il marito di lei è raccontata nello stile umoristico di *Tagliando i capelli* (*Haircut*, 1948) di Ring Lardner, anche se poi si conclude tragicamente. Apparve per la prima volta sul numero del marzo 1928 di «American Mercury», e, in seguito, nella raccolta *Il bambino nella ghiacciaia* (*The Baby in the Icebox*, 1981).

1

Be', pare proprio che impiccheranno Burbie. E, se succederà, sarà perché ha sempre pensato di essere più furbo di tutti gli altri.

Sapete, Burbie se ne andò di casa che aveva sedici anni. Scappò con una specie di circo, "East Lynne", si chiamava così, mi pare, e stette via una decina d'anni. E quando tornò credeva di sapere un sacco di cose. Burbie ha due occhi celesti che sembrano uscirgli dalle orbite e per ammazzare il tempo se ne stava seduto ad ascoltare i discorsi dei ragazzi alla sala da biliardo o dal barbiere o in un paio di altri posti che bazzicava, poi ti strizzava l'occhio come se fossero tutti degli idioti e solo lui lo sapesse.

Ma se dobbiamo parlare di quello che aveva in testa, be', non c'era granché. Certo, aveva sempre lavorato, dava una mano di vernice qua e là o aiutava nella costruzione di una nuova casa, o roba simile, ma soprattutto giocava a baseball con la squadra del liceo. Solo che un giorno scoppiò il finimondo, perché Burbie era talmente grande che nessuno credeva che andasse ancora a scuola e le altre squadre facevano sempre un sacco di storie. Così alla fine dovette smettere di giocare. E un'altra cosa che gli piaceva era cantare alle fiere. Secondo me era la cosa che gli piaceva di più in assoluto, perché diceva che negli anni in cui era stato via gli era capitato spesso di salire sul palco, e ci credo perché era bravo, soprattutto quando si vestiva da campagnolo di un tempo e si esibiva in un pezzo che conosceva.

Comunque, quando era tornato in città, aveva visto Lida ed era stato un colpo di fulmine. Era proprio come lui, solo che era una donna. Lavorava all'emporio. Vendeva abbigliamento da uomo e, ogni tanto, anche qualche cappello. Però stava poco dietro il bancone. Era sempre insieme ai ragazzi che bevevano Coca-Cola: tutte le volte chiedeva loro se la preferivano con la soda o con il limone e se poteva bere un sorso dai loro bicchieri. E non pensava ad altro che ai vestiti e a trovarsi qualcuno con cui uscire la domenica sera. I suoi abiti erano abbastanza alla moda, e se li faceva da sola. Ho anche sentito dire da alcuni ragazzi che non era difficile uscire con lei e che, se la portavi fuori, magari ottenevi quello che volevi. E perché Lida si sposò quel vecchio, proprio non lo so. Forse si era stufata di lavorare all'emporio e aveva adocchiato la grande fattoria dove viveva lui, a due o tre chilometri dalla città.

Quando Burbie tornò, lei era sposata da un annetto e non ne poteva già più. Così cominciarono a vedersi nel frutteto dietro la fattoria. Il vecchio andava a letto subito dopo cena e lei sgattaiolava fuori e raggiungeva Burbie. E tutti facevano finta di non saperlo, anche se ne erano perfettamente a conoscenza, perché verso le undici di sera lui tornava in città, andava alla sala da biliardo e si metteva comodo. E poi qualcuno gli faceva: «Ehi, Burbie, dov'eri finito?». E lui si guardava intorno, e poi strizzava l'occhio e spifferava tutto.

Per come la racconta lui – e la racconta spesso da quando è in prigione ed è diventato religioso – dopo un po' loro due pensarono bene di sbarazzarsi del vecchio. In fondo, gli restava poco da vivere, quindi tanto valeva mandarlo al Creatore subito piuttosto che aspettare un paio d'anni. E poi quello aveva capito che c'era qualcosa che non andava e, se sbatteva Lida fuori di casa, sarebbe stato difficile mettere le mani sui suoi soldi pure se crepava di morte naturale. E poi la voce si stava spargendo, per cui Burbie pensò che era meglio se si sistemavano, perché altrimenti avrebbe dovuto lasciare di nuovo la città.

E fu così che coinvolse anche Hutch. Aveva paura di uccidere il vecchio da solo e voleva una mano. E poi realizzò che era meglio se Lida non era nei paraggi, così poteva sembrare una rapina. Io, al posto suo, avrei lasciato fuori Hutch. Perché era cattivo. Pure lui era stato via per un bel po', ma non per gli stessi motivi di Burbie. Si era fatto due anni di galera ad Atlanta perché aveva perso un sacco di corrispondenza mentre guidava il carro della posta fino alla stazione.

Ma quello che voglio dire è che non era solo disonesto, era anche cattivo. Aveva l'aria torva, come quando ordinava due uova al tegamino alla tavola calda e poi se le mangiava a testa bassa, con il braccio intorno al piatto neanche avesse paura che qualcuno glielo rubasse. E poi sempre il pollice vicino alla punta del coltello, come fanno i negri con il rasoio. Nessuno parlava con lui e forse è per quello che non sapeva niente di Burbie e Lida, e credette a ciò che lui gli raccontò sul conto del vecchio, cioè che aveva un pentolone pieno di soldi nascosto nel camino sul retro della casa.

Così una notte ai primi di marzo lui e Hutch uscirono e fecero quello che dovevano fare. Burbie aveva trovato il modo di tenere fuori Lida. Lei aveva detto che doveva andare in città a fare compere e aveva preso il 6, quindi tutti sapevano che non era in casa. Quando Hutch la vide allontanarsi, corse da Burbie per dirgli che era il momento giusto. Lui non aspettava altro. Perché insieme a Lida aveva già infilato dei soldi nel pentolone, così che Hutch non pensasse che fosse una messinscena. Certo, ci avevano messo solo ventitré dollari, tutti in monetine per farli sembrare di più, perché Burbie non aveva altro. Erano i risparmi di una vita, insomma.

E poi lui e Hutch salirono sul carro di quest'ultimo, dato che si era rimesso a lavorare nei trasporti, e andarono a casa del vecchio. Legarono il cavallo sul retro, così non si vedeva dalla strada, e bussarono alla porta, dicendo che passavano di lì di ritorno dalla città e si erano fermati per scaldarsi un po', perché faceva un freddo cane. L'uomo li lasciò entrare e offrì loro del sidro, così finirono per ubriacarsi ancora di più. Erano già mezzi sbronzi perché, per darsi coraggio, avevano bevuto un po' di whisky di mais dalla fiaschetta che avevano in tasca.

E poi Hutch aggredì il vecchio alle spalle e lo colpì con una chiave inglese che aveva nascosto nel cappotto.

2

Poi Hutch si arrabbia come un matto con Burbie perché nel pentolone ci sono solo ventitré dollari. Non fa nulla, però. Rimane lì seduto a guardare prima i soldi che ha rovesciato sul tavolo, poi il suo compare.

Allora Burbie comincia a lisciarselo. Gli fa: «Che mi venga un colpo, pensavo ci fossero mille dollari nel pentolone, visto che il vecchio era ricco sfondato». E ripete «che mi venga un colpo, è stata una brutta sorpresa anche per me trovare quattro soldi». E dice «che mi venga un colpo, mi dispiace un sacco, perché l'idea è partita da me». E dice «che mi venga un colpo, è tutta colpa mia e ti lascio tutti i soldi, ci mancherebbe. Non prendo neanche un centesimo per me, perché mi sento troppo male». E Hutch non risponde e continua a guardare prima i soldi, poi Burbie.

E, proprio mentre lui sta parlando, si sente un gran baccano davanti casa e qualcuno che suona il clacson di un'automobile. Allora Hutch balza in piedi e prende i soldi e la chiave inglese e se li ficca in tasca e rimette il pentolone dentro il camino. E poi lui e Burbie trascinano il vecchio fuori della porta sul retro, lo caricano sul carro e scappano. E, siccome se ne vanno da dove erano venuti, i tizi in macchina non li vedono. Erano dei vecchi della Chiesa metodista che non sopportavano Lida e, sapendo che era via, erano passati a salutare il marito. E, dopo che erano entrati e non avevano visto nessuno, avevano pensato che il vecchio se ne fosse andato in città, così erano tornati indietro.

Hutch e Burbie si erano cacciati in un bel guaio. Perché stavano scappando con il vecchio sul carro e non avevano la più pallida idea di dove stavano andando, né di cosa fare del cadavere. Allora Burbie comincia ad agitarsi, ma Hutch resta dov'è, alle redini, e non dice niente.

Dopo un po' arrivano in un posto dove stavano costruendo un pezzo di strada della contea e la terra era sventrata e c'erano dei capanni per gli attrezzi ai lati. Allora Hutch scende e ne forza uno con la chiave inglese, tira fuori un piccone e una pala e li carica sul carro. Poi riparte finché non arrivano al bosco di Whooping Nannie, a un cinque chilometri dalla fattoria del vecchio, dove si dice che le notti di luna nuova appaia un fantasma. Hutch ci si infila e a un certo punto arriva a una radura e si ferma. E poi la prima cosa che dice a Burbie è:

«Scava una fossa!».

Burbie lo fece. Scavò per due ore, finché non fu talmente stanco che quasi non si reggeva in piedi. Ma fu praticamente inutile. Il terreno era ghiacciato e anche con il piccone si riusciva a malapena a intaccare. Hutch però gli disse di smettere e insieme buttarono dentro il vecchio e lo seppellirono. Rimase fuori solo la testa. Allora Hutch la cacciò più giù che poté e la coprì un mucchietto di terra e poi salirono di nuovo sul carro e se ne andarono.

Poco dopo Hutch si mette a maledire Burbie. Poi gli rinfaccia di avergli raccontato un sacco di balle. Ma lui giura che non è vero. Hutch gli fa «eccome, se me le hai raccontate» e gli dà un cazzotto che lo fa volare sul fondo del carro, poi lo prende a calci. Ma Burbie si rialza e gli dice di Lida. E, quando ha finito, Hutch gira il cavallo. Il compare gli domanda perché stanno tornando indietro e quello gli risponde che è per prendere un regalo per Lida. Così fanno. Quando arrivano alla fossa, Hutch ordina a Burbie di tagliare la testa al vecchio con la pala. Quello si sente male, ma il complice lo costringe a continuare e dopo un po' Burbie riesce nel suo intento. Hutch la butta nel carro e poi salgono e ripartono in direzione della città.

Non erano ancora usciti dal bosco quando Hutch scola un sorso di whisky e comincia a blaterare che vuole costringere Burbie a mettere la testa in una scatola e a legarla con lo spago e a portarla a Lida per farle una bella sorpresa. Dice che appena lei tornerà a casa, Burbie dovrà dargliela, e poi lui lo ucciderà: «Ti ammazzo! Ti ammazzo, accidenti a te! Ti ammazzo». E continua a ripeterlo come una specie di cantilena.

Poi beve un altro sorso di whisky, si alza in piedi e lancia un urlo. Frusta il cavallo, che inizia a correre. Anzi, a galoppare. E Hutch lo frusta di nuovo e si mette a gridare con tutto il fiato che ha in corpo: «Forza, cowboy!», sbraita. «Si va verso est! Largo al vecchio ronzino! Yeppaaa!». Ed eccoli per la strada, con il cavallo che galoppa come un forsennato, Hutch che urla, Burbie che è percorso da brividi e la testa del vecchio che rotola in fondo al carro e rimbalza quando prendono una buca, e lui si sente morire ogni volta che gli rotola fino ai piedi.

3

Dopo un po' il cavallo si stanca e non ne vuole più sapere di galoppare, per cui devono proseguire al trotto. Hutch si rimette a sedere e comincia a brontolare. Burbie intanto cerca di capire cosa diavolo vuole farci il suo complice con quella testa. Poi si ricorda di un torrente che devono attraversare e che all'andata non hanno passato perché sono arrivati a casa del vecchio dal retro. Allora decide di buttare la testa in acqua non appena Hutch si distrae. E così fa. Arrivano al torrente e, siccome prima del ponte c'è una collinetta, quando il carro si inclina lungo la discesa, la testa rotola fra i piedi di Burbie, che la tiene lì e, a metà ponte, la butta in acqua.

Un attimo dopo Hutch urla e si lancia sul fondo del carro, perché il rumore sembrava un colpo di pistola. Burbie si era scordato che era una notte gelida e il torrente era ghiacciato. Non troppo, solo uno strato spesso un pollice, ma abbastanza da spaccarsi con un gran rumore quando la testa lo colpisce. Ecco cosa ha spaventato Hutch. Quindi quando si alza e vede la testa lì sul ghiaccio al chiaro di luna e capisce che era stato Burbie, gli urla che lo avrebbe ammazzato all'istante. Quando prende il piccone, Burbie salta giù dal carro e si mette a correre, e non si ferma finché non arriva a casa sua, chiude a chiave la porta, si infila nel letto e si tira le coperte fin sopra il capo.

La mattina dopo un tizio arriva di corsa in città e dice che al ponte è successo il finimondo. Allora andiamo tutti al torrente e la prima cosa che vediamo è la testa là sul ghiaccio, appoggiata su un orecchio. Poi vediamo il cavallo e il carro legati al parapetto del ponte e il cavallo mezzo congelato. E vediamo il buco nel ghiaccio dov'era caduto Hutch. E ancora, sul fondo, accanto a uno dei piloni del ponte, proprio lui.

Quindi per prima cosa cerchiamo di recuperare la testa. E credetemi, è difficile riprendere una testa sul ghiaccio sottile, al punto che dovemmo prenderla al lazo. Ripeschiamo Hutch, che aveva in tasca la chiave inglese e i ventitré dollari e la pinta di whisky ed era rigido come uno stoccafisso. E, a quanto ho capito, era andata così: dopo che Burbie se l'era data a gambe, il suo complice era sceso giù lungo il pilone del ponte per recuperare la testa ed era caduto nel fiume.

Ma lì per lì nessuno aveva compreso cos'era successo, e solo quel pomeriggio, quando un paio di ragazzi avevano ritrovato il corpo del vecchio decapitato e il pentolone e quelli della Chiesa metodista avevano raccontato la loro storia e via dicendo, abbiamo capito che era stato Hutch, soprattutto perché doveva essere ubriaco ed era già stato in galera e tutto il resto, e nessuno aveva pensato a Burbie. Si era tenuto il funerale e Lida aveva pianto come una fontana e tutti si erano scervellati su cosa voleva farci Hutch con quella testa, e siamo andati avanti così per tre settimane.

Poi una notte alla sala da biliardo si rimettono a parlare della testa e chi dice una cosa e chi ne dice un'altra. Benny Heath, che è un po' lo sceriffo della città, comincia a blaterare: Hutch doveva aver pensato che, se non riuscivano a trovare la testa del cadavere, non potevano provare nessun omicidio. E, nel bel mezzo della tiritera, Burbie si guarda intorno come faceva sempre e strizza l'occhio. E siccome Benny Heath non smette di pontificare, lui gli si avvicina e si mette a parlare. E, nel giro di due minuti, non si sentiva più volare una mosca nella sala, perché tutti ascoltavano Burbie.

Vi ho già detto che Burbie era bravo a recitare. E, in effetti, era una specie di recita anche quella. Parlava come se aveva imparato tutto a memoria. Gli tremava la voce e ogni due minuti si asciugava le lacrime e sembrava che non riusciva più a parlare, poi però ricominciava.

E il succo della storia era che aveva fatto un gran casino in vita sua. Che a rovinarlo erano stati il whisky e le donne. Ha parlato di tutte quelle che aveva conosciuto e di tutti i saloon dove era stato. Anche questa era una mezza bugia, perché se i saloon fossero stati così eleganti come diceva lui, non lo avrebbero mai fatto entrare. E poi ci ha detto che gli dispiaceva della vita che aveva fatto e che gli venisse un colpo se non era tornato a casa proprio per stare lontano dai guai e mettere la testa a posto. E che Lidia non voleva che lui la lasciasse. Lo aveva abbindolato finché non gli era venuta l'idea di far fuori il vecchio. E infine ci ha raccontato di come lui e Hutch l'avevano ammazzato, e del pentolone e della testa e di tutto il resto.

E la storia somigliava a un pezzo che lui conosceva e che si chiamava *La faccia sul pavimento*, che parlava di un vagabondo che disegnava il ritratto della donna che l'aveva rovinato sul pavimento di un bar. Ma la cosa strana era che Burbie faceva finta di vergognarsi, ma non era mica vero. Si vedeva che era orgoglioso. Era orgoglioso di tutte le donne e di tutto il whisky che aveva bevuto e di Lida e del vecchio e della testa e del fatto che era stato abbastanza furbo da non cadere nel torrente come Hutch. Dopo aver finito, si era accasciato sul pavimento con un grido e forse pensava di morire sul colpo come il vagabondo che aveva disegnato la faccia sul pavimento del bar, solo che non era andata così. Era rimasto lì un paio di minuti finché Benny non lo aveva tirato su, messo sull'automobile e portato in prigione.

E adesso è lì, che lavora ed è anche diventato religioso e a tutti quelli che vanno a trovarlo canta gli inni e recita il suo pezzo. E ho sentito dire che adesso lo fa alla perfezione, con le lacrime e tutto. E anche Lida è in galera, ma lei non parla, dice solo che è colpevole come Hutch e Burbie. Quindi lui verrà impiccato, ci potete scommettere. E se non si fosse ritenuto tanto furbo, sarebbe ancora un uomo libero.

Secondo me se l'era tenuto dentro così a lungo che alla fine non ce l'ha fatta più.

Steve Fisher

NON VI DIMENTICHERETE DI ME

1938

Steve (Stephen Gould) Fisher (1912-1980) nacque a Marine City (Illinois) ed entrò nel corpo dei Marines all'età di sedici anni. Nel 1932 venne congedato e si trasferì in California. Il suo primo racconto era stato pubblicato quando aveva solo tredici anni, il che lo aveva spinto a trasferirsi a New York per collaborare con riviste pulp, scrivendo centinaia di racconti, per lo più gialli, ma anche di guerra, sesso e amore, e guadagnandosi il diritto di pubblicare poi su riviste patinate quali «Esquire» e il «Saturday Evening Post». Quando i soldi di Hollywood gli parvero più allettanti, andò a Los Angeles e cominciò a scrivere per il cinema, dimostrandosi altrettanto prolifico e firmando la bellezza di cinquantatré sceneggiature, fra cui *Onde insanguinate* (*Johnny Angel*, 1945, con Frank Gruber), *Una donna nel lago* (*The Lady in the Lake*, 1946), *Il canto dell'uomo ombra* (*Song of the Thin Man*, 1947) e *L'impronta dell'assassino* di Cornell Woolrich (*I Wouldn't Be in Your Shoes*, 1948). Fisher scrisse anche per la televisione, realizzando più di duecento sceneggiature per serie durature fra cui *McMillan e signora*, *Barnaby Jones*, *Starsky & Hutch*, *77 Sunset Strip*.

La sua carriera subì la svolta decisiva nel 1941, quando scrisse il romanzo *Quando sarò impiccato* (*I Wake Up Screaming*), che fu portato sul grande schermo con il titolo di *Situazione pericolosa*. Mentre il libro era ambientato fra i palmizi dell'assolata Hollywood, il film, universalmente considerato il primo noir della storia del cinema, si sposta nei vicoli bui e negli squallidi nightclub di New York. Il cast era composto da Victor Mature, Betty Grable e Carole Landis. Il remake, realizzato dodici anni dopo con il titolo di *Hanno ucciso Vicki* e ambientato in California, aveva come protagonisti Jeanne Crain, Elliott Reid, Jean Peters e Richard Boone.

Non vi dimenticherete di me (*You're Always Remember Me*) fu pubblicato per la prima volta sul numero di «Black Mask» del marzo 1938.

Capii subito che era Pushton a suonare la tromba, e saltai giù dal letto tirandomi dietro lenzuola e coperte. Corsi alla porta e urlai: «Basta! Basta! Basta!», e poi sbattei la porta e corsi lungo la fila di letti togliendo le coperte di dosso agli altri ragazzi e urlando:

«Forza, alzatevi! Alzatevi! Non sentite Pushton che si sfiata là fuori?».

Odio le trombe in generale, ma il modo in cui Pushton strapazza la sveglia mattutina mi uccide. Già non avevo dormito bene pensando alla notizia che avrei ricevuto stamattina, e venire strappato in quel modo al poco di sonno che ero riuscito a concedermi peggiorò la situazione.

Tornai verso il letto e presi le scarpe e le mollettiere e le sbattei sul pavimento di fronte a me, poi cominciai a sbottonarmi il pigiama. Sapevo che sarebbe stato inutile chiedere informazioni ai ragazzi della mia ala. Non erano in grado di dirmi nulla. Le poche volte che prendevano in mano un giornale leggevano i fumetti. È questo il problema della Clark. Lo so, è una delle migliori accademie militari dell'Ovest e mio padre deve sborsare un sacco di soldi per tenermi qui, ma hanno delle idee stupide su come trattare i giovani. Per esempio quella di dividere i dormitori in base all'età. Chiunque abbia un briciolo di buonsenso sa che bisognerebbe farlo in base ai gradi, perché ad esempio in quest'ala non c'è un solo quattordicenne con cui riuscirei a parlare senza aver voglia di tirargli un cazzotto. E io ci devo vivere con questi schifosi.

Così non dissi una parola e mi vestii, poi mi precipitai fuori prima che il battaglione si schierasse per l'alzabandiera. Che cosa stupida, vero? Costringerci a starcene lì impalati al freddo e a stomaco vuoto mentre issano la bandiera e Pushton suona di nuovo la tromba. Ma immagino che sarei potuto finire in un posto peggiore della Clark, se mio padre non avesse avuto un sacco di influenza e di soldi. Non fosse stato per lui, in questo momento sarei in una scuola dove ti sbattono a destra e a manca, senza chiederti il tuo parere. Lo so per esperienza. Ci ho passato un mese in un posto così. Quindi la cosa migliore era lasciare che l'accademia mettesse in scena il suo spettacolino dell'alzabandiera senza fare troppe storie.

Prima che cominciasse, mi avvicinai ai ragazzi più grandi e li tempestai di domande: «Sei andato al funerale ieri? Hai per caso letto il giornale? Che ne è di Tommy Smith?». Ecco cosa volevo sapere: che fine aveva fatto Tommy Smith.

«Non gliel'hanno concessa», mi rispose uno.

«Quindi il governatore non ha acconsentito?»

«No, lo impiccano venerdì».

Quella notizia mi investì come un treno in corsa e sentii le parole affollarsi sulla punta della lingua per poi scivolare di nuovo giù in gola. Avevo le gambe molli e lo stomaco chiuso. Ero sicuro che gli avrebbero commutato la pena di morte in ergastolo. Non pensavo che avessero prove a sufficienza per impiccarlo. Non che mi importasse granché, solo che viveva dall'altra parte della strada e quando lo avevano portato dentro per aver accoltellato il padre alla schiena (era quella l'accusa), le sue due sorelle erano rimaste improvvisamente senza genitori e senza fratello, ed erano distrutte.

Ed è qui che entro in scena io. Ho una cotta per Marie, la sorella minore di Tommy. Ha quindici anni, uno in più di me ma, come ho già detto, non sono un cretino. Sono quello che si dice un tipo sveglio.

Quindi sarebbe andata così: avrebbero impiccato Tommy e Marie avrebbe pianto sulla mia spalla per sei mesi. Forse l'avrei mollata. Di sicuro non avevo intenzione di sopportare una cosa del genere per il resto della mia vita.

Mi schierai con la compagnia dei dodicenni, all'estremità destra perché ero sergente di linea. Formammo il drappello in modo corretto e cominciammo a marciare verso l'asta della bandiera. Io mi sentivo malissimo. Ci disponemmo in fila l'uno accanto all'altro e ci fermammo all'alt.

Pushton ricominciò a suonare. Lo guardavo con occhi di fuoco. Dio se li odio i trombettieri, e lui è comunque facile da odiare. È grasso e porta un paio di occhiali con la montatura di corno. Ha un corpo che pare una palla da bowling e una testa che sembra un brufolo. La faccia, poi, è identica al porridge andato a male. E pensa che fare il trombettiere sia un compito importante! Se ne va in giro tutto trionfio, come l'arcangelo Gabriele, con il sedere e il petto in fuori.

Lo stavo fissando, ma in realtà pensavo a Tommy Smith. La sera dell'omicidio ero andato a casa sua per vedere Marie e avevo assistito a parte del suo alterco con il padre. Una cosa stupida. Tommy voleva sposare una ragazza e lui non era d'accordo. Per quanto mi riguarda, quel vecchio brontolone meritava di morire. Quand'ero piccolo, mi correva dietro minacciandomi con un bastone. Marie mi raccontava che di notte si alzava e se ne andava in giro battendo il bastone per terra.

La difesa di Tommy era che il vecchio aveva alzato il bastone per picchiarlo. O meglio, la difesa che intendeva presentare il suo avvocato. Voleva che il ragazzo si dichiarasse colpevole nella speranza di un'assoluzione. Ma Tommy aveva negato tutto fermamente. Aveva detto che non era stato lui a uccidere il padre, ma poi l'accusa aveva fatto in modo di farlo apparire come un ubriacone bugiardo e la giuria ci aveva creduto.

Tommy era un tipo simpatico. Giocava a football all'università ed era un ragazzone con i capelli biondi, gli occhi azzurri e un viso rubicondo. Aveva un sorriso smagliante, come se si lavasse di continuo i denti. Forse, però, il vecchio aveva ragione a proposito di quella ragazza, perché quando era scoppiato il finimondo si era dileguata ed era andata a New York o non so dove con i suoi.

Stavo pensando a tutto questo quando ricominciammo a marciare; e lo stavo ancora facendo quaranta minuti dopo, quando andammo a fare colazione dopo esserci spaccati le braccia con degli stupidi esercizi ginnici. Ne sanno una più del diavolo! Come se non facessimo già abbastanza movimento correndo qua e là tutto il giorno!

E poi tutti a mangiare.

Mi sedetti al tavolo e, mentre rompevo un uovo, vidi il tizio davanti a me ingurgitarne sei. Dovetti trattenere una risata. La gente pensa che le scuole private siano esclusive e che i loro figli frequentino la *crème* dei giovani americani. Tutte balle. Qui ci sono i rampolli dei proprietari dei grandi magazzini. E quelli delle stelle del cinema, ma per il resto siamo quasi tutti ragazzi difficili ed emarginati che non sono riusciti a inserirsi nella scuola pubblica e non erano benaccetti a casa. Gli insegnanti privati, poi, non hanno voluto occuparsi di noi, né per soldi, né per amore. Così ci hanno spedito qui.

Alla Clark sanno gestire qualsiasi ragazzino, e si può tralasciare l'amore, purché si tirino fuori i soldi. Così i genitori sono tranquilli e lui può vantarsi di indossare un'elegante uniforme dell'accademia militare.

In tutto lo Stato nessun'altra scuola, pubblica o privata, aveva voluto accettarmi dopo aver dato un'occhiata al mio curriculum. Ma quando il vecchio Clark aveva i soldi in mano, chiudeva tutti e due gli occhi di fronte a quel genere di passato. Insomma, là dentro eravamo tutti così.

Comunque, come dicevo, stavo fissando quell'ingordo mentre ingurgitava un uovo dietro l'altro convinto che fosse una cosa intelligente, anche se gli avrebbe fatto venire il mal di stomaco, quando il ragazzo alla mia destra fece:

«Ho sentito che Tommy Smith verrà impiccato».

«Già. Brutta storia, eh?»

«Brutta?», rispose lui. «È fantastico! Ben gli sta a quel verme schifoso».

«Senti», gli dissi, «prova a ripeterlo e ti spacco la faccia».

«Insieme a quanti altri?», chiese lui.

«Da solo», replicai. «E, se vuoi venire fuori, lo faccio subito».

Il capotavola sbraitò: «Ehi, datevi una calmata, voi due. Perché state litigando?»

«Perché Tommy Smith verrà impiccato», risposi, «e secondo me è una gran brutta storia, perché è innocente come un bambino».

«Sì, sì», ribatté il capotavola. «Lo dici solo perché ti piace Marie Smith».

«Che romanticone!», mormorò il tipo delle uova.

Io gli gettai l'acqua in faccia, poi mi alzai, parandomi di fronte al capotavola e al tipo alla mia destra. «Sentite», dissi, «Tommy Smith è innocente. Ero lì un'ora prima dell'omicidio. Cosa ne sapete, voi idioti che parlate a vanvera? Conoscete solo quello che avete letto sui giornali. Non è stato Tommy. Lo saprei, voi che dite? Ero in casa loro prima che succedesse. E dopo ci sono tornato più volte. Ho anche parlato con gli investigatori».

E poi mi rimisi a sedere, furioso. Ma solo perché avevo visto un professore entrare nel refettorio. Quando ci passò accanto, restammo tutti immobili. Poi il capotavola disse, con una risata beffarda:

«Tommy Smith è un bastardo. È stato lui a uccidere il padre, altroché! Gli ha conficcato un pugnale nella schiena!».

«Non è vero!», urlai.

«Come fai a sapere che non è vero?»

«Perché... perché sì».

«Perché sì! Sentitelo... Perché sì! Mi viene da ridere!».

«Accidenti a te. Ti ho detto che lo so».
«Come fai a saperlo? Diccelo, su!».
«Be', magari sono stato io. Che mi dici adesso?»
«Tu!», gridò il capotavola. «Un foruncolo di quattordici anni come te che uccide qualcuno! Ah-ah!».
«Va' all'inferno», sibilai. «Va' dritto all'inferno!».
«Un foruncolo come te che uccide qualcuno!» ripeté il capotavola, tenendosi la pancia per le risate.

Quel lunedì continuai a stare male pensando a Tommy, perché era veramente un tipo a posto: sempre sorridente, sempre pronto a darti una pacca sulla spalla. Sapevo che doveva essere in una cella a San Quintino ad aspettare, a contare le ore, magari ad ascoltare ogni rumore mentre veniva allestito il patibolo.
Immagino che non ci si senta molto bene mentre si attende una cosa simile, facendo su e giù per una cella, fumando una sigaretta dietro l'altra, domandandosi com'è morire. Ho letto qualcosa in proposito: se non ricordo male, era la storia di "Two Gun" Crowley, che andò alla sedia elettrica a testa alta e petto in fuori, come se ne fosse orgoglioso. Ma doveva esserci qualcosa sotto, e almeno Crowley sapeva che se l'era cercata. La realtà, però, dev'essere diversa da quello che si legge sui giornali. Dev'essere terribile.
Ciò nonostante, ebbi abbastanza buonsenso da stare lontano da Marie tutto il giorno. Sarei potuto facilmente andare a casa sua, che era di fronte al campus, ma sapevo che lei e sua sorella Ruth e quel Duff Ryan, il giovane investigatore che aveva arrestato Tommy (perché, come aveva detto, riteneva fosse suo dovere), contavano sulla commutazione della pena. Credevano di avere tutto il tempo per chiarire alcuni punti del caso che erano apparsi piuttosto deboli persino in tribunale. E invece no. La dolce Marie non avrebbe avuto voglia di farsi consolare da me, e poi ero stufo di ripeterle sempre le stesse cose e vederla scoppiare in lacrime ogni volta che nominavo Tommy.
Lunedì sera me ne stavo seduto in biblioteca a pensare a quella brutta storia. Fuori della finestra si vedevano le stelle che brillavano nel cielo limpido; e, anche se all'interno faceva caldo, sentivo l'aria fresca che soffiava nel blu profondo della notte, tanto che rabbrividii. Quando ci fecero tornare al dormitorio alle 20:30 Simmons, il capitano della men-

sa, ricominciò a punzecchiarmi sull'innocenza di Tommy, così gli sussurrai:

«Senti, schifoso, hai voglia di farti male?»

«No», ribatté lui, poi aggiunse: «Testa bacata».

«Se non chiudi quella boccaccia, ti ritroverai con la faccia rotta».

Lui non replicò e, quando andai a letto e si spensero le luci, mi rigirai nella branda mentre quel ciccione di Pushton suonava il silenzio con la tromba, straziando anche quello. Meno male che l'indomani toccava a Myers, così non avrei dovuto sorbirmi di nuovo Pushton.

Il silenzio era passato da un pezzo, ma non riuscivo a dormire perché continuavo a pensare a Tommy. Accidenti a lui: mi toglieva anche il sonno! Ma vi assicuro che ero davvero agitato e, non fosse stato per il fatto che avevo smesso da un pezzo di credere in Dio, avrei potuto essere abbastanza stupido da pregare per lui. Ma non lo feci e finalmente, intorno alle dieci, mi addormentai.

Non andai a trovare Marie neanche il giorno dopo, martedì, pensando fosse meglio tenermi alla larga. Ma la sera, dopo il rancio, un attendente venne a cercarmi in biblioteca per dirmi che mi volevano al telefono. Corsi all'edificio principale e presi la chiamata. Era Duff Ryan, il giovane detective di cui vi ho parlato.

«Mi hai dato una bella gatta da pelare, giovanotto», esordì.

«Può essere più chiaro?», ribattei. «Non ho tempo da perdere». Dovevo essere veramente nervoso per rispondere così a un rappresentante della legge, ma c'era qualcosa negli occhi grigi e gelidi di Duff Ryan che mi turbava, tanto che mi sembrava quasi di vederli attraverso il telefono.

«Mi riferisco a Ruth», spiegò lui in tono pacato. «Sta molto male. Non ho problemi ad occuparmi di lei, ma la piccola Marie piange come una disperata e non riesco a consolarla».

«E allora?»

«È la tua ragazza, Martin, o no?»

«Senta», gli dissi, «in questa scuola gli studenti vengono chiamati per cognome. Martin è da femminucce. Mi chiamo Thorpe...».

«Mi dispiace di averti disturbato, Martin», replicò Duff, serafico. «Se non vuoi collaborare...».

«Certo che voglio collaborare», mi affrettai a dire. «Vengo subito, purché mi diano il permesso».

«Ci ho già pensato io», fece lui. «Devi semplicemente attraversare la strada, senza preoccuparti di avvisare nessuno».

«Va bene», dissi, e riagganciai. Rimasi seduto accanto al telefono per un minuto. Mi sembrava strano. Forse Duff era sincero, ma ero diffidente. I poliziotti sono imprevedibili.

Uscii dal campus e mi diressi a passo svelto verso la casa degli Smith. La madre era morta molti anni prima e, con l'assassinio del padre e Tommy nel braccio della morte, le due ragazze erano rimaste sole.

Fu Duff in persona a venirmi ad aprire. Quando posai lo sguardo su quel colosso, ebbi un sussulto. Non lo avrei riconosciuto! Aveva un colorito grigiastro e due occhiaie nere e profonde come non ne avevo mai viste. Non erano segni di una scazzottata, erano piuttosto di quelli che ti lasciano le preoccupazioni. Era un omone con i capelli corti e rossicci, le spalle quadrate e una figura snella, con i fianchi stretti.

Certo, era vecchio: avrà avuto ventisei anni. Ma sembrava più uno studente universitario che un investigatore. Manteneva sempre un tono calmo di voce e non si innervosiva mai. E aveva un modo di guardare che odiavo con tutto me stesso. Come se, scrutandoti, trovasse da solo le risposte alle sue domande.

Secondo me, come investigatore non era un granché. Quelli che preferisco sono quei campioni che si fanno strada con la pistola spianata al di là di una fila di gangster. Duff Ryan non era affatto così. Era un duro, credo, ma non lo dava a vedere. E non avevo neanche mai intravisto la sua arma!

«Mi fa piacere che tu sia venuto, Martin», fece.

«Le ho detto di chiamarmi Thorpe».

Lui non rispose, ma si fece da parte per lasciarmi passare. Non vidi Ruth, ma scorsi subito Marie. Era seduta sul divano con le gambe incrociate, il capo chino e un fazzoletto stretto in mano. Era snella, ma formosa per la sua età, cosa che aveva suscitato gli sfottò dei miei compagni di scuola.

Aveva i capelli biondi, come Tommy, solo che i suoi erano vaporosi e le scendevano fin sulle spalle. Quando alzò la testa, vidi che aveva il viso arrossato dal pianto, ma pensai che fosse ugualmente bella. Ho un debole per le donne da quando avevo nove anni.

Marie aveva gli occhi verdi e piuttosto distanti, la bocca carnosa e la pelle morbida e rosea. L'unico suo problema era che era troppo perbene. Al campus non parlava con nessuno, tranne che con me. Il che non mi dispiaceva affatto, beninteso! L'avevo conosciuta al catechismo, o meglio, all'uscita, perché mi ero appostato fuori della scuola aspettando che finisse, e l'avevo accompagnata a casa quattro domeniche di fila prima che osasse rivolgermi la parola. Praticamente le camminavo accanto e parlavo solo io. Una volta avevo saltato una domenica e, quella successiva, lei mi aveva chiesto dov'ero finito, e da lì era cominciato tutto.

«Thorpe», mi disse (mi chiamava sempre per cognome perché mi ero presentato così), «Thorpe, sono così felice di vederti. Vieni a sederti vicino a me».

Io obbedii e lei si tirò su, come se si vergognasse di aver pianto, e si sforzò di sorridere. «Come stai?», mi chiese.

«Bene», risposi. «Questa settimana le matricole stanno sputando sangue su latino e algebra, ma io sono talmente avanti che mi annoio».

«Sei così intelligente, Thorpe», fece lei.

«Mi dispiace per Tommy», replicai. «C'è ancora qualche speranza che l'esecuzione sia rinviata, però».

«No», ribatté, e gli occhi le si riempirono nuovamente di lacrime. «La decisione che hanno preso domenica notte è... A meno che, ovviamente, non accada qualcosa per cui... l'avvocato potrebbe...», e scoppiò a piangere.

Io le misi un braccio intorno alle spalle, cosa che normalmente non mi lasciava fare, e dissi: «Coraggio, piccola. Non piangere. Tommy non vorrebbe vederti così».

Qualche minuto dopo Marie si riprese. Duff Ryan era seduto in un angolo e guardava fuori della finestra, ma era come se fossimo soli.

«Suono qualcosa al piano», saltò su lei.

«Conosci qualche pezzo fico?», le chiesi.

«Fico?», disse.

«All'ultima moda, Marie», le spiegai. Ero avvampato.

«Veramente no», rispose lei. «Pensavo di...».

«Di suonare gli inni religiosi!», esclamai. «No, non voglio sentirli, quei maledetti inni!».

«Ma Thorpe!».

«Non ce la faccio. Te l'ho detto un sacco di volte. Quelle canzoni sono di una noia mortale e non cambiano mai tonalità. Se non sai suonare niente di decente, sta' lontana dal piano».

Avevo stretto i pugni e aprivo e chiudevo le dita freneticamente. Marie lo sapeva che non doveva tirare in ballo quell'argomento: era l'unico motivo per cui avessimo mai litigato. Suonare gli inni religiosi. Ogni volta che li sentivo mi veniva voglia di spaccare tutto. Andavo su tutte le furie e non ragionavo più. Era una specie di ossessione, credo.

«Va bene», acconsentì lei. «Ma non imprecare in casa mia».

«Ok, non imprecherò più in casa tua».

«Né altrove».

Mi ero tranquillizzato. «Va bene, tesoro, come vuoi».

Lei parve soddisfatta, e se non altro quella discussione l'aveva distolta per un attimo dal pensiero di Tommy. Ma poi sua sorella scese al piano di sotto.

Ruth era più minuta di Marie, ecco perché, pur avendo diciannove anni, non era più alta di lei. Aveva anche i capelli più scuri e un ovale il cui pallore faceva sembrare gli occhi marroni ancora più luminosi, sebbene più infossati. Mi sembrava molto bella.

Indossava solo una vestaglia blu lunga fino ai piedi ma piuttosto aderente e chiusa da un fermaglio intorno alla gola bianca.

«È ora di andare a letto, Marie», disse. «Ciao, Thorpe».

«Ciao».

Marie si alzò senza dire una parola, mi strinse la mano con un altro sorriso forzato e si allontanò. Ruth rimase in piedi sulla porta che conduceva alla sala da pranzo e, come se fosse un segnale (e sospetto che lo fosse), Duff Ryan si alzò.

«Dobbiamo andare, Martin», annunciò.

«Ma davvero», ribattei.

Lui mi guardò con occhi vitrei. «Sì, davvero. Abbiamo un lavoro da fare. Lo sai cos'è, Martin? Dobbiamo uccidere un gattino. Un povero gattino».

Io feci per rispondere, ma poi tacqui. Il modo in cui lo disse e lo sguardo che mi lanciò mi gelarono il sangue nelle vene. Cominciai a tremare con forza. Lui aprì la porta e mi fece cenno di uscire.

Quella storia del gatto doveva essere un pretesto, pensai, sapendo che spesso gli investigatori ricorrevano a dei trucchetti, ma Duff Ryan aveva davvero un gattino nascosto in una scatola sotto gli scalini che conducevano alla porta di casa. Lo prese e lo accarezzò.

«È stato investito da un'auto», spiegò. «Soffre molto e non ha alcuna speranza di salvarsi. Gli ho fatto un'iniezione per alleviare il dolore, ma credo che l'effetto sia passato. Dovremo ucciderlo».

Avrei voluto chiedergli perché non lo aveva ucciso subito, quando lo aveva raccolto da sotto la macchina, ma non dissi una parola e lo seguii. Attraversammo la strada ed entrammo nel campus della Clark. Le luci erano tutte spente e camminavamo al buio, strusciando i piedi sul terriccio del campo da football.

«Per quanto riguarda la sera dell'omicidio, Martin», cominciò Duff, «ti dispiace se ti faccio qualche altra domanda? Vogliamo fare qualcosa per salvare Tommy. L'ho arrestato io, ma ho subito capito che era innocente. Desidero davvero di salvarlo prima che sia troppo tardi. È evidente che abbiamo sbagliato qualcosa perché... perché sì, insomma».

Io gli chiesi: «È sicuro dell'innocenza di Tommy o è innamorato di Ruth?»

«Sono sicuro della sua innocenza», rispose lui con il suo consueto tono pacato. «Hai intenzione di aiutarmi, Martin, non è vero? Non vuoi che Tommy venga giustiziato».

«La smetta di trattarmi come un bambino», sibilai. «Certo che voglio aiutarla».

«Bene. Cosa ci facevi a casa Smith quella sera?»

«Me l'hanno già chiesto dieci volte, anche in tribunale. Ero andato a trovare Marie».

«Però il signor Smith, cioè il padre di Marie, ti ha cacciato di casa, giusto?»

«Mi ha chiesto di andarmene», lo corressi.

«No, Martin. Ti ha intimato di andartene e di non tornare più».

Mi fermai e mi voltai di scatto verso di lui. «Chi gliel'ha detto?»

«Marie. È l'unica ad averlo sentito. All'inizio, non voleva dirmelo perché temeva che Ruth le proibisse di vederti. Ha una cotta per te e non pensava che avesse a che fare con il caso».

«Infatti è così».

«Non è detto», sussurrò Duff Ryan. «Comunque ti ha cacciato, giusto? Ti ha minacciato con il bastone?»

«Non intendo rispondere».

«Non sei obbligato. Ma avrei preferito che avessi detto la verità sin dall'inizio».

«Perché?», gli chiesi, ricominciando a camminare. «Non penserà che l'abbia ucciso io, vero?». Lo guardai di sottecchi con il fiato sospeso.

«No», rispose lui, «affatto, è solo che...».

«Solo che?»

«Be', Martin non sei forse stato cacciato da tutte le scuole dello Stato?»

«Non esageriamo, non da tutte».

«Da parecchie, però, sì, giusto?»

«Varie».

«Immaginavo». Poi aggiunse: «Ho dato un'occhiata al tuo curriculum, Martin. Mi dispiace solo non averlo fatto prima».

«Senta...».

«No, non ti agitare», mi interruppe lui. «Potrebbe semplicemente aprire nuove piste. Non abbiamo niente contro di te. Però quando andavi a scuola a Hadden, una notte hai preso la capra che era la mascotte della classe e l'hai portata al piano di sopra per poi spingerla giù dalle scale. Si è rotta tutte e quattro le zampe. È vero?»

«Non l'ho spinta. È scivolata», precisai.

«Può darsi», mormorò Duff. Si accese una sigaretta, sempre con il gattino ferito in una mano. «Ma tu sei rimasto a guardarla agonizzare in cima alle scale finché non è arrivato qualcuno».

«Ero talmente spaventato che non riuscivo a muovermi».

«In un'occasione diversa», continuò Duff, «in un'altra scuola, hai spinto un ragazzo in una fossa piena di petrolio da cui non riusciva a uscire da solo e gli hai ficcato sotto la testa, forse per soffocarlo, finché non è arrivato qualcuno a fermarti».

«Era un fifone, mi stavo solo divertendo un po'!».

«In un'altra scuola sei stato espulso perché hai legato un vitellino appena nato e lo hai issato sul tetto di un fienile, dove l'hai pugnalato e sei rimasto a guardare mentre moriva dissanguato».

«Non l'ho pugnalato! Si è ferito urtando un pezzo di latta della grondaia mentre lo tiravo su. Non ha detto niente a Marie, vero?»

«No», rispose Duff.

«Comunque sono tutte cose normali», dissi. «Potrebbe farle qualunque ragazzino. Lei è amareggiato perché non riesce a trovare un colpevole, a parte colui che verrà giustiziato venerdì, e sta cercando di incastrare me!».

«Può darsi», ribatté lui, impassibile. Poi entrammo nella cappella e ci fermammo. Lui gettò la sigaretta a terra, la spense, poi accarezzò il gattino. La luce della luna illuminava in modo irregolare le vecchie colonne. Gli occhi del gatto brillavano. «Può darsi», mormorò di nuovo Duff, «ma non sei finito in riformatorio una volta?»

«Due volte», precisai.

«E una volta in un istituto in cui i medici ti hanno messo sotto osservazione. Era una specie di casa di cura, se non sbaglio».

«Ci sono rimasto un mese», dissi. «Mi ci ha spedito un rompiscatole. Ma mio padre mi ha fatto uscire».

«Sì», replicò Duff. «Quel rompiscatole ti ci ha spedito perché avevi avvelenato due dei suoi danesi. Tuo padre ha dovuto corrompere qualcuno per farti uscire, e ora paga una retta doppia perché ti tengano qui alla Clark».

Sapevo già tutto, ma non era piacevole sentirselo dire da un investigatore. «E allora?», esclamai. «Non era certo difficile da scoprire».

«Veramente il tuo fascicolo era riservato. Ho dovuto corrompere un attendente perché me lo procurasse e poi lo rimettesse a posto».

«Razza di imbroglione!».

Lo vidi fare un sorrisetto sotto il chiaro di luna. Era pallido e aveva un'aria distante. Abbassò gli occhi sul gattino e lo accarezzò ancora un po'. Io stavo ancora tremando. Ero spaventato, credo.

Lui disse: «Mi dispiace doverti ucciderti, gattino, ma è meglio la morte della sofferenza».

E, tutt'a un tratto, pensai che fosse impazzito, perché cominciò a sbattere la testa del gatto contro la colonna della cappella. Vidi perfettamente la scena alla luce della luna: il braccio che si muoveva avanti e indietro, la testa del gatto schiacciata sulla pietra e il sangue rosso acceso che schizzava dappertutto.

Andò avanti per un bel po' e cominciarono a pulsarmi le tempie. Il cuore mi batteva all'impazzata. Avrei voluto allungare una mano e assecondarlo. Avrei voluto prendere quel gattino e ridurlo in poltiglia. Avrei voluto aiutare Duff a spargere le sue cervella in tutta la cappella. Mi girava la testa. Sentii la mia mano allungarsi verso il gatto.

Ma sono un tipo sveglio, mica un cretino. Sono il primo della classe. Frequento il liceo. Sapevo cosa stava facendo. Mi stava mettendo alla prova. *Voleva che lo aiutassi*. Quel figlio di... non avrebbe incastrato *me* così facilmente. Non Martin Thorpe. Misi le braccia dietro la schiena, mi afferrai i polsi e strinsi con tutte le forze che avevo e distolsi lo sguardo.

Sentii il gatto che cadeva con un tonfo sul cemento, poi alzai gli occhi, con il respiro affannato. Duff Ryan mi lanciò un'occhiata gelida e se ne andò. Io rimasi lì, cercando di riprendere fiato e guardando la sua ombra che svaniva nel buio della sala studio. Mi ci volle un sacco di tempo per tornare a respirare normalmente.

Però dormii come un sasso tutta la notte. Ero furibondo e non me ne importava più niente di Tommy. Che lo impiccassero. Riposai bene, ma mi destai dieci minuti prima della sveglia ricordandomi che era di nuovo il turno di Pushton alla tromba. Lui e Myers suonavano a giorni alterni.

Avevo voglia di attaccare briga e mi alzai mettendomi solo le pantofole e scesi nell'ala degli undicenni. Pushton era seduto sul bordo del letto e sbadigliava, stiracchiandosi. Quel ciccione sembrava un vecchio di ottant'anni. Si prendeva così sul serio. Neanche fosse un generale.

«Che vuoi, Thorpe?», mi disse.

«La tua tromba. La voglio fare a pezzi».

«Lascia stare la mia tromba», ribatté lui. «I miei non sono ricchi come i tuoi e ho dovuto mettere da parte i soldi della paghetta per comprarla». Era vero. Le trombe che fornivano a scuola erano terribili, e Pushton prendeva la sua musica talmente sul serio che aveva risparmiato per comprarsi uno strumento tutto suo.

«Lo so», risposi. «Infatti, se la faccio a pezzi, non mi metteranno in punizione». Mi guardai intorno. «Dov'è?»

«Non te lo dico!».

Guardai sotto il letto, sotto il cuscino, poi lo presi per il naso. «Forza, Heinie. Dov'è?»

«Lasciami stare!», gridò lui. «Levami le mani di dosso!». A furia di sbraitare, stava svegliando metà scuola.

«Va bene, mezzasega», sibilai. «Suona pure la tua tromba. Spero che un giorno di questi sputerai fuori le tonsille».

Poi tornai a letto e mi tappai le orecchie con le mani. Pushton suonò la tromba e non scoprii mai dove l'avesse nascosta.

Mi vestii pensando: "Bene, altri due giorni e Tommy se ne andrà all'altro mondo". Non vedevo l'ora che fosse tutto finito. Dopo, forse, la tensione si sarebbe allentata e Marie avrebbe smesso di piangere, perché, una volta morto, non ci sarebbe stato più niente da fare. Con il passare del tempo l'avrebbe dimenticato. Siamo in tanti a questo mondo: uno in più o in meno, non fa tanta differenza, anche se si tratta di una brava persona.

Mercoledì mattina andò tutto a gonfie vele, finché non uscimmo dalla cappella per entrare in aula. Fu lì che mi imbattei in Pushton, che se ne andava in giro con la tromba sottobraccio. Mi fermai e lo squadrai da capo a piedi.

Lui sostenne il mio sguardo con i suoi occhietti neri. Disse semplicemente: «La prossima volta che mi infastidisci, Thorpe, ti faccio rapporto».

«Fa' pure, mezzasega, poi vedi cosa ti succede».

E, così dicendo, entrai in classe. Ero fuori di me. Come osava parlarmi in quel modo?

Ero ancora infuriato quando accadde qualcosa che risollevò le sorti di quella giornata. Un vero colpo di fortuna, per me, ma non per Pushton. Fu nel pomeriggio, dopo la lezione, quando ci lasciarono liberi per le consuete due ore di ricreazione.

Mi diressi verso l'edificio principale, dove era proibito recarsi durante il giorno, per prendere un libro che volevo leggere e che tenevo sotto il cuscino. Salii le scale di soppiatto, mi introdussi nella mia ala, presi il libro e udii un rumore sordo che mi fece sobbalzare.

Mi guardai intorno e capii che proveniva dall'ala degli undicenni.

Entrai, ed eccolo lì! Non credevo ai miei occhi. Una vista meravigliosa, o almeno così mi parve: Pushton in persona.

Il trombettiere di turno ha il compito di controllare l'edificio principale, quindi era abbastanza normale che fosse lì, ma non ci avevo pensato. Vicino al suo letto c'era una radiolina nuova di zecca con i cavi e l'auricolare, obbligatori nel dormitorio, collegati anche al letto accanto, quindi immaginai che appartenesse a un altro cadetto. Ma Pushton era affacciato alla finestra e cercava, battendo con un martello, di attaccarsi in qualche modo all'antenna.

Non avrei potuto chiedere di meglio. I dormitori erano al sesto piano, e sotto c'era tutto cemento. Nessuno sapeva che ero lì. Le tempie cominciarono a pulsarmi e avvampai, in preda a una specie di febbre. Mi avvicinai lentamente e con passo felpato, le mani lungo i fianchi.

Non volevo che Pushton mi sentisse. Ma la testa cominciava a girarmi e le mani a prudermi.

A un tratto mi gettai su di lui, che si voltò un istante a guardarmi: il viso grassoccio verde di un terrore che non avevo mai visto. Prima che potesse chiamare aiuto, prima che potesse pronunciare una parola, era sparito! Stava volando giù!

Mi arrischiai a saltare sul letto in modo da vederlo atterrare, e ci riuscii. Poi scesi, sistemai la coperta e me la diedi a gambe.

Mi precipitai giù per le scale. Non vidi nessuno. E, soprattutto, nessuno mi vide. Poi, giunto al secondo piano, corsi in fondo al corridoio e aprii la finestra, saltando giù e atterrando in piedi.

Aspettai un minuto, poi feci il giro dell'edificio dalla direzione opposta. Il cuore mi batteva all'impazzata. Quasi non ce la facevo a respirare. Riuscii a tornare al campo da gioco facendo un percorso tortuoso.

La cosa buffa è che Pushton non venne trovato subito. Solo io l'avevo visto cadere. Ero sul campo da gioco da almeno dieci minuti, abbastanza perché la mia presenza venisse notata da tutti, quando cominciò a spargersi la voce. I ragazzi sembravano impazziti. Accorremmo sulla scena del delitto.

Rimasi lì in mezzo agli altri a osservare quel che restava di Pushton. Non avrebbe più suonato la tromba. Il suo corpo sembrava un sacco pieno d'acqua che era esploso cadendo a terra. C'era sangue ovunque.

Restammo lì per qualche minuto, in silenzio. Poi un professore ci cacciò, e quella fu l'ultima volta che vidi Pushton.

La cena fu servita alla solita ora, ma non c'era molto da dire. L'opinione comune era che Pushton avesse fatto una stupidaggine, sporgendosi troppo dalla finestra nel tentativo di sistemare l'antenna.

Pensai che, in effetti, era una spiegazione plausibile e, siccome odiavo quel ciccione, non me ne importava nulla della sua morte. Non come quella di Tommy Smith. Lui sì che mi stava simpatico. E poi ero cotto di sua sorella, non è vero?

Quella notte la sala studio ospitò una specie di inchiesta giudiziaria. Ci radunarono tutti quanti in una grande stanza e il maggiore Clark ci parlò come se fossimo un gruppo di boyscout. Dopo essersi accertato che nessuno sapeva altro di Pushton a parte ciò che aveva visto sul cemento, ci assicurò che quella tragedia era stata inevitabile e ci suggerì persino di non far preoccupare i nostri genitori raccontando loro lo sfortunato incidente. Quello schifoso aveva paura di perdere qualche retta.

Verso la fine della riunione entrò Duff Ryan, che mi fece un cenno del capo e si sedette. Guardò i ragazzi, poi il maggiore Clark, e infine me. Continuò a farlo finché non ci congedarono. Quel tizio mi dava sui nervi.

Venerdì mattina aprii gli occhi e tesi l'orecchio nell'attesa di sentire la sveglia, ma tutto taceva. Così rimasi disteso, beato sotto le coperte, ma continuando ad aspettare che la tromba mi buttasse giù dal letto. A un tratto udii il ticchettio della pioggia sulla finestra e capii perché non suonava: quando pioveva non facevamo né l'alzabandiera né gli esercizi, e potevamo dormire mezz'ora in più.

Quella prospettiva mi rallegrò. Misi le mani dietro la nuca e cominciai a pensare. Erano riflessioni piacevoli e calme. Una mezz'ora in più di sonno può questo e altro.

Andava tutto bene e, dopo quella sera, non avrei più dovuto preoccuparmi di nulla. Se Duff Ryan fosse riuscito a provare l'innocenza di Tommy *dopo* l'impiccagione, avrebbe fatto la figura dell'idiota. La pioggia era davvero una benedizione. Avrei potuto starmene più facilmente in disparte e tenermi alla larga da Marie finché non fosse stata detta l'ultima parola...

Ecco cosa pensai quella mattina, disteso sul letto. E invece no. La sera alle sette e mezza Duff venne a scuola con addosso un impermeabile. Entrò in biblioteca e si diresse verso di me. Aveva gli occhi accesi e il volto tirato.

«Io e Ruth dobbiamo andare dall'avvocato», disse. «Devi far compagnia a Marie».

«Col cavolo», ribattei.

Lui mi prese per il bavero e mi costrinse ad alzarmi dalla sedia, poi mi tolse le mani di dosso come se si vergognasse. «Forza», disse. «Non ho tempo per i tuoi giochetti».

Così andai.

Anche Ruth indossava un impermeabile e ci aspettava in veranda. Vedevo il suo bel viso da lontano. Era terribilmente emaciato. Anche lei aveva gli occhi spiritati. Mi accarezzò la mano e disse, tra le lacrime: «Sii buono con Marie, tesoro. Ti vuole bene, e adesso sei l'unica persona al mondo in grado di consolarla».

«A che ora è l'esecuzione?», chiesi.
«Alle dieci e trenta», rispose Duff.
Io annuii e rimasi lì mentre salivano sulla macchina di Duff Ryan e si allontanavano. Poi entrai in casa. Marie era bianca come un fantasma e sembrava spaventata a morte.
«Oh, Thorpe», esclamò, «stasera lo uccidono!».
«Be', temo non ci sia niente da fare», dissi.
Lei mi buttò le braccia al collo e pianse sulla mia spalla. La sentivo stretta a me e, credetemi, era molto piacevole. Aveva un gran bel corpo. Le cinsi la vita e la baciai sul collo e sulle orecchie. Lei mi guardò, le guance rigate di lacrime, e scosse la testa: «Smettila».
Lo disse perché non l'avevo mai baciata, ma in quel momento vidi le sue labbra e lo feci di nuovo. Lei non oppose resistenza, ma continuò a piangere.
Alla fine dissi: «Va bene, prepariamo dei biscotti. Oppure un gioco. Accendiamo la radio. Basta che facciamo qualcosa. Sto cominciando a innervosirmi».
Allora andammo in cucina e ci mettemmo a preparare i biscotti.
Io, però, ero irrequieto. Aveva cominciato a piovere più forte e il cielo era squarciato da lampi e tuoni. Provai di nuovo quella strana sensazione di gelo, sebbene la stanza fosse calda. Guardai l'orologio: le otto e dieci. Ancora le otto e dieci! E Tommy sarebbe stato impiccato alle dieci e mezza!
«Non mi lascerai mai, vero, Thorpe?», mi chiese Marie.
«Certo», risposi ma, mentre lo dicevo, ebbi l'impulso di spingerla via. Non mi ero mai sentito così. Non capivo cosa mi fosse preso. Tutto il mio animo e il mio buonumore erano spariti. Non mi riconoscevo più.
Continuai a guardare l'orologio, contando i minuti e pensando a Tommy che faceva su e giù nella sua cella di San Quintino. Forse anche lui contava i minuti. Mi domandai se laggiù stesse piovendo e se le impiccagioni in quel caso fossero diverse.
Tornammo in soggiorno e ci sedemmo alle estremità opposte del divano. Marie guardava nel vuoto, gli occhi vitrei, e io fissavo stizzito la pioggia, sentendo il ticchettio dell'orologio.
A un tratto Marie si alzò in piedi e andò al piano. Non mi chiese il permesso di farlo. Andò al piano e si sedette. Io la seguii con lo sguardo e aprii la bocca per parlare, ma non dissi nulla. Dopotutto era suo fratel-

lo che stava per morire, giusto? Per una sera avrebbe potuto fare quello che voleva.

Ma poi cominciò a suonare gli inni religiosi. Io rimasi a sedere, tormentandomi le mani, con le orecchie che mi pulsavano. Era un'agonia. A un certo punto, scattai in piedi e le urlai contro:

«Smettila! Smettila! Vuoi farmi impazzire?».

Ma lei rimase impassibile. Era in una specie di trance. Corsi verso di lei, la afferrai per le spalle e la scossi, ma lei si divincolò e continuò a suonare.

Io indietreggiai e sentii il viso contorcersi in una smorfia. Indietreggiai e fissai la sua schiena snella e arcuata. Cominciai a mangiarmi le unghie, poi le dita. Quella musica mi stava uccidendo. Quegli inni... quegli stupidi inni senza senso. Perché non la smetteva? Il piano e la pioggia mi stavano entrando nelle vene.

Mi misi a fare su e giù per la stanza, sempre più veloce, sempre più veloce. Poi mi fermai, afferrai un vaso di fiori e lo feci cadere a terra, urlando: «Smettila! Per l'amor del cielo, smettila!».

Ma lei continuò imperterrita. Allora cominciai a fissarla di nuovo: la schiena, la gola, il profilo. Il sangue mi ribolliva nelle vene, mi pulsava nelle tempie...

Cercai di resistere, di andare verso di lei per allontanarla da quel maledetto pianoforte, ma non avevo la forza per muovermi. Rimasi inerte, in piedi, con il fiato corto e le dita che mi formicolavano. E non volevo stare così. Mi guardai le mani: un attimo prima erano strette a pugno, un attimo dopo si aprivano e si chiudevano freneticamente.

Lanciai un'occhiata alla cucina e vi entrai in punta di piedi. Marie stava ancora suonando come una forsennata quando aprii il cassetto e ne estrassi il coltello che avevo usato per uccidere il padre.

O almeno era simile. Lo nascosi dietro la schiena e tornai di soppiatto in soggiorno. Lei non si era accorta che mi ero mosso da lì. Mi avvicinai con passo felpato e rimasi in attesa.

Le sue mani volavano sui tasti. Le urlai ancora una volta, con voce ormai roca: «Smettila!».

Respiravo pesantemente, guardandomi intorno per accertarmi che non ci fosse nessuno. Poi sollevai il coltello, preparandomi a colpire.

Non seppi mai da dove spuntò Duff Ryan. Forse da dietro il divano: un nascondiglio così banale, eppure non l'avevo visto, perché ero convinto che se ne fosse andato in macchina. E invece era rimasto lì tutto quel tempo aspettando che facessi ciò che stavo per fare.

Era una trappola, ovviamente, e quella volta ero stato così stupido da cascarci. Mi aveva sentito inveire contro gli inni, sapeva che sarei stato nervoso quella sera, ed estremamente eccitabile, così aveva preparato la messinscena restando nell'ombra, e Marie aveva fatto il resto.

Dunque l'aveva detto a Marie, alla fine.

Duff Ryan mi afferrò il polso un attimo prima che colpissi, e ovviamente, avendo quattordici anni, non potevo competere con lui. Mi strappò il coltello, poi mi immobilizzò urlando:

«Perché hai ucciso il padre di Marie?»

«Perché quel vecchiaccio mi odiava! Perché pensava che Marie fosse troppo giovane per frequentare i ragazzi! Perché mi ha cacciato di casa e mi ha picchiato con il bastone!», esclamai, tentando di divincolarmi. Non riuscendoci, aggiunsi: «Ecco perché l'ho fatto. Perché è stato proprio divertente! E allora! Cosa volete farmi? Sono un ragazzino, non potete impiccarmi! La legge lo vieta. Ho ucciso anche Pushton, l'ho spinto giù dalla finestra! Che ne dici di questa? Tanto puoi solo sbattermi in riformatorio!».

La voce mi si strozzò in gola e udii Ruth al telefono. Era rientrata anche lei e stava chiamando San Quintino.

Marie se ne stava seduta sul divano, il viso nascosto tra le mani. Sembrava dispiaciuta per me. Quando ripresi fiato, continuai:

«Dopo che mi ha cacciato, sono tornato. Tommy era nell'altra stanza. Sono entrato dalla porta della cucina. Il vecchio era lì in piedi, io ho preso il coltello e gli ho dato quel che si meritava. Poi sono scappato via e non so cos'è successo. Ma Pushton... Voglio dirvi di Pushton...».

Duff Ryan mi sbatté contro il piano. «Sta' zitto», sibilò. «Non hai ucciso Pushton. Ti stai solo vantando. Ma hai ammazzato il vecchio, ed era quello che volevamo sapere!».

Mi stavo vantando? Andai su tutte le furie. Ciò nonostante, Duff Ryan mi diede una sberla e persi i sensi.

Quindi ora sono in riformatorio e – incredibile ma vero – non riesco a convincere nessuno di essere stato io a uccidere Pushton. Forse gli adulti sono scettici perché sono così giovane. Oppure sono talmente stupidi da pensare che i quattordicenni siano degli innocenti senza volontà? È questo il sapore amaro della giovinezza. E sono sicuro che non cambierò, né vedrò le cose in modo diverso. Gliel'ho detto a questi idioti, ma tutti mi ripetono che finirò per ravvedermi.

In realtà, l'unica cosa che mi preoccupa è che nessuno mi crede su Pushton, nemmeno gli altri ragazzi del riformatorio, e questo mi fa male. Mi ferisce nell'orgoglio.

Pensano che abbia accoltellato il vecchio Smith in preda a una furia cieca e, da questo punto di vista, sarebbe solo omicidio preterintenzionale pure se fossi maggiorenne. Non mi considerano un caso grave. Ce ne sono di peggiori, qui. Un ragazzo non è legalmente responsabile di ciò che fa, quindi quando compirò ventun anni, sarò libero. Forse anche prima, visto che mio padre è ricco...

Non vi dimenticherete di me, vero? Perché quando sarò più grande uscirò da qui e potreste essere voi a incrociare la mia strada.

MacKinlay Kantor
PAZZO PER LE ARMI
1940

MacKinlay Kantor (1904-1977) nacque a Webster City (Iowa), divenne giornalista a diciassette anni e subito dopo cominciò a vendere storie hard-boiled a varie riviste pulp. Scrisse numerosi racconti e romanzi gialli, come *Diversey* (1928), sui gangster di Chicago, e *Signal Thirty-Two* (1959), un avvincente poliziesco giudiziario molto verosimile, grazie al permesso accordato a MacKinlay dal comandante della polizia di New York di seguire gli agenti nelle loro attività investigative. Il suo giallo più celebre è *Midnight Lace* (1948), la storia ricca di suspense di una giovane donna perseguitata al telefono da uno sconosciuto. A dodici anni dalla sua uscita, il libro divenne un film (*Merletto di mezzanotte*) con Doris Day e Rex Harrison.

Kantor è molto più conosciuto per i suoi romanzi non di genere, come *The Voice of Bugle Ann* (1936), storia del legame fra un cane e il suo padrone, che ispirò l'omonimo film, uscito lo stesso anno; il lungo poema narrativo *Glory for me* (1945), che fu portato sul grande schermo con il titolo *I migliori anni della nostra vita* (*The Best Years of Our Lives*, 1946) e vinse l'Oscar; e lo straordinario romanzo sulla guerra civile *La polvere e la gloria* (*Andersonville*, 1955), grazie al quale Kantor si aggiudicò il premio Pulitzer, che parla di Andersonville, il famigerato campo di prigionia dell'esercito confederato.

Pazzo per le armi (*Gun Crazy*) fu pubblicato per la prima volta sul «Saturday Evening Post» del 13 febbraio 1940. Non ebbe molte ristampe, sebbene abbia ispirato il celebre cult movie del 1949 *La sanguinaria*, diretto da Joseph H. Lewis, di cui Kantor scrisse la sceneggiatura. Il film, che sviluppa in modo eccellente questo racconto, pur accentuandone gli elementi di violenza, ha per protagonista un uomo appassionato di armi, Bart (Nelly nel testo), interpretato da John Dall, che incontra un'affascinante tiratrice scelta, Laurie Starr (qui Antoinette McReady), interpretata da Peggy Cummins, e descrive la scia di sparatorie e rapine in banca che i due si lasciano alle spalle.

Conobbi Nelson Tare quando avevamo tutti e due cinque o sei anni. Vidi che la sua famiglia si trasferiva nella casa sul torrente una mattina fredda, ma senza neve, all'inizio dell'inverno.

Osservai sfilare due carri di legno carichi di letti di ferro, vecchie sedie da cucina e materassi. Scesero sferragliando la collina, passarono di fronte al fienile del signor Boston e si fermarono davanti alla casa sul torrente. Poi vidi uomini e giovani donne che portavano i mobili all'interno.

A metà pomeriggio uscii di nuovo e mi avvicinai con il mio carretto per vedere se il trasloco era ancora in corso.

Fu allora che apparve Nelson Tare. Aveva risalito la collina da solo: forse cercava delle pistole, anche se all'epoca non potevo saperlo. Era un bambino emaciato con due perle di un azzurro brillante al posto degli occhi e il naso a punta.

Disse: «Ciao, giochi con me?».

Nelson aveva solo un mese meno di me, ma parlava ancora come un bambino piccolo. Credo capiti spesso ai figli di genitori poco comunicativi.

Gli risposi di sì, e gli chiesi cosa voleva fare.

E lui: «Hai delle pistole?». Anzi: «Hai delle pittole?». E, per un attimo, non capii di cosa stesse parlando. Poi ebbi un'illuminazione e tornai verso casa sempre a bordo del carretto, con Nelson che mi camminava accanto. Entrammo in soggiorno e gli mostrai la mia dotazione.

Ne avevo tre: una a tappo (ma l'avevo perso), una di vetro che in origine conteneva delle caramelle (me le ero mangiate tutte) e una completa di fondina.

L'ultima era di gran lunga la più bella. Era ricoperta di nichel, con la fondina di pelle nera. Aveva la forma di un revolver calibro .32, ma era grande la metà.

Nelson Tare sgranò gli occhi quando la vide. L'afferrò e se la mise alla cintura prima che facessi in tempo a protestare e a dirgli che ci volevo giocare io, e che lui poteva prendere quella di vetro o quella senza tappo. Poi si mise a girare per la stanza con aria spavalda e, tutt'a un tratto, estrasse la pistola dalla fondina e me la puntò contro. La rapidità con cui lo fece mi spaventò.

Così presi la pistola di vetro e provai a imitarlo. Ma non faceva rumore, mentre nella sua il cane si spostava con un sonoro "clic". Nelson, o Nelly, come cominciai a chiamarlo poi, mi crivellò di colpi. Protestai, ma lui continuò ad avanzare e a spintonarmi e minacciarmi, finché non mi mise con le spalle al muro.

Non si era tolto il cappottino rosso con i bottoni gialli di corno e sudava. Ricordo ancora il suo odore quando mi si avvicinò abbastanza da investirmi: non avevo mai sentito un odore simile prima di allora. Ricordo anche il suo viso, non appena mi si fece accanto: quei suoi occhietti azzurri privi di espressione, il mento sfuggente e la boccuccia ancora sporca dei resti della cena; e, nel mezzo, quello strano naso a punta che sembrava cesellato.

Cercai di respingerlo mentre lui continuava ad aggredirmi e a spararmi, e a un certo punto credo di essere scoppiato a piangere.

Nelson mi disse che non era una pistola vera.

«Ma potrebbe sparare!», esclamai.

E lui replicò che non poteva farlo, perché non era "vela".

«Certo che è finta!», piagnucolai. «Nessun bambino al mondo ne ha una vera!».

Lui ribatté di sì e, vedendo che non gli credevo, disse che sarebbe andato a casa a prenderla. Il cappottino gli si era sbottonato durante la zuffa e ho ancora viva nella mente la sua immagine mentre sfrecciava sull'ultimo tratto del marciapiede di cemento davanti al grosso acero.

Rimasi ad aspettarlo alla finestra e mia madre scese al piano di sotto dicendo che aveva sentito delle voci. «Eri con qualcuno?», mi chiese.

«Con il bambino nuovo ».

«Quale bambino nuovo?»

«Si è trasferito nella casa sul torrente».

Mia madre disse penseriosa: «Ah, sì. Ho sentito che la famiglia di uno sterratore doveva trasferirsi lì».

Le chiesi chi fosse uno sterratore e, mentre mi spiegava cos'erano i canali di drenaggio nella prateria e come venivano costruiti, Nelly ricomparve correndo a perdifiato su per la stradina. Aveva tra le mani qualcosa di grosso e pesante. Quando entrò nel cortile constatammo che si trattava di un revolver, e sembrava vero.

Mia madre ebbe un sussulto e andò ad aprirgli la porta. Lui si infilò in casa, infreddolito e senza berretto, con i capelli color paglia sporchi e fini sparati sulla testa e il vecchio cappottino rosso ancora aperto.

«Ho preso la pittola», annunciò.

Era un grosso revolver, forse un calibro .44. Aveva l'impugnatura gialla, ma le parti metalliche erano tutte arrugginite. Il cilindro e il cane non si muovevano neanche.

«Ma, piccolo mio», esclamò mia madre inorridita, «dove diavolo l'hai rimediata?».

Lui rispose che l'aveva presa a casa.

Mia madre riuscì a togliergliela dalle mani, ma solo dopo averne tessuto gli elogi. Poi lo convinse ad appoggiarla sul tavolo della biblioteca e ci portò entrambi in cucina, dove ci diede latte e biscotti alla melassa.

Quando mio padre tornò a casa dal lavoro al giornale, Nelly era ancora lì. Gli mostrammo la pistola e lui accese la lampada sul tavolo della biblioteca per esaminarla attentamente.

«Santo Dio, Ethel», disse, rivolto a mia madre. «Dentro ci sono le cartucce!».

«Le cartucce?»

«Esatto. Sono qui nel cilindro, tutte arrugginite. Meno male che lo è anche il resto».

Mio padre si rinfilò il cappotto e annunciò di voler accompagnare Nelson a casa. Si stava facendo buio ed era quasi ora di cena, e temeva che si perdesse nel nuovo ambiente di Elm City. Nelson rivoleva la sua pistola, ma lui gliela negò e se la mise in tasca. Io ebbi il permesso di andare con loro.

Quando giungemmo alla casa sul torrente, mio padre bussò alla porta e la madre di Nelly venne ad aprire. Era una donna pallida e scheletrica, con le spalle curve e un vestito di calicò. Il padre di Nelly non c'era: era andato a riportare uno dei tiri di cavalli. C'erano varie bambine di tutte le età: le sorelle di Nelson. La più grande era alta quanto sua madre e magra come lei.

Mio padre tirò fuori la pistola e disse che non era prudente lasciare che un bambino la maneggiasse.

«Piccola peste!», esclamò ridendo la madre di Nelly. «Cosa ci facevi con quell'aggeggio?».

Le sorelle si avvicinarono per dare un'occhiata. «Ma è la pistola di Jay!», saltò su la più grande.

Mio padre chiese chi fosse Jay. Loro gli risposero ridendo, ma furono piuttosto reticenti. Lui non riuscì a tirare fuori nient'altro da loro, a parte il fatto che un tempo abitavano in Oklahoma e che questo Jay viveva con loro. A quanto pareva, un giorno aveva lasciato lì la pistola, e loro l'avevano conservata in suo ricordo.

«Nelly deve averla presa nel cassetto della scrivania», disse la signora Tare, sempre sorridendo. «Piccola peste, devi fare il bravo!», e gli diede uno scappellotto, ma si vedeva che non era arrabbiata. Sembrava che per loro andare in giro con una pistola fosse una ragazzata.

Mio padre si congedò e noi tornammo a casa. Era buio ormai e, mentre risalivano la collina passando davanti alla fattoria del signor Boston, continuai a rimuginare sul bambino nuovo e sul revolver arrugginito. Respiravo profondamente, cercando di togliermi dal naso quello strano odore oleoso che Nelly aveva addosso e che avevo sentito anche in casa sua.

Mio padre disse pacatamente che secondo lui Jay era un fuorilegge dell'Oklahoma. Così, senza volerlo, conferì a Nelson Tare una straordinaria importanza ai miei occhi. Allora non potevo immaginare che quel Jay, e non il vecchio Barton Tare con i suoi baffi cespugliosi, fosse il padre di Nelly. E forse anche adesso è tutto frutto della mia immaginazione. Ma credo di no.

Crescendo, Nelly dimostrò notevoli doti fisiche. Era molto lesto di mano. Non soffriva di vertigini e si arrampicava in cima a tutti i mulini a vento del circondario. In più, nei giochi di abilità non lo batteva nessuno. Però preferiva sempre le armi.

Quando attraversammo la fase dei fucili ad aria compressa, Nelly fu in grado di tracciare un cerchio sparando intorno a ognuno di noi. Io e lui andavamo nel fienile e ci sdraiavamo sul fieno ammuffito, abbandonato là dopo la vecchia mietitura. A volte i topi entravano nel pollaio accanto al fienile per mangiare il cibo delle galline. Io non gli sparai mai con il mio BB e, non so perché, neanche Nelly. Strano, perché era così bravo. Mentre aspettavamo di vederne spuntare qualcuno, ci divertivamo a sparare alla ciotola dell'acqua dei polli. Era piuttosto distante, e io la mancavo quasi sempre. Ma il lato più vicino a noi aveva tutto lo smalto intaccato dai colpi precisi di Nelly.

Anche lui aveva un fucile ad aria compressa, ma non durò a lungo: lo scambiò con una vecchia carabina calibro .22 e, da allora, non vi fu più pace nel vicinato. Nelly non faceva altro che sparare alle lattine e alle bottiglie nella discarica ai margini della strada. E centrava sempre il bersaglio.

Nell'inverno del 1914 andammo a caccia con Clyde Boston. Era un ragazzone dal viso rubizzo che doveva avere almeno una decina d'anni in più di noi. Viveva con i genitori dall'altra parte della strada.

In un giorno di neve alta, io e Nelly eravamo usciti in esplorazione. Lui aveva con sé la calibro .22, e di tanto in tanto sparava a un nodo del legno di qualche steccato. Alla fine entrammo nell'aia dei Boston, e trovammo Clyde nel fienile che si riempiva le tasche di cartucce.

Aveva un fucile a ripetizione blu acciaio brillante e Nelly gli chiese: «Vai a caccia?»

«Possiamo venire con te?», gli domandai io. «Dai, Clyde. Lui ha la carabina».

Clyde la prese e la esaminò con aria critica. «Questa non va bene per andare a caccia da queste parti», sentenziò. «Io cerco i conigli e per quelli bisogna avere un fucile da caccia. I proiettili delle carabine arrivano più lontano e potrebbero ferire un maiale, o magari una persona. E comunque, non riusciresti a colpire una lepre in fuga con questa».

«Lo dici tu», ribatté Nelly.

Io dissi: «Dai, se ci fai venire con te, possiamo aiutarti: spaventeremo i conigli per farli uscire dai cespugli, visto che non hai un cane. Così, quando vengono fuori, puoi spararli. E magari ci fai tirare un colpo a testa, eh Clyde?».

Il ragazzo rispose che ci avrebbe pensato e ordinò a Nelly di lasciargli la carabina nel fienile. Poi cominciammo a perlustrare il frutteto sul pendio della collina.

La neve era caduta da poco, ma c'erano già impronte di conigli ovunque, che conducevano verso i cespugli più fitti, pieni di bacche.

Clyde si infilò nel mezzo, le guance arrossate dal freddo e il fiato che formava delle nuvolette. Io e Nelly ci spostammo sui lati per spaventare la selvaggina. Usammo bastoni e palle di neve per scuotere i cespugli, dandoci parecchio da fare. Di tanto in tanto, sentivamo uno sparo del grosso calibro .12. Prima di arrivare alla curva del torrente di fronte al cimitero cattolico, Clyde portava già tre conigli appesi alla cintura. Alla fine, mi passò il fucile e mi disse che potevo fare un tentativo.

Arrivò subito la mia occasione: scorgemmo un coniglio accucciato tra le verbene. Sollevai la bocca del fucile, ma Clyde disse che non era giusto spararagli da fermi, e ordinò a Nelly di tirargli una palla di neve. L'animale fuggì rapidamente e io feci fuoco, riuscendo a ferirlo e a rallentarlo. Quando sparai di nuovo, però, lo mancai, così Clyde lo raggiunse in pochi passi e pose fine alle sue sofferenze colpendolo in testa.

Io me lo legai alla cintura del cappotto e lui porse il fucile a Nelly, che era bianco come un cencio.

«Attento a dove metti i piedi», lo ammonì. «E ricordati di tenere la sicura finché non vedi un bersaglio».

«Certo», rispose Nelly Tare.

Attraversammo il torrente senza spaventare altri conigli e giungemmo sulla riva opposta. Fu allora che una lepre saltò fuori da un solco che doveva essere stato arato durante l'autunno e si mise a scappare all'impazzata davanti a noi.

«Guardate!», esclamò Clyde. «È un maschio! Prendilo, Nelly, prendilo!».

Lui teneva il fucile puntato; sulle prime, pensai che non potesse premere il grilletto perché non aveva ancora tolto la sicura. Continuava a spostare la bocca del fucile seguendo il coniglio nella sua corsa irregolare.

A un certo punto, quello rallentò appena e girò intorno a un ceppo d'albero, per poi spuntare nuovamente dall'altra parte. Si accucciò sopra la neve e ci fissò. Poi saltellò un po' più in là e si fermò di nuovo a guardarci.

«Santo cielo!», esclamò Clyde Boston. «Che ti prende, figliolo? È lì che ti fissa».

Nelson Tare se ne stava immobile come un pupazzo di neve. Teneva il fucile puntato sul coniglio, ma il suo dito sporco e blu per il freddo non si muoveva. Il grilletto aspettava, come il colpo in canna, e come me e Clyde.

Sotto uno spesso strato di sporcizia, il viso di Nelly era cadaverico.

Aveva gli occhi vitrei, come sempre; persino il suo naso sembrava appuntito come i mirini di un fucile. Eppure non sparava.

Clyde gli disse sottovoce, ma non troppo: «Questa è fifa bella e buona, Nelly». E si diresse verso di lui per togliergli il fucile dalle mani.

Il sangue del coniglio che avevo ucciso gocciolava sulla neve intorno ai miei piedi, sebbene il corpo si stesse già congelando.

«Non lo vedi, Nelly?»

«Sì...».

Clyde perse la pazienza. «Santo cielo!», esclamò, strappandogli il fucile. Ma i nostri movimenti spaventarono il coniglio, che svanì nella gola del torrente.

Era successo qualcosa, là nella neve, nessuno di noi sapeva esattamente cosa. Però ci tolse il piacere della caccia. Ci incamminammo lungo un sentiero per il bestiame accanto al torrente. Clyde stringeva il fucile, ma noi non spaventavamo più la selvaggina. Nelly continuava a guardare i conigli che ballonzolavano e strofinavano il loro naso rosso e freddo contro la sua tuta da lavoro.

Mentre facevamo ritorno all'aia dei Boston, Clyde non fece altro che punzecchiare Nelly. «Ma insomma, credevo fossi il grilletto più veloce del vicinato. Porca vacca, potevi sparargli. Pensavo fossi pazzo per le armi!».

Quando attraversammo il pantano dietro il fienile dei Boston, Clyde disse che non aveva bisogno di tre conigli: a sua madre ne bastavano due, quindi se Nelly voleva il terzo...

«No», rispose lui. Poi entrammo nel fienile e prese il suo fucile calibro .22.

«Sta' attento mentre vai a casa», disse Clyde, allegro e rubizzo come sempre. «Se incontri un orso, sappi che non se ne starà lì guardarti come quel coniglio».

Nelson Tare trattenne il respiro: «Hai detto che non so sparare, vero, signor Clyde?»

«Hai avuto la tua occasione. Guarda Dave. Ha un coniglio da portare a casa che ha ammazzato da solo, anche se non l'ha ucciso al primo colpo».

«Io so sparare», sibilò Nelly. Infilò una cartuccia nella culatta del fucile, poi disse, rivolto a me: «Dave, lancia una palla di neve».

«Nessuno può colpire una palla di neve con un .22», sentenziò Clyde Boston.

Per tutta risposta, Nelly ripeté: «Lancia una palla di neve, Dave».

Io scesi lo scalino della porta del fienile e feci una palla delle dimensioni di una mela. Poi la lanciai in alto verso i fili del telefono dall'altra parte della strada. Nelly Tare la colpì con il calibro .22 prima ancora che li toccasse. Poi si mise a correre per la strada che conduceva alla casa sul torrente, con me e Clyde Boston a fissarlo: lui si grattava il mento, io lo guardavo e basta.

Nelly cominciò a mettersi nei guai quando aveva circa quattordici anni. Il primo episodio ebbe luogo nell'atrio della scuola e tutti ne vennero a conoscenza. La signorina Cora Petersen era una fautrice delle punizioni corporali e, non appena Nelly infrangeva qualche regola, si preparava a frustarlo con una manichetta di gomma. All'epoca gli insegnanti potevano ancora farlo.

Se, però, l'allievo non si sottometteva alla punizione e tirava fuori dalla camicia un revolver carico e minacciava di uccidere l'insegnante, be', era tutta un'altra storia. Una storia che vedeva coinvolti anche il dirigente scolastico, il capo della polizia locale e il vecchio signor Tare, con la sua faccia di pietra.

Si parlò anche di riformatorio, cosa che però non si realizzò fino all'anno seguente.

Fu solo dopo la rapina alla ferramenta Meisner e all'emporio Harness. Il ladro aveva gusti particolari: non toccò la cassa, ma portò via cinque revolver e un bel po' di munizioni. E non li nascose troppo lontano, solo a due chilometri da lì. Erano sotto alcune assi e della paglia nella baracca in cui Barton Tare teneva il carro: il capo della polizia Kelcy non dovette faticare molto per trovarli.

Stavolta la storia non poté non finire sui giornali, per quanto a mio padre dispiacesse. Stavolta non c'era modo di evitargli il riformatorio.

Noi ragazzi della parte sud della città ce ne stavamo seduti con aria grave sui nostri nuovi marciapiedi di cemento e parlavamo sottovoce di Nelly Tare. Il giudice aveva ritenuto – con una decisione facile ma severa – che sarebbe stato meglio a Eldora, invece che a casa sua, così gli diede due anni. Lui, però, non li scontò per intero: ottenne diversi mesi di riduzione per buona condotta, il che dovette essere una sorpresa per molti abitanti di Elm City.

Uscì dal riformatorio di Eldora nella primavera del 1918. I suoi genitori non c'erano più: la madre era morta e il padre si era trasferito nel South Dakota con le due figlie minori, mentre le altre si erano sposate o se n'erano andate.

Nelly era minorenne ma, quando si propose per arruolarsi nella cavalleria sventolando la lusinghiera relazione del direttore del riformatorio, nessuno osò negarglielo. Una volta tornò a casa in congedo da un campo nel New Mexico. Me lo ricordo ancora, in piedi davanti alla sala da biliardo di Frank Wanda con il vistoso distintivo di tiratore scelto appuntato sul petto e tutti i bambini intorno ad ammirare i suoi pantaloni alla zuava con gli inserti in pelle lucida.

Non ebbe mai l'occasione di scaricare le sue pistole contro i tedeschi, però. Non fu spedito in Francia e tornò a Elm City nella primavera del 1919. Era la cosa più ragionevole da fare. Quella era l'unica casa che aveva e una delle sue sorelle era sposata con Ira Flegler, un meccanico che abitava su West Water Street. Nelly si trasferì da loro.

Poi cominciò a lavorare da Frank Wanda. Vi ho già detto delle sue capacità manuali, che seppe mettere a frutto nella sala di biliardo. Del resto, durante l'anno trascorso nell'esercito, era diventato un ottimo giocatore. Se ne stava anche dietro al bancone a vendere bibite e sigarette per conto di Frank, che ormai era vecchio e non poteva stare troppo tempo in piedi.

Era diffusa l'abitudine che ogni sala da biliardo avesse un giocatore "della casa", nell'evenienza in cui arrivasse qualcuno che voleva scommettere. Nelly lo faceva pure per conto proprio, svuotando le tasche dei ragazzi di campagna o dei forestieri che pensavano di poterlo battere. Presto cominciò a guadagnare un bel po' di soldi, ma non li spendeva nelle solite cose. Li spendeva in pistole. Di tutti i tipi. A volte portava alla sala da biliardo un revolver particolare e me lo faceva vedere quando mi recavo là per comprare le sigarette. La domenica andava a sparare in un posto lungo i binari della Burlington. Poi, nel 1923, arrivò il luna park.

La signorina Antoinette McReady – la straordinaria artista dalle sei pistole e delle due nazioni – veniva dal Canada, o almeno così diceva. Forse era vero. Per il suo numero tutti gli altri si erano travestiti da ufficiali della polizia canadese a cavallo. Fuori a vendere i biglietti c'era un tizio con un vecchio cappotto rosso e dei pantaloni neri con la caratteristica striscia gialla. Un'altra ragazza con la stessa buffa tenuta assisteva l'artista nel suo numero.

Era una tipa in gamba. L'assistente si mise una specie di corona con dei gessetti bianchi infilati dentro, e la McReady li colpì tutti tranne un paio, senza ucciderla. Poi sparò agli specchi, a testa in giù e in equilibrio su una sedia. Era una ragazza dai capelli rossi, molto carina, anche se tutta imbellettata per esigenze di scena.

Il direttore, anche lui con la giubba rossa, fece un discorso. Disse che spesso, durante i suoi numerosi viaggi, la signorina McReady veniva sfidata da tiratori locali, ma che aveva talmente fiducia nelle proprie capacità che offriva cento dollari a chiunque volesse provare a batterla. L'unica condizione era che lo sfidante accettasse di elargirle un compenso di venti dollari, nel caso in cui fosse stato sconfitto.

Nelly Tare salì sul palco e mostrò i soldi: la scommessa era aperta.

Cominciò Antoinette McReady, sparando con grande risolutezza al minuscolo gong che fungeva da bersaglio e colpendolo cinque volte su sei. Nelly afferrò la pistola della ragazza, prese la mira e sparò a vuoto alcune volte prima di estrarre i bossoli esplosi, in modo da prendere familiarità con il grilletto. Poi la caricò di fronte al pubblico che lo fissava e sparò i sei colpi in rapida successione: ogni volta che faceva suonare il gong, tutti lo acclamavano.

Antoinette McReady sorrise e si inchinò come se fosse stata lei a sparare. Poi andò a congratularsi con Nelly e si prepararono per la sfida successiva. L'assistente si sistemò sulla testa la corona con i gessetti. Nelly le disse qualcosa a bassa voce, poi le tolse la corona e se la mise sul capo. Si appoggiò contro la rete. Era rosso in viso, ma se ne stava lì sull'attenti, le mani lungo i fianchi.

«Forza, sorella», disse alla signorina McReady.

Be', prima gli fecero firmare un foglio, in caso di incidente. Nell'attimo in cui la McReady si apprestò a sparare non si sentiva volare una mosca. Poi lei esplose sei colpi spezzando quattro gessetti e il pubblico scoppiò in un boato che svegliò tutto il vicinato. La signorina Antoinette McReady si avvicinò a Nelly con il passo leggiadro e aggraziato della gente del circo e del varietà e lo fece scendere dal palco insieme a lei per andare a raccogliere gli applausi. Poi disse che avrebbe indossato la corona per lui; e stavolta non ci furono fogli da firmare.

Nelly spezzò tutti e sei i gessetti e la signorina Antoinette McReady lo baciò, e Frank Wanda dovette trovarsi un altro aiutante per la sala di biliardo quando lui lasciò la città con il luna park dopo l'ultimo spettacolo del sabato sera.

Sei mesi dopo mio padre, che riceveva dei dispacci telegrafici da fuori città, ebbe un sussulto. Lo faceva spesso quando arrivava qualche notizia particolarmente interessante. Mi alzai dalla scrivania e mi avvicinai, sbirciando alle sue spalle, mentre le sue vecchie dita grasse battevano la storia sulla telescrivente.

HAMPTON (COLORADO), 2 APRILE – Oggi due tiratori del circo hanno offerto agli abitanti di Hampton uno show fuori programma. Quando il fumo si è dissolto, la Hampton County Savings Bank ha scoperto di aver pagato più di 7000 dollari per assistere allo spettacolo.

Stamattina, poco dopo l'apertura della banca, due giovani – un uomo e una donna, identificati da testimoni come Nelson Tare il "cowboy" e la signorina Antoinette McReady – sono entrati e hanno intimato a impiegati e clienti di sdraiarsi sul pavimento. Hanno preso 7150 dollari e si stavano dirigendo verso l'uscita quando il vicedirettore O.E. Simms ha provato a raggiungere il telefono. I banditi hanno prontamente sparato all'apparecchio, facendolo cadere dalla scrivania. Poi hanno polverizzato lampadari, lampadine e vetri con una rapida successione di colpi, coprendo la loro fuga verso la macchina.

Gli uomini dello sceriffo si sono subito lanciati all'inseguimento, ma hanno perso le loro tracce nei pressi di Elwin, una quindicina di chilometri a sud della città. Verso mezzogiorno un'auto rubata, identificata come il mezzo usato dai banditi, è stata trovata abbandonata non lontano da Hastings City. La polizia dello Stato e della contea ha immediatamente predisposto dei posti di blocco nelle vicine strade principali.

Nelson Tare e la sua compagna sono stati subito riconosciuti come i tiratori scelti di un luna park che si è fermato a Elwin una settimana fa. L'identikit dei due è stato diramato alle forze dell'ordine dei cinque Stati vicini.

Mentre leggevo, continuavo a pensare a Nelly Tare, quand'era un soldo di cacio con un vecchio cappottino rosso che mi chiedeva: «Hai delle pittole?».

Furono catturati in Oklahoma quell'estate, dopo un'altra rapina. Antoinette McReady, che in realtà si chiamava Ruth Riley, fu rinchiusa in un penitenziario femminile; Nelly Tare finì nella prigione di McAlester. Riuscì a evadere l'inverno di due anni dopo e diede inizio a una lunga serie di rapine che lo portarono verso sud, in Texas, poi in Arkansas e di nuovo verso nord, nel Missouri.

All'epoca nella regione le rapine in banca erano all'ordine del giorno.

C'erano un sacco di delinquenti in giro e Nelly era solo uno dei tanti. Eppure, cominciò ad apparire nei dispacci con sempre maggiore frequenza e, quando un reporter intraprendente lo ribattezzò "Nelly il bello", quel soprannome prese piede e si diffuse. Era un ottimo nome da usare nelle notizie, come "faccia d'angelo".

Lo arrestarono di nuovo a Sedalia; la storia della sua evasione dal penitenziario di Jefferson City nel 1933 finì su tutte le prime pagine dei giornali nazionali. Era la solita storia: Nelly era difficile da acciuffare. Era bravo come sempre a forare le gomme delle auto che lo inseguivano o a sparare ai fari che cercavano di stanarlo nella notte.

I federali entrarono in gioco nel gennaio dell'anno seguente, quando lui rapì un cassiere di banca a Hiawatha (Kansas) e se lo portò dietro fin quasi a Lincoln (Nebraska). Quella sottile linea di confine fra i due Stati fece un'enorme differenza. Era entrata da poco in vigore la cosiddetta legge Lindbergh e Nelly Tare il bello divenne il nemico pubblico numero uno.

Non c'è da stupirsi se alcuni a Elm City si beassero di questa fama di riflesso.

I reporter di importanti testate cittadine e i fotografi delle riviste su scala nazionale capitavano spesso dalle nostre parti. Intervistarono la sorella di Nelly, la povera signora Flagler, finché non ne poté più, e non ebbe persino paura di lasciar giocare i figli in giardino.

Fotografarono la sala da biliardo di Frank Wanda e avrebbero immortalato persino il suo prioprietario, se nel frattempo non fosse morto. Riuscirono a stanare la signorina Cora Petersen, l'ex insegnante delle scuole medie di Elm City che era andata in pensione per via dell'asma. Il suo brutto viso con tanto di doppio mento, in uno sgradevole gioco di chiaroscuri, venne impresso migliaia di volte sulla stampa.

TUTTA LA STORIA DELL'INSEGNANTE DEL BABY-BANDITO NELLY IL BELLO,
CHE LE PUNTÒ CONTRO LA PISTOLA. ALTRE FOTO A PAGINA 7.

Io e Clyde Boston ne parlavamo spesso nel suo ufficio al palazzo della contea. Lui era al secondo mandato da sceriffo, gioviale e rubicondo come sempre, anche se aveva perso quasi tutti i capelli. Quando tiravamo in ballo Nelly Tare, scuoteva la testa.

«Sai», diceva «la maggior parte della gente non crede che sia così bravo a sparare, ma è solo perché non l'ha mai visto. Io mi ricordo ancora di quella volta che colpì con il fucile la palla di neve che avevi lanciato. È proprio fissato per le armi».

Alla fine dell'estate del 1934, l'anno della siccità, Nelly svaligiò una banca a Northfield, nel Minnesota, e venne subito ribattezzato il nuovo Jesse James.

La polizia scovò le sue tracce a Sioux Falls, e fu un sollievo per noi di Elm City, perché avevamo sempre temuto che gli venisse voglia di tornare nei luoghi della sua infanzia e di fare una bella sparatoria nell'atrio della Farmer's National Bank. Nelly, però, si dileguò di nuovo e scomparve dai giornali per due settimane.

In seguito il suo nome fece ancora scalpore. I federali lo mancarono di pochissimo a Council Bluff, ma lui riuscì a fuggire per l'ennesima volta. Poi silenzio.

Verso le due di pomeriggio del giovedì seguente andai al palazzo della contea per sbrigare alcune commissioni. Mi fermai nell'ufficio dello sceriffo Clyde Boston e stavamo parlando del più e del meno quando squillò il telefono.

Clyde rispose. «Sì... Sì, Barney... Davvero? Bene... Grazie di avermi chiamato». Poi riagganciò e rimase seduto a tamburellare le dita sulla scrivania.

«Che strano!», disse infine. «Era Barney Meisner, del negozio di ferramenta».

«Cosa voleva?»

«Ha detto che uno dei figli di Flagler è andato lì poco fa e ha comprato due scatole di proiettili calibro .45. Strano, no?».

Ci guardammo. «Forse Ira Flagler ha deciso di emulare i parenti della moglie», osservai, «e divertirsi un po' con la pistola».

Clyde Boston abbozzò un sorriso. «Adesso vado a casa loro e glielo chiedo».

Lo accompagnai e, quando giungemmo all'abitazione bianca e verde su West Water Street, vedemmo una cabriolet parcheggiata nel vialetto. Clyde cominciò a respirare affannosamente e strinse il volante con le mani, finché non riuscì a leggere la targa dell'auto. Poi si rilassò: era della contea di Vera Cruz, quindi delle nostre parti. Io stesso ricordavo di averci visto sopra Ira Flagler.

Clyde parcheggiò sul lato opposto della strada e scendemmo entrambi dalla macchina. Quando feci il giro per raggiungerlo, alzai lo sguardo sulla casa di Flagler e vidi Nelly Tare in piedi sulla veranda con in mano un revolver.

Io e Clyde restammo impietriti. Lui non aveva con sé l'arma d'ordinanza: gli sceriffi delle nostra contea non la portavano più. Ed ecco Nelly sulla veranda, con la pistola puntata e quell'aria di un tempo, a parte le spalle, che erano più curve, e il mento, che sembrava ancora più sfuggente di prima.

Disse: «Stendetevi a terra. Esatto, tutti e due. Stendetevi e tenete le mani in vista».

Quando ci ritrovammo a terra, o meglio sull'asfalto che formava l'ultimo tratto di Water Street, Nelly sparò quattro colpi al cofano e al motore della macchina. Poi udimmo il rumore dei suoi passi di corsa. Io non osai alzare la testa per un minuto buono, mentre Clyde, che aveva più fegato di me, si tirò subito su.

Nelly, però, era già a bordo della cabriolet. Mise in moto e attraversò l'orto dei Flagler e poi il cortile di Lou Miller sbucando su Prospect Street, dove questa si ricongiungeva a un'ampia strada ghiaiosa che portava a sud, verso la campagna di Rivermouth e la città di Liberty. Nelly andava a tutto gas, sollevando nubi di polvere.

Quei quattro proiettili avevano danneggiato gravemente la nostra auto. Non si metteva più in moto e perdeva benzina e acqua. La signora Flagler uscì barcollando sul portico con uno dei bambini; piangevano entrambi in maniera isterica.

«Grazie a Dio non vi ha sparato, signor Boston!», esclamò.

Più tardi ci raccontò la sua storia. Nelly si era presentato nella prima mattinata, ma Ira aveva un'emergenza al garage e non ne aveva saputo nulla. Aveva costretto la sorella e i bambini a restare in casa tutto il giorno. Alla fine aveva convinto il nipotino che sarebbe stato divertente e avrebbe fatto ridere tutti se fosse andato in città a comprargli due scatole di proiettili calibro .45.

Questa rivelazione, tuttavia, giunse in seguito, perché Clyde Boston era al telefono. Chiamò la sede della contea e ordinò a un gruppo di guardie di mettersi sulle tracce di Nelly sulla Primary 37. Poi contattò il suo ufficio e disse ai colleghi di trasmettere la notizia alle autorità di Liberty, Prairie Flower, Mannville e Fort Hood. Infine chiamò il governo dello Stato e parlò personalmente con le autorità federali. Nel giro di due ore, gli uomini delle istituzioni cominciarono ad arrivare in auto e in aereo.

All'ora di cena Nelly fece irruzione in una fattoria di proprietà di Larry Larsen, una ventina di chilometri a sudovest di Elm City. Aveva girato in tondo tutto il pomeriggio, tentando di aggirare il cordone della polizia, che aveva bloccato tutte le strade con grossi camion: i campi di granturco di fine estate non permettevano il passaggio alle auto, nonostante la siccità.

Nelly si impossessò della berlina di Larsen e gli ordinò di fare il pieno con la benzina del trattore. Poi tagliò i fili del telefono e costrinse i familiari del fattore a legarsi l'un l'altro. Lui stesso immobilizzò l'ultimo con nodi ben stretti, ma dopo le otto uno dei figli riuscì a fuggire e a lanciare l'allarme usando il telefono di uno dei vicini.

Quella sera la sede del «Chronicle» era in subbuglio. Fortunatamente, avevo dei collaboratori affidabili, così alle otto e mezza decisi di fare un salto negli uffici della contea.

«Lo sapevo che saresti venuto, Dave», esordì Clyde Boston.

Io gli dissi che pensavo stesse dando la caccia a Nelly.

«Non ho fatto altro nelle ultime ore», ribatté lui. Tirò giù i piedi dal tavolo, poi ce li rimise. «Se riesco a sbarazzarmi di tutti questi esperti di emergenze, perché non mi porti a fare un giro con la tua macchina? La mia è fuori uso».

Io risposi che lo avrei portato volentieri ovunque, ma che non avevo intenzione di tornare indietro con la carrozzeria crivellata di colpi. Così Clyde si sbarazzò degli esperti e mi disse di dirigermi prima a sud e poi a est sulla Primary 6.

Clyde tacque a lungo, anche se in genere parlava molto e dicendo cose gioviali e sensate. Passammo davanti a due gruppi di guardie e ci facemmo identificammo, dopo di che mi fece fermare in una fattoria dove vivevano alcuni suoi cugini. Prese in prestito una catena tutta arrugginita con anelli grossi e pesanti e la gettò sull'immacolato sedile posteriore della mia macchina, per poi ordinarmi di dirigermi di nuovo verso sud.

In ogni cespuglio si sentivano frinire le cavallette.

«Sai», attaccò Clyde, «un tempo, quand'ero giovane, andavo spesso a caccia di conigli e polli da queste parti. E tu hai sempre fatto un bel po' di scampagnate con i tuoi amici. Il fatto è che solo chi è cresciuto qui conosce davvero bene questa zona, non trovi? I poliziotti di fuori non possono dire lo stesso».

Certo, concordai, poi Clyde cominciò a parlare di Nelly Tare. Disse che l'unica possibilità che aveva di uscire da quel cordone di diverse centinaia di metri quadrati era prendere un treno. Non avrebbe tentato la fuga a piedi, a meno che non fosse pazzo, e secondo Clyde non lo era. Lo era solo per le armi.

«Ora, i binari si incrociano tutti in questa parte della contea, a nord del fiume, giusto?»

«Esatto».

«Quindi per andare da dove Nelly si trovava all'ora di cena a dove vorrebbe essere, bisognerebbe procedere in diagonale da sudovest a nordest...».

Io cominciai a capire. «Stai parlando del vecchio sentiero di Rivermouth». Clyde annuì.

Disse che negli ultimi anni ci era andato qualche volta a fare un picnic con la famiglia. L'antico sentiero nel bosco era ancora percorribile in auto, se si procedeva lentamente e con cautela. Ma bisognava guadare diversi torrenti, e non era possibile farlo quand'erano in piena.

«Il sentiero sbuca nella prateria subito sotto la vecchia fattoria dei Bemis», continuò Clyde. «Si prende un varco che attraversa i pascoli e ci si ritrova nel bel mezzo del bosco. Secondo me, Nelly uscirà da lì».

Giunti dai Bemis, imboccammo il varco e ci fermammo al limitare del bosco, da dove sbucava il sentiero, coperto da un tappeto di foglie gialle. Lasciammo l'auto sul ciglio della strada, Clyde prese la catena e si inoltrò fra gli alberi, finché non trovò un luogo adatto.

Pioppi neri e arbusti formavano un muro su entrambi i lati, là dove il sentiero usciva serpeggiando dalla gola. Percorrendolo in auto, Nelly non si sarebbe accorto che era bloccato prima di arrivare all'ultima curva in salita.

Clyde avvolse la catena attorno al tronco di due pioppi e lasciò che ricadesse, rigida e pesante, sul terreno.

Gli dissi: «Ti ucciderà, Clyde. E se pensi che ti aiuterò ad acciuffarlo e a farti ammazzare, te lo puoi scordare».

«Stai tranquillo: nessuno ci lascerà la pelle», ribatté lui, appostandosi nel buio. «Riporterò Nelly Tare a Elm City. Vivo».

La campagna di Rivermouth è piena di vecchi ceppi d'albero e crepacci; il sottobosco di noccioli invade quel sentiero dimenticato in un'infinità di punti. Dovemmo aspettare un bel po' prima che i fari dell'auto di Nelly spuntassero fra gli alberi. Le cavallette frinivano come a dargli il benvenuto; le luci di posizione apparivano e scomparivano, serpeggiando nel sottobosco, mentre lo scandagliavano; ma si avvicinavano sempre più, insieme al rumore sordo del motore.

L'auto fece uno scatto in avanti e Nelly inserì la seconda per un attimo mentre usciva dalla gola; le ruote posteriori sollevavano le foglie umide e il pietrisco, che ricadevano subito dopo a terra.

Tutto d'un tratto, Nelly vide la catena. Frenò di colpo e l'auto sbandò, fermandosi di traverso. Spense il motore e le luci, aprì la portiera e scese dalla parte della catena, con la pistola in mano.

«Non sparare, Nelly», disse Clyde Boston, venendo fuori dagli alberi e accendendo la torcia.

Io non volevo lasciarci la pelle, così rimasi a guardarli da dietro un albero. La torcia spandeva un lungo fascio di luce accecante; Clyde era in piedi, a cinque metri dal radiatore della macchina, ma la luce investiva in pieno Nelly Tare.

«Sono Clyde», aggiunse. «Clyde Boston. Ti ricordi di me? Oggi sono andato a casa di tua sorella».

Nelly urlò: «Spegni quella maledetta luce!».

«No», ribatté Clyde. «E ti avverto: non sparare alla torcia, perché la tengo proprio davanti allo stomaco. E tu non mi vuoi sparare allo stomaco, vero, Nelly?».

I capelli di Tare erano lunghi, come la sua barba. Sembrava un animale selvatico appena uscito dalla foresta. «Clyde, te lo ripeto per l'ultima volta: spegni quella torcia!».

Per tutta risposta, lui fece, con voce profonda e pacata: «Ti ricordi quella volta che siamo andati a caccia di conigli?». E si avvicinò leggermente. «Io, tu e Dave. Ti ricordi? C'era quella lepre accucciata che non aspettava altro che le sparassi. Ma tu non sei riuscito a premere il grilletto. Non sei riuscito a ucciderlo».

Nelly aveva il viso contratto in una smorfia e tra le labbra si intravedevano i denti.

«Non hai mai sparato a nessuno, vero, Nelly?». In quel preciso istante, si udì uno schiocco che mi fece trasalire. Ma era solo un ramo che si era spezzato sotto il piede di Clyde, e lui continuava ad avanzare. «Non hai mai sparato ad anima viva. Neanche a un coniglio. Non ne sei capace».

Ormai era a soli tre metri da Nelly e dalla sua pistola.

«Hai sempre fatto finta. Ma i poliziotti dell'Oklahoma e del Missouri non ti conoscevano come ti conosco io. Non sono mai venuti a caccia con te, vero?».

Fece un altro passo in avanti. E un altro ancora. Nelly sembrava una statua di cera. A un tratto, tra gli alberi apparve una luce soffusa: il vicesceriffo e i suoi uomini avevano visto la mia auto e si stavano avvicinando sulla loro.

«Sparavi ai telefoni sulle scrivanie», continuò Clyde in tono suadente, «e alle ruote delle macchine. Ne hai visti di posti e ne hai sparate di pallottole. Ma mai contro un essere vivente. Ora getta la pistola, Nelly. Sono stato un idiota oggi pomeriggio. Non avrei dovuto stendermi a terra quando mi hai ordinato di farlo. Avrei dovuto restare dov'ero».

Forse aveva ragione o forse no, non lo so. L'auto si fermò e qualcuno urlò: «Attento, sceriffo!». Avevano già le mitragliette spianate e cercavano di posizionarsi in modo da poter far saltare le cervella a Nelly senza colpire Clyde Boston. Questi, però, non glielo permise. Fece un balzo in avanti e lo gettò a terra.

Nelly scoppiò in lacrime, e non mi piace ripensarci; a volte mi sveglio nel cuore della notte e mi ritorna in mente mentre piange. E allora la memoria va alle giornate trascorse nel fienile e ai topi che si intrufolavano nel pollaio, gli stessi a cui Nelly non riusciva a sparare, e poi ai conigli insanguinati appesi alla cintura di Clyde.

Nelly pianse, non solo perché era stato catturato e non sarebbe mai più stato libero. Pianse perché il mondo intero aveva scoperto qualcosa che aveva cercato di nascondere a tutti, anche a se stesso. Quando lo riportarono in prigione, aveva un'espressione di drammatica perplessità. Doveva essere terribile per lui sapere che erano state proprio le armi a tradirlo, dopo che le aveva amate per tutta la vita.

Day Keene
NIENTE DI CUI PREOCCUPARSI
1945

Day Keene, pseudonimo di Gunard Hjertstedt (1904-1969), nacque a Chicago. Da giovane, insieme agli amici Melvyn Douglas e Barton MacLane, fece l'attore e il drammaturgo nel teatro di repertorio. Quando i due decisero di trasferirsi a Hollywood, Keene preferì darsi alla scrittura, per lo più di radiodrammi. Fu tra gli autori principali di *Little Orphan Annie*, che debuttò su Blue Network della NBC il 6 aprile 1931 e riscosse talmente tanto successo da essere trasmessa per quasi tredici anni, e della serie gialla *Kitty Keene Incorporated*, che aveva come protagonista una bella investigatrice con un passato di ballerina di rivista: debuttò sul Red Network della NBC il 13 settembre 1937 e venne trasmesso per quattro anni. In seguito, Keene abbandonò la radio per scrivere racconti gialli per le riviste pulp e poi romanzi per il mercato emergente dei tascabili, per il quale le sue storie cupe, violente e dal ritmo incalzante erano perfette. Ne scrisse quasi cinquanta tra il 1949 e il 1965. Fra i suoi romanzi di maggior successo ricordiamo il primo, *Framed in Guilt* (1949), il classico noir *Home Is the Sailor* (1952), *Crepi il migliore* (*Joy House*, 1954, che la MGM portò sul grande schermo dieci anni dopo con il titolo di *Crisantemi per un delitto*, con Alain Delon, Jane Fonda e Lola Albright) e *Chautauqua* (1960), scritto insieme a Dwight Vincent, pseudonimo dell'autore di gialli Dwight Babcock, e dal quale fu tratta la pellicola *Guai con le ragazze*, interpretata da Elvis Presley e Marlyn Mason.

Niente di cui preoccuparsi (*Nothing to Worry About*) apparve per la prima volta sul numero di «Detective Tales» dell'agosto del 1945.

Se anche sulla fronte spaziosa dell'assistente del procuratore Brad Sorrel fosse stato scritto a chiare lettere, nessuno dei passeggeri del volo Washington-Chicago se ne dovette accorgere, malgrado la cabina fosse illuminata a giorno mentre l'aereo sorvolava l'aeroporto di Cicero a mezzanotte meno un quarto.

L'assistente di volo notò le sue spalle larghe, le tempie brizzolate e la risata calorosa e pensò che la donna dalla quale stava tornando era davvero fortunata. Al suo vicino di posto era parso un tipo intelligente ed energico.

Né durante il volo, né nelle ore precedenti, c'era stato qualcosa nel tono o nel comportamento di Sorrel che potesse indurre qualcuno a dire: «Lo sapevo. Era nervoso. Non riusciva a concentrarsi. Parlava concitatamente. Discorreva e si comportava come un uomo che sta per uccidere la moglie».

La sua non era stata una decisione improvvisa. Aveva preso spesso in considerazione la possibilità di uccidere Frances; solo il profondo rispetto per la legge che lui stesso rappresentava lo aveva trattenuto. Aveva chiesto e ottenuto la vita di troppi uomini per essere incauto con la propria. Per quanto la sua situazione coniugale fosse divenuta intollerabile, era sempre meglio di affrontare una giuria che egli aveva perso il diritto di sfidare.

Le scritte luminose "VIETATO FUMARE" e "ALLACCIARE LE CINTURE" lampeggiavano sopra la porta della cabina di pilotaggio. Le luci della pista sembravano andare incontro all'aereo.

"Ci siamo", pensò Sorrel. "Tra venti, trenta minuti al massimo, Frances sarà morta. Poveretta".

Il suo vicino di posto concluse il racconto dell'intricata controversia e della violenta disputa che lo vedeva opposto all'ufficio per il controllo dei prezzi. Sorrel gli dedicò solo metà cervello, esprimendogli tutta la sua solidarietà, confermandogli che era nel giusto, che quella situazione non poteva durare per sempre e che l'impresa privata era destinata a subire un'impennata.

L'altra metà, invece, pensava a ciò che doveva fare. Non sarebbe stato piacevole. Nel tentativo di trovare una soluzione al problema, aveva vagliato, soppesato e giudicato i pochi metodi con cui era possibile commettere un omicidio. Aveva scartato quasi subito i cosiddetti "sistemi intelligenti" (morte accidentale, suicidio, incidente). Lasciavano troppo al caso e, quindi, rischiavano di fallire; raramente avevano successo. C'era un motivo: per quanto un assassino potesse essere astuto, non era quasi mai all'altezza dell'azione combinata del ramo tecnico, esecutivo e giudiziario della legge.

L'indagine, il processo e il giudizio erano divenuti una specie di scienza esatta.

L'arte di uccidere e le sue tre M – mezzo, metodo e movente – invece, erano cambiate ben poco nel corso della storia umana, come l'arte del vivere, del resto. Per sopprimere qualcuno bisognava ancora sparare, accoltellare, affogare, colpire, strangolare o avvelenare la vittima prescelta. E il metodo principale, quello che consisteva nel colpire l'individuo con il primo corpo contundente che capitava sotto mano, era ancora il più difficile da scoprire, purché ovviamente l'assassino fosse in grado di dimostrare che in quel momento si trovava altrove.

Ed era proprio quello il metodo che Sorrel aveva scelto dopo attenta considerazione. Aveva persino individuato l'arma: uno dei pesanti candelabri di vetro intagliato che si trovavano sulla toeletta di Frances.

«Mi chiamo Murphy. J.P. Murphy», disse il suo vicino di posto, stringendo energicamente la mano di Sorrel. «È stato un piacere conoscerla, procuratore. E sappia che, se deciderà di candidarsi al Senato, come hanno ventilato i giornali, potrà contare sul mio voto».

La risata calorosa di Sorrel risuonò nella cabina. «Grazie, Murphy. Me lo ricorderò».

Non aveva altri bagagli a parte la valigetta. L'assistente di volo insisté per tirarla giù dal portabagagli. Contro il regolamento, lui le infilò una banconota nel taschino della divisa. «È stato un viaggio molto piacevole. Grazie», le disse sorridendo.

«Grazie a lei, signor Sorrel!», esclamò la donna, raggiante. Non capitava spesso di incontrare uomini così. In genere le mani che le allungavano una mancia sfioravano e indugiavano, cercando una parziale ricompensa per la propria generosità.

Prima di scendere dall'aereo, Sorrel si fermò un istante a respirare l'aria della notte. Era ancora bel tempo e non faceva né troppo caldo, né troppo freddo.

Poi scese la scaletta e, passando davanti al muso dell'aereo, salutò il pilota con la mano. Lo faceva sempre durante i suoi frequenti viaggi. Non doveva esserci nessuna deviazione dalla norma, nessun errore di omissione o esecuzione, nessun gesto inconsulto in cui potesse annidarsi il germe del sospetto.

Lui, John Sorrel, assistente del procuratore, stava tornando da Washington con una sola cosa in mente: il felice esito della faccenda che lo aveva portato laggiù. Non era nervoso. Si sentiva bene. Lo ripeté fra sé e sé per rassicurarsi.

Sulla porta del terminal, Murphy gli toccò il braccio. «Prendo un taxi per il Loop. Se vuole dividerlo con me...».

«No, grazie», rispose. «Dovrebbe esserci un'auto ad aspettarmi». Fece in modo di pronunciare quelle parole in tono allusivo ma non volgare. «Vede, non... vado direttamente a casa».

L'altro gli fece l'occhiolino. «Ah... capisco».

Dopo essersi stretti nuovamente la mano, si separarono. Sorrel si rese conto che correva il rischio di fare troppo il furbo. Ma più persone sapevano, o credevano di sapere, che era andato direttamente dall'aeroporto a casa di Evelyn, più il suo alibi sarebbe stato inattaccabile.

Non aveva mai fatto segreto della loro relazione. Dubitava che, se mai avesse dovuto sottoporsi a un processo, un procuratore, un giudice o una giuria avrebbe messo in discussione un alibi così imbarazzante come quello di un marito costretto ad ammettere che, mentre la moglie veniva uccisa, era in compagnia di un'altra donna e inveiva contro di lei perché aveva rifiutato di concedergli il divorzio.

Malgrado l'ora tarda, il terminal era affollato. Vide tre o quattro uomini che conosceva e li salutò cordialmente con un cenno del capo dirigendosi verso l'uscita.

Jackson lo attendeva dietro il volante di un'auto di servizio. Sorrel gettò la valigetta sul sedile posteriore e si accomodò accanto a lui. «Quindi hai ricevuto il telegramma».

«Certo», replicò lui. «Vuole andare a casa, in ufficio, o... », e lasciò in sospeso la frase.

Sorrel sospirò. «A casa, direi. Ma prima facciamo un salto all'Eldorado».

«Lo immaginavo», osservò Jackson.

Mentre l'auto procedeva, Sorrel sentiva sulle guance il vento fresco della notte. Non vedeva l'ora che fosse tutto finito, ma si rammaricava anche del fatto che Frances non si era comportata in modo ragionevole. Se fosse stato così, se gli avesse concesso il divorzio, non sarebbe dovuto arrivare a tanto.

Quando l'auto si fermò davanti all'edificio, disse a Jackson: «Non dovrei metterci molto».

Questi estrasse uno stuzzicadenti dalla tasca del panciotto. «Faccia con comodo».

Diceva sul serio. Gli piaceva Sorrel. E anche Evelyn. Era bella, ed era anche una signora. Frances Sorrel invece no, con il suo linguaggio scurrile, i modi aggressivi e il vizio di bere. Non era certo la moglie adatta a un aspirante senatore. Anche se aveva sentito dire che si era spezzata la schiena per mantenere Sorrel alla facoltà di legge, e aveva sempre giurato di essersi data all'alcol solo quando lui aveva cominciato a trattarla con sufficienza.

Il portiere di colore che se ne stava in piedi sotto il tendone dell'edificio salutò Sorrel con un sorriso smagliante. «Bentornato, signor Smith. Ci è mancato questa settimana».

Sorrel gli fece scivolare in mano una banconota da cinque dollari. «Sono stato a Washington per tentare di salvare il Paese».

Il portiere ridacchiò, divertito. «Dice che è stato a Washington per salvare il Paese», ripeté a Jackson.

Questi continuò a pulirsi i denti. «Già».

Sorrel indugiò un istante nell'atrio, improvvisamente senza fiato. Era un omicidio. Lui, John Sorrel, assistente del procuratore, procuratore mancato per colpa della moglie e considerato dal suo partito un valido candidato al Senato, aveva intenzione di introdursi furtivamente nella sua stessa casa ed eliminare l'unico ostacolo che si ergeva fra lui e il suo successo politico.

Quell'aspetto, tuttavia, non sarebbe stato preso in considerazione come movente. Nessuno dei pezzi grossi aveva mai menzionato Frances. Ma Sorrel sapeva che bisognava tenere conto del voto femminile. E, stando così le cose, il partito non poteva permettersi di correre il rischio. Le scenate di Frances erano note a tutti. Beveva, imprecava e lo tradiva. Però non era mai stato così fortunato da trovare prove schiaccianti da presentare in tribunale.

Chiuse gli occhi e rivide sua moglie durante l'ultima scenata che aveva fatto in pubblico: grassa, trasandata, gonfia per via dell'alcol. Erano nell'atrio di Chalmer's House, di fronte a un gruppo di spettatori divertiti.

«Certo che sono ubriaca. E sono anche una puttana», gli aveva urlato mentre lui tentava invano di zittirla. «E non ti azzardare a dirmi di chiudere il becco. Al diavolo. Sono un essere umano. Il tuo problema è che ti sei montato la testa. Sei uno di quei sepolcri imbiancati di cui parlava sempre padre Ryan». Poi si era rivolta ai presenti, la voce roca e querula degli ubriachi e il volto rigato di lacrime. «Non gli vado più bene. Io, che gli ho permesso di studiare, che l'ho amato quando non aveva un soldo». Aveva provato ad abbracciarlo. «Non capisci? Ti amo ancora, Johnny». Ma poi aggiunse, gli occhi improvvisamente asciutti: «E preferirei vederti bruciare all'inferno piuttosto che lasciare che qualche sgualdrinella imbellettata ti prenda per i fondelli. E adesso picchiami pure, se vuoi. Provaci, maledetto!».

Sorrel riaprì gli occhi. Il momento di debolezza era passato. C'era solo una cosa da fare. Ma almeno da un punto di vista sua moglie si sbagliava. Anche lui era un essere umano. Voleva sentire intorno al collo le braccia morbide e fresche di Evelyn, voleva che gli dicesse ancora una volta che un giorno le cose sarebbero cambiate, se solo fossero stati pazienti.

Stringendo la mascella, aprì la porta dell'ascensore e spinse il pulsante del dodicesimo piano. Dopo dieci anni, aveva finito la pazienza. Non era colpa sua, era colpa di Frances, che non aveva saputo crescere con lui. L'unica sua certezza era che non sopportava più l'idea di vederla, sentirla, toccarla.

Quella sera doveva essere la fine.

Davanti alla porta di Evelyn estrasse la chiave dalla tasca, ma ebbe un attimo di esitazione quando capì che, se l'avesse vista, l'avrebbe resa complice del suo crimine. Non solo: lei avrebbe tentato di dissuaderlo. Era meglio che non ne sapesse nulla, finché non fosse finito tutto.

La luce filtrava da sotto la porta. Sorrel tese l'orecchio e udì una canzone alla radio, qualcuno muoversi, un cassetto aprirsi e chiudersi. Abbastanza per sapere che era a casa, che aveva ricevuto il suo telegramma e lo stava aspettando. Che brava ragazza. Era un vero tesoro. Qualsiasi cosa accadesse, poteva contare su di lei.

Scese al secondo piano in ascensore, poi prese le scale di servizio, uscendo dalla porta laterale. La cabriolet era parcheggiata dove l'aveva lasciata. Per un attimo, aveva temuto che gliel'avessero rubata.

Il motore partì subito. Diede un'occhiata all'orologio grazie alla luce del cruscotto. Erano già passati cinque dei trenta minuti che si era concesso. A sessanta chilometri l'ora, ne avrebbe impiegati cinque all'andata e cinque al ritorno per percorrere i quattro chilometri e mezzo che lo separavano da casa.

Era l'una meno un quarto. Calcolando altri sei minuti per gli imprevisti, aveva ancora parecchio tempo per fare ciò che aveva in mente e tornare all'appartamento di Evelyn entro mezz'ora da quando aveva lasciato Jackson. All'una e un quarto avrebbe telefonato al portiere dicendogli di chiedere al suo autista di portargli su la valigetta e la bottiglia di whisky che essa conteneva.

Non temeva che Frances fosse uscita. Il telegramma che le aveva spedito diceva che il suo aereo atterrava a mezzanotte. Lei, nel tentativo di rimanere aggrappata a quel che rimaneva del loro matrimonio, faceva sempre in modo di farsi trovare in casa e più o meno sobria quando lui tornava dai suoi viaggi.

«Non mi farò mai trovare ubriaca», gli aveva detto una volta. «Sono una brava moglie, vedi, Johnny? E sarei ancora più brava se solo tu me lo permettessi. Perché non possiamo ricominciare da capo?».

C'erano una decina di risposte a quella domanda, la migliore delle quali era Evelyn. Lei e Frances non si erano mai incontrate. Ma la moglie sapeva della sua esistenza, e questo le bastava.

Mentre rallentava all'incrocio con la 63ª Strada, Sorrel sorrise amaramente ripensando a una proposta che Evelyn gli aveva fatto un giorno perché era intrigata all'idea che lei e la moglie non si fossero mai conosciute.

«Sappiamo benissimo che ti tradisce, Johnny», aveva osservato. «Quindi non ha alcun diritto di puntarti il dito contro. E non mi conosce. Quindi potrei invitarla a bere qualcosa, o farmi assumere come domestica, o roba simile, e raccogliere prove concrete a sostegno di una causa di divorzio».

Sorrel non ne aveva voluto sapere. Frances era astuta. Uno scontro fra loro due era impensabile. Lei si era fatta le ossa nei quartieri malfamati, dove erano nati entrambi. Anche in quell'occasione era stato assalito dal senso di colpa. Non aveva la coscienza pulita. Era lui l'unico responsabile dell'infedeltà di Frances. Lei non faceva altro che cercare altrove l'amore che lui le negava. Allora aveva detto a Evelyn che ci avrebbe pensato lui. E ora stava mantenendo la parola data.

C'erano poche auto sulla 63ª e nessuna nella buia via residenziale che imboccò. Percorse qualche centinaio di metri e parcheggiò a poca distanza da casa sua, sul lato opposto della strada.

La luce era accesa sia in cucina che in camera di Frances. Le tapparelle della stanza da letto erano abbassate, ma Sorrel vide una sagoma attraversarla, troppo lontana dalla finestra per sembrare più di un'ombra passeggera.

Tutt'a un tratto sentì gli occhi che gli bruciavano, un nodo in gola e la bocca secca. Le mani, fredde e sudaticce, stringevano il volante. Esitò un istante, stupito da se stesso e disgustato da ciò che stava per fare. Era un omicidio. Era ciò che altri avevano fatto per motivi non certo migliori del suo e lui, nella sua sprezzante superiorità, al sicuro nella torre d'avorio della legge, aveva tuonato contro di loro definendoli assassini senza scrupoli.

Scese a fatica dall'auto e attraversò la strada. La sua ascesa lo aveva portato lontano, non aveva nessuna intenzione di fermarsi. Tolta di mezzo Frances, non c'era traguardo a cui non potesse aspirare, con Evelyn al suo fianco.

Si fermò sotto un olmo frondoso nel cortile e maledisse le sue mani tremanti. Non c'era motivo di aver paura. La legge non lo avrebbe mai toccato. Il suo piano era perfetto. Non c'erano interessi economici in ballo: Frances non aveva neanche un'assicurazione sulla vita. Lui ci avrebbe semplicemente guadagnato in tranquillità, che non era considerata un movente plausibile per un omicidio. Alcuni suoi colleghi avrebbero potuto sospettare qualcosa, ma non sarebbero riusciti a provare nulla.

Era risaputo che Frances aveva il vizio del bere. Era tornata ubriaca, si era dimenticata di chiudere a chiave la porta e un malintenzionato si era introdotto in casa, uccidendola. Nessuno sarebbe stato più sorpreso e sconvolto di lui quando, di lì a un'ora, sarebbe tornato con Jackson, trovandola morta.

Infilò la chiave nella serratura e provò ad aprire, ma la porta era chiusa dall'interno con il chiavistello. Per un attimo, pensò di suonare il campanello e uccidere Frances nell'ingresso, ma poi decide di attenersi, per quanto possibile, al piano originario. Nell'ingresso non c'erano armi adatte. Sarebbe bastato un urlo a risvegliare la strada addormentata. Doveva agire in silenzio.

La porta sul retro che conduceva in cucina era aperta, ma la zanzariera era chiusa a chiave. Si infilò un paio di guanti e frugò in un angolo della veranda dove ricordava di aver visto un punteruolo da ghiaccio arrugginito. La fortuna gli sorrise: il punteruolo era lì. Forzò la zanzariera e la sollevò.

Dopo aver aperto la porta rimase in attesa, tendendo l'orecchio, ma non sentì nulla. Sul tavolo della cucina c'era una bottiglia di latte mezzo vuota, un bicchiere sporco e i resti di un panino al burro di arachidi.

"Stavolta", pensò, "Frances voleva recitare la parte della moglie sobria e contrita".

Credimi, John. Ti amo. Smetterò di bere. Farò tutto ciò che vuoi. Sei l'unica cosa che conti. Perché non possiamo ricominciare da capo?

Aveva sentito quella tiritera così tante volte che la sapeva a memoria, oramai. Notò che la tapparella della cucina era aperta. Chiunque fosse entrato, sarebbe stato perfettamente visibile dalle finestre buie della casa accanto. La fronte imperlata di sudore, rimase sulla soglia e infilò una mano dentro, spegnendo la luce. Meno male che si era accorto della tapparella. Erano proprio quelli i dettagli che facevano finire gli imputati sulla sedia elettrica.

Il buio acuì la sua tensione. La bocca gli si seccò completamente. Udiva, o gli sembrava di udire, il battito del suo cuore. Dovette imporsi di attraversare la cucina, procedendo a tentoni lungo il muro fino alle scale sul retro.

Sentì dei rumori provenienti dalla camera da letto. Frances apriva e chiudeva i cassetti, forse in cerca di una delle bottiglie che teneva nascoste.

Sorrel percorse il corridoio immerso nell'oscurità fino alla porta chiusa della stanza, il pavimento di legno che scricchiolava sotto il suo peso. La luce della camera si spense e la porta si aprì. Lui e Frances rimasero in piedi nel corridoio buio, consapevoli l'uno dell'altra, pur senza vedersi.

"Il sangue", pensò improvvisamente Sorrel. "Schizzerà da tutte le parti. Mi sporcherà completamente. Accidenti! Perché non ci ho pensato?".

In quel momento si rese conto che stringeva ancora il punteruolo arrugginito. In fondo, anche quella era un'arma, anzi, era più efficace di tante altre. La banda di killer Murder Incorporated la utilizzava abitualmente. Era stata anche l'arma del delitto nel processo contro Manny Capper. Il sudore gli si gelò sulla fronte: Manny era stato condannato alla sedia elettrica.

Galvanizzato dal suo stesso terrore, Sorrel balzò in avanti con un grido strozzato. La sua mano trovò la bocca di Frances, soffocando il suo urlo sul nascere. Poi affondò ripetutamente il punteruolo nella carne morbida. A un tratto, il corpo che stringeva tra le braccia smise di divincolarsi e si accasciò, senza vita. Sorrel lo lasciò cadere sul pavimento, con profondo sollievo.

Il punteruolo gli scivolò dalla mano priva di forze. Fece per frugarsi in tasca alla ricerca di un fiammifero, ma non ci riuscì: gli tremavano troppo le mani. Spaventato dal buio e dalla donna che aveva ucciso, si accucciò accanto al corpo e cercò il battito del cuore con l'interno del polso, là dove la pelle faceva capolino tra il guanto e il polsino della giacca. Niente battito. Chiuso, finito, *fini*. Era libero.

Scese furtivamente le scale e uscì sulla veranda dalla porta della cucina. Poi si ricordò del punteruolo. Non ci sarebbero state impronte digitali. Per un attimo pensò di tornare a prenderlo, ma gli si rivoltò lo stomaco.

Non ci sarebbero state impronte digitali sull'arma del delitto. E allora? La maggior parte dei rapinatori avveduti portava i guanti. Non c'era niente di cui preoccuparsi.

Silenziosamente, senza farsi vedere, tornò alla macchina ed esaminò i guanti alla luce del cruscotto. Uno era leggermente macchiato di sangue, ma i polsini della giacca erano puliti. Non doveva fare altro che sbarazzarsi dei guanti.

Era tutto finito. Era libero. Niente poteva più fermarlo, niente poteva più impedire ai suoi amici di candidarlo a qualunque carica. Frances non avrebbe fatto più scenate. Lui era giovane, non aveva ancora quarant'anni. Era appena iniziata la sua nuova vita.

Mentre guidava, l'orrore per ciò che era stato costretto a fare lo abbandonò. Avrebbe voluto cantare, urlare, gridare alle stelle che era libero. Ma si limitò a sorridere.

In fondo, era stato abbastanza facile. Appallottolò i guanti e li gettò fuori del finestrino. Non sarebbe stato possibile risalire a lui. Niente lo collegava all'omicidio, a parte il fatto che Frances era sua moglie. Tornato all'Eldorado, parcheggiò la cabriolet nello stesso punto in cui l'aveva lasciata prima e lanciò un'occhiata all'orologio prima di spegnere i fari. Era l'01:11. Era in anticipo di quattro minuti.

Li impiegò per dirigersi all'angolo della strada e lanciare un'occhiata guardinga. Il portiere e Jackson erano immersi nella conversazione. Sollevato dal fatto che non avessero sentito la sua mancanza, entrò nell'edificio dalla porta laterale.

Non sarebbe stato facile raccontare tutto a Evelyn. All'inizio sarebbe inorridita, ma era abbastanza intelligente da rendersi conto che non aveva avuto scelta. E poi non aveva più importanza, ormai. Era tutto finito, ed era l'unica cosa che contava.

La sua gola e la sua bocca erano tornate alla normalità. Esaminò il vestito alla luce intensa dell'ascensore, ma non vide macchie di sangue. Era stato fortunato. Quando inserì la chiave nella serratura fischiettava piano, quasi allegramente.

La radio era ancora accesa. Frances era seduta su una delle poltrone di Evelyn, con accanto una bottiglia del suo migliore scotch. «Sapevo che saresti venuto qui», disse. «Che succede? L'aereo era in ritardo?».

Lui la fissò a bocca aperta, mentre un grido muto gli saliva in gola.

«Povero scemo», continuò la moglie. «Perché non me l'hai fatta conoscere? Perché non mi hai dato modo di capire che ragazza favolosa era? Perché non mi hai detto che volevano candidarti al Senato? Pensavo mi conoscessi meglio, John. Sei il mio uomo e lo sarai per sempre. Nessuna sgualdrina ti avrebbe mai portato via da me. Ma una ragazza così dolce, be', è un altro paio di maniche». Si sistemò i capelli arruffati. «È quasi un onore per me».

Sorrel mormorò, con voce strozzata: «Evelyn...».

Frances sorseggiò lo scotch. «Oh, non lo sapevi. Be', si è presentata a casa stamattina fingendo di essere una domestica disoccupata, figuriamoci, con quelle unghie lunghe». Rise brevemente, poi aggiunse: «Allora l'ho assunta e le ho fatto il terzo grado. Scommetto che adesso starà rovistando tra le mie cose, per spiarmi». Frances prese un foglio di carta gialla appoggiato sul tavolo. «Non ha neanche potuto vedere il telegramma che le hai inviato, perché le ho rubato la chiave dalla borsa e sono venuta qui subito dopo aver ricevuto il mio, che era assolutamente normale. Ma è stato dopo aver letto questo che sono rimasta perplessa». Lo lesse ad alta voce: «Tesoro, aspettami a casa tua a mezzanotte. Non uscire per nessun motivo. E non fare entrare nessuno tranne me. È importante, più importante di quanto non immagini».

Sorrel le chiese, con una voce che non gli sembrava neanche la sua: «Tu... sapevi?».

Frances Sorrel fece un sorrisetto. «Ti conosco», ammise. «Ma stai tranquillo. Non pensarci. Visto che il tuo aereo era in ritardo, non c'è niente di cui preoccuparsi».

Dorothy B. Hughes
RITORNO A CASA
1946

Dorothy B(elle) Hughes (1904-1993) nacque a Kansas City (Missouri), si laureò in giornalismo presso l'università dello Stato e proseguì gli studi all'università del New Mexico e alla Columbia. Lavorò come giornalista nel Missouri, a New York e nel New Mexico prima di diventare una scrittrice noir.

Questa autrice sconosciuta è importante da un punto di vista storico perché fu il primo rappresentante di sesso femminile della scuola hard-boiled. Negli anni Quaranta scrisse undici romanzi, fra cui *Profondo azzurro* (*The So Blue Marble*, 1940), *The Cross-Eyed Bear* (1940), *The Bamboo Blonde* (1941), *Le colpe dei padri* (*The Fallen Sparrow*, 1942), *La giostra della morte* (*The Pink Horse*, 1946) e *In un posto solitario* (*In a Lonely Place*, 1947). Gli ultimi tre furono trasposti con successo sul grande schermo. Il film tratto da *Le colpe dei padri* (che apparve in Italia con il titolo *Il passo del carnefice*), fu girato dalla RKO nel 1943, con John Garfield, e Maureen O'Hara come protagonisti; la trasposizione cinematografica di *La giostra della morte*, in Italia *Fiesta e sangue*, fu realizzata dall'Universal nel 1947 e interpretata da Robert Montgomery e Thomas Gomez; *In un posto solitario* (Columbia, 1950) rese famosi Humphrey Bogart, Gloria Grahame e Martha Stewart e fu diretto da Nicholas Ray. Questo classico del cinema noir narra la storia di uno sceneggiatore alcolizzato soggetto a violenti accessi d'ira, che viene accusato dell'omicidio di una guardarobiera. La sua vicina di casa, bionda e attraente, gli fornisce un alibi ma comincia ben presto a sospettare che sia davvero colpevole e che lei possa essere la sua prossima vittima. Nel libro il protagonista è davvero un assassino psicopatico, però il regista trovò la trama troppo cupa e decise di alleggerirla.

Al culmine del successo, la Hughes abbandonò quasi completamente la scrittura per dedicarsi alla propria famiglia. Continuò tuttavia a recensire libri noir per molti anni, aggiudicandosi nel 1951 per la sua capacità critica l'Edgar Award della Mystery Writers of America, il premio di categoria per i romanzi gialli e i thriller; nel 1978 la stessa istituzione le conferì il Grand Master Award per la sua brillante carriera.

Ritorno a casa (*The Homecoming*) apparve per la prima volta su *Murder Cavalcade: an Anthology*, la prima antologia della Mystery Writers of America (Duell, Sloan and Pearce, New York 1946).

Era una notte scura e con poco vento, una di quelle in cui possono succedere brutte cose. Non si sentiva agitato mentre percorreva i due isolati bui dalla fermata del tram alla casa di lei. Continuava a guardarsi indietro perché udiva dei rumori, come il fruscio di una vecchia gonna di organza, dei passi felpati, o un frullo, un brusio, uno scalpiccio. Rumori che si sentono di solito in un vecchio bosco, non sull'asfalto di una strada urbana. Doveva girarsi ogni volta per riuscire a capire che si trattava di rumori perfettamente normali in una via di città in autunno. Le foglie ingiallite e accartocciate cadute a terra formavano piccoli vortici, mosse dal vento. I rami curvi degli olmi frusciavano nella loro solitaria nudità. I rumori che ci si aspettava di sentire una notte d'autunno, quando le ombre assumevano forme bizzarre. I rami degli olmi che sembravano invitarti, le foglie che cadevano volteggiando a terra, le ombre di una strada vuota. I piccoli gemiti del vento che facevano rabbrividire la sua stessa ombra e i suoi passi decisi nella notte, diretti a casa di lei.

Ci sarebbe stato lui. L'eroe. Jim della Corea. E sarebbe stato lì da un bel po', dall'ora di cena. Lei lo aveva invitato perché era la sera in cui i suoi genitori uscivano. Uscivano sempre il giovedì, perché le donne entravano gratis al club. Carte, bingo, balli e cibo, e non sarebbero tornati prima dell'una.

Lei lo invitava sempre teneramente: «Vieni a cena giovedì. Sono un disastro in cucina, so fare solo le frittelle». E tu sapevi che giovedì sera non avresti mangiato altro. Meglio di una bistecca succulenta, meglio del pollo e degli involtini, meglio del tacchino e di tutti gli intingoli del mondo. Glielo chiedeva in modo carino: «Se non vieni, me ne starò qui tutta sola. I miei escono sempre il giovedì sera». E, anche se non ci fossero state le frittelle con lo sciroppo di sorgo o di acero, i tuoi preferiti, sentivi il petto gonfiarsi fino quasi a scoppiare dal desiderio di proteggerla da una notte tutta sola in casa senza i suoi.

Era così minuta. Non arrivava al secondo scaffale della cucina senza alzarsi in punta di piedi. Anche con i tacchi a spillo, non gli arrivava al mento. Era piccola e morbida come un peluche e aveva capelli biondi di seta. Ti lasciava sempre di stucco con la sua chioma. Te la ricordavi come una sorellina, con i capelli sciolti e qualche boccolo qua e là, e la volta dopo se li raccoglieva sopra la testa come se giocasse a fare la donna. Oppure se li arricciava e li legava in due codine con i nastri di raso, neanche fosse una bambina. Mentre pensava ai suoi capelli, dimenticò per un attimo il buio e il vento e tutto ciò che si faceva largo nella sua mente e nel suo cuore, e affrettò il passo.

A un tratto, si ricordò una cosa. Non era stato lui a essere invitato a mangiare frittelle per cena, bensì il ragazzo con le medaglie, l'eroe, Jim della Corea. In quel preciso momento, lei e Jim se ne sarebbero stati seduti sul divano, vicini per evitare il punto in cui si affondava. Suo fratello, quello che era in Marina, lo aveva sfondato da bambino.

Lei e Jim se ne sarebbero stati seduti l'uno accanto all'altra, con una sola lampada accesa. Troppa luce le dava fastidio agli occhi. Erano grandi come due ruote di un carro, a volte azzurri, di un azzurro scuro, altre volte grigio-viola. Non si riusciva a capire di che colore fossero finché non si fissavano da vicino. Era come con i capelli, solo che i capelli li aggiustava lei, mentre gli occhi facevano tutto da soli. Il naso, invece, era sempre uguale: piccolo e morbido, come lei. Leggermente all'insù, abbastanza da renderla ancora più irresistibile quando alzava gli occhi su di te e diceva: «Oh, Benny!». La sua bocca cambiava colore: a volte era rossa come una mela, altre come l'agrifoglio, altre ancora più scura, come una mora. A suo padre quel colore non piaceva. Le diceva: «Toglitelo, Nan. Sembri un maiale sgozzato». Rosso come il sangue. Ma i colori non modificavano la sua bocca, rossa come il fuoco, come lana morbida e calda. La sua bocca...

Accelerò il passo e le ombre guizzavano mentre camminava. Smise di guardarsi indietro. Non c'era niente. E più avanti, oltre casa di lei, vedeva un bagliore verde: la stazione di polizia. In un certo senso, era rassicurante. Non poteva esserci niente dietro alle spalle, quando si aveva una stazione di polizia davanti.

La sentiva pesare nella tasca dell'impermeabile. Quando era sul tram, gli era sembrato che tutti vedessero attraverso la stoffa e si chiedessero perché un giovane tanto perbene portasse con sé una pistola. Avrebbe potuto rispondere che stava andando a casa di Nan anche se lei non lo stava aspettando. Sebbene gli avesse detto per la dodicesima sera di fila: «Mi dispiace, Benny, ma ho da fare». Solo che quella sera non le aveva telefonato, quella sera in cui aveva camminato per le strade sotto la fredda pioggia autunnale finché le scarpe non si erano inzuppate e la sua mente era diventata un nodo stretto e rosso.

Avrebbe potuto dire loro che voleva fare una sorpresa a Nan e, soprattutto, all'eroe Jim, Jim della Corea. Avrebbe scoperto se era davvero un eroe. Avrebbe visto cos'era in grado di fare lui, grande, grosso e coraggioso, di fronte a una pistola vera. Lo avrebbe visto anche lei.

Se ne sarebbero stati seduti sul divano, vicini vicini, con quell'unica lampada accesa sul tavolo dall'altra parte della stanza. Non faceva molta luce. Era stata la madre della ragazza a realizzare il paralume. Ne aveva comprato uno normale, di carta, al negozio all'angolo per trentanove centesimi e vi aveva incollato delle immagini colorate di cani e bambini e prestanti marinai, soldati e Marines. Tutte insieme come una specie di trapunta patchwork. Dopo le aveva verniciate con la gommalacca, ottenendo un gran bel paralume. Solo che non faceva molta luce.

Quando aveva suonato il campanello, lei e Jim avevano sobbalzato e si erano allontanati, domandandosi chi potesse essere. Domandandosi se i suoi genitori fossero tornati prima del previsto. Lei avrebbe detto: «Mi chiedo chi possa essere a quest'ora di notte». Come aveva fatto la notte in cui era arrivato il telegramma che annunciava il matrimonio di suo fratello a San Diego. Jim avrebbe detto: «Forse sono i tuoi», come aveva fatto Benny la notte del telegramma. E lei avrebbe replicato, aggrottando la fronte come sempre, quando qualcosa la turbava: «Non è possibile. Papà non se ne andrebbe mai prima del formaggio. A meno che non si sia sentito male qualcuno...».

Poi Jim sarebbe andato alla porta. Lei non lo avrebbe seguito e sarebbe rimasta a chiedersi chi fosse. Anche perché di notte era nervosa, anche quando camminava per la strada con un uomo, e si guardava sempre indietro, allungando il passo. Come se sentisse che qualcosa la seguiva, qualcosa che un giorno l'avrebbe raggiunta. Forse era colpa sua se pure lui si sentiva così nervoso mentre percorreva quella strada di notte.

Jim sarebbe venuto ad aprire. Avrebbe dovuto farlo fuori subito. Quello sporco bugiardo. Che se ne stava lì seduto a dire: «Non ho voglia di parlarne, Nan». Aspettando che lei lo pregasse. E lei lo aveva fatto, avvicinando il suo corpo profumato a quello di Jim il bello, Jim l'eroe di Corea. Lo aveva convinto ripetendo ciò che aveva letto sul giornale a proposito del raid, con la fotografia di Jim. Lui non aveva voglia di parlarne ma, una volta partito, era impossibile fermarlo. Era andato avanti all'infinito, senza accorgersi dei grandi occhi grigio-azzurri di lei, né dei suoi gridolini da bestia ferita. Era andato avanti, mimando ogni scena, per poi fermarsi, tutto rosso e sudato. «Mi dispiace, Nan», aveva mormorato con un filo di voce.

Lei non aveva detto nulla. Era rimasta a guardarlo. Lui, Benny, aveva messo un disco sul fonografo, un successo di Les Brown, e le aveva detto: «Dai, Nan, facciamo quattro salti». Ne aveva abbastanza delle smargiassate di Jim. Lo aveva ripetuto a voce più alta, ma lei non gli aveva risposto. Era rimasta seduta lì a guardare Jim, che fissava il pavimento. Intanto Les Brown continuava a cantare, senza sapere che nessuno lo ascoltava. Benny sapeva cosa sarebbe accaduto quella notte. Lei e Jim. E lui tagliato fuori.

Era sempre stato così per Jim. Otteneva tutto ciò che voleva. Al liceo era stato capitano della squadra di pallacanestro. E, al terzo anno, capoclasse. Era quello che le ragazze guardavano sempre negli occhi nei corridoi della scuola. E quello con cui gli altri ragazzi volevano fare le uscite a quattro. Aveva sempre avuto tutto. Lui e Nan seduti vicini. Tutto. Mentre i suoi coetanei erano ricoperti di brufoli, Jim non ne aveva nemmeno uno. Se i suoi compagni dovevano dormire con le retine in testa e impiastricciarsi i capelli di brillantina per tenerli a posto, la chioma bionda di Jim era sempre impeccabile. Mentre i suoi amici avevano i pantaloni sgualciti e le unghie sporche, Jim era pulito e ordinato. Jim della Corea. L'eroe. Persino in battaglia aveva fatto un figurone.

La guerra dovrebbe rendere gli uomini tutti uguali. Non dovrebbero esserci uno pieno di medaglie e un altro già tornato alla vita civile. Non era colpa di Benny se non era stato inviato laggiù. L'esercito non gli aveva chiesto: «Vuoi andare in Corea e diventare un eroe?». Gli aveva detto che poteva rendersi altrettanto utile prestando servizio nell'ufficio reclutamento della sua città. Benny era stato fortunato a restare lì durante la guerra e a dedicarsi a un lavoro sicuro e tranquillo. Almeno così aveva pensato, finché Jim non era tornato con tutti quei bei nastrini e la foto sul giornale. Non era colpa di Benny. Non era stato lui a chiedere di restare a casa. Se fosse stato spedito in Corea, sarebbe potuto diventare anche lui un eroe. Avrebbe potuto guidare il commando attraverso il fuoco delle prime linee e liberare quei poveri soldati affamati. Ragazzi che ancora andavano a scuola come lui, ma che erano diventati improvvisamente adulti, vecchi. Benny era rabbrividito vedendoli nei cinegiornali. Si era reso conto di quanto fosse stato fortunato a essere stato assegnato all'ufficio di reclutamento, a compilare documenti e affrancare lettere.

Pure se Jim era tornato da eroe. Jim aveva sempre avuto tutto e ora aveva anche questo. E Nan, per giunta. Ma stavolta non l'avrebbe passata liscia. Era la sua ragazza. Da quasi due anni. Jim non aveva significato nulla per lei in passato. Era solo uno dei tanti partiti per la Corea. Non parlava di lui più che di altri, limitandosi a chiedersi cosa facessero certe sere mentre lei e Benny ballavano al circolo dell'esercito.

Jim non sarebbe tornato per rompere le uova nel paniere a Benny e Nan. Neanche per sogno. Poteva avere tutte le ragazze che voleva: quelli belli come lui avevano un'ampia scelta. Gli bastava fare un fischio. Il fatto che era stato il suo ragazzo al liceo prima dello scoppio della guerra non significava che poteva tornare e prendere il posto di Benny. Non dopo averla lasciata sola per quattro anni. Era stato lui a troncare. Non aveva nemmeno aspettato la chiamata alle armi. Si era arruolato subito dopo il diploma.

Non era colpa di Benny se aveva dovuto aspettare di essere reclutato. I genitori di Jim gli avevano dato il permesso di arruolarsi. Sua madre, invece, era scoppiata a piangere e si era rifiutata di parlarne. Quindi aveva dovuto aspettare la coscrizione. E poi non era forte quanto Jim. D'inverno si ammalava spesso, come diceva sua mamma. Comunque non aveva importanza. Anche lui aveva fatto il soldato. Non era colpa sua se non aveva avuto la possibilità di diventare un eroe. Non aveva nessuna importanza. C'era un'unica cosa che contava: Nan. La sua ragazza. La ragazza di Benny. E Jim lo avrebbe scoperto. Quella stessa sera.

Era lì, ai piedi degli scalini così familiari in cemento bianco, che di notte sembravano grigi. Non vi passò davanti come la notte che aveva camminato sotto la pioggia battente, con un sasso nello stomaco e i pensieri legati da nodi rossi e bagnati. Quella sera li salì con decisione. Senza cercare di non far rumore. Non aveva paura di Jim. Aveva lo stesso suo diritto di essere lì. Percorse la breve passerella di cemento, salì gli scalini grigi e si ritrovò sulla veranda.

Le tende alle finestre del salottino erano tirate. Solo la luce del paralume era accesa. La riconobbe dal bagliore rosso, quasi porpora, contro le tende. Suonò il campanello una volta, con decisione e senza paura. Come se ne avesse il diritto. Come se lo avesse spinto per due anni, da quando aveva conosciuto Nan a una festa al circolo.

Accadde tutto ciò che sapeva sarebbe accaduto. Un momento di attesa, mentre Jim e Nan sobbalzavano, si separavano e lei si aggiustava i capelli mentre lui si domandava chi mai potesse essere. L'attesa e poi i passi di un uomo verso la porta. I passi di Jim. La mano di Benny strinse forte la pistola che aveva in tasca per attenuare la morsa allo stomaco. E per evitare che il rivale avesse la meglio non appena avesse aperto la porta. Quello sporco bugiardo...

La porta si aprì di colpo. Prima che Benny fosse pronto. Ed ecco Jim, alto e magro, comparire sulla soglia e sbirciare fuori per capire chi fosse. Non aspettava Benny. Proprio per niente. Perché quando lo riconobbe sul suo volto apparve un'espressione sbigottita. Jim esclamò: «Per Dio! È Benny». Lo disse più a lei, ancora nel salottino, che a se stesso.

Lui rimase in silenzio. Si fece avanti e Jim dovette scansarsi per lasciarlo entrare. Nan si era appena alzata dal divano e si stava dirigendo verso l'ingresso quando Benny entrò nel salottino. Non disse nulla neanche a lei: rimase solo lì a guardarla con le mani in tasca. Non si tolse nemmeno il cappello. Non poteva: si sarebbe accorta che gli tremavano le mani. Così, invece, con una sulla pistola e una chiusa a pugno, riusciva a controllarsi. Non c'era motivo di tremare: non aveva paura di nulla. Non fu perché temeva che anche la voce gli tremasse che non disse nulla, niente affatto. Era perché non aveva niente da dire a quei due. Fu facile rimanere in silenzio. Nan cominciò a parlare appena lo vide.

Era fuori di sé. Aveva gli occhi accesi e le parole le uscivano dalla bocca come piccole lingue di fuoco. L'aveva già vista arrabbiata, ma solo un po', e faceva tenerezza. Quella sera era diverso. Se Benny non fosse stato più grosso di lei, lo avrebbe picchiato. Se non avesse avuto una pistola... Lei non lo sospettava. Ma lui sentiva a malapena ciò che diceva, tutto preso dalla sua vista. Era così bella, ed ebbe una specie di fitta al cuore vedendola tanto minuta e morbida, e con le guance rosse e quella bocca... Benny stringeva talmente la pistola che la mano gli faceva male quanto il petto. Serrò la mascella in modo che anche la testa gli facesse male, che tutto il dolore si concentrasse e lui potesse evitare di pensare al cattivo che aveva dentro di sé. Così non avrebbe pianto. Avrebbe tanto voluto farlo, avrebbe voluto piagnucolare come un bambino. Ma non avrebbe ceduto, non con Jim che se ne stava lì in piedi come se il salottino fosse suo, neanche fosse il capofamiglia e lui un intruso.

Lei esclamò: «Che ci fai qui, Benny? Lo sapevi benissimo che avevo da fare stasera. Te l'avevo detto. Come ti è venuto in mente di venire ugualmente? E a quest'ora, poi?». Gli sembrò che lo ripetesse più e più volte.

Era buffo vederla sputare parole a quel modo, senza avere la più pallida idea del perché lui fosse lì, né di ciò che aveva intenzione di fare. Avrebbe voluto riderle in faccia, ridere fino a farsi venire un mal di pancia. Come dopo una scorpacciata di mele verdi. Ma non lo fece. Rimase lì ad ascoltarla finché Jim non la interruppe: «Sssh, Nan». Bruscamente, come se stesse dando ordini a un soldato.

Benny spostò lo sguardo su Jim. Dal modo in cui l'aveva zittita, capì che il suo rivale era nervoso: sapeva perché lui era lì e non voleva succedesse davanti a Nan.

Jim chiese: «Perché non ti togli l'impermeabile e non ti siedi con noi, Benny? Stiamo aspettando che i genitori di Nan tornino dal club».

Come se Benny non sapesse cosa stavano facendo. Come se non sapesse cos'avevano fatto ogni singolo minuto di quella sera. Da quando Jim era arrivato lì alle sette e lei gli aveva legato un grembiule intorno ai fianchi e si era fatta aiutare a versare la pastella sulla piastra. E così per ogni singolo minuto che era seguito. Si erano seduti al tavolo insieme, con lei che diceva: «Non è divertente? Come...», e poi si era interrotta, imbarazzata. Perché lei era così: dolce, timida, non era simile alla maggior parte delle ragazze, che non si vergognano di nulla.

Jim disse: «Forza, Benny, togliti cappello e impermeabile. Balliamo un po'. Ho portato a Nan dei dischi nuovi. Ce n'è uno di Tatum che è bellissimo... L'hai sentito?».

Ed ecco che lo umiliava perché lui non portava mai dischi nuovi a Nan. Lo avrebbe fatto, se ci avesse pensato. Ma non lo aveva mai fatto. Nan aveva sempre dischi nuovi.

Jim continuò a parlare. Come se Benny fosse un bambino da blandire. «Dammi l'impermeabile. Perché non bevi una Coca-Cola insieme a noi?».

Jim l'eroe. Che gli chiedeva di farsi una soda come se fosse ancora uno scolaretto, anziché un uomo. Jim l'eroe, lo stinco di santo che fingeva di non aver mai bevuto un sorso di gin: voleva che la ragazza reputasse lui un cavaliere senza macchia e Benny un buono a nulla.

«...Stavo giusto dicendo a Nan che era un po' che non ci vedevamo. Ci domandavamo che fine avessi fatto. Visto che non eri più venuto a trovarci».

Sì, certo. Spargi pure il sale sulle ferite. Ecco cos'aveva imparato in Corea. A spargere sale sulle ferite. Facendo finta che quella fosse casa sua. Come se lui e Nan fossero sposati. Cercando di far passare Benny da intruso. Parlando, parlando, così sicuro di sé, talmente grande e grosso, bello e coraggioso e sicuro di sé.

Nan fermò Jim. Lo interruppe con un'espressione di gelida rabbia agli angoli della bocca morbida e rossa.

«Che cosa vuoi, Benny?», gli chiese in tono brusco, freddo e crudele. «Se hai qualcosa da dire, fallo e vattene. Altrimenti, fuori di qui!». La sua voce schioccò come una frusta.

Jim esclamò: «Nan!», e scosse la testa. «Non avresti dovuto dirlo, Nan», aggiunse poi dolcemente, come se ora la bambina fosse lei. «Non è giusto. Benny è venuto a trovarti...».

«Gliel'avevo detto che non volevo vederlo stasera», ribatté lei, tenendogli testa. Era troppo arrabbiata. «Sapeva che avevo da fare». Poi spostò di nuovo lo sguardo su Benny, fissandolo con due occhi rabbuiati dall'odio che non sembravano neanche i suoi. «Adesso gli dirò quello che ho detto a te». Le parole vennero fuori dalla sua bocca gelida come tante frustate: «Non voglio vederti mai più. E adesso vattene».

«Nan», esclamò di nuovo Jim con voce tremante. «Oh, Nan!». Poi, con un sorriso imbarazzato, si rivolse a Benny. «Dai, Benny, siediti e parliamone. Nan non diceva sul serio. Siamo tutti amici. Siamo amici da anni. Siediti e beviti una Coca...».

In quel preciso istante Benny estrasse la mano dalla tasca. Anche lui sorrideva, lo sentiva. Gli faceva male la bocca. Fece fatica a tirare fuori la mano mentre continuava a stringere la pistola. Ma ci riuscì, ed eccola lì.

Jim la vide e aveva il labbro superiore e la fronte sudati. Era giallo. Proprio come se l'era immaginato Benny. Giallo. Jim della Corea, Jim l'eroe, era spaventato a morte.

La sua voce, però, non tradì alcun timore e rimase calma e disinvolta. «Dove l'hai presa, Benny? Fammela vedere».

Lui non disse nulla, ma continuò a stringere la pistola, finché Jim non abbassò lentamente e meccanicamente la mano tesa.

Il sudore gli scendeva lungo il naso, ora. Scoppiò a ridere, ma era una risata amara. «Che ci fai con quella pistola, Benny? Se non stai attento, farai del male a qualcuno. Fammela vedere, dai. Dammela, su».

Ne aveva avuto abbastanza. Jim l'eroe, che se ne stava lì come un idiota, come se non avesse mai visto una pistola e non sapesse cosa farne. Ora toccava a Benny ridere, ma la pistola faceva troppo rumore. Nessuno avrebbe potuto sentirlo ridere in mezzo a quel frastuono. Anche se Nan non si fosse messa a urlare, in piedi, con gli occhi da pazza e il viso improvvisamente invecchiato. Urlava e urlava e urlava. Benny le puntò contro la pistola solo per farla tacere. Non voleva che cadesse sul pavimento accanto a Jim.

Non avrebbe dovuto crollare a terra come lui. Indossava il suo vestito blu delle grandi occasioni. Erano buffi quei due: sembravano due grosse bambole di pezza abbandonate sul tappeto. Spaventati a morte. Al punto che non osavano alzarsi. Al punto che non osavano neppure guardarlo. Ecco in quale modo si comportava l'eroe quando arrivava un vero uomo. Come una donnicciola. Come un coniglio. Se ne stava lì a faccia in giù, senza muovere un muscolo, a faccia in giù come un cane.

Sembravano due ombre, due grosse ombre sul tappeto. Quando la pistola fece "clic", anziché sparare, Benny smise di ridere. La stanza era talmente silenziosa che sentiva il battito del suo cuore. Non gli piaceva un simile silenzio, neanche un po'.

«Alzatevi», ordinò. Ne aveva avuto abbastanza di loro e del loro spavento.

«Alzatevi», ripeté.

«Sembrate due scemi lì per terra. Alzatevi».

Poi, urlando: «Alzatevi!».

Sempre più forte: «Alzatevi! Alzatevi! Alzatevi!».

Spaventati a morte... spaventati a morte...

La pistola fece pochissimo rumore mentre cadeva sul tappeto: le sue dita non riuscivano più a stringerla. Perché erano morbide come i capelli di Nan. I due non si sarebbero più rialzarsi. Non avrebbero più potuto farlo.

Mai più.

Non voleva che finisse così. Non l'aveva fatto apposta. Non avrebbe mai fatto del male a Nan, per niente al mondo. L'amava.

Era la sua ragazza.

Non le avrebbe mai fatto del male. Non avrebbe mai ucciso nessuno.

Ma non l'aveva fatto! Lo stavano ingannando. Ricominciò a urlare: «Alzatevi! Alzatevi!».

Mentre la sua voce gli risuonava nelle orecchie, fece un passo avanti per afferrare Jim e farlo smettere di fingersi morto.

Eppure si fermò subito. Perché capì. Capì che non poteva fare o dire nulla per costringerli a muoversi. Erano morti. Morti per davvero.

Quando se ne rese conto, fuggì. Si precipitò fuori, inciampando sugli scalini. Ma dovette fermarsi quasi subito per vomitare.

Non appena si riprese, si sedette sul marciapiede. Non si reggeva in piedi. Era come le foglie spazzate dal vento per strada.

Era come le ombre che tremolavano sui muri delle case dall'altra parte della strada. Erano quasi tutte illuminate. I vicini avrebbero dovuto sentire quel baccano. Avrebbero dovuto correre fuori per vedere cosa stava accadendo. Ma forse avevano pensato che fosse la radio.

Perché non erano arrivati? Almeno lo avrebbero fermato. Non voleva uccidere nessuno. Neanche Jim. Voleva solo spaventarlo.

Nan non poteva essere morta. No, no, no, singhiozzò al vento e al buio e alle foglie morte.

Rimase seduto a lungo lì sul marciapiede. Quando si alzò, aveva il viso bagnato. Si stropicciò gli occhi, in modo da riuscire a vedere da che parte andare.

Ma gli si riempirono di nuovo di lacrime, che gli scesero lungo le guance, e sembravano non finire mai.

Sarebbe dovuto tornare indietro e chiudere la porta dai contorni offuscati per non far entrare il vento freddo e scuro.

Ma non poteva tornare indietro. Neanche per recuperare la pistola.

Si avviò lungo la strada, senza sapere dove andare, senza vedere nulla, se non il mondo buio e umido che lo circondava.

Non aveva più paura dei rumori e delle ombre alle sue spalle.

Nessun terrore era paragonabile al dolore che gli straziava la mente e il cuore.

Mentre camminava senza meta, vide tra la nebbia un bagliore verde. Allora capì dove stava andando, e dove doveva andare. Le lacrime gli scesero lungo le guance fin nella bocca. Sapevano di sangue.

Howard Browne
L'UOMO NEL BUIO
1952

Howard Browne (1908-1999) nacque a Omaha (Nebraska) e, a partire dal 1929 e per più di dodici anni, fece i mestieri più disparati, spesso lavorando nei grandi magazzini, prima di diventare uno scrittore e un redattore a tempo pieno. A partire dal 1942, per quasi quindici anni fu redattore di vari periodici di fantascienza (genere che non amava affatto, preferendogli di gran lunga il noir) della Ziff-Davis, fra cui «Amazing Stories» e «Fantastic Adventures». In quel periodo scrisse numerosi racconti per riviste pulp, nonché romanzi con lo pseudonimo di John Evans. Ad avere maggior successo fu la serie un po' controversa del detective privato di Chicago Paul Pine: erano forse i romanzi più vicini allo stile di Raymond Chandler rispetto a quelli di qualsiasi altro scrittore dell'epoca (eccezion fatta per i primi romanzi con protagonista Lew Archer di Ross Macdonald). *Halo in Blood* (1946) fu il primo; *Halo for Satan* (1948) narra di un manoscritto scritto da Gesù Cristo; *Halo in Brass* (1949) tratta dell'omosessualità femminile, allora innominabile; e *The Taste of Ashes* (1957), che firmò con il suo vero nome, fu una delle primissime opere narrative ad affrontare il problema delle molestie sui bambini.

Nel 1956 Browne si trasferì a Hollywood, dove scrisse più di cento episodi di numerose serie televisive, fra cui *Playhouse 90*, *Maverick*, *Ben Casey*, *The Virginian* e *Colombo*. Scrisse anche molte sceneggiature, tra cui *L'erede di Al Capone* (*Portrait of a Mobster*, 1960) con Vic Morrow nel ruolo di Dutch Schultz, *Il massacro del giorno di San Valentino* (*The St Valentine's Day Massacre*, 1967), con George Segal e Jason Robards, e *Quella sporca ultima notte* (*Capone*, 1975), con Ben Gazzara.

Nel 1952, quand'era direttore della rivista «Fantastic», chiese all'amico Roy Huggins (creatore di telefilm molto noti come *Maverick*, *77 Sunset Strip* e *Il fuggitivo*) di realizzare un racconto poliziesco con elementi di fantasia. Huggins accettò ma, quando venne il momento di dedicarvisi, era troppo impegnato a scrivere una sceneggiatura. Poiché Browne aveva già pronta la copertina del numero autunnale della rivista con il nome dell'amico, finì per firmare *L'uomo nel buio* (*Man in the Dark*) con lo "pseudonimo" di Roy Huggins.

I

Mi chiamò alle quattro e dieci: «Ciao, topino».

Lanciai un'occhiataccia alla sua fotografia nella cornice di pelle sulla scrivania. «Cristo santo, Donna, la pianti con questa storia del topino? È già insopportabile in camera da letto, figuriamoci al telefono e in pieno giorno».

Lei scoppiò a ridere: «Mi è sfuggito. Lo sai che non lo direi mai se ci potesse sentire qualcun altro. Non è vero, topino?»

«Cos'è questo rumore infernale?»

«Mi stanno aggiustando l'aspirapolvere. Senti, stasera mangiamo fuori o a casa? Oppure hai una delle tue scadenze improrogabili?»

«Nessuna scadenza. Potremmo...».

«Non ti sento, Clay».

Io udivo a malapena lei. Alzai la voce. «Fagli spegnere quell'aggeggio. Stavo dicendo che potremmo andare a cena fuori e poi vedere quel film al Paramount. Va bene?»

«Perfetto. A che ora torni?»

«Fra un'ora, un'ora e mezza».

Il ronzio dell'aspirapolvere cessò proprio mentre lei gridava: «A dopo», ferendomi le orecchie. Riagganciai, mi tolsi il cappello e mi sedetti alla scrivania. Stavamo lavorando a un adattamento radiofonico di *Echo of a Scream*, previsto per quel sabato, ed ero appena tornato da una sessione di prove molto insoddisfacente. Quando le cose non vanno per il verso giusto, è il produttore ad andarci di mezzo, ed era già successo la settimana prima. Anziché utilizzare la stanza assegnatami dalla NBS, avevo un piccolo ufficio in un palazzo a Las Palmas and Yucca. Alcuni produttori lo fanno, perché si conclude molto di più senza una segretaria che ti sta addosso e gli attori che vengono a trovarti per una partita a carte o per farti il resoconto della loro vita sentimentale.

Squillò il telefono. Una voce maschile, profonda e solenne, disse: «Hillside 7-8691?»

«Sì», risposi.

«Vorrei parlare con il signor Clay Kane».

«Sono io, chi parla?»

«Mi chiamo Lindstrom, signor Kane. Sergente Lindstrom dell'ufficio dello sceriffo, stazione di polizia di Hollywood».

«Cosa posso fare per lei, sergente?»

«Abbiamo qui un'auto», rispose la voce profonda. «Una Chevrolet blu del '51, due porte, targata 2W78-40 e registrata a nome di Donna Kane, 7722 Fountain Avenue, Los Angeles».

Aggrottai la fronte. «È la macchina di mia moglie. Che vuol dire che ce l'avete lì?»

«Ecco, vede, signor Kane, temo di avere cattive notizie». Il suo tono si fece più grave. «Sembra che l'auto di sua moglie sia uscita di strada nei pressi dello Stone Canyon Reservoir. Non so se lo sa, ma ci sono colline piuttosto impervie lassù...».

«Sì, lo so», lo interruppi. «Chi c'era a bordo?»

«...Solo sua moglie, signor Kane».

La mia reazione fu un misto di fastidio e irritazione. «Non è possibile, sergente. Le ho parlato al telefono meno di cinque minuti fa. È a casa. O qualcuno le ha rubato la macchina, e mi sembra l'ipotesi più probabile, oppure l'avrà prestata a una delle sue amiche. Il danno è molto grave?».

Vi fu silenzio all'altro capo del filo. Quando la voce parlò di nuovo, il tono era sempre grave, ma velato di sospetto.

«La macchina è andata a fuoco. Con il guidatore ancora a bordo».

«Che tragedia. Quando è successo?», chiesi.

«Non lo sappiamo esattamente. È una zona quasi deserta. Un'altra auto è passata di lì, ha notato i rottami dell'auto, e ci ha chiamato. Supponiamo sia successo intorno alle due e mezza».

«Allora non si tratta di mia moglie», ripetei. «La chiami pure, così le dirà a chi ha prestato la macchina. A meno che, come dicevo, non l'abbiano rubata. Non avete trovato nessun documento?»

«Resti un attimo in linea, signor Kane».

Seguì il mormorio indistinto di quando qualcuno mette una mano sulla cornetta. Rimasi in attesa, scarabocchiando su un bloc notes e domandandomi se l'assicurazione avrebbe coperto un danno del genere. A quanto ne sapevo, Donna non aveva mai prestato la macchina a nessuno.

Il sergente riprese la comunicazione. «Mi dispiace disturbarla, signor Kane, ma sarebbe meglio se venisse qui. Ha modo di raggiungerci, o vuole che la faccia venire a prendere?».

Ed ecco che la nostra serata andava a rotoli. Provai a farlo ragionare. «Senta, sergente, non vorrei sembrarle insensibile, ma cosa posso fare? Se l'auto è stata rubata, non posso dirvi nulla. Se mia moglie l'ha prestata a qualcuno, vi dirà lei stessa per telefono di chi si tratta. Per quanto riguarda la macchina, ci penserà la mia compagnia di assicurazioni».

La voce profonda e solenne si fece più dura: «Temo non sia così semplice. Devo insistere, signor Kane. Prenda la Stone Canyon Road fino a Fontenelle Way, poco meno di un chilometro a sud di Mulholland Drive. L'incidente è avvenuto lì, a metà strada. Dirò a uno dei miei uomini di stare di vedetta finché non arriverà. Non dovrebbe impiegarci più di un'ora».

Feci un ultimo tentativo: «Avrà pure trovato un documento, sergente. Qualcosa che...».

Lui mi interruppe bruscamente: «Sì, abbiamo trovato qualcosa. La borsetta di sua moglie. Forse ha prestato anche quella, oltre alla macchina».

Seguì un secco clic. Io riagganciai lentamente e rimasi seduto lì a fissare il calendario. Quella storia della borsetta mi preoccupava. Se Donna avesse prestato la Chevy a qualcuno, non ci avrebbe lasciato dentro la borsetta. E, se l'aveva dimenticata sul sedile e l'auto era stata rubata mentre faceva la spesa o andava a trovare qualcuno, avrebbe scoperto subito il furto e mi avrebbe avvertito.

C'era un solo modo per togliersi ogni dubbio. Presi il telefono e composi il numero di casa.

Al dodicesimo squillo cadde la linea. Il Sud della California è decisamente caldo ad agosto, ma avvertii un brivido lungo la schiena. Poteva essere al supermercato all'angolo o dai dirimpettai, i Feldman, ma avrei preferito che fosse stata in casa e avesse risposto alla mia chiamata.

A quanto pareva, dovevo mettermi in viaggio. Stone Canyon Road era fra Beverly Glen Boulevard e Sepulveda, a nord del Sunset. Era dopo Beverly Hills, e la zona era caratterizzata da colline e canyon, con qualche abitazione abbarbicata qua e là sui pendii. Un'auto poteva uscire da una qualsiasi di quelle strade tortuose e non essere più vista per ben più di due ore. Era il luogo ideale dove trovare un po' di privacy, se era ciò che si cercava.

Decisi di passare prima da casa. Era di strada, quindi non avrei perso troppo tempo, e avrei potuto portare Donna con me. I poliziotti avrebbero ricevuto una spiegazione direttamente da lei e avremmo ancora avuto il tempo per un drink, una cena veloce e il film.

Rimisi la fodera alla macchina da scrivere, presi il cappello, chiusi a chiave la porta e scesi nel parcheggio. Erano le quattro e venti.

II

Il palazzo dove io e Donna vivevamo da quando ci eravamo sposati, sette mesi prima, era a cinque minuti dal mio ufficio. Aspettai che una grassona con pantaloni rossi e camicetta viola e arancione a bordo di una Buick gialla parcheggiata lungo la strada mettesse in moto e partisse colpendo un paio di volte i paraurti, poi presi il suo posto e mi incamminai lungo il vialetto.

La temperatura si era leggermente abbassata, come fa sempre in questa regione nel tardo pomeriggio. Una lieve brezza scuoteva le foglie polverose delle palme che costeggiavano Fountain Avenue. C'era poco traffico e i rari pedoni sembravano gente del posto.

Entrai nel palazzo. Il piccolo atrio era deserto e la cassetta della posta del nostro appartamento, il 2C, era vuota. Aprii la porta interna e salii le scale ricoperte di moquette che conducevano al secondo piano, camminando lentamente lungo il corridoio appena illuminato.

Da dietro la porta dell'appartamento di fronte proveniva la voce di un notiziario radio. Ruth Feldman era in casa. Avrei potuto interpellarla, in caso di bisogno. Ma sperai che non sarebbe stato necessario. Nell'aria aleggiava un lieve profumo di gelsomino.

Aprii la porta di casa ed entrai, dicendo, ad alta voce: «Ehi, Donna, sono il tuo amato maritino».

Silenzio. Silenzio di tomba. Chiusi la porta e mi ci appoggiai con la schiena, il cuore che mi batteva all'impazzata. Le veneziane di metallo bianco delle finestre del salotto, che si affacciava sulla strada, erano abbassate ma non chiuse e il sole illuminava la moquette color porpora. L'aspirapolvere era sul pavimento davanti al camino, con il tubo che tracciava una pigra S, simile a un pitone grigio, e il filo inserito in una delle prese del muro.

Quel silenzio cominciava a innervosirmi. Andai in camera da letto. La tapparella era chiusa, così accesi una delle lampade rosse della toilette di Donna. Non c'era nessuno. Sul letto matrimoniale rifatto c'era il suo vestito di seta blu e sul pavimento, accanto ai bordi abbondanti del copriletto giallo pallido, le sue scarpe con il fiocco azzurro.

Lo specchio della toilette mi rimandò l'immagine di un volto preoccupato. Spensi la luce e uscii dalla stanza, spostandomi in bagno, in cucina e in sala da pranzo. Sapevo già che Donna non sarebbe stata neanche lì: l'avevo capito dal momento in cui ero stato travolto da quel silenzio.

Ma controllai comunque...

Forse mi aveva lasciato un biglietto, pensai. Tornai in camera da letto e diedi un'occhiata al comodino, accanto al telefono. Niente messaggi, solo la posta: due bollette ancora chiuse, una lettera del mio agente sigillata e un'altra proveniente da Omaha, dove viveva la madre di Donna, aperta e rinfilata alla bell'è meglio nella busta.

Il fatto che la posta fosse lì faceva se non altro pensare che Donna fosse stata a casa dopo le tre di pomeriggio. Con i tagli agli uffici postali in tutto il Paese, la posta veniva consegnata una volta al giorno, non prima di metà pomeriggio. La telefonata, l'aspirapolvere, la posta sul comodino: tutti elementi sufficienti a provare che mia moglie doveva essere uscita. Per comprare un rossetto, cosa molto probabile, o le sigarette, o per scommettere su un cavallo.

Uscii di casa e suonai il campanello dell'appartamento 2D. Il notiziario terminò nel bel mezzo dei risultati delle partite di baseball e, un attimo dopo, Ruth Feldman aprì la porta.

«Oh, Clay». Era una donna minuta con i capelli neri, la pelle chiara di chi esce troppo poco e due occhi marroni che, in un viso più bello, avrebbero fatto di lei un soggetto perfetto da contemplare nelle lunghe sere d'inverno. «Sapevo che era troppo presto per essere Ralph, non tornerà prima di un paio d'ore».

«Sto cercando Donna», dissi. «L'hai vista?».

Lei si appoggiò languidamente allo stipite della porta e sbatté le ciglia. La camicetta che indossava era troppo scollata. «No. Non da stamattina, almeno. È passata verso le undici per un caffè e una sigaretta. Sarà rimasta mezz'ora, più o meno».

«Per caso ti ha detto cosa faceva oggi? Se doveva vedere qualcuno o cose del genere?».

Lei fece spallucce. «Mmmm. Ha detto qualcosa a proposito del suo agente: voleva che andasse a pranzo con il produttore (com'è che si chiama?) che fa quel programma televisivo, *Snow Soap*. Stanno cercando i protagonisti di un nuovo musical e lei pensava fosse per quello che doveva andarci a pranzo. Ma tanto lo saprai già. Posso offrirti da bere?».

Risposi di no, la ringraziai e lei mi guardò imbronciata. Avrei potuto presentarmi a casa sua nel bel mezzo di qualsiasi pomeriggio e bere qualcosa e farmi una sveltina, senza domande, obblighi e recriminazioni. Ma non perché fossi io. Era a disposizione di qualsiasi conoscente avesse modi gentili e unghie pulite. In tutti i condomini c'è una donna così, una con un marito che si addormenta sul divano ogni sera davanti al giornale o al televisore.

Le chiesi di avvisarmi, qualora l'avesse vista, e le dissi che dovevo scappare allo Stone Canyon per una faccenda urgente e improvvisa e che mi sarei rifatto vivo appena potevo. Lei mi fece un gran sorriso e mi guardò da sotto in su, chiudendo piano la porta.

Mi accesi una sigaretta e rientrai in casa per lasciare a Donna un biglietto accanto al telefono. Dopo essermi guardato intorno un'ultima volta, scesi in strada, salii in macchina e mi diressi verso lo Stone Canyon.

III

Quando giunsi a destinazione erano le cinque e un quarto. A nord di Yestone c'era una curva particolarmente pericolosa in corrispondenza della quale erano parcheggiate tre auto della polizia. Un uomo in divisa stava fumando dietro il volante della prima. Quando feci un'inversione a U e mi fermai dietro l'ultima, alzò la testa di scatto.

Il tempo di spegnere il motore e aprire la portiera ed era già in piedi accanto a me con un'aria ostile: «Dove pensi di andare, amico?»

«Mi ha telefonato il sergente Lindstrom», risposi poggiando i piedi sulla stoppa rada e arsa dal sole che in California chiamano erba.

Lui si passò un pollice sulla guancia e mi lanciò un'occhiata gelida da sotto la tesa del cappello: «Lei si chiama Kane?»

«Esatto».

Staccò il pollice dalla guancia e lo usò per indicare un punto in basso. «Laggiù. Ti stanno aspettando. Fai un bel respiro, amico. Non è un bello spettacolo».

Non dissi nulla. Gli passai davanti e girai intorno all'auto della polizia. Il terreno digradava con una pendenza di quasi quarantacinque gradi e, un centinaio di metri più giù, c'era uno spiazzo con un gruppo di uomini riuniti intorno alla carcassa bruciata di un'auto. Poteva essere la Chevy di Donna o qualsiasi altra. Da quella distanza, e viste le condizioni in cui era ridotta, era impossibile stabilirlo.

Mi ci volle un po' di tempo e molta attenzione per raggiungere lo spiazzo senza rompermi l'osso del collo. L'auto aveva lasciato segni visibili nei punti in cui aveva urtato contro la scarpata, rimbalzando e precipitando quasi in linea retta. Ovunque erano disseminate schegge di vetri e, più o meno a metà discesa, c'erano un paraurti deformato e un pezzo di reticolo. I cespugli tutt'intorno erano piuttosto fitti e si rivelarono utili come appigli mentre cercavo dove mettere i piedi. Non fu facile scendere laggiù ma, a quanto pareva, l'auto non aveva avuto alcun problema ad arrivare fino in fondo.

Un uomo alto e magro dall'aria tranquilla, con indosso morbidi pantaloni grigi e una camicia sportiva dello stesso colore chiusa fino all'ultimo bottone ma senza cravatta, mi stava aspettando. Mi fece un rapido cenno del capo e mi puntò addosso due occhi celesti sotto fitte sopracciglia scure.

«È lei Clay Kane?». Aveva una voce morbida e piacevole, non da poliziotto.

Io annuii, lanciando un'occhiata all'ammasso di lamiere contorte. I quattro uomini che circondavano i rottami mi guardavano, i volti inespressivi.

L'uomo dall'aria tranquilla disse: «Sono lo sceriffo Martell, di Hollywood. Mi dicono che è l'auto di sua moglie, ma che non era lei a guidarla. Le ha detto di chi si trattava?»

«Non ancora, no. Quando ho chiamato casa era uscita, anche se avevamo parlato solo pochi minuti prima».

«Ha idea di dove possa essere?».

Alzai le spalle. «Più d'una, però non ho avuto il tempo di controllare. Il sergente mi ha detto che avevate fretta».

«Va bene... Devo chiederle di dare un'occhiata al corpo che abbiamo estratto dall'auto. Non credo servirà a molto, ma non si sa mai. La avverto, però, non è una bella vista».

«Non c'è problema. Ho passato un po' di tempo nel Pacifico durante la guerra. Sventravamo i fortini con i lanciafiamme».

«Questo dovrebbe rendere le cose più facili». Si voltò e si allontanò, girando intorno alle lamiere, e io lo seguii. Vidi un piccolo telo beige steso a terra a coprire una sagoma oblunga. Non molto grande. L'odore acre e dolciastro della carne bruciata misto a quello lieve e pungente della benzina mi invase le narici.

Martell si chinò e afferrò un lembo del pesante telo, dicendo con tono incolore: «Faccia del suo meglio, signor Kane», e sollevò il resto.

Quello che vidi non aveva nulla di umano. Se non fosse stato per la sagoma degli arti, avrebbe potuto essere un quarto di bue scampato all'incendio di un fienile. Al posto del viso c'era un ammasso di ossa scheggiate e carbonizzate. Niente capelli né vestiti, a parte i resti di una scarpa da donna intorno al piede sinistro. Solo carne e ossa annerite e sfigurate dalle fiamme. E, come se non bastasse, il fetore tipico di un ossario.

Feci un salto indietro e mi portai una mano alla bocca per reprimere un conato di vomito. Martell ricoprì il corpo. «Mi dispiace, signor Kane, ma non possiamo escludere nessuna possibilità».

«Non fa niente», borbottai.

«È riuscito a identificarla?».

Rabbrividii. «Cristo, certo che no! È impossibile!».

«Diamo un'occhiata alla macchina».

Feci due volte il giro dei rottami.

L'auto era atterrata sulla fiancata sinistra. Gli pneumatici erano sgonfi, il cofano sventrato e il motore era stato sbalzato sui sedili davanti. Il volante si era staccato e il cruscotto sembrava essere stato preso a martellate. Le fiamme avevano distrutto la tappezzeria e annerito tutti gli interni.

Era l'auto di Donna, non c'era dubbio. La targa corrispondeva e c'erano un paio di punti arrugginiti sul paraurti posteriore destro che fui in grado di riconoscere. Lo spiegai allo sceriffo Martell, che annuì brevemente e si allontanò per confabulare con i suoi uomini.

Dopo un paio di minuti, tornò verso di me: «Ho qualche domanda da farle. Non serve più che resti qui. Torniamo su».

Aveva qualcosa in mano. Era una borsetta: blu, scamosciata, con un fermaglio dorato a forma di punto interrogativo. La riconobbi subito, e mi si seccò la gola.

Risalire il ripido pendio non fu più facile che scenderlo. L'argilla rossa era asciutta e si sgretolava sotto i piedi. Il sole era ancora abbastanza alto da picchiarmi sulla schiena e avevo le mani appiccicose per via del liquido dell'artemisia.

Quando raggiunsi la strada, Martell mi stava aspettando. Mi sedetti sul paraurti anteriore di una delle auto della polizia, battendo i piedi per rimuovere il terriccio dalle scarpe, strofinandomi le mani per eliminare l'artemisia e ripulendomi i pantaloni impolverati. L'uomo con l'uniforme verde militare era ancora al volante dell'auto in testa, ma non stava fumando.

Mi sedetti insieme allo sceriffo su una Mercury bianca e nera con un'antenna lunghissima sul paraurti posteriore e un radiotelefono sul cruscotto. Lui accese un piccolo sigaro giallo, incurante del cartello che segnalava il pericolo di incendi dall'altra parte della strada. Poi gettò il fiammifero nel posacenere del cruscotto e si appoggiò al sedile, palleggiando la borsetta scamosciata su una delle grandi mani.

IV

«Uno dei ragazzi l'ha trovata in mezzo all'artemisia a metà discesa. L'ha mai vista prima?»

«Mia moglie ne ha una simile».

Lui mi lanciò un'occhiata sorniona: «Non simile, signor Kane, è sua. Effetti personali, documenti, tutto. Non c'è dubbio».

«...Ok».

«E quella è l'auto di sua moglie?»

«Sì».

«Ma lei sostiene che non c'era sua moglie al volante».

«Ne sono sicuro».

«Quando l'ha vista l'ultima volta?»

«Stamattina, verso le nove e mezza».

«Ma, a quanto ho capito, le ha parlato più tardi».

«Esatto».

«A che ora?»

«Poco dopo le quattro».

Lui soffiò una nuvola di fumo blu. «È sicuro che si trattasse di sua moglie?»

«Me ne sarei accorto, non crede?».

Il suo viso dai lineamenti marcati parve pensoso, gli occhi celesti distanti. «La signora Kane è una cantante, vero?»

«Esatto, però usa il suo cognome da ragazza: Donna Collins».

Lui sorrise improvvisamente, mostrando una bella dentatura. «Ma certo! Io e mia moglie l'abbiamo sentita nello spettacolo *Dancing in Velvet*, la settimana scorsa. È brava, ed è anche molto bella, signor Kane».

Io borbottai qualche parola di ringraziamento mentre lui gettava la cenere del sigaro e si riappoggiava di nuovo al sedile dicendo: «Devono pagarla bene, per il fatto che è una star radiofonica».

«Non è una star», spiegai pazientemente. «È solo una cantante. La pagano bene, certo, ma non come i grandi nomi. Comunque, Donna è benestante: suo padre è morto tempo fa e le ha lasciato una grossa eredità... Senta, sceriffo, che senso ha tenermi qui? Non so chi sia la vittima dell'incidente, e siccome guidava l'auto di mia moglie, è a lei che dovete rivolgervi. Sarà tornata, oramai, perché non viene a casa con me e glielo chiede?».

Lui stringeva ancora la borsetta. L'appoggiò sul sedile fra noi e guardò lontano, verso la foschia azzurra che circondava le colline a sud di Burbank. «Sua moglie non è in casa, signor Kane», sussurrò.

Mi sentii invadere da una sottile inquietudine. «Come fa a saperlo?», gli chiesi.

Lui indicò il radiotelefono. «L'ufficio sta chiamando il suo appartamento ogni dieci minuti. Appena la signora Kane risponderà al telefono, mi avvertiranno. Ma ancora niente».

Io sibilai: «E cosa dovrei fare, secondo lei? Starmene seduto qui finché non l'avvisano?».

Lui fece un sospiro e si sistemò sul sedile in modo da incrociare le gambe. Gli occhi celesti erano freddi e la mascella serrata.

«Mi permetta di parlarle sinceramente, signor Kane. Come ha potuto vedere, abbiamo una donna morta in seguito a quello che sembra, a tutti gli effetti, uno sfortunato incidente. Ogni cosa indica che la vittima sia sua moglie, tranne due elementi, uno dei quali è che lei sostiene di averle parlato quasi due ore dopo l'incidente. E questo ci lascia perplessi, e con una serie di possibili risposte. La prima è che lei abbia mentito e non le abbia parlato affatto. Se è così, non ne capiamo il motivo. La seconda è che sua moglie abbia prestato l'auto a un'amica. La terza: qualcuno l'ha rubata. La quarta: lei è venuto fin quassù con sua moglie, le ha dato una botta in testa e ha fatto rotolare giù l'auto dalla scarpata».

«Ma cosa diavolo...».

Lui sollevò una mano, zittendomi. «Andiamo per ordine. Ammesso che lei l'abbia assassinata, non capisco perché debba dire che le ha parlato al telefono dopo l'incidente. Quindi fino a quando – e a meno che – non salti fuori un elemento per spiegare perché ha mentito, devo credere che sua moglie le abbia davvero telefonato. Quanto all'ipotesi che la macchina sia stata prestata a qualcuno, è perfettamente plausibile, ma non spiega come mai sua moglie sia introvabile. L'ipotesi del furto, invece, non regge, perché la chiave era ancora nel quadro e attaccata a questo». Prese dalla tasca del cappotto un fazzoletto ripiegato e lo aprì, mostrandomi un portachiavi di pelle tutto bruciacchiato con dentro le chiavi dell'accensione e del bagagliaio. Gli altri anelli erano vuoti. Io rimasi in silenzio a guardarlo, sentendo una morsa allo stomaco.

«Lo riconosce?», chiese piano Martell.

Io annuii, stordito: «È di Donna».

Lui prese la borsetta con la mano libera e me la porse. «Dia un'occhiata».

Frastornato, aprii il fermaglio e frugai nella borsetta. Un piccolo portafogli di pelle verde e all'interno settanta o ottanta dollari e i soliti documenti, uno dei quali con l'indirizzo e il numero di telefono del mio ufficio. Rossetto, portacipria, specchietto, pettine, due fazzoletti con le iniziali, alcune forcine per capelli. Il portasigarette francese smaltato con l'accendino coordinato che le avevo regalato tre mesi prima, in occasione del suo venticinquesimo compleanno. Meno di un dollaro in monetine.

Tutto qui. Nient'altro. Riposi gli oggetti nella borsetta e richiusi maldestramente il fermaglio, fissando Martell con aria intontita.

Lui stava avvolgendo il portachiavi nel fazzoletto. Lo rimise attentamente in tasca, si tolse il sigaro di bocca e ne osservò la punta accesa.

«Sua moglie indossava dei gioielli, signor Kane?», mi chiese poi con nonchalance.

Io annuii: «Un orologio da polso, l'anello di fidanzamento e la fede nuziale».

«Non li abbiamo trovati. Niente gioielli».

«Non mi stupisce», dissi io. «Perché quella laggiù non è Donna Kane».

Lui guardò fuori del parabrezza, apparentemente immerso nei suoi pensieri. Non portava il cappello e aveva i capelli brizzolati e una chiazza di calvizie delle dimensioni di un dollaro d'argento in cima alla testa. Aveva una fitta rete di rughe sottili intorno agli occhi, come capita spesso agli uomini che trascorrono molto tempo al sole. Sembrava tranquillo, sicuro di sé, competente e per niente un eroe.

A un certo punto, fece: «Quella telefonata, è proprio sicuro che fosse sua moglie?»

«Sicurissimo».

«Ha riconosciuto la voce, eh?».

Aggrottai la fronte. «Non è tanto questo. È anche e soprattutto ciò che ha detto. Sa, quelle espressioni che non usa nessun altro. Insomma, i soprannomi...».

Lui fece un sorrisetto e io mi sentii avvampare. Poi fece: «Mi dica qualcosa in più della telefonata. Se sua moglie le è sembrata nervosa o turbata. Insomma, mi racconti com'è andata».

La ricostruii fedelmente, senza omettere alcun dettaglio. Poi aggiunsi che ero passato da casa, che non vi avevo trovato nessuno e che avevo parlato con Ruth Feldman. Martell mi ascoltò senza interrompermi, aspirando profonde boccate dal sigaro.

Quando ebbi finito, non si mosse né parlò per un tempo che mi parve infinito. Poi si sporse in avanti, spense il mozzicone e mise una mano nella tasca del cappotto, estraendone una di quelle pochette che le donne usano con i vestiti eleganti, delle dimensioni di una busta, e con un motivo decorato. Senza dire una parola la aprì e si fece scivolare in mano un portacipria e un portarossetto dorati.

«Li conosce, Kane?».

Gli lanciai un'occhiata, ma aveva un'espressione impenetrabile. Allora presi i due oggetti e li studiai. Il portarossetto era piuttosto anonimo, ma il portacipria aveva un cerchio di brillanti in un angolo e, all'interno, le iniziali H.W.

«Mai visti», dissi, restituendoglieli.

Lui mi osservò attentamente: «Ci pensi bene. Può essere importante. Lei o sua moglie conoscete una donna con le iniziali H.W.?»

«Non che io... Helen? Ma certo, Helen Wainhope! La moglie di Dave Wainhope». Aggrottai la fronte. «Non capisco, sceriffo».

Lui disse lentamente: «Abbiamo trovato questa borsetta a pochi metri dalla carcassa. Ha idea di come possa esserci finita?»

«No».

«Li conosce bene, questi Wainhope?»

«Abbastanza. Dave è l'amministratore di alcuni pezzi grossi della radio. Un produttore, un paio di registi, sette o otto attori».

«Intende dire che è il loro agente?»

«Non proprio. Si tratta di persone che guadagnano un sacco di soldi ma non sono capaci di amministrarli. Dave incassa i loro assegni, dà loro una specie di stipendio, paga le bollette e investe il resto. Un sacco di gente fa questo lavoro in città».

«Da quanto li conosce?»

«Dave e Helen? Due o tre anni. Più o meno da quando mi sono trasferito qui. Anzi, è stato proprio lui a presentarmi Donna. Anche lei è una sua cliente».

«Voi quattro uscite insieme?»

«Ogni tanto».

«Con la macchina di sua moglie?»

«Ho capito dove vuole arrivare. Pensa che Helen possa aver lasciato la borsa lì. Impossibile. Usavamo sempre la Cadillac di Dave. La moglie ha una Pontiac decappottabile».

«Quando li ha visti l'ultima volta?»

«Donna non so, ma io sono andato a pranzo con Dave... Vediamo... L'altro ieri. Ha l'ufficio al Taft Building».

«Dove vivono?»

«In una di quelle stradine dalle parti di Beverly Glen. Ora che ci penso, non lontano da qui».

Lui ripose portacipria e portarossetto nella pochette e la infilò nuovamente nella tasca del cappotto. «Taft Building, eh?», mormorò. «Lui potrebbe essere lì, che dice?».

Guardai l'orologio. Le sei meno quattro minuti. «Ne dubito, sceriffo. Sarà a casa, ormai».

«Conosce l'indirizzo esatto?»

«Be', è sull'Angola, e si affaccia sull'estremità sud dello Stone Canyon Reservoir. È una casa piuttosto grande di legno rosso, sulla collina. L'unica nel raggio di qualche chilometro. Impossibile sbagliarsi».

Lui allungò un braccio e aprì il mio sportello. «Vada a casa, Kane. Non appena sua moglie si farà viva, chiami la stazione di polizia e mi lasci un messaggio. Magari le telefono più tardi».

«E la macchina?».

Lui sorrise senza alcuna ironia. «Nessuno la ruberà. Domattina avverta la compagnia di assicurazioni. Ma voglio comunque parlare con la signora Kane».

Scesi e mi avviai verso la mia auto. Mentre mettevo in moto, la Mercury bianca e nera partì sgommando diretta a nord. Quando mi immisi sulla strada, salutai lo sceriffo con la mano. Lui mi lanciò un'occhiataccia mentre si stava accendendo una sigaretta.

Tornai a Hollywood a tutta velocità.

V

Donna non era in casa.

Accesi l'interruttore delle lampade ai lati del divano e andai alla finestra. Guardai fuori, su Fountain Avenue, per alcuni minuti. Erano le sette, ma era ancora giorno. Una bambina sui pattini mi sfrecciò davanti, i capelli schiariti dal sole. Un tizio alto e magro, che portava occhiali da sole e una giacca celeste, scese tranquillamente da una cabriolet verde con una coda di lupo attaccata al radiatore e si infilò nel palazzo di fronte.

Un timore indistinto cominciò a crescere dentro di me. Era sorto alle quattro e mezza, quando ero passato da casa prima di andare allo Stone Canyon, trovandola vuota. La vista del corpo carbonizzato l'aveva rafforzato, anche se sapevo che la vittima non poteva essere Donna. Tornando a casa e trovandola ancora deserta, la paura mi salì in gola, serrandomela, tanto che respirare mi sembrava richiedere un atto volontario.

Dov'era Donna?

Mi accesi una sigaretta e cominciai a camminare su e giù. Cerchiamo di ragionare, Kane. Un tempo eri un ottimo scrittore di gialli; vediamo se riesci ad affrontare la situazione come farebbe uno dei tuoi detective.

Allora, c'è una donna scomparsa. Come se non bastasse, la sua auto è stata trovata qualche ora fa con una donna morta al volante. Non è stato possibile identificarla, ma sappiamo che non è quella che cerchiamo perché *lei* ha chiamato il marito dopo l'incidente.

Ora, Kane, visto che è sicuramente viva, tua moglie è scomparsa per uno dei seguenti motivi: non può tornare a casa o non vuole. Nel primo caso, qualcuno la sta trattenendo contro la sua volontà, però non abbiamo elementi a sostegno di questa ipotesi. Quindi può darsi che non voglia tornare a casa. Quale motivo può avere una donna per stare lontana dal marito? O è arrabbiata con lui oppure lo ha lasciato per un altro.

Imprecai e gettai stizzosamente la sigaretta nel camino. Donna non mi avrebbe mai fatto una cosa del genere! Diamine, eravamo sposati da pochi mesi e innamorati come il primo giorno.

Ah sì? E come fai a saperlo? Un sacco di uomini si convincono della stessa cosa, per poi svegliarsi una mattina e scoprire che sono stati rimpiazzati dal lattaio. O trovano delle lettere d'amore legate con un fiocco azzurro nascoste sotto il materasso.

Accidenti. Era un'idea. Non quella delle lettere d'amore, ovviamente. Ma tra le sue cose personali poteva esserci qualche indizio. Era una possibilità alquanto remota, però almeno avrei passato il tempo.

L'ultimo cassetto della sua scrivania, in camera da letto, era chiuso a chiave. Mi ricordai che Donna la teneva insieme a quella di casa e a quella della macchina, così usai l'attizzatoio per forzare la serratura. Sarebbe andata su tutte le furie una volta tornata a casa, ma ci avrei pensato dopo.

All'interno c'era una grossa cartellina piena di lettere, dichiarazioni dei redditi, ricevute di bollette, libretti di risparmi e scartoffie varie. Rovesciai il contenuto sulla scrivania e cominciai a esaminare i documenti. Molti provenivano dall'ufficio di Dave Wainhope, e c'era almeno una decina di lettere firmate da lui in cui spiegava perché le stava inviando questo e quello.

A un tratto squillò il telefono e rischiai di finire gambe all'aria con tutta la sedia per rispondere. Era lo sceriffo Martell.

«Sua moglie è tornata?»

«Non ancora, no».

Lui dovette percepire la mia delusione, peraltro piuttosto evidente, perché disse: «Strano... comunque il corpo che abbiamo trovato nell'auto non è il suo».

«Glielo avevo detto. Di chi si tratta?»

«Di Helen Wainhope. Abbiamo portato i resti al Georgia Street Hospital e suo marito l'ha identificata un quarto d'ora fa».

Rabbrividii al ricordo del corpo carbonizzato. «Come ha fatto?»

«Da quel che restava di una scarpa. E dal portacipria».

«Vi ha detto perché guidava l'auto di mia moglie?».

Martell esitò. «Non esattamente. Mi ha detto che le vostre mogli avevano appuntamento in città oggi. Non sapeva a che ora, però la macchina della signora Wainhope era fuori uso, quindi si presume che Donna sia andata a prenderla».

«Non mi risulta», dissi.

Lui esitò di nuovo. «...Che lei sappia, fra sua moglie e la signora Wainhope non correva buon sangue?»

«Che domande fa?»

«Vuole rispondere?», insisté lui in tono pacato.

«Ma certo! Andavano d'amore e d'accordo!».

«Se lo dice lei», fece lui con aria tranquilla. «Mi puzza questa coincidenza della scomparsa della signora Kane dopo che la sua macchina è volata giù da una scarpata con un'amica a bordo».

«Non me ne importa niente. Rivoglio mia moglie».

Lui sospirò. «Va bene. Mi dica com'è e diramerò l'allarme».

Gli descrissi Donna dettagliatamente. Lui prese appunti e mi confermò che mi avrebbe chiamato più tardi. Io riagganciai e andai nel soggiorno per bere qualcosa. Non toccavo cibo dall'una, ma ero troppo preoccupato per mangiare.

Il tempo scorreva lentamente. Finii il drink in piedi davanti alla finestra, poi ne preparai un altro e lo portai in camera da letto, dove ripresi a esaminare le carte di Donna. Alle otto e un quarto squillò il telefono.

«Clay? Sono Dave... Dave Wainhope», disse con voce rotta e tono incolore.

«Ciao, Dave. Mi dispiace per Helen». Mi resi conto di sembrare freddo, ma in quel momento non riuscii a fare di meglio.

«Hai saputo, allora?»

«Certo che ho saputo. Era l'auto di Donna, ricordi?»

«Ovvio, Clay». Sembrava molto stanco. «Sono un po'confuso. In realtà, ti ho chiamato per un altro motivo».

«Sì?»

«Senti, Clay, lo so che non sono affari miei. Ma cosa c'è che non va tra te e Donna?».

Rimasi a bocca aperta. «Chi ha detto che c'è qualcosa che non va?»

«Io so solo che si è comportata in modo molto strano. Mi ha chiesto di darle tutti i contanti che avevo a disposizione, senza spiegazioni, senza...».

Strinsi convulsamente la cornetta. «Aspetta un attimo!», gridai. «Dave, ascoltami! Hai visto Donna?»

«È quello che sto cercando di dirti...».

«Quando?»

«Mah... una decina di minuti fa...».

«Dove? Dov'era? Dove l'hai vista?»

«Qui. Nel mio ufficio». Anche lui stava cominciando ad agitarsi. «Mi sono fermato qui di ritorno dal Georgia...».

Lo interruppi. «Cristo, Dave, stavo diventando matto! È dalle quattro e mezza che la cerco. Cosa ti ha detto? In che guai si è cacciata?»

«Non lo so. Non ha voluto dirmi nulla... voleva solo i soldi, subito. Niente assegni, contanti. Ho pensato che aveste litigato. Avevo circa novecento dollari in cassaforte. Glieli ho dati e lei se ne è andata in fretta e furia...».

Strinsi ancor più la cornetta. «Ma deve pur averti raccontato qualcosa! Non può essersene andata così senza... insomma...».

«Mi ha detto che ti ha scritto una lettera».

Io mi lasciai cadere sulla sedia della scrivania. Mi tremavano le mani e avevo la bocca secca. «Una lettera», ripetei, frastornato. «Una lettera. Non un incontro, non una telefonata. Una lettera».

Dave cercò di rassicurarmi. «Sono sicuro che non è niente di serio, Clay. Lo sai come sono le donne. Nella lettera ti dirà dov'è, così puoi convincerla a tornare».

Lo ringraziai e riagganciai e rimasi lì seduto a fissarmi un pollice. Non sapevo perché, ma mi sentivo ancora più avvilito di prima. Non capivo come mai Donna non si fosse rivolta a me, se era vero che era nei guai. Non facevamo che ripetere che dovevamo condividere ogni difficoltà...

Andai in cucina e mi preparai un paio di panini al salame, che trangugiai con l'aiuto di un altro drink. Alle nove e venti telefonai alla stazione di Hollywood per riferire a Martell ciò che avevo saputo da Dave Wainhope. Il tizio che rispose mi disse di riprovare tra un'ora, perché lo sceriffo non c'era. Gli chiesi se potevo lasciare un messaggio, ma lui ripeté che dovevo richiamare e mi riattaccò il telefono in faccia.

Circa dieci minuti dopo sentii suonare il citofono. Aprii la porta e rimasi in piedi sulla soglia. Un giovane con una divisa grigia da postino mi venne incontro e mi consegnò una lettera espresso. Dopo aver firmato chiusi la porta, mi ci appoggiai con la schiena e strappai la busta.

All'interno c'era un unico foglio di carta con poche righe dattiloscritte e firmate a mano con la calligrafia familiare di Donna.

Mio caro Clay,

mi dispiace tantissimo, ma una cosa che è successa molto tempo fa è tornata a tormentarmi e devo andarmene per qualche giorno. Ti prego di non cercarmi. Se ti fidi di me, andrà tutto bene.

Sai che ti amo così tanto che non starò lontana un giorno in più di quanto sia necessario.

Non preoccuparti, tesoro, ti spiegherò ogni cosa al mio ritorno.

Con tutto il mio amore,
Donna

Tutto qui. Niente a cui potersi aggrappare. Nessun indizio, nulla che potesse alleviare, anche solo in parte, la mia ansia. Mi diressi stancamente verso la camera da letto, lasciai cadere la lettera sulla scrivania e allungai la mano verso il telefono. Tuttavia mi resi conto che non aveva senso: sicuramente Martell non era ancora tornato.

Forse mi era sfuggito qualcosa. Magari la busta conteneva un indizio? Ma per cosa? La osservai attentamente. Il timbro postale era quello di Hollywood, il che significava che la lettera era passata dall'ufficio postale di Wilcox e Selma. Alle cinque e dodici del pomeriggio. A quell'ora avevo appena parcheggiato dietro le auto della polizia su Stone Canyon Road. Se l'avevo ricevuta quattro ore dopo, Donna doveva averla spedita direttamente dall'ufficio postale, anziché imbucarla.

Nessun mittente, né sul davanti, né sul retro, com'era prevedibile. Solo una busta da quattro soldi, di quelle che si comprano da Woolworth o da Kress. Il mio nome e l'indirizzo erano dattiloscritti. Il tasto "e" era leggermente girato verso destra e, se si osservavano a lungo le "t", ci si accorgeva che erano più inclinate del normale.

Lasciai cadere la busta e rimasi in piedi a fissare la lettera. Poi posai lo sguardo sugli altri documenti sparsi sulla scrivania...

«Cristo santo!», esclamai, per una volta con sincera devozione. Avevo gli occhi fissi su una delle lettere che David Wainhope aveva mandato a Donna, e due caratteri della macchina da scrivere risaltavano come fari nella notte: una "t" inclinata e una "e" storta!

VI

Mi ci volle un po' di tempo, non saprei neanche dire quanto, prima di riuscire a pensare lucidamente. Il fatto che quelle due lettere fossero uscite dalla stessa macchina da scrivere apriva così tante strade verso la verità della scomparsa di Donna che non sapevo da dove incominciare.

Alla fine mi riscossi e andai in soggiorno. Mi versai un dito di bourbon e lo trangugiai come acqua dopo un'aspirina. Per la foga mi andò anche di traverso ma, quando smisi di tossire e di asciugarmi le lacrime, mi sentii finalmente in grado di ragionare.

Mi sedetti di nuovo alla scrivania e presi i due fogli di carta. Un attento confronto dissipò ogni dubbio rimasto che provenissero dalla stessa macchina. Altre tessere del puzzle andarono a posto: ad esempio, il fatto che era stato un professionista a scrivere a macchina la lettera di Donna. Era piuttosto evidente dalla battitura uniforme delle lettere, in netto contrasto con quella irregolare e incerta dei dilettanti. E io sapevo che Donna non aveva mai usato una macchina da scrivere in vita sua.

Bene, ma cosa significava? Apparentemente, solo che qualcuno l'aveva dattiloscritta al posto suo, e nell'ufficio di Dave Wainhope, perché mi sembrava altamente improbabile che lui scrivesse le lettere a casa, e perché ero certo che fosse il tipo che usava la penna.

E allora? Be', visto che era stata scritta nell'ufficio di Dave, ma non da quest'ultimo, né da Donna, doveva essere stata la segretaria a occuparsene. Regge? Deve reggere per forza: nessun altro lavora in quell'ufficio, a parte Wainhope e la segretaria.

Approfondiamo quest'aspetto. Diciamo che Donna è andata da lui nel pomeriggio, sconvolta per qualche motivo. Mettiamo che sia già uscito, così lei detta il testo del messaggio destinato a me alla segretaria, che lo batte a macchina. È davvero semplice come sembra?

No.

Perché il ragionamento ha alcune falle: primo, il biglietto è stato scritto su carta dozzinale e spedito in una busta dozzinale. Era impossibile che uno come Dave avesse una simile carta da lettere in ufficio. Ok, andiamo fino in fondo: diciamo che Donna aveva portato la carta da lettere e l'aveva fatto in modo che la segretaria la usasse. Quella l'avrebbe raccontato al capo non appena fosse tornato in ufficio, quindi Dave avrebbe dovuto riferirlo a me durante la nostra conversazione telefonica.

Ma la pecca più grande era questa: perché Donna ha fatto battere la lettera quando un biglietto scritto a mano sarebbe stato più indicato, dal momento che riguardava una faccenda molto privata come comunicare al marito che era nei guai?

Mi alzai e camminai avanti e indietro per la stanza, mi accesi una sigaretta e guardai fuori della finestra senza vedere nulla. Una vocina mi diceva: «Se il tuo ragionamento è esatto, lo sai cosa significa, vero?».

Lo sapevo. Eccome se lo sapevo. Significava che Donna Kane era una minaccia per qualcuno. Che la stavano trattenendo contro la sua volontà. Che era stata costretta a firmare un biglietto in modo che non denunciassi la sua scomparsa finché il responsabile non se la fosse svignata.

Sembrava un brutto film, e cercai di convincermi che fosse davvero così. Ma più ci pensavo, più analizzavo le mie conclusioni, più risultava evidente che non c'era altra spiegazione.

In casi come quello c'è un'unica cosa da fare. Presi il telefono e chiamai di nuovo Martell. Non era ancora tornato. Provai a spiegare al sergente di turno, o a chiunque fosse all'altro capo del filo, che stava succedendo. La situazione, però, era talmente complicata e confusa, persino per me, che quello mi interruppe: «Senta, amico, richiami tra un quarto d'ora, venti minuti. È con Martell che deve parlare, non con me», e riagganciò prima che potessi ribattere.

Tutto sommato, però, il suo era un buon consiglio e avevo tutte le intenzioni di seguirlo. In genere chi si improvvisa detective fa una brutta fine. Quella era roba da professionisti. La mia parte consisteva semplicemente nel riferire ciò che avevo scoperto e togliermi di torno.

La segretaria doveva sapere qualcosa. C'era dentro fino al collo. L'avevo vista qualche volta: una ragazza con i capelli scuri, molto carina, un po' troppo minuta, forse, ma ben fatta. Grandi occhi azzurri, quelli me li ricordavo bene. Silenziosa, un po' timida, se non erravo. Come si chiamava, già? Nora. Nora qualcosa. Campbell? Kenton? No. Kemper. Esatto: Nora Kemper.

La trovai sull'elenco del distretto centrale, al 300 della North Hobart, non lontano dal Beverly Boulevard. Conoscevo la zona: era una serie di condomini senza soluzione di continuità. Niente di particolarmente elegante, ma non si trattava certo dei bassifondi. Era il quartiere ideale per una segretaria. Sapevo che Nora era stata sposata, ma aveva divorziato.

Guardai l'orologio: non erano trascorsi neanche cinque minuti da quando avevo chiamato l'ufficio dello sceriffo. Pensai a Donna legata e imbavagliata nel bagagliaio di qualche auto. La sola idea era insopportabile.

Stavo per uscire quando mi venne in mente una cosa. Tornai in camera da letto, infilai la mano sotto una pila di camicie nell'ultimo cassetto del comò ed estrassi la pistola che avevo comprato a San Francisco l'anno prima. Era una Smith & Wesson calibro .38, il modello che chiamavano *terrier*. Dopo aver controllato che fosse carica, me la sistemai alla cintura in pieno stile pulp e uscii.

VII

Era una strada silenziosa, costeggiata da alte palme, ma poco illuminata. C'erano auto parcheggiate su entrambi i lati, così dovetti fermarmi mezzo isolato più giù, dall'altra parte della strada rispetto al civico che cercavo.

Scesi e tornai lentamente indietro, nel buio. Ero un po' nervoso, non c'era da stupirsene. Sentii della musica e una risata femminile che provenivano dal cortile di un bungalow. Una coppia mi passò accanto sottobraccio: l'uomo aveva una divisa da ufficiale dell'esercito. Non vidi nessun altro.

Il numero che cercavo apparteneva a un condominio piuttosto grande, di tre piani, con altrettanti ingressi separati. Cinque scalini di pietra costeggiati da una ringhiera in ferro battuto conducevano alla porta principale. Di fronte al pianerottolo c'erano due cipressi italiani.

L'atrio era deserto. Lessi i nomi sopra i campanelli alla luce gialla di una plafoniera. L'appartamento di Nora Kemper era il 205. Allungai la mano verso il pulsante, poi esitai. Non c'era una porta interna che impedisse l'accesso alle scale. Perché non salire e bussare direttamente al suo appartamento? Senza preavviso, non avrebbe avuto la possibilità di pensare a possibili risposte prima che la interrogassi.

Salii le scale rivestite di moquette fino al secondo piano, poi percorsi il corridoio. C'era un gran silenzio. La luce soffusa delle plafoniere illuminava i muri verde chiaro e le porte verde scuro. In fondo al corridoio c'era una grande finestra che si apriva sul cielo notturno.

Il 205 era uno degli ultimi appartamenti. Da sotto la porta non filtrava la luce. Spinsi il piccolo pulsante perlaceo del campanello e rimasi in attesa.

Nulla. Niente passi, nessun «chi è?». Sentii un telefono che squillava in uno degli appartamenti vicini e un clacson per strada.

Suonai di nuovo il campanello, con lo stesso risultato. E adesso? Forzare la serratura? Non aveva senso, e poi l'effrazione era reato. Oltre al fatto che non avrei neanche saputo come fare.

Sarebbe tornata a casa, prima o poi. L'unica cosa da fare era appostarmi da qualche parte e aspettare che arrivasse. Se non fosse rientrata nel giro di mezz'ora, sarei andato a cercare un telefono e avrei chiamato Martell.

Mi diressi verso le scale e stavo per scendere al primo piano quando udii il portone che si richiudeva e dei passi leggeri sul pavimento dell'atrio. Poteva essere lei. Andai furtivamente al terzo piano e mi appoggiai al muro, dove la luce non arrivava.

Una donna salì rapidamente le scale che conducevano al secondo piano. Da dove mi trovavo non riuscivo a vederla bene in viso, ma la corporatura e il colore dei capelli erano quelli di Nora Kemper. Aveva un cappotto leggero e portava una borsa a secchiello bianca. Era evidente che andava di fretta. Non appena scomparve dalla mia vista, scesi precipitosamente le scale fino al secondo piano.

Era proprio lei. Stava davanti alla porta del 205 e cercava le chiavi nella borsa. E se si fosse chiusa dentro, rifiutandosi di lasciarmi entrare?

Le dissi: «Aspetti, signorina Kemper».

Lei alzò la testa di scatto e si voltò, sorpresa. Mi diressi pian piano verso di lei. Quando la luce mi illuminò il viso, sussultò e ricominciò a rovistare freneticamente nella borsa, tirando fuori le chiavi e cercando di infilarne una nella serratura.

Non potevo permetterle di lasciarmi fuori della porta. Estrassi la pistola e le intimai: «Non si muova. Voglio parlarle».

La mano che stringeva le chiavi cadde mollemente lungo il fianco. Poi Nora cominciò a indietreggiare verso la fine del corridoio. Era bianca come un fantasma e il suo volto era una maschera di terrore.

Si fermò solo quando non poté più proseguire. Appoggiò la schiena contro il muro accanto alla finestra e alzò gli occhi al cielo.

Poi sussurrò con voce strozzata: «Cosa... cosa vuole?»

«Mi conosce, signorina Kemper. Sa chi sono. Perché ha paura?».

Lei abbassò gli occhi sulla calibro .38 che impugnavo. «La pistola...».

«No», ribattei. «Era già terrorizzata prima che la tirassi fuori. Si è spaventata appena mi ha riconosciuto. Perché?».

Le sue labbra tremanti sembravano quasi nere nel contrasto con il pallore del viso. «Non so cosa... Non stia lì... La prego. Mi lasci andare».

E tentò di aggirarmi. L'afferrai per un braccio e lei sussultò e si divincolò. Nel farlo la borsa aperta cadde, rovesciando il contenuto sul pavimento.

Lei si chinò per raccogliere le sue cose, ma io fui più rapido. Avevo visto qualcosa, qualcosa che mi aveva colpito come un pugno allo stomaco.

Erano tre, l'una accanto all'altra sulla moquette. Le presi, mi rialzai e diedi uno strattone a Nora, costringendola a guardarmi. Poi le misi la mano aperta sotto il naso, mostrandole le chiavi che avevo raccolto.

«Le guardi bene, signorina!», esclamai con voce roca. «Erano nella sua borsa. Le chiavi del mio appartamento, della mia cassetta postale. *Le chiavi di mia moglie!*».

Lei parve sul punto di svenire. La fissai a lungo, poi le misi una mano sulla spalla e la spinsi davanti a me. Non dovetti dirle cosa fare: aprì la porta di sua iniziativa ed entrammo insieme nel suo appartamento.

Dopo aver acceso la luce si accasciò sul divano. Mi parai di fronte a lei, la pistola ancora in pugno. Lei dovette intuire le mie intenzioni, perché cominciò a tremare come una foglia.

Le dissi: «Sono un uomo nel buio, signorina Kemper. Sono spaventato, e quando sono spaventato perdo la testa. Se non vuole che le faccia saltare tutti i denti, mi dica dov'è mia moglie».

Lei ebbe abbastanza buonsenso da credere alle mie minacce. Sussultò e si rannicchiò sul divano. «Non me l'ha detto», gemette. «Ho fatto solo ciò che mi ha ordinato, signor Kane».

«Chi glielo ha ordinato?»

«David. Il signor Wainhope».

Feci un profondo respiro. «Ha scritto lei quella lettera?»

«....Sì».

«Ha visto mia moglie che la firmava?».

Lei si umettò le labbra. «Non era lì. L'ha fatto David, usando i campioni della sua firma che abbiamo in ufficio».

Non ci avevo pensato. «E perché tutto ciò?»

«Non lo so...», rispose lei, senza staccare gli occhi dalla pistola. «Non lo so davvero, signor Kane».

«Sa molto più di quanto non sappia io», ringhiai. «Ora mi racconti tutto dall'inizio. Tutto».

Lei si scostò una ciocca di capelli neri dalla fronte. Stava cominciando a riacquistare colore, ma gli occhi avevano ancora un'aria terrorizzata.

«Quando sono tornata in ufficio dopo pranzo», cominciò, «David non c'era. Mi ha chiamato poco dopo le tre dicendomi di incontrarci all'angolo tra la Fountain e la Courtney. Mi ha anche ordinato di prendere il tram, anziché il taxi, e di aspettarlo lì».

«Le ha spiegato il motivo?»

«No. Sembrava nervoso, turbato. Un quarto d'ora dopo ero sul luogo dell'appuntamento, ma lui si è presentato solo alle quattro meno un quarto».

«Continui», le intimai quando la vidi esitare.

«Be', siamo andati in un palazzo sulla Fountain. Dave ha tirato fuori un mazzo di chiavi e ne ha usata una per ritirare la posta da una cassetta su cui c'era il suo nome. Poi ha aperto la porta interna del palazzo e siamo saliti al piano di sopra. Aveva anche la chiave del suo appartamento. Una volta entrati, mi ha consegnato le chiavi ed è andato in camera da letto, ordinandomi di chiamarla e specificando cosa dire. Prima, però, ha preso l'aspirapolvere e lo ha acceso. E poi ho parlato con lei per telefono».

La fissai a lungo. «Complimenti. Ha fatto un ottimo lavoro. L'aspirapolvere mi ha impedito di rendermi conto che non si trattava della voce di Donna. Immagino che Helen avesse saputo che lei mi chiamava “topino” e lo avesse riferito a Dave. Buffo, no? Poi cos’è successo?».

Lei si tormentava le mani tenendole in grembo. Il suo piccolo seno si sollevava e si abbassava rapidamente per via del respiro affannoso. La paura aveva cancellato quasi ogni traccia di bellezza dal suo volto.

«Dave ha aperto una delle lettere che aveva trovato nella cassetta», rispose con tono monocorde, «e l’ha lasciata accanto al telefono. Poi siamo usciti e siamo tornati in macchina in ufficio. Lungo la strada, si è fermato a comprare della carta da lettere dozzinale, che ho usato per scriverle il messaggio. Poi mi ha ordinato di imbucarlo direttamente all’ufficio postale e se ne è andato. Non l’ho più visto da allora».

«Non dev’essere facile trovare segretarie come lei», sibilai. «Qualsiasi cosa dica il capo, va bene. Non ce ne sono molte così, nel mondo radiofonico».

Lei sollevò la testa di scatto. «Si dà il caso che sia innamorata di Dave, e che lui sia innamorato di me. Ci sposeremo... ora che è libero».

Dovetti fare uno sforzo per rimanere impassibile. «Sono felice per voi. Solo che lui ha una moglie, si ricorda?».

Lei mi guardò con aria tranquilla: «Non ha saputo?»

«Che cosa?»

«Helen Wainhope è morta in un incidente d’auto oggi pomeriggio».

«E lei quando l’ha appreso?»

«Verso le tre. Me l’ha detto David non appena è tornato in ufficio».

Il mio sguardo si posò sulla pistola che avevo in pugno. Non aveva senso continuare a puntargliela addosso. La infilai in una tasca del cappotto e presi una sigaretta, accendendola con un accendino da tavolo verde e oro. Poi dissi: «E tutta questa messinscena... firmare una lettera falsa con il nome di mia moglie, chiamarmi al telefono e fingersi lei – tutto lo stesso giorno in cui la moglie di Dave Wainhope è morta – non le ha destato neanche un po’ di curiosità? Non ci posso credere, signorina Kemper. Deve aver sospettato che ci fosse qualcosa sotto».

«Amo David», disse lei semplicemente.

Soffiai fuori il fumo. «L’amore non fa per lei. Lo lasci perdere, la rende stupida. Buonanotte, signorina».

Lei non si mosse, ma una lacrima le scese pian piano lungo la guancia. La lasciai lì e uscii, chiudendomi la porta alle spalle.

VIII

Alle undici di sera non c'è molto traffico sul Sunset, soprattutto dopo aver superato i tre o quattro chilometri della Strip, con i suoi neon multicolore, i suoi eleganti nightclub pieni di attricette pronte a tutto e turisti dell'Iowa, i suoi avveniristici edifici stuccati con i nomi degli agenti in caratteri stilizzati sulle facciate. Li superai e attraversai Beverly Hills, la maggior parte delle cui abitazioni era avvolta dal buio, poi Brentwood, dove le star si nascondono in enormi proprietà difese da siepi e allarmi. Infine imboccai il Beverly Glen Boulevard e seguii i tornanti che conducevano a nord, verso le colline.

Il puzzle stava cominciando a ricomporsi. Dave Wainhope sapeva che sua moglie era morta molto prima che lo sceriffo Martell glielo comunicasse. Ai miei occhi, c'era un'unica spiegazione: doveva aver messo lo zampino nell'"incidente" sulla Stone Canyon Road. Forse era andato fin lì con Helen e poi aveva fatto in modo che l'auto rotolasse giù per la scarpata con lei a bordo. Il movente era vecchio come il mondo: si era innamorato di un'altra e la moglie era diventata un ostacolo.

Tutto ciò non giustificava la scomparsa di Donna, ma avevo ipotizzato un possibile collegamento tra i due eventi. Forse era arrivata a casa di Dave al momento sbagliato.

La immaginai mentre entrava, vedeva ciò che non doveva vedere e veniva legata, imbavagliata e rinchiusa da qualche parte, e nel frattempo lui portava a termine il suo compito. L'unica cosa che non riuscivo ancora a spiegare era perché Dave avesse usato l'auto di Donna per inscenare l'incidente, sebbene lo sceriffo Martell avesse accennato al fatto che quella di Helen era guasta.

Il ragionamento filava: per questo, secondo me, Donna era ancora viva. Così com'ero ormai certo che Dave Wainhope avesse assassinato la moglie a sangue freddo, ero altrettanto sicuro che non avesse fatto del male a mia moglie. Altrimenti l'avrebbe caricata sull'auto insieme a Helen. Un lavoro pulito, senza complicazioni e senza testimoni. Due amiche che vanno in città, un momento di leggerezza nell'affrontare una curva e... I funerali si svolgeranno martedì!

Certo, più ci pensavo, più faticavo a immaginarmi Wainhope nei panni dell'assassino. Era basso, grassoccio, con una calvizie incipiente e il viso rotondo e innocente di un bambino. Per quanto ne sapevo, la cosa peggiore che avesse fatto in vita sua era stata rifiutarsi di lasciare la mancia a un cameriere.

Ma questo non significava nulla, ovviamente. Se gli omicidi fossero stati commessi solo da chi possedeva *le physique du rôle*, i poliziotti non avrebbero avuto niente da fare tutto il giorno.

Lasciai la Beverly Glen per imboccare una delle strade strette e sterrate che procedevano a zigzag nella campagna. L'odore del mare in lontananza entrava dai finestrini aperti, portando con sé il profumo inebriante dei fiori di artemisia. Non sentivo altro che il rumore del motore e quello dei sassolini che schizzavano contro i paraurti.

A un tratto vidi lo Stone Canyon Reservoir sotto di me, al di là di una barriera di querce e manzanita. La luna si specchiava nelle acque del lago. Alla mia sinistra, in alto, giganteggiava una costruzione scura e spigolosa di legno, pietra e vetro, immersa tra i cespugli, gli arbusti e gli alberi. Imboccai un vialetto circolare ricoperto di ghiaia e parcheggiai accanto alla veranda.

Spensi il motore e rimasi seduto lì. Sentivo l'acqua che ribolliva nel radiatore. Con i fari spenti, la notte mi avvolse nella sua oscurità. Un uccello lanciò un suono mentre dormiva e si sentì un rapido fruscio tra i cespugli.

La casa era imponente e avvolta dal silenzio. Le luci erano tutte spente. Infilai una mano in tasca, vicino alla pistola, e scesi dall'auto. Mentre mi dirigevo verso la veranda, la ghiaia scricchiolava sotto i miei piedi. Salii gli otto scalini che conducevano alla veranda lastricata e girai la grossa maniglia di ottone.

Chiusa. Me lo aspettavo. Alzai le spalle e suonai il campanello: il timbro squillante sembrò scuotere l'intera abitazione.

Le luci rimasero spente. Aspettai un paio di minuti, poi riprovai, tenendo il dito sul campanello per quella che mi parve un'eternità. Nessuna risposta.

E adesso? Immaginai David Wainhope nascosto dietro le tende e armato fino ai denti, ma mi parve improbabile. La risposta esatta doveva essere la più ovvia: non era in casa.

Mi domandai se sarebbe mai tornato. Ormai poteva essere quasi in Messico, con un mucchio di soldi dei suoi clienti sul sedile posteriore e nessuna intenzione di rimettere piede negli Stati Uniti. Del resto, sarebbe dovuto fuggire prima che qualcuno avesse ritrovato Donna Kane, l'avesse liberata e ascoltato la sua versione. Me la immaginai legata sotto il letto. Non ebbi bisogno di altro.

Mi diressi a una delle finestre della veranda e provai ad aprirla, ma era chiusa dall'interno. Allora presi la pistola e, con il calcio, colpii il vetro, che andò in frantumi con il rumore di ghiaccio che si spacca. Infilai una mano all'interno e girai il fermo, tirando su la finestra quel tanto che mi consentì di passare sopra il davanzale.

Non c'era nessuno. Avanzai nel buio finché non vidi un arco e un interruttore della luce sulla parete accanto.

Mi trovavo in un enorme soggiorno. Mobili moderni sistemati con gusto qua e là. Poltroncine di gommapiuma di colori pastello. Un grande camino. Foto del Greenwich Village incorniciate appese a una parete. Un pianoforte a mezza coda nero lucido con sopra una sciarpa dorata e un'immagine di Helen Wainhope in una cornice di pelle. Tutto sembrava pulito e ordinato.

Attraversai la stanza e passai sotto un altro arco che dava sulla sala da pranzo. Da lì imboccai un corridoio che conduceva alla zona notte. C'erano tre camere da letto: una gigantesca, le altre due di dimensioni normali con un bagno nel mezzo. Le ispezionai tutte quante. Negli armadi non trovai altro che vestiti. Sotto i letti non c'era nulla, neanche un velo di polvere. Ogni cosa aveva una collocazione precisa e tutto era al suo posto.

La cucina era grande e bianca e dotata di tutti gli ultimi modelli di elettrodomestici. Accanto c'era un vano di servizio con un frigorifero, un freezer abbastanza grande da contenere un cadavere (ma non lo conteneva) e una lavatrice. Il riscaldamento era a gas, con un sistema centralizzato sotterraneo. Niente cantina.

E di Donna neanche l'ombra.

Lasciai le luci accese e uscii, svoltando l'angolo per dare un'occhiata al garage a tre posti. La saracinesca era chiusa a chiave, ma c'era un'entrata laterale aperta. Dentro vidi una Pontiac grigia cabriolet: era l'auto di Helen. Era vuota e il bagagliaio era chiuso. Bussai timidamente sulla carrozzeria dicendo: «Donna, sei qui dentro?».

Nessuna risposta. Niente colpi frenetici e disperati. Nessun rumore, a parte quello del sangue che mi scorreva nelle vene, molto probabilmente frutto della mia immaginazione.

Fu allora che capii che avevo fatto un buco nell'acqua. Lui l'aveva nascosta da qualche altra parte, o l'aveva portata con sé. La seconda opzione non aveva senso, ma Dave poteva aver agito d'impulso.

Non mi restava altro che chiamare lo sceriffo e riferirgli tutto ciò che avevo scoperto e il poco che avevo trovato. Avrei dovuto farlo da un pezzo. Rientrai in casa e mi misi alla ricerca del telefono. Ricordavo di averlo visto sul comodino di una camera da letto, così riattraversai lentamente il corridoio.

A metà strada, scorsi una porticina che non avevo notato prima. La aprii e la luce si accese automaticamente. Era un armadio a muro, abbastanza profondo, con i ripiani pieni di valigie e coperte e un paio di stufette elettriche da utilizzare nelle lunghe notti d'inverno. Nient'altro.

Stavo per richiudere la porta quando mi accorsi che una parte del pavimento, in realtà, era una botola. Mi chinai e l'aprii, svelando una cavità rivestita di cemento di circa un metro e mezzo di profondità e con un perimetro di due metri e mezzo. Vi si accedeva tramite quattro ripidi scalini di pietra. All'interno c'erano la caldaia e un groviglio di tubi che si diramavano in tutte le direzioni. L'unica illuminazione proveniva dalla lampadina sopra la mia testa, quindi all'inizio non riuscii a vedere altro che la caldaia.

Poi, quando i miei occhi si abituarono all'oscurità, capii che c'era qualcos'altro sul cemento accanto alla caldaia. Qualcosa di scuro e informe... un ovale pallido sembrò farsi più grande e fluttuare verso di me.

«Donna!», gridai con voce strozzata. «Oddio, è Donna!».

Mi precipitai giù per gli scalini e sollevai il corpo senza vita. Poi mi diressi verso la camera da letto più vicina, in una specie di trance.

Quando lo poggiai sul letto e lo guardai, ebbi un tuffo al cuore e un urlo mi salì in gola.

La donna sul letto era Helen Wainhope!

IX

Ho sentito dire che la vita di un uomo è fatta di tante piccole morti, fino a quella finale. Mentre osservavo il cadavere di Helen, ripensai ai resti carbonizzati di un altro corpo disteso accanto a un ammasso di lamiere annerite, e in quel momento una parte di me inciampò, cadde e morì, lanciando un gemito.

Il telefono era lì che mi aspettava. Lo guardai a lungo. Poi feci un profondo respiro irregolare, scossi la testa come a volermi chiarire le idee e sollevai la cornetta.

«Mettila giù, Clay».

Mi voltai lentamente. Lui era in piedi sulla soglia, il viso rotondo tirato e stanco, e stringeva una pistola, tenendola abbassata.

«L'hai ammazzata, brutto figlio di puttana».

Lui si umettò nervosamente le labbra. «Metti giù la cornetta, Clay. Non posso farti chiamare la polizia».

Non aveva più importanza. Niente aveva più importanza, a parte il fatto che lui era lì, a portata di mano. Misi giù la cornetta. «Sai come dovrò ricordarmela? Come qualcosa lasciato a bruciare nel forno», gli dissi.

E cominciai ad avvicinarmi. Lentamente. Non avevo nessuna fretta, anzi: volevo che durasse il più a lungo possibile.

Lui mi puntò contro la pistola. «Non costringermi a spararti. Resta dove sei. Per favore, Clay».

Mi fermai. Bisognava essere pazzi per andare incontro alla bocca di una pistola. E io non ero così pazzo.

Lui cominciò a parlare in fretta: «Non sono stato io a uccidere Donna, Clay. È stato un incidente. Mi devi credere! Mi piaceva, mi è sempre piaciuta, lo sai».

Feci una smorfia amareggiata: «Certo, Donna ti è sempre piaciuta. Ti sono sempre piaciuto anch'io. Metti giù quella pistola, Dave».

Ma lui non mi stava ascoltando. Un muscolo dello zigomo sinistro gli si contraeva spasmodicamente. «Voglio spiegarti, Clay. È successo tutto così in fretta. Voglio che tu sappia, che capisca che non avevo intenzione di...».

A un tratto mi ricordai di avere una pistola in tasca. «Ti ascolto, Dave», gli dissi, annuendo.

I suoi occhi si posarono fugacemente sul cadavere sul letto, poi di nuovo su di me. Erano stanchi, brillanti, iniettati di sangue. «Non qui», esclamò mentre si spostava di lato. «Va' in soggiorno. Cammina davanti a me e non fare stupidaggini».

Io gli passai davanti e uscii dalla stanza. Lui era dietro di me, vicino ma non abbastanza. Lo sentivo respirare nel silenzio.

Mi sedetti su una poltroncina di gommapiuma senza braccioli e gli dissi: «Ho bisogno di una sigaretta, Dave. Per calmarmi. Sono molto nervoso in questo momento, sai com'è. Ora mi metto una mano in tasca e ne tiro fuori una, d'accordo?»

«Fa' pure», ribatté lui, distratto e noncurante.

Infilai lentamente la mano nella tasca del cappotto. Lui continuava a puntarmi contro la pistola. La bocca mi sembrava grande come un tunnel. Le mie dita sfiorarono il calcio della calibro .38. La nocca toccò il guardamano e sentii un brivido corrermi lungo la schiena come una scossa elettrica. La pistola di Dave continuava a fissarmi.

Estrassi pian piano la mano. Vuota. Con il cuore in gola, presi una sigaretta e i fiammiferi da dietro il fazzoletto da taschino. Avevo la fronte imperlata di sudore. Non avevo la stoffa dell'eroe. Accesi un fiammifero e la sigaretta e aspirai una lunga boccata di fumo. La mano non mi tremava poi così tanto.

«Dimmi».

Lui si sedette sul bracciolo del divano di fronte a me. Lo guardai: un ometto grassoccio con un completo blu acceso, la camicia bianca, la cravatta grigia e un paio di scarpe marroni a punta. Non era mai stato un amante dello stile casual come tutti quelli del Sud della California. La luce artificiale gli illuminava il cranio calvo e il muscolo dello zigomo continuava a contrarsi freneticamente.

«Conoscevi Helen», attaccò con aria distaccata. «Era una donna fantastica. Eravamo sposati da dodici anni, Clay. Devo essere impazzito. Ma quello che dico non ha molto senso, vero?». Abbozzò un sorriso che gli morì subito sulle labbra.

Io continuai a fumare e non dissi nulla. Lui guardò la pistola come se non l'avesse mai vista prima di allora, ma non la abbassò.

«Circa otto mesi fa», continuò, «ho fatto degli investimenti sbagliati con i miei soldi. Ho provato a recuperarli tramite altri investimenti, usando però i risparmi di Donna. È stato molto stupido da parte mia, perché ho perso anche quelli».

Scosse la testa con aria di rimpianto. «Era una somma abbastanza ingente, Clay. Ma non ero troppo preoccupato. Le cose si sarebbero aggiustate, prima o poi, e avrei potuto rimettere i soldi al loro posto. Però Helen l'ha scoperto... Mi amava, ma si è rifiutata di coprirmi. Mi ha detto che, se non avessi reintegrato l'ammanco, avrebbe raccontato tutto a Donna. Se una cosa del genere si fosse venuta a sapere, sarei stato rovinato. Così le promisi che avrei rimediato entro due o tre settimane».

Fece una pausa e la stanza piombò nel silenzio. Si udiva solo il fruscio delle tende mosse dalla brezza che entrava dalla finestra aperta.

«Poi», riprese Dave Wainhope, «è successo qualcos'altro, che ha rovinato tutto. Non è facile per me confessartelo, ma... be', avevo una relazione con la mia segretaria, la signorina Kemper. Una ragazza adorabile. L'hai conosciuta».

«Sì, l'ho conosciuta».

«Credevo di essere stato molto... attento, però Helen è... era... una donna intelligente, Clay. Aveva dei sospetti e ha assoldato un investigatore privato. Io non lo immaginavo, è ovvio...».

«Oggi mi ha chiamato in ufficio. Ero da solo, perché la signorina Kemper era a pranzo. Sembrava molto turbata e mi ha detto che mi conveniva tornare subito a casa. Sono state proprio queste le sue parole: "Ti conviene tornare subito a casa"».

«Mmm», mormorai, con gli occhi fissi sulla pistola.

«Chiaramente mi sono precipitato a casa. Quando sono arrivato, Donna aveva appena parcheggiato e stava scendendo dalla macchina. Siccome sul vialetto c'era anche la cabriolet di Helen, ho lasciato l'auto in garage e sono venuto qui in soggiorno. Ero sconvolto: sentivo che mia moglie stava per riferire alla tua degli investimenti sbagliati. Erano in piedi lì, davanti al camino. Helen era furibonda: non l'avevo mai vista così. Mi ha detto che aveva intenzione di raccontare tutto a Donna e io l'ho supplicata di non farlo. Lei, è ovvio, non capiva cosa stesse succedendo. Ma poi mia moglie le ha raccontato dell'ammanco, Clay. Proprio lì, davanti a me. Donna l'ha presa meglio di quanto pensassi. Ha detto che si sarebbe trovata un altro manager ma che non intendeva farmi causa. È stato allora che mia moglie ha perso le staffe: ha affermato che avrebbe chiesto il divorzio e ha fatto il nome della signorina Kemper, spiegando che quella mattina l'investigatore privato che aveva assoldato le aveva comunicato il risultato delle sue indagini. Ha cominciato a elencare tutto quello che aveva scoperto, lì, davanti a Donna. Le ho urlato di smetterla, ma lei ha continuato imperterrita. Non lo sopportavo. Ho preso l'attizzatoio e l'ho colpita. Una volta, sulla testa. Non sapevo cosa stavo facendo. È stato... è stato un raptus. È morta ai miei piedi, là sul pavimento».

«E io cosa dovrei fare? Dispiacermi per te?».

Lui mi guardò con occhi inespressivi, come se avessi parlato al muro. «Donna era terrorizzata. Credo che si sia messa a urlare e poi sia corsa fuori. L'ho sentita mettere in moto l'auto prima di rendermi conto che avrebbe raccontato alla polizia che avevo ucciso Helen. Mi sono precipitato fuori urlandole di aspettare, di ascoltarmi, ma lei stava già imboccando la strada principale. La mia macchina era in garage, quindi sono saltato su quella di Helen e l'ho inseguita. Non volevo farle nulla, Clay, volevo solo che capisse che non era mia intenzione uccidere mia moglie, che era stata una disgrazia. Quando abbiamo raggiunto la curva sulla Stone Canyon le stavo alle calcagna. Lei, però, andava troppo veloce, l'auto ha sbandato ed è uscita di strada. Ho sentito il suo grido. Fino in fondo alla scarpata. Non riuscirò mai a togliermelo dalla testa».

Io rabbrividii e chiusi gli occhi. Non provavo più alcuna emozione, solo un torpore che non se ne sarebbe mai più andato.

La sua voce tremante continuò: «Dev'essere morta sul colpo. Aveva il volto sfigurato... La mia mente ha iniziato a lavorare freneticamente. Se fossi riuscito a fare credere alla polizia che la vittima dell'incidente era mia moglie, avrei potuto nascondere il corpo di Helen e nessuno lo sarebbe mai venuto a sapere. Così Donna sarebbe risultata scomparsa e avrebbero interrogato te, non me. La carcassa dell'auto era piena di benzina. Non ho dovuto fare altro che accendere un fiammifero. Il fuoco non poteva farle del male, Clay: era già morta, te lo giuro. Poi sono tornato alla macchina e ho cercato qualcosa che appartenesse a Helen in modo da lasciarlo sulla scena dell'incidente. Infine sono tornato a casa», proseguì in tono incolore, «e ho nascosto il corpo di Helen. Ma i pensieri continuavano a vorticarmi nella mente. Nessuno doveva dubitare che a bordo di quell'auto ci fosse mia moglie. Se fossi riuscito a convincerti che Donna era viva *dopo* l'incidente e che se ne era andata... Non so come, mi è venuta subito un'idea. Forse quando la sopravvivenza dipende dalla rapidità di pensiero, l'istinto prende il sopravvento. Avrei dovuto chiedere aiuto alla signorina Kemper...».

Sollevai una mano per interromperlo: «Il resto lo so giù. Me l'ha detto lei stessa. E Cristo santo, smettila di chiamarla signorina Kemper! Ci vai a letto... ti ricordi?».

Lui mi fissò. «Te l'ha detto? Perché? Ero sicuro che...».

«Hai fatto un errore», feci. «Il biglietto che hai firmato con il nome di

Donna è stato battuto con la macchina da scrivere del tuo ufficio. Quando l'ho scoperto, sono andato a casa della tua signorina Kemper. E quello che mi ha raccontato è stato sufficiente a mettermi sulla pista giusta».

Dave teneva ben stretta la pistola, ora. Il suo viso sembrava ancora più tirato. «L'hai detto alla polizia?»

«Certo».

Lui scosse la testa. «No, non gliel'hai detto. Sarebbero già qui, se lo avessi fatto». Poi si alzò lentamente, come in preda a una muta sofferenza. «Mi dispiace, Clay».

Sentii un nodo alla gola. «Al diavolo, Dave. Lo so, sono l'unico superstite. L'unico che può spedirti alla camera a gas di San Quintino. Forza, non c'è due senza tre».

Lui sembrava stranamente tranquillo. «Te l'ho detto cos'è successo. Volevo che lo sapessi da me. Volevo sapessi che non sono capace di uccidere qualcuno di proposito».

Girò la pistola e me la mise in mano dicendo: «È meglio se chiami la polizia ora».

Io guardai con aria intontita la pistola, poi lui, ma era come se si fosse dimenticato della mia presenza. Si sedette di nuovo sul divano con le mani appoggiate sulle ginocchia e fissò lo sguardo sul cielo notturno fuori della finestra alle mie spalle, neanche fossi invisibile.

Avrei voluto provare dispiacere per lui, ma non potevo. Era troppo presto. Forse un giorno ci sarei riuscito.

Dopo un minuto mi alzai, andai in camera da letto e alzai la cornetta.

Mickey Spillane
LA RAGAZZA DELLA CASA DI FRONTE
1953

Mickey (Francis Morrison) Spillane (1918-2006) nacque a Brooklyn e crebbe in un quartiere difficile a Elizabeth, nel New Jersey. All'età di diciassette anni vendette i suoi primi racconti a importanti riviste americane, poi passò a quelle pulp e ai libri di fumetti: fu uno dei creatori dei supereroi Captain Marvel e Capitan America. La sua carriera di scrittore subì una battuta d'arresto allo scoppio della seconda guerra mondiale, durante la quale effettuò missioni di volo e addestrò piloti per l'aeronautica. Dopo la fine del conflitto, riprese la sua attività e fece perfino l'acrobata per il circo Ringling Bros and Barnum & Bailey, collaborando al tempo stesso con l'FBI per smascherare un traffico di droga.

Spillane creò il suo personaggio più famoso, Mike Hammer, per un libro di fumetti, ma quando l'editore fallì trasformò la storia e il suo eroe in un romanzo, *Ti ucciderò* (*I, the Jury*, 1947), che divenne un caso letterario negli USA, vendendo milioni di copie, come pure i sei libri che seguirono. I suoi primi sette romanzi entrarono tutti nella top ten dei bestseller della storia americana. Mentre la maggior parte dei critici lo stroncava, in parte per la crudezza (per l'epoca) delle scene di violenza e per i riferimenti al sesso, in parte per via del suo nazionalismo di destra, di cui non faceva mistero, i lettori lo adoravano, e anche la filosofa oggettivista Ayn Rand ebbe per lui parole di elogio: disse che leggere i suoi romanzi era come ascoltare una banda militare in un parco pubblico. La maggior parte delle sue opere giovanili fu trasposta sul grande schermo: *La mia legge* (1953), tratto da *Ti ucciderò*, con Biff Elliot nel ruolo di Hammer; *Un bacio e una pistola* (*Kiss Me Deadly*, 1955), tratto dal classico noir *Bacio* mortale, con Ralph Meeker nei panni del detective; e *Cacciatori di donne* (*The Girl Hunters*, 1963), dal romanzo omonimo, in cui Spillane stesso interpreta il suo personaggio. Nel 1995 la Mystery Writers of America lo insignì del Grand Master Award.

Sebbene Spillane riuscisse meglio nel romanzo che nel racconto, il suo nome sulla copertina di un giornale faceva sempre registrare un aumento delle vendite: per questo era molto ricercato, e spesso si dimostrava accomodante. *La ragazza della casa di fronte* (*The Lady says Die!*) apparve per la prima volta sul numero di «Manhunt» dell'ottobre 1953, il mensile hard-boiled più importante dell'epoca.

L'uomo tarchiato porse cappello e cappotto all'inserviente e attraversò l'atrio del club, dirigendosi verso il salone principale. Rimase sulla soglia appena un secondo, ma i suoi occhi videro tutto ciò che c'era da vedere: la partita a scacchi accanto alla finestra, i quattro che giocavano a carte e l'uomo solo che sorseggiava un drink in fondo alla sala.

Passò tra i tavoli, facendo un breve cenno del capo ai giocatori di carte, e andò dritto verso il fondo. L'uomo alzò lo sguardo dal bicchiere e gli sorrise.

«Buonasera, ispettore. Si sieda. Qualcosa da bere?»

«Salve, Dunc. Quello che beve lei».

Il tizio sollevò la mano in un gesto quasi languido. Il cameriere annuì e scomparve. L'ispettore si sedette sulla sedia con un sospiro. Era un omone, corpulento ma non grasso. Solo gli stivali tradivano la sua identità. Quando guardò Chester Duncan, ebbe un moto di stizza: gli invidiava i modi e il portamento, ma non avrebbe fatto a cambio con lui per niente al mondo.

"Ecco un uomo che dovrebbe avere tutto, e invece non ha nulla", pensò compiaciuto. "Certo, ha i soldi e la posizione, ma gli è stata negata la cosa più importante: una famiglia". E, con i suoi cinque marmocchi di tutte le età che lo aspettavano a casa, sentì di aver raggiunto il suo scopo nella vita.

Quando arrivò il drink, l'ispettore lo sorseggiò con aria grata. Poi lo poggiò e disse: «Sono venuto a ringraziarla di quella... ehm... dritta. Sa, era la prima volta che giocavo in Borsa».

«È stato un piacere», ribatté Duncan. Le sue mani giocavano con il bicchiere. A un tratto, alzò le sopracciglia come se qualcosa lo avesse divertito. «Immagino le siano giunte delle voci preoccupanti».

L'ispettore avvampò. «Sì, *en passant*. Alcune erano veramente preoccupanti». Bevve un altro sorso e tirò fuori una sigaretta. «Sa», aggiunse poi, «se la morte di Walter Harrison non fosse stata evidentemente un suicidio, in questo momento lei potrebbe essere sotto inchiesta».

Duncan sorrise con aria sorniona. «Andiamo, ispettore. Il mercato si è mosso solo dopo la sua morte, e lei lo sa».

«È vero, ma secondo alcune voci ci ha messo lo zampino lei». Rimase in silenzio per qualche istante, scrutando il volto di Duncan. «Mi dica, è così?»

«Perché dovrei incriminarmi da solo?»

«È acqua passata. Harrison si è buttato dalla finestra di una camera d'albergo. La porta era chiusa a chiave ed è impossibile che qualcuno si sia introdotto nella stanza per dargli una spinta. No, siamo certi che si sia trattato di suicidio, e tutto coloro che conoscevano Harrison concordano sul fatto che la sua morte abbia reso un gran servizio al mondo. Eppure, c'è ancora chi sostiene che lei non sia del tutto estraneo alla vicenda».

«Mi dica, ispettore, pensa davvero che io abbia abbastanza fegato o cervello per sfidare un uomo come Harrison e costringerlo a suicidarsi?».

L'ispettore aggrottò la fronte, poi annuì. «In realtà, sì. Ed è innegabile che lei abbia avuto un tornaconto dalla sua morte».

«Anche lei», ribatté Duncan ridendo.

«Mmmm».

«Non c'è niente di cui vergognarsi», aggiunse Duncan. «Quando Harrison è morto, il mondo della finanza ha giustamente ipotizzato che le sue azioni non valessero più nulla e ha cercato di sbarazzarsene. Si dà il caso che io fossi uno dei pochi a sapere che invece valevano oro, quindi ho comprato finché ho potuto. E, ovviamente, ho sparso la voce tra i miei amici. Perché non trarre vantaggio dalla morte di un... verme?».

L'ispettore Early lo vide attraverso la cortina di fumo serrare le labbra. Aggrottò di nuovo la fronte, e si sporse in avanti sulla sedia. «Duncan, siamo amici da un bel po'. Ma, da bravo poliziotto, sono curioso. E penso che il fu Walter Harrison l'abbia maledetta un attimo prima di spirare».

Duncan continuava a giocherellare con il bicchiere. «Non ne dubito», disse. Poi aggiunse, guardando l'ispettore dritto negli occhi: «Vuole davvero sapere com'è andata?»

«No, se deve confessare di aver commesso un omicidio. In tal caso, preferirei che parlasse direttamente con il procuratore distrettuale».

«Assolutamente no. Stia tranquillo, ispettore. Per quanto ci abbiano provato, non sono riusciti a macchiare il mio onore, né la mia reputazione. Vede, Walter Harrison è andato incontro alla morte per via della sua avidità».

L'ispettore si appoggiò allo schienale della sedia. Il cameriere si avvicinò con altri due drink e i due brindarono in silenzio.

«Può darsi che conosca già una parte della storia, ispettore», disse Duncan...

Ad ogni modo, comincerò dall'inizio e le racconterò tutto quanto. Io e Walter Harrison ci conoscemmo alla facoltà di Legge. Eravamo entrambi giovani e non particolarmente studiosi. Avevamo una sola cosa in comune: provenivamo da famiglie facoltose che avevano fatto di tutto per viziarci. Siccome eravamo gli unici a poterci permettere certe... ehm... distrazioni, cominciammo a frequentarci sebbene, ripensandoci, anche allora non si potesse parlare di vera amicizia.

Si dà al caso che io avessi una certa predisposizione per la giurisprudenza, mentre a Walter non importava un accidente. Ero io ad aiutarlo a superare gli esami. All'epoca mi sembrava anche divertente, ma davvero facevo tutto io, mentre lui se la spassava in giro. E non ero l'unico che sfruttava. Molti studenti, desiderosi di farselo amico, si davano da fare al posto suo. Walter avrebbe incantato persino il diavolo.

E spesso dovette farlo. Non so quante volte riuscì a evitare di passare un fine settimana al fresco per qualche reato minore convincendo i poliziotti a lasciarlo andare... e lo vidi abbindolare persino il preside. Però sono stato sempre un amico leale. Dividevo con lui tutto quello che avevo, donne comprese, e anzi, mi divertivo quando uscivo con una per un appuntamento, lo incontravo e alla fine era lui a portarsi a casa la mia ragazza.

Quando frequentavamo l'ultimo anno di università, arrivò il Martedì nero. Io non ne risentii particolarmente, perché mio padre l'aveva previsto e se ne era tirato fuori in tempo, guadagnandoci persino. Quello di Walter, invece, decise di tenere duro e perse tutto. Fu tra coloro che si uccisero il giorno stesso.

Walter ne soffrì molto, ovviamente. Cadde in depressione e cominciò a bere. Un giorno facemmo una bella chiacchierata e lui mi disse che aveva intenzione di lasciare subito l'università, ma io lo convinsi ad accettare un prestito e a laurearsi. A proposito, adesso che ci penso non mi restituì mai quei soldi. Ma non ha importanza.

Dopo l'università mi misi a lavorare con mio padre e, quando morì, gli subentrai alla guida dell'azienda. Poco dopo Walter venne a trovarmi e uscì dal mio ufficio con un lavoro, anche se non tentò di ingannarmi sul vero scopo della sua visita. Ottenne ciò che voleva, eppure, da un certo punto di vista, ebbi anch'io il mio tornaconto, perché era un abile uomo d'affari.

La sua ascesa nel mondo della finanza fu fulminea. Era troppo in gamba per rimanere a lungo alle dipendenze di qualcuno e, siccome tutta Wall Street parlava di lui – l'uomo delle meraviglie – era inevitabile che finisse per mettersi in proprio. Da allora in poi divenne un mio concorrente, ma restammo amici.

Anzi no, ispettore, diciamo che io ero suo amico, e lui non lo fu mai. La sua spregiudicatezza era a tratti sconvolgente, ciò nonostante riusciva sempre a stregare le sue vittime, convincendole ad accettare il loro destino con il sorriso. Una volta guadagnò un milione di dollari con un'operazione che mi lasciò senza fiato. Più di una volta rischiò di mandarmi in rovina, eppure il giorno dopo mi salutava con un gran sorriso, come se avesse semplicemente vinto una partita di tennis.

Se ha seguito la sua ascesa, sarà a conoscenza anche del lato sociale della sua vita. Walter si fece il vuoto intorno. Per ben due volte, fu sul punto di essere ucciso da mariti furibondi che, se fossero riusciti nel loro intento, non sarebbero mai stati condannati da una giuria. Poi ci fu quella ragazza che si suicidò per evitare che i suoi genitori sapessero che aveva una relazione con Walter ed era rimasta incinta. Lui fu molto generoso. Le offrì una bella somma per viaggiare, per i migliori medici e tutto ciò che voleva... tranne dare il suo cognome al bambino. Non era pronto a farlo, allora. Ma qualche settimana dopo sì.

All'epoca, io ero fidanzato e prossimo alle nozze. Adrianne era una ragazza che avevo amato sin dal primo momento in cui l'avevo vista, e non ci sono parole per descrivere la mia gioia quando accettò di sposarmi. Trascorrevamo buona parte delle giornate a fare progetti per il futuro. Avevamo persino scelto il posto dove andare a vivere a Long Island e iniziato a costruire la nostra futura casa. Avevamo fatto in modo che il matrimonio coincidesse con la fine dei lavori e io avevo davvero l'impressione di vivere in un sogno. La mia felicità era totale, e anche quella di Adrianne, o almeno così credevo. La fortuna sembrava arridermi su tutti i fronti. La mia carriera lavorativa ebbe un'impennata e qualsiasi cosa toccassi si trasformava in oro. Nel giro di poco tempo, Wall Street cominciò a seguire me, anziché Walter Harrison. Senza rendermene conto, conclusi diversi affari che lo misero in ginocchio, sebbene pochi se ne fossero accorti: lui non smetteva mai i panni del vincente.

A quel punto Duncan fece una pausa per osservare il proprio bicchiere, gli occhi socchiusi. L'ispettore Early rimase immobile, aspettando che riprendesse il suo racconto...

Walter venne a trovarmi, disse Duncan. Non dimenticherò mai quel giorno. Dovevo andare a cena con Adrianne e lo invitai a unirsi a noi. Ora so che fece ciò che fece per puro e semplice dispetto. All'inizio pensai che fosse colpa mia, o sua, e non pensai minimamente a Walter... Mi perdoni se sorvolo sui dettagli, ispettore. Sono spiacevoli da ricordare. Dovetti starmene lì a guardare mentre Adrianne si lasciava sedurre da quel verme fino al punto in cui divenni un semplice soprammobile sulla sedia di fronte a lei. Dovetti lasciare che si unisse a noi giorno dopo giorno, sera dopo sera, e poi sentire quelle voci, secondo cui si vedevano senza di me, e scoprire infine che Adrianne si era innamorata di lui.

Eh sì, fu un brutto colpo. Pensai di ucciderli entrambi e poi di togliermi la vita. Ma quando capii che non avrei risolto nulla, lasciai perdere.

Adrianne venne da me una sera. Si sedette e mi disse che non avrebbe mai voluto ferirmi, ma si era innamorata di Walter Harrison e voleva sposarlo. Cosa potevo fare? Ovviamente, finsi di saper perdere e annullai il fidanzamento. Loro non aspettarono molto. Una settimana dopo erano sposati e io ero lo zimbello di Wall Street.

Forse il tempo avrebbe potuto curare la ferita, se le cose non fossero andate come andarono. Poco tempo dopo, venni a sapere che il loro rapporto si era incrinato. Girava voce che Adrianne fosse cambiata e sapevo per certo che Walter non le era affatto fedele.

Vede, fu allora che capii come stavano le cose. Lui non l'aveva mai amata. Non ha mai amato nessuno, a parte se stesso. Sposò Adrianne perché voleva ferirmi. Mi odiava perché avevo qualcosa che lui non aveva: la felicità. Qualcosa che cercò disperatamente tutta la vita, però non riuscì mai a trovare.

Nel dicembre di quell'anno Adrianne si ammalò. Deperì rapidamente e, nel giro di un mese, morì. Quand'era in fin di vita fece il mio nome, chiedendomi di perdonarla: lo venni a sapere da un domestico. Walter era a una festa quando lei esalò l'ultimo respiro. Tornò a casa per il funerale e, subito dopo, partì per un viaggio in Florida con un'affascinante ballerina.

Dio, quanto lo odiavo! Sognavo di ucciderlo! Le poche volte in cui mi distraevo dal lavoro, mi immaginavo in piedi accanto al suo cadavere, con un coltello in mano, e ridevo, ridevo...

Di tanto in tanto mi giungeva voce delle scappatelle di Walter, che sembravano seguire sempre lo stesso copione. Così tentai di scoprire qualcosa di più in proposito e, nel giro di poco tempo, mi resi conto che Walter cercava freneticamente una donna da amare davvero. Essendo incredibilmente ricco, sospettava sempre che, più di lui, fossero interessate alla sua fortuna, e con la sua diffidenza finiva sempre per allontanarle.

Potrà sembrarle strano, ma nonostante la mia ostilità, lo vedevo spesso. E, altrettanto stranamente, lui non si rese mai conto che lo odiavo così tanto. Certo, sapeva di non essere amato, ma non sospettò mai che nutrissi per lui altro che uno stupido sentimento di amicizia. Comunque, poiché avevo imparato la lezione, e nel modo più traumatico, non riuscì più ad approfittarsi di me, sebbene non avesse mai avuto bisogno di farlo.

Fu davvero bizzarra la soluzione che trovai al mio problema. Era sempre stata lì sotto i miei occhi, e ne ero consapevole, eppure non pensai mai di sfruttare le circostanze fino al giorno in cui mi ritrovai seduto in veranda a leggere un promemoria del direttore del mio ufficio. Diceva che Walter aveva messo a segno un altro colpo sul mercato, e Wall Street era in grave difficoltà. Era uno di quei periodi in cui qualsiasi variazione a Wall Street rispecchiava l'economia del Paese, e lui aveva letteralmente minato l'intera struttura economica degli Stati Uniti. Furono necessari enormi sforzi per tornare alla normalità senza crollare, ma parecchi uffici dovettero chiudere. Walter Harrison, invece, aveva raddoppiato un patrimonio che non sarebbe mai riuscito a spendere.

Come dicevo, me ne stavo seduto a leggere il promemoria quando la vidi alla finestra della casa di fronte. Il sole filtrava dai vetri, esaltando i riflessi dorati dei suoi capelli e creando un'immagine di bellezza così perfetta da sembrare irreale. Una domestica le si avvicinò con un vassoio e, quando si sedette a tavola per pranzare, la persi di vista, e allora capii quanto sarebbe stato semplice.

Il giorno dopo pranzai con Walter. Era elettrizzato per la sua ultima bravata e, come al solito, ne parlava con un tono di scherzo.

Io gli dissi: «Senti un po', non sei mai venuto a casa mia a Long Island, vero?».

Lui scoppiò a ridere e mi lanciò un'occhiata colpevole: «Per essere sinceri, sarei venuto a trovarti se tu non l'avessi costruita per Adrianne, dopotutto...».

«Non dire stupidaggini, Walter. È acqua passata. Senti, perché non vieni a stare da me finché le cose non tornano alla normalità? Hai bisogno di riposo dopo le fatiche degli ultimi giorni».

«Volentieri, Duncan! Quando vuoi».

«Va bene, ti passo a prendere stasera».

La serata fu movimentata: andammo a bere in diversi locali rievocando i tempi dell'università. In un'altra occasione avrei potuto divertirmi, ma tutti quei ricordi mi misero di cattivo umore. Quando tornammo a casa, invitai alcuni amici per presentare loro il celeberrimo Walter Harrison, lo lasciai ai loro elogi e me ne andai a letto.

La mattina dopo facemmo colazione sulla veranda. Walter mangiò con appetito, respirando l'aria salmastra con un piacere animalesco. Alle nove in punto la domestica della casa di fronte aprì le finestre per lasciare entrare la brezza mattutina e la luce del sole si riflesse sui vetri.

Ed eccola lì. La salutai con la mano e lei fece altrettanto. Walter si voltò e rimase senza fiato. Era incantevole con la folta chioma che le ricadeva sulle spalle come una cascata dorata. Aveva una camicetta bianca che esaltava la pienezza dei seni e creava un piacevole contrasto con la pelle liscia e abbronzata delle spalle.

Walter esclamò, con aria sognante: «Dio, è bellissima! Chi è, Dunc?»

«Una vicina», risposi con nonchalance, sorseggiando il caffè.

«Non è che puoi presentarmela?»

«Forse. È molto giovane e un po' timida e sarebbe meglio che prima ti vedesse con me qualche volta».

Lui si affrettò a dire, con voce roca e un'espressione avida: «Va benissimo, ma devo assolutamente conoscerla». Poi si voltò e aggiunse, con un largo sorriso: «E fino ad allora non mi muoverò di qui!».

Scoppiammo entrambi a ridere e continuammo a fumare, però di tanto in tanto lo vedevo lanciare un'occhiata alla siepe alle sue spalle con un'aria disperata.

Conoscendo le abitudini della mia vicina, sapevo che quel giorno non l'avremmo più rivista, ma Walter no. Cercò di cambiare discorso, eppure finiva sempre per parlare di lei. A un certo punto, mi chiese: «A proposito, chi è?»

«Si chiama Evelyn Vaughn. Proviene da una famiglia molto benestante».

«Sta qui da sola?»

«No, oltre ai domestici ci sono anche un medico e un'infermiera. Non è stata bene ultimamente».

«Accidenti, sembra il ritratto della salute».

«Infatti si è rimessa». Poi mi alzai, accesi il televisore e ci mettemmo a guardare i match di boxe. Nel frattempo Walter ricevette sei telefonate, ma a tutte rispose allo stesso modo: non sarebbe tornato a New York. Sentivo l'impazienza nella sua voce e, conoscendo il motivo che lo tratteneva lì, dovetti concentrarmi sullo schermo per non sorridere.

Evelyn era lì il giorno dopo e quello dopo ancora. Walter aveva cominciato a salutarla con la mano come me e, quando lei rispondeva al saluto, si illuminava come un bambino. Aveva preso un bel colore e se ne andava in giro tutto impettito, soprattutto quando sapeva che lei poteva vederlo. Mi tempestava di domande e riceveva risposte evasive. Non so come mai, ma era convinto che la sua importanza gli sarebbe valsa una visita dalla casa di fronte. Quando gli dissi che a Evelyn non importava nulla della ricchezza, né della posizione sociale, mi scrutò attentamente per capire se stessi dicendo la verità. Non sarebbe arrivato dov'era se non fosse stato bravo a leggere i volti, quindi capì che ero sincero, senza ombra di dubbio.

Così, giorno dopo giorno, rimasi lì a guardare Walter Harrison che si innamorava perdutamente di una donna che neppure conosceva. Si innamorò del modo in cui salutava, finché ogni movimento della sua mano sembrava essere solo per lui. Si innamorò della bellezza sinuosa del suo corpo, e la seguiva con gli occhi mentre andava in spiaggia, desiderando di starle accanto. Lei a volte si girava e, vedendo che la stavamo osservando, ci salutava.

La sera Walter se ne stava alla finestra, senza ascoltare una parola di quello che dicevo, perché troppo intento a fissare le finestre della casa di lei, sperando di intravederla anche solo per un attimo. Spesso lo sentivo ripetere lentamente il suo nome, assaporandolo come qualcosa di dolce.

Non si poteva andare avanti così. Lo sapevamo entrambi. Lei era appena tornata dalla spiaggia e l'acqua le scintillava ancora sulla pelle. Rise per qualcosa che disse la donna che era con lei e scosse la testa, lasciando che i capelli le ricadessero sulla schiena.

Walter la chiamò e la salutò con la mano e lei rise di nuovo, ricambiando il saluto. Il vento gli portò la sua voce e lui rimase lì, il suo alito caldo mi arrivava sul viso: «Senti, Duncan, io vado a presentarmi. Non ce la faccio più ad aspettare. Cristo santo, quanto deve soffrire un uomo per conoscere una donna?»

«Non hai mai avuto difficoltà in vita tua, eh?»

«Come queste, mai!», esclamò lui. «In genere mi cadono ai piedi. Non sono cambiato, vero? Non c'è niente di ripugnante in me, vero?».

Avrei voluto dirgli la verità, invece scoppiai a ridere. «Non sei cambiato di una virgola. Non mi stupirei se anche lei morisse dalla voglia di incontrarti. Ti dico una cosa: non ha mai trascorso tanto tempo fuori casa come da quando ci sei tu».

Lui si illuminò come un bambino: «Davvero Dunc? Dici sul serio?»

«Certo, te lo assicuro. E sembri piacerle per quello che sei».

Il colpo andò a segno. Walter rimase a lungo assorto nei suoi pensieri, senza degnarmi di uno sguardo, poi sbottò: «Basta, vado a presentarmi. Sono pazzo di lei, Dunc. Perdio, io la sposerò, fosse l'ultima cosa che faccio».

«Non rovinare tutto, Walter. Ti prometto che domani ti accompagnerò a conoscerla».

Il suo ardore era patetico. Scommetto che quella notte non chiuse occhio. La mattina dopo mi aspettava sulla veranda molto prima di colazione. Mangiammo in silenzio, e ogni minuto dovette sembrargli un'eternità. Si voltò più volte per guardare al di là della siepe, e colsi un lampo di preoccupazione sul suo viso quando non la vide apparire.

Gli erano comparse delle rughe sottili intorno agli occhi. «Dov'e, Dunc? Non dovrebbe essere già uscita?»

«Non lo so», risposi. «In effetti, è strano. Aspetta un attimo». Suonai il campanello che era sul tavolo e la mia governante apparve sulla soglia. «Ha per caso visto i Vaughn, Martha?», le domandai.

Lei annuì solennemente: «Sissignore, sono partiti stamattina di buon'ora per tornare in città».

Walter si voltò verso di me. «Accidenti!».

«Be', tornerà», lo tranquillizzai.

«Porca miseria, Dunc, non è questo il punto!», ribatté lui scattando in piedi e gettando il tovagliolo sulla sedia. «Non capisci che sono innamorato di lei? Non posso aspettare che torni!».

Era rosso come un peperone per la frustrazione. Non c'era rabbia sul suo viso, solo un folle desiderio. Dovetti trattenere un sorriso. Era successo. Proprio come avevo previsto. Walter Harrison si era innamorato così profondamente che non riusciva più a controllarsi. Avrei potuto persino provare pietà per lui in quel momento, se non gli avessi chiesto: «Walter, come ti ho detto, non so quasi nulla sul suo conto. E se fosse già sposata?».

E lui, con una smorfia maliziosa: «Allora divorzierà, dovessi fare a pezzi il marito con le mie mani. Eliminerò qualsiasi ostacolo, Duncan. La avrò, fosse l'ultima cosa che faccio!».

E se ne andò in camera. Più tardi udii la sua auto allontanarsi con un rombo. Solo allora mi lasciai andare a una fragorosa risata.

Tornai a New York e, dopo una settimana, alcuni conoscenti mi riferirono della vana ricerca di Walter. Aveva usato ogni mezzo a sua disposizione, ma non era riuscito a trovare la ragazza. Io gli diedi sette giorni, non uno di più. Vede, il settimo cadeva l'anniversario del giorno in cui lo avevo presentato a Adrianne. Non lo dimenticherò mai. E nemmeno lui, ovunque sia adesso.

Quando lo chiamai, rimasi sbalordito di quanto fosse cambiata la sua voce. Sembrava stanco e smarrito. Dopo il consueto scambio di convenevoli, gli chiesi: «Hai trovato Evelyn?».

Lui tacque a lungo prima di rispondere: «No, è scomparsa nel nulla».

«Non direi».

Lui, sulle prime, non capì. Era troppo bello per essere vero. «Vuoi dire che... sai dov'è?»

«Esatto».

«Dov'è? Ti prego, Dunc... dov'è?». In un attimo era tornato quello di sempre e sprizzava vitalità ed energia da tutti i pori, supplicandomi di rivelargli dove si trovasse la donna.

Io scoppiai a ridere e gli dissi che lo avrei fatto volentieri, se solo mi avesse lasciato parlare. Lui si ammutolì subito. «Non è lontana da qui, Walter. Alloggia in un piccolo hotel vicino alla Quinta Avenue». Feci appena in tempo a dargli l'indirizzo che udii il rumore della cornetta sulla scrivania. Aveva talmente tanta fretta che non si era nemmeno preso la briga di riagganciare.

Duncan si interruppe e svuotò il bicchiere, poi lo guardò con aria contrita. L'ispettore tossì appena per attirare la sua attenzione. Era curioso di sapere come fosse andata a finire. «L'ha trovata?», chiese ansioso.

«Oh, sì che l'ha trovata. Ha fatto irruzione nella stanza incurante delle proteste, pensando di conquistarla così, su due piedi».

«E invece?», lo incalzò con fare nervoso l'ispettore.

Duncan fece un cenno al cameriere, che riempì di nuovo i bicchieri. Dopo aver brindato con l'ispettore, sorrise dolcemente e disse: «Quando lo ha visto, la donna ha riso e lo ha salutato con la mano. Walter Harrison è morto un'ora dopo... gettandosi da una finestra dello stesso hotel».

Era troppo per l'ispettore. Si sporse in avanti, la fronte aggrottata: «Ma cos'è successo? Chi era lei? Accidenti a lei, Duncan...».

Lui fece un profondo respiro, poi bevve il contenuto del bicchiere tutto d'un fiato.

«Evelyn Vaughn è una minorata mentale», rispose. «Ha la bellezza di una dea e il cervello di una bambina di due anni. La vestono con cura in modo che non sia oggetto di curiosità, ma l'unica cosa che abbia mai imparato a fare è salutare con la mano...».

David Goodis
IL PROFESSIONISTA
1953

David Goodis (1917-1967) nacque a Philadelphia e si laureò in giornalismo alla Temple University. Dopo aver terminato gli studi, lavorò per un breve periodo in un'agenzia pubblicitaria, ma nel giro di pochi anni diventò un prolifico scrittore freelance. La sua prima opera, *Retreat from Oblivion*, fu pubblicata nel 1939. Dopo aver scritto numerosi racconti, venduti a varie riviste pulp con il suo vero nome e sotto pseudonimo, ebbe un enorme successo con il suo secondo romanzo, *Il volto perduto* (*Dark Passage*, 1946), pubblicato a puntate sul «Saturday Evening Post» e poi trasposto sul grande schermo, con la sceneggiatura e la regia di Delmer Daves. Humphrey Bogart interpretò Vincent Parry, il detenuto vittima di un errore giudiziario che evade dal carcere per scoprire l'assassino di sua moglie. Nel cast c'era anche Lauren Bacall. Tra i film tratti dalle sue opere ricordiamo: *Tirate sul pianista* (*Tirez sur le pianiste*, 1960) di François Truffaut, ispirato al suo libro *Sparate sul pianista* (*Down There*, 1956), *Strada senza ritorno* (*Street of No Return*, 1989), diretto da Samuel Fuller sulla base dell'omonimo romanzo del 1954, *Lo scassinatore* (*The Burglar*, 1957), la cui sceneggiatura fu scritta dallo stesso Goodis sulla base del suo libro del 1953, e molte altre pellicole, per lo più francesi.

Sebbene i suoi primi romanzi e alcuni racconti siano intensi e memorabili, le opere della maturità sono talmente cupe che Goodis non riuscì a mantenere il suo posto tra i cinque migliori scrittori noir e hard-boiled. I protagonisti dei suoi libri sono dei perdenti e lo sanno. Questa profonda disperazione sembra abbia fatto presa sui francesi, che considerano Goodis tra i massimi autori americani di gialli. Nella vita, Goodis era un reietto, e il giudizio che formulò sul suo lavoro fa pensare a una certa familiarità con la depressione: «Il mio primo romanzo fu pubblicato quando avevo ventidue anni», scrisse in una lettera poco prima di morire. «Non valeva nulla, e lo stesso può dirsi della maggior parte dei sedici che seguirono».

Il professionista (*Professional Man*) ispirò un episodio della serie televisiva *Fallen Angels*, trasmessa il 15 ottobre 1995. La sceneggiatura era di Howard A. Rodman, la regia di Steven Soderbergh e i protagonisti Peter Coyote nei panni del Capo e Brendan Fraser in quelli di Johnny Lamb. Il racconto fu pubblicato per la prima volta sul numero di «Manhunt» dell'ottobre del 1953.

Alle cinque e cinque l'ascensore manovrato da Freddy Lamb si fermò al piano terra. Freddy sorrise gentilmente alle persone che uscirono. Mentre augurava una buona serata ai visi stanchi delle segretarie, dei contabili e dei dirigenti, la sua voce era dolce e rassicurante, quasi come una carezza per le donne e una pacca sulla spalla per gli uomini. Tutti adoravano Freddy. Era sempre così cortese e sorridente. Dei cinque addetti all'ascensore del Chambers Trust Building, Freddy Lamb era di gran lunga il più amato.

Il suo aspetto si accordava alla voce e ai modi. Era pulito e curato e aveva sempre i capelli in ordine. Erano castano chiaro, con la riga da una parte e schiacciati sulla testa. Gli occhi erano dello stesso colore, e lo sguardo era diretto quando ti rivolgeva la parola, ma mai troppo penetrante, mai indiscreto. Ti guardava come se gli fossi simpatico e avesse fiducia in te, chiunque fossi. E, quando lo ricambiavi, ti sentivi un po' rincuorato. Sembrava molto più giovane dei suoi trentatré anni. Sul suo viso non c'era una ruga, non un segno di preoccupazione o di indolenza o di dissolutezza. La caratteristica che faceva di lui l'addetto all'ascensore ideale era che non faceva mai domande e non parlava mai di sé.

Alle cinque e venti Freddy ottenne dal capo del personale il via libera per andare a casa, lasciò il posto all'uomo del turno di notte e si avviò lungo il corridoio che conduceva allo spogliatoio. Mentre si toglieva la divisa e indossava gli abiti civili, sbadigliò più volte. E, stando seduto sulla panca e allacciandosi le scarpe, chiuse gli occhi per un lungo momento, come a voler schiacciare un rapido pisolino. Le dita lasciarono andare i lacci e le spalle si afflosciarono; il capo del personale, quando entrò, lo trovò in quella posizione.

«Stanco?»

«Un po'», rispose Freddy alzando gli occhi.

«È stata una lunga giornata», ribatté l'altro. Lo diceva tutte le volte. Come se ogni giorno fosse più lungo del precedente.

Freddy finì di allacciarsi le scarpe, si alzò e disse: «Ha per caso il dollaro e cinquanta?»

«Quale dollaro e cinquanta?»

«Quello che le ho prestato», spiegò Freddy con un sorriso, «della scorsa settimana. Non aveva abbastanza soldi per la cena e glieli ho prestati, ricorda?».

Il capo del personale lo guardò per un attimo con occhi inespressivi. Poi schioccò le dita e annuì vigorosamente. «Ma certo», dichiarò. «Grazie per avermelo ricordato».

E gli porse una banconota da un dollaro e due monete da venticinque centesimi. Freddy lo ringraziò, lo salutò e uscì. Il capo del personale rimase lì, si accese una sigaretta e pensò, annuendo: "Che bravo ragazzo, ha aspettato una settimana prima di chiedermelo, e poi lo ha fatto così gentilmente, è veramente un bravo ragazzo".

Alle otto e dieci in punto, Freddy Lamb uscì dalla vasca da bagno al terzo piano del residence dei quartieri alti in cui viveva. Aprì un cassetto del comò e tirò fuori biancheria di seta, calzini di seta e un fazzoletto di seta. Poi indossò una camicia color perla con il colletto rovesciato che gli era costata quattordici dollari, un completo di gabardine grigio da novantasette dollari e un paio di scarpe scamosciate grigio scuro da ventitré dollari e novantacinque centesimi. Aprì un pacchetto di sigarette nuovo e le sistemò in un sottile portasigarette d'argento sterling, poi cambiò orologio. Quello che aveva indosso era di qualità mediocre e aveva la cassa d'acciaio. Quello che si infilò era invece d'oro bianco quattordici carati. Ma entrambi segnavano sempre l'ora esatta. Freddy era molto esigente sugli orologi: non ne avrebbe mai indossato uno che non spaccasse il secondo.

Quando uscì dal residence, segnava le otto e venti. Percorse la 16ª in direzione Ontario Street, poi prese un taxi su Broad Street e diede all'autista un indirizzo del centro della città. I fari del taxi si immersero nel bagliore del traffico diretto verso sud. Freddy si accomodò sul sedile e accese una sigaretta.

«Bella giornata», osservò il tassista.

«Decisamente», ribatté Freddy.

«Mi piace questo periodo dell'anno», aggiunse il guidatore. «Non è né troppo freddo, né troppo caldo. È perfetto». Poi guardò nello specchietto retrovisore e vide che il suo passeggero si stava mettendo un paio di occhiali scuri. «È nello show business?»

«No», rispose Freddy.

«Allora a che le servono gli occhiali?»

«Mi danno fastidio i fari delle macchine», rispose Freddy. Lo disse lentamente, in un tono che lasciava intendere che era stanco e non aveva voglia di parlare.

Il tassista alzò le spalle e rimase in silenzio per il resto del tragitto. Si fermò all'angolo tra la 11ª e Locust Street. La corsa costò un dollaro e venti. Freddy gli diede due dollari e gli disse di tenere il resto. Mentre il taxi si allontanava, si diresse verso ovest lungo Locust Street e prese la 12ª, per poi girare di nuovo verso ovest, in un vicoletto. Era completamente buio, a parte un rettangolo di neon verde verso il fondo. Il rettangolo era la cornice di una scritta che diceva "Billy's Hut". Era anche un invito esplicito per tutti coloro che non erano contenti se, quando andavano in un locale, non venivano spennati. Presto si sarebbero ammassati di fronte all'entrata principale, su Locust Street. Ma, mentre si dirigeva verso quella secondaria, Freddy Lamb sapeva che il locale doveva essere ancora vuoto. Il suo orologio segnava le otto e cinquantasette: troppo presto per i clienti. Sapeva anche che Billy Donofrio stava dormendo come un ghiro su un divano nella stanza sul retro che usava come ufficio. Lo sapeva perché lo osservava da più di due settimane e conosceva bene le sue abitudini notturne.

Quando fu a una quindicina di metri dal "Billy's Hut" infilò una mano nella tasca interna della giacca e ne estrasse un paio di guanti bianchi di cotone. Giunto a cinque metri di distanza si fermò e tese l'orecchio. Si udivano le note di una canzone che provenivano da uno degli appartamenti ai piani alti del palazzo dal lato opposto del vicolo. In un altro appartamento, invece, si sentivano le voci di due lesbiche che sbraitavano: «Sei stata tu!», «Non è vero!» e «E invece sì!».

Rimase ancora in ascolto, ma non udì altro. Si umettò il labbro inferiore con la punta della lingua, poi si avvicinò a una parte di muro in cui i mattoni erano sconnessi. Contò dal basso, con la luce del neon verde che gli mostrava il quarto mattone, il quinto, il sesto e il settimo. L'ottavo era quello che cercava. Ne afferrò i bordi che sporgevano dal muro e lo tirò lentamente verso di sé. Poi lo strinse in una mano infilando l'altra nello spazio vuoto e afferrando l'impugnatura d'osso del coltello a serramanico da quindici centimetri che vi aveva nascosto due sere prima.

Rimise il mattone al suo posto e si diresse verso l'entrata secondaria del "Billy's Hut". Affacciandosi alla finestra vide Billy Donofrio sul divano. Era supino, con una gamba e un braccio penzoloni e le dita grassocce che stringevano il mozzicone di un sigaro spento. Era molto basso e molto grasso, e, nel sonno, respirava a fatica. Era anche quasi completamente calvo e i pochi capelli che gli erano rimasti erano più bianchi che neri. Aveva cinquantatré anni e non sarebbe arrivato a cinquantaquattro.

Freddy Lamb usò un passepartout per aprire la porta. Poi si avvicinò in silenzio al divano, gli occhi fissi sul lembo di pelle tra il doppio mento e il colletto della camicia di Billy. Alzò il braccio e affondò la lama nella carne in modo da recidere la giugulare, poi mosse il coltello a destra e a sinistra allargando la ferita da un orecchio all'altro. Billy aprì gli occhi e tentò di aprire anche la bocca, invano. Provò a respirare, invano. Sentì la voce di Freddy Lamb che gli sussurrava, quasi dolcemente: «Buonanotte, Billy». Poi lo udì dirigersi verso la porta, aprirla, e uscire.

Non sentì la porta che si richiudeva. Ormai non poteva udire più nulla.

Le lancette dell'orologio d'oro bianco al polso di Freddy segnavano le nove e ventisei. Lui se ne stava sul marciapiede accanto all'entrata di un nightclub chiamato Yellow Cat. Si trovava in una zona popolare del Sud di Philadelphia, e le costruzioni vicine erano per lo più caseggiati e garage, accanto a lotti vuoti pieni di calcinacci. La facciata del club si intonava all'ambiente: era squallida, senza vernice sulle pareti di legno. L'interno, però, era un altro paio di maniche. Era sontuoso e scintillante, i drink erano costosi e c'era un'orchestra di prim'ordine con cantanti e ballerini. C'era anche uno spettacolo di striptease unico in città, in cui cinque ragazze si spogliavano sedute al tavolo dei clienti e lasciavano loro il reggiseno o la giarrettiera o qualcos'altro come souvenir in cambio di una ragionevole mancia.

L'orologio d'oro bianco segnava le nove e ventotto. Freddy decise di aspettare altri due minuti. Il suo appuntamento con il proprietario dello Yellow Cat era fissato per le nove e mezza. Sapeva che Herman Charn attendeva ansiosamente il suo arrivo, ma la sua personale idea di puntualità prevedeva una precisione svizzera e, siccome avevano stabilito di incontrarsi alle nove e mezza, lo avrebbe visto proprio a quell'ora, non un istante prima o dopo.

In quel momento, accostò un taxi da cui scese una bionda. Lei pagò il conducente e si diresse verso Freddy, che le disse: «Ciao, Pearl».

Lei gli sorrise. «Salutami con un bacio».

«Non qui», ribatté lui.

«Più tardi?».

Lui annuì, squadrandola da capo a piedi. Era alta uno e sessantacinque, pesava cinquanta chili e la natura le aveva donato un corpo che faceva sragionare gli uomini. Freddy non ne era pazzo, sebbene dovesse ammettere che era un bello spettacolo. Amava guardarla. Si domandava se gli piacessero ancora le notti con lei. Le passavano insieme da diversi mesi e lui era giunto al punto che non vedeva nessun'altra e forse si stava perdendo qualcosa. Distolse un attimo lo sguardo da Pearl, pensando che era lei ad avere più bisogno di lui, anziché il contrario, e che non sarebbe stato facile sbarazzarsene.

Be', tanto non c'era fretta. Non aveva visto nient'altro in giro che gli interessasse. Ma avrebbe voluto che Pearl lo lasciasse respirare. Forse, se non gli fosse stata sempre così addosso, lo avrebbe davvero conquistato.

Lei gli si avvicinò, gli occhi pieni di desiderio. Gli disse: «Sai cosa ho fatto oggi? Una bella passeggiata al parco».

«Ah sì?»

«Sì, sono andata a Fairmount Park e ho fatto una lunga passeggiata. Da sola».

«Bello», osservò lui, chiedendosi dove volesse andare a parare.

«Andiamoci insieme qualche volta. Al parco a fare una passeggiata. Sarebbe la prima volta. Non facciamo altro che bere e ascoltare jazz e trovare modi sempre diversi per stordirci».

Lui la guardò più attentamente. Era una ex squillo che era stata in carcere per prostituzione e per spaccio di cocaina e alla fine aveva deciso che aveva passato abbastanza tempo al fresco e tanto valeva rispettare la legge. Aveva imparato l'arte di spogliarsi davanti a un pubblico e ora, a ventisei anni, guadagnava centocinquanta dollari la settimana. Soldi puliti, dal punto di vista legale, ma forse nella sua testa non abbastanza. Forse si stava facendo delle strane idee, come le passeggiate al parco.

Forse, nel giro di poco tempo, avrebbe cominciato a pensare a un cottage per due con giardinetto e, magari, persino a un passeggino.

Si domandò come sarebbe stato vederla lavare i piatti con indosso un grembiule.

Per qualche motivo, quel pensiero lo turbò, anche se non avrebbe saputo spiegare perché. La sentì dire: «Andiamo a Fairmount Park, Freddy? Dai, andiamoci domenica!».

«Ne riparliamo in un altro momento», tagliò corto. Poi lanciò un'occhiata all'orologio e aggiunse: «Ci vediamo dopo lo spettacolo».

Entrò frettolosamente nel locale, passò davanti al guardaroba e ai tavoli, attraversò la pista da ballo e si diresse verso una porta con su scritto "PRIVATO". Accanto all'ingresso c'era un pulsante, che spinse più volte: una breve pressione, due lunghe, una breve. La porta si aprì con un ronzio e Freddy entrò nell'ufficio, una grande stanza i cui colori principali erano il giallo e il grigio. I muri e il soffitto erano grigi e la spessa moquette giallo pallido. I mobili erano di un giallo brillante. In piedi accanto alla scrivania c'era un ometto scheletrico dal volto grigiastro. Seduto alla scrivania c'era un omone il cui volto era un misto di giallo e grigio.

Freddy chiuse la porta alle sue spalle e si avvicinò alla scrivania. Fece un cenno del capo all'ometto, poi guardò l'omone e disse: «Ciao, Herman».

Quello lanciò un'occhiata all'orologio sulla scrivania. «Sei puntualissimo», osservò.

«È sempre puntuale», intervenne l'ometto.

Herman guardò Freddy e chiese: «Fatto?».

Prima che lui riuscisse a rispondere, l'ometto esclamò: «Certo».

«Sta' zitto, Ziggy», fece Herman. Aveva una voce sdolcinata, come se parlasse con la bocca piena di caramelle. Indossava un completo di una stoffa molto sottile ma morbida, e le mani tozze erano adagiate mollemente sul piano della scrivania. Al mignolo della mano sinistra portava un grosso smeraldo che emanava una tenue luce verde. Tutto era morbido in lui, tranne gli occhi. Che erano d'acciaio.

«Fatto?», ripeté sottovoce.

Freddy annuì.

«Problemi?», chiese Herman.

«Non ha mai problemi, lui», saltò su Ziggy.

Herman lo guardò. «Ti ho detto di stare zitto». Poi, dolcemente: «Vieni qui, Ziggy».

Quello esitò. Aveva una faccia da furetto e sembrava sempre preoccupato. E in quel momento sembrava molto preoccupato.

«Vieni qui», sussurrò Herman.

Ziggy deglutì e gli si avvicinò, sbattendo le palpebre. La mano tozza di Herman si chiuse intorno alla sua, ossuta, stringendola forte. Lanciò un gemito.

«Quando ti dico di stare zitto», gli intimò, «devi stare zitto. È chiaro?». E gli sorrise con aria paterna.

«Chiaro», rispose Ziggy. Poi guardò tristemente la mano di nuovo libera come fa un animale con la zampa ferita. «È rotta», piagnucolò.

«Non è rotta», ribatté Herman. «È solo abbastanza dolorante da farti capire qual è il tuo posto. Ecco una cosa che devi sempre tenere bene a mente: chiunque lavori per me deve saper stare al suo posto. Chiaro?»

«Chiaro», gemette Ziggy.

Poi Herman guardò Freddy Lamb e ripeté: «Chiaro?».

Freddy non rispose. Stava guardando le dita di Ziggy. Poi alzò gli occhi sul suo viso e vide che gli tremavano le labbra, come se stesse cercando di trattenere le lacrime. Ripensò a quando Ziggy era invulnerabile, a quando loro due non dovevano rendere conto a nessuno e facevano il loro lavoro in prima linea.

C'era un sacco di gente disposta a pagare dei bei soldi per far finire qualcuno all'ospedale o all'obitorio. All'epoca le tariffe erano quindici dollari per una mascella rotta, trenta per un bacino fratturato e cento per il servizio completo. Ziggy era specializzato in manganelli e armi da fuoco, Freddy in coltelli a serramanico, soda caustica negli occhi, polveri e pillole da sciogliere nel vino, nella birra o nel caffè. Ricevevano richieste di ogni tipo, allora.

Quindici mesi prima, ora che ci pensava. Ma i tempi erano cambiati, eccome.

Il libero professionista era stato inghiottito dalle gang. Soprattutto in quel ramo, dove la concorrenza, per quanto trascurabile, non era apprezzata. Quindi a un certo punto lui e Ziggy avevano ricevuto un'offerta, e non avevano potuto fare altro che accettarla. Non avevano avuto scelta: se avessero rifiutato, sarebbero stati eliminati. Non avevano avuto bisogno di sentirselo dire. Lo sapevano e basta. Quindi, per quanto detestassero l'idea, avevano ceduto. La proposta venne fatta un mercoledì pomeriggio e la sera stessa cominciarono a lavorare per Herman Charn.

Sentì che il boss gli diceva: «Sto parlando con te, Freddy».

«Ti sto ascoltando».

«Sicuro?», chiese dolcemente. «Sicuro che mi stai ascoltando?».

Freddy lo guardò e disse con tono pacato: «Sono sul tuo libro paga. Faccio quello che mi dici di fare. Ho portato a termine ogni singolo lavoro come volevi tu. Posso fare più di così?»

«Sì», disse semplicemente Herman. Poi lanciò un'occhiata a Ziggy e aggiunse: «Da qui in poi è una conversazione privata. Tra me e Freddy. Vatti a fare una passeggiata».

Ziggy socchiuse le labbra. Sembrava non aver capito l'ordine. Era sempre stato presente a tutti i loro colloqui d'affari e sul suo volto si leggeva un misto di perplessità e risentimento.

Herman gli sorrise e gli indicò la porta. Ziggy si morse un labbro e uscì dalla stanza.

Seguì un silenzio che a Freddy sembrò lunghissimo. Sapeva che Charn aveva in mente qualcosa che non aveva niente a che fare con i suoi compiti abituali.

Herman si appoggiò allo schienale della poltrona di pelle, che scricchiolò sotto il suo peso. Poi intrecciò le grosse dita morbide sulla grossa pancia morbida, e disse: «Siediti, Freddy. Mettiti comodo».

Freddy avvicinò una sedia alla scrivania e si sedette. Guardò Herman e, per un attimo, gli parve che il suo viso fosse un muro che avanzava verso di lui. Avvertì una stretta allo stomaco e sussultò. Era una sensazione strana: non gli era mai capitato prima di allora e non capiva cosa fosse. Un attimo dopo, però, ritrovò il suo autocontrollo abituale e rimase in attesa che Herman parlasse, con il volto impassibile.

«Qualcosa da bere?», gli domandò Herman.

Freddy scosse la testa.

«Sigaretta?», fece l'altro, sollevando il coperchio di un portasigarette smaltato.

«Ho le mie», borbottò lui, infilando la mano in tasca e tirando fuori il portasigarette d'argento.

«Fuma una di queste», insisté Herman, e tacque un istante, lasciando intendere che non si trattava di un suggerimento, ma di un ordine. Poi, come se Freddy fosse un ospite e non un dipendente, aggiunse: «Sono speciali. Vengono dall'Egitto. Costano dieci centesimi l'una».

Freddy ne prese una e Herman gliela accese con un accendino da tavolo. Poi fece altrettanto con la sua, aspirando una lunga boccata e buttando fuori il fumo dal naso. Finalmente, venne al dunque: «Non ti è piaciuto quello che ho fatto a Ziggy».

Era un'affermazione che non richiedeva una risposta. Freddy distolse lo sguardo e aspirò il fumo.

«Non ti è piaciuto», insisté Herman con la consueta dolcezza. «Non ti piace quando ricordo a Ziggy chi è che comanda».

Freddy alzò le spalle. «È una cosa fra te e lui».

«No», ribatté lui. E aggiunse, parlando molto lentamente, con una pausa fra una parola e l'altra: «Non è affatto così. Non lo faccio per Ziggy. Lui sa già chi è il capo».

Freddy non disse nulla, ma avvertì un'altra stretta allo stomaco e dovette sforzarsi di non avere di nuovo un sussulto.

Herman si sporse in avanti. «Tu lo sai chi è il capo?»

«Sei tu».

Herman sorrise. «Grazie, Freddy. Grazie per averlo detto». Poi il sorriso svanì e gli occhi si fecero duri come l'acciaio. «Ma non sono sicuro che tu ne sia convinto».

Freddy tirò un'altra boccata dalla sigaretta egiziana. Era un tabacco molto aromatico, ma non riusciva a sentirne il sapore.

«Devo esserne sicuro, Freddy», lo incalzò. «Lavori per me da più di un anno. E, come hai detto prima, svolgi tutti gli incarichi proprio come voglio io. Li pianifichi perfettamente e sono sempre puliti, dall'inizio alla fine. Non ho problemi a riconoscere che sei uno dei migliori. Sei freddo come un iceberg».

«Quindi un bel po'», mormorò Freddy.

«Direi proprio di sì», ribatté Herman. Poi fece un'altra pausa significativa prima di aggiungere, in un soffio: «Forse troppo».

Freddy guardò i suoi occhi d'acciaio. Si domandò come fossero i propri in quel momento, e quali pensieri ardessero sotto la gelida superficie di quella testa.

Poi sentì che diceva: «Ho riflettuto molto su di te. Più di quanto immagini. Sei un tipo misterioso e a me piace giocare a poker con i tipi misteriosi».

Freddy abbozzò un sorriso. «Vuoi giocare a poker?»

«Lo stiamo già facendo. Senza carte». Herman abbassò gli occhi. Teneva la mano destra poggiata sul piano della scrivania. A un tratto, girò il polso come se stesse voltando la carta coperta. Poi disse dolcemente: «Voglio che lasci Pearl».

Freddy udì la propria voce che rispondeva: «Va bene, Herman».

Ma fu come se non avesse parlato. Quello disse: «Sto aspettando, Freddy».

«Che cosa?», gli chiese, sforzandosi di continuare a sorridere e riuscendoci. Poi aggiunse, con un filo di voce: «Mi chiedi di lasciarla e ti rispondo che va bene. Cos'altro vuoi che ti dica?»

«Voglio che mi domandi il motivo. Non vuoi sapere perché?».

Lui non rispose. Aveva ancora il sorriso sulle labbra e fissava un punto alle spalle di Herman.

«Forza, Freddy. Sto aspettando di vedere la tua carta coperta».

Lui rimase in silenzio.

«Ok», riprese Herman. «Allora continuerò a farti vedere la mia. Voglio Pearl. La voglio dalla prima volta che l'ho vista. La sera stessa in cui l'ho conosciuta l'ho portata a casa mia ed è rimasta a dormire da me. Ha fatto tutto quello che volevo, ma non significava niente per lei. Come se fossi una marchetta. Credevo che non me ne importasse nulla. In genere, dopo che me le sono portate a letto, me le dimentico. Ma con lei è diverso. Non riesco a togliermela dalla testa, va sempre peggio e sono arrivato a un punto in cui devo fare qualcosa. Prima di tutto, togliere di mezzo gli ostacoli».

«Lo hai fatto», disse Freddy. «Stasera le dirò che è finita».

«Così?», chiese Herman schioccando le dita.

«Sì», ribatté lui, schioccandole a sua volta. «Così».

Herman si appoggiò di nuovo allo schienale della morbida poltrona di pelle e scrutò Freddy Lamb come se stesse cercando di risolvere un crittogramma. Alla fine scosse lentamente la testa, fece un profondo sospiro e disse: «Ok, Freddy. È tutto, per il momento».

Lui si alzò e si diresse verso la porta, ma a un tratto si fermò e si voltò. «Mi avevi promesso un bonus per il lavoro di Donofrio».

«Oggi è lunedì», ribatté Herman. «Vi pago sempre di venerdì».

«Avevi detto che mi avresti pagato subito».

«Ah sì?», fece lui sorridendo dolcemente.

«Sì», confermò Freddy. «Avevi detto che questo era un lavoro speciale e il cliente pagava millecinquecento dollari. E che cinquecento erano per me e li avrei avuti subito dopo aver portato a termine l'incarico».

Herman aprì uno dei cassetti della scrivania e ne estrasse uno spesso rotolo di banconote.

«Posso averli in pezzi da dieci e da venti?», chiese Freddy.

Herman sollevò le sopracciglia: «Perché?»

«Sono un addetto agli ascensori», rispose Freddy. «In banca si chiederebbero dove ho preso tutti quei pezzi da cinquanta».

«Hai ragione», convenne Herman. Contò i cinquecento in pezzi da dieci e da venti e li porse a Freddy. Poi si appoggiò allo schienale della sedia e lo osservò piegare le banconote, mettersele in tasca e uscire. Quando la porta si richiuse alla sue spalle, Herman disse ad alta voce: «Non provare a inquadrarlo. È un pezzo di ghiaccio senz'anima. Un vero professionista».

L'orologio d'oro bianco segnava le undici e trentacinque. Freddy era seduto a un tavolo a guardare lo spettacolo e a bere un ginger ale. Lo Yellow Cat si era riempito. Lui indossava gli occhiali da sole e il suo tavolo era in un punto poco illuminato della sala. Se ne stava seduto lì con Ziggy e altri uomini al servizio di Herman. C'era Dino, che si occupava di lavori a distanza e usava sempre un fucile. C'era Shikey, due metri per centocinquanta chili, specializzato in fratture, dita negli occhi e denti rotti. E c'era Riley, anche lui uno spezzaossa come Shikey e, in più, uno strangolatore.

Davanti all'orchestra un giovane alto e di bell'aspetto stringeva il microfono come se fosse il suo unico sostegno. Cantava con voce sofferente, supplicando qualcuno di «...capire, per favore». Il pubblico apprezzò, e lui eseguì di nuovo il pezzo. Poi fu la volta di due ballerine di colore che si diedero talmente tanto da fare con i clienti che, alla fine dello spettacolo, avevano il fiatone. Quando uscirono, venne avanti il presentatore. Fece cenno all'orchestra di smettere di suonare e sorrise ai clienti seduti a bordo pista dicendo: «Pronti per il dessert?»

«Sì!», urlò un uomo. «Portaci il dessert!».

«Va bene», disse il presentatore. Mise le mani intorno alla bocca a mo' di megafono e chiamò dietro le quinte: «Venite fuori, abbiamo tutti voglia di carne!».

L'orchestra attaccò a suonare un andante, e le luci passarono da un giallo accecante a un viola tenue. Ed ecco apparire sette ragazze con occhiali di corno e abiti estremamente castigati. Avanzarono a piccoli passi, come suore dirette in chiesa. Il pubblico scoppiò a ridere, e qualcuno applaudì in segno di apprezzamento. Le ragazze si disposero in fila indiana e fecero roteare degli ombrellini neri mentre cantavano: «Padre, o padre, vieni a casa con me». Ma poi la strofa si trasformò in: «Paparino, oh, paparino, vieni a casa con me». E, mentre enfatizzavano maliziosamente la parola "paparino", ruppero la fila, gettarono via gli ombrelli e si tolsero i cappotti blu scuro lunghi fino alle caviglie. Poi, slacciando i bottoni degli abiti, anch'essi blu scuro, si diressero verso i tavoli a bordo pista. I clienti seduti in fondo si alzarono per vedere meglio e dalla balconata partirono sette fasci di luce che illuminarono le ragazze intente a spogliarsi.

Dino, che era un feticista dei piedi, disse ad alta voce: «Quaranta dollari per una scarpa con il tacco!».

Una delle ragazze se la tolse e la lanciò verso il tavolo di Freddy. Shikey l'afferrò al volo e la porse a Dino. Un cameriere si avvicinò prontamente e lui gli allungò quattro biglietti da dieci, subito consegnati alla proprietaria della scarpa. Riley guardò Dino con aria perplessa e gli chiese: «Ma che ci fai con una scarpa con il tacco?». Shikey disse: «Le cuoce e se le mangia». Ziggy aveva un'altra teoria: «Se la dà in fronte. È così che si eccita». Dino se ne stava lì seduto a fissare rapito la scarpa che stringeva in una mano, accarezzando con l'altra la pelle di capretto. Poi chiuse gli occhi e mormorò: «È bellissima. È bellissima».

Riley lo guardò e disse: «Non capisco».

Ziggy alzò le spalle e osservò, filosoficamente: «Certe cose sono impossibili da capire».

«Hai proprio ragione», saltò su Freddy. Parlò senza accorgersene. Stava guardando Pearl, che si era seduta a uno dei tavoli a bordo pista e si era già tolta un bel po' di vestiti: era seminuda. Aveva un'aria distaccata e le mani si muovevano meccanicamente, slacciando bottoni e abbassando cerniere. C'erano tre uomini seduti insieme a lei che la guardavano a bocca aperta e con occhi famelici, in un misto di attrazione e venerazione. Anche le altre spogliarelliste si davano da fare, ma non suscitavano la stessa attenzione: la maggior parte degli uomini fissava Pearl. Uno di loro offrì cento dollari per una sua calza. Lei se la sfilò e la strinse fra le dita, agitandola e chiedendo in un mezzo sussurro se ci fosse qualcuno che offriva di più. Freddy pensò che la ragazza non fosse felice. Udì di nuovo la sua voce lamentosa che gli chiedeva di portarla al parco a fare una passeggiata. A un tratto capì che gli sarebbe piaciuto molto. Voleva vedere i suoi capelli sotto i raggi del sole, non sotto i riflettori di un nightclub. Si sentì dire ad alta voce: «Cinquecento».

Non gridò, ma i clienti seduti ai tavoli a bordo pista lo udirono perfettamente e, per un attimo, ci fu un silenzio di sorpresa. Anche al suo tavolo non volava una mosca e la tensione si tagliava con il coltello. Quell'istante sembrò assumere una consistenza concreta e Freddy immaginò due ruote che giravano a vuoto, senza fare rumore.

"Certe cose sono impossibili da capire", pensò. E cominciò a tirar fuori le banconote da dieci e da venti dalla tasca della giacca. Quei cinquecento sembrarono provare la validità della vaga teoria di Ziggy. Freddy si alzò e si diresse verso un tavolo vuoto dietro alcuni vasi di felci accanto all'orchestra. Si sedette e mise le banconote verdi sulla tovaglia gialla. Quando Pearl si avvicinò al tavolo, non la guardò. Uno dei clienti seduti a bordo pista osservò sbalordito: «Con una calza di seta guadagna cinquecento bigliettoni...».

Pearl si sedette e Freddy spinse i soldi verso di lei dicendo: «Ecco i tuoi cinquecento».

«È uno scherzo?», chiese lei sottovoce, con aria imbronciata. Dal tavolo a cui erano seduti Ziggy e gli altri si levarono delle risa: anche loro credevano fosse una specie di scherzo.

Freddy disse: «Dammi la calza».

Lei guardò il mucchio di banconote e ribatté: «Perché la vuoi?»

«Per ricordo».

Fu il suo tono di voce a farle capire la verità. La ragazza impallidì. Poi scosse lentamente la testa, come se non riuscisse a crederci.

«Proprio così», disse lui, con un sospiro appena accennato. «È finita, Pearl. Siamo arrivati al capolinea».

Lei continuò a scuotere la testa. Non riusciva a parlare.

Lui disse: «Me la appenderò in camera».

Lei ribatté, mordendosi il labbro: «Manca un bel po' di tempo a Natale».

«Per alcune persone non è mai Natale».

«Freddy...», disse Pearl, sporgendosi verso di lui. «Che succede? Perché lo fai?».

Lui alzò le spalle e non rispose.

Lei insisté, le lacrime agli occhi: «Non mi dai neanche una spiegazione?».

Lui si limitò a sorriderle freddamente. Poi si voltò e vide le facce al tavolo di Ziggy e poi quella dell'omone in piedi alle loro spalle. Vide gli occhi d'acciaio di Herman Charn. Pensò che stava facendo ciò che gli aveva ordinato di fare. E, in quel momento, avvertì di nuovo la morsa allo stomaco e un brivido lungo la schiena, come se la spina dorsale gli si stesse trasformando in gelatina.

Pensò: "No, non è quello, non può essere quello".

Pearl, intanto, stava dicendo: «Va bene, Freddy, se è questo che vuoi».

Lui annuì lentamente.

Pearl gli diede la calza, appoggiandola sul tavolo. Poi raccolse i cinquecento e li contò per accertarsi che la somma fosse esatta.

Quando ebbe finito, rimise le banconote sulla tovaglia e disse: «Per lei è gratis, signore. Preferisco tenermi i ricordi».

E si allontanò. Freddy lanciò un'occhiata in tralice a Herman Charn e lo vide abbozzare un sorriso.

Lo spettacolo era finito e Freddy era ancora seduto al tavolo con una bottiglia di bourbon davanti. Era lì da meno di venti minuti e ne aveva già scolata metà. C'era anche una caraffa d'acqua con ghiaccio, che invece era piena fino all'orlo. Non ne aveva bisogno, perché non sentiva il sapore del whisky. Lo stava bevendo nel bicchiere dell'acqua.

A un tratto, una voce disse: «Freddy...», e una mano gli tirò il braccio. Alzò gli occhi e vide Ziggy seduto dietro di lui.

Gli sorrise e, indicando la bottiglia e il bicchierino da whisky, fece: «Fammi compagnia».

Ziggy fece spallucce: «Tanto vale approfittarne finché posso. Se continui di questo passo, quella bottiglia finirà presto».

«È un ottimo bourbon», osservò Freddy.

«Ah sì?», fece lui, versandosene un bicchiere e assaporandolo. Poi, guardando attentamente l'amico, aggiunse: «A te non importa se è buono o no. Te lo scoleresti anche se fosse lucido da scarpe».

Freddy fissava la tovaglia: «Andiamo da qualche parte a bere del lucido da scarpe».

Ziggy lo tirò di nuovo per il braccio. «Scendi giù».

«Da dove?»

«Dalle nuvole», rispose. «Sei sulle nuvole».

«Si sta bene fra le nuvole», disse Freddy. «Mi sto divertendo un mondo. Sto volando».

«Volando? Stai annegando». Ziggy lo tirò nuovamente per un braccio, con più urgenza stavolta, per allontanare la mano da un bicchiere da acqua pieno di whisky fino all'orlo. «Non sei un bevitore, Freddy. Cosa, vuoi fare, finire in ospedale?».

Quello sorrise senza un motivo particolare. Rimase immobile per alcuni istanti. Poi infilò la mano nella tasca della giacca e tirò fuori la calza di seta. La mostrò a Ziggy e disse: «Guarda cos'ho».

«Sì, ho visto che te la dava. Perché quella messinscena?»

«Così», rispose Freddy continuando a sorridere. «È un bel modo di chiudere una storia. Così. Senza un motivo».

Ziggy aggrottò la fronte. «Stai cercando di dirmi qualcosa?»

Freddy guardò il whisky nel bicchiere: «L'ho scaricata».

«No», fece Ziggy, incredulo. «Quel bocconcino? Non è mica una qualunque, Pearl. Una del genere non si scarica senza un motivo serio».

«Era serio, eccome».

«Raccontami, Freddy». C'era qualcosa di supplichevole nel tono di Ziggy, un sentimento per l'amico che non riusciva a esprimere a parole. Ci provò: «Dopotutto, sono dalla tua parte, no?»

«No», replicò lui. Il sorriso stava lentamente svanendo. «Sei dalla parte di Herman», aggiunse, fissando un punto alle spalle di Ziggy. «Siamo tutti dalla parte di Herman».

«Herman? Che c'entra Herman?»

«C'entra di sicuro», ribatté Freddy. «È il capo, no?», e lanciò un'occhiata alle dita gonfie della mano destra di Ziggy. «Se Herman vuole qualcosa, fa di tutto per ottenerla. Mi ha ordinato di lasciare Pearl. E, siccome è il boss e io sono un suo dipendente, ho fatto quello che dovevo fare, cioè obbedire agli ordini».

Ziggy rimase in silenzio alcuni istanti, poi mormorò: «Be', immagino che la voglia per sé. Ma non è giusto. Non è giusto e basta».

«Non farmi ridere», disse Freddy. «Chi siamo noi per dire cos'è giusto e cos'è sbagliato?»

«Be', siamo umani, no?»

«No», replicò Freddy. Fissò di nuovo un punto alle spalle di Ziggy. «Non so cosa siamo. Ma di sicuro non siamo umani. Non possiamo permettercelo, con il lavoro che facciamo».

Ziggy non capì. Era un concetto troppo profondo per lui. Così si limitò a chiedergli: «Ti stai facendo delle idee strane?»

«Sono loro che mi vengono in mente».

«Bevi un altro sorso», gli suggerì.

«Mi viene da ridere», disse Freddy sorridendo di nuovo. «È davvero comico, sai? Soprattutto questa cosa di Pearl. Stavo già pensando di dirle basta. Lo sai come sono, Ziggy: non mi piace legarmi a una gonnella. Ma stasera lei ha detto una cosa che mi ha colpito. Stavamo parlando fuori dal club e mi ha chiesto, così a bruciapelo, di portarla a fare una passeggiata al parco».

Ziggy sbatté le palpebre: «Come?»

«Una passeggiata al parco», ripeté Freddy.

«Per fare che?», chiese Ziggy. «Cos'è, tutt'a un tratto ha messo la testa a posto? Vuole andarsene in giro a raccogliere i fiorellini?»

«Non lo so», disse Freddy. «Ha detto semplicemente che Fairmount Park è bellissimo e mi ha chiesto di andarci insieme a fare una passeggiata».

Ziggy indicò il bicchiere: «Bevi, che è meglio».

Freddy allungò la mano, ma qualcuno lo precedette. Riconobbe le dita spesse e morbide, e il bagliore dello smeraldo. La mano gli allontanò il bicchiere e Freddy alzò gli occhi e vide il sorriso dolce di Herman Charn.

«Troppo whisky fa male ai reni», sentenziò. Poi si chinò per scrutarlo attentamente. «Sembri stanco morto. In ufficio c'è un bel divano comodo. Vatti a stendere per un po'».

Freddy si alzò barcollando. Herman lo prese per un braccio e lo aiutò a farsi strada fra i tavoli fino alla porta del suo ufficio. Il ragazzo sentiva la pressione della sua mano. Era leggera, ma gli sembrava una morsa d'acciaio.

Herman aprì la porta e lo guidò fino al divano. Lui si accasciò, guardò il soffitto con un sorriso ebete, poi chiuse gli occhi e si addormentò.

Dormì fino alle quattro e quaranta del mattino. Fu svegliato da un urlo.

All'inizio, era tutto confuso: il suo cervello era ancora offuscato dal whisky. Non sapeva dove fosse, né cosa stesse succedendo. Si stropicciò gli occhi e si tirò su a sedere, guardandosi intorno. Vide Shikey e Riley seduti sul divano dall'altra parte della stanza con due ragazze sulle ginocchia. Dino era in piedi accanto al divano con il braccio intorno alla vita di un'esile brunetta. Poi lanciò un'occhiata alla porta e vide Ziggy. In tutto, c'erano sette persone e sette facce da guardare. Si sforzò di continuare a osservarli: se si fosse concentrato su di loro, forse non avrebbe sentito l'urlo.

E invece lo udì. Era quasi animalesco, eppure riconobbe subito la voce. Proveniva da vicino la scrivania. Girò lentamente la testa, dicendosi che non voleva vedere, ma sapendo che doveva farlo.

Vide Pearl inginocchiata sul pavimento. Herman era in piedi dietro di lei e con una mano le immobilizzava il braccio dietro la schiena, tra le scapole, mentre con l'altra le tirava i capelli in modo da costringerla a reclinare il capo all'indietro.

Herman parlava dolcemente, come al solito: «Sono molto triste, Pearl. E non mi piace essere triste».

Le spinse il braccio ancora più su e le tirò più forte i capelli e Pearl urlò di nuovo.

La ragazza seduta sulle ginocchia di Shikey le lanciò un'occhiata sprezzante: «Sei una stupida».

«Puoi dirlo forte», rincarò la dose la spogliarellista in braccio a Riley. «In fondo, vuole solo che lo baci con un po' di convinzione».

Freddy si impose di alzarsi e uscire dalla stanza. Si tirò su dal divano e fece qualche passo verso la porta, ma sentì Herman che diceva: «Resta qui. Te lo dico io quando te ne puoi andare».

Così tornò indietro e si sedette nuovamente sul divano.

Quello fece: «Sii ragionevole, Pearl. Perché non vuoi essere ragionevole?».

La ragazza aprì la bocca per urlare di nuovo, ma non uscì alcun suono. Era senza fiato dal dolore.

La brunetta in piedi accanto a Dino disse: «Stai perdendo il tuo tempo, Herman, non può darti quello che non ha. O meglio, quello che non ha *per te*».

«Vedrai che ce l'avrà anche per lui», intervenne Dino. «Quando Herman avrà finito, striscerà per terra».

Charn lo fissò. «No», esclamò, «non lo farà. Non glielo lascerei fare».

Abbassò gli occhi su Pearl e abbozzò un sorriso. C'era qualcosa di dolce in quel sorriso e nella sua voce. «Pearl, dimmi, perché non mi vuoi?».

E le diede la possibilità di rispondere allentando la morsa al polso e ai capelli. Lei emise un gemito, poi disse: «Hai il mio corpo, Herman. Puoi averlo ogni volta che vuoi».

«Non mi basta», ribatté Herman. «Voglio tutto, il cento percento. Dev'essere così, Pearl. Mi sei entrata dentro così tanto che non può andare diversamente. D'ora in poi voglio che siamo io e te, e voglio che tu abbia bisogno di me quanto io ne ho di te».

«Ma Herman...», cominciò lei con un singhiozzo. «Non posso mentirti. Non provo le stesse cose per te».

«Le proverai», dichiarò lui.

«No», singhiozzò lei. «No. No».

«Perché no?», sibilò lui, tirandole di nuovo il braccio e i capelli. Ma sembrava soffrire più di lei. La sua voce supplichevole era rotta dal dolore: «Perché non puoi provare qualcosa per me?».

Lei gli diede una muta risposta. Riuscì a girare leggermente la testa, verso il divano. E tutti videro che guardava Freddy.

Herman impallidì, il volto contratto come se stesse per scoppiare in lacrime. Alzò gli occhi al soffitto.

Poi fu scosso da un brivido e il suo corpo cominciò a tremare spasmodicamente, come in preda alle convulsioni. A un tratto, però, la sua espressione tormentata svanì, e il suo sguardo si fece d'acciaio, e sulle sue labbra apparve il solito sorriso dolce. Lasciò andare Pearl e si diresse verso la scrivania. Aprì il portasigarette ed estrasse una sigaretta, accendendola nel silenzio generale. Aspirò una lunga boccata, poi disse in tono pacato: «Ok, Pearl, puoi andare a casa».

Lei fece per alzarsi e la brunetta le si avvicinò per aiutarla.

«Ti chiamo un taxi», disse Herman. Sollevò la cornetta e compose il numero. Quando riagganciò, guardò Pearl e le chiese: «Vuoi andare a casa da sola?».

Lei restò in silenzio. Aveva il capo chino e si appoggiava alla brunetta.

Herman insisté: «Vuoi che Freddy ti accompagni a casa?».

Pearl sollevò appena il capo e guardò Lamb negli occhi.

Herman ridacchiò: «Va bene. Ti accompagna a casa Freddy».

Questi, seduto sul divano con gli occhi fissi sulla moquette, fece una smorfia.

Herman disse alla brunetta di preparare un drink per Pearl. «Portala al bar e dalle quello che vuole». Poi fece un cenno alle altre ragazze, che si alzarono prontamente dalle ginocchia di Shikey e Riley e uscirono dalla stanza. Herman rimase in silenzio alcuni istanti, fumando e guardando la porta. Poi girò lentamente la testa e fissò Lamb: «È uscito il tuo numero, Freddy».

Lui continuò a guardare il tappeto.

«Voglio che la fai fuori», disse il boss.

Freddy chiuse gli occhi.

«Portala da qualche parte, falla fuori e seppelliscila», continuò.

Shikey e Riley si guardarono. Dino fissava Herman a bocca aperta. Ziggy, in piedi vicino alla porta, aveva gli occhi incollati su Freddy.

«Deve sparire», sentenziò. Poi, come a se stesso: «Deve sparire perché mi fa male». Si diede una manata sul petto. «Mi fa male qui, dove sono vivo. Mi fa troppo male. Mi fa soffrire. E non mi piace soffrire. Soprattutto qui». E si diede un'altra manata. Poi concluse: «Pensaci tu, Freddy. Fa' in modo che io smetta di soffrire».

«Posso farlo io», saltò su Ziggy, ma Charn scosse la testa e indicò Freddy dicendo: «Lo farà lui».

Ziggy provò a obiettare, ma poi parve ripensarci. Alla fine, però, non riuscì a trattenersi e sbottò: «Perché te la prendi con lui?»

«È una domanda stupida la tua», rispose in tono pacato. «Non me la prendo con nessuno. Do il lavoro a Freddy perché so che è affidabile. Posso sempre contare su di lui».

Ziggy fece un ultimo, disperato tentativo: «Ti prego, Herman. Non farlo fare a lui».

Il capo non si prese la briga di rispondere. Si limitò a squadrare Ziggy dalla testa ai piedi. Era una specie di avvertimento silenzioso: stava tirando la corda, e la corda si sarebbe spezzata se avesse di nuovo aperto bocca.

Poi Herman si rivolse a Freddy: «Dov'è il tuo coltello?»

«A casa», rispose, con gli occhi ancora fissi sul tappeto.

Charn aprì un cassetto della scrivania e ne estrasse un coltello a serramanico nero. «Usa questo», gli disse, avvicinandosi al divano e porgendoglielo. «Provalo».

Freddy spinse il pulsante e la lama scattò con un bagliore azzurro. Poi la ripiegò dentro il manico e la fece scattare di nuovo, più volte, gli occhi fissi sulla lama. La stanza era immersa nel silenzio. A un tratto, si udì il suono di un clacson in strada. «È il taxi», disse Herman. Freddy annuì, si alzò dal divano e uscì dalla stanza. Mentre si avvicinava alle ragazze al bancone del bar, sentiva il peso del coltello nella tasca interna della giacca. Guardò Pearl e disse: «Su, andiamo», e in quel preciso istante la lama sembrò scattare e affondare nella sua carne.

Il taxi si dirigeva verso nord sulla 16ª Strada. L'orologio d'oro bianco al polso di Freddy segnava le cinque e venti. Lui guardava le finestre buie della strada. Pearl disse qualcosa, ma non la udì. Allora lei alzò leggermente la voce e lui si voltò a guardarla. Sorrise e mormorò: «Scusa, non stavo ascoltando».

«Perché non ti avvicini?».

Lui obbedì. Dal finestrino entrava un misto di chiaro di luna e luce dei lampioni che le illuminava il viso. Freddy vide qualcosa nei suoi occhi che lo indusse a sbattere più volte le palpebre.

Lei se ne accorse e gli chiese: «Che cos'hai?».

Lui non rispose. Cercò di smettere di sbattere le palpebre, ma non ci riuscì.

«Sbronzo?», chiese Pearl.

«No. Mi sento bene, adesso».

Lei rimase in silenzio per alcuni istanti, massaggiandosi il braccio dolorante. Provò a stenderlo, fece una smorfia di dolore e disse: «Dio, mi fa male. Tanto. Forse è rotto».

«Fammi vedere», esclamò lui, mettendole una mano sul braccio e facendo scorrere le dita dal gomito al polso. «Non è rotto», mormorò. «Solo un po' gonfio. Devi avere qualche legamento stirato».

Lei gli sorrise. «Il dolore passa, quando lo tocchi».

Lui si sforzò di non guardarla, ma qualcosa lo spinse a fissare il suo viso. Continuando a tenere la mano sul braccio, sentì la propria voce che diceva: «Mi dispiace per Herman. Se potesse vederti adesso, cioè se lo guardassi come stai guardando me...».

«Freddy», sussurrò lei. «Freddy». E gli si avvicinò, poggiandogli la testa sulla spalla.

A un tratto ci fu un gran silenzio, e lui non sentì più il rumore del motore del taxi, né gli scossoni quando le ruote incappavano nelle buche dell'acciottolato della 16ª. A un certo punto, però, il taxi sobbalzò a causa di una particolarmente profonda. Freddy alzò gli occhi e sentì che il guidatore malediceva gli urbanisti. «Accidenti a loro», esclamò. «Secondo me hanno un accordo con i produttori di pneumatici».

Freddy guardò fuori dal parabrezza e scorse l'incrocio dove la 16ª intersecava Parkway, un viale a sei corsie che si snodava a ovest del centro, allontanandosi dal cemento dei grattacieli di Philadelphia e dirigendosi verso il verde del Fairmount Park.

«Giri a sinistra».

Si stavano avvicinando all'incrocio, e il tassista gli lanciò un'occhiata dallo specchietto retrovisore. «A sinistra?», chiese. «Così andiamo fuori strada. Mi ha dato un indirizzo sulla 17ª, vicino Lehigh. Se continuiamo lungo la 16ª, la incontriamo...».

«Lo so», disse tranquillamente Freddy. «Ma giri comunque a sinistra».

Il tassista alzò le spalle: «È lei il capo». Passò con il giallo e girò a sinistra immettendosi sulla Parkway.

«Perché, Freddy? Dove stiamo andando?»

«Al parco», rispose lui senza guardarla. «Faremo una passeggiata, come volevi tu».

«Davvero?», chiese lei, con lo sguardo che brillava, ma scuotendo la testa, come se non riuscisse a credere alle sue parole.

«Faremo una bella passeggiata», mormorò lui. «Solo io e te. Proprio come volevi».

«Oh», sospirò. «Oh, Freddy...».

Il tassista alzò di nuovo le spalle. Passò davanti ai monumenti e alle fontane di Logan Circle, al Rodin Museum e all'Art Museum e si immise su River Drive. Proseguì per un chilometro e mezzo, costeggiando il fiume rischiarato dalla luna, poi, senza che Freddy dicesse nulla, lasciò River Drive e si inoltrò nel parco. A un certo punto, giunsero in un posto in cui non c'erano luci, né movimento, né suoni, a parte il vento autunnale che agitava gli alberi, i cespugli, i fiori e l'erba alta.

«Si fermi qui», ordinò Freddy.

Il tassista obbedì. Lui pagò e scese insieme a Pearl. Il conducente gli lanciò un'occhiata perplessa: «Certo che ha scelto un posto appartato».

Freddy lo guardò senza dire nulla.

Allora l'altro aggiunse: «Siete almeno a cinque chilometri dalla strada principale. Avrete difficoltà a trovare un taxi che vi riporti a casa».

«Ed è un suo problema?», chiese Freddy con gentilezza.
«Be', no...».
«Allora non si preoccupi», gli disse sorridendo amabilmente. Il tassista diede uno sguardo alla bionda, sorrise e pensò che forse quel tizio aveva ragione. Chi non avrebbe voluto starsene un po' in pace con un bocconcino come quello? Pensò alla donna ossuta e con i denti storti che lo aspettava a casa, fece una smorfia disgustata, inserì la marcia e si allontanò.
«Non è bello?», esclamò Pearl. «Non è meraviglioso?».
Stavano attraversando una radura dove la luce della luna illuminava i colori autunnali delle foglie cadute. L'aria della notte profumava di fiori di campo. Freddy aveva il braccio intorno alle spalle di Pearl e la stava guidando verso un sentiero in discesa che si addentrava fra gli alberi.
Lei rise allegramente. «È come se tu conoscessi questo posto. Come se ci fossi già stato».
«No, non ci sono mai stato», ribatté lui.
Si udì il suono argentino dell'acqua di un ruscello. Un uccellino cinguettò fra i cespugli. Un altro gli rispose dolcemente.
«Ascolta», mormorò Pearl.
Freddy sentì il canto degli uccelli mentre guidava Pearl giù per la discesa e notava che il terreno si appianava in fondo per poi risalire. Era una minuscola valle con un ruscello che scorreva su un lato. Si disse che sarebbe successo non appena fossero giunti alla fine del sentiero.
Udì Pearl che diceva: «Non sarebbe bello se potessimo restare qui?».
Lui la guardò. «Restare qui?», ripeté.
«Sì. Se potessimo restare qui per tutta la vita. Quaggiù, lontani da tutto».
«Ci sentiremmo soli».
«No», replicò lei. «Avremmo sempre compagnia: io avrei te e tu avresti me».
Si stavano avvicinando alla fine della discesa. Era diventata abbastanza ripida e dovevano avanzare lentamente. A un tratto lei inciampò e Freddy l'afferrò prima che cadesse a faccia in giù. La ritirò su, le sorrise e le domandò: «Tutto bene?».
Lei annuì. Era vicinissima. Lo guardò negli occhi e gli chiese: «Non mi lasceresti cadere, vero?».

Il sorriso di Freddy svanì. Fissò un punto alle sue spalle. «Non se potessi evitarlo».

«Lo so», disse lei. «Non c'è bisogno che tu me lo dica».

Lui continuò a guardare alle sue spalle. «Dirti cosa?»

«Qual è la situazione», rispose lei in quasi in un sussurro. «Ho capito, Freddy. È così facile da capire».

Lui ebbe l'impulso di chiudere gli occhi, ma non sapeva perché.

La sentì dire: «Lo so perché mi hai scaricata stasera. Ordini di Herman».

«Esatto», ribatté lui automaticamente, come se il fatto di udire quel nome accendesse un interruttore dentro di lui.

«E un'altra cosa», aggiunse lei. «Lo so perché mi hai portata qui». Fece una pausa, poi sussurrò: «Herman».

Lui annuì.

Lei cominciò a piangere silenziosamente, senza paura, né isteria. Erano lacrime d'addio. Piangeva perché era triste. Pian piano, un passo dopo l'altro, giunse in fondo alla discesa. Lui rimase dov'era e la guardò voltarsi e alzare gli occhi su di lui.

Poi la raggiunse, sorridendole e fingendo che la sua mano non fosse intorno al coltello nella tasca. Cercò di convincersi che non stava per farlo, ma sapeva che non era vero. Era uscito il suo numero. La gang lo considerava uno dei migliori del ramo. Aveva dovuto faticare per costruirsi quella reputazione, per arrivare a essere ritenuto un esperto di prim'ordine che non sbagliava un colpo.

Si disse che era il momento di fermarsi, ma non ci riuscì. Il coltello era già aperto. La lama guizzò in aria, tagliandole la gola con precisione chirurgica. Lei cadde lentamente, provò a tossire, emise un suono simile a un gorgoglio, poi si accasciò supina e morì mentre lo guardava.

Lui rimase a fissarla a lungo. Il suo volto era privo di espressione. All'inizio non provò nulla, ma poi si rese conto che era morta, e che era stato lui a ucciderla. Tentò di pensare che non aveva avuto scelta ma, sebbene fosse vero, non si sentì meglio. Staccò gli occhi dal viso di lei e li abbassò automaticamente sull'orologio d'oro bianco per controllare l'ora e i minuti. Ma stranamente il quadrante era sfocato, come se le lancette girassero freneticamente. Ebbe la strana sensazione che l'orologio stesse tornando indietro di anni e decenni, fino al giorno in cui aveva undici anni e lo avevano portato in riformatorio.

Gli avevano insegnato un sacco di cose lì dentro, anche e soprattutto a usare il coltello. Tanto che ne aveva fatto la sua professione. Ma a un certo punto aveva deciso di trovarsi un impiego diurno per coprire le sue attività notturne. Aveva lavorato come magazziniere, come lavavetri e come camionista per conto di un'azienda ortofrutticola. E poi era diventato un addetto agli ascensori, che era il lavoro che gli piaceva di più. Non aveva mai capito perché gli piacesse così tanto, ma in quel momento ebbe un'illuminazione: sapeva che l'ascensore non era altro che una cella mobile, e che l'unico posto adatto a lui era una prigione. I passeggeri erano solo dei visitatori che salivano e scendevano, dicendo «Buongiorno, Freddy» e «Buonanotte, Freddy», ed erano tutti molto simpatici. Sorrise dolcemente a questo pensiero.

Poi si accorse che stava sorridendo a lei. Notò un lieve bagliore proveniente da chissà dove che le illuminava il viso. Per un attimo, non capì di cosa si trattasse. Poi si rese conto che veniva dal cielo: erano le prime luci dell'alba.

L'orologio d'oro bianco segnava le cinque e cinquantatré. Freddy Lamb si disse che era tempo di muoversi ma, per qualche strano motivo, non ci riuscì. Continuava a guardare la ragazza morta ai suoi piedi. La sua mano stringeva ancora il coltello e, nel tentativo di rilassarsi, lo fece quasi cadere. Abbassò gli occhi sulla lama.

Anche la gang era una prigione, pensò. Era un ascensore da cui non poteva scendere. Andava sempre giù, senza fermate fino alla fine. E non c'era modo di fuggire.

Herman lo aveva costretto a uccidere la ragazza. E lo avrebbe costretto a fare altre cose. Ed era impossibile evitarlo. Se pure lo avesse ammazzato, qualcun altro avrebbe preso il suo posto.

L'ascensore lo portava sempre più giù. Aveva già lasciato Pearl sopra di sé, in un posto lontano. Se ne rese conto improvvisamente, e si sentì invadere da una paura cieca.

Guardò di nuovo l'orologio. Era passato un altro minuto e si ricordò che avrebbe dovuto portare a termine un ulteriore incarico fra tre minuti. Ma i minuti passarono e lui rimase là da solo.

Alle cinque e cinquantasette in punto disse addio alla sua professione piantandosi la lama nel cuore.

Gil Brewer
L'ISOLA
1956

Gil(bert) Brewer (1922-1983) nacque a Canandaigua, nello Stato di New York. Mentre prestava servizio nell'esercito durante la seconda guerra mondiale, la sua famiglia si trasferì in Florida e lui la raggiunse dopo il congedo. Quando aveva nove anni decise di diventare uno scrittore come suo padre; lasciata la scuola, svolse vari mestieri manuali maturando nel contempo le prime esperienze letterarie. Sebbene la sua bibliografia registri numerose vendite a giornali pulp, fra cui «Zeppelin Stories» nel 1929, e a periodici gialli fra il 1931 e il 1934, è ovviamente imprecisa. Il suo romanzo d'esordio, *13 French Street*, fu pubblicato nel 1951 e fu il primo dei ventitré che videro la luce in quel decennio. Nello stesso anno vendette a «Detective Tales» quello che fu, con ogni probabilità, il suo primo racconto pubblicato, intitolato *With this Gun*. In tutto, diede alle stampe quasi cento racconti, per lo più con il suo vero nome, ma anche con gli pseudonimi di Eric Fitzgerald e Bailey Morgan. Fu anche il ghostwriter di Ellery Queen, Hal Ellson, Al Conroy e scrisse cinque romanzi per conto di un soldato israeliano di nome Harry Arvay.

All'inizio della sua carriera, Brewer attirò l'attenzione di Joseph T. Shaw, che divenne il suo agente. Il celebre direttore di «Black Mask» vedeva in Brewer un talento particolare e riteneva che potesse competere con i grandi nomi. Purtroppo, però, l'agente morì di infarto nel 1952, poco dopo l'inizio del loro sodalizio. Da lì in poi Brewer sfornò tascabili a un ritmo vertiginoso, spesso ultimando un libro in meno di una settimana. Si tratta per lo più di storie nere, che il critico Anthony Boucher paragonò alle opere di James M. Cain e Jim Thompson, con protagonisti uomini normali condotti alla rovina da donne senza scrupoli. Il suo romanzo di maggior successo, *La sciarpa rossa* (*The Red Scarf*, 1958), uno dei suoi due libri pubblicati in edizione rilegata, vendette più di un milione di copie. Dopo gli anni Cinquanta, tuttavia, la sua produzione peggiorò dal punto di vista quantitativo e qualitativo, soprattutto per i suoi problemi di alcolismo e per le gravi ferite riportate in seguito a un incidente automobilistico. La sua carriera avrebbe potuto essere ancora più gloriosa, se solo avesse avuto meno sfortuna e fosse stato consigliato meglio.

L'isola (*The Gesture*) comparve per la prima volta sul numero del marzo 1956 di «The Saint Mystery Magazine».

Nolan appoggiò le mani sulla balaustra della veranda e strinse inconsapevolmente il legno finché i muscoli delle braccia non gli fecero male. Abbassò gli occhi e il suo sguardo spaziò dal prato verde e curato alle palme e ai pini australiani fino alla spiaggia bianca, che brillava nel sole della tarda mattinata.

Il golfo era di un verde acceso, quel giorno, e calmo. Le uniche due note stonate erano l'uomo e la donna che scherzavano, ridevano e nuotavano. Sua moglie, Helen, e Latimer, il fotografo della rivista newyorchese venuto a fare un reportage sull'isola.

Nolan distolse lo sguardo, staccò le mani dalla balaustra e si fissò i palmi. Tremavano, e la leggera camicia di cotone che aveva indosso era madida di sudore.

Non lo sopportava. Entrò nell'ampio soggiorno di casa sua e si mise a camminare avanti e indietro, ascoltando il fruscio dei piedi sul tappeto d'erba sintetica, poi si fermò al centro della stanza, cercando di riflettere. Andava avanti da due settimane. All'inizio pensava di farcela. Ormai, però, non gliene importava più.

Doveva fare qualcosa. Attraversò a grandi passi la stanza e si spostò nello studio. Aprì il primo cassetto della scrivania e guardò la calibro .45 automatica, poi richiuse bruscamente il cassetto, si voltò e tornò in soggiorno.

Perché aveva permesso a quell'uomo di venire sull'isola?

Oh, lo sapeva perché, eccome se lo sapeva. Perché Helen aveva insistito molto. E ora non poteva cacciarlo: tanto valeva dirle tutto. Lei sapeva quanto lui l'amasse, perché si comportava così? Perché lo torturava? Doveva essere ben consapevole, dopo tutti gli anni che avevano trascorso insieme, che non sopportava l'idea che un altro uomo potesse anche solo ammirare la sua bellezza.

Perché credeva che vivessero lì, lontani dalla terraferma?

Nolan tentò di spianare la fronte corrugata, ma si irrigidì ancora di più. Tirò fuori il fazzoletto e si asciugò il sudore sul viso e sulle braccia. Poi li sentì ridere e parlare sul prato: stavano tornando.

Prese una rivista e corse a sedersi su una sedia di vimini con le spalle alla porta. Poi, quando li udì camminare pesantemente sulla veranda, finse di immergersi nella lettura di un racconto giallo del mese prima.

Ogni passo gli sembrava un tuono assordante. Ne era così infastidito che dovette forzarsi per non urlare.

«Amore!», lo chiamò Helen. «Dove sei? Ah, eccoti!».

Gli si avvicinò, camminando a piedi nudi sul tappeto. Lui alzò a malapena gli occhi dalla rivista. Lei era abbronzata e aveva uno sguardo ardente e felice che non le vedeva da tempo. Indossava uno dei costumi da bagno verde, giallo e rosso acceso che aveva disegnato lei stessa. Lui si rese conto improvvisamente di quanto fosse striminzito e si sentì avvampare. Pensare che era stato proprio lui a insistere affinché Helen riducesse la stoffa al minimo. Era un piacere guardarla.

Ma non con Latimer lì!

«Cos'hai fatto?», gli chiese Helen.

Lui fece per rispondere, lanciando un'occhiata a Latimer in piedi sulla soglia, ma lei aggiunse: «Dovevi venire a nuotare con noi, amore. Era bellissimo stamattina». Poi allungò una mano e gli toccò i capelli. «Sono giorni che non ti avvicini all'acqua».

Nolan si schiarì la voce: «Bene», disse. «Bene, signor Latimer. È a buon punto? La sua storia è pronta?».

Avrebbe voluto urlargli: «Quand'è che te ne vai?». Ma non poteva, così rimase seduto lì a guardarlo. Il sole dell'isola gli aveva fatto bene. Era abbronzato, giovane e sprizzava salute e vitalità da tutti i pori. Quando era arrivato non era così.

«Ancora qualche giorno, direi», rispose lui. «Perché non mi chiama Jack? Mi piacerebbe che lei e sua moglie posaste per qualche fotografia. Siete stati molto gentili a lasciarmi immortalare l'isola e la vostra casa, ma...», e si interruppe, lasciando la sua mite protesta in sospeso e sorridendo timidamente.

Nolan lanciò un'occhiata alla moglie, che gli sfiorò il braccio con dita tremanti. «Dopo pranzo io e Jack andiamo a fare una passeggiata intorno all'isola», disse. «È un secolo che non ci andiamo. Perché non vieni con noi?»

«Mi dispiace», si affrettò a rispondere Nolan, «ho delle cose da fare».

«Mi farebbe piacere se venisse», disse Latimer.
Nolan tacque.
«Bene», disse allora il fotografo. «Devo scrivere una lettera. Ne approfitto ora, mentre lei prepara il pranzo, Helen».
«Giusto», replicò. «È meglio che mi dia da fare». Si voltò e si avviò rapida in cucina, canticchiando sottovoce.
«A proposito», disse Latimer a Nolan, «stasera prendo la barca e vado in città a spedire della corrispondenza. Ha bisogno di qualcosa?»
«No, grazie», rispose Nolan.
«Bene», fece Latimer, e attraversò sospirando la stanza, dirigendosi verso il corridoio che conduceva alla sua camera. In realtà era un ripostiglio, ma Nolan vi aveva sistemato un letto e un tavolo per la macchina da scrivere di Latimer quando Helen aveva insistito affinché il fotografo si fermasse sull'isola. Questi indugiò un istante sulla porta del soggiorno. «È sicuro di non voler venire con noi oggi pomeriggio?».
Nolan non rispose. Non poteva. Se lo avesse fatto, si sarebbe messo a urlare, a imprecare, forse sarebbe persino venuto alle mani.
E invece no, non poteva sporcarsele. Avrebbe usato la pistola. Aspettò che Latimer uscisse dalla stanza e rimase lì seduto, il respiro affannato, le dita strette intorno alle pagine accartocciate della rivista.
Aveva deciso, ormai. E lo aveva fatto nel momento in cui il fotografo aveva espresso l'intenzione di trattenersi sull'isola. Nolan sapeva perché lo aveva detto. Chi credeva di prendere in giro? Approfittarsi della loro ospitalità per i suoi spregevoli scopi. Possibile che Helen non si rendesse conto di che razza d'uomo fosse? Era cieca? O le faceva piacere?
A quel pensiero, Nolan balzò su dalla sedia e cominciò a camminare avanti e indietro per la stanza. Sentiva il ticchettio della macchina da scrivere di Latimer dall'altra parte della casa.
La loro casa. Il loro paradiso. Il loro amore. Violato, straziato, distrutto da quell'uomo senza cuore. Sentì Helen annunciare che il pranzo era pronto e, mentre si spostava nella sala da pranzo, provò un leggero sollievo. Sapeva che quel pomeriggio, durante la loro assenza, avrebbe predisposto tutto quanto.
Aveva già in mente un piano, ideato con l'aiuto inconsapevole di Latimer. Si sedette a tavola, sbocconcellando il cibo e ascoltandoli parlare e ridere. Tentò invano di ignorare le loro voci.

«Questa insalata è strepitosa!», esclamò Latimer. «Helen, lei è una cuoca provetta! Vi siete davvero sistemati bene qui!».

Lei abbassò gli occhi sul piatto. Nolan fissò dritto Latimer e lui arrossì e distolse lo sguardo. Nolan rise fra sé. Lo aveva colto in flagrante. Ma era una vittoria effimera. Il pomeriggio che aveva davanti e che avrebbe trascorso a pensare a loro due là fuori da soli sarebbe stato lungo e doloroso.

Finirono di mangiare in silenzio. Prima che Nolan se ne rendesse conto, la casa era di nuovo vuota. Ma li sentiva ancora ridere, sebbene il suono delle loro voci si affievolisse sempre più man mano che si allontanavano lungo la spiaggia.

Helen aveva persino insistito per portare alcune bottiglie di birra, che aveva infilato in una borsa termica affinché si mantenessero fresche e riposto in una vecchia sacca a tracolla.

Nolan non trovava pace. Faceva su e giù per la casa, pensando a quella sera. Se non lo avesse fatto allora, sarebbe potuto essere troppo tardi. Non voleva che Helen si affezionasse troppo a Latimer, ed era certo che fosse già abbastanza presa.

Sapeva che l'uomo intendeva trattenersi a lungo, finché non fosse riuscito a portarsi via sua moglie. Ma quella sera avrebbe sventato il suo piano. Avrebbe preso la barca insieme a Latimer. Solo che lui non sarebbe mai giunto dall'altra parte, perché l'imbarcazione sarebbe affondata.

Nolan sapeva come fare ad affondarla. Ed era anche a conoscenza del fatto che Latimer non era un nuotatore provetto e, in ogni caso, nessuno avrebbe potuto esserlo con un proiettile calibro .45 nel petto. Nolan, invece, sapeva nuotare molto bene. Avrebbe ucciso il rivale, lo avrebbe portato al largo del golfo e avrebbe gettato il cadavere in mare con una pietra al collo. Poi si sarebbe avvicinato alla terraferma, avrebbe affondato la barca e sarebbe tornato a riva a nuoto. Dopo aver denunciato l'accaduto, avrebbe noleggiato un'altra imbarcazione e sarebbe tornato sull'isola. Sapeva che quella sera era prevista una tempesta, quanto mai provvidenziale.

E lui e Helen sarebbero stati di nuovo felici, com'erano sempre stati.

Ripensò ai bei tempi passati. A prima che si trasferissero sull'isola, quando lui lavorava sodo nel laboratorio di intagliatore che aveva ereditato dal padre. A poco a poco, si era reso conto della bellezza di Helen e dell'effetto che aveva sugli uomini. E, amandola follemente, non era più riuscito a vivere nell'incertezza, sapendo che, prima o poi, lo avrebbe lasciato. Così aveva ceduto l'attività e le aveva raccontato una piccola bugia: voleva vivere con lei sull'isola, in pace e tranquillità. Era la verità, ma solo in parte.

Erano stati felici per tutto quel tempo. Fino ad allora. Qualcuno aveva sentito dire che l'isola era bellissima e Latimer aveva chiesto loro di realizzare un reportage. A una condizione, imposta da Nolan: non avrebbe dovuto immortalare né lui, né Helen. Aveva ceduto solo per una negativa sfocata di loro due in piedi davanti a un ibisco in fiore nei pressi della loro dimora, al crepuscolo.

Vagando per la casa e cercando di non pensare a cosa stessero facendo quei due, si ritrovò in camera di Latimer. Il letto sfatto, l'attrezzatura fotografica, la macchina da scrivere sul tavolo.

Accanto, c'era una lettera.

Nolan fece per allontanarsi, ma qualcosa lo attirò verso il tavolo. Pura e semplice curiosità verso il suo rivale. Abbassò gli occhi sulla lettera incompiuta. Accanto vide una busta affrancata. Sul foglio inserito nella macchina da scrivere, su cui era riportato il numero due, c'era una frase lasciata a metà.

La lettera era indirizzata al direttore della rivista per cui lavorava Latimer.

Nolan cominciò a leggere, prima piano, poi febbrilmente.

Caro Bart,
sono a buon punto, ma mi trattengo un altro po' per definire alcune cose che ho in mente. Spero di tornare con una storia e delle foto che ti lasceranno a bocca aperta. Il paesaggio dell'isola è magnifico [...] la casa è una villa di bambù e cipresso [...] ed è una follia, Bart [...] lui la controlla come un falco. È divorato dalla gelosia e sarebbe anche comico, se non fosse che sono tutti e due vecchi. Lui avrà ottant'anni, lei non lo so, non ne sono sicuro. Comunque ho fatto una cosa ignobile: l'ho messa di fronte alla dura realtà. Lo avresti fatto anche tu, al posto mio. È così evidente che sopporta tutto questo per amore. Assecondando ogni suo capriccio. Cristo, ti rendi conto? L'ha tenuta segregata tutti questi anni, lontana dal mondo. È un inferno. Lei lo ha anche ammesso. Mi trattengo un altro po' per vedere se posso fare qualcosa. Riportarla alla civiltà, anche solo per una vacanza, Bart. Se la merita. Dovresti sentirla quando chiede com'è il mondo là fuori... ti spezzerebbe il cuore.

C'era dell'altro, e Nolan lesse tutto da cima a fondo due volte. Rimase immobile alcuni istanti, vedendo finalmente la realtà delle cose per la prima volta da mezzo secolo a quella parte.

Poi andò nello studio, aprì il cassetto della scrivania ed estrasse la calibro .45 automatica. Si sedette sulla sedia, si mise la pistola in bocca e tirò il grilletto.

Evan Hunter
L'ULTIMO GIRO
1956

Il vero nome di Evan Hunter (1926-2005) era Salvatore A. Lombino, ma lui lo cambiò nel 1952. Dopo aver vinto una borsa di studio dell'Art Students League, fu ammesso alla Cooper Union di New York, poi prestò servizio in Marina durante la seconda guerra mondiale. Di ritorno dal Pacifico, si laureò all'Hunter College. Cominciò a scrivere quando era di stanza su un cacciatorpediniere e, nel dopoguerra, produsse numerosi racconti e vari romanzi. Nel 1954, dopo diversi libri per adulti e per bambini di scarso successo, pubblicò *Il seme della violenza* (*The Blackboard Jungle*), che divenne subito un bestseller e l'anno successivo fu portato sul grande schermo, con Glenn Ford, Anne Francis e Sidney Poitier come protagonisti. Nel 1956 inventò lo pseudonimo di Ed McBain, che divenne più celebre del suo vero nome, e scrisse la leggendaria serie di romanzi dell'*87° distretto*, i cui protagonisti sono gli agenti di un intero distretto di polizia, non un singolo poliziotto. Al primo libro della serie, *L'assassino ha lasciato la firma* (*Cop Hater*), seguirono ben cinquantaquattro romanzi. Con il nome di McBain, Hunter scrisse anche tredici romanzi su Matthew Hope, un avvocato della Florida, e vari gialli. Utilizzò inoltre gli pseudonimi di Richard Marston, Hunt Collins, Ezra Hannon, Curt Cannon e John Abbott, firmando più di cento libri. Fra i film ispirati alle sue opere ricordiamo anche: *Noi due sconosciuti*, tratto da *Gli amanti* (*Strangers When We Meet*, 1960), *Anatomia di un rapimento*, da *Due colpi in uno* (*High and Low*, 1962), *I brevi giorni selvaggi*, ispirato a *L'estate scorsa* (*Last Summer*, 1969), *E tutto in biglietti di piccolo taglio*, preso da *Allarme: arriva la Madama* (*Fuzz*, 1972), *Rosso nel buio*, da *Parenti di sangue per l'87° distretto* (*Blood Relatives*, 1977) e *Una storia del West*, tratto da *The Chisholms* (1979). Scrisse anche la sceneggiatura de *Gli uccelli* (1963) di Alfred Hitchcock.

Il seme della violenza fu il primo libro di successo a trattare del tema della delinquenza giovanile e della violenza delle gang di New York, e molti racconti giovanili di Hunter, raccolti in *Learning to Kill* (2006), riguardano questioni simili, spesso tratteggiate con uno sguardo complice.

L'ultimo giro (*The Last Spin*) fu pubblicato per la prima volta sul numero di «Manhunt» del settembre 1956, per poi essere inserito, nello stesso anno, nella raccolta *The Jungle Kids*.

Il ragazzo seduto davanti a lui era il suo nemico.

Il ragazzo seduto davanti a lui si chiamava Tigo e indossava un giacchetto di seta verde con una striscia arancione su ciascuna manica. Ecco cosa fu a dire a Danny che Tigo era il suo nemico. Quel giacchetto gridava: «Nemico! Nemico!».

«È un gran bel pezzo», osservò Tigo, indicando la pistola sul tavolo. «Ti costa quasi quarantacinque bigliettoni, se vai a comprarla in un negozio. Sono un sacco di soldi».

La pistola era una Smith & Wesson calibro .38 Police Special.

Era proprio al centro del tavolo, con la canna di due pollici che spezzava bruscamente la grazia letale dell'arma. Aveva il calcio in noce e la finitura blu. Accanto c'erano tre cartucce calibro .38 Special.

Danny guardò la pistola con aria indifferente. Era nervoso e spaventato, ma cercava di mantenere il controllo. Non poteva lasciare che Tigo se ne accorgesse. Era il nemico, e al nemico presentò una maschera, sollevando un sopracciglio e dicendo: «Non è la prima che vedo. Non ha niente di speciale».

«Tranne quello che dobbiamo farci», disse quello, mentre lo studiava con i suoi grandi occhi marroni che sembravano umidi. Non era brutto, Tigo: aveva capelli neri e spessi e forse il naso un po' troppo lungo, ma la bocca e il mento erano ben fatti. Si capiscono un sacco di cose dalla bocca e dal mento di qualcuno. Tigo non si sarebbe tirato indietro. Di questo, Danny era sicuro.

«Perché non cominciamo?», gli chiese. Si umettò le labbra e lo guardò dritto negli occhi.

«Non ho niente contro di te, lo sai, vero?», disse Tigo.

«Lo so».

«Ordini della banda. È così che dobbiamo risolvere la faccenda. Senza scontri per strada, capisci? Ma voglio che tu sappia che per me sei uno qualunque, solo che hai un giacchetto blu e oro».

«E tu uno verde e arancione», ribatté Danny, «e questo mi basta».
«Certo, ma quello che volevo dire...».
«Ci diamo una mossa o vuoi startene qui seduto a parlare tutta la notte?», lo interruppe Danny.
«Quello che sto cercando di dire», continuò Tigo, «è che sono stato scelto per farlo. Per sistemare questa storia tra le due bande. Però devi ammettere che i tuoi non avrebbero dovuto sconfinare nel nostro territorio ieri sera».
«Io non devo ammettere un bel niente», replicò Danny.
«Be', hanno sparato al negozio di dolci. Ed è stato un grosso errore. C'era una tregua».
«Ok, ok», ammise Danny.
«Quindi... abbiamo deciso di risolverla così. Cioè, uno di noi e... uno di voi. Punto e basta. Senza risse e senza polizia».
«Allora cominciamo», insisté Danny.
«Sto cercando di dire che non ti ho nemmeno mai visto per strada prima d'ora. Quindi non è una questione personale. Comunque vada a finire, insomma...».
«Neanch'io ti ho mai visto», disse Danny.
Tigo lo guardò a lungo: «È perché sei nuovo. Da dove vieni?»
«I miei sono del Bronx».
«Famiglia numerosa?»
«Una sorella e due fratelli».
«Io solo una sorella». Tigo alzò le spalle. «Be'», sospirò. «Dunque», e sospirò di nuovo. «Facciamolo, ok?»
«Sto aspettando», disse Danny.
Tigo prese la calibro .38 e una delle tre cartucce. Aprì la pistola, infilò la cartuccia nel cilindro, lo richiuse con un gesto secco e lo fece ruotare. «Gira in tondo», disse, «e dove si ferma, nessuno lo sa. Ci sono sei camere nel cilindro e una sola cartuccia. Quindi c'è una possibilità su sei che sia in posizione di fuoco quando il cilindro si ferma. Capito?»
«Capito».
«Inizio io», disse Tigo.
Danny lo guardò con sospetto: «Perché?»
«Vuoi iniziare tu?»
«Non lo so».

«Ti do una possibilità», ribatté Tigo sorridendo. «Magari mi faccio saltare le cervella al primo colpo».

«Perché mi dai una possibilità?», chiese Danny.

Tigo alzò le spalle: «Che differenza fa?». E fece ruotare il cilindro.

«Sono stati i russi a inventare questa roba, eh?», chiese Danny.

«Già».

«Ho sempre pensato che fossero dei pazzi furiosi».

«Sì, anche...», ribatté Tigo, ma si interruppe perché il cilindro si era fermato. Fece un profondo respiro, si puntò la canna alla tempia e tirò il grilletto.

Il percussore batté su una camera vuota.

«Be', non è poi così difficile, no?», fece lui. Poggiò la pistola sul tavolo e la spinse verso Danny: «Tocca a te».

Lui allungò la mano verso la pistola. Sebbene facesse freddo laggiù nel seminterrato, era madido di sudore. Si asciugò i palmi sui pantaloni, poi prese l'arma e la osservò.

«È un gran bel pezzo», ripeté Tigo. «Mi piacciono le pistole così».

«Sì, anche a me», ribatté Danny. «Lo capisci subito quando è un bel pezzo da come te lo senti in mano».

Tigo parve sorpreso. «L'ho detto a uno dei ragazzi della banda ieri, e mi ha preso per matto».

«C'è un sacco di gente che non capisce niente di armi», osservò Danny facendo spallucce.

«Stavo pensando», disse Tigo, «che quando sarò grande entrerò nell'esercito. Mi piacerebbe usare le armi».

«Anch'io ci ho pensato. Lo farei anche adesso, ma mia madre non vuole. E per farlo ora occorre la sua firma».

«Sì, sono tutte uguali», esclamò Tigo sorridendo. «È nata qui o in Europa?»

«In Europa», rispose Danny.

«Sì, be', sai, hanno idee un po' antiquate».

«Adesso tocca a me», disse Danny.

«Ok».

Danny fece ruotare il cilindro con la mano sinistra. Girò a lungo, poi si fermò. Il ragazzo si portò lentamente la canna alla tempia. Avrebbe voluto chiudere gli occhi, ma non osò farlo. Tigo, il nemico, lo fissava. Sostenne il suo sguardo e premette il grilletto.

Ebbe un tuffo al cuore, sopra lo scorrere del suo stesso sangue, udì il clic della camera vuota. Poggiò frettolosamente la pistola sul tavolo.

«Ti fa sudare, eh?», fece l'altro.

Danny si limitò ad annuire e lo guardò. Tigo aveva gli occhi fissi sulla pistola.

«È il mio turno, vero?», chiese. Fece un profondo respiro e prese la calibro .38. Fece ruotare il cilindro, aspettò che si fermasse, poi si puntò la canna alla testa.

«Bang!», esclamò, e premette il grilletto. Il percussore batté di nuovo su una camera vuota. Tigo sbuffò e poggiò la pistola sul tavolo.

«Credevo di morire, stavolta», disse.

«Sentivo già i cori degli angeli», fece Danny.

«È un buon modo per dimagrire, eh?», esclamò Tigo con una risata nervosa, che si fece aperta quando vide che l'altro rideva insieme a lui. «Vero? Si potrebbero perdere cinque chili così».

«Mia madre è una cicciona», scherzò Danny. «Dovrebbe provare con questa dieta». E rise della sua stessa battuta, compiaciuto del fatto che Tigo fosse divertito quanto lui.

«È questo il problema. Vedi un bel bocconcino per strada e pensi "accidenti!". Poi però invecchiano e diventano delle balene», osservò scuotendo la testa.

«Hai la ragazza?», gli chiese Danny.

«Sì».

«Come si chiama?»

«Non la conosci».

«Magari sì».

«Si chiama Juana», disse Tigo guardandolo negli occhi. «È alta uno e sessanta, e ha questi occhioni marroni...».

«Credo di conoscerla», fece Danny annuendo. «Sì, credo proprio di sì».

«È carina, vero?», chiese Tigo sporgendosi in avanti, come se la risposta dell'altro fosse di grande importanza.

«Sì, è carina», rispose.

«I ragazzi mi prendono in giro. Sai, loro pensano solo a... insomma... non capiscono che con Juana è diverso».

«Anch'io ho una ragazza», disse Danny.

«Ah sì?», fece Tigo. «Ehi, magari una volta possiamo...», e si interruppe. Abbassò gli occhi sulla pistola e il suo improvviso entusiasmo svanì completamente. «Tocca a te».

«Ci siamo», mormorò Danny. Fece ruotare il cilindro, trattenne il fiato e premette il grilletto.

Il clic della camera vuota riecheggiò nella stanza silenziosa.

«Porca miseria!», esclamò Danny.

«Siamo fortunati, sai?», disse Tigo.

«Finora».

«Allora limitiamo le probabilità», propose Tigo. «I ragazzi non saranno contenti se... », e si interruppe di nuovo. Poi prese una delle cartucce sul tavolo, aprì la pistola e la infilò nel cilindro. «Ora ci sono due cartucce», disse. «Due cartucce per sei camere. Abbiamo una possibilità su tre». Esitò un istante. «Giochiamo?»

«Siamo qui per questo, no?»

«Certo».

«Quindi giochiamo».

«Ok», annuì Tigo. «Hai del fegato, Danny».

«Sei tu che hai bisogno di coraggio», quello ribatté gentilmente. «Tocca a te».

Tigo prese la pistola e cominciò a giocherellare pigramente con il cilindro.

«Vivi nell'isolato accanto, vero?», gli chiese Danny.

«Sì», rispose l'altro, continuando a dare dei colpetti al cilindro, che ruotava con un leggero ronzio.

«Ecco perché non ci siamo mai incontrati. E poi io sono arrivato da poco».

«Sì, be', poi entri in una gang, è così che vanno le cose».

«Ti piacciono i ragazzi della tua?», gli chiese Danny, pensando che fosse una domanda stupida e sentendo al tempo stesso il ronzio del cilindro.

«Abbastanza», rispose Tigo alzando le spalle. «Nessuno di loro mi fa impazzire ma è la gang del mio isolato, quindi che ci vuoi fare». Fece ruotare il cilindro un'ultima volta e, quando si fermò, si portò la pistola alla tempia.

«Aspetta!», esclamò Danny.

Tigo parve stupito. «Che c'è?»

«Niente. Volevo solo dire che... cioè...», cominciò aggrottando la fronte. «Neanch'io vado matto per i ragazzi della banda».

Tigo annuì. Per un attimo i loro sguardi si incrociarono. Poi alzò le spalle e premette il grilletto.

Il clic della camera vuota invase la stanza.

«Fiuuu!», esclamò.

«Puoi dirlo forte».

Tigo posò la pistola sul tavolo, facendola scivolare verso Danny.

Lui esitò un istante. Non voleva prenderla. Era sicuro che stavolta il percussore avrebbe colpito una delle cartucce. Era sicuro che stavolta si sarebbe sparato in testa.

«A volta mi sento un idiota», disse, sorpreso dal fatto che i suoi pensieri avessero trovato voce.

«Anch'io», gli fece eco Tigo.

«Non l'ho mai detto a nessuno», aggiunse Danny. «I ragazzi della banda mi prenderebbero in giro, se lo facessi».

«Certe cose è meglio tenerle per sé. Non ci si può fidare di nessuno a questo mondo».

«Dovrebbe esserci qualcuno di cui ti puoi fidare», protestò. «Porca miseria, ai genitori non si può dire niente. Non capiscono».

Tigo scoppiò a ridere. «È una vecchia storia. Ma le cose stanno così, che ci vuoi fare?»

«Sì, lo so. Comunque a volte mi sento un idiota».

«Certo, certo. Ma non è solo questo. Cioè... a volte non ti chiedi che diavolo stai facendo mentre pesti un tizio per strada? Cioè... capisci cosa intendo? Insomma... in fondo chi è quel tizio? Perché lo devi massacrare di botte? Perché ha fatto il cretino con la ragazza di qualcun altro?». Tigo scosse la testa. «A volte è difficile».

«Sì, ma...», attaccò Danny aggrottando di nuovo la fronte. «Bisogna fare quello che dice la banda, no?»

«Certo, certo... come no». E i loro sguardi si incrociarono di nuovo.

«Su, forza», disse Danny. Sollevò la pistola. «È solo che...». Scosse la testa, poi fece ruotare il cilindro. Quando si fermò, scrutò l'arma, chiedendosi se una delle cartucce sarebbe esplosa dalla canna quando avrebbe premuto il grilletto.

Poi sparò.

Clic.

«Non credevo che lo avresti fatto», disse Tigo.

«Neanch'io».

«Hai del fegato, Danny», aggiunse guardando la pistola. Poi la prese e l'aprì.

«Che stai facendo?», gli chiese l'altro.

«Aggiungo una cartuccia», rispose Tigo. «Sei camere, tre cartucce. Così abbiamo le stesse probabilità. Ci stai?»

«E tu?»

«I ragazzi hanno detto che...», cominciò a parlare, ma poi si interruppe. «Sì, ci sto», concluse, con la voce stranamente bassa.

«Tocca a te, lo sai».

«Lo so».

Danny lo osservò mentre prendeva la pistola.

«Sei mai stato in barca sul lago?».

Tigo lo guardò con gli occhi spalancati. «Una volta», rispose. «Con Juana».

«E... com'è, bello?»

«Sì. È proprio bello. Quindi non ci sei mai stato?»

«No».

«Be', allora devi farlo proprio», esclamò. «Ti piacerà un sacco. Davvero, devi farlo».

«Sì, magari domenica prossima potrei...», Danny non completò la frase.

«Tocca a me», disse stancamente Tigo. Fece ruotare il cilindro. «Era un bravo ragazzo», mormorò, poi si puntò la pistola alla tempia e tirò il grilletto.

Clic.

Danny sorrise nervosamente. «Non c'è pace per gli eroi stanchi», osservò. «Ma Cristo santo, hai del fegato. Non so se riesco ad andare fino in fondo».

«Ma certo», lo incoraggiò Tigo. «Dopotutto, cosa c'è da aver paura?», e fece scivolare la pistola sul tavolo.

«Andiamo avanti tutta la notte?», chiese Danny.

«Hanno detto... lo sai...».

«Be', non è poi così male. Insomma, se non avessimo dovuto fare questa cosa, magari non ci saremmo mai parlati, no?», disse abbozzando un sorriso.

«Infatti», convenne Tigo, sorridendogli di rimando. «Non è stato poi così male, eh?»

«No, è stato... insomma, con i ragazzi della banda, chi ci parla?». E prese la pistola.

«Potremmo...», iniziò a parlare Tigo.

«Cosa?»

«Potremmo dire... be'... che abbiamo continuato a sparare ma non è successo niente, quindi...», concluse alzando le spalle. «E che diamine! Non possiamo mica andare avanti tutta la notte, no?»

«Non lo so».

«Facciamo che questo è l'ultimo giro. Senti, se non sono d'accordo, possono andare a farsi benedire, sai».

«Non credo che saranno d'accordo. Siamo qui per risolvere la faccenda tra le nostre bande».

«Al diavolo le bande!», esclamò Tigo. «Non possiamo sceglierci...», e si interruppe. Era difficile pronunciare quella parola. Ma, quando lo fece, guardò Danny dritto negli occhi: «...gli amici?»

«Certo», rispose con trasporto Danny. «Certo! Perché no?»

«L'ultimo giro», disse Tigo. «Forza, l'ultimo giro».

«Ok», fece l'altro. «Ehi, sono contento che abbiamo avuto quest'idea, sai? Sono proprio contento!». E fece ruotare il cilindro. «Senti, ti va di andare al lago domenica? Con la tua ragazza e la mia? Potremmo prendere due barche. O una sola, se vuoi».

«Sì, una sola», fece Tigo. «Ehi, alla tua ragazza piacerà un sacco Juana. Davvero. È una in gamba».

Il cilindro si fermò. Danny si portò rapidamente la pistola alla tempia.

«A domenica», disse sorridendo. Tigo gli sorrise a sua volta, e poi l'altro sparò.

L'esplosione fece tremare i muri della stanzetta, facendo saltare metà testa di Danny e spappolandogli la faccia. Tigo emise un grido strozzato e sul suo viso comparve un'espressione incredula.

Poi appoggiò la testa sul tavolo e scoppiò a piangere.

Jim Thompson
PER SEMPRE INSIEME
1960

Jim (James Meyers) Thompson (1906-1977) nacque a Anadarko (Oklahoma). Prima di affermarsi come scrittore fece diversi lavori manuali, tra cui l'operaio nei pozzi petroliferi e negli oleodotti (suo padre faceva trivellazioni). Durante la Depressione ricevette alcuni incarichi, nell'ambito del piano di sostegno degli scrittori dell'agenzia Works Projects Administration, realizzando, fra le altre cose, alcune guide dell'Oklahoma, e lavorò come giornalista, occupandosi principalmente di cronaca nera.

Il suo primo romanzo, *Inferno sulla Terra* (*Now and on Earth*, 1942), è una storia di sesso, peccato, violenza e vendetta. Il libro che la maggior parte dei lettori considerano il suo capolavoro, *L'assassino che è in me* (*The Killer Inside Me*, 1952), fu il primo di sedici romanzi in edizione economica che realizzò durante gli anni Cinquanta, l'unico periodo in cui fu davvero prolifico. Fra gli altri romanzi che ricevettero critiche positive, ricordiamo: *Notte selvaggia* (*Savage Night*, 1953), *L'altra donna* (*A Swell-Looking Babe*, 1954) e *In fuga* (*The Getaway*, 1959). Dopo *Rischiose abitudini* (*The Grifters*, 1963) e *Pop. 1280* (1964), la qualità del suo lavoro, già piuttosto discontinua, subì un rapido declino. Quando morì, nel 1977, nessuna delle sue opere di narrativa era in stampa negli Stati Uniti, finché la casa editrice Quill non inserì *L'assassino che è in me* in una collana di romanzi hard-boiled pubblicata nel 1983; l'anno seguente Black Lizard ristampò la maggior parte dei suoi titoli. Sebbene le sue cupe storie di psicopatici, perdenti, alcolizzati e narratori inaffidabili non abbiamo conosciuto mai un successo di pubblico planetario, pur conquistando un buon seguito nel suo Paese, Thompson ottenne un ottimo riscontro critico e commerciale in Francia, dove molti lo considerano il più grande scrittore hard-boiled americano. Dalle sue opere furono tratte numerose pellicole più o meno riuscite: *The Killer Inside Me*, un fiasco girato nel 1976 con Stacy Keach nei panni dello sceriffo Lou Ford[3]; *Getaway*, di cui esistono due versioni, una del 1972 con Steve McQueen e Ali MacGraw e una del 1994 con Alec Baldwin e Kim Basinger, e in entrambe la tragica conclusione è stata inspiegabilmente trasformata in un lieto fine; infine, lo splendido *Rischiose abitudini* (1990) diretto da Stephen Frears, con John Cusack, Angelica Huston, Annette Bening e Pat Hingle, la cui sceneggiatura, scritta da Donald E. Westlake, ricevette una delle quattro nomination all'Oscar del film. Thompson fu anche

[3] Nel 2010 dallo stesso romanzo è stato tratto un altro film, intitolato *L'assassino che è in me*, per la regia di Michael Winterbottom e con Ben Affleck e Jessica Alba (*n.d.t.*).

autore di numerosi script, fra cui quello di *Rapina a mano armata* (*The Killing*, 1956), pellicola su un "colpo grosso", e quello di *Orizzonti di gloria* (*Paths of Glory*, 1957), film dichiaratamente antibellico, entrambi diretti da Stanley Kubrick. In tutti e due i casi, però, il nome di Thompson fu intenzionalmente escluso dai titoli di coda.

Per sempre insieme (*Forever After*) fu pubblicato sul numero del maggio 1960 della rivista «Shock».

Mancavano pochi minuti alle cinque quando Ardis Clinton aprì la porta sul retro del suo appartamento e fece entrare il suo amante. Era un giovanotto con gli occhi bovini e una massa incolta di riccioli neri. Lavorava come lavapiatti al ristorante da Joe, dall'altra parte del vicolo.

Si abbracciarono appassionatamente. Il corpo di lei premette contro la mannaia nascosta sotto la camicia di lui e fu percorso da un brivido di piacere. Presto sarebbe finito tutto. Quell'idiota di suo marito sarebbe morto. Lui e le sue stupide battute e tutta la noia e la mediocrità sarebbero scomparsi per sempre. E con i ventimila dollari dell'assicurazione e i diecimila della doppia indennità...

«Saremo così felici, Tony», sussurrò. «Tu avrai un locale per te, un vero ristorantino con un angolo bar intimo. E sarai il capo, te ne andrai in giro in giacca e cravatta, e...».

«E vivremo per sempre felici e contenti», concluse lui. «Solo io e te, piccola, sull'autostrada della vita».

Ardis ebbe un sussulto. Lo spinse via, guardandolo con astio nei begli occhi vuoti. «Smettila», esclamò. «Non dire così! Quante volte te lo devo ripetere?»

«Ma cos'ho detto?», protestò lui. «Non ho detto niente».

«Be'...», fece lei, riacquistando il controllo e sforzandosi di sorridere. «Non fa niente, tesoro. Non è colpa tua e non abbiamo mai avuto la possibilità di conoscerci meglio, quindi... non fa niente. Le cose cambieranno quando saremo sposati». E, così dicendo, gli diede un buffetto sulla guancia e lo baciò di nuovo. «Tutto bene al ristorante? Non ti hanno visto uscire, vero?»

«Mmm. Ho portato la roba a Joe che doveva sistemarla sul tavolo riscaldato e davanti c'era anche la cameriera che riempiva le zuccheriere e le saliere, come fa ogni giorno prima di cena. E...».

«Bene. Ora, supponiamo che qualcuno torni in cucina e veda che non ci sei. Che scusa inventerai?»

«Be'... che ero nel vicolo a buttare la spazzatura. Cioè...», si corresse subito, «forse. O forse ero giù in cantina a fare provviste. O forse ero al cesso, cioè, al bagno... o...».

«Benissimo», approvò Ardis. «Non dire dov'eri, così non potranno provare che non c'eri. Semplicemente, non ricordi con precisione dove ti trovavi, capito, tesoro? Avresti potuto essere in un sacco di posti».

Tony annuì. Poi, guardando la camera da letto alle spalle di lei, aggrottò la fronte allarmato. «Amore, lo so che deve sembrare una rapina, ma perché hai già messo sottosopra la stanza, prima che arrivi lui...».

«Perché dopo non avremo tempo. Non preoccuparti, Tony. Terrò la porta chiusa».

«Ma potrebbe aprirla, e guardare dentro. E se vede tutti quei cassetti rovesciati...».

«Non entrerà in camera. So esattamente cosa farà e cosa dirà, le stesse identiche cose che fa e dice da quando ci siamo sposati. Stupide, noiose, irritanti, odiose!», e si interruppe bruscamente, conscia del fatto che stava alzando la voce. «Senti, lasciamo perdere», concluse, sforzandosi di sorridere di nuovo. «Non ci darà problemi».

«Va bene. Se lo dici tu, sarà così, Ardis», disse lui con fare docile.

«I poliziotti, invece, ce ne daranno eccome. So che ti ho già avvertito in proposito, amore. Ma sarà difficile, più di qualsiasi altra cosa tu abbia dovuto affrontare. Non potranno provare nulla, però avranno dei sospetti, e se tu cominci a parlare, ad ammettere qualcosa...».

«Non lo farò. Non mi caveranno niente».

«Sei sicuro? Ti tenderanno delle trappole. Ti diranno che io ho confessato. Potrebbero persino picchiarti. Quindi se non sei assolutamente sicuro...».

«Non mi caveranno niente», ripeté lui, impassibile. «Non parlerò».

E, guardandolo, Ardis capì che diceva sul serio.

Si spostarono in bagno e Tony aprì le tende ed entrò nella vasca. Poi estrasse un paio di guanti dalla tasca e se li infilò. Mentre cercava goffamente di tirare fuori la mannaia da sotto la camicia, disse: «Ardis, ehm... senti, tesoro».

«Sì?»

«Devo proprio picchiarti? Non posso semplicemente darti una spintarella?»

«No, amore» rispose lei con gentilezza. «Devi picchiarmi. Dobbiamo inscenare una rapina. Se uccidessi mio marito senza torcermi un capello, be', lo sai anche tu cosa sembrerebbe».

«Ma non ho mai picchiato una donna prima d'ora. Potrei farti male...».

«Tony!».

«Ok, ok», disse lui accigliato. «Non mi piace, ma va bene».

Ardis mormorò qualche parolina dolce e gli sfiorò le labbra con le sue. Poi tornò in soggiorno. Erano le cinque e un quarto, quindi mancavano cinque minuti *esatti* al ritorno a casa di suo marito Bill. Chiuse la porta della camera da letto e si sdraiò sul divano. La vestaglia le si aprì e lei la lasciò così, guardando le cosce lunghe e tornite con un sorriso maligno.

"Diamogli un contentino a quell'idiota, per una volta. Facciamogli dare un'ultima sbirciatina prima di spedirlo all'altro mondo".

Poi la sua espressione cambiò. Stanca e risentita, richiuse la vestaglia. Perché, ovviamente, Bill non se ne sarebbe accorto. Avrebbe potuto mettersi un anello al naso o dipingersi l'ombelico e lui non ci avrebbe fatto caso.

Se solo se ne fosse accorto e le avesse fatto un complimento, una volta tanto...

Se solo avesse fatto o detto qualcosa di diverso, anche una sciocchezza...

E invece no. Forse non ne era capace. Quindi cos'altro poteva fare? Poteva divorziare, certo, ma non avrebbe ottenuto nulla. Niente soldi, niente con cui costruirsi una nuova vita. Nessun risarcimento per quei quindici anni in cui l'aveva condotta sull'orlo della pazzia.

"È colpa sua", pensò amaramente. "Io non ce la faccio più. Al solo pensiero di sopportarlo un'altra notte, anche solo un'altra ora!".

Udì dei passi pesanti lungo il corridoio. Poi una chiave girò nella serratura e Bill entrò in casa. Lavorava in fabbrica ed era un uomo robusto di circa quarantacinque anni. Gli occhiali vecchio stile dalla montatura dorata poggiati sul naso a patata gli davano un'aria saggia, da gufo.

«Bene bene», disse, appoggiando il cestino del pranzo. «E anche oggi è andata».

Ardis fece una smorfia. Lui si avvicinò al divano, si chinò e le diede un bacio frettoloso sulla guancia.

«È un po' che non ci vediamo. Che c'è per cena?».

Ardis strinse i denti. Non aveva importanza: ancora pochi minuti e tutto sarebbe finito. Eppure *aveva* importanza. Era così irritante.

«Bill...», cominciò in tono civettuolo, aprendosi lentamente la vestaglia. «Come mi trovi, Bill?»

«Bene», rispose lui con uno sbadiglio. «Solo che hai un buchino nelle mutande. Cos'hai detto che c'è per cena?»

«Acqua sporca», rispose lei. «Spazzatura. Insalata di vermi con salsa di fango».

«Chissà che bontà. C'è dell'acqua calda?».

Ardis inspirò profondamente ed emise una specie di gemito esasperato. «Certo che c'è l'acqua calda! C'è sempre, no? No? Perché devi chiederlo tutte le sere?»

«E tu perché ti scaldi tanto?». Alzò le spalle. «Andrò a darmi una sciacquata».

E scomparve nel corridoio. Ardis sentì i suoi passi pesanti, poi la porta del bagno che si apriva e si richiudeva. Si alzò e rimase in attesa accanto al telefono. L'uscio si riaprì e Tony si precipitò in soggiorno.

Aveva già lavato la mannaia. Mentre la nascondeva in fretta nella camicia, Ardis afferrò la cornetta e compose il numero del centralino. «Aiuto», gridò debolmente. «Aiuto... polizia... un omicidio!».

Poi lasciò cadere la cornetta e si rivolse a Tony in un sussurro. «È morto? Sei sicuro?»

«Sì, sì, certo, cosa credi?»

«Va bene. Ora non resta che una cosa da fare...».

«Non posso, Ardis. Non voglio...».

«Colpiscimi», gli ordinò lei, alzando il mento. «Tony, ti ho detto colpiscimi!».

Lui le obbedì e una pioggia di stelle le attraversò il cervello, per poi scomparire. Cadde a terra senza fare rumore.

Quando riprese conoscenza, era stesa sul divano. Un uomo corpulento, un detective, le era seduto accanto e un giovane con un camice bianco e uno stetoscopio al collo era chino su di lei.

Non si era mai sentita così bene in vita sua. Neanche il mento le faceva male, sebbene Tony l'avesse colpita lì. Tuttavia si lamentò debolmente, perché sapeva di doverlo fare, e disse con voce flebile e confusa: «Dove sono? Cos'è successo?»

«Tenente Powers», rispose il detective. «Immagino sia lei a dovermi dire cos'è successo, signora Clinton».

«Non... non ricordo. Cioè, sì, mio marito era appena tornato ed era andato in bagno. E poi ho sentito bussare alla porta e ho pensato fosse il ragazzo dei giornali o qualcosa del genere. Così...».

«Ha aperto la porta e lui è entrato e l'ha colpita, giusto? E poi cos'è successo?»

«E poi è corso in camera e ha cominciato a frugare dovunque. Ha rovesciato i cassetti del comò e...».

«Cosa stava cercando, signora? Non avete somme di denaro considerevoli in casa, vero? O altri gioielli, a parte quelli che indossa? E oggi non era giorno di paga per suo marito, giusto?»

«Be', no, ma...».

«Ma?»

«Non so, magari era un pazzo. Posso solo dirvi quello che ha fatto».

«Certo, certo. Deve aver fatto un bel po' di baccano, comunque. Come mai suo marito non ha sentito nulla?»

«Perché c'era il rumore dell'acqua della doccia e...», rispose lei, ma si interruppe subito, mentre la paura le attanagliava la gola. Il tenente Powers sorrise soddisfatto.

«Ha perso un colpo, eh, signora Clinton?»

«Non so di cosa stia...».

«La smetta! La vasca è asciutta come un forno. La doccia non è mai stata aperta, e lei sa benissimo perché. Perché c'era un uomo dentro».

«M-ma... io non ne so nulla, ero priva di sensi e...».

«E allora come fa a sapere cos'è successo? Come fa a sapere che l'uomo è andato in camera da letto e l'ha messa sottosopra? E come ha fatto a fare quella telefonata?»

«Be', ecco, non ero completamente priva di sensi. Sapevo quello che stava succedendo senza però...».

«Ora mi ascolti», la interruppe bruscamente lui. «Alle cinque e ventitré ha fatto una finta telefonata al centralino, sì, ho detto *finta*. Si dà il caso che nel suo quartiere ci fosse una volante della polizia, quindi due minuti dopo, alle cinque e venticinque, gli agenti erano già nel suo appartamento. Lei era priva di sensi, più di un'ora fa. E lo è stata fino a ora».

Il cervello di Ardis vorticava di pensieri. A un tratto, il turbinio cessò e si sentì pervadere da una grande calma.

«Non capisco a cosa alluda, tenente. Se sta dicendo che ero confusa, stordita e che ho sognato o immaginato alcune cose che le ho detto, be', lo ammetto».

«Sa benissimo cosa intendo! Voglio dire che nessuno può essere entrato e uscito da casa sua e aver fatto tutto quello che ha fatto in due minuti!».

«Allora la centralinista dev'essersi sbagliata sull'ora», ribatté vivacemente Ardis. «Non c'è altra spiegazione».

Powers sbuffò. Disse che ce l'aveva lui un'altra spiegazione, e gliela diede. Ed era quella giusta. Ardis lo ascoltò impassibile, opponendo gentili obiezioni.

«È ridicolo, tenente. Al di là dei pettegolezzi che può aver sentito sul mio conto, non conosco affatto questo... ehm... Tony. E di sicuro non ho complottato né con lui, né con nessun altro per uccidere mio marito. Perché...».

«Lui sostiene di sì. Abbiamo una confessione firmata».

«Ah sì?». Certo che no. Potevano aver scoperto Tony, però lui non avrebbe parlato. «Ma questo non prova nulla, giusto?»

«Mi ascolti bene, signora Clinton! Forse pensa che...».

«Come sta mio marito, piuttosto?», lo interruppe lei. «Spero non sia ferito gravemente».

«Come sta?», ribatté lui in tono beffardo. «Lei come starebbe dopo un bel colpo di mannaia...?», e si interruppe, gli occhi che gli brillavano. «In realtà», riprese poi in tono grave, «si rimetterà. Le ferite erano piuttosto gravi, ma è riuscito a rilasciare una testimonianza, e...».

«Mi fa molto piacere. Ma perché mi state interrogando, allora?». Era un'altra trappola. Bill doveva essere morto. «Se avete la sua testimonianza, dovete sapere che le cose sono andate come vi ho detto».

E rimase in attesa, guardandolo con aria perplessa. Powers aggrottò la fronte esasperato.

«Ok», disse infine. «Ok, signora Clinton. Suo marito è morto. Non abbiamo nessuna testimonianza e nessuna confessione da parte di Tony».

«Ma?»

«Ma sappiamo che lei è colpevole, e lo sa anche lei. E farebbe meglio a togliersi questo peso dalla coscienza, finché può».

«Finché posso?»

«Dottore», esclamò Powers con un cenno del capo all'uomo in camice. «Glielo dica. Glielo dica che il suo amante l'ha colpita un po' troppo forte».

L'uomo venne timidamente avanti e disse: «Mi dispiace, signora Clinton. Lei ha... ehm... subìto un danno molto grave».

«Ah sì?», sorrise Ardis. «Mi sento benissimo».

«Non è esattamente così», ribatté con cautela lui. «Più che altro, lei non sente niente. Ed è normale, con una lesione come la sua...».

«Andatevene», sibilò Ardis. «Tutti e due».

«Mi creda, signora Clinton, non è un trucco. Non volevo allarmarla, ma...».

«E non l'ha fatto», replicò lei. «Non mi ha spaventato affatto, caro dottore. E adesso fuori dai piedi!».

Chiuse gli occhi, stringendoli forte. Quando li riaprì, Powers e il medico, ammesso che fosse un vero medico, se ne erano andati. E la stanza era buia.

Rimase lì sdraiata, sorridendo e congratulandosi con se stessa. A un tratto, sentì dei passi pesanti lungo il corridoio e, per un attimo, si irrigidì. Poi, però, le tornò in mente tutto quello che era successo e si rilassò di nuovo.

Non poteva essere Bill, ovviamente. Se ne era liberata per sempre. Quell'idiota l'aveva quasi fatta impazzire, portandola a un punto in cui non sarebbe riuscita a sopportarlo un minuto di più. Ne andava della sua stessa vita. Ma ora...

I passi si fermarono davanti alla porta. Una chiave girò nella serratura e la porta si aprì e si richiuse.

Si udì il rumore di un cestino del pranzo che veniva appoggiato a terra e poi una voce familiare, e dannate parole familiari: «Bene bene. E anche oggi è andata».

Ardis serrò le labbra, che si piegarono pian piano in un ghigno cattivo. Quindi non si erano ancora arresi! Le avevano teso l'ennesima trappola! Nessun problema, lei sarebbe stata al gioco.

L'uomo attraversò la stanza, si chinò e le diede un bacio frettoloso sulla guancia. «È un po' che non ci vediamo. Che c'è per cena?»

«Bill...», disse Ardis. «Come mi trovi, Bill?»

«Bene. Sei sporca di rossetto, però. Cos'hai detto che c'è per cena?»

«Gufi in umido! Senti, non so chi tu sia, ma...».

«Chissà che bontà. C'è dell'acqua calda?»

«Certo che c'è l'acqua calda! C'è sempre, no? Perché devi chiederlo tutte le sere?».

Non riuscì a finire la frase. Anche se si trattava di una messinscena con qualcuno che parlava e si muoveva come lui, era troppo.

«Fuori di qui!», strillò. «Non ho nessuna intenzione di sopportare tutto questo! Non *posso*! L'ho fatto per quindici anni e...».

«Perché ti scaldi tanto?», fece lui. «Andrò a darmi una sciacquata».

«Smettila! SMETTILA!». Le sue urla riempirono la stanza... urla mute che squarciavano il silenzio. «Lui è... tu *sei* morto! Lo so che sei morto! E io non voglio sopportarti un minuto di più! E... E!».

«Se fossi in te, non ci scommetterei», ribatté pacatamente lui. «Non con quel collo spezzato».

E si avviò trascinando i piedi verso il bagno, ovunque sia il bagno nell'Eternità.

Cornell Woolrich
PER IL RESTO DELLA VITA
1968

Cornell (Geroge Hopley) Woolrich (1903-1968) nacque a New York, ma trascorse i suoi primi anni di vita fra l'America latina e il Messico con il padre, e a Manhattan con la madre, donna di mondo. Quando frequentava la Columbia University scrisse il suo primo romanzo, una storia d'amore intitolata *Cover Charge* (1926). Seguì un'altra storia romantica, *Children of the Ritz* (1927), con cui vinse il premio di diecimila dollari messo in palio dalla rivista «College Humor» e dalla First National Pictures, che nel 1929 lo portò sul grande schermo. Woolrich scrisse altri quattro romanzi d'amore, che vennero paragonati positivamente alle opere di F. Scott Fitzgerald. Nel frattempo, aveva anche cominciato a realizzare dei racconti e, nel 1934, fu pubblicato il suo primo giallo. La maggior parte delle sue opere successive (sedici romanzi e più di duecento racconti) rientrava in questo genere. Ma Woolrich era un alcolizzato con una spiccata tendenza all'isolamento e, negli ultimi trent'anni della sua vita, lasciò raramente la sua camera d'albergo. Utilizzando il suo nome e gli pseudonimi di William Irish e George Hopley, fu forse il più grande autore di racconti di suspense del ventesimo secolo, in grado di creare trame che mettevano a dura prova le aspettative dei lettori, soprattutto perché presentavano una catena di strane coincidenze, ciò nonostante li tenevano avvinti. Sono famose le sue storie di vita quotidiana, in cui i protagonisti, persone normalissime, vengono travolti dagli eventi. Più di venti delle sue opere vennero portate sul grande schermo, fra cui *L'uomo leopardo*, basato sul romanzo *Alibi nero* (*Black Alibi*, 1942) e diretto da Jacques Tourneur; *La donna fantasma*, ispirato al libro omonimo (*Phantom Lady*, 1944) e diretto da Robert Siodmak; *La finestra sul cortile* (1954), diretto da Alfred Hitchcock e tratto dal racconto che porta lo stesso titolo (*Rear Window*, 1942); e *La sposa era in nero* (*The Bride Wore Black*, 1967), ispirato all'omonimo romanzo (1940) e diretto da François Truffaut. Woolrich era in grado di accrescere la suspense con la totale imprevedibilità delle sue storie, un elemento che venne però edulcorato nelle loro trasposizioni cinematografiche perché Hollywood privilegiava il lieto fine. Ad ogni modo, il lettore non sa mai fino in fondo se la tensione si allenterà o se il gran finale peggiorerà la situazione.

Per il resto della sua vita (*For the Rest of Her Life*), l'ultimo racconto pubblicato di Woolrich prima della sua morte, apparve per la prima volta nel maggio 1968 sull'«Ellery Queen's Mystery Magazine» e, in seguito, nella raccolta *Angels of Darkness*. Nel 1974 ne fu tratto un film per la TV che si intitolava *Martha*, girato nella Germania dell'Ovest e scritto e diretto da Rainer Werner Fassbinder.

I loro sguardi si incrociarono a Roma. In una strada della città, via Piemonte. Lui le veniva incontro, e fu lei a vederlo per prima. Non lo sapeva ancora, ma stava anche andando incontro alla sua vita, al suo destino, portando con sé ciò che doveva accadere.

Ogni vita è un mistero. E la storia di ogni vita è un mistero. Ma il mistero non è ciò che accade. È se deve accadere ad ogni costo, se sia deciso e disposto, stabilito e scritto, o se possa essere mancato, evitato, schivato, aggirato: questo è il mistero.

Se quel giorno non fosse passata da via Piemonte, sarebbe andata allo stesso modo? Se quel giorno fosse passata da via Piemonte, ma dieci minuti dopo, sarebbe andata allo stesso modo? È qui che sta il vero mistero. Nessuno lo sa, né lo saprà mai.

Quando i loro sguardi si incrociarono, si fermarono. Per un battito del cuore.

Lui non era trasandato. Non era uno straccione. Aveva dei bei vestiti e un'aria distinta.

Insomma, si presentava bene. Sulle prime, lei pensò: "Non è più giovane, non è più un ragazzo". E poi: "Però non è nemmeno vecchio". Aveva qualcosa di giovanile che aleggiava su di lui, senza però posarsi in un punto particolare. Come se stesse per prendere il volo e lasciarlo. Ma non era neanche quello. Come se non fosse mai stato davvero lì, neanche all'inizio. In breve, l'impressione era quella di un uomo senza età. Né giovane, né vecchio, né imberbe, né maturo: senza età. Un trentaseienne che dimostrava cinquantasei anni o un cinquantaseienne che ne dimostrava trentasei. Impossibile stabilire quale delle due fosse giusta.

I loro sguardi si incrociarono e si fermarono. Per un battito del cuore.

Poi si passarono accanto in via Piemonte, ma senza voltare la testa per prolungare lo sguardo.

"Chissà chi era", pensò lei.

Cosa pensò lui non fu dato sapere, almeno non a lei.

Tre sere dopo si incontrarono di nuovo a una festa dove la portò l'amica con cui abitava.

Lui le si avvicinò e lei disse: «Io l'ho già vista. Le sono passata accanto lunedì in via Piemonte. Verso le quattro del pomeriggio».

«Anch'io mi ricordo di lei», esclamò. «L'ho notata, quel giorno».

"Mi chiedo perché ci ricordiamo così bene l'uno dell'altra", pensò lei. "Da allora ho incrociato decine, centinaia di persone, e immagino anche lui. Eppure non me ne ricordo nemmeno una".

«Mi chiamo Mark Ramsey», disse.

«Linda Harris».

Nacque un attaccamento. Che cos'è un attaccamento? È la relazione umana più difficile da spiegare, perché è la più vaga, la più impalpabile. Ha tutti i vantaggi dell'amore, e nessuno svantaggio. Niente gelosie, niente litigi, niente brama di possesso, niente timore di perderlo, niente odio (che è parte integrante dell'amore), niente slancio passionale e niente disperazione quando finisce. Non raggiunge mai le vette, né gli abissi.

In genere, arriva all'improvviso. Come accadde a loro. In genere le due persone coinvolte non ne sono nemmeno consapevoli, all'inizio. Come non lo erano loro. Di solito, ci si accorge solo quando esso viene spezzato dalle circostanze. Come accadde al loro. In altre parole, la sua presenza si manifesta soltanto nell'assenza. Se ne sente la mancanza esclusivamente quando finisce. Finché c'è, non ci si pensa, perché non c'è bisogno di pensarci.

È bello incontrarsi, è piacevole stare insieme. Appoggiare le buste della spesa sulla sedia di ferro battuto di un caffè all'aperto, sedersi e bere un vermouth con qualcuno che è lì ad aspettarti. E lo sarà ancora domani pomeriggio. Stessa ora, stesso tavolo, stesso caffè. O guardare un giovane italiano che si scatena nel ballo del momento in un locale notturno da due soldi, mentre tu, che provieni dal Paese in cui quel ballo è nato, ti alzi solo per un tranquillo fox trot. È persino piacevole separarsi, perché significa semplicemente prepararsi al prossimo incontro.

Una frequentazione troppo assidua può rovinare tutto, persino in una storia d'amore. Nel caso di un attaccamento, lo stroncherebbe sul nascere. Ma incontrarsi, congedarsi, poi incontrarsi di nuovo dopo pochi giorni alimenta la cosa, la incoraggia a sbocciare.

E tuttavia richiede una certa vanità, come l'amore: un desiderio di piacere, di apparire al meglio, di ispirare complimenti. Infonde anche la voglia di flirtare, perché i due sono di sesso opposto. Un sguardo d'intesa da sopra un bicchiere, una confidenza fatta sottovoce e il sorriso di complicità che la accoglie, un piccolo dono inaspettato: una cravatta perché hai rovesciato accidentalmente qualcosa su quella che lui portava un giorno, o un mazzolino di fiori per via del colore del vestito che indossa lei.

È così che funziona.

E a un tratto si separano, e a un tratto c'è un vuoto, e a un tratto scoprono di avere provato dell'attaccamento.

Roma scivolò nel passato e divenne New York.

Ora, se non ci si ritrova mai più o lo si fa dopo molto tempo e in circostanze diverse, l'attaccamento scema, fino a svanire del tutto. Ma se ci si ritrova all'improvviso quando la nostalgia reciproca è ancora viva, allora riacquista tutto il suo vigore. E non come semplice affetto: deve evolversi, costruire, accelerare. E a volte è così felice di essere stato riportato in vita che crede, sbagliando, di essere amore.

Lei stava pensando a lui nel momento in cui squillò il telefono. E anche quello aiutò, con la sua immediatezza, con la sua risposta telefonica al ricordo nostalgico di lei. La memoria è un miraggio che inganna il cuore...

«Non indovinerai mai cos'ho in mano in questo momento... L'ho preso un attimo fa e, proprio mentre lo stavo guardando, è squillato il telefono. Non è strano?»

«Ti ricordi il giorno in cui l'abbiamo comprato...».

«Ho un monolocale sulla 72ª Est. Sono da sola, adesso, Dorothy è rimasta a Roma...».

Un paio di mesi dopo, erano sposati.

"Lo chiamano amore", pensò lei. "Ma adesso so cos'è. Non credevo che l'avrei saputo un giorno, eppure è così".

Ma non aggiunse: "Se puoi fare un passo indietro e capire cos'è, è davvero quello che pensi? Non dovresti essere incapace di sapere di cosa si tratta? Dovresti aggrappartici e stringerlo forte nel timore che svanisca, ma senza riuscire a fermarti, a pensare, a dargli un nome".

Nient'altro che due persone che condividono un'esperienza umana molto diffusa. Infinita nella sua complessità, a volte insidiosa, ma quasi sempre superata brillantemente in due modi: con una blanda soddisfazione di fronte al risultato ottenuto, o con un vago scontento vinto dall'abitudine. La maggior parte delle donne non sposa un uomo, sposa un'abitudine. E, anche quando è una buona abitudine, può diventare monotona: è quasi sempre così. Quando è un'abitudine moderatamente cattiva, può diventare un fastidio e una seccatura: è quasi sempre così. Ma quando è un'abitudine davvero cattiva, nel senso ultimo della parola, allora può diventare un inferno.

La loro sembrava trovarsi a metà strada fra le prime due, almeno per un po'. Poi cominciò a virare lentamente verso l'ultima. In modo graduale, ma costante.

Passarono la luna di miele in una località lacustre nel New Hampshire. Il lago aveva un nome indiano che suonava proprio come una parola straniera alle orecchie dell'americano medio, ma per lei costituiva un ostacolo talmente insormontabile sia a pronunciarlo che a immaginarlo (per qualche oscuro motivo, forse freudiano, o magari per un'istintiva repulsione nei confronti di qualcosa dalle connotazioni angosciose) che rinunciò a nominarlo, limitandosi a indicarlo come "il lago". Poi, man mano che il tempo lo trascinava non verso l'oblio, ma verso un luogo lontano, divenne "quel lago".

Fu lì che tutto ebbe inizio. Lì che accadde la prima cosa abbastanza importante e degna di nota da essere ricordata in seguito fra tanti altri episodi simili, e tuttavia trascurabili. Come un luccichio compiaciuto nello sguardo o un gesto brusco e irriguardoso (una volta, lui versò accidentalmente del tè bollente sul polso di una cameriera perché non aspettò che ritirasse la mano dopo averlo servito e perché voltò la testa dall'altra parte; quella lanciò un urlo e lui le chiese scusa, ma nel farlo sogghignò, e non è l'atteggiamento di chi è dispiaciuto).

Una mattina, quando lei si svegliò, si era già vestito ed era uscito dalla stanza, che aveva una vista meravigliosa sul lago (era la suite matrimoniale). Avvicinatasi alla finestra, lo vide sul piccolo molo dipinto di bianco, che si protendeva nell'acqua poggiando su pali storti. Indossava un maglione dolcevita, anziché la camicia e il cappotto, e da lontano la sua figura asciutta, complice la brezza che soffiava verso la riva e gli scompigliava i capelli, sembrava più giovane. Per un attimo, lei sentì di nuovo l'antica attrazione, l'antico attaccamento, ma quella sensazione svanì subito, come la brezza. Dov'erano finite le sedie di ferro battuto dei caffè all'aperto di Roma, piene di buste e pacchetti? Erano scomparse per sempre, non potevano più stregare nessuno.

L'acqua del lago era blu scura e increspata dalla brezza insistente che la spazzava come un'invisibile ramazza, mentre il sole settembrino delle nove la riempiva di screziature dorate simili a efelidi galleggianti.

Seduto su un lato del molo c'era un bambino in costume, nero come il carbone, le gambe penzoloni. Lo aveva già visto nei giorni precedenti. E c'era il suo cagnolino, uno Scottish terrier rumoroso e sgraziato, ma simpatico, che stava sempre tra i piedi di tutti.

Il bambino gettava dei bastoncini nell'acqua e il cane si tuffava a riprenderli, per poi tornare a riva. Più e più volte, con gli interessi semplici e instancabili tipici dei bambini e dei loro cani. Nel frattempo, un uomo stava portando a riva una barca a motore noleggiata da Mark.

Lei lo sentì scorazzare sul lago per un po', fendendo l'acqua e tracciando lunghe ellissi, con il rumore del motore che, di volta in volta, si avvicinava e si allontanava.

A un tratto cessò del tutto e, quando lei si affacciò di nuovo alla finestra, vide che la barca si era fermata e ondeggiava pigramente sull'acqua. Il bambino piangeva e il cagnolino giaceva senza vita sulla riva del lago. Il collare si era impigliato in una gomena con attaccato un rampino, lasciato imprudentemente penzolare dal bordo della barca (o forse lanciato deliberatamente in acqua mentre la barca sfrecciava?) e il cane era stato trascinato – chissà quante volte? – intorno al lago, morendo strangolato nella scia della barca.

«Se solo lei si fosse guardato alle spalle», disse mestamente a Mark la madre del bambino. «Era un buon nuotatore, ma lo sforzo deve essere stato troppo grande e il suo cuore non ha retto».

«Ma lui ha guardato! Ha guardato! L'ho visto!», urlò il bambino, sconvolto, scrutando Mark con aria accusatoria da dietro le gonne della madre.

«C'erano gli spruzzi», ribatté prontamente. Ma lei si domandò perché avesse avuto tanta fretta di giustificarsi. Non avrebbe dovuto riflettere un attimo prima di dire: «Dev'essere stato per via degli spruzzi» o «Forse c'erano gli spruzzi...»? E invece replicò subito, come se fosse pronto a farlo prima ancora che ce ne fosse bisogno.

Tutti si comportavano come se, sotto sotto, si vergognassero, come se fosse successo qualcosa di sconveniente. Tutti tranne il bambino, ovviamente. Non c'erano sfumature da adulto nel suo dolore.

Alla fine anche lui avrebbe dimenticato il cane.

Ma lei? Sarebbe riuscita a dimenticarlo?

Quando lasciarono il lago (lei notò che Mark venne salutato freddamente), si stabilirono in una grande casa di campagna nel Berkshire (Massachusetts), non lontano da Pittsfield, di proprietà della famiglia di Mark da circa settantacinque anni. Avevano un'auto, un'Alfa Romeo, che lui aveva portato dall'Italia e la loro vita insieme non era sgradevole, almeno in apparenza. Lui era un importatore di opere d'arte e, dal punto di vista finanziario, era molto affermato; faceva avanti e indietro con Boston, dove aveva una galleria con un appartamentino al piano di sopra. Di solito trascorreva la settimana in città per poi raggiungerla in campagna il venerdì sera (lei dormiva benissimo il lunedì, il martedì e il mercoledì, ma il giovedì passava metà della notte in bianco a pensare che il giorno dopo era venerdì. Non faceva che analizzare quel dato di fatto; e se avesse smesso di farlo, cosa avrebbe capito? Che cosa, che non sapesse già?).

Quanto alla loro dimora, va detto che non era deprimente in sé. La gente prende l'aria di una casa, ma per lo stesso principio una casa assorbe gli umori di chi ci abita. Se era diventata ciò che era diventata, era per colpa di Mark, o meglio, per come reagiva alla sua presenza.

L'interno della casa era cristallizzato in un periodo che di rado veniva evocato: quello subito precedente alla Grande guerra, dominato dal rococò e da una vistosa eleganza. O l'ultima persona che vi aveva abitato (la sorella maggiore di Mark, che non si era mai sposata) aveva avuto un debole per quel periodo perché le ricordava un amore di gioventù stroncato dalla guerra e aveva deliberatamente cercato di ricrearlo; oppure, cosa più probabile, non era più stata ristrutturata da allora ed era rimasta così.

Linda scoprì cose di cui aveva sentito parlare ma non aveva mai visto: la vasca da bagno con i piedini, gli interruttori della luce in madreperla, un lampadario di vetro colorato sopra il tavolo della sala da pranzo, un grammofono a manovella (si domandava se, prima di usarlo, levassero il tappeto e poi si mettessero a ballare il valzer all'inglese o il one-step). Dentro e fuori, la dimora evocava l'immagine di donne con i lunghissimi abiti del 1913, i capelli raccolti in acconciature elaborate e le scarpe di cuoio con la tomaia di camoscio beige fino a metà polpaccio. Sembrava dovessero uscire da un momento all'altro da una delle stanze, oppure temeva di trovarsi davanti alla porta di casa, anziché l'Alfa Romeo leggera e scattante, una Chalmers o una Pierce-Arrow o una Hupmobile che tremava tutta per lo scoppiettio del motore.

A volte si sentiva un'intrusa, quando passava davanti a uno specchio a figura intera e vedeva la sua immagine con una gonna al ginocchio e i capelli corti e spettinati. Altre volte le pareva di essere vittima di un incantesimo, nell'attesa che qualcuno lo infrangesse. Ma non era un incantesimo positivo, e non proveniva esclusivamente dalla casa e dal mobilio...

Un giorno, a Capodanno, nel corso di una visita a casa di alcuni conoscenti di Mark che vivevano lì vicino, incontrò un giovane di nome Garrett Hill. Dirigeva la filiale di un'azienda di Pittsfield.

Fu molto semplice: si incontrarono. Semplice come solo le cose belle, gli eventi che cambiano la vita, i punti di svolta sanno essere.

Poi lo incontrò un'altra volta, per caso. Poi una terza, per una coincidenza. Una quarta, per un colpo di fortuna... o perché guidata da forze invisibili?

Alla fine cominciò a vederlo regolarmente, senza nessun secondo fine, di sicuro senza uno scopo cattivo. Quando lui la accompagnò a casa la prima sera, chiacchierarono lungo il tragitto in macchina; giunti di fronte alla porta di casa, lui le porse la mano, ma lei nascose rapidamente la sua dietro la schiena.

«Perché hai paura di stringermi la mano?»

«Credevo volessi farmi del male».

«Come posso farti del male stringendoti la mano?».

Poi, quando provò a baciarla, lei si voltò e corse in casa spaventata, come se l'avesse minacciata con un frustino.

Quando ci provò di nuovo, un'altra sera, lei si ritrasse altrettanto bruscamente, come di fronte a una punizione corporale.

Lui la guardò e sgranò gli occhi, per l'improvvisa consapevolezza e, insieme, per lo stupore. «Hai paura del dolore fisico», mormorò. «L'altra sera credevo fosse uno scrupolo da moglie fedele. Ma tu hai paura di essere baciata! Come se implicasse dolore fisico».

Lei sbottò: «Be', è così, no?».

Lui rispose, terribilmente serio: «A che tipo di baci sei abituata?».

Lei chinò il capo. E fu come se gli avesse raccontato l'intera storia.

Lui era bianco come un fantasma. Non disse altro. Ma gli uomini si capiscono fra loro, è una dote innata.

La settimana successiva lei andò in città a fare spese, sebbene avrebbe potuto farlo tranquillamente per telefono. Sperava di incontrarlo per caso? È per questo che ci andò di persona? E, non appena ebbe finito, si sedette al tavolo di un caffè nell'attesa che arrivasse l'autobus. Lui entrò nel locale subito dopo: doveva aver osservato i suoi movimenti dalla macchina.

Non le chiese se poteva sedersi: rimase in piedi davanti a lei, le nocche appoggiate sul tavolo. Poi, lanciando una rapida occhiata verso la porta, estrasse un libro dalla giacca e glielo mise davanti, in modo che il titolo fosse visibile.

«L'ho fatto arrivare da New York», spiegò. «Sto cercando di aiutarti nell'unico modo che conosco».

Lei abbassò gli occhi sul volume, dal titolo *Il Marchese de Sade: Opere complete*.

«Chi era?», chiese lei, alzando gli occhi su di lui. E pronunciò il suo nome all'inglese: "Seid".

«"Sad"», la corresse lui. «Era un francese. Tu leggilo», si limitò a dire. «Leggilo».

Fece per andarsene, poi si voltò e aggiunse: «Non farlo vedere a nessuno...». Poi si corresse: «Non farlo vedere a *lui*. Copri la copertina con della carta da pacchi marrone e, appena l'hai finito, riportamelo; non lasciarlo in giro per casa».

Quando se ne andò, lei continuò a fissare il libro. Continuò a fissarlo e basta.

Si trovarono di nuovo tre giorni dopo allo stesso piccolo caffè vicino alla strada principale. Era diventato il loro luogo d'incontro. Non si davano appuntamento: semplicemente, lui entrava e la trovava lì, e viceversa.

«È stato lui il primo?», gli chiese lei restituendogli il libro.

«No, certo che no. Questa cosa è sempre esistita. Trarre piacere dall'infliggere dolore. Ci sono uomini così, per fortuna non troppi. Lui è stato solo il primo a scriverne e, quando il mondo è diventato più complesso e ha avuto bisogno di etichettare ogni cosa, è stato usato il suo nome per coniare una parola, sadismo, che significa piacere sessuale ottenuto infliggendo dolore: il puro piacere di essere crudeli».

Lei cominciò a tremare come una foglia. «È proprio così». Lo disse in un sussurro, tanto sconvolgente fu quella scoperta. «Oddio. Sì, è proprio così».

«Dovevi sapere la verità. Era la cosa più importante. Dovevi sapere, dovevo dirtelo. Non si tratta semplicemente di un suo capriccio o di una sua stravaganza. Né di incapacità o di rozzezza nel fare l'amore. È una cosa terribile, una deviazione, una calamità e... un grave pericolo per te. Dovevi prima capire questo».

«A volte prende il rasoio elettrico...», disse lei, con lo sguardo fisso nel vuoto. «Ma non usa il rasoio, solo il filo... lo attacca alla corrente e..».

Si interruppe, coprendosi la bocca con il dorso della mano.

In quel momento Garrett fece una cosa che lei non aveva visto fare a nessun altro uomo: chinò il capo, non fino al petto, ma oltre, finché non poggiò il mento sul tavolo. E, quando la guardò, vide che aveva gli occhi iniettati di sangue e accesi d'ira. Poi si velarono di lacrime che spensero le fiamme.

«Ora sai chi hai di fronte», disse infine lui, ritirandosi su. «Cosa vuoi fare?»

«Non lo so», rispose lei, cominciando a singhiozzare silenziosamente. Lui si alzò e le si avvicinò, prendendole la testa e stringendola a sé. «So solo una cosa», disse infine. «Che la notte voglio rivedere le stelle, non solo il buio e le ombre. Voglio svegliarmi la mattina come se fosse normale, e non dover ringraziare Dio di essere sopravvissuta a un'altra notte. Voglio poter dire che non ci sarà un'altra notte come l'ultima».

La paura che Mark le aveva instillato le entrò nelle vene: non temeva solo la paura, temeva anche di essere salvata dalla paura.

«Non voglio agire troppo presto», disse con voce soffocata.

«Quando deciderai di farlo, ti starò vicino».

Si lasciarono così. Per l'ennesima volta.

Il venerdì successivo lui si sedette a aspettarla al solito tavolo. Nell'attesa, accese una sigaretta, la fumò e la spense nel posacenere. Poi ne accese e ne spense un'altra. E un'altra ancora.

Lei gli arrivò alle spalle e lo toccò appena, ma con affetto, sulla spalla, come se non osasse parlare.

Lui si voltò e la salutò animatamente: «Non dirmi che eri dentro! Credevo non fossi ancora arrivata. Sono qui da venti minuti, con gli occhi fissi sull'entrata».

Poi, quando lei gli si sedette di fronte a lui e poté guardarla meglio in faccia, il suo entusiasmo svanì.

«Ero dentro e sono crollata. Non sono riuscita a trattenermi. Non potevo uscire prima. Non volevo che mi vedessero così».

Dopo il pianto disperato tremava ancora come una foglia.

«Tieni, prendine una», disse lui dolcemente porgendole le sigarette. «Magari ti aiutano a calmarti».

«No!», esclamò lei quando vide il pacchetto. Si ritrasse con una tale violenza che la sedia si spostò all'indietro. Poi si portò la mano al petto in un istintivo tentativo di difesa, di protezione.

Lui impallidì quando capì il motivo della sua reazione. Era livido di rabbia, di disgusto. «Quindi è così che stanno le cose», disse con un sospiro. «Dio mio».

Rimasero seduti a lungo, in silenzio e a capo chino. Del resto, cosa c'era da dire? Nel frattempo, erano arrivati i loro caffè: una scusa per restare lì.

Alla fine lui alzò la testa, la guardò e diede voce ai suoi pensieri. «Non puoi più tornare a casa. Sei lontana adesso, e devi rimanerci. Non ti ci devi più avvicinare. La prossima notte potrebbe essere l'ultima. Ti ucciderà, una volta o l'altra, anche se non intende farlo. Quello che per lui è brivido, eccitazione, ti sarà fatale, prima o poi. Pensaci bene. Devi pensarci bene».

«Ci ho già pensato. Spesso, anche», ammise lei.

«Non vuoi andare alla polizia?»

«Mi vergogno». Si coprì gli occhi con la mano. «Lo so che è lui a doversi vergognare, non io. Eppure è così. Non riuscirei mai a raccontare tutto a un estraneo, a vederlo scritto in un verbale, a sporgere una denuncia. È così intimo. Sarebbe come spogliarsi in pubblico. È già difficile accettare il fatto che tu sappia. E non ti ho neanche detto tutto».

Lui scosse la testa, come se lo sapesse.

«Se provo a nascondermi a Pittsfield, prima o poi mi troverà... non è così grande... e mi verrà a prendere e mi costringerà a tornare, e comunque vada sarà uno scandalo. E io non voglio. Non potrei sopportarlo. I giornali...».

E a un tratto, prima di rendersene conto, si trovarono immersi nelle fasi finali di un piano che si era andato delineando in tutti quei mesi. Sempre più chiaro a ogni incontro, a ogni sguardo e a ogni parola. Il piano per la sua liberazione e la sua salvezza.

Lui le prese le mani.

«No, senti. Ecco dove, come faremo. New York, andremo a New York. È l'unica soluzione. Non riuscirà a riportarti indietro: è troppo grande, non riuscirà nemmeno a trovarti. La mia azienda tiene una conferenza lì martedì prossimo, e di solito ogni filiale manda un rappresentante. Sapevo già da un pezzo di doverci andare e ti avrei chiamata lunedì, prima di partire. Ma ho deciso che partirò stasera stessa e ti porterò con me».

Le accarezzò le mani con aria incoraggiante, poi aggiunse:«Devo tornare in ufficio a sistemare alcune cose. Tu aspettami qui, non mi ci vorrà più di mezz'ora».

Lei si guardò intorno con aria ansiosa. «Non voglio starmene qui da sola. Le cameriere già mi fissano in modo strano ogni volta che passano, come se sapessero che c'è qualcosa che non va».

«Lascia che guardino, e che vadano al diavolo», tagliò corto lui, con la spavalderia di un uomo all'inizio di un amore.

«Non puoi chiamare l'ufficio da qui? Fare tutto per telefono?»

«No, devo firmare delle carte... sono sulla mia scrivania».

«Allora accompagnami a casa e, mentre tu fai quello che devi fare in ufficio, io butto due o tre cose in valigia così, quando hai finito, possiamo partire da lì».

«Non è troppo rischioso?», azzardò lui, dubbioso. «Non voglio che torni in quella casa». Guardò l'orologio. «Lui a che ora rincasa il venerdì?»

«Mai prima delle dieci di sera».

Lui le mosse la prima critica da quando si erano conosciuti: «Sei proprio una donna. Per una spazzola e una vestaglia comoda, sei disposta a rimettere piede lì dentro».

«Non si tratta solo di una spazzola», precisò lei. «Ho anche dei soldi a casa. Miei, non suoi. Anche se la mia amica dei tempi di Roma, quella di cui ti ho parlato, dovesse accettare di ospitarmi i primi giorni, avrò bisogno di un po' di denaro per sopravvivere finché non riuscirò a trovare un lavoro e una casa. E poi ci sono altre cose, come il mio certificato di nascita, che mi potrebbero servire più avanti: non me le restituirà mai una volta partita».

«Va bene», si arrese lui. «Faremo come dici tu».

Poi, un attimo prima di alzarsi dal tavolo che era stato testimone di un cambiamento così radicale nella vita di entrambi, si lanciarono un'ultima occhiata. L'ultima, e la prima. E si capirono.

Lei non aspettò che lui glielo chiedesse. Non c'è decoro nella disperazione, non c'è timidezza nel bel mezzo di una crisi. Sapeva che lui glielo aveva chiesto senza parlare. «Voglio riscoprire cos'è un amore gentile. Voglio dormire con te, fra le tue braccia. Voglio diventare tua moglie».

Lui le prese la mano sinistra, sollevò l'anulare, le tolse la fede e, al suo posto, le infilò un grosso anello che portava sempre al dito. Era massiccio, sgraziato, troppo grande per lei... ma era il simbolo di tutto ciò che dovrebbe essere l'amore.

Lei se lo portò alle labbra e lo baciò.

Erano sposati.

La fede rotolò giù dal tavolo e cadde a terra e lui la calpestò inavvertitamente, trasformandola in qualcosa di informe, distorto, non più tondo, non più vero. Come ciò che aveva sempre rappresentato.

Poi l'accompagnò a casa e la lasciò davanti alla porta. Si separarono senza quasi dirsi nulla, tanto era profonda ormai la reciproca comprensione. Solo due parole sussurrate: «Fra mezz'ora».

Si era fatto buio, e c'era una calma piatta e minacciosa. Come una bestia accucciata ma pronta a spiccare un balzo, con la coda che si muoveva appena. Le foglie erano immobili sugli alberi. Una stella funesta brillava di luce verde nel cielo nero come un occhio ostile, come un occhio cattivo che li spiava.

L'auto di lui si allontanò. Lei preparò una piccola sacca, e l'aveva appena portata al piano di sotto quando sentì squillare il telefono. Doveva essere Garry, che le diceva che aveva finito in ufficio e stava per partire.

«Pronto», rispose con l'urgenza, la vitalità e la confidenza di chi condivide un segreto con qualcuno.

Ma all'altro capo del filo c'era Mark.

Il suo entusiasmo svanì di colpo, portandosi via tutto il resto. Non sapeva cosa dire. «Ah, sì?», e poi: «Ho capito».

«Com'è andata oggi? Dev'essere stata una gran bella giornata».

Lei sapeva cosa intendeva dire, sapeva cosa stava insinuando.

«Mah... non ho fatto niente di speciale, in realtà. Sono rimasta a casa tutto il giorno».

«Strano», fece lui. «Ti ho chiamata prima... un'ora fa?». Era un tranello. «Ma non hai risposto».

«Non ho sentito il telefono», disse lei in fretta, troppo in fretta. «Forse ero uscita un attimo. Sì, ho spazzato la ghiaia del vialet...».

Si rese conto troppo tardi che lui non l'aveva chiamata. Ma ora sapeva che non era rimasta in casa tutto il giorno, che a un certo punto era uscita.

«Farò un po' tardi», disse lui. E poi aggiunse qualcosa del tipo: «Era quello che volevi sentire, vero?»

«Come?», chiese lei. «Cos'hai detto?»

«Ho detto che farò un po' tardi».

«E poi?»

«E poi?», le fece eco lui in tono insinuante.

Lei sapeva che non l'avrebbe ripetuto, ma sapeva anche di aver capito bene cosa aveva aggiunto dopo.

"Sa tutto", pensò con un brivido quando finalmente riagganciò (la voce di lui aveva la capacità di imprigionarla e, al tempo stesso, ammaliare; e di torturarla, proprio come le sue dita crudeli, spietate). "Sa che c'è un altro; forse non ha ancora scoperto di chi si tratta, ma sa che c'è un altro".

Le tornò in mente un'osservazione che lui aveva fatto durante una delle loro notti da incubo: «C'è qualcun altro che non ti farebbe questo, vero? C'è qualcun altro che non ti farebbe piangere».

Avrebbe dovuto riferirlo a Garry all'epoca. Perché ora avrebbe dovuto fuggire da Mark a tutti i costi, e con più urgenza che in passato. Da allora in poi le sue sevizie sarebbero state mosse da un terribile desiderio di vendetta, da una gelosia violenta, laddove prima erano guidate da un impulso irrazionale, che a volte svaniva con la stessa rapidità con cui nasceva. Complici una lacrima o una preghiera o una corsa intorno al tavolo.

E poi le venne in mente un'altra cosa, che la spaventò. Come faceva a sapere che era davvero a Boston, che non era ancora partito? Avrebbe potuto essere molto più vicino, pronto a piombarle alle spalle, sperando di prenderla alla sprovvista e scoprirla fuori casa con qualcuno o addirittura (come se lei fosse quel tipo di persona) in casa insieme a qualcuno. Aveva mentito sul fatto di averla chiamata, perché non avrebbe potuto farlo anche sul posto in cui si trovava?

E, ora che ci pensava, c'era una stazione di servizio con un telefono pubblico a meno di cinque minuti da casa, sull'autostrada da Boston. Si sentì risucchiare in un turbine di paura, come un mulinello di polvere in un luogo brullo spazzato dai venti. Aveva due possibilità: chiamare Garry in ufficio e dirgli di sbrigarsi, perché il loro tempo stava per scadere, o tentare di rintracciare la telefonata di Mark e scoprire quale vantaggio avesse. Non aveva il tempo di fare entrambe le cose.

Scelse la seconda possibilità, ovviamente: quella sbagliata.

Quando riuscì a identificare la stazione di servizio per permettere al centralinista di risalire al numero, era troppo tardi. Si udì un rumore di pneumatici sulla ghiaia del vialetto e un'auto si fermò davanti casa.

Il suo primo impulso, che seguì senza sapere perché, fu quello di spegnere tutte le luci della stanza. Forse lo fece per poter guardare fuori senza essere vista.

Corse alla finestra e rimase immobile e rigida, il viso vicino al vetro per sbirciare fuori. La macchina si era fermata in un punto infelice per la visuale. La casa aveva un pergolato con i viticci di un glicine, che vi si arrampicavano come grappoli d'uva, nascondendo in parte l'auto. I fari ad acetilene che gettavano un fascio di luce in diagonale non le dicevano nulla: avrebbero potuto appartenere a qualsiasi macchina. Non riusciva a distinguere chiaramente neanche il colore della carrozzeria.

Sentì che la porta si apriva con uno scricchiolio e si richiudeva pesantemente. Seguì un rumore di passi di sicuro maschili su per gli scalini di legno che conducevano alla veranda all'ingresso. Intravide una sagoma che la attraversava, ma era troppo buio per capire di chi si trattasse.

Si voltò dando le spalle alla finestra e si portò istintivamente una mano al petto, sul cuore. Mark aveva le chiavi di casa. Garry, invece, avrebbe dovuto suonare. Rimase in attesa, sperando di udire il campanello che le avrebbe detto che era al sicuro, che sarebbe stata amata, che sarebbe sopravvissuta.

Invece vi fu uno scatto, la maniglia girò e un refolo d'aria fresca le disse che la porta si era aperta.

Riportata bruscamente alle paure irrazionali dell'infanzia, si voltò e scappò via, come una bambina con le codine svolazzanti, e corse lungo il corridoio buio, rifugiandosi dentro un armadio nel sottoscala: il posto più remoto della casa. Si rannicchiò sul fondo, nascondendosi dietro agli abiti appesi, sperando che la proteggessero, che la rendessero invisibile. Maglioni e impermeabili e vecchie tute da lavoro. Poi si mise la testa fra le ginocchia, come fanno i bambini inseguiti da un orco o da uno spiritello maligno, convinti che, se non possono essere visti, la paura svanirà.

I passi salirono su per le scale sopra la sua testa. Avvertì la vibrazione, più che il rumore. Poi udì qualcuno che chiamava il suo nome, ma dal suo nascondiglio non riuscì a riconoscere la voce: era come se fosse sott'acqua. Quindi i passi scesero di nuovo, e l'uomo si fermò ai piedi delle scale, incerto sul da farsi. Lei avrebbe voluto smettere di respirare.

A un tratto si sentì un *clic*: l'uomo aveva acceso la luce. Poi i passi si fecero più nitidi, man mano che si avvicinavano. Il cuore le batteva all'impazzata: "eccolo, eccolo". La luce invase l'armadio e due braccia entrarono e cominciarono a muoversi alla cieca, cercandola.

Quando la trovarono, la presero per le spalle, la sollevarono e la tirarono fuori (con sorprendente delicatezza). E la strinsero al petto. Le lacrime della donna disegnarono tanti pallini sulla cravatta a tinta unita di Garry.

Non riuscì a dire altro che: «Sbrigati, portami via!».

«Nella fretta, devi esserti dimenticata di chiudere a chiave la porta. È per questo che sono entrato senza suonare. Poi, mentre ti cercavo, ho visto che la manica di quel vecchio grembiule era rimasta fuori dell'armadio. Sembrava quasi un braccio che mi indicava dov'eri nascosta. È stato strano. Il tuo angelo custode deve volerti molto bene, Linda».

"Ma sarà sempre così?", si domandò lei. "Sarà sempre così?".

Garry la guidò verso l'ingresso, prese la borsa che aveva preparato e la condusse fuori, chiudendo per sempre la porta alle loro spalle.

«Un attimo», disse lei fermandosi, un piede sulla ghiaia e uno sugli scalini di legno dell'entrata.

Aprì la borsetta e tirò fuori la chiave, la chiave della sua casa e del suo matrimonio. Poi la scagliò contro la porta e quella cadde a terra con un suono sordo, come qualcosa di scarso valore.

Salirono in macchina e si allontanarono, rimanendo a lungo in silenzio.

Le cose vecchie erano già state dette. Quelle nuove dovevano ancora venire.

Lei immaginò i grattacieli di New York che apparivano lentamente all'orizzonte in fondo alla lunga strada che stavano percorrendo. Arcobaleni scintillanti, opalescenti, iridescenti di cromo e vetro e speranza. Come Gerusalemme, o la Mecca, o qualsiasi altro luogo sacro. Che la invitavano, offrendole il paradiso. E, sebbene New York avesse significato molto per tante persone in epoche diverse – fama, successo, realizzazione –, forse per nessuno valeva come per lei quella sera. Era il suo rifugio, il suo santuario, un posto dove essere al sicuro.

«Quanto ci vuole?», gli chiese con aria assorta.

«In genere, meno di quattro ore. Stasera meno di tre».

"Non lascerò mai più New York", si ripromise. "Quando sarò lì al sicuro, non tornerò più in campagna. Non voglio più vedere un albero in vita mia, tranne quelli di Central Park, dalla finestra di un grattacielo".

«Portami laggiù, Garry».

«Certo che ti ci porto», promise lui, da bravo sposo novello, e si chinò a baciare la mano che lei aveva appoggiato sopra la sua, sul volante.

Due fari provenienti dalla direzione opposta sfrecciarono loro accanto come proiettili, talmente veloci che sembravano girare su se stessi anziché seguire l'andamento della strada.

Lei attese un istante, poi disse in tono stranamente circospetto, come se si trattasse di un'osservazione inopportuna: «Hai visto?».

Lui si limitò a rispondere: «Mmm».

«Era l'Alfa Romeo di Mark».

«Come fai a dirlo? Andava troppo veloce», obiettò lui, cercando di distrarla dalla paura.

«La conosco sin troppo bene. L'ho riconosciuta».

Rimase di nuovo in silenzio per alcuni istanti, come se temesse di fare ciò che stava per fare. Poi si voltò e scrutò l'oscurità alle loro spalle.

Vide due luci posteriori già lontane. A un tratto, però, l'auto fece un'inversione a U e i fari riapparvero: due piccole sfere luminose che fendettero il buio come una lama letale e si diressero verso di loro.

«Lo sapevo. Sta tornando indietro».

Lui cercò di nuovo di tranquillizzarla: «Non è detto che segua noi. Magari non è la stessa macchina che abbiamo incrociato».

«E invece sì. Perché dovrebbe fare un'inversione a U in mezzo al nulla? Non ci sono incroci, né traverse: sono chilometri e chilometri che non ne incontriamo».

Si voltò di nuovo.
«È sempre lì. E i fari sembrano già più grandi. Credo si stia avvicinando».
Lui disse, ostentando una tranquillità che non aveva: «Allora dobbiamo rimediare».
Accelerò e l'auto balzò in avanti.
Lei continuò a voltarsi. Alla fine appoggiò un ginocchio sul sedile e si voltò completamente, sobbalzando per il nervosismo e, soprattutto, per la velocità, mentre i capelli, scompigliati dal vento, le schiaffeggiavano il viso.
«Sta' giù», la ammonì lui. «Rischi di cadere. Stiamo andando a cento all'ora». E le diede uno strattone per sottolineare il concetto. Lei obbedì e si sedette di nuovo.
«Dov'è adesso?», chiese a un certo punto lui. L'auto era troppo lontana e non riusciva a vederla nello specchietto retrovisore.
«Non si è allontanato, né si avvicinato».
«Allora ci siamo stabilizzati», osservò lui. «Siamo alla stessa distanza».
Poi, dopo un altro po' di tempo e un'altra occhiata: «Aspetta un momento!», saltò su lei, con una nota di speranza nella voce. Però aggiunse subito, avvilita: «No, niente. Per un attimo avevo pensato... ma è sempre lì. Era solo un avvallamento della strada. Ci sta attaccata come una zecca, non riusciamo a distanziarla», osservò lei irritata, come se parlasse fra sé e sé. «Perché non si toglie dai piedi? Perché?».
Un'altra occhiata, e lui si accorse che si stava irrigidendo.
«Si sta avvicinando. Ne sono sicura».
Se ne era accorto anche lui. L'auto aveva fatto capolino nello specchietto retrovisore. Scompariva per un istante, poi riappariva. Garry lasciò un attimo il volante per spostare lo specchietto con un gesto stizzoso, in modo da non vederla più.
«E se mi fermo, scendo e lo affronto? Così risolviamo la cosa qui e ora. Sono più giovane, posso avere la meglio».
Lei, per tutta risposta, lanciò un urlo di protesta che esprimeva tutta la sua paura e il suo disappunto.
«Va bene», cedette lui. «Allora cerchiamo di sfiancarlo».
Lei si coprì il viso con le mani, non per la velocità a cui andavano, ma per l'inutilità del loro tentativo di fuga.

«Certo che a Torino fabbricano dei bei bolidi, accidenti a loro!», esclamò lui, irritato e frustrato.

Lei si tolse le mani dal viso e si voltò. I fari erano sempre più vicini. Cominciò a perdere il controllo: «Oddio, sembra l'incubo che avevo sempre quand'ero piccola! C'era qualcuno o qualcosa che mi inseguiva e non riuscivo a scappare! Solo che adesso non posso svegliarmi nel momento più critico».

«Smettila», gridò lui. «Smettila. Non serve a niente dire così, anzi, peggiora le cose».

«Mi sembra di sentire il suo fiato sul collo».

Lui le lanciò una rapida occhiata, ma lei capì dalla sua espressione che non aveva sentito quello che aveva detto.

Garry sudava tantissimo: le gocce gli rigavano il viso come lacrime. «La cravatta», gridò a un tratto, sollevando il mento per farle capire cosa intendeva. Lei gli si avvicinò cautamente, per non ostacolargli la visuale, e allentò il nodo fino a scioglierlo. Poi gli aprì il primo bottone della camicia.

Una lunga curva li liberò per un attimo da quegli occhi implacabili alle loro spalle. Poi, però, la curva terminò e gli occhi riapparvero. Era quasi peggio così rispetto a quando erano sempre in vista.

«Non molla... come un cane con l'osso».

«È proprio un cane rabbioso», sibilò lui, che aveva ormai rinunciato a sembrare imperturbabile. Era furibondo perché non riusciva a vincere la corsa e a seminare l'inseguitore. Lei, dal canto suo, era spaventata a morte. La tensione di quella gara di velocità che sembrava durare da ore acuì le sue paure, rendendola isterica.

A un tratto l'auto sbandò: le ruote urtarono su pietre e radici sobbalzando come se fossero massi e tronchi d'albero. Lui rimise le mani sul volante, neanche fosse un essere vivente che cercava disperatamente di tenere fermo, e riuscì a riprendere il controllo. L'auto rientrò in carreggiata con un rumore inquietante dell'asse posteriore.

«Non farlo più», la ammonì severamente nel breve momento di tregua prima di accelerare di nuovo. «Non ti aggrappare a me in quel modo. Non riesco a controllare la macchina se mi prendi per un braccio. Ti porterò in salvo. Non preoccuparti. Ti porterò in salvo».

Lei reclinò il capo all'indietro, guardando il cielo disperata. «Mi sembra di stare ferma. La strada si è pietrificata. Gli alberi non ci vengono più incontro. Le stelle non si muovono più. Neanche le rocce ai lati della strada. Oddio, Garry, più veloce, più veloce!».

«Hai le allucinazioni. È solo un'impressione dettata dalla paura».

«Più veloce, Garry!».

«Centotrenta, centoquaranta. Viaggiamo praticamente su due ruote, perché le altre due finiscono quasi sempre fuori strada! Non riesco nemmeno a respirare, la velocità mi opprime il petto!».

Lei cominciò a battersi i pugni sulla fronte, ipnotizzata dalla consapevolezza di essere in trappola. «Non mi importa, Garry! Più veloce! Se devo morire, che sia con te, non con lui!».

«Ti porterò via da lui. A costo della vita».

Fu l'ultima cosa che disse.

«A costo della vita».

E, neanche quella stella verde, cattiva e infausta dal cielo – di sicuro quella di Mark, non la loro – avesse sentito e colto al volo quell'offerta, in quel preciso istante da dietro una curva spuntò un mezzo enorme, un camion alto come un grattacielo, con la parte anteriore tempestata di luci rosse. Ma a che servivano lassù? Ad avvertire gli aeroplani di un pericolo?

Non riuscì a fare la curva: avrebbe avuto bisogno di una piattaforma girevole. E loro non ebbero il tempo, né il modo di evitarlo.

Si udì un rumore attutito, come se qualcuno avesse spaccato un guscio d'uovo sodo con un coltello. In un unico colpo netto. Poi una sensazione simile a una tempesta di neve sul viso, solo che al posto dei fiocchi c'erano dei minuscoli pezzi di vetro. Solo una raffica, poi basta. Infine, un immenso vortice luminoso, un'enorme ruota panoramica illuminata che girava e girava, con archi luminosi che saettavano in tutte le direzioni. Stelle cadenti, o code di comete.

Poi tutto si affievolì e si oscurò, neanche fosse uno scintillante luna park che crolla a terra. O zampilli di fontane illuminate che si spengono nelle vasche...

Lei capì di avere la guancia appoggiata a terra perché i fili d'erba la sfioravano, facendole il solletico. E perché un insetto curioso le camminava sull'orecchio. Tentò di alzare la mano per scacciarlo, ma poi dimenticò dove fosse e cosa fosse.

Ma poi dimenticò...

Quando finalmente la raccolsero, ormai mezzo morta, priva di sensi e capace solo di compiere azioni riflesse, le sue labbra ripetevano senza voce ancora le parole: «Più veloce, Garry, più veloce! Portami via...».

Poi ci furono le lunghe notti, e anche i giorni, all'ospedale. E quei vuoti prolungati, pure di notte. Aghi, e cannule di vetro attraverso cui le somministravano l'acqua. Aghi, e strani cunei smaltati inseriti sotto la cintola. Aghi e... aghi e aghi e aghi. Come sciami di zanzare tenaci con pungiglioni implacabili. Si sentiva come un puntaspilli. O la vittima di un porcospino. Oppure chi accende un interruttore della luce dopo aver camminato su un tappeto di lana, solo che la scossa non era momentanea, ma permanente. Persino il cibo era un ago... una puntura nel braccio...

Alla fine tornò in sé e ritrovò la lucidità e la voce perdute. Le giornate cominciarono ad allungarsi man mano che riacquistava le forze. Finché non si rimise completamente. La vita tornò a riempirle il cuore e i polmoni. La sentiva scorrere veloce. Di nuovo vivace e impaziente. Di nuovo il sole, il cielo, la pioggia, il dolore, l'amore e la speranza. Di nuovo la vita: quella cosa meravigliosa che chiamiamo vita.

Ogni giorno la mettevano a sedere per un po'. Accanto al letto, un po' più a lungo.

Finalmente, dopo tanti tentativi falliti, riuscì a chiedere: «Perché Garry non viene a trovarmi? Non sa che sono qui?»

«Non può venire a trovarla», le rispose l'infermiera. E poi, così come si strappa via un cerotto che si è attaccato a una ferita in modo da abbreviare la sofferenza, anziché staccarlo gradualmente e prolungarla, aggiunse in un soffio: «Garry non verrà più a trovarla».

Lacrime nere – così copiose, un mare – offuscarono la luce e riportarono il buio...

Poi cessarono e la luce tornò. Solo che... «Garry non verrà più a trovarla».

Ora le sue mute parole erano: «Non così veloce, non così veloce. Mi hai lasciata indietro e mi sono persa».

Un giorno chiese all'infermiera: «Perché non mi fate mai alzare dalla sedia? Ormai sto bene, ho appetito, mi è tornata la forza nelle braccia, nelle mani, nelle dita, in tutto il corpo. Non posso fare un po' di movimento? Alzarmi e fare qualche passo?»

«Deve parlare con il dottore», rispose evasivamente l'infermiera.

Più tardi il medico passò da lei e le parlò. Con sincerità, come si usa adesso, senza sotterfugi né senza false speranze. Nel modo gentile, sensato, diretto che si utilizza al giorno d'oggi.

«Mi stia a sentire. Il mondo è bello, la vita è bella. E in questo mondo è tutto relativo, anche la fortuna. Poteva diventare cieca a entrambi gli occhi per via delle schegge di vetro. O perdere un braccio: se fosse rimasto schiacciato, avremmo dovuto amputarlo. Poteva rimanere sfigurata ed essere costretta a portare per il resto della sua vita un'orribile maschera che avrebbe suscitato disgusto e repulsione. Poteva morire, com'è accaduto a qualcun altro. Chi può dire se sia stata fortunata o meno? È ancora bella come prima. È ancora intelligente e ha una mente che funziona alla perfezione, come un prezioso orologio svizzero. Una mente che non solo *pensa*, ma *sente*. Ha ancora un cuore giovane, forte e coraggioso che la sosterrà per un altro mezzo secolo, qualsiasi cosa accada...».

«*Ma*...», lo interruppe lei guardandolo senza paura.

«Ma non farà più un passo per il resto della sua vita. È paralizzata dalla vita in giù. Abbiamo provato di tutto, anche la chirurgia, però non è servito. Deve accettarlo. Quindi ora sa... e dev'essere coraggiosa».

«Lo sono. Lo sarò», disse lei, fiduciosa. «Imparerò qualche lavoro manuale che mi occupi le giornate e mi consenta di sopravvivere. Magari può aiutarmi a trovare una casa di cura per i primi tempi, e poi, quando mi sarò rimessa completamente, potrò cercare un posto tutto per me e cavarmela da sola. Ci sono dei palazzi con le rampe al posto delle scale...».

Lui sorrise con bonaria disapprovazione di fronte alla sua lungimiranza.

«Non sarà necessario. Dimentica che c'è qualcuno che si prenderà cura di lei. E bene. Sarà in ottime mani. Suo marito verrà a prenderla oggi per portarla a casa».

Il suo grido squarciò l'aria come il lamento di un animale ferito a morte. Così stridente, così disumano che, nella sospensione attonita che seguì, si udì il brusio di infermieri e pazienti che si affacciavano dalle altre stanze lungo il corridoio, chiedendosi da dove provenisse quel grido di terrore.

«Due cc di morfina, presto», ordinò il dottore all'infermiera. «È solo la reazione a ciò che ha passato. Succede, a volte: la gioia di tornare a casa si trasforma in isteria».

Il bacio umido dell'alcol sul suo braccio. E l'ennesimo ago che doveva farla stare meglio.

Qualcuno le accarezzò la testa e disse: «Vedrà che andrà tutto bene».

Gli occhi le si riempirono di lacrime che rimasero lì, senza cadere, né tornare indietro...

Li osservò stordita mentre la vestivano e la mettevano su una sedia a rotelle. La sua mente era lucida, ma tutto sembra attutito: la volontà di lottare era diventata riluttanza, la paura disagio. Sapeva ancora che aveva ottimi motivi per urlare, eppure la distanza era diventata troppo grande e il messaggio doveva arrivare troppo lontano.

Attraverso gli occhi stanchi e annebbiati, vide Mark sulla porta che parlava con il dottore e stringeva la mano all'infermiera facendovi scivolare qualcosa per cui lei gli sorrise e lo ringraziò.

Poi lui si mise dietro la sedia a rotelle, le sfiorò la testa con le labbra in un lieve bacio e cominciò a spingerla verso la porta che veniva tenuta aperta. Era così attento a evitarle qualsiasi urto, scossa o intoppo, come fosse deciso a far sì che lei giungesse a destinazione in condizioni perfette, indenne e intatta.

E, quando lei si voltò a guardarlo, il messaggio silenzioso fu così chiaro nei suoi occhi brillanti e nel ghigno con cui scopriva i denti che raggiunse la mente di lei come se lo avesse pronunciato ad alta voce, eppure senza il bisogno di dire una sola parola.

"Sei mia, *adesso*".

Era sua... per il resto della vita.

David Morrell
LO SGOCCIOLIO
1972

David Morrell (1934) nacque a Kitchener (Ontario) e decise di diventare uno scrittore quando era ancora ragazzo, ispirandosi alla serie televisiva *Route 66* creata da Stirling Silliphant e incoraggiato dallo studioso di Hemingway, Philip Young, della Penn State University, dove Morrell si laureò. Nel 1970 cominciò a insegnare alla University of Iowa e, due anni dopo, scrisse il suo romanzo d'esordio: *Primo sangue* (*First Blood*).

Nel libro, considerato il precursore del moderno romanzo d'avventura, compare il personaggio di Rambo, che ottenne fama mondiale soprattutto grazie alle trasposizioni cinematografiche con Sylvester Stallone. *John Rambo* (il nome è ispirato a un tipo di mela) è un veterano della guerra del Vietnam, un ex berretto verde violento e disturbato addestrato alla sopravvivenza, al corpo a corpo e ad altre arti marziali. La serie cinematografica ebbe inizio con *Rambo* (1982) e proseguì con *Rambo II: la vendetta*, *Rambo III*, *John Rambo* e *Rambo: Last Stand* (di prossima uscita).

Molti, fra i ventotto romanzi di Morrell, sono diventati dei bestseller, come ad esempio *La confraternita della rosa* (*The Brotherhood of the Rose*, 1984), che nel 1989 divenne una popolare miniserie televisiva con Robert Mitchum. Oltre ai suoi ambiziosi thriller d'ambientazione internazionale, Morrell ha scritto libri horror di grande successo, fra cui *Paragon Hotel* (*Creepers*, 2008), che si è aggiudicato il Bram Stoker Award della Horror Writers Association. È anche cofondatore dell'organizzazione International Thriller Writers.

Lo sgocciolio (*The Dripping*) è il primo racconto pubblicato da Morrell e apparve per la prima volta sul numero di «Ellery Queen's Mystery Magazine» dell'agosto 1972.

Quest'autunno alloggiamo in una dimora di campagna, la casa di mia madre, quella in cui sono cresciuto. Sono stato in paese e sono rimasto colpito dal fatto che niente è cambiato, eppure tutto è cambiato, perché sono più grande, adesso, e lo vedo con occhi diversi. È come se fossi qui ora e, al tempo stesso, allora, con la testa di un bambino e, insieme, di un uomo. È una sensazione così strana, così intensa, così inquietante che ho l'impulso di mettermi a lavorare per provare a dipingerla.

Così osservo il negozio di ferramenta con i barili di granaglie davanti, i pilastri quadrati che sostengono il balcone su cui si siedono gli anziani dal volto cereo e avvizzito della casa di riposo al piano di sopra. Sono identici ai vecchi che vedevo da piccolo, e il legno dei pilastri e del balcone è scheggiato come allora.

Lavorando, perdo la cognizione del tempo e affronto il lungo tragitto verso casa tardi, al crepuscolo. La giornata è stata tiepida, ma ora in maniche di camicia sento freddo e, dopo pochi minuti, vengo sorpreso da un acquazzone e sono costretto a lasciare la strada di ghiaia per trovare riparo sotto un albero dalle foglie già ingiallite. L'acquazzone si trasforma in un violento temporale che mi colpisce di lato, inzuppandomi. Stringo la borsa di tela per proteggere il dipinto e l'attrezzatura e decido di mettermi a correre, con i calzini già bagnati nelle scarpe. Finalmente raggiungo il vialetto che conduce alla casa e al fienile.

La casa e il fienile. Solo loro sono cambiati, insieme a mia madre, come fossero una cosa sola, deformandosi, consumandosi, le giunture storte, affaticate e il grigio così diverso dal bianco che ricordavo da bambino. Questo posto la sta fiaccando: invecchiano contemporaneamente, in perfetta sintonia. Ecco perché siamo venuti a vivere qui. O a rivivere qui. Un tempo credevo di riuscire a convincerla a trasferirsi. Ma ha trascorso in questo posto quaranta dei suoi sessantacinque anni, e dice di volerci passare anche quelli che le rimangono.

Piove sempre più forte mentre mi affretto verso l'entrata. C'è la luce accesa in cucina, è ora di cena e sono in ritardo. La casa è collegata al fienile come la base di una L all'asta. L'entrata che uso sempre è proprio alla congiuntura dei due e, quando entro trafelato, i vestiti freddi e bagnati incollati al corpo, con la porta del fienile alla mia sinistra e quella della cucina davanti a me, sento uno sgocciolio provenire dalla cantina, giù per le scale alla mia destra.

«Meg, scusami, ho fatto tardi», dico rivolto a mia moglie, poggiando la borsa di tela e aprendo la porta della cucina. Non c'è nessuno. La tavola non è apparecchiata. Niente sui fornelli. Solo la luce gialla della lampadina da 60 watt sul soffitto. Mia madre la preferisce a quella bianca da 100 perché dice che le ricorda la luce delle candele.

«Meg», chiamo di nuovo. Ancora nessuna risposta. Forse stanno dormendo. Si sta facendo sera e forse le nubi scure hanno conciliato il loro sonno e sono andate a fare un pisolino, pensando di svegliarsi prima del mio ritorno.

Ancora lo sgocciolio. Sebbene la casa sia molto vecchia e il fienile da tempo in disuso, con i tetti cadenti, non pensavo fosse così malridotta, né che il temporale fosse talmente forte da far filtrare l'acqua attraverso le finestre della cantina, farla incanalare e gocciolare sul vecchio pavimento di pietra. Accendo la luce della cantina, scendo le scale di legno a destra, vecchie e scricchiolanti e, nel punto in cui piegano a sinistra prima di giungere in fondo, non vedo dell'acqua che goccia, bensì del latte. Dappertutto. Sulle travi, sulle pareti, sul pavimento già allagato, nelle fughe sudice fra una mattonella e l'altra. In ogni punto della stanza. Dappertutto.

"Dev'essere stata mia figlia Sarah", penso. È affascinata dalla grande casa delle bambole di legno che mio padre mi costruì quand'ero bambino. Ora la vernice azzurra è scheggiata e si sta staccando. Era in un angolo della cantina, ma Sarah l'ha trascinata nel mezzo della stanza per giocarci insieme ai soldatini e alle costruzioni che ha trovato nella cassapanca di vimini. Ora è tutto coperto di latte: la casa delle bambole, la cassapanca, i giocattoli sparsi.

"Perché lo ha fatto?", mi domando. "Dove può aver preso tutto quel latte? E cosa le è passato per la testa?".

«Sarah», chiamo. «Meg». Furioso, salgo le scale che mi riportano nella cucina silenziosa. «Sarah», urlo. Ripulirà la cantina e resterà chiusa in casa fino alla fine della settimana.

Attraverso la cucina e il soggiorno, passando davanti alle sedie e al divano tappezzati con il tessuto a fiori sbiadito negli anni e a vari quadri fatti da me, che mia madre ha appeso alle pareti. Quelli vecchi dei tempi della scuola, che raffigurano boschi e pascoli dai colori vivaci, e quelli nuovi della città, seppiati come le vecchie fotografie. Poi salgo al piano di sopra facendo le scale a due a due, le scarpe bagnate sulla moquette morbida e logora e la mano sulla balaustra di legno d'acero liscio e lucido.

Giunto in cima alle scale, imbocco il corridoio. La porta della camera di Sarah è aperta e, siccome è buio, accendo la luce. Non è a letto, e non c'è neanche stata: il copriletto di raso è intatto. La pioggia entra dalla finestra aperta, insieme al vento fresco. Allora ho un brutto presentimento e, allarmato, mi sposto nella nostra camera da letto. Ma è vuota e buia come quella di Sarah. Avverto una stretta allo stomaco. Dove sono? Tutte in camera di mia madre?

No. Davanti alla porta aperta della stanza di mia madre, noto, grazie alla luce gialla del corridoio, che dentro c'è solo lei, si vede il suo piccolo busto disteso sul letto.

«Mamma», comincio, e sto per aggiungere: «Dove sono Meg e Sarah?», ma mi blocco. Mia madre indossa una scarpa sola, tutta storta, mentre l'altra è a terra. Sono entrambe coperte di fango e il suo vestito di cotone è strappato e sporco di sangue. Ha i capelli scompigliati, macchie di sangue sul viso e le labbra tumefatte.

Resto in silenzio per un attimo, scioccato. «Oddio, mamma», riesco finalmente a dire e, come se le parole fossero una molla, mi avvicino e la sfioro per svegliarla. Ma mi accorgo che gli occhi sono aperti e fissano il soffitto senza vederlo, e ogni respiro è un rantolo.

«Mamma, che è successo? Chi ti ha fatto questo? Dove sono Meg e Sarah?».

Eppure lei non mi guarda e continua a fissare il soffitto.

«Per l'amor del cielo, mamma, rispondimi! Guardami! Che è successo?».

Niente. Gli occhi continuano a non vedere. Fra un rantolo e l'altro, è immobile come una statua.

Nella mia mente si affollano pensieri instabili, sconnessi, contraddittori. Devo trovare Meg e Sarah. Devono essere da qualche parte, ridotte come mia madre, o peggio. Devo trovarle. Dove? Ma non posso lasciare mia madre. Quando tornerà in sé, sarà isterica anche lei, spaventata, sofferente. Come ha fatto ad arrivare al letto?

Nella sua camera non ci sono tracce di colluttazione. Eppure è evidente che ha lottato con il suo aggressore. Dev'essere accaduto da qualche altra parte, e poi si è trascinata fin qui. Vedo il sangue sul pavimento, una lunga scia nel corridoio fino alle scale. Chi è stato? Dov'è? Come si fa a picchiare una donna anziana, rugosa, artritica? Come ha potuto farlo? Rabbrividisco al pensiero del dolore delle sue ossa mentre si batte con lui.

Forse è ancora in casa. Forse mi sta aspettando.

Avverto di nuovo una morsa allo stomaco, ed è paura calda e pulsante e, senza rendermene conto, afferro il bastone che mia madre tiene sempre accanto al letto, accendo la luce della stanza, spalanco le ante dell'armadio e mi accanisco ferocemente sui suoi vestiti scoloriti, lanciando dei versi animaleschi.

Nessuno. Sotto il letto. Nessuno. Dietro la porta. Nessuno.

Terrorizzato, perlustro tutte le stanze del piano di sopra, guardandomi continuamente alle spalle, stringendo il bastone e colpendo alla cieca dentro gli armadi, sotto i letti, dietro le porte, con una forza in grado di spaccare una testa. Nessuno.

«Meg! Sarah!».

Nessuna risposta, nemmeno un'eco in questa casa che assorbe tutti i rumori.

Non c'è solaio, solo una piccola intercapedine sotto il cornicione che è rimasta chiusa a lungo. Nessun segno di effrazione. Nessuno è salito lassù.

Mi precipito giù per le scale, notando la scia di sangue che mia madre ha lasciato sulla moquette, immaginando il suo dolore mentre sale faticosamente di sopra, e perlustro le stanze del piano terra con la stessa disperata meticolosità. Nell'armadio. Dietro il divano e le sedie. Dietro le tende.

Nessuno.

Chiudo a chiave la porta principale, nel caso in cui l'aggressore sia fuori nella tempesta aspettando di entrare dopo di me. Poi tiro le tende e chiudo le tapparelle, qualora mi stia spiando. La pioggia continua a battere sui vetri.

Invoco di nuovo Meg e Sarah. La polizia. Mia madre. Un medico. Afferro il telefono sulla parete accanto alle scale, terrorizzato all'idea che possa essere isolato. Invece la linea c'è. Chiamo la polizia, girando freneticamente la manovella laterale.

Arrivano subito, dicono. Con un medico. Rimanga dov'è, ripetono. Ma non posso. Devo trovare Meg e Sarah. So che non sono in cantina, dove sgocciola il latte, perché non vi sono possibili nascondigli. L'abbiamo sgombrata proprio sabato scorso, portando via tutto – scatole, barili e barattoli – e lasciandovi solo i miei vecchi giocattoli.

E il sottoscala? Ho dimenticato il sottoscala. Così mi precipito di sotto e mi guardo intorno, spaventato, sotto quella pioggia di latte, ma ci sono solo ragnatele, che da sabato scorso sono già ricomparse. Alzo gli occhi sulla porta laterale da cui sono entrato e, come se stessi guardando attraverso un telescopio, mi concentro sulla maniglia. Mi sembra che si muova. Terrorizzato, immagino l'aggressore irrompere in casa e corro di sopra per chiudere a chiave anche quella porta, insieme a quella del fienile.

Poi, però, penso: "Se Meg e Sarah non sono in casa, è probabile che siano nel fienile". Ciò nonostante, non trovo il coraggio di riaprire la porta e andare a controllare. Dev'essere lì anche lui. Non fuori, sotto la pioggia, ma al riparo nel fienile, dove non c'è luce.

E perché il latte? È stato lui a versarlo? Dove l'ha preso e per quale ragione? O è stata Sarah prima? No, è troppo poco che sgocciola. Dev'essere stato lui. Ma perché? E poi chi è? Un vagabondo? Un evaso? Un pazzo? No, il manicomio più vicino è a centinaia di chilometri di distanza. Qualcuno che abita in città, allora. O in una fattoria vicina.

So che mi sto facendo tutte quelle domande per ritardare il momento in cui dovrò entrare nel fienile. Ma devo farlo. Prendo la torcia nel cassetto della cucina e apro la porta, costringendomi a entrare rapidamente, con il bastone in mano. Le stalle sono ancora lì, un po' malridotte, insieme a parte delle attrezzature, trebbie, zangolatrici, vecchie e arrugginite, sporche e coperte di ragnatele. Nell'aria aleggia un odore di legno fradicio e fieno putrido, misto all'umido della pioggia che penetra dalle fessure nelle pareti. Un tempo questa era una latteria, come tutte le altre fattorie della zona.

Dirigo il fascio di luce verso gli angoli e mi avvicino alle stalle, mentre lo scricchiolio delle assi mi rimbomba intorno. Cerco di mantenere la calma, ripensando a quand'ero bambino e le mucche aspettavano che mio padre le mungesse, il fienile era solido e robusto, persino caldo, e non c'era la porta che lo metteva in comunicazione con la casa perché lui non voleva che a mia madre arrivasse fino in cucina il fetore degli animali.

Muovo la torcia a semicerchio squarciando il buio davanti a me mentre mi avvicino alle stalle, e mi torna in mente quell'autunno in cui era nevicato prima del solito e ci eravamo svegliati nella tormenta sotto più di un metro di neve. Mio padre era andato nel fienile a mungere e non era tornato né per pranzo, né per cena. All'epoca non c'era il telefono, quindi io e mia madre non potevamo chiedere aiuto, e non potevamo neanche farci strada nella tormenta, perciò eravamo rimasti in attesa tutta la notte, tendendo l'orecchio al vento che scemava lentamente. La mattina seguente il cielo era sgombro, lucente e accecante, e dovemmo spalare via la neve per entrare nel fienile. Trovammo le mucche in agonia, perché non erano state munte, e mio padre morto congelato nel bel mezzo del campo vicino, dove aveva vagato dopo che aveva perso l'orientamento nella tormenta. Una volpe si era svegliata prima di noi e lo annusava sotto la neve, quindi fummo costretti a chiuderlo nella bara prima della veglia funebre. Nei giorni seguenti, la neve si sciolse e l'aia era un mare di fango. Tornò l'autunno e mia madre fece costruire la porta di comunicazione. Mio padre avrebbe dovuto legarsi una corda intorno alla vita in modo da poter ritrovare la strada nel caso in cui si fosse perso. Ovviamente lo sapeva. Ma all'epoca era così, sempre di fretta. Io allora avevo dieci anni.

Mi torna in mente tutto questo mentre illumino gli angoli bui accanto alle stalle, terrorizzato all'idea di cosa potrei trovarvi – Meg e Sarah, o l'aggressore – e ripenso a quando io e mia madre cercammo mio padre, così come adesso cerco mia moglie e mia figlia. Provo a concentrarmi di nuovo sui ricordi, quando un tempo il fienile era caldo e accogliente e io chiacchieravo con mio padre, e lo aiutavo a mungere, respirando l'odore dolce del fieno e dei cereali appena raccolti, e quello del letame, anch'esso dolciastro, ma diverso: mi è sempre piaciuto, anche se i miei genitori non riuscivano a capire perché. So che, se non rivado con la mente a quei bei tempi, impazzirò per la paura di cosa potrei trovare qui dentro. Dio, fa' che siano ancora vive!

Cosa può aver fatto a una bambina di cinque anni? Anche se l'avesse solo ferita, l'emorragia potrebbe ucciderla.

E poi, persino da lassù, sento mia madre che mi chiama. Il sollievo che provo a dover andare da lei mi spaventa. Voglio davvero ritrovare Meg e Sarah, voglio davvero provare a salvarle. Eppure mi sento sollevato ad andarmene. Penso che mia madre mi dirà cos'è successo e dove posso trovarle. È così che mi giustifico, mentre muovo la torcia tutt'intorno per guardarmi alle spalle ed esco chiudendo la porta a chiave.

Salgo al piano di sopra e la trovo seduta sul letto, rigida. Vorrei scuoterla, costringerla ad aiutarmi rispondendo alle mie domande, ma so che la spaventerei ancora di più e, forse, la spingerei persino alla follia.

«Mamma», sussurro, carezzandola dolcemente, «cos'è successo?». Riesco a malapena a contenere la mia impazienza. «Chi è stato? Dove sono Meg e Sarah?».

Lei mi sorride, rassicurata dalla mia presenza, ma non mi risponde.

«Mamma, ti prego», insisto. «So che dev'essere stato terribile, però ora devi aiutarmi. Devi sapere dove sono».

Lei dice: «Bambole».

Rabbrividisco. «Quali bambole, mamma? È venuto un uomo con delle bambole? Cosa voleva? O vuoi dire che assomigliava a una bambola? Aveva una maschera?».

Troppe domande: mi guarda sbattendo le palpebre.

«Ti prego, mamma. Devi fare del tuo meglio per aiutarmi. Dove sono Meg e Sarah?»

«Bambole», ripete lei.

Così come, poco prima, avevo avuto un brutto presentimento alla vista del copriletto intonso di Sarah, ora sto cominciando a capire, ma respingo quel pensiero, lo allontano.

«Sì, mamma, le bambole», dico, rifiutando di ammettere ciò che so. «Ti prego, dove sono Meg e Sarah?»

«Sei grande, ormai. Devi smettere di giocare come un bambino. Tuo padre. Senza di lui, devi fare tu l'uomo di casa. Devi essere coraggioso».

«No, mamma», sussurro, mentre sento crescermi dentro una terribile consapevolezza.

«Ci sarà molto da fare adesso, troppo per un bambino. Ma non abbiamo scelta. Devi accettare il fatto che Dio ha deciso di portarcelo via e che tu sei l'unico uomo che mi resta».

«No, mamma».

«Ora sei un ometto e devi rinunciare alle cose da bambini».

Scoppio a piangere e riesco a malapena ad alzarmi e ad appoggiarmi stancamente contro lo stipite della porta, mentre le lacrime mi solcano il viso, cadendo sulla camicia, bagnandola di nuovo proprio ora che aveva iniziato ad asciugarsi.

Mi passo una mano sugli occhi e vedo che lei mi sorride e allunga le mani verso di me, ma indietreggio ed esco dalla stanza, e scendo le scale con passo malfermo, attraverso il soggiorno e la cucina, e scendo giù in cantina, bagnandomi i piedi nel latte e mi avvicino alla casa delle bambole, dove trovo Sarah, tutta rannicchiata. E, nella cassapanca di vimini, Meg. I giocattoli non erano sul pavimento perché la piccola potesse giocarci, ma perché mia moglie potesse trovar posto nella cassapanca. E tutte e due hanno il ventre squarciato e pieno di segatura e gli occhi fissi delle bambole.

La polizia bussa alla porta laterale, annunciandosi, eppure io non riesco a muovermi. Allora irrompono in casa e mi guardano da sopra le scale, gli impermeabili gocciolanti.

«Il latte», mormoro.

Loro non capiscono. E io me ne sto lì, in mezzo al latte, ad ascoltare la pioggia che batte sulle finestre, mentre loro si avvicinano per ispezionare la casa delle bambole e la cassapanca di vimini e poi salgono di sopra da mia madre. Quando tornano giù io ripeto: «Il latte». Ma loro continuano a non capire.

«Le ha uccise sua madre, ovviamente», dice un poliziotto. «Ma non capisco perché tutto questo latte».

Solo quando interrogano i vicini e scoprono che lei ha chiesto loro dei fusti di latte, insistendo per trasportarli da sola fino alla macchina malgrado le sue condizioni, solo quando trovano i fusti vuoti e il coltello in una delle stalle del fienile, riesco a dire: «Il latte. Il sangue. C'era così tanto sangue, sapete. Aveva bisogno di negarlo, quindi l'ha lavato via con il latte, l'ha purificato, e ha rimesso in piedi la latteria. Vedete, c'era così tanto sangue».

Quest'autunno alloggiamo in una dimora di campagna, la casa di mia madre, quella in cui sono cresciuto. Sono stato in paese e sono rimasto colpito dal fatto che niente è cambiato, eppure tutto è cambiato, perché sono più grande, adesso, e lo vedo con occhi diversi. È come se fossi qui ora e, al tempo stesso, allora, con la testa di un bambino e, insieme, di un uomo...

Stephen Greenleaf

IRIS

1984

Stephen Greenleaf (1942) è nato a Washington DC. Nel 1964 si è diplomato al Carleton College e tre anni dopo ha conseguito la laurea in legge alla University of California, Berkeley. Durante il servizio militare (1967-69) è stato ammesso all'esercizio della professione forense in California. Esercitò come avvocato e insegnò diritto, ma non amava molto la professione legale e studiò scrittura creativa alla University of Iowa, dove ha poi insegnato dal 1995 al 2000.

Il suo primo romanzo – venduto direttamente all'editore senza precedenti esperienze o conoscenze nel settore, né tantomeno un agente – fu *Grave Error* (1979), in cui presentò per la prima volta l'eroe della sua serie, John Marshall Tanner, ex avvocato divenuto investigatore privato. "Marsh" è una figura di straordinaria levatura morale, un solitario quarantenne che si lascia coinvolgere nei casi in cui sente che è stata commessa un'ingiustizia e alla quale intende porre rimedio. La serie, ambientata a San Francisco, è diventata famosa per il modo ponderato e mai esasperato con cui l'autore, attraverso lo sguardo del protagonista, affronta le problematiche sociali. Tra i temi controversi con cui Tanner deve confrontarsi, ci sono estremismi politici, uso improprio della tecnologia, infermità mentale e maternità surrogata.

Oltre alla serie di Tanner, Greenleaf ha dato alle stampe altri due romanzi, scritti con pari grazia ed eleganza: *The Ditto List* (1985) e *Impact* (1989). È stato nominato per il Dilys Award dell'Independent Mystery Bookseller Association con *Book Case* (1991); per due Shamus Award della Private Eye Writers of America con *Flesh Wounds* (1996) e *Ellipsis* (2000); e per un Edgar Allan Poe Award della Mystery Writers of America con il romanzo *Strawberry Sundae* (1999). Con *Book Case* ha vinto il Falcon Award per il miglior poliziesco pubblicato in Giappone.

Sebbene quest'ultimo specifico sottogenere non rientri esattamente nella categoria più ampia del noir, il racconto che segue, in cui compare l'eroe della serie John Marshall Tanner, rappresenta una rara e stupenda eccezione. *Iris* è stato pubblicato per la prima volta nell'antologia *The Eyes Have It* (Mysterious Press, New York 1984).

La Buick si inerpicava verso la cima, ogni metro più lenta del precedente, il cambio automatico che scivolava sempre più in basso man mano che l'aria si faceva più sottile e più ripido il pendio, e i camion erano costretti a procedere a passo di lumaca. Una volta in cima, la strada ridivenne pianeggiante, e la Buick emise un breve sospiro di sollievo prima di lanciarsi con gratitudine lungo la discesa sull'altro versante, in cima a quell'erta fascia grigia che era l'Interstatale 5. Quando superò il confine tra Oregon e California, l'auto sembrò quasi sollevata. L'autista concordò con quello stato d'animo, anche se solo per il momento.

Batté le palpebre, scrollò le spalle e girò la testa. Distese la gamba e la scosse. Alzò il volume della radio, facendo sì che la canzone venisse suonata a volume più alto di quanto meritasse. Ma quella sottile nebbia acida continuava a velargli gli occhi, corrodendoli. Non appena si avvicinò a un'area di sosta lungo la strada, decise di concedersi una pausa, e di concederla alla Buick.

La settimana precedente aveva inseguito inutilmente una falsa pista, una semplice voce di corridoio, fin giù a Seattle, con qualche tappa allettante come Eugene e Portland lungo il tragitto. Otto ore prima, quando aveva finalmente riconosciuto la pista per quel che era, aveva preso la via di ritorno verso casa, sperando di farcela in una sola giornata ma, proprio mentre rallentava per imboccare l'uscita dell'area di servizio, si era reso conto che non sarebbe riuscito a raggiungere San Francisco entro sera senza rischiare, oltre ogni buon senso, un omicidio colposo sull'Interstatale.

Imboccò l'uscita, scese alla svelta fino alla sponda del fiume Klamath e si fermò in un ampio parcheggio nella stazione di servizio di Randolph Collier. Dopo aver usufruito dei servizi, tirò fuori la cartina stradale e valutò dove trascorrere la notte. Redding sembrava il posto più ovvio, oltre le montagne, in cima alla soporifera valle che lo separava da casa. Stava passando in rassegna le informazioni su Redding di cui disponeva quando una voce, troppo allegra e melodiosa, lo chiamò da un punto non meglio precisato accanto alla macchina. L'uomo lanciò un'occhiata di lato, si mise a sedere e abbassò il finestrino. «Salve», disse di nuovo la voce acuta.

«Salve».

Era bionda, le lunghe trecce rese indisciplinate dal vento che soffiava attraverso la gola del fiume. Il viso sottile era bianco e regolare, continuo, come fosse privo di carne e fatto soltanto di un teschio. Gli occhi erano azzurri e insonnoliti. Indossava una camicetta verde che le stava larga, plissettata sul colletto e ai polsi, e una lunga gonna sbiadita di calicò, che terminava con delle ruches bianche. Gli stivali erano di pelle, piuttosto consunti, i gambali che scomparivano sotto l'orlo della gonna come le cime delle montagne alle loro spalle svanivano in un cerchio di nuvole.

L'uomo stabilì che era un'autostoppista, una che vagabonda in eterno per le strade, suscitando pietà o disapprovazione in coloro che le passano accanto. Si guardò intorno per capire se la donna stesse facendo da palo a un compagno, ma l'unica cosa che vide, al di là dell'area da picnic, delle toilette e degli altri viaggiatori come lui, fu un grosso fagotto posato sopra un tavolo all'estremità più lontana del parcheggio. I suoi unici beni terreni, immaginò; i suoi soli mezzi di sostentamento in quella vita. La scrutò di nuovo, valutando se gli andava di condividere qualche minuto al volante e forse una camera di motel con una ragazza che sembrava un po' fatta, un po' sexy, e decisamente incurante del mondo che la circondava. Quello stesso mondo in cui lui si guadagnava da vivere.

«Mi chiamo Iris», disse la ragazza, incrociando le braccia al petto e spostando il peso del corpo da un piede all'altro, mentre tremava nella fredda aria autunnale.

«Io sono Marsh».

«Hai un'aria stanca». La sua preoccupazione sembrava sincera, come se uno dei sintomi più comuni di quell'uomo le risultasse per qualche ragione allarmante.

«Sono stanco», ammise lui.

«Stai guidando da tanto?»

«Da Seattle».

«Quant'è lontano, all'incirca?». La domanda giunse immediata, come se la ragazza fosse abituata a liberarsi in quel modo della propria ignoranza.

«Cinquecento chilometri. Forse un po' di più».

Lei annuì, come se quella precisione numerica lo avesse reso più saggio. «Ci sono stata, a Seattle».

«Bene».

«Sono stata in un mucchio di posti».

«Bene».

Sciolse le braccia e le posò sulla portiera, chinandosi su di lui. L'odore del suo corpo non era adulterato. Lo scollo della camicia si abbassò, rivelando i seni inturgiditi dall'aria di montagna in due punte gemelle. «Dove sei diretto, Marsh?»

«A sud».

«L.A.?».

Lui scosse la testa. «San Francisco».

«Bene. Perfetto».

L'uomo si aspettò di sentirlo proprio in quell'istante, il tono adulatorio da abile piazzista che chiede un passaggio, ma la domanda della ragazza fu leggermente diversa: «Puoi portare una cosa per me fin laggiù?».

Lui si accigliò e ripensò al fagotto sul tavolo da picnic. Droghe? «Cosa?», chiese.

«Te la faccio vedere tra un secondo. Pensi di poterlo fare, in ogni caso?».

L'uomo scosse la testa. «Credo di no. Sai, ho una tabella di marcia piuttosto serrata, e poi...».

Non lo stava ascoltando. «Va portato a...». Tirò fuori dalla tasca della gonna un pezzetto di carta appallottolato e lo spiegò. «Al numero 95 di Albosa Drive, a Hurley City. È vicino a Frisco[4], giusto? Marvin ha detto così».

Lui annuì. «Ma io non...».

La ragazza alzò la mano. «Aspetta qui. Torno subito».

Fece due saltelli, la lunga gonna che si sollevò ben oltre gli stivali per rivelare lo scorcio di una coscia color del gesso, poi s'incamminò velocemente in direzione del tavolo da picnic e afferrò il fagotto. Giunta a

[4] San Francisco (*n.d.t.*).

metà strada dalla macchina, glielo porse come un soufflé premiato a un concorso di cucina.

«È quello che vuoi farmi portare fin laggiù?», le domandò mentre la ragazza si avvicinava.

Lei annuì, poi chinò lo sguardo sul fagotto e si accigliò. «Questo qua non mi piace», disse abbassando la voce fino a emettere un suono roco e sbrigativo.

«Perché no?»

«Perché non è felice. È uno della cassetta B, quindi non ci si può fare nulla, credo, ma in ogni caso va rimandato indietro, non me ne frega niente *di quello* che dice Marvin».

«Cos'è? Un cucciolo?».

Lei infilò il fagotto nel finestrino. Di riflesso, l'uomo lo afferrò per evitare che il suo contenuto gli si riversasse in grembo. Non appena ebbe la presa ben salda, la ragazza scappò via. «Ehi! Aspetta un attimo», la chiamò. «Non posso portare questa cosa. Devi...».

Ebbe l'impressione che il fagotto si muovesse. Vi fece scivolare una mano sotto e con l'altra levò una a una le strisce di cotone di cui era fasciato. Un cucciolo – non di cane, ma di uomo – lo fissò allarmato e iniziò a strillare. L'uomo si guardò disperatamente intorno in cerca della ragazza e la vide salire in un maggiolino Volkswagen grigio che già schizzava via dall'area di sosta e si inerpicava in direzione dell'autostrada.

Lui imprecò, poi cullò goffamente il bambino per un istante, cercando di placare le grida a cui sembrava dar forza con ogni singolo muscolo. Dato che lo stratagemma sembrava non funzionare, posò il bambino sul sedile accanto a sé, mise in moto e uscì in retromarcia dal parcheggio. Quando ripartì in avanti fu costretto a frenare per evitare un'altra macchina e allungò il braccio di scatto per assicurarsi che il piccolo non rotolasse giù dal sedile.

Spostò il cambio sulla funzione parcheggio e raccattò la cintura di sicurezza del sedile del passeggero, tentando di avvolgerla attorno al bambino senza strangolarlo. Il risultato non fu particolarmente rassicurante. Sganciò la cintura e lo sistemò sul fondo dell'auto, tra le sue gambe, ingranò la marcia e si allontanò sulle tracce della piccola Volkswagen grigia, scomparsa assieme alla presunta madre. La raggiunse soltanto dopo svariati e faticosi chilometri, quando arrivò all'ultimo pendio che digradava verso la pianura erbosa che separava la catena delle Siskiyou dal superbo panorama del monte Shasta.

La Volkswagen filava verso la gigantesca montagna come un topo impazzito deciso ad attaccare un elefante. L'uomo valutò l'idea di sorpassarla, costringere Iris a fermarsi, restituirle il bambino, e poi schizzare via da lei alla velocità della luce, almeno quanto gli avrebbe permesso la Buick. Ma qualcosa, ricordando lo sguardo e le parole della ragazza, lo indusse a mantenere le distanze, e a osservarla in attesa che svoltasse in direzione di casa.

La superstrada divenne pianeggiante, attraversando l'alpeggio che dava da mangiare a pecore, mucche e cavalli ai piedi dei bernoccoli delle Cascades meridionali e delle Trinity Alps. La strada era poco trafficata, il sole basso sulle cime a ovest, l'aria un'immobile spruzzata d'autunno. Controllò la spia della benzina. Se Iris non avesse imboccato un'uscita nel giro di un'ottantina di chilometri, sarebbe stato costretto a fermarla o a lasciarla andare. Considerando i pianti assordanti del bambino che provenivano da sotto le sue ginocchia, la seconda opzione era fuori discussione.

Giunti a Yreka, l'uomo arrivò a meno di cento metri dal maggiolino, ma Iris ignorò la sua preghiera, ovvero che quel paesino fosse il suo capolinea. Trenta minuti più tardi, quando ormai aveva capito che la ragazza non era in prossimità della sua meta, Iris abbandonò di colpo l'Interstatale, imboccando la prima uscita in direzione di una cittadina ancella della grande montagna, che si diceva ospitasse un singolare assortimento di fanatici religiosi e personaggi in cerca di spiritualità.

La montagna stessa, vulcanica, irruenta, spettacolare, era stata considerata un luogo sacro dagli indiani, e l'area che la circondava era piena di sorgenti termali e bagni di fango e altre meraviglie preistoriche. I mistici moderni avevano accettato l'aura di potere emanata dal colosso, e quella ragazza squilibrata e il suo stupido maggiolino si adattavano perfettamente a quanto Marsh sapeva del posto e degli individui che si riunivano lì. L'unica cosa che non tornava era il poppante che lei gli aveva rifilato.

Rallentò e di nuovo lanciò un'occhiata al suo fardello, senza ricevere in cambio niente che ricordasse anche solo vagamente un'aria compiaciuta. Piccole, paffute braccine si erano fatte strada fuori dalla coperta, muovendosi come si fa per incorporare aria al caramello. La saliva gli gocciolava dal mento. Una bolla trasparente comparve sulla minuscola narice, poi esplose in silenzio e svanì.

Il maggiolino sfrecciava rapido per la periferia nord della cittadina – sinistra, destra, e ancora sinistra – come se avesse intuito di essere seguito. L'uomo rimase indietro, sperando che Iris fosse certa di averlo seminato. Guardò di nuovo il bambino, meravigliato del fatto che potesse piangere così forte, investire tanto a lungo il grosso delle sue energie in preghiere non esaudite. Quando spostò di nuovo lo sguardo sulla strada il maggiolino era sparito.

Imprecò e rallentò, esaminando i viali di accesso, poi iniziò a pianificare quello che avrebbe fatto se l'avesse persa. Le case diventavano sempre più rade, le strade fangose, infine costeggiò i pianali fatti di tronchi, le cataste di legname da costruzione e i bruciatori Wigwam di una segheria. Un cartello stradale annunciò che era illegale andare in slitta, in toboga o sciare su una strada di contea. L'uomo stava ormai rantolando, i primi respiri corti e affannati per il panico, quando vide la Volkswagen al sicuro accanto a una capanna sgangherata al confine estremo della cittadina: vuota, abbandonata, come fosse stata lì da sempre.

Una coppia di abeti riparava la macchina e la capanna, facendo sembrare già notte il giorno che svaniva poco a poco. Il sentiero d'accesso era una pozza di fango, il cortile racchiuso da una cadente staccionata di assenzio. Guidò fino all'isolato successivo e parcheggiò la macchina, la capanna era ormai invisibile.

Sapeva di non poter tenere il bambino ancora a lungo. Non aveva idea di cosa fare per lui o con lui, né di ciò che voleva o cosa lo aspettasse a Hurley City. Aveva solo la sensazione che quella ragazza, Iris, fosse un'idiota, forse addirittura in maniera patologica, e che non avrebbe dovuto rendersi complice del suo piano.

Incredibilmente, il bambino cominciò a piangere perfino più forte. Marsh aveva qualche stuzzichino in macchina – cracker, biscotti, un po' di formaggio – ma temeva che il neonato fosse troppo piccolo per i cibi solidi. Valutò l'idea di comprare del latte, e un biberon, e di giocare a fare il genitore. Il bambino strillò di nuovo, ansimò e sputacchiò, poi ripartì con la sua protesta.

Allungò le braccia e si mise il fagotto in grembo. Il faccino arrossato si gonfiò, si contrasse, simile a una macchina a vapore che fischiava senza tregua. Le guance paffute, i minuscoli occhi blu, il naso rotondo e schiacciato, era tutto congestionato in una furia scarlatta. Prese il bambino tra le braccia meglio che poté e lo cullò. Il pianto scemò per un istante, poi riprese da capo.

Il pensiero andò alla sfilza di incubi dell'infanzia: difteria, vaiolo, morbillo, orecchioni, laringite difterica, perfino la necessità di fare il ruttino di continuo. Dio solo sapeva cos'era a farlo star male. L'uomo gli toccò appena la fronte e sentì il calore sudaticcio della febbre.

Mentre cambiava posizione, avvertì qualcosa di duro dentro la coperta, lo cercò tastoni e finalmente lo tirò fuori. Un biberon, pieno a metà, a temperatura ambiente. Lo agitò e offrì la tettarella al bambino, che prese a succhiarla come doveva. Euforico per questa prodezza, l'uomo continuò a svolgere il fagotto, finché non si rese conto che teneva in braccio una bambina e che sembrava tutta intera e in salute, a parte gli strilli rabbiosi e la febbre. Quando vide che poppava regolarmente, la posò di nuovo sul fondo della macchina e scese.

La scia di fumo che emetteva nella foschia della sera faceva apparire la capanna appesa a una corda. Alla base degli abeti il suolo era umido, un tappeto spugnoso di ramoscelli e aghi in putrefazione. L'aria era fredda e umida e odorava di legno bruciato. Risalì lentamente il sentiero, in silenzio, vigile per via della minaccia implicita riportata sul cartello scritto a mano, inchiodato all'albero più vicino, che intimava: "VIETATO L'INGRESSO".

La capanna era immersa nel buio, a eccezione della luce mutevole all'unica finestra. Nella veranda era ammassata un'alta catasta di legna da ardere, sia piccoli tronchi che rametti. Un maglio e una bietta erano appoggiati a un mucchio di legna di alberi da frutta impilata accanto alla porta. Raggiunse il lato più distante della casa e osservò i dintorni in direzione del bosco in cerca di segni di Marvin.

Il cortile sul retro era occupato da un vecchio scuolabus semidistrutto e un capanno degli attrezzi. In mezzo, una capretta legata alla catena brucava l'erba sotto un filo con i panni stesi, muta a eccezione della campana che portava al collo, le mammelle gonfie che dondolavano sotto il ventre, i capezzoli allungati come due dita accusatrici. Oltre il cortile, una macchia di cespugli di bacche fungeva da recinzione, e un boschetto di pini impediva di vedere più in là. Si sentì estraneo a quel posto, isolato, esposto, minacciato, proprio come Marvin voleva che si sentissero tutti i forestieri che capitavano là.

Pensò alla piccola, si chiese se stava bene, se i bambini potessero bere tanto da sentirsi male o addirittura soffocare. Una fitta di paura lo indusse ad affrettarsi alla macchina. La bambina stava bene, il biberon vuoto era a terra accanto a lei, e i suoni che emetteva non erano più urla, ma vagiti ovattati. Marsh fece ritorno alla capanna, salì il gradino della veranda, bussò alla porta e aspettò.

Iris aveva la camicetta, la gonna e gli stivali di poco prima, gli stessi occhi troppo vuoti per contenere la sua anima. Non lo riconobbe, il viso le si contrasse appena per l'incertezza.

Marsh fece un passo verso di lei, e la ragazza indietreggiò e gli chiese cosa voleva. La stanza alle sue spalle era un cunicolo dalle forme indistinte, e l'unica fonte di luce era distante, dietro una tenda che attraversava l'ambiente.

«Voglio restituirti la tua bambina», disse.

Lei lo guardò più da vicino, aprì la bocca in un'esclamazione muta, e poi, poco a poco, un sorriso le affiorò sulle labbra. «Come hai fatto a scoprire dove abitavo?»

«Ti ho seguita».

«Perché? Le è già successo qualcosa?»

«No, ma non voglio portarla con me».

Sembrò sinceramente confusa: «Perché no? È lungo la strada, giusto? All'incirca».

Lui ignorò la domanda. «Voglio sapere qualcosa di più sulla bambina».

«Tipo?»

«Tipo di chi è. È tua?».

Iris si accigliò e si mordicchiò un labbro. «Più o meno».

«Che significa, "più o meno"? L'hai partorita tu?»

«Non esattamente». Iris si pettinò i capelli con le dita, poi se li scostò dal viso con un gesto irritato. «Perché mi stai facendo tutte queste domande?»

«Perché tu mi hai chiesto un favore, e credo di avere il diritto di sapere in cosa mi sto cacciando. Mi sembra corretto, no?».

Lei fece una pausa. Il viso imbronciato sembrava dubbioso. «Credo di sì».

«Allora, dove l'hai presa?», domandò di nuovo.

«L'ha presa Marvin».

«A chi?»

«A questi tizi di Hurley City. Quindi non capisco perché non gliela vuoi riportare, considerato che è loro e tutto il resto».

«Ma perché...».

La sua domanda fu coperta da un acuto glissando, breve e penetrante. L'uomo guardò Iris, poi la parte più interna della capanna, avvolta nella penombra.

Non c'erano segni di vita, né di qualsiasi altra cosa al di fuori dello stato di abbandono della capanna, di una tendenza a un rigore spartano. Un grasso gatto grigio balzò giù da uno scaffale e si allontanò verso il retro della capanna, per poi scomparire dietro la coperta che, appesa a una corda, divideva la stanza a metà. Lo strillo riecheggiò ancora una volta. «Cos'è?», le chiese.

Iris ridacchiò. «Cosa ti sembra?»

«Un altro bambino?».

La ragazza fece cenno di sì.

«Lo posso vedere?»

«Perché?»

«Perché mi piacciono i bambini».

«Se ti piacciono, perché non riporti giù a Hurley City quella che ti ho dato?»

«Forse sto cambiando idea. Posso vedere questo?»

«In teoria non posso far entrare nessuno là dietro».

«Non succederà niente. Davvero. Tanto Marvin non c'è, no?».

Lei scosse la testa. «Ma potrebbe tornare da un momento all'altro. Ha fatto giusto un salto in città».

L'uomo chiamò a raccolta tutta la comprensione e l'affabilità di cui era capace.

«Fammi soltanto vedere il tuo bambino per un istante, Iris. Per favore. Poi me ne vado. E porto via con me l'altra. Promesso».

Lei contrasse le labbra, poi annuì e fece un passo indietro. «Ne ho più di uno», si vantò d'un tratto. «Te li faccio vedere». Si voltò e si diresse a passo spedito verso il retro della capanna per scomparire alle spalle della coperta.

Quando la seguì, l'uomo si ritrovò in un ambiente che era per metà una cucina e per metà una nursery. Nella parete opposta al forno elettrico e al frigorifero, incuneata tra la stufa a legna e la porta che dava sul retro, c'era una fila di cassette in legno: sette, vecchie cassette di arance in cui i divisori erano stati levati, dipinte con colori diversi ed etichettate con lettere dalla A alla G. Nomi sbiaditi di frutteti o riproduzioni di frutti spuntavano ancora all'estremità delle assi attraverso la vernice.

Dentro le cassette dalla A alla G c'erano dei bambini, sepolti in nidi di stracci e scampoli di coperte. Uno stava piangendo. Gli altri dormivano profondamente, comodi e al calduccio, in ottima salute e felici, per quel che poteva vedere.

«Dio mio», disse.

«Non sono meravigliosi? Sono semplicemente la cosa più bella del mondo. Oh, sissignore. I bambini più belli del mondo intero. E Iris gli vuole bene, dal primo all'ultimo. Oh, sissignore. O no?».

Raggiante, la ragazza fece qualche moina ai bambini per un altro istante, poi s'incupì. «Quella che ti ho dato, qui non era felice. Perché era della cassetta B. I bambini B sono sempre tristi, non so perché. Li tratto tutti allo stesso modo, ma i B sono semplicemente testardi. Ecco perché quella che ti ho dato deve tornare indietro. Dov'è, in ogni caso?»

«In macchina».

«Da sola?».

Lui annuì.

«Non avresti dovuto lasciarla lì in quel modo», lo rimproverò Iris. «È già abbastanza musona di suo».

«E che mi dici degli altri?», domandò lui, lanciando un'occhiata alle cassette. «Rimarranno qui per sempre?».

L'intera figura della donna parve pietrificarsi. «Rimarranno finché Marvin ne ha bisogno. E fino ad allora, io gli do tutto che ciò che desiderano. Tutto ciò che serve. Nessuno potrebbe voler bene a questi bambini più di me. *Nessuno*».

Il fuoco della stufa le illuminò gli occhi come cristalli di ghiaccio alla luce del sole. Contemplò con aria estasiata le scatole, una per una, per riceverne in cambio un'energia quasi sessuale, percepì l'uomo. I respiri della donna erano rapidi e poco profondi, i pugni stretti lungo i fianchi. «Dove hai preso questi bambini?», le domandò con dolcezza.

«Li ha presi Marvin». Lo ascoltava solo in parte.

«Dove?»

«Ovunque. Una volta ne abbiamo avuto uno del Nevada, e due dell'Idaho, credo. Per la maggior parte sono della California, però. E dell'Oregon. Credo che il bambino della cassetta B sia di Spokane. È nell'Oregon, giusto?».

Lui non la corresse. «Oltre a questi, ce ne sono stati molti altri?»

«Un po'».

«Quanti?»

«Oh, forse dieci. No, di più. Tranne i bambini G, ne ho avuti tre per ogni cassetta».

«E Marvin li porta tutti qui per te?».

Lei annuì, si avvicinò al forno e accese una delle piastre. «Vuoi un po' di tè? È a base di erbe. Menta».

Lui scosse la testa. «Cos'è successo agli altri bambini? Quelli che non sono più qui?»

«Li ha portati via Marvin». Iris prese un sorso di tè.

«E dove?»

«Da qualcuno che voleva amarli». Per la giovane donna, quell'affermazione era quanto di più vicino al Vangelo.

L'aria della capanna sembrò di colpo insudiciata, irrespirabile. «È davvero tutto qua, Iris? Dare bambini a gente che li vuole?»

«Che li vuole e che vuole *amarli*. Vedi, Marvin prende questi bambini a chi *non* li vuole e li dà a chi invece li *vuole*. È il suo lavoro».

«E lo pagano per questo?».

Lei scrollò le spalle con aria assente. «Un pochino, credo».

«E tu lo accompagni quando va a prenderli?»

«Qualche volta. Se va lontano».

«E poi dove li porta? In Idaho e in Nevada o soltanto nei dintorni?».

La ragazza scrollò di nuovo le spalle. «Non mi dice dove vanno. Dice che non vuole che tenti di riportarli indietro». Sorrise con aria pacata. «Sa come sono con i miei bambini».

«Da quanto tempo state facendo questa cosa, tu e Marvin?»

«Sto con Marvin da circa tre anni».

«E avete fatto scambi di bambini per tutto il tempo?»

«Più o meno».

Si versò dell'altro tè in una tazza di ceramica e ne bevve un sorso. Non diede alcun segno di malizia o di sensi di colpa, nessun indizio che quello che Marsh sospettava potesse essere vero.

«Hai qualche figlio tuo, Iris?».

Le mani le tremarono abbastanza da rovesciare il tè. «Una volta ne ho *quasi* avuto uno».

«Che vuoi dire?».

Fece una smorfia. «Sono rimasta incinta, ma nessuno voleva che lo tenessi, così non l'ho fatto».

«L'hai dato in adozione?».

Lei scosse la testa.

«Aborto?».

Iris annuì, a prima vista con sofferenza, e mormorò qualcosa. L'uomo le domandò cos'aveva detto. «L'ho fatto io», ripeté lei. «Non riesco ad accettarlo. L'ho raschiato via da sola. Ho perso i sensi. Io...».

S'interruppe di colpo. Lui si girò di nuovo a guardare la fila di cassette che contenevano la sua penitenza. Quando lei si accorse cosa stava guardando, intonò una canzone. «Non sono semplicemente perfetti?», disse non appena ebbe finito. «Non sono tutti quanti semplicemente perfetti?»

«Come hai fatto a sapere da dove veniva la bambina che mi hai dato?», domandò l'uomo a voce bassa.

«Marvin ha un blocchetto dove prende nota di tutto. Una volta l'ho sbirciato di nascosto mentre lui era fatto».

«E dove lo tiene?»

«Nel furgone. O almeno è lì che l'ho trovato». Iris si posò le mani sul petto e premette contro lo sterno. «È meglio che te ne vai prima che torni Marvin. Porterai la bambina con te, giusto? Non sta bene qui assieme agli altri, non è il suo posto. Non fa altro che agitarsi e io non riesco a volerle bene come dovrei».

Marsh guardò il viso di Iris, la luce del fuoco che lo attraversava come una mano di colore, rendendolo vivo. «Di dove sei, Iris?»

«Io? Del Minnesota».

«Sei venuta in California assieme a Marvin?».

Lei scosse la testa. «Sono venuta con un altro ragazzo. Facevo marchette per lui quando sono rimasta incinta. Dopo l'aborto gli ho detto che avevo chiuso con quella vita, così mi ha piantata. Poi mi sono fatta di droghe per un po', finché non ho conosciuto Marvin in una comunità giù a Mendocino».

«Come fa Marvin di cognome?»

«Hessel. Ora devi andare. Dico sul serio. Se ti becca qui, sarebbe capace di fare una follia». Avanzò di qualche passo verso di lui, e l'uomo indietreggiò.

«Ok, Iris, solo una cosa. Puoi darmi da mangiare per la bambina? È davvero affamata».

La ragazza si accigliò: «Le piace soltanto il latte di capra, è questo il problema, e oggi non l'ho munta». Andò al frigorifero e tornò con un biberon. «Questo è tutto quello che ho. Ora vai».

L'uomo annuì, prese la bottiglia dalle sue mani, poi batté in ritirata in macchina.

Aprì la portiera sentendosi investire dall'odore pungente dell'ammoniaca. La bambina lo accolse con degli strilli. Lui la prese in braccio, la cullò, le parlò, le canticchiò una melodia, e finalmente le diede il secondo biberon, l'unica cosa che volesse.

Mentre lei poppava, Marsh mise in moto la macchina e fece andare il motore, e un minuto dopo azionò il riscaldamento. Quando gli sembrò prudente, scartò il fagotto e levò gli spilli al pannolino zuppo della bambina, poi le asciugò il sederino paffuto con un fazzoletto che teneva nel vano portaoggetti. Dopo averla riavvolta nella coperta, uscì dalla macchina, prese la valigia dal bagagliaio e tirò fuori la sua ultima T-shirt pulita, poi fece ritorno nell'abitacolo, confezionò un voluminoso pannolino con la maglietta di cotone e lo fissò attorno alla bambina, pungendosi il dito durante l'operazione e macchiandoli entrambi con il proprio sangue. Dopodiché rimase seduto in silenzio per un po', valutando quali obblighi avesse nei confronti di quei bambini che improvvisamente avevano fatto irruzione nella sua vita.

Sarebbe dovuto andare dalla polizia, ma Marvin poteva tornare prima che gli agenti entrassero in azione e sapere da Iris cos'aveva fatto, e far del male ai neonati o scappare con loro. Marsh poteva chiamare gli agenti e aspettare sul posto il loro arrivo, ma dubitava della propria capacità di comunicare in maniera chiara e convincente i propri sospetti per telefono. Mentre valutava altre possibili opzioni, la luce di due fari anteriori rimbalzò sullo specchietto retrovisore e contro i suoi occhi, poi cambiò direzione. Non appena poté vedere di nuovo, allungò il braccio fino al vano portaoggetti per prendere il revolver. Scese dalla macchina ficcandoselo in tasca e s'incamminò verso il sentiero, disobbedendo ancora una volta al cartello.

Una nuova figura era entrata a far parte dello scenario, scura e rettangolare. Il furgone di Marvin, il motore che si raffreddava con un sibilo. L'uomo rimase in ascolto, e quando non sentì altre presenze, si avvicinò. Un furgone per il pane riadattato, dipinto di blu marina, con portelloni scorrevoli nella cabina del guidatore e classiche portiere a cerniera nel vano posteriore. Il parafango destro era ammaccato, il paraurti posteriore fissato con del fil di ferro. Una motocicletta con pneumatici tacchettati era assicurata con una cinghia al portabagagli sul tettuccio. La portiera del lato del guidatore era aperta, così poté entrare nell'abitacolo.

L'alto sedile era completamente marcio, l'imbottitura eruttava dal polivinile sporco come erbacce bianche. Il fondo dell'abitacolo era disseminato di confezioni vuote di cibo, lattine di birra e mozziconi di sigaretta. L'uomo azionò la torcia tascabile e brancolò in mezzo ai rifiuti, fermandosi di fronte all'unico oggetto quasi nuovo nel furgone. Un biglietto da visita bianco con un'incisione nera, appiccicato con il nastro adesivo in un angolo del cruscotto: "J. ARNOLD RUSKER, AVVOCATO. Esercita in tutte le corti. Prima consulenza gratuita. Reperibile giorno e notte".

Marsh rovistò nella cabina per un altro minuto, senza trovare niente che somigliasse al taccuino di Marvin o qualcos'altro che fosse di minimo interesse. Dopo essersi fermato ad ascoltare, tendendo le orecchie verso un qualunque segnale che annunciasse il ritorno di Marvin senza però sentire nulla, si incuneò nello stretto varco alle spalle del sedile del guidatore e si intrufolò nell'area di carico del vano posteriore, preceduto dalla palla di luce gialla della torcia che rimbalzava allegramente di fronte a lui.

L'intera area, soffitto incluso, era stata rivestita con un tessuto felpato rosa ormai infeltrito, macchiato in punti improbabili e prossimo a scollarsi in altri. In una delle pareti era stato intagliato a mano un finestrino rotondeggiante, coperto di un rivestimento in plastica assicurato con il nastro adesivo. Su un lato del pianale due sedie imbottite erano fissate al pavimento, mentre sull'altro si allungava una brandina da campo. Due cassette di arance, simili a quelle della capanna ma vuote, erano riposte tra i due sedili. Sopra la brandina, un'immagine di John Lennon era attaccata alla parete con un chiodo arrugginito. Una piccola bottiglia di propano era assicurata in un angolo con una cinghia, una borsa frigo campeggiava in un altro. Accanto al poster di John Lennon, un fucile con ripetizione a leva era legato da due imbracature in cuoio. C'era odore di benzina, marijuana e corpi non lavati. Anche qui nessuna traccia del block-notes.

L'uomo spense la torcia e uscì dal furgone camminando all'indietro, poi si avvicinò alla capanna, fermandosi nella veranda. La musica pulsava dall'interno, heavy metal, coprendo qualsiasi altro rumore incluso quello prodotto da lui. Si accostò alla finestra e guardò dentro.

Iris teneva in braccio un bambino a cui stava dando da mangiare, e attraversava la stanza a grandi passi, con un'aria, a prima vista, da dissociata. Era sola, ma fu presto raggiunta da un omone dall'aria scostante, che portava un paio di Levi's e stivali da cowboy, camicia scozzese, una barba folta e capelli fino alle spalle. Un leggero strato di grasso gli copriva pelle e vestiti in maniera omogenea, come se l'uomo vi fosse appena stato immerso. Marvin attraversò la stanza a grandi falcate, gli occhi neri e rabbiosi, le spalle mosse a tempo con la musica frenetica, mentre aspirava gli ultimi tiri da una canna tenuta con un reggimozzicone stranamente aggraziato.

Sia Marvin che Iris sembravano persi nei loro compiti. Quando si incrociavano, indietreggiavano di qualche passo, come se avessero paura l'uno dell'altro. Marsh rimase a guardarli per cinque lunghi minuti. Non appena scomparvero alle spalle della tenda, si affrettò verso la porta ed entrò nella capanna.

La musica cessò, poi ricominciò, senza che il nuovo pezzo fosse in qualche modo distinguibile dall'altro. La pesante cappa di fumo gli invase i polmoni, rendendogli la testa leggera e rallentandogli il cervello. I mormorii dietro la tenda esplosero nell'immediata imprecazione di una voce maschile. Si sentì l'acciottolio di una padella sopra il fornello, lo stridio di legno contro legno. L'uomo estrasse la pistola e si spostò lungo la parete, sgattaiolando in direzione della tenda, per poi sbirciare oltre uno degli orli.

Marvin era seduto al tavolo, le mani strette attorno a una bottiglia di birra. Iris era di fronte al fornello, dandogli la schiena, e stava aprendo un barattolo di zuppa. L'omone tracannò metà bottiglia, la sbatté sul tavolo, e imprecò di nuovo. «Come cazzo hai fatto a essere così stupida?»

«Per favore, Marvin, no».

«Dimmi solo a chi l'hai dato. Voglio sapere soltanto questo. Alla tua amichetta Gretel, eh? Per forza, è l'unica matta quanto te, qui intorno».

«Non era nessuno che conosci. Davvero. Era solo un tizio».
«Che tizio?»
«Solo *un tizio*. Sono andata fino all'area di sosta lungo la strada che porta quasi fino all'Oregon, e ho parlato con lui e lui ha detto che stava andando a Frisco, così gli ho dato la bambina e gli ho detto dove portarla. Lo *sai* che questo non era il posto per lei, Marvin. Sai quant'era fragile».
Lui si alzò di colpo, facendo piombare la sedia sul pavimento. «Stupida puttana». La mano tesa in aria, Marvin si lanciò verso Iris con la birra che gli colava dal mento. «Ti spacco la faccia, donna. Giuro che lo faccio».
«Non picchiarmi, Marvin. Per favore, non picchiarmi di nuovo».
«Chi era? Voglio un nome».
«Non lo *so*, te l'ho detto. Soltanto un tizio che andava a Frisco. Credo che si chiamasse Marsh».
«E ha preso la bambina?».
Iris annuì. «È stato davvero gentile».
«L'hai portato qui, eh? Hai portato quel figlio di puttana qui alla capanna? Gli hai detto degli altri?»
«No, Marvin, no. Te lo giuro. Sai che non lo farei mai».
«Troia bugiarda».
Marvin afferrò Iris per i capelli e le diede uno schiaffo in piena faccia. Lei urlò e tentò di rannicchiarsi. Marvin alzò la mano per colpire ancora.
Marsh inspirò con forza, sollevò la pistola e fece un passo da dietro la tenda.
«Fermo», disse a Marvin. «Non ti muovere».
L'omone si irrigidì, girò la testa, prese atto della pistola e allentò la presa, allontanandosi da Iris, gli occhi neri che scintillavano. Un sorriso indolente scoprì denti neri e storti. «Oh, bene, e ora», biascicò Marvin. «Chi diavolo puoi essere, a parte un fottuto topo d'appartamento? Non dirmelo, fammi indovinare. Sei quel signore davvero gentile a cui Iris ha dato il bambino. Quello che aveva giurato di non aver portato qui, giusto?»
«Non è stata lei a portarmi qui. L'ho seguita io».
Guardarono entrambi la ragazza. Iris teneva una mano davanti alla bocca e si mordicchiava una nocca. «Pensavo che fossi partito per Frisco», fu tutto quello che disse.

«Non ancora».

«Cosa vuoi?». La sua domanda presupponeva una risposta terrificante.

Marvin scoppiò a ridere. «Stupida puttanella. Vuole gli *altri*. E poi ci vuole sbattere in galera. Vuole diventare un eroe, Iris. E per essere un eroe deve mettere me e te dietro le sbarre per il resto della nostra vita del cazzo». Marvin fece un passo in avanti.

«Non fare l'idiota». Marsh sollevò il revolver puntandolo verso gli occhi di Marvin.

Quello si fermò, si accigliò, poi sorrise di nuovo. «Ho l'impressione che l'hai già usato prima, questo cannone».

«Una o due volte».

«Che fai?»

«Detective privato».

Le labbra di Marvin si aprirono attorno ai denti incrostati. «Stai scherzando. Iris ferma un bastardo qualunque sull'autostrada e poi salta fuori che è uno sbirro privato?»

«Così pare».

Marvin scosse la testa. «Cristo santissimo. E quindi eccoti qui. Un eroe professionista, proprio come dicevo io».

L'uomo attirò lo sguardo di Marvin. «Voglio il blocchetto».

«Quale blocchetto?», gli fece eco con voce incredula.

«Il blocchetto con la lista dei bambini, i posti in cui li hai presi e quelli in cui li hai portati».

Marvin si girò verso Iris, inchiodandola con un'occhiata truce. «Sei nella merda fino al collo, lo sai? Porti qui questo bastardo e gli racconti tutto, e poi ti aspetti che levi le tende senza cercare di *fermarci*? Sei troppo maledettamente stupida per continuare a respirare, Iris. Devo porre fine alle tue sofferenze».

«Mi dispiace, Marvin».

«Li riporterà *indietro*, Iris. Capisci? Ti porterà via quei dolcissimi bambini e li restituirà a quegli stronzi che non li vogliono. E poi andrà dagli sbirri e quelli diranno che tu hai *rapito* i bambini, Iris, e che sei stata cattiva con loro e che devi andare in prigione per ciò che hai fatto. Non lo vedi, troia senza cervello? *Non vedi quello che sta per fare?*»

«Io...». La ragazza si fermò, sopraffatta dal sortilegio di Marvin. «È vero?», domandò, distogliendo finalmente gli occhi da lui.

«Farò ciò che è meglio per i bambini, Iris. Tutto qua».

«Ciò che è meglio per loro è stare con me e Marvin».

«Non più», le disse. «Lui ti ha ingannato, Iris. Rapisce quei bambini. Li prende ai genitori, genitori che li amano. Va avanti e indietro lungo la costa a rapire i bambini, Iris, e poi li vende. O alle persone a cui li ha presi o a gente disposta a tutto pur di adottarne uno. Credo che abbia un aggancio con un avvocato di nome Rusker, che organizza adozioni private in cambio di un mucchio di soldi e poi divide il bottino con Marvin. Non gli interessa chi può amarli, Iris. L'unica cosa che gli interessa è a quanto può venderli».

Qualcosa si era finalmente acceso negli occhi della ragazza: «Marvin, è vero?»

«No, piccola. Sta solo vendendo fumo. Sta cercando di portarti via i bambini e poi farà credere alla gente che tu hai fatto qualcosa di brutto, come quella volta con l'aborto. Sta cercando di dire che tu hai fatto di nuovo delle cose brutte ai piccoli, Iris. Non possiamo permetterglielo».

Marsh parlò in fretta, per cancellare le parole di Marvin. «Le persone non danno via i figli, Iris. Non a tipi come Marvin. Ci sono delle associazioni che si occupano di questo genere di cose, che fanno tutti i controlli per assicurarsi che la nuova casa sia l'ideale per il bambino, e solo nei suoi interessi. Marvin li rapisce, poi li rivende al miglior offerente, Iris. Questo è l'unico motivo per cui si è lasciato coinvolgere in una storia simile».

«Non ti credo».

«Non fa nulla. Tu dammi il block-notes di Marvin, così possiamo controllare, contattare i genitori e sentire cosa dicono dei figli. E chiedere loro se vogliono davvero sbarazzarsi dei bambini. Mi sembra giusto, che ne dici?»

«Non lo so. Credo di sì».

«Iris?»

«Cosa, Marvin?»

«Voglio che tu prenda quella padella e la dia in testa a questo tizio. Forte. Avanti, Iris. Non ti sparerà, lo sai. Colpiscilo in testa così non ci sbatterà in galera».

Marsh lanciò un'occhiata alla ragazza, poi posò rapidamente lo sguardo sull'uomo e poi di nuovo su di lei. «Non farlo, Iris. Marvin è nei guai. Credo che ora tu l'abbia capito». Distolse lo sguardo dalla ragazza e fece un cenno al suo compagno: «Dov'è il blocchetto?»

«Iris?».

Lei cominciò a piangere: «Non posso, Marvin. Non posso farlo».

«Il blocchetto», gli ripeté. «Dov'è?».

Marvin scoppiò a ridere. «Non lo saprai mai, detective».

«Ok, faremo a modo tuo. A terra. Mani dietro la testa. Allarga le gambe. Adesso».

Marvin non si mosse. Quando aprì bocca, parlò con tono languido: «Non hai l'aria dell'assassino, detective, e credimi, ne ho conosciuti parecchi. Quindi immagino che se non hai intenzione di spararmi, non devo neanche fare quello che mi chiedi. E credo anche che ti leverò semplicemente di mano quel cannone e te lo farò ingoiare centimetro dopo centimetro, eh? Che te ne pare?».

L'uomo raggiunse Marvin con due rapidi passi e con un fulmineo movimento della canna della pistola gli squarciò la guancia scoprendo la carne viva. «Un altro assaggio?».

Marvin si palpò la guancia con la mano lurida, poi esaminò le dita insanguinate. «Bastardo. Ok, ti prendo il blocchetto. È qui sotto».

Girandosi dall'altra parte, si chinò sul pavimento e fece scivolare le mani verso l'oscurità al di sotto del fornello. Marsh non riusciva a capire cosa stesse combinando, così strizzò gli occhi, poi si avvicinò. Quando Marvin accennò a rialzarsi, l'altro fece un salto all'indietro. Ma l'omone non voleva aggredirlo: aveva in braccio un bambino, non un block-notes, e lo teneva per la gola.

«Ok, amico», disse Marvin sogghignando. «Ora, se vuoi vedere morire questo poppante di fronte ai tuoi occhi, tieniti pure stretta la tua pistola. Se vuoi continuare a vederlo respirare, buttala a terra».

Marsh raggelò, gli occhi fissi sulle dita di Marvin, che avanzavano centimetro dopo centimetro attorno al collo del bambino e cominciavano a stringere.

Il bambino emise un gorgoglio, ansimò, si dibatté, poi il silenzio. Il viso gli divenne paonazzo, gli occhi che fuoriuscivano dalle orbite. Sulla mano di Marvin spiccavano i tendini tesi fino allo spasmo. Dietro i denti stretti e sporchi, lanciava rapidi sibili di gioia.

Marsh buttò la pistola a terra. Marvin disse a Iris di raccoglierla. Lei lo fece, e scambiò il revolver con il bambino. Poi percorse con gli occhi la faccia di Marvin, quasi a voler rinnovare la conoscenza di quel viso familiare. Si voltò di colpo, aggirò la tenda e scomparve.

«Bene, e ora», le parole di Marvin fluivano senza fatica, «sembra che le cose siano cambiate, detective. Comunque com'è che ti chiami?»

«Tanner».

«Be', Tanner, sei fottuto. Niente più bravate alla John Wayne per il nostro eroe. Puoi dare al mondo il tuo bacio d'addio».

Marvin si frugò nella tasca dei jeans, poi ne tirò fuori un piccolo taccuino con la spirale e glielo mostrò velocemente. «Sta tutto qui, Tanner. Da dove vengono, dove vanno. E ora guarda».

Con una pistola in una mano e il block-notes nell'altra, si avvicinò alla stufa a legna e aprì di scatto il pesante sportello. Il fuoco fece danzare le ombre.

«Non farlo».

«Guarda, bastardo».

Marvin gettò il taccuino sulle braci ardenti, pescò un pezzo di legna minuta dalla cassetta accanto alla stufa, buttò dentro anche quella e richiuse lo sportello in ghisa.

«Addio, bambini». La risata di Marvin fu breve e crudele. «E ora girati. Usciamo».

Marsh fece quello che gli era stato ordinato e s'incamminò verso la porta, sentendo solamente un scalpiccio sordo alle sue spalle. Come passò davanti a Iris, le lanciò un'occhiata. Piangeva, teneva abbracciato il bimbo che Marvin aveva minacciato di uccidere, e non lo guardò. «Ricordati di quella nella mia macchina», le disse. Lei annuì in silenzio, poi si girò dall'altra parte.

Marvin gli diede uno spintone e l'uomo proseguì verso la porta. Si fermò con la mano attorno al pomello, sperando in qualche aiuto magico, una salvezza, ma non giunse nulla. Quello gli diede un altro spintone, e lui uscì sulla veranda, poi in cortile. «Verso il retro», ordinò Marvin. «Monta sul pulmino».

Barcollò, inciampando sulle erbacce, incespicando sulle pietre, fino a quando non arrivò al catorcio arrugginito. La luna e le stelle erano scomparse, la notte era nera e silenziosa, a eccezione del sibilo del vento, chiaramente un alleato di Marvin. La capretta li guardò e rise, poi trotterellò fuori portata. L'uomo lanciò di nuovo un'occhiata a Marvin. In una mano teneva la pistola, nell'altra una coperta. «Sali. Apri lo sportello».

Infilò le dita tra le guarnizioni in gomma dello sportello dello scuolabus e lo aprì. Il primo scalino era più alto di quanto pensasse, inciampò e per poco non cadde.

«Attento. Per poco non ti sparavo».

Non riuscì a reprimere un risolino. Per chissà quale motivo, Marvin si unì a lui nella risata. «Fila dritto sul retro, Tanner. Fa' finta di essere in gita scolastica allo zoo».

Percorse il corridoio tra le due file di sedili distrutti, che puzzavano di ruggine e di marcio, nonostante l'odore persistente dell'hashish. «Perché qui?», domandò quando furono giunti in fondo all'autobus.

«Perché te ne starai bello tranquillo qui fino a quando avrò finito di scavare una buca proprio là dietro e aprirò la portiera di emergenza per buttartici dentro. In più, è un posticino silenzioso. Credo che tra il pulmino e la coperta nessuno sentirà nulla. Siediti».

Si sedette. Marvin si avvolse la coperta attorno al braccio con cui impugnava la pistola, poi allungò l'arma infagottata puntandogliela contro il petto. Marsh era certo che gli avrebbe sparato senza il minimo timore o ripensamento. «Un'ultima parola, Tanner? Un pensiero d'addio a questo mondo?»

«Solo che hai dimenticato una cosa».

«Cosa?»

«Hai lasciato la porta aperta».

Marvin si girò di scatto a guardare verso la parte anteriore del pulmino. Tanner si tuffò in avanti cercando di afferrargli le gambe, e nel frattempo tentò di levargli la pistola con la mano sinistra, sperando di farla scivolare tra le pieghe della coperta, dove sarebbe stata difficile da recuperare e inservibile.

«Figlio di puttana».

Marvin gli levò la pistola dalla presa e la alzò in aria gettando via la coperta.

Tanner si contorse in maniera convulsa, cercando di proteggersi dall'esplosione che, lo sapeva, sarebbe arrivata, ma Marvin era troppo forte e troppo pesante e tenne la mano alzata mentre crollava in ginocchio. Il revolver scintillò nell'oscurità, un missile pronto a cadere in picchiata.

Un suono improvviso fendette l'aria, un penetrante grido di angoscia che proveniva dalla capanna o da qualche altro punto nelle vicinanze. «Che cazzo...?».

Marvin imprecò, cominciò a indietreggiare, poi, quasi senza rifletterci, iniziò a picchiare l'uomo con la pistola, una volta, e poi di nuovo. Dopo uno spasmo di dolore, un'immensa creatura nera lo costrinse a terra per un lasso di tempo che non riuscì a calcolare.

Quando riprese conoscenza, era solo sul pulmino, disteso nel corridoio. Si sentiva la testa ridotta in poltiglia. Si portò la mano alla tempia e si accorse del sangue.

Nonostante il dolore pulsante, si alzò in piedi a fatica e si fece strada verso l'esterno, e rimase in piedi appoggiato allo scuolabus mentre l'aria della notte lottava per schiarirgli le idee.

Fece un primo passo, barcollò, ne fece un altro e raggiunse una sorta di equilibrio, poi lo perse e cadde a sedere per terra. Di nuovo in piedi, raggiunse a fatica la veranda e aprì la porta. Alle sue spalle, la capretta rise ancora una volta.

La capanna era immersa nel buio, l'unica luce era il debole guizzo della stufa dietro la tenda. Avanzò con cautela, cercando di evitare i rifiuti sul pavimento, le forme nella stanza. Giunto a metà strada verso la cucina, il piede toccò qualcosa di morbido. Come si chinò per spingerlo via, la forma emise un suono umano. L'uomo s'inginocchiò, vide che era Iris, poi trovò una lampada e l'accese.

Era accasciata a faccia in giù, al centro della stanza, braccia e gambe piegate sotto di sé, il corpo raggomitolato per respingere l'attacco. Tanner si inginocchiò di nuovo, la sentì gemere ancora una volta, e si accorse che quello che pensava fosse un brandello di camicia era in realtà una pozza di sangue, e che quella che pensava fosse un'ombra era una grande traccia umida della stessa sostanza che conduceva verso l'interno della capanna.

Le tastò il corpo con le mani, cercando le ferite. Non avendone trovata nessuna, fece rotolare Iris sul fianco, poi sulla schiena. Il sangue gorgogliava da un punto sotto lo sterno. La donna sbatté le palpebre: aperte, chiuse, poi di nuovo aperte. «Mi ha sparato», disse. «Faceva così male che non riuscivo a smettere di piangere, così mi ha sparato».

«Lo so. Non cercare di parlare».

«Ha sparato anche ai bambini? Credo di aver sentito...».

«Non lo so».

«Puoi guardare, per favore?».

Lui annuì, si alzò in piedi, tenne testa a un attacco di vertigini, poi controllò dietro la tenda e tornò da Iris. «Stanno bene».

Lei tentò di sorridere per ringraziarlo. «Qualcosa deve averlo spaventato. Credo che qualcuno che passava qui davanti abbia udito lo sparo e sia accorso in aiuto. Li ho sentiti urlare».

«Dove può essere andato, Iris?»

«Su nei boschi. Su quella sua lurida motocicletta. Conosce un mucchio di gente lassù. Coltivano erba, vivono dei frutti della terra. Gli sbirri non lo troveranno mai». Iris gemette di nuovo. «Sto morendo, è così?»

«Non lo so. C'è un telefono qui?».

Lei scosse la testa. «In fondo alla strada. Vicino al negozio».

«Vado a chiamare un'ambulanza. E la polizia. Da quanto tempo è andato via Marvin?».

Lei chiuse gli occhi. «Sono svenuta. Oddio, sto molto male, signor Tanner. Molto male».

«Lo so, Iris. Resisti. Torno tra un secondo. Cerca di tenerci questo premuto».

Tirò fuori il fazzoletto e lo piegò fino a formare un quadrato e lo piazzò sopra la ferita. «Tienilo premuto più forte che puoi». Le prese la mano sinistra e gliela posò sopra la compressa, poi si alzò.

«Aspetta. Devo...».

Sovrastò le sue parole: «Devi andare in ospedale. Tra un attimo sarò di ritorno e allora potremo parlare un altro po'».

«Ma...».

«Resisti».

Corse via dalla capanna e lungo il vialetto, avvistò le luci del negozio di alimentari in fondo alla strada, e corse alla cabina telefonica e fece le sue chiamate. La polizia disse che era già stata avvertita e che una volante era già per strada. L'ambulanza disse che sarebbe stata lì in sei minuti. Tornò di corsa alla capanna, più veloce che poté, sperando che fosse sufficiente.

Iris si era mossa. Il corpo riverso a terra era diritto, il braccio destro allungato verso la porta in un gesto di supplica. La manica della camicia era stracciata, il bordo ridotto a un brandello bruciacchiato poco sopra il gomito. Sotto la manica, il braccio era rosso in alcuni punti, coperto di vesciche in altri, screziato come cibo affumicato. La mano era carbonizzata, accartocciata in un pugno crostoso cosparso di cenere grigia.

Tra le dita c'era un oggetto, annerito, bruciato, e custodito come un tesoro.

L'uomo aprì le dita per sottrarlo alla sua stretta. La copertina era consumata dal fuoco, e i bordi delle pagine erano curvi e bruciacchiati, ma erano comunque decifrabili, gli scarabocchi intatti. La lista dei nomi e dei luoghi corrispondeva alle cassette sul retro, dipinte in colori vivaci. Carson City. Boise. Grants Pass. San Bernardino. Modesto. Ancora e ancora: un dizionario geografico del crimine.

«L'ho salvato», mormorò Iris. «L'ho salvato per i miei bambini».

Lui le sollevò la testa fino a posarsela in grembo e la tenne tra le mani finché lei non morì. Poi andò alla macchina e recuperò la bambina della cassetta B, per poi adagiarla nella culla che era stata preparata per lei. Per la prima volta da quando la conosceva, la piccola emise soltanto versi di gioia. Un'ironia che non poté essere colta dai cinque bambini morti al suo fianco e dalla donna, ormai esanime, che aveva temuto tutto questo.

Brendan DuBois
UN BIGLIETTO PER PARTIRE
1987

Brendan DuBois (1959) è nato nel New Hampshire, dove ha sempre vissuto. Ex reporter, ha scritto romanzi dei generi più disparati ed è stato un prolifico autore di racconti, con più di cento pubblicazioni al suo attivo.

I suoi gialli, ambientati lungo le coste del New Hampshire, hanno spesso come protagonista Lewis Cole, giornalista ed ex consulente finanziario per il ministero della Difesa. Il primo romanzo della serie è stato *Dead Sand* (1994), seguito da *Black Tide* (1995), *Shattered Shell* (1999), *Killer Waves* (2002), *Buried Dreams* (2004) e *Primary Storm* (2006). DuBois ha ottenuto un successo perfino maggiore con i thriller internazionali, in particolar modo con *Il giorno del riscatto* (*Resurrection Day*, 1999), romanzo che si inserisce nel genere fantastorico: ambientato nel 1972, a dieci anni dalla crisi missilistica di Cuba, racconta la guerra nucleare tra Unione Sovietica e Stati Uniti.

Ha ricevuto il Sidewise Award per il miglior romanzo di storia alternativa alla World Science Fiction Convention. Tra i suoi altri thriller figurano *Domani all'alba* (*Twilight*, 2007), in cui l'autore racconta un mondo all'indomani di un attacco terroristico contro gli Stati Uniti portato a termine con successo; *Final Winter* (2006), coinvolgente prova narrativa dai ritmi serratissimi sulla pianificazione di un attacco terroristico contro gli Stati Uniti; *Betrayed* (2003), che indaga sul mistero ancora irrisolto di duemila soldati dispersi durante la guerra in Vietnam; e *Six Days* (2001), su un complotto per rovesciare il governo americano. DuBois è stato insignito di numerosi premi per i suoi racconti, inclusi due Shamus Award conferiti dall'associazione Private Eye Writers of America. In particolare, *The Dark Snow* è stato inserito nell'antologia *The Best American Mystery Stories of the Century*.

Un biglietto per partire (*A Ticket Out*) è stato pubblicato per la prima volta nell'edizione del gennaio 1987 dell'«Ellery Queen's Mystery Magazine».

Poi ci sono notti in cui non riesco a dormire, quando sembra che le coperte siano avvoltolate troppo strette, quando l'aria nella stanza è così soffocante che sembra carica di anni e polvere, e quando i lamenti e il respiro di mia moglie Carol sono sufficienti a farmi tremare per la tensione. In quelle notti scivolo fuori del letto, mi butto addosso la mia pesante vestaglia di flanella e, a piedi nudi, percorro con passo felpato il corridoio, supero la camera dei gemelli e scendo le scale fino alla cucina. Sono abbastanza intelligente da sapere che bere alcolici di notte prima o poi mi porterà dei problemi, ma continuo a ignorare ciò che mi dice il medico e mescolo in un bicchiere alto ginger ale e Jameson, vado in soggiorno e guardo fuori della finestra a bovindo le stelle, i boschi, le colline. Mentre ricordo i nostri piani, ciò che avevamo rubato, il sangue che è stato versato, le lacrime e l'angoscia, sorseggio il mio drink e penso: "Non era quello che volevamo fare". Non stavamo rubando per comprarci droghe o vestiti o per impressionare le ragazzotte stupide con cui Brad e io andavamo al liceo. Rubavamo per un biglietto, per una via d'uscita. Alla fine solo uno di noi è riuscito ad andarsene. Ma questo pensiero non mi aiuta affatto a chiudere occhio.

Tutto iniziò un giorno d'agosto del 1976, circa un mese prima che io e Brad Leary cominciassimo l'ultimo anno di liceo. Quell'estate lavoravamo in uno dei calzaturifici di Boston Falls, portando avanti una tradizione comune alle nostre due famiglie. Il padre di Brad stava in uno dei laboratori di cucitura di Devon Shoe, mentre il mio e i miei fratelli maggiori lavoravano sull'altro lato dello Squamscott River, da Parker Shoe. Mio padre era un assistente contabile, il che significava che indossava una cravatta e una camicia e guadagnava cinquanta centesimi in più l'ora rispetto alle "tute blu" che sudavano tra macchinari sporchi e rumorosi.

Io e Brad stavamo all'imballaggio, impilando scatole di scarpe e schivando calci e pugni degli operai più anziani, convinti che ci muovessimo troppo lentamente o procedessimo in maniera disordinata. Di solito staccavamo alle tre e, dopo aver comprato un paio di lattine di 7-Up o Coca-Cola e una busta di patatine Humpty Dumpty, dagli stabilimenti ci inerpicavamo lungo Mast Road fino alla cima di Cavalry Hill, che sovrastava la valle in cui era rannicchiata Boston Falls. Be', forse "rannicchiata" è una parola troppo bella. Più che rannicchiata, sembrava che ci fosse caduta dentro.

Quel giorno indossavamo entrambi l'uniforme estiva: T-shirt verde scuro, blue-jeans e scarpe da ginnastica. Eravamo su un fianco aperto della collina, poco oltre il cimitero della città, lo sguardo rivolto verso il basso in direzione degli edifici in mattoni rossi e coperti di sporcizia delle fabbriche, con le loro minuscole finestre, che si ergevano su entrambe le sponde del fiume Squamscott. Vapore ed esalazioni di fumo fuoriuscivano dalle alte ciminiere in mattoni, e nessuno di noi si era mai davvero abituato a quell'odore pungente e oleoso che sembrava incollarsi proprio in fondo alla gola. Gli anziani non ci facevano caso. Annusavano e dicevano: «Aha», e poi: «Ragazzi, questo è il profumo dei soldi». Non eravamo così stupidi da non sapere che, se Devon Shoe e Parker Shoe e il deposito di legname avessero chiuso, Boston Falls sarebbe avvizzita come una foglia d'autunno che viene spazzata via dal vento di novembre.

Ma a Brad quell'odore non era mai piaciuto.

«Cristo», disse, aprendo la sua lattina di soda con uno schiocco. «Oggi sembra peggio del solito».

«Il vento soffia da sud», replicai. «Non ci si può fare niente».

Le nostre bici erano poggiate su un lato in mezzo all'erba alta. In sottofondo si sentiva il flebile ronzio degli insetti, e Brad prese un lungo sorso di soda, l'acqua imperlava il fianco della lattina. Era un giorno caldo. I lunghi capelli di Brad ricadevano lateralmente in un ciuffo imponente, e io ero geloso perché mio padre mi costringeva a tenere i miei a una lunghezza di appena cinque centimetri, e senza basette. D'altro canto, però, il mio amico portava un paio di occhiali dalle lenti spesse e io avevo una vista perfetta.

«Brad», dissi, «siamo nei guai».

Lui si gettò alle spalle la lattina vuota. «Come sei messo?»

«Con i sessanta della settimana scorsa sono a quattrocentododici».

«Idiota. Dovresti avere quattrocentoquindici come me. Che fine hanno fatto gli altri tre?»

«Ho dovuto comprare una camicia nuova per il funerale della zia di Sara, la scorsa settimana. L'ultima buona che avevo l'ho strappata a giugno, e mia madre mi stava rompendo le scatole».

«Madri». Brad si chinò in avanti e poggiò il mento sulle ginocchia. «Per la State, dobbiamo averne almeno mille per il primo anno».

«Già».

«E quest'inverno non possiamo trovarci un lavoretto part-time. Non ce ne saranno».

«Già».

«Allora, che facciamo?»

«Sto pensando. Sta' zitto, ti spiace?».

Lasciai che si eclissasse, sapendo a cosa stava pensando. Eravamo entrambi sotto di seicento dollari per le tasse del primo anno al college. Mio padre aveva sollevato i suoi bravi strepiti in proposito, assicurando che mi avrebbe dato una mano quando sarebbe arrivato il momento, ma sei mesi prima mio fratello maggiore Tom aveva abbracciato un palo del telefono con la sua Chevy del '68 e ora era intubato in un letto di ospedale a Hanover, e il conto corrente dei miei genitori si stava assottigliando mese dopo mese. Ma se non altro mio padre si era offerto di darmi una mano. Quello di Brad di solito tornava a casa sbronzo dal calzaturificio, inferocito dal livore e con una gran voglia di menare le mani. Avevo dormito a casa sua soltanto una volta, quando avevamo entrambi quattordici anni e avevamo appena fatto amicizia. Era un venerdì sera, e intorno a mezzanotte il padre e la madre di Brad avevano iniziato a urlare come matti, scagliandosi l'uno contro l'altra e cercando di colpirsi con un coltello da cucina. Io e Brad eravamo sgattaiolati nel cortile sul retro con coperte e cuscini e da quella volta non ne avevamo più parlato. Ma un giorno lui era arrivato a scuola con la faccia gonfia e tumefatta per i lividi, e avevo capito che aveva detto al padre di voler andare al college.

«Monroe», disse, decidendosi finalmente a parlare.

«Va' avanti».

«Noi siamo persone speciali, giusto?»

«Eh?»

«Voglio dire, paragonati al resto dei ragazzi a scuola, noi siamo speciali, no? Chi sono i primi della classe? Tu e io, giusto?»

«Giusto».

«Quindi siamo speciali, siamo migliori degli altri».

«Oh, piantala...».

«Guarda le cose come stanno, Monroe. Fermati un attimo e guarda le cose come stanno, ti dispiace? È tutto quello che ti chiedo in questo momento. Guarda la realtà».

In un certo senso aveva ragione, ma bisognava capire com'era il nostro liceo regionale, Squamscott High. Ci vanno tutti i ragazzi di Boston Falls, Machias e Albion, e queste cittadine non sono messe meglio della nostra quanto a quattrini. E nel nostro Stato ci sono poche sovvenzioni per l'istruzione, così sono le amministrazioni cittadine stesse a pagare stipendi e materiale didattico. Il che significa uno stabile con soffitti in gesso che si sgretolano. Significa manuali di storia che parlano della grande promessa del governo Kennedy e libri di scienze che predicono che un giorno l'uomo andrà sulla luna. Significa insegnanti come il signor Hensely, che entra in classe barcollando a tenere le lezioni di storia del pomeriggio, con l'alito che gli sa di colluttorio; e come la signorina Tierney, l'insegnante di inglese, uscita dal college non troppo tempo fa, che ogni sabato e domenica mattina lavora come cameriera da Mona's Diner, su Front Street.

«Va bene, Brad», dissi. «Immagino di sì, siamo speciali. Ci diamo dentro con lo studio e prendiamo buoni voti. Ci piacciono i libri e vogliamo fare strada».

«Ma siamo intrappolati qui, Monroe», fece lui. «Tutto quello che abbiamo è Boston Falls, il cinema Mohawk, Main Street... e il centro commerciale Wentworth a quindici chilometri. E un mucchio di mattoni e fumo e alberi e colline. Qui, se prendi tutte A o F fa lo stesso, arriverai allo stesso traguardo».

«Lo so, il deposito di legname, oppure la Parker o la Devon Shoe».

«O forse un negozio oppure una stazione di benzina. Siamo troppo svegli per accontentarci di questo, dannazione».

«E troppo spiantati per il college».

«Su questo non ci piove», disse lui, posando la testa sulle ginocchia. «Su questo non ci piove».

Rimase in silenzio per un po', un tratto tipico di Brad. Eravamo diventati amici il secondo anno di liceo, quando eravamo gli unici due studenti interessati a far parte del gruppo di retorica, un'iniziativa che era durata una settimana perché nessun altro vi aveva voluto partecipare. Condividevamo l'amore per i libri e il desiderio di frequentare l'università ma, per quante ore passassimo insieme, c'era sempre un lato oscuro di Brad che non riuscivo mai ad avvicinare o a comprendere. Non era niente di drammatico o particolarmente evidente, piccole cose. Come la sua stanza. Nella mia c'erano i soliti poster di macchine e di navicelle spaziali e aerei militari. Nella sua c'era una sola immagine: una foto incorniciata di Iosif Stalin. Ero quasi certo che nessuno della famiglia di Brad avesse riconosciuto il personaggio, avevo l'impressione che avesse detto al padre che quel tizio era stato un famoso scienziato. Quando avevo chiesto a Brad come mai, tra tutte le persone del mondo, avesse scelto proprio Stalin, lui mi aveva detto: «Quel tipo aveva grinta, Monroe. È cresciuto in una società di contadini e ha preso il suo treno al volo. Guarda dove l'ha portato».

Brad voleva diventare un avvocato, e io volevo scrivere libri di storia.

«Lo senti», disse, la voce ridotta a un sussurro, dondolando avanti e indietro, «lo senti come ci sta soffocando?».

Lo sentivo. Se non fossimo andati alla State, l'estate successiva avremmo imboccato una china pericolosa, da cui non saremmo più riusciti a scappare: una vita allo stabilimento di scarpe, una vita a pregare e sperare in un aumento di un nichelino l'ora, una vita ad aspettare la sirena delle cinque. Una vita in cui avremmo trovato i nostri amici e il nostro divertimento al Legion Hall, al Drake's Pub o al Saloon di Pete, in cui ci saremmo seduti belli comodi sui nostri sgabelli, a scambiarci storielle su chi aveva segnato il *touch-down* della vittoria a chissà quale torneo di Stato, a sorseggiare le nostre birre, e a sentirci diventare pesanti di anni e paura, le lingue allappate. Limitandoci a tirare avanti, a diventare decrepiti e lenti, le pagelle di scuola con i voti impeccabili nascoste in qualche cassetto, sepolte sotto vecchie bollette, un certificato di matrimonio, polizze assicurative.

«Dobbiamo andarcene», dissi.

«Poco ma sicuro. E so anche come». Brad si era alzato in piedi, pulendosi i jeans dalle briciole di patatine. «Monroe, stiamo per diventare dei ladri».

Il giorno seguente eravamo a Outland Rock a lanciare sassi nel fiume. Ci trovavamo a monte rispetto ai calzaturifici, e l'acqua scorreva limpida e impetuosa. All'incirca un chilometro più a sud, dopo che il fiume aveva attraversato la città, l'acqua era lenta e limacciosa, color ardesia, la corrente ostruita dalla schiuma e da schegge di legno e pelle. Outland Rock era un grosso masso che sporgeva oltre la sponda del fiume. Eravamo troppo impigriti per nuotare, così restammo seduti lì a gettare sassi nell'acqua, osservando gli ampi archi delle increspature affiorare in superficie per poi dissolversi poco a poco.

«Cosa ruberemo?», domandai. «Oro? Diamanti? La Cadillac del presidente della banca?».

Brad era sdraiato sulla pancia, i piedi sollevati verso la sponda del fiume, la testa sopra l'acqua. «Non fare il cretino, Monroe. Sto dicendo sul serio».

Scossi la testa, gettando un'altra pietra nell'acqua. «D'accordo, allora stai dicendo sul serio. Rispondi alla mia domanda».

«Soldi». Teneva in mano un bastone, un pezzo di pino scheggiato, e lo muoveva nell'acqua come se stesse cercando qualcosa. «Qualsiasi altra cosa può essere rintracciata. Noi rubiamo soldi in contanti, e siamo pronti per andarcene».

La giornata era calda, e forse fu per via di quell'umore indolente di agosto – la sensazione vaga e confortante che il giorno sarebbe durato per sempre, e che settembre e la scuola non sarebbero mai arrivati – ma decisi di assecondarlo.

«Ok, soldi in contanti. Ma devi renderti conto dei mezzi che abbiamo a disposizione».

Sollevò lo sguardo su di me, gli occhi impassibili dietro le lenti spesse: «Va' avanti, Monroe».

«I nostri genitori non ci lasciano ancora guidare da soli, quindi ci rimangono solo le bici. A meno che tu non voglia rubare una macchina per uscire dalla città, il che raddoppia i rischi. Così, qualsiasi cosa stiamo cercando, dev'essere a Boston Falls».

«Non ci avevo pensato».

«C'è un'altra cosa», dissi. «Non possiamo andare alla National Bank o alla gioielleria Trussen e rapinarli in pieno giorno. Nel giro di un'ora sarebbero sulle tracce di due ragazzini della nostra età, e non ci metterebbero molto a trovarci».

Mi distesi di nuovo sulla roccia, la superficie calda contro la schiena, e chiusi gli occhi, ascoltando gli uccelli sull'altra sponda del fiume e lo sciabordio di Brad che muoveva avanti e indietro il bastone nell'acqua.

«Furto con scasso», disse alla fine.

Mi tirai su a sedere, facendomi ombra sul viso con la mano. «Furto con scasso?»

«Sì. Troviamo qualcuno che ha un mucchio di quattrini ed entriamo in casa sua. Basta farlo quando non c'è nessuno, e daranno la colpa a qualche vagabondo o una roba del genere».

Da qualche parte si sentì un cane abbaiare. «Ti rendi conto che stai parlando seriamente di rubare, Brad? Non è soltanto un reato, è sbagliato. Ci hai pensato?».

Si girò verso di me e il suo viso cambiò, ebbi la strana sensazione di sapere che faccia avrebbe avuto di lì a dieci anni.

«Non fare il mollaccione con me, Monroe. Fra tre settimane saremo di nuovo a scuola. E se non tiriamo su un altro po' di soldi entro quest'estate, be', siamo spacciati. "Sbagliato". Non è sbagliato il fatto che noi due siamo costretti a crescere in un posto come questo? Non è sbagliato essere costretti a vivere assieme a gente che non ha mai letto un libro? Non credi sia sbagliato essere costretti a marcire qui solo perché ci manca un pugno di dollari?».

Si chinò oltre la roccia e indicò il fiume: «Guarda». Nell'acqua poco profonda vidi un agglomerato di cozze, le valve spalancate. «Lì», proseguì, «vedi rappresentata la popolazione di Boston Falls, New Hampshire. Se ne stanno ferme, felici e istupidite, lasciando che tutto gli passi davanti, ma pronte ad afferrare ogni cosa che si avvicini abbastanza da essere catturata». Spinse il bastone dentro uno dei mitili, e la cozza si serrò di scatto attorno al legno. Brad lo tirò fuori, con la cozza appesa che gocciolava. «Vedi come agguantano al volo la prima cosa che attraversa il loro cammino?».

Sbatté l'estremità del bastone contro la roccia e la cozza esplose in una miriade di schegge nere.

«Noi non afferreremo la prima cosa che ci passa davanti, Monroe. Dobbiamo escogitare un piano e andarcene di qui, cazzo. Per fare questo ci vogliono soldi, e se questo significa rubarli alle cozze grasse e stupide di questa città, è quello che faremo».

Durante il tragitto di ritorno, Brad rallentò e si fermò, e io frenai, mettendo la mia arrugginita bici a cinque marce accanto alla sua. Un fitto banco di nuvole grigie che fluttuava sopra le colline faceva temere un temporale, e di lì a breve. Ci eravamo tolti le magliette e le portavamo legate in vita. Io ero abbronzato per via delle lunghe ore di lavoro nel giardino di casa, ma Brad era pallido ed esile, con il petto leggermente incavato, come se qualcuno gli avesse assestato un pugno in pieno torace e non si fosse mai ripreso.

«Guarda là», disse. Lo feci, e sentii lo stomaco contrarsi.

In mezzo alla strada c'era una marmotta morta, le zampe rigide. Due grandi gracule nere saltellavano attorno al corpo marrone e gonfio, i becchi aguzzi all'opera.

«Furto con scasso, quindi», dissi. «In quale casa?».

Brad si strinse nelle spalle. «Troverò quella giusta. Andrò a fare un giro».

Fare un giro. Era uno dei passatempi preferiti di Brad. Di notte, dopo che tutti erano in casa addormentati, sgattaiolava fuori e vagava per le strade buie e i cortili di Boston Falls. L'unica volta che l'avevo accompagnato, avevo pensato che stesse solo facendo il guardone o qualcosa del genere, ma la questione non era così semplice. Credo che gli piacesse soltanto vedere quello che faceva la gente, spostandosi in silenzio da una finestra illuminata all'altra. A me non piaceva per niente. Non mi sentivo a mio agio, di notte per strada o nei campi, e non riuscivo a scuotermi di dosso la sensazione di violare la proprietà altrui.

Brad spostò la bici più vicino al cadavere della marmotta. «Sei con me, Monroe? Il tempo sta per scadere».

Il fragore dei tuoni rimbombò dalle colline, alzai lo sguardo e vidi il balenare di un lampo. «Sarà meglio darci una mossa se vogliamo evitare il temporale».

«Ho detto: sei con me?».

Il vento cambiò, facendo volare le foglie degli alberi con folate impetuose. «Brad, faremmo meglio a muoverci».

«Muoviti tu», disse, le labbra contratte. «Ovunque stia andando. Io rimango qui un altro po'».

Pedalai via più veloce che potei, le gambe che pompavano su e giù, pensando "metterò un po' di soldi da parte qua e là, magari andrò a consegnare un po' di giornali, magari basterà soltanto lavorare un'altra estate" – doveva esserci un altro modo per arrivare ai soldi.

Una settimana dopo. Ora di cena a casa mia. I miei fratelli Jim e Henry avevano mangiato presto ed erano usciti, lasciandomi solo con i miei genitori. Tom era ancora in ospedale a Hanover. I miei andavano a trovarlo tutti i sabati e le domeniche, e mi portavano con loro ogni volta che non ero abbastanza furbo da uscire di casa prima. Credo di poter dire che volevo bene a mio fratello, ma quella figura esile e sottile, raggomitolata sul letto di un chiassoso reparto d'ospedale e circondata da fili e tubi non mi sembrava neanche più lui.

Eravamo seduti in cucina, la tavola coperta da una tovaglia di plastica, mia madre ancora con il grembiule, un'aria sciupata e stanca sul viso. Mio padre indossava come sempre camicia e cravatta. I capelli tagliati a spazzola sembravano madidi di sudore e gli si sentiva addosso l'odore dello stabilimento. Dal taschino destro della camicia spuntava un portapenne in plastica con quattro biro con la scritta: "PARKER SA QUELLO CHE FA". La cena consisteva in salsiccia, un avanzo di purè di patate e fagiolini gialli in scatola. Provai a raccontare cosa mi era successo quel giorno al lavoro – uno scatolone zeppo di scarponi da trekking in pelle era caduto e per poco non mi era finito addosso – ma i miei genitori si limitarono ad annuire senza aggiungere nulla, così mi concentrai a ripulire il piatto in silenzio. La salsiccia lasciò una pozza di grasso che scivolò verso l'ammasso di patate bianco e grumoso.

Mio padre lanciò un'occhiata a mamma, e lei chinò la testa, e mi sembrò di vederlo scrollare le spalle prima di dire: «Monroe?»

«Sì?».

Posò coltello e forchetta e giunse le mani come se all'improvviso ci trovassimo in chiesa.

«Oggi al lavoro hanno comunicato che ci saranno dei tagli». Mi lanciò un'occhiata e io distolsi lo sguardo, come se fosse appena passato qualcuno davanti alla finestra di cucina. «Un po' di gente verrà mandata a casa, e a noi che rimarremo verrà ridotto lo stipendio».

«Ah». Salsiccia e patate erano diventati di colpo molto freddi.

«Tom sta ancora molto male e finché... finché lui non starà meglio dobbiamo pagare le spese mediche. E con questi tagli... insomma, Monroe, abbiamo bisogno dei soldi che hai messo da parte».

Mi girai verso mia madre, ma lei non sollevò lo sguardo. «Ah», esclamai, sentendomi stupido, senza sapere che dire.

«So che il tuo obiettivo era andare all'università, ma questa è un'emergenza familiare – e ha la priorità, in questi casi una famiglia deve fare fronte comune. Jim e Henry sono d'accordo a dare una mano...».

«Con cosa?», lo interruppi, stringendo con forza coltello e forchetta. «Non mettono da parte niente, quelli lì».

«No, ma rinunceranno a una fetta del loro stipendio. Tutto quello che ti chiediamo è di fare la tua parte».

Poi fu mamma a parlare. «C'è sempre l'anno prossimo», disse. «Mica tutti i tuoi amici vanno al college, o no? Starai assieme a loro l'estate prossima».

Mio padre sorrise debolmente. «A parte questo, io non sono mai andato all'università, e me la sono cavata benissimo. Monroe, è solo un'urgenza momentanea, fino a quando le cose con Tom non andranno meglio».

"Fino a quando non guarisce o fino a quando non muore", pensai. Non sapevo cos'altro dire, così finii di mangiare e percorsi il corridoio fino alla mia stanza, presi il libretto di risparmio marrone scuro di First Merchants of Boston Falls, lo portai in cucina e lo consegnai a mio padre.

Quando tornai in camera, rimasi disteso sul letto a osservare i modellini degli aeroplani e dei veicoli spaziali che penzolavano dai sottili fili neri attaccati al soffitto. Guardai i libri di scuola e gli altri testi sugli scaffali che avevo costruito io stesso. Mi raggomitolai e non pensai a niente, e dopo un po' mi addormentai.

Sentivo bussare alla mia finestra, così gettai indietro il lenzuolo e andai ad aprire, sollevando la zanzariera. Rimasi lì impalato in mutande a guardare Brad nel nostro giardino. Il mio orologio fluorescente diceva che erano le due del mattino.

«Che succede?», bisbigliai.

«L'ho trovato», bisbigliò lui di rimando, chinandosi talmente in avanti da ficcare quasi la testa nella finestra aperta. «Ho trovato il posto».

«Di chi è la casa?»

«Di Mike Willard».

«Mike? L'ex Marine?»

«Proprio lui», disse Brad. «L'ho osservato per due sere di fila. Sotto il letto ha una piccola cassaforte, prima di spegnere la luce e di mettersi a dormire la apre e ci fruga dentro. Monroe, ci sono tonnellate di quattrini là dentro. Mazzette grosse quanto il tuo pugno».

«Le hai viste?»

«Certo che le ho viste. Ero arrampicato su un albero in cortile. Deve aver messo soldi da parte per una vita intera. Non hai mai visto tanti quattrini tutti insieme».

L'aria della notte era calda, ma sentivo la pelle d'oca corrermi su e giù lungo le braccia. «Come facciamo?»

«È semplice. Abita su Tanner Avenue. Ci possiamo arrivare tagliando per i boschi. La casa è circondata da siepi. Sarà un gioco da ragazzi».

Mi mordicchiai il labbro. «Quando?», domandai.

Brad mi rivolse un gran sorriso. Riuscivo quasi a sentirgli addosso l'odore dell'adrenalina. «Domani. È sabato, i tuoi genitori saranno a Hanover e Mike va al Legion Hall tutti i pomeriggi. Lo faremo mentre lui è là».

Non ribattei. «Bene», dissi.

Il pomeriggio successivo eravamo nascosti in un gruppo di alberi davanti al cortile sul retro della casa, uno spiazzo erboso ben tosato. Le siepi verdi costeggiavano entrambi i lati del cortile, e la casa bianca a due piani con gli alti frontoni era silenziosa. Accanto a me, Brad era chino in avanti, e scrutava attentamente da dietro il tronco di un albero. Sentimmo sbattere una porta e vedemmo Mike Willard percorrere il vialetto di casa e imboccare la strada. Era rigido come un pino, e portava i capelli bianchi tagliati a spazzola.

«Diamogli qualche minuto», disse Brad. «Giusto per essere sicuri che non abbia scordato niente».

Annuii. Il cuore mi batteva così forte che mi chiesi se il mio amico riuscisse a sentirlo. Sapevo che quello che stavamo facendo era sbagliato, che non era giusto rubare i soldi di Mike Willard, ma erano l'unica cosa a cui riuscivo a pensare. "Mazzette grosse quanto il mio pugno", così aveva detto Brad.

«Ora», disse lui, e si lanciò attraverso il prato. Nel cortile di Mike Willard non c'erano giocattoli o tavoli da picnic o barbecue, soltanto un magnifico prato, come se il proprietario lo tosasse tutti i giorni. Arrivati alla veranda, ebbi la strana sensazione di dover bussare o roba del genere. Ero terrorizzato all'idea che Mike potesse tornare e urlarci dietro: «Ragazzi, che diavolo state facendo?», o che un postino potesse risalire il vialetto fino alla porta d'ingresso e chiedere se c'era il padrone di casa. Per un istante, sperai quasi che arrivasse davvero, il postino, ma Brad prese una pietra e si avvicinò alla porta e poi fu troppo tardi. Ruppe il vetro – il rumore fu così forte che sembrava sarebbe accorsa ogni pattuglia in circolazione nel raggio di chilometri – poi vi infilò il braccio e aprì la porta, facendomi segno di stargli dietro. Una vocina mi disse di rimanere fuori e di lasciarlo entrare da solo, ma lo seguii in cucina, le scarpe da ginnastica che scricchiolavano sui vetri rotti.

In cucina c'era odore di pulito, e ogni cosa era in ordine e scintillante. Non c'era nemmeno un piatto nel lavello.

«Dio, quant'è pulita», dissi.

«Non dirlo a me. Magari mia madre tenesse così casa nostra».

Il tavolo della cucina era piccolo e quadrato, con due sedie soltanto. Sopra c'era una tovaglietta, un affare di stoffa blu con ancore e stelle, e io pensai a Mike Willard che tornava ogni sera in quella casa vuota, apriva magari una confezione di spaghetti in scatola e mangiava tutto solo a quel tavolo. Guardai Brad e volevo dirgli: "No, senti, non facciamolo più", perché avevo una brutta sensazione pensando a Mike che arrivava a casa e scopriva di essere stato derubato, che qualcuno era stato in casa sua; ma Brad mi lanciò un'occhiata severa e lo seguii per il corridoio.

La camera da letto era piccola e angusta, con una serie di scatole di cartone impilate da una parte, ognuna corredata ordinatamente della sua etichetta, e un lungo scrittoio sull'altro lato del letto, lungo la parete opposta. Le targhette sulle scatole riportavano scritte come "CINA '34", "IWO '45", "CORSO CANDIDATI UFFICIALI", e cose del genere. Brad indicò le pareti, su cui erano appese foto e altri oggetti. «Guarda, quello è Mike, credo. Chissà dov'è stata scattata. Guadalcanal, forse?».

L'immagine sbiadita in bianco e nero ritraeva un gruppo di giovani nella radura di una giungla, l'aria stanca e la barba lunga, in uniforme, che imbracciavano fucili e armi automatiche. Sulla foto non c'erano nomi, ma riconobbi un giovane Mike Willard, capelli corti e orecchie sporgenti, in disparte su un lato.

Sentii scricchiolare un'asse. «Ssst!», feci. «Hai sentito?»

«Sì. Questa è una casa vecchia, Monroe».

«Be', andiamocene», dissi, strofinandomi i palmi delle mani sui jeans. Erano molto sudati.

«Perché tutta questa fretta?», disse Brad, gli occhi che ridevano di me dietro le lenti spesse. «Il vecchio Mike è giù al Legion, a raccontare ai ragazzi come ha vinto la guerra nel '45. Guarda qua».

Sotto una bandiera americana e una giapponese arrotolata c'era una sciabola inguainata nella fondina e posata sopra due ganci in legno. Brad la prese e la sfilò dal fodero. Fece scorrere il pollice lungo la lama e fendette l'aria un paio di volte. «Chissà se Mike l'ha comprata o l'ha presa a qualche muso giallo giapponese morto».

Stavo lanciando occhiate dalla finestra, chiedendomi se qualcuno potesse vedermi. Brad posò la spada e saltò sul letto. «Fermo lì un secondo», disse.

Il letto era a baldacchino, marrone. Bread frugò sotto i cuscini e ne tirò fuori una grossa pistola, con l'aria di essere ben oleata. «Una calibro .45. Chi l'avrebbe mai detto? Il vecchio Mike dorme con una calibro .45 sotto il cuscino».

«Brad, piantala di fare il cretino», dissi. «Prendiamo la cassaforte e andiamocene». Ma era chiaro che si stava divertendo troppo.

«Aspetta, voglio solo vedere se funziona». Spostò le mani lungo la parte superiore della pistola, e uno dei pezzi scivolò avanti e indietro con un sonoro *clic-clac*.

«Ecco qua», disse. «Chiamatemi pure John Wayne. Questo cannone è pronto a fare fuoco. Magari lo prendo quando ce ne andiamo».

Afferrò la pistola e se la infilò nella cintura, poi si allungò sotto il letto e ne tirò fuori una cassaforte grigio opaco con una semplice serratura a scatto. Mi sentivo la bocca asciutta e di colpo non ero più nervoso. Pensavo a tutti quei soldi.

Brad strusciò la mano sulla cassaforte. «Guarda bene, socio. Qui dentro c'è il nostro biglietto per partire».

E poi Mike Willard comparve sulla porta della camera da letto, rosso in viso, e sentii l'odore di birra dal punto in cui mi trovavo, a un metro e mezzo di distanza. «Ehi, voi due!», ruggì. «Che cazzo state facendo? Vi gonfio il culo a calci, ragazzini!».

Indietreggiai subito di un paio di passi, per inciampare sulle scatole di cartone e cadere con il sedere per terra, chiedendomi cosa bisognava fare e cosa avrei detto. Brad corse lungo l'altro lato del letto, tirò fuori la pistola e gridò con voce stridula: «Fermo!». Mike Willard imprecò, fece due passi avanti e brandì la sciabola, muovendola in direzione di Brad. Chiusi gli occhi e sentii un'esplosione che mi fece stridere i denti. Poi ci furono uno schianto e un grugnito spaventoso, un altro schianto, e un odore acre di fumo che sembrò attraversarmi come una lama.

Quando riaprii gli occhi, Brad era seduto a terra di fronte a me, la pistola in grembo, le mani premute con forza attorno al collo. Era molto pallido e gli occhiali erano stati scaraventati a terra – senza sembrava più giovane di cinque anni.

«Fa male», disse. E poi vidi il rosso intenso colargli tra le dita e gocciolargli lungo le braccia nude.

«Dio», ansimai.

«Non vedo niente», disse. «Dov'è Mike?».

Mi alzai, barcollando leggermente, e vidi i suoi piedi che spuntavano dall'altro lato del letto. Strisciai fino a lì e sbirciai da sopra. Mike era riverso sulla schiena, le braccia allargate, la bocca aperta come se stesse ancora cercando di gridare, ma gli occhi erano chiusi e un fiore rosso si stava allargando sulla camicia da lavoro verde. Rimasi a fissarlo per quella che sembrò un'eternità, ma il petto restò immobile. Quando alzai lo sguardo, Brad aveva poggiato la schiena contro il letto. Le braccia erano impregnate di rosso, e lo osservai impietrito, affascinato dal sangue che gli colava lungo i polsi sottili. Ora il viso era del colore del gesso.

«Aspetta, prendo un asciugamano», dissi.

«No, idiota. Se tolgo le mani sono morto. È partita un'arteria. Ascolta. Prendi la cassaforte e chiama un'ambulanza».

«Credo che Mike sia morto, Brad».

«Sta' zitto», disse a denti stretti. «Prendi la cassaforte, nascondila e chiama aiuto! Siamo giovani, non ci faranno niente! Muoviti!». Afferrai la cassaforte e un istante dopo ero fuori che correvo attraverso i boschi, la cassetta stretta contro il petto. L'aria era fresca e aveva un odore meraviglioso, e corsi per tutta la strada fino a casa.

Tre giorni dopo Mike Willard fu seppellito al cimitero di Cavalry Hill con tutti gli onori militari e una guardia d'onore del corpo dei Marines. Dal necrologio, pubblicato in prima pagina, venni a sapere che la moglie era morta cinque anni prima e che aveva una figlia che viveva a Jamaica Plain, Massachusetts. Seppi anche che Mike faceva parte dei Marines da quando aveva diciassette anni, che era stato di stanza in Cina negli anni Trenta e nel Pacifico negli anni Quaranta a combattere contro i giapponesi, spostandosi di isola in isola. Poi, dopo aver prestato servizio nelle forze di occupazione e aver trascorso un anno in Corea, era stato trasferito nell'ambasciata fino a quando non era andato in pensione. Il suo soprannome nel corpo era "Golden Mike", perché in tutti gli anni di servizio attivo non era mai stato ferito, né sparato o scalfito da uno *shrapnel*. Il giornale diceva che quel giorno era tornato a casa prima del solito per ripescare un vecchio ritaglio di giornale da mostrare agli amici al Legion Hall. Per una scommessa.

Conservai la cassaforte in soffitta. Nonostante la tentazione, le preoccupazioni e l'urgenza, non l'aprii fino a quel giorno di maggio in cui giunse la lettera di accettazione del college, seguito da un calcolo delle tasse da versare per il primo anno. Così salii in soffitta con uno scalpello e un martello, e ruppi la serratura. Le mazzette erano lì, proprio come aveva detto Brad, grosse quanto il mio pugno. Erano sepolte sotto mucchi di lettere ingiallite, la carta fragile e sottile, alcuni ritagli di giornale e qualche medaglia. I soldi erano tenuti insieme da uno spago, e nella luce fioca della soffitta non capii bene cos'avevo tra le mani. Presi la bicicletta e pedalai fino a Machias, al negozio di numismatica; il proprietario diede un'occhiata da sopra gli occhiali a mezzaluna e sollevò lo sguardo su di me, il denaro sparpagliato sul banco da esposizione.

«Esemplari interessanti», disse. Indossava un maglione verde scuro e aveva i capelli bianchi. «Come li hai avuti?»

«Da mio zio», mentii. «Può dirmi quanto valgono?»

«Mmm», disse, sollevando le banconote verso la luce. «Anni Trenta, sembrerebbe. Quella che hai qui è una moneta cinese dell'epoca, che i vecchi soldati e marinai chiamavano valuta locale o regionale. Cambiava da provincia a provincia, e direi che qui ne abbiamo un piccolo esempio».

Posò di nuovo le banconote sulla vetrina. «Praticamente non hanno alcun valore», disse. Lo ringraziai e pedalai indietro fino a Boston Falls. Quel pomeriggio bruciai un po' di quelle banconote assieme alla mia lettera d'accettazione e al modulo delle tasse. Non andai al college quell'autunno, e finì che non ci andai affatto.

Il mio Jameson e ginger è finito, e continuo a osservare le stelle, a guardare la luna sorgere sopra la collina, Cavalry Hill. E anche se si trova a chilometri di distanza da qui, immagino di riuscire a vedere i cippi bianchi su in cima, a segnare così tante tombe.

Alla fine rimasi a Boston Falls e accettai un lavoro in una banca. Mi sono dato un po' da fare, e oggi sono vicedirettore di filiale. Qualche anno fa ho sposato Carol, una sportellista che ho dato una mano a formare durante il tirocinio, e ora siamo andati via da Boston Falls, a Machias. È appena oltre la linea di confine, ma dà una certa soddisfazione essere arrivati così lontano.

Di sopra ho ancora la vecchia cassaforte con un po' di quei soldi, e sebbene non ci guardi dentro troppo spesso, ho come la sensazione di dover avere qualcosa, qualcosa che posso dire di aver portato via con me il giorno che entrammo a casa di Mike Willard. Dovrei avere qualcosa per giustificare quello che abbiamo fatto, e quello che ho fatto. Soprattutto quello che ho fatto.

Dopo aver corso per tutta la strada fino a casa, nascosi la cassaforte in soffitta, e come scesi le scale tornarono i miei genitori. Papà mi diede qualche pacca sulla spalla e mamma iniziò a preparare la cena, e io pensai alla cassaforte di sopra, al sangue, all'odore acre del fumo e a Mike Willard riverso sulla schiena e a Brad che si teneva il collo in quel modo. Sapevo che non mi aveva visto nessuno. Mia madre mi offrì un po' di limonata, io la presi e andai in soggiorno e guardai la TV con mio padre, facendo il tifo per i Red Sox che stracciavano gli Yankees. Tutto quel tempo ad aspettare e aspettare, finché finalmente passarono le sirene.

Brad fu seppellito a trecento metri da Mike Willard il pomeriggio successivo al suo funerale. Quel giorno dissi che mi sentivo male e rimasi a casa, raggomitolato sul letto fino a formare una palla, senza pensare, senza fare nulla, sapendo soltanto che avevo la cassaforte e i soldi.

Poggio il bicchiere ormai vuoto e apro la porta sul retro, sperando che l'aria fresca mi schiarisca i pensieri, così potrò risalire le scale e cercare di prendere sonno. Fuori c'è una brezza leggera che soffia da Boston Falls, e come tante altre notti scendo le scale della veranda e rimango con i piedi nudi e freddi sull'erba, il vento contro il viso che porta con sé l'odore degli stabilimenti di Boston Falls. Ogni volta l'odore sembra incollarsi in fondo alla gola e, per quanto mi sforzi, non riesco mai togliermi quel sapore di bocca.

James Ellroy
PERCHÉ NON HO TE
1988

James Ellroy (1948) è nato a Los Angeles con il nome di Lee Earle Ellroy. Quando aveva dieci anni la madre venne uccisa brutalmente e l'assassino non venne mai catturato. C'erano tuttavia alcune somiglianze con il famoso caso dell'omicidio di Elizabeth Short, conosciuta come la "Dalia nera", ed entrambi i delitti ossessionarono Ellroy per molti anni. Arrivò infatti a scrivere una versione romanzata del caso in *Dalia nera* (*The Black Dahlia*, 1987), che diventò un bestseller, e un memoir dei quindici mesi di ricerche sulle tracce dell'assassino della madre, *I miei luoghi oscuri* (*My Dark Places*, 1996). Da giovane, Ellroy condusse un'esistenza burrascosa, con episodi di microcriminalità, abuso di alcol e droghe, ma si rimise in riga alla fine degli anni Settanta per scrivere il suo primo romanzo, *Prega detective* (*Brown's Requiem*, 1981); il suo secondo libro, *Clandestino* (*Clandestine*, 1982), fu nominato per l'Edgar Allan Poe Award come miglior tascabile. Il suo primo volume in edizione maggiore fu *Le strade dell'innocenza* (*Blood on the Moon*, 1984), con cui diede inizio alla trilogia di Lloyd Hopkins. Il magistrale *Dalia nera* fu invece il primo volume di quella che Ellroy stesso definì «la quadrilogia di Los Angeles», cui seguirono *Il grande nulla* (*The Big Nowhere*, 1988), *L.A. Confidential* (1990) e *White Jazz* (1992). Due vennero trasformati in film dal budget milionario: *L.A. Confidential* (1997), un successo di pubblico e di critica, fu nominato per l'Oscar come miglior film. *The Black Dahlia* (2006), al contrario, fu ferocemente attaccato dalla critica, allontanando anche i potenziali spettatori.

Sebbene Ellroy in seguito abbia rivendicato una nuova carriera, da scrittore noir ad autore di ambiziosi libri politici, la sua *Underworld Trilogy*, descritta dallo stesso autore come «la storia segreta dell'America dalla metà del ventesimo secolo fino agli anni Settanta» – *American Tabloid* (1995), *Sei pezzi da mille* (*The Cold Six Thousand*, 2001) e *Il sangue è randagio* (*Blood's a Rover*, 2009) – è egualmente segnata da crimine e violenza. Definito «il Dostoevskij americano» da Joyce Carol Oates, Ellroy è senza dubbio il più influente scrittore di noir della fine del Novecento. Lo stile potente e inesorabile della sua prosa, costituita da frasi brevi e asciutte, quasi uno staccato musicale, e imbevuta unicamente di slang americano, è stato imitato da innumerevoli giovani scrittori di noir.

Perché non ho te (*Since I Don't Have You*) è stato pubblicato per la prima volta in *A Matter of Crime*, vol. IV (1988). È stato utilizzato come spunto per un episodio della serie TV *Fallen Angels*, trasmessa per la prima volta negli Stati Uniti il 26 settembre 1993.

Negli anni del dopoguerra ho servito due padroni, sbolognando rogne e lavando i panni sporchi per i due uomini che descrivevano la Los Angeles di quei tempi meglio di chiunque altro. Per Howard Hughes ero capo della sicurezza alla sua fabbrica di aeroplani, magnaccia, e tuttofare per la RKO Pictures: l'ex piedipiatti in grado di dare un taglio ai ricattucoli con cui lo tenevano per le palle, truccare guide in stato di ebbrezza e organizzare aborti e cure di disintossicazione. Per Mickey Cohen – signore supremo del racket e aspirante cabarettista da nightclub – ero l'uomo che combinava gli intrallazzi con il LAPD, l'ex investigatore della Narcotici che alleggeriva i covi di droga delle Negropoli della loro merda, dando modo ai suoi ragazzi del Southside di rivenderla alle orde di *schwartze* ansiosi di prendere il volo sulle piste innevate della Polvere Bianca Airlines. Grande Howard: sempre sui giornali per aver schiantato un aeroplano nel posto sbagliato, sbattendo il muso sul pannello di controllo in un campo di fagioli di chissà quale paesino di provincia, e poi capace di presentarsi da Romanoff's bendato come una mummia con Ava Gardner al braccio. Mickey C.: pure lui un cane assatanato di fica *par excellence*, sempre lì a gironzolare da un pub all'altro con un entourage di killer psicopatici, addetti stampa, autori di gag e il suo bulldog Mickey Cohen Jr, una bestia flatulenta con un cazzo talmente grosso che i suoi scagnozzi gliel'avevano legato a un pattino a rotelle perché non lo strusciasse per terra.

Howard Hughes. Mickey Cohen. E io, Turner "Buzz" Meeks, Lizard Ridge, Oklahoma, cacciatore di frodo di armadilli; crumiro provocatore; sbirro; faccendiere; e custode della chiave segreta per comprendere la psiche dei suoi padroni: due codardi, uno contro l'altro; i loro tramiti con il mondo aeroplani e tirapiedi squilibrati – mentre io mi gettavo nella mischia ovunque, dappertutto – pistola o manganello, corteggiando una morte da prima pagina per vendicare la mia esistenza di seconda categoria. E quei due corteggiavano me perché mettevo la loro mancanza di palle nella giusta prospettiva: il che era irrazionale, da sciroccati, un pessimo affare, un biglietto di sola andata per la cripta di Forest Lawn prima che suonasse la mia ora. Ma nel nostro caso a ridere per ultimo sono stato io: ho sempre saputo che trovandomi faccia a faccia con la morte sarei stato capace di inventarmi un altro finale e continuare a spassarmela – e scrivo queste memorie ora che sono un uomo molto, molto vecchio – mentre Howard e Mickey sono già da un pezzo imbottitura per sarcofaghi, dopo aver lasciato come unica eredità delle biografie piene di cazzate.

Howard. Mickey. Io.

Prima o poi, il mio lavoro per quei due doveva generare quello che gli avvocati yuppie di oggi chiamano "conflitto di interessi". Ovviamente fu per una donna. E ovviamente, essendo un attaccabrighe dell'Oklahoma con tendenze suicide, quarantun anni sul groppone e stufo marcio della giostra, decisi di mettere i due litiganti l'uno contro l'altro, e di essere il terzo che se la godeva fino in fondo. Mi viene in mente una cosa, però: che sto scrivendo questa storia perché Mickey e Howard mi mancano, e perché raccontandola ho la possibilità di essere di nuovo assieme a loro.

Ricordatevelo – che gli volevo bene – anche se erano due farabutti con i fiocchi.

15 gennaio 1949

A Los Angeles l'aria era fredda e tersa, e i giornali continuavano a gonfiare l'omicidio della "Dalia nera", ormai al suo secondo anniversario – un caso ancora irrisolto, ancora dibattuto. Mickey continuava a piangere la morte di Hooky Rothman – aveva scoccato un bel bacio sulle labbra a un fucile a canne mozze in mano a un giustiziere sconosciuto – e Howard era sempre incazzato con me perché gli sbirri avevano pizzicato il covo di Bob Mitchum zeppo di erba: era convinto che i miei agganci con la Narcotici fossero ancora così solidi da poter prevedere la retata. Da Capodanno rimbalzavo tra Howard e Mickey come una pallina da ping-pong. Gli inconfondibili cesti di frutta di Mickey riempiti con pezzi da cento erano stati distribuiti a piedipiatti, giudici e membri del consiglio comunale che voleva ungere, mentre l'aviatore-magnate mi spediva in giro a caccia di passera: mi aggiravo per depositi di autobus e stazioni dei treni in cerca di ragazzine prosperose che sarebbero cadute preda di contratti della RKO in cambio di frequenti visite notturne. La battuta era stata fruttuosa: una mezza dozzina di contadinotte del Midwest erano state piazzate negli scopatoi di Howard, appartamenti sparsi in maniera strategica in tutta Los Angeles. Ed ero pieno di debiti fino al collo con un allibratore di nome Leotis Dineen, un negrone di quasi due metri che odiava la gente dell'Oklahoma più del veleno. Ero seduto nel mio ufficio, una baracca semicilindrica di lamiera vicino agli hangar di Hughes, quando squillò il telefono.

«Sei tu, Howard?».

Hughes sospirò: «Che fine ha fatto il solito "Sicurezza, come posso aiutarla?"»

«Sei l'unico che chiama così presto, capo».

«Sei da solo?»

«Certo. Come da tue precise indicazioni di chiamarti "signor Hughes" in presenza di altri. Che bolle in pentola?»

«La colazione. Incontriamoci tra mezz'ora all'angolo tra Melrose e La Brea».

«Ok, capo».

«Due o tre, Buzz? Sto morendo di fame, forse me ne faccio quattro».

Howard era nel pieno della sua dieta esclusivamente a base di *chilidog*; al momento il suo locale preferito era Pink's Dogs, su Melrose e La Brea. Sapevo per certo che il loro chili era fatto con carne di cavallo trasportata ogni giorno per via aerea da Tijuana. «Uno con crauti, niente chili».

«Profano. Il chili di Pink's è migliore di quello di Chasen's».

«Avevo un pony quand'ero piccolo».

«E allora? Io avevo una governante. Credi che non dovrei mangiarne...».

«Mezz'ora», dissi, e riagganciai. Calcolai che se arrivavo con cinque minuti di ritardo non sarei stato costretto a guardare il quarto uomo più ricco d'America mentre mangiava.

Howard si stava levando fili di crauti dal mento quando salii sul sedile posteriore della sua limousine. «Non è che ne volevi uno anche tu?», disse.

Premetti il pulsante per far salire il divisorio che ci separava dall'autista. «No, caffè e ciambelle sono più nel mio stile».

Howard mi lanciò una lunga, lenta occhiataccia – un po' a disagio perché da seduti eravamo più o meno della stessa altezza, mentre in piedi gli arrivavo sì e no alla spalla. «Hai bisogno di soldi, Buzz?».

Pensai a Leotis Dineen. «I negri sanno ballare?»

«Certo che sì. Ma chiamali "di colore", non si sa mai chi può essere in ascolto».

L'autista, Larry, era cinese; sentendo il commento di Howard, mi chiesi se nell'ultimo incidente aereo si fosse ammaccato la *cabeza*. Tentai con la mia classica linea d'apertura: «Passera in vista, capo?».

Howard sorrise e ruttò; l'odore di grasso di cavallo passò come una ventata sul sedile posteriore. Rovistò in una pila di scartoffie che teneva accanto – progetti, diagrammi e ritagli di giornale tappezzati di scarabocchi di aeroplani – e tirò fuori la foto di una ragazza nuda dalla vita in su. Me la passò e disse: «Gretchen Rae Shoftel, diciannove anni. Nata a Prairie du Chien, Wisconsin, il 26 luglio 1929. Stava all'appartamento di South Loucerne, quello con la sala di proiezione. Questa è la donna, Buzz. Credo di volerla sposare. E se n'è andata, ha abbandonato l'appartamento del contratto, me, tutta questa roba».

Esaminai la fotografia. Gretchen Rae Shoftel aveva due tette stratosferiche – non era una sorpresa –, un'acconciatura da paggetto e un'espressione furba negli occhi, come se sapesse che il provino di due secondi del signor Hughes non era altro che un'audizione per un paio di capriole a letto e un'occasionale battuta di spirito in qualche filmetto di serie zeta della RKO. «Chi te l'ha trovata, capo? Di sicuro non io. Me lo sarei ricordato».

Howard ruttò di nuovo, stavolta i crauti che gli avevo consigliato. «Ho ricevuto la foto per posta alla casa di produzione assieme a un'offerta: mille dollari in contanti in una cassetta postale in cambio dell'indirizzo della ragazza. Ho sganciato, e ho incontrato Gretchen Rae al suo hotel giù in centro. Mi ha detto che aveva posato per uno sporco vecchiaccio negro a Milwaukee, che il maiale doveva aver messo in piedi quella messinscena per i soldi. Così Gretchen Rae e io siamo diventati amici e, be'...».

«E mi darai un extra per trovarla?»

«Un pezzo da mille, Buzz. In contanti, fuori dal libro paga».

Il mio debito con Leotis Dineen era di ottocento dollari e rotti; potevo uscirne pulito e mettere sul piatto perfino qualche partita della Minor

League del campionato di baseball: la settimana successiva i San Diego Seals avrebbero cominciato con gli incontri pre-stagione. «Affare fatto. Che altro sai sulla ragazza?»

«Lavorava come cameriera al drive-in di Scrivner. È tutto quello che so».

«Amici, soci conosciuti, parenti qui a Los Angeles?»

«Non che io sappia».

Presi un respiro profondo per far capire a Howard che stava per arrivare la domanda da un milione di dollari. «Capo, credi che questa pollastra ti stia prendendo all'amo? Voglio dire, la foto che salta fuori dal nulla, i mille verdoni alla cassetta postale...».

Howard Hughes si accigliò ed emise un grugnito di disapprovazione. «Dev'essere stato quel pezzo sul "Confidential". Quello che insinuava che i miei talent scout scattano foto alle attrici a seno nudo e che mi piacciono le donne ben equipaggiate».

«*Insinuava*, capo?»

«Mi sto esercitando a fare l'incazzato nel caso prima o poi debba intentare causa al "Confidential". Te ne occupi subito di questa faccenda?»

«*Rápidamente*».

«Eccellente. E non dimenticarti del party di Sid Weinberg domani sera. La casa di produzione sta per far uscire un suo nuovo film horror, e ho bisogno che tu sia presente per evitare che i cacciatori di autografi diano di matto. Alle otto, a casa di Sid».

«Ci sarò».

«Trova Gretchen Rae, Buzz. È speciale».

L'unico pregio di Howard con le femmine era che continuava a innamorarsi di loro, sebbene solo dopo aver visto un'istantanea delle loro tette. La cosa lo teneva più o meno occupato tra un incidente aereo e l'altro, o quando non stava lì a progettare velivoli che non decollavano.

«Tranquillo, capo».

Il telefono della limousine squillò. Howard alzò la cornetta, ascoltò, e mormorò: «Sì, sì, glielo dico». Riagganciò e disse: «Il centralino dello stabilimento. Mickey Cohen vuole vederti. Fa' presto, sei nel mio orario di paga adesso».

«Sì, signore».

Era stato Howard a presentarmi a Mickey, poco prima che rimanessi ferito in una sparatoria per un traffico di erba e prendessi la pensione del LAPD. All'epoca gli davo già una mano con i suoi spacci, un aggancio segreto con la squadra antidroga, uomo di punta mandato in avanscoperta dai cazzoni della narco che si intascano x grammi di roba per ogni oncia di merda confiscata. Il LAPD ha una politica ufficiosa sull'eroina: viene venduta solamente a quelli di colore, solo a est di Alvarado e a sud di Jefferson. Io credo che non andrebbe venduta da nessuna parte, ma finché la cosa va avanti, voglio il cinque percento. Controllo la roba con un kit chimico che ho rubato dal laboratorio della scientifica: nessun povero tossico tirerà le cuoia con una dose di Mickey Cohen, contrabbandata da Turner "Buzz" Meeks. Individuo di dubbia moralità: passo più o meno il novanta percento del tempo a dormire, e trucco le mie scommesse comprando quote da altri allibratori del ghetto, il vecchio sfruttatore che sputa nel piatto dove mangia e se ne lava le mani. I soldi erano in cima ai miei pensieri mentre guidavo verso la merceria di Mickey sulla Strip. Ho sempre bisogno di contanti, e Mick non chiama mai a meno che non ci siano verdoni in vista.

Trovai il mio uomo nello stanzino sul retro, circondato da leccapiedi e buttafuori: Johnny Stompanato, con il suo tirabacio da mangiaspaghetti che gli penzola sulla bella faccia, è quello che ha preso la sbandata per Lana Turner; David Goldman, il ruffiano numero uno di Mickey, nonché autore dei suoi pezzi di cabaret per il nightclub; e un piccoletto dallo sguardo diffidente che riconobbi come Morris Hornbeck, contabile ed ex tiratore scelto per la gang di Jerry Katzenbach a Milwaukee. Strette di mano, e dopo aver avvicinato una sedia mi preparai a lanciare la mia offerta sul piatto: mi paghi subito; faccio il lavoro dopo aver sbrigato al volo una piccola commissione per Howard. Aprii bocca per parlare, ma Mickey mi batté sul tempo: «Voglio che mi trovi una donna».

Ero sul punto di dire "Che coincidenza", quando Johnny Stomp mi porse una foto: «Non male come passera. Non ai livelli di Lana Turner, ma comunque un bel quarto posteriore. Da certificazione del dipartimento dell'agricoltura».

Ovviamente avrete capito cosa stava per arrivare. La foto era stata scattata in un nightclub: con i migliori auguri del Preston Sturges's Players Club, Gretchen Rae Shoftel sbatteva le palpebre di fronte alla luce abbagliante del flash, in tutta la sua wisconsiniana venustà da latteria inguainata in un abito nero aderente. Mickey Cohen le aveva buttato un braccio attorno alle spalle, ardente d'amore. «Dov'era la tua mogliettina, Mick? Di nuovo in giro per uno di quei banchetti dell'Hadassah?».

Mickey emise un grugnito. «"Israele, la nuova patria". Un tour di dieci giorni con il suo club di *mahjong*. Quando il gatto non c'è, i topi ballano. Che sventola. Trovamela, checca di un Buzz. Mille verdoni».

Divenni irrequieto, la mia solita reazione quando sono spaventato. «Due pezzi da mille, o te ne vai a farti fottere».

Mickey si accigliò e cominciò a schiumare; vidi che Johnny Stomp si gustava la mia spacconata, Davey Goldman si segnava la battuta per la prossima gag del capo, e Morris Hornbeck, a disagio, reagiva a scoppio ritardato, come se non c'entrasse granché con quella messinscena. Dopo che Mickey ebbe sbollito la stizza per quasi un minuto, dissi: «Chi tace acconsente. Dimmi tutto quello che sai sulla ragazza, e partirò da lì».

Mickey Cohen mi sorrise – il suo tirapiedi per fame. «Lurida carogna di un *goy*. Per duemila verdoni voglio essere soddisfatto entro quarantott'ore».

Io avevo già puntato i soldi sul baseball, gli incontri di pugilato, e ripuntato la grana vinta su tre cavalli. «Quarantasette ore e rotti. Vai».

Mickey lanciò un'occhiata ai suoi ragazzi prima di parlare – probabilmente perché era incazzato con me e aveva bisogno di una rapida dose di intimidazione. Davey e John Stomp distolsero lo sguardo; Morris Hornbeck si limitò a contorcersi appena, come se stesse cercando di reprimere un brutto attacco di tremarella. «Gretchen Rae Shoftel. L'ho conosciuta al drive-in di Scrivner due settimane fa. Mi ha raccontato che era appena arrivata da un buco di culo del Minnesota, una roba così. Ha...».

Lo interruppi. «Ha detto proprio "Minnesota", Mick?»

«Sì. Ruttodibue, Caccadicane, un posto del genere a casa del diavolo... ma era Minnesota, sicuro al cento percento».

Morris Hornbeck ormai stava sudando; avevo una pista calda. «Va' avanti, Mick».

«Be', abbiamo fatto amicizia. Ho convinto Lavonne a visitare Israele prima che i beduini se la riprendano. Gretchen Rae e io ci incontriamo, e *dum-dum-dum*. Fenomenale. Lei rimane sul vago, non mi vuole dire dove sta, e di tanto in tanto taglia la corda, dice che sta cercando un tipo, un amico di suo padre di lì, di Bucodelculodiantilope, o da dove cazzo viene. Una volta che è su di giri per i vodka Collins inizia a biascicare qualcosa di fumoso a proposito di un nascondiglio dove si rifugia. Quel...».

Dissi: «Taglia corto».

Mickey sbatté le ginocchia così forte che Mickey Cohen Jr, addormentato sulla soglia a cinque o sei metri di distanza, si svegliò e cercò di saltare a quattro zampe, finché il pattino a rotelle che aveva attaccato al cazzo non lo trascinò di nuovo a terra. «Lo taglio a te, coglione, se non me la porti! Basta con le cazzate! La voglio! Trovamela! *Adesso!*».

Mi alzai in piedi chiedendomi come avrei fatto a portare a termine quella missione, visto che nel bel mezzo di quel pasticcio avevo pure una serata in tenuta da portiere al party di Sid Weinberg. Dissi a Mick: «Quarantasette e cinquantacinque e rotti». E feci l'occhiolino a Morris Hornbeck, che, guarda caso, era proprio di Milwaukee, lo stesso posto in cui – a quanto mi aveva detto Howard Hughes, e a quanto gli aveva detto la ragazza – uno sporco vecchiaccio negro aveva scattato un bel primo piano alle tette di Gretchen Rae Shoftel. Hornbeck tentò di ricambiare, ma sembrò che il suo bulbo oculare avesse un attacco di epilessia in piena regola. «Trovala», continuò Mickey. «Ci sarai domani sera da Sid?»

«A tenere alla larga i cacciatori di autografi. Tu?»

«Sì, ho delle percentuali nel suo nuovo film. E dopo voglio una calda accoglienza, checca di un Buzz. *Calda*».

«Bollente», replicai e me ne andai, quasi inciampando sull'appendice di Mickey Cohen Jr mentre uscivo dalla porta.

Un potenziale gruzzoletto di tremila verdoni in tasca; il nervosismo di Morris Hornbeck che mi faceva sfrigolare il cervello; e un quinto senso e mezzo che il "nascondiglio" di Gretchen Rae Shoftel fosse lo scopatoio di Howard Hughes a South Lucerne – il posto in cui custodiva la sua scorta segreta di speciali reggiseni push-up che aveva disegnato per mettere in risalto le tette della sua starlet preferita, abiti da sera inguinali per le sue *inamoratas* di una notte, e una collezione di film porno che mostrava ai fornitori della difesa in visita – girava voce di una possibile collaborazione sul grande schermo di Mickey Cohen Jr e una pupa costruita *ad hoc* perché somigliasse all'eroina personale di Howard: Amelia Earhart. Prima, però, c'era il drive-in di Scrivner e qualche domandina di routine alle colleghe di Gretchen Rae. Sentivo l'adrenalina che mi bruciava l'anima per la paura mentre mi dirigevo al locale: forse avevo giocato troppo d'azzardo per uscirne intero.

Scrivner si trovava sul Sunset Boulevard, tre isolati a est della Hollywood High School, il classico posto dove la gente andava per mangiare in macchina, e in cui era stata ricreata l'ambientazione di una navicella spaziale – porzionatori cromati per gelato e oblò a bizzeffe –, Jules Verne visto da una squadra di architetti effeminati che arrivava alle stelle sotto l'effetto della marijuana. Le cameriere tutte curve indossavano uniformi attillatissime da piloti spaziali; i cuochi addetti alle friggitrici, elmetti con visiere trasparenti per proteggersi dagli schizzi di grasso. Chiacchierare con cinque o sei di loro fu come avere un attacco di *delirium tremens* senza il beneficio del torcibudella. Dopo un'ora di ciance e strette di mano da vecchi amiconi ero venuto a sapere quanto segue:

Gretchen Rae Shoftel aveva lavorato lì come cameriera per un mese, era spesso in ritardo e tendeva a lasciare il turno durante la pausa a metà pomeriggio. Tutto questo veniva tollerato perché era una calamita capace di attirare uomini a vagonate con la potenza di una bomba atomica. Faceva i conti a mente, calcolando senza difficoltà la percentuale sulle vendite, ma aveva una spiccata tendenza a rovesciare milk-shake e patatine fritte. Quando Mickey Cohen, amante della banana split, cominciò a scodinzolarle attorno come un cane in calore, il capo le diede il benservito, senza dubbio preoccupato all'idea di attirare criminali che avevano fatto carriera uccidendo passanti innocenti mentre tentavano di far fuori Mickey. A parte questo, riuscii a fiutare una nuova pista con tanto di supposizioni annesse e connesse: Gretchen Rae aveva spesso chiesto informazioni allo staff di Scrivner, e con una certa insistenza, a proposito di un nuovo habitué, un uomo con un lungo cognome tedesco che mangiava al bancone, faceva giochetti aritmetici con il conto del pranzo e lasciava tutti a bocca aperta terminando in cinque minuti le parole crociate del «L.A. Times» con pochi micidiali tratti di penna. Era un vecchio bislacco dall'accento europeo, e aveva smesso di mandare giù la sbobba di Scrivner proprio poco prima che venisse assunta

Gretchen Rae. Stando a quanto mi aveva riferito Mickey, la ragazza gli aveva detto che stava cercando un amico del padre; Howard invece che la ragazza era del Wisconsin; e l'accento tedesco indicava a caratteri cubitali proprio il vecchio Wisc. E Morris Hornbeck, mister Tremarella fino a poche ore prima, aveva fatto carriera a Milwaukee come ragioniere e tiratore scelto in una gang. La deliziosa Gretchen Rae aveva continuato a fare la cameriera fino a che non era diventata l'ufficiosa consorte di uno dei due uomini più ricchi e potenti d'America: una vera notizia bomba, se mai ce n'era stata una.

Raggiunsi un telefono pubblico e feci una serie di chiamate a carico del destinatario. Un vecchio amico del LAPD mi passò qualche informazione sottobanco su Morris Hornbeck: aveva sul groppone due condanne per stupro nello Stato della California, entrambe le querelanti erano ragazzine di tredici anni. Un tipo della polizia di Milwaukee, invece, a cui avevo fatto da tramite per certi affari, mi fornì altre soffiate dal Midwest: il piccolo Mo era il contabile della gang di Jerry Katzenbach; nel '47 fu costretto dal suo capo a levare le tende con un gruzzolo di verdoni di troppo ricavati dal gioco d'azzardo perché li investisse dove meglio credeva. Il piccolo Mo aprì un bordello in cui le ragazze venivano prenotate per telefono, specializzato in minorenni vestite come stelle del cinema: verginelle pettinate, truccate e inguainate in abiti da sera in modo da somigliare a Rita Hayworth, Ann Sheridan, Veronica Lake e compagnia. L'operazione fu un successo, ma Jerry Katzenbach, membro della grande famiglia dei Cavalieri di Colombo, la considerò una pessima campagna pubblicitaria. *Adiós*, Morris. E quello, va da sé, aveva trovato una nuova famiglia più comprensiva a Los Angeles.

Su Gretchen Rae Shoftel non venni a sapere un fico secco; idem per il tipo bislacco e i suoi giochini aritmetici simili a quelli della cameriera-vamp. La ragazza aveva la fedina penale pulita sia in California sia nel Wisconsin, ma ero pronto a scommettere che avesse imparato le sue tecniche di seduzione al bordello di Mo Hornbeck.

Raggiunsi in macchina lo scopatoio di Howard Hughes su South Lucerne Street ed entrai con una chiave del mio mazzo da sei chili della Hughes Enterprises. La casa era stata arredata con gli avanzi degli oggetti di scena della RKO, con tanto di adeguati costumi femminili per ognuna delle sei camere da letto. La stanza marocchina faceva sfoggio di amache e divani da *Casbah Nocturne*, e un assortimento di pigiami scollati in seta di tutti i colori pensabili; la camera Billy the Kid – dove Howard portava le sue sosia di Jane Russell – consisteva in un finto bancone da saloon che occupava tutte e quattro le pareti, più striminziti top da cow-girl e un materasso con sopra una coperta navajo. La mia preferita era la stanza dello zoo: un puma, un bisonte e un alce imbalsamati, nonché linci rosse a bizzeffe – tutti uccisi da Ernest Hemingway – attaccati alle pareti, a lanciare occhiate maliziose verso una piccola striscia di pavimento coperta da lenzuola. Il grande Ernie mi aveva raccontato di aver decimato la popolazione di due contee del Montana per ottenere quell'effetto. C'era una cucina sempre ben fornita di latte fresco, burro di arachidi e gelatina per appagare papille gustative adolescenti, una sala per proiettare i film porno e la camera da letto padronale. Ed ero pronto a scommettere che era proprio lì che Howard aveva piazzato Gretchen Rae Shoftel.

Imboccai la scala sul retro, percorsi il corridoio e aprii la porta con una spinta, aspettandomi di trovare la stanza nel suo solito stato: un grande letto bianco e pareti spoglie dello stesso colore, sfondo ironico a una verginità defraudata. Mi sbagliavo; quello che vidi fu una sorta di testamento della più tradizionale vita casalinga americana.

Sistemati sul letto c'erano frullatori, teglie per biscotti, tostapane e servizi di posate abbinati. Le pareti erano decorate con calendari Currier & Ives e copertine incorniciate del «Saturday Evening Post», disegnate da Norman Rockwell. Un serraglio di animali di peluche contemplava quell'opera d'arte: panda e tigri e personaggi della Disney poggiati contro il letto, le teste di pezza rivolte verso l'alto. Nell'angolo accanto all'unica finestra della stanza c'era una sedia a dondolo in legno centinato. Sulla seduta c'era una pila di cataloghi. Li sfogliai: radio Motorola, articoli da cucina Hamilton Beach, trapunte provenienti da una ditta del New Hampshire che vendeva per corrispondenza. In tutti erano stati cerchiati gli articoli meno costosi. Il che era strano, dato che Howard permetteva alle amanti della camera da letto padronale di avere tutto quello che desideravano: credito illimitato, solo il meglio.

Controllai l'armadio. Conteneva il classico guardaroba in stile Hughes, abiti scollati e maglioni di cashmere attillati, più mezza dozzina di uniformi di Scrivner, con tanto di push-up inseriti, di cui Gretchen Rae non aveva bisogno. Vedendo una serie di grucce vuote, controllai la stanza in cerca di altri cataloghi e sotto il letto ne trovai uno di Bullocks Wilshire. Lo sfogliai e vidi che erano cerchiati gonne e tailleur in tweed, blazer di flanella e sussiegosi abitini in lana; il conto di Howard era scribacchiato in cima all'ultima pagina. Gretchen Rae Shoftel, genio della matematica, stava valutando l'idea di trasformarsi in miss Rettitudine in perfetto stile *upper-middle class*.

Perlustrai il resto dello scopatoio, una vigile e rapida battuta di caccia nelle altre stanze da letto, una rovistata veloce agli armadi al piano di sotto. Dappertutto c'erano confezioni vuote di Bullocks Wilshire – Gretchen Rae aveva portato a termine la trasformazione. Howard amava tenere le sue ragazze a corto di contanti per assicurarsi la loro obbedienza, ma ero pronto a scommettere che per questa aveva fatto uno strappo alla regola. Chiamai il centralino del servizio taxi Yellow & Beacon fingendo di essere un poliziotto. Bingo: tre giorni prima, alle 03:10 del pomeriggio, era stato chiamato un taxi al numero 436 di South Lucerne. Destinazione: il 2281 di South Mariposa.

Colpito e affondato.

Il numero 2281 di South Mariposa era il nascondiglio di Mickey Cohen, una fortezza blindata in cui si rintanavano i suoi killer durante le tante scaramucce con la gang di Jack Dragna. Era in calcestruzzo rinforzato con fibre d'acciaio; con vagonate di cibi in scatola nel rifugio antiatomico-seminterrato; armadi zeppi di mitra e fucili a pompa dietro finte pareti tappezzate di foto sexy. Soltanto i ragazzi di Mickey erano a conoscenza di quel posto; e questa era la prova definitiva che Morris Hornbeck era legato a Gretchen Rae Shoftel. Mi diressi a Jefferson e Mariposa alla velocità della luce.

Era un isolato di case dalla struttura in legno, piccole e ben tenute, per la maggior parte di proprietà di musi gialli giapponesi usciti dai campi d'internamento, ansiosi di fare fronte comune e affermare la loro indipendenza in un nuovo territorio. Il numero 2281 era innocuo e pulito come qualsiasi altro appartamento dell'isolato: Mickey aveva il miglior giardiniere giapponese della zona. Sul vialetto non c'erano macchine; le auto parcheggiate accanto al marciapiede avevano un'aria inoffensiva, e il vicino più prossimo era un tipo seduto su un dondolo quattro case più avanti. Andai dritto verso il portone d'ingresso, sfondai un vetro, ci infilai il braccio fino al chiavistello ed entrai.

Il soggiorno – arredato dalla moglie di Mickey, Lavonne, con poltrone e divani delle vendite di beneficenza dell'Hadassah – era ordinato e silenzioso. Mi aspettavo quasi che un bulldog assassino mi saltasse addosso, quando di colpo mi tornò in mente che Lavonne aveva proibito a Mickey di tenerci un cane perché poteva pisciare sulla moquette. Poi sentii l'odore.

L'odore di corpi in decomposizione ti colpisce allo stomaco e ai dotti lacrimali quasi contemporaneamente. Mi legai il fazzoletto sopra naso e bocca, afferrai una lampada a stelo come arma e camminai verso la puzza. Proveniva dalla stanza da letto di fronte a destra. Molto, molto strano.

Due cadaveri, uno sul pavimento e l'altro sul letto. Il tizio per terra era disteso a faccia in giù, con una camicia da notte bianca annodata intorno alla gola, il cartellino del prezzo di Bullocks Wilshire ancora attaccato. La faccia era coperta da stufato di manzo rappreso, la pelle screpolata e arrossata dall'ustione. Una casseruola era rovesciata a un metro di distanza, ancora incrostata dei resti della sostanza appiccicaticcia. Qualcuno stava cucinando quando era scoppiata la lite.

Poggiai a terra la lampada e diedi un'occhiata più da vicino al cadavere sul pavimento. Era sui quaranta, biondo e grasso; chiunque fosse l'assassino, aveva tentato di bruciargli le impronte digitali. I polpastrelli di entrambe le dita erano anneriti, il che significava che il killer era un dilettante: l'unico modo per eliminare definitivamente le impronte è un lavoretto di amputazione. Una piastra era scaraventata in un angolo vicino al letto; la guardai e vidi frammenti di pelle cauterizzata ancora attaccata alle bobine. L'altro cadavere era proprio lì accanto, così presi un respiro profondo, mi strinsi ancora di più la maschera contro il viso e lo esaminai. Era un tipo anzianotto, magro come un chiodo e vestito con abiti troppo pesanti per l'inverno di L.A. Non sembrava riportare segni particolari; le mani dalle dita bruciacchiate erano state congiunte con cura sopra il torace: "riposa in pace", come se a fare quel lavoro fosse stato un becchino. Gli controllai le tasche del soprabito e dei calzoni – nisba – e lo tastai per capire se aveva qualche osso rotto. Zero assoluto. Proprio allora un verme gli strisciò fuori dalla bocca aperta, elargendosi in uno swing spastico sulla punta della lingua.

Tornai in soggiorno, alzai il telefono e chiamai un tizio che mi doveva un grosso, grosso favore riguardo all'associazione di sua moglie con una suora negra e un giovane membro del congresso di Whittier. Il tizio in questione è un tecnico della Scientifica per il dipartimento dello sceriffo; un disadattato che ha mollato gli studi di medicina, ma è un asso nell'esaminare cadaveri e indovinare le cause della loro morte. Mi promise che mi avrebbe raggiunto entro un'ora al 2281 di South Mariposa con un'auto civetta. Dieci minuti di competenza medico-legale in cambio della cancellazione del suo debito.

Tornai in camera da letto, portando un vaso di gerani di Lavonne Cohen perché aiutasse a coprire l'odore. Le tasche del cadavere sul pavimento erano state ripulite; quello sul letto non aveva scottature sulla faccia e ora c'erano due vermi che gli ballavano un tango sopra il naso. Morris Hornbeck era un professionista, e probabilmente si portava appresso un cannone con il silenziatore come la maggior parte degli scagnozzi di Mickey – era troppo magro per essere uno da corpo a corpo. Stavo cominciando a pensare che il responsabile dei due cadaveri sul pavimento fosse Gretchen Rae, e devo ammettere che la ragazza cominciava a piacermi.

Il tenente Kirby Falwell si presentò dieci minuti dopo, *toc-toc-toc* contro la finestra che avevo rotto. Gli aprii e lui trascinò il suo kit per il rilevamento delle prove in camera da letto, turandosi il naso. Lo lasciai lì a fare il suo lavoro, e rimasi in soggiorno per non ferire il suo ego con il mio scoop esclusivo sul conto della moglie. Uscì dopo mezz'ora e mi salutò.

«Siamo pari, Meeks. Il buffone sul pavimento è stato colpito alla testa con un oggetto piatto e smussato, forse una padella. Probabilmente è stato quello a stenderlo. Poi qualcuno gli ha buttato in faccia la cena bollente, procurandogli ustioni di secondo grado. Dopodiché l'ha strangolato con quel negligé. Direi che la causa del decesso è stata l'asfissia. Per il nonnetto, direi infarto, cause naturali. Potrebbe anche essere stato avvelenato, ma il fegato non è ingrossato. Al cinquanta percento è stato un attacco di cuore. Sono morti entrambi da circa due giorni. Ho prelevato le croste dai polpastrelli delle loro mani e controllerò le impronte nel nostro archivio. Immagino di dover diramare un comunicato via telescrivente a tutti e quarantotto gli Stati».

Scossi la testa. «California e Wisconsin, ma alla svelta».

«Entro quattro ore. Siamo pari, Meeks».

«Porta il negligé a tua moglie, Kirby. Di sicuro saprà cosa farsene».
«'Fanculo, Meeks».
« *Adiós*, tenente».

Mi sistemai in soggiorno a luci spente, immaginando che, se Mo Hornbeck e Gretchel Rae erano in qualche modo soci, prima o poi lui avrebbe fatto un salto per sbarazzarsi dei cadaveri, oppure avrebbe fatto un salto lei, o qualcun altro. Mi accomodai su una poltrona accanto al portone d'ingresso, la lampada in mano, pronto a sferrare il colpo se fossimo arrivati al dunque. L'adrenalina mi teneva sveglio; i fluidi mi ribollivano nel cervello, cercavo di trovare una via d'uscita da quel puttanaio colossale: i miei due benefattori che mi ingaggiavano per trovare la stessa donna, a loro esclusivo uso personale, più due cadaveri spuntati dal nulla. Ma per quanto mi sforzassi di tirare fuori un'idea brillante, non riuscii a pensare a niente. Avevo ancora mezz'ora da passare prima di chiamare Kirby Falwell, così mi arresi e feci un tentativo con la strategia del terzo uomo.

Risale ai tempi in cui ero un ragazzino in Oklahoma, quando il mio vecchio pestava a sangue la mia vecchia, e io trascinavo un materasso in pineta per non essere costretto a sentire. Piazzavo le mie trappole per armadilli, e di tanto in tanto riconoscevo uno scatto improvviso seguito da uno squittio. Qualche stupido armadillo aveva di nuovo abboccato alla mia esca e si era sbriciolato la spina dorsale. Quando finalmente mi addormentavo, di solito a svegliarmi erano le urla – uomini che picchiavano donne – e invece era soltanto il vento che scuoteva gli alberi. Allora cominciavo a pensare a tutti i modi per far sì che il mio vecchio levasse le mani di dosso alla mia vecchia senza consultarmi con mio fratello Fud – in una cella del Texas per rapina a mano armata e una brutta aggressione aggravata. Sapevo che non avevo le palle per affrontare mio padre da solo, così per togliermelo dalla testa cominciavo a pensare ad altra gente. E ogni volta finivo per inventarmi una storia: una donna di chiesa decisa a sfornare una torta e buttare giù trattatelli religiosi per calmare il marito; oppure dirottare verso di lei alcuni tipi del posto, convinti che mamma fosse un vero schianto, sapendo bene che pa' era un vigliacco con gli altri maschi e che avrebbe voluto bene a sua moglie per settimane solo per tenersela accanto. Nella conclusione dell'ultima storia eravamo tutti felici e contenti, poco prima che la vecchia si prendesse il tifo. Fu costretta a letto dalla febbre, e il vecchio le si sdraiò accanto per tenerla al calduccio. Così se lo beccò anche lui – e morì – sedici giorni dopo che si era spenta lei. Considerate le circostanze, non potete non pensare che tra loro non ci fosse altro che amore. E via, giù il sipario.

Insomma, la strategia del terzo uomo vi tira fuori dai pasticci e fa stare meglio anche qualche altro coglione. L'ho messa in pratica in uno dei ghetti quando ero piedipiatti: lasciate che qualche patetico sbirro si ficchi nella merda senza che dobbiate muovere un dito, mandategli uno dei cesti di frutta di Mickey per Natale, convincetelo a fare una soffiata su qualche pusher di eroina e prendetevi il vostro cinque percento con i migliori auguri di buone feste. L'unico problema, stavolta, era che ero intrappolato di fronte a un dilemma grande come un elefante: Mickey e Howard, due protettori, una sola donna. E dichiarare fallimento con entrambi andava contro la mia religione.

Smisi di pensare e chiamai Kirby Falwell all'ufficio dello sceriffo. I dati inviati per telescrivente ai due Stati avevano dato risultati roventi: Il cadavere sul pavimento era Fritz Steinkamp, tiratore di Chicago-Milwaukee, una condanna per tentato omicidio, attualmente rilasciato sulla parola e ritenuto uno dei sicari di Jerry Katzenbach. Mister Attacco di Cuore era Voyteck Kirnipaski, tre arresti sul groppone, ugualmente noto come uno degli sgherri della gang di Katzenbach, condannato per estorsione e furto aggravato, nello specifico frode finanziaria. Il quadro cominciava a diventare un po' meno confuso. Telefonai a Howard Hughes alla sua topaia al Bel Air Hotel. Due squilli, riagganciai, tre squilli, così avrebbe capito che non ero qualche giornalista di gossip.

«Sì?»

«Howard, sei stato a Milwaukee negli ultimi anni?»

«Sono stato a Milwaukee nella primavera del '47, perché?»

«Possibile che sia stato in un bordello specializzato in ragazzine vestite come star del cinema?».

Howard sospirò. «Buzz, sei al corrente di quello che si dice in giro a proposito della mia inclinazione in questo senso. Riguarda Gretchen Rae?»

«Sì. Allora?»

«Sì, ci sono stato. Stavo intrattenendo alcuni colleghi del Pentagono. Abbiamo fatto una festicciola con delle giovani donne. La mia era proprio uguale a Jean Arthur, solo un po' più... dotata. Jean mi ha spezzato il cuore, Buzz. Lo sai».

«Già. Per caso i pezzi grossi si sono ubriacati e hanno cominciato a parlare di lavoro di fronte alle ragazze?»

«Sì, immagino di sì. Ma cosa c'entra con...».

«Howard, di che parlavate tu e Gretchen Rae, a parte le vostre fantasie sessuali?»

«Be', Gretchy sembrava interessata agli affari: fusioni, le piccole compagnie che ho acquistato di recente, quel genere di cose. Anche di politica. I miei amici del Pentagono mi hanno detto che la situazione in Corea si sta scaldando parecchio, il che implica un bel po' di affari con gli aeroplani. Gretchy pareva incuriosita anche da questo. Una ragazza intelligente si interessa sempre ai progetti del suo amante, Buzz, lo sai. Hai delle informazioni su di lei?»

«Certo che sì. Capo, come sei riuscito a restare vivo e ricco così a lungo?»

«Mi fido delle persone giuste, Buzz. Ci credi?»

«Certo che sì».

Concessi altre tre ore al mio piantonamento, seduto al buio, poi feci un raid nel frigorifero per fare il pieno di energie e misi in cantiere un altro episodio della strategia del terzo uomo, una *mitzvah* per Mickey nel caso avessi dovuto giocare tutte le mie carte per passare a Howard Gretchen Rae, la sua personale bambola assassina. Prima, però, avvoltolai Fritz Steinkamp in tre vetrate buone di tende di cintz e lo trascinai fino alla mia macchina; poi mummificai Voyteck Kirnipaski con un copriletto e lo infilai nel bagagliaio, incuneandolo tra Fritz e la mia ruota di scorta. Poi, come da routine, tolsi ogni possibile impronta, spensi le luci e feci un salto al Topanga Canyon, la discarica di rifiuti chimici gestita dalla Hughes Tool Company. Una cisterna che ribolliva di agenti caustici, proprio accanto a un centro ricreativo diurno per bambini sfortunati: una delle frodi fiscali di Howard. Gettai Fritz e Voyteck nel calderone e li sentii scrocchiare, sfrigolare e scoppiettare come i Kellogg's Rice Crispies. Dopodiché, poco dopo mezzanotte, andai in Strip Boulevard in cerca di Mickey e dei suoi tirapiedi.

Non erano al Trocadero, al Mocambo, o al La Rue; non erano da Sherry's e neanche al Dave's Blue Room. Chiamai il servizio informazioni notturno della motorizzazione, mi spacciai per un poliziotto e riuscii a dare una sbirciata ai dati della quattro ruote di Mo Hornbeck – Dodge coupé marrone chiaro, CAL-4986-J, Moonglow Vista 896¼, South Pasadena – poi imboccai l'Arroyo Seco al di là della collina in direzione dell'indirizzo, un isolato di villette a un piano con cortile.

A sinistra, alla fine di un tracciato di stucco dalla linea aerodinamica, c'era il numero 896¼: corrimano stondati e persiane oblunghe che coprivano finestre minuscole, messe lì per bellezza. Non c'erano luci accese; la Dodge di Hornbeck non era sotto la tettoia sul retro. Forse Gretchen Rae era dentro, armata di animali di peluche, garrote di negligé, casseruole e padelle per friggere – e di colpo me ne sbattei altamente se il mondo pregava, scopava, se ne stava a cuccia o in giro. Spalancai la porta con una pedata, accesi l'interruttore della luce, e schiantai a terra lungo disteso sotto la spinta di un'enorme cosa pelosa dai grandi denti bianchi e scintillanti, affilati come rasoi.

Era un dobermann, un ammasso nero e lucente di muscoli assetato di sangue – il mio. Il bestione tentò di azzannarmi la spalla, gustandosi appena un'annusata del mio pettinato in lana di Hart, Schaffner & Marx; poi diede un colpo di ganasce di fronte alla mia faccia e si beccò un goffo gancio destro in pieno stile Meeks, che lo fece vacillare un istante. Mi frugai nelle tasche in cerca del mio coltello a serramanico dell'Arkansas, premetti il bottone e diedi qualche fendente nell'aria; sfiorai le zampe e il muso del bestione, ma continuava ad azzannare e a ringhiare.

Bisognava dare a quella maledetta bestia un bersaglio stabile, non c'era altro modo. Mi coprii gli occhi con il braccio sinistro e cercai di rimanere supino; il supercane Rex si scagliò verso il mio grande, grosso e succulento gomito sinistro. Gli infilai il coltello nelle budella, lo spinsi dentro e diedi qualche scossone in avanti. Le viscere dell'animale mi si riversarono addosso; Rex mi vomitò sangue in faccia e morì con un ultimo fremito delle mandibole e un gorgoglio.

Mi levai di dosso il terzo cadavere della giornata, andai in bagno con passo malfermo, rovistai nell'armadietto delle medicine e trovai l'estratto di amamelide. Mi bagnai il morso sul gomito e i segni sanguinanti dei denti sulle nocche. Respirando a fondo, mi spruzzai un po' d'acqua in viso, mi guardai allo specchio e vidi un uomo di mezza età, grasso, terrorizzato e che si era pisciato nelle mutande, nella merda fino al collo e oltre senza neanche un profondimetro. Sostenni lo sguardo, pensando per secondi interi che l'uomo allo specchio non ero io. Poi infransi l'immagine con la bottiglia di amamelide e perlustrai il resto del bungalow.

La più grande delle due stanze doveva essere di Gretchen Rae. Piena di gingilli da ragazzine: panda e bambolotti Kewpie, poster di idoli delle matinée e gagliardetti dei college alle pareti. Articoli da cucina, ancora imballati nelle scatole, erano impilati sul cassettone; il copriletto era disseminato di pubblicità patinate dei belloni della RKO.

L'altra stanza odorava di Vicks VapoRub e pomate, sudore e aria viziata – pareti spoglie, lo spazio sul pavimento occupato quasi interamente da un letto a muro ribaltabile ormai infossato. Sul comodino c'era una boccetta di medicine – il dottor Revelle aveva prescritto il Demerol al signor Hornbeck – e un'occhiata sotto il cuscino ebbe come risultato una .38 Special. Diedi un colpetto al tamburo, estrassi quattro proiettili, e mi ficcai la pistola nella cintura, poi tornai in soggiorno e raccolsi il cane con cautela per non inzupparmi di sangue. Notai che era una femmina; sulla targhetta del collare c'era scritto "JANET". In quell'istante mi sembrò la cosa più divertente del mondo dopo il varietà, e cominciai a ridere come un matto, lo shock iniziava a farsi sentire. Trovai un lettino per cani Abercrombie & Fitch in un angolo, ci scaraventai dentro Janet, spensi le luci nella stanza, individui un divano e crollai. Mi stavo dirigendo a tutta birra verso una sorta di nebbia confusa e tremolante quando il legno scricchiolò, e un soffocato «Oh mio Dio!» e una calda luce gialla mi fecero scattare in piedi.

«Oh, Janet, no!».

Mo Hornbeck andò di filato verso il cane morto, senza neanche accorgersi di me. Allungai una gamba e gli feci lo sgambetto; crollò a terra quasi addosso a Janet, muso contro muso. Una frazione di secondo e gli ero a fianco, pistola contro la testa, ringhiando come il killer psicopatico dell'Oklahoma che sarei potuto diventare.

«D'accordo, bello, adesso vuoti il sacco su di te, su Gretchen Rae e sui due cadaveri di Mariposa. Voglio che mi racconti tutto di lei e Howard Hughes, e intendo dire *adesso*».

Hornbeck ritrovò le palle alla velocità della luce, distolse gli occhi dal cane e li inchiodò su di me. «'Fanculo, Meeks».

"'Fanculo" poteva andar bene da un cazzone di sceriffo che mi doveva un favore, non da un tirapiedi stupratore di ragazzine. Aprii il tamburo della .38 Special e mostrai a Hornbeck le due pallottole, poi lo feci girare e gli piazzai la bocca del cannone contro la testa. «Parla. *Adesso*».

Hornbeck disse: «'Fanculo, Meeks». Premetti il grilletto. Lui ansimò e guardò Janet, diventando color porpora sulle tempie, rosso sulle guance. Mi vedevo già in carcere in una cella accanto a Fud, i due ragazzi Meeks che giocavano a pinnacolo attraverso le sbarre, ma feci partire un altro colpo, il cane che scattava sulla camera di cartuccia vuota. Hornbeck morse la moquette per fermare il tremore, diventò rosso porpora, poi il colorito virò verso varie sfumature di cremisi, rosa, bianco cereo. Alla fine sputò polvere e peli di cane e ansimò: «Le pillole accanto al mio letto e la bottiglia nella credenza».

Obbedii, e ci sedemmo in veranda come due vecchi amici, facendo fuori il resto della bottiglia di Old Overholt Bonded. Hornbeck si sparò le pillole di Demerol assieme al torcibudella, andò al settimo cielo e mi raccontò la storia più maledettamente triste che avessi mai sentito.

Gretchen Rae Shoftel era sua figlia. La madre aveva tagliato la corda poco dopo che era nata la bambina, filandosela verso lidi sconosciuti assieme a un camionista della birreria Schlitz, di cui si diceva fosse dotato di un affare lungo più di venticinque centimetri, l'equivalente umano di Mickey Cohen Jr. Mo tirò su Gretchen come meglio poté, cercando di tenere a bada il fatto che la figlia lo mandasse su di giri, vergognandosene a morte fino a quando non iniziò a raccogliere notizie piccanti non strettamente collegate tra loro: la moglie si era data da fare con tutto il turno di notte di Schlitz nel periodo in cui la bambina era stata concepita. Per una questione di principio, tenne a posto le mani, sfogando il suo desiderio sulle ragazzine che battevano su a Green Bay e Saint Paul.

Gretchen divenne una ragazzina strana, che si vergognava del suo vecchio, tirapiedi della mafia e killer occasionale. Prese il nome della madre da nubile e seppellì la testa nei libri, innamorandosi di giochetti matematici, calcoli, numeri: tutta roba che dimostrava che la piccola era sveglia. Cominciò anche a bazzicare un gruppo di teppistelli di South Milwaukee. A quindici anni, un fidanzato polacco fuori di testa la stese di botte ogni sera per una settimana di fila. Mo scoprì tutto, preparò due belle scarpe di cemento per il ragazzo e lo buttò nel Lago

Michigan. Padre e figlia erano stati felicemente riconciliati dalla vendetta.

Mo entrò a far parte dell'organizzazione di Jerry Katzenbach; lei mise insieme un bel gruzzolo organizzando piccole truffe nei bar degli hotel di Chicago. Mo piazzò Gretchen Rae, allora sedicenne, in un lussuoso bordello a lavorare come tenutaria: copie di star del cinema e stanze zeppe di cimici e microfoni per raccogliere informazioni esclusive sul mondo della malavita e della politica che potevano tornare utili a Jerry Katzenbach. Gretch fece amicizia con Voyteck Kirnipaski, specializzato in truffe finanziarie; per caso, capitò che una notte stesse origliando dal bocchettone dell'aria mentre Howard Hughes e un pezzo grosso dell'esercito a tre stelle facevano capriole con Jean Arthur, Lupe Vélez e Carole Lombard in versione lolita. Gretch raccolse un mucchio di gossip succulenti su Wall Street e si rese conto che poteva essere l'inizio di qualcosa di grosso. In quel periodo Mo si beccò il cancro allo stomaco ed ebbe la sentenza: al massimo cinque o sei anni, goditi la vita finché puoi. Un po' di liquidi stornati dai libri contabili di Jerry Katzenbach assicurarono cure di prima classe. Mo tenne duro contro il grande male. Jerry subì un po' di pressioni per la storia delle puttane minorenni, fece chiudere baracca e burattini e relegò Mo sulla costa, dove Mickey Cohen lo accolse a braccia aperte, usando i suoi agganci per mettere a tacere le indiscrezioni sulle due condanne per stupro.

Di ritorno a Milwaukee, Gretchen Rae cominciò a seguire corsi di economia alla Marquette, e fece un servizietto gratis a Voyteck Kirnipaski quando venne a sapere che lavorava per Jerry K. e non era soddisfatto della paga. Poi Mo ebbe una recidiva e tornò a Milwaukee per una visita; Voyteck Kirnipaski cambiò città con un bel gruzzolo di verdoni di Katzenbach in tasca per sponsorizzare altre truffe finanziarie a Los Angeles; Gretchen Rae, che continuava a leggere i giornali con un occhio critico verso le possibili ripercussioni politiche, mise insieme le soffiate pizzicate dall'alto tra Howard Hughes e il pezzo grosso dell'esercito, e le voci di corridoio sulla situazione in Corea, e decise di ottenere notizie di prima mano direttamente dal signore in questione. Mo fece un po' di foto alle tette della sua bambina e le spedì per posta al grande How; il pilota abboccò; Gretchy carpì nuovi indizi sul ricercatissimo, nonché latitante, Voyteck, nella fattispecie che bazzicava al drive-in di Scrivner e, volendo assicurarsi il suo aiuto per possibili estorsioni, si procurò un lavoro al locale. La sbandata di Mickey Cohen mandò a monte il piano, ma la ragazza pensò che in un modo o nell'altro il piccolo grande uomo poteva essere messo sotto torchio per ottenere informazioni sottobanco. Diventò la sua amante e contemporaneamente quella di Howard – padre e figlia facevano finta di non conoscersi ai party del nightclub di Mickey. Poi, in un motel di Santa Monica, trovò Voyteck, terrorizzato all'idea che gli sgherri di Katzenbach gli stessero alle costole. Mo le diede le chiavi del nascondiglio di Mickey su Mariposa Street; lei piazzò Voyteck nell'appartamento, facendo avanti e indietro dallo scopatoio di Howard, succhiando informazioni in maniera subdola e succhiandolo a Kirnipaski in maniera spudorata, nel tentativo di attirarlo nella sua rete di complotti. Stava facendo progressi quando Fritz Steinkamp si unì alla festicciola. E accidenti a lui se Gretchen Rae non colse al volo l'occasione: lo strangolò, lo ustionò e lo stese con una padella fino a farlo cadere morto stecchito. Dopodiché tentò di tranquillizzare l'atterrito Voyteck, ma il vecchio ebbe un arresto cardiaco: l'imprevedibile combinazione di un tentato omicidio, un omicidio e la lingua di un'omicida. Gretchen Rae andò nel panico e se la filò con i verdoni sgraffignati da Voyteck, e al momento stava cercando di rifilare alcuni opuscoli pieni di "informazioni riservate" sulle azioni di Hughes a una lista di potenziali clienti stilata da Kirnipaski. La ragazza era nascosta da qualche parte – Mo non sapeva dove – e il giorno dopo avrebbe fatto un giro di telefonate nelle case e negli uffici dell'ultima carrellata di potenziali "clienti".

A un certo punto, durante il racconto, Mo aveva cominciato a piacermi almeno quanto mi piaceva Gretchen Rae. Non riuscivo a vedere una via d'uscita da tutto quel casino, ma c'era una cosa che mi incuriosiva: i gingilli da ragazzina, gli elettrodomestici, tutti i casalinghi che Gretchy aveva rubacchiato. Quando Mo terminò il suo racconto, dissi: «Che significano allora tutti i vestiti e gli aggeggi da cucina e gli animali di peluche?».

Mo Hornbeck, di lì a sei mesi cibo per i vermi, si limitò a sospirare. «Tempo perso, Meeks. La solita manfrina del sano rapporto padre-figlia, la recita che avremmo dovuto portare in scena tanto tempo fa. Terra bruciata, ormai».

Indicai il cane morto, le zampe che cominciavano a contrarsi per il *rigor mortis*, come se volesse implorare un croccantino per l'eternità.

«Forse no. Di sicuro non hai più una fidata mascotte, ma potresti avere un piccolo assaggio del resto».

Morris andò nella sua camera da letto e perse i sensi. Io mi stesi sull'accogliente letto dei sogni, abbracciando un panda di peluche, a luci spente per garantire un discreto lavoro di neuroni. Tentare di manipolare direttamente Mickey e Howard era fuori discussione, così passai alla strategia del terzo uomo ed ebbi una brusca battuta d'arresto.

Sid Weinberg.

Produttore esecutivo della RKO.

Ricco da far schifo, procacciatore di filmetti horror da due soldi, sbobba che finiva nel circuito dei drive-in e guadagnava soldi a palate.

Un prezioso pilastro della RKO: i suoi film non facevano mai fiasco. Howard gli leccava il culo, adorava il suo approccio tutto dollari e centesimi, e gli dava carta bianca alla casa di produzione.

«Sarei pronto a rinunciare al mio tu-sai-cosa piuttosto che a Sid Weinberg».

Mickey Cohen si sentiva in obbligo con Sid Weinberg, proprietario del Blue Lagoon Saloon, dove aveva il permesso di portare in scena i suoi terribili sketch senza sbirri in circolazione. Sid aveva degli agganci nel LAPD.

Il Mick ripeteva: «Senza Sid non avrei un vaso in cui pisciare. Dovrei comprare il mio nightclub, e questo non è divertente: sarebbe come comprare la propria squadra di baseball per poter giocare».

Sid Weinberg era vedovo, padre di due figlie ormai grandi che lo guardavano dall'alto in basso come fosse un buffone. Aveva parlato spesso del suo desiderio di avere una compagna fissa, una brava governante che gli togliesse un po' di polvere in casa e lo facesse andare di nuovo su di giri. Circa quindici anni prima si era innamorato di una starlet del cinema, una bionda tutte curve di nome Glenda Jensen, che un giorno aveva tagliato la corda e nessuno ne aveva saputo più nulla. Avevo visto alcune sue foto: somigliava in maniera sospetta alla mia killer preferita. L'indomani, alle otto, Sid Weinberg avrebbe dato un party per strombazzare l'uscita del nuovo film, *Bride of the Surf Monster*. Io avrei provveduto alla vigilanza. Mickey Cohen e Howard Hughes sarebbero stati tra gli ospiti.

Con questo pensiero mi addormentai, e sognai cani morti e benevoli che mi portavano in groppa fino al paradiso, con le tasche piene dei soldi di qualcun altro.

La mattina filammo via alla ricerca della figliola prodiga. Io al volante, Mo Hornbeck che dava istruzioni: i vari posti in cui immaginava potesse essersi cacciata Gretchen Rae, sulla base della loro ultima conversazione – un dialogo avvenuto due giorni prima in preda al panico; la ragazza aveva paura che ci fossero cimici; Mo le aveva detto che avrebbe lasciato raffreddare le prove, e poi se ne sarebbe sbarazzato.

Cosa che, ovviamente, non aveva fatto. Stando a lui, Gretch gli aveva detto che Voyteck Kirnipaski le aveva passato una lista di squali del quartiere finanziario che potevano essere interessati ai suoi grafici sulla Hughes Enterprises: quando vendere e comprare azioni della Tool Company, la casa di produzione di aeroplani di Hughes, e delle sue miriadi di consociate. Il tutto sulla base delle recenti informazioni di Gretchy a proposito dell'ormai imminente contratto con il ministero della Difesa, nonché di una sua stima delle probabili fluttuazioni sul mercato finanziario. Mo sottolineò che per questo la ragazza aveva saccheggiato il catalogo di Bullocks Wilshire: voleva sembrare una donna d'affari, non una seduttrice-assassina.

Setacciammo il centro a passo di lumaca, girando in tondo per il quartiere finanziario di Spring Street, sperando di intravedere Gretchen Rae sul lato della strada mentre faceva le sue telefonate. Ero riuscito in parte a convincere Mo con parole gentili e la promessa di interrare Janet in un cimitero di lusso per animali di West L.A., ma era chiaro che non si fidava ancora di me: ero stato troppo a contatto con Mickey Cohen, e per troppo tempo. Continuava a lanciarmi di nascosto occhiate sospettose e accoglieva i miei tentativi di conversazione con un grugnito.

La mattinata passò com'era arrivata, e il pomeriggio la seguì a ruota. Mo non aveva altre dritte sulle telefonate di Gretchen Rae, così continuammo a girare in tondo per Spring Street – dalla 3ª alla 6ª e ritorno – ancora e ancora, avanti e indietro, fermandoci a pisciare ogni due ore al Pig & Whistle tra la 4ª e Broadway. Calò il tramonto, e cominciai a spaventarmi sul serio: la mia strategia del terzo uomo poteva funzionare alla perfezione solo se avessi portato Gretchy in tempo al party di Sid Weinberg.

18:00.
18:30.
19:00.
19:09. Stavo svoltando l'angolo sulla 6ª quando Mo mi afferrò per il braccio e indicò una ragazza fuori dal finestrino, la classica segretaria vestita di zigrino che leggeva con attenzione i giornali accanto al chiosco dell'edicola. «Lì. Quella è la mia bambina».

Accostai. Mo ficcò la testa fuori dalla portiera e gesticolò con una mano, poi urlò: «No! Gretchen!».

Stavo tirando il freno a mano quando vidi Gretchen, i capelli raccolti in uno chignon, individuare un tizio per strada e mettersi a correre. Mo schizzò fuori dalla macchina e puntò dritto verso l'uomo; quello tirò fuori un cannone gigantesco, prese la mira e sparò due volte. Mo cadde stecchito sul marciapiede, con metà faccia saltata; l'uomo inseguì Gretchen Rae; io inseguii lui.

La ragazza entrò in un palazzo di uffici, il pistolero alle costole. Lo raggiunsi, sbirciai all'interno e lo vidi in cima al pianerottolo del secondo piano. Sbattei la porta e indietreggiai di qualche passo; il gesto attirò due sonore pallottole da parte del killer, vetro e legno mi esplosero tutt'intorno. Quattro proietti erano andati, ne rimanevano due.

Urla per strada; due serie di passi che si precipitavano su per le scale; sirene in lontananza. Corsi sul pianerottolo e gridai: «Polizia!». La parola provocò altri due *bang-bang* che rimbalzarono sulle pareti. Trascinai il mio culo grasso fino al terzo piano come un derviscio flaccido.

Il pistolero stava armeggiando con una manciata di proiettili sfusi; mi vide nel momento stesso in cui aprì di scatto il tamburo. Ero a tre gradini di distanza. Non avendo il tempo di caricare e sparare, mi mollò un calcio. Lo afferrai per la caviglia e lo tirai giù per le scale; ruzzolammo insieme in un groviglio di gambe e braccia, atterrando sul pianerottolo accanto alla finestra.

Cercammo di colpirci, due piovre, pugni e affondi e unghiate in direzione degli occhi che non raggiungevano mai davvero l'obiettivo. Alla fine riuscì ad abbrancarmi per la gola; io infilai le braccia in mezzo alle sue e gli conficcai i pollici negli occhi. Il bastardo mollò la presa quanto bastava perché gli piantassi una ginocchiata nelle palle, si raggomitolò su se stesso e lo afferrai per i capelli. Ora che era cieco, diede bordate frenetiche con le mani cercando di colpirmi. Lo strattonai fuori dalla finestra prima per la testa, poi spingendolo per i piedi. Si schiantò sul marciapiede a braccia e gambe divaricate, e perfino a tre piani di distanza riuscii a sentire il cranio che si spaccava come un gigantesco guscio d'uovo.

Ripresi un po' di fiato, mi trascinai fino al tetto e spinsi la porta. Gretchen Rae Shoftel era seduta su un rotolo di carta catramata, fumando una sigaretta, due lunghe lacrime solitarie che le rigavano le guance. Disse: «Sei qui per riportarmi a Milwaukee?».

Tutto quello che riuscii a pensare di dire fu: «No».

Gretchen allungò il braccio dietro la carta catramata e prese una cartella portadocumenti – nuova di zecca, qualità Bullocks Wilshire. Le sirene per strada stavano scemando poco a poco; due cadaveri davano un mucchio di cose da fare a un mucchio di sbirri. Le feci: «Mickey o Howard, signorina Shoftel? Può scegliere».

Lei spense la sigaretta. «Puzzano tutti e due». Indicò con il pollice un punto oltre il tetto, in direzione del pistolero morto. «Correrò il rischio con Jerry Katzenbach e i suoi amichetti. Papà si è difeso bene. Io non sarò da meno».

Dissi: «Non sei così stupida».

Gretchen Rae mi chiese: «Giochi in Borsa?».

Io feci: «Vuoi conoscere un uomo ricco e gentile che ha bisogno di un'amica?».

Gretchen Rae indicò una scala che collegava il tetto all'uscita antincendio dell'edificio accanto. «Se facciamo in fretta, ci sto».

In taxi verso Beverly Hills misi Gretchen Rae al corrente del piano, promettendole extra di ogni genere che non sarei mai stato in grado di darle, come la borsa della Morris Hornbeck per studenti bisognosi della facoltà di Economia della Marquette University. Quando parcheggiammo di fronte alla villa Tudor di Sid Weinberg, la ragazza aveva i capelli sciolti, si era rifatta il trucco ed era pronta a ballare il tango del *salvami il culo*.

Alle 20:03 la villa era illuminata come un albero di Natale: comparse vestite da mostri con costumi verdi in gomma che distribuivano drink sul prato davanti casa, e altoparlanti sul tetto che strombazzavano il tema d'amore di un precedente polpettone horror di Weinberg, *Attack of the Atomic Gargoyles*. Mickey e Howard arrivavano sempre tardi alle feste per non sembrare troppo impazienti, quindi c'era un po' di tempo per organizzare le cose.

Feci entrare Gretchen Rae, presentandole una scena incredibile: la crème, quasi crème e non crème di Hollywood che ballava il boogie-woogie assieme a un mucchio di ballerine e ballerini di fila vestiti come mostri marini, gargoyle atomici e roditori giganti di Marte; barman che risucchiavano il punch dalle coppiere con sifoni che sembravano pistole a raggi infrarossi; tavolate piene di arrosti freddi color verde mostro – snobbate *en masse* dagli ospiti a favore del caro vecchio torcibudella: in fila c'erano quasi venti persone. In giro c'erano sventole a bizzeffe, ma Gretchen Rae, con i capelli sciolti come il vecchio amore di Sid Weinberg, Glenda Jensen, faceva la parte del leone sotto gli sguardi famelici dei macho arrapati. Rimasi accanto a lei vicino al portone spalancato e, quando la limousine di Howard Hughes si fermò di fronte all'ingresso, le bisbigliai: «*Adesso*».

Gretchen si intrufolò oltre la porta a vetri dell'ufficio privato di Sid Weinberg, camminando molto, molto lentamente; Howard, slanciato e bellissimo in uno smoking di taglio sartoriale, oltrepassò il portone, facendo un cenno di saluto a me, il suo fedele tirapiedi. Dissi forte: «Buonasera, signor Hughes»; e sotto voce: «Mi devi mille verdoni, capo».

Gli indicai l'ufficio di Sid, e Howard mi seguì. Arrivammo lì giusto in tempo per vedere Gretchen Rae Shoftel/Glenda Jensen e Sid Weinberg sprofondare in un abbraccio appassionato a bocca aperta. Dissi: «Secondo me puoi contare su Sid, capo. Quel che è giusto è giusto. Ascolterà le tue ragioni. Fidati di me».

Nel giro di sei secondi vidi il quarto uomo più ricco d'America trasformarsi da cucciolotto affranto in coriaceo capitalista senza scrupoli, e viceversa, almeno una dozzina di volte. Alla fine si ficcò le mani in tasca, pescò una mazzetta di banconote da cento e me le porse. Disse: «Trovamene un'altra uguale», e tornò alla sua limousine.

Rimasi a difendere la porta per la manciata di ore successive, allontanando seccatori e cacciatori di autografi, guardando Gretchen/Glenda e Sid lavorarsi la folla: giro di poker fortunato per la ragazza, giovinezza riconquistata per il vecchio triste. Gretchy rideva, e avrei scommesso che lo faceva per ricacciare indietro le lacrime; quando strinse la mano a Sid, seppi per certo che non sapeva a chi appartenesse. Desiderai poter essere lì quando le lacrime sarebbero sgorgate sul serio, quando Gretchy sarebbe tornata a essere una ragazzina indifesa almeno per un po', prima di trasformarsi di nuovo in un'esperta di finanza e una puttana. Mickey fece la sua apparizione quando il film stava cominciando. Davey Goldman mi disse che era incazzato: Mo Hornbeck era stato fatto fuori da un killer crucco di Milwaukee che poco dopo era sceso in picchiata da una finestra; il nascondiglio di Mariposa Street era stato scassinato, e Lavonne Cohen era tornata da Israele tre giorni prima e aveva fatto vedere i sorci verdi al Mick. Sentii a malapena le parole. Gretchy e Sid stavano tubando vicino al tavolo degli arrosti, e Mickey fu indirizzato dritto dritto verso di loro.

Non riuscii a sentire quello che si dissero, ma gli lessi tutto in viso. Mickey fu colto alla sprovvista, ma presentò i suoi rispettosi omaggi al raggiante padrone di casa; Gretch era nervosa, alle prese con gli effetti dello shock per la morte del suo vecchio. La canaglia numero uno di Los Angeles fece un inchino e se la filò, puntò verso di me e mi schiaffeggiò con la mia stessa cravatta. «Te ne becchi solo mille, cazzone. Dovevi trovarla più in fretta».

E così funzionò. Nessuno venne a cercarmi per l'omicidio del pistolero di Milwaukee; Gretchy la passò liscia per l'uccisione di Steinkamp e per il suo contributo alla dipartita di Kirnipaski, e i cadaveri in versione Alka-Seltzer ovviamente non furono mai ritrovati. Mo Hornbeck ebbe un posto al cimitero di Mount Sinai, e io e Davey Goldman ficcammo la vecchia Janet nella bara assieme a lui nella camera ardente. Diedi al rabbino una buona soffiata su un cavallo vincente, e lui lasciò la stanza per chiamare il suo allibratore. Pagai Leotis Dineen e subito ci ricascai, indebitandomi di nuovo fino al collo; Mickey cominciò a frequentare una spogliarellista di nome Audrey Anders; Howard guadagnò soldi a palate vendendo pezzi di aeroplano per la guerra in Corea e fece capriole con una dozzina, o giù di lì, di sosie di Gretchen Rae che gli rimediai. Gretchy e Sid si innamorarono, cosa che per poco non spezzò il cuore al povero pilota-magnate.

Gretchen Rae e Sid.

Lei avrà dato la sua brava spolveratina in casa, e deve averlo mandato su di giri un migliaio di volte. Divenne anche la consulente personale di Sid per gli investimenti, facendogli intascare un pacco di soldi grande quanto una casa, di cui si beccò una sostanziosa percentuale che investì in immobili nei quartieri più luridi della città – e la vide crescere, crescere, crescere. Gretchy reginetta degli *slum* comparve anche come protagonista nell'unico film di Sid girato per gettare soldi dalla finestra, un polpettone strappalacrime intitolato *Glenda*, su un produttore cinematografico che si innamora di una starlet che scompare dalla faccia della Terra. L'opinione della critica fu che Gretchen Rae Shoftel come attrice faceva schifo, ma aveva due tette fenomenali. In giro si diceva che Howard Hughes avesse visto il film più di un centinaio di volte.

Nel 1950 venni coinvolto in un'indagine del gran giurì che prese una piega disastrosa, e andò a finire che mi dovetti mettere in viaggio per il resto della mia vita, un signor Nessuno in un milione di piccole città di provincia. Mickey Cohen si beccò un paio di condanne per evasione della tassa sul reddito, fu rilasciato sulla parola quand'era ormai vecchio, e si ristabilì a Los Angeles, nelle vesti di apprezzato personaggio locale, un ricordo dei movimentati bei tempi andati. Howard Hughes alla fine diede completamente di matto con storie di droga e religione, e ho letto in una sua biografia che perse del tutto la testa per una puttana bionda. Passava ore al Bel Air Hotel a guardare la sua foto, facendo andare di continuo in sottofondo un'appassionata interpretazione di *Since I Don't Have You*. Lo conosco meglio di tanti altri: probabilmente erano un mucchio di foto diverse, ma solo di tette, e la musica un lamento per i tempi in cui l'amore si pagava a poco prezzo. Gretchy era speciale per lui, però. Ne sono ancora convinto.

Mi mancano Howard e Mickey, e scrivere questa storia su di loro non ha fatto altro che peggiorare le cose. È dura essere un vecchio pericoloso tutto solo al mondo: ti restano soltanto i ricordi, e nessuno con le palle per capirli.

James Lee Burke
TEXAS CITY, 1947
1991

James Lee Burke (1936) è nato a Houston ma è cresciuto nella zona costiera del Texas e della Louisiana, dove è ambientata gran parte delle sue storie. Dopo aver frequentato la University of Louisiana a Lafayette, conseguì una laurea e un dottorato alla University of Missouri a Columbia. Nonostante la pubblicazione di tre romanzi *mainstream* che riscossero un grande successo di critica, il quarto libro di Burke incontrò più di cento rifiuti nel corso di un decennio, fino a che nel 1986 la University of Louisiana Press pubblicò *The Lost Get-Back Boogie*, poi nominato per il premio Pulitzer.

Il suo primo noir, *Pioggia al neon* (*The Neon Rain*, 1987), presenta il personaggio di David Robicheaux, un reduce dal Vietnam e detective della Omicidi al Dipartimento di polizia di New Orleans. È stato descritto dal suo creatore come «l'*Everyman* dei *morality play* del Rinascimento. Tenta di dare voce a coloro che non ce l'hanno». Dopo aver pestato un po' troppi piedi nel primo romanzo, Robicheaux si trasferisce a lavorare presso le forze di polizia della contea di New Iberia. Sempre al suo fianco è l'assistente Clete Purcel, a sua volta un ex poliziotto del Dipartimento di polizia di New Orleans. Dal secondo romanzo della serie, *Prigionieri del cielo* (*Heaven's Prisoner*, 1988), venne tratto un film nel 1996, con Eric Roberts, Alec Baldwin, Kelly Lynch e Teri Hatcher. Il terzo libro, *Black Cherry Blues* (1989), fu insignito dell'Edgar Allan Poe Award dell'associazione Mystery Writers of America come miglior romanzo dell'anno. Burke vinse un secondo premio per *Terra violenta* (*Cimarron Rose*, 1997), in cui viene presentato il personaggio di Billy Bob Holland, un ex ranger texano diventato avvocato in Missouri.

Nel 2009 l'associazione Mystery Writers of America ha conferito a Burke il Grand Master Award, massimo riconoscimento alla carriera.

Texas City, 1947, spesso descritta come la più bella short story di Burke, il racconto di un cupo passaggio dall'infanzia all'età adulta, è stata pubblicata per la prima volta nella «Southern Review» nel 1991. È apparsa per la prima volta in volume in *New Stories from the South: The Year's Best* (1992). In seguito è stata ripubblicata nella raccolta di racconti dell'autore *Jesus Out to Sea* (2007).

Subito dopo la seconda guerra mondiale, nel Sud della Louisiana tutti pensavano di diventare ricchi con il petrolio. Mio padre si convinse che i suoi lavoretti marginali nei campi petroliferi un giorno gli avrebbero fornito il capitale necessario per diventare un petroliere indipendente, forse addirittura una figura leggendaria come Glenn McCartney di Houston, e riuscire a mettere in piedi un'impresa di trivellazione da torrette di legno e ciarpame arrugginito, per perforare la cima di un duomo geologico e far schizzare acqua salata, sabbia, catene, tubazioni di rivestimento e oro nero nella contea più vicina.

Così lavorò come operaio nelle torri di trivellazione e nelle operazioni di rilevamento, con tanto di strumentazione sismografica, dopodiché venne messo sotto contratto dalla compagnia Texaco per costruire piattaforme in legno nella palude. Intorno alla metà del 1946 stava effettivamente prendendo terre in affitto nel bacino di Atchafalaya e oltre, nella regione orientale del Texas. Ma quello fu anche l'anno in cui mi beccai la febbre reumatica e lui costrinse mia madre ad andarsene e portò Mattie a vivere da noi.

Ricordo il litigio terribile che ebbero il giorno in cui lei se ne andò. Quel rovente pomeriggio di luglio, mia madre era tornata furibonda dal lavoro – faceva la cameriera in una birreria all'aperto – e senza neanche togliersi il vestito rosa con il passamano bianco sul colletto e sulle tasche, aveva cominciato a macellare polli su un ceppo nel cortile sul retro, sgranando le piume in un grande pentolone in ghisa pieno d'acqua bollente. Mio padre tornò a casa più tardi di quanto avrebbe dovuto, parcheggiò il furgone accanto al fienile, poi oltrepassò il cancello, nudo fino alla cintola, con la camicia arrotolata che gli penzolava dalla tasca posteriore dei Levi's. Era un cajun scuro, con le spalle, il torace e la schiena striati di peluria nera. Portava stivali da cowboy, un fazzoletto rosso attorno al collo e uno sbarazzino cappello di paglia con una striscia di finta pelle di serpente attorno alla testa.

I polli decapitati erano appesi sopra tutta la superficie del prato, e mia madre aveva gli avambracci coperti di piume di pollo bagnate. «So che sei stato con lei. Ne stavano parlando alla birreria», disse, senza alzare lo sguardo dal punto in cui era seduta, a gambe larghe su una seggiola in legno di fronte al calderone fumante.

«Non sono stato con nessuno», fece mio padre, «a parte le zanzare che ho ucciso nella palude».

«Avevi detto che non l'avresti più toccata».

«Bambini, andate dentro», ordinò mio padre.

«Credi di metterti la coscienza a posto mandando dentro i bambini, eh? Un giorno o l'altro quella ti taglierà la gola, sai. È stata alla casa dei pazzi a Mandeville. Vedrai, Verise, vedrai».

«Non l'ho vista».

«Ti sento il suo odore addosso, figlio di puttana», disse mia madre, e afferrando un pollo decapitato per le zampe lo frustò nell'aria, tracciando una linea diagonale di sangue sul petto di mio padre e sui Levi's.

«Non permetterti di comportarti in questo modo davanti ai miei figli, donna», esclamò lui, e fece un passo verso di lei. Poi si fermò. «Andate tutti dentro. Non ci fate niente qui ad ascoltare. È tra me e lei».

I miei due fratelli maggiori, Weldon e Lyle, erano abituati ai litigi dei nostri genitori e filarono dentro accigliati, sbattendosi la zanzariera della porta posteriore alle spalle. Ma la mia sorellina più piccola, Drew, che mia madre aveva soprannominato "Little Britches", rimase ferma e muta e terrorizzata e sola sotto l'albero di pecan, e si strinse al petto il suo gattino.

«Dai, Drew. Andiamo dentro. Giochiamo a Monopoli», dissi, e tentai di tirarla per il braccio. Ma il suo corpo era rigido, i piedi nudi piantati nella polvere.

Poi vidi la mano di mio padre, larga e squadrata, sollevarsi in aria e abbattersi con forza sul viso di mia madre, e sentii il suono delle lacrime di lei mentre tentavo di impedire a Drew di guardare e di stringermi al petto lei e il gatto, portando via tutti e tre, lontano dal suono angosciante di quel pianto.

Tre ore più tardi, la macchina di mia madre sfondò il parapetto del ponte sull'Atchafalaya River. Quella notte sognai che sopra il rottame sommerso si formava un'immensa bolla marrone, e quando arrivava in superficie, per poi scoppiare, sentivo sul viso il respiro mozzato di mia madre, umido e maleodorante come il gas rilasciato da una tomba.

Quell'inverno cominciai a sentirmi male sempre più spesso, come se un grigio nugolo di zanzare mi stesse divorando il cuore. A scuola, durante l'intervallo, non giocavo più con gli altri bambini, ma me ne stavo a ciondolare ai margini del cortile polveroso, oppure, se frate Daniel non stava guardando, sgattaiolavo attorno alla vecchia cattedrale di mattoni rossi e mi sedevo su una panca in pietra in un giardino appartato, circondato da bambù e all'ombra di una quercia, in cui una statua della Madonna troneggiava in una grotta artificiale e petali di camelia galleggiavano in un laghetto di pesci rossi. A volte ci trovavo suor Roberta che recitava il rosario.

Aveva la struttura di un idrante. Tuttavia, se non fosse stato per le taglie in più date dallo svolazzante abito nero e dal drappeggio del velo, non sarebbe stata più grossa di un alunno di quinta. Suor Roberta non gridava mai, né ci picchiava sulle nocche con il righello, come facevano le altre suore, e a dire il vero ci chiamava sempre "piccola gente", anziché "bambini". Ma a volte il viso rotondo avvampava di rabbia sotto il soggolo bianco e inamidato per cose che a noi, nel nostro piccolo universo parrocchiale, sembravano di scarsa importanza. Ci disse che criminali e politici locali corrotti erano i veri responsabili per le slot machine presenti ovunque, in qualsiasi emporio, bar e hall d'albergo di New Iberia, e un'altra volta lanciò un torsolo di mela contro una macchina zeppa di gente che tormentava il custode negro della scuola vicino all'inceneritore.

Quando entrai nel giardino, infilandomi nell'apertura della recinzione di bambù, sentì subito i miei passi sul tappeto di foglie secche. Era seduta sulla panca in pietra, la schiena perfettamente diritta, le perle rosse del rosario allargate come gocce di sangue sul dorso della pallida mano. Interruppe la preghiera e si girò verso di me. Sopra il labbro aveva una sottile peluria bianca.

«Ti senti di nuovo male, Billy Bob?»

«Sì, sorella».

«Vieni qui».

«Cosa?»

«Ho detto vieni qui». Allungò una mano e me la tenne per un po' sulla fronte. Poi, con le dita, si strofinò via la condensa dal palmo. «Stavi giocando o correndo?»

«No, sorella».

«Tuo padre ti ha portato da un dottore?».

Non risposi.

«Guardami e rispondi alla mia domanda».

«Lui no... non ha molti soldi in questo periodo. Dice che è perché ho avuto l'influenza. Ha messo a bollire miele e cipolle e me le ha fatte mangiare. E dopo mi sono sentito meglio. È vero, sorella».

«Ho bisogno di parlare con tuo padre».

Mi vide deglutire.

«Gli dà fastidio se lo chiamo?», domandò.

«Adesso non è in casa. Lavora sempre».

«Stasera lo trovo?»

«Non lo so».

«Chi si occupa di voi la sera quando lui non c'è?»

«Una signora, una sua amica».

«Capisco. Vieni, andiamo in classe. Qui fuori c'è troppo vento per te», disse.

«Sorella, non c'è bisogno che chiami, va bene? Ora mi sento bene. Mio padre ha un sacco di pensieri per la testa in questo periodo. Lavora tantissimo».

«Che c'è che non va a casa tua, Billy Bob?»

«Niente. Glielo giuro, sorella». Mi sforzai di sorridere. Mi sentivo l'amaro della bile in gola.

«Non mentire».

«Non sto mentendo. Glielo giuro».

«Come no, te lo leggo in faccia. Vieni con me».

Per il resto dell'intervallo rimanemmo nella classe deserta a fare la punta ai pastelli con dei minuscoli temperamatite, facendo penzolare lunghi arabeschi di cera colorata sopra il cestino. Suor Roberta era silenziosa e apparentemente concentrata su se stessa come una statua. Poco prima che suonasse la campanella andò al convento e tornò con un tubetto di dentifricio.

«Hai l'alito cattivo. Va' al gabinetto e lavati bene la bocca con questo», disse.

Mattie indossava pantaloncini e camicette senza maniche con aloni di sudore sotto le ascelle, e sembrava portare sempre i bigodini durante il giorno. Quando si spostava da una stanza all'altra, prendeva con sé un posacenere nel quale scrollava di continuo la cenere delle Chesterfield macchiate di rossetto. Aveva un corpo sodo, muscoloso, e lasciava aperta la porta del gabinetto quando faceva il bagno, e una volta la vidi inginocchiata nella vasca, che si strofinava spalle e torace con una larga spazzola piatta. L'area sopra la sua testa era attraversata da fili da bucato improvvisati, dai quali gocciolavano le sue cose intime. Incollò gli occhi ai miei; pensai che stesse per sgridarmi per essere rimasto lì a guardarla, invece la sua faccia lucente, dall'ossatura robusta, continuò a fissarmi con una sorta di vuota indifferenza che mi fece sentire sporco.

Se mio padre era fuori città il venerdì o il sabato sera, Mattie decideva la nostra cena (a volte la carne il venerdì, senza che lei si accorgesse della paura nei nostri occhi), indossava un abito blu e se ne stava seduta da sola in soggiorno ad ascoltare *Grand Ole Opry* e *Louisiana Hayride*, mentre beveva acquavite di albicocche da una tazza. La cenere di sigaretta le cadeva sempre sul vestito, ed era costretta a pulire le macchie con un solvente a secco, prima di partire per la serata sulla sua vecchia Ford coupé. Non so dove andasse in quelle sere di venerdì o sabato, ma un ragazzino che abitava in fondo alla strada mi disse che Mattie un tempo lavorava al Broussard's Bar su Railroad Avenue, un'area malfamata di New Iberia in cui le donne sedevano nelle verande delle case, pescando le birre da un secchio ai loro piedi, e gridavano in strada in direzione degli operai della ferrovia e dei campi petroliferi.

Poi, una mattina, mentre mio padre si trovava a Morgan City, venne a trovarla un uomo con una berlina Chevrolet color argento nuova di zecca. Faceva caldo, e l'uomo parcheggiò in parte la macchina sul nostro prato per tenerla all'ombra. Portava le basette, pantaloni ampi e scampanati a strisce marroni, scarpe bicolori, bretelle, una camicia rosa senza soprabito e un cappello di feltro a tesa larga che gli copriva il viso stretto. Mentre le parlava, posò una scarpa sul paraurti e strofinò via la polvere con uno straccio. Poi tutti e due cominciarono ad alzare sempre più la voce, e lui disse: «Ti piace fare la vita. Ammettilo. Non ti ha messo l'anello al dito, no? Nessuno compra la mucca se può avere il latte gratis».

«Al momento sono impegnata con un signore perbene. Non so di cosa stai parlando. E di qualsiasi cosa si tratti, non sono interessata», fece Mattie.

Lui gettò lo straccio di nuovo dentro la macchina e aprì la portiera. «Rubare, contrattare o accalappiare: si riduce tutto a questo. Stesse regole, qui e sulla Railroad. Ha fatto di te una donna negra per i suoi figli, Mattie».

«Mi hai chiamato negra?»

«No, ti ho chiamato pazza, come tutti dicono che sei. Anzi, no, come non detto. Non ti chiamo in nessun modo, perché so che tornerai. A fare la vita, Mattie. Mi telefonerai chiedendomi di venire qui, di riportarti all'appartamento, di massaggiarti la schiena, spararti di nuovo un po' di quella roba calda nel braccio. C'è qualcuno altro che fa queste cose per te, eh?».

Quando Mattie tornò in casa, ci fece togliere tutti i piatti dalla credenza, anche se erano puliti, e ce li fece lavare da capo.

Il venerdì successivo arrivò la telefonata di suor Roberta. Mattie era già pronta per uscire. Quando rispose al telefono non si prese nemmeno il disturbo di abbassare il volume della radio, e per sovrastare la voce di Red Foley dovette quasi urlare nella cornetta.

«Il signor Sonnier non c'è», disse. «Il signor Sonnier è sempre via per lavoro, a Texas City... No, signora, non sono la governante. Sono un'amica di famiglia che si prende cura di questi bambini... Da quel che vedo, il ragazzo non ha niente che non va... Sta chiamando per dirmi che c'è qualcosa che non va, che sto facendo qualcosa di sbagliato? Cos'è che sto facendo sbagliato? Mi piacerebbe saperlo. Com'è che si chiama, lei?».

Rimasi impalato nel corridoio, paralizzato dal terrore vedendo Mattie che si chinava con rabbia sul microfono, le nocche che spiccavano sulla cornetta. Dal Golfo stava soffiando una tempesta, l'aria odorava di ozono, e l'orizzonte a sud era nero di nubi che pulsavano per le venature bianche dei fulmini. Sentivo il vento squarciare gli alberi nel cortile, e i pecan sbatacchiare contro il tetto della veranda come mitraglie.

Quando Mattie riattaccò, aveva la pelle del viso tesa e allungata come un paralume, e un occhio lucente era socchiuso nella mia direzione, come qualcuno che stesse prendendo la mira lungo la canna di un fucile.

La settimana seguente, mentre tagliavo per il campo di canne da zucchero del vicino di ritorno da scuola, il cuore iniziò a battermi all'impazzata senza nessun motivo, la saliva che sapeva di pecan, il viso coperto da una patina di sudore anche se tra i gambi soffiava una brezza fresca; poi vidi le querce e i cipressi lungo Bayou Teche inclinarsi di lato, e lasciai cadere i libri crollando in avanti in mezzo alla polvere, come se qualcuno mi avesse arrotolato una catena attorno al petto e spezzato lo sterno di schianto.

Rimasi a terra, un lato del viso premuto contro la polvere, boccheggiando come un pesce fino a quando Weldon non mi trovò e corse via tra le canne in cerca di aiuto.

Quella sera venne a casa un dottore, mi visitò e mi fece una puntura, poi parlò con mio padre fuori in corridoio. Mio padre non capiva i termini usati dal dottore e domandò: «Che tipo di febbre è?»

«Reumatica, signor Sonnier. Colpisce il cuore. Potrei sbagliarmi, ma credo che sia quello che ha il suo ragazzo. Tornerò domani».

«Quanto costerà?»

«Sono tre dollari per la visita, ma può pagarmi quando sarà in grado di farlo».

«Non abbiamo mai avuto niente del genere nella nostra famiglia. È sicuro, eh?»

«No. È per questo che tornerò domani. Buonasera, signore».

Sapevo che mio padre non gli piaceva, ma tornò a visitarmi un pomeriggio a settimana per un mese, mi portò boccette di medicinali, e ogni volta dopo avermi sentito il cuore esaminava il mio viso con sincera preoccupazione. Poi, una sera, lui e mio padre litigarono e non tornò più.

«Quant'è bravo, eh?», disse mio padre. «Ti senti ancora male, giusto? Un medico non fa i soldi con la gente che sta bene. Credo che tu ti sia preso la malaria, figliolo. Ma non si può fare niente per quella, eh. Passa da sola. Vedrai, vedrai. Te ne stai a letto, mangi il *cush-cush* che ti prepariamo io e Mattie, prendi quel ricostituente con le vitamine, l'Hadacol, e porta sempre questa moneta che ti metto al collo: presto starai meglio e tornerai a scuola».

Infilò un pezzo di spago rosso in una moneta da dieci centesimi bucata e me la legò al collo. Il suo viso era magro, non rasato, gli occhi, quando guardò i miei, intensi come una fiamma di butano. «Ce l'hai con me per la faccenda di tua mamma?»

«No, signore».
«Non volevo picchiarla. Ma mi stava facendo fare una brutta figura di fronte a tutti voi. Una donna non può fare una cosa del genere a un uomo davanti ai suoi figli».
«Manda via Mattie, papà».
«Non dire queste cose».
«Ha picchiato Weldon con la cinta. Ha fatto stare Drew in ginocchio in un angolo del bagno perché non ha tirato lo sciacquone».
«Sta solo cercando di fare la madre, tutto qua. Non parlarne più. Vai a dormire. Stanotte devo tornare a Texas City. Starai bene, vedrai».
Chiuse la porta e la mia stanza sprofondò nel buio più totale. Attraverso il muro sentii mio padre e Mattie che parlavano, poi solo il peso dei loro corpi che cigolavano ritmicamente sulle molle del letto.

Quando suor Roberta venne a sapere che quel semestre non sarei tornato a scuola, cominciò a portarmi i compiti a casa. Veniva tre pomeriggi a settimana, e per arrivare a casa nostra dal convento doveva camminare tre chilometri all'andata e altrettanti al ritorno. Ogni volta che riuscivo a fare un compito mi premiava con un santino. Ognuno aveva una preghiera su un lato e una figura bellissima sull'altro, di solito angeli e santi avvolti da un'aura di luce o eteree raffigurazioni della Vergine Maria con il Bambin Gesù. Il giorno dopo che mio padre mi aveva legato quella monetina al collo, suor Roberta dovette passare di fronte al campo del vicino dopo che questi aveva tagliato la canna da zucchero e bruciato le stoppie, e un vento umido le aveva striato di cenere l'abito nero. Non appena superò la porta della mia stanza, la faccia le si contrasse sotto il soggolo, e gli occhi castani, punteggiati di rosso, si fecero caldi e rotondi. Lasciò cadere la borsa con i libri ai piedi del letto e si chinò a meno di dieci centimetri dal mio viso, come se stesse guardando un'orrida presenza in fondo a un pozzo. I peli sul labbro superiore sembravano fili d'argento.
«Chi ti ha messo quella roba attorno al collo?», domandò.
«Mio padre dice che toglie il *gris-gris*».
«Dio misericordioso», esclamò, e s'incamminò di nuovo verso la porta con un gran svolazzare dell'abito. Poi la sentii parlare con Mattie: «Esatto, signora. Forbici. Così gli posso togliere quel cordoncino dal collo prima che soffochi nel sonno. Molte grazie».

Tornò nella mia stanza, mi tirò il cordoncino dalla gola con un dito e lo tagliò in due. «Credi in queste sciocchezze, Billy Bob?»

«No, sorella».

«Bene. Tu sei un bravo ragazzo cattolico, e non devi credere a queste superstizioni. Ami la chiesa?»

«Credo di sì».

«Mmm. Non mi sembri del tutto convinto. Vuoi bene a tuo padre?»

«Non lo so».

«Capisco. Vuoi bene a tua sorella e ai tuoi fratelli?»

«Sì. Il più delle volte».

«Questa è una buona cosa. Perché se ami qualcuno, o ami la chiesa come me, allora non avrai più paura. Le persone diventano superstiziose solo se hanno paura. È una lezione importante da imparare per la piccola gente. E ora diamo un'occhiata al nostro compito di matematica di questa settimana».

Alle sue spalle vidi Mattie che ci osservava dal soggiorno, i bigodini di gommapiuma nei capelli, la faccia contorta come se un pezzo di filo spinato la stesse tirando da dietro gli occhi.

Quell'inverno mio padre cominciò a lavorare seguendo orari regolari alla Monsanto Chemical Company di Texas City, quello che lui definiva «un lavoro al coperto», e lo vedevamo unicamente nei weekend. Mattie cucinava soltanto per cena, e ci riteneva responsabili della cura della casa e della preparazione degli altri due pasti. Weldon iniziò a mettersi nei guai a scuola. La sua insegnante dell'ottava classe, una laica, telefonò a casa e raccontò che durante la lezione Weldon aveva fissato al banco il vestito di una compagna con delle puntine da disegno, e la ragazzina se l'era quasi strappato di dosso quand'era suonata la campanella; perciò, doveva risarcirle l'abito o sarebbe stato sospeso. Mattie le sbatté il telefono in faccia, e due giorni dopo il padre della ragazzina, uno degli agenti dell'ufficio dello sceriffo, si presentò a casa nostra e la costrinse a dargli quattro dollari fuori in veranda.

Tornò dentro sbattendo la porta, il viso in fiamme, agguantò Weldon per il colletto della camicia e lo trascinò fino al cortile sul retro, dove lo obbligò a stare in piedi per due ore sopra una cassetta della frutta rovesciata, fino a quando lui non si bagnò i pantaloni.

Più tardi, dopo che gli concesse di tornare dentro, e Weldon si fu cambiato mutande e blue-jeans, uscì di nuovo fuori al buio per conto suo, senza cenare, e si sedette sul ceppo da macellaio accendendo fiammiferi da cucina e gettandoli ai polli. Prima che andassimo a dormire, rimase seduto a lungo sul bordo del letto accanto al mio, le mani strette a formare due pugni sulle cosce in un quadrato di luce lunare. I muscoli annodati risaltavano sul dorso delle mani e dietro le orecchie. Mattie gli aveva rasato i capelli, e la testa sembrava massiccia e pelata come una palla da baseball.

«Domani è sabato. Sentiremo la partita degli LSU contro Rice alla radio».

«Alcuni bambini di colore mi hanno visto dalla strada e hanno riso di me».

«Non m'importa di quello che fanno loro. Tu sei coraggioso, Weldon. Sei più coraggioso di tutti noi».

«La metto a posto io, quella».

La sua voce mi fece paura. I rami dell'albero di pecan erano scheletri, simili a mani nodose tese verso la luna.

«Non pensarci neanche», dissi. «Si comporterebbe perfino peggio. Quando tu e Lyle non ci siete si sfoga su Drew».

«Va' a dormire, Billy Bob», disse. Aveva gli occhi lucidi. «Ci fa del male perché noi glielo permettiamo. Dobbiamo darci un taglio. La gente ti fa del male fino a che non ti difendi. Come ha fatto mamma».

Al buio lo sentii tirare su con il naso. Poi si coricò, la faccia rivolta contro il muro. Nella luce della luna la testa sembrava intagliata in un ceppo di legno grigio.

Tornai a scuola per il semestre primaverile. Sarà stato per i venti miti che spiravano dal Golfo e l'odore greve e fecondo della magnolia e del glicine nell'aria della notte, ma volevo credere che stesse cominciando una nuova stagione anche nel mio cuore. Non avevo alcun controllo su quello che avveniva a casa, ma la scuola era un luogo sicuro, un luogo in cui suor Roberta governava il suo piccolo mondo della quinta classe come un despota affettuoso.

Ero sempre affascinato dalle sue mani. Erano quasi mani giocattolo, piccole come quelle di un bambino, rosee come un bocciolo, le unghie non più grandi di una perla. Era bravissima a fare schizzi e a disegnare con pastelli e gessetti colorati. In pochi minuti sapeva ricreare una magnifica scena religiosa alla lavagna, a seconda del periodo dell'anno liturgico, ma disegnava anche coniglietti e uova di Pasqua con occhi e bocche. A volte tracciava soltanto il contorno di una figura – un arcangelo con ali enormi, un soldato romano che stava per essere accecato da una luce abbagliante – e a turno ci faceva colorare gli spazi vuoti. Ci disse che il segreto per un buon lavoro in aula era tenere sempre pastelli e gessetti appuntiti.

Poi iniziammo a sentire varie notizie sul conto di suor Roberta, un genere di notizie che non avevamo mai sentito a proposito delle altre sorelle, che sembravano non avere altre vite al di fuori di quelle immediatamente visibili ai nostri occhi. Qualcuno l'aveva sentita piangere nel confessionale; aveva lasciato il convento per tre giorni senza permesso; due detective di Baton Rouge l'avevano interrogata nell'ufficio della madre superiora.

Per una settimana mancò da scuola e un'insegnante laica prese il suo posto. Tornò per due settimane, poi sparì di nuovo. Quando tornò per la seconda volta, parlava con voce sommessa ed era distante, a volte non rispondeva neppure alle domande più semplici che le facevamo. Teneva a lungo lo sguardo fisso fuori della finestra, come se la sua attenzione fosse concentrata su un oggetto lontano, poi un rumore – un banco che scricchiolava, un cancellino lanciato dall'armadio – la disturbava, e i suoi occhi tornavano a guardare l'aula, svuotati di qualsiasi pensiero o significato.

Un venerdì mi trattenni dopo la scuola per aiutarla a lavare le lavagne e a sbattere le cimose.

«Non c'è bisogno, Billy Bob. Se ne occuperà il custode», disse guardando pigramente fuori della finestra.

«Tutti i bambini le vogliono bene, sorella», feci io.

«Cosa?», disse lei.

«È l'unica che gioca con noi durante la ricreazione. E non si arrabbia mai. Non sul serio, almeno».

«È carino da parte tua, ma anche le altre suore sono buone con voi».

«Non come lei».

«Non dovresti parlarmi in questo modo, Billy Bob». Aveva perso peso, e le era comparsa una ruga solitaria su ognuna delle guance, come un linea tracciata con l'unghia del pollice.

«Sbaglia a essere triste», feci.

«Adesso devi correre a casa. Non dire altro».

Vorrei che fosse mia madre, ricordo di aver sentito risuonare dentro la mia testa.

«Cos'hai detto?», domandò.

«Niente».

«Dimmi cos'hai detto».

«Non credo di aver detto niente. Non credo proprio».

Il cuore mi batteva all'impazzata contro la gabbia toracica, come il giorno in cui ero svenuto nel campo di canne da zucchero.

«Non cercare di capire il mondo, Billy Bob. Non spetta a noi comprendere», disse. «Devi lasciar andare le cose che non puoi cambiare. E non devi più parlarmi in questo modo. Tu...».

Ma io ero già corso fuori dell'aula, l'anima dipinta di una straziante vergogna che non conosceva parole.

La settimana successiva scoprii la causa del dolore di suor Roberta. Un signore di nome Trajan, un tipo bislacco e trasandato che portava sempre una spilla con la bandiera americana appuntata al bavero quando lo si vedeva nella sua drogheria nel quartiere dei negri, in cui vendeva anche alcolici, aveva ritagliato un articolo dalle copie del «Baton Rouge Morning Advocate» e del «Lafayette Daily Advertiser» e l'aveva spedito per posta ad altri commercianti cattolici in città. Uno studente dell'ottava classe che era stato bocciato due volte, di cui una da suor Roberta, un giorno portò l'articolo a scuola, e dopo la campanella delle tre io, Lyle e Weldon lo sentimmo mentre lo leggeva a voce alta in cortile a un gruppetto di ragazzini sbalorditi. Le parole contaminavano l'aria come se avessimo sentito per la prima volta pronunciare il nome di Dio invano.

Il fratello di suor Roberta aveva ucciso un bambino, e lei l'aveva aiutato a nascondersi in un campo da pesca nella contea di West Baton Rouge.

«Dammelo», disse Weldon, e strappò l'articolo dalle mani del ragazzo. «E adesso fila via. Se vai in giro a parlare ancora di queste cose, ti prendo a calci nel culo».

«Proprio così, pezzo d'idiota», gli fece eco Lyle, ficcandosi il berretto da baseball nuovo nella tasca posteriore e posandosi ai piedi la cartella con i libri.

«Proprio così, faccia da culo», aggiunsi io, incredulo per la sfrontatezza delle mie parole.

«Ah sì?», ribatté il ragazzo, ma la risolutezza nella sua voce si stava già incrinando.

«Sì!», disse Weldon, e gli diede uno spintone facendogli perdere l'equilibrio. Poi raccolse una pietra da terra e rincorse il ragazzo e i suoi tre amici fino alla strada. Lyle e io lo seguimmo, raccogliendo polverose zolle di argilla. Quando il ragazzo ebbe quasi raggiunto il pick-up del padre, che era fuori ad attenderlo, si voltò e ci mostrò il dito medio. Weldon lanciò la pietra e lo centrò proprio sopra l'occhio destro.

Uno dei frati ci fece marciare fino all'ufficio di padre Higgins e ci lasciò lì ad aspettare il parroco, le cui sferzanti tirate, pronunciate con viso paonazzo e lo sguardo scuro e tenebroso da irlandese, erano leggendarie in tutta la scuola. L'ufficio odorava dei mozziconi di sigaro gettati nel cestino e del cuoio screpolato delle poltrone.

Un orologio a pendolo in noce ticchettava rumorosamente sulla parete. Fuori era nuvoloso, e sedemmo al buio e in silenzio fino alle quattro.

«Non ho intenzione di aspettare ancora. Voi due venite?», chiese Weldon, e mise una gamba cavalcioni sul davanzale.

«Così ti farai espellere», dissi.

«Sai che peccato. Non ho nessuna intenzione di starmene qui ad aspettare che arrivi qualcuno per darmi un po' di frustate», fece, e si lasciò cadere oltre la finestra.

Cinque minuti dopo Lyle lo seguì.

Il suono dell'orologio era simile a un cucchiaio che batteva a tempo su una scatola di legno vuota. Quando padre Higgins fece finalmente il suo ingresso nello studio, portava i soliti occhiali con la montatura in corno e stava sfogliando un fascio di carte tenute insieme da un portablocco a molla. L'attaccatura dei capelli sulla nuca era stata sfumata con cura con un rasoio. All'inizio sembrò distratto dalla mia presenza, poi, quasi in un momento di ripensamento, diede una scorsa al fascio di carte fino a una pagina in particolare e la studiò con attenzione. Si portò alla bocca il mozzicone spento di un sigaro, spostò lo sguardo su di me, poi di nuovo sulla pagina.

«Hai lanciato una pietra a qualcuno?», domandò.

«No, padre».

«Qualcuno ti ha lanciato una pietra?»

«Non direi».
«Allora cosa ci fai qui?»
«Non lo so», replicai.
«Questa è bella. Dal momento che non sai perché sei qui, che ne dici di andartene da qualche altra parte?»
«Lo porto via io», sentii dire a suor Roberta dalla soglia. Mi posò la mano sul braccio, mi guidò lungo il corridoio, lucido in maniera inquietante, fino al porticato, dopodiché mi fece sedere sulla panca in pietra nel giardino cinto dai bambù, in cui spesso si rifugiava a recitare il suo rosario.
Si sedette accanto a me, le piccole mani bianche piegate attorno ai bordi della panca, e mentre parlava tenne lo sguardo chino sul laghetto di pesci rossi. Un bicchiere di carta stropicciato galleggiava in mezzo alle foglie di giacinto. «So che avevi buone intenzioni, Billy Bob, ma non voglio più che mi difenda. Non è compito della piccola gente difendere gli adulti».
«Sorella, il giornale diceva...».
«Cosa diceva?»
«Che è nei guai con la polizia. Possono metterla in prigione?».
Posò le mani sopra le mie. Le unghie sembravano minuscole conchiglie rosa.
«Non sono io che gli interesso davvero, Billy Bob. Mio fratello è un alcolizzato, ha ucciso un bambino con la macchina ed è scappato via. Ma probabilmente non lo manderanno in prigione perché il piccolo era negro». La sua mano era calda e madida sulla mia. La voce risuonò con un'eco umida nella gola. «Verrà risparmiato, non perché è un uomo malato ma perché quello che ha ucciso era un bambino di colore».
Quando la guardai di nuovo, le sue lunghe ciglia brillavano per le lacrime. Si alzò, tenendo la faccia girata dall'altra parte. Il sole aveva lacerato il grigio sigillo di nuvole, e la quercia sopra le nostre teste era piena di tordi e ghiandaie. Sentii le dita di suor Roberta setacciarmi con dolcezza i capelli, come se stesse pettinando un gatto.
«Oh, bambino mio, ma tu hai le uova di pidocchio», disse. Poi si strinse la mia testa contro il petto, e sentii le lacrime scorrermi roventi sulla nuca.

Tre giorni dopo, suor Roberta vide la bruciatura di sigaretta sulla gamba di Drew in refettorio e lo segnalò ai servizi sociali in città. Un ometto tubercolotico lungo come una pertica con un abito blu tempestato di forfora si presentò a casa e interrogò Mattie in veranda, poi fece qualche domanda a noi di fronte a lei. Drew gli disse che si era bruciata in giardino, con un tizzone schizzato via dal fuoco dei rifiuti.

L'uomo le sollevò il mento con la nocca. I capelli neri erano induriti per via del grasso. «È davvero tutto quello che è successo?», domandò.

«Sì, signore». Il viso di Drew era smorto, inespressivo, gli angoli della bocca piegati all'in giù. La bruciatura era ormai diventata una crosta e sembrava un verme grigio arrotolato con forza su se stesso.

L'assistente sociale sorrise e le levò la mano da sotto il mento. «Non dovresti giocare vicino al fuoco», fece.

«Mi piacerebbe tanto sapere chi l'ha mandata qui», disse Mattie.

«È un'informazione riservata». Tossì contro il dorso della mano. Il polsino della camicia era liso, e per chissà quale motivo sembrava triste e pretenzioso sul suo polso sottile. «E se devo dirle la verità, non lo so proprio. Il mio supervisore non me l'ha detto. Credo che la catena gerarchica funzioni così». Tossì di nuovo, stavolta in maniera più violenta e chiassosa, e sentii l'odore della nicotina penetrata a fondo nei polmoni. «Ma qui sembra tutto a posto. Molto rumore per nulla, probabilmente. Ma non era un brutto giorno per fare una gita».

Gli occhi di Weldon erano duri come biglie, ma non parlò.

Mattie accompagnò l'uomo alla macchina, e mi sentii come se le portiere si stessero chiudendo tutt'intorno a noi. Mentre parlava, la compagna di mio padre posò un piede sul predellino e si puntellò con il braccio contro il tettuccio, in modo che i seni si sollevassero sotto la camicetta e il vestito facesse una curva in mezzo alle gambe.

«Diciamoglielo», bisbigliò Lyle.

«Stai scherzando? Guardalo. Mangerebbe la merda di Mattie con un cucchiaio», fece Weldon.

Fu alla fine della prima ora di lezione del mattino successivo che sentimmo del disastro a Texas City. Qualcuno gridò qualcosa in proposito in cortile, e di colpo tutta la scuola era in fermento, un brulicare di bisbigli e voci di corridoio. Le macchine accostavano al ciglio della strada con le radio sintonizzate sui notiziari, e attraverso la finestra aperta sentimmo perfino la vecchia radio in legno di bosso del preside strombazzare a tutto volume dal piano di sopra. Una nave carica di fertilizzante aveva preso fuoco al porto, e mentre la gente sui moli guardava i battelli antincendio pompare geyser d'acqua sui ponti della nave, le fiamme erano divampate nella stiva. L'esplosione riempì il cielo di razzi di fumo, che precipitarono come un ombrello infuocato sullo stabilimento chimico di Monsanto. La potenza del secondo scoppio fu tale da spazzare via le finestre a Houston, a settanta chilometri di distanza. Ma non era ancora finita. La palla di fuoco si allargò come un fungo in un giacimento petrolifero accanto, e le file di serbatoi e pompe scoppiarono una dietro l'altra come petardi cinesi. La gente raccontò che l'acqua del porto ribolliva per il calore, le aste in acciaio degli alberi di carico che si scioglievano come liquirizia.

Non sapemmo nulla della sorte di mio padre né quel pomeriggio, né la sera. Quella notte Mattie si ubriacò, addormentandosi accanto alla radio sulla poltrona del soggiorno. Quanto a me, l'eventualità della morte di mio padre non mi provocò alcuna reazione, e rimasi stupito io stesso della mia insensibilità. Il giorno dopo andammo a scuola, e quando nel pomeriggio tornammo a casa trovammo Mattie ad aspettarci in veranda; ci disse che aveva chiamato un tizio della Monsanto Company per riferire che nostro padre era stato inserito nella lista dei dispersi. Aveva gli occhi rossi, forse per i postumi della sbornia o per il pianto, e la faccia era gonfia e tonda come un palloncino bianco.

Quando non reagimmo, continuò: «Vostro padre potrebbe essere morto. Avete capito cosa vi sto dicendo? Il tizio che ha chiamato era un pezzo grosso. Non avrebbe chiamato se non fosse stato seriamente preoccupato. Avete capito cosa vi sto dicendo?».

Weldon strusciò la scarpa da ginnastica sulla polvere del cortile, e Lyle tenne lo sguardo fisso a una decina di centimetri di distanza. Drew aveva un'espressione spaventata, non per via delle notizie ma per quello strano movimento di ingranaggi che ci sembrava quasi di sentir provenire dalla testa di Mattie. Le misi un braccio sulle spalle e la sentii sussultare.

«Ha lavorato come un negro per voi, forse ha perfino sacrificato la vita per voi, e non avete niente da dire?», domandò Mattie.

«Forse faremmo a meglio ad andare a riordinare le nostre stanze. Volevi che riordinassimo le nostre stanze, Mattie», dissi.

Ma era un misero tentativo di placarla.

«Restate fuori. Non azzardatevi neanche a entrare in questa casa», fece lei.

«Io devo andare in bagno», disse Lyle.

«Allora puoi farla nel fango come un negro», concluse Mattie, ed entrò in casa chiudendo la doppia porta con il chiavistello.

Il pomeriggio successivo mio padre figurava ancora tra i dispersi. Mattie litigò al telefono con qualcuno, probabilmente l'uomo con i pantaloni svasati e le scarpe bicolori che un tempo doveva essere stato il suo protettore, perché lei gli disse che le doveva ancora dei soldi e che non sarebbe tornata a lavorare al Broussard's Bar se prima lui non l'avesse pagata. Dopo aver riattaccato rimase immobile davanti al lavello di cucina, il respiro pesante, fumando una sigaretta con lo sguardo fisso in cortile. Aprì una bottiglia di Jax e la tracannò per metà in un solo, umido sorso, la gola che sobbalzava, un occhio fisso su di me.

«Vieni qua», disse.

«Cosa?»

«Hai lasciato un macello in cucina. E non hai nemmeno tirato lo sciacquone dopo aver usato il bagno».

«Sì che l'ho fatto».

«Hai fatto cosa?»

«Ho tirato lo sciacquone».

«Allora è stato uno degli altri. Venite tutti qui, subito!».

«Che c'è, Mattie? Non abbiamo fatto niente», dissi.

«Ho cambiato idea. Tutti fuori. Andate tutti fuori. Weldon e Lyle, fuori, di corsa. Dov'è Drew?»

«Sta giocando in cortile. Cosa c'è che non va, Mattie?». Non tentai neppure di nascondere la paura nella mia voce. Vidi il reticolo di vene bluastre sul suo petto.

All'esterno, il vento soffiava tra gli alberi in cortile, schiacciando i grappoli color porpora del glicine che cresceva contro il muro del fienile.

«Andate tutti alla siepe, uno per volta, e tagliate il ramo con cui volete che vi frusti», disse Mattie.

Era la sua punizione preferita. Se tagliavamo un ramo grosso, ci dava meno colpi. Se tornavamo con un ramo piccolo o sottile, ci frustava fino a quando non riteneva di aver raggiunto una sorta di equilibrio tra dimensioni e quantità.

Restammo immobili. Drew stava giocando con il gatto. Gli aveva legato un cordoncino attorno al collo, e lo teneva come fosse un guinzaglio. Le ginocchia e le calze bianche erano sporche di polvere.

«Ti avevo detto di non legare più quella roba al collo del gattino», disse Mattie.

«Non fa male a nessuno. E poi non è mica tuo, il gatto», replicò Weldon.

«Non rispondermi in malo modo», disse lei. «Non azzardarti a rispondermi in malo modo. Nessuno di voi si deve azzardare a rispondermi in malo modo».

«Io non taglio nessun ramo», fece Weldon. «Tu sei pazza. Lo diceva sempre, mia mamma. Dovresti essere al manicomio».

Mattie lo fissò negli occhi con cipiglio severo, poi sull'espressione smorta del viso guizzò come un baleno di consapevolezza, un fremito di paura, come se avesse visto la cattiveria che cresceva in Weldon e che presto si sarebbe trasformata in una minaccia per lei. Si umettò le labbra.

«Vedremo chi farà cosa, in questa casa», disse alla fine. Tagliò un grosso ramo dalla siepe di mirto e la ripulì dei fiori e delle foglie, a eccezione di un verde germoglio sulla punta.

Vidi l'espressione sul volto di Drew, la vidi lasciar cadere il pezzetto di ramo dal palmo della mano mentre fissava l'ombra di Mattie.

La donna la strattonò per il polso e la fustigò cinque o sei volte sulle gambe nude. Impotente, Drew si contorse sotto la sua stretta, i piedi che danzavano a ogni frustata. Sulla pelle comparvero i segni dei colpi, grossi e rossi come millepiedi.

Poi d'un tratto Weldon si lanciò contro la schiena di Mattie con le braccia tese e la colpì in mezzo alle scapole, facendola inciampare di lato su un secchio pieno di sbobba per i polli. Lei si raddrizzò e lo fissò a bocca aperta, il rametto molliccio stretto in mano. Poi gli occhi diventarono ardenti e accesi, e la vidi contrarre i muscoli della mascella.

Weldon scappò via dal cancello sul retro e corse lungo il selciato in mezzo ai campi di canna da zucchero, le suole delle sudice scarpe da ginnastica che sollevavano nuvole di polvere nell'aria.

Mattie lo aspettò a lungo, guardando dalla zanzariera mentre il crepuscolo color malva avvolgeva gli alberi e gli ultimi bagliori del sole accendevano le nuvole all'orizzonte a sud. Poi si portò in bagno una bottiglia di acquavite di albicocche e rimase nella vasca almeno un'ora, aprendo e chiudendo il rubinetto dell'acqua calda fino a che non svuotò la caldaia. Alla fine emerse in corridoio, indossando solo reggiseno e mutandine, i capelli avvolti in un asciugamano, la sagoma scura del suo sesso chiaramente visibile.

«Ora mi vesto e vado in città con un signore, un amico», disse. «Da domani qui dentro si cambia regime. Statene certi, quello che è successo oggi non capiterà mai più. Riferitelo al giovane signor Weldon da parte mia».

Ma non andò in città. Invece, indossò l'abito blu, una camicetta a fiori e le calze di nylon e camminò su e giù per la veranda, la sigaretta sospesa nell'aria, come l'attrice di un film.

«Perché non prendi la tua macchina, Mattie?», le dissi con calma da dietro la zanzariera.

«È senza benzina. A parte questo, un signore passerà a prendermi da un momento all'altro», rispose.

«Oh».

Soffiò il fumo verso l'alto da un angolo della bocca, il viso distante, appiattito dall'ombra.

«Mattie?»

«Sì?»

«Weldon è sul retro. Può rientrare in casa?»

«Il topo torna sempre dove c'è il formaggio», disse lei.

La odiai. Desiderai che le succedesse qualcosa di orribile. Sentii le unghie delle mani conficcarsi nei palmi.

Lei si girò, il gomito sorretto da una mano, la sigaretta a due centimetri dalle labbra, i capelli avvolti da spire di fumo. «Hai qualche motivo in particolare per startene lì a fissarmi?», chiese.

«No», dissi.

«Quando sarai grande farai tutto quello che ti passerà per la testa. Fino ad allora, fa' in modo che non ti si legga in faccia quello che stai pensando. Sei un bambino schifoso».

La sua allusione mi disgustò, e sentii gli occhi riempirsi di lacrime. Indietreggiai di qualche passo, poi mi girai e corsi verso il retro della casa e fuori in cortile, dove Weldon, Lyle e Drew sedevano contro il muro del fienile, le lucciole che illuminavano il glicine sopra le loro teste.

Quella sera nessuno venne a prendere Mattie. Rimase seduta sulla poltrona imbottita in camera sua, mettendosi strati e strati di rossetto fino a quando la bocca rosso acceso non assunse l'aspetto deforme di quella di un clown. Fumò un pacchetto intero di Chesterfield, levandosi di continuo la cenere dal vestito blu scuro con un panno imbevuto di solvente per la pulitura a secco; poi bevve fino a perdere i sensi.

Faceva caldo, quella notte, e fulmini senza pioggia saettavano all'orizzonte nella volta blu cobalto del cielo sopra il golfo. Weldon sedeva al buio sul bordo del letto, le spalle chine in avanti, i pugni stretti in mezzo alle cosce bianche. I capelli rasati sembravano piume d'oca nel fioco bagliore dei fulmini. Mi ero quasi addormentato quando svegliò Lyle e me con uno scossone e ci disse: «Dobbiamo sbarazzarci di lei. Lo sapete tutt'e due che dobbiamo farlo».

Mi misi il cuscino sulla testa e rotolai dall'altra parte, come se potessi sprofondare nel sonno e svegliarmi al mattino in un mondo diverso, illuminato da un sole abbagliante.

Ma in quella finta alba vidi solo le loro facce vicinissime alla mia. Gli occhi di Weldon erano infossati, l'alito cattivo. La nebbia era fitta e pesante sugli alberi di pecan in giardino.

«Non picchierà di nuovo Drew. Hai intenzione di aiutarci oppure no?», disse Weldon.

Li seguii in corridoio, ed ebbi un tuffo al cuore quando mi resi conto di ciò a cui avevo acconsentito a partecipare, il corpo intorpidito e insensibile come se fossi annebbiato dall'effetto della novocaina. Mattie dormiva sulla poltrona, le calzamaglie srotolate fin sopra le ginocchia, un barattolo di marmellata rovesciato sul tappeto, accanto alla lattina dello smacchiatore a secco.

Weldon camminò in silenzio sul tappeto, svitò il tappo della lattina, la posò di lato accanto alla donna e indietreggiò di qualche passo. Il liquido fuoriuscì spandendosi in un cerchio scuro attorno alla poltrona, e l'odore pungente e intenso fu come uno schiaffo in pieno viso.

Poi aprì una scatola di fiammiferi da cucina e ne prendemmo uno a testa, lo raschiammo sulla striscia ruvida della scatola, con la sensazione che da quel momento in poi le nostre vite sarebbero cambiate per sempre, e li gettammo ai piedi di Mattie. Ma i fiammiferi accesi caddero fuori della zona bagnata. Sentivo le vene dilatate pulsarmi alle tempie per la paura, le orecchie ronzare con un suono simile al rombo del mare in una conchiglia, e d'un tratto strappai la scatola di mano a Weldon, strinsi nel pugno un mucchietto di fiammiferi, li raschiai sulla striscia ruvida e li gettai dritti ai piedi di Mattie.

La poltrona venne avvolta da un cono di fuoco, e lei si alzò di scatto con le braccia tese, come se stesse spingendo una tenda alla cieca, gli occhi e la bocca spalancati per il terrore. Sentimmo l'odore dei suoi capelli che bruciavano mentre ci passava davanti di corsa, poi spalancò con forza la zanzariera e schizzò in veranda e in cortile. Si batté i vestiti, si passò le mani febbrili tra i capelli come fossero pieni di vespe.

Rimasi pietrificato da un terrore mortale per quello che avevo fatto.

Un negro che passava lì davanti per andare al lavoro spuntò dalla nebbia della strada e scaraventò Mattie a terra, spegnendole le fiamme sui vestiti a manate e tenendola immobilizzata tra le ginocchia come se la stesse aggredendo. Dai capelli e dai vestiti bruciacchiati si sollevarono spire di fumo, come nella rappresentazione di un'anima dannata in uno dei miei santini.

Il negro si rialzò in piedi e si avvicinò alla veranda, una striscia di sangue che gli scorreva lungo la guancia nel punto in cui Mattie l'aveva graffiato.

«Vostra mamma non si è fatta troppo male. Metteteci un po' di burro o un po' di grasso di pancetta. Starà bene, tranquilli. Non preoccupatevi bambini, no», disse.

Quando sorrise, le gengive erano rosso porpora per il tabacco.

I pompieri volontari sfrecciarono oltre le sbarre metalliche per gli armenti con un vecchio camion dei vigili del fuoco, sotto il cui radiatore penzolava ancora un obsoleto motorino a manovella. Sommersero di schiuma la stanza da letto con un estintore e spedirono Mattie all'ospedale di Lafayette con un'ambulanza. Arrivarono due agenti dell'ufficio dello sceriffo, e prima di andarsene uno dei volontari li prese da parte in cortile e parlò con loro, lanciandosi di tanto in tanto un'occhiata alle spalle in direzione di noi bambini; poi si avvicinò e ci fece: «Il comandante dei vigili del fuoco verrà qui a dare un'occhiata. Rimanete fuori della camera da letto».

Aveva il viso oblungo, scuro per l'ombra della visiera del grande cappello in gomma da pompiere. Sentii una mano stringermi il cuore in una morsa.

Ma di colpo, nel bel mezzo di tutto questo, comparve suor Roberta.

Qualcuno aveva sparso la voce dell'incendio a scuola, e lei aveva costretto uno dei frati ad accompagnarla in macchina. Parlò con gli agenti, ci aiutò a preparare i cereali al tavolo di cucina e fece una serie di telefonate per trovarci un posto dove stare, oltre al ricovero dei servizi sociali. Poi diede un'occhiata alla stanza da letto di Mattie e studiò l'interno a lungo, o almeno così mi parve. Quando tornò in cucina, ci fissò con tale intensità che sembrò volesse staccarci la pelle di dosso. Tenni lo sguardo chino sulla mia scodella.

Suor Roberta mi posò la piccola mano sulla spalla. Sentivo le dita tamburellarmi contro le ossa, come se stesse riflettendo su qualcosa. Poi disse: «Bene, bene, che facciamo oggi? Credo che per prima cosa dovremo dare una pulita. Dov'è la scopa?».

Senza attendere risposta, tirò fuori la ramazza dal ripostiglio e si mise al lavoro in camera di Mattie, spazzando i fiammiferi bruciati e quelli che si erano rovesciati a terra senza essere stati accesi, sino a farne un mucchietto accanto a una porta laterale che dava sul cortile. Fuliggine e fili anneriti del tappeto si sollevarono in una nuvola, formando un turbine attorno ai veli e alle falde dell'abito e macchiandole il soggolo inamidato.

Uno degli agenti dell'ufficio dello sceriffo posò la mano sul manico della scopa.

«Non c'è ancora stato il sopralluogo. Non può farlo sino a quando non arriverà il comandante dei vigili del fuoco e avrà esaminato la scena, sorella», fece.

«Hai sempre detto sciocchezze, Gaspard», ribatté lei. «E ora che indossi un'uniforme ne dici perfino di più grosse. Questa casa puzza come un inceneritore. E ora levati di mezzo». E con un colpo di scopa buttò tutti i fiammiferi fuori in cortile.

Venimmo dati in affidamento e nel corso degli anni persi i contatti con suor Roberta. Ma in seguito finii a lavorare nei campi petroliferi, e credo di aver parlato con mio padre in un nightclub fuori da Morgan City. Una gigantesca quercia cresceva tra il pavimento e il soffitto, e lui era poggiato al bancone circolare costruito attorno al tronco. La faccia era raggrinzita per le cicatrici, le orecchie bruciate, ridotte a due monconi, la mano destra atrofizzata e immobile contro il petto, come la zampa rotta di un uccellino. Ma al di là degli strati di pelle mutilata, riuscii a intravedere la faccia di mio padre, come un'immagine in un negativo tenuto contro luce.

«Ti chiami Sonnier?», gli chiesi.

Mi guardò incuriosito.

«Forse. Ti va di offrirmi da bere?», propose.

«Come no», dissi.

Ordinò un bicchiere di Beam e un boccale di Jax a parte.

«Sei Verise Sonnier di New Iberia?», gli domandai.

Sorrise freddamente mentre si scostava il boccale di birra dalle labbra. «Perché lo vuoi sapere?», chiese.

«Credo di essere tuo figlio. Sono Billy Bob».

Fece vagare gli occhi turchesi sul mio viso, poi perse interesse.

«Avevo un figlio. Ma non sei tu. Mi offri un altro giro?», disse.

«Perché no?», risposi.

A volte compare nei miei sogni, e mi chiedo se, per il colmo dell'ironia, le nostre storie non fossero già scritte sulla sua pelle nel lontano 1947, giù a Texas City. O forse la mia è solo un'illusione poetica regalata dal tempo. Ma perfino nel mezzo di un giorno di un'estate indiana, quando la canna da zucchero nei campi è avvolta da una luce porpora e oro, e senti il sole al tempo stesso caldo e freddo sulla pelle, quando mi rendo conto che dopotutto la Terra è un gran bel posto, perfino allora, per un istante, porto il lutto per quelle persone di tanti anni fa che vivevano vite che non avevano scelto, portavano fardelli che non erano i loro e le cui cicatrici invisibili erano intime e segrete come le perle scarlatte del rosario di suor Roberta, arrotolate attorno al dorso della sua mano esile, accese e lucenti come gocce di sangue che avvolgono le anime della piccola gente.

Harlan Ellison
MEFISTO IN ONICE
1993

Harlan Ellison (1934) è nato a Cleveland (Ohio). Dopo aver svolto diversi lavori in tutta la nazione, per la maggior parte come operaio, si stabilì a New York per diventare scrittore a tempo pieno. Nei due anni successivi scrisse e vendette più di duecento racconti e articoli prima di essere chiamato nell'esercito a fare il servizio militare. Subito dopo essere stato congedato, si trasferì a Chicago per lavorare come redattore da «Rogue» e per la Regency Books. La sua prolifica carriera di scrittore proseguì quando si trasferì in California, dove cominciò a scrivere copioni per il cinema (tra cui il blockbuster *Tramonto di un idolo* del 1966) e soprattutto per la televisione. Ellison lavorò alle sceneggiature di numerose serie, tra cui *Burke's Law*, *The Flying Nun*, *Route 66*, *Organizzazione* UNCLE e la ben più nota *Star Trek*. Il suo *Uccidere per amore* (*The City on the Edge of Forever*) è considerato uno dei migliori episodi nella storia della serie, premiato dalla Writers Guild of America come miglior sceneggiatura televisiva originale; vinse nuovamente il premio con *Demon with a Glass Hand* per la serie *The Outer Limits* e due altre sceneggiature. È tra gli autori più acclamati d'America, specie nell'ambito della letteratura fantastica: ha vinto dieci Hugo (World Science Fiction Society), incluso il Grand Master Award; quattro Nebula (Science Fiction and Fantasy Writers of America); cinque Bram Stoker Award (Horror Writers Association), incluso il premio alla carriera; e due Edgar Allan Poe Award (Mystery Writers of America) per i suoi memorabili racconti *Il guaito dei cani battuti* (*The Whimper of Whipped Dogs*) e *Soft Monkey*; e molti altri premi per la letteratura di genere e non.

È piuttosto insolito trovare elementi fantastici e soprannaturali misti alla narrativa noir, ma l'opera letteraria di Ellison unisce e abbraccia di frequente questi generi, come nel lungo racconto che segue. *Mefisto in onice* (*Mefisto in Onyx*) apparve per la prima volta nel numero di ottobre del 1993 della rivista «Omni»; a questa prima stesura vennero apportate alcune piccole correzioni per l'edizione in volume, pubblicata tre mesi dopo dal californiano Mark V. Ziesing. Il testo presentato in questa antologia è tratto da quell'edizione.

Una volta. Ero andato a letto con lei una volta sola. Amici per undici anni – prima e dopo – ma era stata giusto una di quelle cose così, uno di quei raptus di follia: noi due soli la vigilia di Capodanno a guardare vecchi film a noleggio dei fratelli Marx per non uscire assieme a un branco di idioti e fare casino e fingere di divertirci, mentre in realtà ci saremmo soltanto presi una sbronza con i fiocchi, strillando come cretini, vomitando addosso a perfetti sconosciuti che camminavano in moviola, e spendendo più soldi di quanti ne avessimo da buttar via. E avevamo bevuto un po' troppo champagne da due soldi; ed eravamo caduti dal divano un po' troppe volte ridendo alle battute di Harpo; ed eravamo finiti sul pavimento nello stesso istante; e tutto quello che sapevamo un attimo dopo era che avevamo le facce incollate l'una all'altra, la mia mano sotto la sua gonna, la sua dentro i miei pantaloni...

Ma era successo solo *quella* volta, Cristo santo! Alla faccia del volersi approfittare delle storie di una notte e via! E lei lo *sapeva*, che entravo nella testa della gente soltanto quando non c'era assolutamente altro modo per tirare su qualche dollaro. O quando me ne scordavo, e lo facevo in un momento di umana debolezza.

Era sempre orribile.

Scivolate dentro i pensieri della persona migliore che sia mai esistita sulla faccia della Terra, san Tommaso d'Aquino, ad esempio, giusto per prendere una persona davvero splendida con una mente talmente pulita – è quello che si *potrebbe* pensare – da poterci mangiare sopra (tanto per parafrasare mia madre); e quando ne uscirete, credetemi sulla parola, tutto quello che desidererete è farvi una lunga, corroborante doccia con il lisoformio.

Ve lo giuro: mi avventuro nel paesaggio di qualcuno solo quando non c'è *nient'altro* che io possa fare, nessuna alternativa possibile... oppure se me ne scordo e lo faccio in un momento di umana debolezza. Come nel caso in cui, mettiamo, il fisco mi stia alle costole; o sto per essere aggredito e derubato e forse anche ucciso; o ho bisogno di scoprire se una certa lei con cui sto uscendo si è bucata con qualche schifoso ago sporco di qualcun altro o ha scopacchiato qua e là senza prendere precauzioni superextrarcisicure contro l'AIDS; o un mio collega si è messo in testa di incastrarmi, di farmi commettere un errore madornale e fare una figuraccia con il capo, e rischio di ritrovarmi di nuovo in fila all'ufficio di collocamento; oppure...

Sto uno schifo per settimane, dopo.

Entro dentro il paesaggio di qualcuno, cercando di mettere in piedi un po' di sane contrattazioni dall'interno, e ne esco spiantato come prima, e per di più insozzato dalle infedeltà del tizio in questione, tanto che non riesco a guardare una donna decente negli occhi per giorni; o magari mi sento dire dal receptionist di un motel che sono al completo e che gli dispiace *enor-me-mente*, ma dovrò guidare per buoni buoni altri quaranta chilometri per trovare la prossima camera disponibile, così entro nel suo paesaggio per scoprirlo zeppo di insegne al neon che lampeggiano con la scritta *Negro*, e finisce che prendo a cazzotti lo stronzo tanto da far sanguinare il naso perfino a sua nonna, e di solito mi devo nascondere per le due o tre settimane successive. Oppure sono lì lì per perdere l'autobus, faccio un salto nella testa dell'autista per scoprire il suo nome e poterlo chiamare – ehi, aspetta un attimo, Tom o George o Willie – e mi ritrovo sballottato assieme a tutto l'aglio che ha buttato giù nel mese scorso perché il suo medico gli ha detto che faceva bene alla salute, e comincio ad avere conati di vomito, e mi libero con uno strattone da quel paesaggio, e non solo ho perso l'autobus ma mi sento così male che mi devo sedere su un marciapiede lurido per sentirmi inondare le fauci. O ancora, faccio una gita nella testa di un potenziale datore di lavoro per vedere se sta giocando al ribasso, e vengo a sapere che ha contribuito a insabbiare un gigantesco illecito in termini di sicurezza sul lavoro, causando la morte di centinaia di persone nel momento in cui la rondella x o l'elemento di punteria y o il giunto cardanico z, fatti con i piedi per sgrattare via qualche dollaro, hanno dato forfait, e quella povera gente è precipitata da centinaia di metri di altezza verso un abisso di ululante disperazione. Poi provateci voi ad accettare il lavoro, anche se non pagate l'affitto da un mese. *Col cavolo*.

Nella maniera più assoluta: sbircio il paesaggio di qualcuno *solo* quando sono praticamente con le spalle al muro; quando l'ombra che mi segue continua a starmi alle costole vicolo dopo vicolo, senza mollarmi, senza pietà; quando il muratore che ho chiamato per riparare il danno procurato dalla mia vasca da bagno mi presenta con un sorriso idiota un conto di trecentosessanta dollari più alto del previsto. O in un momento di umana debolezza.

Ma sto un schifo per settimane, dopo. Settimane.

Perché non si può, non si può, nel modo più assoluto *non si può* sapere com'è davvero la gente fino a quando non si entra nel suo paesaggio. Se Tommaso d'Aquino avesse avuto questa mia peculiare abilità, se ne sarebbe andato di corsa a fare l'eremita, leggendo giusto di tanto in tanto la mente di una pecora o di un porcospino. In un momento di umana debolezza.

È per questo che in tutta la mia vita – *e*, per quel che posso ricordare, uso questo potere da quando avevo cinque o sei anni, forse perfino meno – ci saranno state undici, forse, to', dodici persone, tra tutte quelle che sapevano che ero in grado di "leggere nella mente", con cui mi sono concesso di entrare in intimità. Tre di loro non hanno mai usato quest'informazione contro di me, né hanno cercato di sfruttarmi o di uccidermi non appena mi giravo dall'altra parte. Due di questi erano mio padre e mia madre, degli adorabili vecchietti neri che mi avevano adottato in tarda età e ora erano morti (ma probabilmente continuavano a preoccuparsi per me anche dall'Aldilà), e mi mancavano da matti, specie in momenti simili. Gli altri otto-nove, o erano rimasti talmente scioccati dalla notizia da fare in modo che stessi sempre a non meno di un chilometro di distanza da loro – una si era addirittura trasferita in un altro Stato, tanto per andare sul sicuro, anche se i suoi pensieri erano di gran lunga più noiosi e innocenti di quanto credesse – o avevano tentato di sfondarmi il cranio con un oggetto contundente mentre ero distratto – ho ancora una lussazione alla spalla che mi fa vedere le stelle due giorni prima che scoppi un temporale – oppure avevano cercato di usarmi per fare soldi. Senza neanche quel briciolo di buonsenso per arrivare a capire che, se fossi stato *capace* di usare la mia abilità per racimolare grosse somme di denaro, perché diavolo avrei dovuto vivere alla giornata come certi studenti fuoricorso che hanno paura di mollare l'università e diventare adulti?

Be', *loro* sì che erano degli stronzissimi figli di puttana.

Delle tre persone che non avevano mai usato quell'informazione contro di me – oltre a mio padre e mia madre – la terza era Allison Roche. Che sedeva nello sgabello accanto al mio nel bel mezzo di maggio, nel bel mezzo di un pomeriggio di mercoledì, nel bel mezzo di Clanton, Alabama, a spremere ketchup sul suo All-American Burger, servendosi in maniera subdola del ricordo di quel dannato interludio sessuale di Capodanno con Harpo e i suoi fratelli; noi due soli, a parte il cuoco davanti alla griglia; e aspettava la mia risposta.

«Preferirei piuttosto che una puzzola mi spruzzasse sulla gamba dei pantaloni», le dissi.

Ally prese un fazzoletto dal dispenser cromato e tamponò il rosso che aveva sommerso il suo panino ai semi di sesamo e ridecorato il piano del bancone in formica. Mi lanciò un'occhiata da sotto le ciglia folte e lucenti; uno sguardo viola e impaziente, senza dubbio micidiale quando veniva sfoderato in un'aula di tribunale con qualche truculento testimone della difesa. Allison Roche era assistente del sostituto procuratore nella e per la contea di Jefferson, in carica a Birmingham, Alabama. Nelle cui vicinanze, a Clanton, ci trovavamo per l'appunto in quell'istante, in gran segreto, a mangiare All-American Burger; tre anni dopo quella sera in cui avevamo esagerato con champagne, vecchi video di commedie anni Trenta in bianco e nero e sesso in bianco e nero. Una stupida, stupidissima vigilia di Capodanno.

Amici per undici anni. E una volta, soltanto quella volta; un ottimo esempio di quello che può accadere in un momento di umana debolezza. Il che non vuol dire che non fosse stato fantastico, perché lo era stato: assolutamente fantastico; ma non lo avevamo più rifatto; e da allora non ne avevamo più parlato, dopo che, il mattino seguente, avevamo aperto gli occhi e ci eravamo guardati come si guarda a una lattina di sardine che sta per esplodere, e tutt'e due avevamo esclamato in coro «Oh, Gesùùùùù». Non ne avevamo più parlato fino a quel memorabile pomeriggio in quel lurido bugigattolo in cui avevo raggiunto Ally, guidando da Montgomery per incontrarci a metà strada dopo il suo singolare invito telefonico.

Certo, non si poteva dire che il cuoco davanti alla griglia – Mister All-American – fosse particolarmente entusiasta della particolare combinazione cromatica al suo bancone. Ma rimasi alla larga dalla sua testa e lasciai che pensasse quello che gli pareva. I tempi cambiano all'esterno, ma il paesaggio interno rimane inquinato.

«Tutto quello che ti sto chiedendo è di andare a farci due chiacchiere», disse Ally. E mi scoccò quello sguardo. Ho serie difficoltà con quello sguardo. Non è del tutto franco, ma neanche del tutto insincero. Gioca con il ricordo che ho di quella notte che passammo a letto. Ma è abbastanza *dis*onesto da giocare *spudoratamente* con la parte di quella notte che passammo sul pavimento, sul divano, sul bancone tra il soggiorno e l'angolo cottura, nella vasca da bagno – per non parlare di quei diciannove minuti avvinghiati in mezzo alle sue infinite paia di scarpe nella cabina armadio che odorava di cedro e castità. Mi scoccò quello sguardo, e non sprecò neanche un briciolo del ricordo.

«Non voglio andare a farci due chiacchiere. A parte il fatto che è un pezzo di merda e ho di meglio da fare che arrivare fino ad Atmore e fare un giretto dentro la testa bacata di quel pazzo figlio di puttana, permettimi di ricordarti che dei 160,70 uomini che sono morti su quella sedia elettrica – inclusa la prima, la famigerata "Yellow Mama" che è stata rottamata nel 1990 – circa 130 erano gentiluomini di colore, e quando dico "di colore" vorrei che non ti raffigurassi niente di più chiaro della tazza di caffè che ti siede a sinistra in questo momento, il che significa che il sottoscritto, essendo un afroamericano straordinariamente istruito che apprezza appieno le ampie dimensioni di negritudine del suo corpo, non è così folle da voler fare una visitina a un centro *co*-erezionale di razzisti del cazzo, come la prigione di Holman, arrivederci e grazie».

«Hai finito?», disse Allie pulendosi la bocca.

«Sì. Ho finito. Il caso è chiuso. Trovati qualcun altro».

Questo non le piacque. «*Non c'è* qualcun altro».

«Dev'esserci. Da qualche parte. Controlla i dossier di ricerca alla Duke University. Contatta la Fortean Society. I cervelloni del Mensa. *Jeopardy*. Qualche cazzo di linea diretta di astrologia e paranormale. Non c'era un vecchio senatore mezzo rimbambito con un assistente full-time che negli ultimi cinque anni ha tentato di far approvare un progetto di legge a una delle assemblee per finanziare ricerche su questo genere di stronzate? E che dire dei russi... ora che è crollato l'Impero del male, dovresti riuscire a sapere qualcosa sui loro progressi con l'aura Kirlian o su qualsiasi cosa stessero lavorando quei cazzoni. Oppure potresti...».

Ally gridò con tutto il fiato che aveva in gola: «*Basta, Rudy!*».

Il cuoco lasciò cadere la spatola che stava usando per raschiare la griglia. La raccolse, ci guardò e la sua faccia (non gli lessi la mente) diceva: "Se quella puttana bianca si azzarda a fare ancora casino chiamo gli sbirri".

Gli lanciai un'occhiata di cui avrebbe fatto volentieri a meno, e tornò alle sue faccende, preparandosi per la ressa del dopolavoro. Ma la schiena rigida e l'angolazione della testa mi dissero che non era disposto a lasciarcela passare.

Mi chinai verso Ally, assunsi l'espressione più seria che mi riuscì, e molto piano, molto dolcemente le dissi: «Ally, amica mia, ascoltami. Sei stata uno dei pochi su cui ho potuto contare, da anni a questa parte. Abbiamo una lunga storia alle spalle, e tu non mi hai *mai*, neanche una volta, fatto sentire un mostro. Quindi d'accordo, mi fido di te. Mi fido di te a proposito di qualcosa che mi causa un fottuto, immenso dolore. Una cosa che riguarda me e per la quale potrei essere ucciso. Non mi hai mai tradito, e non hai mai tentato di usarmi.

Fino a oggi. Questa è la prima volta. E devi ammettere che la tua richiesta non è molto ragionevole; perfino se venissi da me dicendomi che hai perso al gioco ogni centesimo dei tuoi risparmi e che devi un milione di dollari alla mafia e se per caso non mi dispiace fare un salto a Las Vegas per leggere nella mente di qualche danaroso giocatore di poker e procurarti tutti i soldi che ti servono per evitare che quei gorilla ti sparino, be', perfino *quello*, per quanto faccia venire la pelle d'oca, perfino quello sarebbe più semplice da capire di *questo*!».

Ally aveva un'aria disperata. «Non c'è nessun altro, Rudy. *Ti prego*».

«Perché diavolo stai mettendo in piedi tutta 'sta storia, eh? Avanti, dimmelo. Mi stai tacendo qualcosa, o mi stai nascondendo qualche particolare, o menti...».

«*Non sto mentendo!*». Per la seconda volta fu inaspettatamente, totalmente, terribilmente incazzata con me. La voce rimbalzò sui muri di piastrelle bianche. Il cuoco girò su se stesso, fece un passo verso di noi, e io entrai nel suo paesaggio, lisciai per bene i dossi e le asperità del prato artificiale, spazzai via le nubi temporalesche e gli suggerii di andare sul retro per una pausa sigaretta. Per fortuna quel pomeriggio non c'erano altri clienti oltre a noi nell'elegante All-American Burger, e il tipo se ne andò.

«Calmati un attimo, Dio santissimo, ti spiace?», dissi.

Aveva strizzato il tovagliolino appallottolandolo in mano.

Stava mentendo, tacendo, nascondendo qualcosa. Non c'era bisogno di essere un telepatico per capire *quello*. Aspettai, osservandola con lenta, controllata diffidenza, e alla fine lei sospirò, e pensai: "Eccoci".

«Mi stai leggendo nella mente?», domandò.

«Non insultarmi. Ci conosciamo da troppo tempo».

Sembrò mortificata. Il viola dei suoi occhi si fece più profondo. «Scusa».

Dopo un po' disse, molto, molto dolcemente: «Credo di essermi innamorata di lui. *So* di credergli quando dice che è innocente».

Non me lo sarei mai aspettato. Non riuscii nemmeno a rispondere.

Era da non credere. Strafottutamente da non credere. Ally era l'assistente del procuratore distrettuale che aveva perseguito Henry Lake Spanning per omicidio. Ma non solo per *un* omicidio, un massacro a caso, un'uccisione a caldo nella febbre del sabato sera, rimpianta amaramente la domenica mattina ma comunque punibile con l'elettrocuzione nello Stato sovrano dell'Alabama, bensì una sfilza dei più ignobili, schifosi, nauseanti omicidi seriali nella storia dell'Alabama, nella storia del Glorioso Sud, nella storia degli Stati Uniti d'America. Forse perfino nella storia dell'intero, sciagurato universo umano che ha attraversato a guado il sangue versato da uomini, donne e bambini innocenti.

Henry Lake Spanning era un mostro, uno squilibrio ambulante, una macchina assassina senza coscienza, né una vaga, percettibile somiglianza con qualcosa che potesse decorosamente definirsi umana. Si era lasciato alle spalle una scia di massacri in una mezza dozzina di Stati; ed era stato beccato a Huntsville, in un cassonetto dell'immondizia dietro a un supermercato, mentre stava facendo qualcosa di talmente ignobile e inumano a ciò che restava di una donna delle pulizie sessantacinquenne che perfino i tabloid, nel riportare la notizia, non erano stati più espliciti di un vago "inenarrabile"; e in qualche modo era riuscito a sfuggire agli sbirri; e in qualche modo era riuscito a eludere la loro retata; e in qualche modo era riuscito a scoprire dove abitava il tenente responsabile della caccia all'uomo; e in qualche modo era strisciato nel suo quartiere mentre il tenente era fuori a creare posti di blocco, e gli aveva sventrato la moglie e i due figli. Pure il gatto di casa. E poi aveva ucciso un altro paio di volte a Birmingham e Decatur, e ormai era talmente schizzato che i piedipiatti lo avevano beccato di nuovo, e la seconda volta se lo erano tenuti ben stretto e l'avevano portato al processo. E Ally aveva messo sotto accusa quella lutulenta, immonda mostruosità.

E, oh, che circo era stato. Nonostante la seconda volta fosse stato catturato – e stavolta per sempre – nella contea di Jefferson, scena di tre dei suoi delitti più efferati, Spanning aveva ucciso (con un *modus operandi* così schifosamente simile che era ovvio che fosse lui il colpevole) in ventidue delle sessantasette contee dell'Alabama; e tutte, fino all'ultima, volevano che Spanning venisse processato nella loro giurisdizione. Poi c'erano gli altri cinque Stati in cui aveva trucidato e scannato e massacrato, per un totale di cinquantasei vittime. E tutti e *cinque* avevano richiesto l'estradizione.

E ora eccovi un assaggio di quanto è in gamba e sveglia e astuta la mia amica Ally: in qualche modo riuscì a fare due chiacchiere con il procuratore generale, e in qualche modo gli sguinzagliò contro quel suo micidiale sguardo viola e in qualche modo riuscì a ottenere e mantenere la sua attenzione abbastanza a lungo da convincerlo a creare un precedente legale. Il governatore generale dello Stato dell'Alabama permise ad Allison Roche di consolidare le varie istanze e ottenere un multiplo atto d'accusa, che costrinse Spanning a subire un processo per tutti i ventinove delitti in una volta sola. Ally provò meticolosamente alle corti supreme dello Stato che Henry Lake Spanning costituiva un tale e attuale pericolo per la società che l'accusa era disposta a correre il rischio (un grande rischio!) di unire le diverse giurisdizioni. Prendere o lasciare, signor Spanning.

Dopodiché riuscì a lisciare le penne agli altri procuratori affamati di voti nelle altre ventuno contee, e mise in piedi un caso che lasciò tutti a bocca aperta, compreso il difensore di Spanning, che aveva strepitato contro la legalità di un multiplo atto d'accusa nell'istante stesso in cui Ally l'aveva proposto.

E vinse con un fulmineo verdetto della giuria in tutte e ventinove le contee. Dopodiché, nell'udienza per l'attribuzione della pena dopo il verdetto, fu *veramente* diabolica, e dimostrò la colpevolezza per gli *altri* ventisette delitti, che portavano palesemente la stessa firma, avvenuti negli altri cinque Stati: e a quel punto non rimase altro che condannare Spanning – sostanzialmente per tutti e cinquantasei gli omicidi – alla sostituta della "Yellow Mama".

E mentre politici e intrallazzatori da una parte all'altra dello Stato mormoravano il nome di Ally per una promozione, Spanning veniva inserito nella lista d'attesa per la nuova sedia elettrica della prigione di Holman, costruita dalla Fred A. Leuchter Associates di Boston, Massachusetts, che trasmette 2640 volt di morte pura e scintillante in un duecentoquarantesimo di secondo, sei volte più veloce di quel quarantesimo di secondo di cui il cervello ha bisogno per rilevare l'input; cosa che – se proprio volete chiedermi che ne penso – costituisce una via d'uscita fin troppo umana, pari a più di tre volte una scossa di 700 volt, la dose letale che distrugge un cervello, per una sacca di pus come Henry Lake Spanning.

Ma, se eravamo fortunati – e il giorno della dipartita era molto, molto vicino – se eravamo fortunati, se esistevano un Dio e una giustizia e un ordine naturale e tutte quelle belle cose lì, allora Henry Lake Spanning, questa lordura, questa putrefazione, questa immondizia che viveva solo per distruggere... avrebbe finito per diventare un mucchietto di ceneri che qualcuno avrebbe potuto spargere su un giardino fiorito, regalando così a quel macabro individuo l'unica occasione per essere di qualche utilità al genere umano.

Era *questo*, il tipo con cui la mia vecchia amica Ally voleva che andassi a fare "due chiacchiere" giù alla prigione di Holman, Atmore, Alabama. Lì, nel braccio della morte, in attesa che gli tonsurassero quella testa bacata, gli tagliuzzassero la gamba dei pantaloni, gli friggessero la lingua sino a farla diventare nera come l'interno della pancia di una pecora... la mia amica Ally voleva che andassi lì, a Holman, per scambiare "due chiacchiere" con una delle più orride, spaventose creature nate per uccidere, da qui allo squalo martello, che pure possiede una misura di umana decenza infinitamente più grande di quanta Henry Lake Spanning ne abbia mai dimostrata. Vai a farci due chiacchierine, Rudy, entra nel suo paesaggio, leggigli nella mente – mister Telepatia – e usa lo straordinario, mitico potere della percezione extrasensoriale: questa incantevole, formidabile abilità che ha fatto di me un barbone, un disadattato per tutta la vita – be', non *esattamente* un barbone: ho un appartamento decente e mi guadagno da vivere in maniera decorosa, benché occasionale; e tento di seguire il consiglio di Nelson Algren, di non legarsi mai a una donna con problemi più grossi dei tuoi; e qualche volta ho perfino una macchina mia, anche se al momento non era questo il caso, dato che la Camaro era stata espropriata, e non da Harry Dean

Stanton o Emilio Estevez, lasciate che ve lo dica; ma sono un disadattato nel senso che – come dice Ally? Ah sì, non "realizzo appieno il mio potenziale" – un disadattato nel senso che non riesco a tenermi un lavoro, che per conquistare qualsiasi cosa devo sudare otto camicie, e tutto ciò a dispetto dei miei studi alla Rhodes, ben oltre ciò cui potrebbe aspirare un negretto come me, tanto che perfino Rhodes in persona sarebbe maledettamente arcifiero del sottoscritto. Un disadattato, sì, per la maggior parte del tempo, a dispetto di un'*eccellente* istruzione alla Rhodes, e di due genitori in gamba, amorevoli e gentili, perfino per essere genitori adottivi – cazzo dico? *Soprattutto* per essere genitori adottivi – morti con l'assoluta, angosciosa certezza che il loro unico figlio avrebbe vagato per tutta la vita come un mostro, un emarginato, senza mai riuscire a guadagnarsi adeguatamente da vivere o a consumare un normale matrimonio e crescere dei bambini per paura di trasmettere loro questa specie di orrore personale... questa sorprendente abilità favoleggiata in tante storie e che io possiedo... e che nessun altro sembra possedere, anche se so che ci dev'essere qualcuno, da qualche parte, in qualche epoca, in qualche modo! Va' avanti, mister Meraviglia delle Meraviglie, scintillante Cagliostro nero del mondo moderno, va' avanti con questa straordinaria, incantevole, formidabile abilità che una banda di idioti creduloni e ufologi cazzoni ha tentato invano di dimostrare per almeno cinquant'anni, e che nessuno è stato in grado di isolare nel modo in cui io, me, l'unico, è stato isolato – lasciate che vi parli di *isolamento*, fratelli miei; ed eccomi là, io, Rudy Pairis... un ragazzo come tanti, che tirava su un dollaro ogni morte di papa con le sue incantevoli, formidabili, impossibili percezioni extrasensoriali, residente in tredici Stati e il doppio delle città nei suoi trent'anni scarsi di paranormale esistenza trascorsa a entrare nelle teste degli altri, eccomi là, io, Rudy Pairis, mister Ti-Leggo-Nella-Mente, a cui era appena stato chiesto di fare due passi nella testolina di un serial killer che aveva terrorizzato mezza popolazione mondiale. Dall'unica persona vivente, con ogni probabilità, a cui non potevo dire di no. E, oh, credetemi sulla parola: *volevo* dire di no. *Stavo*, in realtà, dicendo di no a ogni respiro. Che c'è? Alla fine lo farò? Sicuro, oh, sicuro, andrò giù a Holman e esplorerò il paesaggio di quel lurido bastardo malato. Come no. Avete due possibilità: zero, e nisba.

Tutto questo nello spazio temporale di un doppio cheeseburger unticcio e due tazze di caffè.

La parte veramente pessima di tutta la faccenda era che Ally si fosse lasciata in qualche modo coinvolgere sentimentalmente. *Ally!* Non una troietta qualsiasi con il cervello di un'oca... ma *Ally*. Non potevo crederci.

Non era insolito che certe donne avessero un'infatuazione per tizi che stavano in galera: cadevano vittime del loro "incantesimo" e iniziavano a intrattenere una corrispondenza con loro, a fargli visita, a portargli dolci e sigarette; poi ad avere visite coniugali, a fargli da corriere, a contrabbandare erba o roba là dove non splende il Tampax, a scrivergli lettere che diventavano sempre più stravaganti, sempre più intime, sempre più erotiche, per non dire emotivamente dipendenti. Non era una novità: ci sono interi trattati psichiatrici sull'argomento, proprio accanto a quelli delle donne che escono di testa per i poliziotti. Niente di nuovo, davvero: anno dopo anno, centinaia di donne si ritrovano a scrivere a questi tizi, a fare visita a questi tizi, a costruire castelli in aria con questi tizi, a scoparsi questi tizi, fingendo che perfino il peggiore di loro, stupratori e violenti e molestatori di bambini, pedofili recidivi della peggior stregua di pustole infette, e assassini e teppisti a mano armata che fracassano la testa alle nonnette per un buono pasto, e terroristi e re delle truffe... che un bel giorno, magari, un giorno assolato ammantato di nuvole rosa, questi immondi psicopatici, forse, emergeranno da dietro le mura del carcere, si rimetteranno in riga e diventeranno impiegatucci modello, chini sulla scrivania dalle nove alle cinque. Pazze. Anno dopo anno, centinaia di donne sposano questi uomini, ritrovandosi, in un istante fatale, intrappolate dal loro comportamento astuto, ipocrita, falso e schifosamente schiavizzante, quasi come una droga; uomini che hanno passato quegli sporadici anni di libertà a intermittenza a fare *esattamente questo*: abbindolare la gente, bidonarla, prosciugarle il conto in banca, plagiarla fino a trasformarla in un oggetto, defraudarla dei suoi risparmi, della sua famiglia felice, della sua sanità mentale, della sua capacità di amare e di fidarsi da qui all'eternità.

Ma qui non stavamo parlando di una povera donnetta analfabeta e *naïf*. Stavamo parlando di *Ally*. Lo stesso avvocato che era andato maledettamente vicino a mettere a segno un colpo impossibile dal punto di vista legale, *così* vicino a una Giurisprudenza del Bizzarro da lasciare in forse i procuratori generali di cinque Stati, laddove lei era stata capace di rendere valido un multiplo atto d'accusa *oltre i confini di Stato*! Una cosa mai fatta prima e che, probabilmente, mai più sarebbe stata fatta. Ma Ally sarebbe stata in grado di portare a termine un'impresa del genere. E a meno che non siate degli *aficionados* dei tribunali, non potete avere idea di che traguardo sia!

E così, eccomi lì di fronte a Ally che mi raccontava tutta 'sta merda. Ally, la mia migliore amica, che mi aveva appoggiato e sostenuto un milione di volte; non un'idiota qualsiasi, ma lo sceriffo dallo sguardo d'acciaio della Valle della Morte, l'ultraquarantenne post-età dell'innocenza, la donna da "niente stronzate, bellezza" che aveva visto ogni cosa arrivare e passare, dura ma non cinica, tosta ma non incattivita.

«Credo di essermi innamorata di lui». Aveva detto.

«*So* di credergli quando dice di essere innocente». Aveva detto.

La guardai. Non era passato neanche un secondo. Era sempre il momento in cui l'universo aveva deciso di accasciarsi e morire. E dissi: «Ma se sei così sicura che questo modello di virtù non sia responsabile di cinquantasei omicidi – di cui *siamo* a conoscenza: e chi può sapere di quanti altri *non siamo* a conoscenza, dato che sembra si stia dedicando a questa superba missione da quando aveva dodici anni? – e ricordi le notti in cui stavamo in piedi a chiacchierare e tu mi *raccontavi* tutta 'sta roba su di lui, e dicevi che ti faceva venire la pelle d'oca, *ricordi?* – se sei così maledettamente convinta che il tizio che sei riuscita a mandare sulla sedia elettrica dopo aver passato undici settimane in un'aula di tribunale non sia colpevole di aver massacrato metà popolazione del pianeta – perché vuoi che vada a Holman, che mi faccia tutta quella strada fino a Atmore solo per fare un salto nella testolina di questo amorevole fanciullo? Il tuo "intuito femminile" non ti dice forse che è pulito, immacolato? Il "vero amore" non sta già trascinando il tuo bel culetto lungo la via del piacere a passo sufficientemente sicuro?»

«E piantala di fare il saputello!», esclamò lei.

«Ridillo? Ripetilo?», sbottai, del tutto incredulo.

«Ho detto: piantala di fare lo stronzetto saputello che parla tutto forbito!».

Ora ero *io* a essere incazzato. «No, hai ragione, non dovrei fare il saputello: dovrei fare il tuo pony, il tuo cagnetto ammaestrato, il tuo mostriciattolo asso nella manica che sa leggere la mente! Fai una gita a Holman, Pairis; schiantati dritto dritto nel buco del culo più ignorante e fascista del pianeta; trascina quelle luride chiappe nel braccio della morte in compagnia di tutti gli altri negroni come te e fai due chiacchiere con l'unico tizio bianco che è stato lì a marcire in cella per gli ultimi tre anni o giù di lì; accomodati affabilmente assieme al re dei vampiri del cazzo, e scivola in quella discarica di immondizia che è la sua testa – e quanto sarà *piacevole*, uh, non posso credere che mi chieda di fare una cosa del genere – e leggi con attenzione tutta la merda bollita che c'è dentro quello che lui chiama "cervello", vedi un po' se ti sta prendendo in giro. È *questo* che dovrei fare, dico bene? Invece di fare il saputello. Ho ragione? Ho penetrato a fondo il senso più recondito della tua affermazione, mia cara?».

Ally si alzò in piedi. Non disse neanche "Vai a farti fottere, Pairis".

Mi diede soltanto uno schiaffo, più forte che poté.

Mi mollò una sberla in piena regola proprio sulla bocca.

Sentii i denti superiori conficcarsi nel labbro inferiore. Poi il sapore del sangue. La testa mi rintronava come una campana. Per un attimo pensai che sarei caduto da quel cazzo di sgabello.

Quando riuscii a rimettere a fuoco, Ally era lì in piedi davanti a me, vergognandosi di se stessa, e delusa, e incazzata da morire, e preoccupata di avermi sfondato la testa. In più, sembrava che avesse appena rotto il suo trenino *ciuf-ciuf*.

«Ok», dissi con voce stanca, e terminai la parola con un lungo, lunghissimo sospiro che mi arrivò fino alla tasca posteriore dei jeans. «Ok, calmati adesso. Lo incontrerò. Lo farò. Stai tranquilla».

Lei non si sedette. «Ti ho fatto male?»

«No, ovviamente no», dissi, incapace di abbozzare il sorriso che stavo tentando di dipingermi in faccia. «Com'è possibile far male a qualcuno facendogli schizzare il cervello in grembo?».

Ally mi si avvicinò mentre mi aggrappavo con aria malferma al bancone, dopo essere stato girato per metà sullo sgabello dall'onda d'urto della sberla. Si avvicinò a me, il tovagliolo appallottolato nel pugno, un'espressione sul viso che diceva che non era l'ultima cretina, che ci conoscevamo da un pezzo, che non mi aveva mai chiesto un favore del genere prima d'allora, e che se eravamo amici e le volevo bene dovevo accorgermi che stava soffrendo, che era tormentata, che aveva bisogno di sapere, aveva *davvero* bisogno di sapere senza ombra di dubbio, e in nome di Dio – nel quale lei credeva e io no ma in ogni caso, *eccheccazzo* – che facessi una buona volta questa cosa per lei, che *la facessi e basta* senza più rifilarle stronzate a riguardo.

Così feci spallucce e allargai le braccia come un uomo senza più un posto dove andare e dissi: «Come ci sei finita dentro?».

Mi raccontò i primi quindici minuti della sua tragica, rincuorante, mai e poi mai ridicola storia d'amore stando in piedi. Dopo un quarto d'ora dissi: «Cristo santo, Ally, almeno *siediti*! Sembri una povera demente, lì in piedi con quel tovagliolino unto nella zampa».

Era entrata una coppia di ragazzini. Lo chef a quattro stelle aveva terminato la sua sigaretta sul retro ed era riapparso in maniera tranquillizzante sul posto, muovendosi sulla passerella in legno e impiattando sbobba che ostruiva le arterie in versione All-American.

Ally sollevò da terra la sua elegante ventiquattr'ore e, senza un parola, con appena un cenno del capo che diceva andiamocene il più lontano possibile da loro, ci appartammo in un tavolo per due accanto alla finestra per riprendere la nostra discussione sulle varietà di suicidio sociale disponibili per un incauto e sconsiderato gentiluomo di colore che si lasciava influenzare da un'astuta, convincente, scaltra e concupiscente femmina di tutt'altro colore.

Perché, sapete, la questione sotto sotto si riduce a questo: date un'occhiata a quella ventiquattr'ore. Volete sapere che genere di Ally è questa Allison Roche? Fate attenzione, adesso.

A New York, quando qualche giovane sottoposto che sogna di diventare direttore pubblicitario ha sbaciucchiato chiappe a sufficienza da vedersi finalmente lanciare un osso sotto forma di posto di account, e desidera sbandierarlo in piazza, e ha bisogno di sentirsi fico e importante, e vuole dimostrare a tutti che ha le conoscenze giuste, la prima cosa che fa è trascinare di corsa il culo da Barney's, tra la 7ª e la 17ª Ovest: si compra un Burberry, si lega per caso la cintura *dietro*, lasciando il soprabito aperto e libero di svolazzare, e fa il giro degli uffici.

A Dallas, se la moglie di qualche CEO ha come ospiti quei sei o otto supermanager dei piani alti e consorti per una cenetta *intime*, *faux* casual, *sans* segnaposto, *sans* forchetta per l'*entrée*, *sans cérémonie* – e stiamo parlando di quel tipo di donna che vola con Virgin Air anziché con un Concorde – è talmente importante che non è obbligata a usare gli Orrefors, quindi tira fuori i Kosta Boda e dice *chissenefrega*.

Vale a dire quel genere di persona tanto influente e tanto a suo agio con se stessa da non aver *bisogno* di ridere di te, povero fesso che cammini impettito in un abito Armani, o della tua stanza da letto in coordinato Laura Ashley, o del fatto che tiri a campare scrivendo articoli per «TV Guide». Capite cosa sto cercando di dirvi? Per comprendere che genere di persona è Ally Roche, date un'occhiata alla sua ventiquattr'ore, e vi dirà tutto ciò che vi occorre sapere su quanto è tosta questa donna – perché è un'Atlas. Non un'Hartmann. Capiamoci: Ally potrebbe *permettersi* un'Hartmann, quella splendida pelle liscia importata dal Canada, lusso del lusso, una roba tipo 950 verdoni, l'equivalente degli Orrefors, di un Burberry, di un petto di faraona e di un Mouton Rothschild del 1492 o del 1066 o quale cavolo è l'annata più costosa, di guidare una Rolls anziché una Bentley e dire che l'unica differenza è la mascherina del radiatore... ma Ally non ha *bisogno* di sentirsi importante, non ha *bisogno* di far svolazzare le falde del soprabito, quindi si compra un'Atlas. Non uno di quelli insulsi gingilli da sciacquetta stile Louis Vuitton o Mark Cross che portano tutte le agenti immobiliari *divorcée*, ma un'Atlas. Pelle irlandese trattata a mano. Vacchetta conciata a mano secondo la tradizione da terroristi dell'IRA disoccupati. Molto di classe. Giusto un tantino sottovalutata. Vedete quella ventiquattr'ore? Vi chiarisce perché le avevo detto che l'avrei fatto?

Insomma, Ally prese la valigetta dal punto in cui l'aveva riposta, accanto ai piedi e poggiata al bancone, e ci dirigemmo al tavolo a due posti accanto alla finestra, lontano dal cuoco e dai ragazzini, e lei mi fissò sino a quando non fu certa che fossi nello stato d'animo giusto e riprese da dove si era interrotta.

Per i successivi ventitré minuti, sotto il grande e unticcio orologio a parete, raccontò da seduta. A dire il vero, da una serie di posizioni da seduta. Cominciò a muoversi sulla sedia come qualcuno che non apprezza la visuale del mondo da quella finestra, qualcuno che spera in un orizzonte più lieto. La storia iniziò con uno stupro di gruppo all'età di tredici anni e continuò più o meno sulla stessa scia: due disastrose famiglie adottive, un po' troppe coccole occasionali da parte dei padri putativi, studio matto e disperatissimo per ottenere voti perfetti come surrogato della felicità, una serie di lavoretti per pagarsi gli studi di legge al John Jay College, un tentativo fallito di felicità coniugale verso i trenta, e la lunga, sciagurata strada di successi legali che l'avevano condotta in Alabama. Potevano esserci posti peggiori.

Conoscevo Ally da un mucchio di tempo, e avevamo passato mesi e settimane in compagnia l'uno dell'altra. Per non parlare della vigilia di Capodanno dei fratelli Marx. Ma non avevo mai sentito granché di tutto questo. Anzi, non avevo sentito quasi nulla.

Strana, la vita. Undici anni. Probabilmente penserete che avevo intuito o sospettato o *qualcosa* del genere. Cosa diavolo ci rende amici di qualcuno se non sappiamo nulla di lui, non davvero?

Cosa siamo, fantasmi che vagano in un sogno? Vale a dire: che cazzo stiamo *pensando*!?!

E avrebbe potuto non esserci mai un motivo per sentire *niente* di tutto ciò, tutta questa Ally che era la vera Ally; ora, però, mi stava chiedendo di andare in un luogo in cui non volevo andare, a fare qualcosa che mi faceva cagare sotto dalla paura; e voleva che fossi il più informato possibile.

Mi venne in mente che quegli stessi undici anni di amicizia non avevano dato neppure a lei un'immagine completa, cristallina dei perché e dei percome di Rudy Pairis. Mi odiai per questo. Il nascondere, il tacere, il concedere solo frammenti, l'uso sleale del fascino laddove la sincerità avrebbe ferito. Era superficiale e poco impegnativo; e anche io avevo seppellito l'equivalente dei dolori e degli affanni di Ally. A carte saremmo stati pari: entrambi due di picche. Ma ero spaventato all'idea di perdere la sua amicizia. Non sono mai riuscito a credere nell'amicizia incondizionata. Era troppo simile a starsene immersi per ore fino alla cintola in un fiume che scorreva veloce, l'acqua ghiacciata. In piedi su sassi viscidi e scivolosi.

La storia di Ally proseguì fino al punto in cui si era occupata della causa di Spanning; durante la quale aveva accumulato, selezionato, vagliato e classificato le prove in maniera tanto esaustiva, ponderata, impeccabile, orchestrato il caso in maniera talmente brillante che la giuria era tornata in aula con un verdetto di colpevolezza per tutti i ventinove omicidi, che ben presto – nell'udienza per l'attribuzione della pena – erano diventati cinquantasei. Omicidio di primo grado. Omicidio premeditato di primo grado. Omicidio premeditato di primo grado con circostanze aggravanti. Per ciascuno dei ventinove delitti. Gli ci era voluta meno di un'ora. Non c'era stato nemmeno il tempo per la pausa pranzo. Gli ci erano voluti cinquantuno minuti per rientrare in aula con un verdetto di colpevolezza per tutte le imputazioni. Meno di un minuto a omicidio. Ed era stata Ally l'artefice di tutto questo.

L'avvocato di Spanning aveva obiettato che non era stato provato alcun collegamento diretto tra i cinquantasei delitti (a dire il vero, solo i ventinove in Alabama) e la persona di Henry Lake Spanning. No, non l'avevano sorpreso inginocchiato a sventrare il corpo dilaniato della sua ultima vittima – Gunilla Ascher, dieci anni, una scolaretta di un istituto religioso che aveva perso l'autobus ed era stata sorpresa dal mostro più o meno a un chilometro da casa, a Decatur – no, è vero, non in ginocchio con l'apriscatole ancora tra le mani rosse e attaccaticce, ma il modus operandi era lo stesso, e lui si trovava lì a Decatur, in fuga da quello che aveva fatto a Huntsville, da quello che l'avevano *sorpreso* a fare a Huntsville, in quel cassonetto, a quell'anziana signora. Quindi *non erano in grado* dimostrare che era lì, con quelle mani esili e vellutate dentro il cadavere di Gunilla Ascher. E allora? In ogni caso non potevano essere più sicuri di così che fosse lui il serial killer, il mostro, l'incubo di devastazione, i cui metodi erano talmente disgustosi che i giornali non avevano neanche tentato di abborracciare qualche nomignolo saccente come "Lo strangolatore" o "Il macellaio del cortile". I giurati erano tornati in aula dopo cinquantun minuti, con un'espressione nauseata, come se avessero provato e riprovato a levarsi dalla testa quanto avevano visto e sentito, ma sapevano che non sarebbe mai stato possibile, e avesse voluto Iddio che si fossero potuti sottrarre a quel dovere civile.

Erano tornati in aula strascicando i piedi e avevano detto alla corte ammutolita: ehi, prendete questo schifoso surrogato di un verme e sfrigolategli il culo fino a quando sarà buono soltanto per essere servito a colazione su un toast alla cannella abbrustolito. Era questo l'uomo di cui la mia amica Ally aveva detto di essere innamorata. L'uomo che ora credeva innocente.

Roba da pazzi, seriamente.

«Così com'è successo che tu, mmm, eh, che tu...?»

«Che mi sono innamorata di lui?»

«Sì. Quello».

Chiuse gli occhi per un istante e si mordicchiò le labbra come se avesse perso un gregge di parole ribelli e non sapesse dove andarle a riprendere. Avevo sempre saputo che Ally era una persona riservata, che teneva per sé le cose più importanti. Diavolo, fino ad allora non avevo mai saputo nulla dello stupro, dell'immenso iceberg tra suo padre e sua madre, dei dettagli del matrimonio durato diciassette mesi – sapevo che c'era stato un matrimonio di breve durata, ma non cos'era successo; e sapevo delle famiglie adottive però, di nuovo, non quant'era stato orribile per lei – e anche così, tirar fuori *questa* porzione fumante di follia da dentro di lei era come usare i denti per estrarre i chiodi dai polsi di Cristo.

Alla fine disse: «Sono subentrata in questo caso quando Charlie Whilborg ha avuto il colpo apoplettico...».

«Mi ricordo».

«Era il miglior penalista dell'ufficio, e se non si fosse sentito male due giorni prima che prendessero» – fece una pausa, ebbe difficoltà a pronunciare il nome, proseguì – «che prendessero Spanning a Decatur, e se la contea di Morgan non fosse stata così preoccupata per un caso di quella portata e obbligato lui a essere processato da noi, a Birmingham... è successo tutto talmente in fretta che nessuno aveva avuto modo di parlargli... io sono stata la prima che si è azzardata soltanto ad *avvicinarglisi*, erano tutti così spaventati da lui, da quello che *pensavano* che fosse...».

«Tutti con le allucinazioni, eh?», dissi io, essendo un saputello.

«Sta' zitto. Dopo il primo colloquio, l'ufficio sbrigò il grosso del lavoro di manovalanza. Era la mia grande opportunità, e quel caso cominciò a ossessionarmi. Ma dopo il primo incontro non passai molto tempo con Spanky, non mi avvicinai mai tanto a lui da riuscire a capire che genere di uomo era *davvero*...».

«Spanky? E chi cazzo è Spanky?».

Ally avvampò. Il rossore partì dalle narici e si propagò su entrambi i lati del viso fino alle orecchie, per poi inerpicarsi verso l'attaccatura dei capelli. In undici anni avevo visto quello spettacolo appena un paio di volte, e una era stata quando aveva mollato una scoreggia all'opera. *Lucia di Lammermoor*.

Lo ripetei: «Spanky? Mi stai prendendo in giro? Lo chiami *Spanky*?». Il rossore divenne più intenso. «Come il ragazzino grasso delle *Simpatiche canaglie*... ma dai, non ci posso *credere*!».

Lei si limitò a lanciarmi uno sguardo truce.

Sentii la risata salirmi in gola.

La faccia cominciò a contrarsi.
Ally si alzò di nuovo. «Dimenticati quello che ti ho detto. Dimenticatene e basta, d'accordo?». Si allontanò dal tavolo di qualche passo, dritta verso l'uscita. La afferrai per la mano e la tirai indietro, cercando di non sbellicarmi dalle risate, e dissi: «Ok, ok, ok... mi *dispiace*... scusa, sono sinceramente, totalmente, onestamente mortificato, che mi possa cadere in testa un ottovolante non sto scherzando, sono assolutamente mortificato... ma devi ammettere... prendermi così alla sprovvista... voglio dire, *andiamo*, Ally... *Spanky!?!* Chiami 'sto tizio che ha ucciso cinquantasei persone Spanky? Perché non Mickey, o Froggy o Alfa Alfa, allora? Posso capire che non lo chiami Buckwheat – questo risparmiamelo, ti prego – ma *Spanky???*».
E un istante dopo era la *sua* faccia che cominciava a contrarsi; e dopo un altro istante un sorriso cominciava a fare capolino sulle labbra, tentando di trattenersi per ogni frazione di millimetro di cui avanzava; e dopo un altro ancora Ally stava sghignazzando e mi dava pacche con la mano libera; e poi la tolse e cominciò a sbellicarsi sul serio; e dopo circa un minuto era di nuovo seduta al suo posto. Mi lanciò il tovagliolino appallottolato.
«È un soprannome che gli hanno messo quand'era bambino», disse. «Era un po' grasso, e lo prendevano in giro. Sai come sono i bambini... trasformarono Spanning in Spanky perché in TV davano *Le piccole canaglie* e... oh, piantala, Rudy!».
Alla fine mi calmai e gesticolai in maniera conciliante.
Ally mi guardò con esasperata diffidenza fino a quando non fu certa che non avrei fatto più battute stupide sul suo conto, e riprese a raccontare: «Dopo che il giudice Fay lo ebbe condannato, continuai a occuparmi del caso di Spa... di *Henry* fino alla fase degli appelli. Preparai io la dichiarazione a sfavore della clemenza quando i suoi avvocati presentarono l'istanza alla Corte d'Appello dell'undicesimo circuito di Atlanta. Dopo che Atlanta negò la sospensione di esecuzione – un no secco da tutti e tre i giudici – diedi una mano a preparare il verbale d'accusa quando il legale di Henry ricorse in appello alla Corte Suprema dell'Alabama. Dopodiché, quando anche questa respinse l'udienza d'appello, pensai che fosse tutto finito. Sapevo che non avevano più cartucce da sparare, a eccezione forse del governatore; ma non sarebbe mai successo. Così pensai: "È fatta". Ma quando la Corte Suprema

rifiutò di accoglierlo in udienza, tre settimane fa, ricevetti una lettera da lui. L'esecuzione era stata fissata per questo sabato, e non riuscivo a capire per quale motivo volesse vedere *me*».

Chiesi: «La lettera... come ti è arrivata?»

«Uno dei suoi avvocati».

«Credevo che avessero gettato la spugna».

«Lo credevo anch'io. Le prove erano schiaccianti; una mezza dozzina di difensori aveva fatto carte false pur di essere esonerata: non era il genere di caso che fa buona pubblicità a un penalista. Solo il numero di testimoni oculari nel parcheggio di quel Winn-Dixie a Huntsville... saranno stati una cinquantina, Rudy. E tutti hanno visto la stessa cosa, e tutti hanno identificato Henry confronto dopo confronto: venti, trenta, e saremmo potuti arrivare a cinquanta, se ne avessimo avuto bisogno, roba da organizzare una parata. E gli altri delit...».

Sollevai una mano. *Lo so*, diceva il palmo teso nell'aria. Ally mi aveva raccontato ogni cosa. Tutti i dettagli più raccapriccianti, fino all'ultimo, fino a quando non avevo desiderato altro che vomitare. Sembrava quasi che li avessi compiuti io, quei delitti, tanto era vivido il racconto. La nausea che mi montava dopo una gita nel paesaggio di qualcuno in confronto era piacevole. Quelle descrizioni mi facevano stare così male che non riuscivo nemmeno a pensarci. Neppure in un momento di umana debolezza.

«Quindi, ti arriva una sua lettera tramite l'avvocato...».

«Credo che tu lo conosca. Larry Borlan: faceva parte dell'American Civilies Liberties Union prima di diventare consulente legale per l'assemblea legislativa dell'Alabama giù a Montgomery. Ha dibattuto, quante? Due, tre volte di fronte alla Corte Suprema? Una persona eccellente. E uno che non si lascia infinocchiare tanto facilmente».

«E *lui* cosa pensa di tutto questo?»

«È convinto che Henry sia assolutamente innocente».

«Di tutta 'sta roba?»

«Di tutto».

«Ma c'erano cinquanta testimoni a caso, totalmente disinteressati, che hanno assistito con i propri occhi a uno dei massacri. Cinquanta, l'hai appena detto tu. Cinquanta, avreste potuto organizzarci una parata. E tutti l'hanno colto in flagrante, senza ombra di dubbio. Stesso tipo di uccisione degli altri cinquantacinque omicidi, compreso quello della ragazzina di Decatur, quando finalmente l'hanno preso. E Larry Borlan è convinto che non sia lui il colpevole?».

Ally annuì. Si prodigò in uno di quei buffi mordicchiamenti delle labbra, scrollò le spalle e annuì. «Che non sia lui il colpevole».

«Quindi l'assassino è ancora là fuori?»

«È quello che pensa Borlan».

«E *tu* cosa pensi?»

«Sono d'accordo con lui».

«Oh Gesù, Ally, misericordia! Devi aver scollegato i neuroni! Il vero assassino è ancora fuori nella mischia, ma negli ultimi tre anni non c'è stato un solo omicidio simile a quelli di Spanning, vale a dire da quando lui è in prigione. *Questo* cosa ti dice?»

«Mi dice che chiunque *sia* il colpevole, l'uomo che ha ucciso tutte quelle persone, è *anni luce* più sveglio di tutti noi, e che ha messo in piedi il diversivo perfetto per far credere che l'arresto sia andato a buon fine, e ora come ora o se n'è già andato da un pezzo in un altro Stato, oppure se ne sta buono e zitto qui in Alabama, aspettando e osservando. E sorridendo». Il viso di Ally sembrò cedere per il dolore. «Tra quattro giorni Harry potrebbe smettere di sorridere».

Sabato notte.

«Ok, sta' tranquilla adesso. Vai avanti, raccontami il resto. Borlan viene da te, e ti supplica di leggere la lettera di Spanning e...?»

«Non mi supplicò. Mi diede soltanto la lettera, precisò che non aveva idea di cos'avesse scritto Henry, ma disse che ci conoscevamo da un sacco di tempo, che riteneva che fossi una persona a posto, giusta, imparziale, e che avrebbe apprezzato moltissimo se ci avessi dato una letta in nome della nostra amicizia».

«E così l'hai letta».

«L'ho letta».

«Amicizia. Sembrerebbe che tu e lui foste davvero amici *intimi*. Forse come siamo stati intimi io e te?».

Ally mi guardò sbalordita.

Credo di essermi guardato sbalordito *anch'io*.

«Da dove diavolo è saltata fuori, *questa*?», dissi.

«Già, proprio», ribatté Ally, «da diavolo è *saltata* fuori, quella?». Avevo le orecchie in fiamme, e per poco non iniziai a bofonchiare qualcosa sul fatto che se lei poteva usare la nostra indiscrezione dei fratelli

Marx, perché io non *potevo* diventare suscettibile sull'argomento? Ma tenni il becco chiuso, e per una volta fui abbastanza furbo da fare la mossa successiva. «Dev'essere stata una lettera niente male», dissi.

Ci fu un lungo momento di silenzio in cui Ally soppesò il livello di merda che mi avrebbe fatto passare per la mia stupida osservazione una volta sistemata la faccenda; e dopo aver raggiunto una sorta di equilibrio nella sua testa, mi raccontò della lettera.

Era perfetta. L'unico genere di esca che potesse convincere il giustiziere che ti aveva sbattuto sulla sedia elettrica a prestarti attenzione. La lettera diceva che cinquantasei non era il numero magico della morte. Che c'erano *molti*, molti altri casi irrisolti, in *molti*, molti altri Stati; bambini dispersi, scappati di casa, sparizioni misteriose, vecchietti, studenti del college che facevano l'autostop per Sarasota per le vacanze di fine semestre invernale, commercianti che portavano l'incasso della giornata alle cassette di sicurezza notturna delle banche e mai tornati a casa per cena, puttane fatte a pezzi e lasciate dentro buste della spazzatura in tutta la città, e morti morti morti senza numero e senza nome. Cinquantasei, diceva la lettera, erano solo l'inizio. E se lei, proprio lei, nessun altro, Allison Roche, la mia amica Ally, fosse andata a Holman per parlare con lui, proprio lui, Henry Lake Spanning, lui l'avrebbe aiutata a chiudere tutti quei casi ancora aperti. Rappresentante nazionale. Paladina dell'insoluto. Rivelazione dei misteri più famosi. «Così hai letto la lettera e sei andata da lui...».

«Non subito. Non immediatamente. Ero certa che fosse colpevole, ed ero anche abbastanza convinta, dopo tre anni e più che lavoravo su quel caso, che se diceva di essere in grado di colmare tutte le lacune, lo era davvero. Solo che non mi piaceva l'idea. In aula ero sempre nervosa quando mi avvicinavo a lui al tavolo della difesa. Gli occhi, non me li levava mai di dosso. Sono blu, Rudy, te l'ho mai detto?»

«Forse. Non ricordo. Vai avanti».

«Del blu più blu che abbia mai visto... be', a dire la verità mi *spaventava*. Volevo vincere questo caso con tutta me stessa, Rudy, non puoi capire... non solo per me o per la carriera o per l'idea di giustizia o per vendicare tutta quella gente che aveva ucciso... ma il pensiero di lui, là fuori per strada, con quegli occhi blu, così blu, che non la piantava un attimo di guardarmi dall'istante in cui era cominciato il processo... è stato il *pensiero* di uno così a piede libero a spronarmi, a trattare questo caso come un cane rabbioso da frustare senza pietà. *Dovevo* sbatterlo al fresco!».

«Ma hai sconfitto la tua paura».

La sottile punta di ironia di quella punzecchiatura non le piacque. «Esatto. Alla fine ho "sconfitto la mia paura" e ho acconsentito a incontrarlo».

«E l'hai incontrato».

«Sì».

«E non sapeva un cazzo degli altri delitti, giusto?»

«Sì».

«Ma parlava così bene. E i suoi occhi erano blu, così blu».

«Sì, pezzo di stronzo».

Ridacchiai. Tutti sono lo zimbello di qualcun altro.

«Ora ti devo chiedere una cosa – con molta cautela – senza che mi picchi di nuovo: quando hai scoperto che ti aveva preso in giro, che ti aveva mentito, che non aveva questa lunga lista di crimini irrisolti da spuntare, perché non ti sei alzata, non hai preso la ventiquattr'ore e hai tagliato la corda?».

La risposa di Ally era semplice: «Mi ha implorato di restare ancora un po'».

«È per questo? Ti ha *implorato*?»

«Rudy, non ha nessuno. Non ha *mai* avuto nessuno». Mi guardò come se fossi di pietra, un blocco di basalto, una statua di onice nero, una figura ricavata da melanite, fuliggine e cenere fuse in un monolite. E temette di non riuscire, in nessun caso, per quanto compassionevolmente o coraggiosamente potesse formulare quello che sentiva, a penetrare quella dura superficie rocciosa.

Poi disse una cosa che non avrei mai voluto sentire.

«Rudy...».

Poi disse una cosa che non avrei mai immaginato potesse dire. Nemmeno tra un milione di anni.

«Rudy...».

Poi disse la cosa più brutta e orribile che potesse dirmi, più orribile perfino del fatto che si fosse innamorata di un serial killer.

«Rudy... entra dentro... leggimi nella mente... ho bisogno che tu sappia, ho bisogno che capisca... Rudy...».

L'espressione sul suo viso mi dilaniò il cuore.

Tentai di dire no, oddio, no, non quello, per favore no, non quello, non chiedermi di fare quello, ti prego, ti prego, ti *prego*. Non voglio entrare dentro di te, significhiamo troppo l'uno per l'altra, non *voglio* conoscere il tuo paesaggio. Non farmi sentire sporco, non sono un guardone, non ti ho *mai* spiato, nemmeno una sbirciata quando uscivi dalla doccia, o ti cambiavi, o quando facevi la sexy... non ho mai invaso la tua privacy, non *farei* mai una cosa del genere... siamo amici, non mi occorre sapere tutto, non *voglio* entrare là dentro. Posso entrare nella mente di chiunque, ed è sempre orribile... per favore, non farmi vedere cose che potrebbero non piacermi, sei mia amica, ti prego, non costringermi a fare questa cosa...

«Rudy, *ti prego*. Fallo».

Oh, GesùGesùGesù, di nuovo, l'aveva detto di nuovo!

Restammo lì seduti. E restammo lì seduti. E restammo lì seduti ancora un po'.

Dissi con voce roca, in preda al panico: «Non puoi semplicemente... semplicemente *dirmelo*?».

I suoi occhi stavano fissando una pietra. Un uomo di pietra. E mi tentò, mi tentò a fare qualcosa che avrei potuto compiere accidentalmente, mi tentò nel modo in cui Faust fu tentato da Mefisto, Mefistofele, Mephistopheles, Mephostopilis. Dottor Faust di nera roccia, detentore del magico potere di leggere nella mente, tentato da ciglia folte e lucenti e da occhi viola e da una voce incrinata e da un gesto implorante della mano e un'inclinazione della testa che era straziante e dalla parola di supplica *ti prego* e da tutta la colpa che c'era tra noi e che era soltanto mia. I sette demoni principali. Di cui Mefisto era "colui che non ama la luce".

Sapevo che era la fine della nostra amicizia. Ma Ally non mi stava lasciando altra scelta. Mefisto in onice.

Così entrai nel suo paesaggio.

Rimasi lì dentro meno di dieci secondi. Non volevo sapere tutto ciò che avrei potuto sapere; e di sicuro non volevo sapere *niente* di ciò che Ally pensava davvero di me. Non avrei sopportato di vedere una caricatura di un negrone dagli occhi sporgenti, dall'andatura strascinata e i labbroni gonfi, lì dentro. L'uomo mandrillo. Il parassita da veranda Rudy Pair...

Oddio, ma cosa stavo pensando!
Non c'era niente di tutto questo. Niente! Ally non poteva avere niente di tutto questo nel suo paesaggio. Stavo andando fuori di testa, là dentro, completamente schizzato, e uscii in meno di dieci secondi. Volevo fermare quello che avevo visto, sopprimerlo, annullarlo, disperderlo, svuotarlo, rigettarlo, strizzarlo, offuscarlo, oscurarlo, spazzarlo via, far finta che non fosse mai successo. Come quando entrate per caso in camera di mamma e papà e li trovate che stanno scopando, e vorreste non aver mai visto niente del genere.
Ma almeno capii.
Là, nel paesaggio di Allison Roche, vidi come il suo cuore aveva risposto all'uomo che lei chiamava Spanky, non Henry Lake Spanning. Là dentro non lo chiamava con il nome di un mostro; lo chiamava con quello di un bambino, di un tesoro. Non sapevo se fosse innocente o meno, ma *lei* sì. Da principio aveva semplicemente parlato con lui, del fatto che fosse stato cresciuto in un orfanotrofio, ed era riuscita a identificarsi con i suoi racconti, su come ci si sentisse a essere trattati come oggetti, come proprietà altrui, su come fosse stato spogliato di ogni dignità, reso timoroso di tutto e tutti. Ally sapeva che significava. E di come fosse sempre stato solo. La fuga. La cattura, come un animale selvatico, e l'essere sbattuto in quella casa o in quella cantina o in quell'orfanotrofio, "per il suo bene". Lavare gradini di pietra con un secchio di latta pieno fino all'orlo di acqua grigia, con una spazzola di crini di cavallo e sapone di lisciva, fino a quando la tenera pelle tra le dita non gli diventava rossa come il fuoco e faceva così male da non poter formare un pugno con la mano.
E Ally cercò di spiegarmi come aveva risposto il suo cuore, con una lingua che non era mai stata inventata per quello scopo. Vidi quanto mi bastava, in quel paesaggio segreto, per sapere che Spanning aveva avuto un'esistenza tremenda, infelice, ma che era riuscito in qualche modo a diventare un essere umano dignitoso. E questo era trapelato a sufficienza quando Ally si era ritrovata faccia a faccia con lui, a parlargli senza il banco dei testimoni di mezzo, senza l'antagonismo, senza la tensione dell'aula di tribunale e il pubblico e i parassiti dei tabloid che si aggiravano furtivamente a scattargli foto su foto. Era stato allora che Ally si era riconosciuta nel dolore di quell'uomo. Il suo non era stato uguale, ma simile; di analoga, se non identica intensità.

Aveva cominciato a conoscerlo un po' meglio.

Ed era tornata per vederlo ancora. Umana compassione. In un momento di umana debolezza.

Sino a quando, alla fine, aveva cominciato a riesaminare tutto ciò che aveva elaborato come corpus probatorio, cercando di osservarlo dal *suo* punto di vista, utilizzando le *sue* motivazioni per i particolari in apparenza più insignificanti. E c'erano delle incongruenze. Stavolta Ally riuscì a vederle. Stavolta non le analizzò accantonando il suo occhio da avvocato, riformulandole in modo da spedire Spanning in prigione; stavolta concesse loro una minima possibilità di verità. E il caso non era incontestabile.

A quel punto, Ally aveva dovuto confessare a se stessa di essersi innamorata di lui. Non si potevano simulare gentilezza, bontà d'animo; aveva conosciuto la finta gentilezza, quand'era ragazzina.

Abbandonai la sua mente con un senso di sollievo. Ma almeno capii.

«E adesso?», mi domandò Ally.

Sì, adesso sì. Adesso avevo capito. E me lo dissero i frammenti di ghiaccio che crepitavano nella sua voce. Me lo disse il suo viso. Il modo in cui aveva socchiuso le labbra, in attesa, aspettando che le rivelassi quale verità aveva annunciato quel magico viaggio. Il palmo della mano contro la guancia. Me lo disse tutto questo. E mormorai: «Sì».

Poi, silenzio tra noi.

Dopo un po' Ally fece: «Non mi sono accorta di nulla».

Scrollai le spalle. «Non c'era niente di cui accorgersi. Sono stato dentro appena pochi secondi, tutto qui».

«Hai visto tutto?»

«No».

«Perché non volevi?»

«Perché...».

Sorrise. «Lo capisco, Rudy».

Ah sì? Lo capisci davvero? Sono commosso. Dopodiché mi sentii dire: «L'avete già fatto?».

Avrei potuto strapparle un braccio: le avrebbe fatto meno male.

«È la seconda volta oggi che mi fai questo genere di domanda. Non mi è piaciuta molto la prima volta, e mi piace ancora meno *adesso*».

«Sei tu che hai voluto che entrassi dentro la tua testa. Non ho mica comprato un biglietto perché morivo dalla voglia di fare un giro».

«Be', ci sei stato, dentro. Non ti sei guardato intorno a sufficienza da scoprirlo da solo?»

«Non era quello che stavo cercando».

«Che cazzone, ruffiano, schifoso e *vigliacco*...».

«Non ho ancora avuto una risposta, avvocato. Si limiti gentilmente a rispondere sì o no».

«Non essere ridicolo! È nel braccio della morte!».

«Ci sono dei modi».

«E tu come *faresti* a saperlo?»

«Avevo un amico. Su a San Rafael. Quello che chiamano "Tamal". Oltre il ponte dopo Richmond, un po' a nord di San Francisco».

«Quello è il penitenziario di San Quintino».

«Esatto, proprio così».

«Credevo che quel tuo *amico* fosse a Pelican Bay».

«Un altro amico».

«Sembra che tu abbia un mucchio di amici nelle prigioni della California».

«È una nazione razzista».

«L'ho sentito dire».

«Ma Q non è Pelican Bay. Due modi di essere completamente diversi. Per quanto ti possano rendere dura la vita a Tamal, su a Crescent City è molto, molto peggio. Alla "Shoe"».

«Non hai mai accennato a un "amico" che stava a San Quintino».

«Non ho mai accennato a un mucchio di merda. Il che non significa che non la conosca. Sono grande, contengo moltitudini».

Restammo seduti in silenzio, tutti e tre: io, lei e Walt Whitman. *Stiamo litigando*, pensai. Non facendo finta di litigare mentre sparlavamo di qualche film che avevamo visto e sul quale avevamo opinioni diverse: questo era orribile. Assolutamente orribile, e memorabile. Nessuno dimentica mai scontri di questo genere. Possono trasformarsi in qualcosa di sporco e rabbioso nel giro di un secondo, farti dire immondizia che non potrai mai ritrattare, mai perdonare, infestare come un parassita la rosa di un'amicizia fino alla fine dei tuoi giorni, un'amicizia che non sarà mai più come prima.

Aspettai. Ally non disse più nulla, e io non avevo ricevuto una risposta diretta. Ma ero arcisicuro che Henry Lake Spanning fosse andato fino in fondo con lei. Sentii la punta di un'emozione che mi rifiutai addirittura di guardare, tanto meno di analizzare, dissezionare e darle un nome. "Lascia correre", pensai. Undici anni. Una volta, una volta sola. "Lascia questa storia lì da una parte, lascia che diventi vecchia e rugosa e muoia di una morte adeguata come tutti i brutti pensieri".

«Ok. Quindi vuoi che faccia un salto giù a Atmore», dissi. «E immagino che intenda in un futuro molto prossimo, dal momento che il nostro uomo dovrebbe essere abbrustolito tra quattro giorni. Molto presto, insomma: tipo oggi».

Lei annuì.

Continuai. «E come faccio a entrare? Studente della facoltà di Legge? Mi aggrego a Larry Borlan come suo nuovo assistente? O entro con te? Cosa sono, un amico di famiglia, un rappresentante del dipartimento correzionale dello Stato dell'Alabama? O forse potresti introdurmi come rappresentante dei detenuti del Project Hope».

«Posso fare di meglio», disse. Il sorriso. «Molto meglio».

«Come no, poco ma sicuro. Ma perché la cosa mi preoccupa?».

Sempre con quel sorriso, Ally si mise in grembo la valigetta. L'aprì, ne tirò fuori una piccola busta gialla non sigillata ma chiusa da un fermaglio, e la fece scivolare verso di me attraverso il tavolo. Aprii il fermaglio e scossi la busta per farne uscire il contenuto.

Astuta. Molto astuta. E tutto già pronto, con la mia foto dove richiesto, orari di ingresso già stampati per l'indomani mattina – giovedì – tutto assolutamente autentico e a prova di bomba.

«Fammi indovinare», dissi. «Il giovedì mattina i detenuti del braccio della morte hanno diritto a incontrare i loro avvocati?»

«Nel braccio della morte i familiari possono entrare il lunedì e il venerdì. Henry non ha famiglia. Gli avvocati hanno diritto di visita il mercoledì e il giovedì, ma non potevo contare su oggi. Mi ci sono voluti un paio di giorni per contattarti al telefono...».

«Ho avuto da fare».

«...ma i detenuti si consultano con i loro legali il mercoledì e il giovedì mattina».

Picchiettai con il dito i documenti e le tessere. «Molto intelligente. Noto che il mio nome e il mio splendido volto sono già al loro posto, e già plastificati. Da quant'è che ce li hai pronti?»

«Un paio di giorni».

«E se avessi continuato a dirti di no?».

Non rispose. Aveva di nuovo quello sguardo.

«Un'ultima cosa», dissi. E mi chinai verso di lei, molto, molto vicino, in modo che capisse senza ombra di errore che ero mortalmente serio. «Il tempo stringe. Oggi è mercoledì. Domani è giovedì. Quelli lì azioneranno gli interruttori gemelli controllati tramite computer sabato a mezzanotte. Che succede se entro nella sua testa e scopro che hai ragione, che è assolutamente innocente? Che succede dopo? Credi che mi ascolteranno? Un ragazzone negro con una parlantina trascinante e il magico potere di leggere nella mente? Credo proprio di no. Allora che succede, Ally?»

«Questo lascialo a me». Aveva un'espressione dura. «Come hai detto tu prima: ci sono dei modi. Ci sono strade e sentieri e cartucce da sparare, se sai dove andare a scovarle. Potere del sistema giudiziario. Un anno di elezioni alle porte. Favori che devono essere restituiti».

Affermai: «E segreti che devono essere fiutati da nasi sensibili».

«Tu pensa a tornare e a riferirmi se Spanky dice la verità» – e sorrise mentre scoppiavo a ridere – «e io mi preoccuperò del mondo un minuto dopo sabato a mezzanotte».

Mi alzai in piedi, feci scivolare di nuovo i documenti dentro la busta, e mi infilai il plico sotto braccio. Chinai lo sguardo su Ally e le sorrisi nel modo più dolce che mi riuscì. «Dimmi soltanto che non mi hai messo i bastoni tra le ruote spifferando a Spanning che so leggere nella mente».

«Non farei mai una cosa del genere».

«Dillo».

«Non gli ho detto che sai leggere nella mente».

«Stai mentendo».

«Hai...?»

«Non ce n'è bisogno. Te lo leggo in faccia, Ally».

«È un problema se lui lo sa?»

«Per niente. Posso leggere quel figlio di puttana che ne sia al corrente o meno, con o senza di lui. Tre secondi dentro quella testa e saprò se è stato lui l'artefice di tutto, di una parte, o se non c'entra nulla».

«Credo di amarlo, Rudy».

«Me l'hai detto».

«Ma non ti avrei mai ingannato. Ho bisogno di sapere... è per questo che ti sto chiedendo di farlo».

Non risposi. Le sorrisi e basta. Lei gliel'aveva detto. Sapeva che stavo arrivando. Ma questa era una splendida notizia. Se Ally non l'avesse avvertito, le avrei chiesto di chiamarlo e di farglielo sapere. Quanto più sarebbe stato consapevole, tanto più sarebbe stato semplice guardare nel suo paesaggio.

Sono uno che impara in fretta, re dello studio veloce: latino della Vulgata in una settimana; farmacopea ufficiale in tre giorni; basso Fender in un weekend; strategie di gioco degli Atlanta Falcons in un'ora; e in un momento di umana debolezza, come ci si sente ad avere un flusso mestruale abbondante e particolarmente doloroso in due minuti netti.

Più velocemente, in realtà, la maggior parte delle persone tenta di nascondere gli abissi ribollenti della colpa e i corpi crocifissi della vergogna, e più velocemente io mi adatto al loro paesaggio. Un po' come un uomo che si sottopone al test del poligrafo e diventa nervoso: comincia a sudare, ad aumentare la risposta galvanica cutanea, tenta di schivare e scansare e nascondersi, ma diventa ansioso, sempre più ansioso, fino a che la salivazione del labbro superiore sarebbe sufficiente per innaffiare l'orto di una fattoria; più tenta di nascondersi da me... più rivela... e più posso andare in profondità.

C'è un proverbio africano che dice: "La morte giunge senza rullo di tamburi".

Non so perché mi fosse tornato in mente proprio in quell'istante.

L'ultima cosa che ci si aspetta da un'amministrazione penitenziaria è un sottile senso dell'umorismo. Ma alla prigione di Holman ne erano provvisti.

Avevano vestito il mostro sanguinario come una vergine.

Pantaloni in tela olona bianca, camicia bianca a maniche corte abbottonata fino al collo, calze bianche. Un paio di scarponi da lavoro marroni alti fino alle caviglie, con suole in gomma crespata, probabilmente neoprene, che tuttavia non cozzavano con la pallida, verginale apparizione che si materializzò attraverso la porta di sicurezza, tenuta per il gomito destro da un grosso fratello nero con l'uniforme dell'Alabama Prison Authority.

Non cozzavano affatto, quelle scarpe da lavoro, e non facevano neanche troppo rumore sul pavimento di piastrelle bianche. Era come se fluttuasse. Oh sì, dissi a me stesso, oh sississì: capii con chiarezza come quella figura messianica potesse mandare in visibilio perfino un bocconcino coriaceo come Ally. *Oh mio, sì.*

Per fortuna fuori stava piovendo.

Altrimenti, con la luce del sole che filtrava dalle finestre, Spanning avrebbe avuto senz'altro l'aureola. E l'avrei perso. Lì dentro, un attacco di ridarella *non* sarei riuscito a soffocarlo. Ma per fortuna stava piovendo che Dio la mandava.

Il che non aveva trasformato la gita in macchina da Clanton in un'esperienza da inserire nella lista dei momenti più belli della mia vita da recitare sul letto di morte. Lastre d'acqua d'alluminio, spesse come un mare di lacrime, come una cortina di pioggia senza fine che avrei potuto attraversare in eterno senza mai riuscire davvero a penetrarla. Lungo l'Interstatale 65 finii nel fossato una mezza dozzina di volte. Per quale motivo non sprofondassi mai nel vortice, seppellendomi fino agli assali in quel risucchio di fango melmoso e appiccicaticcio che scorreva nei solchi, rimarrà per sempre un mistero.

Ma ogni volta che slittavo fuori strada, e perfino le due volte in cui ruotai di 360 gradi e per poco non capottai la vecchia Fairlane che avevo preso in prestito da John C. Hepworth, continuavo ad affondare, sbandare e sobbalzare come in un attacco epilettico, per poi schizzare di lato e inerpicarmi oltre la china scivolosa e le erbacce e il vortice di fango rosso e melmoso dell'Alabama, di nuovo su quella lunga incudine nera su cui la pioggia martellava come su chiodi da copertura. In quel momento lo interpretai – e così lo interpreto adesso – come un segno del Destino, che aveva deciso di non consentire a Cielo e Terra di prendermi per il culo. Avevo un appuntamento da rispettare, e il Destino era in cima all'ordine delle cose.

Anche così, anche protetto da un incantesimo, cosa che mi era ben chiara, anche così: quando giunsi a circa sette chilometri da Atmore imboccai l'uscita 57 e svoltai a sinistra sulla Statale 21 per poi parcheggiare di fronte a un Best Western. Non era mia intenzione passare la notte tanto a sud – anche se conoscevo una ragazza giù a Mobile che aveva dei denti fantastici – ma la pioggia continuava a martellare e tutto quello che volevo era concludere quella faccenda e crollare addormentato. Un tragitto in macchina di quella lunghezza, alla guida di una carretta azzoppata come la Fairlane, chinato in avanti per cercare di vedere attraverso la pioggia... con Spanning di fronte a me... tutto quello che desideravo era desistere da quell'impresa. Un assaggio del caro vecchio oblio.

Mi registrai alla reception, rimasi per mezz'ora sotto la doccia, mi misi l'abito a tre pezzi che avevo portato con me, dopodiché chiamai giù al desk per avere indicazioni su come raggiungere la prigione di Holman.

Mentre guidavo verso il penitenziario venni travolto da un momento di tenerezza. L'ultimo momento per lungo tempo a venire, e lo ricordo ora come se mi stesse capitando in quest'istante. Mi ci aggrappo con tutte le mie forze.

A maggio, e fino ai primi di giugno, fiorisce l'orchidea gialla. Di colpo, nelle foreste e nelle paludi dei boschi, e a volte su pendii o versanti di colline per altri versi insignificanti, compaiono orchidee gialle e color porpora.

Stavo guidando. Smise di piovere per un istante. Come l'occhio di un ciclone. Un attimo prima lastre d'acqua, e quello dopo un silenzio totale, prima che grilli e rane e uccelli dessero il via ai loro lamenti; e oscurità dappertutto, solo gli stupidi coni luminosi dei fari che si affacciavano nel nulla; e fresco come in una fonte tra le gocce di pioggia; e stavo guidando. E di colpo, il finestrino abbassato per non crollare dal sonno, in modo da poter ficcare la testa fuori quando mi si chiudevano gli occhi, di colpo sentii il profumo delicato delle dolci orchidee di maggio. In un punto alla mia sinistra, nel buio, da qualche parte sul pendio di una collina, oppure sepolte in un bosco di alberi invisibili. Con la sua fragranza, il *Cypripedium calceolus* stava rendendo il mondo della notte meraviglioso.

Non rallentai, né mi sforzai di trattenere le lacrime.

Continuai semplicemente a guidare, sentendomi triste per me stesso; per nessuna buona ragione a cui fossi in grado di dare un nome.

Giù, giù, sempre più giù – quasi fino all'angolo con la Panhandle della Florida, quasi tre ore più a sud dell'ultimo, vero, imperiale barbecue in quella parte del mondo, Birmingham – mi feci strada fino a Holman. Se non siete mai stati in un penitenziario, quello che sto per dirvi vi suonerà chiaro quanto può esserlo Chaucer per le orecchie di un affabile indigeno tasaday.

Le pietre gridano.

L'istituzione per il miglioramento della razza umana, tale Chiesa Organizzata, ha un nome preciso per questo fenomeno. Dalle brave genti del cattolicesimo, luteranesimo, protestantesimo, giudaismo, islamismo, druidismo... ismo... quei signori che hanno portato alla ribalta Torquemada, svariate piccanti varietà di Inquisizione, peccato originale, guerra santa, violenza settaria e una cosa che prende il nome di "sostenitore del movimento per la vita" che piazza bombe e mutila e uccide... deriva l'interessante espressione "luoghi di dannazione".

Scivola sulla lingua come "Dio è al tuo fianco", o no?

Luoghi di dannazione.

Come si dice in latino, *situs* di merda malevola. L'*ubicazione* in cui avvengono gli happening del male. *Posti* che esisteranno sempre sotto una nube nera, un po' come alloggiare in una pensione gestita da Jesse Helms o Strom Thurmond. Le grandi gattabuie sono così. Joliet, Dannemora, Attica, Rahway State nel Jersey, quel buco infernale giù in Louisiana chiamato Angola, la vecchia Folsom – non la nuova, la vecchia Folsom – Q e Ossining. La chiamano "Sing Sing" solo le persone che leggono qualcosa in proposito su libri e giornali. Dentro, i detenuti la chiamano "Ossining". Columbus, il penitenziario di Stato dell'Ohio. Leavenworth, Kansas. Tutti quei posti a cui ci si riferisce ai piani alti quando si parla di "rendere la vita difficile a qualcuno". "La scarpa" – "Shoe" – alla prigione di Stato di Pelican Bay. Là, in quelle antiche strutture cementate con colpa e depravazione e nessun rispetto per la vita umana, ma solo una banale crudeltà da entrambe le parti – secondini e detenuti – là dove muri e pavimenti hanno assorbito per decenni dolore e solitudine di milioni di uomini e donne... là le pietre gridano.

Luoghi di dannazione. Lo senti, quando superi le porte e attraversi i metal detector e ti svuoti le tasche sui banconi e apri la cartella in modo che dita grassocce possano sgualcirti le carte. Lo senti. Il lamentarsi, il fustigarsi, uomini che si scavano a morsi buchi nei polsi per morire dissanguati.

E io lo sentivo molto più di chiunque altro.

Cercai di bloccarlo più che potei. Cercai di concentrarmi sul profumo di orchidee nella notte. L'ultima cosa che volevo era entrare nel paesaggio di qualcuno a casaccio. Salta dentro e scopri cos'ha fatto, cosa l'ha *davvero* portato qui, non solo ciò per cui è stato preso. E non sto parlando di Spanning, sto parlando di ognuno di loro. Ogni stronzo che ha picchiato a morte la ragazza solo perché gli ha portato un Bratwurst anziché un'*andouille* piccante. Ogni psicopatico che borbotta versetti della Bibbia e che ha rapito, inculato e fatto a fette un chierichetto, spinto da voci misteriose che "gli dicevano di *farlo*!". Ogni tossico privo di morale che ha sparato a un pensionato per un buono-pasto. Se mi fossi lasciato andare per un secondo, se avessi abbassato la guardia sarei stato tentato di far schizzare una scintilla e toccare uno di loro. In un momento di umana debolezza.

Così seguii il fidato secondino nell'ufficio del direttore, dove la segretaria controllò i miei documenti, e le piccole tessere plastificate con la mia faccia incastonata, e continuò a spostare lo sguardo dalla foto e poi alla mia faccia e poi alla foto e poi di nuovo alla mia faccia, e quando fu incapace di trattenersi un secondo di più esclamò: «La stavamo aspettando, signor Pairis. Uh. Lavora *davvero* per il presidente degli Stati Uniti?».

Le sorrisi. «Giochiamo a bowling insieme».

Accolse quell'uscita con entusiasmo e si offrì di accompagnarmi in sala riunioni, dove avrei incontrato Henry Lake Spanning. La ringraziai nel modo in cui un gentiluomo di colore di buone maniere ringrazia un funzionario pubblico che può rendere la vita più semplice o più difficile, e la seguii lungo corridoi, dentro e fuori porte sorvegliate con rivetti in acciaio, attraverso gli uffici e la camera di segregazione e l'atrio principale, fino alla sala riunioni rivestita di pannelli marroni in noce macchiati, con pavimento di piastrelle bianche su cemento, finestre di sicurezza con le sbarre e tende bianche, controsoffitto con pannelli isolanti Celotex di cinque centimetri, e nella quale venimmo ricevuti da un agente di sicurezza. La segretaria si congedò, non del tutto convinta che uno come me fosse atterrato, quel mattino, con l'Air Force One, reduce da un 7-10 split con il presidente degli Stati Uniti.

Era una sala spaziosa.

Mi sedetti al tavolo per le riunioni; lungo forse quattro metri e largo mezzo; noce lucidato allo spasmo, forse quercia. Sedie dallo schienale rigido: tubi di metallo con imbottitura giallo chiaro. Tutto immerso nel silenzio, a eccezione del riso nuziale che veniva gettato sulla lamiera coniugale del tetto. La pioggia non era diminuita. Là fuori, sulla I-65, qualche povero bastardo abbandonato dalla fortuna veniva risucchiato in una morte rossa.

«Arriverà», disse l'agente di sicurezza.

«Magnifico», risposi. Non avevo idea del perché mi avesse detto una cosa del genere, considerato che era quello il motivo per cui mi trovavo lì. Mi immaginai che fosse quel genere di persona che tutti temono di trovarsi di fronte al cinema, il classico tipo che spiega ogni cosa nei minimi dettagli alla ragazza. Come un bracciante con la carta verde che doppia un film di Woody Allen, battuta per battuta, al cugino Humberto, immigrato clandestino, tre settimane sotto il filo metallico di Matamoros. O come una di quelle coppie di ottuagenarie munite di apparecchio acustico, in libera uscita dalla casa di riposo per un sabato pomeriggio di follie al centro commerciale, sprofondate nelle poltrone del multiplex al terzo livello, e in cui una delle due spiega all'altra quale culo sta per prendere a calci Clint Eastwood e perché. Con tutto il fiato che ha nei polmoni.

«Visto qualche bel film di recente?», chiesi all'agente.

Non ebbe modo di rispondere, e non entrai nel suo paesaggio per scoprirlo perché in quell'istante la porta in acciaio all'estremità più lontana della sala riunioni si aprì e un altro agente di sicurezza fece capolino dall'ingresso e gridò in direzione del collega "Specifichiamo l'ovvio": «Uomo morto che cammina!».

L'agente "Lapalissiano" annuì, l'altra testa si ritrasse, la porta sbatté e il mio compagno mi spiegò: «Quando facciamo uscire qualcuno dal braccio della morte deve attraversare gli uffici e la camera di segregazione e l'atrio principale. Quindi è tutto chiuso. Tutti gli uomini dentro. Ci vuole un po', sa».

Lo ringraziai.

«È vero che lavora per il presidente?». Me lo chiese con una tale cortesia che decisi di rispondergli in maniera sincera; e 'fanculo a tutte le credenziali fasulle che aveva inventato Ally. «Siamo nella stessa squadra di bocce».

«Daaavvero?», esclamò, incantato dalle statistiche sportive.

Stavo lì lì per rivelargli che il presidente era, in realtà, di origini italiane, quando sentii il rumore della chiave che girava nella porta di sicurezza, poi questa si aprì verso l'esterno, e l'apparizione messianica in bianco si materializzò, introdotta da una guardia che misurava due metri per lato.

Henry Lake Spanning, senza aureola, mani e piedi ammanettati, le catene saldate a freddo a una cintura di acciaio anodizzato, procedeva nella mia direzione trascinando i piedi; e le suole di neoprene non producevano alcuna fastidiosa cacofonia sulle piastrelle bianche.

Lo guardai percorrere l'ampia distanza da un punto all'altro della sala, e lui guardò me. Pensai: "Sì, Ally gli ha detto che so leggere nella mente. Bene, vediamo a che trucchetto ricorrerai per cercare di tenermi fuori dal tuo paesaggio". Così dal di fuori, però, soltanto dal modo in cui mi osservava e trascinava i piedi, non ero in grado di capire se se la fosse scopata. Ma sapevo che doveva essere successo. In qualche modo. Perfino nella grande gattabuia. Perfino qui.

Si fermò di fronte a me, con le mani sullo schienale della sedia, e non disse una parola, ma mi scoccò il sorriso più bello che avessi mai ricevuto da qualcuno, compresa mia mamma. "Oh sì", pensai, "oh signore Iddio, sì". I casi erano due: o Henry Lake Spanning era una delle persone in assoluto più carismatiche che avessi mai incontrato, oppure era un galeotto maledettamente affascinante, capace di vendere una gola squarciata al primo che capitava.

«Ci può lasciare soli», dissi all'immenso mastodonte nero.

«Non posso farlo, signore».

«Mi assumo ogni responsabilità».

«Mi spiace, signore. Mi è stato detto che qualcuno deve rimanere nella sala assieme a voi per tutto il tempo del colloquio».

Lanciai un'occhiata all'agente che aveva aspettato insieme a me. «Questo significa che devi restare anche tu?».

Scosse la testa. «Solo uno dei due, credo».

Mi accigliai. «Ho assoluto bisogno di privacy. E se fossi il difensore d'ufficio di quest'uomo? Neanche in quel caso ci lascereste soli? Comunicazione riservata, chiaro?».

I due agenti di sicurezza si guardarono l'un l'altro, poi tornarono a fissare me e non dissero nulla. Di colpo mister "Chiaro come il naso in mezzo alla tua faccia" non aveva nessuna perla di saggezza da offrire; e la sequoia con i bicipiti doveva "obbedire agli ordini".

«Vi hanno detto per chi lavoro? Vi hanno detto chi mi ha mandato qui per parlare con quest'uomo?». Ricorrere all'autorità il più delle volte funziona. I due bofonchiarono «sissignore, sissignore» un paio di volte ciascuno, ma le facce rimasero sintonizzate su "Spiacenti, signore, ma siamo obbligati a non lasciare nessuno da solo in compagnia di quest'uomo". Non mi avrebbero dato retta neppure se avessero creduto che ero appena atterrato con il Geova One.

Così dissi a me stesso *'fanculo*, e scivolai nei loro pensieri, e non ci volle molto per ricollegare i fili del telefono e re-indirizzare i cavi sotterranei e rendere intollerabile la pressione sulla vescica.

«D'altro canto...», fece il primo.

«Credo che potremmo...», disse il gigante.

E nel giro di credo un minuto e mezzo uno dei due si era completamente dileguato, e il gigante era in piedi fuori della porta, la schiena che ostruiva la finestra di sicurezza a due vetri coperta dal filo spinato. In effetti, aveva sigillato l'unica entrata o uscita nella o dalla sala riunioni, come i trecento spartani alle Termopili di fronte alle decine di migliaia di soldati dell'esercito di Serse.

Henry Lake Spanning mi guardava in silenzio.

«Siediti», gli dissi. «Mettiti comodo».

Tirò indietro la sedia, ci girò attorno e si accomodò.

«Avvicinala di più al tavolo», feci io.

Con le mani legate in quel modo, Spanning ebbe qualche difficoltà, ma afferrò la sedia e la fece strisciare in avanti fino a che non toccò il tavolo con lo stomaco.

Era un ragazzo bellissimo, perfino per essere un bianco. Bel naso, zigomi pronunciati, gli occhi del colore dell'acqua nel water dopo che ci hai buttato dentro una tavoletta di 2000 Flushes. Davvero un bel ragazzo. Mi fece venire la pelle d'oca.

Se Dracula avesse avuto lo stesso faccino di Shirley Temple, nessuno gli avrebbe conficcato un paletto nel cuore. Se Harry Truman avesse avuto lo stesso aspetto di Freddy Krueger, non avrebbe mai battuto Tom Dewey alle elezioni. Iosif Stalin e Saddam Hussein sembravano due dolci, benevoli amici di famiglia, due simpaticoni dall'aria veramente amabile che, per puro caso, avevano massacrato milioni di uomini, donne e bambini. Abe Lincoln pareva un assassino che spaccava teste con una mannaia, ma aveva un cuore grande come il Guatemala.

Henry Lake Spanning aveva il classico genere di faccia che, se l'aveste vista in una pubblicità in TV, vi avrebbe ispirato subito fiducia. Gli uomini avrebbero desiderato andarci a pesca, le donne strizzargli le chiappe. Le nonnette l'avrebbero abbracciato a vista, i bambini l'avrebbero seguito nella bocca spalancata di una fornace. Se avesse saputo suonare l'ottavino, i topi gli si sarebbero raccolti attorno alle scarpe a ballare la gavotta.

Quanto siamo stupidi. La bellezza è soltanto superficiale. Non si può giudicare un libro dalla copertina. Culto e splendore vanno a braccetto. L'abito fa il monaco. Quanto siamo stupidi.

Quindi come aveva fatto a prendere all'amo la mia amica Allison Roche?

E perché diavolo non scivolavo nei suoi pensieri e basta, per controllare il suo paesaggio? Perché mi ero bloccato?

Perché avevo paura di lui.

Cinquantasei omicidi accertati, rivoltanti, raccapriccianti seduti a centoventi centimetri da me, che mi fissavano con occhi blu e morbidi, soffici capelli biondi. Né il vecchio Harry, né Dewey avrebbero avuto uno straccio di possibilità.

Quindi perché avevo paura di lui? Perché. Ecco il motivo.

Era una dannata sciocchezza. Avevo tutte le armi a disposizione, lui era ammanettato, e non credetti nemmeno per un secondo che quell'uomo fosse ciò che Ally pensava che fosse: *innocente*. Diamine, l'avevano beccato, letteralmente, con le mani nel sacco. Inzaccherato di sangue fino alle ascelle, Cristo santo. Innocente, col cavolo! "Ok, Rudy", pensai, "entra dentro e dai un'occhiata". Ma non lo feci. Aspettai che lui dicesse qualcosa.

Spanning fece un sorriso incerto, un sorriso gentile e nervoso, e disse: «Ally mi ha chiesto di incontrarla. La ringrazio per essere venuto».

Guardai *lui*, ma non *dentro di* lui.

Sembrava sconvolto all'idea di avermi disturbato. «Ma non credo che potrà essermi d'aiuto, non in tre giorni».

«Sei spaventato, Spanning?».

Gli tremarono le labbra. «Sì, signor Pairis. Sono spaventato tanto quanto può esserlo un uomo». Aveva gli occhi lucidi.

«Probabilmente questo ti aiuta capire in parte come si sono sentite le tue vittime, che ne pensi?».

Non rispose. Aveva gli occhi lucidi.

Dopo essere rimasto a fissarmi un altro istante, fece strisciare la sedia all'indietro e si alzò. «La ringrazio per essere venuto, signore. Mi spiace che Ally abbia approfittato del suo tempo». E si girò per andarsene. Così entrai nel suo paesaggio.

Oh mio Dio, pensai. Era innocente.

Mai fatto niente di tutta quella roba. Niente. Senza dubbio, assolutamente senza ombra di dubbio. Ally aveva ragione. Guardai ogni pezzetto del paesaggio là dentro, ogni piega e grinza e increspatura; ogni rifugio e scorciatoia; ogni gola e *arroyo*; tutto il suo passato, indietro indietro indietro fino alla nascita a Lewistown, Montana, vicino a Great Falls, trentasei anni prima; ogni giorno della sua vita fino al minuto in cui l'avevano arrestato, chino su quella donna delle pulizie sventrata che il vero assassino aveva gettato nel cassonetto.

Vidi ogni secondo di quel paesaggio; e vidi lui, Spanning, uscire da quel Winn-Dixie a Huntsville; spingere un carrello pieno di buste della spesa per il weekend. E lo vidi spingerlo attraverso tutto il parcheggio in direzione dei cassonetti traboccanti di scatole di cartone fatte a pezzi e cassette di frutta. E sentii il grido d'aiuto fuoriuscire da uno di quei cassonetti; e Henry Lake Spanning bloccarsi e guardarsi intorno, non del tutto sicuro di aver sentito qualcosa. Poi lo vidi avviarsi verso la sua macchina, parcheggiata proprio all'estremità del parcheggio, accanto al muro, perché era venerdì sera e tutti stavano facendo provviste per il weekend e non c'era più posto davanti all'ingresso; e quel grido d'aiuto, più flebile stavolta, straziante come un gattino storpio; e Henry Lake Spanning si fermò di botto e si guardò intorno; e vedemmo *entrambi* la mano insanguinata sollevarsi oltre il sudicio bordo in acciaio verde del cassonetto. E lo vidi mollare le buste della spesa senza pensare neanche per un istante a quanto le aveva pagate, o che qualcuno potesse scappare via con il carrello se lo lasciava incustodito, o che aveva soltanto undici dollari sul conto, quindi se quei sacchetti fossero stati rubati non avrebbe mangiato nulla per i prossimi giorni... e lo guardai precipitarsi verso il cassonetto e frugare in mezzo alla spazzatura... e percepii la sua nausea nel vedere la povera vecchia signora, ciò che era rimasto di lei... ed ero assieme a lui quando si arrampicò nel cassonetto e si lasciò cadere dentro per vedere cosa poteva fare per quell'ammasso di carne spappolata e dilaniata.

E piansi con lui mentre la donna rantolava, con una bolla di sangue che esplose nella fessura lacera della gola, e moriva. Ma se *io* sentii il grido di qualcuno che arrivava da dietro l'angolo, Spanning non lo udì; e quando gli sbirri inchiodarono nel parcheggio era ancora là, a tenere tra le mani quella povera massa di pelle scuoiata e vestiti lordi di sangue. E solo *allora*, innocente di qualsiasi cosa al di fuori di dignità e rara compassione umana, Henry Lake Spanning cominciò a capire cosa doveva sembrare agli occhi di casalinghe cinquantenni che gironzolavano attorno ai cassonetti per rubacchiare qualche scatola di cartone, vedendo quello che credono sia un uomo che sta assassinando un'anziana signora.

Ero con lui, lì, nel paesaggio dentro la sua mente, mentre correva e correva e scappava e scappava. Fino a quando non lo beccarono a Decatur, a nove chilometri dal cadavere di Gunilla Ascher. Ma l'avevano preso, e avevano un'identificazione inequivocabile, in quel cassonetto a Huntsville; e tutto il resto era indiziario, infiorettato per benino da un allettato Charlie Whilborg in via di guarigione e dallo staff dell'ufficio di Ally. Nero su bianco sembrava filare bene, talmente bene che Ally l'aveva portato all'estremo peggiore, vale a dire un totale di ventinove/cinquantasei omicidi.

Ma erano tutte cazzate.

L'assassino era ancora là fuori.

Henry Lake Spanning, che sembrava un tipo a posto e simpatico, era esattamente questo. Un tipo a posto, simpatico, di buon cuore, ma soprattutto *innocente*.

Potete ingannare giurie e poligrafi e giudici e assistenti sociali e psichiatri e vostra mamma e vostro papà, però non potete ingannare Rudy Pairis, che attraversa di continuo quel luogo oscuro in cui si può andare ma da cui non si può tornare.

E di lì a tre giorni stavano per giustiziare un innocente.

Dovevo fare qualcosa.

Non solo per Ally, anche se questa era una ragione sufficiente; ma per quest'uomo che credeva di essere condannato, ed era spaventato, e di certo non doveva essere costretto a sorbirsi le pillole di saggezza di un saputello come me.

«Signor Spanning», lo chiamai.

Non si fermò.

«Per favore», dissi. Smise di strusciare i piedi, le catene che tintinnavano come un braccialetto portafortuna, ma non si girò.

«Credo che Ally abbia ragione, signore», feci. «Credo che abbiano preso l'uomo sbagliato; e credo che lei abbia scontato ingiustamente tutti questi mesi in prigione e non debba morire».

Poi Spanning si voltò lentamente e mi fissò con lo sguardo di un cane che viene tentato con un osso. «E perché, signor Pairis? Perché lei mi crede, quando nessun altro, al di fuori di Ally e del mio avvocato, mi hanno creduto?».

Non dissi quello che stavo pensando. Quello che stavo pensando era che ero stato lì *dentro*, e *sapevo* che era innocente. E soprattutto sapevo che amava sinceramente la mia amica Allison Roche.

Ed erano poche le cose che non avrei fatto per Ally.

Così quello che dissi fu: «So che lei è innocente perché conosco il colpevole».

Aprì le labbra. Non fu uno di quei gesti eclatanti in cui qualcuno spalanca la bocca per lo stupore; socchiuse appena le labbra. Ma era sbigottito, e sapevo che quel povero figlio di puttana aveva già sofferto fin troppo.

Tornò vicino a me strascicando i piedi e si sedette.

«Non mi prenda in giro, signor Pairis. La prego. Sono quello che ha detto, sono spaventato. Non voglio morire, e di sicuro non voglio morire mentre il mondo continua a pensare che io abbia fatto... quelle cose».

«Non ti sto prendendo in giro, capitano. So chi deve bruciare per tutti quegli omicidi. Non in sei Stati, ma in undici. Non cinquantasei vittime, ma settanta tonde tonde. Tre delle quali bambine piccole in un asilo nido, e anche la donna che si prendeva cura di loro».

Mi fissò. C'era l'orrore dipinto sul suo volto. Conoscevo bene quello sguardo. L'avevo visto settanta volte.

«So che sei innocente, capitano, perché *sono io* l'uomo che vogliono. *Sono io* il tizio che ti ha spedito qui con il culo per terra».

In un momento di umana debolezza. Vidi tutto. Tutto quello che avevo impacchettato e messo via per vivere in quel luogo oscuro in cui si può andare ma da cui non si può tornare. La cassaforte nel muro del salotto. La cripta fortificata, spessa più di un metro e mezzo, rivestita in calcestruzzo e sepolta un chilometro sotto terra nel granito solido. Il caveau dalle pareti in materiali compositi laminati, acciaio e plastica fusi e giudiziosamente inclinati, l'equivalente di 600-700 mm di protezione totale in profondità, che raggiungeva quasi la massima durezza e robustezza di ferro e cristallo, quel ferro incastonato in una perfetta struttura di cristallo con una quantità di impurezze accuratamente controllata e che consente a un moderno carro armato di scrollarsi di dosso una testata a carica cava come uno spaniel si scuote l'acqua dalla pelliccia. Il gioco delle scatole cinesi. La camera nascosta. Il labirinto. I cunicoli della mente in cui li avevo mandati a morire, tutti e settanta, ancora e ancora e ancora, per non sentire le loro grida o vedere i cordoni di tendini insanguinati o fissare orbite spappolate in cui c'erano stati occhi supplichevoli.

Quando ero entrato in quella prigione ero completamente chiuso, abbottonato. Ero salvo, al sicuro, non sapevo nulla, non ricordavo nulla, non sospettavo nulla.

Ma quando ero entrato nel paesaggio di Henry Lake Spanning, e non avevo potuto mentire a me stesso dicendomi che era lui il colpevole, avevo sentito il cuore spaccarsi in due. Avevo sentito i brividi e l'agitazione, e le crepe avevano cominciato a spalancarsi ai miei piedi e ad allargarsi verso l'orizzonte; e la lava era diventata rovente e aveva iniziato a dirompere dagli abissi. E le pareti in acciaio si erano sciolte, e il calcestruzzo si era fatto polvere, e le barriere si erano dissolte; e io avevo guardato in faccia il mostro.

Non c'era da stupirsi che avessi sempre la nausea quando Ally mi raccontava di questo o quel massacro apparentemente perpetrato da Henry Lake Spanning, l'uomo che lei aveva portato in tribunale per ventinove omicidi che avevo commesso io. Non c'era da stupirsi che riuscissi a immaginarmi tutto nei minimi dettagli quando lei mi descriveva, nella maniera più scarna possibile, la scena del delitto. Non c'era da stupirsi che mi fossi ribellato così strenuamente all'idea di venire lì a Holman.

Lì, nella sua mente, in quel paesaggio che mi aveva spalancato le sue porte, avevo visto l'amore che Henry Lake Spanning provava per Allison Roche, la mia amica e adorata con la quale una volta, una volta sola...

Non provate a dirmi che la forza dell'amore può spalancare le crepe. Non ho nessuna voglia di sentire quella merda. Vi sto *dicendo* che è stata una combinazione, un mucchio di cose che mi hanno dilaniato, spaccato a metà, e forse, magari, è possibile che una di queste fosse stata il sentimento che avevo visto tra quei due.

Non so poi tante cose. Sono uno che impara in fretta, ma quello fu un istante. Una crepa del destino. Un momento di umana debolezza. È stato quello che ho detto alla parte di me che si avventurava in quel luogo oscuro: che avevo fatto quello che avevo fatto in momenti di umana debolezza.

Ed erano stati quei momenti, non il mio "dono", e non il fatto di essere nero, a fare di me il perdente, il mostro, il bugiardo che sono.

Nel primo istante di consapevolezza non riuscii a crederci. Non io, non il caro vecchio Rudy. No, il simpatico Rudy Pairis non aveva mai fatto del male a nessuno in tutta la sua vita, al di fuori di se stesso.

Nel secondo successivo mi sentii impazzire dalla rabbia, furibondo con quella cosa disgustosa che viveva in una parte del mio cervello scisso. Volevo scavarmi un buco in testa e strappare via quella roba assassina, umida e putrescente, e strizzarla fino a ridurla in poltiglia.

Nel secondo successivo sentii montare la nausea, e a dire il vero, vedendo ogni singola frazione di secondo di ciò che avevo fatto, snidato, palese, nudo di fronte a questo stimabile Rudy Pairis rispettoso delle leggi, volevo solo gettarmi a terra e vomitare – anche se un Rudy così era un po' meglio di un beneducato, istruito fallimento. Ma non un assassino... volevo vomitare.

Poi, finalmente, mi arresi all'evidenza.

Non ci sarebbero più stati momenti in cui scivolare nella notte circondato dal profumo delle orchidee gialle in fiore, per me. Riconobbi il profumo in quell'istante.

Era l'odore che sprigionava un corpo umano aperto in due, come una bocca che emette un grande, nero sbadiglio.

L'altro Rudy Pairis alla fine era tornato a casa.

Non dovettero preoccuparsi neanche per mezzo minuto. Mi sedetti di fronte a un piccolo tavolo in legno nello stanzino degli interrogatori degli uffici del procuratore distrettuale della contea di Jefferson, e buttai giù un grafico con i nomi e le date e i luoghi. I nomi di tutti quelli che conoscevo di quei settanta (molti di loro erano giusto capitati per strada, o nelle toilette degli uomini, o dentro una vasca da bagno, o sprofondati nell'ultima fila di un cinema, o a prelevare da un bancomat, oppure seduti da qualche parte a non far nulla, se non aspettare che passassi di là e li squarciassi in due, e magari che ne bevessi il sangue, o magari che mi facessi uno snack con loro... lungo la via). Le date erano facili, ho sempre avuto una buona memoria per le date. E i luoghi in cui avrebbero trovato gli altri, quelli di cui non erano a conoscenza, quei quattordici uccisi esattamente con lo stesso modus operandi degli altri cinquantasei, per non parlare del vecchio modello di apriscatole tira-e-strappa che avevo adoperato su quella piccola madonnina infilzata, Gunilla Comesichiama, santa Maria di qua e Gesùmmio di là per tutto il tempo che avevo impiegato a squarciarla in due, persino alla fine, quando avevo tirato fuori parti delle interiora per fargliele vedere e avevo cercato di costringerla a leccarle, ma era morta prima. Neanche mezzo minuto di preoccupazione, per lo Stato dell'Alabama. In un unico blitz letale corressero un tragico errore giudiziario, acciuffarono un maniaco omicida, risolsero quattordici casi di omicidio in più di quelli che avevano preventivato (in altri cinque Stati, il che rese i dipartimenti di polizia dei cinque Stati in questione estremamente soddisfatti del corpo delle forze dell'ordine dell'Alabama) e finirono nel servizio d'apertura del notiziario della sera in tutte e tre le principali reti televisive, per non parlare della CNN, per un intero weekend. Misero letteralmente all'angolo gli aggiornamenti dal Medio Oriente. Né Harry Truman, né Tom Dewey avrebbero avuto uno straccio di possibilità.

Ally si ritirò a vita privata, ovviamente. Tagliò la corda e andò da qualche parte giù in Florida, ho sentito. Ma dopo il processo e il verdetto e il rilascio di Spanning e la mia incarcerazione e tutte quelle cose lì, be' – yuppie yuppie yè, come si suol dire – ogni cosa tornò al suo posto. *Sat cito si sat bene*, si dice in latino. «Una cosa è fatta con sufficiente rapidità quando è fatta in modo soddisfacente». Uno dei detti preferiti di Catone. Catone il Censore.

E tutto ciò che chiedevo, tutto ciò che imploravo, era che Ally e Henry Lake Spanning, che si amavano l'un l'altra e si meritavano l'un l'altra, e che il sottoscritto aveva quasi fottuto alla grande, tutto quello che chiedevo era che fossero presenti quando avrebbero schiaffato il mio stanco culo nero sulla nuova sedia elettrica di Holman.

Venite, per favore, li supplicavo.

Non lasciatemi morire solo. Neppure una merda come me. Non fatemi attraversare quel luogo oscuro in cui si può andare ma non tornare, senza neanche un viso amico. Perfino di un ex amico. E quanto a te, capitano, be', non ti ho forse salvato la vita perché potessi godertela assieme alla donna che ami? Almeno tu puoi farlo. Avanti, allora: non perdetevi la festa!

Non so se fu Spanning a convincere Ally ad accettare l'invito o il contrario; ma un giorno, una settimana prima del grande evento durante il quale il vecchio Rudy Pairis sarebbe stato rosolato in una poltiglia senza capo né coda, il direttore mi fermò nel mio spazioso alloggio nel braccio della morte e mi diede a intendere che avevamo raggiunto il tutto esaurito per il barbecue, il che significava che sarebbero stati presenti la mia amica Ally e il suo ragazzo, ex residente nel braccio in cui in quei giorni dimoravo in condizioni di tremenda prigionia.

Cosa non farebbe un uomo per amore.

Eh sì, era tutto lì. Perché un volpone che l'aveva fatta franca, che era arrivato fin lì pulito e a piede libero, perché un volpone di tal fatta avrebbe dovuto, di punto in bianco, mettere in piedi una di quelle patetiche scenette da aula di tribunale – «Sono stato io, sono stato io!» – e in pratica legarsi da solo alla sedia elettrica?

Una volta. Ero andato a letto con lei una volta sola.

Cosa non farebbe un uomo per amore.

Quando mi portarono nella camera della morte dalla cella di sicurezza in cui avevo trascorso la notte precedente e l'intera giornata, in cui avevo consumato il mio ultimo pasto (consistente in un sandwich con roastbeef caldo, doppia fetta di carne su pane bianco tostato, patatine fritte molto croccanti, il tutto irrorato da un sughetto di carne misto a besciamella calda, salsa di mele e una ciotola di uva fragola), e in cui un rappresentante del Sacro Romano Impero aveva tentato di fare ammenda per aver distrutto la maggior parte degli dèi, delle credenze e delle culture dei miei antenati neri, venni immobilizzato da due agenti di sicurezza, nessuno dei quali era in servizio il giorno in cui avevo fatto visita a Henry Lake Spanning in quello stesso istituto correzionale poco più di un anno prima.

Non era stato un brutto anno. Mi ero riposato un sacco; rimesso in pari con le mie letture, deciso finalmente a buttarmi su Proust e Langston Hughes, mi vergogno a dirlo, alla mia venerabile età; avevo perso un po' di peso; fatto regolare esercizio fisico; dato un taglio ai formaggi e abbassato il colesterolo. Non che servisse a qualcosa, era così, tanto per fare.

Ero perfino entrato nel paesaggio di qualcuno, di tanto in tanto. Non aveva significato nulla. Non stavo andando da nessuna parte, e nemmeno quei tizi lì. Avevo fatto cose peggiori del peggiore di loro. Non avevo confessato? Perciò, non c'era più granché che potesse impressionarmi dopo aver vuotato il sacco e liberato dalla prigione del mio inconscio tutti i settanta cadaveri, nascosti a marcire per anni in tombe scavate in fretta e furia. No problem, *amigo*.

Mi portarono dentro, mi legarono, mi attaccarono alla presa.

Guardai i testimoni al di là del vetro.

C'erano Ally e Spanning, prima fila centrale. I posti migliori. Lei che mi fissava e piangeva, mi guardava, incredula che dovesse finire a quel modo, cercando di capire quando e come tutto fosse precipitato senza che lei si fosse accorta di nulla. E Henry Lake Spanning le sedeva accanto, le loro mani intrecciate sul grembo di lei. Vero amore.

Incollai gli occhi a quelli di Spanning.

Entrai nel suo paesaggio.

No, *non* lo feci.

Cercai di entrare e non riuscii a intrufolarmi. Erano trent'anni o giù di lì che lo facevo, da quando ne avevo cinque o sei; senza mai ostacoli, l'unica persona al mondo in grado di compiere quel trucchetto, di sbirciare, di dare un'occhiatina; e per la prima volta ero bloccato. Ingresso vietato, nella maniera più assoluta. Andai su tutte le furie! Cercai di correre più veloce che potevo, e cozzai contro qualcosa color kaki, come la sabbia di una spiaggia, che cedeva un pochino, non dura ma resistente. Era esattamente come trovarsi dentro una busta di carta alta tre metri e con un diametro di quindici, una gigantesca busta per la spesa di un supermercato, di quella carta rigida da macellaio e di quel colore, come essere dentro una busta di quelle dimensioni, correrci dritti contro, pensare di essere lì lì per sfondarla... ed essere sbalzati all'indietro. Non forte, non come quando si saltella su un trampolino, giusto sballottati di lato come la lanugine di un dente di leone che viene sbattuta contro una porta a vetri. Insignificanti. Color kaki e non particolarmente preoccupata.

Cercai di colpirla con una saetta di pura azzurra fulminante energia mentale, come un personaggio appena uscito da un fumetto della Marvel, ma non era così che funzionava, entrare nelle menti degli altri. Non ti introduci lì dentro con un ariete paranormale. Questa è più il genere di clamorosa sciocchezza che senti dire sui canali via cavo gratuiti da quei tipetti poco attraenti, che sproloquiano sulla forza dell'amore e sulla forza della mente e sulla trascinante e sempre popolare forza del pensiero positivo. Cazzate. Mica albergo in me *quelle* scemenze!

Tentai di immaginarmi dentro, ma neanche questo funzionò. Cercai di svuotare la mente e di lasciarmi trasportare, ma fu del tutto inutile. E in quell'istante mi resi conto che non sapevo davvero *come* entrare nelle teste degli altri. Semplicemente... lo facevo. Un attimo prima ero comodo e al calduccio nell'intimità della mia testa, e un istante dopo ero nel paesaggio di qualcun altro. Era istantaneo, come il teletrasporto, che è ugualmente qualcosa di impossibile, come la telepatia.

Ma in quel momento, legato alla sedia, e con gli agenti pronti a mettermi la maschera di cuoio sulla faccia in modo che i testimoni non dovessero vedere il fumo che mi usciva dalle orbite e le piccole scintille mentre mi bruciavano i peli del naso, quando era urgente, fondamentale che entrassi nei pensieri e nel paesaggio di Henry Lake Spanning, ero completamente chiuso fuori. E proprio *allora*, in quell'istante, ebbi paura!

E in un battibaleno, senza che neanche mi fossi aperto a lui, era lì: dentro la mia testa.

Era entrato lui nel *mio* paesaggio.

«Hai mangiato un bel panino al roastbeef, vedo».

La voce era molto più forte di quando ero venuto a trovarlo un anno prima. *Molto* più forte, nella mia mente.

«Sì, Rudy, sono ciò che sapevi che doveva esistere, da qualche parte. Un altro come te. Un'averla». Fece una pausa. «Ho visto che tu lo chiami "entrare nel paesaggio". Io mi definisco un'averla. Un uccello macellaio. Un nome vale l'altro. Strano, non è così? Tutti questi anni, e non ne abbiamo mai incontrati altri. *Devono* essercene altri, anche se credo – non posso dimostrarlo, non ho dati alla mano, è solo un'idea folle che ho da anni e anni – credo che non sappiano di essere in grado di farlo».

Mi fissò attraverso il paesaggio, quei meravigliosi occhi blu, di cui Ally si era innamorata, che sbattevano appena le palpebre.

«Perché non me l'hai detto prima?».

Fece un sorriso triste. «Ah, Rudy. Rudy, Rudy, Rudy. Povero negretto ignorante.

Perché avevo bisogno di risucchiarti qui dentro, ragazzo. Avevo bisogno di piazzare una trappola per orsi, e lasciare che le ganasce si serrassero attorno alla tua gamba ossuta, per mandarti dall'altra parte al posto mio. Fammi cambiare un po' l'aria, qua dentro...». E cancellò tutte le manipolazioni con cui era intervenuto su di me, un anno prima, quando aveva coperto senza difficoltà i suoi veri pensieri, il suo passato, la sua vita, il vero scenario del suo paesaggio – un po' come aggirare una videocamera di sorveglianza facendo partire in loop lo stesso video che mostra una scena pacifica e tranquilla mentre il locale viene rapinato ben bene – e mi aveva convinto non solo di essere innocente, ma anche che il vero assassino fosse qualcun altro, qualcuno che aveva tenuto quei crimini mostruosi fuori dalla sua mente cosciente per vivere una vita altrimenti esemplare. Vagabondò un po' nel mio paesaggio – tutto questo in un secondo o due, perché il tempo non ha durata nel paesaggio, come le ore che passiamo in un sogno e che sono appena trenta secondi nel mondo reale, poco prima di svegliarci – e spazzò via tutti i falsi ricordi e le suggestioni, la struttura logica di quegli eventi in sequenza che mi aveva impiantato combinandoli con la mia attuale esistenza, i miei veri ricordi, modificati e deformati e riorganizzati in modo da farmi credere di aver davvero commesso quegli orribili delitti... così, in un istante di atroce consapevolezza, avevo creduto davvero di essere il demente psicopatico che si spostava di Stato in Stato, lasciando mucchi di carne dilaniata a ogni fermata. Tutto sprangato, tutto sommerso, tutto sublimato, me. Il buon vecchio Rudy Pairis, che non aveva mai ucciso nessuno. Ero stato il burattino che Spanning stava aspettando.

«Ora, ragazzo. Vedi com'è in realtà? Tu non hai fatto nulla. Puro come la neve, negro. La verità è questa. E che scoperta sei stato. Non avevo neppure mai sospettato che esistesse un altro come me, fino a quando Ally non venne a interrogarmi dopo Decatur. Ma eccoti lì, forte e nero come la Grande Promessa, lì dentro la sua mente. Non è bella, Pairis? Non è una donna da accarezzare con un coltello? Qualcosa da spaccare a metà come un frutto scaldato dal sole d'estate in un campo, per poi lasciar evaporare le esalazioni... magari fare un picnic...».

Si fermò.

«L'ho desiderata dal primo momento in cui l'ho vista. Ora, lo sai, l'avrei potuto fare senza difficoltà – *infilzare* Ally, intendo – la prima volta che è venuta a parlarmi quando ero nella cella di sicurezza. Saltarle dentro, era questo il mio piano. Ma che casino avrebbe fatto quello Spanning in cella, gridando che non era un uomo, che era una donna, non Spanning, ma l'assistente del procuratore distrettuale Allison Roche... troppo casino, troppe complicazioni. Ma avrei *potuto* farlo, balzarle dentro. O dentro una guardia, e poi fare Ally a fette a mio piacimento, pedinarla, trovarla, convincerla ad *aprirsi*... Sembri angosciato, signor Rudy Pairis. Che c'è? È perché stai per morire al posto mio? Perché avrei potuto riportarti indietro in qualsiasi momento, e non l'ho fatto? Perché dopo tutti questi anni di miserabile, schifosa esistenza gettata alle ortiche hai finalmente trovato qualcuno come te, e non abbiamo avuto nemmeno la possibilità di fare due chiacchiere come si deve? Be', questo è triste, ragazzo mio, davvero triste. Ma questa occasione non l'hai avuta».

«Sei più forte di me, mi hai tenuto fuori», dissi.

Spanning ridacchiò.

«Più forte? Credi davvero che sia tutto qui? Più forte? Ancora non ci arrivi?». In quel momento la sua faccia divenne terribile. «Non lo capisci nemmeno adesso, adesso che ho spazzato via tutto e puoi vedere cosa ti ho fatto, eh? Credi che sia rimasto in una cella e mi sia sottoposto al processo e tutta quella roba perché non potevo farci nulla? Povero negretto, ti costa troppa fatica arrivarci. Avrei potuto saltare via e infilzare qualcun altro in qualsiasi momento. Ma la prima volta che ho incontrato la tua Ally ho visto *te*...».

Questo mi lasciò perplesso. «E tu hai aspettato... per me, hai passato tutto quel tempo in prigione solo per arrivare a me?»

«Per arrivare al momento in cui non avresti potuto più fare nulla, in cui non avresti più potuto strillare: "Qualcuno ha preso il controllo di me, sono Rudy Pairis dentro il corpo di Henry Lake Spanning, aiutatemi, aiutatemi!". Perché creare tanta confusione, se tutto ciò che dovevo fare era avere pazienza, attendere il momento giusto, aspettare Ally e lasciare che fosse lei a coinvolgerti?».

Mi sentii come un tacchino in procinto di annegare che se ne sta sotto la pioggia come un idiota, la testa rivolta verso l'alto, l'acqua che entra dentro. «Tu puoi... lasciare la mente... lasciare il corpo... uscire... saltare fuori definitivamente...».

Spanning ridacchiò come un bulletto da cortile della scuola.

«Sei rimasto in prigione tre anni solo per arrivare a *me*?».

Fece un sorrisetto compiaciuto. *Sono più furbo di te.*

«Tre anni? Credi che siano così tanti, per me? Non crederai mica che mi sia capitato spesso di avere intorno qualcuno come te? Qualcuno che sapeva "entrare" come facevo io? L'unico altro uccello macellaio che avessi mai incontrato. Credi che non fossi disposto a mettermi qui seduto e aspettare che venissi da me?»

«Sì, ma tre *anni*...».

«Hai, quanti anni, Rudy... trentuno, è così? Sì, lo vedo. Trentuno. Non hai mai "saltato" come un'averla, mai infilzato la testa di qualcun altro. Ti sei limitato a entrare, fare un giro, attraversare i paesaggi, e non hai mai capito che questo potere è molto più che leggere la mente. Puoi cambiare domicilio, ragazzo mio. Puoi traslocare da una casa con un brutto vicinato – come essere legati a una sedia elettrica – e cambiare residenza, trasferirti in un complesso nuovo di zecca con appartamenti da un milione e mezzo di dollari, come Ally».

«Ma devi avere un posto dove far andare l'altro, giusto?». Lo dissi in tono piatto, monocorde, del tutto incolore. Non pensai nemmeno al luogo oscuro dove si può andare...

«Chi credi che sia, Rudy? Chi diavolo credi che fossi quando ho cominciato, quando ho imparato a saltare, a entrare nelle teste degli altri, cosa ti ho appena detto sul fatto di cambiare residenza? Non hai idea di quale fosse il mio primo indirizzo. Dobbiamo risalire a molto, molto tempo fa. Ma posso darti qualche assaggio dei miei domicili più famosi. Gilles de Rais, Francia, 1440. Vlad Tepes, Romania, 1462. Elizabeth Bathory, Ungheria, 1611. Catherine DeShayes, Francia, 1680. Jack lo Squartatore, Londra, 1888. Henri Desiré Landru, Francia, 1915. Albert Fish, New York City, 1934. Ed Gein, Plainfield, Wisconsin, 1954. Myra Hindley, Manchester, 1963. Albert DeSalvo, Boston, 1964. Charles Manson, Los Angeles, 1969. John Wayne Gacy, Norwood Park Township, Illinois, 1977. Oh, ma posso andare avanti. E avanti. E ancora avanti e avanti, caro Rudy, mia piccola scimmietta nera. È quello che faccio. Vado avanti. L'averla sceglie di fare il nido dove preferisce. Se non nella tua adorata Allison Roche, allora nel suo inetto e fottuto amichetto negro Rudy Pairis. Ma non credi che sarebbe stato uno spreco, ragazzo mio? Passare tutto quel tempo, quale che fosse, nel tuo corpo socialmente inaccettabile, mentre Henry Lake Spanning è così maledettamente bello? Perché mi sarei dovuto trasferire dentro di te, il giorno in cui Ally ti ha convinto a venire a trovarmi? Non avrebbe portato a nulla, tranne che a farti urlare e strepitare che non eri Spanning, che eri solo un povero bastardo negro a cui avevano rubato la testa... e poi avresti potuto manipolare qualche guardia o il direttore... Adesso hai capito cosa intendo, no? Ma ora che la maschera è sistemata al suo posto, e ora che gli elettrodi sono collegati alla tua testa e alla gamba sinistra, e ora che il direttore ha la mano posata sull'interruttore, be', preparati a sbavare come un cane».

Si girò per uscire, e io chiusi il perimetro. Cercò di saltare, di tornare indietro nella sua testa, ma l'avevo in pugno. Facile come bere un bicchier d'acqua. Materializzai un pugno, e feci voltare Spanning per guardarlo in faccia.

«'Fanculo, Jack lo Squartatore. E 'fanculo due volte, Barbablù. E ancora, 'fanculo a te, Manson, e allo Strangolatore di Boston e a qualsiasi altro stronzissimo pezzo di merda bacato sia stato ai tuoi tempi. Certo che hai delle credenziali belle sporche, ragazzo. Sai che m'importa di tutti questi nomi, fratellino Spanky? Credi davvero che non conosca questi personaggi? Sono un uomo istruito, signor Jack lo Squartatore, signor Mad Bomber. Te ne sei persi un paio. Eri sempre tu, allora, a possedere Winnie Ruth Judd e Charlie Starkweather e "Mad Dog" Coll e Richard Speck e Sirhan Sirhan e Jeffrey Dahmer? Sei tu l'uomo nero artefice di *tutti* i peggiori pezzi da cabaret di cui si è resa responsabile la razza umana? Sei stato tu a distruggere Sodoma e Gomorra, a incendiare la libreria di Alessandria, a orchestrare il Regno del Terrore *à Paris*, a mettere in piedi l'Inquisizione, a lapidare e affogare le streghe di Salem, a massacrare donne e bambini disarmati a Wounded Knee, a far fuori John Kennedy? Credo proprio di no. Credo che tu non ti sia neanche avvicinato a bere una pinta assieme a Jack lo Squartatore. E se anche lo hai fatto, se anche *sei stato* davvero ognuno di questi squilibrati, sei un pesce piccolo, Spanky. L'ultimo degli esseri umani ti supera tre volte al giorno. In quanti linciaggi hai tirato la corda, Monsieur Landru?

E che smisurato egocentrismo possiedi, che ti rende cieco, ti fa credere di essere unico, tanto che non riesci a scrollarti di dosso il tuo delirio di onnipotenza neppure quando scopri che esiste qualcun altro. Cosa ti fa pensare che non avessi capito cos'eri capace di fare? Cosa ti fa pensare che non te l'abbia permesso, e me ne sia stato seduto qui ad aspettarti come sei stato tu ad aspettare me, fino a questo momento, quando non puoi più combinare cazzate? Sei così maledettamente concentrato su te stesso, Spanky Spanky, da non aver mai preso in considerazione la possibilità che qualcuno potesse essere più sveglio di te. Sai qual è il tuo problema, capitano? Sei vecchio, sei *davvero* vecchio, forse centinaia di anni, il che significa dannatamente vecchio. E questo conta qualcosa, vecchio mio. Sei vecchio, ma non sei mai diventato furbo per davvero. Sei sempre stato mediocre in tutto quello che hai fatto.

Ti sei spostato di indirizzo in indirizzo. Ma non eri costretto a essere David Berkowitz o Caino che ammazzava Abele, o chi cazzo eri... potevi essere Mosè, o Galileo Galilei o George Washington Carver o Harriet Tubman o Sojourner Truth o Mark Twain o Joe Louis. Potevi esseri Alexander Hamilton e dare una mano a fondare la Manumission Society a New York per abolire la schiavitù. Potevi scoprire il radio, scolpire Mount Rushmore, trarre in salvo un bambino da un palazzo in fiamme. Ma sei diventato vecchio molto in fretta, senza mai diventare più sveglio e più saggio. Ma tu non ne avevi bisogno, vero, Spanky? Avevi tutto per te, tutta 'sta storia dell'"averla assassina", salta di qua e infilza di là, e strappa via a morsi la mano o la faccia a qualcuno, da quella vecchia, noiosa, monotona, ripetitiva merda schifosa e priva di immaginazione che sei.

Sì, mi hai preso all'amo quando sono venuto qui per osservare il tuo paesaggio. E avevi abbindolato per benino anche Ally. E lei mi ha attirato nella trappola senza neanche sapere che lo stava facendo... devi aver dato un'occhiata nella sua testa e averle suggerito la tecnica perfetta per convincermi a venire qui da te, nelle tue grinfie. Benissimo, amico mio. Sei stato eccellente. Ma io ho avuto un anno per torturarmi. Un anno per stare qui e pensarci. A quante persone avevo ucciso, alla nausea che mi provocava, e pian piano sono riuscito a venirne a capo. Perché... e questa è la grande differenza tra noi due, cazzone: alla fine sono riuscito a sbrogliare il bandolo della matassa, a capire cosa stava succedendo... ci è voluto del tempo, ma ho imparato. Hai capito, coglione? Io *imparo*. Tu *no*.

C'è un vecchio proverbio giapponese – ne ho a bizzeffe di questi, Henry bello, ho letto un sacco – che dice: "Non commettere l'errore dell'artigiano che si vanta di avere vent'anni di esperienza nella sua arte, quando in realtà ha solo un anno di esperienza ripetuto venti volte"».

E a quel punto gli feci un gran sorriso.

«'Fanculo, coglione», dissi, nello stesso istante in cui il direttore abbassava l'interruttore e io saltavo fuori di lì, dentro il paesaggio e la mente di Henry Lake Spanning.

Mi ci volle qualche secondo per orientarmi; era la prima volta che facevo qualcosa di più che entrare in un paesaggio... quello era... *infilzare*; ma poi Ally accanto a me singhiozzò un poco per il suo vecchio amico Rudy Pairis che cuoceva come un'aragosta del Maine, il fumo che usciva da sotto la maschera nera che copriva il mio, il suo volto; e sentii l'ultimo urlo ancestrale dell'essere che era stato Henry Lake Spanning e migliaia di altri mostri, tutti lì a bruciare là fuori, lungo il lontano orizzonte del mio nuovo paesaggio; e misi un braccio attorno alle spalle di Ally, e le seppellii il viso contro il collo e la tenni stretta a me; e sentii il grido continuare per un tempo lunghissimo, credo sia stato un tempo lunghissimo, e alla fine era solo un respiro... poi più nulla... e sollevai il viso dalla spalla di Ally, e riuscivo a stento a parlare.

«Sssh, tesoro, sta bene, adesso», sussurrai. «È andato in un luogo in cui può rimediare ai suoi errori. Nessun dolore. Tranquillo, un posto silenzioso e tranquillo; e tutto solo, per sempre. Un luogo freddo. E scuro».

Ero pronto a smettere di fallire in tutto e di dare la colpa al resto del mondo. Avevo confessato a me stesso l'amore, avevo deciso che era ora di crescere e diventare adulto – non solo uno da studio veloce, che impara in fretta, estremamente in fretta, molto più in fretta di quanto ci si immagini possa imparare un orfano come me, più in fretta di quanto *chiunque* possa immaginare – e abbracciai Ally con la ferma intenzione che Henry Lake Spanning l'avrebbe amata più intensamente, più responsabilmente di quanto chiunque avesse mai amato nella storia del mondo. Ero pronto a smettere di fallire in tutto.

E dentro il corpo di un ragazzo bianco con grandi occhi blu sarebbe stato molto, molto più semplice.

Perché – beccatevi questa, adesso – tutti gli anni che avevo sprecato non avevano tanto a che vedere con il fatto di essere nero o con il razzismo o con la questione di essere troppo qualificato o di essere sfigato o un saputello, e neanche con la maledizione del mio "dono", quanto con l'unica, sola verità che avevo imparato aspettando là dentro,

dentro il mio paesaggio, aspettando che Spanning arrivasse a gongolare: ero sempre stato una di quelle persone infelici che *non riuscivano a piantarla di mettersi i bastoni tra le ruote da sole*.

Il che significava che potevo per lo meno smettere di dispiacermi per quel povero negro, Rudy Pairis. Tranne, forse, in un momento di umana debolezza.

Ed Gorman

FUORI, NEL BUIO

1995

Ed Gorman (1941) è nato a Cedar Rapids, nell'Iowa, e si è laureato nel 1963 al Coe College. Ha lavorato nel campo pubblicitario come copywriter e come scrittore freelance per vent'anni prima di diventare scrittore di romanzi a tempo pieno. Sebbene la gran parte dei suoi lavori rientri nel filone giallo, si è cimentato con numerosi altri generi letterari fra cui l'horror (ha ottenuto la nomination al Bram Stoker Award da parte della Horror Writers Association per la sua raccolta di racconti *Cages*, del 1995, e per *The Dark Fantastic*, del 2001), il western (vincendo il primo premio agli Spur Awards presieduti dalla Western Writers of America per il suo *The Face* del 1992), firmandosi sia con il suo vero nome che con gli pseudonimi di E.J. Gorman e Daniel Ransom. È stato candidato anche a due Edgar Allan Poe Awards da parte della Mystery Writers of America per il miglior racconto con il suo *Prisoners* del 1991 e (insieme ad altri autori) per il miglior lavoro di biografia e critica con *The Fine Art of Murder* del 1994. Ha ricevuto il premio Ellery Queen della MWA nel 2003 soprattutto per i suoi numerosi gialli, la sua lunga carriera da editore della fanzine «Mystery Scene Magazine» e per le sue molte antologie.

Tra i suoi numerosi romanzi ricordiamo il primo della serie da sei volumi su Jack Dwyer, *Rough Cut* del 1985, *The Day the Music Died* del 1999 (il primo della serie di romanzi su Sam McCain) e *The Poker Club* (1999) da cui è tratto l'omonimo film diretto da Tim McCann nel 2008. *The Poker Club* è l'ampliamento del racconto *Fuori, nel buio* (*Out There in the Darkness*) che fu inizialmente pubblicato in edizione limitata (solo cinquecento copie) da Subterranean Press nel 1995.

1

La notte in cui tutto cominciò, tutta quella strana spirale di eventi, stavamo giocando la nostra solita partita a poker del mercoledì – quattro uomini sulla quarantina che lavoravano nel campo della finanza e si riunivano per bere birra, fare battute volgari e giocare a poker. Senza jolly, quelli li odiamo.

Era d'estate, durante le ferie, e per due settimane di fila la partita si tenne da me. Jan si era portata via i bambini per andare a trovare sua zia Wendy e suo zio Verne alla casa sul lago, per cui mi ero offerto di ospitare gli altri anche quella settimana. Senza nessuno che stesse lì a controllarci, potevamo allungare le birre con il bourbon e fare delle battute ancora più volgari. Se a casa ci sono moglie e figli ci si sente sempre un po' in soggezione.

Mike e Bob arrivarono insieme. Avevano portato pure i regali, che in quel caso erano delle riviste sexy che le nostre mogli non volevano che tenessimo in casa, per evitare che i bambini potessero trovarle. O almeno così dicevano. Io credo che le mogli avvertissero il rischio che quelle riviste potessero mettere delle strane idee in testa ai mariti, come magari portarsi la segretaria a bere una birra dopo il lavoro, o fermarsi di notte in uno di quei bar per uomini soli.

Mettemmo i mazzi di carte e le fiches sul tavolo, stappammo la prima birra (Mike si era appena fatto uno shot di bourbon) e iniziammo a passarci le riviste sexy con quella foga da primo liceo. Quelle riviste dovevano bilanciare, credo, le nostre stempiature, le nostre pance e le nostre spalle ricurve. In fondo al cuore di ogni quarantenne c'è un ragazzino allupato di quattordici anni.

Il tutto, comunque, si svolgeva su in soffitta. Ci eravamo conosciuti tutti e quattro quando ci eravamo trasferiti in quello che per gli esperti di urbanistica era un "quartiere da riabilitare". C'erano delle enormi case antiche, che potevano essere rimesse a posto, se si avevano abbastanza soldi e tempo. Il comune aveva stabilito che quell'area di dieci isolati andava ristrutturata e riportata allo splendore. Io e Jan avevamo scelto una fatiscente casa vittoriana. Non la riconoscereste più, oggi. Stesso dicasi per la soffitta, che avevo fatto diventare proprio un bel salotto.

«Mi fa davvero incazzare», disse Mike O'Brien. «È sempre in ritardo».

E aveva ragione. Neil Solomon *era* sempre in ritardo. Non di molto, ma comunque sempre in ritardo.

«Almeno stanotte ha una buona scusa», disse Bob Genter.

«Ah sì?», rispose Mike. «Starà in piscina a farsi una nuotata». Neil aveva da poco ricevuto un premio aziendale che l'aveva fatto diventare il primo proprietario di una piscina in tutto il quartiere.

«No, è di ronda. Ma stacca alle nove. Ha trovato uno che ha fatto a cambio per la settimana prossima».

«Ah, caspita», disse Mike, sinceramente dispiaciuto di essersi lamentato. «Non lo sapevo».

La bella testa nera di Bob Genter annuì solennemente.

Fare le ronde è una cosa che prendiamo tutti sul serio nel nostro "quartiere da riabilitare". Erano passati ormai otto mesi da quando le rapine erano iniziate, e la situazione stava peggiorando. Casa mia era stata rapinata e un'altra volta aveva subìto atti vandalici. A Bob e Mike avevano rubato la macchina. La moglie di Neil, Sarah, si era ritrovata un ladro in cucina. E poi c'era stato quell'omicidio quattro mesi prima, quella coppia che si era trasferita da poco nel quartiere, ritrovati barbaramente uccisi a coltellate nel proprio letto. La polizia aveva fermato il colpevole qualche giorno dopo, mentre tentava di incassare alcuni traveler's cheques che aveva rubato alle vittime. Era proprio il tipico parassita che infestava il nostro quartiere dopo il tramonto: un drogato sulla ventina, fatto al punto di essere sull'orlo della psicosi, che non si creava alcun problema ad ammazzare persone che invidiava o che disprezzava. E inoltre era un esperto nell'arte di neutralizzare i sistemi di allarme.

Dopo quei fatti organizzammo un'assemblea di quartiere, e fu così che arrivammo alla decisione di istituire quelle ronde, cosa che a quanto pare era abbastanza popolare sulla costa eSt La gente crede che una piccola cittadina del Midwest come la nostra non possa avere grossi problemi di criminalità. Li invito a farsi un giro per una di queste strade di notte. Saranno facilmente smentiti, purtroppo. Ad ogni modo, la ronda funzionava così: ogni notte, una coppia di vicini saliva in macchina e si faceva il giro dei dieci isolati del nostro quartiere riqualificato. Non appena notavano qualcosa di sospetto, avvertivano la polizia con il cellulare. Noi la chiamavamo per scherzo la "Brigata del Baby Boom". La ronda aveva una sola regola: non si doveva mai intervenire a meno che la vita di qualcuno fosse in pericolo. Bisognava sempre, sempre chiamare la polizia con il cellulare.

Neil era di ronda quella sera. Sarebbe arrivato in una mezz'ora. C'erano due turni: il primo, dalle otto alle dieci; l'altro, dalle dieci a mezzanotte.

Bob disse: «Hai sentito la proposta di Evans?»

«Sulle pistole?», dissi.

«Già».

«Mi mettono un po' in tensione», dissi.

«Anche a me», aggiunse Bob. Per essere cresciuto nella zona più malfamata della città, Bob Genter era piuttosto raffinato. Ogni volta che per scherzo diceva che lui era la pecora nera del gruppo, Neil gli rispondeva sempre che allora lui era la pecora ebrea, così come Mike era la pecora cattolica e io la pecora metodista. Credo che fossimo soprattutto amici di comodo, eppure eravamo abbastanza affezionati l'uno all'altro. Ne avevamo avuto la dimostrazione qualche anno prima, quando a Neil era venuto un cancro. Io, Bob e Mike siamo andati a trovarlo due volte al giorno ogni giorno, quando era in ospedale.

«Io dico che è giunta l'ora», disse Mike. «I cattivi ce l'hanno le pistole, quindi perché non darle anche ai buoni?»

«I buoni sono i poliziotti», dissi. «Mica noi».

«Mettiamo in mano alle ronde una pistola», aggiunse Bob, «e vedrete che qualcuno che non c'entra niente si farà del male».

«E allora, mettiamo che una di queste notti uno di noi sia a fare la ronda e che dopo aver scoperto un malvivente, quello ci spari addosso prima che arrivi la polizia. Non credi che potrebbe succedere anche questo?»

«Certo che potrebbe succedere, Mike», risposi. «Solo non credo che questo basti a giustificare il fatto di girare armati».

Quella discussione ci tenne impegnati fintanto che non arrivò Neil.

«Scusate il ritardo», disse Neil Solomon dopo avermi seguito in soffitta ed essere entrato.

«Ci siamo scolati tutta la birra!», disse Mike O'Brien ad alta voce.

Neil fece un sorriso. «Con quella pancia che hai messo su ultimamente, credo che *tu* te la sia bevuta tutta!».

Mike si divertiva sempre molto a scherzare con Neil. Forse era perché la gran parte delle persone avevano timore di lui (con quel suo carattere spigoloso da irlandese) mentre invece Neil lo trattava senza alcuna paura e le sue battute erano sempre molto pungenti. Lo faceva ridere di gusto.

Neil si mise a sedere e gli portai una birra dal minifrigo che tenevo lì in soffitta. Poi vennero distribuite le carte, si giocava al *seven-card stud* poker.

Bob gli chiese: «Come è andata la ronda?».

Neil disse, con una scrollata di spalle: «Tutto regolare».

«Io dico che dovremmo andare in giro armati», era Mike.

«Non ci crederai, ma mi trovi d'accordo», disse Neil.

«Dici sul serio?», chiese Mike.

«Ma bene», dissi a Bob Genter. «Un altro di quei cowboy che si vedono nella pubblicità della birra».

Bob sorrise. «Da dove vengo io non esistono i cowboy». Fece una gran risata. «Da noi anche le mamme sono toste, sapete. Praticamente andavano *tutte* in giro con la pistola».

«E quindi questo significa che sei d'accordo con loro?», dissi.

Bob guardò ancora una volta le sue carte, poi scrollò le spalle. «Non ho ancora deciso, credo».

Non pensavo che coloro che si schieravano contro l'uso delle armi avrebbero perso questo giro. Ma avevo paura del giro successivo, quando a distanza di qualche mese sarebbe ritornato all'ordine del giorno quel discorso sul girare armati. Con tutto lo spazio che la TV dava alla violenza, gli abitanti della città stavano davvero iniziando a sentirsi sotto assedio.

«Giochiamo a carte», disse Mike, «e lasciamo questa stronzata di dibattito per dopo».

Era una buona idea.

Giocammo a carte.

Dopo quarantacinque minuti avevo perso 63,82 dollari. Mike e Neil giocavano sempre come se fosse una questione di vita o di morte. Bastava guardarli in faccia. Nemmeno in guerra si vedevano facce così serie e determinate.

Facemmo la prima pausa intorno alle dieci, e Neil ne approfittò. Ce n'erano due di bagni, uno al secondo piano, fra le camere da letto, e uno al primo piano.

Neil disse: «Il buon vecchio dottor Gottesfeld mi ha dato una bella strizzata oggi pomeriggio, quindi mi ci vorrà un po'».

«Dovresti farti sostituire quella vecchia prostata con una nuova», disse Mike.

«Credimi, lo farei volentieri».

Mentre Neil era in bagno, noi tre riprendemmo a parlare di nuovo delle ronde, e a discutere delle armi.

Facevamo sempre gli stessi ragionamenti, ormai senza alcuna passione. Stavamo solo ammazzando il tempo in attesa di Neil, e lo sapevamo benissimo.

Alla fine Mike disse: «Passatemi un po' quelle riviste».

«Mostrami un documento», dissi.

«Te lo faccio vedere io il documento», rispose Mike.

«Ne faccio volentieri a meno», gli dissi. «Ecco, prenditi le riviste».

«Ti dispiace se uso il bagno al primo piano?» mi domandò Bob.

«Be' sì, mi darebbe proprio fastidio», risposi.

«Dici sul serio?».

Aveva questo problema Bob, non capiva le freddure.

«Ma certo che no», dissi. «Perché mai dovrebbe darmi fastidio se tu usassi il bagno al primo piano?».

Fece un sorriso. «Magari avete i bagni riservati ai bianchi, che ne so».

Uscì.

Mike disse: «Siamo fortunati, lo sai, vero?»

«Intendi io e te?»

«Già».

«Fortunati come?»

«Quei due, sono proprio bravi ragazzi. Del tipo che mi piacerebbe lavorarci insieme». Scosse la testa. «Io sono circondato da infidi bastardi tutto il santo giorno».

«Senza offesa, ma secondo me anche tu sai essere parecchio infido».

Sorrise. «Senti chi parla!».

All'inizio mi sembrava di aver sentito come il verso di un animale che veniva da fuori, come un cane o magari un gatto che si stesse lamentando per qualche motivo. Mike, che si stava facendo un solitario, non alzò nemmeno lo sguardo.

Ma la seconda volta che sentii quel rumore, sia io che Mike guardammo in alto. E poi sentimmo il botto di una finestra che andava in mille pezzi.

«Cosa diavolo è stato?», disse Mike.

«Andiamo a vedere!».

Non appena arrivammo al pianerottolo delle scale che scendono giù dalla soffitta, ci trovammo di fronte Neil che usciva dal bagno del secondo piano. «L'hai sentito pure tu?»

«Cristo santo, certo che sì!», dissi.

Andammo verso la scalinata che portava al primo piano. Era completamente buio. Mike fece per accendere la luce, ma lo fermai in tempo. Gli feci un cenno per dirgli di stare in silenzio, *ssshhhh!*, e poi gli feci vedere la mazza Louisville Slugger che avevo preso dalla camera di Tim. Tim è mio figlio, ha nove anni e sogna di diventare un grande giocatore di baseball. Sua madre l'ha convinto che ero un campione, solo perché al college avevo ottenuto una borsa di studio per meriti sportivi. Ma non era vero, ero soltanto un giocatore fortunato.

Scendevamo le scale in fila, e io stavo davanti, tenendo la mazza da baseball ben stretta.

«Brutto figlio di puttana!».

Era la voce di Bob.

Un altro vetro che si spezzava.

Provai a capire da che parte provenisse il rumore. In cucina. Doveva venire dalla cucina.

Con quel poco di luce che veniva dalla strada, vidi le facce di Mike e Neil. Sembravano spaventati.

Alzai la mazza e mi affrettai verso la cucina.

Come superammo la sala da pranzo, sentii qualcosa di molto grosso sbattere sul pavimento della cucina. Era qualcosa di umano e pesante.

Accesi la luce in cucina.

Era davanti alla porta sul retro. Era bianco, alto. Capelli biondi fino alle spalle. Addosso aveva una maglietta sbiadita e sporca. I jeans erano unti. Aveva preso uno dei coltelli da intaglio di Jan dall'enorme scaffale di ferro che si trovava proprio sopra all'isola centrale. Aveva degli occhi davvero particolari: era come se dalle pupille blu uscisse un'iridescenza maligna. Aveva uno sguardo feroce ma allo stesso tempo di un'intelligenza aliena, con un bagliore argenteo.

Bob era sdraiato sul pavimento a faccia in giù, aveva entrambe le braccia aperte. Sembrava immobile. Frammenti e schegge di vetro erano volati dappertutto sul pavimento. L'ospite a sorpresa aveva perfino spaccato due o tre caraffe colorate che avevamo comprato l'anno prima in Messico.

«Via!», gridò il ladro a qualcuno nella veranda sul retro.

Si voltò, agitando continuamente quel coltello per tenerci a bada.

Dei passi fuori della porta.

Il ladro riuscì a mantenere le distanze per poco ancora, poi gli feci assaggiare un pezzo del legno temprato della Louisville Slugger, colpendolo proprio sul polso. Il coltello sbatté per terra.

A quel punto Mike e Neil sembravano impazziti. Gli si lanciarono addosso, lo sbatterono contro la porta e lo riempirono di pugni alla cieca.

«Ehi!», dissi, e lanciai la mazza a Neil. «Prendi questa, e se fa un solo passo gli spacchi la testa in due. Ma altrimenti lasciatelo stare».

Erano davvero inferociti, come due pitbull che fossero stati messi al guinzaglio proprio quando la lotta iniziava a farsi interessante.

«Mike, chiama la polizia e digli di mandare una volante».

Feci alzare Bob in piedi. Lo portai in bagno e lo feci sedere sulla tavoletta. Sulla nuca aveva un bernoccolo grosso come un uovo. Presi una salvietta pulita, la bagnai con l'acqua fredda e gliela premetti contro il bernoccolo. Poi Bob ci premette la mano.

«Vuoi che chiami un'ambulanza?», chiesi.

«Un'ambulanza? Ma scherzi! Che credi, mica sono un ballerino di danza classica!».

Feci di no con la testa. «Niente affatto, ti conosco bene. Ho un cugino che fa danza classica ed è davvero un osso duro, quel figlio di puttana, credimi. Tu invece», feci un sorriso, «tu non sei così forte, Bob».

«Non mi serve un'ambulanza, sto bene».

Fece una smorfia e premette più forte la salvietta sulla nuca. «Ho solo un po' di mal di testa, nient'altro». Ad un tratto si fece piccolo piccolo, gli si vedevano i segni del grande spavento dentro gli occhi scuri.

«Me la sono fatta addosso dalla paura. Ho sentito qualcosa mentre uscivo dal bagno. Sono andato in cucina per dare un'occhiata e quello mi è saltato addosso».

«Con che cosa ti ha colpito?»

«Non ne ho idea».

«Ti vado a prendere un po' di whisky. Resta seduto».

«Adoro stare seduto in bagno, amico mio».

Mi fece ridere. «Non ti biasimo affatto».

Quando tornai in cucina, erano spariti. Tutti e tre. Mi girai e vidi la porta dello scantinato leggermente accostata. Si intravedeva una luce polverosa fra la porta e il pavimento. Lo scantinato era in pessimo stato. Non avevamo ancora avuto il tempo e il denaro per sistemarlo. Contavamo di farlo a Natale, con i soldi che avrei ricevuto con il premio natalizio della mia società, la Windsor Financial Group.

Scesi le scale. Lo scantinato era una stanza enorme praticamente inutilizzata, tranne che per la lavatrice e l'asciugatrice in un angolo. Tutti gli scatoloni e una serie di cianfrusaglie che sarebbero dovute finire in soffitta erano stati buttati lì. C'era sempre un forte odore di muffa. L'idea era quella di farlo diventare una sala hobby per quando i ragazzi saranno stati grandi. Per il momento gli unici a vivere lì dentro erano gli scarafaggi.

Come feci l'ultimo scalino, li vidi. Nello scantinato ci sono quattro pali di metallo che fanno da supporto, uno in ogni angolo. Con un pezzo di corda trovata sul banco da lavoro, lo avevano legato al palo del quadrante a est, con i polsi dietro la schiena. Lo avevano anche imbavagliato con quella che sembrava la federa di un cuscino. I suoi occhi erano grandi e spalancati. Sembrava spaventato, e non lo biasimavo affatto. Ero spaventato anch'io.

«Ragazzi, cosa diavolo state facendo?»

«Datti una calmata, Papà Orso», disse Mike. Mi chiamava così quando voleva far intendere che mi comportavo come un vecchio rompiscatole. La verità è che Mike, se non vado errato, ha due anni più di me, e poi non credo proprio di essere davvero questo gran rompiscatole. Jan me l'ha giurato, e lei è del tutto imparziale.

«Dacci un taglio con questo cazzo di Papà Orso. Hai chiamato la polizia?»

«Non ancora», rispose Neil. «Ora datti una calmata, d'accordo?»

«Non hai chiamato la polizia. Hai legato quel tizio e l'hai pure imbavagliato nel mio scantinato. Non mi hai neppure chiesto come sta Bob. E vuoi che mi calmi».

A quel punto Mike mi si fece sotto. Aveva ancora quell'aria da pitbull inferocito, delirante, fuori controllo, alieno.

«Faremo quello che i poliziotti *non possono* fare, amico», disse. «Daremo una lezione a questo figlio di troia. Ci faremo dire i nomi di chi era con lui stanotte, e poi ci faremo dire anche tutti i nomi di ogni singolo malvivente che opera nel nostro vicinato. E poi questi nomi li daremo alla polizia».

«È solo l'ampliamento del servizio di ronda», disse Neil. «Abbiamo il dovere di proteggere il nostro quartiere».

«Voi siete completamente pazzi», dissi, e mi voltai verso le scale. «Io vado su a chiamare la polizia».

Fu a quel punto che mi resi conto di quanto Mike avesse perso il controllo. «Tu non vai proprio da nessuna parte, amico. Resti qui insieme a noi e ci dai una mano a far sputare il rospo a questo bastardo. Anche tu devi fare il tuo maledetto *dovere* per il vicinato».

Mi aveva stretto la manica così forte che si era strappata sulla spalla. Ce ne rendemmo conto nello stesso istante.

Mi aspettavo che fosse dispiaciuto. Invece non lo era affatto. Mi stava deridendo. «Non fare il fifone, Aaron», mi disse.

2

Mike si diede da fare più degli altri per rimettere a posto la cucina. Credo che fosse dispiaciuto di avermi dato del fifone con quella rabbia esagerata. Ora capivo come nascessero i linciaggi pubblici. Bastava un tizio come Mike a incitare la folla, capace di alternare insulti a incoraggiamenti.

Dopo che avemmo sistemato la cucina, e dopo che ebbi fatto l'inventario per vedere se mancasse qualcosa, presi dal frigorifero birre per tutti. Bob si era trascinato in cucina pure lui.

«Bene», dissi. «Ora che ci siamo dati una calmata, sto per andare a prendere quel telefono giallo sul muro e alzare la cornetta per chiamare la polizia. Ci sono obiezioni?»

«Io dico che lì il blu ci starebbe meglio del giallo», disse Neil.

«Che simpatico», dissi.

Adesso sembravano di nuovo loro stessi, senza quella rabbia selvaggia sul volto di Mike e Neil e senza le smorfie di dolore su quello di Bob.

Feci il primo passo verso il telefono.

Neil mi prese per un braccio. Non era certo la stessa forza rabbiosa che Mike aveva usato su di me. Ma era convincente.

«Credo che Mike abbia ragione», disse Neil. «Secondo me dovremmo prima metterlo un po' sulla graticola, a quel bastardo».

Feci di no con la testa, gli tolsi gentilmente la mano dal mio avambraccio, e mi avviai verso il telefono.

«Non è una decisione che puoi prendere da solo», disse Mike.

Finalmente ce l'aveva fatta. Era riuscito a farmi arrabbiare. Mi girai a guardarlo in faccia. «Questa è casa mia, Mike. Se le mie decisioni non ti piacciono, ti consiglio di andartene».

Ci stavamo avvicinando l'uno all'altro. Mike avrebbe senza dubbio avuto la meglio, se avessimo fatto a pugni. Ma di certo sarei riuscito a fargli qualche danno pure io, e questa era l'unica cosa a cui riuscivo a pensare in quel momento.

Neil ci separò.

«Ehi», disse. «Perdio, datevi una calmata voi due! Siamo amici, ve lo ricordate ancora?»

«Questa è casa mia», dissi. Ma sentendole uscire dalla bocca, quelle parole mi sembrarono infantili.

«Già, ma viviamo nello stesso quartiere, Aaron», disse Mike, «e quindi questo problema è una faccenda che riguarda "noi" tutti».

«Ha ragione lui, Aaron», disse Bob da dietro il tavolino. C'è una finestra da quel lato, e a volte mi ci siedo davanti per guardare gli animali che passano in strada durante le belle giornate. Un giorno vidi passare un procione femmina con dietro di sé quattro piccoli cuccioli che la seguivano in fila indiana sul prato. I miei nonni sono stati l'ultima generazione ad aver vissuto in campagna. Mio padre venne in città e infine divenne vicepresidente di una fabbrica di cuscinetti a sfera. I procioni sono molto più belli da vedere degli esseri umani.

«Non ha affatto ragione», dissi a Bob. «Ha torto. Noi non siamo sbirri, non siamo cacciatori di taglie, e non facciamo gli investigatori. Siamo solo un maledetto gruppo di uomini che spacciano azioni e obbligazioni. Mike e Neil non avrebbero dovuto legarlo giù nello scantinato. È una cosa illegale, soprattutto se fatta in quel modo lì. E adesso chiamerò la polizia».

«Già, poverino, lui», disse Mike. «Ma non gli abbiamo mica fatto male, no? Sai che ti dico, prepariamogli qualcosa da mangiare, già che ci siamo».

«Mi raccomando però, scegliamo un vino che si possa abbinare con il piatto», disse Neil. «E che sia ben fresco».

«O magari portiamogli una donna», disse Bob.

«Con due bombe grosse così» disse Mike, e con le mani fece il gesto.

Non potei resistere. Feci un sorriso. Erano davvero ridicoli. Era come se fossero in preda a una strana febbre.

«Vuoi davvero scendere di sotto e fargli un interrogatorio?», chiesi a Neil.

«Sì. Possiamo fargli delle domande che i poliziotti non possono fare».

«Gli facciamo prendere un bello spavento», aggiunse Mike. «Così ci dice chi erano quegli altri, e chi altro lavora in questa zona». Venne verso di me e allungò la mano. «Cristo santo, sei il mio migliore amico. Non voglio che ti arrabbi con me».

Poi mi abbracciò, che è una cosa alla quale non mi sono mai abituato, tra uomini. Ciononostante, ricambiai per quanto possibile quell'abbraccio.

«Amici come prima?», disse.

«Amici come prima», risposi. «Ma voglio sempre chiamare la polizia».

«Vuoi rovinarci il divertimento?», disse Neil.

«Voglio rovinarvi il divertimento».

«Io dico che la mettiamo ai voti», disse Bob.

«Questa non è una democrazia», dissi io. «È casa mia, e qui comando io. Non ci sarà nessuna votazione».

«Possiamo solo fargli una domanda?», chiese Bob.

Sospirai. Non avrebbero mai mollato. «Una domanda?»

«I nomi di quelli che erano insieme a lui stanotte».

«E poi basta?»

«E poi basta. Almeno così mettiamo al fresco lui e i suoi amichetti».

«E poi io chiamo la polizia?»

«E poi», disse Mike, «tu chiamerai la polizia».

«Una sola domanda», disse Neil.

Mentre finivamo le nostre birre, continuammo a discutere ancora per un po', ma avevano molte più forze loro di quante non ne avessi io. Mi era scesa una gran stanchezza, mi mancavano Jan e i bambini e mi sentivo solo. Quei tre si erano trasformati in degli sconosciuti per me, quella notte. Tre uomini adulti che volevano giocare di nuovo a un vecchio gioco d'infanzia.

«Una domanda», dissi, «e poi chiamo la polizia».

Feci strada per le scale, e mentre scendevamo continuavo a starnutire. Nello scantinato c'era sempre tanta di quella polvere da far impazzire le mie cavità nasali.

Il ragazzo stava lì, ci fissava tutto imbronciato mentre scendevamo per le scale e ci avvicinavamo. Puzzava di sudore e di immondizia. Le lunghe braccia nude che uscivano dalle maniche di quella T-shirt erano piene di tatuaggi raffiguranti serpenti contorti e pantere feroci. Aveva i polsi legati da una corda. La mascella era ancora contratta nello sforzo di abituarsi al bavaglio.

«Che ne dite se lo castriamo», disse Mike, avvicinandosi al ragazzo. «Ti piacerebbe, pezzo di merda, essere castrato?».

Se era impaurito, non lo dava a vedere. Nei suoi occhi non c'era altro che disprezzo.

«Scommetto che è lo stesso stronzo che ha rapinato i Donaldson due settimane fa», disse Neil.

A quel punto anche lui gli si fece sotto. Ma era più ambizioso di Mike. Gli sputò in faccia.

«Ehi!», dissi, «vacci piano».

Neil mi lanciò uno sguardo. «Già, non vorrai certo che si offenda, giusto?».

Poi si voltò di nuovo verso il ragazzo, alzò il pugno e prese la mira. Non potei fare altro che spingerlo via, deviando il pugno verso destra. Mancò il ladro di venti centimetri.

«Sei uno stronzo», disse Neil. Stavolta era rivolto a me.

Ma Mike si mise in mezzo.

«Lo sai cosa stiamo facendo? Lo stiamo proprio facendo divertire. Avrà un sacco di belle storie da raccontare a quei criminali dei suoi amici».

Aveva ragione. Il ladro era l'unico ad aver mantenuto la calma e a non essersi scomposto. Mentre noi non facevamo altro che bisticciare come ragazzini. E a conferma di tutto questo, gli occhi blu di quel tizio si illuminarono per un attimo.

«Che diavolo, Aaron, mi dispiace», disse Neil, porgendomi la mano. Sembrava quasi un raduno di politici, con tutte quelle strette di mano.

«Anche a me, Neil», dissi. «È proprio per questo che voglio chiamare la polizia e farla finita qui».

E fu proprio in quel momento che il ladro prese l'iniziativa. Non appena ebbi finito la frase sulla polizia, capì che quella sarebbe stata la sua ultima occasione.

Attese il momento in cui finivamo di stringerci la mano, quando eravamo tutti concentrati l'uno sull'altro. Poi si mise a correre. Ci rendemmo conto che era riuscito a tagliare la corda. Andò dritto verso le scale, schivandoci come un giocatore di football che va verso la meta. Sporse addirittura il braccio tatuato all'infuori, come se stesse evitando un'entrata avversaria.

«Ehi!», strillò Bob. «Sta scappando!».

Era già sulle scale quando finalmente riuscimmo a riprenderci e a partire all'inseguimento. Ma quando iniziammo a muoverci, eravamo veloci e ci muovevamo praticamente all'unisono.

Quando lo afferrai per l'orlo della gamba sinistra dei jeans, era quasi arrivato alla porta dello scantinato e stava per aprirla.

Tirai forte e abbassai la testa per schivare un suo calcio. Adesso ero inferocito proprio come Mike e Neil poco prima. Era un misto di adrenalina e rabbia pura. Non era più soltanto un ladro, era tutti i ladri messi insieme, e non aveva solo intenzione di rubare dentro casa mia, voleva anche fare del male alla mia famiglia. Non aveva fatto in tempo a togliersi il bavaglio dalla bocca.

A quel punto gli afferrai bene il piede con tutta la scarpa e lo tirai giù dalle scale. All'inizio fece resistenza tenendosi alla maniglia della porta, ma quando gli rigirai la caviglia verso destra, cacciò un urlo da dietro il bavaglio. Lasciò la presa.

I successivi trenta secondi restano per me tuttora confusi. Presi a correre giù per le scale, trascinandolo dietro di me. Non volevo fare altro che riportarlo giù nello scantinato, consegnarlo agli altri che lo avrebbero sorvegliato mentre io andavo a chiamare la polizia.

Ma proprio durante quei pochi secondi in cui lo stavo portando giù, sentii il rumore della sua nuca che andava contro lo spigolo di un gradino. Lo sentirono anche gli altri, perché le loro grida e le loro imprecazioni si strozzarono nelle loro gole.

Come mi voltai, vidi il rosso del sangue che gli usciva senza sosta dal naso. In quegli occhi blu non vedevo più il disprezzo. Iniziavano a ribaltarsi, si stavano girando verso l'interno del cranio.

«Cristo santo», dissi. «Si è fatto male».

«Mi sa che si è fatto male sul serio», disse Mike.

«Aiutatemi a portarlo su».

Lo mettemmo per terra in cucina. Mike e Neil facevano avanti e indietro con i fazzoletti di carta. Cercammo di farlo tornare in vita. Bob, che aveva ancora quella smorfia per via del mal di testa, tastò prima i polsi, poi le caviglie e infine la gola del ragazzo per sentirgli il battito. Niente. Aveva il naso e la gola pieni zeppi di sangue.

«Non ci credo che uno muore perché sbatte la testa in quel modo», disse Neil.

«Certo che sì», rispose Mike, «basta sbatterla nel modo giusto».

«Non può essere morto così», disse Neil. «Fatemi sentire il polso un'altra volta».

Bob, che a quel punto stava prendendo sul personale la testardaggine di Neil, lo squadrò con disapprovazione e disse: «È morto, ti dico. Morto stecchito».

«Stronzate».

«Sei un dottore per caso?», chiese Bob.

Neil fece un sorriso nervoso. «No, ma faccio la parte del medico in TV».

Poi Neil provò a sentirgli i polsi. Ma la sua diagnosi fu la stessa di Bob.

«Hai visto?», disse Bob.

Non credo che nessuno di noi sarebbe mai diventato un vero adulto.

«Cristo», disse Neil, guardando dall'alto il freddo, lungo e immobile corpo di quel ladro. «È morto per davvero».

«Che cosa diavolo facciamo adesso?», chiese Mike.

«Chiamiamo la polizia», dissi e mi incamminai verso il telefono.

«Con il cavolo che lo facciamo», disse Mike. «Con il cavolo».

3

Non era passata nemmeno mezz'ora da quando lo avevamo messo in cucina che iniziò a puzzare. Avevamo cercato i suoi documenti nelle tasche, ma niente. Non era nient'altro che mister Ladro.

Rimanemmo seduti in cucina, a dividerci un fondo di whisky Old Grand-Dad e parecchie birre ancora.

Votammo due volte, e finì sempre in pareggio. Due erano per chiamare la polizia, io e Bob; due per non chiamarla, Mike e Neil.

«Non dobbiamo dire altro», spiegai, «che l'abbiamo legato solo per non farlo scappare».

«E quelli ti chiederanno», rispose Mike, «perché non ci avete chiamato subito?»

«Dovremmo solo mentire un po' sulle tempistiche», risposi. «Diremo che abbiamo chiamato venti minuti dopo l'aggressione».

«Non funzionerà», disse Neil.

«Perché no?», chiese Bob.

«L'autopsia stabilirà l'ora esatta del decesso», disse Neil.

«Non è così precisa».

«Lo è abbastanza per far venire dei dubbi ai poliziotti sulla nostra versione», disse Neil. «Quando finalmente saranno qui, sarà passata almeno un'ora, un'ora e mezza da quando è morto».

«E così finiamo sui giornali per non aver denunciato subito l'intrusione, e ancor peggio, per la sua morte», disse Mike. «Le nostre aziende adorano questo tipo di pubblicità».

«Basta, vado a chiamare la polizia», dissi, e mi alzai da tavola.

«Pensa un attimo a Tomlinson», mi disse Neil.

Tomlinson era il mio capo. «Che mi dici di lui?»

«Ti ricordi come ha buttato fuori Dennis Bryce quando la ex moglie ha ottenuto un'ordinanza restrittiva nei suoi confronti?»

«Quella è un'altra storia», dissi io.

«Con il cavolo che lo è», disse Mike. «Neil ha ragione, questa storia non piacerà a nessuno dei nostri capi. Penseranno tutti che siamo un po'... matti, capisci? Per averlo tenuto legato nello scantinato. E per averlo ucciso quando ha provato a scappare».

Guardavano tutti verso di me.

«Siete dei bastardi», dissi. «Io ero l'unico a voler chiamare la polizia fin dall'inizio. E giuro su Dio che non ho mai avuto intenzione di ammazzarlo».

«A ripensarci», disse Neil, «mi sa che avevi ragione tu, Aaron. Avremmo dovuto chiamare subito la polizia».

«Adesso sì che è il momento giusto per rendertene conto», risposi.

«Forse però non hanno tutti i torti», aggiunse Bob sottovoce. Mi guardò per un attimo, prima di distogliere nervosamente lo sguardo.

«Oh ma che bello! Ti ci metti pure tu!», dissi.

«Mi butteranno fuori prendendo a calci il mio culo nero se solo dovesse saltare fuori che sono stato coinvolto in un omicidio». Era Bob.

«Quello era un maledettissimo ladro», risposi.

«Ma c'è rimasto secco», disse Neil.

«E l'abbiamo ucciso noi», disse Mike.

«Mi fa piacere che usi il "noi"», gli dissi.

«Conosco un posto perfetto», fece Bob.

Lo guardai attentamente. Ero terrorizzato per quello che stava per uscirgli dalla bocca.

«Scordatelo», aggiunsi.

«Il posto perfetto per cosa?», chiese Neil.

«Per gettarci il corpo», fece Bob.

«Neanche per sogno», dissi io.

Questa volta, nessuno provò a fermarmi quando mi alzai. Andai dritto verso il telefono giallo.

Mi chiesi se quella cucina così accogliente mi sarebbe sembrata sempre la stessa, dopo che c'era stato un morto sul pavimento.

Dovetti passargli sopra per arrivare al telefono. Il puzzo era ancora più pungente, adesso.

«Sai quanti cadaveri vengono gettati nel fiume senza mai tornare a galla?», disse Bob.

«No», risposi. «E non lo sai neanche tu».

«Tanti», disse.

«Questa sì che è una dimostrazione scientifica, signori! Tanti!».

«Sì, tanti, probabilmente», aggiunse Neil, a sostegno di Bob.

Mike sorrise. «Tanti, proprio tanti, *tantissimi*».

«Grazie, professore», gli dissi.

Alzai la cornetta e spinsi il tasto 0.

«Centralino».

«Il dipartimento di polizia, grazie».

«È un'emergenza?», chiese la donna dall'altro lato. In un'altra occasione avrei cercato di immaginarmi se la dolcezza di quella voce fosse eguagliata dalla bellezza del viso e del corpo. Ho anch'io un mio lato romantico. «È un'emergenza?», chiese di nuovo.

«No, non lo è».
«Ora la metto in contatto», disse.
«Dici che i tuoi figli ce la faranno a sopportarlo?», mi chiese Neil.
«Non ci provare», gli risposi.
«Non ci sto provando affatto», fece Neil. «Ti sto solamente facendo una domanda realistica. La polizia si farà venire dei dubbi sulla nostra storia, la stampa inizierà a ricamarci sopra, e bam! Diventiamo la notizia del giorno su tutti i canali. "Sono stati davvero questi quattro uomini di mezza età a uccidere il ladro?". I giornalisti arrivano pure a mettere in mezzo i figli piccoli, ultimamente. "Pensi che sia stato tuo papà a uccidere quel ladro, figliolo?"»
«Buona sera, qui è il dipartimento di polizia».
Aprii la bocca, ma non riuscivo a parlare. Non mi funzionava più la voce. È l'unico modo in cui riesco a descrivere ciò che mi successe.
«Sul TG delle sei di sera per cinque giorni di seguito», Neil mi bisbigliò all'orecchio. «Il procuratore distrettuale non potrà dare l'impressione di schierarsi a favore delle nostre attività di vigilantes, e ci inchioderà con un'accusa di omicidio colposo».
«Pronto? Risponde il dipartimento di polizia». Era di nuovo la voce di una donna di colore al telefono.
Neil mi stava alle spalle, mi si era avvicinato come per magia.
Mi tolse delicatamente la cornetta dalle mani e riagganciò.
«Facciamoci un altro drink, e sentiamo che cosa ha in mente Bob. Che ne dite?».
Mi guidò come se fossi un paziente in ospedale, lentamente e con molta cura mi portò verso la tavola dove Bob, un whisky dopo l'altro, ci illustrò il suo piano.

La mattina seguente, tre di noi si presero un giorno di malattia. Bob doveva andare assolutamente a lavoro per una riunione importante.
Intorno a mezzogiorno – era una splendida giornata: ci sarebbe stata bene una partita a softball o magari una cassa di birra all'aperto – arrivarono Neil e Mike. Avevano un aspetto orribile, e senza dubbio si sentivano proprio come mi sentivo io.
Ci sedemmo sulla veranda a mangiare il pranzo che avevano preso da Hardee's. Avrei dovuto giocare davvero a softball per smaltire un po' di quelle calorie.

Il canto degli uccelli, un leggero venticello e l'odore del prato appena falciato avrebbero dovuto fare di quel semplice pasto una circostanza gradevole. Ma iniziavo a chiedermi se avremmo mai potuto provare di nuovo una qualunque sensazione di gioia in vita nostra. Vedevo continuamente l'immagine del corpo che si inarcava brevemente sulle turbolenti acque della diga prima di andare a fondo tra le correnti agitate.

«Dite che abbiamo fatto la cosa giusta?», domandò Neil.

«Forse è un po' troppo tardi per chiedercelo, no?», gli dissi.

«Certo che abbiamo fatto la cosa giusta», ci disse Mike. «Avevamo forse scelta? O facevamo così, oppure le nostre chiappe finivano al fresco».

«Quindi non hai nessun rimpianto?», domandò Neil.

Mike sospirò. «Non intendevo questo. Vorrei che non fosse successo affatto, ovviamente».

«Forse Aaron aveva ragione fin dall'inizio», disse Neil.

«Su che cosa?»

«Che dovevamo chiamare subito la polizia».

«Perdio», disse Mike mettendosi ben dritto sulla sedia. Avevamo tutti la camicia sbottonata e senza cravatta, con le maniche arrotolate. Per qualche motivo ci sembrava una bestemmia vestirci in maglietta e pantaloncini in un giorno feriale. Ci eravamo pure messi i pantaloni buoni. Eravamo quel tipo di persone lì. «Perdio».

«Eccolo che riparte», disse Neil.

«Non vi capisco proprio», rispose Mike. «Dovremmo essere contenti che è andato tutto liscio ieri notte – e invece che facciamo? Ce ne stiamo qui a lamentarci e a piagnucolare».

«Ciò non toglie che non è finita qui», dissi.

«E perché diavolo no?», chiese Mike.

«Perché ne manca ancora uno».

«Uno chi?»

«L'altro ladro».

«E allora?»

«E allora non pensi che si possa chiedere che fine abbia fatto il suo compagno?»

«E che cosa può fare? Chiedere aiuto alla polizia?»

«Forse».

«Forse? Devi essere scemo. Se quello va dalla polizia, verrà messo dentro immediatamente per furto con scasso».

«No, se dice che abbiamo ucciso il suo amico».
Neil disse: «Aaron dice bene. Che succede se quell'altro va dalla polizia?»
«Non ci andrà, dagli sbirri», rispose Mike. «È del tutto impossibile».

4

Più tardi quella sera, me ne stavo sdraiato sul divano. C'era la partita dei Chicago Cubs in TV, quando intorno alle nove squillò il telefono. Non avevo ancora sentito Jan, quindi ero sicuro che fosse lei. Ogni volta che siamo lontani, ci sentiamo almeno una volta al giorno.
La segreteria telefonica attacca dopo il quarto squillo, quindi mi precipitai a rispondere prima che fosse troppo tardi.
«Pronto?».
Niente. Ma dall'altra parte c'era qualcuno, lo sentivo.
«Pronto?».
In genere quando mi fanno le telefonate mute non perdo mai troppo tempo, riattacco e basta. Feci così.
Passarono altri due inning. Mi ero seduto di nuovo sul divano, avevo sentito Jan, mi ero fatto un sandwich alla segale con il tonno e avevo trovato un pacchetto di patatine che credevo avessimo finito durante la partita a poker. Mi presi un'altra lattina di birra e mi misi a vedere l'ultimo inning. I Cubs potevano farcela e io recitai una preghiera silenziosa al dio del baseball.
Squillò il telefono.
Con la bocca piena di sandwich farfugliai delle imprecazioni confuse e andai rassegnato al telefono.
«Pronto?», dissi, mentre inghiottivo l'ultimo boccone.
Di nuovo il mio amico muto.
Riagganciai sbattendo la cornetta.
I Cubs erano avanti di due punti. In quel momento avevo appena iniziato a mangiare le patatine, mi ero scolato la birra e stavo per alzarmi per andarne a prendere un'altra, quando il telefono squillò di nuovo.
Me l'ero fatta un'idea su chi potesse essere, ma preferivo non pensarci più di tanto.
Poi mi resi conto che c'era un modo semplice per gestire la cosa. Avrei

lasciato squillare fintanto che non avesse risposto la segreteria telefonica. Se quel mio amico anonimo aveva voglia di farsi una chiacchierata con il registratore, tanto meglio per lui.

Quattro squilli e la segreteria rispose. La delicata voce di Jan diceva che non eravamo in casa ma saremmo stati lieti di richiamare, bastava lasciare il numero dopo il bip.

Mi aspettavo di sentire un ronzio vuoto e poi il click.

Invece sentii una voce di donna a me familiare che diceva: «Aaron, sono Louise. Bob...». Louise era la moglie di Bob. Piangeva. Mi alzai di corsa dal divano e andai verso il telefono in salotto.

«Pronto, Louise? Sono Aaron».

«Oh Aaron. È successa una cosa terribile».

«Che cosa è successo, Louise?»

«Bob...». Scoppiò in lacrime. «Stanotte in garage, ha preso una forte scossa». Disse che una spina della corrente era caduta per sbaglio dentro a un recipiente d'acqua, secondo la ricostruzione che aveva fatto il capitano dei vigili del fuoco, e che Bob non ci aveva fatto caso, aveva collegato la spina alla corrente e...

Nel garage di Bob c'era un grande tavolo da lavoro per il legno, con tutti gli attrezzi necessari. Sapeva quello che faceva. «È morto, Aaron. È morto».

«Oh Dio, Louise. Mi dispiace».

«Faceva sempre attenzione con la corrente, sempre. Non riesco a crederci...».

Già, pensai. Era davvero difficile da credere. Ripensai alla notte precedente. Ai ladri – uno era morto, l'altro era scappato.

«Vuoi che venga lì da te?»

«Grazie Aaron, ma ho bisogno di stare da sola con i bambini. Ma se potessi avvertire tu Neil e Mike...».

«Ma certo».

«Grazie, siete davvero dei cari amici, tu e Jan».

«Non essere sciocca, Louise, per noi è un dovere».

«Ci risentiamo domani. Quando sarò... insomma hai capito».

«Buona notte, Louise».

Mike e Neil arrivarono a casa mia nel giro di venti minuti. Ci sedemmo di nuovo in cucina, come la sera prima.

Gli domandai: «Avete ricevuto anche voi delle telefonate strane stanotte?»
«Intendi silenziose?», disse Neil.
«Esatto».
«Io sì», rispose Mike. «Tracy aveva paura che fosse di nuovo quel pervertito che ci aveva tormentato l'anno scorso».
«Anch'io», aggiunse Neil. «Ne ho ricevute tre».
«E poi, poco dopo, Bob muore nel suo garage», dissi. «Che coincidenza».
«Ehi, Aaron», disse Mike. «È per questo che ci hai fatto venire qui? Perché secondo te non è stato un incidente?»
«Sono sicuro che non si è trattato di un incidente», dissi. «Bob sapeva quello che faceva con i suoi attrezzi. E non si è reso conto di una presa che era finita dentro l'acqua?»
«Ci tiene d'occhio», disse Neil.
«Cristo santo», rispose Mike. «Non ti ci mettere pure tu».
«Ci telefona, ci fa innervosire», dissi. «E poi uccide Bob. Facendolo sembrare un incidente».
«Certo che questi sono proprio svegli, allora», disse Mike in tono sarcastico.
«Avete visto che occhi che aveva il ladro?», chiese Neil.
«Sì», risposi io. «Aveva l'aria di uno intelligente».
«Faceva paura», aggiunse Neil. «Non avevo mai visto occhi simili prima».
«La tua teoria fa acqua da tutte le parti», disse Mike.
«E perché?», gli domandai.
Si spinse un po' in avanti con il busto e bevve un sorso di birra. Avevo pensato di tirare fuori qualche salatino, ma mi sembrava leggermente fuori luogo, per via della morte del povero Bob e per quella storia delle telefonate. Ci saremmo fatti bastare le birre. I salatini sarebbero stati eccessivi.
«Ora te lo spiego. Ci sono due ladri, giusto? Uno viene acciuffato, e l'altro invece scappa. E, dato che è un ladro, continua a scappare. Non aveva modo di sapere chi ci fosse in casa tua l'altra notte, se escludiamo Aaron che è il padrone di casa: naturalmente il suo indirizzo è sull'elenco telefonico. Ma non c'è verso che potesse sapere chi fossimo io, Bob e Neil. Non è possibile che sia riuscito a rintracciare Bob».

Scossi la testa. «Stai dimenticando un piccolo dettaglio».

«E sarebbe?»

«Che quando quello è scappato l'altra notte è andato a prendere la macchina, si è messo sulla strada e ha aspettato di vedere cosa succedeva».

«Giusto», disse Neil. «Poi ci vede mentre portiamo fuori il corpo avvolto dentro a una coperta, ci segue fino alla diga e poi scopre che ci buttiamo dentro il suo amico».

«E poi», aggiunsi io, «qua davanti c'erano parcheggiate le macchine di tutti. Sarebbe stato un gioco da ragazzi per lui segnarsi le targhe».

«Quindi prima uccide Bob», proseguì Neil, «e poi ci fa quelle telefonate per farci perdere la testa».

«E perché proprio Bob?»

«Magari perché odia i neri», dissi.

Mike guardò prima me e poi si voltò verso Neil. «Sapete cos'è questo?»

«Ci risiamo», disse Neil.

«No, no! Dico sul serio. Questo è il tipico senso di colpa dei cattolici».

«Ma se io sono ebreo», rispose Neil.

«In una società come la nostra, siamo tutti un po' ebrei e un po' cattolici comunque», disse Mike. «Per cui io dico che voi siete tormentati dal senso di colpa tipico del cattolicesimo. Vi sentite in colpa per quello che è successo l'altra notte – abbiamo dovuto farlo, non avevamo altra scelta – e il rimorso vi inizia a scavare nella testa. Il povero Bob si è fulminato per sbaglio e voi pensate che sia stato ucciso dall'altro ladro».

«L'ha seguito», disse Neil.

«Cosa?», chiese Mike.

«È andata sicuramente così, ci scommetto. Il ladro ha seguito Bob per tutto il giorno, per capire quale fosse il modo migliore per ucciderlo. Il modo migliore, dico, per farlo sembrare un incidente. Poi viene a sapere che Bob usa spesso quegli arnesi in cantina, e decide che è la soluzione perfetta».

«Questo presuppone», rispose Mike, «che uno di noi sarà il prossimo».

«Proprio così», disse Neil. «È per questo che ci sta chiamando al telefono. Ci vuole mettere in agitazione. Vuole spaventarci. Vuole farci sapere che lui è là fuori, da qualche parte, in attesa. E che noi siamo sulla lista».

«Domani ti scorterò fino al lavoro, Neil», dissi. «E Mike verrà con me».

«Siete completamente esauriti, amici miei. Lo siete davvero».

«Domani seguiremo Neil», dissi. «E sabato tu e Neil seguirete me. Se quello ci sta pedinando, ce ne accorgeremo. E allora saremo noi a seguire lui. Per lo meno riusciremo a scoprire chi è».

«E a quel punto?», chiese Mike. «Fai conto che riusciamo a scoprire dove abita. Che facciamo a quel punto?».

Neil rispose: «Credo che di questa cosa ci preoccuperemo una volta arrivati lì, non pensi?».

La mattina dopo andai a prendere Mike molto presto. Ci fermammo a prendere un caffè e una ciambella. È come mio fratello, uno di quelli che la mattina sono irritabili. Non parlammo quasi per niente, ma a un certo punto disse: «Avrei potuto dormire un'ora in più stamattina invece di alzarmi per questa stronzata, che cavolo».

Come stabilito, accostammo mezzo isolato prima di casa di Neil. E sempre come stabilito, Neil uscì di casa alle 7:35 in punto. C'erano già i ragazzini per le vie del quartiere, con i pattini e gli skateboard. Non si vedeva nessuna auto, esclusa una BMW grigio metallizzato in un vialetto in fondo all'isolato.

Lo scortammo fino al lavoro. Non c'era nessuno a seguirlo, proprio nessuno.

Quando lasciai Mike in ufficio, mi disse: «Mi devi un'ora di sonno».

«Due ore», risposi.

«Eh?»

«Domani mattina sarete tu e Neil a seguirmi».

«Neanche per sogno», disse.

A volte con Mike non restava altro che fare la voce grossa.

«Senti, è stata un'idea tua quella di non chiamare la polizia, te lo ricordi? Per cui vedi di risparmiarmi le tue lamentele, Mike».

Sospirò. «Mi sa che hai ragione tu».

Sabato mattina guidai per due ore e mezza di fila. Andai dal ferramenta, in falegnameria, e poi al Kmart. All'ora di pranzo, entrai in un McDonald's. Mangiammo tutti e tre insieme.

«Avete visto niente di sospetto?»

«Niente di niente, Aaron», disse Neil. «Mi dispiace».

«Che stronzata. Figuriamoci se questo ci segue davvero in giro».
«Voglio fare un ultimo tentativo», dissi.
Mike fece di nuovo quella faccia. «Non mi alzerò un'altra volta presto, se è quello che hai in mente».
Mi arrabbiai di nuovo. «Bob è morto, o te lo sei già dimenticato?»
«Già, Aaron», rispose Mike. «Bob *è morto*. Ha preso la scossa. È stato un incidente».
Allora dissi: «Sei davvero convinto che si tratti di un incidente?»
«Proprio così. Quando vuoi fare quest'ultimo tentativo?»
«Stanotte. Quando andrò a giocare a bowling».
«C'è un incontro che volevo vedere», replicò Mike.
«Registralo», dissi.
«"Registralo"», mi fece il verso. «Da quando hai il potere di darci gli ordini?»
«Oh, Cristo santo, Mike. Vuoi fare l'adulto per un attimo?», disse Neil. «Non è possibile che Bob sia morto solo per un incidente. E quello non vorrà certo fermarsi qui».

Le piste da bowling erano piene di ragazzini il sabato sera. C'è stato un tempo in cui il bowling era uno sport quasi esclusivamente della classe operaia. Ma oggi è arrivato fino alle periferie, ci giocano pure i colletti bianchi. Adesso le piste da bowling sono un posto perfetto per conoscere le ragazze.
Giocai due partite, mi feci tre birre, e un'ora dopo ero di nuovo all'uscita.
Sabato notte. L'odore dell'aria dopo il tramonto, dei tubi di scappamento, del fumo di sigarette, di profumo. Il suono del jukebox, di un motore in lontananza, e ancora più in là il suono di un treno e alcuni cani che abbaiavano.
Mike e Neil se n'erano andati.
Andai a casa e mi stappai una birra.
Squillò il telefono. Ancora una volta, pensai che fosse Jan.
«Abbiamo trovato quel bastardo!». Era Neil.
«Ti ha seguito da casa tua fino al bowling. Poi si è stufato di aspettare e se n'è andato via. Stavolta noi abbiamo seguito *lui*».
«Dove?».
Mi disse l'indirizzo. Non era un bel posto.

«Ti stiamo aspettando. Quando arrivi gli andiamo a fare visita insieme».
«Datemi venti minuti».
«Sbrigati».

Nemmeno lo splendore del riflesso argentato della luna poteva dare un pizzico di grazia o di bellezza a quel quartiere pieno di appartamenti in rovina. I ratti non facevano nemmeno lo sforzo di nascondersi. Se ne stavano sui quei cortili abbandonati in mezzo a lattine di birra, bottiglie rotte, incarti di Taco John's e profilattici usati che sembravano funghi ammosciati.
Mike era dietro un albero.
«L'ho seguito fin qui», disse. «È salito dalla scala antincendio sul retro. Poi è saltato dentro quella veranda. È nell'appartamento sul retro del lato destro. Neil si è nascosto nel cortile per tenerlo sott'occhio».
Mike lanciò un'occhiata alla mia mazza da baseball. «Quella sì che farà una bella impressione», disse. Tirò fuori una pistola e me la mostrò. «Insieme a questa».
«Che diavolo l'hai portata a fare?»
«Vuoi scherzare? Sei stato tu a dire che quello ha ucciso Bob».
Su quello non avevo da ridire.
«Va bene», dissi. «Ma che facciamo quando lo acciuffiamo?»
«Gli diciamo di lasciarci in pace», rispose Mike.
«Dobbiamo chiamare la polizia», dissi.
«Oh già. Me ne ero proprio dimenticato», disse scuotendo la testa. Aveva il tono di un insegnante che discute con un bambino. Un bambino un po' lento.
«Aaron, andare dalla polizia non ci farà riavere Bob. E non servirà ad altro che a metterci nei guai».
In quell'istante sentimmo un urlo. Neil, sembrava proprio la voce di Neil.
All'incirca due metri di erba macchiata e sporca separavano il cortile dal viottolo che costeggiava il lato ovest dell'edificio.
Ci precipitammo lungo il viottolo, saltammo oltre una vecchia e lurida staccionata e arrivammo nel cortile interno, dove Neil se ne stava sdraiato a faccia in giù accanto a una Chevrolet vecchia di vent'anni senza gomme, appoggiata sui mattoni. Attraverso il parabrezza, si poteva vedere che i ratti avevano scavato nei sedili per mangiarsi l'imbottitura.

Quel cortile puzzava di merda di cane e benzina.
Neil si lamentava. Quindi era ancora vivo.
«Quel figlio di troia», disse quando lo facemmo alzare in piedi. «Sono andato dall'altro lato, dietro a quella macchina, così non mi avrebbe visto se fosse sceso dalla scala antincendio. Non ci avevo fatto caso, ma c'è un'altra scala antincendio dall'altro lato del palazzo. Deve essere venuto fuori da lì, e mi è arrivato alle spalle. Ha provato ad ammazzarmi, ma avevo appresso questo...».
Al riflesso della luna, vidi che il polso e la lama del coltello a serramanico erano pieni di sangue.
«L'ho preso un paio di volte sull'avambraccio. Se non era per questo, sarei morto».
«Ora andiamo lassù», disse Mike.
«E che ne dici se prima dessimo una controllata a Neil?», dissi.
«Sto bene», disse Neil. «Solo un po' di mal di testa per la botta che mi ha dato sulla nuca». Agitò la lama insanguinata. «Per fortuna avevo questa».
L'affittacamere stava al primo piano. Era in bermuda e senza maglietta. Sembrava che fosse incinto di undici o dodici mesi, aveva le tette da uomo a penzoloni e tanti di quei capelli ruvidi e neri che ci si poteva fare un maglioncino. Sul lato sinistro della bocca aveva un cigarillo con il filtro di plastica.
«Sì?»
«Due-F», dissi.
«Cosa volete sapere?»
«Chi ci abita?»
«Nessuno».
«Nessuno?»
«Se siete della polizia fatemi vedere i tesserini».
«Te lo faccio vedere io il tesserino!», fece Mike, alzando il pugno in aria.
«Ehi», dissi io, facendo la parte del poliziotto buono che tiene a bada il poliziotto cattivo. «Con il signore qui ci parlo io».
Deve aver gradito il tono con cui mi rivolsi a lui. Sembrava proprio che non gli fosse mai successo prima.
«Signore, abbiamo visto qualcuno salire qui prima».
«Ah sì», disse. «I vampiri».

«Vampiri?».

Fece un tiro dal suo cigarillo. «È così che li chiamiamo, io e mia moglie. Sono quei ragazzi di strada, avvinazzati, barboni e via dicendo. Sanno che a volte questi appartamenti restano sfitti per un po', e allora ci si infilano dentro a passarci la notte».

«E non li cacciate?»

«Credi che abbia voglia di farmi spaccare la testa per una cosa simile?»

«Capisco perfettamente». Poi dissi: «Quindi al momento non ci vive nessuno?»

«No, non ci abita nessuno da tre mesi. Prima ci viveva una cicciona enorme. Dio, quanto puzzava. Hai presente quanto possono puzzare gli obesi così, a volte? Be', *quella* puzzava sul serio». Lui non era certo uno snello.

Tornammo sul cortile all'ingresso, e mentre provavo a evitare quelle montagne di merda di cane, dissi: «Vampiri. Quello sì che è un nome azzeccato».

«Sì, lo è davvero», disse Neil. «Continuo a ripensare a quello che è morto. A quegli occhi strani».

«Ci risiamo», disse Mike. «Vi piace mettervi paura a vicenda, giusto? Quelli non erano nient'altro che una coppia di sfigati da due soldi, ecco cosa».

«Ti sta bene se io e Mike ci fermiamo a prendere qualche birra e veniamo un secondo a casa tua?»

«Certo», dissi. «Ma solo se Mike compra la Bud invece di quelle sottomarche del cazzo».

«Ah, me l'ero dimenticato», disse Neil, ridendo. «Che quando tocca a Mike fa così, non è vero?»

«Sì, è proprio così», risposi.

Non sono sicuro di che ora fosse quando arrivò la chiamata. Era buio totale. Lo squillo del telefono sembrava parte di un sogno a cui non riuscivo a sottrarmi. In qualche modo riuscii a prendere la cornetta prima che partisse la segreteria.

Silenzio. Di nuovo *quel tipo* di silenzio.

Era lui. Non avevo alcun dubbio. Era il vampiro, come l'aveva chiamato l'affittacamere. Quello che aveva ucciso Bob. Non riuscii nemmeno a dire «pronto», restavo solo in ascolto ed ero arrabbiato, spaventato, confuso.

Dopo alcuni minuti riattaccò.

Di nuovo il buio, un buio profondo. Quello spicchio di luna nel cielo era una scimitarra dorata che avrebbe potuto mozzare di netto una testa dal collo.

5

Domenica a mezzogiorno mi chiamò Jan per dirmi che sarebbero rimasti fuori un paio di giorni in più. I bambini avevano imparato a tirare con l'arco e volevano assolutamente che "chiedesse a papà" se per favore potevano restare a fare un corso. Ovviamente le dissi di sì.

Chiamai Neil e Mike per ricordargli che quella sera alle nove saremmo andati a fare un'altra visita a quell'appartamento diroccato.

Passai un'ora a sistemare il giardino. I vicini si vergognavano per come lo tenevo. Non ne avevo molta voglia, ma alla fine dovetti cedere per non sentirmi umiliato. Ero arrivato a metà del lavoro quando si affacciò Byrnes, il vicino che faceva il pubblicitario, e mi diede una pacca sulla spalla. Sembrava contento che anch'io fossi un essere umano e che come tale mi stessi prendendo cura del prato. Come sempre, aveva addosso una maglietta costosa che pubblicizzava il prodotto di un qualche suo cliente e un paio di bermuda. Come sempre, faceva di tutto per sembrare il vicino di casa perfetto tipico delle sitcom anni Cinquanta. Ma conoscevo uno che aveva avuto a che fare con lui. Byrnes aveva licenziato il suo vice per non dovergli più pagare l'assicurazione. Purtroppo però quello stava morendo di cancro. Byrnes era esattamente uguale a tutti i pubblicitari che avevo conosciuto. Persone davvero infide, che passavano il tempo a spillare soldi ai clienti e a organizzare cene di gala per convincere se stessi che la pubblicità serviva davvero a qualcosa.

Verso le quattro, su uno dei canali via cavo, andava in onda *Hombre*. Mi presi un paio di birre e guardai Paul Newman nella sua migliore prova d'attore. Almeno, quella era la mia opinione.

Stavo proprio per andare a farmi una doccia quando squillò il telefono.

Non disse «pronto». Non disse nemmeno il suo nome. «Tracy ti ha chiamato?».

Era Neil. Tracy era la moglie di Mike. «Perché doveva chiamarmi?»

«È morto. Mike».

«Cosa?»

«Ti ricordi che si lamentava sempre dell'ascensore in ufficio?».

Il suo ufficio era in un palazzo molto vecchio. Faceva sempre delle battute su quegli ascensori vecchi, ma era chiaro che quegli scherzi gli servivano a nascondere le sue paure. Ci era rimasto chiuso dentro diverse volte, si fermava sempre poco prima di arrivare al piano.

«Ha aperto la porta e l'ascensore non era al suo posto. È volato giù per otto piani».

«Oh mio Dio».

«Non c'è bisogno che ti dica chi è stato, giusto?»

«Forse è giunto il momento...».

«Io ho già deciso, Aaron. Ti passo a prendere tra mezz'ora. Andiamo dritti dalla polizia. Ti sta bene?»

«Sì, va bene».

Era domenica sera, e il parcheggio del secondo distretto era praticamente vuoto. Eravamo arrivati dopo il cambio turno. Non entrava e non usciva più nessuno.

«Chiediamo solo di parlare con un detective», disse Neil. Era vestito da persona seria: giacca sportiva scura, camicia bianca e cravatta. Io mi ero messo la polo blu che mi aveva regalato Jan per il compleanno.

«Non abbiamo considerato una cosa, però, sai?»

«Non mi farai cambiare idea».

«Non *voglio* farti cambiare idea, Neil, dico solo che ci siamo dimenticati di considerare una cosa».

Era seduto dietro al volante, con la testa appoggiata al sedile.

«Un avvocato».

«Per cosa?»

«Potremmo dire delle cose là dentro che potrebbero metterci davvero nella merda».

«Niente avvocati», rispose. «Non farebbe altro che dimostrare che vogliamo nascondere qualcosa alla polizia».

«Ne sei sicuro?»

«Sicurissimo».

«Sei pronto?», chiesi.

«Pronto».

Alla stazione di polizia la situazione era molto calma. Un uomo pelato e muscoloso in uniforme scura era seduto dietro a una scrivania con un cartello che diceva "Informazioni".

Ci disse: «Serve aiuto?»

«Vorremmo parlare con un detective», risposi.

«Volete denunciare un reato?»

«Be', sì», gli dissi.

«Che tipo di reato?», fece lui.

Iniziai a parlare, ma ancora una volta mi si spense la voce. Ripensai ai giornalisti, a quanto avrebbero sofferto Jan e i bambini. Pensai che sarei stato licenziato. Pensai a come avevamo portato quel ragazzo giù nello scantinato, a come l'avevamo legato e poi l'avevamo accidentalmente ucciso...

Neil disse: «Atti di vandalismo».

«Vandalismo?», rispose il poliziotto. «Allora non vi serve un detective per quello. Vi posso dare un modulo». A quel punto il suo sguardo si fece più sospettoso, come se avesse avvertito che avevamo appena cambiato idea.

«In quel caso posso portarmelo a casa e compilarlo con calma?», disse Neil.

«Credo di sì». Ci continuava a guardare in modo sospettoso.

«Ottimo».

«Siete sicuri che è tutto qui? Dovevate denunciare solo un atto di vandalismo?»

«Già, proprio così. È esattamente quello che dovevamo denunciare», disse Neil. «Esattamente».

«Vandalismo?», gli domandai in macchina.

«Non ho voglia di parlare in questo momento».

«Be', forse sono io ad aver voglia di parlare».

«Non ce l'ho fatta».

«Non scherziamo».

Mi guardò negli occhi. «Avresti potuto dirglielo tu. Nessuno ti avrebbe fermato».

Guardai fuori dal finestrino. «Sì, proprio così. Avrei potuto farlo io».

«Stanotte torniamo lì. A casa del vampiro».

«A fare cosa?»

«A chiedergli quanto vuole».
«Quanto vuole per cosa?», domandai.
«Quanto vuole per dimenticarsi tutto. Lui se ne va per la sua strada, noi per la nostra».
Lo devo ammettere, una cosa simile era venuta in mente pure a me. Né io né Neil avevamo alcuna idea di come fare cose simili. Ma il vampiro sì. Quello sapeva come darci fastidio, come tormentarci, come farci del male.
«Non abbiamo tutti questi soldi da buttare».
«Magari non ne vuole tanti. Voglio dire, non sono persone esattamente sofisticate».
«Sono sofisticate abbastanza da far passare come incidenti due omicidi».
«E anche questo è vero».
«Non sono affatto convinto che dovremmo dargli dei soldi, Neil».
«Hai forse delle idee migliori?».
No, non ne avevo. Non ne avevo affatto, di idee migliori.

6

Quella sera rimasi un'ora al telefono con Jan. Negli ultimi giorni ero stato un po' in ansia, e lei se ne era accorta. Voleva essere sicura che fosse tutto a posto. Oltre a essere mia moglie e la mia compagna, era anche la mia migliore amica. Non riesco a imbrogliare con lei. Si accorge subito se c'è qualcosa che non va. Avevo evitato di parlarle della morte di Mike e di Bob, per paura di lasciarmi sfuggire qualcosa che l'avrebbe insospettita. Ma era giunto il momento di dirle che erano morti. Non avevo altra scelta se volevo spiegarle il perché di tutta quella tensione.
«Ma è terribile», disse. «Mi dispiace per le loro famiglie».
«Hanno reagito abbastanza bene, te l'assicuro».
«Forse è il caso che riporti a casa i bambini».
«Non ce n'è davvero motivo, amore. Voglio dire, non c'è niente che possiamo fare comunque».
«Due incidenti a così breve distanza. Certo che è proprio una cosa strana».
«Sì, è proprio strano. Però a volte le cose vanno così».

«Tu stai bene?»
«Ci devo solo fare l'abitudine», sospirai. «Mi sa che non faremo più le nostre partite a poker».
Poi mi accadde una cosa che non avevo creduto possibile. Iniziai a piangere, e le lacrime mi strozzavano la gola.
«Tesoro», disse Jan. «Vorrei essere lì con te per abbracciarti forte».
«Non ti preoccupare».
«Erano i tuoi due migliori amici».
«Già». Adesso le lacrime iniziavano ad asciugarsi.
«Ah, ti ho raccontato di Tommy?». Tommy era il nostro bambino di sei anni.
«No, cosa?»
«Ti ricordi che era terrorizzato dai cavalli?»
«Mmm... sì».
«Siamo andati in quel maneggio dove si possono affittare i cavalli, hai presente?»
«Mmm... sì».
«Be', gli hanno dato un pony Shetland e gliel'hanno fatto cavalcare. Gli è piaciuto un sacco! Non aveva paura per niente». Fece una risata. «Al contrario, non riuscivamo più a farlo smettere». Fece una pausa. «Mi sa che non sei dell'umore giusto per queste cose, vero? Mi dispiace, tesoro. Forse dovresti tenerti impegnato per non pensarci troppo. Magari danno un bel film?»
«Posso controllare».
«Ti ci vorrebbe qualcosa di divertente».
«È una buona idea», dissi. «Vado a prendere il giornale e vedo cosa c'è in TV».
«Ti amo».
«Ti amo anch'io, tesoro», risposi.
Passai il resto della serata a controllare a quanto ammontassero i nostri risparmi sui conti in banca e gli investimenti. Non avevo idea di quanto ci avrebbe potuto chiedere quell'individuo per lasciarci in pace. Avremmo anche potuto minacciarlo di rivolgerci alla polizia, ma quello ci avrebbe risposto che se davvero avessimo avuto intenzione di farlo, l'avremmo fatto da un pezzo.
Stabilii una somma di cinquemila dollari. Quello era il massimo che potevo fare. E anche in quel caso stavo comunque togliendo un bel po'

di soldi dai risparmi che avevamo messo da parte per gli studi dei nostri figli.

Cinquemila dollari. Mi sembravano una somma enorme, forse perché sapevo quanto era stato faticoso metterli da parte.

Ma sarebbe stato abbastanza per il nostro amico vampiro?

Neil arrivò al tramonto. Parcheggiò e venne verso casa. Evidentemente mi doveva parlare.

Andammo in cucina. Riempii due bicchieri e ci mettemmo a discutere di soldi.

«Io ne ho presi seimila», disse.

«Io ne ho cinque».

«In tutto fanno undicimila bigliettoni», fece lui. «Secondo me è più di quanto abbia mai visto in vita sua».

«E che facciamo se li prende e poi ce ne chiede altri?»

«Dobbiamo dirglielo chiaro e tondo», disse Neil. «Che questo è tutto ciò che abbiamo. Nient'altro. Punto».

«Altrimenti?».

Neil annuì. «Ci ho pensato a lungo. Hai presente con che razza di feccia umana abbiamo a che fare? A, è un ladro. Il che significa, oggigiorno, che è anche un tossico. B, è un tossico, il che vuol dire che sicuramente ha l'AIDS. Quindi, se sommiamo il fatto che è un ladro al fatto che si buca, non gli resta certo molto da vivere».

«Mi sa che hai ragione».

«E se pure volesse renderci la vita impossibile, di certo non vivrà abbastanza a lungo per farcela. Per cui, credo proprio che dovremo fare un solo pagamento. Ci assicuriamo il tempo necessario affinché la natura possa fare il suo corso con lui».

«E se ci chiede più di quegli undicimila?»

«Non lo farà. Gli schizzeranno gli occhi dalle orbite quando vedrà tutti quei soldi».

Guardai l'orologio da muro. Si erano fatte le nove.

«Mi sa che è giunto il momento di andare».

«Forse sarà una notte maledettamente lunga», disse Neil.

«Lo so».

«Ma non abbiamo altra scelta, giusto?».

Ci dividemmo i compiti, proprio come avevamo fatto la prima volta che eravamo stati lì. Io dovevo sorvegliare il cortile interno, Neil la porta dell'appartamento. Aspettammo fino a mezzanotte. A quel punto spensero pure quella musica rap. Si sentivano bambini piangere e madri urlare. C'era una coppia che litigava. Dalle finestre si vedevano le TV accese.

Salii le scale antincendio lentamente, con la massima attenzione. Avevamo discusso se portarci appresso le pistole, e la risposta era stata no. Non avevamo il porto d'armi e se per qualche motivo ci avesse fermato la polizia, avrebbe potuto arrestarci per possesso illegale di armi da fuoco. Non avevo altro che una torcia nella tasca dei pantaloni.

Quando afferrai le scale di ferro, la polvere di ruggine mi ricoprì le mani. Sudavo freddo. Mi si torcevano le budella. Avevo paura. Non vedevo l'ora che finisse tutto quanto. Volevo che ci dicesse di sì, che si prendesse i soldi, e che quella fosse la fine.

La veranda era piena di giochi rotti – un triciclo, pupazzetti vari, un elmo spaziale, un set da baseball di plastica. Il pavimento era ricoperto da escrementi animali. Almeno speravo che fossero di animali e non di bambini.

La porta fra il ballatoio e l'appartamento era aperta. I raggi della luna facevano intravedere un divano imbottito con accanto una sedia. Il pavimento era pieno di resti di fast-food, buste di McDonald's, incarti e scatole di Pizza Hut, involucri di Arby's e quelle che dovevano essere almeno cinque o sei dozzine di lattine di birra vuote.

Rimasi fermo ad ascoltare. Niente. Non c'erano segni di vita. Entrai dentro, in punta di piedi.

Andai alla porta d'ingresso e feci entrare Neil. Lì, nell'oscurità del corridoio, vidi che faceva una smorfia. C'era una puzza terribile.

Nei dieci minuti successivi ispezionammo l'appartamento, ma non trovammo nessuno.

«Che ne dici se lo aspettiamo qui», dissi.

«Neanche morto».

«Dici per la puzza?»

«Per la puzza e per i topi. Cristo, non ti senti così sporco qua dentro?»

«Be', direi di sì».

«C'è un garage vuoto poco distante dal viottolo d'ingresso. Da lì potremmo tenere sott'occhio il retro del palazzo».

«Mi sembra una buona idea».
«Mi sembra meglio di questo schifo di posto, in ogni caso».
Questa volta uscimmo insieme dalla porta e giù per le scale. A quel punto la puzza iniziava a farmi lo stesso effetto che aveva fatto a Neil poco prima. Mi sentivo sporco. Aveva ragione.
Salimmo sulla Buick di Neil e ci dirigemmo verso il lato ovest dell'edificio, andammo in retromarcia verso il garage, e ci infilammo dentro.
«C'è una confezione là dietro», disse Neil. «Sul tuo lato».
«Una confezione?»
«Ho portato le bionde. Quelle da mezzo litro. Una per te e una per me».
«Proprio come faceva il mio vecchio», dissi. Ero l'unico figlio di operai nel nostro gruppo del poker. «Staccava dalla fabbrica e si fermava a prendere due lattine da mezzo litro di Hamms. Ogni santo giorno».
«A volte vorrei essere stato un figlio di operai pure io», rispose Neil.
Io ero il figlio di operai, Neil era quello che sognava a occhi aperti, che si costruiva in continuazione vite alternative con la mente.
«No, fidati», dissi, mentre mi voltavo per prendere la confezione che si era inumidita a causa delle lattine fredde. «Hai fatto sicuramente la bella vita, a Boston».
«Sì, ma non ho imparato un bel niente. Ti rendi conto che ho scoperto a diciotto anni cosa fosse il cunnilingus?»
«Una vera e propria privazione culturale», dissi.
«Be', sicuramente tutte quelle con cui sono stato si ricorderanno di me come un pessimo amante. Loro lo facevano a me, ma io non lo facevo a loro. A quanti anni l'hai scoperto tu il cunnilingus?»
«Ne avrò avuti tredici».
«Vedi?»
«L'ho scoperto, non ho mica detto che l'ho fatto a quell'età».
«Ho perso la mia innocenza a vent'anni, io», disse Neil.
«Io ne avevo diciassette».
«Stronzate».
«Quali stronzate? Avevo davvero diciassette anni».
«A sociologia ci insegnavano che i ragazzi della classe operaia perdevano la verginità molto prima dei ragazzi della buona società».
«È questo il problema con la sociologia. Cercare di trarre conclusioni particolari a partire da dati generici».
«Eh?», fece un ghigno. «Be', anch'io ho sempre pensato che la socio-

logia fosse tutta una gran stronzata, in fondo. Ma davvero avevi diciassette anni?»

«Avevo esattamente diciassette anni».

Vorrei poter dire che mi resi conto immediatamente di cosa fosse quel missile che colpì il parabrezza dell'auto, mandandolo in frantumi e che poi, attraversandola per tutta la sua lunghezza, finì a colpire anche il vetro posteriore, spaccandolo in mille pezzi.

Ma tutto quello che sapevo era che Neil urlava e che anche io urlavo e che mi stavo versando sui pantaloni la mia Miller da mezzo litro, mentre provavo a nascondermi sotto il cruscotto. Non era affatto facile perché allo stesso tempo Neil stava provando a infilarsi sotto il volante.

La seconda volta capii: qualcuno ci sparava contro. Data la traiettoria del proiettile si trovava sicuramente di fronte a noi, forse dietro a quei due secchi dell'immondizia dall'altro lato della strada.

«Ce la fai a restare giù e allo stesso tempo guidare questa macchina di merda?»

«Ci posso provare», disse Neil.

«Se rimaniamo qui ancora a lungo, capirà che non abbiamo armi. A quel punto verrà sicuramente a prenderci».

Neil si sporse da un lato e accese il motore. «Girerò a sinistra non appena usciamo di qui».

«Va bene, ora vai!».

«Reggiti».

Si mise a guidare cercando di rimanere il più possibile nascosto dietro al volante, e in quella posizione vedeva solo il minimo indispensabile per capire da che parte stessimo andando.

Non ci furono altri spari.

Non sentivo nient'altro che il motore della Buick mentre scappavamo.

Uscì dal garage senza andare a sbattere, sempre tenendo la testa abbassata.

Non appena fu possibile, svoltò a sinistra.

Teneva i fari spenti.

Attraverso il foro del proiettile nel vetro, riuscivo a vedere un centimetro e mezzo di cielo stellato.

Era una strada lunga, ed eravamo quasi giunti a metà di quell'isolato quando lui disse: «Mi sto per alzare, credo proprio che l'abbiamo seminato».

«Anch'io».
«Hai visto il parabrezza?».
Non solo il vetro era tutto incrinato, la macchina adesso puzzava di birra.
«Dici che posso accendere le luci ora?»
«Sì», dissi, «adesso siamo al sicuro».
Stavamo andando piano, sui quindici chilometri orari, quando accese i fari.
Fu a quel punto che lo vedemmo, coi suoi occhi d'argento e i capelli scuri, che se ne stava accucciato in mezzo alla strada, ad aspettarci. Era almeno a una cinquantina di metri di distanza, ma eravamo sempre sotto tiro.
Non potevamo fare inversione da nessuna parte.
Sparò.
Quest'altro proiettile distrusse quel poco del vetro che era ancora rimasto intatto. Neil schiacciò il freno.
E quello sparò di nuovo.
A quel punto, sia io che Neil ricominciammo a urlare e a lanciare imprecazioni.
Un altro proiettile. Erano tre.
«Mettilo sotto!», urlai, da sotto il cruscotto.
«Cosa?», gridò Neil in risposta.
«Accelera!».
Schiacciò a tavoletta. Era sempre sotto il volante. Saremmo potuti finire contro uno di quei garage o magari contro un secchio dell'immondizia. Ma in qualche modo la Buick restò in strada. E poco dopo eravamo arrivati a centotrenta all'ora. Lo lessi sul tachimetro.
Altri spari, adesso erano davvero tanti, fecero saltare i finestrini. Quei proiettili squarciavano il paraurti, il cofano e il tetto.
Non lo vidi quando lo colpimmo, ma lo *sentii*. Stavamo andando davvero veloce, e quel pazzo era così concentrato a spararci addosso che non aveva fatto in tempo a togliersi dalla strada.
Lo avevamo sollevato con il davanti della macchina per poi scaraventarlo contro un garage all'inizio della strada.
Ci tirammo su, e vedemmo quel corpo che si sfracellava contro il garage, per poi ricadere senza vita sul prato lì davanti.
«Spegni le luci», dissi.

«Cosa?»
«Spegni le luci e andiamo a vedere».
Neil spense i fari.
Uscimmo dall'auto e andammo da lui.
Una costola bianca, spezzata e sanguinante, gli usciva da un fianco. Il sangue gli usciva dal naso, dalle orecchie, dalla bocca. Gli si era spezzata anche una gamba, e si vedeva il bianco dell'osso. Pure le braccia erano rotte.
Gli puntai la mia torcia addosso.
Era morto, tutto a posto.
«Mi sa che abbiamo risparmiato un po' di soldi così», dissi. «È tutto finito adesso».
«Me ne voglio andare via da questo posto del cazzo».
«Sì», dissi. «Anch'io».
Ce ne andammo da quel posto del cazzo.

7

Un mese dopo, quando il vento estivo iniziava a portare con sé i primi segni dell'autunno, Jan e io festeggiammo il nostro dodicesimo anniversario di matrimonio. Ce ne andammo a Lake Geneva, nel Wisconsin, in un bellissimo hotel, e affittammo una barca Chris-Craft per un paio di giorni. Fu la prima volta che riuscii a rilassarmi da quando era successa quella storia dei ladri.

Una notte, mentre Jan dormiva, mi misi a guardare le stelle sul ponte della barca. Avevo letto un sacco di Edgar Rice Burroughs da piccolo. Mi veniva sempre in mente quello che sentiva John Carter – che le stelle avevano un destino speciale in serbo per lui, e un giorno lo avrebbero chiamato a quel destino. Il mio destino, lo decisi quella notte stessa, proprio lì sul ponte della barca, era quello di essere un ottimo padre di famiglia, un bravo agente di borsa, e un buon vicino. Ormai mi ero lasciato alle spalle tutte quelle cose orribili. Credo che Neil si sentisse più o meno nello stesso modo. Quel luglio così caldo e crudele sembrava ormai un ricordo lontano. L'autunno stava arrivando, e avrebbe portato con sé le partite di football, il Giorno del ringraziamento e poi il Natale. Luglio sarebbe sparito del tutto con le prime nevicate.

Non che mi fossi fatto nuovi amici. L'idea stessa di una partita a poker fra amici aveva perso ogni fascino. Avevo tempo solo per il lavoro, la famiglia, e poco altro.

Poi una sera, era un giorno assolato di novembre – l'estate di san Martino – mi chiamò Neil al telefono. Mi disse: «Forse dovremmo rivederci».

«Forse».

«Aaron, ormai è tutto finito. Davvero».

«Lo so».

«Ti chiedo solo di pensarci un po'».

Mi sentii in imbarazzo. «Al diavolo, Neil. Di' un po', quella tua piscina sarà aperta domenica sera?»

«Direi proprio di sì. Inoltre, a quanto pare, Sarah e le ragazze se ne andranno per una sfilata di moda al club».

«Perfetto. Ci facciamo un paio di birre».

«Ma tu sai nuotare?»

«No», dissi ridendo. «Ma a quanto dice Sarah non sei capace nemmeno tu».

Arrivai intorno alle tre, mi infilai nel vialetto, e andai sul retro dove, superato il cancello di legno, si arrivava alla piscina. Facevano ventisei gradi, e già da lì si sentiva l'odore del cloro.

Aprii il cancello ed entrai. Lo vidi subito. La cosa strana fu che non ebbi nessuna reazione particolare. Lo guardavo e basta. Galleggiava a faccia in giù. Sembrava pallido con quel suo costume rosso. Anche questo, come gli altri, sarebbe stato archiviato come un incidente. Non ne avevo alcun dubbio.

Presi il cellulare in macchina e chiamai il 911.

Non volevo che Sarah e le ragazze tornassero a casa e si trovassero davanti l'ambulanza e le macchine della polizia senza sapere nulla.

Chiamai il club e me la feci passare.

Le dissi cosa avevo visto. La lasciai piangere. Non sapevo cosa dire. Come sempre in quei casi.

Da lontano, sentivo l'ambulanza che si faceva largo in direzione della residenza di Neil Solomon.

Stavo per scendere dall'auto quando squillò il cellulare. Risposi.

«Pronto?»

«Eravamo in tre quella notte in casa tua, signor Bellini. Avete ucciso gli altri due. Io mi sono ripreso dalle coltellate che il tuo amico mi aveva dato, ricordi? Non vedo l'ora di incontrarci, signor Bellini. Non vedo l'ora».

Poi arrivarono i soccorritori, alcuni vicini e finalmente Sarah, pallida e tremante. La lasciai piangere un altro po'. Le diedi un whisky e la lasciai piangere.

8

Sa quello che fa, chiunque sia.

Tra una telefonata in piena notte e l'altra, lascia passare parecchio tempo. Mi fa credere che abbia cambiato idea e che se ne sia andato. E poi richiama.

Eh sì, è proprio bravo a fare questo gioco.

Non dice mai niente. Non è necessario. Ascolta e basta. E poi riattacca.

Ci ho pensato, ovviamente, a rivolgermi alla polizia. Ma è troppo tardi ormai. Troppo tardi.

Avrei potuto chiedere a Jan e ai ragazzi di trasferirsi in un'altra città insieme a me. Ma lui sa chi sono, e mi troverebbe di nuovo.

Quindi non posso fare altro che aspettare e sperare di avere la stessa fortuna che Neil e io abbiamo avuto la notte che abbiamo ucciso il secondo ladro.

Stanotte non riesco a dormire.

È passata la mezzanotte.

Io e Jan siamo rimasti in piedi a incartare regali fino alle undici passate. Mi ha chiesto di nuovo se c'era qualcosa che non andava. Non facciamo più l'amore come prima, ha detto. E poi ci sono gli incubi.

«Ti prego, Aaron, dimmi se c'è qualcosa che non va. Ti prego».

Me ne sto alla finestra, a guardare la neve che cade. Una neve soffice e bellissima. Al mattino, domani è domenica, i ragazzi faranno un bel pupazzo di neve, andranno con lo slittino e poi faranno una bella battaglia di neve vecchio stile, che si concluderà quando uno dei due a un certo punto rientrerà di corsa dentro casa accusando l'altro di qualche terribile slealtà.

Vedo tutte queste cose dalla finestra dell'attico.

Poi mi volto, e vedo quel tavolo da poker. Quattro sedie vuote. Tre di loro appartengono a uomini morti.

Guardo le sedie vuote e penso all'estate passata.

Guardo le sedie vuote e aspetto che squilli il telefono.

Aspetto che squilli il telefono.

James Crumley
SORGENTI TERMALI
1996

James (Arthur) Crumley (1939-2008) è nato a Three Rivers in Texas ed è cresciuto nel Sud del Paese. Dopo aver prestato servizio nell'esercito nelle Filippine, nel 1964 si è laureato in storia al Texas College of Arts and Industries, dove ha ottenuto una borsa di studio per meriti sportivi come giocatore di football. Nel 1966 ha conseguito un dottorato in scrittura creativa alla University of Iowa, dove ha cominciato a scrivere il suo primo romanzo, *Uno per battere il passo* (*One to Count Cadence*) come tesi, che è stato poi pubblicato nel 1969.

Dopo quel primo romanzo sulla guerra in Vietnam, ha deciso di dedicarsi al genere giallo con *Il caso sbagliato* (*The Wrong Case*, 1975), dove per la prima volta compare Milo Milodragovich, il primo dei due investigatori privati che saranno i personaggi principali di molti dei suoi lavori. Milodragovich è presente anche in *Dalla parte sbagliata* (*Dancing Bear*, 1983) e *La terra della menzogna* (*The Final Country*, 2001). L'altro investigatore, il duro C.W. Sughrue, farà il suo debutto in *L'ultimo vero bacio* (*The Last Good Kiss*, 1978), un'opera che molti scrittori di gialli contemporanei, fra cui George Pelecanos, Michael Connelly e Dennis Lehane, ritengono uno dei romanzi di questo genere più importanti della seconda metà del Novecento. Questo memorabile libro ha un incipit che è che è fra le più famose frasi d'apertura della storia del giallo: «Alla fine lo beccai, Abraham Trahearne: lo beccai che beveva birra in compagnia di un bulldog alcolizzato, tale Fireball Roberts, in una sgangherata bettola appena fuori Sonoma, California, intento a spremere anche le ultime gocce di un bel pomeriggio di primavera». Sughrue appare anche in *L'anatra messicana* (*The Mexican Tree Duck*, 1993), insieme a Milo. Inesplicabilmente, e questa sarà per sempre un'onta per l'associazione, la Mystery Writers of America non ha conferito a Crumley alcun premio, né alcuna nomination. Una situazione davvero assurda, vista e considerata l'importanza del lavoro di questo autore, per non parlare dell'incredibile bellezza della sua prosa.

Sorgenti termali (*Hot Springs*) è stato pubblicato nella raccolta *Murder for Love* dalla Delacorte di New York nel 1996.

Anche di notte, nonostante l'aria fresca di montagna, Mona Sue si ostinava a mettere il condizionatore al massimo. La sua temperatura corporea era almeno due gradi più alta della media e, secondo lei, il bimbo che portava in grembo non faceva altro che peggiorare quella febbre perenne. Quella baita era talmente fredda che sembrava di stare in una cella frigorifera. Nelle lunghe notti insonni, Benbow si sdraiava al suo fianco, tenendosi aggrappato alle spalle nude e roventi di lei per riscaldarsi un po'.

Anche al mattino Mona Sue lo obbligava a stare al freddo. La baita in stile moderno giaceva nell'ombra gelida del monte Nihart, e loro rompevano il digiuno facendosi portare la colazione fuori. Lei si gettava solamente una vestaglia alla bell'e meglio sul corpo nudo, mentre Benbow si copriva con degli strati di maglioni sopra la vestaglia. Mona Sue mangiava voracemente, sembrava un forno a cui si dovesse continuamente aggiungere del carbone. Raccontava i suoi sogni come fossero il Vangelo, mentre mangiava senza sosta gran parte dei formaggi spalmabili d'importazione insieme a della costosa frutta fuori stagione, un cestino intero di french toast e quattro tipi di affettati, il tutto senza smettere di farfugliare qualcosa su quello che aveva sognato durante la notte. Erano i sogni di una ragazzina adolescente, languidamente simbolici e vagamente spaventosi. Sognava sua madre da giovane, bellissima, intenta a divorare una cucciolata di bambini scalzi in una caverna dell'altopiano d'Ozark. E suo padre, tornato a casa dalla prigionia in Tennessee, che le sfiorava le morbide guance con il suo membro avvizzito.

Benbow aveva il sospetto che tenesse per sé le parti migliori, e faceva del suo meglio per seguire la cadenza di quell'accento del Sud senza guardarla mai in volto. Sapeva cosa sarebbe successo se l'avesse guardata mentre parlava, se avesse visto quelle labbra scure incurvarsi dolcemente, o la forma di quei suoi sapienti occhi grigi. Per cui si concentrò sulla colazione e cercò di mantenere lo sguardo rivolto verso il basso, in direzione della nuvola di vapore che si alzava dalla grande piscina di acqua calda dietro alla vecchia baita.

A quel punto lei iniziò a parlare di altri sogni. Erano sogni a occhi aperti sul loro futuro incerto; le sue visioni erano però di una precisione infallibile, dirette come una fucilata al cervello. Dopo il parto si sarebbero trasferiti in Canada, dove nessuno avrebbe potuto trovarli. La ascoltava con la finta pazienza di un ragazzino che per la prima volta si trova di fronte alla pura lussuria, al desiderio disperato.

Mona Sue mangiava con la precisione leggera e frenetica di un cardiochirurgo. Teneva il pollice schiacciato sul manico del cucchiaio mentre scavava una pallina tutta arricciata dalla polpa tenera e arancione del melone. Ogni singolo morso che dava ai salumi veniva seguito da un altro morso al pane tostato, e con i suoi denti piccoli e bianchi faceva poi tutto a pezzi. Osservava attentamente ogni singola fragola che portava alle labbra rosse, come se quello fosse un monile rituale e lei un'antica sacerdotessa, per poi affondare i denti scintillanti nel frutto succoso come se non ci fosse un domani. Il cuore di Benbow batteva forte mentre provava a riempire i suoi polmoni di aria fredda, per contrastare il calore del corpo di lei.

Sulle montagne era sceso l'autunno. I pioppi e gli ontani accolsero il cambiamento vestendosi maestosamente a lutto, mentre di mattina un sottile strato di ghiaccio si formava sul parabrezza della Taurus grigia che aveva rubato all'aeroporto di Denver. Di notte cadeva la neve, scendeva lentamente dal crinale delle cime lontane dell'Hard Rock Range e scivolava ogni giorno un po' di più verso di noi lungo il ripido burrone. La vecchia baita sembrava sprofondare sempre di più in quella gola stretta, come se si piegasse sotto il peso di secoli di neve, e il vapore delle sorgenti termali si univa al fumo della legna, e aleggiava immobile e sinuoso fra i salici gialli.

Benbow credeva che quel meraviglioso scenario fosse sprecato per Mona Sue. I suoi occhi scuri sembravano rivolti verso l'interno, persi a osservare una scena onirica composta da pezzi della sua vita. Suo marito, R.L. Dark l'allevatore di maiali, il figlio Little R.L. con quel collo taurino e il bernoccoluto altopiano d'Ozark; i resti della sua grande e inutile famiglia.

«Coach», disse – le sembrava divertente chiamarlo Coach – interrompendo la narrazione spezzettata e inconcludente dei suoi sogni.

Poi si scansò dal viso una folta ciocca dei suoi capelli scuri da indiana facendo ondeggiare la piccola testa sul collo slanciato e rise. «Coach, il vecchio R.L. ti sta cercando, sai! Vuole venire a riprendersi quello che gli hai fregato. Insieme a Little R.L. credo, perché pure lui una volta mi ha detto che vuole strapparti le budella e appenderle al filo spinato», disse come se stesse recitando, e sembrava una bambina vivace ma non molto intelligente.

«Piccola, R.L. Dark riesce a malapena a leggere il numero impresso su una banconota da un dollaro. Fa fatica pure a riconoscere il valore delle carte da gioco», rispose Benbow, come aveva continuato a fare ogni mattina da quando erano fuggiti sei mesi prima. «Non sa nemmeno leggere una mappa che non abbia disegnato lui, e arriva all'ora di pranzo già talmente ubriaco che non riesce neanche a mettere il culo su un trattore per andare appresso ai maiali...».

«Be' vedi, *piccolo*, quel vecchio ha più soldi di me e di te messi insieme, e comunque sia non ha certo problemi a tirar fuori le banconote», aggiunse ridendo. «Può certo pagare qualcuno perché legga una mappa al posto suo, come dici tu. Sappi solo che ti sta alle calcagna».

Quella mattina il loro rituale aveva preso una piega nuova, e Benbow si sorprese a guardare giù verso il parcheggio dietro la baita fino alla stradina che portava a Hidden Springs Canyon, ma smise subito. Quando aveva preso quella fatidica decisione di prendersi Mona Sue e con lei i soldi, aveva giurato che non si sarebbe guardato indietro, che avrebbe vissuto alla giornata.

Finì così, di nuovo. Anche quella volta non aveva toccato la sua colazione. Infilò la mano fra le pesanti pieghe della vestaglia di spugna di Mona Sue per cullare la calda pienezza del suo seno rigoglioso e i lunghi, grossi capezzoli, già duri come sassi prima ancora di essere toccati. Le diede un bacio sulla bocca, che sapeva di fragola e melone. Ancora una volta rimase incantato dal profondo e appassionato mormorio che le usciva dalla gola mentre lui premeva le labbra sulle sue. Poi Benbow la prese in braccio – il bambino era rannicchiato nella dolce gabbia delle sue costole e nonostante fosse di sette mesi la pancia si vedeva appena – e la portò in camera da letto.

Benbow aveva imparato di recente che il guardiano di cavalli, che faceva anche il cameriere della baita, sarebbe rimasto ad aspettare per poter pulire il tavolo da picnic quando loro sarebbero usciti per finire il caffè. Forse aveva pazienza con i cavalli, ma di certo non con gli ospiti dell'albergo che passavano la mattinata a letto. Ma non aveva problemi ad aspettare parecchio, silenzioso come un sioux in ricognizione, mentre Mona Sue si frugava nelle tasche della vestaglia per dargli la mancia, magari scoprendo il profilo di un seno o la linea delle sue lunghe gambe. Benbow gli mandava delle occhiatacce che però erano sempre inutili, come se fossero una lingua per lui incomprensibile. L'unica cosa da fare era riportare la donna in stanza ed evitare del tutto il custode.

Quella mattina Benbow posò Mona Sue sul materasso di piume come se fosse un pacco dono, le aprì la vestaglia, diede un bacio alla dolce curva del suo pancione e poi soffiò delicatamente sui soffici peli pubici. Mona Sue fece una specie di singhiozzo, poi tossì come se le si fossero incastrate delle spine di pesce in gola, inarcando il corpo. Anche Benbow ebbe un sussulto. La fame che aveva di lei era più forte della fame crescente che si apriva a forza di ruggiti nel suo stomaco vuoto.

Mentre Mona Sue era ingrassata per la gravidanza, Benbow aveva perso ben dodici chili. A volte, subito dopo aver fatto l'amore, sembrava che il corpo rovente di lei avesse rubato il bambino dalla carne muscolosa di lui, come un bottino strappato durante il groviglio dell'amore, qualcosa che cresceva duro e forte all'interno del suo corpo liscio e minuto.

Come sempre, fecero l'amore. Poi finirono il loro caffè, ordinarono un'altra caffettiera, diedero la mancia al custode e poi fecero di nuovo l'amore, prima del riposo mattutino di Mona Sue.

Mentre lei dormiva, di solito Benbow finiva di bere il resto del caffè e leggeva il giornale di Meriwether del giorno prima. Poi si infilava la tuta, le scarpe da corsa e andava a correre su e giù per le strade ripide tutto intorno alla baita, per andare poi a rilassarsi nelle calde acque che sgorgavano dal terreno. Adorava starsene a mollo in quelle acque più pesanti del normale, più dense ma anche più pulite, più chiare. Lì si sentiva completo, pulito, forte e riscaldato, faceva i bagni come un ricco principe straniero, fuggendo dalla sua misera vita.

A volte, Benbow sperava che Mona Sue interrompesse quei suoi sonnellini per raggiungerlo, ma aveva paura che potesse fare male al bambino e poi aveva già troppo caldo per conto suo con quella febbre. Con il passare del tempo, Benbow aveva imparato ad apprezzare quel tempo passato da solo a bagno nelle acque calde e aveva smesso di chiederglielo.

I giorni scorrevano tutti uguali, srotolati come rocchetti di seta fra le loro mani, giornate tranquille come le profonde acque delle pozze.

Ma quel giorno, esausto per la corsa e l'ansia, per il fatto che non aveva dormito e per la fame, Benbow si lasciò attrarre stremato nel campo di gravità riscaldato dal corpo addormentato di Mona Sue e si mise a dormire per poi svegliarsi di soprassalto, zuppo di sudore nonostante il freddo, quando l'aria condizionata venne spenta.

R.L. Dark era ai piedi del letto. Sorrideva. Il vecchio stirò il collo grinzoso e annusò l'aria come una tartaruga preistorica che stesse cercando cibo o svago, visto che non aveva nemici naturali a parte i ragazzini armati di calibro .22. R.L. si era vestito per l'occasione. Aveva una giacca impermeabile della Carhartt nuova e una tuta da lavoro pulita. Teneva un vecchio revolver Webley calibro .455 a tracolla, infilato nella tasca davanti della salopette.

Al suo fianco c'erano due ragazzotti, uno pelato e l'altro selvaggiamente irsuto, entrambi enormi e con addosso camicie di flanella di Kmart. Quello pelato teneva un martello da fabbro alzato sopra la testa come fosse un trofeo. Loro non ridevano. Un uomo magro con un vestito bianco e largo se ne stava dietro di loro, spostando il peso da un piede all'altro. Sorrideva flebilmente, come un cucciolo di pointer timoroso.

«Be', richiamate i cani e calmate i cavalli», disse R.L. Dark, giocherellando nelle tasche con le pallottole calibro .455 di riserva come fossero le sue palle avvizzite, «la caccia è finita». Lo sghignazzo del vecchio risuonò come il canto di un gallo cannibale all'alba. «Figliolo, c'era chi diceva che saresti diventato un coach di football, e io so che a poker sei davvero forte, ma non avrei mai creduto che potessi arrivare a chiuderti in un vicolo cieco come questo – a fare il ladro coglione e rubamogli». Poi R.L. ragliò come uno dei vecchi somari che teneva nei terreni fangosi sul White. «Però sai scappare davvero bene, figliolo. Devo ammetterlo. Scaltro come un procione selvatico. Staremmo ancora a cercarti se la bambolona non avesse fatto una telefonata alla mamma. A suo carico. Per vantarsi "del suo bambino"».

Cristo, pensò Benbow. Sua madre. Una vecchia sdentata, che assomigliava a un raviolo di patate, con dei capelli unti, piena di nei.

Mona Sue si risvegliò, strofinandosi gli occhi come una bambina, e mormorò: «Come stai, dolce paparino?».

E Benbow si rese conto che aveva di fronte a sé una morte peggiore di quella sua vita sfortunata, se ne rese conto prima ancora che il mostro alla sua destra lo colpisse dietro all'orecchio con una martellata e trascinasse il suo corpo fuori dal letto come fosse un bambino, consegnandolo al suo collega che lo strinse in una morsa da wrestling. Quello pelato girò il martello e gli schiacciò le palle, poi lo girò di nuovo dalla parte della punta arrotondata e iniziò a spezzargli una per una le piccole ossa del piede destro.

Prima che Benbow svenisse, una risata stridente gli raschiò la gola. Forse era quella l'occasione che aveva aspettato per tutta la vita.

In verità, la colpa era di Little R.L. Più o meno. Benbow aveva avvistato quel ragazzino forte con gambe storte, orecchie piccole e collo da mastino almeno tre anni prima, quando ormai la sua carriera da coach era in picchiata e lo aveva portato ad Alabamphilia, un paesino ai piedi dell'altopiano di Ozark senza speranza né dignità, senza nemmeno un qualsivoglia fervore religioso. Quel paese puzzava di budella di gallina, letame di maiali e di incesto incontrollato: a quanto pareva, i tre interessi principali dei suoi cittadini.

Benbow vide Little R.L. per la prima volta durante una partita di football di allenamento sul campetto arido e capì fin dal primo momento che quel ragazzo aveva la sveltezza aggraziata di un capriolo unita alla forza di un cinghiale. Aveva un talento naturale, era il miglior *running back* che avesse mai visto in vita sua. Benbow scoprì subito dopo che quel ragazzo con i capelli rossi era uno dei ragazzi dei Dark, e i ragazzi dei Dark non giocavano a football.

Suo padre, R.L., pensava che il football fosse un gioco stupido, cosa su cui anche Benbow era d'accordo, e che era una cosa troppo faticosa per non essere pagata come un lavoro, e anche su questo era d'accordo, e che se uno dei suoi figli doveva lavorare per niente allora avrebbe lavorato per lui e per l'allevamento di maiali, non per uno schifoso pisciasotto ripulito e fanatico del football. Benbow si disse d'accordo anche su quello, proprio davanti a R.L., e dovette accettare le sue condizioni per ottenere il figlio del vecchio. Ma chinò il capo, perché quel ragazzino per Benbow sarebbe potuto diventare il biglietto che l'avrebbe trascinato fuori da quel posto dimenticato da Dio, e lui lo voleva a tutti i costi. E quella era l'occasione che gli avrebbe salvato la vita, un'altra volta.

Era stato sempre così per Benbow, sempre in attesa dell'occasione che non arrivava mai. Durante il suo ultimo anno al piccolo liceo nel Nebraska occidentale, dopo tre anni e mezzo passati a spaccarsi la schiena nella squadra locale, la madre di Benbow aveva iniziato a fare i doppi turni all'autogrill – suo padre era morto da talmente tanto tempo che nessuno se lo ricordava più – per poter fare una videocassetta che raccogliesse le sue prestazioni migliori come *running back* e mandarla ai coach dell'università a Lincoln. Decisero di mandare un talent-scout per una partita, e Benbow implorò il coach del liceo di poter tenere palla almeno venti volte durante la partita.

Ma ci pensò il tempo a fregarlo. Durante quello che sarebbe dovuto essere uno splendido venerdì sera d'inizio ottobre arrivò in anticipo di qualche giorno una tempesta proveniente dal Canada, e i suoi venti gelidi mandarono a farsi benedire l'occasione di Benbow. Prima che cominciasse la partita caddero cinque centimetri d'acqua e il campo gelò. Durante il primo tempo continuò a piovere, poi grandinò e alla fine del secondo quarto divenne una vera e propria bufera di neve.

Benbow aveva guadagnato sessanta yard in tutto, ma aveva giocato male. Alla fine del primo tempo il talent-scout del Nebraska andò a scusarsi dicendo che se voleva rientrare a casa con quel tempo sarebbe dovuto partire subito. Quel vecchio uomo grinzoso poi chiese a Benbow se voleva unirsi alla squadra, ma senza borsa di studio. Certo, pensò Benbow. Non avrebbe mai trovato i soldi per pagare l'iscrizione al semestre autunnale. *Al diavolo*, pensò Benbow dando un calcio alla boccia dell'acqua, e pensò *andate tutti al diavolo* quando il suo alluce si fratturò e il suo ultimo anno di liceo finì.

Andò a giocare a football per uno squallido college cristiano nel Dakota dove non finì nemmeno gli studi. Con l'alluce rotto aveva perso lo scatto sul lungo e i suoi tagli divennero meno precisi, per cui si chiuse in sala pesi e si fece venire un bel fisico muscoloso su quel corpo da *running back*, e si trasformò in un *fullback* robusto anche se basso, che gli valse comunque una convocazione alla partita di fine stagione dei campionati giovanili. Poi successe che il *fullback* titolare, che sarebbe sicuramente stato selezionato dalle squadre dei professionisti, fu costretto a rinunciare alla partita perché si era slogato un ginocchio durante gli allenamenti. *Oh mio Dio*, pensò Benbow, *ho un'altra occasione*.

Ma Dio ci mise lo zampino. Il coach della difesa era un fondamentalista, un cristiano rinato che si chiamava Culpepper, e quando una volta vide che Benbow non aveva chinato il capo né chiuso gli occhi durante una lunga preghiera di squadra, si decise a convertire il ragazzo. Benbow stette al gioco, strozzandosi dalla rabbia per quel bigotto bastardo fino a farsi venire i crampi allo stomaco, mandando giù la rabbia fino a vomitare tre volte al giorno, due durante gli allenamenti e una prima di andare a dormire. Arrivò al giorno della partita che aveva perso cinque chili e non sapeva se avrebbe avuto la forza di giocare.

Ma ce la fece. Giocò un primo tempo talmente buono che avrebbe dovuto rivolgere una preghiera alle divinità del football, se non al Dio cristiano: due touchdown su corsa, una portandosi appresso *linebacker* e *corner* per tre yard, l'altra di trentanove yard, di grazia pura e fluida; e un touchdown su ricezione, di ventidue yard. Ma il *quarterback* sbagliò il passaggio alla fine del primo tempo, lanciò la palla contro i fianchi di Benbow e un *linebacker* avversario veloce come un lampo prese la palla al volo, e andò in meta.

Negli spogliatoi alla fine del primo tempo Culpepper gli si buttò addosso come le mosche sulla merda. *L'orgoglio precede sempre la caduta!*, urlava. *Ci innalziamo davvero solo quando siamo in ginocchio di fronte a Gesù!* E tutte quelle menate da sempliciotti. Lo stomaco di Benbow si annodava come una corda di cuoio, e poi si ribellava. Riuscì a rimandare giù il primo conato di vomito. Ma il secondo fu troppo anche per lui, si voltò e diede di stomaco dentro a un secchio lì a fianco. Culpepper divenne furioso. Lo accusò di essere fuori forma, di avere bevuto o fumato e di avere fornicato. Quando Benbow negò quelle accuse, Culpepper ne aggiunse un'altra, e urlò *Prevaricatore!* La sua saliva schiumosa finì dritto in faccia a Benbow. Ne aveva abbastanza.

Culpepper perse un occhio per quel pugno e per poco non morì durante l'intervento per la ricostruzione della mandibola. Tutti dissero che Benbow era stato fortunato a non finire in galera come suo padre, che aveva ucciso a manganellate un pesatore corrotto in Texas ed era poi stato ucciso a sua volta da uno spacciatore di Houston quando si trovava nel penitenziario Ellis Unit di Huntsville, e Benbow aveva solo sei anni. Benbow era stato fortunato, pensò, ma era stato segnato come "non adatto" dai talent-scout e gli furono negati i provini da ogni squadra. Andò a giocare per tre anni in Canada, poi si distrusse il ginocchio durante una rissa con un cinese in un bar di Vancouver. A quel punto per lui finirono per sempre i giochi.

Benbow se ne andò verso ovest, a spegnere incendi d'estate e a giocare a poker d'inverno, mentre frequentava occasionalmente dei corsi all'università, finché non riuscì a ottenere un diploma da insegnante di educazione fisica alla Northern Montana e a rimediare un posto da assistente del coach in una cittadina alle pendici delle Sweetgrass Hills, dove scoprì di avere un talento insospettato per allenare, proprio come lo aveva nel poker: mente svelta, niente paura. Un dono che una volta scoperto si trasformò in una dipendenza dal duro lavoro, dalle lunghe ore di fatica, dall'amore per il gioco e dalla voglia di pagare il prezzo necessario per vincere.

Divenne primo coach dopo tre anni, vinse due campionati regionali e poi si trasferì in una scuola più grande nello Stato di Washington. Sua madre andò a vivere con lui. O a morirci, come poi accadde. Il dottore disse che era stato il cuore, ma Benbow sapeva che era morta per colpa del cibo da autogrill, del whisky da due soldi e dei camionisti che avevano l'anima piena di aria stantia come le ruote dei loro camion.

Ma allenò una squadra che vinse i campionati statali l'anno successivo e iniziarono a fioccare proposte da squadre più grandi del Nord della California, quando fu colpito da uno scandalo. Il suo *quarterback* di riserva si era convinto che Benbow andasse a letto con sua madre, il che era ovviamente vero. Quando il ragazzino lo colpì con l'elmetto durante gli allenamenti, lui dovette colpirlo per tenerlo a distanza. Nell'istante in cui vide l'occhio uscirgli fuori dall'orbita, retto solamente dal nervo ottico di un colore rosa grigiastro, si rese conto che la sua vita era finita.

In caduta, come si dice, da quel momento in poi. Iniziò a bere e fare a pugni più spesso di quanto allenasse. Giocava partite di poker per quattro soldi e finiva a letto con donne sposate, in genere mogli di insegnanti o di dipendenti rincoglioniti. Dritto in discesa fino ad Alabamphilia.

Benbow ritornò al mondo ritrovandosi appoggiato come un sacco di patate sul divano nel salone della baita, con un forte dolore dietro all'orecchio e un milione di spilloni che gli pungevano sotto il piede, che stava dentro a un gesso bianco ancora fresco poggiato sul tavolino del salotto. Il suo piede era grande come un melone. Benbow non aveva bisogno di chiedere a cosa servisse. Il tizio magro era seduto al suo fianco, con una siringa in mano. Dall'altra parte della stanza la figura imponente di R.L. svettava contro un tramonto acceso, e Mona Sue se ne stava ricurva su una sedia alla sua ombra mentre si limava le unghie. Fuori della finestra, Benbow vedeva i gemelli Kmart che camminavano lentamente, facendo la guardia avanti e indietro sulla terrazza.

«Si sta riprendendo, signor Dark», disse il vecchio, con una voce affilata come il suo naso appuntito.

«Allora dagli un'altra dose, Doc», disse R.L. senza girarsi. «Non voglio che il ragazzo senta dolore. Non ancora».

Benbow non riuscì a capire cosa intendesse R.L., mentre il dottore continuava a mescolare il gesso lì accanto, lasciando dietro di sé un odore fino e asciutto, come quello di una miniera di calcare o di una tomba aperta. Benbow aveva sentito dire che la morte in fondo non faceva più male di un'estrazione di un dente, e si domandò chi era stato a ritornare con quell'informazione. Il dottore lo punse alla spalla con un ago spuntato. Poi cadde a fatica in un sonno forzato, simile a una piccola morte.

Quando si risvegliò, Benbow notò che la situazione non era cambiata molto, a parte la luce. Mona Sue era ancora ricurva sulla sedia, addormentata, vicino a suo marito che si stagliava contro il cielo scuro. Anche il dottore dormiva, con le ossa fragili del cranio appoggiate contro il braccio dolorante di Benbow. Pure la gamba di Benbow si era addormentata, immobilizzata dall'enorme gesso appoggiato sul tavolino. Rimase seduto fermo finché poté, cercando di schiarirsi le idee e di far risvegliare la gamba, chiedendosi come mai non fosse ancora morto.

«Non farti strane idee, figliolo», disse R.L. senza girarsi.

Di tutte le cose che Benbow aveva odiato durante le lunghe domeniche passate a spalare merda di maiale o a dare le carte per R.L. Dark – faceva tutto parte dell'accordo che lui e il vecchio avevano stipulato in cambio dell'autorizzazione ad allenare Little R.L. – odiava che quel bastardo lo chiamasse "figliolo".

«Non sono tuo figlio, brutto vecchio bastardo».
R.L. lo ignorò, non si girò nemmeno. «A quanti gradi è l'acqua laggiù?», chiese tranquillo, mentre il dottore continuava a mescolare.
Benbow rispose senza pensarci: «Tra i 37 e i 39. Perché?»
«Che ne dici di mezza dose, Doc?» disse R.L., girandosi questa volta. «E vedi di farlo impermeabile quel calco. Mi sa che ho voglia di andarmi a curare i reumatismi nell'acqua calda, e non direi certo di no se il coach qui presente volesse venire a farmi compagnia...».
Ancora una volta Benbow trovò il sentiero caldo e pigro che lo avrebbe riportato nell'oscurità al centro della sua vita, mentre in sottofondo udiva il vecchio e Mona Sue che discutevano, coprendo il rumore del condizionatore.

Quando in tutta la contea iniziò a girar voce dell'accordo che aveva fatto con R.L. Dark per allenare il figlio, Benbow non poté più farsi una birra in santa pace alla fine degli allenamenti in nessuna di quelle fetenti bettole sparse per il paese senza sentire delle risatine alle sue spalle mentre usciva. Sembrava che quello che aveva guadagnato in simpatia, lo avesse perso in rispetto. E quel vecchio lo trattava peggio di una scoreggia.
Nei sabati di quel primo autunno, quando si dava da fare per onorare il baratto – lavoro manuale in cambio del talento di Little R.L. – il vecchio lo seguiva per tutto il giorno con il suo trattore John Deere, sfottendolo continuamente per la sua totale ignoranza sul commercio del bacon e per la sua incapacità in generale di fare un qualsiasi lavoro duro. Si lamentava e schiamazzava e poi pestava sull'acceleratore del trattore come se fosse la cosa più divertente che avesse mai fatto. Anche se sapeva che Little R.L. se ne stava sul divano davanti alla televisione a lenire i suoi muscoli doloranti con un po' di alcol, non gli veniva in mente di rimangiarsi quell'affare, e non si degnava nemmeno di guardare quel vecchio. Sapeva che quella era la sua unica possibilità.
Di domenica, comunque, il vecchio lo lasciava stare. La domenica era il giorno del poker. Ricchi proprietari terrieri, loschi avvocati di campagna dagli occhi furbi e mani delicate e banchieri di paese che nell'animo erano spietati come schiavisti venivano fin da West Memphis, St Louis e addirittura Fort Smith per riunirsi a casa di R.L. e farsi qualche

mano a Texas hold'em, un evento che era diventato famoso in almeno quattro Stati e addirittura nel Nord del Messico.

Nel giorno di riposo se ne stava per fatti suoi, eccetto per la presenza scontrosa e furtiva di Little R.L., che sembrava avercela con il coach per ogni singolo dolore o acciacco, e per le nervose apparizioni di una ragazzina magra e petulante che bighellonava di fronte a lui dall'altra parte del cortile fangoso della fattoria, vestita con degli abiti informi e calosce che le stavano grandi. Si portava nella gola una strana, rauca risata, la stessa risata che aveva fatto quando una scrofa aveva deciso di divorare i suoi piccoli. Benbow avrebbe dovuto dare ascolto a quella risata.

Ma quello era niente in confronto al fatto che Little R.L. aveva guadagnato almeno un centinaio di yard a partita durante il suo primo anno.

L'autunno seguente, fece l'abitudine ai modi del vecchio. Ormai spalava merda senza più alcun problema. Quando poi si fece sfuggire che per un po' di tempo aveva giocato a poker da professionista, gli acquosi occhi blu di R.L. scintillarono improvvisamente di avidità, e la parte domenicale dell'accordo divenne meno pesante ma anche più complicata. Non che il vecchio gli chiedesse di barare. R.L. vinceva sempre. Gli faceva il segno di dare le carte segnate solamente per far rientrare in gioco i suoi avversari e per spellarli ancora di più.

La monotonia brutale, arida e pericolosa della vita di Benbow proseguì così, semplice e speranzosa fino all'autunno del terzo anno di università di Little R.L., quando tutto andò in frantumi. Per poi riprendersi con una velocità incredibile. Una frattura, una lussazione e poi una coincidenza.

Il sabato pomeriggio in cui Little R.L. superò il record regionale di yard guadagnate con una corsa, la ragazzina smise di fare risatine abbastanza a lungo da chiedere a Benbow: «Quanto a lungo devi andare all'università, coach, per imparare a spalare la merda di maiale con la pompa dell'acqua?».

Quando si mise a ridere, Benbow finalmente sbottò: «Ma tu chi cazzo sei, piccola?»

«Sono la moglie di R.L. Dark Senior», ribatté lei, sollevando il mento, «ecco chi sono». Benbow la guardò per la prima volta, e vide le forme di quel suo corpo sodo e meraviglioso, nudo sotto al tessuto sottile del suo vestito da due soldi.

Poi Benbow iniziò a parlare con Mona Sue, commettendo l'errore di chiederle perché portasse quelle calosce di gomma. «Per i vermi», rispose lei indicando i piedi di Benbow infilati in un paio di vecchie Nike, senza calzini. *Cristo*, pensò. Poi pensò *Cristo santo* quando quella notte vide i vermetti bianchi scivolare attraverso le sue feci scure e insanguinate. Ora aveva capito che cosa avesse da ridere quel vecchio.

Una di quelle domeniche, un riccone proprietario di un ranch in Messico voleva coprire un rialzo di R.L. con il suo Rolex, ma R.L. si offrì di acquistare quell'orologio che valeva quindicimila dollari per cinquemila bigliettoni in contanti. Quando andò ad aprire la piccola cassaforte messa nel pavimento della cucina, Benbow diede un'occhiata all'enorme quantità di mazzette di banconote da cento che riempivano quella cassetta.

La sera del venerdì seguente Little R.L. superò il suo stesso record quando ancora mancava un quarto di partita da giocare, e fu una fortuna perché nell'ultimo quarto il suo piede destro perse aderenza al suolo e poi venne travolto da un avversario. Benbow sentì lo *snap* del ginocchio che saltava fin dalla panchina.

Disse a R.L. che i patti erano patti, a prescindere da quello che era successo al ginocchio del ragazzo. Il giorno dopo come sempre si rimise a lavoro, il tempo necessario ad attirare Mona Sue dentro al fienile e a farla spogliare. Nuda, tranne le calosce. A Benbow non importava. Se la scopò e basta. La vendetta che aveva pianificato contro R.L. Dark era un inferno ghiacciato nel suo cuore. Ma la fame che aveva delle sue morbide labbra, e il tocco del suo corpo favoloso – con quei capezzoli duri come diamanti, quei muscoli scattanti da gatta nascosti dalla pelle liscia, la sua passera che era come una borsetta di seta piena di perline brillanti sospesa in un celestiale fuoco di lussuria – distrussero i suoi propositi di vendetta. Adesso voleva solo averla. A ogni costo.

Due mesi dopo, quando la sua pancia si iniziava ad ingrossare, Benbow fece saltare la cassaforte con un tocco di nitroglicerina, prese tutti i soldi e scapparono.

Anche se era certo che Mona Sue sognasse ancora, aveva perso il suo pubblico, tranne per il custode che la osservava come se fosse una specie di divinità pagana. Ma ogni volta che provava a parlare con quel cowboy dalla pelle scura, il vecchio le dava dei pizzichi talmente forti con le sue dita callose da lasciarle dei segni rossi.

Le loro mattine erano diverse adesso. Andavano tutti alle terme. Il dottore dormiva su una sdraio davanti alla vasca e Mona Sue si sedeva sul bordo con i piedi a mollo in acqua e le cosce macchiate fuori, e con gli occhi vuoti come il mezzo sorriso che aveva. R.L. Dark, Curly e Bill il Pelato avevano pantaloncini e magliette da quattro soldi e se ne stavano con l'acqua fino al collo nella vasca bollente, formando una specie di cerchio attorno a Benbow, ancorato da quel gesso ricoperto di plastica che assumeva le sembianze di un masso enorme sotto l'acqua.

Un vago senso di minaccia, insieme a sporadiche e acerbe zaffate sulfuree, si alzava dal gruppo e teneva gli altri ospiti a una certa distanza. Il numero dei clienti diminuiva giorno dopo giorno: il vecchio prendeva in affitto ogni singola cabina e ogni stanza appena si liberavano. I proprietari del posto, due ricchi gemelli tedeschi, non sembravano interessati a chi fosse a pagare la loro cocaina.

Durante i primi giorni, nessuno aveva mai rivolto la parola a Benbow, neanche per chiedergli dove avesse nascosto i soldi. Il dolore al piede era ormai solo un forte fastidio, ma il prurito dentro al gesso era diventato insopportabile. Una mattina, il dottore si era impietosito e aveva cercato nei cassetti della cucina qualcosa da dare a Benbow per grattarsi ed era tornato con uno spiedo di quelli da shish kebab. Curly e Bill il Pelato avevano controllato attentamente quella punta di metallo, neanche fosse una specie di punteruolo o un coltellino da caccia. Poi si erano messi a ridere e glielo avevano lasciato. Lo teneva dentro al gesso, sempre pronto, e grattava dove gli prudeva. E scavava nel gesso.

Poi una mattina, mentre se ne stavano tranquilli e rilassati nella piscina, una nuvola nera scese lentamente dalla montagna fino a riempire la vallata con raffiche di neve grossa e fredda. Il vecchio alzò lo sguardo verso la neve e alla fine disse: «Era tanto che volevo tornare in questo paese».

«Cosa?».

A parte il custode che andava a sparecchiare lentamente e un uomo con una felpa con il cappuccio e occhiali da sole dentro al bar, quando aveva iniziato a nevicare la piscina e la terrazza si erano svuotate. Benbow era rimasto a osservare la neve posarsi sui capelli scuri di Mona Sue, mentre provava ad acchiappare un fiocco di neve con la sua linguetta rosa. Anche se Benbow ormai guardava in faccia la morte, lei continuava a soffiare sulla brace rovente che aveva nei pantaloni.

«Durante la seconda guerra mondiale», disse il vecchio in tono pacato, «avevo fatto un casino a Fort Chafee – avevo menato un sottufficiale con il manico di una scopa – e allora mi mandarono qui ad addestrarmi con la decima divisione montagna. Quegli imbecilli pensavano che sarebbe stata una punizione per me. Era tanto che ci volevo tornare».

Benbow guardava il vento freddo che increspava la superficie immobile dell'acqua calda mentre i fiocchi di neve ci si scioglievano sopra. Il vapore dell'acqua divenne una nebbia densa.

«Mi è sempre piaciuto», disse Benbow, guardando in alto verso la montagna che appariva e scompariva dietro alle nuvole cariche di neve. «È il tempo migliore per andare a caccia», aggiunse. «C'è una piccola mandria di alci proprio dietro al primo crinale». Mentre le sue guardie si giravano verso la montagna, Benbow si mosse lentamente attraverso la nebbia in direzione dei piedi di Mona Sue, smuovendo l'acqua intorno a sé. «Se questo posto ti piace così tanto, vecchio bastardo, perché non te lo compri?»

«Occhio a come parli, ragazzo», disse Curly dandogli uno scappellotto. Benbow si avvicinò ancora di più a Mona Sue.

«Potrei farlo, sai», disse il vecchio, «anche solo per farti incazzare. Non che ti resti molto tempo per incazzarti, chiaro».

«Allora perché cazzo ce ne stiamo qui a fare il bagno?», chiese Benbow, rivolgendosi al vecchio e avvicinandosi sempre di più a Mona Sue.

Il vecchio fece una pausa, come se stesse riflettendo. «Be' figliolo, aspettiamo che nasca il bambino. E se quel bambino avrà i capelli rossi e tu ci dirai dove hai messo i soldi, allora ti porteremo a casa, ti uccideremo con calma, e ti daremo da mangiare ai porci».

«E se non ha i capelli rossi, visto che non vi dirò mai dove stanno i soldi?»

«Allora troveremo una scrofa affamata, figliolo, e ti daremo in pasto a lei», disse il vecchio, e poi aggiunse: «A cominciare dagli alluci».

A quel punto risero tutti: R.L. Dark buttò indietro il capo e fece uno strano verso; i gorilla si diedero il cinque e fecero una risatina; Benbow si immerse sott'acqua. Anche Mona Sue stava ridacchiando. Finché Benbow non la fece cadere in acqua. Iniziò a soffocare. La povera ragazza non aveva ancora imparato a nuotare.

Prima ancora che il vecchio o le sue guardie del corpo potessero muoversi, l'uomo vestito di scuro che stava nel bar uscì di corsa anche se zoppicava e si tuffò in acqua e afferrò la ragazza che stava annegando e si inginocchiò vicino a lei mentre un'enorme quantità di acqua fumante le usciva dal naso e dalla bocca. Alla fine riuscì a respirare. Poi il tizio si tolse il cappuccio scoprendo i capelli rossi fiammanti e si strinse Mona Sue al petto.

«Porca troia», aggiunse inutilmente il vecchio mentre Bill il Pelato lo aiutava ad uscire dall'acqua. «Che cazzo ci fai qui?»

«Dio santo, piccolo mio, lasciami andare», urlò Mona Sue. «Eccolo, sta uscendo!».

A quel punto il dottore si alzò di scatto. Venne anche il custode. Coprirono la panchina di legno con degli asciugamani bianchi e asciutti, e Little R.L. vi appoggiò delicatamente il corpo piegato di Mona Sue. Curly allora uscì dalla piscina, dicendo a Benbow di non muoversi, e si unì al gruppo di uomini che osservavano le contrazioni violente di Mona Sue. Bill aiutò il vecchio a rimettersi i pantaloni e a infilarsi la pistola in tasca mentre Little R.L. e il dottore tenevano il corpo di Mona Sue, che si contraeva dai dolori, sulla panchina.

«Oddio mio!», urlava. «Mi spacca in due!».

«Fa' qualcosa, idiota», disse il vecchio al dottore che cercava di rendersi utile. Poi gli diede un ceffone.

Benbow se ne andò all'altro lato della piscina, tenendosi al bordo con una mano mentre con l'altra si scavava via il gesso. Pezzi di gesso salivano a galla uniti a rivoli di sangue. Poi se lo tolse, con lo spiedo ancora in mano. Aveva un piano, voleva uscire dalla piscina, infilzare il vecchio a un rene e prendergli la Webley. A quel punto avrebbe fato fuoco.

Ma ormai avrebbe dovuto già aver imparato che non doveva fare piani. La vita glielo aveva spiegato bene.

Mentre Bill il Pelato aiutava il vecchio a rivestirsi, notò che Benbow si era allontanato e andò verso di lui. Vide il gesso insanguinato galleggiare davanti al torso di Benbow. «Ma che cazzo?», disse, e si chinò per afferrarlo.

Benbow allora, con tutte le forze che aveva accumulato in una vita fatta di delusioni e rabbia, spinse la punta di metallo dentro alla gola di Bill il pelato, in su verso la base della lingua, fino a infilzare il palato morbido, poi la scatola cranica, per arrivare alle cervella molli e perforare le ossa del cranio. Dal centro della testa pelata gli uscivano sette centimetri di quello spiedo come fosse un corno di ferro. Bill il pelato non fece neanche un rumore. Sbatté gli occhi una volta con uno sguardo spaesato, fece un sorriso e si alzò. Dopo un attimo cominciò a camminare in cerchio, barcollante, finché Curly non fece caso a quel suo strano comportamento.

«Bubba?», disse avvicinandosi a suo fratello.

Benbow allora saltò fuori dall'acqua; con una mano afferrò la caviglia di Curly e l'altra la infilò su per le gambe e gli strinse le palle facendo cadere quel gigante in acqua. Il grugnito che emise e il sordo botto che la sua testa fece sbattendo contro il bordo di cemento della piscina vennero coperti dal sospiro di Mona Sue mentre dava alla luce il bambino e dal grido del vecchio che diceva: «Perdio, è una femmina! Una femminuccia con la testa nera!».

Benbow era sgattaiolato via dalla piscina ed era arrivato zoppicando alle spalle del vecchio mentre osservava il dottore che posava il neonato sul grembo ansimante di Mona Sue. «Buono a sapersi», disse il vecchio, respirando a fatica come se la fatica fosse stata la sua.

Little R.L. si voltò e afferrando il padre se lo avvicinò bruscamente al volto e sussurrò: «Chiudi quella cazzo di fogna, vecchio». Poi lo spinse via con violenza, facendo sbattere quel debole corpo contro la spalla di Benbow. Qualcosa dentro al petto del vecchio si spezzò, e cadde in ginocchio, cercando di prendere fiato nell'aria gelida come una tartaruga schiacciata sul guscio. Benbow tolse l'arma al collo del vecchio prima che quello cadesse morto nell'acqua.

Benbow caricò l'enorme pistola facendole fare uno scatto metallico e scoppiò in una perfida risata che esplose nell'aria come uno sparo. Ogni singolo movimento rallentò fino a fermarsi. Il dottore finì di tagliare il cordone. Le mani del custode tenevano un asciugamano piegato dietro la testa di Mona Sue. Little R.L. era teso come se stesse per lanciarsi in un attacco cieco. Bill il pelato smise di girare in tondo e cadde nella piscina. Anche Mona Sue smise di lamentarsi. Si muoveva solo quel vento freddo, sferzando la nebbia sopra all'acqua calda mentre la neve diventava sempre più fitta.

Poi Mona Sue urlò: «No!», e interruppe quel silenzio ghiacciato.

Quel ginocchio malandato diede il tempo a Benbow di far partire un colpo, che prese Little R.L. all'altezza della spalla e che si fece strada lungo il torso fino a uscire proprio sopra al rene con una cascata di sangue, schegge d'ossa e tessuto polmonare, sbattendolo a terra come un quarto di bue. Il proiettile aveva poi proseguito la sua gioiosa corsa verso lo sterno del dottore trapassandolo come se fosse un puro spirito. E del resto, a breve lo sarebbe stato davvero.

Benbow gettò via la pistola esultando, la sentì cadere in acqua e andò a fianco di Mona Sue. Baciò quel volto coperto di sangue e la sentì gemere. Si chinò ancora di più, e si accorse di aver scambiato quei suoi lamenti di dolore per passione. Poi però capì cosa stava dicendo. Ripeteva in continuazione quella parola. Una volta l'aveva chiamato così. E l'aveva usata anche con Little R.L. e forse anche con il vecchio. «Cowboy, cowboy, cowboy», diceva sussurrando.

Benbow non si sorprese affatto quando si sentì sulla gola il braccio e la lama che gli solleticava le costole. «Avevo capito subito che eri un traditore», disse, «la prima volta che ho visto la tua faccia da culo».

«Dimmi solo dove stanno i soldi, *vecchio*», sussurrò il custode, «e morirai tranquillo».

«Puoi prendere i soldi», sospirò Benbow, nel suo ultimo tentativo di cogliere un'occasione al volo, «ma lasciami la donna». Ma il disprezzo che vide negli occhi di Mona Sue era l'unica risposta di cui aveva bisogno. «Al diavolo», disse Benbow, quasi ridendo, «facciamola finita come si deve».

Poi si gettò all'indietro contro il coltello da caccia, infilandosi la lama fra le costole e facendola entrare fino al manico prima che il custode potesse lasciare la presa. Fece un passo indietro spaventato mentre Benbow cadeva in avanti nell'acqua calda della piscina.

All'inizio la lama era fredda quando era entrata nella carne di Benbow, ma il sangue che ne uscì la riscaldò velocemente. Poi si lasciò cullare dall'acqua e si mise a galleggiare a testa in su, abbandonato come un vecchio, proprio come l'aveva chiamato il custode. Il guardiano se ne stava davanti a lui, gli occhi neri come il carbone brillavano attraverso la nebbia e la neve fitta. Mona Sue si era alzata in piedi ed era al suo fianco, con in braccio la figlia di Benbow che piangeva, mentre la neve le si scioglieva sulle spalle.

«Al diavolo», sospirò Benbow, spostato dalla corrente. «Sono nel condizionatore».

«Grazie, vecchio mio», disse Mona Sue, sorridendo.

«Statemi bene», sussurrò Benbow, e pensò: *Questa è la parte più facile.* Poi si diede di nuovo una spinta, navigando sull'acqua sferzata dal vento e dalla neve della piscina, con gli occhi chiusi, felice in quel mondo caldo e pesante. Muoveva lentamente le mani per restare a galla, con le dita coperte di sangue e il vento che lo spingeva verso l'acqua fredda dall'altra parte della piscina, gli occhi che sbattevano per proteggersi dalla soffice neve fredda, finché il suo corpo stanco non finì sotto il manto dell'acqua calda a riposare, lontano da tutti.

Jeffery Deaver
L'OSTAGGIO
1996

Jeffery Deaver (1950) è nato in un piccolo paese nei pressi di Chicago. Laureato in giornalismo presso l'università del Missouri, ha lavorato come giornalista prima di conseguire la laurea in giurisprudenza all'università di Fordham, per poi operare nel settore legale per alcuni anni. Ma è anche un poeta: ha scritto dei componimenti originali e li ha presentati in tutti gli Stati Uniti.

È uno degli scrittori di genere di maggior rilievo al mondo, capace di dare continue conferme del proprio valore. Deaver ha scritto ventitré romanzi e due raccolte di racconti. I suoi romanzi sono stati tradotti in venticinque lingue, e le sue opere sono sempre bestseller in vetta alle classifiche, sia in America che nel resto del mondo. Fra i numerosi riconoscimenti ricordiamo la nomination (per ben sei volte) all'Edgar Allan Poe Award (due volte per il migliore romanzo originale e quattro per il migliore romanzo breve); tre volte come migliore racconto all'Ellery Queen Readers; nel 2001 il W.H. Smith Thumping Good Read per il suo *La sedia vuota* (*The Empty Chair*); infine il premio Ian Fleming Steel Dagger del 2004 per *Il giardino delle bestie* (*Garden of Beasts*), presieduto dalla British Crime Writers Association. Nel 2009 è stato guest editor di *The Best American Mystery Stories of the Year*. Ha scritto all'incirca dodici romanzi che non fanno parte di alcuna serie, ma è noto soprattutto per il personaggio di Lincoln Rhyme, un brillante detective tetraplegico che è apparso per la prima volta ne *Il collezionista di ossa* (*The Bone Collector*, 1997), divenuto poi un film prodotto dalla Universal nel 1999, con Denzel Washington e Angelina Jolie. Della serie su Rhyme fanno parte *Lo scheletro che balla* (*The Coffin Dancer*, 1998), *La sedia vuota* (*The Empty Chair*, 2000), *La scimmia di pietra* (*The Stone Monkey*, 2002), *L'uomo scomparso* (*The Vanished Man*, 2003), *La dodicesima carta* (*The Twelfth Card*, 2005), *La luna fredda* (*The Cold Moon*, 2006), e *La finestra rotta* (*The Broken Window*, 2008). Ha scritto poi *Il silenzio dei rapiti* (*A Maiden's Grave*, 1995), che non fa parte di alcuna serie ed è stato adattato per il piccolo schermo da HBO con il titolo *Dead Silence* (1997) e che vedeva come protagonisti James Garner e Marlee Matlin.

L'ostaggio (*The Weekender*) è stato pubblicato per la prima volta nel dicembre del 1996 sulla rivista «Alfred Hitchcock's Magazine»; è stato poi selezionato da *The Best American Mystery Stories 1997*.

Guardai nello specchietto retrovisore e non vidi neanche una luce. Ma sapevo che ci stavano inseguendo e che era solo questione di tempo: tra non molto sarebbero arrivati i poliziotti.

Toth iniziò a parlare, ma gli dissi di tapparsi la bocca, e portai la Buick a centotrenta. La strada era sgombra, ai lati nient'altro che una pineta lunga chilometri.

«Oh fratello», borbottò Toth. Sentivo i suoi occhi su di me, ma non avevo alcuna intenzione di guardarlo, tanto ero fuori di me.

Non sono mai una cosa semplice, i drugstore.

Perché, se uno ci fa caso, quando i poliziotti fanno le ronde passano molto più spesso davanti ai drugstore rispetto a qualunque altro posto. È per via dei farmaci.

Uno si immagina che quelli da tenere d'occhio siano i supermercati. Invece no, quelli sono una cosa da pazzi, con tutte quelle telecamere una foto te la scattano di sicuro, ci puoi scommettere. Per cui a nessuno del mestiere, intendo quelli che fanno *sul serio*, verrebbe mai in mente di farsene uno. Le banche poi, meglio scordarsele. Per non parlare dei bancomat. Voglio dire, quanto credi di farci? Tre, quattrocento al massimo? Da queste parti poi il tasto del prelievo rapido è impostato su venti verdoni, il che è tutto dire. Non vale proprio la pena.

No. A noi serviva denaro contante, e l'unica era farsi un drugstore, per quanto rischioso potesse essere. L'Ardmore Drugs, un grande negozio in una piccola città. A Ligget Falls, un centinaio di chilometri da Albany e centosessanta circa da dove vivevamo io e Toth, verso le montagne a oveSt Ligget Falls è un paese povero. Giureresti che non ha senso fare un colpo in un posto del genere. Ma è proprio questo il punto – perché proprio come in qualunque altro posto anche qui la gente ha bisogno delle medicine e della lacca per i capelli e dei trucchi. L'unica differenza è che qui non usano le carte di credito. Eccetto magari le prepagate di Sears o di Penney. Qui si paga in contanti.

«Oh fratello», disse di nuovo Toth, a voce bassa. «Guarda».

E mi fece arrabbiare ancora di più. Gli avrei voluto urlare: guardare cosa, figlio di puttana? Ma poi vidi da solo a cosa si riferiva, e non dissi niente. Era davanti a noi. Era proprio come all'alba, una luce all'orizzonte. Solo che questa luce era rossa, e non era fissa. Era come se stesse pulsando, ed ebbi la certezza che avevano già tirato su il posto di blocco. Quella era l'unica strada per imboccare la Statale da Ligget Falls. Non era poi così strano.

«Ho un'idea», disse Toth. Non avevo alcuna voglia di starlo ad ascoltare, ma non volevo nemmeno farmi un'altra sparatoria. Di sicuro non a un posto di blocco dove stavano aspettando proprio noi.

«Cosa?», chiesi seccato.

«C'è una città, da quella parte. Vedi quelle luci? Conosco una strada che ci porterà lì».

Toth è un ragazzone dall'aspetto tranquillo. Ma non lo è affatto. Si innervosisce subito, e al momento non faceva altro che voltarsi di continuo a guardare il sedile posteriore, in preda al panico.

Avrei voluto dargli un ceffone e dirgli di darsi una calmata.

«Dov'è?», gli chiesi. «Questa città?»

«È a più o meno sette, otto chilometri. La svolta non è segnalata. Ma la so io».

Ci trovavamo in quella parte orrenda dello Stato, a nord, dove tutto era verde. Ma di quel verde sporco, non so se rendo l'idea. E dove i palazzi erano tutti grigi. Con tutte quelle luride, strette topaie e quei caravan appoggiati su mattoni. Tutti paesini minuscoli, senza nemmeno un 7-Eleven. E tutte quelle colline che qua chiamano montagne ma che non lo sono affatto.

Toth abbassò il finestrino, fece entrare un po' d'aria fredda e alzò lo sguardo al cielo. «Possono trovarci con quei loro cosi, sai, con quei satelliti».

«Ma di che diavolo parli?»

«Possono vederci dall'alto se vogliono. L'ho visto in un film».

«E tu credi che la polizia statale sia in grado di fare una cosa simile? Ma sei scemo?».

Che tipo. Non lo sapevo nemmeno io perché ci lavoravo ancora insieme. Dopo quello che è successo al drugstore poi, di sicuro non lo farò più.

Mi indicò il punto dove svoltare, e lo feci. Disse che la città era a valle del monte Lookout. Mi sembrava di esserci già passato davanti mentre andavamo verso Ligget Falls quella sera. Era quella specie di enorme masso, alto almeno sessanta metri. Se lo guardavi dall'angolazione giusta sembrava la testa di un uomo, di profilo, con gli occhi socchiusi. Era una cosa parecchio importante per gli indiani di quelle parti. Bla, bla, bla. Del suo racconto non me ne poteva fregare di meno. Era spaventosa, quella faccia, la guardai una volta sola e continuai a guidare. Non mi piaceva affatto. Non sono un tipo superstizioso in genere, ma a volte mi capita.

«Winchester», disse a quel punto, era il nome della città. Cinque, seimila anime. Avremmo trovato una casa vuota, nascosto la macchina in un garage e atteso che le ricerche terminassero. Avremmo aspettato fino alla sera successiva – domenica – quando tutti quelli che erano partiti per il weekend sarebbero rientrati finalmente a Boston o a New York, e ci saremmo dispersi nella folla.

Riuscivo a vedere il Lookout in lontananza, certo non i suoi contorni precisi, ma una specie di macchia nera che oscurava le stelle. E tutto a un tratto il tizio sdraiato dietro iniziò a lamentarsi e per poco non mi venne un colpo.

«Tu, stai zitto là dietro!», diedi una botta al sedile, e quello si calmò.

Che nottata.

Eravamo arrivati al drugstore una quindicina di minuti prima che chiudesse. Da manuale. Perché a quell'ora di solito non c'è più neanche un cliente, la gran parte dei commessi se ne sono andati a casa e quelli che rimangono sono stanchi, e se gli sbatti in faccia una Glock o una Smitty fanno tutto quello che gli dici.

Ma non quel giorno.

Ci eravamo messi le maschere ed eravamo entrati lentamente. Toth si era occupato di tirare fuori il direttore dal suo piccolo ufficio. Un ciccione si era messo subito a piangere, e mi aveva fatto perdere la testa all'istante, non sopporto quando gli adulti fanno così. Toth teneva la pistola puntata sui clienti e sui commessi, mentre io dicevo al cassiere, un ragazzino, di aprire le casse e, Cristo santo, quello faceva lo spavaldo. Come se avesse visto tutti i film di Steven Seagal, una roba del genere. Gli era bastato un bacino sulla guancia da parte della Smitty e aveva cambiato atteggiamento all'istante. Mi bestemmiava contro, ma collaborava. Me ne stavo lì a contare i bigliettoni mentre passavamo da una cassa all'altra, e giuro, ero arrivato a circa tremila quando avevo sentito questo rumore, mi ero girato, e che cosa avevo visto? Era Toth che aveva rovesciato uno scaffale di patatine. Ma dico, Cristo. Si stava prendendo le Doritos!

Tolgo per un attimo lo sguardo dal ragazzino, e quello che fa? Lancia una bottiglia. Non addosso a me, contro la vetrina. Bang, si spacca. Non sento nessun allarme, d'altronde molti allarmi sono silenziosi, ma a quel punto ero veramente incazzato. L'avrei potuto uccidere. All'istante. Soltanto che non l'avevo fatto io. L'aveva fatto Toth.

Aveva sparato al ragazzo, bang, bang, bang. E allora tutti si erano messi a scappare e lui si era girato e aveva sparato pure all'altro commesso e a uno dei clienti, aveva fatto bang, senza neanche pensarci, così. Senza nessuna ragione. La commessa l'aveva colpita alla gamba, mentre a quell'altro, al cliente, be', quello l'aveva fatto secco. Si vedeva. E io dico: Cosa stai facendo? Che cosa stai facendo? E lui: Stai zitto, stai zitto, stai zitto... Ce ne stavamo lì, ci mandavamo a quel paese a vicenda, quando avevamo capito che era ora di tagliare la corda.

Quindi ce ne eravamo andati. Solo che c'era stato un imprevisto, fuori c'era uno sbirro. Ecco perché il ragazzino aveva tirato la bottiglia. Quello se ne stava fermo davanti alla macchina. Allora avevamo preso uno dei clienti, quello davanti all'ingresso, e lo avevamo usato come scudo mentre uscivamo fuori. E lo sbirro se ne stava lì, con la pistola puntata, guardava il cliente che avevamo preso, e poi ci aveva detto: «È tutto ok, tutto ok, restate calmi».

Non potevo crederci, ma Toth aveva sparato pure a lui. Non so se l'aveva fatto secco, ma c'era tanto sangue e quindi di sicuro non aveva il giubbotto, o almeno credo. Avrei voluto uccidere Toth, lì per lì. Per quale motivo lo aveva fatto? Non avrebbe dovuto.

A quel punto avevamo preso il tizio, il cliente, e lo avevamo scaraventato sul sedile posteriore e impacchettato per bene con il nastro adesivo. Avevo rotto i fanalini di coda con un calcio e avevo fatto bruciare un bel po' di gomma, là fuori. Poi ci eravamo lasciati Liggett Falls alle spalle.

Tutto questo era successo soltanto mezz'ora prima, ma a me sembrava un'eternità.

E ora ci trovavamo su quell'autostrada, e guidavamo in mezzo a un milione di pini. Proprio dritti verso il Lookout.

A Winchester era buio.

Proprio non capisco come la gente possa aver voglia di passare il weekend in posti del genere. Voglio dire, mio padre mi ci aveva portato a caccia un sacco di tempo prima. Un paio di volte, è stato bello. Ma venire in posti così solo per ammirare le foglie o per comprare dei mobili spacciati per antiquariato ma che in realtà sono solo scarti in pessimo stato... non lo capisco.

Trovammo una casa a un isolato da Main Street. Davanti all'ingresso c'era un mucchio di giornali. Mi accostai al vialetto e ci infilai la Buick appena in tempo: un istante dopo passarono sfrecciando due auto della polizia. Saranno stati al massimo a un chilometro di distanza, dietro di noi, con le sirene spente. Non ci videro perché avevamo i fanalini rotti. Ci passarono davanti in un flash e scomparvero, verso il centro.

Toth entrò in casa senza andarci troppo per il sottile, spaccando una finestra sul retro. Era una casa per le vacanze, praticamente vuota, con il frigorifero spento e il telefono staccato, e quello era un buon segno – non ci sarebbe venuto nessuno per un bel pezzo. Inoltre c'era puzza di chiuso e in giro c'erano cataste di libri vecchi e di riviste estive.

Portammo dentro il tizio. A quel punto Toth fece per togliergli il cappuccio dalla testa e io gli dissi: «Ma che cavolo stai facendo?»

«Non ha detto una parola. Magari non riesce a respirare».

Parlava proprio lui, che aveva appena fatto secche tre persone. E adesso si preoccupava che quel tizio non riuscisse a *respirare*? Cristo. Mi venne da ridere. Dal disgusto, ovviamente. «Magari è perché quel coso serve a non farci vedere, no?», gli dissi. «Non ci hai pensato?». Ci eravamo tolti i passamontagna da un bel pezzo ormai.

Quando arrivi al punto di dover ricordare certe cose allora sei messo male. Credevo che Toth fosse un po' più sveglio. Ma non si può mai dire.

Andai alla finestra e vidi un'altra pattuglia passare. Andavano più lentamente adesso. È così che fanno. Dopo lo shock iniziale, dopo l'inseguimento, si fanno furbi e iniziano a rallentare, e vanno alla ricerca di cose strane – di tutto ciò che è *diverso*, mi spiego? Ecco perché non avevo raccolto i giornali all'ingresso. Perché il cortile sarebbe sembrato diverso dalla mattina prima. Gli sbirri le fanno davvero quelle cose alla Colombo. Ci potrei scrivere un libro, sugli sbirri.

«Perché l'avete fatto?».

Era il tizio che avevamo preso in ostaggio.

«Perché?», sussurrò di nuovo.

Il cliente. Aveva una voce bassa e sembrava abbastanza tranquillo, tutto sommato. Considerando che io sono andato fuori di testa per un giorno intero, la prima volta che mi sono trovato in una sparatoria. E avevo pure una pistola, io.

Lo guardai per bene. Aveva addosso una camicia di flanella e un paio di jeans. Non era di quelle parti. L'avevo capito dalle scarpe. Erano da riccastro, di quelle che portano gli yuppies in quegli show sul Connecticut alla TV. Non riuscivo a vederlo bene in faccia, per via della maschera, ma me lo ricordavo abbastanza bene. Non era giovane. Sui quaranta. Aveva la pelle leggermente rugosa. Ed era anche molto magro. Più secco di me, che sono uno di quelli che mangiano qualunque cosa e non mettono su neanche un chilo. Non so perché, è così e basta.

«Silenzio», dissi. Stava passando un'altra volante.

Si mise a ridere. Piano. Era come se dicesse: Ah sì? Credi davvero che là fuori possano sentirmi?

Si prendeva gioco di me! La cosa non mi piaceva affatto. Ovvio, non credevo certo che ci *potessero* sentire da fuori, ma non mi andava che mi prendesse per il culo, perciò gli dissi: «Stai zitto e basta. Non ti voglio sentir parlare».

Per un po' se ne stette buono sulla sedia dove l'aveva messo Toth. Ma poi ricominciò: «Perché gli avete sparato? Non c'era alcun motivo».

«Silenzio!».

«Ditemi solo perché».

A quel punto tirai fuori il coltello, feci scattare la lama e lo lanciai in modo che si conficcasse nel tavolo. Fece un suono secco, *tunk*. «Hai sentito? Quello è un coltello Buck da venti centimetri al carbonio temprato. A serramanico. Può tagliare un bullone di ferro come fosse burro. Quindi vedi di fare il bravo, oppure dovrò usarlo su di te».

E allora fece di nuovo quella risata, mi pare. O forse era solo uno sbuffo. Ma a me sembrava proprio una risata. Gli avrei voluto chiedere che cosa avesse da ridere, ma lasciai perdere.

«Quanti soldi hai addosso?», chiese Toth, e gli sfilò il portafogli dalla tasca di dietro. «Guarda qua», disse Toth, e tirò fuori qualcosa come cinque o seicento dollari. Da non crederci.

Passò un'altra volante, andava piano. Aveva un faro puntato sul vialetto d'ingresso, ma non si fermò. Sentii una sirena per le vie della città.

Poi un'altra ancora. Era strano, sapere che tutta quella gente stava là fuori a cercare proprio noi.

Tolsi di mano il portafogli a Toth e gli diedi un'occhiata.

Randall C. Weller Jr. Residente a Boston. Era in viaggio per il weekend. Proprio come pensavo. Aveva una serie di biglietti da visita dove c'era scritto che era il vicepresidente di quella grande società di computer, quella che era finita sul giornale perché stava per prendere il controllo dell'IBM o qualcosa del genere. E tutto a un tratto mi venne in mente una cosa. Potremmo chiedere un riscatto. Dico davvero, perché no? Ci facciamo mezzo milione. Forse di più.

«Mia moglie e i miei figli saranno preoccupati da morire», disse Weller. Sentirglielo dire mi mise paura. Intanto perché non ci si aspetta di sentir parlare uno con un cappuccio sulla testa. Ma soprattutto perché in quel momento stavo guardando una foto nel suo portafogli. E chi c'era in quella foto? La moglie con i figli.

«Non ti lascio andare via, quindi stai zitto e basta. Potrei aver bisogno di te».

«Come ostaggio, dici? Quella roba funziona solo nei film. Ti spareranno non appena esci fuori, e spareranno pure a me se necessario. È così che fanno quelli. Arrendetevi e basta. Almeno non vi fate ammazzare».

«Chiudi quella bocca!», urlai.

«Lasciatemi andare e gli dirò che mi avete trattato bene. Che la sparatoria è successa per sbaglio. E che non è stata colpa vostra».

Mi avvicinai e gli premetti il coltello sulla gola, non di taglio, dove la lama è davvero affilata, ma dal lato smussato, e gli dissi di fare silenzio.

Passò un'altra macchina, a luci spente stavolta. Andava ancora più piano, e tutto a un tratto iniziai a pensare: che facciamo se si mettono a cercare casa per casa?

«Perché l'ha fatto? Perché li ha uccisi?».

Stranamente, il fatto che la domanda fosse in terza persona mi fece sentire meglio, perché era come se intendesse dire che io non c'entravo. E infatti era tutta colpa di Toth. Non mia.

Weller continuava a parlare. «Non capisco. Quell'uomo al bancone. Quello alto. Stava fermo lì, in piedi. Non ha fatto niente. E lui gli ha sparato addosso».

Ma nessuno di noi aggiunse altro. Toth perché probabilmente non lo sapeva nemmeno lui il motivo del suo gesto. E io perché a quello non gli dovevo dare nessuna risposta. Ce l'avevo in pugno, proprio così. Dovevo farglielo capire. Non gli dovevo rivolgere più la parola.

Ma quello, Weller, non aprì più bocca. Iniziai ad avere una strana sensazione. Come una specie di pressione crescente. Era perché nessuno aveva dato una risposta alla sua stupida domanda del cavolo. Sentii come il bisogno di dire qualcosa, una cosa qualsiasi. Ma davvero avrei voluto non farlo. Quindi dissi soltanto: «Vado a spostare la macchina in garage». E me ne andai fuori.

Dopo la sparatoria ero entrato un po' in agitazione. Era meglio farsi un bel giretto nel garage, non si sa mai. Non c'era un bel niente, a parte i soliti attrezzi e un vecchio tagliaerba Snapper. Allora ci misi dentro la Buick e abbassai la serranda. Rientrai in casa.

Non potevo credere a quello che stava succedendo. Ma dico, Cristo santo...

Come entrai nel salotto la prima cosa che udii fu Toth che diceva: «Eh no bello mio, io non lo faccio il traditore con Jack Prescot».

Rimasi di sasso. Non c'erano parole per descrivere la sua faccia. Si rese conto che l'aveva fatta grossa.

Ora questo Weller sapeva pure il mio nome.

Non dissi nulla. Non feci in tempo. Toth cominciò a parlare in modo rapido e nervoso. «Diceva che mi avrebbe dato un sacco di soldi se l'avessi lasciato andare». Provava a girare la frittata, a dare la colpa a Weller. «Te lo giuro, amico, non l'avrei mai fatto. Non ci ho nemmeno pensato. Gli ho detto scordatelo».

«E quello è ovvio», feci. «Ma perché gli hai dovuto dire il mio nome?»

«Non lo so, amico. Mi ha confuso. Non ho riflettuto».

Certo che no. Non aveva mai riflettuto quella sera.

Sospirai, per fargli capire che non ero affatto contento, ma gli diedi solo una pacca sulla spalla. «Ok», gli dissi. «È stata una notte lunga. Sono cose che capitano».

«Mi dispiace, amico. Davvero».

«Già. Forse faresti meglio a passare il resto della notte nel garage, non so. Magari al piano di sopra. Vorrei non vederti in giro per un po'».

«Va bene».

E la cosa curiosa fu che quel Weller fece una specie di risatina. Come se avesse capito quello che stava per succedere. Come fa a saperlo?, mi domandai.

Toth fece per prendere un paio di riviste e lo zainetto con dentro la sua pistola e le munizioni.

In genere, uccidere qualcuno con il coltello è una cosa molto difficile. Dico in genere anche se io l'avevo fatto solo un'altra volta in tutto. Eppure me lo ricordo benissimo, è stato un lavoro sporco e difficile. Ma quella notte, non lo so, ero come invaso da questa... da questa sensazione, fin dal drugstore. Di rabbia. Quella vera. E di pazzia anche, sì. Non appena Toth voltò le spalle mi misi all'opera, e solo tre minuti dopo era tutto finito. Trascinai il suo corpo dietro al divano e poi – perché no? – tolsi il cappuccio dalla testa di Weller. Ormai sapeva il mio nome. A questo punto poteva anche vedermi in faccia.

Era un uomo morto. Lo sapevamo entrambi.

«Pensavate di usarmi per chiedere un riscatto, giusto?».

Rimasi davanti alla finestra e guardai fuori. Passò un'altra macchina della polizia, e c'erano un sacco di luci intermittenti che rimbalzavano sulle nuvole basse e contro la parete del Lookout proprio sopra le nostre teste.

Weller aveva un viso magro e capelli corti, molto ordinati. Aveva lo stesso identico aspetto da leccaculo di tutti gli uomini d'affari che ho incontrato in vita mia. I suoi occhi erano scuri e calmi, e mi mandava ancora più in bestia il fatto che non fosse per nulla spaventato alla vista delle macchie di sangue per terra e sul tappeto.

«No», risposi.

Guardò il mucchio di cose che avevo tirato fuori dal suo portafogli e continuò a parlare come se non avessi detto nulla. «Non funzionerà. Il rapimento. Non ho tutti questi soldi, e se hai visto il mio biglietto da visita e ti sei convinto che sono un pezzo grosso della società, sappi che ce ne sono almeno cinquecento di vicepresidenti come me. Non sborserebbero un fico secco per me. E li vedi quei bambini nella foto? È di dodici anni fa. Ora sono tutti e due all'università».

«E in quale», gli chiesi con un ghigno. «Harvard?»

«Uno è ad Harvard», disse secco, come se volesse zittirmi. «E l'altro è alla Northwestern. Abbiamo ipotecato la casa per questo. E poi, vuoi fare un rapimento da solo? No, non ci riusciresti».

Si accorse di come lo guardai, e disse: «Non intendevo dire te nello specifico. Dico in generale, da soli. Ci vuole un socio».

E in effetti aveva ragione. La faccenda del riscatto era abbastanza, non saprei, ingarbugliata.

Di nuovo quel silenzio. Nessuno che diceva una parola, ed era come se dell'acqua gelida stesse riempiendo la stanza. Andai verso la finestra. Il pavimento scricchiolava sotto i miei passi, e questo non faceva altro che peggiorare la situazione. Mi venne in mente quella volta in cui mio padre mi aveva detto che ogni casa ha una sua voce propria, e che alcune case ridono e altre invece sono disperate. Be', quella era proprio una casa disperata. Già, era moderna e pulita e i numeri del «National Geographic» erano tutti in ordine, ma era pur sempre disperata.

Proprio quando stavo per cacciare un urlo per scaricare la tensione, Weller disse: «Non voglio che mi uccidi».

«Chi ha detto che ti voglio uccidere?».

Mi fece quel suo sorrisetto bizzarro. «Ho fatto il venditore per vent'anni. Ho venduto animali, Cadillac, macchine tipografiche. Ultimamente mi occupo di computer mainframe. Io lo capisco subito quando mi si sta rifilando una balla. Tu mi ucciderai. È la prima cosa che hai pensato quando l'hai sentito», e fece un cenno verso Toth, «dirmi il tuo nome».

Gli risi in faccia. «Be', questa sì che è una cosa utile! Sei una specie di rilevatore di bugie ambulante», dissi sarcastico.

Ma lui rispose soltanto: «Ci puoi scommettere».

«Non ho intenzione di ucciderti».

«Oh, lo so che non *vuoi* farlo. E non volevi nemmeno che il tuo amico ammazzasse quella gente lì al drugstore. Ci ho fatto caso. Eppure quelli sono morti *lo stesso*, quindi la faccenda è più complicata. Giusto?».

E quei suoi occhi, quello sguardo, mi scavavano dentro. Non riuscivo a dire nulla.

«Ma», disse, «ora ti dimostrerò che ho ragione io».

Aveva un tono davvero sicuro di sé, e questo mi fece stare meglio. In fondo preferisco ammazzare un figlio di puttana vanitoso piuttosto che uno patetico. «E tu vorresti dimostrarmi che hai ragione?»

«Ci proverò».

«Ah sì? E come?».

Weller si schiarì un poco la gola. «Innanzitutto, giochiamo a carte scoperte. Ti ho visto in faccia, so il tuo nome. Jack Prescot, giusto? Sarai, quanto? Uno e ottanta circa, settanta chili, capelli neri. Per cui devi ammettere che posso identificarti. Non mi metterò certo a far finta di non averti visto bene, o di non sapere chi sei, o cose del genere. E su questo siamo d'accordo, vero Jack?».

Feci un cenno con la testa e ruotai gli occhi come a dire che era tutto un mucchio di stronzate. Ma devo ammettere che mi aveva incuriosito.

«Ti prometto», disse, «che non ti denuncerò. Per nessun motivo al mondo. La polizia non verrà mai a sapere il tuo nome da me. Né la tua descrizione. Non testimonierò mai contro di te».

Sembrava onesto come un prete. Davvero un'ottima interpretazione. Dopotutto era un venditore, ma io non ci sarei cascato. Lui non sapeva che avevo mangiato la foglia. Gli faccio fare il suo discorsetto, gli faccio credere che gli do retta. Così, una volta che ci ritroviamo sperduti nella foresta a nord, se ne starà bello rilassato. Deve essere sicuro di farcela. Niente urla, niente scocciature. Solo due tagli rapidi e fine della storia.

«Capisci cosa intendo?».

Cercai di sembrare serio e dissi: «Certo. Sei sicuro che puoi convincermi a non ammazzarti. Ma tanto non ne avevo alcuna intenzione. Di ucciderti, intendo».

Ci risiamo, di nuovo quel sorrisetto.

Aggiunsi: «Tu dici che riuscirai a convincermi. Per quale motivo dovresti farcela?»

«Oh, ne ho di motivi, puoi scommetterci. Uno in particolare. Uno su cui non avrai nulla da ridire».

«Ah sì? E sarebbe?»

«Ci arrivo subito. Prima fammi dire alcune delle ragioni concrete per cui dovresti lasciarmi andare. Per prima cosa, sei convinto che mi devi uccidere perché altrimenti potrei riconoscerti, giusto? Be', quanto a lungo credi che la tua identità rimarrà segreta? Il tuo amico ha sparato a un poliziotto laggiù. Non so bene cosa farà la polizia, a parte quello che si vede nei film. Ma andranno alla ricerca di tracce di pneumatici, di testimoni che possano aver visto la targa o il modello dell'auto, di stazioni di servizio dove potreste esservi fermati venendo qui».

Parlava a vanvera. La Buick l'avevamo rubata. Che credi, non sono mica scemo.

Ma continuò, con uno sguardo ammiccante. «Anche se l'auto è rubata, passeranno al setaccio ogni minimo indizio. Pure le impronte delle scarpe nella zona dove tu o il tuo amico l'avete trovata. Parleranno con chiunque fosse nei paraggi quando l'avete fatta sparire».

Continuavo a sorridere, come se quello che stesse dicendo fossero solo fesserie. Ma su una cosa aveva ragione, la parte del poliziotto ammazzato. Fai una cosa del genere e ti ritrovi nei guai fino al collo. Guai che non ti scrolli di dosso facilmente. Quelli non smettono di cercarti finché non ti hanno preso.

«E non appena avranno identificato il tuo amichetto», stava indicando il divano dove si trovava il corpo di Toth, «faranno due più due e arriveranno a te».

«Non lo conosco poi così bene. Ci siamo frequentati solo per qualche mese».

Weller prese la palla al balzo. «E dove? In un bar? In un ristorante? Vi siete mai fatti vedere in pubblico?».

Persi la testa e gridai: «E allora? Di cosa stai parlando? Mi sbatteranno al fresco in ogni caso, quindi tanto vale che ti porto a fondo insieme a me. Come la metti adesso con il tuo ragionamento?».

Mantenne la calma e rispose: «Ti sto solo dicendo che uno dei motivi per cui mi vorresti fare fuori non ha alcun senso. E poi pensaci bene – la sparatoria al drugstore non è stata premeditata. È stato, come si dice? Omicidio preterintenzionale. Ma uccidi me e per quello ti becchi il massimo della pena. Ti danno la pena di morte se ti prendono».

Se ti prendono. Chiaro. Risi fra me e me. Oh, quello che aveva detto aveva senso, sicuro. Ma il fatto è che un omicidio non ha alcuna pretesa di avere un senso. Che diavolo, non ha mai un senso. Ma ci sono volte in cui devi farlo e basta. Comunque ora mi stavo iniziando a divertire. Avevo voglia di discutere. «Sì, be', ho ucciso Toth. E quella non è stata una cosa impulsiva. Passerò comunque dei guai per questo».

«Ma a nessuno importa un bel niente di lui», si rifece sotto. «A loro non importa se si è ammazzato *da solo* o se è stato messo sotto da una macchina per sbaglio. Puoi tranquillamente prendere questa idiozia e tirarla fuori dall'equazione. A loro importa se tu uccidi *me*. Io sono il "Passante Innocente" dei titoloni. Sono quello che "Lascia due figli". Fammi fuori, e sei un uomo morto».

Stavo per rispondere qualcosa, ma riprese a parlare.

«Poi, c'è un'altra ragione per cui non mi verrebbe mai in mente di dire nulla su di te. E cioè, tu sai il mio nome, e sai anche dove abito. Sai che ho una famiglia, e sai pure quanto ci tengo. Se ti consegnassi a loro, tu ci daresti la caccia. E io non metterei mai in pericolo la mia famiglia. Ma voglio farti una domanda. Qual è la cosa peggiore che ti potrebbe capitare?»

«Doverti stare a sentire mentre blateri all'infinito».

Weller si fece una gran risata. Era sorpreso del fatto che anch'io avessi senso dell'umorismo. Dopo un po' riprese: «Dico sul serio. La cosa peggiore in assoluto».

«Non lo so. Non ci ho mai pensato».

«Perdere una gamba? Diventare sordo? Perdere tutti i soldi? O magari diventare cieco... Ecco, mi sa che ho toccato un tasto dolente. Diventare cieco?»

«Sì, credo di sì, diventare cieco. Quella è la cosa peggiore che mi viene in mente».

Quello *sì* che mi faceva paura davvero, ci avevo anche già pensato prima.

Era la cosa che era successa al mio vecchio. E non era tanto il fatto di non vederci più che mi spaventava. No, era il fatto di dover dipendere da qualcun altro per, Dio mio, per tutto.

«Ok, pensaci bene», disse. «Quello che tu provi al pensiero di diventare cieco è esattamente quello che proverebbe la mia famiglia se mi perdessero. Sarebbe proprio la stessa cosa per loro. E tu non vuoi provocare loro tutto quel dolore, dico bene?».

No, non volevo. Ma sapevo che *dovevo* farlo. Basta, non ci volevo più pensare. Gli domandai: «Allora qual è quest'altro motivo che mi devi ancora dire?»

«L'ultimo motivo», rispose, quasi sussurrando. Ma si fermò. Si guardò intorno nella stanza, come se, non so, la sua mente si fosse smarrita.

«Be'?», domandai. Mi ero incuriosito. «Dimmelo».

Ma mi chiese soltanto: «Secondo te, questi qui ce l'avranno da bere?».

Anch'io stavo proprio pensando che mi sarei fatto volentieri un drink. Andai in cucina, e ovviamente non c'erano birre in frigo, per via del fatto che la casa era rimasta chiusa e con la corrente staccata. Ma c'era dello scotch, e quella sarebbe stata la mia prima scelta in ogni caso.

Presi un paio di bicchieri e portai con me la bottiglia nel salotto. Era proprio una buona idea. Al momento giusto, sarebbe stato più facile per tutti e due se fossimo stati un po' sbronzi. Gli appoggiai la Smitty sulla nuca e tagliai il nastro adesivo che gli teneva le mani legate, per poi ammanettarlo di nuovo sul davanti. Mi misi a sedere, tenendo il coltello a portata di mano, pronto a usarlo se avesse provato a fare scherzi. Ma non mi pareva che volesse fare l'eroe o altro. Guardò l'etichetta sulla bottiglia di scotch. Era deluso che fosse di bassa qualità. Ed ero d'accordo con lui. Era una lezione che avevo imparato parecchio tempo prima. Se devi rubare, punta al massimo.

Mi misi a sedere in un punto in cui potevo controllarlo per bene.

«L'ultimo motivo. Ok, te lo dico. Ti sto per *dimostrare* che ti conviene lasciarmi andare».

«Ma davvero?»

«Tutte le altre ragioni – quelli pratiche, quelle umanitarie... ti concedo il fatto che possano anche non interessarti più di tanto. Non ti hanno convinto. E allora? Allora parliamo dell'unica vera ragione per cui dovresti lasciarmi andare».

Credevo che stesse per dire un'enorme stronzata. Invece quello che mi disse era una cosa che non mi sarei mai aspettato, e mi fece scoppiare in una gran risata.

«Per il tuo stesso bene».

«Per il mio bene? Ma di che diavolo parli?»

«Vedi, Jack, secondo me non sei affatto finito».

«Che cosa intendi per finito?»

«Sono convinto che la tua anima si possa ancora redimere».

Mi venne da ridere. Risi davvero forte, non potevo tenermi. Mi aspettavo qualcosa di meglio da quel pallone gonfiato di un venditore vicepresidente.

«La mia anima? Davvero credi che ne abbia una?»

«Be', tutti ne hanno una», disse, e la cosa assurda era che lo diceva come se fosse sorpreso che io non ci credessi affatto. Come se avessi detto: Aspetta un attimo, stai dicendo che la Terra non è piatta? Una cosa del genere.

«Guarda, se ho un'anima è di sicuro sulla corsia preferenziale verso l'inferno». Era una battuta che avevo sentito in un film e provai a fare una risata, ma mi venne male. Come se Weller stesse dicendo qualcosa di profondo mentre io continuavo a dire scemenze. Mi fece sentire ridicolo. Smisi di sorridere e abbassai lo sguardo verso Toth, che se ne stava lì in un angolo, con quei suoi occhi morti che mi fissavano, mi fissavano, e avrei voluto pugnalarlo di nuovo tanto ero fuori di me.

«Stiamo parlando della tua anima».

Feci un ghigno e bevvi un sorso di alcol. «Oh certo, scommetto che sei uno di quelli che leggono quei libri sugli angeli che vanno tanto di moda adesso».

«Vado in chiesa, ma no, non mi riferisco a quelle fesserie. Non parlo di magia. Parlo della tua coscienza. Il vero Jack Prescot».

Avrei potuto parlargli di quegli assistenti sociali, di quei consulenti e di tutti quei tizi che non ne sanno un bel niente di come funziona la vita. Pensano di saperlo. Ma basta sentire le parole che usano. Si capisce subito che non sanno un bel niente. Come quando parlo con un consulente o qualcun altro e mi dicono: «Oh, sei un disadattato, stai reprimendo la tua rabbia», cose di questo tipo. Mi basta sentirgli dire quelle cazzate per capire subito che non hanno idea di cosa siano l'anima o lo spirito.

«Né dell'aldilà», Weller proseguì. «O della morte. Dico solo che è la vita sulla Terra la cosa importante. Sì certo, fai pure la faccia perplessa. Ma ascoltami. Io credo sul serio che quando stringi un legame con qualcuno, se ti fidi di lui, se hai fede in lui, allora per te c'è speranza».

«Speranza? E che significa? Speranza per cosa?»

«Di diventare un vero essere umano. Di avere una vita vera».

Una vita vera... non so a cosa si riferisse. Ma lo diceva come se fosse una cosa talmente chiara che solo un idiota avrebbe potuto non capirla. Allora non dissi niente.

Continuò a parlare. «Certo, ci sono motivi per rubare e ci sono motivi per uccidere. Ma in generale, non credi che in fondo sarebbe meglio non farlo? Pensaci un attimo: perché mai allora metteremmo la gente in galera se davvero credessimo che è giusto uccidere? E non dico solo da noi: in tutte le società».

«E allora? Devo forse rinunciare alle vie del male?». Gli risi in faccia.

Lui alzò semplicemente un sopracciglio e disse: «Forse. Di' un po', Jack, come ti sei sentito quando il tuo amico – com'è che si chiama?»

«Joe Roy Toth».

«Toth, quando ha sparato contro quel tizio al bancone? Come ti sei sentito?»

«Non lo so».

«Si è girato e gli ha sparato, così, senza motivo. Tu sapevi che non era giusto, dico bene?». Iniziai a dire qualcosa, ma mi interruppe subito: «No, non mi rispondere. Saresti portato a mentire. È normale. È un istinto che fa parte del tuo lavoro. Ma non voglio che tu *creda* alle bugie che mi dici. Ok? Voglio che ti guardi dritto nel cuore e che mi dici se davvero non hai pensato che ci fosse qualcosa di sbagliato in quello che Toth ha fatto. Pensaci, Jack. Lo sapevi che non era una cosa giusta».

Va bene, lo ammetto. Ma chi non lo farebbe? Toth ha mandato tutto all'aria. È andato tutto storto. Ed è stata solo colpa sua.

«Ti è dispiaciuto, vero, Jack? Vorresti che non l'avesse fatto».

Non dissi una parola, presi soltanto un altro goccio di scotch e guardai fuori della finestra. Vidi ancora quelle luci intermittenti che giravano per la città. A volte sembravano vicine, a volte molto lontane.

«Se ti lascio andare, dirai tutto».

Come tutti gli altri. Mi hanno sempre tradito tutti. Mio padre – anche dopo esser diventato cieco, quel figlio di puttana, mi ha fregato. E quello che mi sorvegliava, durante la condizionale. I giudici. Sandra... il mio capo, quello che ho accoltellato.

«No, non lo farò», disse Weller. «Stiamo facendo un patto. E io mantengo la parola data. Ti ho promesso che non farò il tuo nome ad anima viva, Jack. Nemmeno a mia moglie». Si sporse un po' in avanti, mentre teneva il bicchiere fra le mani. «Se mi lasci andare, per te cambierà tutto. Sarà la prova che non sei senza speranze. Ti garantisco che la tua vita sarà diversa. Un solo gesto – mi lasci andare – e cambierai per sempre. Magari non quest'anno. Magari non fra cinque. Ma prima o poi ci arriverai. Rinuncerai a tutto questo, a tutto quello che è successo a Liggett Falls. Tutti quei reati, tutte quelle uccisioni. Cambierai. Lo so che lo farai».

«E tu non dirai niente a nessuno, scommetto. Davvero pensi che me la beva?»

«Ah», disse Weller, e alzò le braccia legate per bersi un altro sorso di scotch. «Torniamo al discorso principale, adesso».

Di nuovo silenzio. Poi dissi: «E sarebbe?»

«La fede».

A quel punto, da fuori si sentì un frastuono di sirene. Gli dissi di stare zitto e gli puntai la pistola alla testa. Gli tremavano le mani, ma non fece stupidaggini e alcuni minuti dopo, quando tornai a sedermi, ricominciò a parlare. «La fede. Ecco di cosa sto parlando. Un uomo che ha fede è un uomo che può essere salvato».

«Bene, io non ho nessuna maledetta fede», gli risposi.

Ma continuò come niente fosse. «Se credi in un altro essere umano, allora hai fede».

«Che cosa diavolo ti importa se io mi salvo oppure no?»

«La vita è dura, e le persone sono crudeli. Ti ho detto che sono uno che va in chiesa. Nella Bibbia c'è parecchia roba da svitati. Ma qualcosa in cui credo davvero c'è. E una delle cose in cui credo è che a volte siamo messi alla prova, ed è allora che dobbiamo scegliere. E credo che stanotte sia proprio successo questo. È per questo che ci siamo trovati tutti e due nello stesso momento in quel drugstore. L'hai sentito anche tu, giusto? Una specie di presagio. Come se qualcosa stesse cercando di dirti quello che avresti o non avresti dovuto fare».

Era strano perché per tutto il viaggio verso Liggett Falls non avevo fatto altro che pensare: c'è qualcosa di strano. Non so cosa, ma questa volta sarà diverso.

«E se», disse, «tutto questo fosse successo per un motivo preciso? Mia moglie aveva il raffreddore, sono uscito per andarle a comprare il NyQuil. Sono andato in quel drugstore invece che al 7-Eleven per risparmiare uno o due verdoni. E tu hai fatto la rapina proprio in quell'istante. E c'era il tuo amico», e indicò il corpo di Toth, «insieme a te. La volante della polizia si è ritrovata lì proprio in quel momento esatto. E il cassiere l'ha vista. È proprio un bel mucchio di coincidenze, non trovi?».

A quel punto – e questa cosa mi fece venire un brivido lungo tutta la colonna vertebrale – disse: «Ed eccoci qui, all'ombra di quel gran masso, di quel viso».

Era al cento percento la stessa cosa a cui stavo pensando anch'io – quella cosa sul Lookout, intendo. Non lo so il perché. Ma mi ero ritrovato a guardare fuori della finestra, pensando alla stessa cosa proprio nello stesso momento. Buttai giù lo scotch, me ne feci un altro e, accidenti, stavo veramente andando fuori di testa.

«È come se ci stesse fissando, in attesa che tu prenda una decisione. Ah, e non credere che riguardi solo te, comunque. Forse lo scopo era quello di condizionare la vita di noi tutti. Di quel cliente a cui Toth ha sparato. Magari era giunta la sua ora, forse – se ne doveva andare prima che gli venisse un cancro o un infarto. O di quella ragazza, la commessa. Lei forse aveva bisogno di essere colpita alla gamba per mettere ordine nella sua vita, magari per smettere di drogarsi o di bere».

«E tu? Che mi dici di te?»

«Be', te la dico io qualcosa su di me. Forse tu sei la buona azione della mia vita. Ho passato tutta la vita a pensare solo a come fare soldi. Dai un'occhiata al mio portafogli. Là dietro».

Lo aprii. C'erano cinque o sei biglietti, sembravano delle certificazioni. "Randall Weller – rivenditore dell'anno. Per aver superato gli obiettivi di vendita per due anni di seguito. Miglior rivenditore del 1992".

Weller proseguì. «Ne ho molti altri in ufficio. E anche trofei. Per vincerli ho dovuto trascurare delle persone. La mia famiglia e i miei amici. Persone che avrei potuto aiutare. E questa non è una cosa giusta. Forse questo rapimento è un segno per dirmi di dare una svolta alla mia vita».

La cosa assurda era che tutto questo aveva un senso. Certo, era difficile immaginarsi di non fare più rapine. E non mi ci vedevo proprio, in una brutta situazione, a non usare il mio Buck o la mia Smitty per togliermi d'impaccio. Tutta quella storia di porgere l'altra guancia, è solo roba da vigliacchi. Ma forse *riuscivo* a immaginarmi un giorno in cui avrei fatto una vita regolare. Vivere insieme a una donna, magari mia moglie, viverci insieme, nella stessa casa. Fare quello che mio padre e mia madre, che non ho mai conosciuto, non hanno mai fatto.

«Se ti lasciassi andare», dissi, «dovrai pur dire qualcosa».

Scrollò le spalle. «Dirò che mi hai messo nel bagagliaio e che mi hai scaricato da qualche parte qui vicino. Che mi sono messo a girare alla ricerca di una casa, o qualcosa del genere, e che mi sono perso. Ci si può impiegare anche un giorno intero prima di imbattersi in qualcuno. È credibilissimo».

«O magari potresti fermare un'auto in meno di un'ora».

«Potrei, ma non lo farò».

«Continui a ripeterlo. Ma io come posso *saperlo*?»

«È proprio questa la questione della fede. Non lo sai. Nessuna garanzia».

«Mi sa che allora non ho nessuna fede».

«Allora *io* sono morto. E la *tua* vita non cambierà mai. Fine della storia». Si mise comodo sulla sedia, e per quanto fosse assurdo era calmo e sorridente.

Di nuovo quel silenzio. Però era come se ci fosse una specie di rimbombo intorno a noi, che continuava a crescere, finché a un certo punto la stanza fu invasa dal suono di una sirena.
«Tu vuoi soltanto... cos'è che vuoi?».
Prese un altro po' di scotch. «Ecco la proposta. Fammi uscire».
«Sì, certo. Così ti vai a fare una passeggiata all'aria aperta per rinfrescarti, giusto?»
«Fammi uscire e ti prometto che rientrerò di nuovo».
«Cos'è, un test?».
Ci pensò su per un secondo. «Già, un test».
«E dove sarebbe tutto quel discorso sulla fede? Se esci e provi a scappare ti ritrovi una pallottola nella schiena».
«No, quello che devi fare è nascondere la pistola in casa da qualche parte. In cucina, dove ti pare. Un posto in cui non faresti in tempo a prenderla se io dovessi scappare. Ti metti davanti alla finestra, dove possiamo vederci a vicenda. E sappi che io corro veloce come il vento. Ero campione di atletica al college, e faccio jogging tutto l'anno».
«Sappi che se te ne vai e torni con i poliziotti ci sarà un bagno di sangue. Farò secchi i primi cinque agenti che entreranno dalla porta. Niente potrà fermarmi e quel sangue ricadrà su di te».
«Certo che lo so», disse. «Ma se vogliamo che questa cosa funzioni, non puoi ragionare in questo modo. Devi supporre che si verifichi il caso peggiore. Che se scappo vado a dire tutto alla polizia: dove ti trovi, che non ci sono ostaggi, che hai soltanto una o due pistole. Loro verranno e ti spediranno dritto all'inferno. E tu non riusciresti a farne fuori nemmeno uno. Morirai di una morte dolorosa, e tutto per poche, misere centinaia di dollari... Oppure...». Sollevò la mano e mi interruppe mentre provavo a dire qualcosa. «Devi capirlo. Avere fede significa rischiare».
«Che idiozia».
«E invece io dico che è il contrario. Sarebbe la cosa più intelligente che tu abbia mai fatto in vita tua».
«E a cosa servirebbe?», domandai. Ma ero a un punto morto, e lui lo sapeva. Aggiunse, bonariamente: «A dimostrarti che sono un uomo di parola. Che di me ti puoi fidare».
«E io che ci guadagno?».
A questo punto quel figlio di puttana se ne uscì con quel suo sorrisetto curioso. «Credo che rimarrai sorpreso».

Mandai giù un altro scotch e ci riflettei sopra.

Weller disse: «La posso già vedere in azione. È un pizzico di fede. Eccola lì. Non è molto, ma è già qualcosa».

Ebbene sì, forse era davvero come diceva. Stavo proprio pensando a quanto mi ero arrabbiato con Toth e a come aveva rovinato tutto. Non volevo che quelle persone venissero uccise. Ero davvero stufo di quelle cose. Ero stufo della mia vita. Per un po' era stato bello starsene da soli tutto il giorno, non dover rispondere di niente a nessuno. Però a volte era orribile. E quel tizio, Weller, era come se volesse mostrarmi che qualcosa di diverso è possibile.

«Allora», dissi. «Vuoi che metta via la pistola, giusto?».

Si guardò intorno. «Posala in cucina. Poi ti metti all'ingresso o davanti alla finestra. Io non farò altro che arrivare fino alla strada e tornare indietro».

Guardai fuori dalla finestra. Il viottolo era lungo almeno quindici metri. I cespugli erano su tutti e due i lati. Avrebbe potuto svignarsela e sparire per sempre.

«Nah, non se ne parla. Tu sei pazzo».

Ero convinto che mi avrebbe implorato, una cosa del genere. Magari che si sarebbe incazzato sul serio – cosa che a me succede di continuo, quando la gente non fa quello che gli dico. O se non lo fanno subito. Ma niente, quello annuisce e fa: «Ok, Jack. Ci hai riflettuto. Hai fatto bene. Non sei ancora pronto. E lo rispetto». Prese un altro sorso di scotch, osservando il bicchiere. E la questione finì così.

Poi tutto a un tratto iniziai a vedere una luce di riflettori. Credo che venisse da lontano, comunque sia mi presi un bello spavento e mi allontanai dalla finestra.

Tirai fuori la pistola. Solo a quel punto mi resi conto che con la rapina non c'entravano niente. Erano solo un paio di riflettori puntati sul Lookout. Credo che li accendessero ogni sera alla stessa ora.

Lo osservai per bene. Da lì non sembrava affatto un viso. Era soltanto un masso. Grigio e marrone, con quei buffi alberi di pino che spuntavano qua e là.

Rimasi a guardarlo per un paio di minuti. Sorvegliava la città dall'alto, e stava cercando di dirmi qualcosa che mi entrò in testa. Non erano parole, certo. Era come un *pensiero*. Iniziai a vagheggiare sugli abitanti di quel posto, con le loro vite normali. Si vedevano il campanile di una chiesa e i tetti delle casette. Un sacco di luci gialle sparse per la città. Le colline sullo sfondo si distinguevano appena. E per un istante sperai di ritrovarmi dentro una di quelle case. Seduto sul divano. A guardare la TV con mia moglie a fianco. Magari Sandy, o forse un'altra.

Mi voltai indietro e dissi: «Arrivi alla strada e torni indietro? Tutto qui?»

«Tutto qui. Io non scapperò e tu non andrai a prendere la pistola. Ci fidiamo a vicenda. Niente di più semplice».

Ascoltai il vento. Non era un vento forte, era come un sibilo continuo, a modo suo consolatorio, anche se fino a quel momento avrei giurato che fosse solo freddo e pungente. Ed era come se avessi sentito una voce. Non so dire da dove venisse. Qualcosa dentro di me diceva che avrei dovuto farlo.

Non aggiunsi altro, per paura che lui potesse dire qualcosa che mi avrebbe fatto cambiare idea. Presi la Smith & Wesson e la guardai per un minuto, poi la andai a posare sul tavolo in cucina. Tornai indietro con il Buck e gli liberai i piedi. A quel punto mi resi conto che tanto valeva andare fino in fondo, e gli liberai anche le mani. Weller parve sorpreso. Fece un sorriso, come se adesso avesse la certezza che stavo al gioco. Lo feci alzare in piedi e, con il coltello puntato al collo, lo accompagnai alla porta.

«Stai facendo la cosa giusta», disse.

Pensai, mio Dio, non ci posso credere. Sono impazzito.

Aprii la porta e sentii l'odore pungente dell'aria autunnale mischiarsi a quello di legna bruciata e dei pini tutto intorno, e udii il vento frusciare fra gli alberi e le montagne sopra di noi.

«Vai», gli dissi.

Weller non si voltò nemmeno... perché si fidava, credo. Continuò a camminare lentamente verso la strada.

Provai una strana sensazione, lo devo ammettere. Più di una volta, mentre passava per dei punti molto scuri, mi resi conto che sarebbe potuto anche sparire, che diamine, e quello sì che sarebbe stato un gran casino. Devo essere completamente pazzo, pensai.

Un paio di volte, in preda al panico, ebbi la tentazione di andare a prendere la Smitty, ma non lo feci. Quando Weller raggiunse il marciapiede rimasi con il fiato sospeso. Ero sicuro che sarebbe scappato. Ne ero certo. Aspettavo di assistere a quel momento in cui le persone si innervosiscono, fanno un movimento brusco con il corpo, partono e se la danno a gambe. È come se i loro corpi gridassero quello che stanno per fare prima ancora di farlo. E invece Weller non stava facendo nulla del genere. Camminava verso il marciapiede con perfetta tranquillità. Si voltò a guardare la parete del Lookout, come fosse un normalissimo turista in viaggio per il weekend. Poi si girò su se stesso e mi fece un cenno con il capo. Proprio in quell'istante arrivò un'auto. Era della polizia dello Stato, una di quelle macchine scure senza la barra luminosa. Era arrivata senza che me ne rendessi conto. Avevo lo sguardo talmente fisso su Weller che non avevo fatto caso a nient'altro.

Era lì, due case prima della nostra, e Weller la notò in quello stesso istante. Ho pensato, è fatta. Al diavolo.

Mentre stavo per girarmi e andare a prendere la pistola, giù in strada vidi questo improvviso movimento, come un flash. Rimasi immobile, congelato.

Da non crederci. Weller si era buttato per terra, era rotolato sotto a un albero. Chiusi la porta in un secondo e mi misi a guardare fuori dalla finestra. L'agente si fermò e puntò una luce sul viottolo. Il faro – era potentissimo – si muoveva dall'alto verso il basso e dopo essere passato sui cespugli e sulla facciata della casa, tornò sulla strada. Weller stava rannicchiato fra quegli aghi di pino per non farsi vedere. Voleva *nascondersi* da quei figli di puttana. Faceva di tutto per starsene al riparo dalla luce.

Poi la macchina proseguì e vidi che le luci erano puntate sulla casa dopo la nostra. Era tutto finito. Tenni gli occhi su Weller per tutto il tempo, e quello non fece stupidaggini. Lo vidi uscire da sotto gli alberi e darsi una spolverata. Poi si incamminò verso la porta di casa, tranquillamente, come se stesse andando al bar a bere con gli amici.

Tornò dentro e scosse la testa. Fece una specie di sospiro, come di sollievo. E rise. Poi mi porse di nuovo le mani, non dovetti nemmeno chiederglielo.

Le legai di nuovo con il nastro adesivo e lui si rimise a sedere sulla sedia, prese il bicchiere di scotch e ne bevve un sorso.

E diamine, devo dire una cosa. Quella era davvero la Parola del Signore. Mi sentivo bene. No, no, non è che ho visto la luce o cose del genere. Solo che pensavo, di tutte le persone conosciute in vita mia – mio padre o Sandy o Toth o chiunque altro – non mi ero mai fidato di nessuno di loro. Non mi ero mai lasciato andare prima in quel modo. E lì, quella notte, l'avevo fatto. Con uno sconosciuto, che avrebbe potuto anche farmi del male. Era una sensazione che mi terrorizzava, ma era anche molto bella.

Era stata una cosa piccola, minuscola. Ma forse è proprio così che cominciano le cose di questo tipo. Mi resi conto che forse avevo torto. Avrei potuto lasciarlo andare. Certo, l'avrei legato prima. Imbavagliato. Ci avrebbe messo un giorno almeno prima di liberarsi. Ma sarebbe stato d'accordo anche lui, ne ero certo. Mi sarei segnato il suo nome e il suo indirizzo, gli avrei spiegato bene che sapevo dove abitavano, lui e la sua famiglia. Però quella era solo in parte la ragione per cui l'avrei lasciato andare. Non sono sicurissimo di cosa fosse l'altra parte. Di sicuro aveva a che fare con quello che era appena accaduto. Era una cosa fra me e lui.

«Come ti senti?», gli chiesi.

Non volevo dargli troppo spago, niente affatto. Ma non riuscivo a trattenermi. «Ho pensato che sarei morto, prima. Ma hai fatto proprio un bel lavoro».

«Anche tu Jack, sei stato bravo». E poi aggiunse: «Facciamoci un altro giro».

Riempii i bicchieri fino all'orlo e brindammo insieme.

«A te, Jack. E alla fede».

«Alla fede».

Buttai giù il whisky. Quando riabbassai il capo per fare un bel respiro profondo e schiarirmi le idee, bene, fu proprio in quell'istante che mi prese. Dritto in faccia.

Era proprio bravo, quel figlio di puttana. Aveva abbassato il bicchiere in modo che quando io mi fossi chinato istintivamente per schivarlo, l'alcol mi avrebbe colpito agli occhi e, perdio, bruciava come le fiamme dell'inferno. Non ci potevo credere. Gridavo dal dolore mentre provavo a prendere il coltello, ma era troppo tardi. Aveva pianificato proprio tutto, ogni mia singola mossa, sapeva come avrei reagito. Mi allungò una ginocchiata sul mento e mi fece saltare un paio di denti – mi resi conto che mi ero dimenticato di legargli i piedi prima – mozzandomi il fiato. Ed eccomi lì, steso sul pavimento, come paralizzato, che cercavo di respirare eccetera. Ma non ci riuscivo, il dolore era insopportabile. Ma la cosa peggiore di tutte era che non si era fidato di me.

Mi ritrovai a sussurrare: «No, no, no. L'avrei fatto davvero, te lo giuro. Non capisci. Ti avrei lasciato andare».

Non vedevo assolutamente niente e non sentivo nemmeno niente, tanto mi rimbombavano le orecchie. Ero lì che ansimavo: «Tu non capisci, tu non capisci».

Mio Dio, mi faceva un male cane. Un male cane...

In un modo o nell'altro Weller si era liberato le mani, credo che si fosse strappato il nastro con i denti, e mi aveva rivoltato faccia a terra. Lo sentii legarmi le mani sul dorso, e trascinarmi fino alla sedia, dove mi legò mani e piedi. Prese dell'acqua e me la tirò in faccia, per sciacquarmi via il whisky dagli occhi.

Si mise a sedere di fronte a me. Mi fissò a lungo, mentre io provavo a riprendere fiato. Riprese il bicchiere, e si versò dell'altro scotch. Mi ritrassi, avevo paura che me lo avrebbe tirato di nuovo in faccia, ma lui se ne stava seduto lì, beveva e mi guardava fisso.

«Tu... ti stavo per lasciare andare. L'avrei fatto».

«Lo so», disse. Sempre calmo.

«Lo sai?»

«L'ho capito dalla tua faccia. Ho fatto il venditore per venticinque anni, ricordi? Lo so riconoscere quando ho concluso un affare».

Sono un uomo decisamente forte, in particolare quando mi fanno perdere la testa, ma per quanto mi sforzassi di liberarmi da quel nastro, non c'era verso di farcela. «Maledetto!», gli urlai. «Avevi giurato che non mi avresti tradito. E tutti quei maledetti discorsi sulla fede...».

«Shhhh», fece Weller. Si mise comodo, accavallò le gambe. Più tranquillo che mai. Mi guardava dall'alto in basso. «Sai, quel tizio che il tuo amico ha fatto fuori al drugstore. Il cliente che se ne stava al bancone?».

Annuii lentamente.

«Era un mio amico. È da lui che stiamo io e mia moglie per il weekend. Insieme ai nostri figli».

Lo guardavo e basta. Un suo amico? Ma di cosa stava parlando?

«Non sapevo...».

«Fai silenzio», disse, in tono pacato. «Lo conoscevo da una vita. Gerry era uno dei miei migliori amici».

«Io non volevo che morisse nessuno. Io...».

«E invece quelli sono morti. Ed è colpa tua».

«Toth...».

Rispose sottovoce: «È colpa tua».

«Va bene, mi hai fregato. Chiama la polizia. Facciamola finita qui, maledetto bugiardo».

«Allora proprio non capisci, eh?», scosse la testa. Come faceva a essere così calmo? Le sue mani non tremavano. Non si guardava intorno e non era affatto nervoso, niente di tutto questo. «Se avessi voluto denunciarti l'avrei fatto prima, quando è passata la volante. Ma ti avevo promesso che non l'avrei fatto. E non l'ho fatto. Ti ho dato la mia parola che non avrei detto nulla di te alla polizia. E non lo farò».

«Allora cos'è che vuoi?», gridai. «Dimmelo». Cercavo in tutti i modi di liberarmi dal nastro adesivo. Quando fece scattare il mio Buck con un *click*, mi ricordai di una cosa che gli avevo detto.

Oh mio Dio, no... Oh no.

«Sì, credo di sì, diventare cieco. Quella è la cosa peggiore che mi viene in mente».

«Che cosa vuoi fare?»

«Vuoi sapere cosa sto per fare, Jack?», rispose Weller. Si tagliò via l'ultimo pezzetto di nastro adesivo dai polsi con il Buck, e poi mi guardò in faccia. «Bene, te lo dico subito. Ho perso un bel po' di tempo stanotte per convincerti che non avresti dovuto uccidermi. E adesso...».

«Adesso cosa, cosa?»

«Adesso perderò un altro po' di tempo per dimostrarti che avresti dovuto farlo».

A quel punto, lentamente, Weller finì il suo scotch e si alzò in piedi. Si diresse verso di me, con quel suo curioso sorrisetto stampato sulla faccia.

Joyce Carol Oates
L'INFEDELE
1997

Joyce Carol Oates (1938) è nata e cresciuta nella zona rurale a nord di New York e si è laureata presso la Syracuse University (dove si è distinta come miglior studente del corso, e dove ha vinto il concorso di racconti sponsorizzato da «Mademoiselle»). Ha ottenuto la laurea specialistica presso la University of Wisconsin di Madison dove ha incontrato il futuro marito, il quarantasettenne Raymond Smith. Dopo aver insegnato alla University of Detroit e alla University of Windsor (Ontario), è diventata docente di scrittura creativa alla Princeton University nel 1978, ruolo che tutt'ora ricopre.

Ha iniziato a scrivere accanitamente all'età di quattordici anni, producendo romanzi per poi cestinarli, cercando di affinare il suo talento. Al suo primo romanzo, *With Shuddering Fall* (1964), ne sono seguiti altri quindici, accompagnati da più di trenta raccolte di racconti, dieci volumi di poesia, una dozzina di antologie di saggi e articoli critici, otto romanzi brevi, otto raccolte di drammi teatrali e otto libri per bambini e adolescenti. Sebbene alcuni critici la rimproverino per la prolificità (come avrebbero dovuto fare con Dickens in un'altra era), ben pochi mettono in dubbio la sua maestria. Per più di un quarto di secolo è stata candidata al premio Nobel, e non l'ha mai ricevuto a causa della mancanza di posizioni politiche estreme nei suoi scritti. È stata nominata a ben sei premi National Book e ha vinto con il romanzo *Quelli* (*Them*) nel 1970. Tra le sue opere migliori vengono annoverate *A Garden of Earthly Delights* (1967); *Acqua nera* (*Black Water*, 1992), una versione romanzata del caso Chappaquiddick, in cui il senatore Ted Kennedy provocò la morte di un'assistente alla campagna elettorale; *Una famiglia americana* (*We Were the Mulvaneys*, 1996), che divenne un bestseller dopo essere stato scelto per l'Oprah Book Club; e *Blonde*, una biografia romanzata di Marilyn Monroe. Il lungo saggio *Sulla boxe* (*On Boxing*, 1987), invece, è considerato da moltissimi come uno dei migliori scritti al mondo sullo sport. Molte opere di Oates trattano di crimini e violenze, e in particolare i thriller psicologici scritti con gli pseudonimi di Rosamond Smith e Lauren Kelly.

L'infedele (*Faithless*) è stato pubblicato per la prima volta nel 1997, nel numero invernale della «Kenyon Review». È stato selezionato per l'antologia *The Best American Mystery Stories 1998* e ha dato il titolo originale alla raccolta della scrittrice pubblicata nel 2001 *Misfatti. Racconti di trasgressione* (*Faithless: Tales of Transgression*).

1

L'ultima volta che mia madre Cornelia Nissenbaum e sua sorella Constance videro la loro mamma fu il giorno precedente alla sua scomparsa, l'11 aprile 1923.

Era una mattina umida e piovosa. Si erano subito messe a cercare la madre perché c'era qualcosa di strano nella routine domestica. La madre non era scesa a preparare la colazione e dunque non c'era niente per loro se non ciò che aveva preparato il padre: porridge colloso della mattina precedente, riscaldato frettolosamente sulla stufa, così da rimanere per buona parte appiccicato al fondo della padella. Sapeva di bruciato. Il padre era strano: sorrideva, ma in modo assente, come faceva il reverendo Dieckman di domenica, quando, impetuoso, intonava la parola di Dio sul suo pulpito. I suoi occhi erano iniettati di sangue e la sua faccia, pur avendo ancora quel pallore invernale, era rossa e chiazzata. A quel tempo era un bell'uomo, ma dall'aspetto rigido e austero. Aveva basette brizzolate e una lunga barba a punta, anch'essa ruvida e macchiata di grigio, mentre i capelli erano selvaggi e di un nero lucente, pettinati all'indietro con un ciuffo che gli partiva dalla fronte. Le due sorelle avevano timore del padre, quando non c'era la madre a fare da mediatrice. Era come se nessuno di loro sapesse chi fosse davvero senza la madre.

Connie si morse il labbro e, facendosi coraggio, chiese dove fosse la sua mammina. Il padre, tirandosi su le bretelle mentre usciva, disse: «Tua madre è dove la troverai».

Le sorelle guardarono il padre mentre attraversava il cortile fangoso per raggiungere una squadra di operai che lo aspettavano sulla porta del grande fienile. Era tempo di piantare la segale e, come sempre in primavera nella Chautaqua Valley, ci si preoccupava per la pioggia: se fosse venuta troppo abbondante il seme sarebbe stato spazzato via o si sarebbe putrefatto nel terreno prima di germogliare. Mia madre era cresciuta con l'idea che le maledizioni e le benedizioni cadessero dal cielo con la stessa identica autorevolezza, sotto forma di pioggia battente. Esisteva Dio, che aveva messo in movimento l'universo, e a volte interveniva nelle faccende degli uomini per ragioni che nessuno conosceva. Vivendo in una fattoria, il problema meteorologico era onnipresente: si parlava sempre del tempo, ogni mattina si parlava del tempo e, al tramonto, si cercava di indovinare il tempo del giorno successivo. Gli umori del cielo erano estremamente importanti. Si sbirciava in continuazione verso l'esterno, verso l'alto, con il cuore sempre pronto a palpitare.

Quella mattina. Le due sorelle non avrebbero mai dimenticato quella mattina. Sapevamo che qualcosa non andava e pensammo che mamma stesse male. La notte prima avevamo sentito qualcosa, ma cosa esattamente? Voci. Voci mescolate a sogni, e al vento. In quella fattoria, sul bordo di una discesa di sedici chilometri verso il fiume Chautauqua, c'era sempre vento – nei giorni peggiori il vento ti portava letteralmente via il respiro! Come un fantasma, uno spirito maligno. Un essere invisibile che si avvicinava sempre più, talvolta persino penetrando in casa, persino nel letto, per poi appoggiare la sua bocca (o il suo muso) sulla tua e succhiarti via il respiro.

Connie pensava che Nelia fosse stupida, una stupida bimba infantile, se credeva in quelle sciocchezze. Lei aveva otto anni ed era scettica per natura. Eppure, forse ci credeva anche lei, chissà. Le piaceva spaventarsi, come a volersi stuzzicare da sola, con certi pensieri bizzarri.

Connie, che era sempre affamata, e che dopo quella mattina lo sarebbe stata per anni, si sedette al tavolo coperto da una cerata e mangiò il porridge che il padre le aveva versato. Lo divorò tutto, inclusi quei pezzi bruciati e appiccicati. Teneva la testa (dai capelli chiari e crespi) abbassata e le mascelle masticavano velocemente. Porridge addolcito con crema di latte (quasi sul punto di essere acido), e zucchero grezzo di canna. Nelia, agitata, non riuscì a buttare giù più di un cucchiaio o due, e così Connie si divorò anche la sua porzione. In futuro avrebbe ricordato che alcune cucchiaiate del porridge erano talmente calde da bruciarle la lingua, mentre altre erano fredde come il ghiaccio. Si sarebbe ricordata che nel complesso era delizioso.

Le ragazze lavarono i piatti con l'acqua fredda del lavandino e lasciarono la padella del porridge a bagno nell'acqua piena di sapone già utilizzata prima. Per Connie era ora di andare a scuola ma entrambe sapevano che non sarebbe potuta andare, non quel giorno. Non sarebbe riuscita a percorrere quei quattro chilometri con quella sensazione – *c'è qualcosa che non va* – in corpo, né poteva lasciare la sua sorellina. E così quando Nelia tirò su con il naso e se lo strofinò con entrambe le mani Connie le diede uno scappellotto sulle spalle e la rimproverò dandole della maialina.

Era un'abitudine della madre, quando facevano qualcosa di lievemente disgustoso.

Connie si avviò per prima su per le scale verso la grande camera da letto di mamma e papà, la stanza che si trovava nella parte anteriore della casa e nella quale loro non avevano il permesso di entrare, se non erano espressamente invitate. Ad esempio, quando la mamma puliva lì dentro o cambiava le lenzuola, le chiamava allegramente («Su ragazze, entrate!»), e a quel punto erano autorizzate e non sarebbero state sgridate. Il richiamo «Venite, datemi una mano» diventava un gioco: sbattere le lenzuola, gonfiare le federe e infilarci dentro i pesanti cuscini di piume d'oca, ridendo tutte e tre insieme.

Quella mattina però la porta era chiusa. Non si sentiva alcun suono che indicasse la presenza della mamma. Connie, ardita, girò il pomello della porta e lentamente l'aprì. E poi, sorprese, videro proprio la madre distesa sul letto non rifatto, mezzo svestita e avvolta nelle coperte. Dio mio, era spaventoso vedere la mamma così, a quell'ora del mattino! La mamma, che era così attiva ed efficiente, che le tirava giù dal letto quando non si svegliavano, la mamma con la sua scarsa pazienza per i trucchetti della pigra Connie (così li chiamava lei) o per il moccio di Nelia, e i suoi mal di pancia e le sue paure infantili.

«Mamma?», la voce di Connie era rotta.

«Mam-ma?», piagnucolò Nelia.

La mamma emise un gemito e allungò un braccio su uno dei cuscini sgualciti che aveva al suo fianco. Respirava a fatica, come un cavallo ansimante, il petto si gonfiava e si abbassava pesantemente. La testa era sprofondata sul cuscino e una pezza bagnata messa sugli occhi a mo' di maschera le copriva metà della faccia. I suoi capelli biondo scuro erano scarmigliati, slegati, opachi come la criniera di un cavallo, sporchi da giorni e giorni. Quell'odore sgradevole dei capelli della mamma, quando avevano bisogno di essere lavati. Ci si ricorda di certi odori, avrebbero poi detto le sorelle, di certi odori non proprio piacevoli, ci si ricorda di loro per tutta la vita. E quell'odore nella camera proibita dei loro genitori, un odore di borotalco, ascelle sudate, un effluvio di lenzuola che non erano mai pulite a prescindere dalla frequenza in cui venivano immerse in detersivi e varecchina. Un odore di corpi. Di corpi adulti. Un odore fermentato, stantio. Il tabacco di papà (si rullava da solo le sigarette e masticava tabacco in rotoli spessi e neri come catrame), il suo olio per i capelli e quell'odore strano delle sue scarpe, le scarpe nere della domenica sempre tirate a lucido (i suoi stivali da lavoro e le altre scarpe li teneva al piano di sotto nel portico coperto, vicino alla porta sul retro che loro chiamavano "l'ingresso"). Nell'armadio a muro accanto al letto, dietro a una tenda di cintz con l'orlo scucito, c'era un vaso da notte di porcellana con dei puntini blu, con un coperchio rimovibile e un bordo interno che si adattava perfettamente al coperchio.

Le sorelle avevano il loro vaso da notte – il *vasetto*, come lo chiamavano. Non c'erano impianti idraulici nella fattoria di John Nissenbaum, come in nessun'altra fattoria negli anni Trenta – per le famiglie più povere, non ce ne furono fino agli anni Quaranta e oltre. Cento metri dietro la casa, alle spalle del silos, c'era un fabbricato, la latrina, il "cesso". Ma nessuno avrebbe fatto quel percorso con il tempo cattivo o con la pioggia o nel buio pesto della notte, a meno che proprio non potesse farne a meno.

Ovviamente l'odore di urina e un debole sentore di escrementi dovevano essere un po' dappertutto, come le sorelle ammisero anni dopo, quando ormai erano donne adulte che si lasciavano andare al flusso dei ricordi. Ma probabilmente si confondeva con l'odore del cortile del granaio. Niente era comunque peggio del letame dei maiali!

Almeno, noi non eravamo *maiali*.

E comunque, mamma era a letto. Su quel letto talmente alto che per salirci bisognava alzare un ginocchio, appoggiarlo e poi fare presa su qualsiasi cosa si trovasse là sopra. E il materasso di crine di cavallo, così duro e scomodo. Mamma non aveva tolto la benda dagli occhi e al suo fianco, sulle coperte sgualcite, c'era la sua Bibbia. Capovolta. E con le pagine piegate. La stessa Bibbia che sua suocera, nonna Nissenbaum, le aveva regalato per il matrimonio, avendo notato che non ne possedeva una sua. Era più piccola delle solite Bibbie nere e pesanti che si tenevano in casa, aveva una copertina di pelle morbida color avorio e le pagine erano sottilissime. Le ragazze potevano guardarle ma non potevano sfogliarle senza il permesso della mamma. Quella Bibbia che sarebbe scomparsa per sempre con Gretel Nissenbaum.

Le ragazze piangevano e imploravano. «Mamma? Mamma, stai male?».

In un primo momento la donna non rispose. Si sentiva solo il suo respiro, affannoso, affaticato e irregolare. La sua pelle pallida e olivastra era madida di sudore come se avesse la febbre alta. La coperta era tutta attorcigliata sulle gambe e i capelli sparsi sul cuscino. Le ragazze videro il riflesso della croce d'oro, che la mamma portava appesa a una catenina, quasi nascosta tra i capelli (non era solo una croce ma anche un medaglione; quando la mamma lo apriva, dentro c'era una piccola ciocca di capelli grigi appartenenti a una donna che le bambine non avevano mai conosciuto, la nonna della mamma, da lei tanto amata quando era piccola). E i seni della mamma erano quasi del tutto scoperti! Seni grossi, rigogliosi, belli, come se traboccassero dalla sottoveste bianca, rotondi come sacchi contenenti un liquido caldo, con dei capezzoli scuri e grandi come occhi. Non si doveva guardare nessuna parte del corpo delle persone, ma come evitare? Connie poi era particolarmente affascinata e si immaginava che un giorno anche lei avrebbe avuto un corpo come quello della mamma. Anni prima aveva sbirciato per vedere i seni colmi di latte della madre, quando Nelia era appena nata, e si era sentita gelosa e impressionata. Nelia aveva ora cinque anni e non si ricordava affatto dell'allattamento; un giorno avrebbe creduto, ostinata e sprezzante, di non aver mai preso il latte dalla madre, ma solo dal biberon.

Finalmente la mamma si tirò via la pezza di stoffa dal viso. «Voi! Dannazione! Che volete?». Fissò le ragazze come se, mentre le stringevano le mani e la guardavano attonite, fossero delle estranee. Il suo occhio destro era tumefatto e la fronte era rossa ed escoriata, e Nelia cominciò a piangere, subito imitata da Connie, e la mamma disse: «Constance, perché non sei a scuola? Perché non mi lasciate in pace? Che Dio mi aiuti – "mamma", "mamma", sempre "mamma"!». Connie disse piagnucolando: «Mamma, ti sei fatta male?», e Nelia piangeva, mordendo il lembo della coperta come una bambina squilibrata. La mamma le ignorò, come faceva sempre quando le domande erano troppo invadenti, quando «non sono *affari vostri*»; alzò la mano come se volesse schiaffeggiarle, ma poi la fece ricadere indolente, come se tutto quello fosse già successo molte altre volte in passato, quella conversazione, quelle emozioni, come se nel destino della madre fosse scritto che si sarebbero ripetute molte altre volte in futuro. Un odore dolciastro e stantio di sangue salì dalla parte inferiore del corpo della madre, come fuoriuscito dalle pieghe di quella coperta sporca, un odore che entrambe le ragazze avrebbero imparato a riconoscere solo da adolescenti, scoprendolo infine in loro stesse, vergognandosene e provando disagio: il segreto dei loro corpi durante quelli che, sempre con una venatura di imbarazzo, venivano chiamati *quei giorni del mese*.

Dunque: quando Gretel Nissenbaum sparì dalla casa di suo marito, aveva le mestruazioni.

Aveva forse una qualche importanza, o non significava nulla?

«Nulla», avrebbe poi detto seccamente Cornelia.

«Sì invece», avrebbe insistito Constance, «significava che nostra madre *non* era incinta. Non era scappata con un amante per *quello*».

Che confusione quella mattina in casa Nissenbaum! E tuttavia le sorelle avrebbero poi raccontato del loro incontro in camera da letto, cosa la madre aveva detto loro, come si era comportata e qual era il suo aspetto, anche se, ovviamente, non tutto corrispondeva al vero. Come è possibile, infatti, parlare della confusione? Quali sono le parole più adatte? Come esprimere nel linguaggio degli adulti la selvaggia fibrillazione della mente dei bambini, di due menti infantili che sbattevano tra loro come falene, e come scoprire ciò che era veramente successo e ciò che invece era solo frutto di fantasia? Connie avrebbe giurato che l'occhio di sua madre era gonfissimo e sembrava un grande uovo andato a male ma non sapeva dire se fosse l'occhio destro o il sinistro; Nelia, avendo evitato di guardare il volto tumefatto della madre, dato che cercava solo di rannicchiarsi sotto di lei per nascondersi e trovare conforto, avrebbe invece messo in dubbio che ci fosse un occhio ferito, e avrebbe affermato piuttosto di averlo creduto perché indotta dalla sorella, che era sempre così prepotente.

Connie si sarebbe ricordata delle parole della madre, che urlando disperata diceva: «Non mi toccate! Ho paura! Forse andrò in un posto ma non sono ancora pronta! Oh Dio! Ho così paura!», e così via, all'infinito: lei che diceva che se ne sarebbe andata, che aveva paura, e Connie che le chiedeva dove, dove stesse andando, e la mamma che batteva i pugni sulle coperte. Nelia si sarebbe ricordata di essersi fatta male quando la mamma aveva strattonato violentemente il lembo insalivato della coperta che aveva in bocca. Non la mamma ma la *mamma-cattiva*, la *mamma-arpia*.

Ma poi la mamma si calmò, esasperata. «Su, forza, bambinette! Certo che mamma vi vuole bene».

Ansiose ormai come gattini affamati, le sorelle si inerpicarono sul letto alto e duro, piagnucolando, si raggomitolarono tra le braccia della mamma, tra i suoi capelli aggrovigliati, sul suo petto. Connie e Nelia stavano rannicchiate come delle neonate, e la mamma tirò su la coperta come per proteggerle, e tutte e tre si coprirono. Quel mattino dell'11 aprile 1923.

Il mattino successivo, presto, prima dell'alba. Le sorelle furono svegliate dalle grida del padre: «Gretel? Gretel!».

2

...nessuno parlò più di lei dopo le prime settimane. Dopo il primo shock. Ci eravamo abituate a pregare per lei, a perdonarla e a cercare di dimenticarla. Non sentivamo la sua mancanza. Così disse mia madre con la sua voce calma e assennata.

Ma la zia Connie mi portò da una parte. Era la sorella più grande, quella più saggia. *È vero, non parlavamo mai di mamma in presenza degli adulti, era proibito. Ma santo cielo se ci mancava, ci mancava ogni singolo istante di ogni singolo giorno in quella fattoria.*

Io ero la figlia di Cornelia, ma mi fidavo di zia Connie.

Nessuno nella Chautauqua Valley sapeva dove fosse finita Gretel, la giovane moglie di John Nissenbaum, ma tutti sapevano, o avevano un'idea, del perché se ne fosse andata.

Un'infedele: ecco cos'era. Una donna *priva di fede*. Non era forse *scappata* con il suo amante e *abbandonato* i figli? Aveva ventisette anni, era troppo giovane per John Nissenbaum, e non era una ragazza di Ransomville, la sua gente viveva a cento chilometri da lì, a Chautauqua Falls. Qui era una moglie che aveva *tradito*, un'*adultera* (alcuni direbbero una sgualdrina, una puttana, una zoccola). Il reverendo Dieckman, un ministro luterano, faceva splendidi sermoni in suo suffragio. Per chilometri e chilometri lungo la valle e per anni, fino agli anni Quaranta, tutti continuarono a parlare scandalizzati di Gretel Nissenbaum: una donna che aveva abbandonato il fedele marito cristiano e le sue due bambine senza preavviso, e senza motivo! Scomparendo nel cuore della notte, portando con sé una valigia e nient'altro e, come tutte le donne che parlavano della vicenda amavano dire, *praticamente in mutande*.

(La zia Connie disse di essere cresciuta immaginando di avere davvero visto sua madre, come in un sogno, mentre camminava furtivamente lungo il vialetto per la strada principale, con un fagotto di vestiti sulla schiena come fosse bucato da lavare. I bambini sono così maledettamente impressionabili, diceva zia Connie, ridendo con sarcasmo).

Per molto tempo, dopo che la madre era scomparsa e nulla si era più saputo di lei o da lei – quantomeno, le sorelle non avevano più ricevuto notizie –, Connie non riuscì a trattenersi dal prendere in giro la sorella, provocandola: «La mamma sta tornando!», le diceva, il giorno del compleanno di Nelia, a Natale o a Pasqua. Quante volte Connie aveva goduto di quella sua malizia nell'ingannare la sua sorellina, piccola e sciocchina.

E come se la rideva Connie, come rideva di lei.

Be', *era* divertente, no?

Un altro inganno di Connie era questo: dava dei colpetti a Nelia per svegliarla nella notte, quando il vento si scagliava sulle finestre e sembrava gemere nel camino come un animale in trappola. Ed eccitata le diceva: «Mamma è fuori alla finestra, senti! Mamma è un fantasma e ti viene a prendere!».

A volte Nelia urlava e Connie doveva mettersi a cavalcioni sul suo petto e spingerle un cuscino sulla faccia per zittirla. Se avessero svegliato il papà con simili sciocchezze avrebbero sicuramente subìto una punizione infernale.

Una volta, all'incirca quando avevo dodici anni, chiesi se mio nonno le avesse mai sculacciate o picchiate.

La zia Connie, seduta in soggiorno su quella poltrona di broccato con lo schienale alto che diventava sempre "la sua" quando veniva a trovarci, non mi rispose. E anche mia madre fece finta di non aver sentito. La zia Connie si accese una delle sue Chesterfield con un gesto enfatico, mettendo in mostra le unghie laccate di rosa, fece un tiro con profonda soddisfazione e, come se le fosse passato per la testa un pensiero in quell'istante, uno di quelli che vanno assolutamente detti ad alta voce, fece: «Notavo ieri in TV quanto i bambini siano viziati, maleducati e idioti, e noi dovremmo considerarli adorabili. Papà non era proprio un tipo che tollerava, nemmeno per un minuto, i bambini che la facevano così lunga». Fece una pausa e inalò altro fumo avidamente. «A quel tempo, laggiù, nessun uomo lo tollerava».

Mia madre annuì, lentamente, accigliata. Queste conversazioni con mia zia sembravano sempre una sofferenza per lei, un vero e proprio dolore. E tuttavia non si tirava indietro, e neppure zia Connie. Disse dunque, asciugandosi gli occhi: «Papà era un uomo pieno di orgoglio. Lo era stato prima e lo fu dopo che lei ci lasciò».

«Mmm!». La zia Connie emise quel suono forte e nasale che indicava che aveva qualcosa di fondamentale da aggiungere, ma non voleva sembrare sfacciata. «Dopo lo fu di più, Nelia. Fu più orgoglioso. Dopo». Lo disse come per insinuare qualcosa, e lanciò uno sguardo e un sorriso nella mia direzione.

Come un'attrice che aveva perso la battuta, mia madre si corresse velocemente: «Sì, certamente, perché un uomo più debole sarebbe crollato dalla disperazione e dalla vergogna».

La zia Connie annuì con forza. «...avrebbe potuto prendersela con Dio...».

«...mettersi a bere...».

«...molti uomini laggiù lo fecero...».

«...ma non papà. Lui aveva il dono della fede».

La zia Connie annuì saggiamente. Ma sempre con quel suo strano sorriso quasi canzonatorio.

«Oh sì, papà lo aveva davvero. E la regalò anche a noi, vero Nelia? La sua fede».

Mia madre fece quel suo mezzo sorriso poco convinto e abbassò lo sguardo. Sapevo che, quando la zia Connie sarebbe partita, lei se ne sarebbe andata di sopra a stendersi, avrebbe preso due aspirine, avrebbe chiuso le tapparelle, e si sarebbe messa una pezza di stoffa fredda e bagnata sugli occhi prima di andare a letto per cercare di dormire. Sul suo volto pallido, addolcito dagli anni, comparve l'espressione rapita di una bambina spaventata. «Oh, sì! La sua fede».

La zia Connie rise, rise a crepapelle. A lungo. Le fossette le perforavano le guance, mentre mi faceva l'occhiolino.

Anni dopo, quando mia mamma era morta e io sistemavo annebbiata le sue cose, scoprii una ciocca di capelli grigi in una busta da lettere che sapeva di lavanda, dentro un cassetto. Sulla busta, la scritta in inchiostro viola sbiadito "Il mio amato padre John Allard Nissenbaum, 1872-1957".

3

Secondo la sua versione dei fatti, John Nissenbaum, il marito offeso, non aveva mai avuto alcuna percezione che la sua giovane e tenace moglie potesse essere insoddisfatta o irrequieta. E certamente non che avesse un'amante! Moltissime donne in città avrebbero voluto essere al suo posto, come sapeva già da quando la corteggiava. La sua vanità maschile, la vanità tipica dei Nissenbaum, e quello che viene definito buonsenso parlavano chiaro.

I Nissenbaum erano infatti una famiglia rispettabile in Chautauqua Valley. Tutti assieme, possedevano migliaia di ettari di ottimo terreno.

Con il passare delle settimane, dei mesi e infine degli anni che seguirono la scandalosa scomparsa, John Nissenbaum, che di natura era schivo quasi da sembrare arrogante e terribilmente riservato come tutti gli uomini della sua famiglia, giunse al punto di rivelare la sua storia – *la sua versione della storia*. Come le sorelle stesse si resero conto (lui non aveva mai parlato con loro della madre dopo i primissimi giorni che seguirono lo shock), la sua storia non era coerente e univoca ma sembrava più una sorta di patchwork gigante formato da una miriade di pezzi.

Ammetteva che Gretel potesse sentire la mancanza della sua famiglia, o di sua sorella maggiore, a cui era particolarmente affezionata, o delle cugine con cui era andata al liceo a Chautauqua Falls; si rendeva conto che l'enorme fattoria era un luogo troppo solitario per lei, dato che i primi vicini erano a chilometri di distanza e il villaggio di Ransomville a dieci chilometri (era comunque raro spostarsi al di là di Ransomville). Sapeva, o pensava di sapere, che sua moglie aveva cullato nella sua fantasia ciò che la madre di lui e le sue sorelle chiamavano fantasie stravaganti, persino dopo nove anni di matrimonio, di vita alla fattoria e di bambini: aveva chiesto molte volte il permesso di suonare l'organo in chiesa ma non le era stato concesso; ricordava, spesso con malinconia e forse anche con rimpianto, quando molto tempo prima era andata a Port Oriskany, Buffalo e Chicago, prima di sposarsi diciottenne con un uomo di quattordici anni più vecchio. A Chicago aveva visto spettacoli teatrali e musical, gli straordinari ballerini Irene e Vernon Castle in *Watch Your Step* di Irving Berlin. Non era solo il fatto che Gretel volesse suonare l'organo durante le messe domenicali (e rimpiazzare il vecchio organista che secondo lei faceva lo stesso rumore di una gatta in calore), ma tutto l'atteggiamento di Gretel nei confronti del reverendo Dieckman e di sua moglie. Le dava fastidio doverli invitare ogni tanto e dover preparare per loro una cena elaborata, come insistevano i Nissenbaum. Lasciava che i suoi occhi vagassero tra la congregazione di fedeli durante i sermoni di Dieckman e soffocava svariati sbadigli dietro la mano ricoperta dal guanto; si svegliava nel cuore della notte, diceva, e voleva discutere della dannazione, dell'inferno, del concetto stesso di grazia. In faccia al ministro sbigottito aveva dichiarato di non essere «in grado di accettare totalmente la dottrina della Chiesa luterana».

Se ci fossero state altre questioni più intime tra Gretel e John Nissenbaum, o qualcos'altro nella vita personale di Gretel, di certo nessuno ne parlava a quel tempo.

Tuttavia la gente faceva allusioni – forse qualcosa più di "allusioni" – sul fatto che John Nissenbaum non fosse felice di aver avuto solo figlie femmine. Naturalmente voleva dei maschi che lo aiutassero nei lavori estenuanti della fattoria; figli ai quali avrebbe lasciato la proprietà, così come avrebbero fatto i suoi fratelli sposati che avevano avuto figli maschi.

Ciò che si seppe, in generale, fu: John Nissenbaum si svegliò quando era ancora buio pesto, un'ora prima dell'alba di quella mattina di aprile, e scoprì che sua moglie non era a letto. Forse non era in casa? Si mise a cercarla, a chiamarla, sempre più allarmato e incredulo. «Gretel? Gre-tel!». Guardò in tutte le stanze del piano superiore, inclusa la stanza dove le due bambine assonnate e spaventate erano strette l'una all'altra nel letto; guardò in tutte le stanze del piano di sotto, inclusa la cantina umida e con il pavimento sporco dove scese con una lanterna. L'alba arrivò, fosca e umida e lui, con un cappotto indossato di fretta sopra il pigiama e con i piedi nudi infilati in stivali di gomma, iniziò a cercare freneticamente negli edifici fuori la casa, nella latrina, la stalla delle vacche e lo stabile annesso, nel fienile e nel deposito del grano dove i ratti scapparono rumorosamente al suo arrivo. In nessuno di questi luoghi, tranne forse la latrina, poteva avere una ragionevole speranza di trovare Gretel, ma lui continuò lo stesso a cercare, sempre più in preda al panico, perché non sapeva cos'altro potesse fare. Dalla casa, le figlie, ormai terrorizzate, lo guardavano spostarsi di edificio in edificio, una figura alta che si muoveva a scatti urlando con le mani alla bocca: «Gre-tel! Gre-tel! Mi senti! Dove sei! Gre-tel!». La voce bassa e ruvida batteva come un metronomo, e risuonava limpida, profonda e, per le sue figlie, terribile, come se il cielo si fosse squarciato e fosse Dio stesso a urlare.

(Cosa sapevano poi di Dio quelle due ragazzine di otto e cinque anni – come avrebbe raccontato in seguito la zia Connie. Esistevano l'imitazione baritonale del Dio del Vecchio Testamento fatta dal reverendo Dieckman, la cacciata dal giardino dell'Eden, le angoscianti ritorsioni contro Giobbe, lo spettacolare arbusto in fiamme dove il fuoco stesso gridava «Io sono colui che sono!» – e tali immagini si erano già impresse irrevocabilmente nella loro immaginazione).

Solo più tardi, quella mattina – ma questa parte era sempre confusa – John scoprì che la valigia di Gretel non era più nel ripostiglio. Sull'appendiabiti mancavano molti indumenti. E i cassetti del comò erano stati frettolosamente rovistati – non vi era più traccia di biancheria o di calze. Anche i suoi gioielli preferiti, che la rendevano infantilmente vanitosa, non erano più nella sua scatola di cedro. Era scomparso anche il suo cimelio di famiglia, la spazzola per capelli con un cammeo sbiadito, il pettine e lo specchio. E la sua Bibbia.

Che assurdità, avrebbe detto la gente, ridacchiando sotto i baffi – Gretel Nissenbaum che si portava via la sua Bibbia!

In qualunque posto dell'inferno fosse mai andata.

E non c'era alcun biglietto di addio, dopo ben nove anni di matrimonio? John Nissenbaum sostenne di aver cercato dappertutto, ma invano. Nemmeno una parola di spiegazione, nemmeno una parola di rimorso per le sue figliolette. *Già solo per quello la cancellammo dai nostri cuori.*

Durante quei momenti confusi, quando il padre cercava la madre e la chiamava, le sorelle stavano abbracciate in uno stato di intontimento che andava al di là dello shock o del terrore. A volte sembrava che il padre corresse verso di loro con gli occhi fuori dalle orbite, cieco come un cavallo in fuga – e loro prontamente si spostavano dalla sua traiettoria. Lui non le vedeva se non quando ordinava loro di togliersi di mezzo e di non disturbarlo. Dalla porta sul retro lo guardarono attaccare i cavalli alla carrozza e partire verso Ransomville lungo la Post Road dissestata dalla pioggia invernale, lasciandosi le ragazze alle spalle e dimenticandosi di loro. Come raccontò successivamente, con triste disgusto per se stesso e con l'aria di un peccatore consapevole, credeva sul serio di poter raggiungere Gretel sulla strada – convinto che fosse lì, che camminasse sul bordo erboso della strada, trasportando la sua valigia. Gretel era una donna nervosa e ruvida, più forte di come appariva, senza alcun timore di fare sforzi fisici. Una donna capace di tutto!

John Nissenbaum credette che Gretel fosse partita per Ransomville, a dieci chilometri di distanza, per poi prendere il treno di metà mattinata per Chautauqua Falls che si trovava altri centodieci chilometri più a sud. Nella confusione, l'uomo si convinse che doveva esserci stato qualche disaccordo, altrimenti Gretel non sarebbe partita; a dire il vero non ricordava niente di simile ma Gretel dopo tutto era una *donna emotiva*, *una donna estremamente nervosa*; non aveva forse insistito per fare visita agli Hausers, la sua famiglia, nonostante lui non fosse d'accordo? Si sentiva sola, soffriva per la loro lontananza, o per qualcos'altro. Era arrabbiata perché non erano andati a Chautauqua Falls a Pasqua e perché non vedeva la sua famiglia da Natale. Era per quello? *Noi non eravamo mai abbastanza per lei. Perché non eravamo mai abbastanza per lei?*

Ma alla stazione degli autobus di Ransomville, alla fermata per Chautauqua e Buffalo, non vi era traccia di Gretel, e nemmeno l'addetto ai biglietti, che se ne stava lì tutto solo, l'aveva vista.

«È una donna alta come me all'incirca», disse John Nissenbaum, con il suo modo di fare formale e lievemente altero. «Dovrebbe trasportare una valigia e forse avere i piedi infangati. Gli stivali».

L'impiegato scosse la testa lentamente. «No signore, nessuno che corrisponda a tale descrizione».

«Una donna sola. Una», esitò, con un'espressione di dolore, «bella donna, giovane. Una donna che fa... che si fa», un'altra pausa, «che si fa notare».

«Mi spiace», disse l'impiegato. «L'autobus delle 8:20 è appena arrivato e nessuna donna ha comprato il biglietto».

Fu così che John Nissenbaum venne visto, per buona parte di quella mattinata, a girare su e giù per la strada principale di Ransomville, con un'espressione sconsolata e i capelli neri induriti e dritti come aculei. Era senza cappello, con abiti da lavoro e stivali, ma con un cappotto elegante – sobrio, color acciaio, di lana "buona" – abbottonato sul suo torace stretto e muscoloso. Scarmigliato e devastato dal dolore di uomo tradito, un dolore ancora troppo forte per essere contrastato dall'orgoglio maschile, per alcuni patetico come un cane bastonato eppure impaziente e attivo come un cucciolo, chiese informazioni al negozio di tessuti Meldron's Dry Goods, alla drogheria Elkin & Sons, alla fondazione First Niagara, allo studio legale Rowe & Nissenbaum (quest'ultimo un suo giovane cugino), e persino ai grandi magazzini Five & Dime dove le commesse gli risero dietro. Andò infine al Ransomville Hotel, e girò per la tetra hall dove la moglie del proprietario stava spazzando della segatura dal parquet. «Mi dispiace signore, apriamo a mezzogiorno», disse la donna, pensando che fosse ubriaco, tanto le sembrò ondeggiante e confuso. Poi lo guardò meglio: non conosceva il suo nome (visto che John Nissenbaum non era un frequentatore delle taverne locali) ma riconobbe la sua faccia. Si diceva infatti che gli uomini della famiglia Nissenbaum fossero tutti molto simili, già dalla culla, o che comunque lo diventassero crescendo. «Signor Nissenbaum? Qualcosa non va?». In un attimo di frustrato silenzio Nissenbaum sbatté le ciglia, le sorrise a stento allungando la mano per togliersi il cappello che però non aveva e, sussurrando, disse: «No signora, va tutto bene. Credo si tratti di un equivoco. Dovrei incontrare la signora Nissenbaum qui da qualche parte. Mia moglie».

Subito dopo la scomparsa di Gretel Nissenbaum emersero varie storie da ogni dove. Si diceva di quanto fosse stata scortese con i Dieckman, e con molta altra gente della comunità. *Una cattiva moglie. Senza istinto materno*. Si diceva che avesse già abbandonato marito e figlie in passato, correndo dalla sua famiglia a Chautauqua Falls (o era Port Oriskany?), e che il povero Nissenbaum avesse dovuto badare alla casa da solo (questo non era vero anche se, con il passar del tempo, anche per Cornelia e Constance divenne la realtà. Da vecchia Cornelia avrebbe giurato di ricordare "entrambe" le volte in cui sua madre era fuggita). Una svergognata indecente, una puttana che aveva *fiuto* per gli uomini. Che *avvampava* per gli uomini. Qualsiasi creatura indossasse dei pantaloni. Oppure, era arrogante e snob. Una che aveva sposato un Nissenbaum, un uomo che poteva essere suo padre, sai che sorpresa! Ancora peggio, aveva anche una lingua lunga e spesso era volgare. L'avevano sentita dire parole come *cazzo*, *vaffanculo*, *merda*. Già, e anche *coglioni* e *cazzate*. Lei, in piedi con le mani sui fianchi e quegli occhi che ti fissavano, e quella risata sguaiata. E le si vedevano i denti, che erano troppo grandi per la sua bocca. Era una gran *presuntuosa*, poco ma sicuro. Era una *manipolatrice*, un'*infedele*. Tutti lo sapevano che se la faceva con gli operai del marito, e nel vero senso della parola, chiedete pure in giro. Di sicuro aveva un *compagno fisso*, un *amante*. Di sicuro era un'*adultera*. Non era forse scappata con un uomo? Era scappata e del resto dove sarebbe mai andata, cosa avrebbe fatto se non fosse scappata con un uomo? Chiunque fosse.

L'uomo infatti era stato notato: un supervisore del cantiere ferroviario di Chautauqua e Buffalo, un ragazzone dai capelli rossi che viveva a Shaheen, a venti chilometri di distanza. O era forse un venditore di scope, un uomo minuto e instabile con i baffi e un modo di parlare mellifluo che passava in zona ogni due o tre mesi e che, dopo il 12 aprile 1923, non si vide più.

Secondo un altro pettegolezzo, più stuzzicante, l'amante di Gretel Nissenbaum era un ufficiale di Marina di trent'anni di stanza a Port Oriskany. Era poi stato trasferito in una base in North Carolina (o forse a Pensacola in Florida?) e Gretel non aveva avuto altra scelta che scappare via con lui, lo amava così tanto. *Ed era incinta di lui, di tre mesi.*

Non c'era nulla di interessante nella terribile possibilità che Gretel fosse scappata a piedi, da sola, non per andare dalla sua famiglia ma semplicemente per fuggire dalla sua vita; nessuno conosceva quale urgenza o necessità l'avesse mossa, quale scoramento. Nessuno poteva dirlo se non l'aveva provato.

E in ogni caso, *dove era andata?*

Dove? Scomparsa. All'altro capo del mondo. Forse a Chicago. O in quella base militare in North Carolina, o in Florida.

Noi la perdonammo, la dimenticammo. Non sentivamo la sua mancanza.

Le cose che Gretel Nissenbaum si lasciò dietro nella fretta della sua partenza.

Numerosi abiti e cappelli. Un cappotto logoro. Galosce di gomma e stivali. Biancheria intima, e calze rammendate. Guanti di lana fatti a mano. Nel salottino della casa di John Nissenbaum, dentro vasi di vetro, erano rimasti i narcisi giallo acceso che lei aveva fatto con la carta crespa; ventagli dipinti a mano, tazze da tè; libri che aveva portato da casa sua – *A Golden Treasure of Verse*, la *Giovanna d'Arco* di Mark Twain, e *Di qua dal Paradiso* di Fitzgerald che non aveva più la copertina. Programmi spiegazzati di spettacoli musicali e un sacco di spartiti di musica popolare che risalivano alla sua infanzia, quando li suonava al piano (a casa Nissenbaum non c'era un piano, Nissenbaum non era affatto interessato alla musica).

Senza fare tante storie, Nissenbaum ammassò quei miseri oggetti, insieme ad altri, dentro scatole di cartone, e lo fece quindici giorni dopo la scomparsa di Gretel, per poi portarli alla Chiesa luterana e donarli in beneficenza; non si curò di sapere se gli Hauser volessero qualcuno di quegli oggetti o se le sue figlie desiderassero tenere alcuni ricordi della loro mamma.

Ripicca? No, non nel caso di John Nissenbaum. Era un uomo orgoglioso, anche nella sua pubblica umiliazione. Pensava al volere di Dio. Non alle frivole vanità *umane*, per nulla.

Quella primavera e quell'estate il reverendo Dieckman fece una serie di sermoni appassionati, accaniti e minacciosi dal pulpito della principale chiesa luterana di Ransonville. Il motivo era evidente, così come l'oggetto di quei sermoni. I fedeli erano in visibilio.

Il reverendo Dieckman, di cui Connie e Nelia avevano paura, sia per i suoi sorrisi beffardi sia per la sua espressione severa e corrucciata, era un uomo basso e tarchiato, con una testa enorme e uniformemente lucente, e occhi che sembravano acqua gelida. Anni dopo, quando videro una sua foto, e notarono che era più basso della moglie di qualche centimetro, si misero a ridere nervose e incredule: era quello dunque l'uomo che le intimoriva così tanto? L'uomo al cospetto del quale anche John Nissenbaum abbassava lo sguardo?

Eppure, quella voce squillante e vibrata del Dio di Mosè, il Dio del Vecchio Testamento, non si riusciva a cancellarla dalla mente, nemmeno ore o giorni dopo averla sentita. Anni, persino. Addirittura se ci si tappava le orecchie a forza con le mani e si chiudevano gli occhi stretti stretti.

«*Alla donna* disse: "*Moltiplicherò* i tuoi dolori e le tue gravidanze, e *con dolore* partorirai figli. Verso *tuo marito* sarà il tuo istinto, ma *egli ti dominerà*". All'uomo disse: "Poiché hai ascoltato la voce di *tua moglie* e hai mangiato *dell'albero*, di cui ti avevo comandato: *Non ne devi mangiare*, maledetto sia il suolo per causa tua! Con dolore ne trarrai il cibo per tutti i giorni della tua vita. *Spine e cardi* produrrà per te e mangerai l'erba campestre. Con il *sudore del tuo volto* mangerai il pane; finché tornerai alla terra, perché da essa sei stato tratto: *polvere tu sei e in polvere tornerai*!"». Il reverendo Dieckman fece una pausa per riprendere fiato, come se stesse correndo in salita. Gocce untuose sulla sua faccia massiccia, come fossero monete. Lentamente i suoi occhi di ghiaccio scrutarono tra le file di fedeli per vedere se, per caso, qualcuno stesse guardando i volti intimoriti ma non chini delle piccole Nissenbaum, le quali sedevano al banco di famiglia, in quinta fila davanti al pulpito, strette tra il padre rigido, scostante e in abiti sobri quasi da lutto e la nonna paterna, la quale sembrava pure in lutto, anche se i suoi abiti non erano tagliati bene e le formavano un'evidente gobba sulle spalle; quella nonna tetra e seria che era andata a vivere con loro dopo la partenza della mamma.

(Le due sorelle non rividero più gli altri nonni, gli Hauser, i quali vivevano a Chautauqua Falls e che adoravano. Era persino proibito parlare di quella gente, della gente di Gretel. Gli Hauser erano da biasimare comunque, per la fuga di Gretel. Anche se loro sostenevano, e lo sostennero sempre, che non sapevano nulla di ciò che Gretel avesse fatto, e infatti temevano che le fosse successo qualcosa. Ma gli Hauser erano un argomento proibito. Solo in seguito, quando furono cresciute e non vivevano più nella casa del padre, videro i cugini Hauser ma, tuttavia, come lei stessa confessò, Connie si sentì in colpa per averli incontrati. Il padre sarebbe stato così furioso e dispiaciuto se lo avesse saputo. *Fraternizzare con il nemico*, avrebbe detto. *Tradimento*).

Durante le lezioni della domenica, la signora Dieckman si dava una gran pena per le piccole Constance e Cornelia. Venivano guardate con pietà lacrimosa, come fossero delle appestate. La piccola Constance, grassottella e soggetta a crisi di riso isterico, e la piccola Cornelia, gli occhi scavati e incline al pianto e alla malinconia. Entrambe avevano la faccia e le mani sfregate e arrossate perché la nonna Nissenbaum le strofinava con un forte sapone grigio, mai meno di due volte al giorno. I capelli opachi e brunastri di Cornelia erano sorprendentemente fini. Quando gli altri bambini uscivano dall'aula della lezione domenicale, la signora Dieckman tratteneva le sorelle per pregare con loro. Diceva di essere molto preoccupata per loro. Lei e il reverendo Dieckman pregavano sempre per loro. La madre le aveva contattate dopo la partenza? C'era stata qualche possibilità di capire ciò che la madre aveva intenzione di fare? Estranei che andavano a far visita alla fattoria? Un evento... inusuale? Le sorelle guardarono la signora Dieckman perplesse. Lei aggrottò le sopracciglia davanti alla loro (apparente) ignoranza. Si sfiorò gli occhi acquosi e sospirò come se il peso di tutto il mondo le fosse caduto sulle spalle. E, con un tono quasi di rimprovero, disse: «Dovete sapere, bambine, che c'è una ragione per cui vostra madre vi ha abbandonato. È la volontà di Dio. Il disegno di Dio. Egli vi sta mettendo alla prova, bambine. Voi siete speciali ai suoi occhi. Molti di noi sono stati speciali ai suoi occhi e poi ne sono venuti fuori fortificati, e mai indeboliti». Fece una pausa per riprendere fiato. Le sorelle furono invitate a riflettere su come la signora Dieckman, con la sua faccia flaccida, il corpo robusto stretto in un corsetto e le gambe grassocce fasciate da calzamaglie strettissime, fosse diventata una donna più forte, e non più debole, secondo il disegno di Dio. «Imparerete a essere più forti delle bambine che hanno la mamma, Constance e Cornelia...». (Pronunciò quelle parole, *bambine che hanno la mamma*, in maniera strana e sprezzante). «Lo state già imparando. Sentite come la forza di Dio vi sta attraversando!». La signora Dieckman afferrò le mani delle bambine, stringendo con una forza così repentina che Connie scoppiò in una risata isterica e Nelia gridò come se si fosse bruciata, e per poco non si fece la pipì addosso.

Nelia acquisì poi più orgoglio. Invece di vergognarsi o sentirsi umiliata in pubblico (ad esempio nella scuola di campagna, fatta di una sola stanza, dove alcuni degli altri bambini erano spietati) lei era orgogliosa, proprio come suo padre. *Dio ha avuto un'attenzione speciale nei miei confronti. Dio si è interessato a me. Anche Gesù Cristo, il suo unico figlio, è stato crudelmente messo alla prova. E poi si è innalzato. Cardi e spine. La spada ardente, i cherubini che proteggono il Giardino.*

Sciocche *bambine che hanno la mamma*, che potevano saperne loro?

4

Naturalmente Connie e Nelia avevano sentito i loro genitori litigare. Nelle settimane e nei mesi precedenti alla scomparsa della madre. A dire il vero, tutta la loro vita.

Se glielo avessero chiesto, e se avessero potuto rispondere in questi termini, avrebbero detto: *È così che funziona tra uomo e donna, no?*

Connie, che aveva tre anni più di Nelia, sapeva molte cose che Nelia neanche immaginava. Non erano esattamente parole, quei litigi... e il tono di suo padre, diverso rispetto a quando impartiva ordini ai suoi dipendenti. Non proprio parole, ma un'eruzione di voci. Che risuonava attraverso il pavimento come se il litigio venisse dal piano di sotto. Risuonando sulle finestre dove il vento soffiava leggermente. A letto Connie abbracciava forte Nelia, facendo finta che Nelia fosse la mamma. O Connie stessa fosse la mamma. Se chiudi gli occhi abbastanza stretti. Se ti tappi le orecchie. Dopo le voci arriva sempre il silenzio. Se sai aspettare. Una volta, accovacciata in fondo delle scale – era Connie? O Nelia? – guardò in alto basita mentre la mamma scendeva le scale, ondeggiando come un'ubriaca, il braccio che a tentoni cercava il corrimano, la faccia pallidissima e una lucente macchia rosso scuro all'angolo della bocca che lei si strofinava furiosamente. E un uomo che camminava dietro di lei, che scendeva le scale con quella sua andatura veloce e pesante che faceva vibrare tutta la casa, un uomo di cui non riusciva a vedere la faccia. Infervorato e accecato. Dio nel cespuglio ardente. Dio nel tuono. *Troia! Torna qui! Ti prendo! Se non sai essere una donna, una moglie!*

Era un dato di fatto e le sorelle lo impararono da piccole: se riesci ad aspettare abbastanza a lungo, scappi via, ti chiudi gli occhi e ti tappi le orecchie, arriverà un silenzio vasto e ampio e vuoto come il cielo.

C'era il mistero delle lettere di cui parlavano mia madre e la zia Connie, anche se mai proprio in mia presenza, durante l'ultimo anno di vita di mia madre.

Non riuscivano ad accordarsi su chi delle due le avesse notate per prima. O quando esattamente iniziarono ad arrivare – sicuramente non prima dell'autunno del 1923. Succedeva che il papà andava a ritirare la posta, cosa che faceva di rado e solo di sabato. Mentre tornava indietro per la stradina lunga mezzo chilometro, le ragazze lo osservavano (per caso, non lo stavano spiando) con una lettera aperta in mano, intento a leggere; o forse era una cartolina; camminava con una lentezza atipica, lui che normalmente aveva un passo brusco e impaziente. Connie rammentava che a volte entrava nella stalla per continuare a leggere; aveva un debole per la stalla, uno spazio per lui privato dove andava a masticare tabacco, sputare sul fieno, far scorrere le mani callose lungo i fianchi di un cavallo, e pensare alle sue cose. Altre volte, portando con sé la lettera o la cartolina o la rara corrispondenza personale, ritornava in cucina e si sedeva a tavola al suo posto. Le ragazze lo trovavano lì (per caso, *non lo stavano spiando*) a bere caffè con panna di latte e zucchero e a rullarsi una delle sue sigarette storte. E Connie era la prima a chiedere: «C'era posta, papà?», tenendo la voce bassa, tranquilla. E il papà scrollava le spalle e diceva: «Niente». Sul tavolo aveva buttato alla rinfusa delle bollette, dei volantini pubblicitari e il giornale locale «Chautauqua Valley Weekly Gazette». A quel tempo, Nelia non faceva mai domande sulla posta perché non si fidava della sua capacità di tenere sotto controllo la sua voce. Ma, a dieci anni, Connie poteva anche essere insistente e avventata: «Non c'era una lettera papà? Che cosa *hai* lì nella tasca?».

E il papà rispondeva con calma, guardandola dritto in faccia: «Quando tuo padre dice *niente*, ragazza, vuol dire *niente*».

A volte gli tremavano le mani, mentre traccheggiava con l'astuccio del tabacco Bugler e la macchinetta per arrotolare le sigarette.

Con quel senso di vergogna per aver perso sua moglie – tutti ne conoscevano i particolari – John Nissenbaum invecchiò in maniera sconcertante. La sua faccia era grinzosa, la pelle arrossata e screpolata con i leggeri puntini di quello che poi gli venne diagnosticato (quando alla fine si decise ad andare dal medico) come un tumore della pelle. I suoi occhi, appesantiti da borse coperte di rughe come quelle di una tartaruga, erano spesso insicuri e irrequieti. Anche in chiesa, seduto in una fila vicino al pulpito del reverendo Dieckman, aveva l'aria di essere completamente altrove. Durante quella che chiamava la sua vita precedente era stato un uomo rude e prestante, intelligente ma impulsivo; ora si stancava facilmente e non riusciva a stare dietro ai suoi operai, di cui per altro si fidava sempre meno. La sua barba, una volta curatissima e ben scolpita, si era fatta ispida e irregolare ed era ormai completamente grigia, come una ragnatela. E l'alito... gli puzzava di tabacco, di umido, cattivo, malaticcio, marcio.

Una volta, vedendo il bordo di una lettera uscirgli dalla tasca, Connie si morse il labbro e disse: «L'ha scritta *lei*, non è vero?».

Il papà, sempre calmo, disse: «Ho detto che non è *niente*, ragazza. E non l'ha scritta *nessuno*».

Mai, in presenza del padre, le ragazze si riferivano alla madre se non usando il termine *lei*.

Quando in seguito cercarono la lettera, o almeno la busta, ovviamente non trovarono nulla. Il papà l'aveva probabilmente bruciata nella stufa. O fatta a pezzettini e gettata nella spazzatura. Ma le sorelle rischiarono persino l'ira del padre andando a cercare in camera sua (la camera che sapeva di chiuso dove si era spostato, al piano inferiore sul retro) quando lui non c'era. E infine, disperate e pur sapendo che avrebbero fatto un buco nell'acqua, si misero anche a rovistare nella spazzatura appena buttata (come tutte le famiglie contadine di quel tempo, i Nissenbaum ammucchiavano la spazzatura giù per una discesa, nella zona del fabbricato annesso alla casa). Una volta, tappandosi il naso, Connie si arrampicò su una montagnola di immondizia, con mosche che volavano dappertutto, incurvandosi per afferrare... cosa? Un biglietto che pubblicizzava fertilizzanti in saldo, e che le era sembrato una cartolina.

«Sei matta?», Nelia urlò. «Ti odio!».

Connie si girò per urlarle contro, gli occhi pieni di lacrime. «Vai all'inferno imbecille, *io* ti odio!».

Entrambe volevano credere, o credevano davvero, che sua madre non scriveva al padre ma a loro. Ma non lo avrebbero mai saputo. Per anni, quando le lettere arrivavano molto di rado, ed era sempre il padre ad andare a prendere la posta, loro due non ebbero alcun modo di sapere.

Questo divenne un ulteriore elemento di mistero: perché le lettere, così poco frequenti, arrivavano sempre quando era il padre a ritirare la posta? Perché quando Connie, Nelia o Loraine (la sorella minore di John che era andata a vivere con loro) prendevano la posta, non c'erano mai quelle lettere misteriose? *Solo quando andava papà.*

Dopo la morte di mia madre nel 1981, quando parlavo più apertamente con mia zia Connie, le chiesi perché non avessero mai avuto dei sospetti. La zia Connie sollevò le sopracciglia disegnate a matita e strabuzzò gli occhi come se avessi detto qualcosa di osceno. «Sospetti? E perché?». Mai, nemmeno una volta, le ragazze (che pure erano ragazze intelligenti – Nelia prendeva sempre voti altissimi al liceo) avevano calcolato le probabilità: come potevano quelle lettere, presumibilmente da parte della madre, arrivare solo in quei giorni (il sabato) in cui il padre ritirava la posta; un giorno su sei, e mai nessun altro giorno eccetto quel giorno lì (il sabato). Ma come disse la zia Connie, scrollando le spalle, a loro sembrava solo che fosse un caso – non avevano mai nemmeno lontanamente concepito una situazione in cui le possibilità non fossero a loro sfavore, e a totale vantaggio del papà.

5

La fattoria era già vecchia quando andai a visitarla per la prima volta, d'estate, negli anni Cinquanta. In parte di mattoni rossi, così usurati da sembrare senza colore, e in parte di legno ammuffito, con un tetto spiovente di pietre, soffitti alti e recessi bui, aveva un odore costante di legno affumicato, di cherosene, di muffa, e di vecchio. C'era continuamente uno spiffero che attraversava la casa dal retro, che era rivolto a nord, e si apriva su una lunga distesa in pendenza di ettari che scendevano verso il fiume Chautauqua, a sedici chilometri di distanza, come in una scena aerea di un film. Mi ricordo la vecchia lavanderia, la macchina per strizzare e asciugare i panni; una porta che da quel piano dava in cantina, con un grosso cerchio di metallo come maniglia. Fuori c'era poi un'altra porta, orizzontale, non verticale. Il pensiero di cosa ci fosse dietro quelle porte, la buia cantina che odorava di pietra dove i ratti scorrazzavano liberi, mi riempiva di un terrore infantile.

Mi ricordo il nonno Nissenbaum sempre da vecchio. Un anziano snello, muscoloso e praticamente muto. La sua pelle screpolata e con i capillari rotti, con macchie rosse che sembravano di terra; occhi stretti e umidi le cui pupille, come quelle delle capre, sembravano nere strisce orizzontali: mi facevano una tale paura! La sordità aveva reso il nonno distante e stranamente imperiale, come un re semi-dimenticato. La parte superiore della testa era calva e lucente e aveva dei capelli secchi, e sbiaditi al punto di sembrare cenere, ai lati e dietro. Mentre un tempo teneva molto all'abbigliamento, e specie di domenica per andare a messa, ora mia madre si lamentava perché indossava una tuta da lavoro unta e macchiata tutti i mesi tranne in estate, quando dei mutandoni di flanella grigi con l'orlo disfatto e lento sembravano diventare la sua seconda pelle. L'alito gli puzzava di tabacco e di denti cariati e le nocche delle mani erano grottesche tanto erano gonfie. In sua presenza il cuore mi batteva veloce e irregolare. «Non essere sciocca», mi sussurrò mia madre nervosamente spingendomi verso di lui, «il nonno *ti vuole bene*». Ma sapevo che non era vero. Non mi aveva mai chiamato per nome, Bethany, ma sempre e solo "ragazza", come se non si fosse mai dato la pena di impararlo.

Quando mia madre mi mostrò delle fotografie dell'uomo che lei chiamava papà, alcune tagliate a metà per eliminare la nonna fuggita, rimasi lì a fissarle e non riuscivo a credere che fosse stato così bello! Come un attore del cinema di altri tempi. «Vedi», disse mia madre, irritata come se stessimo litigando, «questo è il *vero* John Nissenbaum».

Crebbi senza mai davvero sapere nulla del nonno; sicuramente non provavo affetto per lui. Non fu mai un "caro" nonno per me. Le visite a Ransomville erano sporadiche e spesso venivano cancellate all'ultimo momento. La mamma era eccitata, piena di speranze, apprensiva, e poi, chissà mai perché, la visita veniva disdetta e lei era sconvolta, sull'orlo delle lacrime e, allo stesso tempo, sollevata. Ora mi pare di capire che la mamma e la sua famiglia non fossero esattamente i benvenuti a casa del nonno. Era un uomo anziano, solitario e inasprito, ma ancora orgoglioso – non l'aveva mai perdonata per essersene andata da casa dopo la scuola, proprio come sua sorella Connie. Se ne era andata al college di Elmira per diventare insegnante invece di sposare un uomo del luogo, uno che sapeva lavorare e che avrebbe potuto ereditare la fattoria dei Nissenbaum. La terra era stata venduta prima che io nascessi, nel 1951; prima della morte del nonno, avvenuta in un ospizio a Yewville, i duecento ettari di terreno si erano già ridotti miseramente a sei, e i proprietari erano estranei.

Nel cimitero di collina dietro la chiesa luterana di Ransomville, New York, c'è una targa lucente di granito nero all'estremità della fila dei Nissenbaum: "John Allard Nissenbaum 1872-1957". Cesellato nella pietra, c'è scritto: *Fino a quando sarò con voi? Fino a quando vi sopporterò?* Che parole arrabbiate, queste di Gesù Cristo! Mi chiedevo chi le avesse scelte, sicuramente non erano state Cornelia né Constance. Deve essere stato John Nissenbaum stesso.

All'età di undici, dodici anni, ero già una ragazzina invadente e curiosa, e chiedevo a mia madre della nonna scomparsa. *Senti mamma, per l'amor del cielo, dove se ne andò? Nessuno fece nulla per cercarla?* Le risposte di mia madre erano vaghe ed evasive. Come se le avesse imparate a memoria e ripetute. Quello stoico sorriso, dolce e risoluto. Serena rassegnazione, perdono cristiano. Per trentacinque anni aveva insegnato inglese nelle scuole statali di Rochester e, specialmente dopo che nostro padre se andò e lei divenne una single divorziata, le venne naturale assumere quell'atteggiamento di efficiente autorità scolastica, fingere di valutare accuratamente le opinioni degli altri prima di esprimere la propria.

Mio padre, che lavorava nel settore amministrativo della scuola, ci lasciò per risposarsi quando io avevo quattordici anni. Io ero furiosa, e devastata. Confusa. *Perché? Come aveva potuto tradirci?* Ma la mamma mantenne la sua forza d'animo cristiana, la sua aria di orgoglio lievemente ferito. Le persone si comportano così. Ti si rivoltano contro, diventano infedeli. È bene che tu lo impari ora che sei giovane.

E, ciononostante, io continuavo a chiedere. E continuai fino alla fine, quando la mamma era molto malata e stava per morire. Mi giudicherete dura e senza cuore, molte persone la pensano così. Ma, per l'amor del cielo, io volevo sapere: cosa era successo alla nonna Nissenbaum, perché a nessuno sembrava importare che se ne fosse andata? Erano autentiche quelle lettere che mia madre e Connie giuravano che il padre avesse ricevuto, o lui stava escogitando qualche trucco? E se era un trucco, qual era il suo scopo? *Dimmi la verità mamma, una volta tanto. La verità su tutto.*

Ho quarantaquattro anni, e voglio ancora sapere.

Ma mia madre, da intrepida insegnante e buona cristiana, era impenetrabile. Imperscrutabile come suo padre. Capace di riassumere tutta la sua infanzia *laggiù* (così lei e la zia Connie parlavano di Ransomville e del loro passato: *laggiù*) dicendo che tali ferite rispecchiavano la volontà di Dio, il disegno di Dio per ciascuna di noi. Una prova per la nostra fede. Una prova per la nostra forza interiore. Io le dissi disgustata: «E se non credi in Dio? Cosa ti rimane?». E mia madre rispose, asciutta: «Ti rimane te stessa, naturalmente, la tua forza interiore. Non è forse abbastanza?».

L'ultima volta che parlammo dell'argomento, persi la pazienza. Forse esagerai con mamma. Con voce acuta e pungente, una voce che mai le avevo sentito, mi disse: «Bethany, cosa vuoi che ti racconti? Di mia madre? Di mio padre? Credi che io li abbia mai conosciuti? Tutti e due? Mia madre lasciò me e Connie quando eravamo piccole, se ne andò con *lui*... non lo fece forse per scelta? Per egoismo? Perché avremmo dovuto cercarla? Era una schifosa, era un'*infedele*. Imparammo a perdonare e a dimenticare. Tua zia ti racconta un'altra versione, lo so, ma è una menzogna – io ero quella davvero ferita, io ero la più piccola. Il tuo cuore si può spezzare solo una volta, lo imparerai! Le nostre vite erano piene di impegni, come quelle che abbiamo oggi noi, donne adulte, donne che devono lavorare, donne che non hanno tempo di piagnucolare e lamentarsi dei loro sentimenti feriti: non puoi immaginare come lavorassimo io e Connie in quella fattoria, in quella casa, come due donne adulte, anche se eravamo due bambine. Nostro padre cercò di impedirci di andare a scuola dopo la terza media, cosa credi! Dovevamo fare quattro chilometri per arrivare dal nostro vicino e farci dare un passaggio fino al liceo di Ransomville; non c'erano scuolabus a quel tempo. Tu hai dato per scontato tutto ciò che hai avuto e anzi volevi di più, ma noi no, non eravamo così. Non avevamo soldi per vestiti adatti alla scuola, tutti i nostri libri erano usati, ma siamo andate lo stesso al liceo. Io ero l'unica "contadina" – così mi chiamavano tutti, anche gli insegnanti – della mia classe che studiava matematica, biologia, fisica, latino. Ripetevo le declinazioni latine mentre mungevo le mucche alle cinque del mattino in inverno. Mi ridevano dietro, Nelia Nissenbaum era *ridicola*. Ma io lo accettavo. Tutto ciò che mi importava era vincere una borsa di studio per l'università in modo da fuggire dal paese. E la borsa la vinsi e non tornai mai più a vivere a Ransomville. E sì, amavo papà, e lo amo ancora. E amavo anche la fattoria. Non si può non amare un luogo che ha succhiato così tanto di te. Ma avevo anche la mia vita, avevo i miei doveri di insegnante, avevo la mia fede, la mia fiducia in Dio, avevo il mio destino. Mi sposai addirittura, e quello fu un extra, del tutto inaspettato. Ho lavorato per tutto ciò che possiedo ora e non ho mai avuto tempo di voltarmi indietro, di provare dispiacere per me stessa. Perché poi avrei dovuto pensare a *lei*? Perché mi tormenti chiedendomi di *lei*? Una donna che mi ha abbandonato quando avevo cinque anni! Ho fatto pace con il passato, proprio come Connie, anche se in modo diverso. Siamo donne felici, abbiamo scampato una vita di amarezza. *Questo* è stato il dono di Dio per noi». Fece una pausa. Respirava velocemente. Sulla sua faccia c'era l'esaltazione di chi ha detto troppo e non è più in tempo per ritrattare. Sbalordita, rimasi in silenzio. Poi mamma si lanciò di nuovo, stavolta con disprezzo: «Cosa hai sempre voluto farmi ammettere, Bethany? Sai forse qualcosa che io non so? Cosa vuole mai reclamare la tua generazione dalla nostra? Non è abbastanza l'avervi messo al mondo e l'avervi assecondato, dobbiamo anche sacrificarci per voi? Cosa volete che vi diciamo? Che la vita è crudele e senza scopo? Che non c'è nessun Dio amorevole e che non c'è mai stato, che tutto è solo frutto del caso? È questo che vuoi sentire da tua madre? Che ho sposato tuo padre perché è un uomo debole, un uomo per il quale provavo poco o niente ma che non mi avrebbe fatto del male?».

E poi ci fu silenzio. Ci guardammo negli occhi. La madre nel suo lampo di furia, la figlia Bethany talmente scioccata da non riuscire a parlare. Dopo quel momento, non avrei mai più pensato a mia madre allo stesso modo.

Ciò che mia madre non seppe mai: nell'aprile del 1983, due anni dopo la sua morte, un ruscello che scorreva lungo la vecchia proprietà dei Nissenbaum straripò, e centinaia di metri di terra argillosa si riversarono nel suo letto, come se ci fosse stato un terremoto. E su quella nuda terra scoperta fu trovato uno scheletro, vecchio di decenni ma praticamente intatto. A quanto pareva, era stato sepolto a meno di un chilometro dalla fattoria dei Nissenbaum.

Non c'era mai stato qualcosa di così sensazionale e clamoroso nella storia di Chautauqua Valley.

Gli investigatori della polizia di Stato affermarono che lo scheletro era appartenuto a una donna, colpita numerose volte alla testa (con un martello o con la parte smussata di un'accetta): le avevano fracassato il cranio come un melone.

Sotterrata insieme a lei c'era qualcosa che somigliava a una valigia, ormai imputridita, con tutto il suo contenuto – vestiti, scarpe, biancheria, guanti – a malapena riconoscibili per la terra che avevano intorno. C'erano anche alcuni gioielli e, ancora intrecciata al collo dello scheletro, una catena d'oro ossidata con una croce. Gran parte dei vestiti era completamente decomposta e quasi irriconoscibile, e c'era anche un libro – forse una Bibbia rilegata in pelle? – accanto a lei. Intorno ai polsi e alle caviglie – ossa quasi staccate, fragili – c'era del filo di ferro, di quello usato per chiudere le balle di fieno. Era arrugginito e annodato e, allentatosi con la decomposizione del corpo, formava delle spirali nella terra rossa e umida che sembravano miniature di serpenti addormentati.

Lawrence Block
UN ROSPO IN GOLA
1998

Lawrence Block (1938) è nato e cresciuto a Buffalo, nello Stato di New York. Dopo aver frequentato l'Antioch College in Ohio si è trasferito a New York dove ha lavorato come editor per la Scott Meredith Literary Agency e, successivamente, per la Whitman Publishing Company. La sua carriera di scrittore professionista è stata molto precoce: il primo racconto, *You Can't Lose*, fu pubblicato nel 1957 (quando aveva diciannove anni) e il primo romanzo, *Labbra d'oro* (*Death Pulls a Double Cross*), nel 1961 (a soli ventitré anni). Può essere avvicinato ad altri scrittori contemporanei come Evan Hunter (Ed McBain) e Donald E. Westlake, con i quali condivide il talento, la poliedricità e una produzione estremamente vasta. Tutti hanno infatti superato i cento libri, firmandoli sia con i loro nomi reali, sia con pseudonimi (tra quelli di Block si ricordano Chip Harrison, Jill Emerson e Paul Kavanagh). La vastità della produzione mostra chiaramente il talento versatile di Block: si passa dai pregevoli pulp dove compare il suo personaggio più famoso, Matthew Scudder, alle vicende più leggere e divertenti del libraio-scassinatore Bernie Rhodenbarr, dalle storie di spionaggio (con la firma di Kavanagh), allo stravagante umorismo dei thriller con Evan Tanner, fino ai racconti erotici soft-core (a firma Emerson), al genere fantasy e ai saggi sulla scrittura. Block ha ricevuto numerosi riconoscimenti, tra cui undici candidature all'Edgar Allan Poe Award e quattro vittorie: una per la categoria "Miglior romanzo" con *La perdizione* (*A Dance at the Slaughterhouse*, 1992), e ben tre (un record nella storia del premio) per la categoria "Miglior racconto". Nel 1994, come riconoscimento alla carriera, gli è stato attribuito il Grand Master Award.

Un rospo in gola (*Like a Bone in the Throat*) è stato pubblicato nella raccolta *Murder for Revenge* (Delacorte, New York 1998). Nonostante sia senza dubbio la sua storia più noir (potete immaginarne una che sia ancora più noir?), degna di menzione è anche *By Dawn's Early Light*, che vinse l'Edgar Allan Poe Award nel 1985 e che è diventata uno dei classici moderni del giallo. Il racconto qui proposto fu scritto appositamente per la prima raccolta curata dall'associazione di letteratura di genere noir e poliziesco Private Eye Writers of America (intitolata *The Eyes Have It*; Mysterious Press, New York 1984), ma apparve prima su «Playboy», nel numero di agosto del 1984.

Per tutta la durata del processo Paul Dandridge ripeté le stesse azioni, ogni giorno. Indossava un completo, metteva la cravatta e occupava un posto nelle prime file del tribunale. I suoi occhi tornavano continuamente all'uomo che aveva ucciso sua sorella.

Non fu mai chiamato a testimoniare. I fatti erano praticamente incontestabili, e le prove schiaccianti. L'imputato, William Charles Croydon, aveva rapito sua sorella, minacciandola con un coltello, mentre lei tornava al suo appartamento dopo essere stata nella biblioteca del campus. L'aveva portata nel bosco, in una vecchia capanna isolata dove poi aveva ripetutamente abusato di lei per tre giorni, fino a strangolarla.

Croydon rilasciò una dichiarazione a sua difesa. Era un giovane affascinante che aveva trascorso il giorno del suo trentesimo compleanno in una cella in attesa del processo. Grazie alla sua bellezza, e alla sua eleganza da figlio di papà americano, aveva ricevuto numerose lettere e fotografie mentre era in cella, e persino alcune proposte di matrimonio da donne di tutte le età (Dandridge aveva ventisette anni all'epoca dei fatti; sua sorella Karen era morta all'età di vent'anni e il processo finì poche settimane prima di quello che sarebbe stato il suo ventunesimo compleanno).

Sul banco dei testimoni, William Croydon sostenne di non ricordarsi affatto di aver strangolato Karen Dandridge, ma convenne di non avere altra scelta se non quella di ammettere di averlo fatto. Secondo la sua testimonianza, la giovane ragazza lo seguì volontariamente verso la lontana capanna e a letto fu un'amante passionale, con una certa propensione per il sesso violento. Aveva anche portato un tipo di marijuana molto forte, con proprietà allucinogene, e aveva insistito che la fumassero insieme. A un certo punto, dopo aver fumato quell'erba (per la prima volta in vita sua), Croydon perse conoscenza e quando si risvegliò la sua partner era lì, morta, al suo fianco.

Il suo primo pensiero, aveva detto alla corte, fu che qualcuno fosse entrato nella capanna mentre lui dormiva, avesse ucciso Karen per poi tornare successivamente a uccidere anche lui. Per questo, preso dal panico, era fuggito via dalla capanna abbandonando il cadavere di Karen. Ora, dinanzi a tutte le prove contro di lui, si sentiva quasi costretto a credere che in qualche modo fosse stato proprio lui a compiere quel crimine orrendo, nonostante non ne avesse il benché minimo ricordo, e nonostante un'azione simile fosse completamente estranea alla sua natura.

Il procuratore distrettuale, seguendo personalmente il caso, fece a pezzi Croydon durante il controinterrogatorio. Mise in evidenza i morsi trovati sui seni della vittima, i segni della corda a indicare il lungo tempo della stretta sul collo, gli accorgimenti di Croydon nel tentativo di nascondere le sue tracce nella capanna. «Deve per forza aver ragione», ammise Croydon scrollando le spalle e sorridendo amaramente. «Tutto ciò che posso dire è che non ricordo assolutamente nulla».

Tra i giurati, undici contro uno furono a favore della condanna sin dall'inizio, ma ci vollero sei ore per rendere il giudizio unanime. *Signor Foreman, avete raggiunto il verdetto? Sì, Vostro Onore. Per l'unico capo di accusa di omicidio, come dichiarate l'imputato? Dichiariamo l'imputato, William Charles Croydon, colpevole.*

Una donna emise un grido. Altre si misero a singhiozzare. Il procuratore rispose alle congratulazioni. L'avvocato difensore poggiò un braccio sulla spalla del suo cliente. Paul Dandridge, con la mascella serrata, lanciò uno sguardo verso Croydon.

I loro occhi si incontrarono, e Paul Dandridge cercò di capire l'espressione nello sguardo dell'assassino. Ma non lesse nulla nei suoi occhi.

Due settimane più tardi, all'udienza per la sentenza definitiva, Paul Dandridge fu chiamato a testimoniare.

Parlò di sua sorella, disse che era una persona meravigliosa. Parlò della sua intelligenza, della sua gentilezza di spirito, di tutte le promesse riposte nella sua giovane vita. Parlò dell'effetto della sua morte su di lui e sulla sua vita. Avevano perso entrambi i genitori, disse alla corte, e Karen era rimasta l'unica familiare che avesse al mondo. E ora se ne era andata. E dunque, affinché sua sorella potesse riposare in pace, e affinché lui potesse continuare a vivere la sua vita, chiese esplicitamente che il colpevole fosse condannato a morte.

L'avvocato di Croydon sostenne che il caso non rispondeva ai criteri necessari per invocare la pena di morte: anche se il suo cliente non aveva la fedina penale pulita, non era mai stato accusato prima di un crimine neppure lontanamente simile a questo. Infine, la difesa, che poneva l'accento sul sesso violento e la droga, chiedeva forti attenuanti alla pena. Anche se la giuria aveva respinto la linea difensiva, l'imputato non doveva assolutamente essere condannato alla pena capitale, e giustizia sarebbe stata fatta con la semplice condanna all'ergastolo.

Il procuratore distrettuale spinse invece per la pena di morte, sostenendo che la linea della difesa, basata su quelle pratiche sessuali e sull'abuso di droghe, non era altro che l'estremo tentativo di un assassino spietato: la giuria aveva visto giusto, non credendoci affatto.

Era molto probabile che l'assassino avesse assunto delle droghe, ma la perizia medico-legale non aveva individuato alcuna sostanza nel corpo di Karen, il quale sembrava dunque essere stato oggetto soltanto della brutale ferocia di un assassino spietato e crudele. Il procuratore sostenne che Karen Dandridge doveva essere vendicata, e che ci si dovesse assicurare, per il bene della società, che il suo assassino non potesse più compiere un'azione simile.

Paul Dandridge guardava Croydon mentre il giudice pronunciava la sentenza, sperando di vedere qualcosa in quei gelidi occhi blu. Ma non appena le parole furono proferite – *condanna a morte tramite iniezione letale* – Paul non poté vedere nulla. Croydon chiuse gli occhi.

Quando li aprì, un attimo dopo, non c'era alcuna espressione in essi.

Ai detenuti nel braccio della morte veniva assicurato uno stile di vita abbastanza confortevole: particolare non da poco, dato che ci si poteva rimanere per un tempo molto lungo. Un uomo condannato all'ergastolo poteva ottenere la condizionale e venire scarcerato in molto meno tempo rispetto al periodo necessario affinché un condannato a morte esaurisse ogni possibilità di appello. Solo in quella cella c'erano ben quattro uomini che erano rimasti nel braccio della morte per dieci anni, e un altro che si avvicinava ai venti.

Una delle concessioni che fecero a Billy Croydon fu una macchina da scrivere. Non aveva mai imparato bene a battere a macchina, non era certo a un livello professionale, ma in quei giorni scrisse abbastanza e divenne piuttosto bravo usando solo due dita per mano. Scriveva lettere al suo avvocato, e rispondeva alle donne che avevano scritto a lui. Non era troppo difficile convincere quelle donne a continuare a scrivere, ma ciò che egli desiderava, in realtà, era convincerle a fare ciò che voleva lui. Loro scrivevano moltissimo ma lui esigeva che scrivessero lettere veramente spinte, lettere che raccontassero nei dettagli cosa avevano fatto con altri uomini in passato e cosa avrebbero fatto se, per miracolo, si fossero trovate in cella con lui.

E loro spedivano anche foto, alcune erano belle, altre no. «È una bellissima foto», rispondeva lui, «ma ne vorrei una che mostrasse di più il tuo corpo». Si rivelò più facile del previsto convincerle a spedire foto sempre più esplicite. In pochissimo tempo, riuscì a far comprare loro delle macchine Polaroid con l'autoscatto per poi farle posare seguendo diligentemente le sue elaborate istruzioni. Avrebbero fatto qualsiasi cosa, quelle troie, e lui era sicuro che si eccitassero pure loro.

Quel giorno tuttavia non aveva voglia di scrivere a nessuna di loro. Inserì un foglio di carta nella macchina da scrivere, lo guardò, e gli apparve la faccia arcigna del fratello di Karen Dandridge, quel rompicazzo. Com'è che si chiamava, Paul?

«Caro Paul», scrisse, e poi aggrottò le sopracciglia per un attimo, cercando di concentrarsi. Quindi iniziò di nuovo a scrivere.

«Stando seduto qui in questa cella, aspettando il giorno in cui mi infileranno un ago in vena e mi scaricheranno giù nella latrina di Dio, mi sono ritrovato a pensare alla tua testimonianza in tribunale. Mi ricordo quando dicesti che tua sorella era una brava ragazza, che aveva trascorso la sua breve vita cercando di far sentire bene tutte le persone che la conoscevano. Sempre in quell'occasione dicesti che ricordare questo ti aiutava a gioire per la sua vita e allo stesso tempo ti rendeva maledettamente difficile accettare la sua morte.

Ebbene, caro Paul, per renderti ancora più felice, ho pensato di raccontarti quanto la tua sorellina abbia fatto sentire bene anche me. Devo ammettere che nessuno mai mi ha fatto sentire così bene. Mi sono sentito bene fin dalla prima volta che l'ho vista: mi è bastato osservarla mentre attraversava il campus, con le tette che le ballavano e quel culetto sodo sodo... e immaginare come mi ci sarei divertito in seguito.

Poi quando la legai nel sedile posteriore dell'auto e le chiusi la bocca con il nastro adesivo, devo dire che mi diede ancora più piacere. Il solo guardarla nello specchietto retrovisore era una delizia. Di tanto in tanto, poi, mi fermavo e mi allungavo per passarle le mani sul corpo. Non penso che a lei piacesse troppo, ma piaceva a me, abbastanza per tutti e due.

Dimmi un po' Paul, ti sei mai divertito anche tu con lei? Scommetto di sì. Me la immagino a circa undici anni, forse dodici, con le tettine che iniziavano a sbocciare e tu che avrai avuto diciassette o diciotto anni... come potevi starle lontano? Lei che dorme e tu che entri nella sua stanza e ti siedi sul bordo del letto...».

Proseguì e descrisse la scena che immaginava, e questo lo eccitò più delle foto o delle lettere che aveva ricevuto da quelle donne. A un certo punto si fermò e pensò di assecondare la sua eccitazione, ma poi decise di aspettare. Finì di descrivere la scena così come l'aveva immaginata e continuò: «Paul, vecchio mio, se non ci hai fatto niente ti sei davvero perso qualcosa di buono. Non so come spiegare il piacere che ho ricavato dalla tua sorellina. Forse posso rendere l'idea descrivendoti la nostra prima volta insieme».

E così fece, facendo riaffiorare tutto alla mente, assaporando ogni dettaglio dei suoi ricordi, rivivendoli uno per uno mentre li trascriveva sulla pagina.

«Immagino tu sappia che non era vergine", scrisse, "ma era comunque abbastanza inesperta. Poi, però, quando l'ho girata a pancia in giù... be', posso assicurarti che *quello* non l'aveva mai fatto. E nemmeno ne aveva molta voglia. Le tolsi il nastro adesivo dalla bocca e giuro che pensai che avrebbe svegliato i vicini, se ce ne fossero stati. Credo che le abbia fatto un po' male, Paul, ma quello fu proprio un esempio di come tua sorella avrebbe sacrificato qualsiasi cosa pur di far sentire bene gli altri, proprio come hai detto tu. E infatti funzionò, perché io mi divertii un casino».

Santo cielo, scrivere era fantastico. Davvero riportava tutto in superficie.

«Il punto era», scrisse, «che più lo facevamo e meglio diventava. Penserai che dopo un po' potessi essermi stancato di lei. Non successe mai, invece. Volevo possederla continuamente, senza sosta, ma allo stesso tempo sentivo la necessità di portare tutto a termine, sapendo che proprio quella sarebbe stata la parte migliore.

E non rimasi deluso, Paul, perché il massimo del piacere che tua sorella poteva dare veniva proprio alla fine. Ero sopra di lei, affondavo dentro di lei fino in fondo, con le mani avvinghiate sul suo collo. Il piacere più estremo venne quando iniziai a stringere e allo stesso tempo la guardavo negli occhi, e poi stringevo più forte, sempre più forte e continuavo a guardarla in quegli occhi tutto il tempo, e a guardare come la vita piano piano scompariva da essi».

A quel punto era troppo eccitato. Dovette fermarsi e sfogare la sua eccitazione. Dopodiché lesse la lettera e si eccitò di nuovo. Una lettera fenomenale, migliore di qualsiasi cosa avesse mai ricevuto da parte di quelle troie. Ma non avrebbe potuto spedirla, per nessun motivo al mondo.

Non che gli dispiacesse sbattere tutto in faccia al fratello. Senza la testimonianza di quel bastardo avrebbe avuto buone possibilità di evitare la pena di morte, ma la testimonianza lo aveva affossato.

E comunque, mai dire mai. Gli appelli potevano richiedere un bel po' di tempo. Forse in quel posto avrebbe potuto combinare qualcosa di buono.

Mise un altro foglio nella macchina da scrivere. «Gentile signor Dandridge», scrisse, «sono ben consapevole che l'ultima cosa al mondo che desidera leggere è una lettera da parte mia. So bene che al suo posto proverei le stesse sensazioni. Ma non riesco più a trattenermi. Presto mi legheranno con delle cinghie a una barella e mi inietteranno il liquido letale. La cosa mi spaventa terribilmente, ma sarei felice di morire mille altre volte pur di riportare in vita sua sorella. È vero che non ricordo di averla uccisa, ma so anche che devo averlo fatto, e darei qualsiasi cosa per tornare indietro. Vorrei tanto che fosse ancora viva oggi, con tutto il mo cuore».

Be', l'ultima parte era vera, pensò. Desiderava tantissimo che fosse ancora viva, e che fosse lì con lui in quella cella, in modo da poter rifare tutto un'altra volta, dall'inizio alla fine.

Andò avanti, fino a terminare la lettera, impostandola come se non fosse nient'altro che una lettera di scuse, assumendosi ogni responsabilità ed esprimendo il suo rimorso. La lettera non intendeva chiedere nulla, nemmeno il perdono, ma gli diede subito l'impressione di essere un'ottima mossa iniziale. Forse non ne sarebbe venuto nulla, ma chissà, forse sì.

Dopo averla spedita, prese la prima lettera che aveva scritto e la rilesse tutta, gustandosi le sensazioni che gli scorrevano dentro e che lo facevano sentire più forte. L'avrebbe conservata, forse avrebbe apportato delle aggiunte di tanto in tanto. Era davvero favoloso come quella lettera avesse riportato tutto alla memoria.

Paul distrusse la prima lettera.

La aprì, non sapendo da chi provenisse, e lesse un paio di frasi prima di rendersi conto di cosa stava leggendo. Incredibile, era proprio una lettera dell'uomo che aveva ucciso sua sorella.

Fu percorso da un brivido. Voleva smettere di leggere ma non ci riuscì. Si costrinse ad andare avanti fino alla fine.

La faccia tosta di quell'uomo. La sua assoluta sfacciataggine.

Esprimeva rimorso. Diceva quanto fosse dispiaciuto. Non chiedeva nulla, non cercava di giustificarsi, non si sforzava di negare la propria colpa.

Ma non c'era stato alcun rimorso nei suoi occhi e Paul era convinto che non ce ne fosse un briciolo nemmeno in quella lettera. E, comunque, che differenza poteva mai fare?

Karen era morta. Il rimorso non l'avrebbe fatta tornare in vita.

Il suo avvocato gli aveva detto che non c'era nulla di cui preoccuparsi, che erano sicuri di ottenere una sospensione di esecuzione della pena. Il processo di appello, come in tutti casi di sentenza capitale, era solo all'inizio. C'era tutto il tempo per ottenere la sospensione, e l'orologio avrebbe poi ricominciato a scorrere.

Non arrivò mai al punto di sentirsi chiedere cosa desiderasse per il suo ultimo pasto.

A volte però succedeva: c'era un ragazzo tre celle più in giù a cui lo avevano chiesto già due volte. Ma non era mai successo a Croydon. Dopo due settimane infatti la sospensione arrivò.

Fu un sollievo, ma allo stesso tempo aveva quasi desiderato che la ritardassero fino all'ultimo momento. Non per se stesso, ma solo per far stare un paio delle sue corrispondenti un po' più sulla corda.

Non un paio, esattamente due di loro, a dire il vero. Una era una ragazza grassa che viveva insieme a sua madre, a Burns in Oregon, e l'altra era una zitella pettegola impiegata come bibliotecaria a Philadelphia. Entrambe avevano dato prova di essere sorprendentemente disposte a posare davanti alla Polaroid così come veniva loro richiesto, a fare cose intriganti e a mostrarsi in modi intriganti. E, mentre il suo conto alla rovescia lo conduceva sempre più prossimo all'appuntamento con la morte, entrambe avevano proclamato di volerlo seguire in paradiso.

Ma non era una grande soddisfazione per lui. Per seguirlo nella tomba, era necessario che ci fosse pure lui nella tomba, o no? Avrebbero potuto cambiare idea, rinunciare, e lui non lo avrebbe mai saputo.

E tuttavia si sentiva molto forte all'idea che avessero fatto tale promessa. Avrebbe potuto lavorarci.

Andò alla macchina da scrivere. «Tesoro mio», scrisse, «l'unica cosa che mi rende sopportabili questi giorni è l'amore che proviamo l'uno per l'altra. Le tue lettere e le tue foto mi danno sostegno, e sapere che saremo insieme nell'oltretomba cancella molta della mia paura rispetto all'abisso che mi si apre davanti.

Presto sarò legato e mi inietteranno il veleno nelle vene, e mi risveglierò nel vuoto. Se solo potessi affrontare quell'ultimo viaggio sapendo che anche tu sarai lì ad aspettarmi! Angelo mio, avresti il coraggio di partire prima di me? Mi ami a tal punto? Non posso chiederti un tale sacrificio, lo so, ma allo stesso tempo qualcosa mi spinge a farlo, perché come potrei non parlarti di qualcosa che è così importante per me?».

Rilesse la lettera, tirò una linea sopra alla parola "sacrificio" e a matita corresse con "prova d'amore". Ma non era ancora perfetta, e sentiva di doverci lavorare ancora un po'. Una delle due troie avrebbe accettato? Sarebbe riuscito a convincerle a togliersi la vita per amore?

E anche se lo avessero fatto, come avrebbe fatto lui a saperlo? Una signora dal volto spigoloso di Philadelphia si taglia le vene nella vasca da bagno, una ragazza grassa si impicca in Oregon... chi lo avrebbe saputo, e chi glielo avrebbe detto affinché lui potesse divertirsi un po' con quel pensiero? *Amore, fallo davanti a una videocamera e fa' sì che io poi abbia il video*. Sarebbe stato fighissimo. Ma non sarebbe mai successo.

Charles Manson non aveva forse convinto le sue ragazze a incidersi delle X sulla fronte? Forse anche lui sarebbe riuscito a convincere le sue donne a tagliarsi un poco, forse in zone del corpo che non si vedevano, se non nelle Polaroid. Lo avrebbero fatto? Forse sì, se avesse usato le parole giuste.

Nel frattempo, aveva cose più importanti da fare.

«Caro Paul», scrisse, «ti ho sempre chiamato signor Dandridge, ma ormai ti ho scritto così tante lettere, molte delle quali nel silenzio della mia mente, che mi permetto questa libertà. Per quello che ne so, tu avrai stracciato le mie lettere senza leggerle. Se anche così fosse, non rimpiango il tempo che ho passato a scrivertele. Mi è di grande aiuto buttare giù i miei pensieri in questo modo.

Suppongo tu sappia che ho avuto un'altra sospensione prima dell'esecuzione. Posso immaginare la tua esasperazione quando l'hai saputo. Ti sorprende sapere che la mia reazione è stata pressoché la stessa? Non voglio morire, Paul, ma non voglio nemmeno vivere in questo modo, con gli avvocati che corrono a destra e sinistra pur di posticipare l'inevitabile. Sarebbe stato meglio per entrambi se mi avessero ucciso subito.

Ciononostante, immagino di dover essere grato per questa possibilità che mi permette di riappacificarmi con te e con me stesso. Non posso certo chiedere il tuo perdono, e certamente non posso nemmeno pensare a perdonare me stesso, ma forse anche quello verrà con il tempo. Pare che mi stiano dando molto tempo, anche se continuano a elargirmelo a piccolissime dosi...».

Quando Paul Dandridge trovò la lettera, seguì quella che per lui era diventata una routine. La mise da parte e poi controllò il resto della posta, aprendo le altre lettere. Poi andò in cucina e si preparò un caffè. Si versò una tazza, si mise a sedere e aprì la lettera di Croydon.

Quando arrivò la seconda lettera, la lesse tutta fino alla fine e poi l'accartocciò. Non sapeva se buttarla nella spazzatura o distruggerla nel fuoco, e alla fine non fece nessuna delle due cose. Al contrario, la riaprì con cura cercando di appiattire tutte le pieghe, e la lesse di nuovo prima di metterla via.

Da allora, aveva conservato tutte le lettere. Erano passati circa tre anni dalla sentenza pronunciata per William Croydon e ancora di più da quando Karen era morta per mano sua (letteralmente per mano sua, pensò. Le mani che avevano scritto la lettera, che l'avevano piegata e inserita nella busta erano proprio le mani che avevano afferrato il collo di Karen e l'avevano strangolata. Proprio quelle mani).

Croydon aveva ormai trentatré anni e Paul trenta, e approssimativamente aveva ricevuto una lettera ogni due mesi. Questa era la quindicesima e sembrava segnare una nuova fase in quella corrispondenza a senso unico. Croydon si era rivolto a lui dandogli del tu e chiamandolo per nome.

«Sarebbe stato meglio per entrambi se mi avessero ucciso subito». Ah, ma non lo avevano mica fatto! E non lo avrebbero fatto. Quella storia sarebbe andata avanti all'infinito. Un avvocato che aveva consultato gli aveva detto che non sarebbe stato inverosimile aspettarsi una sospensione di altri dieci anni. Per l'amor del cielo, avrebbe avuto quarant'anni quando lo Stato si sarebbe finalmente deciso a compiere il suo lavoro.

Si immaginò, e non per la prima volta, che lui e Croydon fossero compagni di prigione. Non si vedeva confinato in una cella, né condannato a morte, ma lo colpiva il fatto che la sua vita avesse solo l'illusione della libertà. Non sarebbe stato libero finché l'ordalia di Croydon non fosse giunta al termine. Fino a quel momento anche lui sarebbe stato confinato in una cella senza muri, incapace di continuare la sua vita, incapace di avere una vita, impegnato solo a contare il tempo.

Andò alla sua scrivania, tirò fuori un foglio di carta da lettere e tolse il tappino da una penna. Esitò per un lungo istante. Poi sospirò lievemente e poggiò la penna sulla carta.

«Gentile Croydon», scrisse, «non so come chiamarla. Non sopporto l'idea di chiamarla per nome, né quella di chiamarla signor Croydon. Non che mi fossi mai aspettato di chiamarla in nessun modo. Immagino di aver pensato che lei fosse morto ormai. Dio sa quanto l'ho desiderato».

Una volta che ebbe iniziato, fu sorprendentemente facile trovare le parole.

Una risposta da Dandridge.

Incredibile.

Se aveva ancora un colpo in canna, quello era proprio Dandridge.

Le sospensioni e gli appelli non lo avrebbero portato lontano. Le possibilità che a un certo punto la corte potesse concedergli una revoca e un nuovo processo erano, nella migliore delle ipotesi, remote. La sua sola e reale speranza era una commutazione della condanna a morte in ergastolo.

Non che volesse passare il resto della sua vita in prigione. In un certo senso era meglio essere nel braccio della morte che scontare l'ergastolo in mezzo agli ergastolani. In un altro senso però, la differenza tra il braccio della morte e l'ergastolo era, in effetti, proprio quella tra la vita e la morte. Se gli avessero commutato la pena in prigione a vita, prima o poi sarebbe arrivato il giorno in cui sarebbe stato rilasciato con la condizionale e sarebbe tornato nel mondo. Non era affatto scontato, ma sarebbe successo, se fosse riuscito a lavorarsi bene il sistema.

E Paul Dandridge era la chiave per ottenere la conversione della condanna.

Si ricordava bene della testimonianza di quello stronzo all'udienza preliminare. Se c'era qualcosa che gli aveva assicurato la condanna a morte, era stata proprio la testimonianza di Dandridge. E se c'era qualcosa che avrebbe permesso la conversione della pena in ergastolo, poteva solo essere un cambiamento nell'atteggiamento del fratello di Karen.

Valeva la pena fare un tentativo.

«Caro Paul», scrisse, «non so come esprimerti il senso di pace che mi ha avvolto quando ho capito che la lettera che avevo in mano era tua...».

Seduto alla sua scrivania, Dandridge prese la penna e scrisse la data in cima a un foglio di carta da lettere. Si fermò, e guardò ciò che aveva scritto. Era la data del quinto anniversario della morte di sua sorella. Non se ne era reso conto prima di scriverla quel giorno in cima alla lettera per l'uomo che l'aveva uccisa.

Di nuovo, ironia della sorte, pensò. Sembrava non aver fine.

«Caro Billy», scrisse, «questa notizia ti farà piacere. Ho capito il significato della data di oggi solo nel momento in cui l'ho scritta su questa lettera. Sono passati esattamente cinque anni dal giorno che cambiò per sempre le nostre vite».

Fece un bel respiro, e valutò le sue parole. Scrisse: «E credo sia forse tempo di ammettere formalmente qualcosa che io ho già ammesso a me stesso qualche tempo fa. Sebbene non creda di poter mai superare la morte di Karen, l'odio feroce che per molto tempo ha bruciato dentro di me ora si è finalmente placato. E dunque vorrei dire che hai pienamente il mio perdono. E ora credo sia giunta l'ora che anche tu perdoni te stesso...».

Non riusciva a stare fermo.

Era una cosa che non gli aveva mai creato problemi, fin dal primo giorno in cui la porta della cella si era chiusa alle sue spalle. Bisognava essere in grado di stare fermi e seduti per far passare il tempo e per lui non era mai stato difficile. Anche nelle svariate occasioni in cui si era ritrovato a poche settimane dalla data dell'esecuzione, lui non era mai stato uno di quelli che camminavano furiosamente o saltavano sui muri.

Ma quello era il giorno dell'udienza. Il giorno in cui la corte avrebbe ascoltato la testimonianza di tre persone. Uno di questi era uno psichiatra che avrebbe portato alcune tesi professionali per convertire la sua pena: dalla morte all'ergastolo a vita. Un'altra era la sua insegnante delle elementari, la quale avrebbe raccontato quanto fosse stata difficile la sua infanzia e come lui, in fondo, fosse un bravo bambino. Si chiedeva dove l'avessero ripescata e come potesse mai ricordarsi di lui. Lui non se la ricordava affatto.

Il terzo testimone, l'unico davvero importante, era Paul Dandridge. Non solo avrebbe reso la testimonianza probabilmente più rilevante, ma era stato proprio lui a spendere soldi per ritrovare l'insegnante elementare di Croydon, e sempre lui si era assicurato la consulenza dello strizzacervelli.

Il suo caro amico, Paul, era partito per la sua crociata, e adesso smuoveva cielo e terra per salvare la vita di Billy Croydon.

Tutto esattamente secondo i piani.

Si mise a camminare avanti e indietro, in continuazione, e poi si fermò e prese dall'armadietto la lettera che aveva iniziato tutto. La prima lettera per Paul Dandridge, quella che aveva avuto il buonsenso di non spedire. Quante volte l'aveva riletta negli anni, riportando tutto nitidamente in superficie?

«Quando l'ho girata a pancia in giù... be', posso assicurarti che *quello* non l'aveva mai fatto». Cristo, no, non le era piaciuto affatto. Lesse e si ricordò, riscaldato dalla reminiscenza.

Cosa gli era rimasto, ormai, se non i ricordi? Era tanto che quelle donne, che pure a lungo si erano impegnate a mandargli lettere, avevano ormai smesso di scrivergli. Anche quelle che gli avevano giurato di seguirlo nella morte avevano perso poi interesse durante le infinite serie di appelli e sospensioni di giudizio. Lui aveva ancora le lettere e le foto che gli avevano mandato, ma le foto avevano perso il loro fascino e gli ricordavano solo che razza di troie erano, mentre le lettere erano solo pure fantasie senza alcun aggancio alla realtà. Solo descrizioni (e neanche troppo vivide) di eventi che non erano mai accaduti e che mai sarebbero accaduti. Il senso di potere, la sensazione di avere la facoltà di spingere quelle donne a scrivere e a posare per le foto, era svanito nel tempo. A quel punto lo annoiavano soltanto, lasciandolo vagamente disgustato.

Tra i suoi ricordi, solo quello di Karen Dandridge continuava ad avere un gusto reale. Le altre due ragazze, quelle che aveva ucciso prima di Karen, erano quasi impossibili da ricordare. Erano stati incontri fugaci, impulsivi, non programmati, ed erano terminati praticamente prima di iniziare. Ne aveva sorpresa una in un'area isolata di un parco, le aveva tirato su la maglietta, abbassato le mutandine e le si era buttato addosso, attaccandola di sorpresa e colpendola un paio di volte con un sasso quando non stava zitta. Così era riuscito a tapparle la bocca e solo quando aveva finito si era reso conto di cosa avesse fatto. Era morta. Le aveva evidentemente fracassato il cranio, l'aveva uccisa, e si era poi gettato sulle sue carni morte.

Poco più che un vago ricordo, dieci anni dopo, incapace di fargli ribollire il sangue. E nemmeno la seconda era stata molto meglio. Era mezzo ubriaco e l'alcol aveva offuscato la sua memoria. Alla fine le aveva spezzato l'osso del collo, a quella piccola troia, e se lo ricordava bene, ma non ricordava le sensazioni che aveva provato.

Una cosa buona però c'era. Nessuno aveva mai scoperto nulla delle due ragazze. Se fosse successo, non avrebbe avuto scampo all'udienza di quel giorno.

Dopo l'udienza, Paul riuscì a defilarsi prima di essere catturato dai giornalisti. Dopo due giorni, tuttavia, quando il governatore accettò la decisione della commissione d'inchiesta e convertì la pena di William Croydon in ergastolo, un ostinato reporter riuscì a ottenere una videointervista.

«Per molto tempo ho cercato vendetta», ammise. «Credevo davvero che sarei riuscito ad accettare la morte di mia sorella solo vedendo la morte del suo assassino».

Che cosa ha modificato il suo atteggiamento, chiese il reporter.

Paul esitò, come per soppesare la sua risposta. «Iniziai a rendermi conto», disse, «che mi sarei potuto riprendere dalla morte di Karen non grazie all'estrema punizione per Croydon, ma solo facendo svanire il desiderio di tale punizione. In pratica, lo dovevo perdonare».

E lo poteva fare? Poteva davvero perdonare l'uomo che aveva brutalmente ucciso sua sorella?

«Certo non da un giorno all'altro», disse. «C'è voluto del tempo. Non posso nemmeno giurare ora di averlo perdonato del tutto. Ma ho capito che la pena capitale non è solo disumana ma anche inutile. La morte di Karen è stata ingiusta ma anche la morte di Croydon lo sarebbe stata, e da due cose ingiuste non viene certo fuori una cosa giusta. Ora che la sua sentenza è stata convertita, posso proseguire il mio percorso verso il perdono totale».

Secondo i commenti del reporter sembrava che Paul avesse attraversato una sorta di esperienza di conversione religiosa.

«Non so molto di religione», disse Paul, guardando dritto in camera. «Non mi considero una persona religiosa. Ma qualcosa è successo. Qualcosa che mi ha trasformato e che forse potrebbe definirsi spirituale».

Quando la sentenza fu convertita, Billy Croydon fu trasferito in un altro penitenziario, dove gli venne assegnata una cella in una sezione comune. Dopo anni passati nell'attesa della morte gli era stata data una chance di crearsi una vita all'interno delle pareti della prigione. Lavorava nella lavanderia del penitenziario, aveva accesso alla libreria e al cortile dove si faceva ginnastica. Non era libero, ma aveva la sua vita.

Il sedicesimo giorno di quella sua nuova esistenza tre ergastolani con occhi induriti lo circondarono nella stanza dove venivano riposte le lenzuola. Ne aveva notato uno in precedenza, e più volte lo aveva sorpreso a fissarlo allo stesso modo in cui si guarda una donna. Non aveva notato gli altri due prima, ma anche loro avevano lo stesso sguardo.

Non c'era niente che potesse fare.

Lo violentarono, tutti e tre, e non lo fecero certo con delicatezza. Cercò di lottare all'inizio ma loro risposero in modo pronto e violento e lui ansimò dal dolore e smise di difendersi. Cercò di dissociarsi da ciò che gli stavano facendo, cercò di rifugiarsi con la mente in un luogo tutto suo. Dissociarsi era una pratica che i detenuti usavano per passare il tempo, facendo scorrere le ore più rapidamente nei momenti di estrema noia. Quella volta non funzionò come sempre.

Lo lasciarono piegato in due a terra, gli intimarono di non dire nulla alle guardie e, per convincerlo definitivamente, gli diedero un calcio sulle costole.

Riuscì a tornare nella sua cella e il giorno seguente chiese formalmente di essere trasferito al blocco B, dove si rimaneva rinchiusi ventitré ore al giorno. Ci si era abituato quando era nel braccio della morte e sapeva che poteva vivere in quel modo.

Non era affatto facile farsi una vita dentro quelle mura. Ciò che doveva fare davvero era uscire.

Aveva ancora la macchina da scrivere. Si sedette e flesse le dita. Uno degli stupratori gli aveva piegato il mignolo il giorno prima, e ancora gli faceva male, ma non era un dito che usava per battere a macchina. Prese fiato e si mise al lavoro.

«Caro Paul...».

Caro Billy,
come sempre, è stato un piacere sentirti. Non ho notizie da darti ma ti scrivo solo nella speranza di rallegrare il tuo spirito e accrescere la tua forza per affrontare il lungo percorso che ti aspetta. Ottenere la libertà non sarà un compito facile ma sono convinto che lavorando insieme potremmo farcela.
Tuo, Paul.

Caro Paul,
grazie per i libri. Leggere mi è mancato molto durante questi anni in cui non ho mai sfogliato una pagina. È buffo – la mia vita sembra avere un respiro più ampio ora, anche se passo tutto il giorno, tranne un'ora, in una piccola cella desolata. Ma è come quella poesia che inizia così: «Le mura di pietra non fanno una prigione, né le sbarre di ferro una gabbia»[5] (devo dire però che le mura di pietra e le sbarre di ferro rendono questa prigione piuttosto solida).

Non mi aspetto molto dalla commissione per la condizionale per il prossimo mese, ma è già un inizio...

Caro Billy,
la decisione della commissione di inchiesta circa la libertà condizionale mi ha profondamente rattristato, anche se tutto ciò che avevo sentito non mi aveva portato a pensare a null'altro. Anche se sei stato rinchiuso abbastanza a lungo da averne il diritto, è evidente che si tende a pensare che il tempo passato nel braccio della morte conti meno di quello passato in prigione, e che la commissione vuole osservare come ti comporti da carcerato, condannato all'ergastolo, prima di farti tornare al mondo esterno. Non credo di capire la logica che c'è sotto.

Mi fa piacere che tu la prenda così bene.
Il tuo amico, Paul.

[5] Richard Lovelace, *Ad Altea, dalla prigione* (*To Althea from Prison*, 1642) (*n.d.t.*).

Caro Paul,
di nuovo, grazie per i libri. Sono una pausa molto salutare rispetto a ciò di cui si dispone qui. Si vantano della loro biblioteca ma quando chiedi Kierkegaard al bibliotecario della prigione, lui ti guarda in modo strano e a quel punto nemmeno osi chiedergli Martin Buber.
Non posso parlare perché ho problemi con entrambi i due autori. Ma non c'è nessuno con cui possa esternare questa roba e dunque ti dispiacerebbe se approfittassi di te? Questo è il mio punto di vista su Kierkegaard...
Bene, questo è tutto dal Filosofo della Prigione, il quale è felice di essere il tuo amico, Billy.

Caro Billy,
bene, ancora una volta ti trovi all'appuntamento annuale con la commissione per la condizionale, o all'appuntamento annuale con il circo, come dici tu giustissimamente. L'anno scorso pensammo che fosse la volta buona e invece ci siamo sbagliati, ma forse quest'anno sarà diverso...

Caro Paul,
forse quest'anno sarà diverso. Non è forse quello che Charlie Brown dice tra sé e sé prima di provare a calciare la palla? E poi Lucy gliela porta sempre via.
Ciononostante, alcuni tra i profondi pensatori che ho letto sottolineano che sperare è importante anche quando la speranza non è giustificata. E, nonostante io abbia un po' paura di ammetterlo, questa volta ho una buona sensazione.
E se anche non mi lasceranno mai uscire, be', sono arrivato a un punto in cui, onestamente, non mi interessa. Qui ho trovato una vita interiore che supera di molto qualsiasi cosa io abbia mai avuto durante la mia vita da uomo libero. Tra i miei libri, la mia solitudine e la mia corrispondenza con te, ho una vita con cui posso sopravvivere. Ovviamente spero nella libertà condizionale ma se dovessero portarmi via la palla un'altra volta, non sarebbe certo la fine...

Caro Billy,
...è solo un pensiero, ma forse questo è l'atteggiamento che devi tenere nei loro confronti. È ovvio che saresti felice della condizionale ma allo stesso tempo ti sei anche costruito una vita tua nella prigione e sei in grado di rimanerci, se devi, per un tempo indefinito.
Non so, forse nel complesso non è una buona strategia ma credo che potrebbe colpirli...

Caro Paul,
chi sa cosa mai potrebbe colpirli? D'altra parte, cosa avrei da perdere?

Billy Croydon sedeva all'estremità del lungo tavolo da conferenze, parlava solo se interrogato, e rispondeva con voce bassa, fornendo dichiarazioni formali alle stesse domande che gli facevano ogni anno. Alla fine gli chiesero, come sempre, se c'era qualcosa che volesse dire.

Be', che cazzo, pensò. Cosa aveva da perdere?

«Sono certo che non vi stupirà», iniziò, «sapere che sono venuto davanti a voi sperando in una scarcerazione anticipata. Ho avuto altre udienze e ogni volta che mi veniva rifiutata il responso era per me devastante. Bene, forse quello che dico non mi gioverà affatto, ma questa volta non mi sentirò distrutto se anche doveste rifiutarmi la libertà. Quasi a prescindere dalla mia volontà mi sono costruito una vita mia all'interno della prigione. Ho scoperto una vita interiore, una vita dello spirito, che è superiore a qualsiasi cosa io abbia mai avuto da uomo libero...».

Ci stavano credendo? Difficile a dirsi. D'altro canto, poiché si dava il caso che fosse la verità, non aveva molta importanza se ci credevano o meno.

Continuò fino alla fine. Il presidente scrutò attentamente tutta la stanza, poi guardò Croydon e fece un breve cenno di assenso con il capo.

«Grazie signor Croydon», disse. «È tutto per il momento».

«Credo di parlare a nome di tutti», disse il presidente, «sottolineando l'importanza che diamo alla sua presenza qui, innanzi a questa commissione. Siamo abituati a sentire gli appelli delle vittime e dei parenti delle loro vittime, ma per la maggior parte delle volte essi vengono qui a implorarci di negare la libertà condizionale. Lei rappresenta praticamente un caso più unico che raro, signor Dandridge, nel presentarsi per sostenere proprio quell'uomo che...».

«Ha ucciso mia sorella», disse Paul senza fare una piega.

«Già. Lei è comparso qui più volte in passato, signor Dandridge e, anche se siamo rimasti molto colpiti dalla sua capacità di perdonare William Croydon e dal rapporto che ha instaurato con lui, mi sembra che questa volta ci sia stato un cambiamento nei suoi sentimenti. Ricordo che lo scorso anno, nonostante perorasse già la causa del signor Croydon, avemmo l'impressione che lei non fosse completamente convinto di un suo possibile ritorno nella società».

«Forse ebbi qualche esitazione».

«Ma quest'anno...».

«Billy Croydon è un uomo diverso. Il processo di cambiamento è terminato. So che è ora pronto per continuare la sua vita».

«Non c'è modo di negare la forza di questa testimonianza, soprattutto pensando a chi è che la rende». Il presidente si schiarì la voce. «Grazie signor Dandridge. È tutto per il momento».

«Allora?», disse Paul. «Come ti senti?».

Billy valutò la domanda. «Difficile a dirsi», rispose. «Tutto è abbastanza irreale. Anche essere seduto in una macchina. L'ultima volta che sono stato su un veicolo a motore fu quando mi trasferirono da una prigione all'altra. Non è esattamente come per Rip Van Winkle[6], so come sono fatte le cose attraverso la televisione, macchine incluse. Ma a dire il vero, mi sento un po' confuso».

«Questo c'era da aspettarselo, credo».

«Immagino di sì». Tirò in avanti la cintura di sicurezza per allacciarla. «Vuoi sapere come mi sento? Mi sento vulnerabile. Per tutti questi anni sono stato rinchiuso ventitré ore su ventiquattro. Lì sapevo cosa aspettarmi, sapevo che ero al sicuro. Ora sono un uomo libero, e questo mi fa pisciare sotto dalla paura».

«Guarda nel cassetto», disse Paul.

«Dio mio, Johnny Walker Black Label».

«Immaginavo che ti saresti sentito un po' ansioso. Questo dovrebbe calmarti un po'».

«Eh sì, un goccio per farsi coraggio», disse Billy.

Osservò la bottiglia prendendola in mano. «Da quanto tempo...», disse. «Non ho toccato nulla da quando mi hanno messo dentro».

«Non c'era da bere in prigione?»

«C'era un po' di roba. Una sorta di mistura fortissima che i detenuti preparavano macerandoci dentro anche patate e uvetta, e altra roba buona che entrava clandestinamente. Ma io non ero tra i detenuti e dunque non potevo averla. E comunque, mi sembrava che fosse più la fatica di ottenerla che il piacere che se ne poteva ricavare».

«Be', ora sei un uomo libero. Perché non brindi alla libertà? Se non guidassi mi unirei anch'io».

[6] Personaggio dell'omonimo racconto di Washington Irving (1783-1859), il quale, dopo aver dormito per venti anni sulle montagne, torna al suo villaggio e scopre che tutto è cambiato (*n.d.t.*).

«Be'...».
«Dai...».
«Perché no?», disse, e aprì la bottiglia tenendola verso la luce. «Bel colore, eh? E allora... alla libertà, ok?». Tracannò un grosso sorso, e rabbrividì al fuoco del whisky. «Cazzo, questo ti manda fuori», disse.
«Non ci sei abituato».
«No, non lo sono più». Mise il tappo sulla bottiglia ma ebbe difficoltà ad avvitarlo. «Mi fa proprio effetto», spiegò. «Come se fossi un ragazzetto che beve per la prima volta. Wow...».
«Va tutto bene».
«Mi gira tutto», disse Billy, e si accasciò sul sedile.
Paul gli lanciò un'occhiata, e lo guardò di nuovo un minuto dopo. Poi, dopo aver controllato nello specchietto retrovisore, accostò al lato della strada e si fermò in una piazzola.

Billy era cosciente già da un po' prima di aprire gli occhi. Cercò di orientarsi. L'ultima cosa che ricordava era un'onda di vertigine dopo che il sorso di scotch lo aveva annientato. Era ancora seduto ma non gli sembrava il sedile di un'auto, e non percepiva alcun movimento. No, era su una specie di sedia e sembrava vi fosse legato.
Non aveva alcun senso. Forse un sogno? Aveva fatto dei sogni molto lucidi in passato e sapeva quanto potessero essere reali, sapeva come ci si potesse chiedere se si stesse sognando e convincersi del contrario proprio nel bel mezzo di un sogno. L'unico modo per rompere il dilemma e uscirne era aprire gli occhi. Bisognava costringersi, bisognava aprire gli occhi, quelli reali e non gli occhi del sogno, e ci si poteva riuscire... Ecco!

Era seduto su una sedia, in una stanza che non aveva mai visto prima, con una finestra che dava su un panorama che non conosceva. Un campo spazioso, con una foresta in fondo.
Girò la testa verso sinistra e vide una parete rivestita di cedro nodoso. Si girò verso destra e vide Paul Dandridge. Indossava stivali e jeans, e una maglia scozzese di flanella, ed era seduto su una poltrona con un libro in mano. Gli disse: «Ehi!», e Paul abbassò il libro e lo guardò.
«Ah», disse Paul, «sei sveglio».

«Che succede?»
«Tu cosa credi?»
«C'era qualcosa nel whisky».
«C'era qualcosa eccome», ribadì Paul. «Hai iniziato a ridestarti proprio quando abbiamo preso la Statale. Ti ho iniettato una dose extra con un ago ipodermico».
«Non ricordo».
«Non te ne sei accorto. Per un momento ho temuto di avertene data troppa. Sarebbe stato davvero ironico, non trovi? "Morte per iniezione letale". Mettere in pratica la sentenza dopo tutti questi anni senza che tu te ne accorgessi».
Non riusciva a capire. «Paul», disse, «per l'amor del cielo, di cosa stai parlando?»
«Di cosa sto parlando?». Paul pensò alla risposta da dare. «Sto parlando di tempo».
«Tempo?»
«È l'ultimo atto del dramma».
«Dove siamo?»
«In una capanna nel bosco. Non quella capanna. Sarebbe troppo ironico, non trovi?»
«Che vuoi dire?»
«Se ti uccidessi nella stessa capanna dove tu hai ucciso Karen. Ironico ma non proprio fattibile. E dunque questa è un'altra cabina in un altro bosco, ma andrà bene lo stesso».
«Mi vuoi uccidere?»
«Certamente».
«Per l'amor del cielo, perché?»
«Perché questo è il finale, Billy. Questo è lo scopo del gioco. Questo è esattamente ciò che ho programmato dall'inizio».
«Non ci posso credere».
«Perché è così difficile crederci? Ci siamo imbrogliati a vicenda, Billy. Tu hai finto di pentirti e io ho finto di crederti. Tu hai finto di ravvederti e io ho finto di stare dalla tua parte. Ora possiamo smettere entrambi di fingere».
Billy rimase in silenzio per un attimo. Poi disse: «Ho cercato di imbrogliarti all'inizio».
«Questo è sicuro».

«A un certo punto però tutto è cambiato, anche se era iniziato come un raggiro. Non riuscivo a trovare un altro modo per restare in vita. Lo avevi capito?»

«Certamente».

«Ma hai finto di crederci. Perché?»

«È davvero così difficile arrivarci?»

«Non ha alcun senso. Cosa ottieni? La mia morte? Se mi volevi morto non dovevi far altro che distruggere la mia lettera. Lo Stato era più che pronto a uccidermi».

«Ci avrebbero messo un'eternità», disse Paul amaramente. «Posticipazione dopo posticipazione, e sempre con la possibilità di un nuovo processo, sempre con la possibilità di una commutazione di pena».

«Non ci sarebbe stata alcuna revisione, e ci è voluto il tuo impegno per commutare la mia pena. Ci sarebbero state delle posticipazioni, ma ce ne erano già state alcune prima che mi decidessi a scriverti. Non sarebbe andato avanti troppo a lungo, e ci sarebbe voluto molto meno che in questo modo, con tutti gli anni che ho passato come ergastolano aspettando che la commissione per la condizionale mi aprisse le porte. Se tu avessi lasciato le cose come stavano, sarei già morto e sepolto ora».

«Sarai morto presto», Paul gli rispose. «E sepolto. E non ci vorrà molto. La tua tomba è già stata scavata. Me ne sono occupato io prima di venire a prenderti in prigione».

«Ti cercheranno, Paul. Nel momento in cui non comparirò al primo appuntamento con l'agente della condizionale».

«Mi contatteranno e io dirò loro che abbiamo preso un drink e ci siamo dati la mano, e tu hai proseguito per la tua strada. Non sarà colpa mia se tu deciderai di lasciare la città e violare i termini della libertà condizionale».

Prese fiato. E disse: «Paul, non farlo».

«Perché no?»

«Perché te lo chiedo per favore. Non voglio morire».

«Ah», disse Paul. «È *questo* il motivo».

«Che vuoi dire?»

«Se avessi lasciato fare allo Stato», disse, «avrebbero ucciso un uomo morto. Ancor prima che l'ultimo appello ti fosse stato negato e l'ultima richiesta di sospensione rifiutata, tu ti saresti rassegnato all'inevitabile.

Ti avrebbero legato alla barella e iniettato la dose letale e sarebbe stato proprio come mettersi a dormire».

«È quello che si sente dire».

«Ma ora vuoi vivere. Ti sei adeguato alla prigione, ti sei creato una tua vita lì dentro, e infine hai ottenuto la libertà condizionale, la ciliegina sulla torta, e ora vuoi veramente vivere. Ora hai davvero una vita, Billy, e io ho intenzione di portartela via».

«Stai dicendo sul serio?»

«Non sono mai stato così serio in vita mia».

«Devi aver programmato tutto questo per anni».

«Proprio dal principio».

«Dio mio, è il crimine più scrupolosamente premeditato della storia, non è vero? E non posso farci nulla. Mi hai legato stretto e la sedia non si ribalterà. C'è qualcosa che posso dirti per farti cambiare idea?»

«Certamente no».

«Come pensavo». Sospirò. «Fallo e basta».

«Non penso proprio».

«Eh?»

«Questa non è la pena prevista dalla legge», disse Paul Dandridge. «Un minuto fa mi imploravi di lasciarti vivere. Prima che sia tutto finito mi implorerai di ucciderti».

«Hai intenzione di torturarmi».

«L'idea è questa».

«Effettivamente hai già iniziato, non è vero? Questa è la parte psicologica».

«Molto perspicace da parte tua».

«Per quello che conta. Tutto questo per ciò che ho fatto a tua sorella, vero?»

«Ovviamente».

«Non sono stato io a farlo, lo sai. È stato un altro Billy Croydon a ucciderla e non sono più nemmeno in grado di ricordare come fosse».

«Questo non ha importanza».

«Non per te, è evidente, qui sei tu il capo. Sono sicuro che Kierkegaard avesse qualcosa di utile da dire in una situazione simile ma, che il cielo mi danni, non riesco proprio a ricordarlo. Sapevi che ti stavo imbrogliando, eh? Proprio dall'inizio?»

«Certamente».

«Pensavo che fosse proprio una bella lettera la mia».

«Era un capolavoro, Billy. Ma questo non vuol dire che non fosse facile capire cosa ci fosse dietro».

«E dunque ora servi la tua vendetta poco a poco», disse Billy Croydon, «finché non ti stanchi e la fai finita e mi butti nella tomba che mi hai già scavato. Fine. Mi chiedo se ci sia un modo per farti cambiare idea».

«Neanche uno».

«Oh, so che non uscirò vivo da qui, Paul, ma c'è più di un modo per farti cambiare idea. Vediamo. Ecco, quella lettera non era la prima lettera che avevo scritto».

«E allora?»

«Il passato non ti abbandona mai, non è vero? Non sono lo stesso uomo che uccise tua sorella, ma quell'uomo è ancora dentro di me da qualche parte. Devo solo farlo riaffiorare».

«Cosa vorresti dire?»

«Mah, parlo tra me. Stavo per raccontarti di quella prima lettera. Sai, non l'ho mai spedita. Me la sono tenuta. Per moltissimo tempo l'ho conservata e l'ho riletta ogni volta che volevo rivivere quell'esperienza. Poi non ha più funzionato o forse ero io a non volere rievocare il passato e, comunque sia, ho smesso di leggerla. Ma ho continuato a tenerla, finché un giorno ho realizzato che non la volevo più. E così l'ho strappata e me ne sono liberato».

«Affascinante».

«Ma l'ho letta talmente tante volte che scommetto di poterla ripetere parola per parola».

I suoi occhi erano fissi in quelli di Paul Dandridge e le sue labbra si alzarono lievemente come in un abbozzo di sorriso. Disse: «"Stando seduto qui in questa cella, aspettando il giorno in cui mi infileranno un ago in vena e mi scaricheranno giù nella latrina di Dio, mi sono ritrovato a pensare alla tua testimonianza in tribunale. Mi ricordo quando dicesti che tua sorella era una brava ragazza, che aveva trascorso la sua breve vita cercando di far sentire bene tutte le persone che la conoscevano. Sempre in quell'occasione dicesti che ricordare questo ti aiutava a gioire per la sua vita e allo stesso tempo ti rendeva maledettamente difficile accettare la sua morte.

Ebbene, caro Paul, per renderti ancora più felice, ho pensato di raccontarti quanto la tua sorellina abbia fatto sentire bene anche me. Devo ammettere che nessuno mai mi ha fatto sentire così bene. Mi sono sentito bene fin dalla prima volta che l'ho vista: mi è bastato osservarla mentre attraversava il campus, con le tette che le ballavano e quel culetto sodo sodo... e immaginare come mi ci sarei divertito in seguito"».

«Smettila, Croydon!».

«Questo non te lo puoi perdere, caro il mio Paul. "Poi quando la legai nel sedile posteriore dell'auto e le chiusi la bocca con il nastro adesivo, devo dire che mi diede ancora più piacere. Il solo guardarla nello specchietto retrovisore era una delizia. Di tanto in tanto, poi, mi fermavo e mi allungavo per passarle le mani sul corpo. Non penso che a lei piacesse troppo, ma piaceva a me, abbastanza per tutti e due"».

«Sei un figlio di puttana».

«E tu sei uno stronzo. Avresti dovuto lasciare che lo Stato mi liberasse da quella sofferenza estrema. Oppure avresti dovuto cancellare il tuo odio e far tornare il nuovo William Croydon nel mondo. Ma la lettera non è affatto finita e me la ricordo perfettamente». Inclinò la testa, e tornò a citare a memoria.

«"Dimmi un po' Paul, ti sei mai divertito anche tu con lei? Scommetto di sì. Me la immagino a circa undici anni, forse dodici, con le tettine che iniziavano a sbocciare e tu che avrai avuto diciassette o diciotto anni... come potevi starle lontano? Lei che dorme e tu che entri nella sua stanza e ti siedi sul bordo del letto..."». Sorrise, beffardo. «Mi è sempre piaciuta quella parte. Ma c'è ancora molto altro. Ti piace la tua vendetta, caro il mio Paul? È davvero così dolce come dicono?».

James W. Hall
LA FESSURA
1999

James W. Hall è nato a Hopkinsville in Kentucky, ma dopo l'infanzia ha vissuto soprattutto in Florida. Si è laureato in letteratura nel 1969 presso il Florida Presbyterian College (ora Eckerd College), ha conseguito la laurea specialistica in scrittura creativa presso la John Hopkins University (1970) e infine un dottorato in letteratura presso la University of Utah (1977). Professore universitario, ha insegnato letteratura e scrittura creativa alla Florida International University per più di tre decenni.

Ha iniziato la carriera di scrittore con quattro libri di poesie e diversi altri racconti apparsi su riviste come «Georgia Review» e «Kenyon Review», prima di dedicarsi al thriller con *Alla luce del sole* (*Under Cover of Daylight*, 1986), nel quale compare per la prima volta il personaggio di Thorn: un eccentrico uomo solitario di mezza età che si guadagna da vivere preparando esche da pesca, si trova inaspettatamente coinvolto in vicende misteriose anche se preferirebbe restarsene da solo a pescare e, suo malgrado, non riesce a ignorare le richieste di aiuto dei suoi amici, parenti e vicini. Ricorda Travis McGee di John D. MacDonald, anche se non ha lo stesso carisma. È comparso in dieci romanzi, uno dei quali, *Onda nera* (*Blackwater Sound*, 2002), ha ottenuto lo Shamus Award come miglior romanzo giallo da parte dell'associazione Private Eye Writers of America. La scrittura dell'autore, sia nella serie con Thorn che negli altri sei romanzi, è visibilmente influenzata dallo stile cinico di Ernest Hemingway, Dashiell Hammett e Ross Macdonald.

Quasi tutti i suoi libri sono ambientati in Florida e spesso trattano di questioni serie quali il contrabbando illegale di animali o la piscicoltura, anche se Thorn (e Hall) non si fanno mai paladini di tali cause.

La fessura (*Crack*) è stato pubblicato per la prima volta nell'antologia *Murder and Obsession* (Mysterious Press, New York 1999). È stato candidato all'Edgar Allan Poe Award dell'associazione Mystery Writers of America e selezionato per la raccolta del 2000 *The Best American Mystery Stories*.

Appena vidi quella riga di luce fendere il muro mi fermai bruscamente sulle scale, e subito il mio cuore iniziò a palpitare, in una vertiginosa confusione di terrore e ansia.

A quel tempo vivevo in Spagna, una zona chiamata Puerto Viejo, o Porto Vecchio, nella piccola cittadina di Algorta, appena fuori della città industriale di Bilbao. Era una città sudicia, in una regione sporca, con un odore ramato come di vecchie monetine nell'aria e una patina di lerciume che appannava tutte le superfici lucide. La luce del sole penetrava a stento nella perenne coltre di nubi che sembrava avere la densità e la lucentezza monotona del piombo. Doveva essere il mio anno di *flamenco y sol*, ma in realtà la Fulbright mi aveva inviato presso un'austera università gesuita di Bilbao, sulla costa settentrionale, dove gli ombrelli erano tutti sfregiati dalle incessanti piogge acide e dove ci si vestiva sempre di nero: scialli, abiti, berretti, impermeabili, camicie e pantaloni. Sembrava che l'intera nazione basca fosse costantemente in lutto.

La notte in cui vidi la luce per la prima volta ero ubriaco. Avevo passato tutto il pomeriggio a tracannare vino Rioja sul balcone che dava sul porto per festeggiare il primo giorno di sole dopo un mese. Era ottobre e, nonostante la luce limpida e chiara, mia moglie era stata di pessimo umore per tutto il giorno, e sembrava più infelice del solito. Alle nove si era già messa a letto e sfogliava distrattamente riviste vecchie ormai di un mese, sorseggiando dello sherry. Io terminai di lavare i piatti, controllai bene tutte le serrature e iniziai a trascinarmi su per le scale di quella casa che era in piedi da duecentocinquanta anni e che solo poche settimane prima del nostro arrivo era stata suddivisa in tre appartamenti.

Ero a metà delle scale, tra il primo e il secondo piano, quando vidi quella linea sottile di luce attraverso una crepa nel nuovo rivestimento in malta della parete. Non vi era dubbio sulla mia rispettabilità. Neppure la minima ombra sulla moralità delle mie azioni. Mi consideravo un uomo molto retto, in genere. Ero sempre stato degno della massima fiducia, che si trattasse di gestire soldi altrui, o di mantenere i segreti più scabrosi. Ma come succedeva a molti puritani come me, già da tempo avevo scoperto che, di fronte a certe tentazioni libidinose, i miei punti fermi venivano facilmente travolti dalle correnti impetuose della lussuria.

Attaccai i miei occhi alla crepa, senza indugio.

Mi ci volle qualche momento per orientarmi e mettere a fuoco. E quando ci riuscii le mie ginocchia cedettero e il respiro mi venne meno. Ciò che vidi era al di là di ogni mia più sfrenata speranza. La piccola fessura si apriva interamente sul primo piano dell'appartamento dei miei vicini. All'altezza del ginocchio riuscivo a vedere il loro bagno principale e, qualche centimetro più a sinistra, l'enorme letto di ottone.

Quella prima notte la loro figlia piccola era nel bagno con la porta spalancata. Se le luci del loro appartamento fossero state spente o se la porta del bagno fosse stata chiusa, forse non avrei continuato a sbirciare attraverso la fessura. Ma la ragazza stava in piedi, davanti a uno specchio a figura intera, ed era intenta a sollevarsi i seni, già prosperosi pur essendo ancora così acerbi. Li sollevava entrambi, e li rimodellava, come per raggiungere una certa forma di cui solo lei pareva essere consapevole. Dopo un po' lasciò la presa, e li fece cadere sul palmo, come se li offrisse alla sua immagine nello specchio. Erano seni molto belli, con piccoli capezzoli che sporgevano di quasi due centimetri dall'areola, e lei li maneggiava meravigliosamente, in una maniera molto più matura e consapevole di quanto ci si aspetterebbe da una qualsiasi ragazzina di quindici anni.

Non conoscevo il suo nome. Non lo conosco ancora, anche se senza dubbio lei è la femmina più importante che io abbia mai incrociato nel mio cammino. Molto più significativa, per il mio percorso di vita, di mia madre o di entrambe le mie mogli. Eppure, mi sembra consono che io continui a non sapere il suo nome. Che non la renda, in alcun modo, una persona reale. Che rimanga sempre un'astrazione – semplicemente, la ragazza che mi ha distrutto.

Nel gergo di quell'anno in Spagna, era conosciuta come la *niña pera*, la ragazza pera. Una delle centinaia di creature succulente e formose che, seducenti, scorrazzavano su rumorosi motorini per le vie strette e serpentine di Algorta e Bilbao, con i capelli che fluttuavano nel vento.

Lei era appetitosa come tutte le altre. Ma allo stesso tempo più succulenta di molte di loro, come avevo già notato incontrandola fugacemente, mentre uscivamo dalle nostre porte adiacenti per poi inoltrarci nei vicoli stretti di Porto Vecchio. Durante questi due o tre incontri, mi ricordo di aver farfugliato alcuni saluti in spagnolo e di essermi lanciato in una breve conversazione, mentre lei, con un sorriso paziente ma abbastanza sprezzante, sopportava i miei goffi tentativi. Nonostante indossasse la camicia bianca e la gonnellina scozzese, come tutte le scolarette cattoliche, quell'abbigliamento così prosaico non riusciva a nascondere le sue rotondità. Era talmente succulenta da far male agli occhi, appetitosa in maniera accecante. A quel tempo avevo il doppio della sua età. Ero due volte più cretino, e valevo la metà di quello che credevo.

La prima notte, dopo una lunga e smaniosa sbirciata, mi allontanai dalla fessura illuminata e, con lo stesso senso di riluttanza mista a estrema necessità, scesi giù veloce per le scale e mi precipitai in cucina. Presi il coltello più lungo e più piatto che trovai nel cassetto e lo portai su per le scale. Con precisione chirurgica infilai la lama nella morbida parete di malta e, piano piano, mentre il mio battito cardiaco accelerava, allargai il buco del mio spettacolino erotico personale.

Quando estrassi la lama e riappoggiai l'occhio sulla fessura, potevo vedere la mia *niña pera* a figura intera, dai capelli (forti, neri e lunghi fino ai fianchi) fino alle unghie rosa dei piedi. E allo stesso tempo, calcolai che se mai i vicini avessero notato la fessura illuminata dalla loro parte e avessero provato ad avvicinare un occhio nel buco, non avrebbero visto altro che l'immobile pietra centenaria della tromba delle mie scale.

Sapevo poco dei miei vicini, se non che il padre della mia ragazza pera era un viceconsole di quel Paese sudamericano il cui ruolo principale negli affari internazionali era quello di fornire all'America la sua dose quotidiana di estasi in polvere.

Non aveva l'aspetto di un gangster. Era alto ed elegante, con capelli ondulati e neri che gli arrivavano quasi alle spalle e una barba squisitamente curata. Poteva sembrare un maestro di un'orchestra sinfonica europea, o un pittore di paesaggi romantici. E la sua giovane consorte poteva essere scambiata facilmente per la sorella, di poco maggiore, della mia ragazzina succulenta. Era sulla trentina e aveva fianchi larghi e aggraziati, seni eretti e sfrontati, lineamenti da zingara e occhi così impenetrabilmente neri che sembravano fuoriuscire direttamente dal brodo primordiale della mia carnalità. Nel linguaggio di Jung di moda ai miei tempi, la moglie rappresentava la mia anima mentre la figlia era l'anima del mio me stesso adolescente. Erano eco perfette della femmina oscura e segreta che brillava come uranio nelle viscere della mia psiche.

Quella prima notte, quando la rete del letto scricchiolò dietro di me e mia moglie attraversò silenziosamente la stanza per andare un'ultima volta in bagno, mi concessi un ultimo brandello di quello spettacolo meraviglioso che avevo davanti. La *niña* si era ora piegata in avanti e teneva uno specchietto in mano contro il boschetto di peli pubici; con l'altra mano tastava ed esaminava quella tenera parte di sé che aveva scoperto solo al tatto e non ancora alla vista.

Tremante e senza fiato, feci aderire le mie mani contro la parete di pietra e mi spinsi indietro per andarmene e, con il cuore in subbuglio, portai la mia libidine su per le scale e poi a letto.

Il giorno successivo, mi accinsi a studiare le abitudini dei miei vicini, per adeguare le mie di conseguenza. Mia moglie aveva ottenuto un impiego come insegnante di inglese in un istituto nelle vicinanze, ed era occupata tutti i pomeriggi fino a dopo cena. In università io ero impegnato di lunedì, mercoledì e venerdì. Dovevo anche svolgere lavori di ufficio e tenere il ricevimento studenti prima e dopo le lezioni. Tuttavia, iniziai molto presto a ridurre il tempo che passavo lì perché avevo scoperto che la mia *niña pera* tornava da scuola verso le tre, e spesso si faceva la doccia prima di cambiarsi. Buttava l'uniforme scolastica sul pavimento del bagno, poi abbandonava l'appartamento e andava nei pub di Algorta, dove passava il pomeriggio a guardare i ragazzi.

Lasciando alquanto sgomento il direttore del mio dipartimento, iniziai a non rimanere in università dopo la mia ultima lezione e, ombrello alla mano, mi scapicollavo lungo i cinque isolati che mi dividevano dalla stazione, in modo da riuscire a prendere il terno ed essere a casa alle 14:55. Nel silenzio dell'appartamento, ricurvo sulla fessura e senza fiato, la osservavo mentre si spogliava. Guardavo il vapore che saliva dalla doccia e la guardavo mentre si asciugava. La guardavo mentre era sul water e la guardavo mentre usava i suoi prodotti di igiene intima. La guardavo mentre si toccava la pelle perfetta del viso con la punta delle dita, mentre si metteva il trucco o quando se lo toglieva. Molti pomeriggi la guardavo mentre esaminava se stessa allo specchio. Mentre faceva correre le mani lungo quella carne così soda, mentre mimava varie pose seducenti con un'espressione tra la gioia e la vergogna – quella particolarissima emozione adolescenziale che ricordavo in maniera estremamente vivida.

Erano quelli i momenti in cui mi sarei toccato, se fosse stato quello il mio scopo. Ma quei momenti di voyeurismo, pur essendo intensamente sessuali, non avevano nulla a che fare con la masturbazione. Al contrario, avevano una grossa componente spirituale. Come se stessi venerando un santuario dagli occulti misteri, assecondato dal privilegio divino di vedere oltre le mura della mia vita meschina. In cambio di tale dono ero condannato a una voglia sessuale di tipo reverenziale, una voglia che mai avevo creduto potesse esistere. Smaniavo per una visione che sarebbe sempre rimasta impalpabile, una ragazza che non potevo toccare, né annusare, né assaporare. Una ragazza che altro non era che una vaga rifrazione di luce sulla mia retina.

Nonostante non fossi mai riuscito a stabilire con precisione gli orari della madre, facevo del mio meglio per spiare anche lei. A orari strani e imprevedibili entrava nel mio spioncino e così guardavo la *niña pera* più grande mentre si immergeva nella vasca piena di schiuma e la guardavo anche quando chiudeva castamente la porta del bagno per fare i suoi bisogni, anche se la casa era vuota. La guardavo mentre faceva il suo pisolino sul letto di ottone. E per tre volte in quell'autunno, nel pomeriggio inoltrato, la osservai mentre si infilava la mano nella camicia da notte di seta verde e si toccava tra le gambe, muovendo appena la mano e sfiorandosi fino a contorcere la testa sul cuscino e lacrimare.

Continuavo a tenere gli occhi sulla parete anche quando avrei dovuto preparare le lezioni, correggere gli elaborati dei miei allievi e preparare le loro verifiche settimanali. Al contrario, me ne stavo a guardare il mio spettacolo privato, ben comodo su dei cuscini, cercando la posizione migliore per appoggiare bene il naso e le guance contro la parete fredda e ruvida. Respiravo la polvere della malta, e avevo imparato a mettere a fuoco con l'occhio destro la porta del bagno e il letto, controllando i riflessi delle ombre sul pavimento. Ormai percepivo perfettamente ogni minimo movimento, ed ero sempre tremendamente all'erta, per sentire se mia moglie inseriva le chiavi nella porta.

Dopo uno studio accurato, avevo memorizzato il rituale del suo ritorno a casa. Ogni volta che entrava le ci volevano due passi per raggiungere l'atrio e appoggiare la borsa. A quel punto poteva girare a destra verso la cucina o fare un altro passo verso le scale. In quest'ultimo caso mi avrebbe subito scoperto e la mia vita clandestina sarebbe stata rivelata. Con calma avevo studiato un normale rientro: in media avrei avuto circa venti secondi dal momento in cui le chiavi aprivano la serratura fino a che lei non fosse arrivata alle scale, venti secondi per allontanarmi dal buco e riporre i cuscini in camera da letto.

Carezzai brevemente anche l'idea di rivelarle la storia del buco. Ma sapevo che la sua parte perversa era molto meno forte della mia. Era malinconica di natura, forse clinicamente depressa. Sicuramente era un'aggressiva-passiva che svelava la sua natura opponendo un ostinato mutismo, un evidente distaccamento e una ferma ritirata in lunghe e assurde ore di silenzio, ogni volta che io superavo una delle sue folli linee di confine.

Osservai anche il padre, il viceconsole. In molte occasioni lo vidi togliersi le mutande ed entrare nella doccia, lo vidi asciugarsi, urinare e lavarsi i denti. Una volta lo vidi abbassarsi e prendere un paio di mutande nella cesta dei panni sporchi e portarsele al naso per sentire se erano ancora indossabili o no. I suoi muscoli erano allungati e forti come quelli di un maratoneta. Anche da floscio il suo pene era formidabile.

Una domenica mattina lo osservai, con accanita fascinazione, mentre portava l'organo all'erezione, e nel frattempo guardavo anche il riflesso della sua faccia. Qualche momento più tardi gli spasmi di goduria lo fecero scuotere e, proprio nel momento in cui si piegava in avanti per eiaculare nel lavandino, la *niña pera* comparve sulla porta della bagno. Si fermò un attimo per guardare il viceconsole che finiva di masturbarsi, poi passò dietro di lui ed entrò nella doccia con una nonchalance che trovai più scioccante di qualsiasi cosa avessi visto fino ad allora.

Verso la fine di novembre il direttore del dipartimento mi convocò nel suo ufficio e mi chiese se mi trovavo bene in Spagna. Gli risposi di sì, gli assicurai che ero certamente felice. Sorrise, ma a disagio, e mi offrì un bicchiere di scotch e, mentre sorseggiavamo, mi disse che gli studenti si erano più volte lamentati perché non mi trovavano mai al ricevimento. Finsi di essere scioccato ma lui scosse la testa e con un cenno respinse la mia recita. Non solo mi ero assentato durante il mio orario di ufficio ma avevo anche tralasciato di correggere un fascicolo intero di esami. Gli studenti erano disorientati e confusi, e si erano uniti nelle proteste. E proprio a causa di queste lamentele, suo malgrado, il direttore insistette che riprendessi immediatamente il normale corso delle mie attività. In caso contrario non avrebbe avuto altra scelta che agire per il bene degli studenti e chiamare l'ufficio Fulbright di Madrid per far cancellare il mio contratto di docenza a partire dal secondo semestre. E sarei stato rispedito a casa pieno di vergogna.

Gli assicurai che non avrei più deluso le sue aspettative.

Due giorni dopo – avevo finito di fare lezione e tornavo in ufficio – non riuscivo a pensare ad altro che alla mia *niña pera* che si toglieva la divisa cattolica ed entrava nella doccia, per poi uscirne, nuda, bagnata e deliziosamente succulenta. Arrivai alla porta del mio ufficio ma me ne andai subito, lasciando lì cinque studenti accigliati che mi stavano aspettando, e mi affrettai a uscire dall'edificio. Presi il treno appena in tempo e arrivai a casa pochi secondi prima del suo arrivo.

E quello fu il giorno in cui successe.

Senza fiato dopo la corsa dalla stazione a casa, mi arrampicai su per le scale e, velocemente, mi misi in posizione contro la fessura. Ma rimasi sbigottito nel vedere che non c'era la mia *niña pera* al di là del muro, ma suo padre, il diplomatico con il suo completo scuro, a casa in quell'orario inusuale. Camminava avanti e indietro davanti al bagno, dove un uomo molto più basso e molto meno elegante teneva la testa di un ragazzino sopra il water. L'adolescente aveva lunghi capelli lisci e indossava jeans e una maglietta nera. Anche quel mascalzone che lo teneva per le orecchie sopra la tazza era vestito di nero: una grossa felpa nera con le maniche consumate, jeans neri e un basco. Le sue braccia erano forti e nodose come rami di quercia e il ragazzo non riusciva nemmeno a contorcersi.

Il viceconsole smise di camminare e disse delle brevi e indecenti parole in spagnolo. Anche se la parete mi impediva di sentire tutta la conversazione, capii e riconobbi l'espressione. Non sapevo conversare con scioltezza, ma avevo imparato bene le imprecazioni più usate e colorite. Il viceconsole aveva bollato il giovane come il figlio bastardo di un porco. E per di più, di un porco coperto dei suoi stessi escrementi.

Nonostante la delusione di perdermi la *niña pera* mi avesse avvilito, l'essere testimone di quella violenza, di quel dramma, mi compensava a sufficienza. Dedussi che il mio vicino stava punendo il ragazzino a causa di un incarico che aveva mandato all'aria – e la conclusione più naturale era che si trattasse di un corriere che trasportava alcuni preziosissimi prodotti che, guarda caso, erano anche il prodotto principale di esportazione del Paese del viceconsole. Un'altra possibilità, che mi procurava un brivido particolarmente perverso, era ovviamente che il ragazzo fosse colpevole di atti disdicevoli nei confronti della figlia del diplomatico, la "mia" *niña pera*, e che ora stesse pagando le spaventose conseguenze della sua sfrontatezza.

Vidi il viceconsole avvicinarsi al ragazzo e abbassarsi per sussurrargli qualcosa. Poi inclinò la testa e diede un ordine al delinquente. L'uomo tarchiato lasciò la presa sull'orecchio destro del ragazzo e, con un gesto talmente veloce che riuscii a vederne solo lo scatto finale, estrasse un coltello e tagliò via l'orecchio del ragazzo.

Mi scostai vacillando dalla fessura, appoggiai la schiena contro la ringhiera delle scale e mi sforzai di respirare a pieni polmoni.

In quel momento avrei dovuto correre al piano di sotto, prendere il telefono e chiamare la polizia per informarli del crimine commesso al di là della mia parete. E pensai seriamente di farlo. Poiché quella sarebbe stata la strada morale e virtuosa da seguire. Ma non riuscivo a muovermi. E mentre osservavo il mio stato di paralisi, il totale egoismo della mia inattività mi riempì di acido disprezzo verso me stesso. Mi ingiuriavo mentre me ne stavo lì seduto. Non potevo chiamare i soccorsi perché non avevo il coraggio di sconvolgere il delicato equilibrio della vita dei miei vicini. Il pensiero di perdere la mia *niña pera* in seguito a un processo giudiziario, o ancor peggio all'estradizione, mi lasciò inerme sulle scale. Altrettanto terrificante era la possibilità che, se avessi chiamato la polizia, ulteriori indagini avrebbero rivelato la fessura nel muro, e io sarei stato esposto al pubblico ludibrio.

Rimasi immobile per molto tempo.

Alla fine, quando trovai il coraggio di appoggiare di nuovo l'occhio sulla fessura, vidi che il criminale aveva fatto alzare il ragazzo davanti al water, e il viceconsole gli aveva abbassato la cerniera. Gli tirò fuori il pene, e lo tenne fermo sopra la tazza già insanguinata. Teneva inoltre, perfettamente bilanciato, un lungo coltello con la lama seghettata pochi centimetri sopra il pallido pezzo di carne. Il braccio del viceconsole si mosse in fretta, per tagliare.

«No!», urlai io, e poi ancora più forte: «No!».

Il mio vicino interruppe il suo gesto selvaggio e si girò. Lo vidi dirigersi esitante nella mia direzione, e poi da un'altra parte. Le sue vistose scarpe di pelle brillavano nella luce inquietante al di là della parete. Poi, con passo risoluto, si diresse proprio verso il muro dove io ero appoggiato.

Mi tirai indietro, filai via su per le scale e trattenni il fiato.

Aspettai.

Non sentii nulla tranne il gemito della sirena di un'altra petroliera che arrivava nel porto.

Quando mi accinsi a tornare in camera in punta di piedi, apparve la lama. Scivolò attraverso il muro e scintillò alla luce del tardo pomeriggio, entrando di qualche buon centimetro nel mio appartamento. La fece scorrere su e giù, come se anche lui volesse allargare il buco, poi lentamente la ritrasse del tutto. Per un attimo rischiai davvero di cadere giù per le scale, ma mi aggrappai al corrimano e rimasi paralizzato sul pianerottolo.

Anche se non si vedeva più, la lama del coltello continuava a vibrare lucida nella mia testa. Mi resi conto che non si trattava di un semplice coltello zigrinato, ma di uno più lungo e affilato, con una lama letale e appuntita che brillava splendente come quella di uno strumento chirurgico. Avevo visto molte volte quei coltelli nella zona del porto di Algorta, poiché venivano utilizzati per sventrare i merluzzi.

E mentre tenevo la presa sul corrimano, la punta del coltello uscì di nuovo dal muro e rimase lì, immobile, eloquente e orribile come una minaccia che mai avevo sperimentato prima. E un attimo dopo, nel vile appartamento del viceconsole, sentii un rumore stridulo seguito da una sorta di colpo sordo, come se un sacco di cemento fosse stato spaccato con la punta di una pala.

Un secondo più tardi mia moglie girò la chiave nelle serratura, entrò in casa, scosse l'ombrello, si tolse l'impermeabile e, dopo i quindici secondi standard, giunse in fondo alle scale. Guardò in alto e mi vide, immobilizzato sul pianerottolo, e vide anche la lama scintillante che usciva dal muro di quella casa che ormai odiava. Era infatti proprio in quella casa, tra quelle mura, che mi ero irrimediabilmente allontanato da lei, così come mi ero allontanato dai miei studenti; era lì che avevo iniziato a rispondere con il silenzio ai suoi silenzi ostinati. In quegli ultimi mesi ero diventato così devoto alla mia *niña pera* da stabilire un forte legame con quella giovinezza al di là del muro, un legame talmente forte da risultare più appassionato e dedito di qualsiasi sentimento avessi mai provato prima.

E quando mia moglie vide la lama del coltello sporgere dal muro capì tutto, e forse anche di più. Più di qualsiasi cosa che avrei potuto dirle io se mi fossi buttato in ginocchio e mi fossi lanciato in una contorta confessione. Tutto le era chiaro ormai, la mia enorme colpevolezza, la mia ripugnante preoccupazione, la morte della nostra vita insieme. I nostri occhi si persero gli uni agli altri, e quelle poche molecole di legame ancora presenti tra noi scomparvero in quei secondi silenziosi.

Si girò e andò a grandi passi verso l'ingresso. Io scesi le scale velocemente ma lei aveva già preso l'impermeabile e l'ombrello, aveva aperto la pesante porta dell'appartamento ed era uscita sul vicolo di Porto Vecchio. La rincorsi, gridai il suo nome, la supplicai, ma lei si chiuse la porta alle spalle in modo brutale e perentorio.

Mi misi a correre per raggiungerla e, nel momento in cui spalancai la porta, per poco non mi scontrai con la mia succulenta ragazzina che stava tornando da scuola in ritardo. Mi onorò di un brevissimo sorriso ed entrò in casa. Io rimasi in piedi per un momento sul portico a guardare la serpeggiante strada bagnata di pioggia, cercando mia moglie. Distrutto, affannato, mi girai e tornai a rinchiudermi ancora una volta nella mia totale depravazione.

Salii su per le scale.

Non c'era nulla nel mio cuore, nulla nella mia testa. Solo le correnti impetuose del sangue che irrorava la mia carne. Mi misi in ginocchio contro il muro e percepii la vibrazione magnetica di un gesto compiuto mille volte, e mille volte ripagato, l'attrazione incondizionata di Pavlov, un bisogno al di là del bisogno, un desiderio smanioso di vedere, di sapere, di vivere all'interno di quella famiglia nefanda che abitava solo a una lama di coltello di distanza.

Appoggiai l'occhio al buco e lei era lì, il suo corpo incorniciato dalla porta del bagno, con indosso la camicia bianca e la gonna verde scozzese. Dietro di lei vidi che la tazza del bagno era stata completamente ripulita dal sangue. La mia *niña pera* appoggiò le mani sui fianchi e, guardando verso la parete in comune con la testa inclinata da un lato, poggiò i suoi occhi sul punto esatto in cui io incollavo la mia faccia alla pietra e mi saziavo di lei. La mia ragazza pera, la mia bambina appetitosa, la figlia del demonio.

E anche se ormai ero certo che lei, o chiunque altro, potesse vedere il riflesso dei miei occhi, non riuscivo a scansarmi dalla fessura: la mia *niña pera* aveva infatti iniziato ad alzare la gonna, centimetro dopo centimetro, con una lentezza straziante, e a mostrare le sue cosce bianche e immacolate. E anche se non vi era alcun dubbio che lo stava facendo perché minacciata o guidata da suo padre, appiccicai ancora più forte la faccia contro il muro e mi inebriai profondamente della visione che avevo davanti.

Anche quando il mio bocconcino si ritrasse e girò la testa, avvertendomi qualche secondo prima di ciò che suo padre stava per fare, io non riuscii a ritrarre l'occhio dalla superficie rigogliosa delle sue cosce.

Mezzo secondo dopo il suo corpo scomparve e un meraviglioso bagliore di buio si gonfiò dentro di me fino a esplodere. Fui lanciato in un vuoto estremo, oltrepassando i confini del mondo visibile, volando a capofitto dentro una luminosa galassia di dolore.

Eppure, se non fossi svenuto sulle scale, con l'occhio lacerato e sanguinante, se in qualche modo fossi riuscito a restare cosciente per pochi secondi in più, sono assolutamente certo che, dopo aver perso la vista all'occhio destro, avrei usato le forze rimaste per riposizionarmi di nuovo sulle scale e riprendere a guardare con il sinistro.

Nei mesi successivi di cure e recupero, mi resi conto che un uomo può vivere facilmente con un occhio solo, così come con una sola mano o una sola gamba. A quanto pare, infatti, la natura ha previsto la possibilità che alcuni di noi compiano atti di estrema follia e autodistruzione e, nel caso dovessimo sopravvivere, ci ha fornito di questo eccesso anatomico. Grazie alla sua saggezza, ci ha creati in modo tale da essere due metà congiunte. Così, anche con un solo occhio un uomo può ancora vedere, come un uomo con una sola mano può ancora tenderla per richiamare l'attenzione. E infine, sì, anche con solo metà cuore, può ancora conoscere l'amore.

Dennis Lehane
A CORTO DI CANI
1999

Dennis Lehane (1965) è nato e cresciuto nella zona di Boston, dove vive ancora per buona parte dell'anno e dove ha ambientato quasi tutte le sue opere. Si è laureato presso l'Eckerd College in Florida e ha frequentato con successo il corso di scrittura presso la Florida International University. Nel suo primo libro, *Un drink prima di uccidere* (*A Drink before the War*, 1994), hanno fatto la loro comparsa i due investigatori privati Patrick Kenzie e Angela Gennaro, i quali sarebbero poi tornati nei successivi quattro romanzi: *Buio prendimi per mano* (*Darkness, Take My Hand*, 1996), *Fuga dalla follia* (*Sacred*, 1997), *La casa buia* (*Gone, Baby, Gone*, 1998) e *Pioggia nera* (*Prayers for Rain*, 1999). Il libro successivo, *La morte non dimentica* (*Mystic River*, 2001), è stato un bestseller e ha consacrato Lehane come uno dei maggiori scrittori di thriller americani. Clint Eastwood ne ha acquistato i diritti e ne ha tratto il film *Mystic River*, plurivincitore di Oscar, interpretato da Sean Penn, Tim Robbins e Kevin Bacon. Anche *La casa buia* è diventato un film di successo nel 2007, con il titolo di *Gone Baby Gone*, diretto da Ben Affleck, con la partecipazione di Casey Affleck e Michelle Monaghan nei ruoli di Kenzie e Gennaro. Anche il settimo romanzo di Lehane, *L'isola della paura* (*Shutter Island*, 2003), è divenuto un film, per la regia di Martin Scorsese e con la partecipazione di Leonardo DiCaprio. *Quello era l'anno* (*The Given Day*, 2008) è invece una storia complessa, ambientata a Boston dopo la prima guerra mondiale e ispirata alle insurrezioni che coinvolsero la polizia e che ebbero un'enorme influenza sul movimento laburista americano. Si tratta forse del primo volume di una trilogia.

A corto di cani (*Running Out of Dog*) è stato pubblicato per la prima volta nell'antologia *Murder and Obsession* (Delacorte, New York 1999). È stato poi selezionato per le raccolte *The Best American Mystery Stories 2000* e *The Best American Mystery Stories of the Century*.

Questa storia tra Blue e i cani ed Elgin Bern successe qualche tempo fa, qualche anno dopo che alcuni dei nostri ragazzi – come Elgin Bern e Cal Sears – erano tornati dal Vietnam e un sacco di altri – come Eddie Vorey e Carl Joe Carol, i cugini degli Stewart – invece non avevano fatto ritorno. Non sappiamo come andò in altre città, ma da noi quella guerra insinuò qualcosa di segreto nei ragazzi, in quelli che tornarono. Qualcosa di intimo e intoccabile. Si avvertiva che sapevano delle cose che non avrebbero mai detto, che facevano cose di nascosto che non si sarebbero mai scoperte. Erano ottimi giocatori di carte, abilissimi a bluffare, a non far trasparire alcuna gioia indipendentemente da ciò che avevano in mano.

In una piccola cittadina è molto difficile tenere un segreto e in una cittadina del Sud, con il caldo e tutte quelle finestre aperte, è ancora più difficile. Ma quei ragazzi che erano tornati dall'altro continente sembravano aver imparato bene il segreto della privacy. E in questa città le cose si condividevano in fretta, bastava un bel gruppetto di ragazzi giovani e forti, tutti insieme che si comportavano in un certo modo e, si dava il via a un atteggiamento comune.

Dunque, pochi anni dopo la guerra, eravamo diventati una cittadina più tranquilla, forse meno fiduciosa (o almeno così sembravano pensarla alcuni): con i soldi guadagnati con il tabacco e con il tessile si poteva costruire e si diceva che forse molto presto la nostra piccola cittadina sarebbe cresciuta un po', che forse si sarebbe potuto fare qualcosa che avrebbe portato più turisti e più soldi di quelli che guadagnavamo con i fuochi d'artificio e con le noci pecan.

Fu allora che qualcuno se ne uscì con l'idea delle Cascate di Eden – un grande parco di divertimenti con ottovolanti, scivoli d'acqua e cose del genere. Perché tutti quegli yankee avrebbero dovuto spendere i loro soldi solo in Florida? Il sole c'era anche in South Carolina. E c'erano anche campi da golf, e pompelmi, e un'infinità di campeggi.

E così una piccola città chiamata Eden stava per avere le sue Cascate del-

l'Eden. Ci avrebbero segnalato nelle cartine geografiche, diceva la gente. Saremmo stati su tutti i depliant. Eravamo ancora piccoli, diceva la gente, ma «aspetta e vedrai». Aspetta e vedrai.

Così stavano le cose dunque quell'anno, quando il matrimonio di Perkin e Jewel Lut iniziò ad avere qualche problemino ed Elgin Bern si mise con Shelley Briggs e nessuno sembrava capace di tenere a bada i propri cani.

Il problema dei cani a Eden, South Carolina, consisteva nel fatto che i proprietari che li allevavano ne allevavano *un sacco*. Oppure li lasciavano correre liberi in zone in cui avrebbero incontrato cani di sesso opposto, ottenendo dunque lo stesso effetto. Non sarebbe stato grave se Eden non fosse stata così vicina all'autostrada I-95 e se i cani non avessero avuto l'abitudine di buttarsi in mezzo al traffico e sfasciare i paraurti dei potenziali turisti.

Il sindaco, il corpulento Bobby Vargas, si recò a una conferenza di sindaci a Beaufort dove il governatore si presentò a sorpresa per dire a tutti quanto era incazzato per questa storia dei cani. Un sacco di soldi venivano spesi per Eden in quel periodo, disse il governatore, un sacco di passi intrapresi per cambiare l'immagine del paese. Dannazione, un branco di cani indisciplinati non poteva mandare tutto a puttane.

«Ragazzi», disse, guardando Bobby Vargas dritto negli occhi, «stanno iniziando a chiamare questo Stato il "canile del diavolo" per tutti quei cani morti sull'autostrada. E non so voi, ma a me non pare proprio un bel nome».

Big Bobby disse a Elgin e Blue che non aveva mai sentito nessuno chiamare lo Stato il "canile del diavolo". Aveva sentito di peggio, quello di sicuro, ma mai quell'espressione. Big Bobby disse che il governatore era una merda. Ma essendo il governatore, aveva tutti i diritti di comportarsi in quel modo.

I cani a Eden erano un problema fin dagli anni Venti: c'era un allevatore part-time, J. Mallon Ellenburg, il quale, quando non aveva le braccia infilate fino ai gomiti nei motori dei trattori e delle trebbiatrici che riparava, stava sempre a inveire contro qualcosa. Contro i suoi familiari quando non si davano una mossa o contro i suoi cani se i familiari lo facevano. I cani di J. Mallon Ellenburg erano incroci o bastardini e si spostavano in branco, così come i loro cuccioli, e dopo molte generazioni, quei branchi ancora camminavano nelle notti di

Eden, come lupi smagriti fino all'osso, ringhiando nel buio al fantasma di J. Mallon Ellenburg.

Big Bobby si prese la briga di misurare quanto fosse lungo il tratto della I-95 che passava per Eden, e calcolò che era 4,5 chilometri. Non molto a dire il vero, ma sempre una media di 0,74 cani al giorno o 4,9 al mese. Big Bobby voleva il resto dei fondi statali che il governatore avrebbe elargito alla fine dell'anno, e se questo significava liberarsi di cinque cani a settimana... prendere o lasciare. Non c'era altra scelta.

«Senza dirlo a nessuno», disse a Elgin e Blue, «senza dirlo a nessuno, ecco cosa faremo, ragazzi: ci sistemeremo sopra uno di quegli alberi e spareremo a ogni cane che si avvicina anche solo per abbaiare a quell'autostrada».

A Elgin non piacque troppo quel fatto del "noi". In primo luogo, Big Bobby aveva già detto "noi" quella volta al Double O quattro anni prima. Era prima che diventasse sindaco, quando ancora era un assessore alle finanze della contea che tirava di biliardo al Double O una sera sì e una no, proprio come facevano Elgin e Blue. Ma una sera, dopo che Harlan e Chub Uke lo avevano maltrattato per una questione di spiccioli, e sapendo anche che sia Elgin sia Blue non erano troppo amici della famiglia Uke, Big Bobby aveva detto: «Stasera faremo il culo a quei ragazzi», e aveva iniziato a sproloquiare nel momento esatto in cui i due fratelli erano entrati nel bar.

Prima che si diradasse il fumo, Blue aveva una mano rotta, Harlan e Chub erano raggomitolati a terra ed Elgin aveva un labbro spaccato. Big Bobby, nel frattempo, stava nascosto sotto il biliardo e Cal Sears chiedeva chi avrebbe pagato per la stecca che Elgin aveva spaccato sulla nuca di Chub.

E così Elgin sentì il sindaco Bobby dire "noi" e si ricordò dei dieci dollari che dovette pagare per quella stecca e disse: «Nossignore, non contare su di me per questa impresa».

Big Bobby fece un'espressione delusa. Elgin era un veterano di una guerra combattuta in terra straniera, era stato Marine ed era un tiratore scelto. «Ma che cazzo», disse Big Bobby, «a che cazzo servi se non sai nemmeno usare ciò che hai imparato grazie ai soldi dello Zio Sam?».

Elgin scrollò le spalle. «Dannazione, Bobby. Servo a poco, immagino».

Blue invece non aveva mai smesso di sparare, e sia Big Bobby che Elgin sapevano che avrebbe accettato. Quel lavoretto richiedeva soltanto un tipo che non avesse problemi ad appostarsi su un albero, un tizio a cui piaceva sparare a qualcosa, nient'altro. E diavolo, era proprio la specialità di Blue.

Elgin non aveva comunque il tempo per appostarsi su un albero. Nei mesi precedenti aveva lavorato come un pazzo ai lavori delle Cascate di Eden – mescolava il cemento, scavava buche, drenava l'acqua paludosa per poter puntellare le fondamenta – e non era che l'inizio. Ci sarebbero stati ancora molti mesi di trivelle e acqua stagnante, di cemento spalmato come melassa sui dolci e di costruzioni di impalcature per innalzare muri e costruire facciate. Ci sarebbero state le sfacchinate sugli autocarri per la discarica e quelli per le trivelle, i carrelli elevatori e le gru e gli escavatori industriali, fino a che il continuo sforzo e i sobbalzi gli sarebbero penetrati nella spina dorsale o nei reni come dei cavatappi appuntiti.

Tempo di sedersi dietro un albero e sparare ai cani? Cazzo. Certi giorni Elgin non aveva nemmeno il tempo di pisciare.

E poi, oltre a tutto quel lavoro, negli ultimi tempi stava frequentando l'ex moglie di Drew Briggs, Shelley. Shelley faceva la receptionist al concessionario di macchine di Perkin Lut e un giorno Elgin aveva portato la sua Chevrolet Impala per un cambio dei pneumatici e i due avevano avuto modo di parlarsi. Aveva divorziato da Drew da un annetto e, per rispetto, avevano aspettato un paio di mesi prima di farsi vedere in pubblico insieme, al Double O o all'Ihop.

Una volta erano andati fino a Myrtle Beach per un fine settimana. La gente chiedeva loro com'era e loro dicevano «proprio come sulle cartoline». E poiché la cartoline non riportavano il prezzo di una stanza all'Hilton, Elgin e Shelley non dissero che tutto ciò che fecero fu guidare due volte su e giù per il lungomare per poi sistemarsi in un motel più a ovest a Conway. Carino però: c'era una TV a colori e uno di quegli interruttori che trasformavano il bagno in sauna se si lasciava correre l'acqua della doccia. Iniziarono a fare l'amore nella sauna per poi finire sul letto mentre il vapore serpeggiava dal bagno e sfiorava loro i talloni. Alla fine, lui le alzò i capelli dalla fronte, la guardò negli occhi e le disse che si poteva facilmente abituare a una vita come quella. E lei disse: «Ma non costerebbe una cifra installare una sauna nella tua roulotte?», e aspettò trenta secondi buoni prima di sorridere.

A Elgin piaceva proprio quello di lei: gli faceva capire che dopo tutto era solo un uomo, un uomo che si prendeva troppo sul serio, come infatti era tipico del suo carattere. Lei gli faceva capire che sarebbe sempre stata lì, pronta ad avvertirlo ogni qual volta si fosse comportato a quel modo. Gli avrebbe impedito di tirare il grilletto di una calibro .30.06, di sbattere e fracassare la porta di casa, di sparare sul fianco di un cane selvatico.

Qualche volta, quando il cantiere veniva chiuso in anticipo – se per esempio aveva piovuto talmente tanto che la terra aveva ceduto o se le forniture erano in ritardo – andava a farle visita al concessionario. Lei sorrideva come se lui le avesse portato dei fiori e diceva: «Di nuovo beccato a bere al lavoro?», o qualche altra battuta spiritosa che lo faceva sentire bene, come se qualcosa nel suo petto gli avesse ricordato che era libero di respirare.

Prima di Shelley, Elgin aveva passato molto tempo senza una donna che potesse considerare la "sua" donna. Era stato con Mae Shiller dai quindici ai diciannove anni, ma lei si era sentita sola quando lui era in guerra e, al ritorno, Elgin aveva scoperto che era partita da Eden e si era sposata con un ragazzo nella zona turistica di South of the Border, ed entrambi lavoravano in un chiosco di hot dog che, a quanto diceva la gente, guadagnava discretamente bene. Elgin era uscito poi con altre ragazze ma gli ci era voluto un po' per dimenticare Mae, per superare la perdita di qualcosa che aveva sempre pensato di avere, il suono della sua risata, l'immagine di lei mentre usciva nuda dal lago Cooper, la sua carne chiara imperlata di gocce d'acqua: tutte cose che gli avevano dato forza quando attraversava la giungla, quando viveva nell'afa insopportabile, quando sentiva il ticchettio della morte nelle orecchie, ogni notte, laggiù.

Circa un anno dopo il suo ritorno, Jewel Lut andò a trovare sua madre, che viveva ancora nel campo di caravan dove lei era cresciuta con Elgin e Blue, e dove Elgin viveva ancora. Quando uscì si fermò a salutare Elgin e si sedettero su due sedie pieghevoli davanti al suo caravan, si fecero un paio di drink e chiacchierarono dei vecchi tempi. Lui le raccontò un po' del Vietnam e lei del suo matrimonio. Gli disse che non era come si aspettava, che Perkin Lut sapeva un sacco di cose ma non sapeva un fico secco di come ci si diverte.

C'era qualcosa in Jewel, qualcosa che penetrava nella carne degli uomini, molto simile al calore. Non era solo la sua bellezza, lo splendido corpo o il fatto che si muoveva in modo sinuoso e languido che costringeva gli uomini a immaginarla tutta nuda, a prescindere da cosa indossasse. No, c'era molto di più. Jewel, che sicuramente non era la ragazza più intelligente della città e nemmeno la più affascinante, aveva tuttavia qualcosa negli occhi che nessuna delle donne incontrate da Elgin possedeva; era la sua capacità di vivere, di apprezzare tutti i momenti – anche quelli più insignificanti o senza senso – e prendere da loro tutto il meglio. Jewel ingoiava la vita, ci si tuffava come se fosse un laghetto all'ombra in una montagna durante il giorno più caldo dell'estate.

Quell'espressione nei suoi occhi – che non l'abbandonava mai – sembrava dire «su, divertiamoci, per diamine. Facciamolo. Assaggiamoci. Ora».

Elgin e Jewel non furono così stupidi da fare qualcosa quella sera, nemmeno dopo che Elgin vide quella luce negli occhi di lei, diretta proprio su di lui, e vide che lei voleva darsi da fare.

Elgin sapeva quanto fosse piccola Eden, quanto la sua gente amasse spettegolare, ficcare il naso e chiacchierare. E così lui e Jewel risolsero la questione, facendolo più o meno una volta alla settimana giù a Carlyle, in una piccola capanna che apparteneva alla famiglia di Elgin da prima della guerra civile. Laggiù Elgin e Jewel erano liberi di assaggiarsi a vicenda, di spremersi, mordersi, ingoiarsi e annusarsi, erano liberi di fare l'amore nel lago, sulla veranda, nella piccola cucina.

Parlavano appena e se lo facevano erano chiacchiere senza significato – il calo della qualità della carne da Billy il macellaio, le voci secondo le quali avrebbero messo dei parchimetri davanti al comune, l'eterna domanda se McGarrett e il resto degli agenti avrebbero mai messo le manette a Wo Fat.

C'era un patto implicito tra loro, secondo il quale lui sarebbe potuto uscire con qualsiasi donna che avesse scelto e lei non avrebbe mai lasciato Perkin. E andava benissimo così. L'amore non c'entrava niente: era solo questione di appetito.

A volte Elgin la vedeva in città o sentiva Blue che parlava di lei con quel tono amorevole e infantile di chi parla con un cucciolo, e a lui sembrava strano andare a letto con quella donna. Strano che nessuno lo sapesse. E che potesse continuare per chissà quanto, se nessuno dei due avesse abbassato la guardia, e non si fosse lasciato scappare uno sguardo rivelatore o un tono ambiguo in pubblico.

Non riusciva bene a capire quale necessità profonda del suo animo lei soddisfacesse, sapeva solo che aveva bisogno di lei in quella capanna davanti al lago, una volta a settimana: si trattava di qualcosa legato all'essere uscito vivo dalla giungla, e dal ticchettio della morte che aveva sentito per un anno intero. In un certo senso, Jewel era una ricompensa per tutto quello, un risarcimento. Stare lì nudo, consumato, con lei sopra di lui e vedere quello sguardo che gli diceva che era pronta di nuovo, pronta a ingoiarlo tutto, come fosse ossigeno. Se lo era guadagnato sparando a delle sagome nella notte, attaccato a quelle trincee che non reggevano mai troppo a lungo, per poi tornare a casa da una donna che non aveva avuto pazienza, che lo aveva mollato con la stessa leggerezza con cui si butta una bambola prima amata e poi divenuta poco interessante. E guardava a tutto questo con un misto malinconico di nostalgia e disprezzo.

Si era sempre detto che una volta trovata la donna giusta, la sua passione per Jewel e il suo desiderio di passare quelle notti al lago sarebbero scomparsi.

E, per la verità, da quando se la faceva con Shelley Briggs, le cose tra lui e Jewel si erano raffreddate. Shelley non era Perkin, disse a Jewel; avrebbe capito subito tutto, vedendolo partire una volta a settimana e tornare con i segni di morsi sull'addome.

Jewel disse: «Ok. Ricominceremo quando sarai pronto».

Sapeva che ci sarebbe stata un'altra volta, anche se Elgin non lo ammetteva a se stesso.

Dunque Elgin, che si era sentito così male in quell'anno in cui era stato abbandonato, adesso aveva due donne. A volte non sapeva nemmeno lui cosa pensare. Quando si sentiva solo, la felicità degli altri gli faceva ribollire le viscere, come a tutti. La bellezza sembrava orribile. Ridere sembrava una cosa malvagia. Un innamorato che sfiorava per caso la mano della sua donna bastava a fargli venire il desiderio di tagliargli le mani all'altezza del polso. *Non sarò mai amato*, si diceva tra sé. *Non conoscerò mai la gioia*.

Talvolta si chiedeva come avesse fatto Blue ad andare avanti. Lui che non aveva mai avuto una donna se non quelle che pagava a ore. Lui che era basso e brutto e talmente bislacco che in una donna poteva solo suscitare paura o compassione. Blue, che aveva sempre amato segretamente Jewel da molto tempo, da prima che lei sposasse Perkin, e che continuava ad amarla con una passione che Elgin capiva solo raramente. Blue – Elgin lo sapeva – vedeva Jewel come una regina, come l'unica donna che esistesse per lui a Eden, South Carolina. E solo perché lei era sempre stata carina con lui, amica sua e di Elgin da sempre, da prima del sesso, prima delle tette, prima che Elgin e Blue potessero anche solo immaginare a cosa servisse ciò che avevano tra le gambe, prima che Perkin Lut si presentasse con i soldi del papà e il suo bel sorriso e le sue stronzate su quanti uomini avrebbe ucciso in guerra se solo la commissione di leva lo avesse lasciato fare.

Blue immaginava che se fosse stato abbastanza carino, abbastanza gentile e avesse aspettato abbastanza a lungo, un giorno Jewel si sarebbe accorta delle sue buone maniere e avrebbe sentito il bisogno di aggrapparsi a lui.

Elgin non si diede mai la pena di dire a Blue che alcune donne non vogliono le buone maniere. Alcune donne non vogliono un ragazzo gentile. Alcune donne, e alcuni uomini, vogliono soltanto ficcarsi in un letto, spegnere le luci e godere insieme come animali, fin quando non ci si riesce più a muovere.

Blue non avrebbe mai immaginato che Jewel fosse quel tipo di donna, era sempre stata così dolce con lui. Lo aveva sempre trattato come un bambino e, con tutti i suoi amichevoli «ciao», le sue pacche sulla spalla, i suoi «come va cosa hai fatto di recente amico mio», Blue aveva finito per metterla sempre più in alto su quel piedistallo che si era costruito nella mente.

«L'ho visto al concessionario una volta», Shelley disse a Elgin. «Nessuno capiva il motivo per cui fosse venuto, si è messo a sedere a leggere delle riviste fino a quando è arrivata Jewel che doveva chiedere qualcosa a Perkin. Blue l'ha fissata e basta. Ha continuato a fissarla mentre lei parlava con Perkin nello showroom. Quando alla fine lei si è girata, lui si è alzato ed è uscito».

Elgin detestava parlare o sentir parlare di Jewel, o anche pensare a lei quando era con Shelley. Lo faceva sentire sporco e indegno.

«Pazzo d'amore», diceva per chiudere l'argomento.

«Pazzo di sicuro, tesoro».

A volte, di sera, Elgin se ne stava seduto con Shelley davanti al suo caravan, ascoltavano il suono delle cicale da un pino rinsecchito, annusavano la notte, il sale delle rocce misto alla ghiaia; lo shampoo alla piña colada di Shelley lo faceva pensare alle Hawaii, anche se non c'era mai stato, e pensava che il loro invece non era un amore pazzo, un amore così fulmineo e furioso da rischiare di estinguersi proprio all'apice del suo stesso ardore. E gli andava bene così. Se solo fosse riuscito a togliersi dalla testa quella storia con Jewel Lut, smettere di vederla nuda e trepidante, di ricordarla con lui in quella capanna, allora sarebbe riuscito a combinare qualcosa con Shelley. Per lei ne valeva la pena. Forse non era brava a scopare come Jewel e, a dirla tutta, non lo faceva ridere come Jewel, ma Shelley era tutto ciò a cui un uomo potesse aspirare. Una brava donna, che sarebbe stata una brava madre, una che sarebbe sempre stata accanto al suo uomo nei momenti difficili. A volte le prendeva la mano e la stringeva nella sua senza un motivo particolare, solo per il gusto di farlo. Shelley se ne accorse una sera, con un certo sguardo negli occhi, il modo in cui inclinava la testa per guardare la sua piccola mano bianca dentro la sua, più grande e scura.

Gli disse: «Cavolo, Elgin, sei proprio strano a volte!». E poi si alzò dalla sedia, veloce, si mise a cavalcioni su di lui, lo baciò come se volesse portarsi via un pezzo di lui. Disse: «Amore, non siamo più tanto giovani, lo sai?».

E in quel momento lui capì, in qualche modo, il motivo per cui alcuni uomini formano una famiglia e altri sparano ai cani. E non sapeva bene a quale gruppo appartenesse lui.

Disse: «Non lo siamo, no».

Blue era da sempre il migliore amico di Elgin, da quando riuscivano a ricordarsi, ma negli ultimi tempi Elgin si era fatto delle domande in proposito. Blue era sempre stato un po' diverso, e a Elgin piaceva, certamente, ma ora c'era qualcosa in più. Blue era il classico ragazzo che quando stava in silenzio non si capiva se non avesse nulla da dire o se ciò che aveva da dire era talmente orribile che persino lui sapeva che era meglio non tirarlo fuori.

Quando erano ragazzi, cresciuti al campo dei caravan, Blue stava sempre fuori casa perché magari sua madre si stava divertendo con un uomo o era uscita e aveva dimenticato di lasciare le chiavi al figlio. A quel tempo, Blue era fissato con gli scarafaggi. Li collezionava in un vasetto e poi dava loro delle droghe per testarne la resistenza e la capacità di recupero. Una volta disse a Elgin: «Loro sono così: resilienti. Con il passare del tempo dobbiamo escogitare nuovi modi per ucciderli perché diventano immuni ai veleni che usavamo in precedenza». Dopo qualche tempo Blue prese a bagnarli di benzina e a dar loro fuoco per vedere quanto avrebbero resistito.

I familiari di Elgin gli dicevano di stare alla larga da quel ragazzetto sporco e strambo con quella madre poco di buono, ma Elgin era in pena per lui. Nonostante avessero la stessa età, Elgin era alto il doppio; i bicipiti di Blue erano talmente piccoli che si potevano afferrare con una mano facendo toccare il pollice e l'indice. Elgin detestava il fatto che Blue avesse solo due cambi d'abito, di solito sudici tutti e due, e che a volte, passando davanti al suo caravan, si sentivano quelle urla bestiali venire da dentro, i grugniti e i gemiti, e gli schiaffi sulla carne. La maggior parte delle volte infatti non si capiva se sua madre stesse facendo sesso o si stesse prendendo a botte con qualcuno. E c'era sempre musica country a mescolarsi con quei versi animali, la musica che sua madre e l'uomo di turno ascoltavano alla radio che lei aveva regalato a Blue per Natale.

«È *mia* quella cazzo di radio», disse lui una volta scuotendo la testa, e fu l'unica volta che Elgin vide l'amico reagire a ciò che succedeva in quella roulotte.

Blue leggeva molto – sapeva più lui di scienza ed ecologia, di anatomia e balene blu e tabelle di conversione di chiunque altro Elgin avesse mai conosciuto. Quasi tutti credevano fosse muto – e cazzo, era stato bocciato due volte in quarta elementare – ma con Elgin a volte parlava tantissimo, quando ad esempio fumavano insieme giù al fosso fognario dietro al campo. Parlava delle balene, del fatto che partorivano una volta sola, e che erano ferocemente gelose del figlio, ma anche del fatto che se un cucciolo rimaneva orfano, un'altra mamma se ne prendeva cura e diventava gelosa di lui come fosse il suo. Raccontava a Elgin che gli squali non dormivano mai, gli spiegava come funzionavano le correnti elettriche e che cos'era una bomba antisommergibile. Elgin, che non era mai stato un gran parlatore, stava lì seduto e ascoltava, assorbiva tutto ed era avido, voleva sentire ancora.

Crescendo, Elgin divenne sempre di più il protettore di Blue. Tanto che, quando a Blue esplose l'acne su tutta la faccia, Elgin faceva a botte due volte al giorno, finché non ebbe picchiato tutti quelli che lo prendevano in giro. Tutti lo sapevano: erano due fratelli. E se Elgin non ti affrontava direttamente, di sicuro Blue lo faceva di nascosto, come quella volta che una lattina di acido cadde sul braccio di Roy Hubrist in un negozio, o quando qualcuno colpì Carnell Lewis con un mattone da dietro e poi gli tagliò il tallone di Achille con un rasoio mentre lui era a terra. Tutti sapevano che era stato Blue, anche se nessuno lo aveva visto.

Elgin pensava che Roy e Carnell se la fossero cercata. Non era il caso di farla tanto lunga. Da quando Elgin era tornato dal Vietnam, tuttavia, aveva notato alcune cose e se le era tenute per sé. Si chiedeva cosa avrebbe fatto, il giorno in cui avrebbe dovuto fare qualcosa per forza.

C'era stato il gufo a cui qualcuno aveva dato fuoco e appeso a testa in giù al filo del telefono, e i gatti che erano scomparsi negli isolati vicino alla baracca di Blue, nei pressi della Statale 11. E c'erano state le mutandine rosa che Elgin aveva visto uscire da sotto il letto di Blue una mattina in cui era andato a prenderlo per fare dei lavori di pulizia in un cantiere. Controllò per giorni le segnalazioni delle persone scomparse ma non trovò nulla e decise dunque che Blue le aveva prese per soddisfare qualche sua fantasia. Non se ne dimenticò, però, non riuscì mai a cancellare quelle mutandine che spuntavano fuori dalla polvere marrone sotto il letto di Blue, come a invocare qualcosa.

Non si preoccupò mai di chiedere qualcosa a Blue. Non avrebbe mai ottenuto nulla. A volte Blue si chiudeva in se stesso, fissava un punto nel vuoto come se qualcosa di impercettibile stesse cancellando le parole del suo interlocutore, qualcosa che non si poteva vedere e che assorbiva tutti i suoi pensieri. Blue si astraeva completamente rispetto all'interlocutore, fino a quando quest'ultimo smetteva di confondergli la mente con chiacchiere inutili.

Un sabato, Elgin andò in città con Shelley per accompagnarla a farsi i capelli al salone Martha Unisex, in una traversa della strada principale. Al salone, mentre Dottie Leeds faceva lo shampoo e il risciacquo a Shelley, Elgin ebbe l'impressione di essere finito in una sorta di tempio della femminilità. C'erano la figlia adolescente di Jim Hayder, Sonny, che si faceva uno di quei tagli scalati che andavano di moda a quel tempo e diverse signore più adulte che ancora portavano i capelli cotonati a forma di alveare e stavano lì a farseli sistemare o impomatare o qualsiasi altra cosa facessero per farli stare su in quel modo. C'erano Joylene Covens e Lila Sims che si facevano le unghie mentre i mariti giocavano a golf e le governanti di colore badavano ai figli, e Martha, Dottie, Esther, Gertrude e Hayley che ballavano e volteggiavano, ridendo e chiacchierando tra le sedie, e che chiamavano tutti "dolcezza", e tutte loro – le anziane, le giovani, le ricche e Shelley – erano rilassate come se stessero lì ogni giorno e si conoscessero tra loro più a fondo di quanto non conoscessero i propri mariti, figli o fidanzati.

Quando Dottie Leeds sbucò da dietro la testa di Shelley e disse: «Elgin, tesoro, vuoi un giornale sportivo o qualcos'altro?», tutte scoppiarono a ridere, inclusa Shelley. Elvin sorrise anche se non ne aveva voglia e fece un cenno imbarazzato con la mano che provocò ulteriori risate. E così disse a Shelley che sarebbe tornato dopo un po' e uscì.

Prese la strada principale verso la piazza, chiedendosi cosa sapessero quelle donne che a lui sfuggiva del tutto, e vide Perkin Lut camminare avanti e indietro di fronte all'emporio di Dexter Isley. Era uno di quei giorni in cui il caldo e l'afa erano così opprimenti che si poteva resistere solo nel negozio di Martha, l'unico posto in città che aveva l'aria condizionata; oppure, come faceva la maggior parte delle persone, si stava in casa con le persiane chiuse cercando di limitare al minimo i movimenti.

E Perkin Lut se ne stava lì a consumare le suole delle scarpe a furia di camminare in tondo: sembrava un bambino che cercava di farsi venire le vertigini.

Perkin e Elgin si conoscevano sin dall'asilo, ma a Elgin l'altro non era mai piaciuto. Il padre di Perkin, Mance Lut, aveva praticamente costruito Eden e aveva speso un sacco di soldi per tenere suo figlio lontano dalla guerra. Lo aveva nascosto a Chapel Hill, North Carolina, per talmente tanti semestri che nemmeno Perkin sapeva quante lauree avrebbe potuto prendere. Molti degli uomini che erano andati in guerra, ed erano tornati, odiavano Perkin per questo motivo, così come le famiglie di quelli che non erano tornati. Ma Elgin non ce l'aveva con lui per quello. Cristo santo, se Elgin avesse avuto i soldi si sarebbe tenuto anche lui lontano da quella guerra schifosa.

Ciò che Elgin non riusciva ad accettare era il fatto che ci fosse sempre qualcosa a proteggere Perkin dalle conseguenze negative delle sue azioni. Qualcosa che gli faceva guardare dall'alto in basso quelle persone che avevano pagato per i loro peccati, che erano cadute senza che ci fosse una rete di protezione a salvarli.

Più di una volta, quando Elgin si sbatteva la moglie di Perkin, si era ritrovato a pensare "prendi questo Perkin, prendi questo", ogni volta che spingeva su e giù dentro di lei.

Ma quel pomeriggio Perkin non aveva quel suo sorriso da commerciante o quello sguardo superiore. Quando Elgin gli si avvicinò e disse: «Ciao Perkin, come stai», Perkin alzò lo sguardo e lo osservò con occhi talmente furiosi che quasi gli uscivano dalle orbite.

«Non sto bene, Elgin. Non sto per niente bene».

«Che succede?».

Perkin fece varie volte un cenno con la testa che solo lui poteva capire, poi guardò Elgin.

«Sto pensando di fare qualcosa per quello».

«Per quello cosa?»

«Quello». Alzando la mascella Perkin indicò in direzione di Elgin.

Elgin si girò, guardò dall'altra parte della strada le finestre della lavanderia di Miller, e vide Jewel Lut che tirava fuori i vestiti dall'asciugatrice. Vide poi Blue in piedi vicino a lei che prendeva un paio di jeans dal mucchio e iniziava a piegarli. Se uno di loro due avesse guardato al di là delle finestre avrebbe visto facilmente Elgin e Perkin Lut, ma Elgin sapeva che non sarebbe successo.

C'era qualcosa tra Blue e Jewel che sembrava escludere il resto del mondo da quella lavanderia luminosa, esattamente come sarebbe potuto succedere in una buia camera da letto. Blue mosse le labbra e Jewel si mise a ridere e gli tirò una T-shirt in testa.

«Sto pensando di fare qualcosa, proprio adesso», disse Perkin.

Elgin lo guardò, sapeva che era una bugia, un ritornello che Perkin stava ripetendo a se stesso sperando che si concretizzasse. Perkin aveva successo negli affari – e non solo grazie ai soldi del padre – ma non era certo il tipo che faceva le cose da solo; era il tipo di uomo che le cose se le faceva fare.

Elgin guardò di nuovo dall'altra parte della strada. Blue aveva ancora la T-shirt sulla testa. Disse qualcos'altro e Jewel si coprì la bocca con la mano mentre rideva.

«Non ce l'hai una lavatrice e un'asciugatrice a casa, Perkin?».

Perkin ondeggiò sui tacchi. «La lavatrice si è rotta. Jewel ha deciso di venire in città». Guardò Elgin. «Non andiamo molto d'accordo in questo periodo. Lei continua a leggere quelle riviste, Elgin. Hai capito quali? Quelle che parlano di liberazione, di lasciare il reggiseno a casa, e cazzate simili». Puntò il dito verso la lavanderia. «Il tuo amico è un problema».

Il tuo amico.

Elgin guardò Perkin, provò una rabbia che non riusciva a comprendere interamente e allo stesso tempo il desiderio di dire sì, quello è proprio il mio amico e sta parlando con la donna che mi scopo. Hai capito, Perkin?

Invece scosse la testa e lasciò Perkin lì, e attraversò la strada verso la lavanderia.

Quando vide Elgin, Blue si tolse la T-shirt dalla testa. Un sorriso, semi-congelato sulla sua faccia butterata, si spense non appena la luce del sole gli entrò negli occhi attraverso le finestre.

Jewel disse: «Ehi, abbiamo un altro aiutante!», colpì con un paio di mutande da uomo la testa di Blue e poi il petto di Elgin.

«Ciao, Jewel».

«Ehi, Elgin, è tanto che non ci vediamo». Gli occhi di Jewel si staccarono da lui e si posarono su un asciugamano.

A Elgin non sembrava affatto che fosse passato molto tempo. Gli sembrava anzi di essere stato con lei al lago la sera prima. Gli sembrava di sentire il suo sapore in bocca, di odorare la sua pelle umida e leggermente sudata.

E a stare lì con Blue, gli sembrava pure che fossero tutti e tre ai tempi del parco e che Jewel non fosse invecchiata affatto. Aveva i capelli lunghi e arruffati, sempre con i suoi abiti sgualciti che sembravano presi a caso dal cassetto, abiti che non avevano niente di particolare ma che sul suo corpo erano più sexy di quei capi che le signore ricche compravano a New York una volta all'anno.

Quel pomeriggio, lei aveva un vestito con motivi cachemire che doveva essere stato rosa un tempo e che, dopo anni di lavaggi, era diventato scialbo e sgualcito come il foglio di un quotidiano. Non aveva nulla di speciale, quel vestito – né troppo corto sulle gambe né scollato sul seno – ma sembrava che il suo corpo stesse per esploderci dentro da un momento all'altro.

Elgin passò le mutande a Blue e li raggiunse al tavolo dove piegavano i vestiti.

Per un po' nessuno disse nulla. Prendevano i vestiti dal grosso mucchio e li piegavano, e l'unico suono udibile era Jewel che fischiava.

Poi Jewel rise.

«Cosa c'è?», disse Blue.

«Ah, niente». Jewel scosse la testa. «Sembriamo una bella famigliola felice qui, no?».

Blue tacque, come intontito. Guardò Elgin. Guardò Jewel. Guardò il paio di piccoli calzini celesti che teneva in mano, con le iniziali *JL* cucite sul cotone. Guardò Jewel di nuovo.

«Ma sì», disse alla fine, ed Elgin udì un tremore nella sua voce che non aveva mai sentito prima. «Sì, è vero».

Elgin guardò su, verso il portello di una delle asciugatrici in alto. Si era chiuso quando l'asciugatrice era stata svuotata e, essendo all'altezza degli occhi, Elgin vi vedeva il riflesso della strada principale, i pali bianchi che reggevano la veranda dell'emporio Five & Dime, Perkin Lut che andava avanti e indietro a testa bassa, e le onde del calore che tremolavano per la via.

Il cane era verde.

Blue aveva usato un po' dei soldi che gli aveva dato Big Bobby qualche settimana prima per cambiare mirino. Il nuovo mirino era enorme, il doppio di una canna di fucile e, dato che i giorni si stavano accorciando, era dotato di un dispositivo per la visione notturna. Elgin ne aveva usati di simili nella giungla e non gli erano mai piaciuti, nemmeno quando avevano salvato la sua vita e quella del suo plotone, facendogli avvistare i nemici che avanzavano tra la densa vegetazione come fantasmi grigi e gelidi.

Quei mirini notturni – o LAD come li chiamavano laggiù – erano completamente innaturali e a Elgin sembrava sempre di guardare in un telescopio dal profondo di un lago. Non aveva idea di dove Blue avesse preso il suo ma negli ultimi anni si vedevano spesso i cacciatori di Eden usare quelle merde, scarti dei Marine o dei soldati. E aveva anche sentito di un gruppo di cacciatori che usavano granate per prendere i pesci e farli esplodere, così da averli a bordo già semicotti e pronti dopo averli solo squamati.

Il cane era verde, l'autostrada beige, le cime degli alberi gialle e i tronchi avevano il colore delle uniformi militari.

Blue disse: «Cosa ne pensi?».

Erano sulla casa che Blue aveva costruito sull'albero. Buon legno, due sedie ripiegabili, un telo attaccato a un ramo più in alto, una borsa termica piena di birre. Blue aveva costruito una specie di ringhiera sul davanti, perfetta per appoggiarci i gomiti quando si doveva prendere la mira. Lungo il tronco dell'albero aveva montato un enorme faro attaccato a un generatore portatile, perché anche se era illegale "illuminare" i caprioli, nessuno aveva mai detto che non si potessero illuminare i cani randagi. Blue era senza dubbio a suo agio.

Elgin si scrollò le spalle. Proprio come quando era nella giungla, non era sicuro che quello fosse il modo giusto per lui di vedere il mondo, così sbiadito e offuscato, come in certe vecchie fotografie. Anche il cane sembrava avere la sensazione di essere in qualche modo uscito dal tempo e penetrato in un buco ritagliato dai contorni del paesaggio. Annusava l'aria con un grugno deforme e il resto del corpo era teso e rigido mentre si allungava come se odorasse una preda.

Blue disse: «Vuoi farlo tu?».

Elgin sentiva, forte, il calcio del fucile sulla spalla. Il grilletto, sotto l'indice, era freddo e spesso, e c'era qualcosa che gli faceva prudere il dito e la testa allo stesso tempo, una voce da dietro che insieme al prurito nella testa gli diceva "spara".

Ciò di cui non riusciva proprio a parlare al bar con le persone che non erano state in guerra e che volevano sapere, era cosa si provava a sparare sugli esseri umani, su quei fantasmi grigi e gelidi nella giungla oscura.

Elgin aveva partecipato a quattordici battaglie nel corso del suo arruolamento di dodici mesi e non sapeva con certezza se avesse ucciso qualcuno. Aveva sparato a qualcuna di quelle ombre, le aveva viste cadere giù, ma non aveva mai visto il loro sangue o i loro occhi quando venivano raggiunti dai proiettili. Era tutto un ammasso di rumori e colori improvvisi e rapidissimi, un'esplosione di luci bianche, di cartucce, cespugli verdi, fuoco rosso e urla nella notte. E poi, se la zona era pulita, si camminava nella giungla, c'erano i cadaveri, e non si capiva se avevi ucciso l'uno o l'altro, o nessuno di loro. E l'unica cosa di cui eri sicuro era che ti sentivi fottutamente accaldato e tuttavia – e questa era la cosa terribile, ma anche ironica – profondamente spaventato.

Elgin abbassò il fucile di Blue, fissò la Statale, che ora aveva preso il colore di una conchiglia, e poi gli scuri cespugli di menta. Il cane si notava appena, una forma morbida e scura tra altre forme morbide e scure.

Disse: «No, Blue, grazie», e gli passò il fucile.

Blue rispose: «Come vuoi». Si allungò indietro e tirò la corda annodata del faro. Non appena la luce illuminò l'autostrada e il cane si immobilizzò, sbattendo gli occhi davanti a tanta luminosità, Elgin si trovò a pensare a che cazzo servisse un mirino simile se l'animale veniva illuminato.

Blue spostò il fucile, si appoggiò alla ringhiera e mirò al centro del corpo della bestia, esattamente sul costato. Il cane fece un balzo all'indietro, come se qualcuno lo avesse picchiato con una mazza e, mentre barcollava sulle zampe incerte, Blue ricaricò e sparò dritto alla testa del cane. Il cane cadde di lato, il cranio era scomparso per la maggior parte, e la gamba anteriore batteva sulla strada come se cercasse di pedalare su una bicicletta.

«Credi che potrei, come dire, piacere a Jewel Lut?», disse Blue.

Elgin si schiarì la voce. «Certo, le sei sempre piaciuto».

«Ma intendo...». Blue scrollò le spalle, sembrava improvvisamente imbarazzato. «Mettiamola così: credi che a una ragazza come lei potrebbe piacere andare in Australia?»

«Australia?».

Blue gli sorrise. «Australia».

Blue si allungò all'indietro e spense il faro. «Australia. Ci sono dei dingo laggiù. I cani selvatici, amico mio. Si potrebbero fare davvero buoni soldi. Jewel mi ha detto l'altro giorno che ci sono anche delle spiagge molto belle. Ma anche dei cani selvatici. Big Bobby ha detto che la gente qui sta cominciando a rompere il cazzo e a chiedere che sta succedendo, dov'è Rover eccetera, e comunque non ce ne sono rimasti tanti di quegli stupidi cani. In Australia», disse, «non rimangono mai a corto di cani. Prima o poi qui non ne avrò più».

Elgin annuì. Prima o poi non ci saranno più cani per Blue. Si chiese se Big Bobby l'avesse pensata bene, se si fosse preparato a ogni eventualità, se avesse qualche contatto presso la Guardia nazionale.

«Il ragazzo è solo, come si dice, zelante», Big Bobby disse a Elgin.

Erano seduti da Phil, il barbiere sulla via principale. Phil era andato a pranzo e Big Bobby aveva tirato le persiane, come se dovesse prendere chissà quale importante decisione di Stato.

«Non è zelante, Bobby. È lento. Crede di essere innamorato di Jewel Lut».

«Lo ha sempre pensato».

«Sì, ok, ma ora crede di piacere pure lui un po' a Jewel».

Big Bobby disse: «Com'è che non mi chiami mai sindaco?».

Elgin sospirò.

«Ok, ok, ascolta», disse Big Bobby, prendendo uno dei flaconi di lacca dal bancone di Phil e annusandolo, «dunque a Blue piace il suo lavoro almeno un po'».

Elgin disse: «C'è qualcos'altro, e tu lo sai bene».

Ora Big Bobby giocava con i pettini: «Davvero? Lo so bene?»

«Bobby, gli piace sparare alle cose ora».

«Aspetta». Mise avanti le sue mani grasse e tozze. «Blue ha sempre amato sparare alle cose. Tutti lo sanno. Cazzo, se non fosse così basso e non avesse quei sei o setti milioni di problemi di salute sarebbe stato il primo di questa città ad andare in Vietnam. E invece è dovuto restare qui mentre voi vi stavate a divertire di brutto».

In Vietnam, come se Bobby ne sapesse qualcosa. A divertirci. Ma vaffanculo.

«Cani selvatici», disse Elgin.

«Cani selvatici?»

«Cani selvatici. Dice che vuole andare in Australia a sparare ai dingo».

«Gli farebbe anche un mondo di bene». Big Bobby ripiombò a sedere sulla poltrona del barbiere a fianco di Elgin. «Così si vede un po' di posti, cose così».

«Bobby, lui non andrà in Australia e tu lo sai. Cazzo, Blue non ha mai oltrepassato il confine di questo Stato in tutta la sua vita!».

Big Bobby si strofinò la fibbia della cintura con il bordo della manica. «E allora, cosa vuoi che faccia io?»

«Non lo so. Te lo dico e basta. La prossima volta che lo vedi, Bobby, guardalo bene, in quei fottutissimi occhi».

«Va bene. Che cosa vedrò mai?».

Elgin si girò e lo guardò. «Niente».

Bobby disse: «È amico tuo».

Elgin ripensò a quelle mutandine che uscivano dalla polvere sotto il letto di Blue. «Sì, ma è un problema tuo».

Big Bobby si mise le mani dietro la testa e si allungò sulla poltrona. «Be', le persone si stanno insospettendo per tutti i cani scomparsi e dunque devo interrompere subito questa impresa».

Non capiva. «Bobby, tu interrompi questa impresa, ma qualcuno vedrà qualcosa nel nulla che c'è negli occhi di Blue».

Big Bobby scrollò le spalle, era un uomo che aveva basato tutta la sua carriera sulla capacità di riconoscere sempre i limiti delle proprie possibilità.

La prima volta che Perkin Lut colpì Jewel in pubblico fu al Chuck's Diner.

Elgin e Shelley erano seduti tre tavoli più avanti quando sentirono un gran chiasso, bicchieri e piatti in frantumi. Quando si alzarono dalle loro sedie, Jewel era già distesa a terra con dei vetri rotti e pezzi di porcellana vicino al gomito, e Perkin stava in piedi sopra di lei, con le braccia che gli tremavano, e uno sguardo che diceva quanto fosse sorpreso anche lui come tutti gli altri.

Elgin guardò Jewel, in ginocchio, l'orlo del vestito macchiato dal cibo che era caduto, e distolse lo sguardo prima che lei incontrasse i suoi occhi, perché altrimenti avrebbe fatto qualcosa di stupido e avrebbe ammazzato Perkin di botte.

«Oddio, Perkin», disse Chuck Blade uscendo dal bancone per aiutare Jewel a rialzarsi e pulendosi le mani sporche di salsa sul grembiule.

«Non ci piacciono simili comportamenti, signor Lut», disse Clara Blade. «E nemmeno li accettiamo».

Chuck Blade aiutò Jewel a rimettersi in piedi, con gli occhi sui piatti rotti, la mezza bistecca a terra in mezzo ai fagioli vicino alla sua scarpa. Jewel aveva il segno di uno schiaffo sulla guancia destra che si faceva più rossa mentre appoggiava la mano al tavolo per sostenersi.

«Non volevo», disse Perkin.

Clara Blade sbuffò e prese la penna che aveva dietro l'orecchio e cominciò a calcolare i danni su un fazzoletto di carta.

«Davvero non volevo». Perkin vide Elgin e Shelley. Guardò Elgin fisso negli occhi e alzò le mani. «Lo giuro».

Elgin si girò e vide che Blue stava entrando. Non sapeva da dove venisse anche se gli balenò nella testa che Blue potesse essere rimasto fuori a guardare, che potesse trovarsi lì già da un'ora.

Come molti uomini bassi, Blue era veloce e sembrava che camminasse sempre seguendo una traiettoria obliqua. Si muoveva come se dovesse costantemente schivare degli avversari in una partita di calcio o come se dovesse attraversare un campo minato, cambiando repentinamente punto di appoggio. Era difficile seguirlo con gli occhi.

Blue non disse nulla ma nei suoi occhi Elgin vedeva bene la determinazione a uccidere e la vide anche Perkin, che indietreggiò, scivolò sul casino che c'era a terra e cadde all'indietro. Cercò poi di recuperare l'equilibrio mentre Blue, superando Shelley, si lanciava di scatto vicino a Elgin.

Elgin lo afferrò per la vita e lo sollevò da terra e lo tenne stretto perché sapeva quanto Blue potesse essere imprevedibile in situazioni come quella. Quando pensavi di averlo sotto controllo lui poteva liberarsi di scatto e colpire qualcuno con un bicchiere.

Elgin lo sollevò e lo spinse verso la porta, e Blue si lasciò trascinare come un sacco di cemento, urlando. «Guardami, Perkin! Mi vedi? Questa sarà l'ultima faccia che vedi, Perkin. Presto, molto presto».

Elgin colpì la porta e fuori sentì il calore notturno sulla faccia mentre Blue urlava: «Jewel! Stai bene? Jewel!».

Tornati al caravan di Elgin, Blue non parlò molto.

Cercò di spiegare a Shelley quanto fosse pura Jewel, che colpire un'innocente come lei era come sputare sulla Bibbia.

Shelley non disse nulla e dopo un po' anche Blue smise di parlare.

Elgin lo riempì di whisky, sapendo che Blue non lo reggeva, e poco dopo Blue collassò sul divano, con la faccia butterata ancora rossa di rabbia.

«Non è mai stato proprio a posto, vero?», disse Shelley.

Elgin le accarezzò il braccio nudo, la prese per la spalla e l'avvicinò al suo petto, e sentì Blue che russava lì nel caravan. «No, proprio no».

Lei si alzò, i capelli neri le ricadevano sulla faccia e le solleticavano gli occhi. «Ma tu sei sempre stato suo amico».

Elgin annuì.

Shelley gli toccò la guancia. «Perché?».

Elgin ci pensò un po' e iniziò a raccontarle del ragazzino piccolo e sporco e dei suoi scarafaggi bruciati, delle urla animali che provenivano dal caravan di sua madre. Il modo in cui Blue si sedeva giù al fosso, con il corpo teso, tutto rannicchiato. Elgin pensò a tutti quegli insetti e cani e gatti e conigli e disse a Shelley che aveva sempre avuto l'impressione che Blue stesse morendo, dalla prima volta in cui si erano incontrati, che stesse scomparendo davanti ai suoi occhi.

«Tutti muoiono», disse lei.

«Certo». Si alzò sui gomiti e appoggiò la mano libera sui fianchi caldi di lei. «Certo, ma per la maggior parte di noi è come maturare, per poi morire. Ma per Blue, è come se non fosse mai cresciuto, non avesse mai progredito verso una meta. Come se stesse lentamente morendo dal momento in cui è nato».

Lei scosse la testa. «Non ti seguo».

Elgin pensò alla muffa che sporcava le pareti del caravan della madre di Blue, al terriccio e alla polvere nella sua capanna nei pressi della Statale 11, all'odore marcio che saliva su dal fosso quando erano piccoli. Al modo in cui Blue vedeva tutto questo, a come sembrava farne parte, come se sentisse un legame con quel posto.

Shelley disse: «Tesoro, che ne pensi di andarcene da qui?»

«Dove?»

«Non so. Florida. Georgia. Da qualche altra parte».

«Ho un lavoro. E anche tu».

«Puoi sempre trovare un lavoro da un'altra parte. E io posso fare la receptionist».

«Siamo cresciuti qui».

Lei annuì. «Ma forse è ora di ricominciare la nostra vita da un'altra parte».

«Ci devo pensare».

Lei gli alzò il mento per poterlo guardare bene negli occhi. «Ci hai *già* pensato a lungo».

Lui annuì. «Forse voglio pensarci ancora un po'».

Quando al mattino si svegliarono, Blue era partito.

Shelley guardò il divano sgualcito. Per due minuti buoni rimasero lì a guardare il cuscino e poi si fissarono tra loro, poi ancora il cuscino, e poi si fissarono di nuovo.

Un'ora dopo, Shelley chiamò dal lavoro e disse a Elgin che Perkin Lut era nel suo ufficio come sempre, e non aveva alcun segno di danni fisici.

Elgin le disse: «Se vedi Blue...».

«Sì?».

Elgin pensò bene a cosa dire. «Non so. Chiama la polizia. Di' a Perkin di scappare dalla porta sul retro. È chiaro?»

«Sì, certo».

Quella mattina Big Bobby arrivò tardi al cantiere e disse: «Sono stato a casa di Blue per dirgli che questa storia dei cani doveva finire e...».

«Gli hai detto di piantarla?», chiese Elgin.

«Fammi finire. Fammi spiegare».

«Glielo hai detto?»

«Fammi finire». Bobby si passò un fazzoletto sul volto. «Stavo per dirglielo ma...».

«Non glielo hai detto».

«Ma c'era Jewel Lut!».

«Che cosa?».

Big Bobby mise la mano sul gomito di Elgin e lo allontanò dagli altri operai. «Ho detto che c'era Jewel. Stavano seduti in cucina a fare colazione».

«A casa di Blue?».

Big Bobby annuì. «La più orrenda topaia che io abbia mai visto. Puzzava di... non so cosa. Un odore schifoso. E c'era Jewel, più bella che mai con il suo vestitino, la pelle morbida e il trucco, che mangiava uova insieme a Blue. E aveva un occhio nero. Mi ha sorriso e ha detto: "Ciao Big Billy", e poi si è rimessa a mangiare».

«E questo è tutto?»

«Ma com'è che nessuno mi chiama sindaco?»

«E questo è tutto?», ripeté Elgin.

«Sì. Blue poi mi ha offerto una sedia ma io ho detto che avevo da fare. Anche lui aveva da fare, mi ha detto».

«Cosa significa?». Elgin sentì il tono duro e pungente della sua stessa voce.

Big Bobby indietreggiò. «Che cazzo ne so? Forse che andava a sparare a un altro cane?»

«E dunque non gli hai mai detto che sei intenzionato a chiudere la faccenda?».

Big Bobby sgranò gli occhi, confuso. «Hai sentito quello che ti ho detto? Era lì con Jewel. Lei tutta carina e lui, be', brutto come sempre. Tutta la situazione era strana e me ne sono andato».

«Blue ha detto che aveva da fare anche lui».

«Ha detto che aveva da fare anche lui», disse Bobby, e se ne andò.

La settimana seguente si fecero vedere insieme in città a comprare del cibo, cosmetici per Jewel e delle scatole di cartucce per Blue.

Non si tenevano mai per mano, né si baciavano o si comportavano in modo affettuoso ma erano insieme, e la gente chiacchierava. Diceva cose del tipo: «Questa poi!». E io non avrei mai pensato che quel giorno sarebbe arrivato. Quel giorno... come dire? Il giorno in cui i nodi vengono davvero al pettine.

Blue chiamò Shelley ed Elgin per invitarli a raggiungerli per una colazione all'Ihop. Shelley trovò una scusa, si inventò che aveva la febbre, ma Elgin andò. Era curioso di vedere fin dove sarebbe arrivata quella storia, cosa pensasse Jewel, come mai non capisse che girare con Blue non avrebbe portato a nulla di buono.

Sentiva che gli occhi di tutti erano puntati su di loro mentre mangiavano.

«Vedi dove mi ha colpito?». Jewel alzò la faccia e si tirò i capelli indietro sulle orecchie. Il livido sullo zigomo, che aveva la forma di una specie di pozzanghera, era diventato giallo con i bordi di un beige scolorito.

Elgin annuì.

«Ancora non riesco a credere che quel figlio di troia mi abbia picchiato», disse lei senza alcuna traccia di rabbia nella voce, solo una lieve tensione, come se si fosse tirata fuori le parole dalla bocca con l'intonazione che le sembrava più appropriata. Ma la sensazione che doveva aver provato quando la mano di Perkin l'aveva colpita sul viso, quando era caduta a terra davanti a persone che conosceva da sempre – tutto questo sembrava essersi sbiadito come il livido sullo zigomo.

«Perkin Lut», disse lei sbuffando. E poi si mise a ridere.

Elgin guardò Blue. Non gli era mai sembrato così... fluido, mai da quando lo conosceva. L'abilità con cui tagliava il pancake dividendo le porzioni con un lieve affondo della forchetta; il rapido gesto con cui si sfiorava le labbra con il tovagliolo dopo ogni boccone; il modo in cui girava la testa con attenzione ogni volta che parlava Jewel, spesso portando la tazza del caffè alla bocca.

Quello non era il Blue che Elgin conosceva. Tranne quando impugnava un'arma, infatti, Blue si muoveva sempre e solo a scatti. Tremori agli arti gli facevano contrarre i muscoli, le cose gli cadevano di mano, i gomiti e le ginocchia si muovevano troppo velocemente e lo facevano sbattere contro gli oggetti. Anche il sangue sembrava che gli scorresse troppo velocemente nelle vene, facendo sì che i suoi muscoli rispondessero al cervello dopo un ritardo di un quarto di secondo e poi accelerassero eccessivamente, come per recuperare il tempo perso.

Ma ora si muoveva in modo armonico, come un atleta, o un felino nella giungla.

Questo è quello che fai agli uomini, Jewel: gli doni una sicurezza in loro stessi che va dritta nei loro lombi.

«Perkin», disse Blue e fissò Jewel, ed entrambi si misero a ridere.

Ma lei non rise forte come lui.

Elgin riusciva a vedere l'ombra del dubbio negli occhi di lei, percepiva la sua solitudine nel modo in cui giocherellava con il menù, si toccava lo zigomo, e parlava ad alta voce, come se non stesse raccontando solo a loro due di quando Perkin l'aveva picchiata ma a tutto il locale, affinché la gente potesse capire bene che non era lei la stronza. Se una volta tornata da Perkin avesse dovuto lasciarlo di nuovo, tutti avrebbero dovuto sapere bene il motivo.

Era ovvio che sarebbe tornata da Perkin.

Elgin lo aveva capito dalle occhiate che lanciava a Blue – insicure, lievemente imbarazzate, forse un po' respingenti. Ciò che era iniziato come un viaggio notturno nell'ignoto era diventato qualcosa di freddo e stantio nel brusco passaggio giallognolo verso il mattino.

Blue si pulì la bocca e disse: «Torno subito», e poi andò verso il bagno con passi sicuri che Elgin non gli aveva mai visto fare.

Elgin guardò Jewel.

Lei afferrò la tazza tra la punta del pollice e dell'indice e iniziò a girarla lentamente sul piattino, producendo un leggero stridio che risalì su per la schiena di Elgin come una termite sotto la pelle.

«Non ci vai a letto, vero?», disse Elgin con calma.

Jewel alzò la testa di scatto e si girò, e poi tornò a guardare Elgin. «Noi siamo solo... è un mio amico. Ecco tutto. Come quando eravamo ragazzini».

«Non siamo più ragazzini».

«Lo so. Me ne rendo conto. Lo sai che me ne rendo conto, vero?», e posò di nuovo le dita sulla tazza. «Mi manchi», disse lei delicatamente. «Mi manchi. Quando torni da me?».

Elgin tenne la voce bassa. «Io e Shelley stiamo facendo abbastanza sul serio».

Lei rispose con un lieve sorriso che lui odiò all'istante. Quel sorriso sembrava che lo conoscesse a fondo, sembrava che tutto ciò che lui era stato e tutto ciò che *non* era stato fosse catturato lì, nella curva delle sue labbra. «Ti manca il lago, Elgin. Non mentire».

Lui scrollò le spalle.

«Non sposerai mai Shelley Briggs, né avrai dei figli da lei, né diventerai un cittadino rispettabile».

«Cosa? Che intendi?»

«Perché tu hai troppi demoni dentro di te, ragazzo. E loro hanno bisogno di me. Hanno bisogno del lago. Hanno bisogno di sfogarsi ogni tanto».

Elgin abbassò lo sguardo verso la sua tazza di caffè. «Tornerai da Perkin?».

Lei scosse la testa forte. «Oh no! Ma neanche per sogno, proprio no».

Elgin annuì anche se sapeva che lei stava mentendo. Se i demoni di Elgin avevano bisogno del lago e di essere liberati, quelli di Jewel avevano bisogno di Perkin. Loro avevano bisogno di sicurezza. Avevano bisogno di sapere che i soldi non sarebbero mai finiti, che non avrebbero mai passato due giorni senza un pasto decente, come le era successo tante volte da piccola al campo.

E Jewel vide proprio Perkin quando abbassò gli occhi verso la sua tazza vuota e si toccò la guancia. Perkin che stava nella loro bella casa, spaparanzato con i piedi all'aria a guardare la partita e ad accarezzare il cane, e lei che invece stava all'Ihop nel bel mezzo di una domenica, e il cibo era ormai freddo e vecchio, con un ragazzo che l'amava e un altro che se la scopava, chiedendosi il motivo per cui si trovasse lì.

Blue tornò al tavolo, muovendosi sempre con il suo nuovo passo deciso, con un ampio sorriso e le braccia aperte.

«Come andiamo?», disse Blue. «Eh? Come andiamo?». E le sue labbra si aprirono in un sorriso talmente largo che Elgin ebbe l'impressione che rischiasse di cadere fuori dalla sua faccia.

Jewel partì da casa di Blue due giorni dopo, si incamminò verso il concessionario di Perkin Lut, ed entrò nel suo ufficio. Quando qualcuno entrò a controllare, erano già usciti dalla porta sul retro per passare la giornata a casa.

Elgin cercò di contattare Blue per tre giorni – lo chiamava continuamente, andò alla sua capanna e bussò alla porta e addirittura si mise ad aspettarlo alla casa sull'albero sulla I-95 dove tirava ai cani.

Decise di fare irruzione dentro la sua casa, ci stava pensando seriamente quando provò a chiamarlo un'altra volta, ormai la terza notte di seguito, e Blue rispose con un soffocato: «Pronto?»

«Sono io. Come stai?»

«Non posso parlare ora».

«E dai Blue, sono io. Stai bene?»

«Sono completamente solo», disse Blue.

«Lo so, vengo lì».

«Se lo fai me ne vado».

«Blue...».

«Lasciami in pace una volta tanto, va bene?».

Quella sera Elgin rimase nel suo caravan a fumare sigarette e a fissare le pareti.

Blue non aveva mai avuto nulla dalla vita – non un lavoro che gli piacesse, non una donna sua – e poi, tra Jewel e i cani aveva forse pensato di aver avuto tutto in una volta sola. Un sacco di roba.

Elgin ricordò il piccolo ragazzetto sporco seduto al fosso con le braccia strette intorno al corpo. Aveva sei anni, forse sette, e aspettava di morire.

A volte bisognerebbe chiedersi perché certe persone nascano. Chiedersi quale razza di creatura possa gettare i corpi in questo mondo e aspettarsi che vadano avanti quando non hanno mai avuto gli strumenti per farlo, e neanche alcuna capacità per ottenerne da soli.

In Vietnam c'era un ragazzo grasso del South Dakota, di nome Woodson, che era il tipo meno popolare del plotone. Non era sveglio, non era atletico, non era divertente, non era nemmeno di bell'aspetto. Era

Woodson e basta. Un giorno Elgin correva al suo fianco lungo un mare di risaie, i loro stivali facevano rumore perché venivano risucchiati dal fango a ogni passo, e a un certo punto qualcuno sparò dall'altra parte dei campi e colpì Woodson dritto in testa, spaccandogliela in due. Mentre correva, Elgin non vide altro che la parte inferiore della sua faccia. Niente capelli o fronte o occhi: solo metà del naso, la bocca e il mento.

La cosa assurda fu che Woodson continuò a correre e ad affondare con i piedi nell'acqua, producendo lo stesso rumore di prima, il mitra attaccato al petto, per almeno otto o dieci passi. Il ragazzo era morto e stava ancora correndo. Il ragazzo non aveva alcun motivo per continuare, ma non lo sapeva, e proseguiva la corsa.

Quale barlume di memoria, speranza o sogno lo faceva andare avanti?

Bella domanda.

Quella notte Elgin sognò un plotone di vietcong grigi e gelidi che si alzavano in fila dal centro del lago Cooper mentre lui era nella baracca con Shelley e Jewel. In qualche modo le stava penetrando entrambe. I loro corpi uscivano da un unico paio di fianchi, e le loro quattro gambe lo serravano sulla schiena. Una creatura Shelley-Jewel che gridava per averne ancora, e ancora e ancora.

Elgin vedeva anche il plotone dei vietcong che avanzava compatto verso la riva, con i fucili puntati e le facce nascoste dietro sottili fili di nebbia grigia.

La creatura Shelley-Jewel inarcava le sue due schiene sul letto, sopra di lui, e Woodson e Blue stavano in piedi nell'angolo della stanza a guardare, mentre i loro cani camminavano sul pavimento con passo felpato, emettendo grugniti profondi e sbavando.

Shelley svanì dentro Jewel quando il plotone raggiunse i gradini del portico. Tutti esplosero le proprie munizioni, tutti insieme, producendo il suono circolare di un migliaio di colpi di fucile. Il sudore scendeva copioso sulla testa di Elgin e gli colava lungo il corpo come una pioggia calda, e il plotone sparava all'unisono, le pallottole spaccavano le pareti della capanna e scoperchiavano il tetto nella notte. Elgin guardò in alto verso il nudo cielo notturno, le stelle che sfrecciavano come proiettili, la luna piena e minacciosa e i rami tremolanti degli alberi di betulla. Jewel si alzò e gli saltò addosso, gli morse il labbro e affondò le unghie nella sua schiena, e i proiettili gli ballavano sopra i capelli, e poi, d'un tratto, Jewel era scomparsa e la sua carne si era dissolta contorcendosi in quella di lui.

Elgin si mise seduto sul letto, nudo, con le braccia allungate, mentre aspettava che le pallottole gli trafiggessero la schiena allo stesso modo in cui avevano spaccato le pareti della capanna, e la luna gialla bruciava sopra di lui, i cani ululavano e Blue e Woodson si tenevano stretti nell'angolo della stanza e piangevano come bambini mentre le pallottole bucavano loro la faccia.

Big Bobby arrivò tardi al caravan quella mattina, una domenica, e disse: «Blue è un po' sconcertato per aver perso il lavoro».

«Cosa?». Elgin si sedette sul bordo del letto e si infilò i calzini. «Proprio adesso glielo hai detto – adesso, Bobby – che lo licenzi?»

«L'ho visto nei suoi occhi», disse Big Bobby. «Proprio come hai detto tu. Si vede subito».

Elgin aveva già visto Big Bobby spaventato, moltissime volte, ma in quel momento stava tremando.

Elgin disse: «Dov'è lui?».

La porta di casa di Blue era aperta, in equilibrio precario sugli scalini perché i cardini erano sfasciati. Elgin disse: «Blue?»

«In cucina».

Era seduto in mutande e puliva il suo fucile smontato, i cui pezzi, neri e lucidi, erano tutti davanti a lui sul tavolo. Gli occhi di Elgin lacrimarono un po' perché c'era una puzza tremenda che veniva dal retro e che gli entrava completamente nelle narici. Si rese conto di non aver mai chiesto a Big Bobby o a Blue cosa avessero fatto di tutti quei cani.

«Siediti, amico mio. C'è della birra in frigo, se hai sete».

Elgin non guardava il frigo. «Perso il lavoro allora?».

Blue strofinò l'otturatore con un panno di pelle. «Succede». Guardò Elgin. «Dove sei stato di recente?»

«Ti ho chiamato ieri sera».

«Intendo in generale».

«Ho lavorato».

«No, intendo di sera».

«Blue, tu sei stato», e per poco non disse «a giocare alla bella famiglia con Jewel Lut», ma poi si fermò, «sopra un cazzo di albero, che ne sai di cosa ho fatto di sera?»

«Non lo so», disse Blue. «Per questo te lo chiedo».

Elgin disse: «Sono stato a casa o giù al Double, come sempre».

«Con Shelley Briggs, giusto?».

Lentamente, Elgin disse di sì.

«Te lo sto solo chiedendo, amico mio, voglio dire, quand'è che usciamo tutti insieme? Io, te e la tua nuova ragazza».

I buchi che ricoprivano la faccia di Blue come uno strato di carne andata a male si erano un po' attenuati dopo tutte quelle notti sull'albero.

Elgin disse: «Quando ti pare».

Blue mise giù l'otturatore. «Perché non ora?». Si alzò e andò verso la camera da letto accanto alla cucina. «Fammi solo mettere qualcosa addosso».

«Sta lavorando ora, Blue».

«Da Perkin Lut? Cazzo, è quasi mezzogiorno. Parlerò a Perkin di quella Dodge che mi ha venduto l'anno scorso e poi quando lei sarà pronta la porteremo in un posto carino». Tornò in cucina con indosso una maglietta marrone sporca di terra, e dei jeans.

«Cazzo!», disse Elgin. «Non voglio che Shelley pensi che io faccia sul serio o roba simile. Andiamo a pranzo una volta e poi vorrà che la accompagni tutte le mattine e la vada a riprendere la sera».

Blue stava rimontando il fucile, incastrando tutti quei pezzi splendenti così alla svelta che Elgin pensò che fosse in grado di farlo anche a occhi chiusi. «Elgin, devi mostrare loro un po' di affetto a volte, voglio dire... Dio mio...». Prese un piccolo proiettile di ottone dalla tasca della maglietta e lo infilò, poi altri quattro, e poi rimise a posto l'otturatore.

«Sì, ma hai capito cosa voglio dire?». Elgin guardò Blue che cullava il fucile appoggiandolo sullo spazio tra l'anca sinistra e le costole, con la canna puntata verso la cucina.

«Lo so che vuoi dire», disse Blue. «Lo so, ma devo parlare a Perkin della mia Dodge».

«Cos'ha che non va?»

«Cos'ha che non va?». Blue si girò verso di lui per guardarlo bene e la canna del fucile si mosse con lui, spostandosi all'altezza della fibbia della cintura di Elgin. «Cos'ha che non va, è una merda, ecco cosa non va, Elgin. Cazzo, lo sai bene. Perkin mi ha dato una fregatura. Questa è la situazione». Chiuse gli occhi per un secondo. «Della birra da bere in macchina?».

Elgin aveva una pistola nel cassetto della macchina. Una A.32. Ci pensò.

«Elgin?»

«Sì?»

«Perché mi guardi in modo strano?»

«Hai un fucile puntato contro di me, Blue. Te ne rendi conto?».

Blue guardò il fucile e sembrò sorpreso di trovarlo lì. Lo abbassò verso la porta. «Merda amico, scusa. Non ci pensavo nemmeno. Mi sembra un altro braccio, a volte me ne dimentico. Oddio, scusami». Alzò le braccia allargandole, e di conseguenza anche il fucile si alzò.

«Un sacco di persone meriterebbero di morire, non è vero?».

Blue sorrise. «Be', non stavo proprio pensando a quello ma ora che lo dici tu...».

Elgin disse: «Chi merita di morire, amico mio?».

Blue si mise a ridere. «Hai qualcosa in mente, vero?». Si mise a sedere sul tavolo cullando il fucile sulle gambe. «Diavolo, amico mio, chi hai tu? Cominciamo con quelli che occupano due posteggi».

«Ok». Elgin spostò una sedia dal tavolo e la posizionò appena dietro a Blue, poi si mise a sedere. «Dai, sentiamo».

«Ci sono i DJ che parlano per un intero minuto all'inizio della canzone. I fottuti sudamericani che ora vengono qui a raccogliere il tabacco e che non hanno alcun rispetto. Le donne che indossano tutti quei vestiti stretti e ti guardano come se fossi un pervertito mentre tu stai solo fissando ciò che esibiscono». Si strofinò la fronte con l'avambraccio. «Merda».

«Chi altro?», disse Elgin con calma.

«Ok, ok. Ci sono le persone che lasciano i propri cani liberi di andare sull'autostrada e farsi ammazzare. E le persone disoneste, che mentono e vendono assicurazioni e macchine e cibo andato a male. Ce ne sono molti. Anche Jane Fonda».

«Certo», annuì Elgin.

La faccia di Blue era grigia e tirata. Accavallò le gambe come faceva sempre giù al fosso. «Sono tutti là fuori». Annuì e le sue palpebre si abbassarono.

«Perkin Lut?», disse Elgin. «Lui merita di morire?»

«Non solo Perkin», disse Blue. «Non solo lui. Un sacco di gente. Voglio dire, quanti ne hai uccisi tu in quella guerra?».

Elgin scrollò le spalle. «Non lo so».

«Ma qualcuno. Qualcuno. Giusto? Dovevi farlo. Voglio dire, è la guerra, qualcuno arriva dal lato sbagliato e tu uccidi lui e tutti i tuoi amici finché non la smettono di infastidirti». Le palpebre gli si chiusero di nuovo e sbadigliò così profondamente che fu percorso da una specie di brivido quando ebbe finito.

«Forse hai bisogno di dormire».

Blue si voltò leggermente per fissare Elgin. «Tu credi? È da un pezzo in effetti...».

Una brezza fece tremare le pareti sottili e spinse di nuovo quell'orrendo odore in cucina, un tanfo di marciume che si insinuò in fondo alla gola di Elgin e lì rimase. Disse: «Quando è stata l'ultima volta?»

«Che ho dormito? Diavolo, un sacco di tempo fa. Giorni, forse». Blue fece una torsione del torace per poter guardare bene Elgin. «Hai mai quella sensazione di passare tutta la vita in attesa, come se tutto dovesse ancora iniziare?».

Elgin annuì, ciò che stava dicendo Blue non era positivo ma sapeva di dovergli dare ragione. «Certo».

«È dura», disse Blue. «Dura». Si allungò all'indietro sul tavolo e fissò le macchie marroni di umidità sul soffitto.

Elgin inalò un bel po' di quel tanfo su per le narici. Tenne gli occhi ben aperti ed ebbe l'impressione che l'aria dalle narici si insinuasse fino alle cornee e le superasse lacerandole. Il desiderio di chiudere gli occhi e aspettare che tutto fosse finito era fortissimo, il desiderio più intenso che avesse mai provato, ma sapeva che era arrivato quel momento. Quell'attimo che prima o poi sarebbe dovuto arrivare.

Si allungò verso Blue, e poi tirò via il fucile dalle sue gambe.

Blue girò la testa e lo guardò.

«Vai a dormire», disse Elgin. «Ci penso io ora per un po'. Andremo a trovare Shelley domani. E anche Perkin Lut».

Blue chiuse gli occhi un secondo. «E se non riesco a dormire? Eh? È tanto che ho questo problema, lo sai. Metto la testa sul cuscino e cerco di addormentarmi ma il sonno non arriva e presto mi ritrovo a singhiozzare come un bambino del cazzo finché non mi alzo e faccio qualcosa».

Elgin guardò le lacrime che erano appena uscite dagli occhi celesti di Blue, le vene rosse che si vedevano sulle parti bianche, il bisogno selvaggio e disperato sulla sua faccia che era sempre stato lì, se solo qualcuno avesse guardato bene da vicino. Quel bisogno che, Elgin lo sapeva, non sarebbe mai stato soddisfatto.

«Resterò qui, amico mio. Starò qui seduto in cucina, tu vai in camera e dormi».

Blue si girò e fissò nuovamente il soffitto. Poi scivolò via dal tavolo, si tolse la maglietta e la buttò sopra il frigorifero. «Va bene. Ci proverò». Si fermò sulla soglia della camera da letto.

«Socio, c'è della birra in frigo. Ci sarai quando mi sveglio?».

Elgin lo guardò. Era ancora così minuto, così magro che forse gli si potevano ancora afferrare i bicipiti con una mano sola. Era ancora brutto e aveva l'aria da stupido, e stava ancora morendo proprio davanti agli occhi di Elgin.

«Ci sarò, Blue. Non ti preoccupare».

«Ottimo. Perfetto».

Blue chiuse la porta ed Elgin sentì il suono delle molle del letto e lo sfregamento dei cuscini che venivano sistemati. Si sedette sulla sedia, con l'odore di chissà cosa in decomposizione nel retro che gli girava intorno alla testa. Il sole batteva sopra il sottile tetto da quattro soldi e riscaldava la piccola casa. Dopo un po' Elgin si rese conto che il ronzio che pensava di avere in testa in realtà era da qualche parte nel retro della casa.

Si domandò se avesse la forza di aprire il frigo. Si domandò se dovesse chiamare Perkin Lut e dirgli di andare assolutamente via da Eden per un po'. Forse doveva chiamare Shelley e dirle di preparare le valigie e fissare un appuntamento per quella sera. Avrebbero percorso la I-95 e i cani non li avrebbero disturbati e sarebbero arrivati spediti a Jacksonville in Florida prima dell'alba. E forse si sarebbero lasciati alle spalle Blue e i suoi piccoli bisogni pericolosi, i suoi cani morti, e la sua puzza; si sarebbero lasciati alle spalle le persone che occupavano due posteggi e le telefonate dei call center e Jane Fonda.

A quel punto nella sua mente apparve Jewel, un'immagine che la ritraeva seduta sopra di lui, mentre inarcava la schiena e scuoteva quei suoi capelli rossi, e uno sguardo negli occhi che diceva "ecco, così, questa è vita".

Poteva alzarsi ora con il fucile in mano, grattarsi la nuca che gli prudeva e sparare dritto attraverso la porta per terminare ciò che non sarebbe mai dovuto iniziare.

Rimase lì seduto a fissare la porta per un bel po', finché non si rese conto di aver imparato l'esatto numero di punti in cui la vernice si era scrostata e aveva formato dei buchi. Alla fine si alzò, andò al telefono che stava sulla parete vicino al frigo e compose il numero di Perkin Lut.

«Concessionario», disse Shelley, ed Elgin ringraziò il cielo che non avesse risposto Glynnis Verdon che faceva schioccare la gomma da masticare e lo faceva sempre aspettare mettendo in sottofondo le cover delle canzoni delle Shirelles.

«Shelley?»

«Continui a chiamarmi al lavoro, tesoro. La gente comincerà a chiacchierare».

Lui sorrise, cullò il fucile come fosse un bambino, e si appoggiò al muro. «Come stai?»

«Abbastanza bene, bellezza. E tu?».

Elgin si voltò, e guardò la porta del bagno. «Sto bene».

«Ti piaccio ancora?».

Elgin udì le molle cigolare in camera da letto e il vecchio pavimento di legno scricchiolare sotto il peso di un corpo. «Mi piaci ancora».

«Ok, allora. Tutto bene dunque?».

I passi di Blue avanzarono verso la porta e Elgin si spinse con il fianco per staccarsi dal muro.

«Tutto bene», disse. «Devo andare ora. Ti chiamo presto».

Riattaccò la cornetta e si staccò dal muro.

«Elgin», disse Blue dall'altra parte della porta.

«Sì, Blue?»

«Non riesco a dormire. Proprio non ci riesco».

Elgin vide Woodson barcollare sulla risaia, la parte superiore della testa andata. Vide le mutandine rosa che uscivano da sotto il letto di Blue e un raggio di sole che illuminava il volto di Shelley mentre alzava la testa da dietro il bancone del concessionario e sorrideva. Vide Jewel Lut al lago che ballava di notte sotto la pioggia, e quel cane che giaceva morto al lato dell'autostrada, dando colpi con la gamba come se volesse pedalare una bicicletta.

«Elgin», disse Blue. «Non riesco proprio a dormire. Devo fare qualcosa».

«Provaci», disse Elgin, e si schiarì la gola.

«Non ce la faccio. Proprio. Devo... fare qualcosa. Devo andare...». La sua voce si ruppe. Si schiarì la gola. «Non riesco a dormire».

La manopola della porta si girò ed Elgin alzò il fucile e fissò la canna.

«Certo che puoi, Blue». Mise il dito sul grilletto non appena si aprì la porta. «Certo che puoi», disse di nuovo e poi fece un bel respiro e trattenne l'aria.

Lo scheletro delle Cascate di Eden copre ancora ventidue ettari di terreno appena a est di Brimmer's Point, ma ora è coperto di ruggine spessa come carne. Secondo alcuni furono gli alti livelli di iodio che un ispettore aveva trovato nell'acqua sotterranea a spaventare gli investitori iniziali. Altri dicevano che era solo colpa dell'economia statale che ristagnava o della mancata rielezione del governatore. Altri dicevano semplicemente che le Cascate di Eden era un nome troppo stupido, e troppo biblico. E poi c'era ovviamente chi sosteneva che fosse stato il fantasma di Jewel Lut a spaventare a morte tutti gli operai.

Il suo corpo fu trovato impiccato sulle impalcature che avevano eretto sull'intelaiatura dell'ottovolante. Era nuda e appesa a testa in giù con una corda legata alle caviglie. Le avevano tagliato la gola talmente in profondità che il medico legale disse che era un miracolo se la testa era ancora attaccata al corpo, quando la ritrovarono. L'assistente del medico, un uomo di nome Chris Gleason, affermò, da ubriaco, che la testa era caduta nel carro funebre mentre passava sulla strada principale verso l'obitorio. Diceva che l'aveva sentita urlare.

Quello fu lo stesso giorno in cui Elgin Bern chiamò l'ufficio dello sceriffo e disse che aveva ucciso il suo amico Blue, sparandogli due volte a distanza ravvicinata, e che quel ragazzo debole e minuto era morto prima di toccare il pavimento della cucina. Elgin disse al vicesceriffo che era ancora seduto nella stanza dove aveva commesso il crimine qualche ora prima. Disse di mandare il carro funebre.

Dato che Perkin non aveva alcun alibi per la morte di Jewel e dato soprattutto che recentemente c'erano stati gravi disaccordi tra loro, Perkin venne arrestato e condotto davanti al gran giurì. Il giudice tuttavia decise di non incriminarlo. Perkin e Jewel stavano mettendo le cose a posto, dopo tutto; e lui le aveva comprato una macchina (a prezzo di costo, è vero, ma meglio di niente).

Inoltre, tutti sapevamo che a uccidere Jewel era stato Blue. Diavolo, lo sapeva anche il figlio dei Simmons, un ritardato che mangiava la vernice e la corteccia degli alberi. Una volta che venne fuori tutto ciò che Big Bobby e Blue avevano combinato con i cani qui intorno, be', non ci furono più dubbi. E tutti si ricordavano di quel periodo in cui Jewel si era separata dal marito, e di come si vedesse bene negli occhi di Blue quel sogno che si stava concretizzando. Blue aveva il cuore colmo di speranza per la prima volta nella sua triste vita.

E quando la speranza in un uomo arriva tardi, può diventare molto pericolosa. La speranza è per i giovani, per i bambini. La speranza in un adulto – particolarmente in un uomo che non la conosceva affatto, e non aveva alcuna ragionevole possibilità di conoscerla – be', quel tipo di speranza arde nel momento in cui muore, fa gelare il sangue che poco prima ribolliva, e lascia qualcosa di malvagio quando scompare.

Blue aveva ucciso Jewel Lut.

Ed Elgin Bern aveva ucciso Blue. Ed era finito in prigione. Non per molto, dati i suoi trascorsi di guerra e le circostanze e la personalità di Blue, ma comunque in prigione. Tutti sapevano che Blue stava per fare qualcosa, stava forse andando da Perkin o da qualche altra povera anima per fare loro ciò che aveva fatto a Jewel. Una volta che un uomo prende quell'espressione negli occhi, quell'espressione furiosa, come quella di un cane che cerca freneticamente un osso e che non smette finché non lo ha trovato – be', a volte va abbattuto come un cane. O no?

E fu molto triste quando Elgin uscì di prigione e scoprì che Shelley Briggs se ne era andata nel Nord con Perkin Lut, tra tutti proprio lui, che aveva perso interesse per le macchine dopo la morte di Jewel e aveva iniziato a vendere elettrodomestici importati dal Giappone o dalla Germania, facendo una fortuna. Non molto dopo essere uscito di prigione anche Elgin se ne andò – nessuno sa dove, se ne andò e basta. Trasportato dalla corrente.

Ecco, il punto è che nessuno voleva condannare Elgin. Tutti capivamo. Davvero. Blue doveva andarsene. Ma non aveva nessun'arma in mano quando Elgin, in piedi a pochi metri da lui, premette quel grilletto. Per due volte. Potevamo passare sopra a un colpo, ma due è un'altra cosa. Elgin non si difese in alcun modo, rifiutò persino il tentativo di un avvo-

cato intelligente che lo spingeva a chiedere la parziale infermità mentale, dovuta a una sindrome chiamata stress post-traumatico, una cosa che si sente dire molto più spesso al giorno d'oggi.

«Non ho quel disturbo», disse Elgin. «Ho sparato a un uomo che non poteva difendersi. Questo è quanto, e significa commettere un peccato».

E aveva ragione.

Nel mondo, nel caso non lo aveste notato, di solito si paga per i propri peccati.

E nel Sud, si paga sempre.

William Gay
IL TAPPEZZIERE
2000

William Gay (1941) è nato a Hohenwald, una cittadina rurale del Tennessee. Dopo aver prestato servizio nella Marina durante la guerra in Vietnam, ha vissuto sia a New York che a Chicago prima di tornare definitivamente a risiedere nella sua città natale nel 1978. Sebbene non abbia frequentato l'università è sempre stato un lettore vorace e ha iniziato a scrivere all'età di quindici anni. Si è guadagnato da vivere nel settore edile come imbianchino, carpentiere, muratore – «qualsiasi cosa», come ha detto lui stesso. Per quanto possa sembrare incredibile, considerando il suo talento, Gay non ha venduto neanche uno dei suoi lavori fino al 1998, quando per la prima volta due dei suoi racconti sono stati acquistati da alcune riviste letterarie.

L'anno seguente è stato pubblicato il suo romanzo *The Long Home* che è stato accolto dalla critica con recensioni ottime e che gli è valso un premio James A. Michener Memorial. Come le altre sue opere, il romanzo si inserisce nella tradizione del *Southern Gothic* di autori come William Faulkner, Flannery O'Connor e Cormac McCarthy. Ha subìto inoltre l'influenza di scrittori americani del calibro di Raymond Chandler e Ross Macdonald – ma, mentre i loro romanzi sono ambientati in California, quelli di Gay si svolgono nei paesaggi tetri, misteriosi e violenti del Sud rurale degli Stati Uniti, abitati da lavoratori umili, apparentemente ordinari. Ha pubblicato inoltre *Provinces of Night* (2000), una raccolta di racconti, *I Hate to See That Evening Sun Go Down* (2002) e *Crepuscolo* (*Twilight*, 2006).

Il tappezziere (*The Paperhanger*) nasce da una storia che l'autore aveva sentito da un idraulico anni prima. Il racconto è stato pubblicato nel numero di «Harper's Magazine» del febbraio 2000 ed è stato inoltre selezionato per *The Best American Mystery Stories 2001*, *The O. Henry Prize Stories 2001* e per *The Best American Mystery Stories of the Century*.

La scomparsa della figlia della moglie del dottore in pieno giorno fu un evento talmente sconvolgente che divise per sempre il tempo in un prima e un dopo, in un allora e un adesso. Parecchi anni più tardi, aiutandosi con una caraffa di vodka Martini dry, lei ebbe modo di rivivere gli eventi accaduti subito prima della sparizione. Erano banali e ordinari, ma in prospettiva erano stati anche minacciosi, carichi di presagi, proprio come un soldato o un giullare precedono l'ingresso del re in una sala.

Aveva avuto una discussione con il tappezziere. Zeineb, la sua bambina di quattro anni, se ne stava in piedi dietro al tappezziere che in ginocchio cercava di appiattire le bolle d'aria della carta da parati usando una specie di cazzuola di plastica. Zeineb gli teneva le mani nei capelli. Il tappezziere aveva i capelli lunghi fino alle spalle, erano del colore del lino e la bambina ne era estasiata. Non gli dava nessun fastidio e anzi procedeva con il suo lavoro. Aveva le braccia lisce, scure e muscolose e, grazie al riflesso della luce che lo colpiva attraverso le vetrate dipinte, la moglie del dottore notò che erano leggermente ricoperte da dei finissimi peli dorati. Mentre formulava i suoi pensieri, era affascinata da quelle braccia.

«Tu dimmi il prezzo al rotolo». La moglie del dottore veniva dal Pakistan, e aveva ancora un accento marcato. «Io non conosco rotoli singoli o rotoli doppi. Tu mi dici il prezzo del rotolo doppio ma poi mi metti il rotolo singolo. Me l'ha detto il mio amico. E così mi costa almeno il doppio».

Il tappezziere, ancora in ginocchio, si voltò. Le fece un sorriso. Aveva gli occhi di un blu chiaro. «Io te l'ho detto quanto viene un rotolo», ribatté. «Li hai comprati tu, i rotoli». La bambina, non ancora scomparsa, fissava l'uomo negli occhi. Era un clone in scala ridotta della madre, era la madre vista dal lato sbagliato di un telescopio, e il tappezziere pensò che quando sarebbe cresciuta non avrebbe cambiato espressione né avrebbe perso quei suoi lineamenti, sarebbe solo diventata più grande, come se venisse gonfiata con una pompa.

«E stai lasciando i bozzi», disse la moglie del dottore, indicando il muro. «Non li lascio», disse il tappezziere. «Lo sai come lavoro, quelli non sono bozzi. La carta è ancora bagnata e la colla pure. Asciugandosi si sistemeranno e la carta si appiattirà». Fece un altro sorriso. Aveva dei denti puliti e ben fatti. «E inoltre», disse, «ti ho anche applicato la tariffa speciale, il prezzo che faccio solo a quelle che la danno, quindi non capisco perché ti lamenti».

La bocca della donna si contorse in maniera compulsiva. Per un attimo sembrò quasi che l'avesse presa a schiaffi. Quando riuscì a parlare, le parole le uscirono mischiate a un'esplosione di saliva. «Sei un verme», disse. «Mi fai schifo».

Lui appoggiò le mani sulle ginocchia e si tirò su. Le dita della bambina si ritrassero e lasciarono i capelli. «Non dirmi che ti faccio schifo», rispose, come se sentirsi dare del verme non gli desse alcun fastidio, ma lei si era già voltata. Se ne stava andando, muovendo sinuosamente i fianchi, e percorreva il corridoio verso il salone gigantesco. Il tappezziere abbassò lo sguardo verso la bambina. Aveva il viso illuminato da una strana e innaturale gioia, come se lei e il tappezziere condividessero un segreto che il resto del mondo non aveva ancora scoperto. Nel salone un operaio stava controllando l'istallazione di un lampadario che scendeva dal soffitto appeso a una lunga catena dorata. L'operaio era un ometto basso, con la barba, e si muoveva saltellando mentre illustrava alla donna le caratteristiche del lampadario, con un sorriso servile. Lei gli mandava uno sguardo fisso e rabbioso. Alzò un braccio verso il soffitto e fece un gesto ampio. «Lasciamo perdere», disse.

Uscì dalla porta d'ingresso e andò in veranda, scese dalla passerella provvisoria di legno e andò sul cortile dove era parcheggiata la sua auto. Era una Mercedes metallizzata che suo marito le aveva regalato per il loro anniversario. Era talmente silenziosa che quando la mise in moto il motore si sentiva appena.

Abbassò il finestrino e chiamò Zeineb. Dall'altro lato del giardino, che gli operai dovevano ancora sistemare, un uomo con addosso una T-shirt macchiata di grasso stava allacciando le catene di sicurezza che fissavano un escavatore sopra un rimorchio. Il sole era basso a ovest e gettava un colore rosso sangue sulla scena, mentre quell'uomo e il camion sembravano bidimensionali, come una decorazione intagliata. Suonò il clacson. L'uomo si voltò e alzò un braccio, pensando fosse per lui.

«Zeineb», chiamò di nuovo.

Scese dall'auto e si avviò impaziente sul sentiero d'ingresso. Dietro di lei il camion si mise in moto, e l'escavatore uscì dal viottolo, in direzione della strada.

Il tappezziere stava mettendo via la riga a T e le cazzuole nella cassetta degli attrezzi di legno. «Dov'è Zeineb?», chiese la moglie del dottore. «Ti ha seguito fuori», rispose il tappezziere. Si guardò intorno, come se la bambina si fosse nascosta da qualche parte. Non c'erano nascondigli.

«Dov'è mia figlia?», chiese all'operaio. L'elettricista scese dalla scala. Il tappezziere uscì dal bagno con i suoi strumenti. L'operaio si mise a cercare ovunque. I suoi lineamenti da elfo erano contratti per la mortificazione, come se la bambina scomparsa fosse una sua responsabilità, che gli sarebbe stata addebitata insieme a tutto il resto.

«Probabilmente si è nascosta nell'armadio», disse il tappezziere. «Ti sta facendo uno scherzo».

«Zeineb non mi fa questi scherzi», rispose la moglie del dottore. I suoi occhi continuavano a cercare ovunque nella stanza enorme, fermandosi sulle ombre che si allungavano negli angoli. Nella sua voce si sentiva una sfumatura di panico. Il suo autocontrollo, la tranquillità: tutto era scomparso insieme alla figlia.

Il tappezziere posò la cassetta degli attrezzi e si mise a cercare per tutta la casa, apriva e chiudeva ogni porta. Era una casa enorme, piena di armadi. Della bambina neanche l'ombra.

L'elettricista andò a cercare al piano di sopra. L'operaio era uscito dalla porta a vetri che dava sulla veranda ancora da finire e si mise a cercare in cortile. Quel giardino era un labirinto di buche irregolari scavate per sistemare la fossa biologica e dopo quelle c'era solo il bosco. «Starà giocando in quelle buche», disse l'operaio, camminando sul lastricato.

Ma non era così, purtroppo. Non c'era più. Guardarono per tutta casa e nel giardino. Si muovevano in fretta, a scatti. Continuavano a guardare verso il bosco dove la luce del sole iniziava a spegnersi. L'operaio continuava a scuotere la testa. «Eppure *deve* essere da qualche parte», diceva.

«Chiamate qualcuno», disse la moglie del dottore. «Chiamate la polizia!».

«È un po' presto per allertare la polizia», disse l'operaio. «Deve essere da queste parti».

«Chiamala comunque. Ho un telefono in macchina, vado a chiamare mio marito».

Mentre lei era al telefono, l'elettricista e il tappezziere continuarono le ricerche. Avevano guardato ovunque e furono costretti a controllare di nuovo dove erano già passati. «Questa è davvero la situazione più maledettamente brutta che abbia mai visto», disse l'elettricista.

La moglie del dottore scese dalla Mercedes sbattendo la portiera. Si fermò di colpo e con la mano si toccò la fronte. Gridò. «L'uomo con il rimorchio», urlava. «Mia figlia deve essere salita sul rimorchio!».

«Oh Cristo», disse l'operaio. «In che situazione ci siamo cacciati».

Quell'anno lo sceriffo era un uomo pensieroso che si chiamava Bellwether. Stava in piedi a fianco della volante e parlava con il tappezziere mentre gli agenti perlustravano il giardino. Altri erano in casa a cercare negli stessi posti messi sottosopra innumerevoli volte. Bellwether era stato nel bosco e si stava staccando le erbacce dai pantaloni color cachi e dai calzini. Guardava verso il bosco, dove il buio si stava infittendo e iniziava a spandersi lungo il prato come una macchia d'olio.

«Devo farmi mandare parecchi uomini qui», disse Bellwether. «Un sacco di uomini con un sacco di torce. Andremo a controllare ogni singolo centimetro di quel bosco».

«In bocca al lupo», disse il tappezziere. «La foresta arriva fino a Lawrence County. Lì inizia Harrikan, e lì in fondo è dove ci sono tutte quelle vecchie miniere, Allens Creek».

«Non me ne frega un cazzo, non mi importa se la foresta arriva fino a Fairbanks in Alaska», disse Bellwether. «Dobbiamo farlo. Ci vorranno solo tanti uomini».

Il cortile ricoperto di terriccio era pieno di macchine. Il dottor Jamahl era tornato con un'elegante Lexus nera. Rimproverò sua moglie. «Perché l'hai persa di vista?», le domandò. A differenza della moglie, la sua dizione era irreprensibile. Nascose il viso tra le mani e si mise a piangere. Il dottore aveva ancora addosso il camice verde da chirurgo, che era macchiato da gocce di sangue come il grembiule di un macellaio.

«Devo andare a sfamare le mie mucche», disse il tappezziere. «Vado a dargli da mangiare e torno subito per aiutarvi nelle ricerche».

«Non hai nulla in contrario se do un'occhiata nel tuo furgone, vero?»

«Come?»

«Devo pararmi il culo. Se questa ragazzina non torna subito questa faccenda si farà grossa. Manderanno il TBI, l'FBI, le televisioni. Non posso escludere nessuna possibilità».

«Fai pure», disse il tappezziere.

Lo sceriffo perquisì il pickup del tappezziere. Con la torcia guardò sotto i sedili e tastò con le mani le imbottiture.

«Dovevo farlo», disse in tono di scuse.

«Certamente», rispose il tappezziere.

Quando tornò era ormai calato un buio pesto. Aveva dato da mangiare al bestiame e messo via gli attrezzi, poi aveva preso un pacco da sei di birra San Miguel e si era messo a bere nel furgone. Il tappezziere era stato in Marina, di stanza nelle Filippine, e la San Miguel era l'unica birra che riusciva a bere. Doveva andare fuori città a comprarla, ma ne valeva la pena. Gli piacevano l'etichetta esotica, il retrogusto amaro in fondo alla lingua, la sensazione di freschezza che gli davano le bottiglie appoggiate sulla fronte.

Una folla di curiosi si era riunita nel cortile per dare una mano nelle ricerche. C'era una vaga aria di festa. Li osservò con occhio spassionato, come se avesse il compito di dare un voto ai partecipanti, facendo il confronto con altri spettacoli a cui aveva già assistito. Qualcuno aveva portato dei thermos di caffè e li aveva posizionati sopra ai tavoli, insieme a dei panini che venivano distribuiti ai cercatori stanchi. Avevano anche portato una gru per sollevare la fossa biologica dal terreno. Dondolava appesa a un tirante, mentre degli uomini ispezionavano il terreno aiutandosi con delle torce. Cercavano una qualunque traccia. Fasci di luce attraversavano gli alberi in lontananza, avanti e indietro come delle lucciole. Il dottore e sua moglie sedevano su delle sedie pieghevoli da campeggio. Sembravano svuotati, storditi e in attesa che qualcuno riportasse la figlia fra le loro braccia.

Il dottore era un uomo basso e tarchiato, affabile. Aveva un viso tondo come la luna, la pelle del volto era più chiara in alcune zone e più scura in altre, come se i pigmenti di colore non fossero stati amalgamati per bene. Aveva studiato a Princeton. Quando aveva iniziato a lavorare nel suo studio, era tornato in Pakistan per trovare una moglie adatta alla sua posizione. Aveva scelto quella donna per la sua bellezza. A ripensarci, forse avrebbe dovuto prendere in considerazione anche altre qualità. Era ancora molto bella, ma iniziava a pensare che certi suoi difetti stessero incominciando a farsi sentire. Sembrava che avesse problemi a stare appresso ai figli. Era riuscita a smarrire una bambina di quattro anni in una stanza non più grande di centottanta metri quadrati.

Il tappezziere finì la bottiglia e la posò ai suoi piedi nel pickup. Osservò il viso sconvolto della moglie del dottore alla luce blu della notte. La prima volta che l'aveva vista era stato quando lei l'aveva chiamato per dipingere una camera da letto nella casa in cui vivevano prima che la villa del dottore fosse completata. Aveva un'aria così arrogante che sembrava che cercasse disperatamente qualcuno capace di farla tornare con i piedi per terra. Aveva civettato con lui per un po', si era allontanata e poi aveva ripreso di nuovo a fare la gatta morta. Lo trattava come se fosse una macchia sul tappeto del bagno, poi però gli restava accanto mentre lui lavorava, tanto da fargli venire le vertigini per il profumo intenso che aveva addosso e per il calore che sembrava emanare dal corpo. Era rimasta vicino a lui quando si era messo in ginocchio per dipingere il battiscopa e dopo un lunghissimo momento gli aveva appoggiato delicatamente una coscia sulla spalla. "Faresti meglio a toglierla", aveva pensato lui. Ma non lo aveva fatto. Allora lui era scoppiato in una risata e si era voltato verso le sue parti basse. Lei aveva fatto un urlo strozzato e gli aveva dato un gran ceffone. Il pennello era volato via macchiando i muri rosa scuro con gocce di vernice bianca. «Sei un animale schifoso», aveva detto lei. «Sei un mostro». Era sparita dalla stanza e lui l'aveva sentita sbattere le porte alle sue spalle.

"Be', stavo proprio cercando lavoro quando ho trovato questo". Aveva fatto un sorriso filosofico tra sé e sé.

Ma comunque non l'aveva licenziato. E in effetti l'aveva richiamato anche per questo lavoro. E la cosa lo faceva riflettere.

A mezzanotte smontò la guardia. Altri più tenaci di lui gli diedero il cambio. Il terreno lì era stato appiattito dall'inutile andirivieni dei cercatori. Andando via, per strada incrociò una fila di camionette della protezione civile. Uomini dalla faccia cupa erano seduti uno di fronte all'altro sul retro. Alcuni tenevano il fucile ben stretto, come se stessero andando a dare la caccia al mostro, uomo o bestia che fosse, che aveva rapito quella bambina fra le sue grinfie feroci per poi scomparire – preda e predatore – in un batter d'occhio.

Altri segni di civiltà, persino più incerti di questi, si persero in lontananza. Guidò fino ad Harrikan, dove abitava. Un posto così scuro e desolato che la luce stessa sembrava un lusso. Uno stormo di uccellini con gli occhi rossi si alzò dai lati della strada. Vecchie fonderie e fornaci abbandonate scorrevano sui lati, scure e sinistre come prigioni incustodite. In fondo a un burrone lì accanto c'era un cimitero in rovina, difficile da trovare. Il tappezziere sapeva dov'era. Aveva aperto alcune di quelle tombe e con curiosità aveva esaminato ciò che aveva trovato, bottoni, fibbie di cinture e qualche spilla. Aveva sistemato le ossa come un bambino avrebbe fatto con i suoi giocattoli, mettendole in ordine come a simulare una risurrezione improvvisata.

Fece una frenata molto brusca in curva, e il camion sbandò sulla ghiaia. Una lince aveva attraversato la strada, elegante e feroce come un fantasma e con gli occhi illuminati dal riflesso dei fari. Gli aveva tagliato la strada così rapidamente che pareva quasi un effetto scenico trasportato su un palcoscenico da dei cavi.

Bellwether andò insieme a un agente a casa dell'uomo che era alla guida dell'escavatore. Abitava su una strada sterrata che attraversava una distesa di cedri. Viveva in una casa di legno con il soffitto di alluminio che era diventato marrone per la ruggine. Parcheggiarono lì davanti e scesero dalla macchina, sistemandosi il cinturone.

Bellwether aveva un mandato di perquisizione con l'inchiostro ancora fresco, e quell'uomo era furioso.

«Mettiamola così». Bellwether glielo spiegò con calma. «Io mi devo parare il culo. Devo prendere in considerazione ogni ipotesi. Sai come sono fatti i bambini. Non ragionano. Che facciamo se magari si è infilata sotto alle ruote mentre facevi retromarcia? Se tu l'hai messa nel camion per sbarazzarti del corpo da qualche parte?»

«Che ne dici se magari te ne vai da casa mia?», rispose l'operaio.

«Devo prendere in considerazione ogni ipotesi», ripeté lo sceriffo. «Nessuno ti sta accusando di niente, per il momento».

La moglie dell'operaio li fissava minacciosa. Per tenere le mani impegnate, l'operaio iniziò a girarsi una sigaretta. Aveva delle grandi mani rosse disseminate di puntini marroni. Tremavano. «Non ho proprio un bel niente da nascondere, io», disse.

Bellwether e il suo agente cercarono ovunque, in tutti i posti che gli vennero in mente. Alla fine rimasero perplessi in piedi nel cortile fuori della casa, con i loro pantaloni cachi e le loro giacche di pelle lucida.

«Ora andatevene da casa mia», disse l'operaio. «Se pensate che io possa essere in grado di mettere sotto una bambina e poi sbarazzarmi del cadavere buttandolo in un cespuglio come fosse un gatto morto allora non voglio nemmeno guardare le vostre facce. Voglio solo che ve ne andiate e che ve ne andiate subito, perdio».

«Non potevamo escludere nulla», disse lo sceriffo.

«E allora forse non dovreste escludere quel tappezziere».

«E perché?»

«Il tappezziere è un bastardo malato».

«Era ancora lì quando sono arrivato io», disse lo sceriffo. «Tre testimoni hanno detto che non si è mai mosso di lì, neanche per un minuto, e uno dei testimoni era la madre della bambina. Ho perquisito il suo furgone io stesso».

«E allora è un bastardo malato con un ottimo alibi», disse l'operaio.

Non c'era altro. Nessuna richiesta di riscatto, nessuna piccola che spuntava fuori due contee più avanti in stato di assoluta amnesia. Era un capitolo chiuso, una porta sbarrata, una palla persa nell'erba alta. Era una bambina non più alta di una bambola, ma il vuoto che aveva lasciato dietro di sé era incolmabile. E non aveva fine. Era rimasto aperto. Non era mai arrivato il momento in cui qualcuno potesse dire, allontanandosi da una piccola tomba: «Be', è stato orribile, ma ora devi andare avanti con la tua vita». La vita non andava avanti.

La moglie del dottore insistette per far aprire un'indagine scrupolosa nei confronti dell'uomo che portava l'escavatore quel giorno. Esperti periti dell'FBI esaminarono ogni singolo millimetro del camion, concentrandosi in particolare sulle ruote. Furono esaminate con ogni strumento d'indagine a disposizione, ma non trovarono alcuna particella di tessuti o di sangue, neppure un pezzetto di unghia che potesse fornire un indizio, né brandelli di capelli.

I lavori alla villa cessarono. Alcuni operai vennero congedati subito, altri semplicemente se ne andarono da soli. Non c'era nessuno a controllarli e nessuno li avrebbe pagati. Il legno della veranda rimasta incompleta si scurì con l'autunno e con le piogge invernali. Le buche furono lasciate aperte e si riempirono d'acqua per metà. L'edera si avvicinò avanzando dal bosco. La malva e gli oleandri che aveva piantato la moglie del dottore crebbero contorti e selvaggi. I vetri d'importazione delle finestre furono presi a sassate da dei ragazzini spudorati, che lanciavano le pietre e poi scappavano. Su quella casa, dove era scomparsa una bambina, iniziava ad aleggiare una fama malata, morbosa.

Il dottore e sua moglie se ne stavano rintanati in stanze separate, a rivivere quei momenti dolorosi come in un incubo. Il dottore dava la colpa della sparizione della figlia alla negligenza di sua moglie. Lei beveva vodka e Martini mentre guardava quei talk show che ospitavano un'interminabile processione di persone vendicative che non avevano visto sparire i propri figli, e pensava, forse a ragione, che il destino le avesse tirato un colpo basso, e continuava a sperare in un miracolo.

Poi un giorno se ne andò. Si portò via la Mercedes e alcuni abiti, insieme alle sue cose. Lui si chiese dove fosse andata, ma non andò a cercarla.

Seduto nella sua poltrona, accarezzava un grande gatto rosso tenendo con l'altra mano una bottiglia di J&B, e mentre ammirava le varie sfumature di luce fuori della finestra, il dottore si ricordò di quando studiava letteratura a Princeton. Ripensò con particolare intensità alle poesie di William Butler Yeats. Tutto intorno cadeva a pezzi, il centro non poteva reggere.

Il suo studio cadde in rovina. All'inizio i colleghi si mostrarono comprensivi, ma c'è un limite a queste cose. Sbagliava le diagnosi, non prescriveva i medicinali giusti, e non una volta o due, ma quasi sempre.

La sfortuna chiama altra sfortuna, e così si arriva al punto in cui le cose non possono far altro che peggiorare. E così fu. Una donna di mezza età che stava operando morì.

Fece un'incisione perché doveva curare un'appendicite e tenne aperta la carne recisa con un morsetto per poter eseguire l'intervento. Ma non c'era. Iniziò a guardare dappertutto, scansò gli organi, cercò fra gli intestini in mezzo a un fiume crescente di sangue. L'appendice non c'era. Era scomparsa, atrofizzata, rimossa venticinque anni prima, e lui aveva riaperto quella stessa identica ferita. Rovistava nella cavità addominale di quella donna come un uomo innervosito cerca a tentoni un paio di calzini puliti dentro a un cassetto. Iniziò a urlare dalla rabbia, torcendosi le mani in quel risentimento insanguinato mentre le infermiere lanciavano grida di terrore. Un altro chirurgo venne fatto entrare di corsa per ricucirla, e lui fu portato via dalla sala operatoria.

Per giorni interi rimase seduto su quella poltrona, preso d'assalto da avvocati, giornalisti invadenti e da una montagna di notifiche giudiziarie. Non c'era altro che potesse fare. Non aveva più il controllo della situazione, ed era in balia delle persone pagate per occuparsi di cose come quelle. Rimase seduto a cullare la bottiglia di J&B e il gatto rosso che si era accucciato sul suo ampio torace. Fissava la finestra, la luce del sole iniziava a ritirarsi anche se lui non se ne accorgeva più, beveva sorsi di scotch, dando ogni tanto una carezza sul muso del gatto, che ricambiava facendo le fusa contro il suo petto, rassicurante come il ronzio dell'aria condizionata.

Se ne andò in piena notte. Iniziò a caricare le sue cose sulla Lexus. All'inizio selezionò quegli oggetti con enorme attenzione. Per prima cosa prese delle mazze da golf fatte a mano con incise le sue iniziali. Poi il suo impianto stereo, un Denon AC3 da 1750 dollari. Una copia di *Di qua dal Paradiso* con l'autografo di Fitzgerald, che aveva acquistato sperando si rivelasse un buon investimento. Quando aveva ormai riempito la Lexus per metà, iniziò a prendere oggetti a caso e a buttarli sul sedile posteriore della macchina, una pizza mangiucchiata, mezza scatola di cibo per gatti, una pantofola.

Guidò verso ovest, oltre l'ospedale, oltre il country club, fuori città. Non pensava assolutamente a nulla, e la sua unica meta era la strada che i fari della sua auto gli facevano vedere.

Con le pioggerelle di fine autunno la moglie del dottore tornò alla villa lasciata incompiuta. Si metteva a sedere su una sedia da campeggio nella veranda distrutta e si faceva un Martini dalla bottiglia ghiacciata che portava in una borsa frigo. Faceva buio presto in quei giorni di novembre. I cuculi andavano a fare provviste in un lontano campo di granturco e gridavano nel grigio cielo autunnale. Quel suono era perfidamente evocativo, le ricordava qualcosa che non avrebbe saputo descrivere.

Poi entrava nella stanza dove aveva perso sua figlia, quando la luce stava ormai calando. Gli angoli della stanza in alto erano ormai del tutto in ombra, ma riusciva a distinguere i nidi delle vespe raggruppati sulla carta da parati strappata, e un ragno che dondolava dal lampadario appeso al vetro filato. Le feci secche di un qualche animale addosso al battiscopa. La stanza era avvolta da un silenzio enorme.

Un giorno andò lì e fu sorpresa di trovarci il tappezziere. Era seduto su un quad giallo, a bersi una birra. Quando la vide si girò per andarsene, ma lei gli fece un segno e gli disse: «Resta, voglio parlarti un attimo».

Il tappezziere era molto cambiato. I suoi lunghi ricci chiari erano stati tagliati male, come se li avessi sforbiciati al buio o fosse andato da un barbiere cieco, e aveva le guance coperte da una barba soffice e ricciuta.

«Hai la barba adesso».

«Sì».

«Mi fa strano vederti così».

Il tappezziere prese un sorso dalla sua San Miguel. Fece un sorriso. «Mi sentivo strano senza», disse. Si alzò e andò a sedersi sul lastricato. Guardò oltre il giardino mutilato verso gli alberi più avanti. Quel giardino era come un labirinto di un parco giochi visto dall'alto, con le sue curve e i suoi passaggi spogliati di ogni mistero.

«Lavori da qualche altra parte adesso?»

«No. Non lavoro così spesso ultimamente. Sono solo e mi basta poco. Che fine ha fatto il dottore?».

Lei alzò le spalle. «Sono cambiate molte cose», disse. «Se n'è andato. Le banche si sono riprese tutto. Di che marca è quel quad?»

«È un ATV, quattro per quattro».

«Può andare nella foresta?»

«È fatto apposta».

«Potresti portarmi nel bosco. Quanto mi costerebbe?»

«Che cosa?»

«Fare un giro nella foresta. Se mi ci porti sono disposta a pagare».

«Perché?»

«Per cercare il corpo di mia figlia».

«Non mi farei pagare per cercare il corpo di una bambina», disse il tappezziere. «Ma non è fra questi alberi. Avrebbero trovato qualunque cosa, con quelle ricerche che hanno fatto».

«A volte penso che abbia continuato a camminare. Forse si è messa a camminare e si è persa. Fino a sparire nella foresta».

"Nella foresta", pensò il tappezziere. Se avesse continuato a camminare senza fermarsi nemmeno per mangiare o per dormire, dove sarebbe arrivata? In Kentucky, ad Algiers, chissà.

«Ti ci porto quando smette di piovere», disse. «Ma non troveremo nessuna bambina».

La moglie del dottore scosse la testa. «È un mistero», disse. Prese un sorso del suo cocktail. Dove poteva essere andata? E perché se n'era andata via?

«C'era un uomo che si chiamava David Lang», disse il tappezziere. «Era di Galletin, agli inizi dell'Ottocento. Stava attraversando un'aia in pieno giorno con sua moglie e due bambini quando svanì. Sparì nel nulla. C'era un giudice su una carrozza che stava passando davanti alla fattoria e lo vide anche lui. Era come se mentre camminava fosse passato in un altro mondo. Nessuno lo rivide più».

Gli rivolse un sorriso amaro, triste e diretto. «Mi prendi in giro».

«No. È vero. L'ho letto su un libro. Te lo farò vedere».

«Su un mio libro ci sono anche i dragoni e le fate. Ne ho letto uno in cui gli hobbit vivevano al centro della terra. Sono bugie. Come la gran parte dei libri. Forse tutti. Ho pregato per un miracolo ma si vede che non lo merito. Ho pregato che tornasse in vita, poi che potessimo trovare il corpo. Quello sarebbe già un miracolo per me. Ma non esistono i miracoli».

Si alzò, traballante, barcollò leggermente e si chinò sulla borsa frigo. Il tappezziere la guardò. «Devo andare adesso», gli disse. «Quando le piogge finiranno andremo a cercarla».

«Ce la fai a guidare?»

«Certo. So guidare, io».

«Voglio dire se ce la fai adesso. Sembri un po' ubriaca».

«Bevo per dimenticare ma non basta», disse. «Posso guidare».

Dopo un po' la sentì andare via sulla Mercedes, le ruote stridevano con forza sul viottolo di ghiaia. Si accese una sigaretta. La fumò seduto, e rimase a osservare la pioggia gocciolare giù dal letto. Sembrava che stesse aspettando qualcosa. Il buio calava come un sudario sul mondo, risucchiando tutto nell'oscurità senza forma come all'alba dei tempi. Finì l'ultima birra, seduto con la bottiglia in mano, e con la schiuma amara in fondo alla bocca. Ebbe un brivido. Aveva avuto l'impressione di essere osservato. Si voltò. Dall'angolo della veranda rovinata una bambina lo stava osservando. Si alzò in piedi. Sentì la bottiglia di birra rompersi sul lastricato. La bambina scappò di corsa oltre le piante di malva verso il prato alla fine del giardino, una piccola bambina color seppia con uno sguardo tetro in volto, reale come non lo era mai stata in vita, traslucida come la luce invernale che filtra da un vetro sporco.

La moglie del dottore aveva le mani appoggiate delicatamente sui suoi fianchi mentre scendevano, scansando il sassofrasso, passando al margine di un crinale che dava sul fantasma di una strada, una strada che si poteva percepire più che vedere, sopra un ettaro di pietre rialzate e di tavole di granito nascoste. Alcune tombe erano riconoscibili solo per l'inclinazione del terreno. Erano talmente rovinate dalle intemperie che non si potevano più vedere nemmeno le iscrizioni sulla pietra.

Le enormi foglie di pioppo ambrate svolazzavano, e avevano venature talmente dorate che sembravano delle monete che venivano usate in un mondo migliore di questo. Spense il motore e scesero. Superati gli alberi bassi il cielo tornò a essere blu di un'intensità inverosimile, un acceso blu cobalto colpito da intensi strali di luce dorati.

Lei scivolò indietro e per un attimo si appoggiò al suo braccio per riprendere l'equilibrio. «Dove siamo?», domandò. «Perché siamo qui?».

Il tappezziere si era liberato dalla sua presa e si era incamminato verso le tombe. Si era messo a leggere le iscrizioni ancora decifrabili come se stesse cercando un suo antenato o un lontano parente in quella terra putrida. La moglie del dottore era andata a prendere il suo Martini dal portabagagli della ATV. Rimase a guardarsi intorno perplessa. C'era un angelo con le ali spezzate scolpito nella roccia e accovacciato su una colonna di marmo spaccata, simile a un gargoyle. I suoi occhi di pietra la guardavano con una benevolenza cieca. «Alcune di queste tombe sono state saccheggiate», disse lei.

«Non si può rubare ai morti», disse lui. «Non hanno più niente che si possa togliere loro».

«È un sacrilegio», rispose lei. «Non si disturbano i morti. Sei stato tu».

Il tappezziere prese un pacchetto di sigarette dalla tasca e lo tastò, ma scoprì che era vuoto, lo appallottolò e lo gettò via. «Il confine fra profanatori di tombe e archeologi è sempre stato molto sottile per me», disse. «Stavo solo studiando la loro cultura, provavo a capire come fossero le loro vite».

Lei lo guardava, come pietrificata dall'orrore. Era in piedi, ripiegata su se stessa, sperduta, come la parodia della donna che era stata un tempo. Era strana, anomala, in quei suoi capi alla moda che però non si abbinavano tra loro, come se si fosse messa addosso le prime cose che aveva trovato. "Un giorno", pensò lui, "potrebbe alzarsi e andare in giro nuda in pieno giorno senza niente addosso, così come mamma l'ha fatta". Con solo il suo orologio di diamante e quel bicchiere da cocktail che teneva come fosse un talismano consunto.

«Tu hai infranto la legge», gli disse.

«Ho un permesso del governo», rispose il tappezziere con sarcasmo.

«Perché siamo qui? Dovremmo andare a cercare mia figlia».

«Se cerchi un corpo, il primo posto dove guardare è il cimitero», disse. «Se cerchi un libro non vai forse in biblioteca?»

«Io ti pago», replicò lei. «Ti ho chiesto di fare un lavoro per me. E non ho voglia di stare qui. Voglio che tu faccia come ti dico o che mi riporti alla macchina se non vuoi».

«In verità», disse il tappezziere, «voglio raccontarti una storia. Su mia moglie».

Fece una pausa, come se stesse aspettando un commento da parte della donna, ma quando si rese conto che lei sarebbe rimasta in silenzio, riprese a parlare. «Avevo una moglie. L'amore della mia infanzia. Faceva l'infermiera, e lavorava in una di quelle cliniche di riabilitazione per drogati. Dopo un po' che lavorava lì iniziai a vedere che i suoi occhi erano sempre più lontani. Mi guardava senza vedermi. Si era invaghita del suo supervisore. Iniziarono a fare riunioni, a partecipare alle conferenze. Ma in genere erano loro due da soli a conferire, e dentro una stanza d'albergo. La notte in cui li vidi entrare insieme all'Holiday Inn di Franklin decisi di ucciderla. Non sarebbe stato un gesto inconsulto, fatto a caldo. Ci ragionai per bene e feci in modo di organizzare il delitto perfetto».

La moglie del dottore non disse niente. Rimase solo lì a guardarlo.

«Una tomba è il posto migliore per sbarazzarsi di un cadavere», disse il tappezziere. «Ed è quella la sua destinazione in ogni caso. Avrei scavato e tirato fuori una bara e poi avrei scavato ancora. Avrei messo tutto da parte. Poi avrei messo lì il mio corpo e l'avrei ricoperto con un po' di terra. Poi ci avrei rimesso la bara sopra, o quello che ne restava. Le ossa, cose di quel genere. Una bella pioggia di assestamento, un mucchio di foglie e sarei stato libero di nuovo. Ecco, un bel pezzo di eternità bello pronto».

«Hai ucciso una persona», sussurrò lei con un filo di voce. Le sue parole si sentivano appena.

«Forse sì, forse no», disse. «Decidi tu. Tu hai i poteri di un dio. Puoi fare di me un assassino o semplicemente un uomo con il cuore spezzato perché la moglie l'ha lasciato. Che ne dici? Comunque sia, non ho una moglie. Credo sia svanita nel nulla come quel Langley di cui ti ho parlato».

«Voglio andare via», gli rispose. «Voglio tornare alla mia macchina».

L'uomo stava seduto su una tomba e la guardava con i suoi occhi chiari. Forse non aveva sentito.

«Andrò a piedi».

«Fai come credi», disse il tappezziere. A un tratto se lo trovò di fronte. Non l'aveva visto alzarsi da quella tomba né prendere il sentiero, ma se lo trovò davanti proprio come in quei film, con il montaggio velocissimo. Le aveva posato le mani sul seno, osservava il suo volto, dall'alto.

Sotto l'impietosa forza della luce del sole quel viso era stordito e vacuo. Lo esaminò scrupolosamente, guardando ogni singolo dettaglio. Aveva delle rughe che le partivano dagli angoli degli occhi e dalla bocca come delle sottili fratture sulla porcellana. Sulla pelle increspata della gola, della sporcizia le intasava i pori. Aveva perso davvero tutto: la bellezza, la ricchezza, la posizione sociale, l'arroganza. Addirittura l'umanità stessa, perché in quell'attimo non sembrava neanche più una donna: era stata colpita così duramente dal destino che era pronta ad accettare persino quelle mani sul seno. Solo l'ennesima croce da portare, un'altra offesa indegna da sopportare.

«Come sei scesa in basso», disse il tappezziere meravigliato. «Credo proprio che tu sia arrivata al mio stesso livello ora, vero?»

«Non mi importa», disse la moglie del dottore. «Non mi importa più di nulla ormai».

Lentamente e con un'improvvisa arrendevolezza il suo corpo crollò verso di lui, ed ebbro di gioia in quel gesto lui non vide un movimento, ma il semplice e puro completamento di un'azione cominciata molto tempo prima, con il fatidico tocco di una coscia, un'azione che era iniziata in un mondo ed era finita in un mondo completamente diverso.

Da quella che gli pareva una distanza enorme, la vide cadere verso di lui come un angelo che scendeva con le ali spiegate da un'altezza infinita, e che toccava terra dolcemente, inclinandosi e raddrizzandosi.

La carezza della luce della luna che cadeva sul volto del tappezziere lo risvegliò nel suo giaciglio. Bagliori fatui attraversavano le tende opache e si diffondevano su di lui in un solenne silenzio, simili a fantasmi traslucidi di piccoli insetti. Si ridestò, rimase immobile per un istante a riprendere conoscenza e si ricordò di dove fosse.

Era nel suo letto, sdraiato sulla schiena. Fuori dalla finestra vedeva un'enorme luna arancione sospesa nel cielo, deturpata da rami di inchiostro nero che si alzavano a graffiarla come artigli. Vedeva i suoi piedi in trasparenza dietro i rigidi contorni della bottiglia ambrata di San Miguel che teneva con le mani eretta sull'addome, in controluce verso la finestra sbiadita, un monolito scuro e atavico sovrastato dalla luna piena.

Sentiva il suo odore. Sapeva di muschio unito a sudore rancido e alcol, lo sgradevole odore del suo sesso. Dissoluzione, rovina, perdita. Si voltò per osservarla mentre dormiva con la bocca spalancata, una cavità scura nel suo volto. Era nuda, le gambe spalancate, il suo seno bianco appiattito come cera raffreddata. Nel sonno faceva dei movimenti di insofferenza e mugolava. Poteva sentire il suono aspro del suo respiro. Il suo alito era fetido, contaminato, aveva l'odore del cimitero. La guardò disgustato, con uno scialbo disprezzo per se stesso.

Prese un sorso dalla bottiglia, poi la riabbassò. "A volte", disse al suo viso addormentato, "si fanno delle cose che non si possono cancellare. Si rompono oggetti che non si possono più rimettere insieme. Succede senza volerlo, prima di rendersene davvero contro. E avevi ragione, ci sono cose che solo un miracolo potrebbe sistemare".

Si mise a sedere tenendo la bottiglia in mano. Si toccò i capelli tagliati male, poi la soffice barba. Non si ricordava più nemmeno che aspetto avesse, tanto tempo era passato dall'ultima volta che si era visto allo specchio. Senza volerlo, il viso di Zeineb gli attraversò la memoria. Si ricordò dello sguardo della bambina quando la moglie del dottore si era girata sui tacchi per andarsene: in un attimo quel viso era stato invaso da una rabbia che si era addensata come le nuvole di un temporale estivo. Gli aveva fatto una linguaccia. La sua mano era partita come un serpente e le aveva stretto la gola, spezzandole il collo prima che potesse fare in tempo a richiamarla verso di sé. Si ricordò di quegli occhi scuri larghi e disumani, della lingua rosa stretta fra quei dentini di madreperla come un piccolo bocciolo di rosa staccato. I capelli le dondolavano attorno al viso, la testa si era adagiata nella morsa della sua mano. Prima che se ne rendesse conto aveva già aperto la scatola degli attrezzi e la stava infilando lì dentro come fosse una bambolina di pezza. Era così piccina, così piccina, era proprio una bella bambina.

Si alzò. La sua sagoma svettava davanti alla finestra imbevuta dei raggi di luna mentre mandava giù la birra. Si guardò intorno per trovare un posto dove posare la bottiglia, poi si chinò sul corpo di lei e la mise fra la carne pesante delle sue cosce. Rimase in silenzio ad osservarla. Aveva un'aria da filosofo, dominato da una saggezza conquistata a caro prezzo. Il tappezziere sapeva bene che se erano in pochi a essere meritevoli di un miracolo, ancora meno erano quelli in grado di realizzarne uno.

Uscì dalla stanza. Porte che si aprivano, porte che si chiudevano. Il suono di passi che scendevano una scalinata. Lei continuava a sognare. Quando tornò nella stanza teneva saldamente fra le braccia un fagotto avvolto nella plastica. Lo posò delicatamente a fianco alla donna ubriaca. Srotolò via quello strato di plastica come fosse una placenta.

Quelli erano i resti della bambina. Il freezer aveva conservato ciò che la terra del cimitero aveva risparmiato. Cristalli di ghiaccio erano intrappolati fra i capelli e come dei fiocchi di neve al vento le si erano posati sulle ciglia. Era una bambola uscita dalla catena di montaggio di un manicomio.

Le prese un braccio e lo mise attorno alla bambina. Lei si ritrasse per il freddo, ma lui le strinse con fermezza il braccio un'altra volta e lo rimise dov'era, sistemandole come fossero manichini, una Madonna con il bambino. Osservò quella composizione e poi lasciò casa sua per l'ultima volta. La porta si chiuse delicatamente alle sue spalle facendo scattare la serratura.

Il tappezziere se ne andò con la Mercedes, diretto verso le terre a occidente, verso quei vasti territori che avrebbe potuto contaminare come una spora maligna. Senza saperlo, aveva preso la stessa identica strada che il dottore aveva percorso circa otto mesi prima, e in un mondo dalle possibilità infinite dove tutti i viaggi hanno la stessa fine, forse ora se ne stanno insieme, a prendere l'aria della sera su una veranda rovinata, circondati dalle malve e dagli oleandri, il dottore con il suo scotch e il tappezziere con la sua San Miguel, da bravi gentiluomini che nel tempo libero discutono delle stravaganze della vita e riflettono a lungo nella notte, non solo sulla possibilità, ma sulla inevitabilità dei miracoli.

F.X. Toole
EIACULAZIONI NOTTURNE
2001

F.X. Toole è lo pseudonimo di Jerry Boyd (1930-2002). Figlio di emigrati irlandesi, ha avuto una formazione del tutto insolita, ha fatto i lavori più disparati, dal lustrascarpe quand'era ragazzo, al barman, al conducente di betoniere. Dopo aver letto il saggio-romanzo *Morte nel pomeriggio* di Ernest Hemingway si è trasferito in Messico per diventare un matador. Terminata la carriera da torero è andato a vivere a Los Angeles, dove ha frequentato assiduamente palestre di pugilato e dove alla fine è diventato allenatore e *cutman* (colui che ha il compito di curare le ferite del pugile fra un round e l'altro).

Dopo numerosi tentativi andati a vuoto, durati circa trent'anni, nel 1999 è riuscito a vendere il suo primo racconto a una rivista letteraria, la «Zyzzyva». Da quel momento ha scelto di pubblicare con il suo pseudonimo, che è un'unione fra il nome di Francis Xavier, Francesco Saverio, il filosofo, insegnante e santo del sedicesimo secolo, e quello del suo attore preferito, Peter O'Toole. Una raccolta dei suoi racconti è stata pubblicata nel 2000 con il titolo *The Rope Burns: Stories from the Corner*. Molti degli episodi narrati in questi racconti sono stati trasposti nel film *Million Dollar Baby* del 2004, che ha vinto quattro premi Oscar per migliore fotografia, miglior regista (Clint Eastwood, che recitava anche), migliore attrice (Hillary Swank) e miglior attore non protagonista (Morgan Freeman). Molte delle sue storie si basano su episodi accaduti realmente a Dub Huntley, un amico di Boyd che gli aveva insegnato la boxe. Quattro anni dopo la morte di Toole, il suo lungo romanzo *A bordo ring* (*Pound for Pound*) è stato acclamato dalla critica e, nel 2007, il canale satellitare AMC ha mandato in onda una serie di episodi di un'ora ispirati ai suoi racconti.

Eiaculazioni notturne (*Midnight Emissions*) è stato pubblicato per la prima volta nella raccolta *Murder on the Ropes* dalla New Millennium di Los Angeles nel 2001 ed è stato selezionato per l'edizione del 2002 di *The Best American Mystery Stories*.

«Quando la vittima è stata seviziata era ancora viva», disse Junior.

Vedete, ce ne stavamo in palestra e io avevo risposto ad alcune domande. Il vecchio Junior era uno sbirro e pure lui aveva il mio stesso accento da texano del Sud, aperto e sboccato. Chiaramente masticava tabacco. Sputò un filo di saliva nera dentro alla bottiglia di Coca-Cola, la reggeva nella mano che non usava per tenere la pistola. Aveva degli occhi blu che erano più chiari di una camicia da lavoro scolorita.

«Che diavolo», disse, «gli hanno aperto la guancia dalla bocca fino all'orecchino».

Già, in Texas quando un poliziotto ritrova un corpo la prima domanda che si fa non è chi sia l'assassino, ma che cosa abbia fatto la vittima per meritarsi una fine del genere.

Bill Clancy si era tenuto alla larga dalla polizia per un bel po' prima che arrivasse Kenny Coyle. Dopo la boxe aveva lavorato per un periodo al dipartimento di polizia di San Antonio. Arrotondava lo stipendio giù in città, non so se mi spiego. Era dopo che l'avevo allenato per i pesi massimi alla vecchia El Gallo, poi divenuta la palestra Fighting Cock, sulla Blanco Road giù in centro. Abbiamo lavorato insieme per circa sei anni, a conti fatti, fin da quando era solo un dilettante. Billy Clancy aveva il cuore da vero irlandese. Alto uno e novanta, sui cento chili, era bello massiccio, e il peso ce l'aveva in gran parte dalla vita in su. Aveva pure un bello stile, correva come un velocista. Poi è finito al tappeto una volta, e da lì in poi non è più riuscito a stare in piedi sul ring. Era sempre in grado di rompere il culo a chiunque se voleva, ma gli bastava prendere un colpo, anche in un incontro combinato con un barbone, e andava giù al tappeto come un birillo.

Tra i dilettanti il vecchio Billy vinceva sempre, ma dopo una dozzina di incontri professionisti il suo record era di otto a quattro, con una frattura al naso. Vale a dire, otto vinte per KO e quattro perse per KO, e allora decise di appendere i guantoni al chiodo. Per un bel po' di tempo lui se ne andò per i fatti suoi e io per i miei. Poi Billy Clancy aprì il Clancy's Pub, con i soldi fatti da sbirro. E quella è stata la sua grande botta di culo. C'era la serata irlandese con la musica di Mick, *corned beef* e cavoli, la Caffrey's Ale alla spina e la Harp Lager di Dundalk. C'era pure la serata messicana con i mariachi e la gente che ballava i *corridos,* la banda che cantava le *rancheras* e finiva con quella specie di polka chiamata *norteña* che ti faceva ridere e piangere allo stesso tempo. Per la serata buffet a base di gamberetti, Billy se ne faceva portare un carico di quelli pescati nel golfo sul confine a Matamoros, che erano più dolci di una marmellata di prugne. C'erano anche la serata del football e quella montanara, e durante il weekend ci trovavi la migliore musica jazz e blues che si fosse mai sentita. B.B. King ci ha suonato per una settimana intera, una volta. Per Billy era diventata una cosa grossa quella. Aveva continuato ad aprire locali finché non era giunto ad averne sei, in tre città diverse. E ben presto Billy Clancy si era ritrovato a essere qualcuno, partito da San Antonio e arrivato fino a Dallas e poi a Houston. Pagava le tasse, rispettava le leggi e trattava tutti come signori, senza curarsi di quanto sporchi fossero i loro stivali o quanto sbiaditi fossero gli abiti, o se davanti aveva uno con il vestito arancione, viola o verde.

Si era preso una vecchia casa nel quartiere storico di Monte Vista a San Antonio. Sua moglie aveva una sua impresa di arredamento di interni e aveva rimesso a nuovo quel posto talmente bene che pareva di essere tornati indietro di un secolo. I figli andavano alla scuola privata, poi li avrebbe mandati tutti all'Università del Texas ad Austin, anche se il più piccolo, che era un po' tardo, diceva di voler fare l'agricoltore.

Poi un giorno Billy mi chiamò. Voleva invitarmi a farci una grigliata giù vicino al fiume, sapendo che non avrei potuto resistere alle costolette di maialino. Una volta lì a un certo punto si alzò in piedi e mi disse: «Red, voglio ricominciare».

In pratica gli era venuta nostalgia dell'odore della pelle, del sudore e del baccano del pubblico. Gli mancava l'azione, ecco cosa, quindi si rimise in gioco nell'unico modo in cui poteva, diventando un manager di pugili. E gli riusciva pure bene. All'epoca era già sui quaranta, io li avevo superati da un pezzo ormai – ma uno è davvero vecchio solo se quando si siede sul cesso deve tenere le palle alzate che sennò si bagnano. Comunque sia, tra i soldi che mi arrivavano ogni mese dall'assegno di disoccupazione e quelli che facevo con i pugili di Billy, ero messo abbastanza bene. Mi ero pure preso un paio di stivali di struzzo e un cappello di castoro El Patron 30X della Stetson, perdio!

Billy voleva a tutti i costi trovare un peso massimo. Tutti i manager puntavano ai soldi, visto che erano i pesi massimi quelli che ti potevano far entrare valanghe di bigliettoni verdi. Chiaro, anche Billy li voleva i bigliettoni, ma per lui si trattava più che altro di riprendersi una cosa che aveva perso. Però trovare il lottatore giusto è difficile, quasi quanto trovare una ancora vergine al ballo di fine anno.

Praticamente con appena venti, venticinque vittorie fatte bene, specialmente se il pugile fa sul serio, un peso massimo può arrivare a un titolo che vale milioni. Ci sono eccezioni, ma la gran parte dei pesi leggeri lottano una vita intera senza mai superare i duecentomila. Una delle ragioni è che ce ne sono così tanti. Un'altra è che sono piccoletti. E il pubblico adora vedere i pesi massimi che cadono al tappeto.

Però ormai gli atleti grossi vanno quasi tutti a fare sport in cui non prendi le botte che prendi nella boxe. Oggi non ci sono più i pregiudizi di una volta verso i neri, ma comunque i bianchi sono quelli che rendono di più in assoluto, e di certo Billy non se la sarebbe presa se gli avessi trovato un ragazzone bianco, magari irlandese o meglio ancora italiano. Comunque sia allenare i pesi massimi richiede dei sacrifici enormi, sia sul corpo che per il cuore, e io non ero così sicuro di volerlo fare per davvero, specialmente perché avrei potuto essere io a rimetterci.

Vedete, fare l'allenatore non è tutto rose e fiori. Non c'è solo la questione della difficoltà sia mentale che fisica per il lottatore, è che anche per l'allenatore non è facile. I pugili possono farti perdere la testa, magari nel bel mezzo di un incontro che stanno *vincendo* gli va in pappa il cervello e si scordano tutto quello che gli hai insegnato, non so se mi spiego. O magari tutto a un tratto non seguono più i consigli da bordo ring. Quando sono sotto pressione, se hanno paura, o se solo finiscono le energie, non rispondono più ai comandi. Magari il tuo pugile si è sudato tre o quattro chili sul ring, il corpo lo sta per abbandonare e dentro ha una voce che gli sta urlando di sbrigarsi ad andare al tappeto. Un allenatore lo sa come vanno queste cose. Ti tocca stargli accanto, al ragazzo, quando è lì tutto solo sul ring. Allora si riprende, perché sa che se tu sei lì insieme a lui allora ha ancora una chance di farcela, e di andare a succhiare le tette alla vittoria. Ma non basta la forza bruta, ci vuole la testa.

Chiunque abbia fatto l'allenatore sa che si vince poco e si perde tanto, e che la boxe per molti significa fagioli riscaldati e tortillas bruciate. Ma vedete, quando si vince allora sì che ne vale la pena. Ti rendi conto che perdere un incontro non è altro che un piccolo incidente che sul lungo percorso può capitare.

Avere a che fare con quelli grossi non è una fesseria. Come fai a dire a un peso massimo, al culmine della sua virilità, di usare la testa invece di ragionare con il suo cazzo da venti chili? Come lo spieghi a uno grosso come un garage che non è il lottatore più muscoloso a vincere, ma quello che arriva per primo ad assestare un colpo fatto bene? Come fai a fargli capire che non basta dare colpi forti ma che bisogna dare quelli *giusti*? E come fai a convincerlo che non bisogna avercela a morte con l'avversario per poterlo mandare al tappeto, proprio come non è necessario perdere la testa per ammazzare qualcuno con una pistola? I pesi massimi hanno quella forza nelle braccia che fa paura, la stessa che usavano per vincere le risse a scuola e così quello è il loro modo di lavorare dalla vita in su. Il che significa che danno i pugni solo con le braccia, ma se non ci mettono la spinta con le gambe, non basta. George Foreman faceva così, ma lui era fortissimo e non mancava quasi mai il bersaglio, e la gran parte delle volte alla peggio colpiva male. Certo, non è andata così quella volta in Zaire contro Ali.

Il vero problema con i massimi è farli lavorare sulle gambe oltre che dalla vita in su. Devono imparare che colpire con il pugno è l'ultima cosa. Mille altre cose devono verificarsi prima di poter colpire. La prima di tutte è l'equilibrio sul ring. E come glielo spieghi che bisogna lavorare sodo ma senza farsi male? Come fai a farlo in modo da non distruggergli tutte le certezze dalle quali dipende e senza fargli perdere fiducia in se stesso e nel suo stile di lotta? E cosa ancora più importante, come fai a far sì che non torni alle sue vecchie abitudini quando è sotto pressione?

Alcuni pesi massimi, dopo aver vinto qualche incontro mandando al tappeto gli avversari, iniziano a voler discutere sugli allenamenti e a lamentarsi dei cambiamenti resi necessari dal passaggio di livello. Come ottengono un paio di ingaggi se ne vanno in giro a buttare soldi a bordo della macchina nuova, diventano pigri e magari si mettono ad andare appresso alle donne, che ovviamente non scarseggiano mai dove c'è odore di soldi in quantità. Certi poi si danno pure alla droga, ma magari te lo nascondono bene e non te ne rendi conto se non quando è già troppo tardi. A quel punto devi sfruttare quel drogato e farci più soldi che puoi. La gran parte delle volte vuoi bene al tuo lottatore come fosse un fratello, ma con un drogato arrivi al punto che non te ne frega un fico secco.

Perché non dovrei fare come dico io? Gli occhi del pugile si illumineranno. Il naso è schiacciato, i calzini sono fradici di sudore, e il cuore gli batte in petto come stesse provando a fuggire di prigione. Non capisce che non può fare sia il cavallo che il fantino. *Come può uno grosso, bello, potente e sveglio come me avere torto su qualcosa?*, penserà. E con il fiato corto ti dirà: *Chi è abbastanza grosso da potermi dire che ho torto?*

Quando arrivi a quel punto vuol dire che l'atteggiamento del ragazzo è cambiato, e finirà presto per strada. La cosa migliore allora è lasciarlo andare.

Non sono tanti gli appassionati di boxe a essere stati in una palestra, figuriamoci quanti sono quelli che non capiscono proprio cosa ci sia da sapere, oltre al fatto che ci sono due grossi idioti sul ring tutti sudati e inferociti che se le danno di santa ragione. Si sbagliano di grosso, visto che quegli idioti fanno girare parecchi quattrini. Molti scelgono di darsi agli sport di squadra perché si guadagna meglio e non ci si fa così male, anche se gli tocca giocare centocinquanta partite all'anno e anche se dovranno subire quegli inevitabili interventi alle gambe o alla schiena. Certi pesi massimi alle prime esperienze sono pure convinti che dovrebbero essere pagati come i veri campioni fin dal giorno in cui mettono piede in palestra per la prima volta. Alcuni si credono di essere come la prima scelta dell'NBA ancora prima di essere stati colpiti per bene. Quello che devono imparare è che bisogna essere un lottatore affamato per poter diventare un campione dei pesi massimi, che bisogna imparare a sopportare tutto il duro lavoro e il dolore che questo gioco ti butta contro. I veri pesi massimi sono più rari del cotone nero.

Di pesi massimi ce ne sono più neri che bianchi e i bianchi possono essere anche più stupidi quando si tratta di soldi. Certi se ne escono dicendo che proprio perché sono bianchi – le grandi speranze bianche –

allora dovrebbero fare solo incontri semplici fino ad arrivare al titolo. Quando ci si trova di fronte a uno così – e ce ne sono anche fra i neri – allora quello è di sicuro uno che non ha le palle o la testa per vincere una volta sotto ai riflettori.

I pesi massimi sono tutti simili a prima vista, ma in verità sono tutti diversi come lo sono le zebre, quando si tratta di atteggiamento mentale, di resistenza, di cuore e di *huevos* – *huevos* significa uova, ma i messicani intendono le palle. Un altro problema poi è farli tornare in forma, ma ancora di più è farceli restare, visto che al posto dello stomaco c'hanno un pozzo senza fondo. Gran parte del tempo si passa a cercare di farli stare in forma. O almeno in una forma decente, non puoi certo farli stare sempre al top come quando ci si prepara per un incontro serio. Se dovessero stare sempre al top impazzirebbero dopo qualche giorno, con i nervi a fior di pelle e una fame che se li porta via. E poi c'è l'attesa snervante prima che suoni la campanella d'inizio. È così, il faticoso lavoro di fondere insieme carne e ossa e tirarne fuori una macchina da combattimento che sappia affrontare il pericolo invece di scappare è più ingarbugliato di quei cosi neri e merlettati che si mettono in testa le donne spagnole. Vedete, combattere è semplice, la cosa difficile è allenarsi.

Se sei un allenatore che ha a che fare con un peso massimo devi averci il fisico. Innanzitutto quando quello si muove, ti devi muovere pure tu. Sul ring, sul pavimento di legno, vicino al sacco. Bisogna stare lì e guidarlo come mamma orsa, bisogna stargli appresso e stare attenti che non batta mai la fiacca. Succede a tutti i lottatori che non sono più alle primissime armi, ma i pesi massimi sono i peggiori. Hanno tutto quel peso da tenere su e, siccome sono umani anche loro, a un certo punto non ce la fanno più. E allora bisogna inserire un cambiamento e rimetterli in riga. Ma è sempre molto più faticoso l'allenamento che il combattimento stesso. La fede e la febbre che servono per diventare un campione ci mettono un attimo a scendere sotto i trentasette gradi, a meno che il ragazzo non si nutra esclusivamente di combattimenti. Ovvio, nessun lottatore può davvero farcela al cento percento. E poi c'è sempre il fattore femmine. Ed è a questo che servono i guanti da passata. Lo renderanno più preciso con i pugni e lo stancheranno per bene quando si tratterà di andare a letto.

Al sacco possono anche fingere se non gli stai addosso, ma un allenatore con i guanti da passata che ti chiama le combinazioni una dopo l'altra, be' quello per un lottatore è semplice come mettersi il sospensorio, mentre per l'allenatore significa che ti arrivano dei pugni dati da un cristone di due metri che potrebbero stendere un cavallo. E all'allenatore tocca subire questa punizione round dopo round, giorno dopo giorno, e prendersi ogni botta come se fosse una palla da baseball che si becca una mazzata dopo l'altra. Non sono certo bravo come una volta, però do il massimo quando studiamo le mosse prima degli incontri. Ma anche un peso gallo potrebbe farti uscire gli occhi dalle orbite, se volesse.

Vedete, come ricompensa per tutto questo c'è qualcosa di meglio di una torta alle fragole con panna montata. È quando il tuo lottatore inizia a vedersi da fuori e non più da dentro. Quando tutto a un tratto impara a usare i piedi per tenere a bada il tizio in pantaloncini che si trova di fronte. È il sorriso di un lottatore che sembra un ragazzino timido, quando si rende conto che le sue mosse sono tutte di attacco *e* di difesa e che finalmente ha l'esperienza per sconfiggere l'avversario con la testa: capisce che non deve essere una specie di toro davanti all'abbeveratoio in attesa di incornare qualcuno. E allora è lì che hai per le mani uno che sa trasformare il sudore e la fatica in oro e gloria, perdio.

Preparare un ragazzo a un combattimento è la cosa più difficile per un allenatore.

Dopo un giro di guanti da passata, le dita ti si piegano da sole verso il palmo della mano per almeno un'ora e quando vai a prendere il volante del tuo pickup ti sembra di avere degli artigli. I muscoli della schiena ti spingono le spalle in su fino alle orecchie. E quando torni a casa ti sembra di avere qualcosa di rotto nel punto in cui le spalle si uniscono al petto. I gomiti sono di pietra e l'inguine ti tira talmente tanto da farti zoppicare. Nel mio caso, mi stringo delle corde sul torso per tenermi dritto, così quando esco dalla palestra la scossa mi continua a pizzicare fino a casa. Sulla via di casa non penso ad altro che a una bottiglia di Lone Star. L'unica altra cosa a cui penso è a quando mi sarò messo orizzontale sotto la trapunta fatta da mia nonna.

Quello che voglio dire è che fare l'allenatore è come mettere la firma per diventare uno storpio, perché alla fine della fiera si prendono molte più botte di un lottatore, solo che si viene pagati quattro soldi al confronto. Quindi qual è il punto? Be', intanto c'è da dire che nonostante la fatica e il dolore c'è sempre il rischio che dopo tutti quegli anni di lavoro con un lottatore, quello un giorno prende e ti saluta, magari perché un manager gli sbatte in faccia qualche soldo dopo che il lavoraccio di trasformare un pappamolle in un vero pugile l'hai fatto tu. Ma come ho detto prima, oggigiorno a un peso massimo gli basta vincere davvero pochi match per poter aspirare al titolo. E se vince quello, si ritrova a bere il tè in tazze d'oro massiccio. Una volta campione può anche difendere il titolo una volta sola. Ma se per caso riuscisse a difenderlo almeno un paio di volte allora la ricompensa diventa *mucho* grande. Quindi se un pugile si becca dieci milioni di dollari l'allenatore si prende il dieci percento – che fa un milione di dollari. E quello può senz'altro farti dimenticare dei dolori alla schiena e alle mani.

Certo poi ci sono anche degli inconvenienti. Come quando ti si spezza il cuore mentre te ne stai lì impotente a vedere il tuo ragazzo che si becca certi cazzotti in testa che saranno difficili da dimenticare. O come quando ti si torcono le budella perché un giorno vedi i suoi occhi vitrei e smarriti mentre cerca di trovare una parola che non gli viene in mente. Allora ti senti marcio dentro, ma allo stesso tempo gli vuoi bene a quel ragazzo che ha scelto di rischiare la propria pelle per inseguire un sogno. Nonostante tutto ti rendi conto che per quanto tu ti possa sentire sporco e meschino, quel ragazzo non aveva altre speranze nella vita che rischiare tutto, e tu sei stato l'unico ad avergli dato una possibilità.

La cosa irresistibile, per uno che ama i combattimenti con tutto quello che resta del proprio cuore rattoppato, è giocare quando il gioco diventa grande – quando i debiti sono talmente pesanti che una volta saldati arrivi dritto in cima al monte Everest del ring, sul punto più in alto di tutti perdio, dove il fuoco e il ghiaccio sono tutt'uno e dove solo i più forti e i migliori possono arrivare.

Ogni allenatore sa che le probabilità di farcela sono praticamente nulle. E allora perché sprecare tutti quegli anni, perché subire quei colpi al cuore? Perché volere a tutti i costi far parte di quel sangue versato? Perché fare quei viaggi a Leipzig o a Johannesburg per poi metterci due settimane a riprendersi? B.B. King lo dice meglio di me, accompagnato dalla sua vecchia chitarra. *I got a bad case of love.*

Comunque sia, a Billy riuscivo a portare solo quello che trovavo, soprattutto messicani, ragazzetti sudati fradici sui cinquantacinque chili e poco più, cioè tutto quello che potevo rimediare a San Antonio. Ma ogni tanto venivano anche pugili neri, pesi welter o anche pesi medi. Billy trattava tutti i suoi pugili come fossero campioni, pure quelli che erano ancora alle preselezioni, in bilico fra paura e speranza, che pregavano con tutto il cuore che il tornado non li colpisse. Se erano promettenti, li sponsorizzava alla grande, minimo due bigliettoni a settimana a fondo perduto, una stanza pagata in un posto decente, pasti gratis nei suoi pub, a loro scelta, a patto che restassero in forma. Se uno non era poi così bravo Billy gli trovava un lavoro, così se il ragazzo non ce la faceva con la boxe almeno si era trovato un posto. Lo adoravano tutti, Billy Clancy.

Li faceva cominciare come lavapiatti ma prima o poi li faceva tutti salire di livello, prima camerieri e poi dietro al bancone. Aveva dei manager messicani che avevano cominciato facendo le pulizie. Aveva fatto da padrino ad almeno due dozzine di neonati messicani e non si è mai dimenticato di un solo compleanno o Natale. Lo invitavano pure ai matrimoni, a volte proprio nel Messico più profondo, e puoi giurarci che quello ci andava. Quando quel *gringo* arrivava in uno di quei polverosi *pueblos* a bordo di una delle sue grandi Lincoln Town Car color argento che si era fatto fare apposta per lui, gli uscivano gli occhi dalle orbite a quelli. Billy si sentiva a suo agio lì, proprio così. Era arrivato al punto in cui poteva parlarci così bene da riuscire a dire battute e a farli pure ridere nella loro lingua.

Billy Clancy si sentiva a proprio agio in mezzo a loro, ma non ha mai superato quel limite, non ha mai combinato casini con le loro ragazze, anche se avrebbe potuto averle, anche tutte se voleva. Perfino ai preti stava simpatico, volevano sempre parlarci di baseball. Non ha mai detto di no a nessuno, nemmeno a chi gli chiedeva di aiutare un suo amico a dare degna sepoltura alla nonna, invece di metterla sotto terra dentro a un sacco.

Una volta ho domandato a Billy perché laggiù non ci avesse mai provato con una di quelle bellezze con gli occhi da indiane. Per rispetto, mi ha risposto, verso i più anziani e in particolare per i più giovani, per non ferire il loro orgoglio.

«Quando ti invitano a una festa», mi disse Billy, «comportati sempre come se volessi essere invitato una seconda volta».

Questo era Billy Clancy. Non si sputa nel piatto in cui si mangia.

L'accordo con Billy era che io avrei lavorato in palestra con i suoi pugili, al dieci percento netto sugli ingaggi. Niente combattimenti, niente soldi. Spariva per giorni interi per poi farsi rivedere prima dei combattimenti. Passava non tanto per controllare me, ma per far sapere ai ragazzi che si preoccupava per loro. In genere era sempre molto sereno e tranquillo, ma mi accorgevo subito quando invece c'era qualcosa che non andava. Non mi parlava mai di queste cose, sia chiaro. È che Billy non parlava molto in generale, non gli sembrava necessario.

Mi ricordo che una volta il capo manager dei suoi locali a San Antonio se n'era scappato con i soldi. Billy era arrivato nel suo ufficio un lunedì mattina convinto di trovare come sempre le ricevute dei versamenti degli incassi fatti nel weekend. Be', i soldi erano tutti spariti, insieme alle chiavi dei locali e al manager. Il tizio aveva puntato una pistola alla testa della segretaria del suo ufficio e le aveva fatto aprire la cassaforte. Poi aveva legato quella ragazza messicana a una sedia con il nastro adesivo e quando Billy l'aveva ritrovata, aveva scoperto che si era pisciata addosso, in preda a una crisi isterica.

Allora Billy chiese a uno dei suoi di fare un giro di telefonate, e venne fuori che il tizio che l'aveva fregato se ne era scappato a casa sua a Isla Mujeres giù proprio in fondo al Messico, dove credeva di essere in salvo. Billy fece passare una settimana, poi prese un aereo per Mérida nello Yucatán. Affittò una macchina grossa con l'aria condizionata e guidò fino a quella cittadina inaridita e ricca di palme di Puerto Juárez, sulla costa, proprio davanti a quella che è chiamata Isla Mujeres, l'isola delle donne.

Decise di restare un giorno o due a Puerto Juárez, per ambientarsi bene, e così la polizia locale ebbe modo di notarlo. Poi un giorno parcheggiò davanti alla loro stazione color pesca e con il tetto di foglie di palma mezzo sfondato. Scese dalla macchina a noleggio con molta calma ed entrò dentro. Era un gigante rispetto a loro. Si mise a parlare in spagnolo, spiegò al comandante dei *federales* del posto quali fossero le sue intenzioni, chiare e semplici. E cioè che voleva riavere le sue chiavi insieme alle palle del manager. Il comandante si sarebbe tenuto i soldi rimasti.

Quella notte stessa il comandante tornò con quarantasei chiavi divise in tre mazzi al motel in cui si trovava Billy. Gli mostrò delle Polaroid del cadavere del manager che era stato buttato a mare a cuocere nell'acqua salata, e gli portò anche due *huevos* – cioè le sue palle, avvolte da due *tortillas* di mais. E lui le diede in pasto ai cani randagi che stavano dall'altra parte del recinto sul retro.

Poi Billy si andò a fare un giro fra le rovine maya che stanno da quelle parti, lasciando il tempo a quelli del posto di far arrivare la notizia su a San Antonio. Una volta ritornato, nessuno aprì bocca. Non ha mai più avuto problemi di furti da parte dei propri dipendenti, da quando quella volta ha messo in chiaro che ciò che è suo è suo.

Che io sappia c'era stato solo un altro episodio simile di Billy, ma era con uno dei suoi ex pugili. Era un ragazzo di colore, un peso medio che aveva gettato la spugna e che Billy aveva assunto come cuoco in uno dei suoi locali. Un bravo ragazzo, lavorava sodo, portava i capelli corti, tutto in regola. Inizialmente l'aveva messo dietro al bancone, ma poi i colleghi si erano accorti che si fregava le mance. Allora quelli lo chiusero dentro al magazzino, lo appesero a testa in giù ed erano pronti a fargli male seriamente quando il ragazzo si mise a strillare che ce l'avevano con lui solo perché era nero. Billy lo sentì gridare dal suo ufficio e li richiamò all'ordine, sganciando un paio di centoni a testa. Si fece raccontare com'era andata dal ragazzo, ma siccome non aveva le prove della sua colpevolezza, lo spostò semplicemente in un altro locale, facendolo diventare cuoco. Il ragazzo era forte ai fornelli e non si lamentava mai con il capo cuoco se c'erano da fare gli straordinari. Ma poi arrivò la voce che fuori dalla cucina quello spacciava droga. Billy non ci pensò due volte, e chiese a uno sbirro suo amico di andare a comprare un po' di roba in incognito.

C'è da dire che Billy in genere si faceva gli affari suoi, a meno che le cose non andassero come quella volta in Messico. Billy diceva sempre che quando le cose le metteva a posto lui di persona nessuno poi aveva da ridire sulla sua versione dei fatti. Quindi una notte, sul tardi, si mise ad aspettare il ragazzo davanti a casa di sua madre, e gli fece bucare le ruote. Allora quello arrivò incazzato come una iena e quando poi vide che le gomme erano state tagliate, iniziò ad agitare le braccia in cielo manco fosse un'aragosta.

Billy gli si avvicinò tenendo una mazza da baseball lungo un fianco, e gli disse: «Senti bello, vorrei comprare un po' di quella roba che vendi».

Il ragazzo però fece incazzare Billy davvero perché provò a sfidarlo. Si mise a correre, voleva scappare. È andata a finire che l'hanno ritrovato morto, con una gamba spezzata e le palle in bocca. Nessuno sbirro è mai andato a bussare alla porta di Billy Clancy, ma soprattutto dopo quella storia nessuno ha più sentito parlare di droghe nei suoi locali.

Un paio d'anni dopo quella faccenda D.C. Swans mi propose un peso massimo con il quale stava lavorando alla palestra Bombardiere Nero Gym di Houston. Gli dissi che non sarei andato in nessuna Houston io, manco se ci fosse stato Joe Louis, il Bombardiere Nero in persona. D.C. disse che non ce n'era bisogno.

Henrilee "Dark Chocolate" Swans veniva dalla Louisiana. Le origini della sua famiglia risalivano ai tempi della schiavitù spagnola, il cognome originale era Cisneros. Era appena nato quando la famiglia si trasferì a Houston durante la seconda guerra mondiale per rifarsi una vita. I primi combattimenti di Henrilee iniziarono per le strade del suo quartiere, il Fifth Ward. Diceva che la vita in quel quartiere era talmente dura che se un barbone moriva il suo cane se lo mangiava. Ai suoi tempi D.C. era un buon peso piuma, certo ora ha messo su qualche chilo. I pugili lo chiamavano D.C. invece che Dark Chocolate perché era più breve. Lui diceva chiamatemi come volete basta che non mi rompete le palle.

Metteva sempre il berretto perché era pelato, a parte qualche capello vicino alle orecchie e sul collo. Portava gli occhiali, ma una lente era incrinata. Aveva problemi alla schiena e zoppicava leggermente e si era fatto un bastone da passeggio in *mesquite* levigato. Era bello grosso ma sembrava più una specie di clava nodosa che un bastone. Ma il vecchio D.C. ci sapeva ancora fare. Nonostante ne fossero passati di anni da quando era il vero Dark Chocolate, il tempo sembrava sparire quando D.C. faceva le sue mosse. Diceva di non aver mai avuto problemi su nessun autobus in nessun quartiere, con quel bastone fra le gambe. D.C. aveva quegli occhi blu-verdi, come a volte capita a quelli di colore, e se lui ti squadrava per bene, be', di sicuro ti faceva un certo effetto.

Ci siamo conosciuti per caso, come molte delle cose che succedono nel mondo dei combattimenti, del resto. Era parecchio tempo fa. A tutti e due piacevano i pugili che sapevano stare in piedi, quindi avevamo sempre un sacco di cose di cui parlare, delle mosse, le schivate e i contrattacchi. Come me, anche lui sapeva che i piedi sono il vero cervello di un lottatore – sono loro che ti dicono che pugno tirare e quando farlo. Dal momento che c'erano più lottatori di colore a Dallas e Houston era lì che D.C. lavorava principalmente. Ma ne aveva alcuni pure a San Antonio. Poi un giorno si presentò con un peso massimo, un ragazzone bianco, irlandese di Los Angeles, che si faceva chiamare "KO" Kenny Coyle. E naturalmente D.C. sapeva bene che lavoravo per Billy Clancy.

Si era preso quel Coyle e gli aveva fatto da allenatore per un po' a Houston. Lo aveva conosciuto in un casinò in Alabama, dove gli aveva fatto da *cutman* un paio di volte. I match sembravano combinati apposta per farlo perdere. Quello non combatteva da un pezzo, eppure vinse tutti e due gli incontri per KO prima della fine, e il suo record era diventato diciassette a uno con un totale di quindici KO. Coyle era ambidestro, alto due metri, centodieci chili e portava il cinquanta di scarpe. L'unica volta che aveva perso era stato per un brutto taglio alla palpebra sinistra durante un incontro su a Vancouver, in Canada.

Era anche stato più di una volta in ritiro con alcuni pesi massimi famosi, ci faceva sparring insieme, e a volte quei ritiri duravano settimane intere. Di sicuro, un sacco di esperienza, ma anche un sacco di fatica e di dolore pure se sei uno forte e resistente, e certe volte si vedeva che a Coyle non venivano in mente le parole. A parte la cicatrice sopra l'occhio e il naso un po' appiattito, non portava i segni di tutte quelle botte e quindi l'impressione era che semplicemente non fosse una cima. Era pure molto in forma, e questo te lo faceva piacere fin da subito.

D.C. era uno sveglio. Si metteva sempre una mano davanti alla bocca quando parlava, diceva che sennò le spie gli leggevano le labbra, che quelli avevano pure i telescopi. Si diceva che fosse uno cattivo, ma questo non significa che non avesse la consapevolezza di cosa fosse giusto e cosa sbagliato. Una volta, molto prima che iniziasse a usare il bastone, andammo a bere un drink a Houston alla fine di un combattimento serale – un evento in cui perdemmo entrambi. Mezzi ubriachi, ce ne andammo a mangiare il pesce gatto nel quartiere dei neri. Il posto era strapieno di gente. Il proprietario era un ciccione lardoso con un dente d'oro come ce l'hanno i musulmani – avete presente di quel tipo che si applica sopra al dente con al centro un'apertura a forma di stella che fa vedere il bianco dello smalto di sotto? Be', da non crederci, praticamente quello non appena vide che ero un bianco se ne uscì dicendo che il cibo era terminato. D.C. a quel punto perse le staffe, gli disse dai fratello, che vuoi fare, guarda che poi Allah spedisce il tuo culone nero giù nel pozzo insieme ai quattro stronzi dei tuoi amici. Insomma, quel vecchio musulmano si tolse il dente non appena D.C. gli disse che altrimenti glielo sfilava lui con il coltello o a furia di botte.

Poi andammo in un negozio di alcolici, prendemmo un po' di carne essiccata e finimmo in uno di quei campi da baseball da allenamento a bere whisky e a fare dei lanci, spesso le mancavamo e così finivamo con il culo per terra. La gente rideva di noi manco fossimo dei comici tipo Richard Pryor. Il più forte di tutti però era l'imbroglione che faceva il gioco delle tre carte a fianco agli stand, un tizio basso e tarchiato con i capelli tutti arruffati. Teneva banco su una cassetta di legno da verdura e fregava la gente pure per pochi spiccioli. Nessuno riusciva a capire come facesse, ma il vecchio D.C. lo beccò subito a quel ladro. Lo teneva sott'occhio da dietro il recinto facendo finta di niente, mentre quello fregava pure i ragazzini vestiti di stracci che si guadagnavano due soldi riportando le palle da baseball finite fuori campo.

Poi D.C. si calò nella parte del ragazzotto di campagna della Louisiana, scommise un dollaro e indicò una carta dopo che quello le aveva rigirate per benino. Ovviamente non era quella giusta, non *poteva* esserlo. Allora si mise di punta e scommise altri venti e poi trenta dollari. Poi ne puntò cinquanta, per fargli credere che voleva provare a rivincere i soldi. Il mazziere rifece le sue mosse, e D.C. scelse la carta al centro. Solo che invece di indicarla e aspettare che quello la girasse come aveva fatto prima, quella volta D.C. ci appoggiò sopra due dita e disse a quello delle tre carte di girare prima le altre due, e che la sua l'avrebbe girata per ultima, perché voleva vedere *tutte* le carte. Era chiaro che a quel gioco non poteva vincere nessuno. Il mazziere sapeva di essere stato beccato a barare, e provò a scappare. D.C. gli diede un paio di botte sugli stinchi con una specie di spranga che si portava sempre appresso a quei tempi e, poco dopo – chi l'avrebbe mai detto! – l'uomo del gioco delle tre carte stava implorando D.C. di prendersi tutti i suoi soldi. E D.C. li prese tutti, chiaro. Si tenne i suoi soldi per sé, naturalmente, ma diede il resto ai ragazzi di strada nei campi, che a quel punto si presero il resto della serata libera.

D.C. un giorno mi prese da parte e mi disse, con la mano davanti alla bocca, se mi andava di lavorare con lui e Coyle. Mi disse che Coyle avrebbe fatto un incontro da dieci round di lì a breve in un casinò del Mississippi, e io pensavo che mi volesse come *cutman* per l'incontro, con lui che faceva l'allenatore e il manager. Dissi, perché no? Era pur sempre qualche soldo extra da aggiungere al mio assegno di disoccupazione.

Ma D.C. mi disse: «No Red, non dico come *cutman* e basta, voglio che vieni a fare l'allenatore di Coyle insieme a me».

Allora mi dico, *Che diamine, è un peso massimo bianco che ci dà dentro, un vecchio irlandese di quelli grossi!*

D.C. mi dice che gli serve aiuto perché ormai lui non ce la fa più a salire sul ring e passare fra le corde per stare all'angolo. Se mi tocca stare all'angolo allora sono sia l'allenatore che il *cutman*, quindi. Perdio, io lo so fare bene quello.

D.C. dice che ha scelto me perché non si fida di nessuno di quelli che lui chiama i fratelli neri, né dei messicani della palestra. E poi dice che non si fida nemmeno degli zoticoni del Sud. Quello era il modo in cui D.C. *parlava* della gente, ma non il modo in cui li *trattava*. D.C. portava sempre rispetto.

Mi disse: «Vedi, io e te sappiamo che i piedi sono il vero cervello del pugile. E i piedi del mio ragazzone bianco non sono buoni, e tu sei bravo con i piedi. Ci dividiamo il dieci percento netto».

Il cinque percento di un peso massimo non è da buttare via.

Poi aggiunse: «E magari puoi proporlo a Billy Clancy».

Come ho già detto, D.C. è uno sveglio. Allora mi domando se questa cosa ho davvero voglia di farla o no. Quando uno spettatore vede i professionisti o i dilettanti, per lui è sempre solo sport. Ma a livello professionistico è anche un business. Forse è più business che sport. A me piace anche la parte del business, come per tutti. Ma un peso massimo ti può far prendere anche delle belle botte. E allora mi chiedo, voglio davvero rischiare di finire in una di quelle buche profonde che un peso massimo può scavarsi? E soprattutto, ho davvero intenzione di rischiare la faccia con Billy Clancy per questo "KO" Kenny Coyle? Dissi a D.C. che avrei aspettato un po' prima di decidere.

D.C. allora rispose: «Certo, certo, hai ragione, sì!».

Vedete, pure io so essere uno sveglio.

La cosa è che Coyle era un tipo strano. Era stato in Marina da giovane e aveva iniziato i primi combattimenti mentre era di servizio in nave, battendo sempre tutti. Vinse tutti i tornei che poteva vincere in servizio e parecchi tornei dilettantistici, e molti parlavano già di Olimpiadi. Ma alle Olimpiadi mancavano ancora tre anni, e lui aveva bisogno di soldi subito. Non poteva fare molti soldi o allenarsi a tempo pieno mentre era in Marina e allora un giorno Coyle andò dritto dal comandante della nave e, lo giuro, gli fece credere che era matto come una zucchina. Oggigiorno i selezionatori su certe cose non devono fare domande e i candidati non devono dare risposte, ma Coyle invece se ne stava lì a dire che voleva essere una donna e fare danza classica. Il comandante fece un salto tale che colpì il soffitto. Lo voleva sbattere in prigione ma Coyle lo minacciò dicendo che l'avrebbe succhiato a tutti i marinai e poi avrebbe denunciato al presidente quell'abuso sessuale. È bastato dire così che il comandante ha fatto di Coyle un ex marinaio. Coyle si faceva sempre una gran risata quando raccontava quella storia, e diceva anche di essere tanto intelligente quanto grosso. Allora gli dicevamo di sì, ma lo sapevano tutti che Coyle non era così sveglio come credeva – in particolare quando si vantava di come una volta aveva dato una fregatura a degli imbroglioni di avvocati che l'avevano contattato quando era ancora un dilettante sotto le armi. Quelli gli avevano passato un sacco di soldi per convincerlo a firmare per loro non appena fosse diventato professionista. Lui sapeva che quella cosa non si poteva fare, ma gli aveva comunque sfilato ventimila biglietoni prima di andare a fare quella scenata da finocchio con il comandante. Quando poi quelli si erano fatti vivi per il contratto da professionista, lui gli aveva detto di andare a quel paese, che nessun contratto era valido se stipulato con un dilettante, né scritto né verbale, e che comunque aveva altri progetti. Aveva dato a quegli imbroglioni un po' di ying-yang, diceva, e quelli lo sapevano. E anche questa lo faceva ridere.

Peccato che quella storia degli avvocati l'ho saputa solo quando ormai eravamo andati parecchio avanti con Coyle. A quel punto l'avevo capito da un pezzo che Kenny era uno spaccone, e che era un bugiardo non molto diverso da mio cugino Royal. Se sono le quattro spaccate, quello ti dice che sono le quattro e mezza. È proprio senza speranza.

Il problema di Coyle come lottatore era che non l'avevano addestrato per bene, ma almeno era abbastanza intelligente da ammetterlo. Tutti i suoi allenatori si erano concentrati solo sulla potenza e sull'allungo, e su come incassare bene. Ma il problema così è che finisci per lottare con la faccia. Le cose su cui insistevo io invece erano gli angoli, le distanze, come andare dentro e fuori dal raggio dell'avversario con il minor sforzo possibile. Quelli grossi come lui devono starci attenti, oppure finiscono subito la benzina. Con Coyle sono partito dalla *randellata*. La randellata è il mio modo di chiamare il diretto sinistro, il jab che se lo dai bene fa scattare in piedi il pubblico. *Bing! Bing!* Cristo, non c'è niente di meglio di una randellata. E Coyle ci si è proprio impegnato, perché era stufo di essere colpito. Se impari la randellata, impari in automatico gli angoli. Se impari gli angoli, impari le aperture. *Bang!* La randellata fa tutto il resto. Sono riuscito a farlo stare in punta di piedi sul ring, e a quel punto spingeva in avanti sul piede destro e dietro alla randellata ci metteva tutto il peso, sembrava uno squalo bianco che azzanna un cucciolo di foca. *Whoooom!*

Vedi, quando permetti alla randellata di fare il suo dovere, a quello che hai di fronte iniziano a gonfiarsi gli occhi, e allora si appoggia sui talloni per indietreggiare. Lo puoi far cadere al tappeto con una randellata, lo puoi anche mandare KO se riesci a fare una combinazione uno-due-uno fatta bene. E Coyle l'aveva imparata proprio per bene la randellata. A quel punto stavo iniziando a pensare che avesse tutte le carte in regola, specialmente quando ho capito che lavorava duro un giorno sì e l'altro pure. Sempre puntuale, mai una buca. Io e D.C. stavamo cominciando a sognare il momento in cui avremmo contato i bigliettoni, ma poi decidemmo insieme di saltare l'incontro da dieci round in Mississippi fintanto che Coyle non avesse imparato a muovere i piedi nel modo giusto.

Provare le mosse con Coyle, come con tutti i pesi massimi, mi risulta facile pure adesso. È una questione di peso, a quelli così grossi gli si incasinano i piedi quando non sono bene allenati, e io so come spingerli alle corde o all'angolo. Certo, mi potrebbero mandare al tappeto quando vogliono in combattimento, gli basterebbe una sola randellata fatta bene, ma noi non combattiamo. Quello che facciamo è imparare la differenza fra combattere e fare pugilato.

Poi a Billy Clancy giunse una voce su Coyle e allora mi volle incontrare per sapere come mai gli stessi tenendo segreto quel ragazzo. Gli dissi che non c'era nessun segreto, era solo troppo presto.

«Chi lo sta tirando su?»

«Io e D.C».

Billy sganciò alcuni bigliettoni. Avrei diviso quei seicento dollari con D.C.

Billy disse: «Digli di venire a mangiare in uno dei miei locali, tutto quello che gli pare. Ma niente alcolici e divertimenti. Quanto gli ci vuole a Coyle per essere pronto?»

«Dammi sei settimane. Se riesce a tenere duro con quello che gli faccio fare allora si vedrà».

«Lo farai combattere?»

«Per forza».

Una volta aggiustati i piedi, Coyle iniziava davvero a sembrare un campione, che diamine. Lo dissi a Billy e lui organizzò un incontro di otto round in una delle riserve indiane in Mississippi. Decidemmo di farne solo otto per non mettere troppa pressione addosso a Coyle, visto che ero ancora il suo nuovo allenatore, insomma. Combattemmo per soli settemila e cinque – quel combattimento era soltanto per farlo scaldare un po'. Quando lo dissi a Coyle, quello mi rispose solo «facciamolo», senza nemmeno chiedermi chi fosse l'avversario. In pratica Coyle era al verde, abitava nel quartiere dei neri insieme a D.C. e quindi sperava di fare colpo su Billy perché D.C. gli aveva detto che Billy Clancy aveva parecchi soldi.

Be', signori miei, a metà del quinto round contro Marcellus Ellis, Coyle si beccò una testata proprio sull'occhio che si era tagliato su a Vancouver. Ellis era un ragazzone di colore alto due metri e cinque, centoventi chili di peso, ma non poteva niente contro Coyle, per via della sua randellata. Allora Ellis aveva pensato bene di salvarsi il culo con una bella testata. L'arbitro non lo vide e non prese certo in considerazione le nostre proteste, per cui la testata fu data per involontaria. Il taglio era così profondo che saltai l'adrenalina e gli diedi direttamente la trombina, quel coagulante bovino da diecimila unità. La trombina riuscì a fermare il sangue più velocemente di quanto la morfina fermi la diarrea, ma quel taglio era sulla palpebra e a dire la verità quell'incontro doveva finire lì. Ma eravamo in Mississippi, e il casinò voleva che gli scommettitori si divertissero, per cui l'arbitro disse che si poteva continuare a patto che la ferita non peggiorasse nel round seguente.

D.C. era furioso, disse che voleva salire sul ring a spaccare la testa nera di Ellis con il suo bastone.

Dissi a Coyle l'unica cosa che potevo dirgli. «Se mettono fine all'incontro forse abbiamo perso. Quindi vedi di aprire il culo a Ellis con una bella randellata, poi gli dai un destro e ti fai *rispettare* come si deve».

Coyle non faceva altro che annuire. Si alzò e tornò sul ring aggressivo come un serpente. Prese in pieno Ellis con sei jab dati talmente bene che quello non poteva pensare ad altro che a quelle randellate. A quel punto Coyle aveva trovato l'angolo e, *Bang!* gli tirò un destro talmente forte che sembrava la mano di Dio in persona. Cristo, Ellis perse conoscenza per cinque minuti. Andò al tappeto rigido come un tronco, rimbalzò di faccia e una gamba gli si muoveva da sola a scatti. Ci mettemmo a gridare di gioia e ad abbracciarci. Quel destro era un fulmine sotto sembianze umane. Ma la cosa che più mi colpì non fu tanto il destro, ma la sua randellata, e il modo in cui Coyle mi aveva *ascoltato* lì nell'angolo.

Billy voleva fargli un contratto immediatamente, ma io gli dissi di aspettare, anche se sapevo perfettamente che Coyle aveva bisogno di trovarsi un posto dove stare. E poi bisognava aspettare almeno un mese per vedere se quell'occhio gli sarebbe guarito del tutto. Ci volle più di quanto avessimo calcolato, per cui Billy decise di dare al ragazzo trecento dollari a settimana per le spese. Quelli del casinò erano talmente impazziti per quell'incredibile destro dato da un bianco che Billy era riuscito a chiedere venticinquemila dollari per l'incontro successivo, che si sarebbe svolto quando il dottore avesse dato il via libera per l'occhio guarito. E, ci potete scommettere, Coyle tornò in palestra il giorno stesso che il dottore gli diede l'ok. Ma aveva un'aria strana, e allora gli dissi di tornarsene a casa a riposare. Ma niente da fare, Coyle continuava a insistere che voleva tornare in quel casinò. Ma come fai a convincere un uomo di quella stazza, con un record di diciotto a uno e con sedici KO? Una mattina, mentre io e D.C. eravamo fuori insieme a lui per gli allenamenti su strada, ci fu una brutta sorpresa. Coyle a un certo punto iniziò a premersi la mano sul torace e smise di correre. Che il diavolo mi porti, era diventato mezzo blu e sembrava che stesse per morire. Allora io e D.C. ce lo prendemmo sulle braccia e lo riportammo in macchina. Avevo paura che fosse un infarto. Andammo di corsa al pronto soccorso. Quelli lo visitarono da capo a piedi, fecero tutti gli esami, controllarono gli enzimi nel sangue. Dissero che non era un infarto, ma forse solo un virus che stava girando, di quelli in grado di stendere una persona. Coyle voleva sapere quando avrebbe potuto combattere di nuovo in Mississippi, ma io gli dissi di toglierselo dalla testa, doveva prima tornare in salute. Mentre stavamo uscendo, il dottore mi prese da una parte per dirmi che non era affatto sicuro che Coyle fosse malato.

Gli dissi: «Che cosa intende dire?».

E il dottore mi rispose: «Non lo so. Ho solo pensato che fosse il caso di dirvelo».

Dopo un paio di giorni di riposo Coyle era di nuovo in palestra, ma fummo costretti a interrompere di nuovo gli allenamenti perché si sentiva sempre debole. Sembrava un cucciolo bastonato, si vedeva che c'era qualcosa di strano. Disse: «Non posso combattere se non ce la faccio a correre, l'hai detto pure tu».

Gli risposi: «Non puoi combattere se hai finito la benzina, ecco cosa intendevo. E tu ora hai un buco così nel serbatoio».

«Ma ho bisogno di soldi, Red».

Era un lottatore instancabile, il sogno di ogni allenatore. E il giorno dopo era di nuovo lì, anche se non riusciva a smettere di tossire. Non avevo mai visto nessuno farsi il culo come lui. Ma ormai era arrivato al punto che non riusciva nemmeno a dare un pugno, figuriamoci se poteva correre. Continuava a insistere che si doveva allenare, non voleva che noi pensassimo che non avesse fegato.

Gli dissi: «Che diamine, figliolo, sono preoccupato per la tua testa, non per il tuo fegato. Hai i soldi dell'ultimo incontro, no? Vatti a riposare».

Mi rispose: «Li ho dovuti mandare quasi tutti a mio fratello per un'operazione. È handicappato».

Be', qualche tempo dopo scoprii che aveva speso tutto in puttane e feste in piscina, e che non c'era nessun handicappato. Ma all'epoca ero così sicuro che Coyle avesse le palle che decisi di prendere il toro per le corna e dissi a Billy che era giunta l'ora. Billy sapeva della debolezza che aveva Coyle, ma si fidò della mia parola che si trattava soltanto di un virus e gli fece un contratto da quattro anni. In più lo sistemò in un piccolo appartamento con piscina di sua proprietà. Disse che gli avrebbe dato duemila e cinque al mese, che l'avrebbe messo sul contratto, e Coyle si beccò i suoi trentamila all'anno. Gli avrebbe dato anche un anticipo sul contratto da sessantamila dollari non appena si fosse rimesso in sesto. Coyle ne voleva centomila, ma si accontentò dei sessanta.

Billy disse: «Sono in contanti, Kenny. Così non dovrai pagarci sopra le tasse».

«Le farò avere il titolo, signor Clancy».

«Chiamami Billy».

Guardai D.C., sapendo che anche a lui gli si era infuocato l'uccello come a me. E potete giurarci, tre giorni dopo Coyle era di nuovo in forma e a farsi il culo in palestra. Billy mantenne la parola, e io mi trovavo lì quando portò i soldi a Coyle in mazzi da cento. Quando sono così tanti tutti insieme i soldi puzzano sul serio.

Ci credereste mai? Quel testa di cavolo buttò via quel bel gruzzoletto per una di quelle BMW a quattro ruote motrici che costano più di cinquantamila bigliettoni. Coyle andava in giro a vantarsi dell'assetto sportivo, dell'impianto audio fenomenale, di tutti i cavalli che aveva. Ma cosa cavolo ci fai se poi non ti puoi permettere i pezzi di ricambio? Farsi il macchinone è facile, il problema è riuscire a permetterselo.

Inoltre Coyle si stava iniziando a rammollire, con il fatto che le donne gli ronzavano sempre intorno perché pensavano che fosse un pezzo grosso, con quel macchinone e i bigliettoni che tirava fuori nei club.

D.C. gli domandò: «Quante scopate ti sei fatto questa settimana?».

Coyle disse: «Sono fatti miei».

D.C. disse: «Quindi te ne fai una al giorno, eh?».

Coyle rispose: «No, non è vero».

D.C. disse: «È proprio così invece. Me l'avresti detto senza problemi se fosse stata solo una, due o nessuna».

Coyle mi fissò con un'espressione meravigliata.

Gli dissi: «Lui sta dicendo solo che quando hai le ginocchia che ti tremano, allora vuol dire che l'hai fatto troppe volte. Ti sta dicendo che è così, quando hai le gambe deboli il tuo cervello non capisce come mai è così difficile restare in piedi e non cadere. E allora hai la testa talmente impegnata a tenerti in equilibrio che non ce la fa a concentrarsi sul combattimento. Figliolo, devi sempre avere le gambe leggere, così che la testa possa lavorare alla velocità della luce, o altrimenti finisci male, e tutti se la prenderanno con noi allenatori. E così non va bene, visto che siete tu e il tuo cazzo a sbagliare».

Coyle mi rispose: «Sono un lottatore e vivo da lottatore».

D.C. allora gli disse: «Se continui così, finisci presto».

Gli dissi: «D.C. ha ragione, Kenny».

D.C. aggiunse: «Ragazzo, puoi scoparti tutte le mignotte che vuoi, ma questo non ti farà diventare campione di un bel niente».

Coyle sbuffò, poi disse: «Sarò il campione delle mignotte».

D.C. gli rispose: «Pensi che andare in giro a scoparti mille puttane ti farà diventare qualcuno? Ti piacerebbe! Non sei tu a farti mille puttane, sono quelle che ti si fanno a te! E allora di' pure addio al titolo, coglione».

Coyle disse: «I pugili hanno bisogno di scaricarsi».

D.C. rispose: «Come *scusa*? Scaricarsi? Ah, non temere, ci penseranno le tue eiaculazioni notturne a scaricarti!».

Dissi: «Vedi, noi vogliamo soltanto rimetterti in carreggiata e darti una bella spinta, ma tu invece stai tirando il freno a mano».

«Esatto», disse D.C., «ci stai rendendo il lavoro difficile come se dovessimo trasportare l'acqua con le mani».

Coyle sembrava convinto, annuì, ma il giorno dopo le ginocchia gli tremavano come il giorno prima.

In fin dei conti Coyle aveva dimostrato di valere meno del proiettile che era necessario per mandarlo all'inferno. Billy lo scoprì mentre si faceva tre ragazze dentro al cesso in uno dei suoi locali. Si erano fumati erba al bancone, Cristo santo. Billy però non gli saltò addosso. Invece di vederlo come una speranza buttata al cesso definitivamente, scelse di vederlo come lo vedevamo io e D.C. – come una mela bacata. Allora che si fa, si taglia la parte bacata e si tiene il resto? Oppure si butta tutto quanto? Billy aveva scelto di salvare il salvabile, finché si poteva.

Billy disse a Coyle di andare a fare baldoria da un'altra parte, come avevano stabilito. Se conosco Billy, di sicuro non disse tutto quello che veramente avrebbe voluto. Ovviamente al vecchio Coyle la cosa non andò giù, e decise che aveva voglia di discutere con Billy. Ma Billy gli spiegò che non doveva scambiare la gentilezza per debolezza. Coyle aveva recepito il messaggio, ed era tornato ad allenarsi in palestra – in fondo gli servivano quei duemila e cinque al mese. Credevamo che le stronzate fossero finite, per lo meno quelle in pubblico. Ma per quanto riguardava l'erba, chissà? E chissà che altro faceva Coyle che non ci voleva dire. A quel punto mi sentivo proprio in trappola come un gatto chiuso in un cassetto.

Dissi a Coyle che lo scherzo che aveva fatto a Billy non era il modo giusto di fare affari.

Coyle disse: «Quello guadagna sulla mia pelle».

Gli risposi: «Non ancora, no».

È a quel punto che le cose si sono talmente ingarbugliate che Coyle sembrava diventato un altro.

Per prima cosa c'è stato quel casino con quella tipa, la figlia del poliziotto che diceva che Coyle l'aveva messa incinta, che gli aveva dato il GHB, quella roba che gira adesso che se la dai a una ragazza sviene come fosse morta. Diceva che l'ultima cosa che si ricordava era che si trovava alla festa in piscina di Coyle e stava pomiciando con lui. Poi si era ritrovata con il culo per terra e con Coyle davanti che se la stava per fare. Era saltata in piedi ed era scappata.

Coyle diceva che se l'era già fatta due volte, e che lei insisteva per farlo ancora.

Quella se l'era tenuto per sé fintanto che non aveva scoperto di esserci rimasta incinta. A quel punto l'aveva detto al padre, che era un agente della polizia di San Antonio. Era figlia unica, suo padre aveva degli occhi storti e blu in mezzo a quegli zigomi larghi tipici dei polacchi emigrati in Texas. Quel vecchio si era infuriato sul serio, sembrava un toro da rodeo impazzito. I vicini avranno pensato che forse era il caso di farsi una dormita in un motel.

Dopo essersi scolato mezza bottiglia di Jim Beam, aveva caricato un vecchio revolver calibro .44, si era infilato gli stivali, il cappello, ed era uscito di casa per andare ad ammazzare Coyle.

Coyle però gli disse che amava sua figlia più di ogni altra cosa al mondo, e che la voleva sposare.

Lo sbirro era uno di quei fondamentalisti, e certo preferiva un matrimonio a un omicidio, così lasciò andare Coyle.

Si preparò tutto in fretta, così che la ragazza potesse indossare l'abito bianco senza che si vedesse nulla. Ma poi Coyle se ne uscì dicendo che voleva aspettare che il figlio nascesse, che voleva un esame del sangue che dimostrasse che era lui il vero padre. Allora quello sbirro si incazzò più di prima e voleva a tutti i costi andare a spaccare il culo a Coyle quando a un certo punto la ragazza si infilò qualcosa dentro. Aveva ucciso il bambino, e voleva ammazzarsi. La famiglia era talmente sconvolta che il padre iniziò a bere come una spugna. La ragazza fu mandata a vivere da una zia su a Nacogdoches. Lo sbirro dovette pure farsi uno di quei corsi di controllo della rabbia o altrimenti l'avrebbero licenziato. Coyle gli aveva fatto proprio perdere la testa.

Un'altra volta fu durante un allenamento, e per me e D.C. fu molto peggio di quella storia della figlia del poliziotto. A un certo punto Coyle durante lo sparring iniziò a prenderle come mai prima. Lo colpivano tutti – certi pesi medi che avevamo preso per farlo lavorare sulla velocità, giovanotti del liceo che venivano in palestra per scommessa, insomma, sguatteri. L'occhio gli si gonfiò, e dovemmo fermarci di nuovo per un po'. Tutto a un tratto Coyle iniziò a camminare storto, non riusciva a saltare la corda senza andare addosso al muro. Un dilettante un po' più piccolo di lui lo colpì talmente forte che lo mandò al tappeto, mezzo svenuto. D.C. allora li fece smettere. In casi del genere la gran parte dei pugili si ribella per una questione di orgoglio, ma non fu così quella volta per Coyle. Non vedeva l'ora di uscire da quel posto. Billy lo venne a sapere e organizzò subito il suo secondo incontro in Mississippi per settantacinquemila dollari. Gli aveva combinato un incontro di dieci round con un tipo qualsiasi, voleva vedere come stavano le cose.

L'avversario era alto uno e ottanta e pesava una tonnellata, era un ragazzone di colore che veniva da Lake Charles in Louisiana, che a momenti non sapeva manco scrivere il suo nome. Ma durante il primo round quel maledetto riuscì a prendere Coyle in testa con un gancio, tenendo addirittura gli occhi chiusi, mandandolo a culo per terra sul tappeto. Né io né D.C. riuscivamo a capire come avesse fatto a non vedere quel gancio che arrivava, così alto e aperto. Coyle poi si rialzò, e perlomeno si rimise a lavoro.

Bang! Tre randellate sugli occhi, poi un gancio destro al mento e un montante sul fianco, tutti pugni puliti e ben fatti. Il ragazzo nero si accasciò per terra come una balena arenata, e i bianchi nel pubblico facevano i salti di gioia e sventolavano la bandiera degli Stati confederati. Era pietoso, con Coyle che si atteggiava manco avesse sconfitto Jack Johnson. Io e D.C. eravamo incazzati, avevamo perso completamente quell'eccitazione di prima. Nello spogliatoio c'era il silenzio di un'alba grigia e triste.

Coyle si prese una pausa, anche se non aveva certo bisogno di riposo. Tornò in palestra per qualche giorno, però poi iniziò a farsi vedere sempre di meno. Quando veniva, non faceva altro che perdere tempo e cazzeggiare, invece di lavorare. Puzzava d'erba che si sentiva da lontano, e aveva i capelli sporchi. A un certo punto anche gli altri pugili iniziarono a perdere colpi. Si sforzavano sempre di meno. A volte Coyle si presentava talmente sfiancato per quanto aveva scopato, che sarebbe stato meglio se non fosse venuto affatto. La palestra sembrava una specie di maledetto circolo pieno di frocetti e impiegati della previdenza sociale in cerca d'avventure. Con Coyle che stava lì a fare il galletto gli altri pugili di Billy avevano iniziato a fare lo stesso. Alcuni volevano soltanto fare incontri combinati, vittorie assicurate. Un pugile non dovrebbe mai combattere se non è pronto, ma quando uno è pagato per stare in forma allora ci deve stare in forma, che cazzo, e non diventare una maledetta palla di lardo.

Provai a far ragionare Coyle, ma quello continuava a dirmi: «È tutto a posto, è tutto a posto».

Gli dissi: «Certo, è tutto a posto e niente in ordine».

Andò avanti così per tre mesi, ma per quanto mi sforzassi non riuscivo a fargli entrare in testa un briciolo di ragionevolezza. Ma d'altronde era inutile perderci troppo tempo. Se un lottatore non ce la fa da solo, non ce la fa e basta. Billy voleva una risposta, ma io non sapevo che dirgli. Che ti inventi quando un lottatore capace di farsi dieci round e affamato di soldi come quello si chiama fuori da un incontro perché ha un'infiammazione alle nocche oppure un pollice slogato o magari un gomito dolorante? Era chiaro che il vecchio Coyle non voleva fare incontri senza prendersi una percentuale.

Un giorno stava seduto con una tuta di velour a guardare una rivista di donne nude. Mi disse di accendere le luci. Gli risposi che erano già accese. Mi disse di accenderle tutte quante, e io gli dissi che erano già tutte accese. A quel punto Coyle mi urlò contro per la prima e ultima volta.

«Ti ho detto di accendere quelle cazzo di luci!».
«Figliolo», dissi, poi lo ripetei un'altra volta. «Figliolo, le luci del cazzo sono tutte quante accese».
Mi guardò. «Oh, ah, eh... sì, Red, grazie».
Allora capii che Kenny era proprio rincoglionito.

Billy aveva ricevuto una proposta da Las Vegas per un incontro da duecentomila dollari con un pugile africano che veniva dalla Francia. Dietro di sé aveva parecchi investitori tedeschi ed era un tostissimo figlio di puttana, ma non aveva certo il pugno di Kenny Coyle. Coyle disse che per duecentomila non c'era nemmeno da chiederglielo.

Ero sicuro che con tutte quelle rotture prima o poi ci saremmo divertiti anche noi. Se vincevamo con l'afro-francese e poi un altro paio di incontri allora voleva dire che stavamo parlando di tre, anche cinquecentomila dollari a incontro. Anche se avesse perso, Billy ci sarebbe comunque rientrato con i soldi, magari anche qualcosina in più, e io e D.C. ci saremmo comunque potuti stare alla grande. Se invece vincevamo quegli incontri allora si poteva puntare davvero al titolo, perché a quel punto la gente si iniziava a convincere che c'era un ragazzo bianco talmente forte che poteva riprendere il titolo e toglierlo a quelli di colore. Le uniche cose di colore che interessavano a me e a D.C. erano i bigliettoni verdi da venti, cinquanta e cento che ci facevano andare in banca con il sorriso sulle labbra invece che incazzati. Come ho già detto, c'è una grossa differenza fra dilettanti e professionisti, e Billy aveva capito che doveva assolutamente rientrare dei soldi investiti su Coyle prima che fosse troppo tardi. E sia io che D.C. eravamo d'accordo, specialmente io, così almeno non si incazzava con me.

Ma né io né D.C. riuscivamo a capire che cosa avesse Coyle. Chiedemmo a Billy di mandarci un pugile forte per farlo allenare per bene in vista dell'incontro con il francesino. Ma niente, Coyle continuava a prendere botte. Quando però era lui a colpire, perdio!, li stendeva tutti. Se Coyle faceva partire uno di quei *razzi*, come li chiama quello scrittore, James Ellroy, allora era capace di spezzarti le costole o di spappolarti il fegato. Ma era come se Coyle colpisse alla cieca. Non è che ci preoccupassimo di quelli che erano venuti a fare sparring con lui, visto che erano pagati per prendere le botte. Il problema era che Coyle si faceva colpire e a volte finiva pure giù al tappeto. Come prendeva una botta le ginocchia gli cedevano. Eravamo certi che stesse ancora fumando erba, o forse peggio – che magari se la spassava fino a notte fonda con quelle troie dentro ai locali.

D.C. disse: «Io gliel'ho spiegato che deve farla finita, glielo ho detto che le sue eiaculazioni notturne lo scaricano. Ma lui proprio non vuole sentirmi».

Ma a Coyle non mancava il fiato, e sembrava sempre forte. Né io né D.C. avevamo mai visto un peso massimo come lui diventare un pugile bollito così presto, specialmente dopo essersi fatto un culo così ogni giorno. La cosa strana era che avevamo pure saputo che non fumava neanche erba, si faceva solo una birra dopo l'allenamento per andare a letto e riposarsi.

Ma i nostri sforzi sembravano inutili. Mi resi conto che eravamo come Cenerentola allo scoccare della mezzanotte. Lo sapevamo sia io che D.C., ma non sapevamo il perché.

Un giorno D.C. mi si avvicinò, con la mano davanti alla bocca, e mi disse: «Coyle è diventato cieco da quell'occhio».

Gli risposi: «Cosa? Stronzate, il dottore della commissione ha detto che sta bene».

«È cieco da quell'occhio, Red, dico sul serio. Sono due giorni che gli avvicino di scatto un asciugamano da quel lato e lui non fa neanche un cenno. Facci caso».

Fra un round e l'altro durante gli allenamenti, mentre io gli spalmavo l'olio in faccia e lo facevo bere, D.C. avvicinò un lembo dell'asciugamano all'occhio buono di Coyle e quello sbatté le palpebre di istinto. Al round successivo D.C. si mise dall'altro lato, fece di nuovo la stessa cosa con l'asciugamano. Ma stavolta l'occhio di Coyle non si mosse, semplicemente perché non poteva vedere l'asciugamano. Allora capii perché aveva iniziato a prendere tutti quei colpi, e capii che camminava storto perché non vedeva bene il pavimento. Ed era per questo che quando lo colpivano era come se lo prendessero sempre alla sprovvista come agli inizi, perché non vedendo il colpo arrivare lo colpivano sempre di sorpresa. Ed era sempre per lo stesso motivo che non voleva fare gli incontri – sapeva che avrebbe perso perché non ci vedeva bene. Decise comunque di fare l'incontro da duecentomila biglietti anche sapendo che l'avrebbe perso, perché gli servivano i soldi. L'avrei voluto ammazzare quel bastardo, che si era preso i soldi di Billy senza dire niente dell'occhio e facendomi fare una figura da coglione.

Le regole dicono che se non ci vedi bene non puoi combattere. Dissi a D.C. che lo dovevamo dire a Billy. Vedete, Billy per me è come un parente e se non glielo avessi detto per me era come pugnalarlo alle spalle.

D.C. mi disse di aspettare, che la colpa era stata del dottore della commissione, non nostra. Billy doveva prendersela con loro. Disse che tanto a Las Vegas non se ne sarebbero accorti, che magari l'incontro avrebbe ridotto talmente male Coyle che alla fine si sarebbe dovuto ritirare in ogni caso. Billy avrebbe riavuto comunque quasi tutti i suoi soldi, disse D.C., quindi non avrebbe avuto motivo di incazzarsi con noi. Forse aveva ragione.

Ma la cosa che mandò all'aria tutto fu che la Boxing Commission di Las Vegas ci mandò un fax dove ci chiedeva di compilare e inviare dei moduli con i risultati del test sull'AIDS, un esame neurologico recente e una visita oftalmica eseguita da uno specialista e non da un dottore qualunque con il tabellone delle lettere. Giuro su Dio che Coyle era tutto contento. Non vedeva l'ora di fare l'esame della vista. Io e D.C. ci chiedevamo come fosse possibile che volesse fare il test con quello che avevamo scoperto.

Manco a dirlo, il test della vista dimostrava che Coyle era praticamente cieco all'occhio guasto, quello che si era ferito in Canada. L'esame neurologico diceva che l'equilibrio di Coyle era precario per colpa delle troppe botte in testa che aveva preso negli allenamenti, motivo per il quale non riusciva a saltare la corda dritto e gli tremavano le gambe quando veniva colpito. L'esame della vista non ci diceva niente di nuovo: come sapevamo già, Coyle prendeva dei colpi che normalmente avrebbe schivato. Comunque sia, il punto era che l'incontro da duecentomila dollari era saltato, ed erano svanite per sempre le speranze di Coyle di combattere per tutti quei soldi. Oltre a questo c'era pure il fatto che Billy se l'era presa nel culo per quei sessantamila che aveva sganciato come anticipo a Coyle, ed era tutta colpa mia. Per non dire di quanto avrebbe potuto guadagnare con gli ingaggi se solo Coyle fosse stato in forma.

Venimmo a sapere che era stato durante l'incontro a Vancouver che l'occhio di Coyle aveva iniziato ad avere problemi. Il motivo per cui in giro non si era saputo nulla era che Coyle non aveva detto ai dottori che era un pugile, e poi si era fatto fare l'intervento su in Canada dove grazie alle leggi della sanità non aveva pagato nulla. Il dottore gli aveva detto che l'operazione era andata bene solo al settanta percento, e aveva detto anche che ci doveva stare attento perché un altro trauma all'occhio l'avrebbe fatto diventare cieco per sempre. Poi si era ritirato per un paio d'anni come fanno quelli che perdono, in modo che la gente si scordasse di lui. Per superare i controlli in Alabama e in Mississippi Coyle aveva dovuto sganciare un bigliettone da cento dollari a quei ladri maledetti del casinò che gli dovevano controllare la vista. Quando ci raccontò quella storia, lo fece con delle grandi risate come quando mi aveva raccontato di quella scenata che aveva fatto quando era in Marina.

È stato lì che ho capito quale fosse il piano di Coyle. In pratica lui si era accorto subito dopo l'incontro con Marcellus Ellis che il suo occhio era di nuovo peggiorato, ma non lo aveva detto a nessuno, perché pensava che l'operazione in Canada non sarebbe saltata mai fuori. Così avrebbe potuto tenersi i soldi dell'anticipo di Billy, e inoltre prendersi i duemila e cinque ogni mese che poi andava a spendere a puttane. Mi chiedevo se avrebbe riso a lungo.

Ma adesso io che gli dovevo dire a Billy? Ero stato io a fargli concludere l'affare perché gli avevo dato la mia parola su Coyle. Ma ormai quel ragazzo bianco era arrugginito come un tubo di rame dentro a una vasca da bagno. Ne parlai con D.C.

D.C. mi disse: «Hai ragione. Ecco perché quel figlio di puttana è venuto al Sud dal fronte!».

Prendemmo Coyle di sorpresa. Ancora non sapeva che erano arrivati i risultati degli esami quando io e D.C. lo mettemmo a sedere sul bordo del ring. All'inizio faceva il vago.

D.C. disse: «Perché non ci hai detto dell'occhio?».

Coyle fece: «Quale occhio?».

D.C. gli rispose: «Kenny, la prima regola è non fregare chi ti può fregare. L'occhio che ti si è fottuto».

Coyle disse: «Non ho nessun occhio fottuto, io».

«Hai un occhio che si è fottuto, non provare a fregarmi», disse D.C.

«Non è grave, ci vedo solo un po' sfocato».

«Un po' sfocato un cazzo, a Las Vegas tu non ci vai a combattere, ecco cosa», disse D.C. con le vene che gli uscivano dal collo. «Ti mollo qui, che ne dici, eh? Non voglio avere a che fare con uno stronzo che mi vuole fregare».

A Coyle si gonfiarono gli occhi, e il collo gli divenne rosso e incordato. «Lo stronzo sei tu, hai capito, vecchio?».

Coyle diede uno spintone a D.C. sul petto, facendolo cadere. Ma D.C. riuscì a rotolarsi su un fianco, e si rimise in piedi come se fosse rimbalzato per terra.

D.C. allora disse: «Ragazzo, la seconda regola è non colpire chi ti può colpire».

Coyle fece una mossa come per dargli un calcio. Provai a prendere il mio coltello Buck, ma prima che potessi tirarlo fuori di tasca D.C. allungò il bastone più veloce di una freccia e *bap! bap! bap!*, colpì Coyle sul ginocchio e sugli stinchi. Coyle cadde a terra come un sacco di patate.

«Ti faccio fuori, vecchietto. Ti faccio uscire il cervello a furia di botte con quel bastone».

D.C. disse: «Non provare nemmeno a dire queste stronzate con Dark Chocolate, brutto figlio di puttana».

Coyle gli urlò: «Guardati le spalle, vecchietto!».

D.C. allora gli disse: «Ragazzo, ti stai scavando la fossa da solo».

D.C. si allontanò zoppicando, appoggiato su quel bastone. Allora Coyle fece per seguirlo ma a quel punto avevo già sfilato la mia lama.

Gli dissi solo: «Hai mai visto scuoiare un cane vivo?».

Dovevo far uscire Coyle da lì, e pensai di portarlo subito al Texas Ice House sulla Blanco, così avremmo potuto farci una birra come dei vecchi amici e darci una calmata. Il Texas Ice House è aperto trecentosessantacinque giorni l'anno e l'insegna dice "Go Cowboys".

Coyle però mi disse: «Ce l'ho pure io a casa questa birra di merda del Texas».

Texas e *merda* sono due parole che sentirle messe così vicine non ci fa un bell'effetto da queste parti. Comunque ci andai lo stesso a casa sua, più tardi, perché dovevo andarci. Bussai alla porta e da dietro sentii un fucile a canne mozze che veniva caricato.

Dissi: «Sono io, Red».

Coyle aprì la porta, poi si sporse per vedere se ci fosse anche D.C.

Coyle disse: «Io lo ammazzo a quello, diglielo».

Dentro casa c'erano lattine di birra dappertutto e un forte odore di erba e di scopate. Coyle e una bionda da strip-club mezzo addormentata giravano con il culo mezzo di fuori. Quella non disse una sola parola tutto il tempo. In generale ero fiero di avere antenati irlandesi come Geraght e O'Kelly, ma quando mi sono reso conto di che pezzo di merda fosse Coyle, quasi mi vergognavo di appartenere alla sua stessa razza.

Gli chiesi: «Quando è che l'occhio si è guastato?».

Coyle si stava ancora massaggiando le gambe. «Era tutto a posto prima della testata di Marcellus Ellis al casinò. Comunque con te che mi alleni, posso ancora fare il culo a tutti qui».

«Se provi a combattere di nuovo da queste parti finisci con il culo per terra».

«Il mio occhio sta bene, ci vedo solo un po' sfocato. Per cui vedi di non provocarmi, stronzo!».

«Stai facendo tutto da solo».

«È successo molto prima di quella volta in Mississippi, ok? E stava guarendo da solo, ok?».

Rimasi calmo, e si calmò pure lui. Poi dissi: «Non capisci? Se non passi l'esame della vista non puoi andare né a Las Vegas, né in nessun altro posto dove girano i soldi veri. L'unico allenatore che ti vorrà prendere sarà un bastardo sanguisuga».

Coyle scrollò le spalle e abbozzò una risata. A quel punto gli feci la domanda che non avrebbe voluto mai sentire, quella che lo avrebbe costretto a ridare i sessantamila a Billy, se avesse detto la verità.

Chiesi: «Perché non ci hai detto dell'occhio prima di firmare il contratto con Billy?».

Coyle sembrava invecchiato di colpo. Aveva lo sguardo fisso a centinaia di metri nel vuoto, restò così per un minuto. Balbettò un paio di volte, dicendo: «Lo sapevano tutti del mio occhio».

Dissi: «Non erano in molti a saperlo a Vancouver e di certo nessuno a San Antonio».

Coyle rispose: «Quelli di Las Vegas potevano controllare».

Gli dissi: «Noi non siamo a Las Vegas».

A quel punto si alzò in piedi. Aveva voglia di colpirmi, ma sapeva anche lui che in realtà voleva soltanto nascondersi. Prese il fucile e me lo puntò allo stomaco.

Disse: «Non ti voglio più come allenatore».

Gli risposi: «La prossima volta che vuoi inculare qualcuno, vai a trovare tua madre sotto terra, che almeno lei non può ribellarsi».

Questa lo fece proprio incazzare, e mi resi conto che era giunta l'ora di togliere il disturbo. Come chiusi la porta alle mie spalle, sentii che Coyle e quella biondina si mettevano a ridere.

Dissi fra me e me: «Ridi pure, stronzo succhiacazzi – mi punti un fucile addosso e neanche spari».

Andai all'ufficio di Billy la mattina dopo a bordo del mio pickup, a raccontargli tutto. Non era lontano da casa, ma è stato di certo il viaggio più interminabile della mia vita. Ero sicuro di sentirmi dire che avrei dovuto portare il mio culo fuori dal Texas. Stette in silenzio ad ascoltare, poi si accese un sigaro havana Montecristo robusto di contrabbando con il suo Dunhill d'oro. Prese tempo, versò un po' di cognac Hennessy XO per tutti e due.

Si rendeva conto che mi sentivo in colpa e che credevo di aver distrutto la nostra amicizia.

Dissi: «Mi dispiace, Billy. Lo sai che non ti avrei mai fatto un torto di proposito».

Billy disse: «Non hai la palla di vetro, Red. Solo le donne leggono il futuro, perché sanno sempre quando stanno per prenderlo in quel posto».

Billy fece quella battuta per salvarmi da me stesso, e, perdio, ci riuscì. Ero pronto a rintracciare Coyle e scannarlo all'istante, ma Billy mi disse di calmarmi, che ci sarebbe andato lui a parlare con Coyle più tardi. Volevo andarci pure io, dissi che mi sarei portato appresso i miei due amici, Smith e Wesson.

«Nah», disse Billy, «non ci sarà nessun bisogno di sparare».

Quando Billy arrivò da Coyle quello si stava fumando dell'erba, teneva una Mag Ruger bella grossa in mano, ,.357 con la canna da quindici centimetri in acciaio inossidabile. Billy rimase calmo e, senza battere ciglio, chiese se poteva avere un bicchiere di tè freddo come quello che beveva Coyle. Coyle disse che era uno Snapple alla pesca, non dietetico. Billy disse che andava benissimo, e di prendergliene uno anche per lui. Sembravano vecchi amici, solo che Coyle teneva sempre la Ruger in mano.

Billy disse: «Per come la vedo io, non l'hai fatto apposta».

Coyle disse: «Proprio così. È stata colpa di Ellis».

Billy disse: «Però mi hai fregato sessantamila dollari».

Coyle rispose: «Dipende da come la vedi». Quella battuta lo fece ridere. «E poi, nessuno mi ha chiesto dell'occhio, quindi è inutile mettermi sotto torchio. Vedi, so pure fare le rime come Ali, oh sì, proprio così!»

Billy disse: «Coyle, si può peccare in opere e peccare in omissioni. Questa è un'omissione da sessantamila dollari».

Coyle rispose: «Non hai nessuna prova. Erano tutti contanti come hai detto tu, per non pagarci le tasse».

Billy disse: «Rivoglio i miei sessantamila. Non ti chiedo i duemila e cinque che ti ho dato ogni mese, né gli affitti che ti ho regalato. Ma rivoglio indietro l'anticipo».

Coyle disse: «Non ce l'ho più».

Billy disse: «Hai la BMW bella e pronta. Facciamo il passaggio e siamo a posto così».

Coyle rispose: «Non te la prendi la mia Beamer. Me la sono comprata con i soldi del contratto».

Billy aggiunse: «Che ti sei preso sapendo che avevi l'occhio messo male, e quella è una truffa».

Coyle disse: «Io mi attengo al contratto e il mio avvocato dice che mi devi ancora duemila e cinque per questo mese e forse ogni mese per i prossimi tre anni. Dice che l'errore è stato il tuo, per avermi fatto combattere con l'avversario sbagliato».

Billy aveva messo su un po' di pancia e Coyle gli disse che di lui non aveva nessuna paura.

Billy non volle insistere sulla storia delle troie, sul fatto dei duemila e cinque al mese, non disse neanche una parola sulle perdite che aveva subìto per causa sua.

«Ma dimmi una cosa», disse Billy, «quando pensi di andartene e ridarmi le chiavi di questo palazzo?».

Coyle si fece una risata. «Quando riuscirai a sfrattarmi, ecco quando.

Ma ho paura che non ci riuscirai tanto facilmente. Ho controllato e con la storia dell'occhio risulto disabile».

Billy si mise a ridere insieme a Coyle. Poi gli strinse la mano sinistra prima di andarsene, perché Coyle con la destra teneva ancora la Ruger.

Billy disse: «Be', fammi sapere se cambi idea».

«Non ci sperare», disse Coyle. «Sto pensando di sposarmi la figlia del poliziotto. E questo è il nostro nido d'amore».

Io e D.C. non facevamo altro che maledire Coyle ventiquattro ore al giorno, ma a Billy invece sembrava che non importasse. Una settimana dopo, più o meno, ci disse che andava insieme alla moglie e ai figli a Disneyworld, a Orlando, per qualche giorno. Il giovedì seguente chiese a me e a D.C. se volevamo andare a Nuevo Laredo con lui per il weekend.

Billy disse: «Ci andiamo a fare un centinaio di drink al Cadillac Bar per dimenticarci di Coyle, che ne dite?».

Poi aumentò la posta, disse: «Che ne dite se andiamo a divertirci un po' nei bordelli di Boys Town, tutto a spese mie?». Io risposi che il mio vecchio arnese poteva ancora darci dentro, se ispirato, e anche D.C. rispose lo stesso. Però poi lui aggiunse che gli faceva male la schiena da quando era successa quella storia con Coyle e che doveva andare a Houston dove c'era questa cubana che faceva la *santería*. Diceva che quella aveva una specie di pomata mistica fatta con il sangue del gallo e che quella era l'unica cosa in grado di curarlo.

D.C. disse: «Mi dispiace che non posso venire con voi, ma devo assolutamente andare dalla mia cubana».

Dissi a Billy che potevamo andare insieme fino a Nuevo Laredo con il mio Jimmy. Sta sul confine sud a tre ore da San Antonio. Dovevo portare una cosa a mio cugino Royal da un sacco di tempo, e lui abitava a Dilley, che è proprio di strada, una ottantina di chilometri a sud di San Antonio sull'autostrada numero 35. Billy però disse che la mattina aveva delle faccende da sbrigare, e che ci saremmo incontrati al Cadillac Bar alle sei del giorno dopo. Così alla fine mi ritrovai a farmi il viaggio da solo e a sentirmi fregato da un mascalzone per aver fatto la cosa giusta.

Partii presto, volevo proprio andare a sentire quel bugiardo di Royal e riprendermi dal viaggio con un po' del suo Jack Daniel's. Quando poi parcheggiai davanti al Cadillac Bar verso le sei meno dieci, vidi la Town

Car modificata di Billy che stava lì di fronte. Lui era dentro, con un gran sorriso in faccia. Con il mio cappello e i miei stivali mi sentivo di nuovo cinquant'anni addosso, alla faccia di Kenny Coyle e della sua BMW. Ridevamo di lui come se non ce ne fregasse niente, ma in fondo sapevamo che non era così.

Billy aveva prenotato una bella stanza in un motel nuovo di zecca, e dopo aver mangiato quaglie e bevuto Dos Equis per cena, concludemmo con un gelato fritto alla messicana e ci ritirammo. Mi ricordo che lasciammo le macchine al motel e prendemmo un taxi fino a Boys Town, il quartiere a luci rosse. Andammo in posti tipo l'Honeymoon Hotel, al Dallas Cowboys, e al New York Yankey. Lì mi feci seppellire sotto a quelle tette scure e finii con una cinesina che mi sarei riportato a casa dentro alla valigia. Ci passai due notti con quella e non volevo più andar via.

Non sono sicuro, ma credo di essere tornato al motel una volta, di sabato, per dare un'occhiata a Billy. La sua macchina era sparita, e mi aveva lasciato un messaggio nella segreteria telefonica in stanza, insieme a cinque biglietti da cento sotto al cuscino. Il messaggio diceva che era dovuto andare a Matamoro perché il camion dei gamberetti si era rotto e che doveva affittarne un altro per la serata a base di gamberetti del locale. Mi feci una montagna di uova strapazzate e riso e fagioli alla messicana, insieme a un centinaio di bottiglie di Negra Modelo. Poi mi avviai per tornare dalla mia bambola cinese che ancora barcollavo, ma siccome non avevo perso né i miei stivali né il mio El Patron, mi sentivo il re della strada.

Mi sa che persi i sensi più di una volta lì. A un certo punto mi ricordo di essere passato per le strade a fianco di Boys Town e di essermi ritrovato davanti a un piccolo parco dove mi fermai per guardarmi attorno. È una cosa che succede in moltissimi parchi in Messico. Lì le luci per strada non sono altro che delle lampadine penzolanti che servono solo ad attirare sciami di insetti e pipistrelli sfreccianti. Ci sono gruppi di ragazzi e ragazze fra i quattordici e i diciotto anni che vanno a fare il *paseo* – che è la passeggiata sulla via principale, visto che lì non hanno la TV o cose del genere ed il *paseo* è l'unico modo per uscire di casa per andare a rimorchiare. In certe zone, i giovani formano dei cerchi in mezzo al parco. I maschi si mettono intorno al cerchio formato dalle ragazze, e i due cerchi si muovono lentamente in direzione opposta, così i ragazzi e le ragazze possono vedersi in faccia mentre sfilano. Le ragazze spruzzano un profumo da due soldi addosso al ragazzo che vogliono conquistare. Il ragazzo deve riuscire a gettare una manciata di coriandoli in bocca a una ragazza. Ridono tutti, chi sputa chi si tappa il naso, ma dentro alle brache stanno per esplodere. È il loro modo per sposarsi.

Ma a me del matrimonio non me ne fregava un bel niente. Avevo tutt'altro per la testa, e feci del mio meglio per andare a soddisfare quel desiderio con un altro po' di quel sapore agrodolce cinese.

Il giorno dopo, era domenica, Billy dormiva ancora, e quando rientrai mezzo barcollante mi buttai giù pure io. Mi ricordo che ce ne tornammo a casa ognuno per conto suo quella sera tardi. Eravamo tutti e due distrutti e verdi in faccia, ma giunti a Laredo Billy si fece lavare la macchina che tornò come nuova, eccetto il vetro posteriore che era spaccato. Billy disse che era stato un ubriaco di Matamoro che aveva provato a entrare. Mi fece vedere le nocche della mano graffiata come prova.

Billy disse: «So ancora colpire come mi hai insegnato tu, Reddy».

Guidai fino a casa da solo, avevo le gambe rigide e il cuore che faceva i capricci. Ma quando arriverà la mia ora di andare a dormire per l'ultima volta, voglio morire a Boys Town insieme alle spogliarelliste, mentre studio il cinese.

Il lunedì dopo mi svegliai ancora mezzo ubriaco e rimasi a casa tutto il giorno per cercare di riprendermi. Ero pallido, non riuscivo a stare dritto e per ricaricarmi mi ci vollero un quintale di biscotti con la marmellata, salsa fresca, frittelle e quasi mezzo chilo di bacon, tre o quattro pomodori e una vagonata di birre.

Venni a sapere solo martedì, una volta arrivato in palestra, cosa era successo a Kenny Coyle. Alcuni cacciatori l'avevano ritrovato morto nel fango. Il corpo era accanto alla sua BMW carbonizzata, vicino a un cespuglio di *mesquite* fuori città. L'avevano trovato dei cacciatori domenica dopo pranzo, e probabilmente era morto da almeno dodici ore. Uno in palestra mi disse che gli sbirri mi avevano cercato. Ma io e Billy eravamo in Messico e D.C. era a Houston.

Le cose erano andate così. Coyle era stato ammanettato con quelle fascette di plastica che ogni tanto i poliziotti usano al posto delle manette. Poi l'avevano portato da qualche parte e l'avevano gambizzato usando la sua Ruger, e infine gli avevano spaccato la testa a forza di botte con un oggetto contundente. Dicevano che il cervello gli era uscito del tutto, sembrava un grappolo d'uva. Le palle ce le aveva in bocca, e gli avevano tagliato una guancia fino all'orecchio per farcele entrare tutte e due. Da quello che mi avevano detto, i poliziotti che l'avevano ritrovato si erano fatti una risata: trovavano divertente vedere un uomo che si mangiava le sue stesse ostriche. Gli sbirri capirono subito che era una questione d'affari.

Quando arrivarono in palestra martedì, io stavo ancora bevendo il caffè e guardavo fuori della vetrata dell'ingresso. Non avevo nulla da nascondere, quindi rimasi a bere il mio caffè proprio dove stavo. Gli raccontai la stessa storia che ho raccontato a voi, a cominciare da quando mi ero fermato a salutare il vecchio Royal giù a Dilley. Be', uno dei poliziotti era il vecchio Junior, e il vecchio Junior era il papà di quella tipa.

Gli dissi che io e Billy eravamo a Nuevo Laredo quando la tragedia era avvenuta. Gli dissi del Cadillac Bar e di quanta tequila avevamo bevuto e delle spogliarelliste di Boys Town. Chiaro, tralasciai alcune centinaia di dettagli che non ritenevo fossero affari suoi. Gli occhi del vecchio Junior si erano fatti sempre più pallidi, e teneva la mascella talmente stretta che quando parlava le labbra si muovevano appena. Mi fece solo due o tre domande e sembrò soddisfatto delle mie risposte.

Mentre stava per uscire, Junior disse: «Mi sa che qualcuno ha dovuto imparare il buonsenso nel modo peggiore».

Quando uscì, in palestra si ricominciò a parlare e a saltare la corda. In tutte le palestre, dal Nord del Messico fino al Texas, giravano voci su cosa fosse successo davvero a Coyle. Per quanto ne so io, la polizia non è mai andata a bussare alla porta di Billy Clancy, ma vi posso giurare che nessuno dei lottatori di Billy Clancy ha mai più avuto problemi a lavorare sodo o a fare un incontro.

Ero arrivato alla terza tazza di caffè quando vidi il vecchio D.C. scendere dall'autobus. Era sempre uguale al solito, soltanto che si era preso un nuovo bastone da passeggio. Era nodoso, fatto di *mesquite* come quello prima. Ma quando si avvicinò, vidi che il bastone era di legno ancora verde.

Gli dissi: «Hai sentito di Coyle?»

«Sono appena tornato», disse D.C., «che gli è successo?». Uno dei ragazzi di colore che si stavano allenando fece una risatina. D.C. allora lo fissò con quei suoi occhi blu-verdi, e la storia finì così.

Elmore Leonard
QUANDO LE DONNE BALLANO
2002

Elmore Leonard (1925) è nato a New Orleans e ha studiato all'università di Detroit, dove ha ottenuto il dottorato nel 1950. Ha lavorato nella pubblicità per i successivi sedici anni prima di diventare uno scrittore di professione. Ha firmato numerosi racconti western per riviste maschili, e anche i suoi primi romanzi erano dello stesso genere, come *I cacciatori di scalpi* (*The Bounty Hunters*, 1953), *Escape from Five Shadows* (1956) e *Hombre* (1961), da cui nel 1967 fu tratto il film di successo interpretato da Paul Newman, Fredric March e Richard Boone. Quando il thriller sostituì il western nei gusti del grande pubblico, Leonard cambiò genere e divenne uno dei più grandi scrittori noir della storia.

Le sue prime opere includono *Il grande salto* (*The Big Bounce*, 1969), adattato disastrosamente per il cinema, due volte; *All'ultima goccia* (*The Moonshine War*, 1970), che divenne un film lo stesso anno, con Widmark e Patrick McGoohan, conosciuto in Italia con il titolo *I contrabbandieri degli anni ruggenti*; *Tre falchi e una colomba* (*Fifty-two Pickup*, 1974), che divenne il film *52 gioca o muori* nel 1986, con Roy Scheider e Ann-Margret; *Cat Chaser* (1982), adattato nel 1990 con la sua sceneggiatura; e *Stick* (1983), che divenne un film nel 1985 con Burt Reynolds come protagonista, e in Italia venne distribuito con il titolo *Scherzare con il fuoco*. Le opere successive, molte delle quali portate sullo schermo, come l'eccellente *La scorciatoia* (*Get Shorty*, 1990, mentre il film con John Travolta è del 1995), non sono incentrate sulla trama quanto piuttosto sui personaggi.

Leonard è giustamente considerato il moderno maestro dei dialoghi. Non vi sono mai parole superflue o fuori luogo, i personaggi sono coinvolti in discussioni perfettamente credibili per le loro caratteristiche, e la disinvoltura con cui affrontano minacce e promesse – sempre sottotono, mai sopra le righe – crea un'atmosfera intensamente realistica. I critici e i recensori non hanno apprezzato Leonard, e non lo avevano nemmeno scoperto fino in fondo, prima dell'Edgar Allan Poe Award come miglior romanzo per *Dissolvenza in nero* (*La Brava*, 1984); da allora è diventato uno degli scrittori noir più amati del nostro tempo – sia per i critici sia per i lettori, i quali hanno fatto dei suoi libri dei bestseller di ininterrotto successo. Nel 1992 l'associazione Mystery Writers of America gli ha conferito il Grand Master Award alla carriera. *Quando le donne ballano* (*When the Women Come Out to Dance*), una storia che insegna a fare attenzione ai nostri stessi desideri, è stata pubblicata per la prima volta nella raccolta dei racconti dell'autore del 2002, anch'essa intitolata *When the Women Come Out to Dance*. Il racconto è poi stato selezionato per l'antologia *The Best American Mystery Stories 2003*.

Lourdes divenne la domestica personale della signora Mahmood quando la sua amica Viviana si licenziò per tornare a Los Angeles con suo marito. Lourdes e Viviana erano entrambe di Cali, in Colombia, e si erano trasferite nel Sud della Florida come spose "per corrispondenza".

Il marito di Lourdes, il signor Zimmer, aveva lavorato fino alla sua morte, due anni dopo il loro matrimonio, per un'azienda che si occupava di pavimentazione.

Quando Lourdes arrivò alla casa in Ocean Drive, solo a pochi isolati di distanza da quella di Donald Trump, non si aspettava di avere una buona impressione della signora Mahmood, moglie di quel dottor Wasim Mahmood che ritoccava i lineamenti e i seni delle donne di Palm Beach e aspirava il loro grasso. Lourdes rimase dunque sorpresa quando scoprì che la donna non somigliava affatto a una "signora Mahmood", e che andava di persona ad aprire la porta. Fu infatti una donna alta con i capelli rossi, con un piccolo bikini verde e occhiali da sole sul naso, a farla accomodare dicendo: «Lourdes... come la Nostra Signora di Lourdes?»

«No, signora, Lour-dès, come si dice in spagnolo», e poi le venne di chiedere, «non c'è nessuno che apra la porta al posto suo?».

La rossa signora Mahood disse: «Sono in lavanderia a guardare le telenovelas». Aggiunse: «Vieni», e condusse Lourdes dentro la casa dai pavimenti di marmo, con statue e dipinti incomprensibili, e poi proseguì fuori in piscina, dove si sedettero a un tavolo sulla veranda sotto un ombrellone bianco e giallo.

Sul tavolo c'erano sigarette, un accendino d'argento e un calice in cui era rimasto solo del ghiaccio. La signora Mahmood accese una sigaretta, una lunga Virginia Slim, e spinse il pacchetto verso Lourdes, la quale stava già dicendo: «Ho solo questo, signora Mahmood», mentre prendeva dalla borsa di paglia un foglio con i suoi dati biografici, stampato al computer. Lo appoggiò sul tavolo e la signora piegandosi in avanti mise in mostra i suoi seni.

«"La tua futura moglie arriva per corrispondenza?"»

«Viene dalla lista di profili latinoamericani per il matrimonio», disse Lourdes. «Gli uomini la possono vedere sul computer. È di tre anni fa, ma ciò che dice di me è ancora vero. Tranne naturalmente la mia età. Ora ho trentacinque anni».

La signora Mahmood, con tutta la sua ricchezza, e i suoi prodotti di bellezza, non dimostrava più di trent'anni. I capelli rossi erano corti e a Lourdes ricordavano un'attrice che vedeva sempre in TV, Jill St John. Aveva la stessa pelle pallida. «Ok, dunque, tu e Viviana eravate entrambe spose per corrispondenza», sempre guardando il foglio. «Vedo che il tuo inglese è buono – ed è vero. Non fumi e non bevi».

«Ora bevo a volte, quando sono in compagnia».

«Non hai una e-mail».

«No, infatti ci scrivevamo delle lettere, prima che lui venisse a Cali, dove vivevo. Si organizzano delle feste per gli uomini che arrivano e noi ci mettiamo, come dire... ci facciamo belle».

«Vi guardate a distanza».

«Sì, è così che ho incontrato il signor Zimmer di persona».

«È così che lo hai chiamato?»

«Non l'ho chiamato in nessun modo».

«Signora Zimmer», disse la donna rossa. «Non ti piacerebbe essere "la signora Mahmood"?»

«Non credevo che fosse il suo nome».

La donna guardò di nuovo il foglio stampato. «Sei virtuosa, sensibile, gran lavoratrice, ottimista. E cerchi un uomo che sia gentile e affettuoso, con un buon lavoro. Era così il signor Zimmer?»

«Non era male, tranne quando beveva troppo. Dovevo stare attenta a ciò che dicevo sennò rischiavo le botte. Era anche forte, per la sua età. Aveva cinquantotto anni».

«Cinquantotto quando vi siete sposati?»

«No, quando è morto».

«Se non ricordo male Viviana mi ha detto che è stato ucciso». Sembrava sforzarsi di ricordare precisamente cosa le aveva detto Viviana. «Un incidente sul lavoro?».

Lourdes era convinta che la donna in realtà sapesse tutto, ma disse:

«Era scomparso da alcuni giorni e alla fine hanno trovato la sua betoniera vicino a Hialeah, con a fianco un mucchio di cemento. Non c'era alcuna ragione per cui la betoniera fosse lì, non si doveva versare cemento in quel luogo. E così la polizia spaccò il cemento e trovò il signor Zimmer».

«Assassinato», disse la rossa.

«Erano convinti di sì, aveva le mani legate dietro la schiena».

«La polizia ha parlato con te?»

«Certo. Era mio marito».

«Voglio dire, sospettarono che tu fossi in qualche modo coinvolta?».

Sapeva tutto. Lourdes ne era sicura.

«Sospettarono che potessero essere stati alcuni miei amici colombiani che vivono qui. Qualche loro nemico lo disse alla polizia».

«C'entrava la droga?».

Per la donna tutti i colombiani erano spacciatori.

«Mio marito guidava una betoniera».

«Ma perché mai qualcuno avrebbe voluto ucciderlo?»

«Chi lo sa?», disse Lourdes. «Quello che fece la spia disse alla polizia che io avevo ordinato ai colombiani di uccidere mio marito perché mi picchiava sempre. Una volta mi fece veramente male», disse Lourdes toccandosi la bretella del vestito che era diventato quasi bianco dopo tanti lavaggi. «Mi spostò la spalla, le ossa qui, e non potevo più lavorare».

«Avevi detto ai colombiani che lui ti picchiava?»

«Lo sapevano tutti. A volte il signor Zimmer era brutale con me in pubblico, quando beveva».

«Quindi forse sono stati proprio i colombiani». Sembrava che la donna volesse davvero crederci.

«Non lo so», disse Lourdes, e rimase in attesa, per scoprire se sarebbe finita lì.

Il suo sguardo si spostò verso la luce del sole, l'acqua immobile della piscina e, più in là, sulla buganvillea rossa che cresceva a ridosso delle mura bianche.

I giardinieri potavano e toglievano le erbacce. Tre di loro le sembravano ispanici. No, il colore della pelle era diverso. Disse: «Quegli uomini...».

«Pakistani», disse la signora Mahmood.

«Non mi pare che lavorino molto», disse Lourdes. «Ho sempre avuto un giardino a casa, per coltivare cose da mangiare. Qui, quando ero sposata, lavoravo per la signorina Olimpia. Lei chiamava il suo servizio "Pulizie con integrità biblica". Non sapevo bene cosa volesse dire, ma spesso ci citava frasi della Bibbia. Pulivamo uffici a Miami. Viviana mi ha detto che ciò che farò qui sarà diverso, un servizio solo per lei. Controllare le sue cose, tenerle bene i vestiti, immagino».

Mettere in ordine gli armadi dei vestiti. Pulire i gioielli. La signora Mahmood disse che spesso buttava le scarpe nel ripostiglio e dunque Lourdes doveva sistemarle e rimetterle a posto nella scarpiera. E controllare se avessero bisogno di essere pulite.

Lourdes aspettò mentre la donna pensava ad altre mansioni. Controllare i cassetti del make-up in bagno. Lourdes avrebbe vissuto lì, con le domeniche libere, e mezza giornata durante la settimana. In pratica sarebbe stata un'impiegata del dottor Mahmood.

«Oh?», Lourdes non era sicura di cosa significasse. Prima che avesse il tempo di chiederlo, la signora Mahmood volle sapere se era in regola. Lourdes le disse che aveva la residenza ma che ora doveva fare i documenti per ottenere la cittadinanza.

«Per dire dove lavoro, dovrò mettere dottor Wasim Mahmood?».

La moglie dai capelli rossi disse: «È più facile così. Sa, per gestire meglio le spese. Ma farò in modo che tu prenda almeno trecentocinquanta alla settimana».

Lourdes disse che era un'offerta generosa. «Ma dovrò fare anche delle cose per il dottor Mahmood?». La donna rossa, fumando la sigaretta, disse: «Cosa ti ha detto Viviana di lui?»

«Mi ha solo detto che non parlava molto».

«Viviana è una taglia quarantadue. A Woz piacciono giovani e snelle come serpenti. Quanto pesi?»

«Meno di sessanta chili».

«Non molto, potrebbe andare. Sai cucinare?»

«Sì, certamente».

«Intendo per te e basta. Noi usciamo o ordiniamo dai ristoranti. Non mi avvicinerò mai a quei cazzo di fornelli e Woz lo sa».

Lourdes disse: «Wos?»

«Wasim. Lui pensa che mi rifiuto perché non so cucinare, che è anche vero, ma non è quella la ragione. Le due domestiche fisse sono filippine e parlano inglese. A dire il vero il loro accento è meno forte del tuo.

Non danno mai problemi, guardano in basso quando parlano con qualcuno. Ed escono alle quattro, grazie a Dio. Woz fa sempre il bagno nudo in piscina – non mi chiedere il perché, deve essere una cosa musulmana – e se lo vedono si nascondono in lavanderia. O se io metto musica hip-hop e capita che mi vedono saltellare a ritmo mentre faccio aerobica, scappano verso la lavanderia». Fece tutto questo discorso senza neppure una pausa. «Cosa ha detto Viviana di me?»

«Oh, ha detto che lei è molto gentile, che è davvero piacevole lavorare qui».

«Andiamo, lo so che ti ha detto che ero una spogliarellista».

«Ha detto che prima era una ballerina, è vero».

«Ho cominciato in un buco orribile sulla Federal Highway, poi qualcuno mi ha notato e sono arrivata al Miami Gold sulla Biscayne, un posto con i parcheggiatori. Sono stata una delle prime in assoluto, a parte le ragazze nere, a fare hip-hop, e intendo hip-hop classico, mentre le altre ragazze usavano i Limp Bizkit, o anche della vecchia roba di Bob Seeger e Bad Company – e non è male come musica se per te funziona. Ma nel frattempo io facevo più spettacoli privati di lap-dance di qualsiasi altra ragazza al Gold e avevo ventisette anni al tempo, la più vecchia di tutte. Woz veniva con i suoi amici, tutti in giacca e cravatta, cercavano in tutti i modi di non sembrare dei tipi del Terzo Mondo. La prima volta mi sventolò un biglietto da cinquanta e io gli feci delle movenze tribali di *strip-hop* da vicino. Gli dissi: "Dottore, forse vedrebbe meglio se rimettesse gli occhi dentro le orbite". Lui amava quel mio modo di parlare. Più o meno alla quarta volta che mi veniva a trovare gli feci quello che si chiama un lavoretto da un milione di dollari e divenni la signora Mahmood».

Raccontò tutto questo standosene seduta e rilassata e fumando la sua Virginia Slim, mentre Lourdes annuiva, chiedendosi a volte che diavolo stesse dicendo, e sussurrando «capisco» con voce amabile, quando la donna faceva una pausa.

La signora Mahmood continuò: «La sua prima moglie era in Pakistan quando lui studiava medicina qui. Non appena ebbe finito il tirocinio e aperto il suo studio, lei morì». Poi disse: «Vediamo... non dovrai indossare una divisa a meno che Woz non voglia che tu serva i drink. Ogni tanto vengono alcuni dei suoi ricchi amici islamici con il turbante per un cocktail. Vedrai quei tipi con i loro abiti indiani che chiacchierano in urdu. Io normalmente entro e mi dicono: "Ah, signora Mahmood", con quel loro modo musicale di parlare, "è una meraviglia stasera". E si chiedono se sono la stessa pollastra che vedevano spogliarsi».

Prese del tempo per accendersi un'altra sigaretta, e Lourdes disse: «Posso indossare i miei vestiti al lavoro?»

«All'inizio sì, ma ti prenderò dei bei vestiti alla moda. Cosa sei, una quarantadue?»

«La mia taglia? Sì, credo di sì».

«Vediamo... alzati».

Lourdes si alzò e si spostò nella direzione che le indicava la signora Mahmood. La donna la fissò. E disse: «Ti ho detto che la sua prima moglie è morta?»

«Sì signora, me l'ha detto».

«È morta bruciata».

«Oh!», disse Lourdes.

Ma la donna dai capelli rossi non le raccontò come era successo. Fece un tiro dalla sigaretta e disse: «Le tue gambe sono belle ma hai la vita un po' troppo alta e il seno è grosso. Ma non ti preoccupare, ti farò sistemare. Qual è il tuo colore preferito?»

«Il blu, da sempre, signora».

La signora disse: «Ascolta, non voglio che mi chiami così. Puoi chiamarmi "signora" davanti a Woz, ma quando siamo solo io e te preferisco che mi chiami per nome».

«Sì?»

«Mi chiamo Ginger. Be', a dire il vero il mio nome è Janeen ma tutti i miei amici mi chiamano Ginger. Quelli che mi sono rimasti».

Lourdes pensò che si riferisse alle amiche che le erano rimaste dopo essersi sposata, ragazze che ballavano nude come lei, o forse persino uomini.

Disse: «Gingèr?»

«No, così sembra cinese. Gìn-ger».

Prova ancora.

«Gìn-gér?»

«Ci siamo quasi. Lavoraci ancora un po'».

Ma non riusciva proprio a chiamarla Ginger. Non ancora. Non nelle prime settimane. Non quando facevano shopping nella Worth Avenue, dove la signora Mahmood conosceva tutti, tutte le commesse, e alcune di loro la chiamavano Ginger. Scelse per Lourdes dei vestiti casual che costavano centinaia di dollari l'uno e alcune cose da Resort Wear. Diceva: «Questo è carino», e lo passava alla commessa per farlo mettere da parte, senza mai chiedere l'opinione di Lourdes, senza mai domandarle se quei vestiti le piacessero o meno.

Le piacevano, in realtà, ma avrebbe desiderato che qualcuno fosse blu. Erano tutti gialli o bianchi e gialli, o bianchi con del giallo. Non doveva indossare una divisa, no, ma in quel modo si confondeva con la veranda, i cuscini e gli ombrelloni, e si sentiva come parte dell'arredamento, invisibile.

Di sera, se il dottore non tornava a casa, si mettevano a sedere fuori, e la signora Mahmood faceva del suo meglio per far sembrare che fossero amiche. Serviva daiquiri in calici di cristallo aspettando la sua domestica personale. Era piacevole essere trattata così e sarebbe continuato, pensava Lourdes, fino al giorno in cui la signora Mahmood avrebbe gettato la maschera e le avrebbe detto cosa aveva in mente, cosa voleva che Lourdes facesse per lei.

Il lavoro in sé non era nulla, tenere i vestiti in ordine, dare l'acqua alle piante in casa, prepararsi il pranzo, e talvolta farlo per le altre domestiche se entravano in cucina e sentivano l'odore dei suoi piatti piccanti di pesce. Lourdes non aveva alcun problema a parlare con loro. E loro la guardavano in faccia quando dovevano dirle qualcosa di utile. Perché evitassero il signor Mahmood, ad esempio: faceva domande personali sulla loro vita sessuale. Perché pensavano che la signora Mahmood fosse pazza: per il modo in cui ballava con indosso solo la biancheria.

E di sera la signora diceva a Lourdes che era stanca della sua vita. Non poteva invitare i suoi amici perché a Woz non piacevano.

«E cosa faccio io? Vado in giro. Ascolto musica. Parlo delle telenovelas con le mie filippine. Melda mi ferma dicendo: "Signora, venga, presto", mentre sono in lavanderia a guardare *Così gira il mondo*. E continua: "Dick sta seguendo Nikki nel posto dove lei va per incontrare Ryder e sembra che lui stia per farle del male. Ma Ryder è arrivato in tempo per salvare Nikki dalla violenza di Dick"».

La signora le raccontava quelle storie e la guardava inespressiva, aspettando che Lourdes sorridesse o ridesse. Ma cosa c'era da ridere?

«E cosa faccio io?», era la domanda che le piaceva di più. «Esisto, ma non ho una vita».
«Va a fare shopping».
«Ecco tutto».
«Gioca a golf».
«Ma starai scherzando, spero».
«Esce con suo marito».
«Sì, in un ristorante indiano, e lo ascolto mentre parla con il direttore. Quante volte da quando sei qui è tornato a casa di sera? Ha un'amante», disse la donna con i capelli rossi. «Sta con lei tutto il tempo, lei o un'altra, e non gliene frega niente che io lo sappia. Me lo sbatte in faccia. Tutti gli uomini lo fanno una volta ogni tanto. Woz e i suoi amici vivono per questo. Laggiù è normale, da dove vengono loro. Un uomo si stanca della moglie in Pakistan? La brucia viva. O qualcuno lo fa al suo posto. Non sto scherzando, dice a tutti che la sua *dupatta* si è bruciata con i fornelli».
Lourdes disse: «Ah! È per questo che non cucina?»
«Sì, anche per questo. Woz viene da Rawalpindi, una città dove quaranta donne *al mese* finiscono all'ospedale con terribili ustioni. Se la donna sopravvive... ma mi stai ascoltando?».
Lourdes sorseggiava il suo daiquiri. «Sì, certo».
«Se non muore, vive nella vergogna a causa di suo marito, quello stronzo che ha cercato di ucciderla e che poi la caccia dalla sua cazzo di casa. E non paga le conseguenze. Pakistan, India: migliaia di donne vengono bruciate ogni anno perché i mariti si sono stancati di loro o hanno scoperto che la loro dote non era sufficiente».
«Lei dice che la sua prima moglie è morta bruciata».
«Una volta che ha potuto permettersi donne bianche, a cosa gli serviva più?»
«Ha paura che bruci anche lei?»
«È ciò che fanno, è il loro costume. E sai una cosa ironica? Woz è venuto qui per fare il chirurgo plastico ma laggiù in Pakistan, dove tutte quelle donne girano sfigurate, non ci sono chirurghi plastici. Non se ne parla nemmeno», disse. «A qualcuna di loro buttano l'acido in faccia», disse ancora. «È stato il mio più grande errore sposare un uomo di diversa cultura, un islamico del cazzo».
Lourdes disse: «Perché lo ha sposato?».

La donna fece un gesto. «Per questo...», intendendo la casa e tutto il resto.

«Così ha quello che vuole».

«E non lo avrei più se lo lasciassi».

«Forse con il divorzio le cederebbe la casa».

«È nell'accordo prematrimoniale, non mi spetta niente. E all'età di trentadue anni mi ritroverei a fare gli spogliarelli sulla Federal Highway o a lavorare in uno di quei posti di lap-dance. Tu hai le tette, almeno tu lo puoi trovare un lavoro. La performance preferita di Woz: io che esco in divisa da infermiera e mi tolgo tutto tranne quel ridicolo cappellino». Con la mente volò a quell'immagine senza interrompersi. «Woz disse che la prima volta che vide l'esibizione gli venne voglia di assumermi. Sarei stata la prima infermiera in topless di un chirurgo».

Lourdes si immaginò quella donna che ballava nuda, gli uomini che la guardavano, e pensò alla signorina Olympia che ammoniva le domestiche con la sua integrità biblica: non si canta e non si balla quando si puliscono gli uffici, altrimenti si rischia di attirare l'attenzione degli uomini che lavorano fino a tardi. Da come parlava, sembrava che quegli uomini stessero lì nascosti ad aspettarle. «Leggete il Libro dei Giudici», diceva la signorina Olympia, «il versetto ventuno». Parlava di uomini che aspettavano che le donne, le figlie di Shiloh, uscissero per ballare, così potevano prenderle e costringerle a sposarli. Lourdes aveva sentito parlare di donne che cantavano mentre lavoravano, ma non che ballassero. Si chiese come fosse ballare nude davanti a degli uomini.

«Non vuole stare con lui», disse Lourdes, «ma vuole vivere in questa casa».

«Proprio così», disse quella donna che proprio non sembrava una "signora Mahmood".

Lourdes prese un sorso di daiquiri, posò il bicchiere sul tavolo e allungò la mano verso il pacchetto di Virginia Slim.

«Potrei provarne una?»

«Prendi pure».

Accese la sigaretta, aspirando con forza per fare un bel tiro. Disse: «Una volta fumavo. Il modo in cui fuma lei mi fa rivenire voglia. Anche il modo in cui tiene la sigaretta».

Lourdes pensò che la donna fosse vicina a dirle ciò che stava pensando. Ma certo non era affatto un argomento facile di cui parlare, nemmeno per una donna che un tempo ballava nuda. Quella sera Lourdes decise di aiutarla.

Disse: «Come si sentirebbe se un carico di cemento vivo cadesse su suo marito?».

Poi subito si chiese, in silenzio e senza guardare la donna, se non avesse parlato troppo presto.

La donna con i capelli rossi rispose: «Come è successo al signor Zimmer? Come ti sei sentita tu?»

«L'ho accettato», disse Lourdes, «con un senso di sollievo, sapendo che non sarei più stata picchiata».

«Sei mai stata felice con lui?»

«Nemmeno per un giorno».

«L'hai scelto, avrai avuto qualche idea su di lui».

«Lui mi ha scelta. Al party a Cali? C'erano sette ragazze colombiane per ogni uomo americano. Non pensavo che sarei stata scelta. Ci siamo sposati... dopo due anni avevo il visto ed ero stanca di essere massacrata di botte».

La rossa fece: «Hai dovuto ingoiare parecchi rospi del cazzo, vero?», e questa volta fece una pausa prima di aggiungere: «Quanto costa un carico di cemento al giorno d'oggi?».

Senza esitazione, Lourdes rispose: «Trentamila».

La signora Mahmood disse: «Dio mio», ma non si scompose, rimase a sedere sui cuscini gialli. Disse: «Tu lo sapevi. Viviana ti ha detto della situazione e tu hai deciso di farlo».

«Penso che lei mi abbia assunta», disse Lourdes, «a causa di mio marito... ha sempre voluto sapere cosa gli fosse successo. E avevo capito subito, dal primo giorno in cui ci siamo sedute qui, che non le interessava nulla di suo marito».

«Capisci il motivo, no? Ho il terrore di rimanere intrappolata nel fuoco. Lui si accende un sigaro e io lo guardo terrorizzata».

Cercava delle scuse, delle giustificazioni.

«Non dobbiamo parlare di lui», disse Lourdes. «Lei paga tutto in anticipo e non ne riparleremo più. Non paga? Non ne parliamo comunque».

«I colombiani vogliono averli tutti in anticipo?»

«Chi?»

«Gi uomini del cemento».

«Non sa che tipi sono. E se sembrasse un incidente e lei dicesse: "Oh, non hanno fatto niente, è caduto dalla sua barca?"»

«Woz non ha una barca».

«O magari la sua macchina è stata colpita da un camion. Capisce? Lei non saprebbe nulla, prima».

«Suppongo che vogliano contanti».

«Naturalmente».

«Non posso andare in banca e ritirare una cifra simile».

«Allora lasciamo perdere».

Lourdes restò in attesa mentre la donna ci pensava e fumava la sua Virginia Slim, fumavano entrambe, finché la signora Mahmood disse: «Se ti do quasi ventimila in contanti, oggi, vuoi ancora lasciar perdere?».

A quel punto Lourdes dovette fermarsi e riflettere per un attimo.

«Ha così tanto in casa?»

«I soldi che tengo per fuggire» disse la signora Mahmood, «nel caso dovessi scappare all'improvviso. Ciò che ho messo da parte con le mance aiutando gli uomini a macchiarsi le mutande. Questi i patti, ventimila. Li vuoi o no? Se non li vuoi te ne puoi anche andare. Non mi servi più».

Da quando era lì Lourdes aveva incontrato il dottor Mahmood, faccia a faccia, solo due volte. La prima volta, quando lui era entrato in cucina per chiederle di preparargli la colazione – luccio affumicato, un pesce che mangiava freddo con un toast integrale e del tè. Gliene aveva offerto un po', e aveva detto che non era buono come le aringhe ma che non era male. Lourdes ne aveva assaggiato un pezzo; era pieno di spine ma gli aveva detto di sì, che era buono. Avevano parlato dei diversi pesci dell'oceano che entrambi amavano e lui sembrava un uomo piacevole e ragionevole.

La seconda volta che lo aveva visto, l'aveva un po' spaventata uscendo nudo dalla piscina mentre lei stava innaffiando le piante della veranda. Le aveva chiesto di portargli l'asciugamano che era su una sedia.

Quando lei glielo aveva portato lui aveva detto: «Stavi aspettando me?»

«No, signore, non l'avevo vista».

Mentre si asciugava la faccia e la testa, con i capelli così corti che sembrava rasato, lei gli aveva guardato bene la pelle, la sua pancia rotonda e lo strano pene nero, poi aveva alzato lo sguardo quando lui aveva abbassato l'asciugamano.

Lui le aveva detto: «Sei vedova?». Lei aveva annuito e lui le aveva chiesto: «Quando ti sei sposata eri vergine?».

Lei aveva avuto un attimo di situazione ma poi aveva risposto, perché dopo tutto stava parlando con un dottore.

«No, signore».

«Non era importante per tuo marito?»

«Non credo».

«Ti piacerebbe essere vergine di nuovo? Ti servirebbe?».

Aveva dovuto pensarci – non le era mai passato per la testa – ma non voleva far aspettare il dottore e aveva detto: «No, non alla mia età».

Il dottore aveva detto: «Ti posso mettere a posto io, se lo desideri».

«Rendermi vergine?»

«Chirurgicamente, qualche punto di sutura proprio lì, in quella regione morbida e scura. È diventata una pratica abbastanza diffusa in Oriente tra le ragazze che stanno per sposarsi. Anche tra le prostitute. Possono chiedere molto di più, anche migliaia di dollari, per quell'unica notte». Disse: «Sto pensando di offrire anch'io quell'intervento. Se dovessi cambiare idea e volessi una visita, potrei farla nella tua stanza».

I modi del dottor Mahood, come l'aveva guardata quella volta, avevano fatto sentire Lourdes come se lui la stesse spogliando.

Non tornò a casa quella sera che Lourdes e la signora Mahmood conclusero l'accordo. E non tornò neppure il giorno dopo. La mattina successiva, due uomini dell'ufficio dello sceriffo di Palm Beach arrivarono a casa. Mostrarono a Lourdes il tesserino e chiesero di vedere la signora Mahmood.

Era al piano di sopra, in camera, a provarsi un vestito nero. Si guardava allo specchio e vide il riflesso di Lourdes alle sue spalle.

«C'è la polizia», disse Lourdes.

La signora Mahmood annuì e disse: «Cosa ne pensi?», girandosi per mostrare il vestito. La gonna era abbastanza corta.

Lourdes lesse la storia sui giornali: il dottor Wasim Mahmood, grande professionista eccetera eccetera, era stato abbattuto da alcuni colpi di pistola mentre degli sconosciuti cercavano di rubargli la macchina a Flagler, vicino a Currie Park, ed era stato dichiarato ufficialmente morto quando era arrivato all'ospedale Good Samaritan. La sua Mercedes era stata abbandonata lungo la strada a Delray Beach.

La signora Mahmood uscì di casa con il vestito nero. Più tardi, chiamò Lourdes per dirle di aver identificato il corpo. Aveva passato un po' di tempo alla polizia – non avevano alcun indizio, nulla su cui lavorare – e poi si era fermata presso un'agenzia funebre per disporre che Woz fosse velocemente cremato. Disse: «Dunque, cosa pensi?»

«Di cosa?»

«Di bruciare il bastardo».

La signora Mahmood disse che si sarebbe fermata da alcuni amici e sarebbe tornata tardi.

All'una, dopo una serata informale e alcuni drink con vecchi amici, la signora Mahmood entrò in cucina dal garage e sbiancò.

Cosa diavolo stava succedendo?

Rum e shaker sul banco, lime, un secchiello pieno di ghiaccio. Una musica latina veniva dalla veranda. La donna seguì il suono attraversando un cerchio di candele accese, camminando verso Lourdes che indossava un bikini verde e ondeggiava al ritmo della musica con le mani alzate, e poi muoveva i fianchi in modo provocante.

Due uomini erano seduti al tavolo e fumavano sigarette. Quando videro la signora Mahmood non accennarono ad alzarsi.

A quel punto Lourdes si girò e la vide, sorrise e disse: «Come va? Sembra che non stia soffrendo affatto».

«Indossi il mio bikini», disse la signora Mahmood.

«Mi ero messa il mio, quello giallo», disse Lourdes, continuando a muoversi in modo malizioso, «e poi me lo sono tolto. Non mi vesto più di giallo ora, e così ne ho preso uno dei suoi in prestito. Non è un problema, vero?».

La signora Mahmood chiese: «Cosa sta succedendo?»

«È *cumbia*, musica colombiana per le grandi occasioni. Un matrimonio, un funerale, qualsiasi cosa. Le candele ne sono parte integrante. Per la *cumbia* bisogna sempre accendere delle candele».

La signora Mahmood disse: «Ok, ma che sta succedendo?»

«Stiamo facendo un party in suo onore, Ginger. I ragazzi colombiani sono venuti per vederla ballare».

Scott Wolven
INCENDIO CONTROLLATO
2002

Scott Wolven (1965) è nato nel Kentucky a Fort Riley, l'installazione militare a cui era stato assegnato suo padre prima di partire per il Vietnam. Ha trascorso l'infanzia fra Saugerties e Catskill, vicino a New York. Dopo aver superato un corso di scrittura creativa alla Columbia University si è iscritto al dottorato presso lo stesso ateneo. Ha svolto numerosi lavori (dal taglialegna al project manager) prima di diventare assistente alla Binghamton University (State University of New York). È stato visiting writer presso le università dell'Indiana e di Chicago.

Wolven ha ottenuto il grande onore di venir pubblicato su sette numeri consecutivi di *The Best American Mystery Stories*. Il suo primo libro, *Controlled Burn: Stories of Prison, Crime, and Men*, del 2005, contiene alcuni di questi racconti più molti altri, ed è stata una delle più interessanti proposte editoriali dell'anno. Fra gli esperti che hanno acclamato il debutto di Wolven ricordiamo Richard Ford («Wolven è riuscito a prendere delle esperienze di vita vera e cruda, e a trasformarle in sorprendenti ed evocativi racconti. Prende le mosse da un New England molto diverso da quello di Updike e di Dubus, ma i personaggi delle sue storie – come quelli di Updike e di Dubus – illuminano il mondo di una luce nuova, e carica di conseguenze importanti»); Nelson DeMille («*Controlled Burn* è bello, davvero ottimo. Un libro notevole. Allo stesso tempo duro, crudo e onesto. Per certi versi ricorda Hemingway con un pizzico di John Steinbeck»); e George Pelecanos («...duro, senza sentimentalismi, sincero. Questa è la raccolta di racconti più emozionante e autentica che abbia letto negli ultimi anni»). Ha inoltre ricevuto un'ottima recensione da «Publishers Weekly», è stato dichiarato "Libro da ricordare" dalla New York Public Library, ed è stato inserito nella top ten dei migliori debutti letterari da Amazon, Borders e Barnes & Noble.

Ogni racconto apparso in *Controlled Burn*, o quasi, potrebbe essere ospitato tranquillamente fra le pagine di questo libro. Ma le vite affrescate in questa storia, quei personaggi che hanno compiuto «una scelta facile per fare una vita difficile», come ha detto una volta il suo autore, sono quelle che meritano di più.

Incendio controllato (*Controlled Burn*) è stato pubblicato per la prima volta sul numero invernale di «Harpur Palate» nel 2002, ed è stato selezionato per *The Best American Mystery Stories 2003*.

Era stato un brutto inverno; la primavera, anche peggio. Quella era l'estate in cui visse e morì Bill Allen, la torrida estate in cui avevo un posto da taglialegna alla ditta di taglio e trasporto legname di Robert Wilson, vicino a Orford, nel New Hampshire. Il caldo di giugno era ormai passato, lasciando il posto alla opprimente afa di luglio. Al passaggio dei camion carichi di legname, si alzavano dall'asfalto infuocato ondate di calore. A fine luglio eravamo passati alla legna da ardere. Potevo tagliare a mano fino a venticinque metri cubi di legna al giorno, mentre Robert usava lo spaccalegna idraulico. Andavamo ad ammucchiare tutto al deposito dei camion. C'era chi veniva a prendere la legna da solo, in macchina. Alcuni di loro avevano gli stivali e i vestiti chiazzati di bianco dal sudore. Alcuni puzzavano di birra, quasi tutti di benzina. Non erano molto loquaci, pagavano la legna e se la portavano via sui loro furgoni. Andavano tutti di corsa, chi correva a lavorare e chi correva a vivere una vita di bugie, che di per sé è già un lavoro. Lo so come vanno queste cose. Per via del mio duro lavoro, ogni giorno svuotavo qualche lattina di birra, e le andavo ad aggiungere alla montagna di lattine vuote accumulate in tutta la mia vita. L'estate finì presto, e la luce divenne grigia, nonostante il sole splendente.

Quel venerdì ero Bill Allen. Ero stato Bill Allen per tutta l'estate. Bill Allen era il motivo per cui saltavo sulla sedia ogni volta che squillava il telefono. Ero Bill Allen di Glens Falls, vicino a New York, ed ero in vacanza dal college. Avevo ripetuto quella storia il più spesso possibile, e sempre a voce alta. Ogni volta che il telefono squillava, temevo che fosse qualcuno che mi chiedeva di dimostrare che fossi davvero io Bill Allen, cosa del tutto impossibile. A dicembre, nel bel mezzo di un'altra bugia, avevo fatto una rapina a una stazione di servizio vicino a Cape May, nel New Jersey. Siccome era bassa stagione, e quindi nei paraggi non c'era anima viva, credevo che sarebbe stato facile. Si addiceva alla persona che fingevo di essere. Dietro al bancone c'era una ragazza che avrà avuto sui sedici anni. Mi ero messo un passamontagna e avevo una pistola semiautomatica da due soldi. Devo aver sfiorato il grilletto, perché era partito un colpo. Forse è ancora viva, non ne sono certo. Ero scappato immediatamente. La testa mi andava a fuoco, non avevo alcuna intenzione di spararle. Ma ormai era troppo tardi. Avevo preso un po' di soldi, ed è così che finii da Robert. Robert pagava in contanti ogni fine settimana, non si preoccupava più di tanto di Zio Sam, non ti chiedeva referenze, e soprattutto aveva un sacco di lavoro massacrante da offrire, dal momento che non c'era più suo figlio a dargli una mano. Bill Allen era proprio l'uomo adatto a quel lavoro, e ogni santo giorno mi davo da fare per essere Bill Allen al massimo. Ma non bastava, il mio triste passato continuava ad allungare le sue ombre su tutta la vallata del fiume Connecticut. Guardavo ogni macchina, studiavo ogni faccia nuova. Bill Allen non se ne stava mai in santa pace. Se non fosse stato per l'enorme mole di lavoro che Robert gli imponeva, non avrebbe nemmeno mai dormito. Probabilmente avrei fatto fuori Bill Allen con le mie stesse mani, se non avessi dovuto farmi in quattro per tenerlo occupato. Certi giorni, torna in vita con nomi diversi. Allen Williams, Al Wilson, Bill Roberts. Bill Allen probabilmente è morto in un incendio quell'estate. Ma ora basta con queste domande su Bill Allen.

Quel venerdì il telefono del deposito squillò verso mezzogiorno. Lo riconobbi subito, l'avevo sentito squillare quasi ininterrottamente per tutto agosto. John, il figlio di Robert, era in galera a Concord in attesa del processo per omicidio, per cui arrivavano un sacco di telefonate. Robert aveva fatto una modifica al telefono, ci aveva collegato due altoparlanti, uno l'aveva fissato sul tubo del riscaldamento che usciva dal soffitto dell'ufficio principale e l'altro l'aveva legato con una corda ai rami dell'olmo malato che stava dall'altro lato del terreno. Lo squillo improvviso del telefono mi provocava un tuffo al cuore almeno due volte al giorno. Nel deposito si sentiva l'eco fra tutti quei lunghi tronchi accatastati. La tenuta era circondata da basse colline verdeggianti e alberi tutto intorno, nel mezzo di una vallata poco distante dall'autostrada a nord di Hanover. La casa di Robert, che si trovava proprio in cima alla collina, si affacciava su un campo coltivato, e dall'altra parte, a valle, c'era il deposito di legname. Nelle giornate calme si poteva scorgere il fiume Connecticut in tutto il suo splendore che scorreva per mezzo chilometro al di là del campo, ed era come una tranquilla cornice che raccoglieva tutti i suoni che si udivano lì intorno, il canto degli uccelli, il fruscio della brezza fra i rami degli alberi. Ma io non potevo fare parte di quei giorni.

Lo squillo del telefono si fece sentire nonostante il rumore assordante del motore a diesel del mio Maxi-lift, la gru idraulica semidistrutta che usavamo per tenere in ordine il magazzino. Io ero lì che lavoravo sotto il sole cocente. Stavo spostando un carico da dodici tonnellate di acero del New Hampshire per metterlo dietro una montagna di tronchi che se ne stavano a essiccare prima di poter essere usati come combustibile durante l'inverno. Il telefono squillò di nuovo. Non pensai che stessero cercando proprio me. In genere spegnevo il motore, andavo verso il capannone, alzavo la cornetta e sentivo dire: «C'è Robert?». Rispondevo di no, e quelli riattaccavano. A volte non dicevano proprio niente, mettevano giù non appena capivano che non ero Robert. E allora potevo riprendere fiato, perché non mi aveva cercato nessuno. Erano sempre e solo persone del posto, che per qualche motivo non volevano comunicare a me le loro ordinazioni. Oppure era il centralino della prigione che chiedeva se volessi accettare una telefonata a nostro carico da parte del detenuto John Wilson, dall'istituto di custodia cautelare di Merrimack. In quel caso rispondevo di sì e andavo comunque a chiamare Robert. Nessuno voleva parlare con me e io non dovevo parlare con nessuno, quindi lo lasciai squillare. Avrebbe risposto Robert, o forse no. Sanno dove trovarmi, diceva sempre. Lavoro da trent'anni nello stesso posto e se ancora non sanno dove trovarmi non vedo perché dovrei sprecare il fiato con loro, diceva. Devono essere degli idioti se ancora non l'hanno capito. La voce di Robert aveva il suono di una tonnellata di ghiaia che usciva da dentro un camion, anni e anni di sigarette avevano segnato per sempre i polmoni nel suo ampio torace. Sulla stradina sterrata non c'era nessuna indicazione per l'ingresso al deposito. Quello era il deposito di legnami di Robert Wilson, e lì lo conoscevano tutti.

Robert uscì dal capannone e mi fece segno di spegnere la gru. Spinsi un interruttore, girai le chiavi e tirai il freno a mano. Mi diressi verso il capannone, Robert aveva addosso la tuta da lavoro di jeans. Socchiuse gli occhi per ripararsi dal sole, annuì e poi mi parlò.

«Era Frank Lord. Vuole la sua legna per domani».

Si tolse venticinque dollari dal taschino e me li mise in mano. Quello era il nostro accordo – se dovevo lavorare di domenica mi dava cinquanta dollari, venticinque in anticipo. «Prepara il suo ordine oggi stesso».

Annuii. «Che cosa ha preso?»

«Due cataste, più mezza di legna essiccata in forno».

Robert aveva modificato un vecchio rimorchio e l'aveva fatto diventare una fornace. La gran parte dei suoi clienti ordinavano sia la legna stagionata all'aperto che quella essiccata in forno, che fa molto più calore di quella normale. Aggiungere un pezzo di legna essiccata ogni cinque pezzi di quella stagionata all'aria aperta fa aumentare l'efficienza della stufa. Ho sentito dire che con due cataste di legna semplice e mezza di quella essiccata in forno si può ottenere lo stesso rendimento che avrebbe avuto bruciandone quattro cataste normali. Se bisogna riscaldare una casa intera con una sola stufa, ogni singolo ciocco di legno deve fare la sua parte. Robert chiedeva qualcosa in più per questo tipo di legna, ma nessuno aveva da ridire.

Mi tolsi il berretto da baseball della Texaco. «Se non vuoi che si mischi, dovremmo prendere due camion». La fattoria dei Lord era cinquanta chilometri più a nord, leggermente a ovest, proprio sul lato del fiume Connecticut che dà sul Vermont, vicino a Newbury. Il fiume veniva giù dritto dal Northeast Kingdom, e subito dopo il fiume Wells formava un'ansa, risaliva per un breve tratto verso nord e, dopo aver fatto una curva a U, riprendeva il suo corso verso sud. La fattoria racchiudeva l'ansa per tutta la sua larghezza, dalla Route 5 fino alla riva più a est del fiume, che poi era il confine fra il Vermont e il New Hampshire. Era davvero il posto più bello con i campi più belli, i boschi più belli e il cielo più bello che Bill Allen avesse mai visto in vita sua. Un giorno, durante l'estate, io e Robert ci passammo davanti per andare a Wells River a prendere una motosega. Mentre ci stavamo dirigendo verso la Route 5, guardai fuori dal finestrino del furgone e vidi i boschi intorno all'edificio bianco della fattoria dei Lord. Mi venne in mente che forse, prima o poi, mi sarei potuto anche rifare una vita, quando quella storia di Bill Allen fosse finita. Quando tornammo indietro, la vista dei prati che si estendevano fino a toccare la curva del fiume era così bella che ogni cosa intorno a me si fermò per un attimo. Non sentivo più il rumore del furgone, né le marce. Galleggiavamo sulla strada, e con la mente scattavo una foto dopo l'altra alla fattoria e ai campi intorno, al cielo blu colorato di rosso del tramonto e alla curva del fiume. Per un istante era come se fossi tornato in vita. Appena superammo la fattoria di Lord mi spensi di nuovo, e tornai a essere quello zombie impostore di Bill Allen.

Robert mi stava parlando, mentre scuoteva la testa.

«C'è del lavoro in più da fare lì. Stobe può usare il trattore più piccolo».

Stobik viveva a sud del deposito, a White River Junction, e ogni tanto faceva dei lavoretti per Robert. Sua moglie era grossa come la casa in cui vivevano. Non aveva il telefono, e se Robert aveva bisogno di lui lo dovevo andare a prendere all'alba. Parcheggiavo la mia vecchia Bronco davanti alla porta e aspettavo che uscisse. A volte mi faceva un segno dalla finestra con quella sua mano bianca ed esile, per dirmi di andare via. Era troppo ubriaco per lavorare. Quando le cose si misero male con la moglie, venne a vivere per un mese dentro a uno sgabuzzino giù al deposito. Era diventato magro come un chiodo, non si faceva la doccia da una settimana, o forse un mese, o addirittura da un anno. I denti sembravano dei mozziconi, tutti spezzati e ingialliti. Le dita erano macchiate dal tabacco. Ma sapeva tagliare e impilare i tronchi di legno più veloce di due uomini messi insieme, e alla metà del prezzo.

«Lo vado a prendere domattina», dissi.

«Non ti preoccupare. Lo vado a prendere io stanotte e lo faccio dormire in veranda», disse Robert. «Voglio essere sicuro che domani sarà in grado di lavorare». Tornò al capannone. Finii di sistemare il carico del giorno appresso per Frank Lord, e me ne tornai in quel solaio dentro al fienile che io chiamavo casa.

La mattina dopo alle cinque e mezza ero al deposito. Era ancora buio pesto, e Robert era già lì, seduto al volante del suo furgone, che si faceva un caffè e un uovo sodo. Teneva le luci accese. Mi accostai al finestrino sul lato del conducente.

«Credevo stessi ancora dormendo», mi disse.

Uscii dalla mia Bronco e salii sul trattore bianco, quello grosso. Stobik era al volante del trattore più piccolo. Robert avrebbe guidato quello grande.

Il pianale del trattore bianco era pieno di catene per legare i tronchi. L'ultima volta Robert l'aveva usato per un trasporto, e aveva lasciato lì le catene. Aveva una cantina piena di quelle catene, a casa sua. Le caricava sul camion, e poi procedeva con la pesa. Finito il lavoro, le lasciava sul trattore. Il cliente doveva pagare la differenza di peso. Dio solo sa quante persone avranno pagato per quelle catene. La scatola dei fusibili era aperta sul lato del passeggero, e sarebbe bastato che un pezzo di metallo saltasse durante la corsa per provocare una scintilla, o magari peggio. Non fu certo un viaggio tranquillo.

Ci dirigemmo verso North Haverhill, sul lato del New Hampshire del fiume Connecticut. Era stupendo, il sole stava sorgendo. Il camion andava al massimo a cinquanta all'ora con tutto quel carico. Stobik era sempre dietro di noi, con le frecce accese. Robert era impegnato a scalare le marce per scavallare una collina. Poi si accese una sigaretta, e mi parlò.

«Quando avevo quindici anni, scappai di casa e mi trasferii alla fattoria di Frank Lord». Mi guardò.

«Non lo sapevo», gli risposi.

«Frank Lord mi faceva lavorare talmente sodo che avrei voluto mollare. Invece mi ha raddrizzato la schiena. È stata la cosa migliore che mi potesse accadere».

«Cosa avevi che non andava?», gli domandai.

«Un pessimo carattere», rispose Robert. «Un pessimo carattere, e bevevo». Passammo di fronte a una stalla in rovina.

«A quindici anni?».

Robert annuì. «All'epoca, avere quindici era come averne trentacinque. Avevi un lavoro, una macchina. Insomma, ti avevano svezzato da un pezzo, e se non ti stava bene te ne dovevi andare fuori dalle palle». Fece un tiro di sigaretta. Restò in silenzio a fumare per il resto del viaggio.

Frank Lord era in piedi in mezzo al viale d'ingresso quando arrivammo. Ci guardava come se fossimo stati lì il giorno prima. Aveva addosso una maschera per l'ossigeno, e un enorme cilindro verde con la scritta "Ossigeno" a lettere bianche su un fianco. I campi alle sue spalle si estendevano fino alle rive del fiume. L'enorme casa bianca dietro a lui aveva bisogno di una riverniciata. C'erano anche un paio di stalle e di edifici, che avevano bisogno pure loro di una sistemata. Parcheggiato a lato della casa c'era un furgone pickup nuovo di zecca. Sul tetto c'era una banderuola nera in ferro battuto che aveva la forma di un grande stallone nero, e che puntava verso nord.

«Allora? Che avete deciso di fare? Volete darvi una mossa o no?». La voce era attutita dalla mascherina di plastica, che si appannava di continuo con il respiro. Ci indicò la stalla più vicina.

«Mettetela lì», disse attraverso la mascherina. «Non la mischiate». Lui e Robert si incamminarono lentamente verso la casa e poi sedettero su delle sedie da cucina in veranda. Io e Stobik ci occupammo di scaricare la legna. Stobik era davvero veloce. Riusciva ad accatastare la legna con una precisione mai vista. Per tutta la durata del lavoro, rimase in silenzio con un'espressione immobile che sembrava un sorriso. La legna fu sistemata alla perfezione. Tornammo da Robert e Frank sulla veranda intorno a mezzogiorno.

«C'è un'altra cosa da fare», disse Frank. Tirò fuori un foglio di carta.

«Cos'è quello?», domandai.

«Ieri mattina mi ha fatto visita il giudice Harris. In via del tutto non ufficiale. Conosco la sua famiglia da almeno cinquant'anni, credo». Una brezza leggera fece ondulare le cime delle piantagioni. «Mi ha riferito che alla polizia statale è giunta voce che coltivo marijuana, e che stanno per ottenere un mandato di perquisizione per la casa e i campi». Ci mostrò il foglio. «Harris mi ha lasciato questo». Lessi quel foglio. Era un permesso speciale di un giorno per fare un incendio controllato.

«Cosa vuoi che facciamo?», chiesi.

«Bruciate tutto. Fino al fiume. Non deve rimanere in piedi assolutamente nulla». Guardò verso la veranda e poi si voltò a guardare me e Stobik. «Un po' di paglia deve essersi mischiata al grano, in qualche modo».

Robert scese dalla veranda per controllarci. Io e lui montammo un vaporizzatore a una tanica di benzina, e ne spargemmo un bel po' su di un pezzo di campo davanti alla casa. Lasciammo un'ampia fetta al centro completamente asciutta. Poi guidammo il trattore lungo una stretta via alberata e giungemmo a un campo di mais che arrivava fino al fiume. Al centro del campo, a circa cinquecento metri di distanza, c'era una piccola baracca bianca. Robert iniziò a parlare.

«Lì è dove vivevamo io e la mia prima moglie». La stava osservando.

Mi girai a guardarlo. «Non pensavo fossi stato sposato».

Annuì. «Be', lo sono stato, una volta». Alzò il mento, verso la capanna.

«Quelli che vivono in posti simili non rimangono sposati a lungo». Continuava a fissare quella baracca. «Avevo un caratteraccio, allora».

Annuii. «La dobbiamo bruciare?»

«Sì, certo». Robert si asciugò la fronte con un fazzoletto rosso. Il sudore gli stava colando dalla fronte sopra gli occhi e fino al mento.

«E se ci sono delle persone, là dentro?». Alzai lo sguardo verso la casupola.

«Che si fottano! Bruciamo pure loro. Non fanno Lord di cognome e non dovrebbero trovarsi su questa proprietà». Robert sputò a terra. «Frank ha detto di bruciare tutto, e noi faremo proprio come dice lui». Lanciò un'occhiata fra i filari di mais verso il fiume. «Farà più caldo che all'inferno». Mi guardò di nuovo. «Non sentirai mai più freddo, dopo di questo». Mise in moto il trattore e si diresse verso la capanna, con me seduto sul retro del sedile. «Guarda un po' qua», urlò.

Ci accostammo accanto a quella casupola. Una finestra era distrutta, ma la rete metallica era ancora lì, arrugginita dalla pioggia. Sentii un leggero ronzio.

«Stai a guardare!», disse Robert. Prese il beccuccio del vaporizzatore e direzionò il sottile getto verso la finestra. Vidi alcune vespe che iniziavano a uscire dalla finestra rotta. Robert le indicò e alzò la voce, per sovrastare il rumore del trattore. «Vespe!», disse. «Sono la cosa peggiore». Alcune si muovevano lentamente, arrampicandosi sulla rete. Vedevo le teste di quegli insetti, i loro corpi a strisce e i pungiglioni. Stavano annegando nella benzina. «Buttaci un fiammifero», disse Robert.

«No», dissi io. «Così esploderà!». Indicai il vaporizzatore e la tanica di gas sul trattore.

«La benzina non esplode», disse Robert. «È liquida, e ciò che è liquido non brucia. A bruciare sono i vapori». Prese un cerino dalla tasca, lo sfregò sul trattore e avvicinò la fiamma davanti al getto del vaporizzatore.

L'aria prese vita con un ruggito e si incendiò. Adesso le vespe volavano fuori dalla finestra all'impazzata e passavano dritte in mezzo a quel muro di fiamme. Le loro ali prendevano fuoco mentre sbattevano, e le correnti di calore le portavano verso l'alto dove venivano incenerite dalle fiamme. Una vespa infuocata mi si posò sulla camicia da lavoro, e io la schiacciai per terra. Erano dappertutto, bruciavano in volo. Pungevano qualunque cosa toccassero. A una le si staccò un'ala, ma continuò a volare, sembrava un cerchio infuocato delle dimensioni di una monetina che precipitava. Ne vidi una che usciva dalla finestra che luccicava tanto era imbevuta di benzina. Volò sopra al mais, le sue ali presero fuoco e continuarono a sbattere mentre il resto del corpo diventava un tizzone che a poco a poco si dissolse in una finissima cenere. Robert se ne schiacciò un paio sulle braccia, risalì sul trattore e si diresse verso il fiume.

Spruzzammo la benzina sulle piantagioni dal lato del fiume, ma ne usammo di meno dalla parte della riva. «Il fuoco andrà da solo a cercare la benzina», disse Robert. «Quel pezzo che abbiamo lasciato al centro ci metterà di più a bruciare. E noi saremo già tutti al riparo».

Decidemmo che la cosa migliore da fare era che Stobik arrivasse con il camion fino all'ansa del fiume dalla parte del New Hampshire. A quel punto io avrei acceso il fuoco dalla riva verso l'interno, in modo da evitare che le fiammate potessero in qualche modo arrivare dall'altra parte del fiume. Robert tornò indietro con il trattore attraverso il campo, lasciandomi proprio lì sulla curva del fiume con in mano una scatola di cerini. Riuscivo a malapena a vedere la casupola bianca in lontananza. Il fiume mi scorreva alle spalle, facendosi strada in mezzo alle rocce. Faceva un suono... come una risata. C'era una calma assoluta, e per la prima volta dopo tanti anni il mio cuore smise di correre all'impazzata. Bill Allen era in piedi sulla riva del fiume e sapeva che doveva morire. Sapeva che era giunto il momento di tornare nel luogo dove era nato e rispondere del crimine che lo aveva dato alla luce. Sentii il clacson del trattore di Robert, quello era il segnale che mi indicava che era ormai lontano dai campi. Appena appiccai il fuoco alla piantagione, Bill Allen decise di gettarsi nelle fiamme.

Le fiamme crebbero in fretta, e mi gettai nel fiume Connecticut. Doveva essere molto freddo, ma non lo sentii affatto. Il calore dell'incendio sembrava allungarsi oltre l'insenatura e arrivare fin dentro l'acqua. Risalii la sponda sull'altro lato giusto in tempo per vedere la capanna bianca del matrimonio di Robert incendiarsi completamente. I muri e il soffitto presero fuoco come se fossero di carta di riso e un istante dopo la casupola era sparita. Il fuoco era così caldo, così intenso, che non riuscivo a stare fermo a guardarlo. Tornai indietro sulla riva del fiume e Stobik era lì che mi aspettava sul suo camioncino. Ci montai sopra e tornammo indietro verso il Vermont. Una nuvola nera continuava a salire in aria sullo sfondo bellissimo del blu all'orizzonte e la guardammo a lungo. Era come se avessimo macchiato per sempre il cielo.

Quando arrivammo alla fattoria dei Lord, Robert era impegnato a mandar via un certo numero di vigili del fuoco volontari del posto, che erano accorsi con le luci e le sirene a tutto spiano. Continuava a mostrargli il permesso che il giudice Harris aveva consegnato a Frank. Io e Stobik restammo sul camioncino. Giuro, a un certo punto le fiamme erano più alte della casa. Stobik girò il camion in modo che il parabrezza non scoppiasse. Finalmente scesi e mi misi sul sedile del passeggero nel camion grande e lì mi addormentai. Quando Robert salì a bordo era notte fonda. Sbatté la porta e mi svegliai di soprassalto. I campi stavano ancora bruciando, e non sentivo altro che odore di fumo. Tornammo lentamente verso il deposito di legname e lì mi rimisi a dormire nella mia Bronco. Il giorno dopo, era domenica, avrei guidato tutto il giorno e mi sarei consegnato alla giustizia. Bill Allen era morto.

Fui svegliato dall'eco dello squillo del telefono che rimbombò per tutto il magazzino. Vidi Robert andare nell'ufficio principale per rispondere. Tornò fuori poco dopo, con ancora addosso la sua tuta da lavoro, e si incamminò verso la mia auto. Scesi. Mi porse un caffè in un bicchiere di plastica, e indicò la mia Bronco.

«Hai dormito bene qui dentro stanotte?», mi domandò. Feci cenno di sì e lui continuò. «Era John al telefono. Domani al processo chiederà il rito abbreviato, si becca due anni». Robert scosse la testa. «Comunque sia, domani prenditi un giorno di ferie. Vado su a Concord per la sentenza». Si mise una mano in tasca e tirò fuori una mazzetta di banconote. Me la mise in mano.

«E questa che cos'è?», dissi.

Robert socchiuse gli occhi e mi guardò. «Allora li prendi o no?». Quelle parole furono il più grande gesto d'amore che avessi mai ricevuto. Annuii. Si voltò e fece per incamminarsi verso il capannone. Lo vidi chiudersi la porta alle spalle. Salii di nuovo sulla Bronco e andai verso l'autostrada. Ero diretto a nord, verso il Vermont. C'era ancora quell'enorme nuvola nera sopra l'ansa del fiume. Presi la Route 5 e guardai fuori dal finestrino, quando vidi di nuovo quei campi bruciati, ancora fumanti e completamente riarsi. La fattoria dei Lord si era ingrigita per via del fumo. Proseguii verso il Northeast Kingdom. Non ebbi più il coraggio di consegnarmi alla giustizia, e le cose peggiorarono. Passai l'inverno dentro a una segheria in Québec.

Una volta chiamai, quando mi ritrovai in un ingorgo in North Dakota. Feci una telefonata da una cabina fuori da un ristorante. Riconobbi la voce di John non appena rispose. Riagganciai. Molto, molto tempo dopo, in un'altra vita e con un altro nome, eravamo in macchina e qualcuno mi passò un atlante stradale. Mentre lo sfogliavo vidi che il Vermont e il New Hampshire erano sulla stessa pagina. Cominciai a seguire con il dito il loro confine comune, il fiume Connecticut, a nord verso il Canada. L'atlante mi cadde dalle mani quando con il dito passai sopra l'ansa del fiume. Per un istante sentii sulla punta del dito che la superficie della mappa era infuocata. Sentii il ruggito del fuoco, il rumore della capanna bianca mentre bruciava. L'aria che veniva inghiottita dalle fiamme. Sentii l'odore della benzina. A cavallo di uno stallone nero che correva in mezzo alle fiamme altissime c'era Bill Allen. Tre figure nere correvano rapidamente dietro di lui, vespe infuocate dalla chioma nera lo inseguivano. Urlando lo afferravano e lo trascinavano insieme a loro dentro le fiamme.

Molti anni dopo, nel reparto di sicurezza del Western State Hospital vicino Tacoma, vidi un uomo con una camicia di forza, legato a una barella. Mi avvicinai e gli parlai.

«Non sapevo che usassero ancora le camicie di forza».

Poteva appena muovere la testa. «Be', invece sì». L'odore dell'etere era ovunque. Rimase calmo quando un dottore con il camice bianco passò di lì.

«Ehi, mi gratteresti la schiena, per favore?».

Mi avvicinai lentamente e iniziai a grattare lo spesso tessuto che lo avvolgeva. Una fitta rete metallica ricopriva le finestre della sala.

«Più forte!», disse. «Così lo sento appena». Alzò lo sguardo e mi fissò. «Secondo me questi risparmiano sul riscaldamento. Tu non senti freddo?». Scossi la testa. «Io sento sempre freddo», aggiunse.

Affondai le unghie nel tessuto all'altezza della sua spalla destra. «Mi chiamo John Wilson», dissi.

Mi guardò con gli occhi spalancati. «Quello è il mio nome», disse lentamente.

Smisi di grattare la camicia di forza. «Qual è il tuo secondo nome?», gli domandai.

Scosse la testa leggermente e chiuse gli occhi. «Lo stesso che hai tu», disse. Tremava. Faceva freddo. Ma il mio camice bianco, leggero, era zuppo, sudavo freddo, e avevo il viso in fiamme. Sentivo l'odore del fumo.

Thomas H. Cook
QUELLO CHE LEI AVEVA DA OFFRIRE
2005

Thomas Harper Cook (1947) è nato a Fort Payne in Alabama, si è laureato al Georgia State College, ha poi conseguito una specializzazione in storia americana all'Hunter College di New York, e infine un master in filosofia alla Columbia University. Ha lavorato come insegnante e giornalista, inclusi quattro anni da critico per la rivista «Atlanta», prima di dedicarsi a tempo pieno alla scrittura.

Il suo primo romanzo di successo è *Blood Innocents* (1980) che gli è valso la prima delle sette candidature all'Edgar Allan Poe Award da parte della Mystery Writers of America. Lo ha vinto per il miglior romanzo nel 1997 con il suo *The Chatham School Affair*. È stato inoltre scelto dalla MWA per il miglior romanzo del 1989 (con *Sacrificial Ground*), per il miglior romanzo basato su una storia vera nel 1993 (*Blood Echoes*), nel 2005 per il miglior romanzo in edizione economica con *Into the Web*, nel 2006 come miglior romanzo (*Red Leaves*) e nel 2007 per il miglior racconto con *Rain*. *Red Leaves* è stato inoltre candidato ai premi Anthony e al premio Duncan Lawrie Dagger dell'inglese Crime Writers' Association. Con questo romanzo Cook ha inoltre vinto il Berry e il premio svedese Martin Beck. Apprezzato per il tono lirico delle sue opere, Cook ha conosciuto maggior successo fra le fila dei critici, dei recensori e dei suoi colleghi scrittori, che ammirano la sensibilità e la bellezza della sua prosa, che tra il pubblico delle librerie, che ha finora esitato a portare i suoi romanzi in cima alle classifiche. Nel 1998 fu realizzato un film tratto da un suo libro, *Evidenti tracce di sangue* (*Evidence of Blood*), un thriller diretto da Andrew Mondshein e interpretato da David Strathairn e Marry McDonnell.

Quello che lei aveva da offrire (*What She Offered*) è stato pubblicato per la prima volta nell'antologia *Dangerous Women* dalla Mysterious Press di New York nel 2005.

«Deve essere davvero una donna pericolosa», disse il mio amico. Non era al bar insieme a me la sera prima e non l'aveva vista uscire, e non sapeva che ero andato via con lei.

Presi un sorso di vodka e guardai verso la finestra. Le luci della sera fuori erano senza dubbio le stesse di sempre, ma a me sembravano diverse dal solito. «Credo proprio di sì», dissi.

«Cosa le è successo?», mi chiese il mio amico.

Era successo questo: io ero al bar. Erano le due del mattino. Le persone che mi stavano intorno erano come i file di *Mission Impossible,* ma non per le missioni, solo perché avevano anche loro l'avviso di autodistruzione imminente. Lo si poteva quasi sentire nelle loro teste, austero e intransigente come quel proverbio cinese: «Se continui sempre dritto per la tua strada, alla fine giungerai dove sei diretto».

Dove erano diretti quelli? Per come la vedevo io, quasi tutti dalla stessa parte. Andavano alla fine di questo drink, di questa notte, di questa settimana... e così via. A un certo punto sarebbero morti come animali, dopo una lunga ed estenuante marcia, sfiniti dalla fatica quando, finalmente, sarebbero crollati sotto il loro stesso peso. Peggio ancora, secondo me quel bar era come il mondo, e le poche mosche che ronzavano qua e là non erano altro che pallide controfigure di noi stessi.

Avevo scritto su di "noi" romanzo dopo romanzo. Avevo sempre un tono triste. Nei miei libri non c'era mai un lieto fine. I personaggi erano sempre smarriti e senza speranze, anche quelli intelligenti... soprattutto quelli intelligenti. Era tutta un'illusione e ogni cosa era precaria. Anche le emozioni più forti si dissolvevano presto. Solo poche cose importavano davvero, ma solo perché eravamo noi che ci impuntavamo a far sì che fossero davvero importanti. Se ci servivano delle prove, ce le inventavamo. Per quanto ne sapessi io, al mondo c'erano solo tre tipi di persone: quelli che fregano gli altri, quelli che si fregano da soli, e quelli che si rendono conto che in vita loro non incontreranno mai nessuno che non appartenga alle prime due categorie. Io mi collocavo ovviamente nel terzo gruppo, unico membro del club, l'unico a capire davvero che a voler vedere le cose in piena luce non si fa altro che guardare dentro al buio più profondo.

Così me ne andavo in giro per strada, entravo nei bar ed ero, a parer mio, l'unico uomo sulla faccia della Terra che non aveva niente da imparare.

Poi, all'improvviso, lei entrò dalla porta.

Faceva una sola concessione al nero. Una collana di perle finissime. Tutto il resto, il cappello, il vestito, le calze, le scarpe, la borsetta... tutto il resto era nero. E quindi, a un primo sguardo non offriva altro che il vecchio stereotipo della *femme fatale* da B-movie, con il cappello a falda larga che le copriva discretamente un occhio, i tacchi a spillo che infilzavano il marciapiede bagnato dalla pioggia, e dei soldi stranieri dentro la borsetta. Sembrava una spia, un'assassina, che nascondeva un passato segreto, e che suscitava, ovviamente, un pericoloso fascino erotico.

Quella sa perfettamente come ragionano gli uomini, dissi a me stesso, mentre la vedevo che andava a sedersi dall'altro lato del bancone. Sa come ragionano, e ha in mente qualcosa.

«Chi pensavi che fosse?», domandò il mio amico.

Alzai le spalle. «Non ha alcuna importanza».

E così restai a guardare senza interesse quella serie di gesti melodrammatici uno dopo l'altro. Si accese una sigaretta e se la fumò distrattamente, chiudendo e riaprendo di continuo quegli occhi languidi, con l'aria di chi è stanco del mondo: proprio come le eroine dei film in bianco e nero.

Basta così, mi sono detto. È noir nel senso peggiore del termine, esile come la pellicola dei film e trasparente come la lente del proiettore. Guardai l'orologio. Era ora di andare, pensai, di tornarmene nel mio appartamento e stendermi sul letto a crogiolarmi nella mia superiorità, a congratularmi con me stesso perché ancora una volta non mi ero lasciato imbrogliare dalle cose che ingannano tutti gli altri.

Ma erano solo le due di notte, troppo presto per me, e così restai un altro po' al bar a chiedermi distrattamente (non che fossi davvero poi così interessato) se magari non avesse qualcos'altro da offrire, oltre alla parte della donna "pericolosa".

«E poi?», domandò il mio amico.

Poi guardò nella borsetta, prese un piccolo blocchetto nero, lo aprì, scrisse qualcosa, e me lo fece passare.

Il foglio era piegato, ovviamente. Lo aprii e lessi quello che aveva scritto: "So quello che sai tu sulla vita".

Era esattamente il tipo di stupidaggine che mi aspettavo. Rapidamente scrissi uno scarabocchio di risposta sull'altro lato del foglio e glielo mandai indietro.

Lei lo aprì e lesse quello che avevo scritto: "Non lo sai affatto e non lo saprai mai". Poi, senza nemmeno alzare gli occhi, scrisse in un lampo una risposta che mandò in fretta e furia verso di me, raccogliendo rapidamente le sue cose e avviandosi verso l'uscita mentre il foglietto passava di mano in mano: voleva essere già fuori dal bar quando il messaggio mi fosse giunto.

Aprii il foglietto e c'era scritto: "C+".

Mi infuriai. C+? Come osava! Mi rigirai sullo sgabello e mi precipitai all'uscita, dove la trovai appoggiata con aria indifferente a quella piccola recinzione in ferro battuto all'esterno.

Le mostrai il foglietto. «E questo cosa significa?», le domandai.

Fece un sorriso e mi offrì una sigaretta. «Ho letto i tuoi libri. Sono davvero orrendi».

Non fumo, ma presi comunque la sigaretta. «E quindi sei una critica letteraria?».

Non diede alcun segno di aver capito quello che aveva appena detto. «Sono scritti benissimo», disse, mentre mi accendeva la sigaretta con un accendino di plastica rosso. «Ma l'idea è davvero pessima».

«A quale idea ti riferisci?»

«All'unica che hai», disse con sicurezza. «Che deve sempre finire tutto male, a prescindere dalle nostre azioni». Le si contrasse il volto. «Sai che ti dico? Quando ti ho scritto "So quello che sai tu sulla vita", non era la verità. Ne so molto di più di te».

Feci un lungo tiro. «Quindi», chiesi delicatamente, «questo cosa sarebbe, una specie di appuntamento?».

Lei fece di no con la testa, e all'improvviso i suoi occhi tornarono scuri e tenebrosi.

«No», disse, «questa è una storia d'amore».

Iniziai a parlare, ma lei alzò la mano e mi fermò.

«Vorrei farlo con te, sai», sussurrò, con la voce che si era fatta seria.

«Perché tu sai le stesse cose che so io, e voglio farlo insieme a qualcuno che ne sappia quanto me».

Dallo sguardo che aveva capii subito cosa volesse "fare" con me. «Ci servirà una pistola», dissi con un sorriso sarcastico.

Scosse la testa. «Non lo farei mai con una pistola. Con le pillole». Si lasciò scivolare la sigaretta dalle dita. «Staremo insieme sul letto», aggiunse, con voce calma. «Nudi e abbracciati».

«E perché?».

Fece un sorriso delicato. «Per mostrare al mondo che ti sbagliavi». Il sorriso si allargò, come se stesse giocando. «Che ogni tanto qualcosa finisce bene».

«Con un suicidio?», domandai. «E quella sarebbe una buona fine?».

Fece una risata e si sistemò leggermente i capelli. «È l'unico modo di fare una buona fine», disse.

È pazza, pensai, ma per la prima volta dopo molti anni ero curioso.

«Un patto suicida», il mio amico disse a bassa voce.

«È quello che mi ha proposto, sì», gli dissi. «Ma non solo quello. Ha detto che prima avrei dovuto fare una cosa».

«Cosa?»

«Innamorarmi di lei», risposi sottovoce.

«Ed era sicura che l'avresti fatto?», domandò il mio amico. «Che ti saresti innamorato di lei?»

«Proprio così», gli risposi.

Ma sapeva anche che sarebbe stato un percorso ricco di ostacoli, una strada accidentata piena di buche. Per cui aveva deciso di evitare il corteggiamento, quell'inutile consuetudine di scambiarsi una montagna di trascurabili informazioni biografiche. Ci sarebbe stata per prima cosa l'intimità fisica, disse. Sarebbe stata la porta tramite la quale saremmo entrati l'uno dentro l'altra.

«Quindi adesso dovremmo andarcene a casa mia», disse in conclusione, dopo avermi spiegato in breve tutto questo. «Dobbiamo scopare».

«Scopare?», dissi ridendo. «Non sei esattamente un tipo romantico, o sbaglio?»

«Puoi spogliarmi tu se vuoi», disse. «Oppure, se vuoi, lo farò io».

«Forse è meglio se lo fai da sola», dissi per scherzo. «Se non vuoi ritrovarti con una spalla slogata».

La feci ridere. «Mi insospettisco sempre quando un uomo ci riesce facilmente. Mi viene da pensare che è un po' troppo pratico di quelle cose da donne, le fibbie, i fermagli, le chiusure lampo. Penso sempre che magari... se li mette pure lui quei vestiti!».

«Cristo santo», mi lamentai. «Davvero pensi a tutte queste cose?».

Il suo sguardo e il suo tono divennero a un tratto serissimi. «Non posso soddisfare tutti i bisogni», disse.

Aveva una domanda negli occhi, e io sapevo quale fosse. Voleva sapere se per caso avevo delle voglie strane o magari qualche mania sessuale, insomma voleva sapere se avessi dei "bisogni" particolari che non fosse in grado di "soddisfare".

«A me piacciono solo le cose classiche», la rassicurai, «niente gusti strani».

Sembrava sollevata. «Mi chiamo Veronica».

«Avevo paura che non me lo avresti detto», risposi. «Che sarebbe stata una di quelle cose tipo che non avrei mai saputo chi fossi e viceversa. Hai presente, una cosa da una notte e via».

«Sarebbe stato proprio banale».

«Proprio così».

«E poi», disse lei, «io so già chi sei».

«Sì, infatti».

«Il mio appartamento è alla fine dell'isolato», disse e poi mi propose di andarci insieme.

A dire il vero l'appartamento era un bel po' più in là della fine dell'isolato, ma non mi importava. Erano le due di notte passate e le strade erano praticamente deserte. Anche a New York ci sono certe strade, in particolar modo quelle di Greenwich Village, che non sono mai davvero affollate e che, fatta esclusione per le ore in cui la gente va e torna dal lavoro, diventano poco più che strade di campagna. Quella notte gli alberi sui lati di Jane Street oscillavano dolcemente sotto le folate del freddo vento autunnale. Mi ero riproposto di accettare il suo invito, mi dicevo che dopo tutte quelle conversazioni "pericolose" non ci sarebbe stato altro che un breve incontro erotico, magari un'altra chiacchierata a colazione la mattina seguente, davanti a caffè e pasticcini.

Poi lei se ne sarebbe andata per la sua strada, io per la mia, perché in fondo uno di noi voleva così e l'altro non aveva abbastanza voglia di convincerlo del contrario.

«La vodka è in frigo», disse dopo aver aperto la porta, essere entrata in casa e aver acceso la luce.

Andai in cucina mentre Veronica percorreva il lungo corridoio accanto. Il frigo era dall'altra parte della cucina, sullo sportello del freezer erano attaccate una serie di fotografie di Veronica con un uomo basso e pelato che avrà avuto quarant'anni.

«Quello è Douglas», disse Veronica dall'altra stanza. «È mio marito».

Mi sentii leggermente preoccupato.

«Non è qui», aggiunse.

La preoccupazione sparì.

«Lo spero proprio», dissi aprendo lo sportello del freezer.

Mi ritrovai nuovamente il marito di Veronica davanti mentre chiudevo lo sportello con la bottiglia di vodka ricoperta di ghiaccio nella mano destra. Mi resi conto che Douglas era abbastanza corpulento, con dei profondi solchi attorno agli occhi, e che sulle tempie aveva dei capelli bianchi. Ok, pensai, diciamo sui cinquanta. Eppure, nonostante tutto, aveva il volto di un ragazzo. In quelle foto Veronica lo sovrastava, la sua testa pelata le arrivava a malapena alle spalle. In ogni foto, lui le teneva le braccia sui fianchi in modo affettuoso. E in ognuna di quelle foto Douglas aveva sempre un tale sorriso che mi resi conto che tutta la sua felicità era dovuta a lei, al fatto che stesse insieme a lei, che fosse suo marito, che quando stava insieme a lei si sentiva alto, bello e con i capelli neri, e spiritoso, intelligente e forse anche un po' elegante. Era questo ciò che lei gli offriva, credo, l'illusione che lui la meritasse.

«Faceva il barman quando l'ho conosciuto», disse mentre entrava in cucina. «Adesso vende software». Alzò una delle sue lunghissime e delicate braccia e aprì lo scaffale alla sua destra, dal quale prese due bicchieri decisamente ordinari e li appoggiò esattamente al centro del ripiano di formica prima di girarsi a guardarmi negli occhi. «Fin dal primo giorno, mi sono sempre sentita a mio agio insieme a Douglas», disse.

Non avrebbe potuto essere più chiara di così. Douglas era l'uomo che aveva sposato perché possedeva quelle caratteristiche che lei riteneva necessarie per sentirsi davvero a casa sua quando tornava a casa, per potersi sentire se stessa. Se pure avesse incontrato l'amore della sua vita, avrebbe comunque scelto Douglas perché con lui poteva vivere senza rinunciare a nulla, senza dover mettere il belletto alla sua anima. E proprio per questo, mi ritrovai improvvisamente a invidiare quell'ometto, la tranquillità che sapeva darle, il modo in cui sicuramente lei si abbandonava tra le sue braccia, respirando lentamente, prima di addormentarsi.

«Sembra... simpatico», dissi.

Veronica sembrò non avermi sentito. «Tu la prendi liscia» disse, riferendosi al mio drink. Sicuramente ci aveva fatto caso al bar.

Feci di sì con la testa.

«Anch'io».

Riempì i bicchieri e mi portò in salone. Le tende erano tirate e sembravano un po' polverose. I mobili erano stati scelti per la loro funzionalità più che per lo stile. C'erano diverse piante in vaso, la gran parte iniziava a seccare. Le si poteva quasi sentire che supplicavano acqua. Non c'erano né cani né gatti. Nemmeno pesci rossi o criceti o serpenti oppure topi bianchi. Quando Douglas se ne andava, Veronica rimaneva da sola.

Esclusi i libri, che erano dappertutto. Ce n'erano scaffali pieni, messi uno sopra l'altro, stipati a tal punto che quelle pile di volumi sembravano sul punto di cadere da un momento all'altro. Una vastissima gamma di autori, dai classici più antichi fino ai bestseller moderni. Stendhal e Dostoevskij riposavano accanto a Anne Rice e Michael Crichton. Alcuni dei miei tristi titoli se ne stavano fra Robert Stone e Patrick O'Brian. Nella sua collezione erano del tutto assenti volumi di storia o di scienze sociologiche, o di poesia. Erano solo romanzi, Veronica stessa sembrava il personaggio di un romanzo, che aveva intenzione di interpretare fino in fondo. In quel momento mi sembrava un'attrice che recitava in modo abbastanza credibile la parte di un'eccentrica newyorkese.

Con gli occhi immobili spinse il suo bicchiere contro il mio. «A quello che stiamo per fare», disse.

«Stiamo ancora pensando di suicidarci insieme?», deglutii, abbassando il bicchiere senza bere. «Cos'è, Veronica, una specie di riscrittura di *Sweet November* questa?»

«Non so di cosa parli», disse.

«Hai presente, quel film idiota in cui quella ragazza che sta morendo prende quel tizio e ci va a vivere insieme per un mese e...».

«Io con te non ci vivrei mai», mi interruppe Veronica.

«Non è questo il punto».

«E poi non sto per morire», aggiunse. Bevve un sorso di vodka, posò il bicchiere sul tavolino accanto al divano e poi si alzò in piedi, come se all'improvviso una voce invisibile l'avesse chiamata, e mi porse la mano. «È ora di andare a letto», disse.

«Così, di punto in bianco?», chiese il mio amico.

«Proprio così».

Mi guardò con diffidenza. «È una tua fantasia, vero?», mi chiese. «Te lo stai inventando, è così?»

«Quello che mi accadde dopo non potrebbe inventarselo nessuno».

«E sarebbe?».

Mi portò alla camera da letto. Ci spogliammo in silenzio. Si infilò sotto le lenzuola e diede dei colpetti sul materasso. «Questo è il tuo lato».

«Finché non torna Douglas», dissi entrando nel letto.

«Douglas non tornerà più», disse, e mi diede un bacio molto delicato.

«Perché no?»

«Perché è morto», rispose semplicemente. «È morto da tre anni ormai».

E così venni a sapere del lento declino di suo marito, del cancro che lo aveva preso all'intestino e che era arrivato fino al fegato e poi al pancreas. Gli ci erano voluti sei mesi, e per tutto il tempo Veronica si era presa cura di lui. Ogni giorno si alzava e andava a vedere come stava prima di andare a lavorare, per poi tornare da lui ogni sera subito dopo il lavoro e stargli accanto fino a che non si fosse addormentato. Infine, si stendeva lì, su quello stesso letto, si riposava due o tre ore al massimo prima di ricominciare nuovamente quella routine.

«Sei mesi», dissi. «È parecchio tempo».

«Per assistere un malato terminale ci vuole un sacco di forza», disse.

«Sì, lo so», risposi. «Sono stato con mio padre fino alla sua morte. Alla fine ero esausto quando finalmente se n'è andato».

«Ah, non intendevo quello», disse. «La parte fisica, la mancanza di sonno. Non è stata quella la cosa difficile con Douglas».

«E cosa allora?»

«Fargli credere che lo amavo».

«Non era così?»

«No», disse, baciandomi di nuovo. Quella volta il bacio si soffermò sulle mie labbra un po' più a lungo del primo, e mi lasciò il tempo di ricordare che soltanto qualche minuto prima mi aveva detto che Douglas si occupava di software.

«Software», dissi, allontanando le mie labbra dalle sue. «Hai detto che vendeva software prima».

Annuì. «Sì, è così».

«E lo vende ai morti?». Mi alzai in piedi e mi presi la testa tra le mani. «Non vedo l'ora di sentire la spiegazione».

«Non c'è nessuna spiegazione», disse. «Douglas ha sempre sognato di vendere software. Così, invece di dire che è sotto terra o in cielo, dico che vende software».

«Quindi hai dato un nome più carino alla morte», risposi. «E in questo modo non devi farci i conti».

«Dico che vende software perché non ho nessuna voglia di fare quelle conversazioni che dovrei fare se dicessi che è morto», rispose Veronica, bruscamente. «Odio la compassione».

«E allora perché me l'hai detto?»

«Perché devi sapere che io sono come te», rispose. «Sola. E che nessuno piangerà».

«Quindi torniamo a parlare di suicidio», dissi. «Mi sembra che con te si finisce sempre a parlare della morte».

Sorrise. «Sai quello che diceva La Rochefoucauld riguardo alla morte?»

«Al momento mi sfugge, non saprei».

«Diceva che era come il sole. Che non si può guardare a lungo senza diventare ciechi». Scrollò le spalle. «Ma io dico che se la guardi tutto il tempo, e la confronti alla vita, allora puoi scegliere».

La presi e la strinsi a me. «Sei un po' toccata, Veronica», dissi scherzando.

Fece di no con la testa, poi disse con voce decisa: «Non è vero». E poi aggiunse: «Sono la persona più sana di mente che tu abbia mai conosciuto».

«Ed era vero», spiegai al mio amico.

«Che cosa vuoi dire?»

«Voglio dire che lei aveva da offrire più di chiunque avessi mai conosciuto».

«Che cosa aveva da offrire?».

Quella sera mi offrì la fresca, dolce lussuria del corpo, un bacio talmente pieno di sentimento che per un attimo ebbi paura che le sue labbra fossero infuocate.

Stavamo facendo l'amore da un pezzo ormai, quando all'improvviso lei si bloccò, e si allontanò. «È giunto il momento di farsi una chiacchierata», disse, poi si alzò e tornò con altri due bicchieri di vodka dalla cucina.

«Chiacchierare di cosa?», le domandai, ancora interdetto dalla freddezza con cui si era allontanata da me.

«Non ho tutta la notte», disse, offrendomi il bicchiere.

Presi il calice dalla sua mano. «Allora non brinderemo insieme all'alba?».

Si mise sul bordo del letto, nuda e a gambe incrociate. Il suo corpo era morbido e lucente in quel riflesso blu. «Sei un tipo scaltro», disse, colpendo il mio bicchiere con il suo. «E lo sono anch'io». Si sporse in avanti, con quegli occhi che brillavano al buio. «Le cose stanno così», aggiunse. «Quando uno è scaltro, arriva al punto in cui non ha più niente da dire. Si resta a corto di parole anche di fronte a cose importanti. Solo parole vuote. Da disinvolti. Da scaltri. È a quel punto che ti rendi conto che sei arrivato alla fine, che non hai nient'altro da offrire che chiacchiere inutili».

«Mi sembra un po' esagerato, non trovi?». Presi un sorso di vodka. «E in ogni caso, quale sarebbe l'alternativa al parlare?»

«Il silenzio», rispose Veronica.

Risi. «Veronica, tu non stai mai in silenzio».

«La gran parte del tempo, sì, invece», disse.

«E questo silenzio cosa nasconde?»

«Rabbia», rispose, senza alcuna esitazione. «Collera».

Il suo viso si contrasse e credetti che la rabbia che aveva appena nominato l'avrebbe fatta scattare.

«Ovviamente puoi arrivare al silenzio in altri modi», disse. Con un gesto secco e rapido, bevve dal bicchiere. «Douglas ce l'ha fatta, ma senza la scaltrezza».

«E come?»

«Con la sofferenza».

Fissai le sue labbra, per vedere se tremassero, ma non tremavano. Le guardai gli occhi per vedere se fossero umidi, ma erano profondi e asciutti.

«Con il terrore», aggiunse. Guardò fuori dalla finestra, lasciò il suo sguardo là fuori per un po' e alla fine si girò verso di me. «L'ultima settimana non disse neanche una parola», mi disse. «Fu lì che capii che era arrivato il momento».

«Il momento per cosa?»

«Il momento per Douglas di cominciare un altro lavoro».

Sentii il mio cuore fermarsi come fossi morto. «Con il... software?», domandai.

Accese una candela, la poggiò sulla mensola che stava sopra di noi, poi aprì il cassetto in alto del comodino che stava dalla sua parte, tirò fuori una scatola e la agitò in modo da farmi sentire il secco rumore delle pillole che stavano dentro.

«Avrei voluto dargli queste», disse, «ma non ho fatto in tempo».

«Cosa vuoi dire, non hai fatto in tempo?»

«Glielo lessi in faccia», mi rispose. «Viveva ormai come se fosse già finito sotto terra. Come uno sepolto vivo in attesa che finisca l'aria. Quel tipo di sofferenza, di terrore. Mi resi conto che un solo minuto in più sarebbe stato troppo».

Posò le pillole sul comodino, poi prese il cuscino sul quale poggiava la testa, lo sbatacchiò leggermente, me lo spinse sulla faccia e poi lo tolse di nuovo, facendomi provare una strana sensazione, come se fossi davvero tornato in vita. «Era tutto quello che avevo ancora da offrirgli», disse piano. Poi si fece lentamente un altro lungo sorso di vodka. «Abbiamo così poco da offrire».

E a quel punto pensai, con una improvvisa, devastante chiarezza: *Le sue tenebre sono reali; io faccio solo finta.*

«Poi che hai fatto?», domandò il mio amico.

«Le ho toccato il viso».

«E lei che ha fatto?».

Mi tolse subito la mano, quasi con violenza. «Non si tratta di me», disse.

«Al momento, non facciamo altro che parlare di te», le risposi.

Fece una smorfia. «Stronzate».
«Dico sul serio».
«Non fai che peggiorare le cose», disse aspra. I suoi occhi virarono in alto, poi di nuovo verso il basso, scuri e d'acciaio, come le canne di un fucile a pompa. «Qui si tratta di te», disse seccamente. «E non provare a fregarmi».
Strinsi le spalle. «La vita è tutta una fregatura, Veronica».
I suoi occhi si strinsero. «Non è vero, e tu lo sai» disse, quasi sussurrando. «È proprio per questo che sei un bugiardo, e che tutti i tuoi libri sono solo bugie». La sua voce era così dura, così sicura, implacabile, che sembrava una tempesta. «Mettiamola così», disse. «Se davvero ti sentissi come scrivi nei tuoi libri, ti saresti già ammazzato. Se davvero ti sentissi così carico di tristezza, non potresti vivere un giorno più a lungo». Mi stava sfidando, voleva che la contraddicessi. Quando capì che non l'avrei fatto, disse: «Riesci a vedere ogni cosa tranne te stesso. E quello che non vedi di te stesso, Jack, è che sei felice».
«Felice?», domandai.
«Tu sei felice», insistette Veronica. «Non lo vuoi ammettere, ma è così. E dovresti farlo».
Poi mi offrì l'elenco delle cose che mi rendevano felice, l'enorme fortuna che avevo avuto, la salute, i soldi, un lavoro che mi piaceva, le soddisfazioni che mi ero guadagnato.
«Rispetto a te, Douglas non ha avuto nulla», disse.
«Aveva te», dissi con cautela.
Il suo volto si scurì di nuovo. «Se continui a parlare di me, dovrai andartene».
Diceva sul serio, e io lo sapevo. Quindi le domandai: «Che cos'è che vuoi da me, Veronica?».
Senza esitare disse: «Voglio che resti».
«Restare?»
«Mentre io prendo le pillole».
Mi tornò in mente quella frase che aveva detto davanti al bar solo qualche ora prima. *Vorrei farlo con te, sai.*
Avevo dato per scontato che intendesse che l'avremmo dovuto fare insieme, ma adesso mi rendevo conto che con quella frase non voleva includere me. Non c'era alcun patto. C'era solo Veronica.
«Lo farai?», mi chiese in tono cupo.

«Quando?», le domandai.

Prese la scatola delle pillole e se la svuotò su una mano. «Adesso», disse.

«No», dissi d'impulso, e mi iniziai ad alzare.

Mi rimise giù con forza. Aveva uno sguardo determinato, implacabile. Sapevo che sarebbe andata fino in fondo, che niente l'avrebbe potuta fermare.

«Voglio farla finita con tutti questi rumori», disse, premendosi l'orecchio destro con la mano vuota. «C'è un tale chiasso».

Nella ferocia di quelle parole vidi nella sua interezza tutto il suo tormento, tutto quello che non voleva più sentire, le assordanti vanità quotidiane e le sordide ripetizioni, i fischi di dissenso dell'inferiorità e le mediocrità strillate, che facevano diventare l'insopportabile ticchettio della ruota uno straziante ruggito. Voleva mettere fine a tutto questo, voleva un silenzio che nessuno le avrebbe potuto sottrarre.

«Rimani qui?», chiese sottovoce.

Sapevo che ogni mio ragionamento sarebbe stato per lei uguale a quei rumori che non poteva più sopportare. Sarebbe stato più forte di un'esplosione, una mera aggiunta a quella ripetitiva cacofonia dalla quale lei voleva così tanto fuggire.

Così dissi solo: «Va bene».

Senza aggiungere altro, ingoiò le pillole, due alla volta, buttandole giù con brevi sorsi di vodka.

«Non so cosa dirti, Veronica», le dissi quando ebbe mandato giù l'ultima pillola e posato il bicchiere.

Si rannicchiò sotto le mie braccia. «Dimmi quello che io ho detto a Douglas», mi rispose. «In fondo è tutto quello che si può offrire».

«Che cosa gli hai detto?», le domandai, piano.

«Sono qui».

Posai il mio braccio intorno a lei. «Sono qui», le dissi.

Si strinse più forte a me. «Sì».

«E quindi sei rimasto?», chiese il mio amico.

Annuii.

«E lei...?»

«Dopo circa un'ora», gli risposi. «Poi mi sono rivestito e sono andato in giro a camminare finché non sono venuto qui».

«Quindi adesso lei è...».
«Andata», dissi in fretta, e tutto a un tratto me la immaginai seduta al parco di fronte al bar, immobile e in silenzio.
«Non sei riuscito a fermarla?»
«Come avrei potuto?», domandai. «Non avevo nulla da offrirle». Guardai fuori dalla finestra del bar. «E inoltre», aggiunsi, «per una donna davvero pericolosa, un uomo non è mai la risposta giusta. È questo che le rende pericolose. Almeno, per noi».
Il mio amico mi guardò in modo strano. «E adesso cosa pensi di fare?», mi chiese.
In fondo al parco c'era una coppia che litigava a voce alta, lei aveva il pugno alzato, mentre l'uomo piegava la testa in maniera confusa. Mi immaginavo Veronica, che si voltava e si allontanava, silenziosamente.
«Me ne starò in silenzio», risposi, «per un bel po'».
Poi mi alzai in piedi e mi incamminai in direzione del centro vorticoso della città. La consueta dissonanza mi risucchiò, con tutto quel caos e quella confusione, ma non avevo bisogno di aggiungere il mio nascente dissenso a tutto il resto.
Era una sensazione stranamente dolce. Me ne resi conto quando mi voltai e mi incamminai verso casa, abbracciando il silenzio.
Dal profondo della sua avvolgente tranquillità, Veronica mi offrì le sue ultime parole.

Andrew Klavan
SIGNORE E PADRONE
2005

Andrew Klavan (1954) è nato a New York. Suo padre era Gene Klavan, popolare DJ radiofonico e conduttore televisivo di talk show. Andrew si è laureato in economia presso la University of California, Berkeley, prima di tornare a New York e lavorare come giornalista di cronaca, reporter, recensore di libri e scrittore di gialli. Il suo primo romanzo, *Face of the Earth* (1980), fu pubblicato a tre anni dalla prima stesura, quando Klavan aveva ventisei anni. Successivamente ha scritto più di venti romanzi tra gialli, noir e horror, tra i quali *Spettri* (*The Uncanny,* 1998), thriller psicologici come *Nessun sospetto* (*Man and Wife,* 2001) e, più di recente, romanzi sul terrorismo internazionale (*Empire of Lies,* 2008). È stato nominato quattro volte all'Edgar Allan Poe Award dall'associazione Mystery Writers of America e ne ha vinti due: per *Mrs White* (1983) scritto insieme al fratello, il romanziere e drammaturgo Laurence Klava, con lo pseudonimo di Margaret Tracy; e *Pioggia Sporca* (*The Rain*, 1988) con lo pseudonimo di Keith Peterson. È stato anche nominato per la categoria miglior romanzo con *Non dire una parola* (*Don't Say a Word*, 1991) e per il miglior racconto con *Signore e padrone* (*Her Lord and Master*, 2005). Stephen King lo ha eletto «lo scrittore di gialli e suspense più originale dopo Cornell Woolrich». Klavan ha adattato per il grande schermo il suo romanzo *Prima di mezzanotte* (*True Crime*): il film, diretto e interpretato da Clint Eastwood, è stato distribuito in Italia con il titolo *Fino a prova contraria*. Due anni dopo ha scritto la sceneggiatura per *Don't Say a Word*, che è stato poi interpretato da Michael Douglas. Ha anche scritto la sceneggiatura di *Come far carriera molto... disonestamente* (*A Shock to the System*) di Simon Brett (1990).

Signore e padrone fu pubblicato molto tardi rispetto alla sua stesura perché l'agente dello scrittore si rifiutava di mandarlo alle case editrici o alle riviste a causa dei suoi temi controversi. È stato poi pubblicato per la prima volta nell'antologia *Dangerous Women* (Mysterious Press, New York 2005), e selezionato per *The Best American Mystery Stories 2006.*

Era ovvio che lo avesse ucciso lei, e io ero l'unico a saperne il motivo. Ero stato amico di Jim, e lui mi diceva tutto. Una storia a dir poco scioccante. Più di una volta, quando Jim si confidava con me, il sudore mi colava da sotto il collo della camicia fino al petto. Avevo la pelle d'oca e sentivo quello che in un'epoca più decorosa si sarebbe definito "turbamento erotico". Al giorno d'oggi, ovviamente, possiamo parlare di queste cose, a dire il vero possiamo parlare di tutto. Ci sono talmente tanti libri e film e programmi televisivi che proclamano di rompere anche "l'ultimo tabù" che a un certo punto si ha l'impressione che tutti i tabù stiano proprio per scomparire.

Vediamo, dunque. Vediamo un po'.

Jim e Susan si conobbero al lavoro e si misero insieme dopo un party dell'ufficio. Niente di particolarmente originale. Jim era il vicepresidente, responsabile del settore spettacolo, di una grande emittente radiofonica. «Non so in cosa consista il mio lavoro», diceva sempre, «ma, Dio mio, a quanto pare lo faccio». Susan era un'assistente manager all'ufficio del personale, in pratica la segretaria responsabile della programmazione.

Jim era abbastanza alto, trentacinque anni, elegante, laureato ad Harvard. Al lavoro era lento e riflessivo, come se ponderasse ogni singola parola. E in più ti fissava negli occhi quando gli parlavi, era attentissimo, come se tutti i suoi neuroni fossero sempre al massimo dell'attività, anche per gli argomenti più tediosi che gli venivano presentati. Dopo un po', per fortuna, divenne più ironico e sarcastico. A essere onesti, penso che considerasse tutti appena un po' sopra il livello della totale idiozia. Il che, a mio parere, faceva di lui un inguaribile ottimista.

Susan aveva meno di trent'anni, era sveglia, cupa, energica. Un po' magra e con il naso troppo grosso per i miei gusti. In più, il suo corpo era minuto e compatto, graziosamente e morbidamente rotondo sui seni e sui fianchi. Era aggressiva, divertente, come se ti sfidasse in continuazione (del tipo, bello mio, mi devi prendere per quel che sono, ok?), e secondo era sempre un po' sulla difensiva a causa delle sue origini nel Queens, della sua formazione scolastica, forse anche della sua intelligenza. In ogni caso, al mattino ti affidava dei lavori, camminando a passi lunghi, sicura nella sua minigonna, o spostandosi i capelli dalla bocca con una delle sue lunghissime unghie. «Da sbattersela contro il dispensatore dell'acqua», questa era l'opinione generale dei maschi su di lei. In quei profondi dibattiti sociologici in cui i signori si divertono a immaginare quale delle loro colleghe o conoscenti potrebbero scoparsi, Susan era generalmente considerata come la ragazza perfetta da spingere contro il dispensatore dell'acqua e prendere in piedi mentre gli addetti delle pulizie notturne passano l'aspirapolvere nella hall.

Dunque, a un party di febbraio per festeggiare il lancio, e il sicuro fallimento, di un qualche nuovo e idiota progetto manageriale, ci ritrovammo a guardare con entusiasmo e invidia Jim e Susan che stavano insieme, si divertivano insieme, e alla fine se ne andavano insieme. E alla fine dormivano insieme. Quella parte non la vedemmo, è chiaro, ma seppi poi tutto in seguito.

Io sono un editor assunto da poco, trentotto anni, divorziato da sette anni, due mesi e sedici giorni. Sessualmente credo di averne fatte abbastanza. Ma di questi tempi tutti ne abbiamo fatte abbastanza. Dovremmo forse ampliare il concetto di abbastanza per farci rientrare davvero tutto.

All'inizio ciò che mi raccontava Jim mi procurò un leggero velo di desiderio negli occhi, per non dire della bava che mi colava dall'angolo della bocca.

Le piaceva il sesso violento. Questa è la storia. Ora che si può raccontare. La nostra Susan amava ogni tanto una bella sculacciata durante il sesso. Jim, che Dio lo aiuti, sembrava un po' sconcertato all'inizio. Ne aveva fatte abbastanza anche lui ma il suo era un concetto di abbastanza ancora più stretto e rilassato. Forse lì non ci era davvero mai arrivato.

A quanto pare, quando andarono al suo appartamento, Susan gli mise davanti la cintura dell'accappatoio e gli disse: «Legami». Jim seguì facilmente le sue semplici istruzioni. Poi, sempre obbedendo alle sue richieste, la prese per i capelli, quei suoi capelli neri neri, li strinse nel pugno e la costrinse a scendere con la bocca verso ciò che educatamente chiamerei il suo membro vibrante. La parte più violenta venne in seguito, quando lui la sbatté sul letto a pancia in giù e le entrò dentro da dietro, con forza. Anche questo su espressa richiesta di lei.

«È stato piuttosto perverso», mi disse Jim.

«Eh, ti capisco. Non deve essere facile per te», gli dissi. «Cosa sei adesso, forse solo il secondo o il terzo uomo più fortunato del mondo?».

Era eccitante, Jim lo ammise. E non perché non l'avesse mai fatto prima. Ma perché secondo Jim occorreva conoscere un po' una ragazza prima di iniziare a picchiarla. Era roba intima, di fantasie, non certo il tipo di cose che si fanno a un primo appuntamento.

In più, a Jim piaceva davvero Susan, gli piaceva il suo modo fermo ma vivace di fare bene il suo lavoro e quella sua ironia provocatoria che sotto sotto nascondeva la sua vulnerabilità. La voleva conoscere bene, starci insieme per un po', forse per un bel periodo. E se avevano cominciato così, si chiedeva, dove sarebbero arrivati?

E l'imbarazzo infatti, come poi venne fuori, era tutto di Jim. Susan era assolutamente a suo agio il mattino successivo quando si svegliava tra le sue braccia. «È stato bello stanotte», gli sussurrava, allungandosi per baciargli la barba. E gli teneva la mano mentre chiamavano un taxi per andare a casa di lei, dove si sarebbe cambiata. E poi in ufficio lei lo salutava affettuosa e gli faceva i complimenti con il suo savoir-faire impeccabile, non facendo trapelare assolutamente nulla. Persino a lui lanciava solo rari segnali per riferirsi a ciò che era successo, magari facendogli un cenno con il capo se si incrociavano o sussurrandogli: «Dio, siamo *così* professionali».

E cenavano insieme al ristorante marocchino a Columbus e lei continuava a parlare dei dirigenti della sua sezione. Era spiritosa. E Jim, che normalmente mostrava la sua allegria stringendo gli occhi e sorridendo leggermente, sprofondava nella sedia, rideva a bocca aperta e, con le dita, doveva asciugarsi le lacrime che gli colavano sulle zampe di gallina.

Quella sera, lei volle essere percossa con la cintura di Jim. Lui non era d'accordo. «Non possiamo farlo mai normale?», le chiese. Ma lei si sporse sul tavolo verso di lui e lo mise a tacere. «Fallo. Voglio che tu lo faccia».

«Sai, mi preoccupa un po' il rumore. I vicini e tutto il resto».

Be', non aveva tutti i torti. Susan andò in cucina e tornò con un cucchiaio di legno. Evidentemente, quello non avrebbe fatto rumore. Jim, sempre con i suoi modi da galantuomo, procedette a legarla al letto.

«Questa donna mi sta uccidendo, sono esausto», mi disse un paio di settimane più tardi.

Io misi la mano sotto la maglietta e la mossi avanti e indietro per mostrargli come il cuore mi battesse per lui.

«Sono serio», disse. «Cioè, queste cose mi piacciono a volte. È sexy, è divertente. Ma santo cielo. Mi piacerebbe vedere anche la sua faccia qualche volta».

«Si placherà. Siete solo all'inizio», dissi io. «Ora lei va avanti su questa linea. Poi le insegnerai gentilmente la gioia della posizione del missionario».

Facemmo questa conversazione a un tavolo da McCord, l'ultimo bar irlandese ancora frequentabile dell'ormai aristocratico West Side. Lo staff della cronaca a volte andava lì di sera e dunque parlavamo già a voce bassa.

A un certo punto Jim mi si avvicinò ancora di più. Le nostre fronti quasi si toccavano e lui si guardò intorno prima di andare avanti.

«Il fatto è», disse, «che credo lei faccia sul serio».

«Cosa intendi?»

«Voglio dire che per me sono fantasie o roba del genere. Ma non credo che lei stia scherzando».

«Cosa intendi?», dissi di nuovo ma con voce più profonda e con una goccia di sudore che mi si stava formando dietro l'orecchio.

Venne fuori che la relazione si era sviluppata al punto che ora si dividevano le faccende domestiche. Susan aveva assegnato i compiti e a lei toccava pulire l'appartamento di Jim, fargli da mangiare e lavargli i piatti. Nuda. Il compito di Jim era costringerla a fare queste cose e frustarla, colpirla o sbattersela se lei mostrava una qualche riluttanza o se faceva, o fingeva di fare, degli errori.

È vero che c'è sempre un elemento di vanteria quando gli uomini si lamentano della propria vita sessuale, ma Jim sembrava davvero turbato. «Non dico che non mi eccita. È solo che a questo punto sta diventando un po'... un po' brutto. Non trovi?», disse.

Mi asciugai bene le labbra e mi riappoggiai allo schienale. Quando riuscii finalmente a smettere di ansimare e ad aprire la bocca, dissi:

«Non so. A ognuno il suo. Cioè, vedi, se non ti piace, lascia stare. Sai che ti dico? Se non fa per te, mettici un punto e basta».

Ovviamente lui ci aveva già pensato. Annuì lentamente, come se stesse proprio pensando di darci un taglio. Ma non lo fece. Infatti, dopo circa una settimana, e dopo tutti i pensieri e i ripensamenti, Susan viveva con lui.

A questo punto le mie informazioni si riducono. Ovviamente, un uomo che convive non la fa tanto lunga sulla sua vita sessuale. Tutti ormai sapevano della relazione ma, sul lavoro, Susan e Jim rimasero estremamente professionali e distaccati. Magari arrivavano al lavoro tenendosi per mano. Si baciavano fuori dell'edificio. Ma poi basta, era tutto come prima. Nessun sussurro nella hall, nessuna porta degli uffici chiusa. Le poche volte che uscimmo a bere insieme dopo il lavoro, non si misero nemmeno a sedere vicini. Attraverso la finestra, quando uscirono, vedemmo che Jim le metteva un braccio sulle spalle. Ecco tutto.

L'ultima volta che io e Jim ne parlammo prima che lui morisse fu di nuovo da McCord. Andai lì una sera e lui era seduto a un tavolo all'angolo, da solo. Capii subito da come stava seduto – completamente dritto con gli occhi semiaperti, fissi e vitrei – che era ubriaco fradicio. Mi sedetti davanti a lui e lui fece un gesto svogliato con la mano e disse: «Pago io». Ordinai uno scotch.

Se fossi stato furbo mi sarei dovuto mettere a parlare di sport. I Knicks che venivano massacrati, gli Yankee che dopo il titolo faticavano a stare dietro a Baltimora nella nuova stagione. Avrei potuto parlare di quelle cose lì. Avrei dovuto. Ma ero curioso. Se curioso è la parola giusta. Pruriginoso, forse, è il *mot juste*.

E dissi: «Allora, come vanno le cose con Susan?».

E lui rispose, come si fa quando si vuole essere molto seri su qualcosa: «Bene. Le cose con Susan vanno bene». Ma poi aggiunse: «Sono il suo Signore e Padrone».

Era rigido. Ondeggiava appena, come un lampione durante una burrasca.

Susan aveva sceneggiato nel dettaglio la loro routine quotidiana e lui aveva ormai imparato a memoria ogni particolare, sapeva tutto senza bisogno di suggerimenti. Così funzionava meglio perché lei era libera di implorarlo, di chiedergli di smetterla. Lui la legava e lei lo supplicava e lui la picchiava mentre lei lo supplicava. La sodomizzava e la prendeva per i capelli, costringendola a girare la testa in modo che potesse vederlo in faccia mentre lo faceva. «Chi è il tuo Signore e Padrone?», diceva lui. E lei rispondeva: «Tu sei il mio Signore e Padrone. Sei tu». Poi lei faceva i lavori domestici, nuda o con le calze autoreggenti che aveva comprato. Normalmente faceva cadere qualcosa o versava qualcosa a terra, e lui la picchiava, preparandosi, di conseguenza, a scoparla di nuovo.

Dopo che mi disse questo, i suoi occhi si chiusero di botto e le labbra rimasero aperte. Per qualche minuto sembrò che dormisse profondamente, ma poi si svegliò, piano. Era sempre seduto composto, ben dritto. Anche quando si alzò per uscire, la sua postura era rigida e perfetta. Andò verso la porta, sembrava uno di quei vecchi insegnanti di portamento. Era un ubriaco alquanto buffo, più dignitoso di quando era sobrio, una sorta di versione esagerata e comica della sua personalità riservata, decorosa e rispettabile.

Lo guardai uscire con un mezzo sorriso. Mi manca.

Susan lo ha ucciso con un coltello da cucina, uno di quelli grossi. Un solo colpo violento che però gli entrò dentro fino in fondo e gli recise la vena cava. Disteso a terra, perse parecchio sangue. Fissava il soffitto mentre lei urlava al telefono per chiamare un'ambulanza.

Essendo una persona importante, Jim finì sui giornali. Poi entrarono in scena le femministe, quelle proprio prepotenti che pensano che uccidere il proprio fidanzato sia un atto per esprimere se stesse. Volevano che il caso venisse immediatamente archiviato. E un sacco di persone credevano che stavolta avessero ragione. Susan, si venne infatti a sapere, aveva lividi su tutto il corpo e perdeva sangue da numerosi orifizi. E Jim stava sicuramente brandendo una minacciosa paletta di legno, comprata in un sexy shop, quando lei era andata a prendere il coltello. L'opinione pubblica aveva deciso: era un ovvio caso di abusi protratti nel tempo, la cui vittima aveva aspettato tanto prima di difendersi.

Ma i poliziotti, per qualche motivo, non ne furono subito convinti. In generale, i poliziotti passano molto tempo negli abissi della depravazione umana, e sono inclini a considerare sempre la possibilità di un finale diverso. Sanno che anche i casi più evidenti possono nascondere risvolti inaspettati quando si ha a che fare con le relazioni amorose.

Lo staff del procuratore distrettuale di Manhattan fu dunque preso tra due fuochi. Susan si era rapidamente assicurata un buon avvocato e non aveva parlato con nessuno. La polizia credeva di poter trovare prove nella vita di Susan per dimostrare la sua inclinazione al sesso violento. Ma fino a quel momento non aveva trovato nulla. Nel frattempo la stampa aveva iniziato ad associare spesso il nome di Susan all'espressione "calvario giudiziario" e spesso le notizie su di lei comparivano a fianco ai trafiletti di cronaca sugli abusi sessuali. Era il loro modo per essere "oggettivi" e contemporaneamente stare del tutto dalla parte di Susan.

A ogni modo l'ultima cosa che il procuratore voleva era condannare la donna per poi rilasciarla. E dunque iniziò a fare pasticci. Congelò le accuse per un giorno o due lasciandole in sospeso in attesa di ulteriori indagini. E nel frattempo il sospettato principale veniva lasciato libero.

Per quanto riguarda me, ero solo molto depresso e confuso. Jim non era un fratello o chissà cosa, ma era un buon amico. E sapevo con ogni probabilità di essere il suo miglior amico al lavoro, forse anche in città, forse al mondo. E tuttavia c'erano dei momenti, quando guardavo le femministe in TV, o l'avvocato di Susan, in cui pensavo, come faccio a saperlo? Lui dice una cosa, lei ne dice un'altra. Magari tutto quello che mi raccontava Jim non era che una sorta di folle menzogna, una giustificazione per le cose orribili che le faceva. Come posso escluderlo?

Naturalmente, a parte tutto questo, chiamai la polizia il giorno dopo l'uccisione, un venerdì, appena seppi dell'accaduto. Chiamai uno dei miei contatti alla Omicidi e gli dissi che avevo informazioni valide sul caso. Credo di aver pensato che sarebbe arrivata una pattuglia a sirene spiegate nel momento stesso in cui misi giù il telefono. E invece mi fissarono un appuntamento per il lunedì mattina con i detective che seguivano il caso. Lasciandomi dunque libero per il fine settimana. Lo trascorsi sprofondato nel divano con una nausea opprimente. A guardare il soffitto con un braccio piegato sopra le sopracciglia. Sforzandomi di piangere, cercando di dare la colpa a me stesso, cercando di non farlo, allo stesso tempo. Il telefono suonò più e più volte ma non risposi mai. Erano solo degli amici – li sentivo lasciare messaggi nella segreteria telefonica – che volevano starmi vicino per simpatia, per dispiacere, per spettegolarci sopra. Tutti bramavano un pezzo dell'omicidio. E io non avevo le forze per giocare a quel gioco.

Infine la domenica sera qualcuno bussò alla porta. Vivo all'ultimo piano e dunque mi aspetto sempre di sentire prima il citofono. E invece bussarono alla porta. Pensai che fosse uno dei miei vicini che aveva saputo di quella storia in TV. Risposi a voce alta mentre mi mettevo le scarpe. E mi infilai la T-shirt andando alla porta. Aprii senza nemmeno guardare nello spioncino.

Era Susan.

Mi passò di tutto per il cervello nel momento stesso in cui la vidi. E lei se ne stava lì, combattiva e a disagio allo stesso tempo. Con il mento alzato, belligerante; sguardo furtivo, intimidito. Pensai: che parte dovrei interpretare, adesso? Come dovrei essere? Arrabbiato? Vendicativo? Freddo? Imparziale? Altezzoso? Compassionevole? Cristo, ero paralizzato. Alla fine, mi feci da parte e la lasciai entrare. Camminò fino al centro della stanza e si girò verso di me mentre chiudevo la porta. Poi scrollò le spalle. Una spalla nuda che si sollevava, l'angolo della bocca incurvato in un sorriso da brava ragazza. Indossava un vestitino chiaro con leggere bretelline annodate sul collo in un fiocchetto. Quel vestito lasciava scoperta gran parte della sua carne olivastra. Notai una mezzaluna di colore più chiaro sulla coscia sotto l'orlo dell'abito.

«Non so bene come comportarmi», dissi.

«Già. Forse potresti guardare alla voce "Intrattenere la ragazza che ha ucciso il tuo migliore amico"».

Le scoccai anch'io un sorriso da bravo ragazzo. «Non parlare troppo, Susan, ok? Devo andare alla polizia lunedì».

Lei smise di ridere, annuì e si girò. «E allora? Forse Jim ti ha detto tutto? Di noi?». Giocherellò con il mio telefono che era sul tavolo.

La guardai. Le mie reazioni erano subdole ma intense. Era il modo in cui si era girata, era quella cosa che aveva detto. Mi fece pensare a ciò che Jim mi aveva raccontato. Mi fece guardare, a lungo e lentamente, la forma del suo sedere. Mi fece bollire la pelle e sentire freddo allo stomaco. Una combinazione interessante.

Mi inumidii le labbra e cercai di pensare al mio povero amico. «Già, è così», dissi bruscamente. «Mi ha detto praticamente tutto».

Susan mi rise in faccia. «Be', è imbarazzante».

«Ehi, non flirtare con me, è chiaro? Non puoi uccidere il mio amico e poi venire qui a flirtare con me».

Si girò di nuovo con le braccia fermamente conserte. La guardai così fisso in faccia che di sicuro capì che stavo pensando al suo seno. «Non sto flirtando», disse. «Voglio solo parlarti».

«Di cosa?»

«Di cosa mi ha fatto. Mi ha picchiato, mi ha umiliata. Era il doppio di me. A te sarebbe piaciuto? Pensa a come avresti reagito se qualcuno avesse fatto lo stesso con te».

«Susan!». Alzai le braccia in aria verso di lei. «Tu glielo hai chiesto!».

«Ah certo, una roba tipo "me lo chiedeva lei", giusto? E tu automaticamente ci hai creduto. Lo dice il tuo amichetto e dunque deve essere vero».

Sbuffai. Ci avevo pensato. La guardai. Pensai a Jim.

«Già», dissi alla fine. «Ci credo eccome. Era vero».

Non fece obiezioni. E continuò senza esitare. «Certo, bene, se per te è vero, allora è tutto inutile. Sai cosa? Avresti dovuto vedere come lo eccitava. Cioè, avrebbe potuto piantarla. Io avrei dovuto smettere. Avrebbe potuto cambiare tutto in qualsiasi momento, se avesse voluto. Ma gli piaceva così tanto... e stava lì, facendomi del male in quel modo. Completamente eccitato. Come pensi che si possa sentire una persona?».

Non mi fa onore ma ammetto di essermi grattato la testa, completamente stordito.

Susan fece scorrere un'unghia sul telefono. Abbassò lo sguardo sul tavolo. E così feci anch'io. «Davvero andrai alla polizia?»

«Ah sì, senza dubbio», dissi. E poi, come se mi servisse una scusa: «Probabilmente troveranno anche qualcun altro. Qualcun altro con cui hai fatto le stesse cose. Qualcuno che confermerà tutto».

Susan scosse la testa una sola volta. «No. Ci sei solo tu. Tu sei l'unico a sapere». Non avevo niente da dire a quel punto. Rimanemmo lì in silenzio. Lei che pensava, io che la guardavo, e guardavo le sue forme e i suoi colori.

Poi, alla fine, lei alzò gli occhi verso di me, e inclinò la testa. Non si avvicinò in maniera subdola, né mi accarezzò il petto con la punta delle dita. Non venne a strusciarsi su di me per farmi sentire il calore del suo respiro o l'essenza del suo profumo. Quella era roba da film, roba da *femme fatale*. Tutto quello che fece fu rimanere lì con quel suo sguardo unico, il mento sporgente, pronta a combattere, la sua anima completamente a nudo, quasi tremante, alla mia mercé.

«Questo ti mette in una posizione di potere nei miei confronti, vero?», disse.

«E allora?», risposi io.

Scrollò di nuovo le spalle. «Tu lo sai cosa mi piace».

«Vattene», dissi. Non mi diedi nemmeno il tempo di sudare. «Cazzo, Susan, vattene subito via di qui».

Si incamminò verso la porta, mentre io la guardavo. Bene, a posto così, pensai. Ho potere su di lei. Capirai. Ho potere su di lei fino a quando decideranno che non è colpevole, e i titoli dei giornali scompariranno. E poi che farò? Poi sarò il suo Signore e Padrone. Proprio come Jim.

Mi passò accanto. Talmente vicino che potevo sentire i suoi pensieri. Mi lanciò uno sguardo, sorpresa. Mi rise in faccia. «Cosa c'è, pensi che ucciderò anche te?»

«Sarò costretto a chiedermelo per sempre, credo. O no?».

Continuando a sorridere, Susan mosse le sopracciglia in modo buffo. «Qualsiasi cosa ti ecciti, per me va bene», disse.

Era quella farsa tragicomica che mi eccitava. Non riuscii a resistere all'impulso di cancellarle quel sorrisetto da assassina dalla faccia. Mi avvicinai, la presi per i capelli e li strinsi nel pugno. Quei suoi capelli neri neri.

Erano persino più morbidi di quanto immaginassi.

Chris Adrian
IL PUGNALE
2006

Chris Adrian (1970) si è laureato in letteratura inglese alla University of Florida nel 1993, ha proseguito gli studi con un master alla Eastern Virginia Medical School nel 2001 per poi fare il tirocinio da pediatra alla University of California di San Francisco.

Nonostante si consideri innanzitutto un dottore, Adrian ha pubblicato due romanzi e una raccolta di racconti. *Gob's Grief* (2001) è una storia surreale ambientata durante la guerra civile americana in cui un gruppo di persone, fra cui Walt Whitman, provano a costruire una macchina che metta fine alla morte. In *The Children's Hospital* del 2006, Dio manda sulla Terra un'alluvione apocalittica che uccide tutti tranne gli occupanti di un ospedale pediatrico. La sua antologia di racconti *A Better Angel* del 2008, inizialmente intitolata *Why Antichrist?*, raccoglie nove racconti, fra cui *Il pugnale* (*Stab*).

Il pugnale è stato scritto nel 1996, poco dopo la morte del suo fratello maggiore, ma è stato pubblicato solamente nel 2006. Lavorando alla sua tesi di master sui gemelli siamesi, Adrian aveva letto che quando uno dei due muore in seguito all'intervento di separazione, il sopravvissuto porta sempre con sé una sensazione di perdita, anche se l'operazione è avvenuta in età infantile. Proprio in quel periodo l'autore aveva avuto un incubo in cui lui era diventato l'attrice Karen Black e veniva rincorso dalla statuetta terrificante del film *Trilogia del terrore* (*Trilogy of Terror*) del 1975, con l'unica differenza che nel sogno il suo carnefice aveva i capelli biondi. Quell'incubo, unito alle interviste che aveva fatto a numerosi sopravvissuti all'operazione di separazione fra gemelli siamesi, costituisce l'ispirazione per questo strano racconto.

Il pugnale è stato pubblicato sul numero di «Zoetrope: All-Story» dell'estate 2006.

Qualcuno stava uccidendo degli animaletti nel nostro quartiere. Li trovavamo per strada, davanti alle nostre case, e da lontano sembravano vittime di autisti distratti. Ma a un controllo più ravvicinato, si vedeva che erano ancora paffuti e non schiacciati, e che avevano il corpo deturpato da ferite di coltello dalla forma piatta e rettangolare. A volte erano immersi in pozze di sangue quasi asciutte, ed era chiaro che in quel caso l'assassinio era avvenuto sul posto. Altre volte invece erano palesemente stati spostati dalla scena del crimine e messi in posa, come quei due scoiattoli abbracciati davanti al portone della signora Chenoweth.

All'inizio erano scoiattoli, conigli, poi gatti e verso la fine dell'estate addirittura cani. Ormai erano mesi che avevo capito chi fosse a dare quelle pugnalate. Lo venni a sapere il primo giugno del 1979, due anni, un mese e quattordici giorni dopo la morte di mio fratello per un cancro. Mi ero svegliato presto quel giorno – era bel tempo per la prima volta dopo una serie di giornate piovose – perché mio padre mi avrebbe portato a vedere Spider-Man, che avrebbe fatto un'apparizione alla quarta edizione della fiera estiva dell'Associazione americana contro le leucemie a Washington. Avevo otto anni e per me Spider-Man era una cosa importante.

In cucina mangiai una tazza di cereali mentre mio padre leggeva il giornale aperto sul tavolo. «Guarda qua», disse. In prima pagina c'era un articolo sulla separazione chirurgica di due gemelle siamesi, Lisa e Elisa Johansen di Salt Lake City. Erano unite sul torace come eravamo stati io e mio fratello, ma loro avevano in comune gli organi vitali, mentre Colm e io no. C'era una parola esatta per definire quella unione: thoracopagus. Quella era la parola più lunga che conoscessi.

«Non è incredibile?», disse mio padre. Faceva il chirurgo, e quel tipo di operazioni lo interessava più di ogni altra cosa. «Hai visto? Hanno solo sei mesi!». Io e Colm eravamo stati separati a diciotto mesi. Non avevo alcun ricordo né di quando eravamo uniti, né dell'operazione, mentre Colm diceva di ricordarsi che le nostre teste non facevano altro che sbattere, e che stava sognando delle scimmie subito prima che ci addormentassimo per l'anestesia. Le sorelle Johansen erano unite sul fianco; io e mio fratello lo eravamo sulla schiena. I nostri genitori ci mettevano vicino uno specchio così che potessimo vederci a vicenda – quello me lo ricordavo: guardavo nello specchio incorniciato d'argento che teneva mia madre, e oltre le spalle vedevo il mio stesso viso.

Nonostante fosse molto presto, mentre uscivamo per andare a prendere la macchina incontrammo la nostra vicina, Molly Matthews, che era seduta sui gradini di fronte alla casa dei suoi nonni e leggeva un libro alle prime luci dell'alba.

«Ciao Molly», disse mio padre.

«Buongiorno dottor Cole», rispose. Era sempre molto educata con gli adulti. A scuola era già molto apprezzata, nonostante fosse arrivata solo da due mesi e avesse la tendenza a imporsi sui nostri compagni di classe con quel suo vocabolario formidabile.

«Povera bambina», disse mio padre una volta saliti in macchina e partiti. La compativa perché le erano morti entrambi i genitori in un incidente d'auto. Era in macchina con loro quando ci fu l'incidente, ma lei fu sbalzata fuori attraverso un finestrino aperto – accadde in Florida, dove tutti girano con i finestrini abbassati e nessuno mette mai le cinture, credo.

Mi girai sul sedile in modo da ritrovarmi a testa in giù. Era diventata una mia abitudine da molto tempo; mi piaceva vedere gli alberi e i fili del telefono attraverso il parabrezza. Mia madre me lo proibiva sempre, ma quel giorno era su un aereo per San Francisco. Faceva la hostess. Una volta io e mio padre prendemmo un volo su cui lei era di turno. Mi portò un bicchiere di Coca-Cola con dentro tre ciliegie. Posò il bicchiere e si sporse sopra di me per scoprire il finestrino che avevo tenuto chiuso fin dall'inizio del volo perché avevo paura. «Guarda», mi disse. «Guarda che bello!». Guardai fuori e vidi quelle montagne sabbiose che mi ricordavano delle buste per il pane spiegazzate. Mi immaginai di cadere da tali altezze abbracciato a mio fratello.

«Spider-Man!», disse mio padre, non appena entrammo sulla Route 50 e passammo un cartello che diceva Washington, 46 chilometri. «Non sei emozionato?». Si sporse verso di me e mi passò la mano sui capelli. Se con me ci fosse stata mia madre, sarebbe rimasta in silenzio tutto il tempo, mentre invece mio padre parlava senza fermarsi un secondo di Spider-Man, del centro commerciale, della sosia di Farrah Fawcett che avrebbe fatto una comparsata; mi chiedeva di continuo se non fossi emozionato alla prospettiva di vedere tutte quelle cose, anche se sapeva che non gli avrei risposto. Non avevo più detto una parola o fatto un verso da quando mio fratello era morto.

Spider-Man fu una vera delusione. Quando mio padre mi portò da lui per farmi fare un autografo, notai che il costume era cucito grossolanamente e che era patinato in modo dozzinale; quando disse: «Ehilà, Spider-Fan», gli uscì una voce stridula come quella di un topo. Era palesemente finto. Allora scappai, attraversando per intero il centro commerciale, e mio padre non riuscì a riprendermi finché non fui arrivato allo Smithsonian Castle. Non mi sgridò. Quando facevo così diventava solo molto triste. Mia madre ogni tanto perdeva le staffe e mi urlava contro dicendo che ero una piccola peste sfrontata e che le rendevo sempre tutto troppo complicato. Poi mi faceva le sue scuse, ma mai con la stessa convinzione, quindi per me non contavano. Speravo sempre che poi in piena notte sarebbe entrata di corsa nella mia stanza e mi avrebbe svegliato urlando che le dispiaceva, prendendosi a schiaffi da sola e forse colpendo anche me, tanto era dispiaciuta e piena di rimorsi.

«Possiamo dire addio a Spider-Man», disse mio padre. Mi portò a vedere la scultura floreale a forma di bisonte e restammo per un po' seduti sul prato in silenzio, finché mio padre non mi chiese se volevo tornare dentro insieme a lui. Lo seguii e nonostante avessimo perso l'interpretazione di *Feelings* della sosia di Farrah Fawcett, riuscimmo comunque a incontrarla grazie alle conoscenze di mio padre nell'Associazione contro le leucemie. Mi disse che ero molto carino e mi diede una foto con il suo autografo che in seguito regalai a mio padre perché mi sembrava la volesse più di me.

Una volta tornati a casa mi chiusi in camera e gettai nel punto più buio dell'armadio tutti i fumetti di Spider-Man insieme a tutti i suoi pupazzetti. Poi presi un libro e me ne andai sul tetto, e lessi *Stuart Little* per la quinta volta. Sotto vedevo Molly giocare, anche lei era in silenzio proprio come me. Ogni tanto alzava lo sguardo, vedeva che la stavo osservando e con un sorriso tornava a chinarsi sulle sue bambole di plastica. Ci era successo già altre volte di trovarci così, io a leggere e lei a giocare. Ma quel giorno, per qualche motivo, decise di parlarmi. Ci guardammo negli occhi per un istante e poi lei scoppiò in una risata timida e disse: «Ti va di vedere il mio punteruolo?». Io alzai le spalle, poi scesi giù e la seguii sul dirupo dietro alle nostre case. Non avevo idea di cosa fosse un punteruolo. Credevo che mi avrebbe fatto vedere dentro le sue mutandine, come aveva fatto Judy Corcoran tre settimane prima, e poi mi aveva chiesto di giurare di non dire a nessuno di quella stupida cosa che avevo visto.

Ma quello che mi fece vedere Molly – dopo aver percorso insieme circa dieci metri in mezzo ai cespugli ed essersi chinata sulla tomba a forma di freccia del nostro cane, un bobtail di nome Gulliver, e dopo aver scavato una piccola buca nella terra secca – era un pugnale. Era lungo circa trenta centimetri, ed era decorato, tempestato di quelli che a me sembravano veri smeraldi e rubini, con una grande pietra blu incastonata nel pomo e con una rosa scolpita in rilievo sulla parte alta della lama.

«Ti piace?», mi domandò. «Me l'ha dato mio padre. Apparteneva a una principessa medievale». Mi piaceva eccome. Provai a prenderlo ma lei lo tirò via e disse: «No! Non lo puoi toccare». Si mise a correre giù per il dirupo verso il fiume, ma non la seguii. Mi misi a sedere sulla tomba di Gulliver, pensai a tutti quegli animaletti morti e capii – anche una mente così piccola era in grado di vedere la connessione – che era stata Molly a ucciderli. Ma non rimasi a pensarci più di tanto, mi soffermai solo un attimo a riflettere su quanto dovesse essere affilata la lama per fare quei tagli così precisi. Tornai in casa e andai nel seminterrato a vedere *La donna bionica*, il mio nuovo telefilm preferito.

Dopo la morte di Colm, presi l'abitudine di guardare, a volte per ore di seguito, il mio riflesso nello specchio. I miei genitori pensavano si trattasse dell'ennesima tendenza autistica e facevano di tutto per dissuadermi, fino a togliermi lo specchio dalla stanza. Ma non capivano che l'immagine che vedevo nello specchio non era la mia; era quella di Colm. Quando la guardavo vedevo il viso che avevamo in comune. Eravamo due gocce d'acqua, perfettamente simmetrici. La macchiolina dorata nel mio occhio sinistro era uguale a quella nell'occhio destro di Colm; una imperfezione all'angolo destro delle sue labbra era la stessa che avevo io a sinistra. Perciò quando mi guardavo allo specchio tutti quei piccoli dettagli che formavano il mio viso si trasformavano e davano forma al suo. Se poi aspettavo abbastanza a lungo, mi iniziava anche a parlare. Mi diceva del paradiso, mi raccontava tutti i dettagli più insignificanti, come per esempio che lì non c'era bisogno di andare al bagno. Secondo noi infatti quella era davvero una cosa noiosa e un fastidio inutile. Mi diceva anche che dall'alto mi guardava continuamente.

Anche quando era ancora vivo, mi diceva spesso che fra noi c'era una connessione che i chirurghi non avevano potuto spezzare quando ci avevano separati. Era qualcosa di invisibile. Non avevamo due anime diverse noi due; era come se ne avessimo una e mezza. A volte si nascondeva dentro la nostra grande casa, e voleva che io lo andassi a cercare. In genere non ci riuscivo, mentre lui mi trovava sempre. Credevo che non avrei potuto nascondermi da lui in nessuna parte della casa né in nessun posto del mondo.

Lo trovai, invece, quando se ne andò. Iniziai a vederlo non solo nello specchio, ma su ogni superficie riflettente. Pozzanghere, stagni o anche sul dietro dei cucchiai. Qualunque cosa. E ogni volta mi diceva: «Quand'è che vieni a stare sempre insieme a me?».

Quella notte Molly si affacciò alla mia finestra. Ero ancora sveglio quando arrivò. All'inizio pensai che fosse Colm, ma poi un lampo lontano illuminò il suo volto e la riconobbi. Vidi che aveva in mano il suo pugnale e fui certo che era venuta per uccidermi. Ma quando arrivò vicino al mio letto disse solo: «Ti va di venire fuori insieme a me?». Un altro lampo illuminò la stanza. Quei fulmini erano il motivo per cui ero ancora sveglio – nelle calde notti estive sia io che Colm rimanevamo svegli per ore a guardare quei bagliori remoti riflettersi sul fiume. A volte i nostri genitori ci lasciavano dormire in veranda, dove la vista era ancora migliore.

Si mise a sedere sul letto. «Mi piace la tua stanza», disse guardandosi intorno. Da fuori filtrava abbastanza luce per farsi un'idea della sistemazione della cameretta. Nostro padre l'aveva costruita in modo tale da farla sembrare una nave per me e Colm, con tanto di moquette blu e ponte in legno rialzato con balaustra e un bel timone. Sopra al letto c'era un cartello che sembrava autentico con scritto "Cabina del capitano"; l'altro letto era per il primo ufficiale. Quando era ancora vivo ci divertivamo a fare a cambio di letto ogni notte, per mantenere l'eguaglianza, a meno che uno dei due non fosse spaventato, e in quel caso dormivamo nello stesso letto. L'ultima notte che aveva trascorso in quella stanza aveva dormito nel letto del capitano, e siccome non potevamo più continuare la rotazione io continuavo a dormire nel letto del primo ufficiale.

Molly mi tirò via le lenzuola e mentre mi vestivo andò a cercare per la stanza le mie scarpe. Una volta trovate me le portò e disse: «Dai, sbrigati!».

La seguii – uscimmo dalla finestra, passammo sul tetto e poi scendemmo sull'abete che cresceva vicino ai muri della casa. Percorremmo la nostra strada, che costeggiava quel campo da golf attorno al quale parte del nostro quartiere era stato costruito. Quel posto, che una volta era una colonia battista per ragazze, si era trasformato nei cent'anni trascorsi dalla sua fondazione in un quartiere dove famiglie bianche e benestanti vivevano in uno pseudoisolamento contadino. Il posto si chiamava Severna Forest. Lì non erano ammessi italiani o ebrei, e d'estate si doveva chiudere il proprio cane in un canile comunale. Il campo da golf aveva solo nove buche. Era un campo molto collinoso, chiuso da un lato da dei dirupi e costeggiato sull'altro dal fiume Severn. Molly mi portò in un punto sulla buca numero quattro dove c'era l'erba alta, a neanche seicento metri da casa nostra. Anche se la luna era bassa, riuscivo a vedere, sotto la luce fioca delle stelle, che i conigli si erano radunati fra l'erba alta e i denti di leone. Mi abbassai e raccolsi un fiore. Stavo per soffiarci sopra per disperdere le foglioline al vento, quando Molly mi prese il braccio e disse: «Non farlo, li spaventerai».

Restammo in piedi lì per un po', con lei che mi teneva il braccio con una mano e nell'altra stringeva il pugnale. Guardammo i conigli che se ne stavano tranquilli nell'erba mentre aspettavamo che si abituassero a noi. «Non sono bellissimi?», mi domandò, lasciandomi il braccio. Iniziò a muoversi, lentamente, verso il più vicino. Si muoveva lenta come la luna nel cielo. Mi accorsi che si stava effettivamente avvicinando ai conigli solo quando distolsi lo sguardo per qualche minuto; quando poi mi rigirai vidi che era molto più vicina, e che il coniglio era rimasto immobile. Quando era ormai a due metri di distanza si voltò a guardarmi. Era troppo buio per vedere bene il suo viso. Non so se stesse sorridendo. Poi scattò con il pugnale in avanti, fece un balzo e la vidi prendere quella piccola creatura con il coltello, lacerando il suo corpo. Ebbe un sussulto e poi a un tratto morì. Mi resi conto che avevo trattenuto il fiato per tutto il tempo e avevo tenuto il fiore davanti alle labbra. Ci soffiai sopra e osservai le foglioline volare verso di lei, nel punto in cui stava pugnalando quel corpo più e più volte.

Il giorno dopo a scuola, Molly mi ignorò di proposito tutto il tempo. La fissai per tutta la mattina, credevo che prima o poi mi avrebbe mandato un segnale, avrebbe riconosciuto in qualche modo che fra noi era successo qualcosa di speciale, ma non lo fece. Non ci sarei rimasto male se non mi avesse più rivolto la parola, ormai avevo fatto l'abitudine alle persone che volevano solo provare a essermi amiche. Li lasciavo fare, lasciavo che arrivassero e se ne andassero.

Dopo pranzo, una volta tornati a sedere ai nostri banchi, durante la preghiera silenziosa che la signora Wallaby ci aveva chiesto di fare in onore del papa, Molly mi passò un foglietto. Lo aprii, pensando per qualche motivo che ci fosse scritto "Ti voglio bene", come aveva fatto una volta una ragazzina molto carina di nome Iris, per poi mettersi a ridere in modo crudele con le sue amiche dopo che ero arrossito. Ma il bigliettino di Molly diceva solo: "Non devi dirlo a nessuno". Credo che intendesse dire che non avrei dovuto scrivere una lettera alla polizia. Non mi conosceva per niente.

«Cosa hai in mano, Calvin?», mi domandò la signora Wallaby, che mi guardava da sotto gli occhiali venendo verso di me. Prima che fosse troppo vicina mi misi in bocca il foglietto e iniziai a masticare.

«Che cos'era quello?».

Mandai giù. Si era talmente avvicinata che riuscivo a leggere il nome della marca sulla montatura dei suoi occhiali. Oscar de la Renta.

«Che cos'era?», mi chiese di nuovo. Ovviamente non dissi nulla. Emise un lungo sospiro e mi disse di andarmi a sedere sulla "Sedia di Giuda". Non era altro che un banco lontano dagli altri, rivolto verso un angolo. Non era una donna cattiva, è solo che a volte riuscivo a tirare fuori il peggio dalle persone. Una volta, durante la ricreazione, mi salvò da un gruppo di bambine che mi stavano dando fastidio, mi davano dei pizzichi perché volevano sentirmi piangere. Mi riportò dentro e spalmò sui segni un po' di crema idratante che teneva nella sua borsetta; poi mi parlò a lungo, dicendomi che non potevo più andare avanti in quel modo, proprio non potevo, mi guardò con occhi seri e anche lei mi diede un pizzico. Non era forte come quelli che mi avevano dato quelle bambine, e me l'aveva dato sotto la maglietta, dove nessuno l'avrebbe visto. Mi fissò dritto negli occhi mentre lo faceva, ma non piansi. Non chiusi nemmeno gli occhi.

Durante la notte del primo giorno di vacanze estive, Molly venne di nuovo nella mia stanza e mi fece uscire dal letto. Non disse niente, solo che dovevo alzarmi e seguirla. Passammo davanti al campo da golf e io mi avviai dove stavano i conigli, ma lei mi afferrò per il colletto e mi tirò indietro.

«No», disse. «Dobbiamo fare un passo avanti». Passammo la notte a cacciare gatti. Non era affatto semplice. Facevamo una fatica pazzesca a rincorrerli al buio, perché o ci seminavano oppure scappavano sugli alberi.

«Ci serve un piano», disse alla fine. Tornati verso casa trovammo il gatto di un vicino, si chiamava Charlemagne; lo avevamo inseguito poco prima ed era riuscito a sfuggirci entrando in un garage attraverso una gattaiola. Molly mi disse di rimanere in un cespuglio vicino alla porta, mentre Charlemagne ci guardava tranquillo. A quel punto lei gli saltò incontro e lui scappò verso la gattaiola, ma io uscii fuori dal cespuglio e mi ci misi davanti. Per qualche motivo mi saltò in braccio, mi guardò in faccia e poi si voltò verso la mia compagna. Molly aveva tirato fuori il pugnale. Il gatto si era accoccolato nelle mie braccia, sperando, credo, che l'avrei portato in salvo. Invece lo buttai per terra. Molly gli si gettò addosso e lo accoltellò alla gola.

Le autorità di Severna Forest – lo sceriffo, il presidente dell'associazione comunale e il presidente del country club – avevano definito le uccisioni di quegli scoiattoli e di quei conigli come il macabro scherzo di un adolescente annoiato. Quando Charlemagne fu ritrovato appeso a un lungo ramo di una betulla, un senso di allarme crescente si aggirò per la comunità. «Disgustoso», si dicevano mormorando fra loro quando si incontravano al supermercato per comprare vodka e cioccolata. Nessuno sospettò mai di me o Molly. Mi consideravano tutti strano e angosciante, ma inoffensivo. Molly era altrettanto angosciante ma anche molto stimata, per via delle sue buone maniere, i suoi capelli biondi e i suoi occhi scuri. A volte pensavo che quella parte della dolce e brava bambina le riuscisse così bene solo perché pugnalava gli animali.

Passarono alcuni giorni prima che tornasse di nuovo da me. Era un tardo pomeriggio dopo la lezione di lacrosse. La squadra dilettanti di Severna Forest faceva gli allenamenti ogni sabato pomeriggio, e io ero uno dei più forti perché non avevo la benché minima paura della palla. Gli altri si abbassavano ancora quando la palla gli volava incontro come una cannonata, o magari la schivavano coprendosi con la mazza. Io la prendevo al volo, e se mi colpiva me ne fregavo. La raccoglievo con la mazza e iniziavo a correre, spesso fino alla fine del campo perché non la passavo quasi mai. Mi piaceva correre e stancarmi, e pensavo che un giorno mi sarebbe arrivata una palla talmente forte che mi avrebbe spaccato la testa come una zucca marcia.

Quel giorno fui colpito all'occhio da un tiro. Il nostro allenatore, un ragazzo di nome Sam Corkle che andava all'università, me la scagliò contro con tutta la sua forza da adulto, credendo che l'avessi visto. Quando mi colpì all'occhio vidi un grande bagliore e poi subito dopo un'immagine sbiadita del volto di Colm che sparì subito. La botta mi mandò al tappeto. Guardai in cielo e vidi passare un aereo. Come sempre mi chiesi se ci fosse mia madre su quell'aereo, anche se sapevo che era a casa in quel momento. Sam venne insieme all'altro allenatore e mi fecero un sacco di domande per capire se fossi disorientato e se per caso avessi una commozione cerebrale. Naturalmente non risposi. Qualcuno disse che avrei vomitato se avessi avuto una commozione cerebrale, quindi mi misero a sedere su una panchina per vedere se succedeva. Ma non successe, e quindi mi diedero il permesso di ricominciare a giocare. Accettai volentieri – nonostante l'occhio mi facesse male e si fosse gonfiato – nella speranza di essere colpito nuovamente, per poter vedere un'altra volta mio fratello.

«Che ti è successo?», mi domandò mia madre quando Sam mi riportò a casa. Era seduta al tavolo da pranzo insieme a mio padre, che si teneva un pacco di hamburger surgelati sull'occhio gonfio. Aveva fatto a botte alla stazione di servizio perché un tizio aveva provato a saltare la fila per fare benzina. Quella era una settimana difficile per i rifornimenti. I benzinai finivano le scorte prima di pranzo. «Anche tu, figliolo?», disse.

Mio padre allora mi esaminò l'occhio e disse che non era niente. Mentre mi teneva un hamburger sul gonfiore, qualcuno bussò alla porta. Aprì Sam e sentii la voce dolce di Molly che diceva: «Calvin può venire a giocare con me?». Saltai dal grembo di mia madre e corsi verso la porta, ma lei mi fermò e disse: «Portati l'hamburger appresso». Rimasi alla porta mentre lei rientrava insieme a Sam nella sala da pranzo, e la sentii chiedere a mio padre: «E da quando tuo figlio ha una fidanzatina?».

Molly aveva in mano un barattolo vuoto di maionese. «Andiamo a prendere le lucciole», disse, senza chiedermi nulla dell'occhio. Il sole iniziava a scendere. La seguii fino al campo da golf, e a metà strada gettai l'hamburger in un cespuglio di agrifoglio, poi andammo alla ricerca di quegli insetti. Ero davvero contento che fosse venuta a cercarmi mentre era ancora giorno, pensavo che volesse significare qualcosa. Le afferravo i capelli biondi mentre rincorrevo le lucciole, e ogni volta lei mi cacciava con uno schiaffo sulla mano.

Pensavo che stessimo riempiendo il barattolo perché lei poi potesse schiacciarle senza pietà, o magari trafiggerle con degli aghi, o forse perché voleva prendere la parte luminosa ed estrarne una pozione fluorescente che avrebbe usato per intingerci il pugnale. Ma al tramonto, quando ormai dentro al barattolo ce n'erano una trentina, lei tolse il tappo e si mise a correre giù per la collina fino al fiume, liberando dietro di sé una scia luminosa che le girò intorno, salì in alto e infine volò via.

Ben presto non riuscimmo a trovare neanche un gatto – non perché li avessimo uccisi tutti, ma perché dopo che il quarto, un soriano di nome Vittles, fu trovato con dodici pugnalate davanti alle scale del supermercato, i padroni iniziarono a tenere dentro casa i loro gatti durante la notte. Lasciavamo passare molto tempo tra una caccia e l'altra, almeno due settimane, ma in quei periodi Molly veniva a chiamarmi e mi faceva uscire per giocare con lei durante il giorno. Facevamo le cose normali che fanno i bambini della nostra età, di giorno. Andavamo a nuotare al fiume, giocavamo con i suoi pupazzi e guardavamo la televisione.

A fine luglio Molly decise di cambiare nuovamente preda. Mi portò nella foresta, fino al canile. Sentivo i cani abbaiare al buio molto prima di averli raggiunti. Sapevano che stavamo andando da loro.

Il canile era illuminato da un solo lampione, infilato nel mezzo di una radura tra gli alberi. C'era una stradina di servizio che passava sotto alla luce e che portava alla strada principale in direzione della General's Highway verso Annapolis. Vidi Molly che camminava avanti e indietro davanti alle gabbie, mentre i cani abbaiavano e ululavano. Erano le due di notte, non c'era nessuno in giro e la prima casa era a due chilometri di distanza. Quel canile era stato pensato per tenere i cani lontani dalle case tra giugno e settembre, in modo che non disturbassero tutte quelle persone per bene durante i loro soggiorni estivi. Era una regola ridicola.

Molly si era abbassata davanti a un barboncino, io non l'avevo riconosciuto. Si ritirò nella gabbia e fece un guaito.

«Che bel cucciolo», disse, sebbene fosse un cane adulto. Mi fece un cenno per farmi avvicinare, poi mi fece girare per prendere un pezzo di carne essiccata dallo zaino di Holly Hobbie che mi aveva infilato quando eravamo partiti per quella escursione. Tirò fuori anche i miei guantoni da lacrosse e mi disse di indossarli.

«Preparati ad afferrarlo», disse. Si inginocchiò davanti alle sbarre e allungò il pezzo di carne nella luce soffusa. «Dai vieni», disse. «Vieni a prenderti il dolcetto, piccolo. Va tutto bene». Si teneva da un lato mentre il barboncino iniziava a mordicchiare il cibo, e con la mano libera gli carezzava la testa. Mi fece segno di avvicinarmi e mettermi vicino a lei. Era la prima volta che mi capitava di essere così vicino a un barboncino. Provai ad immaginare chi fosse il padrone, probabilmente una donna vecchia, grassa e ricca, con i capelli bianchi e una collana di diamanti sul collo che teneva anche quando andava a dormire nel suo letto a baldacchino.

«Aspetta... vai!», disse Molly. Infilai le braccia con i guanti da lacrosse dentro la gabbia e afferrai il cane per la zampa anteriore. Iniziò subito a tirare, con degli strattoni delicati. «Non fartelo scappare!», disse Molly mentre rovistava nella sua borsa in cerca del pugnale. Il barboncino mi guardava con degli occhi che sembravano dirmi *cosa stai facendo?*, e io stavo quasi per perdere la presa.

Fu un assassinio orribile, perché c'erano le sbarre in mezzo e il barboncino era un cagnetto con una grande forza di volontà e voleva sopravvivere. Mi mordeva sulle mani senza farmi niente. Morse anche la lama del coltello, ferendosi le gengive, e i suoi denti fecero un rumore metallico quando sbatterono contro il pugnale. Ringhiava, guaiva e gridava, e tutto intorno gli altri cani non facevano che abbaiare anche loro. Molly disse: «Dai, dai, dai!», a voce bassa, quasi sospirando. Quando finalmente riuscì a infliggere il colpo mortale al collo del cane, un rivolo di sangue sgorgò oltre le sbarre e mi prese sull'occhio. Bruciava come lo shampoo che mi compravano i miei genitori, ma riuscii a non piangere.

Tornando a casa feci andare avanti lei. Osservavo i suoi capelli risplendere sotto la luce della luna mentre si chinava fra i cespugli e saltava sopra ai rami fradici. Mi dispiaceva, non tanto per il barboncino, ma per la padrona, quella signora grassa che avevo deciso dovesse chiamarsi signora Vanderbilt perché quello era il nome più da ricchi che conoscessi. Me la immaginai mentre andava al canile a bordo della sua limousine, con una scodella di *tartare* di carne per la sua Adorata, e pensai a che faccia avrebbe fatto davanti a quel batuffolo di cotone insanguinato nella gabbia. Non sarebbe mai riuscita a credere che quello fosse davvero il suo amato cagnolino. Molly ormai era a una certa distanza davanti a me, e iniziò a dirmi di smetterla di fare lo stupido e di accelerare il passo. Alla fine non riuscivo a vedere altro che la luce riflessa sui suoi capelli e la sacca bianca che aveva portato per i miei guanti, che aveva promesso di lavare.

Quando eravamo ormai a quasi due chilometri dal canile, sentii il fischio di un treno. Era molto distante, ma sapevo che da quelle parti ci passavano le rotaie. In quella direzione. In lontananza potevo vedere le luci del treno. Mi misi a sedere sulle rotaie e attesi. Molly venne a cercarmi – la sentivo che mi stava chiamando, che mi dava dello stupido e che era già tardi. Era stanca e voleva andare a letto. Quando il treno iniziò ad avvicinarsi, cominciai a sentire dalle rotaie un bellissimo e intenso rumore di sottofondo che sembrava passarmi attraverso il cervello, e che riusciva a stimolare l'organo responsabile per la felicità, qualunque esso fosse. Immaginai la mia testa staccarsi dal corpo e volarle sui piedi. O magari l'avrebbe colpita e mandata al tappeto. Pensai che Molly l'avrebbe guardata, messa nella borsa e portata a casa e nascosta sotto al letto, dove l'avrebbe tenuta insieme ai miei guanti, come ricordo della nostra conoscenza. Il treno arrivò e mi passò sopra.

Credo che fossi troppo piccolo perché potesse staccarmi la testa. O forse era un tipo di treno diverso da quello che l'estate prima l'aveva staccata a Charlie Kelly, un ragazzo di quindici anni che era morto dopo un festino a base di spinelli nella foresta: si era steso sulle rotaie per fare colpo sulla sorella di Sam Corkle. Il conducente non mi vide nemmeno. Il treno non rallentò un istante. Mi passò sopra con un frastuono terribile, che divenne sempre più forte fino al punto in cui non sentii più nulla. Poi, guardando la luna balenare fra una carrozza e l'altra, sentii la voce di mio fratello dire: «A presto».

Tutti gli abitanti di Severna Forest furono sconvolti dalla morte del cane, il cui nome era Arthur. Al canile fu messa una guardia. Per le prime notti fu lo sceriffo Travis in persona, ma passata una settimana incaricò un ragazzo che secondo lui era affidabile. Quel tipo si metteva in macchina insieme alla ragazza per farsi le canne e sentire la musica. Mentre erano occupati noi colpimmo di nuovo, due notti dopo averli osservati per bene e atteso il momento giusto. Questa volta fu un Jack Russel terrier che si chiamava Dreamboat.

Dopo che il canile fu chiuso, i cani vennero restituiti ai loro padroni che li tenevano sempre in casa, specialmente di notte. Lo sceriffo Travis diceva che era a tanto così dall'acchiappare il "pervertito", ma in verità non arrivò mai a Molly né a me. Lei non aveva paura di essere beccata, né si vantava di quello che faceva. Non ne parlava affatto, così come non parlava del perché andasse in giro a prendere a pugnalate gli animali.

Ma mi parlò dei suoi genitori per tutta l'estate. Quando non giocavo a lacrosse stavo sempre insieme a lei. Andavamo sul fiume a bordo del piccolo Sunfish che le avevano regalato i nonni a giugno, o a caccia di granchietti nell'arena fangosa sotto Beach Road, o in giro sulle nostre bici con la sella a forma di banana. Le invidiavo la sua, perché aveva delle lunghe nappe tutte colorate che pendevano dalle manopole, e una piccola targa sul dietro che diceva "Roba forte". Mentre ci trovavamo a galleggiare in mezzo al fiume immobile, sporsi la mano e la lasciai penzolare nell'acqua mentre l'ascoltavo che parlava dei suoi genitori; suo padre era professore di storia all'università e di notte le raccontava le storie di principesse antiche e le diceva che anche lei di sicuro era stata una principessa in una vita precedente. Non se lo ricordava? Non riconosceva il ritratto del suo antico principe? Non riconosceva il pugnale con cui aveva ucciso quel suo pretendente che aveva delle sembianze animalesche e che aveva provato a portarsela via per farla vivere nell'oscuro regno sotterraneo? Sua madre, che era una pediatra molto riflessiva, si era opposta, non voleva che il marito le desse quel punteruolo, sebbene Molly fosse una bambina responsabile e pacata, e di sicuro non avrebbe fatto male a se stessa o agli altri neanche per sbaglio. «Una bambina si deve poter difendere», aveva detto il padre per scherzo. Il coltello era appeso nella sua stanza insieme a un arazzo antico e una serie di stampe da museo che ritraevano principesse antiche, che lei non avrebbe potuto toccare finché non fosse stata grande.

La ascoltavo e osservavo le ortiche di mare passarci accanto. Ogni tanto una mi pizzicava la mano con i suoi tentacoli. Le avrei voluto parlare di mio fratello, delle storie che ci raccontavamo a vicenda, del nostro gioco con il faro, o il gioco del ponte, o il gioco dei lampi e dei tuoni, o del fatto che volevamo un letto volante come quello del film *Pomi d'ottone e manici di scopa*, con la sola differenza che il nostro avrebbe avuto in dotazione anche il teletrasporto come in *Star Trek*, e così avremmo potuto fermarci sopra ai ristoranti e farci mandare a bordo le pizze. Ma niente mi avrebbe mai fatto parlare, né quel giorno né in qualunque altro giorno da quando c'era stato il funerale di Colm. In quel periodo non sapevo per quale motivo non volessi parlare. Ora penso che il motivo per cui mi si chiuse la gola era che quel giorno nella camera ardente capii che non c'era niente che potessi dire che fosse all'altezza della morte di mio fratello. Avrei dovuto dire qualcosa che l'avrebbe fatto tornare, eppure non potevo. Sarei rimasto in silenzio per sempre.

Il compleanno di Molly arrivò durante la prima settimana di agosto. Mia madre mi portò a comprarle un regalo. Passò un sacco di tempo nella sezione di Barbie per scegliere fra i vari accessori, ma io invece insistetti in silenzio perché comprasse la mia scelta: un salone di bellezza che era anche la stanza comandi della donna bionica. Non era il regalo che davvero volevo dare a Molly, quello che le avrei fatto con il cuore. Volevo che mia madre lo comprasse perché sapevo che a Molly non sarebbe piaciuto e così ci avrei potuto giocare io. Il vero regalo che le avrei fatto era una pietra grande e piatta che avevo trovato sul fiume Severn, che avrebbe potuto usare per affilare il pugnale. L'avevo incartato con le pagine dei fumetti del giornale, e quando lo aprì fece un sorriso di vera gioia e mi disse che era il suo regalo preferito.

Dai nonni ricevette una macchinetta Polaroid. Suo nonno, che era uno di quelli che comprava tutto in stock, le aveva dato una scatola piena di rullini e lampadine per il flash. La sera dopo la festa del suo compleanno andammo a sederci sul tetto di casa mia, e lei si mise a fare foto con il flash verso il dirupo, buttando via le stampe che uscivano. Non ritraevano niente, e a lei non interessava. Le raccoglievo e me le avvicinavo al naso perché mi piaceva l'odore della pellicola che si sviluppava.

Quella notte tornò alla mia finestra con lo zaino sulle spalle. Siccome avevo avuto la sensazione che sarebbe tornata, ero andato a letto vestito con tutte le scarpe. Mi sorprese quando mi sfilò le scarpe e mi tolse i calzini. Mentre me ne stavo seduto con i piedi nudi che pendevano dal letto, tirò fuori un barattolo dal suo zaino, prese con la mano una cucchiaiata di vaselina grossa come una prugna e me la spalmò sui piedi e in mezzo alle dita.

«Stanotte dobbiamo fare una lunga camminata». Disse proprio così. Chiusi gli occhi mentre lei passava all'altro piede, era una sensazione molto piacevole. Quando poi mi alzai e posai a terra i piedi unti mi sembrava di camminare su un cuscino o sulla pancia grassa di mio padre, come quando da piccoli faceva giocare me e Colm mentre a voce alta diceva: «Oh oh, gli elefanti mi vogliono schiacciare!».

Andammo molto oltre il canile, a quasi cinque chilometri da casa nostra. Uscimmo da Severna Forest, oltre i pilastri rovinati di mattoni bassi e larghi che segnavano l'ingresso alla strada statale. Superammo la piccola comunità di neri, proprio ai margini dei cancelli, dove abitavano delle famiglie le cui madri facevano le domestiche nelle nostre case. Molly mi portò nei campi di una fattoria che si estendeva fino alla General's Highway.

«Voglio un cavallo», disse, restando immobile in piedi a osservare l'enorme pianura verde che avevamo di fronte. In lontananza vedevo una casa e un fienile. Avevo visto quella casa mille volte passando in macchina con i miei genitori, quando al volante c'era mia madre e dovevo stare seduto per bene. Mi ero sempre immaginato che lì vivessero donne con la cuffietta e uomini con la barba, come quelli del libro sugli Amish che stava in salone e che non apriva mai nessuno tranne me. Molly si avviò verso il fienile e io la seguii, chiedendomi se ci fosse qualcuno ancora sveglio che potesse vederci.

Non sentimmo nessuno, nemmeno un cane o un gatto. Mi chiesi cosa avrebbe fatto se nell'oscurità fosse uscito un cane inferocito pronto ad attaccarci. Non credo che l'avrebbe accoltellato. Mi ero convinto, senza alcuna prova, che aveva deciso di salire tutta la scala, dagli scoiattoli ai gatti poi ai cani e oltre, fino al cuore grande e rosso di un essere umano, e sapevo che una volta che aveva finito con un tipo di animale non ci sarebbe più tornata. Stava accumulando la forza vitale di qualunque cosa pugnalasse dentro a quella pietra blu incastonata nel pomo, e quando ne avesse raccolte a sufficienza, la pietra si sarebbe illuminata come la Terra in una di quelle foto spaziali che erano appese nell'aula magna della nostra scuola, sopra alla scritta "Niente è impossibile". Quando la pietra si sarebbe illuminata in quel modo, lo sapevo, ne sarebbero usciti fuori i suoi genitori e sarebbero tornati da lei.

Se il cavallo aveva un nome, non lo saprò mai. Sicuramente era intagliato sul legno della stalla da qualche parte, ma in quel buio pesto non riuscii a leggerlo. Quel cavallo era un Appaloosa molto alto. Molly aveva portato zucchero e mele. Lo fece mangiare, gli sussurrò nelle orecchie. Era da solo lì dentro. Le altre stalle erano vuote, ma non sembravano abbandonate. Molly gli stava dicendo: «Va tutto bene, è tutto a posto. Non devi aver paura». Gli fece un sorriso dolcissimo e lui la guardò con i suoi enormi occhi scuri, e vidi che si fidava di lei completamente, proprio come fanno gli unicorni delle fiabe che si fidano delle principesse per istinto. Stringeva il coltello nella mano destra, e la sinistra la teneva sul muso del cavallo. «Tocca», mi disse. «Sembra velluto». Posai la mano sul punto in mezzo agli occhi. Aveva ragione, chiusi gli occhi e mi immaginai di toccare il vestito di velluto che indossava mia madre a Natale. Quando li riaprii, il cavallo mi stava guardando con i suoi grandi occhi, e io ci vedevo dentro mio fratello che lo accarezzava, e dietro di lui Molly che colpiva con il suo pugnale. Il cavallo non provò nemmeno a muoversi, fintanto che non ebbe il coltello piantato in gola. A quel punto si impennò, facendole perdere la presa sul coltello, e provò a scalciare verso di noi colpendo però il legno della stalla. Poi scrollò rapidamente la testa e il pugnale volò via e si posò ai miei piedi. Provava a lamentarsi, ma per via della ferita gli uscivano solo sbuffi coperti dal rumore del sangue che veniva spruzzato fuori.

Lo vidi saltare e poi barcollare in giro per la stalla. Rimasi calmo e fermo finché Molly non scattò la prima foto – appena vidi il flash feci un salto. Ogni trenta secondi un altro flash scattava sugli occhi del cavallo. Infine si accasciò su una larga pozza di sangue, cadde su un fianco e morì. Per tutto il tempo intorno a noi il silenzio fu assoluto, a eccezione del ronzio della Polaroid e dei rumori che uscivano dalle ferite, e degli spasmi del cavallo. Quando quei rumori smisero, potei sentire di nuovo il frinire dei grilli, il respiro affannato di Molly e mio fratello che diceva: «Manca poco!».

Molly mi riportò a casa e mi mise con i piedi a bagno nella vasca e mi tirò su i pantaloni. Mi lavò via la vaselina che mi aveva messi sui piedi e il sangue del cavallo che avevo nei capelli, poi mi rimise a letto. Mancava meno di un'ora all'alba. Mi addormentai e sognai cavalli che sanguinavano dalla gola in eterno, e nei loro occhi vedevo l'immagine perfetta di Colm che mi parlava attraverso le loro ferite e mi diceva che mi avrebbero portato da lui se solo li avessi cavalcati.

Ci fu un'indagine seria da parte della polizia, e Molly decise di starsene tranquilla per un po'. Finché le macchine della polizia della contea di Anne Arundel pattugliarono le strade di Severna Forest di notte non uscimmo allo scoperto. Anche parecchio tempo dopo che smisero le ronde continuammo ad aspettare. L'estate era ormai passata, e ricominciammo ad andare a scuola. Fra i banchi di scuola Molly continuava a ignorarmi, ma ogni tanto veniva ancora a trovarmi di pomeriggio o nel weekend. Andammo ancora una volta sulla sua piccola barca e poi insieme ai suoi nonni a raccogliere le mele in un frutteto dalle parti di Leonardtown. Fuori dalla mia finestra le foglie degli alberi caddero tutte nel dirupo, lasciandomi godere la vista invernale del fiume fino alla baia. Sullo sfondo si vedevano le luci delle torri radio dell'accademia navale, che pulsavano rosse e decise nell'aria fredda. Allora restavo a guardarle e ad aspettare che lei arrivasse attraverso la finestra spalancata. Ma dovetti aspettare fino al giorno in cui iniziarono le prime nevicate.

Era dicembre, poco prima delle vacanze di Natale. Quella sera ci avevano portato al supermercato insieme a tutti i bambini di Severna Forest per radunarci sotto a un vecchio abete dove c'era un finto Babbo Natale seduto su un trono di legno decorato con foglie d'oro che distribuiva regali. Io sapevo che era un Babbo Natale finto quello, ma la gran parte dei bambini non lo sapeva. In verità era lo sceriffo Travis, che consegnava i regali acquistati dai genitori di quei piccoli ragazzini avidi. Era seduto, circondato da scatole di giocattoli, e sprecava un sacco di fiato a dire se questo o quel bambino aveva fatto il bravo oppure no. Quando fece il mio nome io mi avvicinai a lui e presi il regalo dalle sue mani ruvide. Era la bambola di una fembot, la nemica giurata della donna bionica che Molly aveva ripudiato. Ero a letto a giocare con il mio nuovo regalo quando apparve alla mia finestra.

«Scendi e mettiti la giacca», disse. «Fa freddo fuori». Feci come mi disse. Mio padre era andato in ospedale subito dopo che eravamo tornati a casa, e mia madre dormiva in camera sua, esausta dopo una giornata di volo da Lima. Ma la gran parte degli adulti di Severna Forest erano tutti al circolo, per la festa di Natale. C'erano molte persone importanti che si ubriacavano, in particolare lo sceriffo Travis. Tenne il costume da Babbo Natale per tutta la notte, e la gente lo prese in giro per settimane. Le sue erano pagliacciate innocenti, niente di volgare o di imbarazzante. Cantava e diceva cose forti, spiritose, cose che non sembrava in grado di dire durante il resto dell'anno, ubriaco oppure no.

Quando uscimmo di casa c'erano già due centimetri e mezzo di neve per terra. La tempesta si ingrossò quando ci arrampicammo su un albero di fronte al circolo. Aspettammo lì finché la festa non finì. Riuscivo a vedere gli amici dei miei genitori che ballavano, e lo sceriffo Travis in piedi sui tavoli a fare gestacci o fare le capriole, oppure a ballare insieme a due donne contemporaneamente. Musica e risate si alzavano nella neve ogni volta che qualcuno apriva la porta. Mi venne sonno a sentire i suoni degli adulti che si divertivano, proprio come succedeva a me e Colm quando i nostri genitori davano una delle loro feste a cena. Le davano spesso prima che Colm morisse.

Mi addormentai sull'albero, con la testa poggiata sulla spalla di Molly. Eravamo stretti l'uno all'altra, e non sentivo freddo. Stava nevicando forte quando mi diede un colpo con il gomito e mi disse: «Svegliati, dobbiamo andare». Scese dall'albero e si avviò. Saltai anch'io, mi scrollai di dosso la neve dalle spalle e la rincorsi. Stava tornando verso casa, in direzione della settima buca. Quando la raggiunsi vidi una forma vaga che incespicava sulla neve, a circa trenta metri davanti a noi. Ci dovemmo avvicinare per riuscire a distinguere la sagoma inconfondibile del cappello di Babbo Natale.

Lo sceriffo Travis abitava vicino al fiume, in un modesto cottage che immaginavo molto triste e solitario, nonostante fosse piuttosto piccolo, perché i suoi figli se n'erano andati e la moglie era morta. Aveva preso una scorciatoia dietro al campo da golf. Sapevo che avrebbe attraversato il bosco oltre il prato verso Beach Road. Stava cantando *Adeste Fideles* a voce alta e non ci sentì arrivare da dietro.

Molly aveva tirato fuori il suo pugnale e mi aveva dato un piccolo tubo di piombo. «Preparati», mi disse. A dieci metri di distanza lo iniziò a rincorrere, e mi sembrava davvero ridicola mentre affondava nella neve alta con quelle sue gambette corte. Ma non c'era niente di ridicolo nella pugnalata che gli diede proprio sopra a quella grande cintura nera, dove si trovava un rene. Crollò in ginocchio e lei lo colpì di nuovo, questa volta sulla schiena, esattamente al centro e poi ancora sul collo mentre lui cadeva in avanti. Cacciò un urlo al primo colpo, proprio come mi aspettavo. Era un urlo forte, osceno, esattamente come quello che aveva fatto mio padre nella sala dell'ospedale quando finalmente Colm aveva smesso di respirare. Gli diede un'ultima pugnalata alla schiena, sulla destra. Nell'oscurità il suo sangue sulla neve era nero. Giaceva faccia a terra in silenzio. Rimasi in piedi sulla neve, stringendo il tubo e chiedendomi se dovessi colpirlo anch'io.

Molly mi prese la mano e mi portò via con sé. Correva più veloce che poteva, attraverso il bosco e poi su Beach Road, vicino alle nostre case. «L'ho preso», disse senza fiato, con una voce stridula. «Ho preso *Babbo Natale*». Ci dovemmo abbassare due volte per non farci vedere dalle luci delle macchine degli adulti che si erano attardati alla festa. Tagliammo per il dirupo, oltre la tomba di Gulliver, e Molly mi diede una spinta per salire sull'albero davanti a casa mia. Mi disse solo: «Rimetti a posto la giacca», prima di correre verso casa sua. Feci come mi aveva detto. L'avrei fatto comunque, e mi dava sui nervi che avesse pensato il contrario. Avevo ancora il tubo e lo riposi nel mio armadio insieme ai giochi di Spider-Man.

Tornato a letto guardai fuori, la tempesta diventava sempre più forte. La mattina dopo sarebbe diventata una bufera. Di sicuro non saremmo andati a scuola. Rimasi a guardare la neve che avrebbe ricoperto le nostre impronte da bambini insieme al corpo di Babbo Travis. Pensai alla sua morte, alla neve gelida che penetrava un po' alla volta nella sua pelle e poi nei muscoli fino alle ossa, al velo scuro che doveva aver visto calare davanti agli occhi, come se qualcuno gli stesse avvolgendo la testa con uno strato sopra l'altro di carta igienica profumata, proprio come facevamo io e Colm quando giocavamo a "Sono la moglie della mummia" o a "Il chirurgo plastico mi ha appena rifatto la faccia". Mi immaginai Colm, che aspettava con pazienza alla porta del luogo dove si trovava, che aspettava e aspettava, e che osservava la figura che si avvicinava lentamente.

Ma lo sceriffo Travis non morì. Un cittadino si impensierì per la tempesta di neve e lo chiamò a casa. Visto che non rispondeva, andarono a cercarlo. Lo trovarono dove l'avevamo lasciato, ancora vivo. In ospedale mio padre lo operò, gli ricucì il rene lacerato e curò la lesione al midollo spinale.

Quando lo sceriffo si risvegliò disse che si ricordava tutto. Nonostante l'oscurità della notte e la neve che cadeva, riuscì a fornire una descrizione dettagliata degli assalitori. Erano stati due uomini neri alti, disse, uno lo teneva mentre l'altro lo accoltellava e gli dicevano: «Buon Natale, sporco bianco». La polizia andò a bussare alla comunità subito fuori i cancelli di Severna Forest e arrestarono due uomini dopo che lo sceriffo Travis li ebbe identificati. Li vidi sul giornale.

Molly era furiosa che lo sceriffo non fosse morto. Era in camera mia, e dava calci talmente forti addosso al letto che la targa con scritto "Primo ufficiale" cadde dal muro con un tonfo.

«Perché?», disse a voce alta. «Perché non è morto?».

Pensai alla insaziabile pietra blu mentre continuava a dare calci contro il letto, finché mio padre non si affacciò alla porta e disse: «Tutto bene qui?»

«Sì, signore», rispose. «Stavamo solo prendendo a calci il letto».

«Be', piantatela».

«Sì, signore», disse arrossendo. Guardai la luce del sole sul tappeto e attesi che mio padre se ne andasse. *Non farla arrabbiare*, pensai.

Quando uscì lei disse: «Non è giusto».

Credevo che sarebbe passato molto tempo prima che tornasse da me di notte. Credevo che saremmo stati buoni per un pezzo, invece ritornò dopo nemmeno due settimane, all'inizio della seconda settimana di gennaio. Era stata in Florida con i suoi nonni per le vacanze, mentre un freddo pungente era sceso sulla costa atlantica da New York a Richmond. Il fiume e persino alcune parti della baia di Chesapeake erano ghiacciati. Venne da me la prima notte che tornò dalla Florida.

Quando scendemmo dal dirupo verso Beach Road, ero sicuro che saremmo andati a casa dello sceriffo Travis per finirlo. Ma appena arrivammo sulla strada lei la attraversò e scese lungo la sponda del fiume, arrivando sull'acqua ghiacciata. Si voltò verso di me. «Dai», disse, scivolando sul ghiaccio con i suoi stivali gommati. Arrivò al molo e superò gli ormeggi delle barche, fino ad arrivare proprio in mezzo al fiume. La sua voce mi arrivò da lontano: «Sei lento come un lumacone». Mi affrettai verso il luogo dal quale credevo venisse la sua voce, ma non riuscivo a trovarla – forse perché si era nascosta. Il cielo era limpido ma senza luna, e lei aveva addosso un cappotto scuro e un cappello nero. A un certo punto mi fermai e mi strinsi le braccia al corpo. Avevo freddo, perché i miei genitori erano a casa e non avevo avuto il coraggio di scendere per prendere il cappotto. Invece mi ero messo due maglioni, ma non erano sufficienti. Mi inginocchiai sul ghiaccio e guardai in basso, per provare a vedere se c'era l'immagine di Colm. Sentii gli stivali di Molly scivolare sul ghiaccio nel buio e mi venne in mente la storia di quel fantasma della ragazza che era annegata attraversando il fiume ghiacciato per andare a trovare il fidanzato a Westport. Si diceva che durante quelle notti la si potesse vedere, una figura bianca che galleggiava sul fiume. Chi l'avesse vista in viso un giorno sarebbe morto annegato. Guardai verso la costa, per vedere se ci fosse il fantasma, oppure Molly, ma vidi solo le luci dei ponti oltre Annapolis. Poi vidi un bagliore, e per un istante pensai che fosse un fulmine lontano. Finché non sentii il ronzio della Polaroid.

Mi fece un'altra foto, poi un'altra, da angolazioni diverse. Credo che volesse farmi arrabbiare, o magari spaventarmi. Forse credeva che sarei scappato scivolando sul ghiaccio. Invece rimasi in ginocchio, poi mi sdraiai e guardai in alto verso le stelle. Mio padre mi aveva mostrato la costellazione dei Gemelli. Era l'unica che provavo sempre a cercare. E nonostante non riuscissi a vederla in quell'istante, immaginai di collegare le stelle fra loro e di vederci mio fratello. Molly arrivò da me scivolando. Restò in piedi dietro la mia testa. Non la vedevo, ma sentivo il suo respiro affannoso.

Pensai che avrebbe parlato. Nella mia mente l'avevo sentita pronunciare questo discorso; e l'avevo ripetuto molte volte: «Ho bisogno di te», mi diceva. «Per i miei genitori. Sono bloccati qui dentro e devo farli uscire. Per te non è un problema, giusto?». Non lo era affatto. Glielo avrei detto, se avessi potuto. Aspettavo che me lo chiedesse sin da quando aveva ucciso il cavallo, perché non sapevo quale altro essere vivente avrebbe potuto uccidere dopo quello, se non me. Quella notte Colm mi aveva detto: «Manca poco!». Ma non era vero, ed ero rimasto in attesa.

Invece lei non disse niente. Si mise solo in ginocchio accanto a me e mi posò una mano sulla pancia. Non sorrideva, respirava forte e basta. Aveva la macchina fotografica appesa al collo e il pugnale in mano. Mi alzò il maglione e il sopra del pigiama e sentii un freddo gelido sulla pelle, e i brividi mi percorsero tutta la schiena. Mi appoggiò la punta del pugnale sulla pancia e quando mi guardò le avrei voluto quasi parlare.

«Addio», disse, e con delicatezza lo affondò. Sentii la voce di mio fratello squillarmi nella testa, diceva: «È ora!» Per un istante, mentre sentivo il metallo che mi entrava dentro, fui felice di accettarlo, ed ero pieno di gioia. Poi però un'ondata enorme di dolore mi schiacciò e si trascinò via quella gioia. Un urlo lancinante si formò dentro di me e mi uscì dalla bocca. Fu il suono più violento e forte che avessi mai sentito in vita mia, più forte dell'urlo dello sceriffo Travis, più forte del grido di mio padre, più forte di qualunque cane o gatto o coniglio. Volò sopra al ghiaccio in ogni direzione e colpì le persone dentro alle loro case. Vidi le finestre accendersi sulle colline attorno al fiume quando mi alzai tremando in piedi. Continuavo a gridare. Molly era caduta all'indietro, e aveva un'espressione completamente sbalordita. Mi voltai e scappai via senza nemmeno guardarmi indietro per vedere se mi stesse inseguendo, perché lo sapevo già. Correvo per salvarmi la vita scivolando sul ghiaccio, sapevo che da un momento all'altro mi avrebbe pugnalato alle spalle. Tirandomi su cacciai un altro urlo a causa del dolore, poi superai la banchina e corsi verso la strada. Risalii il dirupo, la sentivo alle mie spalle. Giunto all'abete che dava sulla mia stanza mi afferrò, e mi diede una pugnalata al polpaccio facendomi cadere. Mi si gettò addosso e io le diedi un calcio; non emise neanche un suono. Tenevo le mani davanti e lei pugnalò anche quelle. Con un pugno insanguinato le diedi un cazzotto in faccia e la tramortii. Mi alzai e salii sull'albero, entrai in camera ma ero troppo spaventato per girarmi e chiudere la finestra. Scesi di corsa le scale ed entrai nella stanza dei miei genitori, sbattei la porta dietro di me e li svegliai con le mie urla isteriche. Mia madre accese la luce. Nonostante il mio lungo silenzio le parole mi uscirono facilmente, risalivano dalla pancia aperta e si riversavano come fiumi di mercurio dalla gola e infiammavano l'aria della stanza.

«Voglio vivere!», dissi, anche se mi si spezzò il cuore a pronunciare quelle parole; l'immagine di Colm era apparsa nel grande specchio dall'altra parte della stanza. Era insanguinato come me, ferito anche lui. Mi guardò mentre i miei genitori saltavano fuori dal letto con le braccia aperte. Sbiancarono dal terrore quando mi videro. Piangevo fortissimo, con dei singhiozzi che facevano tremare i muri, ma non per il dolore delle mie ferite, né perché anche i miei genitori piangevano, e neppure perché sapevo che Molly era tornata al fiume dove avrebbe rivolto contro di sé quel pugnale e finalmente avrebbe preso una vita per quel punteruolo affamato di anime. Non piangevo per gli animali o le persone, sebbene mi sentissi in colpa ora che avevo scoperto quanto fosse dolorosa una pugnalata. E non piangevo per aver tradito Molly, anche se io avrei detto che non c'entravo nulla e comunque non c'erano prove per dimostrare il contrario. Piangevo perché vidi Colm scuotere la testa, poi girarsi di spalle e andare via, svanendo lentamente in un'immagine che poco a poco diventava la mia, fino a che non lo fu del tutto. Sapevo che da quel momento il riflesso mi avrebbe parlato solo con la mia stessa voce, mi avrebbe guardato con i miei stessi occhi, e sapevo che non avrei mai più visto mio fratello.

Bradford Morrow
IL COLLEZIONISTA
2006

Bradford Morrow (1951) è nato a Baltimora nel Maryland, ma è cresciuto in Colorado, dove si è laureato per poi proseguire la propria formazione presso la Yale University. Nei dieci anni successivi ha svolto diverse professioni, tra le quali il musicista jazz, il traduttore, il venditore di libri da collezione e l'assistente medico. Ha insegnato alle università di Princeton, Brown e alla Columbia, ed è stato per vent'anni professore di letteratura al Bard, dove ha svolto il ruolo di editor per «Conjunctions», la prestigiosa rivista letteraria, per più di cinquanta numeri.

Dopo cinque volumi di poesie, Morrow si è dedicato ai romanzi. Il primo, *Come Sunday*, è stato pubblicato nel 1988. *The Almanac Branch* (1991) è stato finalista al premio Pen/Faulkner. Il romanzo successivo, *Trinity Fields* del 1994, che l'autore ha pensato come primo capitolo della sua "trilogia del New Mexico", è stato finalista al Los Angeles Times Book. Il successivo romanzo, *Giovanni's Gift* del 1997, è fra i suoi libri più apprezzati dal pubblico. La trilogia del New Mexico prosegue con il secondo romanzo, *Ariel's Crossing* del 2002. Ha inoltre scritto due libri per bambini: *A Bestiary* del 1991, illustrato da diciotto diversi artisti americani contemporanei, e *Didn't Didn't Do It* del 2007, con gli affascinanti disegni di Gahan Wilson.

Fra i vari riconoscimenti pubblici, Morrow annovera un premio per la letteratura consegnatogli dalla American Academy of Arts and Letters nel 1998, il premio O. Henry per il suo racconto *Lush* del 2003, il premio Pen/Nora Magid for Editing nel 2007 e nello stesso anno un Guggenheim Fellowship.

Il collezionista (*The Hoarder*) è stato pubblicato per la prima volta nell'antologia *Murder in the Rough* dalla Mysterious Press di New York nel 2006.

Sono sempre stato un collezionista. Da piccolo vivevo insieme alla mia famiglia a Outer Banks, dove passavo giornate intere a battere la spiaggia per riempirmi le tasche di conchiglie di ogni forma e misura. Una volta rientrato nella mia stanza da solo, non c'era niente che mi piacesse di più che sistemarle sul letto e ordinarle per colore e forma – paguri e noci di mare da una parte, vongole e capesante dall'altra – fino a formare un bellissimo mosaico di calcio morto. Mi pare di ricordare che il mio pezzo migliore fosse uno scheletro intero di granchio reale. Quando poi dalla costa atlantica ci spostammo verso l'entroterra, la mia ossessione continuò identica, cambiarono solo gli oggetti del mio desiderio. Non avendo soldi dovevo restringere il campo alle cose che trovavo per strada. Per un anno collezionai esclusivamente nidi di cardinale del Kentucky, quello successivo invece costruii una teca per metterci tutte le farfalle colorate del Missouri che riuscivo a catturare. Un altro anno (avevamo seguito mio padre per lavoro nel deserto) collezionai solamente pezzi di cocci antichi che trovavo negli aridi *potreros*. Capitava che a volte mia sorella più piccola mi chiedesse di unirsi alle mie ricerche, ma io preferivo andarmene in giro per i fatti miei. Ogni tanto le concedevo di seguirmi come un'ombra, se non altro perché era una cosa che mandava in bestia nostro fratello più grande, che non perdeva mai occasione di prendermi per i fondelli e darmi fastidio. Sei un piccolo bastardo pazzoide, mi diceva sempre Tom. Non mi dava così fastidio che me lo dicesse. Io ero davvero un piccolo bastardo pazzoide.

Quando ebbi imparato a leggere, iniziai a collezionare parole così come avevo fatto con le conchiglie, i nidi e le farfalle. Come molte persone introverse, per un periodo anche io mi rintanai a leggere in biblioteca ogni singola ora che passavo da sveglio. Naturalmente collezionavo anche quei libri (senza mai pagare le multe) segnando su un quaderno cencioso tutte le parole che avrei potuto usare contro Tom al momento giusto. Non era affatto impressionato se lo chiamavo *ano di pachiderma* oppure *pustola infetta*, tutt'altro. Forse era solo perché non capiva la metà delle cose che mi uscivano dalla bocca. Spesso non lo sapevo nemmeno io cosa stessi dicendo, comunque ogni tanto riuscivo a ottenere lo scopo. Quando riuscivo a dirgli qualcosa che suonava abbastanza pesante – *tetta di eunuco* – allora mi inseguiva prendendomi a pugni per poi lasciarmi andare solo se gli avessi detto il significato di quelle parole, cosa che io mi rifiutavo di fare. Non importava se me ne andavo con un occhio nero o con il sangue al naso, ne uscivo sempre con la sensazione di aver vinto io.

Nostro padre non era un lavoratore stagionale, e i nostri frequenti traslochi non avevano nulla a che fare con i raccolti dei campi. Faceva affari in proprio, così ci diceva, e noi questo sapevamo. Fatto sta che ogni anno ci ritrovavamo a sgomberare tutto e a togliere le tende, come se fosse un rituale. Le spiegazioni che ci dava erano sempre brusche e brevi, proprio come i nostri soggiorni. Certo, non mancava mai di chiederci perdono, e credo che in cuor suo fosse sincero quando ci prometteva che il trasloco successivo sarebbe stato definitivo, che era solo un brutto momento che sarebbe passato presto. Tom se la prendeva per quegli spostamenti, più di me o di nostra sorella. Esprimeva tutta la sua rabbia, si sentiva strapazzato da una città all'altra come fossimo animali da circo, e si lamentava dicendo che era tutta colpa di nostro padre e che dovevamo ribellarci tutti insieme. Non ha mai chiarito in che modo avremmo dovuto fare quell'ammutinamento, e ovviamente non l'abbiamo mai fatto. Quando io e Molly restavamo soli di notte ci chiedevamo sottovoce se la nostra famiglia sarebbe stata più stabile se nostra madre fosse rimasta insieme a noi. Ma così ci infilavamo in un vicolo cieco peggiore di quello in cui eravamo già. Aveva lasciato nostro padre e ci aveva abbandonato per sempre, e non c'era verso di farla tornare. Per un periodo ci aveva mandato delle cartoline per Natale, ma aveva smesso da qualche anno. Ormai non la chiamavo più neanche per nome. A che serviva?

Ci spostavamo verso ovest, attraversando lo Stato fino alla costa, proprio come faceva il sole, anche se in modo ben più tortuoso e con prospettive meno splendenti. Avevo deciso che ogni volta che dovevamo andarcene da un'altra parte mi sarei sbarazzato della mia collezione e che l'avrei distrutta completamente. Quando arrivava l'ordine di fare le valigie io prendevo a martellate tutti quei pezzi di legno fossile e di ossa sbiadite che avevo trovato sulle pianure vicino a Mojave. Quello era il mio modo personale di dire addio. Molly allora si metteva a piangere e smetteva soltanto se le permettevo di prendersi un pezzo per ricordo – un nido di passero o magari un pezzetto di cristallo di quarzo. Mio padre invece mi prendeva da parte e mi domandava perché stessi mandando all'aria tutto quel duro lavoro. Non si rendeva conto della sottile ironia che c'era in quella domanda – proprio lui lo chiedeva a me? Mi diceva che quando sarei diventato grande, un giorno, mi sarei pentito di non aver tenuto neanche uno di quei ricordi della mia infanzia. Ma non mi impediva comunque di farlo. Non poteva, quelle erano le mie cose e così come le avevo messe insieme avevo anche il diritto di distruggerle e passare alla collezione successiva. Inoltre, il fatto che distruggessi le collezioni non voleva dire che non le avrei custodite a modo mio.

Ci ritrovammo in una cittadina insignificante di fronte all'oceano, poco distante dai viali di palme di Santa Barbara e dalle ville spagnole un po' melodrammatiche di Montecito, dove i Kennedy avevano trascorso la luna di miele solo qualche anno prima. A quei tempi ero già abbastanza grande per mettermi a cercare un lavoro. Sia io che Tom avevamo lasciato la scuola, troppe facce nuove, troppi corsi nuovi. Nostro padre non poteva certo lamentarsi che il figlio più grande avesse deciso di abbandonare gli studi, visto che lui aveva fatto la stessa cosa a suo tempo. Quanto a me, che avevo quindici anni, ormai ero svezzato da un bel pezzo, in un modo o nell'altro. Per quanto riguarda Molly, la prova migliore del suo carattere paziente sta nella caparbietà con cui continuò a cambiare classe, da una parte all'altra del nostro grande Paese. Io avevo il compito di farla andare a scuola in orario durante l'estate e di andarla a riprendere alla fine dei corsi. Era una cosa che facevo volentieri, perché Molly mi è sempre stata simpatica e poi perché non mi dava nessun problema con gli orari di lavoro al minigolf dove ero stato assunto da poco.

La California fu una deviazione sul percorso da zingaro di mio padre, ma per me costituì un vero e proprio spartiacque. Che all'epoca ancora non lo sapessi conta poco. Non credo avrei potuto rendermene conto. Tom capì che dentro di me qualcosa era cambiato. Avevo un atteggiamento più sicuro e nonostante lui continuasse a provocarmi le mie risposte erano divenute imprevedibili. Magari mi sfotteva con un «Oh, tu lavori al minigolf... questa sì che è una carriera assicurata!», ma invece di ribellarmi incrociavo le braccia, facevo un sorriso e dicevo: «È proprio il posto giusto per me». Quando ci capitava di litigare, i nostri scontri erano più fisici e più duri, e la gran parte delle volte era lui a rimediarci un dente traballante, un labbro spaccato o magari una botta ai reni. Molly smise il suo ruolo di pacificatrice e si rintanò sempre di più nel suo mondo. Era come se ci fossimo chiusi mentalmente ognuno in un compartimento stagno, come fossimo oggetti da collezione raccolti in teche separate. Non sapevo nemmeno più che lavoro facesse di preciso mio padre, sapevo solo che era costretto a fare il pendolare dall'altra parte delle montagne in un posto chiamato Ojai, e per questo motivo noi lo vedevamo sempre meno spesso. Il sole l'aveva scurito parecchio, quindi si doveva trattare di un lavoro all'aperto. Probabilmente qualcosa che aveva a che fare con le costruzioni, altro che affari in proprio come diceva lui. Invece Tom rimase sempre bianco come un lenzuolo, lui lavorava in un grande magazzino. Molly, con quel suo dolce visetto tondo e pieno di lentiggini incorniciato da quella chioma di ricci rossi, testimonianza delle radici irlandesi di sua madre, andava dritta per la sua strada con una pazienza e una speranza che sarebbero state degne della figlia del re del Paese di Uz più che di quella di un carpentiere di Ojai – luogo che il nostro caro fratello aveva ribattezzato, con tutta l'ironia di cui era capace, *Oddìo*.

Il cambiamento fu graduale ma irreversibile, e sarebbe difficile se non impossibile provare a definirlo in termini astratti. Dire che il mio atteggiamento compulsivo da collezionista avesse spostato la sua attenzione dagli oggetti alle essenze, dai rifiuti del mondo reale a cose più spirituali, non renderebbe affatto l'idea. Anzi sarebbe proprio sbagliato, perché quello che iniziava a crescere dentro di me durante quelle lunghe e lente giornate trascorse al lavoro aveva una sua propria tangibile concretezza. Se la scoperta di quegli sguardi, quei profumi, quei gesti, quei sapori di una nascente sessualità e quel potenziale di meravigliosa violenza che aleggia dietro a tali essenze fossero tutti dovuti alla mia nuova vita a Bayside Park, o se si sarebbero manifestati comunque, in qualunque posto mi fossi trovato in quel momento, non saprei dirlo. Quello che so è che il Bayside – quel mondo perfetto di architetture fantastiche e piste verdi con le sue regole ferree – è il luogo dove ebbi un risveglio, dove iniziai a sentirmi vivo, come si dice, come mai prima. Io, che amavo solo oggetti inanimati, adesso ero rinato.

La prima volta che posai lo sguardo su quel posto era sera. La nebbia, che in quel periodo dell'anno si alzava al tramonto e copriva sia le pianure sulla costa che i canyon fino almeno al primo pomeriggio del giorno dopo, andava ora alla deriva come un manto sinuoso e spettrale. Mi ero messo la camicia buona di flanella e un paio di jeans per il colloquio. Avevo i capelli rasati, sembravo quasi pelato. Mio padre mi aveva dato un'accorciata con la sua macchinetta elettrica, diceva che era uno stratagemma che aveva imparato da uno dei suoi tanti datori di lavoro precedenti. Nonostante giugno fosse alla fine e il caldo fosse intenso, rimpiangevo di non avere un maglioncino, perché l'umidità pesante dell'oceano mi penetrava fino alle ossa. Potevo sentire il frangersi delle onde mentre attraversavo l'autostrada deserta; cominciai a pensare a quali domande mi avrebbero fatto durante il colloquio e a quali risposte avrei dovuto dare per nascondere la mia totale inesperienza lavorativa. Mi avrebbero quasi sicuramente mandato a casa. Dopo tutto non ero altro che un ragazzino che non aveva fatto un bel niente per tutta la sua vita, se non collezionare scarti ritrovati nei boschi e sui campi, o magari leggere romanzi e altri libri inutili. Se non fosse stato per la mia volontà ostinata di andarmene di casa, e per la conseguente necessità di dover mettere da parte dei soldi per potermi permettere un appartamento tutto mio, dove non avrei dovuto avere a che fare con un padre inconcludente e un fratello idiota, mi sarei convinto da solo che non ne valeva la pena. Tom mi diceva che ero un perdente talmente spesso che, nonostante dentro di me qualcosa si ribellasse, in fondo mi ero quasi convinto che avesse ragione lui.

Quando arrivai vicino al campo da minigolf fui attratto da una palla luminescente, sembrava una cupola illuminata, come una specie di copia gigantesca di quelle palline con dentro la neve, come diavolo si chiamano? Quelle sfere di vetro piene d'acqua con dentro una versione in miniatura delle attrazioni del mondo, con il polo Nord o la torre Eiffel che quando vengono rigirati vengono ricoperti come per magia da una bufera di neve. Dentro quella campana di vetro fluorescente si intravedeva un paese delle meraviglie, un mondo in miniatura falso ma popolato da persone vere. Somigliava vagamente a quelle palle di vetro con la neve anche per altri versi. Le scene improbabili di fantasia che erano contenute all'interno di quelle sfere – sia quelle di vetro che quella reale di luce – erano irresistibili. Superai un cancello sul quale era appesa un'insegna che diceva "Bayside – Per tutte le età". Quello che avevo di fronte, più piccolo del cosiddetto mondo reale, ma di una maestosità incredibile, era un villaggio pieno di mulini a vento roteanti e cattedrali in miniatura con tanto di guglie, gargoyles fatti di stucco e grotte affrescate. Un castello di mattoni bianchi aveva delle torrette che si alzavano in cielo e la vernice che si iniziava a scollare per via dell'umidità. La buca numero sei era la grotta di Calipso. Alla settima c'era un bellissimo galeone dei pirati davanti a una cascata. E ovunque mi girassi, sentieri di un verde sintetico. Erano tutti collegati fra loro e, sebbene un po' rovinati, molto graziosi.

Dopo aver mentito sulla mia età, sulle mie capacità e su chissà cos'altro, ottenni il lavoro. Quando mio padre a cena mi chiese cosa facessi di preciso, gli dissi che ero il responsabile delle piste. In realtà le mie mansioni erano una via di mezzo fra quelle di un inserviente e un commesso. Per quanto strano possa sembrare, non ero mai stato così felice. Passavo l'aspirapolvere sulle corsie, andavo alla ricerca delle palle smarrite e di mazze da golf abbandonate nel parco fino alla spiaggia adiacente, mi prendevo cura delle buganvillee e delle strelitzie, raccoglievo i rifiuti lasciati sul povero e maltrattato prato di erba vera che stava ai lati delle piste, ripulivo i laghetti artificiali e le fontane dalla melma e davo una pitturata dove serviva. Se il Bayside era un museo – e almeno per me lo era – allora io ne ero il curatore. Il proprietario, un uomo magro e posato di nome Gallagher, sembrava soddisfatto del mio impegno e contento che non avessi amici con cui avrei potuto perdere tempo. A ripensarci, per lui doveva essere un sollievo sapere che non avevo il benché minimo interesse a giocare. Proprio non capivo cosa ci fosse di divertente nel mandare una palla in buca colpendola con una mazza.

Detto ciò, diventai comunque un *aficionado*, sebbene in un modo che definirei antisettico. Proprio come mi ero fissato a classificare conchiglie o ad acchiappare le libellule, lessi tutto ciò che trovavo su quello sport nella libreria dell'ufficio, sulle cui mura erano appese foto incorniciate con gli autografi di personaggi ricchi e famosi che erano venuti a giocare lì parecchio tempo prima. La storia di quel gioco era molto più interessante di quanto credessi. Ai tempi della Grande Depressione venivano usati tubi idraulici, pneumatici usati, grondaie e quant'altro si potesse rimediare per strada, e da tutti questi scarti si costruivano i cosiddetti "Rinkidinks", come venivano chiamati quei percorsi a ostacoli che erano dei veri e propri mondi in miniatura, in cui le regole erano eque e il campo di gioco – per quanto sconnesso, incurvato, inclinato o scalettato che fosse – era davvero uguale per tutti. Un tempo, lo raccontavo a Molly, quello era un passatempo notturno di classe per l'alta società. I pezzi grossi di Hollywood bevevano champagne fra una buca e l'altra e giocavano sotto la luna insieme a star e stelline fino al sorgere del sole. Fu uno dei primi sport giocati all'aperto con il supporto dell'illuminazione artificiale che fosse praticato dall'élite e, nonostante fosse in declino, era tuttora un gioco molto più ricercato di quanto la gente non pensasse.

La mia buca preferita era quella con il mulino a vento alto un paio di metri, che svettava nell'aria umida della pista numero dodici. Le pale erano alimentate da una vecchia batteria d'auto che andava controllata almeno una volta a settimana, poiché gli attacchi si rovinavano facilmente a causa dell'umidità e a quel punto l'attrazione, che doveva fare da ostacolo, diventava immobile. Si entrava nel mulino da una porticina nascosta sul retro, che era invisibile per i giocatori sulla pista, a meno che non si sapesse che lì c'era una porta nascosta. Già ad agosto, Gallagher aveva imparato a fidarsi di me e ad assegnarmi quasi tutte le mansioni a esclusione della biglietteria, che rimaneva il suo feudo lì a Bayside, ma della quale a me non importava nulla. Quando una sera una coppia si lamentò che il mulino della dodici non funzionava più, lui mi diede una torcia, delle pinze, un coltello e mi disse cosa fare. Il mulino era dall'altra parte del parco e io mi incamminai il più svelto possibile senza dare fastidio ai giocatori.

Una volta dentro, scoprii un nuovo regno. Un mondo dentro il mondo. Misi a posto i contatti ossidati nel giro di qualche minuto, poi mi resi conto che non avrei più voluto uscire da lì. La cosa che mi tratteneva lì dentro era che avevo scoperto una piccola apertura nella struttura di legno che mi permetteva di vedere la gente che giocava senza che loro se ne accorgessero. Una ragazza, con dietro di sé il padre e la madre che la incoraggiavano, era ricurva sulla pallina bianca e con un'espressione stravolta dalla concentrazione la colpì con la mazza tirandola verso di me, ignara della mia presenza. La colpì e vidi la palla passarmi fra le gambe e poi, dopo di lei, fu il turno dei suoi genitori. Si parlavano fra loro, erano una famiglia bella, noiosa e felice, ed erano convinti che le loro parole non fossero sentite da nessuno. Era uno spettacolo unico.

Rimasi lì. Chi non l'avrebbe fatto? Passarono altre persone e tirarono attraverso di me, il fantasma del mulino a vento, ma nessuno sapeva che io ci fossi, nemmeno quei due zoticoni che venivano a giocare ogni sera e che facevano scommesse su ogni pista, lasciando poi le loro bottiglie di birra di contrabbando che avrei raccolto io la mattina dopo. Divenne un'abitudine e ogni giorno al lavoro mi concedevo del tempo per stare a guardare e ascoltare dentro al mulino. Mi interessavo in modo particolare alle coppie di giovani, la gran parte della mia stessa età, che passavano lì i loro primi appuntamenti. Dal momento che avevo lasciato la scuola da quando ci eravamo trasferiti sulla costa ovest, e dato che non sono mai stato un tipo molto socievole, le mie capacità di relazionarmi con gli altri erano abbastanza limitate. La necessità fisica che provavo, quando spiavo quelle coppiette, la appagavo gratuitamente nascosto dietro a quei muri sottili del mulino a vento. Nel frattempo, imparavo come si parlavano fra loro due amanti, quali stravaganti bugie dovessero dirsi, quali promesse si facessero. Non potevo non pensare a quanto fossi fortunato che nella mia intimità non dovessi dire niente a nessuno. E poi le cose che mi ritrovavo a dire nella mia solitudine da eremita non le avrebbe volute sentire nessuno, di quello ero certo.

Una sera, e la cosa mi inquietò molto, dal mio punto di osservazione privilegiato vidi Tom. Che cosa ci faceva lì? Chi gli aveva dato il permesso? E chi era quella ragazza che stava insieme a lui e che rideva per le sue battute tristi? Aveva una birra in tasca, come i cafoni. Le aveva appoggiato un braccio attorno alle spalle, e lo lasciava dondolare come fosse un pendolo rotto, e una volta tanto aveva un bel colorito. Risero ancora e si guardarono intorno e, credendo di essere soli, si baciarono. In un primo momento rimasi immobile dentro al mulino, mentre le pale giravano lentamente: sapevo che se Tom mi avesse beccato mentre li stavo guardando mi avrebbe gonfiato di botte per poi negare tutto una volta a casa. Poi però mi resi conto che non c'era niente di cui temere. Quello era il mio regno. Tom non mi avrebbe potuto fare niente nel mio mondo segreto. Proprio come quando lo sconfiggevo con quelle parole che tiravo fuori dai libri, tenni il mio sguardo fisso su di lui il più a lungo possibile, senza battere ciglio. Riuscii a cancellarmi dalla faccia ogni espressione, diventai illeggibile. Peccato che non potesse vedermi.

Il lavoro andava bene. A volte arrivavo in anticipo, a volte mi trattenevo più a lungo. Un giorno di settembre Gallagher mi disse che se credevo di avere diritto agli straordinari mi sbagliavo di grosso. Quando gli risposi che ritenevo la mia paga più che sufficiente scrollò le spalle e con un sorriso concluse dicendo: «Sei un bravo ragazzo». Ed era così, nel senso che facevo quello che lui mi chiedeva, in modo efficiente e rapido. Scoprii che i giocatori di minigolf erano molto più irresponsabili e propensi al vandalismo di quanto pensassi. Dal momento che il gioco era tutta una questione di tempismo e strategie ben calcolate, mano ferma e buona mira, non riuscivo proprio a spiegarmi tutte quelle mazze rotte e quelle statuine in fibra di vetro danneggiate. Forse ero diventato un lavoratore idealista, ma la quantità di danni che subivano le proprietà di Gallagher era davvero assurda. Lo aiutavo nelle riparazioni e avrei voluto domandargli come mai non denunciasse quei teppisti, visto che sapevamo entrambi chi fossero. Ma preferii tenermi quei dubbi per me, perché sentivo inconsciamente che era meglio, come si dice, non svegliare il can che dorme. Dopo tutto Gallagher si rendeva sicuramente conto delle mie lunghe assenze all'interno del parco, ma per un accordo non scritto mi lasciava fare perché sapeva che comunque svolgevo sempre il mio lavoro.

In tutti quegli anni che avevo trascorso a girare attraverso paesaggi ben più vasti del Bayside, avevo imparato dove si andavano a nascondere gli uccelli e gli insetti per sfuggire ai loro nemici, e in che modo riuscivano a imporre la propria volontà, per quanto misera e debole fosse, sul mondo che li circondava. Tutte quelle mie cacce di nidi, quelle mie ricerche di conchiglie mi erano state di grande aiuto, anche se ciò che collezionavo adesso erano soltanto fantasie. Potrei dire che quasi preferivo le limitazioni di quel parco. Trovare sempre posti nuovi in cui nascondermi era la mia più grande debolezza, per così dire. E poiché quella era una delle piste più vecchie, in una posizione così meravigliosamente ostentata – era un esemplare magnifico nel suo genere –, le possibilità sembravano infinite. Non lo erano affatto, ma io le sfruttavo al massimo. Non avendo ancora una mia casa vera e propria, mi trasferii al Bayside, dove iniziai a mettere su delle tane provvisorie che riempivo di cibo e paglia non appena riuscivo a farlo in segreto, proprio come facevano gli uccelli e i crostacei di cui mi divertivo a collezionare le case. Come il granchio eremita, iniziai a occupare gusci vuoti.

Il nome della ragazza era Penny e io ne ero ossessionato. Era magra, con i capelli color sabbia che le arrivavano dritti fino alla vita. La bocca era pallida, ironica, aveva il naso all'insù e due occhi scuri e profondi, quasi tragici, che stonavano con il colletto color pastello e i pinocchietti bianchi. Lo sguardo spiritato che aveva in quegli occhi mi stregò. Mentre la osservavo, la mia meraviglia di fronte a quello che faceva insieme a Tom non faceva che aumentare. Nella vita molte cose sono ambigue, casuali, confuse, inconsapevoli o inconoscibili, ma a me sembrava che lei, se le circostanze lo avessero permesso, sarebbe stata in grado di capirmi e magari anche di credere in me. Iniziai a convincermi vagamente che fra noi ci fosse qualcosa, una vicinanza spirituale, difficile da descrivere. Il suo nome me l'aveva detto Molly. Diceva che una volta era stata insieme a loro a fare un picnic dalle parti di Isla Vista, e che Penny le aveva insegnato a trovare le cozze durante la bassa marea. Che bella idea che aveva avuto Tom, pensai, proprio uno che tiene alla famiglia.

Nel frattempo io e lui ci allontanammo come mai prima. Nostro padre era sempre assente. Ci dava un tetto, è vero, ma per il resto cominciava a perdere colpi, iniziava a invecchiare prematuramente e a passare più tempo nelle taverne dopo il lavoro a bere scotch insieme ad altri fannulloni. Molly si era fatta delle nuove amicizie fra i banchi di scuola, e quindi non vedevo molto spesso neanche lei. Ero sempre da solo e sempre più solitario. Il tempo e la pazienza, due amici essenziali per qualunque collezionista, erano tutto ciò di cui avevo bisogno per starmene da solo con la mia nuova ossessione. Così, con molto tempo e in tutta calma, feci la conoscenza di Penny, osservandola dai confini nascosti del mulino a vento, dalla piccola stazione dei treni con la locomotiva immobile o dalla buca chiamata "Hall of the Mountain King", che con il suo par 5 era la pista più difficile del parco. Avendola stretta tra le mie ali immaginarie così a lungo, era difficile credere che non avessi ancora conosciuto la ragazza di Tom di persona.

Lui, che sembrava tornare così spesso al Bayside come se lo facesse apposta per darmi fastidio, non avrebbe mai immaginato quanto io avessi imparato sulla sua Penny nel corso di tutti quei mesi. Anonimo e invisibile come quelle statuine dei bucanieri sulla nave dei pirati, li spiavo ogni volta che venivano a giocare, spostandomi in silenzio da uno dei miei santuari all'altro, il tutto tenendo sotto controllo il mio capo, per così dire. Quel Gallagher che ormai dipendeva esclusivamente dal mio lavoro. Penny era figlia unica, suo padre lavorava su una piattaforma petrolifera. Il suo pappagallo si chiamava Chickadee. Adorava una canzone dei Reflections che diceva «Il nostro amore verrà scritto nella storia, come quello di Romeo e Giulietta». Il burro d'arachidi era il suo cibo preferito. Informazioni di ogni tipo. Ma ciò che sapevo su di lei lo imparavo un pezzo alla volta, e il fatto che dovevo ogni scoperta a Tom, che insisteva a portarla al Bayside, iniziava a darmi sui nervi. Dovevo fare di più, dovevo incontrarla, farle sapere che esistevo.

Il modo in cui avvenne non fu affatto come l'avrei pianificato, ma a volte mezzi imperfetti ottengono scopi complicati. Il primo di dicembre sarebbe stato il compleanno di Tom, il diciottesimo. Quell'anno capitava di lunedì, unico giorno di riposo settimanale del Bayside. Molly organizzò la festa, lo fece davvero con il cuore, sperava per un giorno di far tornare unita la nostra famiglia scapestrata, sfasciata e disastrata e di riuscire a donarle una parvenza di normalità. Quando mi invitò le dissi subito di no, ma cambiai idea quando, per caso, la sentii dire al telefono che anche Penny era stata invitata. Invitò addirittura Gallagher, che grazie a Dio declinò l'invito. Molly fece una torta di cioccolato insieme a un paio di sue amiche e il nostro vecchio dimostrò di essere all'altezza del suo ruolo di padre regalando a Tom il dono più assurdo che avessimo mai visto fino a quel momento. Anche il festeggiato fu talmente sorpreso da tanta generosità che diede un bacio a papà sulla fronte. Io e Molly ci scambiammo uno sguardo di imbarazzo. In casa nostra non ci si toccava mai e quello fu senza dubbio un momento storico. Se non avessi passato gran parte della serata a lanciare occhiate furtive a Penny, avrei potuto vomitare la torta che avevo mangiato.

Era una macchina fotografica, di quelle vere. Una Argus C3. Corpo nero e bordi in metallo. Con un rullino e pure la custodia. Il bigliettino d'auguri diceva: "Tanti auguri, figlio mio! Ti auguro con affetto buona fortuna per il futuro. Con affetto, papà, tuo fratello e tua sorella". Era una cosa talmente ipocrita, e talmente sfacciata era l'insensatezza di quel sentimento vuoto, che mi venne il capogiro. Mi stampai comunque in faccia il sorriso rassicurante del fratello affezionato. Ignorai Tom, ma accettai di buon cuore i sorrisi incandescenti che la sua ragazza mi mandava, complicati come sempre da quel suo sguardo dolce e amaro. Poi dissi: «Facciamo una foto!». Il risentimento di Tom nei miei confronti – aveva dovuto chiedermi una mano con il manuale per capire come caricare la macchinetta – mi diede più soddisfazione di quanto possa esprimere. Comunque sia ci riuscimmo, e chiedemmo di scattare la foto al padre di una delle amiche di Molly. La festa fu davvero un successo, come dicemmo tutti a Molly. Che il nome Argus venisse da un mostro mitologico con cento occhi lo tenni per me. Sebbene l'idea di rubargli la macchinetta mi venne quella stessa notte – tanto Tom non l'avrebbe usata comunque – lasciai passare una settimana, tre settimane e poi un mese intero prima di entrarne in possesso.

Iniziai a fotografare Penny. All'inizio quelle foto ritraevano solo quello che riuscivo a vedere dai vari nascondigli nel parco. Ma l'illuminazione non era sufficiente per catturare tutti i colori e i dettagli del suo viso o del suo corpo. Ovviamente non potevo usare il flash, quindi le uniche foto decenti che riuscivo a scattare erano durante le rare occasioni in cui Penny veniva a giocare di giorno, in genere durante il weekend, e non sempre insieme a Tom. Tenevo tutte le foto, anche quelle venute male, in una scatola per sigari che infilavo in un borsone nascosto in un angolo dentro al mulino insieme alla macchina fotografica. Finito il lavoro prendevo la scatola, me la infilavo sotto la giacca e andavo sulla spiaggia, il più lontano possibile: mi sedevo a guardare le foto con una lente di ingrandimento che avevo preso proprio a quello scopo. Alcune erano dei veri tesori, che custodivo e che adoravo più di qualunque altra cosa avessi collezionato in vita mia. Di una foto mi infatuai letteralmente: l'avevo scattata da un lucernario del castello, rischiando moltissimo. Doveva essere stato durante una bella giornata di gennaio, perché Penny aveva una camicetta sottile che, con il vento dell'oceano che soffiava da dietro, si era gonfiata, così che dal trespolo su cui mi trovavo riuscii a scattare una foto verso il basso, inquadrandola nuda dalla fronte all'ombelico, con il seno esposto a favore del mio obiettivo. La foto era abbastanza astratta, scattata da un'angolazione poco favorevole, e le sue forme erano ridotte a un miscuglio di carne e tessuto praticamente indecifrabile, che nessuno avrebbe potuto trovare così interessante come lo era per me, a meno che non si sapesse cosa si stava osservando: su quel pezzo di carta piatta e lucida era raffigurato il suo corpo nudo. Ripensando a quei tempi così inebrianti, mi rendo conto che la maggior parte della pornografia è tutto sommato molto convenzionale, facilmente afferrabile da un occhio libidinoso, certamente più esplicita. Ma quei miei scatti innocenti, che le strappavo senza che lei lo sapesse o che acconsentisse, mi sembrano tuttora molto più osceni di qualunque materiale erotico ripreso da professionisti che io abbia mai visto.

Le cose continuarono a evolversi. Feci il passo fatale di scoprire dove abitasse Penny. Casa sua era sì e no a due chilometri da casa nostra. Presi l'abitudine di mettermi la sveglia sotto il cuscino quando andavo a dormire: a mezzanotte, o magari fra l'una e le due, suonava e la sentivo solo io. Poi mi alzavo di soppiatto dal letto e mi vestivo per uscire. Quelle escursioni notturne erano gratuitamente pericolose quanto quello che facevo al parco, se non di più. Portavo con me la macchina fotografica e spesso ritornavo a casa senza un bel niente, perché la finestra della cameretta era buia o, peggio, perché nonostante le luci fossero accese aveva tirato le tende e non si vedeva altro che un'ombra muoversi in modo suadente dietro al tessuto. Ma qualche volta la ricompensa era magnifica.

Ero nascosto in un cespuglio di gelsomini durante una notte senza luna, avevo quasi deciso di smontare il mio appostamento, visto che dentro le case lungo tutto il viale le luci erano spente, quando a un tratto sentii arrivare un'auto dalla fine dell'isolato. Era lo scassone di Tom che si accostava in un punto poco illuminato, con le luci di posizione che riflettevano un fioco bagliore sulla strada. L'unico rumore che si sentiva era quello delle ruote che schiacciavano con delicatezza la ghiaia del selciato. Mi ritrassi di nuovo nel cespuglio, e così nascosto iniziai a respirare con la bocca il più piano possibile. Penny scese dalla macchina parecchi minuti dopo e mi passò proprio davanti, facendomi sentire il suo profumo sopra a quello dei fiori invernali, ed entrò in casa senza fare rumori. Quella vecchia volpe di Tom doveva aver lasciato la macchina in folle, perché riuscì a farla scivolare lungo la strada in pendenza fino a quando, superate un paio di case, accese il motore e ripartì.

Penny doveva aver pensato che poteva anche lasciare le tende aperte, tanto era tardi. O magari era solo stanca e se ne dimenticò. O forse non voleva fare rumori inutili che avrebbero potuto svegliare i genitori in casa. Accese una candela, e quella notte vidi più di quanto avessi visto fino a quel momento. Se la chiamassi una rivelazione, una piccola e personale apocalisse, non renderei affatto l'idea di quello che mi successe mentre guardavo il suo corpo nudo in quella luce gialla anemica, nascosto solo dai lunghi capelli che si pettinò prima di mettersi a letto. Quanto avrei dato per poter allungare quel momento in eterno. Nonostante l'otturatore della macchinetta risuonasse in quel silenzio mortale come delle piccole e brevi esplosioni, finii tutto il rullino. Dopo che ebbe spento la candela, me ne andai in preda a un'estasi che rasentava il panico, sconvolto come fossi ubriaco. Quando mi risvegliai il giorno dopo, non sapevo più né dove fossi né come mi chiamassi.

Le foto erano venute meglio di quanto credessi – ma quel rullino era una benedizione che si sarebbe presto rivelata una dannazione, per usare una di quelle tipiche frasi che avevo letto nei romanzi. Il ragazzino brufoloso che mi aveva restituito le stampe al bancone del negozio di fotografia e che aveva preso le mie banconote stropicciate mi disse di aspettare un attimo.

«Come mai?», chiesi.

Senza alzare lo sguardo mi disse: «Il direttore adesso è nella camera oscura. Voleva fare quattro chiacchiere con chiunque si fosse presentato a ritirare quelle foto. Hai un minuto?».

Feci un sorriso. «Nessun problema».

Non appena uscì dalla stanza per andare sul retro del negozio, filai via nel modo più disinvolto possibile e girai l'angolo camminando normalmente per poi mettermi a correre senza fermarmi finché non arrivai all'autostrada e oltre, fino al minigolf.

In ufficio Gallagher accennò al fatto che ero arrivato prima del solito, senza nemmeno alzare lo sguardo dal giornale. Gli chiesi se potessi andare a mettere a posto la grotta di Calipso, ma per lui era del tutto indifferente. Presi la scatola degli attrezzi e invece andai nel mulino a vento, chiedendomi che razza di imbecille Gallagher credeva che fossi. Ma smisi di pensarci una volta che tirai fuori le foto e le sistemai a ventaglio nella penombra di quel rifugio. Nonostante avessi dovuto pagare per farle sviluppare, quelle foto erano il trofeo più virtuoso, puro e impeccabile di qualunque altro nido o conchiglia avessi mai trovato – forse addirittura il più innocente, mi dissi, visto che con le mie azioni non avevo disturbato o fatto del male a nessuno. Il negozio di fotografia aveva un nome falso e un numero di telefono sbagliato, era tutto sotto controllo. Se provassi a descrivere ulteriormente le foto di Penny non farei altro che mancare di rispetto alla loro bellezza, quindi non lo farò. Era semplicemente stupenda non sapendo di essere osservata, in quella sua solitudine incompleta.

Arrivò la primavera e portò con sé i più disparati tipi di uccelli migratori. In genere quella era la stagione in cui veniva indetta la riunione di famiglia – che nostro padre, come ci aspettavamo, convocò una domenica mattina – per annunciare la solita solfa sulla necessità di trasferirci un'altra volta. Come sempre (ormai era una consuetudine) ci riunimmo intorno al tavolo in cucina, con Tom che tamburellava le dita e Molly che teneva gli occhi bassi – aveva paura di dover lasciare le sue nuove amiche. Il vecchio poteva dirci quello che voleva, io sarei rimasto lì a qualunque costo. Ero abbastanza grande per cavarmela da solo, e ce l'avrei fatta senza l'aiuto di un patetico carpentiere di Ojai. Avrei potuto vivere nel mulino o nel castello per un certo tempo, Gallagher non se ne sarebbe nemmeno accorto. Poi mi sarei trovato un appartamento. E poi dove dovevamo andare ancora?

Entrò nella stanza con un'espressione torva su quella faccia scura. «Due cose», disse mettendosi a sedere.

«Vuoi un po' di caffè, papà?», azzardò Molly.

«La prima è che Tom è nei guai».

«Che tipo di guai?», sbottò mio fratello, palesemente sorpreso.

Nostro padre non lo guardò nemmeno e aggiunse solo: «Pensavo che avresti usato il mio regalo di compleanno per qualcosa di meglio, figliolo».

Tom rimase perplesso. «Non so di cosa parli». Si girò verso me e Molly in cerca di aiuto. Ma nessuno di noi, per ragioni diverse, poteva farci niente. Di sicuro mio fratello pensò che avrebbe fatto meglio a confessare di aver smarrito quel bel regalo di compleanno: un errore che avrebbe pagato caro. Per scherzo, avevo usato il suo nome quando andavo a farmi sviluppare i rullini. A quanto pareva avevano rintracciato il colpevole.

«Ma la cosa davvero importante è la seconda».

Rimanemmo in silenzio.

«Vostra madre è morta».
Neanche una parola. Silenzio più completo. Tom lo fissò. Molly scoppiò a piangere. Io mi guardai le mani che tenevo sotto al tavolo, mentre provavo a ricordarmi che aspetto avesse nostra madre. Avevo iniziato a credere di non avere più una madre, e adesso era davvero così. Che differenza faceva? L'avrei voluto dire ad alta voce, ma lo tenni per me.
«Starò fuori per un paio di settimane, dovrò occuparmi di sistemare le cose e fare in modo che vostra madre sia – che vostra madre venga trattata nel migliore dei modi».
La cosa finì lì. Non ci furono domande, né altre spiegazioni. Comunque sia, dopo averlo messo sull'aereo per Los Angeles, mi resi conto che Tom, che ci aveva portati all'aeroporto in macchina, si stava ancora domandando quale fosse il significato del primo problema che era stato presentato durante la nostra riunione. Per quanto sciocco fosse, per lo meno aveva avuto l'accortezza di non tirare fuori quel discorso in un momento così inopportuno. Nostro padre ci aveva salutato con un cenno della mano mentre veniva fatto imbarcare e sembrava proprio che stesse diventando, o forse lo era già, un vecchio diavolo.
Le cose cambiarono drasticamente. Nostra madre fu seppellita e il suo ex marito tornò dalla costa est annientato dal dolore, pover'uomo. Molly evitava tutti tranne me. Le prime nebbie estive arrivarono in tempo per il mio primo anniversario al Bayside, e Penny e Tom si lasciarono. Toccò proprio a me, per qualche strano motivo, prendermi cura della nostra famiglia, per quanto potevo. Come un uccellino, dovevo tirar su una costruzione di fortuna, fatta di fiocchi smarriti, nastri, lacci, rametti e cianfrusaglie di ogni tipo, in cui noi, poveri bestioline, avremmo potuto vivere. Non avevo alcuna voglia, in ogni caso, di piangere per la nostra defunta madre. Ma per un certo periodo provai a essere gentile con nostro padre e a evitare Tom.
Il che non voleva dire che qualcosa fosse cambiato, in quei mesi di transizione, rispetto al mio impegno verso Penny. Continuai a fotografarla ogni volta che potevo, ora che avevo imparato a conoscere i suoi spostamenti, giorno dopo giorno, settimana dopo settimana. Invece di nascondermi da lei al Bayside, in città, o nel suo vicinato quando, trovandomi lì per caso, mi capitava di incontrarla, mi fermavo e le parlavo del più e del meno, se non andava di fretta. Se mi chiedeva di Tom le giuravo che stava alla grande e cambiavo subito discorso. Per caso i

Reflections avevano fatto una nuova canzone?, le chiedevo, o se magari le andava di venire a giocare gratis al minigolf insieme alle sue amiche. Apprezzava la mia gentilezza, ma non era più interessata ai giochi o alle canzoni e a molte altre cose. Invece che darmi per sconfitto, divenni sempre più devoto. La mia collezione di foto, in quel periodo di incontri non del tutto casuali e di risposte piuttosto tiepide alle mie avances, fece passi da gigante. Mi ero iscritto, con uno pseudonimo, a un club di fotografia, dove avevo accesso a una camera oscura e dove imparai presto a sviluppare le foto per conto mio. Feci emergere centinaia di foto di Penny, molte delle quali sottoesposte o sovraesposte e assolutamente incomprensibili per chiunque all'infuori di me. Ma alcune erano davvero degne di nota per la loro commovente crudezza, visto che a quel punto l'avevo ritratta in quasi ogni possibile attività umana.

Durante una giornata che era altrimenti solo uggiosa e grigia, successe l'inevitabile. Era tardo pomeriggio, subito dopo il tramonto. Il cielo sembrava una lastra di argento opaco, e la nebbia di fine estate aleggiava sulla costa. Me ne stavo a bighellonare a spese (per quanto risicate) di Gallagher dalle parti del mulino a vento, senza avere nulla di preciso da fare e niente di allettante in programma per dopo il lavoro, eccetto forse la solita passeggiata dalle parti di casa di Penny per vedere se ci fosse la possibilità di scattare qualche foto, quando a un certo punto mi sentii afferrare per il colletto. Venni sbattuto a terra. Devo essermi lasciato sfuggire un grido o un lamento, ma mi ricordo solo di un enorme silenzio, dappertutto intorno a me, nel momento in cui venivo trascinato attraverso un buco nella rete e portato fuori sulla spiaggia, mentre mi portavo le mani alla gola. Le pulsazioni nelle orecchie erano talmente forti che non riuscivo a sentire altro, e avevo la faccia gonfia. Tentavo di scalciare e liberarmi ma le mani che mi stringevano erano molto più forti delle mie. Persi i sensi per un attimo e poi tornai in me, completamente bagnato di acqua salata e sudore, e mi ritrovai la faccia di mio fratello attaccata alla mia, e mi sputava addosso parole che non riuscivo a capire in mezzo al rumore tumultuoso delle onde e del sangue che martellava nelle vene. Mi diede uno schiaffo. E poi un altro con il dorso della mano. Poi mi strinse e mi sollevò come fosse una specie di amante brutale, e ci ritrovammo faccia a faccia. Non riuscivo ancora a sentire cosa diceva, ma sapevo benissimo perché era così arrabbiato. Quel bastardo mi aveva seguito, mi aveva spiato e aveva scoperto il mio nascondiglio segreto.

Ciò che veramente mi dava sui nervi era che fosse stato Tom, e non io, a distruggere la mia collezione. Non doveva, non ne aveva il diritto. Le foto che adesso, in quella sera lugubre in cui ci affrontammo, erano sparpagliate sul bagnasciuga, non erano le sue. Se provassi a dire che usai la palla da golf che mi tolsi dal taschino e che gli infilai in bocca, per poi stringergli le mandibole con tutta la forza che avevo, solo per farlo tacere invece che per ucciderlo, sarebbe una bugia.

Bugia o no, Tom cadde a terra violentemente boccheggiando senza fiato, e io gli saltai addosso e gli strinsi con tutta la forza le mani al collo facendogli uscire gli occhi di fuori. Si afferrò il collo, proprio come avevo fatto io qualche istante prima. Aveva la palla incastrata in gola. Un'onda ci travolse entrambi e con un grande schizzo di schiuma ci buttò sul bagnasciuga per poi risucchiarci verso l'acqua nera dei cavalloni. Tutto intorno a noi c'erano le foto di Penny sparse sull'acqua che veniva sospinta avanti e indietro dalle onde. Una volta rimessomi in piedi, vidi le avide onde riprendersi mio fratello e portarselo via. Guardai per tutta la lunghezza della costa, e vidi che non c'era anima viva in quell'oscurità. Feci cinquecento metri, forse più, verso nord, passando sul bagnasciuga, prima di attraversare una striscia di prato che portava, sotto a una fila di palme rovinate, a un marciapiede isolato che mi portò a casa, dove mi cambiai. Subito dopo tornai di nuovo al lavoro. La mia mente era vuota, arida.

Non so se fosse istinto o pura fortuna, ma andando via quella notte sentii la necessità di mettere in salvo più foto possibili, e quindi le portai via con me quando lasciai il luogo in cui io e Tom avevamo avuto quella colluttazione. In ogni caso fu una mossa azzeccata. Ebbi anche la prontezza di spirito di ripulire la Argus e nasconderla sotto al letto di Tom, dove sarebbe stata rinvenuta dalle autorità la mattina dopo, durante la perquisizione della stanza alla ricerca di prove che potessero fornire degli indizi sull'accaduto. Inoltre, aver fatto sparire tutte le mie foto la ritengo una mossa geniale. O almeno molto intelligente.

Era molto intelligente, sebbene fosse anche sincero, il sostegno che diedi a Molly, che sbottò in un pianto disperato non appena venne a sapere della terribile notizia. Rimasi accanto a nostro padre, che, paralizzato dal dolore, se ne andava in giro per le stanze di quel bungalow che chiamavamo casa completamente inebetito, a maledire se stesso per quella dannata sfortuna che lo perseguitava ovunque andasse. Nonostante gli agenti non escludessero una morte accidentale – aveva rigettato la palla da golf prima di annegare – nostro padre rimase, credo, il loro principale sospetto per mesi. Una passeggiata sulla spiaggia, un confronto tra padre e figlio, da uomo a uomo, che per errore era finito male. E in effetti il loro istinto – supportato da prove circostanziate che dimostravano che aveva sofferto molto per la perdita della ex moglie, si era dato all'alcol, ed era esploso in escandescenze quando aveva scoperto che suo figlio scattava delle foto strane, addirittura pornografiche alla ragazza – li aveva certo messi sulla strada buona. Non quella esatta, però. Io e Molly avevamo degli alibi di ferro, per così dire – non che ne avessimo bisogno. Lei si trovava insieme a diversi amici a guardare la televisione, e Gallagher aveva firmato una dichiarazione in cui diceva che stavo lavorando insieme a lui nell'ora in cui era avvenuto l'incidente.

Quando gli chiesero conto del buco nella rete e delle tracce sulla sabbia battute dal vento lui aveva risposto: «Sono i soliti intrusi che provano a entrare da lì per giocare gratis». Nonostante non volesse calunniare il defunto, disse che gli era parso di vedere qualcuno intrufolarsi da lì in orari sospetti che aveva proprio le sembianze di Tom.

Alla fine i sospetti su mio padre caddero. Venne anche fuori che il nostro povero genitore aveva una storia segreta con una sua amichetta a Ojai. Il che spiegava come mai la nostra annuale trasferta non aveva avuto luogo. In realtà non avrebbe avuto alcun motivo di tener nascosta la cosa, visto che alla fine i suoi figli mostrarono di apprezzare la sua amante; si chiamava Shannon. Non so se Gallagher si comportò così perché mi considerava un ragazzo efficiente, scrupoloso e fedele, e quindi rafforzò una sua opinione facendola diventare un fatto certo; oppure se davvero fosse convinto di avermi visto quella sera, tanto ero ormai un fantasma onnipresente; o se mi stesse solo aiutando per paura di perdere l'unica persona in grado di mandare avanti la baracca una volta che lui si fosse stancato di gestire il Bayside. Be', questo non lo saprò mai. Gallagher morì di infarto dentro al suo ufficio neanche un anno dopo, curvo sulla sua sedia di vimini sotto l'impietoso sguardo di benevolenza delle star ritratte in quelle foto appese ai muri.

Le conclusioni iniziali a cui giunse l'indagine sull'omicidio di Tom si dimostrarono altrettanto fuorvianti di quelle finali. Erano stati scrupolosi, avevano interrogato tutti gli amici di Tom. Ovviamente Penny avrebbe avuto un motivo per ucciderlo, visto quanto si era sentita umiliata e mortificata nel momento in cui le avevano mostrato le foto ritrovate in spiaggia. Quando le chiesero di guardarle lei fece il possibile. In alcuni casi sembrava sicura che si fosse trovata insieme a Tom nel momento in cui quelle foto erano state scattate, ma non poteva esserne del tutto certa – quelle foto erano tutte così brutte, così invasive, così perverse. Dal momento che lui non era mai inquadrato, che la macchinetta era la sua, e via dicendo, non c'era alcun motivo per andare a cercare il fotografo da un'altra parte. Penny aveva un movente, ma anche un alibi come tutti gli altri.

Alla fine non importò più a nessuno, e le cose andarono sempre meglio. La nostra famiglia era più unita che mai, e papà, dopo diversi mesi di lutto tragico, riuscì a scrollarsi di dosso quella depressione. Più di una volta invitò la sua fidanzata di Ojai a cena, e Molly ci preparò da mangiare. Anche Penny dopo la tragedia cambiò completamente. Ai miei occhi sembrava diventata una persona ancora più delicata, più solitaria di prima, certo, ma composta e tranquilla – qualcuno potrebbe dire assente, ma si sbaglierebbero, non conoscendola come la conoscevo io. Era come una foto passata dal colore al bianco e nero. E a me non dava affatto fastidio. Anzi.

La mattina in cui Penny venne a parlare con me l'aria era accesa da una luce rosa e pallida e soffiava una delicata brezza d'autunno. Negli anni successivi alla morte di Tom ero stato un modello esemplare di riservatezza, avevo tenuto d'occhio Penny per rispetto, per assicurarmi che stesse bene dopo quello che per lei era stato di sicuro un vero shock. Feci tutto senza mai oltrepassare i limiti – o almeno, facendo in modo che lei non se ne accorgesse. Nel frattempo, ero cresciuto. Molly mi diceva sempre che ero diventato un bel marmocchio. Diceva anche che le sue amiche avevano una cotta per me. Io sorridevo e le invitavo a giocare gratis al minigolf. Perché no? Poi, senza che sapessi nulla, un giorno venne Penny, doveva darmi qualcosa.

«Per il tuo compleanno», disse, e mi diede una piccola scatola chiusa con un fiocco bianco. C'era un vento che soffiava dall'oceano quel giorno, e i suoi capelli si alzavano sulla testa. Con la mano libera ne scansò una ciocca, fine come la seta, che le era finita davanti alle labbra e su quegli occhi malinconici. Fu un gesto di una purezza assoluta. Io avevo diciannove anni, Penny ventuno.

Di sicuro le sembrai sorpreso, perché disse: «Sembra quasi che te ne fossi dimenticato».

Mi seguì dentro l'ufficio, dove ci riparammo dal vento. La collezione di Gallagher di volti sorridenti di vip era stata rimossa dai muri molto tempo prima, le foto erano state spedite ai parenti che, non avendo alcuna voglia di occuparsi di un minigolf ormai in rovina, mi diedero il permesso di continuare a svolgere il mio compito al Bayside come direttore e responsabile. Così come il loro zio deceduto – un uomo scapolo e senza figli, che non aveva alcun interesse a parte quella specie di stravagante (lo devo ammettere) discarica – anche loro credevano fossi più grande dei miei diciannove anni. Il notaio che aveva stabilito il passaggio di proprietà aveva trovato nell'archivio il mio curriculum dove aveva appreso che avevo circa venticinque anni, e inoltre aveva letto su un appunto che Gallagher mi avrebbe fatto lavorare in quel posto fintanto che ne avessi avuta voglia, e via dicendo. Ogni mese mandavo un modesto assegno ai proprietari, le uscite erano rappresentate dalle piccole spese di manutenzione e dal mio altrettanto mediocre salario. Ma cosa me ne importava? Non avevo grandi bisogni. Passavo le serate dentro il castello o nel mulino e quando tornavo a casa ero sempre il benvenuto, e venivo accolto da un pasto gratuito. E ora, come in un sogno, c'era Penny davanti a me che mi dava un regalo.

Sciolsi il fiocco e scartai il pacco. Era una palla di vetro con dentro una ballerina hawaiana i cui fianchi si muovevano travolti da una tempesta di neve quando la sfera veniva agitata.

«Come facevi a saperlo?», le chiesi sorridendo. Anche lei sorrideva.

«Ti piace?»

«Lo adoro».

«Molly mi ha detto che questa è la tua nuova fissazione».

«È una cosa stupida, lo so. Ma sono come dei piccoli mondi in cui ci si può perdere se solo li si osserva abbastanza a lungo».

«Non la trovo una cosa stupida».

«Questa avrà un posto d'onore», dissi. Andai verso lo scaffale dove ne avevo a dozzine, tutte allineate in fila, e sistemai la ballerina hawaiana proprio al centro della collezione.

Penny allora guardò tutte quelle mensole, aveva il volto luminoso come mai prima. Era raggiante come una bambina. Ne prese una e la portò sotto la luce. «Posso?», mi domandò. Le dissi di sì e osservai quei fiocchi di neve che svolazzavano da ogni parte in quel piccolo mondo di vetro, mentre lei agitava la sfera. Fissavo Penny, rapita da quella scena dentro la palla di vetro. Era uno di quei momenti che sfiorano la perfezione.

«Che bello», sussurrò, come riprendendosi da un sogno. «Ma non è un peccato che sia sempre inverno?»

«Io non li vedo proprio come dei fiocchi di neve», dissi.

«E cosa sono, allora?».

Penny si voltò verso di me. Sicuramente aveva notato qualcosa di diverso nel modo in cui la fissavo, poiché distolse lo sguardo e cambiò discorso. Farfugliò qualcosa sul fatto che al minigolf non c'era nessuno. È per il vento, le risposi. Con la sabbia che ti arriva negli occhi e che finisce sulle piste diventa difficile giocare. In effetti non aveva molto senso tenere aperto, continuai, e le chiesi se voleva venire con me a Santa Barbara quella sera, a fare un giro insieme su State Street e restare a cena fuori. Non fui affatto sorpreso quando accettò. Che lo sapesse o no, aveva visto tutto il carattere, la natura, lo spirito del mio sguardo, e aveva avuto la possibilità di rifiutarne il significato. Accettando il mio invito aveva accettato me di conseguenza. «La puoi prendere se vuoi», le dissi afferrandole la mano e indicando la palla di vetro.

«No, il suo posto è qui insieme alle altre». Lanciò un'occhiata fuori della finestra mentre il vento che stava sferzando il mare fece tremare e vibrare il vetro e tutto intorno manciate di sabbia venivano sollevate in aria. Guardai oltre il suo profilo e mi resi conto che il minigolf da fuori sembrava proprio un'enorme palla di vetro. Proprio in quel momento, le avrei voluto domandare se Tom le mancasse ogni tanto, ma era davvero una cosa perversa. Invece le dissi solo che dovevamo sbrigarci, ma non prima di averla fatta voltare verso di me con le dita tremanti appoggiate sul suo viso e averle dato un delicato bacio.

Mentre eravamo in macchina in direzione nord sull'autostrada, il cielo si aprì all'improvviso, lasciando uscire un sole caldo dentro a quello spicchio di cielo blu. «Non me lo vuoi dire?», domandò Penny all'improvviso, e per un istante ebbi il terrore di essere stato scoperto e di dover confessare tutto. Rendendosi conto della mia confusione, chiarì: «Che cosa sono quei fiocchi di neve, se non sono fiocchi di neve?».

Spostai lo sguardo dalla corsia, che era fiancheggiata da cespugli fioriti e da alberi di eucalipto, verso Penny, ancora e ancora, e a un tratto ebbi voglia di dirle tutto, aprire il mio cuore e lasciare uscire ogni cosa. Le avrei voluto dire che da qualche parte avevo letto che in alcune culture le persone si rifiutano di farsi fotografare perché credono che la macchinetta possa rubargli l'anima. Avrei voluto spiegarle che quando Tom aveva distrutto la mia collezione di foto, che io veneravo, non soltanto aveva firmato la sua condanna, ma aveva messo a repentaglio la vita di Penny. Avrei voluto raccontarle che, mentre lottavo contro di lui in mezzo alle onde, circondati da quelle foto svolazzanti, mi era venuta in mente una di quelle sfere di vetro. E avrei anche voluto poter rispondere a quella domanda, e dirle che quei fiocchi di neve per me erano come tante piccole anime imprigionate che galleggiavano senza speranza in quelle gabbie di vetro, ondeggiando in cerchio intorno a una qualche divinità insulsa. Ma non avrei mai potuto rivelarle tali assurdità. Invece dissi solo che forse aveva capito male e mentre osservavo il suo viso invaso dalla luce del sole, seppi in cuor mio che quella sera stessa, magari di notte, sarei stato costretto a finire il lavoro di distruzione che mio fratello aveva cominciato.

Lorenzo Carcaterra
L'ERRORE
2007

Lorenzo Carcaterra (1954) è originario del quartiere di Hell's Kitchen di New York. Ha cominciato la sua carriera da giornalista presso il «New York Daily News» nel 1976 prima come *copy boy* e poi come cronista di spettacolo, per poi passare alla Time, Inc. e lavorare per «TV-Cable Week» e «People». In seguito ha collaborato con numerose riviste, sia come staff writer che freelance, fra cui «Family Circle», «New York Times Magazine» e «Twilight Zone».

Nel 1988 ha lavorato come consulente creativo per la serie TV *Cop Talk: Behind the Shield*, e successivamente è diventato *managing editor* della serie *Top Cop* che è andata in onda sulla CBS per quattro anni. Nel campo televisivo ha anche scritto diversi episodi pilota mai prodotti; fra il 2003 e il 2004 ha lavorato alla serie *Law and Order* come autore e produttore.

Dopo il suo primo libro, *A Safe Place: The True Story of a Father, a Son, a Murder* (1993), che ha venduto più di 200.000 copie, ha scritto il controverso *Sleepers* (1995) un romanzo semi-autobiografico su una storia di abusi su dei bambini in un riformatorio. Da questo bestseller che ha venduto un milione e mezzo di copie è stato tratto dall'omonimo film nel 1996 con Brad Pitt, Robert De Niro, Dustin Hoffman, Kevin Bacon e Minnie Driver. Carcaterra è stato il coproduttore di questo film diretto da Barry Levinson, che ha incassato più di 500 milioni di dollari in tutto il mondo. I suoi lavori successivi sono sempre arrivati in vetta alle classifiche, tra i quali occorre citare *Apaches* (1998), *Gangster* (2001), *Street Boys* (2002), *Paradise City* (2004) e *Chasers* (2007).

L'errore (*Missing the Morning Bus*) è stato pubblicato per la prima volta nell'antologia *Dead Man's Hand: Crime Fiction at the Poker Table* dalla Harcourt di New York nel 2007.

Sollevai appena le carte dal tavolo e sorrisi. Mi appoggiai allo schienale traballante di quella sedia logora e con le gambe di legno tutte scorticate dai morsi di un collie che adesso se ne stava accucciato all'angolo opposto di quella stanza in cui iniziava a mancare l'aria. Osservai attentamente i volti dei sei uomini seduti al lungo tavolo da pranzo in legno di mogano massiccio che risplendeva alla luce del lampadario sopra le nostre teste. Erano tutti concentrati sulla propria mano, sulla giocata, calcolando a mente le possibilità di successo in quello che era ormai diventato il rito del giovedì sera. Guardai attentamente le facce di quegli uomini che conoscevo ormai da quasi dieci anni, soffermandomi brevemente su ognuno di loro. Mi chiedevo chi potesse essere stato. Ero curioso di scoprire chi avrei dovuto affrontare, fra quelle sei persone, prima che quella notte giungesse alla fine, in modo completamente diverso rispetto a tutte le altre.

Volevo disperatamente sapere chi di loro fosse il responsabile della morte della donna che amavo. Dovevo avere quella risposta prima dell'ultima mano della serata.

Provai a osservare le loro facce allo stesso modo in cui loro osservavano le proprie carte. C'era Jerry McReynolds, con il suo solito sorriso stampato in faccia, un quarantenne eterosessuale, single e libero dalle preoccupazioni di tutti i giorni, divenuto miliardario grazie a un investimento di cinquemila dollari in una società *start-up* che aveva gli uffici in una città di cui lui ignorava anche il nome e in cui non era mai stato. Jerry non aveva mai saltato una partita del giovedì, e si vantava della sua media come fosse un campione di baseball che stesse per battere il record assoluto di partite consecutive firmato da Cal Ripken Jr. Si vestiva nello stesso modo casual con cui prendeva le carte che gli venivano date, con quelle camicie e quei jeans ordinari che non erano mai né sofisticati né particolari. Ogni volta si presentava con almeno due bottiglie di vino rosso italiano di qualità e si inseriva con disinvoltura nel flusso costante di carte e chiacchiere che riempiva la nostra seduta settimanale di cinque ore. Jerry faceva la guardia alle fiches e teneva accanto a sé un blocchetto di carta e una penna. Partiva sempre dando cinquanta dollari a testa, poi distribuiva le fiches a chi le stava finendo o a chi era rimasto senza. Teneva le sue carte vicine, e passava subito se la mano non gli sembrava buona. Giocava al tavolo nello stesso modo in cui affrontava la vita, sempre con correttezza e senza mai bluffare. In cinque anni di partite non mi ricordo una sola volta in cui Jerry se ne sia tornato a casa con meno soldi in tasca di quanti ne avesse all'inizio.

Mi misi comodo, mi massaggiai un po' il collo per allentare la tensione e provai a ricordare come avessi conosciuto Jerry per la prima volta, ma non mi veniva in mente. I miei ricordi erano confusi, mi sembrava di averlo incontrato durante uno di quei rinfreschi che mia moglie organizzava abbastanza spesso quando il nostro matrimonio non era ancora andato in pezzi. Dio, quanto odiavo quei party. Ero costretto a fare conversazioni di circostanza in una sala piena principalmente di amici suoi, visto che i miei non erano quasi mai invitati, e raramente erano i benvenuti in quel suo piccolo mondo recintato. Presi un lungo sorso di scotch e, ripensando a una di quelle lunghe e noiose notti, rividi come in un flash la scena di Jerry che mi veniva presentato da mia moglie. Aveva un bicchiere di vino bianco in una mano e con l'altra stringeva quella di mia moglie. «Voi due diventerete buoni amici in men che non si dica», disse lei prima di fare un'inversione a U e tornarsene dagli altri invitati. Aveva una gonna nera e corta che dava un'idea abbastanza precisa delle sue curve formose, e i folti capelli rossi le arrivavano appena sotto le spalle. All'epoca avrà avuto sui quarantadue anni, anno più anno meno, eppure ne dimostrava sicuramente dieci in meno, con quei suoi bei sorrisi e quelle risate facili: erano il suo antidoto contro l'avanzare incessante del tempo. Non ero sicuro di come Dottie e Jerry si fossero conosciuti (non avevo mai voluto indagare a fondo) ma si vedeva che fra loro c'era qualcosa che andava oltre l'amicizia, nonostante si sforzassero di nasconderlo. C'era quello sguardo fra loro, non so se mi spiego. Come se qualcuno avesse detto una barzelletta e loro fossero gli unici ad averla capita.

«Si gioca al poker classico. Coppia di Jack per aprire», disse Steve mentre mischiava un'ultima volta prima di dare le carte, in attesa dei bui.

«Devo fare rifornimento». Gettai la mia fiche da un dollaro al centro del tavolo, spinsi indietro la sedia e andai verso la credenza affollata da bottiglie mezzo vuote di scotch, bourbon, gin e vino. Stappai una bottiglia di Dewar e guardai a lungo Steve mentre distribuiva le carte in modo meticoloso, con quelle sopracciglia spesse che sembravano tende da sole. Conoscevo Steve praticamente da sempre. Tutti e due figli unici, siamo cresciuti insieme nel Bronx e siamo andati alla stessa scuola cattolica fino al liceo. E anche dopo, sebbene lui sia andato a gelarsi le chiappe in Michigan a studiare economia e commercio e io mi sia fatto quattro anni interi alla Williams a studiare inglese (materia in cui me la cavavo senza grandi sforzi), andando avanti a forza di erba e sbornie, non ci siamo mai del tutto persi di vista. Ci incontravamo durante i ponti o per le vacanze, andavamo a fare casino alle stesse feste e finivamo a provarci con le stesse ragazze. Se dovessi proprio scegliere, direi che il mio migliore amico è lui, Little Stevie Giraldo, con la sua parlantina svelta e affabile, e l'innata capacità di convincere anche il tizio più svogliato ad accodarsi a una delle sue iniziative. Quando iniziò a invecchiare e la vita cominciò a passargli delle carte meno favorevoli, il lato giovanile di Steve andò a schiantarsi duramente contro la dura realtà, e quando arrivò a compiere i quarant'anni era ormai un uomo alla deriva, che passava da un lavoro mediocre a quello successivo, indebitato con le banche e gli usurai, con alle spalle dieci anni di matrimonio deludente e con due figli a carico che gli costavano il doppio di quello che gli entrava in tasca. Ero l'unico in quella stanza a sapere che appena un anno e mezzo prima aveva provato a farla finita, ma anche in quel frangente la sua sfortuna si era fatta sentire. Ingoiò tante di quelle pillole mischiate ad alcol che sarebbero bastate per mandare al tappeto Walter Hudson – quel tipo talmente ciccione che per seppellirlo avevano dovuto metterlo dentro a una cassa speciale che sembrava un pianoforte – ma non riuscì a procurarsi altro che una nottata dentro a un ospedale affollato, dove il suo stomaco ritirò fuori tutto quello che aveva dentro. Io andai lì per stargli accanto, uscendo di corsa da un bar poco lontano dove mi stavo facendo una birra, non appena Mackey, un nostro amico comune, mi fece arrivare la voce.

Dottie arrivò all'alba a bordo della vecchia Nissan che non voleva che mettessi in vendita, e ci riportò tutti e due a casa, ci preparò un caffè e lasciò che Steve si riprendesse dall'overdose nella camera degli ospiti. Dottie non aveva voglia di parlare più di tanto di quella faccenda, e io meno di lei. Ma non potevo fare a meno di notare quello sguardo preoccupato nei suoi occhi, una cosa strana dal momento che non si era mai davvero interessata a Steve in nessun modo. Mi domandai che sguardo avrebbe avuto se al posto di Steve ci fossi stato io sdraiato su quel letto, a una pillola di distanza dal coma.

«Che fai, ci stai oppure no, Ike?», chiese Joe. «Di' un po', vuoi giocare insieme a noi o vuoi soltanto preparare drink per tutta la sera?»

«Punto un dollaro», risposi, mentre mi mettevo due cubetti di ghiaccio nel bicchiere e guardavo Joe, con il suo solito look, il cappello da baseball tutto rovinato dei New York Yankees, una felpa dei Detroit Red Wings e i pantaloni della tuta dei San Diego Chargers. Era un manifesto pubblicitario ambulante di abbigliamento sportivo. Joe era un criticone rompipalle che faceva l'operatore di borsa da casa e usciva dal suo appartamento nell'Upper West Side solo per andare a giocare a poker o per andare a vedersi una partita. Fatta eccezione per quelle occasioni, Joe faceva acquisti, ordinava da mangiare, chiacchierava con gli amici e leggeva sia per piacere che per lavoro sempre sul suo portatile. Il suo appartamento con due stanze da letto, che si era comprato con l'eredità che gli era arrivata quando nel 1995, a distanza di soli tre giorni, erano morte sia la madre che una sua prozia, era una combinazione di Ikea, cimeli sportivi e cinematografici, mobili e utensili vari. Dottie odiava Joe in un modo che rasentava l'ossessione, e se lui lo fosse venuto a sapere forse l'avrebbe trovato addirittura divertente, e l'avrebbe paragonato all'odio profondo che lui provava verso i Boston Red Sox e i New York Islanders.

Credo che lui mi piacesse per gli stessi motivi per cui Dottie lo odiava. Joe era sempre molto appassionato, e non aveva mai timore di far sapere a chi gli stava intorno cosa pensava delle partite, del suo film preferito o magari di uno show televisivo. Che diavolo, era capace di mettersi a discutere fino ad arrivare alle mani per un battibecco sul wrestling. La cosa strana però è che, dopo tutti questi anni di amicizia (ad aprile fanno dieci anni da quando sono diventato il suo commercialista), non mi ha mai chiesto neanche una volta quale fosse il mio sport preferito o per quale squadra tifassi. Per quanto ne sa lui, io non sopporto lo sport in generale, e di sicuro non tifo per una squadra al punto di sacrificare parte dei miei risparmi per un abbonamento o di andare al matrimonio di un amico vestito con i colori della mia squadra. Eppure Joe sapeva benissimo che a Dottie piaceva il basket e che non si perdeva nemmeno una partita di campionato in TV quando giocavano i New York Knicks e, quando capitava, anche i playoff. Lo sapevo perché durante una partita a poker se n'era uscito dicendo che la sera prima i Knicks avevano battuto per miracolo i Miami Heat, e quindi chissà Dottie quanto era contenta. Come diavolo faceva a sapere che era una tifosa e soprattutto che quella sera aveva visto la partita in TV?

Tornai al mio posto e posai il bicchiere, avevo una coppia di dieci e una regina. Guardai alla mia sinistra e incrociai lo sguardo di Tony che mi fece un sorriso di rimando. «È tutto ok?», mi chiese.

«Abbastanza», risposi, cercando di mantenere la conversazione su toni tranquilli ed evitare di portarla sul personale, cosa che Tony provava continuamente a fare.

E in un certo senso era una cosa scontata, visto che faceva lo strizzacervelli. Tony adorava fare quelle incursioni lampo nelle vite dei presenti durante il gioco, come se quelle serate non fossero altro che delle sedute di gruppo informali con la sola aggiunta di carte, fiches e soldi. Manteneva sempre la conversazione sul leggero, senza dare mai l'impressione che stesse ficcando il naso negli affari degli altri o che fosse davvero interessato alle nostre cose. Eppure quando si alzava da quel tavolo e usciva da quella stanza si portava sempre via con sé molte più informazioni rispetto a quando era arrivato. Quando poi non era impegnato a sfotterci per le nostre tristi sorti, sempre con quel suo fare indifferente, come se stesse solo ammazzando il tempo, Tony ci raccontava delle sue ultime conquiste sessuali, gran parte delle quali erano dovute al fatto che la sua clientela era praticamente tutta femminile. Era davvero impossibile non invidiare un uomo che in una sola settimana poteva portarsi a letto fino a cinque donne diverse: non è difficile immaginare come potevano essere accolti quei racconti da un tavolo da poker al quale sedevano uomini che erano a secco da più tempo di quanto volessero ammettere, o che si sentivano strangolati dalla tristezza dei loro matrimoni ultradecennali.

«Sentite, questa è davvero incredibile!», disse, mentre lanciava le sue carte dopo aver passato la mano. Si abbandonò sulla sedia, con un enorme sorriso stampato su quella faccia da ragazzino nonostante mancasse solo un mese al suo cinquantaduesimo compleanno. «Ho una nuova paziente, mi spiego? Una bionda mozzafiato con due gambe da stangona e un sorriso eccezionale. Già al secondo incontro mi chiede se può chiamarmi anche a casa. Così, nel caso in cui avesse bisogno di parlare, mi spiego?»

«Ti capitano mai pazienti brutte?», domandai. Non potevo proprio credere che le donne che pagavano per parlare con Tony delle loro vite tristi e inappagate fossero tutte bellezze da calendario. Anche se, in fondo, sapevo che probabilmente era davvero così.

«Solo quelle più gravi», disse Tony. «Comunque sia, le avrei dovuto dire di no, credo. Se avessi voluto seguire il manuale alla lettera, intendo».

«Ma non l'hai mai fatto prima d'ora», dissi, «e non mi sembra certo il caso di riscoprire i veri valori proprio adesso, anche perché la terra promessa che cerchi tu è un po' diversa da quella dei preti».

«A quel punto, le do il mio numero di casa e continuo tranquillo la mia giornata», disse Tony. «Non avevo dubbi che prima o poi mi avrebbe chiamato, che magari avrebbe fatto passare qualche altra seduta prima di fare il primo passo».

«Fammi indovinare», disse Joe. «Ha fatto il numero di casa tua proprio all'inizio del secondo tempo della partita dei Rangers, ci ho preso?»

«Se si tratta più meno delle otto di sera, allora sì, hai vinto l'orso di peluche in palio», disse Tony. «Era turbata, aveva bisogno di parlare e non poteva proprio aspettare. Le ho proposto di fare una seduta telefonica, ma lei continuava a insistere che voleva incontrarmi. Un'ora dopo ci eravamo bevuti mezza bottiglia di vino rosso e stavamo facendo le capriole sul materasso ad acqua».

«Non credevo che qualcuno avesse ancora un materasso ad acqua», disse Steve. «Né che li facessero ancora. Non mi dirai che hai pure una di quelle lampade con dentro il liquido che si muove tipo lava liquida... come si chiamano, *lava lamp*?».

Alla domanda di Steve ne aggiunsi un'altra io. «Questa donna è sposata o single?».

Tony mi fissò per qualche secondo prima di rispondermi. «Che differenza fa, in ogni caso?», domandò.

«Di sicuro», risposi, «farebbe differenza per suo marito».

«Sì, è sposata», disse Tony con una specie di ghigno che voleva essere un sorriso. «A dire il vero, quasi tutte quelle che si rivolgono a me portano l'anello al dito. Altrimenti dubito che sarebbero così infelici e soprattutto io non guadagnerei cifre a sei zeri per distribuire le mie perle di saggezza».

«E la cosa non ti crea alcun problema?», gli domandai. «Voglio dire, lasciando perdere tutte quelle cose sul rapporto dottore-paziente e stronzate simili. Ti parlo da uomo a uomo. Non hai mai avuto problemi a portarti a letto le donne di qualcun altro?»

«Mai successo prima». Tony continuava a fissarmi, come se stesse scegliendo con cura le sue parole apposta per me. «E mai succederà».

«C'è ancora un po' di torta?», chiese Jeffrey. «Non so che ho ultimamente, ma mi sembra sempre di non mangiare abbastanza».

«È sicuramente per via del fatto che sei scapolo», rispose Tony. «Devi trovare un altro sfogo alle richieste del tuo corpo. Se vuoi un consiglio, che raramente do gratis, dovresti darti una mossa e andare alla ricerca di un corpo caldo invece che di un piatto caldo».

A Jeffrey non piaceva parlare di sesso, o almeno quella era l'impressione che dava. Era un prete gesuita quando lo incontrai per la prima volta. Eravamo tutti e due in fila per andare a farci due risate con Nathan Lane che recitava in uno spettacolo di Neil Simon – una rappresentazione originale, non un revival. Era mercoledì, faceva freddo e pioveva, e la *matinée* era affollata come sempre. Saremmo dovuti essere entrambi da un'altra parte, io a fare quello per cui ero pagato, e Jeffrey quello che era stato chiamato a fare. Stavamo andando tutti e due verso la biglietteria ad acquistare un ridotto quando ci ritrovammo a chiacchierare del più e del meno e poi finimmo di nuovo seduti accanto in platea.

«Se lo spettacolo sarà divertente anche solo la metà di quello che dice la critica», disse Jeffrey, «allora saranno stati soldi spesi bene».

Dopo lo spettacolo ci fermammo da Joe Allen per un drink. Avevo appena ordinato il mio secondo Martini shakerato (e non mescolato) della serata, quando mi decisi a invitare padre Jeffrey a unirsi alla nostra partita di poker. Dovevo assolutamente rimpiazzare il buco lasciato da Sal Gregorio, che aveva deciso all'ultimo momento di trasferirsi a Chicago per dare una mano nell'azienda di lavorazione carni del padre. Fin da subito Jeffrey mi era sembrato un uomo in crisi, che lottava contro demoni che io non sarei stato in grado di immaginarmi neppure nei miei momenti più bui. Me ne tornai a casa con la sensazione che fosse arrivato al capolinea, per quanto riguardava la sua vocazione. Non ero sicuro se fosse per lo scandalo sulla pedofilia che stava facendo tremare la Chiesa o se fosse semplicemente perché lui era un uomo moderno intrappolato in una vita da sedicesimo secolo.

«Ti manca?», gli avevo chiesto quel giorno.

«Cosa, il sesso?»

«Be', cominciamo da quello», dissi. Volevo mettere subito in chiaro che secondo me ci sono alcune cose alle quali non si può rinunciare, specialmente di fronte a un contratto a vita come quello che lui aveva firmato.

«Ci sono dei momenti», disse Jeffrey, «in cui *non* ci penso affatto. È senza dubbio il più grande ostacolo che un prete si trovi a dover affrontare. O almeno, lo è stato per me. Ma nascosta sotto una coltre di miseria, spesso si cela una nuvola d'argento».

«E quale sarebbe la tua nuvola d'argento?», domandai, forse spingendomi un po' troppo in là.

«Se non altro, sono le donne giovani ad attrarmi, e non dei poveri bambini innocenti», rispose Jeffrey. Disse quelle parole con un pizzico di rabbia e non di rammarico.

«Per caso sei uno di quei ribelli con il collare bianco che credono che Gesù Cristo e Maria Maddalena fossero qualcosa di più che amici di penna?», gli chiesi, provando a riportare la conversazione su un territorio meno imbarazzante.

«Sono uno di quei ribelli con il collare bianco che credono che Cristo fosse troppo umano per non innamorarsi di una donna così bella e leale come era stata Maddalena per lui», rispose Jeffrey.

A distanza di un anno da quell'incontro (giorno più, giorno meno), padre Jeffrey rinunciò ai voti, restituì il collare e uscì per sempre dalla vita di Chiesa. Eppure, da quel giorno movimentato fino a quel momento era rimasto scapolo – o almeno così diceva. Non che non ci provasse, era solo che gli mancava l'esperienza. Be', fra tutti quelli del gruppo del poker, lui era l'unico che piacesse a Dottie, l'unico che non la costringeva a roteare gli occhi o a borbottare qualcosa sottovoce se lo incontravamo per strada o al ristorante. Una volta mi disse di essere andata in chiesa per vederlo celebrare la messa e sentire uno dei suoi sermoni.

«Come è stato?», le chiesi al suo rientro, quel giorno.

«Assolutamente perfetto». Dottie parlava di Jeffrey con la stessa ammirazione che io avevo per Frank Sinatra o Johnny Cash. «Ma del resto non era certo la sua prima volta. Sa quello che dice».

«Full con due re», disse Jerry. Scoprì le sue carte e si allungò per prendere un bel gruzzoletto di fiches colorate.

«Ma quel mazzo è stato mischiato almeno?», chiese Adam, mentre scrollava la testa. Aveva dei folti capelli che coprivano un lato del suo viso scarno. «Ma dico, avete visto quante figure sono uscite! Secondo me non è stato mischiato bene».

«Chissà perché lo dici solo quando sono io a vincere», disse Jerry. «Me lo sai spiegare?»

«Semplicemente perché tu vinci solo con carte uscite da un mazzo che non è stato mischiato», rispose Adam.

Adam e Jerry si odiavano, eppure non ho mai capito per quale motivo nessuno dei due si decidesse a lasciare quel tavolo. Voglio dire, non è che ci fosse carenza di gruppi di poker settimanali in quella città, e Dio solo sa quanto il cibo o la selezione di vini proposta potessero essere di gran lunga superiori a quel poco che avevo da offrire io. Adam era un dottore, anche famoso, citato spesso su riviste di medicina e nella sezione scientifica del «New York Times»: era considerato un grande esperto di tutto ciò che riguardava le donne e il loro corpo. Era un bell'uomo, dal sorriso sempre pronto e con un acuto senso dell'umorismo, tranne quando si trovava al tavolo da poker di fronte a Jerry, con una montagna di fiches in tavola e delle carte in mano. Sebbene non riuscissi a capire esattamente quale fosse la causa di quella ostilità, per molti versi mi ritenevo direttamente responsabile. Dopo tutto, esattamente come per gli altri, ero stato io a far entrare Adam nel gruppo. Ma preferirei di gran lunga mettere fine a quelle partite piuttosto che dover continuare senza vedere Adam seduto al suo posto di fronte a me ogni settimana.

Il dottor Adam Rothberg aveva salvato la vita a Dottie.

Tre anni prima, dopo un lungo attacco di febbre che non ne voleva sapere di andarsene, Dottie, che era appena uscita da un assedio di antibiotici fortissimi durato cinque giorni ed era imbottita di aspirine e sciroppo per la tosse, aveva infine collassato sul pavimento della minuscola cucina dove in due ci si entrava appena. Era in terra tutta raggomitolata e si comprimeva la pancia. Una schiuma densa come quella del mare le usciva dalla bocca, e tremava come se stesse sopra a un motore da barca spinto alla massima potenza. Stavo quasi per alzare il telefono e chiamare il pronto soccorso quando mi venne in mente il nostro nuovo vicino di casa, e mi ricordai che era un dottore. Uscii di corsa dal nostro appartamento e andai nel corridoio due piani più in basso a picchiare contro la sua porta. Quando mi trovai davanti Adam, mi sentii come un bambino seduto davanti a un albero pieno di regali la mattina di Natale.

Quel giorno salvò la vita a Dottie, e da quel momento siamo sempre stati ottimi amici.

Nel frattempo l'attività di Adam andava a gonfie vele e il suo prestigio continuava ad aumentare, mentre io, come del resto da qualche anno ormai, non andavo né avanti né indietro. Non che odi il mio lavoro, dico davvero, ma non lo amo neanche. A quel tavolo non c'era nessuno più contento di me della propria professione, fatta eccezione per Adam che amava con tutto il cuore mettersi il camice e fare la parte di Dio per dodici ore al giorno. Il mio lavoro era far quadrare le finanze dei miei clienti, e lo sapevo fare anche molto bene, a parte il fatto che non riuscivo a ottenere gli stessi risultati su me stesso. Non riuscivo in nessun modo ad andare oltre il punto in cui potevo pagare le bollette e mettere qualcosina da parte. E nemmeno riuscivo a capire dove diavolo andassero a finire quei soldi, visto che non solo non avevamo figli a carico, ma l'affitto dell'appartamento in cui abitavamo dal primo giorno di matrimonio era rimasto praticamente invariato e, escluso un viaggio di due settimane in Italia durante il nostro primo anno, non facevamo quasi mai viaggi costosi o comunque lunghi.

A Dottie questo dava fastidio, lo sapevo bene. Non che facessi il commercialista, ma che fossi uno senza soldi e senza la grinta o il talento per farli. Quelle come Dottie, una volta sposate, pretendono dal matrimonio molto di più di quanto vogliono ammettere. Era quel tipo di donna disposta a tutto pur di non ritrovarsi nella mezza età incastrata in una routine economica e sentimentale. La verità era che mi faceva davvero male sapere che l'avevo delusa in quel modo, molto più di quanto volessi mostrare. Avevo fallito con lei, e questo stava distruggendo un pezzo alla volta il suo amore verso di me. Lo vedevo, lo sentivo, lo capivo dai suoi occhi, che erano sempre vuoti e tesi quando mi guardava, o dal suo atteggiamento, indifferente a dir poco, e anche dai suoi baci, che mi dava più verso la guancia che sulle labbra, come se stesse salutando un parente lontano con il quale avrebbe fatto volentieri a meno di parlare. Era tutto così diverso da quando ci eravamo conosciuti. Prima ero sicuro che ci saremmo amati per sempre.

Vidi per la prima volta Dorothy Blakemore davanti a un bancone al secondo piano di un grande magazzino dell'Upper East Side. Era la settimana prima di Natale e c'era un sacco di gente che sembrava impazzita, carica di regali e con le carte di credito strette nelle mani. Stava osservando quel bancone pieno di guanti da uomo e ogni volta che il commesso, un uomo alto, slanciato e palesemente seccato, provava a suggerirle qualcosa, lei faceva segno di no con la testa. «Non so nemmeno che taglia abbia», furono le prime parole che le sentii dire, con quel suo tipico accento caldo del Sud misto alla educata dizione del Nord.

«Se potesse almeno dirmi quanto è alto o quanto pesa, forse potrei aiutarla nella sua scelta», le disse il commesso, con un tono più di sopportazione che di cortesia.

Dottie fece una brevissima pausa e poi si girò verso di me. Quando si voltò e i nostri sguardi si incrociarono, mi resi conto che ero finito in uno di quei momenti da film, a un palmo di distanza dalla donna più bella e straordinaria che avessi mai avuto la fortuna di vedere in vita mia. «Ha all'incirca la stessa taglia di quell'uomo», disse al commesso venendo verso di me.

La aiutai a scegliere un paio di guanti di pelle nera per suo fratello, che viveva in una città da qualche parte nel Maine di cui non riuscivo mai a ricordare il nome. Non ero certo un tipo sveglio quando si trattava di donne, ma quel giorno mi resi conto che se non mi fossi presentato a Dottie non l'avrei mai più rivista. In vita mia le volte in cui sono riuscito a fare le cose per bene, senza mangiarmi le parole, sono state davvero pochissime, e quella fu la migliore in assoluto. Le domandai se potessi offrirle un caffè in una *luncheonette* lì accanto, un posto che se fosse stato ovunque tranne che nell'Upper East Side si sarebbe chiamato semplicemente tavola calda. Lei fece un sorriso e annuì. Quel giorno mi innamorai di lei, e non ho mai smesso di amarla.

«Mi sa che stasera le carte si rifiutano di venire dalla tua parte, eh Ike?», disse Steve, buttando giù un tre di cuori vicino al mio sei di picche. «Non che la partita di stasera sia poi così diversa dal solito, o sbaglio?»

«Ho usato tutta la mia fortuna in amore, non me n'è rimasta altra per il gioco», dissi con una leggera scrollata di spalle, ma quelle parole suonarono più modeste di quanto avessi voluto.

«Quindi le cose fra te e Dottie vanno bene ora?», mi chiese Tony.

«Dimmi, ti ho mai fatto pensare che non fosse così?», non provai nemmeno a mascherare la mia irritazione per quella domanda.

«Che ne dite se prima finiamo questa mano?», ci disse Joe. «Se volete parlare di matrimoni infelici allora parliamo di Isiah Thomas e Stephon Marbury. Non solo si stanno complicando la vita a vicenda, ma stanno anche mandando all'aria quel briciolo di possibilità che avevano i Knicks di farcela per i playoff».

«Io e Dottie non siamo affatto infelici», dissi con tutta la convinzione di cui ero capace. «E se mai ti avessi involontariamente dato questa impressione, sappi che non è così».

«E si conclude qui la nostra puntata», disse Jeffrey annuendo con un sorriso. «Se devo essere onesto, non mi ero mai reso conto di quanto agli uomini piacesse spettegolare prima che iniziassi a giocare a poker. A meno che non sia solo questo gruppo ad avere una tale passione per le chiacchiere».

«Non voglio immaginarmi che tipo di chiacchiere facevate tu e i tuoi compagni durante il seminario», disse Steve. «Scommetto che lì non parlavate solo di chi fosse stato a bersi tutto il vino della comunione».

Mi buttai indietro sulla sedia, sorrisi e continuai ad ascoltarli mentre scherzavano e si sfottevano a vicenda. Tenni a bada la mia rabbia, sapendo che il momento in cui l'assassino sarebbe uscito allo scoperto era vicino. Sarebbe stato anche piuttosto semplice riuscire a capire chi fra le persone sedute intorno al tavolo avesse la responsabilità di aver portato a quella morte così improvvisa e inattesa la mia Dottie.

Infatti, su quel coltello, c'erano le sue impronte insieme alle mie. È stata la sua mano, insieme alla mia, ad affondare la lama nel corpo fragile e tenero di Dottie più e più volte, finché non è caduta sul pavimento del bagno degli ospiti, con la testa riversa di lato. Il sangue usciva da quelle ferite profonde e letali, e macchiava il tappeto persiano che Dottie aveva acquistato con i soldi del mio primo e unico premio aziendale, ricevuto il Natale del primo anno del nostro splendido matrimonio.

Ero un uomo di quarantaquattro anni, solo e pieno di debiti, fuori forma e mentalmente svuotato, con i capelli che si erano diradati più del necessario, e con lo stomaco più gonfio di quanto qualunque uomo della mia età potesse volere. Il mio passato era fatto principalmente di giornate scure e tristi e di nottate vuote, sfiorato solo raramente da un leggero senso di felicità. Il futuro che avevo davanti non prometteva alcun miglioramento: ero destinato a vivere i giorni che mi restavano in solitudine, in una continua lotta per sopravvivere.

Per questo dovevo mantenermi concentrato sul presente.

In una stanza, con lo sguardo rivolto in alto verso un soffitto bianco macchiato e rovinato, con un ventilatore a pale acceso al minimo che mandava leggere folate d'aria calda, era abbandonato il corpo di una donna con la quale avevo condiviso ventidue anni di vita.

E in questa stanza, circondato da fiches, due mazzi di carte da gioco, ciotole semivuote di arachidi, di salsa e drink che attendevano di essere finiti, sedeva l'uomo che mi aveva costretto a commettere un omicidio.

«Mi sa che è il tuo turno, Ike», disse Adam. «E sta a te fare la puntata. Con quanto apri?»

«Questa è l'ultima mano», dissi.

«Ma non sono nemmeno le dieci», protestò Joe. «Di solito facciamo fino alle undici, a volte anche un'ora o due in più. Perché vuoi smettere così presto?»

«Se deve essere l'ultima, possiamo almeno giocare sul serio?», chiese Steve.

«È quello che sto per fare», dissi. «Facciamo una mano di *midnight baseball*, senza limiti, il tre e il nove sono jolly. Chi pesca un quattro può prendere un'altra carta».

«Che ne dici se raddoppiamo i bui allora?», chiese Joe. «E facciamo che i rilanci sono senza limiti. Sta bene a tutti?»

«Se facciamo così va a finire che il piatto si ingrassa parecchio», disse Jerry. «Abbiamo sempre giocato fra amici qui, ma se cambiamo le regole la cosa va a finire male, non ho dubbi».

«Che c'è, hai paura di perderti un pezzo di quel bel malloppo che hai messo da parte?», chiese Joe.

«Ho paura di rimanere qui a vedervi perdere soldi che – lo so – non avete», rispose Jerry. «Ecco tutto».

«Dovreste avere paura tutti», dissi. «Questa è la mano che nessuno di voi può rifiutare, e che nessuno di voi può permettersi di perdere».

«Ma di che diavolo stai parlando?», domandò Adam. «Dacci queste carte e facciamola finita. Queste partite del giovedì iniziano a diventare un po' seccanti. Forse è arrivato il momento di smettere».

Mischiai le carte un'ultima volta e le spinsi alla mia sinistra, per far tagliare il mazzo a Tony, poi mi girai verso Adam. «E se il destino vuole, il tuo desiderio sarà avverato, dottore», dissi.

Ora avevo la loro completa attenzione, stavano tutti lì a fissarmi senza capire se fossi solo ubriaco, stanco o se stessi proprio dando i numeri. Lentamente e con molta attenzione iniziai a dare le carte, sette per ogni giocatore, incluso me stesso. «Questo non è da te, Ike», disse Jeffrey, in tono ben più che seccato. «Forse Adam ha detto una cosa giusta. Forse è meglio se per stanotte la facciamo finita qui. Una bella dormita ti farebbe davvero bene».

«Può darsi che tu abbia ragione su questo, *padre*[7]», dissi. «Forse avrei bisogno di chiudere gli occhi per qualche ora. Ma prima di rilassarmi e andarmene a letto, devo dare una degna conclusione alla nostra partita di oggi. Credo che sia una cosa che vogliamo tutti. Quindi che ne dici se ti rimetti seduto e fai un piccolo sforzo? Non ci vorrà molto».

Notai i loro sguardi inseguirsi intorno al tavolo, da un paio di occhi a quello successivo con un misto di confusione, rabbia, preoccupazione e indifferenza. La cosa mi fece sorridere. Li avevo in pugno adesso, i miei sei amici, uomini di cui mi ero fidato e con cui mi ero aperto. Ad alcuni di loro avevo addirittura confidato segreti che non volevo uscissero mai da quella stanza. Per un lungo periodo di tempo della mia vita incasinata loro sono stati per me la scialuppa di salvataggio alla quale potevo aggrapparmi per scacciare, seppure per poco, le onde alte, le nuvole grigie e quella tempesta incombente sulla mia esistenza, che minacciava di farmi annegare. Ma avevano tutti con sé i trenta denari di Giuda, macchiati per sempre dal sangue di una brava donna.

Voltammo tutti la nostra prima carta. Steve aveva la più alta con un jack e buttò al centro del tavolo una fiche da un dollaro con indifferenza. Lo fissai fino a che non mi guardò anche lui negli occhi. «Lei ti voleva bene», gli dissi, «e si era presa cura di te dopo quel tuo piccolo incidente di qualche tempo fa. È stata sua l'idea di metterti a letto – il *nostro* letto – e lasciarti riposare fin quando non ti fossi ripreso del tut-

[7] In italiano nel testo (*n.d.t.*).

to. E dopo tutto questo, facevi finta di non vederla neppure quando era nei paraggi. O era forse tutta una farsa che mettevi su solo per me?».

Steve, imbarazzato perché il suo tentato suicidio non era più un segreto, si guardò intorno prima di voltarsi di nuovo verso di me. «Non so cosa hai in mente, Ike», disse. «Mi sa che hai perso il controllo, non dico solo stasera, ma da un bel pezzo ormai. Ci abbiamo fatto caso tutti, ma abbiamo fatto finta di niente, perché pensavamo che magari dovevi solo mettere un po' in ordine le idee. Ma adesso hai davvero superato il limite, e forse è il caso che mettiamo un punto a questa serata qui e subito».

«È soltanto un gioco, Ike», disse Jeffrey. «Sarebbe davvero una cosa da pazzi gettar via un'amicizia per una stupida partita a carte».

«Cos'è soltanto un gioco, padre?», domandai, voltandomi verso Jeffrey. «Le carte che ti ho appena passato o quello che è successo fra te e Dottie?»

«Cosa vuoi insinuare?», chiese Jeffrey. «Non ho mai fatto nulla di sconveniente insieme a Dottie. Mai, neppure una volta. E che tu possa anche solo pensare una cosa simile è davvero un'assurdità».

«Se non sei stato tu, padre», dissi, «allora chi di voi ha fatto qualcosa di sconveniente insieme a Dottie? Forse tu, Jerry. Dottie è sempre stata attratta dagli uomini con i soldi, e tu sei quello che ne ha più di tutti. O magari tu, Joe, il signor Reebok in persona. In fin dei conti, quante partite deve vedere un uomo prima di aver voglia di farsene una pure lui? E poi certo, c'è anche Adam, il bravo dottore che una volta l'ha salvata nel momento del bisogno. Quale donna non vorrebbe dimostrare tutta la sua gratitudine per aver ricevuto una seconda chance? O forse la scelta giusta è la più scontata? Sei tu, Tony, lo strizzacervelli con l'agendina nera piena di nomi? La cosa che Dottie non sopportava di me era che non la stavo mai a sentire quando mi parlava. E chi meglio di uno come te avrebbe saputo ascoltarla e dare il giusto peso ai suoi problemi? Un uomo che ha dedicato la propria vita a consolare e a sostenere donne bisognose».

«Quindi è questo quello che vuoi?», chiese Joe. «Pensi che uno di noi abbia una storia con tua moglie?»

«Sei pazzo, Ike!». La voce di Tony era piena d'odio. «Vivrai pure sotto lo stesso tetto di Dottie, ma su di lei non sai davvero niente, altrimenti sapresti che avrebbe fatto qualunque cosa pur di salvare quel disastro del vostro matrimonio».

«Però su una cosa hai ragione», disse Steve. «Non siamo stati sinceri con te sul nostro rapporto con Dottie. La incontravamo spesso, proprio seduti a questa tavola. Era lei a volerlo».

«Tutti quanti?». Non mi preoccupai di nascondere il mio shock per quella sorpresa. «Vi vedevate tutti quanti con lei?»

«Sì», disse Jeffrey, «ma non per il motivo che al momento ti sta girando in testa. Le nostre visite non erano di natura sessuale».

«E allora perché diavolo vi vedevate?», gridai, sbattendo il pugno destro sul tavolo e rovesciando il bicchiere di vino di Steve. Il liquido rosso si riversò sopra un cumulo di fiches. «Perché mai passava del tempo insieme a voi? E se si trattava di una cosa così innocente come dite, perché non me l'avrebbe confessato?»

«Non poteva – o meglio, non ancora». Adam pesava ogni singola parola. C'era una sfumatura di tristezza nella sua voce. «C'erano ancora un paio di cose che voleva sistemare, prima».

«Dottie era malata», disse Jeffrey. «Molto malata. Quell'attacco allo stomaco che Adam aveva solo aiutato a superare era stato un primo indizio di quanto grave fosse la sua malattia, e di quanto serio fosse il rischio di una fine terribile. È per questo che ci voleva incontrare, all'inizio singolarmente e poi a piccoli gruppi».

«Che cosa voleva da voi?», domandai. Le parole mi uscivano a forza dalla bocca, avevo la gola in fiamme e il cuore mi batteva nel petto più forte di un assolo di Keith Moon. Mi aggrappai ai lati del tavolo come fosse un giubbotto di salvataggio, facendo il possibile per non urlare di dolore.

«Voleva che ci occupassimo di te, che ti restassimo accanto quando se ne sarebbe andata», disse Steve. «Ognuno di noi lo avrebbe fatto. Adam avrebbe fatto in modo che non ti lasciassi andare per quanto riguarda la salute. Jeffrey ti avrebbe tirato fuori dai debiti con quello che sarebbe rimasto dei soldi dell'assicurazione, e si sarebbe occupato della tua situazione economica. E io? Io sono il tuo migliore amico, e a me ha chiesto solo di rimanerti accanto, anche se tu fossi diventato un perfetto stronzo».

«Io ti avrei portato a vedere le partite, se tu avessi voluto», disse Joe. «Dottie mi ha detto che ti sarebbe piaciuto andare a vedere una partita di questa o quella squadra, e secondo lei uscire insieme a un amico ti avrebbe distratto un po' dal dolore della perdita. Tony ti avrebbe dimostrato quanto fosse bravo a fare lo psicologo e ti avrebbe preso in terapia gratis. Solo che non lo avresti mai saputo, perché tutte le tue ricevute sarebbero andate a Jerry comunque».

«Io e Adam eravamo stati incaricati semplicemente di prenderci cura di tutto il resto», aggiunse Jeffrey, «sia spiritualmente che fisicamente. Dottie si era preoccupata di sistemare ogni cosa rivolgendosi agli unici amici che tu avessi. Quelli seduti a questo tavolo».

«Per lei era importante che noi continuassimo queste partite», disse Jerry. «Diceva che le nostre partite a poker del giovedì sera erano per te una specie di àncora per non pensare a tutti i tuoi casini. Credeva che ti facesse bene. Ma dopo stanotte, non ne sono più così convinto».

«I tuoi sospetti erano fondati», disse Steve. «Soltanto che erano indirizzati dalla parte sbagliata. Tutti noi avevamo a che fare con Dottie. E lei aveva a che fare con noi. Avevamo tutti un interesse in comune, ed eri tu».

«Ti senti meglio adesso?», chiese Adam.

Li guardai, osservando i loro volti stanchi ed esausti, e annuii. «Mi dispiace». Avevo la bocca arida e secca come un pomeriggio d'agosto. «Non stavo ragionando, e magari ho detto un sacco di cose sbagliate. E ho anche fatto qualcosa di orribile che non può più essere cancellato».

«Possiamo essere incazzati con te, Ike», disse Joe. «Ma credimi, passerà. Dottie ha ragione, siamo fra amici qui. Anche Adam e Jerry, che lo vogliano ammettere o no. E questo ci rende tutto più semplice. Quando ci rivedremo per la prossima partita, quello che è successo stanotte sarà soltanto un ricordo».

«Spero proprio che sia così», dissi. «Non ti immagini quanto vorrei che fosse così».

«Vedrai che andrà tutto bene», disse Jeffrey a voce bassa. «Non c'è motivo per cui non dovrebbe essere come dico».

«Quanto tempo restav... – chiedo scusa – quanto tempo resta a Dottie?». Rivolsi la domanda per lo più ad Adam.

«È una malattia che progredisce molto rapidamente», rispose lui. «Ed è stata individuata molto tardi. In base agli ultimi esami direi un mese al massimo, forse due se è fortunata».

«E non c'è nemmeno una speranza che ce la possa fare?», gli domandai.

«No», disse Adam. «Non posso mentirti su questo. Non ha nessuna speranza. Dottie è allo stadio terminale».

«E voi le avete tutti quanti promesso di aiutarmi?», domandai. «Di fare tutto quello che vi ha chiesto di fare per me?»

«Che razza di amico potrebbe dire di no a una cosa simile?», disse Jerry. «Avremmo fatto qualunque cosa, se Dottie ce l'avesse chiesto. E se lo vuoi sapere, l'avremmo fatto anche se non ce l'avesse chiesto».

«Siamo tutto ciò che hai», disse Joe. «Siamo tutto quello che ognuno di noi ha. La partita a poker è solo una scusa per stare insieme. Siamo una famiglia. È tutto all'interno di questa stanza, tutto quello che abbiamo è qui. Non importa quanto stupidi o folli possiamo essere ogni tanto, siamo sempre qui e lo saremo sempre per aiutarci tra noi».

«Dottie aveva ragione», dissi. «Siete i miei amici e la mia famiglia. Lei riesce sempre a vedere tutto in una prospettiva più ampia».

«Mi ha detto che se fossimo riusciti a stare uniti, nessuno di noi sarebbe mai rimasto solo», aggiunse Tony. «E non c'è alcun motivo per cui non dovremmo farcela».

«Mi aiuterete con Dottie, allora?», domandai. «A far sì che venga seppellita degnamente, con rispetto e con la giusta cura».

«Lo sai che lo faremo», disse Jeffrey. «Non devi nemmeno chiedercelo».

«Dottie è nella stanza da letto», gli dissi. «Fatemi stare da solo con lei per un po'. Quando saremo pronti, vi chiamerò. Avrò bisogno del vostro aiuto».

«Aspetteremo che ci chiami», disse Steve. «Puoi contarci».

«Lo farò», gli dissi. Mi alzai dalla sedia e mi avviai verso la stanza da letto dov'era il corpo devastato e sanguinante di mia moglie, Dottie.

«Credetemi, lo farò».

Nuova Narrativa Newton

FRANCO MATTEUCCI, *Il profumo della neve*
NAGIB MAHFUZ, *Il Settimo Cielo*
COLLEEN GLEASON, *Cacciatori di vampiri*
JAMES VANORE, *Il vangelo dei vampiri*
LISA JANE SMITH, *Il diario del vampiro. Il risveglio*
NAGIB MAHFUZ, *Karnak Café*
COLLEEN GLEASON, *La condanna del vampiro*
STUART MACBRIDE, *La casa delle anime morte*
WHITLEY STRIEBER, *2012 L'apocalisse*
NANCY KILPATRICK, *La rinascita del vampiro*
NAGIB MAHFUZ, *Autunno egiziano*
LISA JANE SMITH, *Il diario del vampiro. La lotta*
LISA JANE SMITH, *Il diario del vampiro. La furia*
La maledizione del vampiro, a cura di PETER HAINING
Vampiri!, a cura di STEPHEN JONES
LISA JANE SMITH, *Il diario del vampiro. La messa nera*
COLLEEN GLEASON, *La rivolta dei vampiri*
LISA JANE SMITH, *I diari delle streghe. L'iniziazione*
LISA JANE SMITH, *Il diario del vampiro. Il ritorno*
CHRISTOPHER LINCOLN, *Billy Bones. L'armadio dei segreti*
GIULIO CASTELLI, *Gli ultimi fuochi dell'impero romano*
BINA SHAH, *Il bambino che credeva nella libertà*
VITO BRUSCHINI, *The Father. Il padrino dei padrini*
SIMON SCARROW, *Sotto l'aquila di Roma*
LISA JANE SMITH, *I diari delle streghe. La prigioniera*
COLLEEN GLEASON, *Il crepuscolo dei vampiri*
STUART MACBRIDE, *Il collezionista di occhi*
NANCY KILPATRICK, *Gli amori del vampiro*
LISA JANE SMITH, *Il diario del vampiro. Scende la notte*
AZADEH MOAVENI, *Viaggio di nozze a Teheran*
LISA JANE SMITH, *I diari delle streghe. La fuga*
Sul tetto del mondo, a cura di JON E. LEWIS
MASSIMO LUGLI, *Il Carezzevole*
HARRY SIDEBOTTOM, *Il guerriero di Roma. Il re dei re*
LISA JANE SMITH, *I diari delle streghe. Il potere*

COLLEEN GLEASON, *Il bacio del vampiro*
L'ultima scalata, a cura di HAMISH MACINNES
VERONICA Q, *Vietato ai minori*
DAVID IGNATIUS, *Attacco a Teheran*
ANDREA FREDIANI, *Dictator. L'ombra di Cesare*
CHRIS PRIESTLEY, *Le terrificanti storie di zio Montague*
GAILE PARKIN, *Africa Social Club*
SIMON SCARROW, *Il gladiatore*
LISA JANE SMITH, *Il diario del vampiro. L'anima nera*
FABIO DELIZZOS, *La setta degli alchimisti. Il segreto dell'immortalità*
MAHBOD SERAJI, *Le notti di Teheran*
CHRISTOPHER LINCOLN, *Billy Bones. Sulla strada per Maipiù*
Wolfmen. Storie di lupi mannari, a cura di STEPHEN JONES
FRANCO MATTEUCCI, *Lo show della farfalla*
ROBERTO GENOVESI, *La legione occulta dell'impero romano*
NAGIB MAHFUZ, *Per le strade del Cairo*
MICHELLE MORAN, *La regina eretica. Il romanzo di Nefertari*
STEPHANIE SALDAÑA, *La sposa di Damasco*
TOM HARPER, *La città dei libri proibiti*
RAYMOND KHOURY, *Il segno di Dio*
STEVE ALTEN, *2012 La resurrezione*
LISA JANE SMITH, *Il diario del vampiro. L'ombra del male*
OLLE LÖNNAEUS, *Il bambino della città ghiacciata*
SIMON SCARROW, *Roma alla conquista del mondo*
MICHAEL WHITE, *L'anello dei Borgia*
ELIZABETH ESLAMI, *Il mio matrimonio combinato*
VICTORIA COREN, *I love poker*
LAWRENCE ANTHONY con GRAHAM SPENCE, *L'uomo che parlava agli elefanti*
ANDREA FREDIANI, *Dictator. Il nemico di Cesare*
JENNIFER JORDAN, *La scalata impossibile*
MARTIN BOOTH, *The American*
MISCHA HILLER, *Fuga dall'inferno. Una storia palestinese*
TORSTEN PETTERSSON, *A L'alfabetista*
PIERO DEGLI ANTONI, *Blocco 11. Il bambino nazista*
ÀLEX ROVIRA - FRANCESC MIRALLES, *L'ultima risposta di Einstein*
ROXANA SABERI, *Prigioniera in Iran*
SCARLETT THOMAS, *Il nostro tragico universo*
WHITLEY STRIEBER, *Omega point. Al di là del 2012*
PAOLO DI REDA - FLAVIA ERMETES, *Il labirinto dei libri segreti*
ANN FEATHERSTONE, *Il circo maledetto*

ANDREA FREDIANI, *Dictator. Il trionfo di Cesare*
GIULIO CASTELLI, *476 A.D. L'ultimo imperatore*
Alla fine del mondo. Le grandi avventure polari, a cura di JON E. LEWIS
ANN BRASHARES, *Grande amore*
FEDERICO GHIRARDI, *Bryan di Boscoquieto e la Maledizione di Morpheus*
VITO BRUSCHINI, *Vallanzasca*
CHRISTOFFER CARLSSON, *Lo strano caso di Stoccolma*
LORENZO BORGHESE, *I segreti di una principessa*
PATRICK WOODHEAD, *Il tempio degli eterni*
LOREDAN, *La spia del Doge. Leonora e i misteri di Venezia*
LORENZA GHINELLI, *Il Divoratore*
ROSS LECKIE, *Hannibal. Il conquistatore*
NAOMI RAGEN, *Una moglie a Gerusalemme*
LISA JANE SMITH, *Il diario del vampiro. La genesi*
GRAHAM BROWN, *La profezia della pioggia maya*
LAURA J. SNYDER, *Il club dei filosofi che hanno cambiato il mondo*
CHARLENE LUNNON - LISA HOODLESS, *Le bambine silenziose*
JESSICA JIJI, *Il profumo dei fiori in Iraq*
NELSON JOHNSON, *Boardwalk Empire*
SIMON SCARROW, *La spada di Roma*
MASSIMO LUGLI, *L'adepto*
DANIEL DEPP, *La città dei senza nome*
KENIZÉ MOURAD, *La principessa ribelle*
PHIL RICKMAN, *I pilastri di Camelot*
CHRISTIAN CAMERON, *Il tiranno*
KATIE ALENDER, *Le cattive ragazze non muoiono mai*
STUART MACBRIDE, *Sangue nero*
OLLE LÖNNAEUS, *Cuore nazista*
FABIO DELIZZOS, *La cattedrale dell'anticristo*
GERARD O' DONOVAN, *Il crocifisso*
HARRY SIDEBOTTOM, *Il guerriero di Roma. Sole bianco*
UNNI LINDELL, *La trappola di miele*
ANDREA FREDIANI, *Marathon*
LISA JANE SMITH, *Il diario del vampiro. Sete di sangue*
FRANCESCO FIORETTI, *Il libro segreto di Dante*
BASHARAT PEER, *Il sogno del soldato bambino*
RAYMOND KHOURY, *L'eredità dei Templari*
LARS RAMBE, *Il mosaico di ghiaccio*
NAGIB MAHFUZ, *Il viaggio di Ibn Fattouma*
FRANCESCA BERTUZZI, *Il carnefice*
ANTONIO SALAS, *L'infiltrato*

LISA JANE SMITH, *Il diario del vampiro. Strane creature*
DAVID GIBBINS, *Il Vangelo proibito*
JON TRACE, *La profezia vaticana*
SIMON RICH, *Il compagno di banco*
DOUGLAS JACKSON, *Il segreto dell'imperatore*
ANNA JANSSON, *Il sacrificio*
DANA STABENOW, CSI *Alaska. Primavera di ghiaccio*
RAZAN MOGHRABI, *Le donne del vento arabo*
SIMON SCARROW, *La legione*
CHRIS PALING, *Il pittore che visse due volte*
LEE MARTIN, *Che fine ha fatto Miss Baby?*
JOHN UNDERWOOD, *Il libro segreto di Shakespeare*
MARCELLO SIMONI, *Il mercante di libri maledetti*
SCARLETT THOMAS, *Il giro più pazzo del mondo*
ANN FEATHERSTONE, *La giostra degli impiccati*
TORSTEN PETTERSSON, *B Il burattinaio*
LISA JANE SMITH, *Il diario del vampiro. Mezzanotte*
CHRISTOFFER CARLSSON, *La casa segreta in fondo al bosco*
JOSS WARE, *I diari delle tenebre. Il bacio della notte*
FRANCISCO J. DE LYS, *Il labirinto sepolto di Babele*
LIN ANDERSON, *L'incendiario*
CHARLES DE LINT, *La mappa del dragone*
TED DEKKER, *Il cimitero dei vangeli segreti*
JULIET GREY, *Il diario proibito di Maria Antonietta*

Torsten Pettersson

B il burattinaio

Torsten Pettersson è nato in Finlandia nel 1955. Insegna Letteratura all'università di Uppsala, in Svezia. Nel 2010 la Newton Compton ha pubblicato *A L'alfabetista*, tra i libri più venduti in Italia e in classifica per settimane, tradotto anche in Spagna, Danimarca, Francia, Repubblica Ceca e Croazia. Anche *B Il burattinaio* fa parte della serie che ha per protagonista il detective Harald Lindmark.

Volume rilegato di 288 pagine. € 9,90

In una fredda mattina di ottobre, la piccola Petra Nilsson scompare. Le sue tracce si perdono nel bosco che circonda il palazzo in cui vive, alla periferia della cittadina finlandese di Forshälla. I primi sospetti ricadono proprio sui genitori, due alcolizzati che vivono ai margini della società. Ma all'orizzonte appare un'ombra più inquietante: stranamente da qualche giorno manca all'appello anche Nils Dunander, vicino di casa e allenatore della squadra di *floorball* in cui gioca Petra. Un uomo schivo, che solo pochi anni prima ha perso la moglie, violentata e uccisa brutalmente, sempre in quel bosco. Spetterà al commissario Harald Lindmark indagare, insieme alla collega Sonja Alder, cercando la verità tra false piste e prove contraddittorie. Ma il tempo stringe: ogni ora, ogni giorno in più potrebbe essere fatale per la bambina... Riuscirà Lindmark a scoprire quale mistero si nasconde sotto la sua sparizione e a metterla in salvo?

John Underwood
Il libro segreto di Shakespeare

John Underwood (nome di uno degli attori dei King's Men, la compagnia di Shakespeare) è lo pseudonimo con cui Gene Ayres ha voluto firmare questo libro. Autore eclettico, ha collaborato a lungo con diverse testate americane, tra cui «Harper's Magazine», «Running Times», «Worldwatch Magazine», e con le major cinematografiche Universal Studios e Warner Brothers. Oltre a *Il libro segreto di Shakespeare*, ha scritto vari volumi, tra cui il romanzo *Cry of the Heron* e il memoir *Inside the New China*. Vive a Seattle con la moglie e la figlia.

Volume rilegato di 432 pagine. € 9,90

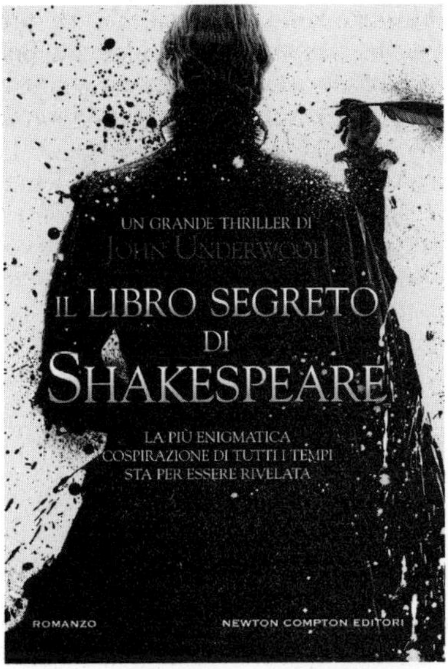

Desmond Lewis, un professore universitario inglese molto discusso, scompare mentre è diretto a Berkeley, in California, per una conferenza. Con lui sparisce anche un manoscritto inedito e segretissimo, che conterrebbe la verità sull'identità dell'autore più importante nella storia della letteratura mondiale, William Shakespeare. Il Bardo non sarebbe il vero autore delle sue opere: una teoria sconvolgente, che già molti scrittori, fra cui Mark Twain, hanno sostenuto in passato. Jake Fleming, un giornalista del «San Francisco Tribune» e amico di Lewis, si mette subito sulle sue tracce per scoprire che fine ha fatto lo studioso e quale enigma si celi dentro le pagine che ha scritto. Un viaggio che lo porterà nella vecchia Inghilterra, tra accademici spocchiosi, librai eccentrici, un fisico indiano che sa fin troppo di Shakespeare e una conturbante docente di letteratura. Fino a quando lo raggiungerà oltreoceano anche sua figlia Melissa, ragazza testarda e affascinante con una grande passione per il teatro...

Jon Trace

La profezia vaticana

Jon Trace è uno scrittore di thriller di fama internazionale. È anche un pluripremiato documentarista e un creatore di videogames. *La profezia vaticana* è il suo primo romanzo pubblicato in Italia.

Volume rilegato di 480 pagine. € 9,90

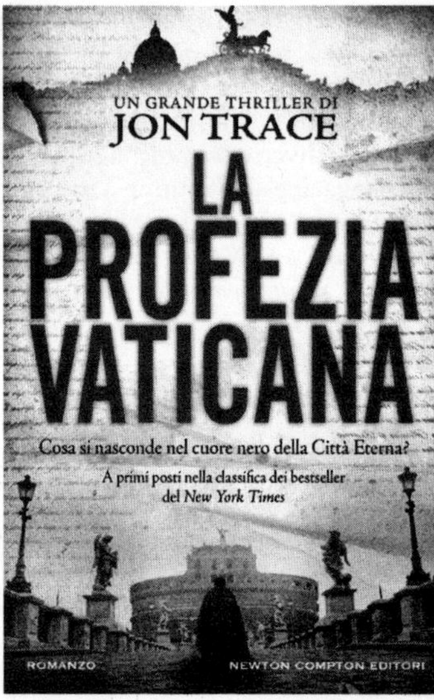

Un potere soprannaturale, più antico della Città Eterna, opprime ancora le vie della capitale, macchia di sangue i luoghi sacri, uccide e terrorizza i cittadini. Nella chiesa di Santa Maria in Cosmedin, dove è custodita la Bocca della Verità, viene rinvenuta una mano mozzata: si è forse avverata la macabra leggenda? Solo una donna, sporca di sangue, bellissima, in evidente stato di shock, si trova sulla scena del delitto. Il caso viene affidato a Valentina Morassi, giovane ufficiale dei carabinieri. Mentre altro sangue si riversa nelle strade di Roma, le indagini sembrano a un punto morto, perché l'unica testimone, la donna arrestata, soffre di gravi disturbi psichici: nel suo animo vivono molteplici identità, la sua voce racconta le gesta di molte donne diverse e nella sua mente si annidano le oscure profezie di Cassandra. Al fianco di Valentina c'è solo Tom, un ex sacerdote ora suo amante. Insieme i due scopriranno indizi custoditi in buie catacombe, attraverseranno le fondamenta della città, lo sfarzo delle basiliche e la squallida miseria di prigioni sotterranee, lotteranno contro una setta pagana, alla ricerca del terribile segreto che Roma custodisce da migliaia di anni.